国家出版基金项目
NATIONAL PUBLICATION FOUNDATION

域外文話彙刊

王水照 主編

日本漢文話叢編

五

慈波 王汝娟 編訂

復旦大學出版社

第五册目録

晴雪樓文話三卷

菊池三溪 撰

《晴雪樓文話》三卷

菊池三溪 撰

菊池三溪（1819—1891），名純，字子顯，通稱純太郎，號三溪，别號晴雪樓主人，幕末明治時代漢學者、文人。紀伊（今和歌山縣）人，和歌山藩儒菊池梅軒之子。從學於安積艮齋、大槻磐溪，爲和歌山藩儒，後任十四代將軍德川家茂侍講。慶應二年（1866）年家茂去世，遂致仕。維新之後，於多地開館授徒。竹中邦香校訂《大日本野史》時，菊池三溪曾與其事。明治七年（1874）移住京都，參與編集《西京每日新聞》。晚歲寓居福井縣小浜以没。菊池三溪詩宗袁枚，亦長於戲文。著有《東京寫真鏡》《西京傳新記》《本朝虞初新誌》《三溪文稿》《四照園詩觸》《晴雪樓詩鈔》《晴雪樓小稿》《鐵屏書屋小稿》等數十種，體兼雅俗。其手稿由後人捐贈，多藏於京都大學圖書館。

菊池三溪四世業儒，「出於名家之後，才藻駿發，嶄然夙見頭角，最覃思於詩，頃刻千言，咳唾成章，好與都下名流交，馳逐上下，聲譽日著」（齋藤蠡《香雲樓詩鈔序》）。漢學修養本其家學，菊池三溪在漢詩文方面用力極勤，隨其仕履遷轉而有詩文專集。其本人處在時局巨變時代，對和文學甚至俗文學亦抱持熱情，在價值判斷上并不鄙棄，反而有和漢調劑的折衷意識，從而形成獨特的文學整體觀。

《晴雪樓文話》是菊池三溪的論文隨筆，雖然以「文話」題名，其中却多有論詩條目，這即與其文學觀念有關。他將詩歌看作文章的初階，認爲「學者欲學文，必自詩而入焉」「夫詩熟矣，文或可望也」。兩者有相得益彰之效，「夫文之與詩既已熟矣，乃文之所弗及於詩發焉，詩之所弗至於文顯焉」，而論文評詩之作也可作同類觀，「此編有文話而可爲詩話者焉，有詩話而可資於文話者焉」，於是詩、文遂互爲補足而得以合論。

《晴雪樓文話》有明顯的選文定篇意識。書中對於邦人文章、詩歌之佳作，往往擷其精華揭爲範例。對和歌、國史、野史亦不吝讚賞，甚至牽合兵法，作爲其有裨於實用的佐證。引述作品者即使是個人朋好，也多爲漢詩文名家，如論大槻西磐之遊記，「偃蹇奇崛，能記人之所不記。以闡山水之秘，使柳儀曹殆有耻色，永州九記何足言邪？」賞譽或難免過情，但書中極少引及中國文章，而以本國文人、文學爲主，和漢并舉，文學本土觀念之覺醒與自主意識甚爲突出。論述文章時，首重記事之作，以「簡」爲能事，强調照應、波瀾、間架、伏線。雖多據自家體驗寫出，亦不無指南之用。

《晴雪樓文話》有寫本，藏於京都大學圖書館，今即據以録入。

題言

文之有詩，譬之草木之有華實。夫詩者，華也；文者，實也。華之不若實固也，然不養其華而唯欲實之有秋，我見其説甚左也。故學者欲學文，必自詩而入焉。學詩者先自近體始焉，近體熟而後爲歌行，爲曲引，長篇短章，雄大纖巧，無施而不可也。夫詩熟矣，文或可望也。學文者必自紀事始焉，紀事熟而後爲叙、爲記、爲論策，縱横變化，波瀾出没，亦無施不可也。夫文之與詩既已熟矣，乃文之所弗及於詩發焉，詩之所弗至於文顯焉。文之與詩并驅而均馳，於此乎有詩文一途之説也，有詩特文中一體之論也，有以《古詩》《三百篇》爲文者也，有引《周易》、《尚書》、《左氏》、莊周之文爲詩者也。不知文之爲詩邪，詩之爲文邪，將文詩之不爲文詩邪？要融化渾合，行於可行，止於不可不止。能行其胸臆，則詩筆之能事畢矣。此余所以不能無已於此編也。前此先輩既有某詩話若文話，皆專其一端。此編有文話而可爲詩話者焉，有詩話而可資於文話者焉。間交以先輩會心之文，與後進得意之詩。亡論臺閣江湖、草莽市井，搜羅而包綜之，題曰《晴雪樓文話》。客歲所得之華則結爲今春之實，今歲所畜之實則發爲明年之花。好文之人與好文之華，氣性薰陶，其成木繁茂，坐可致也。

慶應紀元乙丑桐秋星夕前二日，鐵屏學人菊池純識。

題詞

爲是柴門着玉鞭，山林樹色轉娟娟。恨相逢晚談如涌，感辱知深喜欲顛。清磬鳴來松院月，新茶焙出竹爐烟。不關塵海紛囂事，結得浮生翰墨緣。

盛名轟耳幾多年，萍迹相逢豈偶然？一瞥先論天下士，同斟耐擬洞中仙。巖槐城外雲籠月，綾瀨洲頭水帶烟。江左風流將掃地，請君緩轡賦新篇。

三溪菊池君賁臨，喜而賦此。

松影道人稿。

晴雪樓文話卷一

一字之乘除，係全篇之氣脉。不唯全篇氣脉關係之，人心向背於此乎班焉，家國存亡於此乎定焉。余嘗讀國史有感焉。神祖蟹江之役，嘗使侍史草檄書。書中有「吾將可行」之語，曰：「『將』字拒軍機矣，宜當删之。」嗟呼！神祖方兵馬騷擾之間，潛思於片言隻字之間，以鼓動三軍敢死之氣。後世文士好改作其字面，弗論當否者，一聞神祖草檄之語，亦可以爲頂門之針砭。

豐太閤征韓之役，或進言曰：「宜使習彼國之文字者掌文書。」太閤大喝曰：「何學異邦之文字爲？吾邦以吕波足矣。」抑此言英雄一時欺人之虚喝耳，然其胸宇之闊、蓋世之氣，可以想見其爲人也。今之攻文者徒奉唐宋八家之三尺，不翅周鼎商彝。批而評之，又從分解之，鑿七竅混沌死矣。故先學文者，爛讀八家之文，如吾邦以吕波，而後唐宋大家之域或可企望也。

余與二三社友創文社，作其引云：「今日學文者，意之與筆兩相凝結而不伸，則以豐公、以呂波之見解行之，則盤根錯節，不迎刃而解。何苦其文之不振乎哉？既而文思坌涌，意流筆走，奔放肆大，不可抑遏，則以神祖草檄之細心約之，則字煉句鍛，筆筆活動，又何苦其文之不巧乎哉？」書以示世之刻劍於八家，不能行其胸臆者。若夫至當否之論，世自有伯樂存矣，請於驪黄牝牡之外相之焉。

文之能記實事者，亡論巧之與拙，亦足以孤行於千古矣，況於其能巧者乎？余每讀古人之書，其記實者，雖瑣事卮言，零篇隻句，必鈔而録之，以備異日之鑒戒。高崎松本子恭《橋斷記》能寫當時之實事，收拾不漏，亦足以傳不朽矣。其略云：「今兹丁卯八月，江東深川祭幡神。蓋其南北數百街之所虔奉，其祭不舉已二十六年，至此官始許之。」又云：「將以月十五日行事，陰雨不果，改卜十九日。天晴氣清，觀者傾都，十室九空。居北者自二州橋，西則自新大橋，南則自永代橋。雖西北人，尚由此者多。於是乎橋上雲委，殷殷如雷，肉薄逼摎，足不點地，進退惟谷，流汗如雨。乍一聲磅礚，橋板中斷，倒投皆陷水。壘雙蹂躪，連袂交臂而擠壓。頭載上者足，足踏下者頭。叫號決江河，哀泣震百里。溺者以國量。」一讀愴然，不覺生寒毛也。

近今緇流，以瑜伽修禪之緒餘，溢爲文章辭藻。翕然悟入於專門名家域者，前有東禪萬庵，後有淡海大典。繼二師顯者，奧之古梁、土之玉澗。前後陸續，不乏其人。

而今又得松影老師矣。師學兼内外，識貫古今。嘗著《闢邪管見録》若干卷，掊擊異端，不遺餘力。其言明快如觀火，亦浮屠中絶無而僅有之人。余嘗謁師於巖月佛眼山，師一見如舊，詩酒徵逐，談論如涌。席間走筆賦二律見贈，其一聯云：「恨相逢晚談如涌，感辱知深喜欲顛。」余亦有「木魚聲濕法堂雨，銅鴨香殘别院烟」等句。解此詩趣者，獨有同行勁堂主耳矣。

巖月石川生别墅近構一團蕉，匾曰「舫亭」，亦松影老師所命。一日與勁堂法主陪老師一遊焉，竹樹幽邃，頗極林泉雅趣。主人款待，酒酣，松師大爵引滿云：「細細風從竹裏來。」勁堂應聲云：「疏疏雨向城頭歇。」余亦狗續其後云：「酒有聖賢須盡醉。」師沉思一過，又走筆云：「詩無甲乙且論才。」卒補足其首尾得一律矣。蓋亦閑中一快事也。

余青年嘗作《觀角兵獅子戲》長古一篇，邕邕爲人所偷寫去，不能無配不及之思也。今録其一通，以乞大雅郢斤，曰：「越國出奇藝，兒童狂且顛。名呼角兵衛，鼓笛互闐然。阿兄伴阿弟，頭上獅頭鮮。忽應貴客召，呈技朱門前。屈伸疑無骨，輕柔軟於綿。倒身手踏地，垂頭脚朝天。或如龍蛇門，據地勢蜿蜒。或如水車轉，左右交回旋。忽而蟹横行，郭索穴欲穿。忽而虹蜺見，穹隆雌雄懸。聳者如魚虎，盤者似烏圓。

竦身虎負嵎，戟手鳥張拳。人立大豕啼，退飛六鷁連。似學五禽戲，疑自華陀傳。熊經又鴟顧，能使關節全。」

亡友齋藤子德、大槻端卿，僉以才學文章著稱於士林。牛耳之任，行將屬其手，而先後凋落，墓木既拱矣。天與其文而不與壽，洵可惜也。子德之文命意奇特，筆墨周匝，歲才而立左右，能著等身之書。今鈔其遊記一斑，以表異日全豹。《嵐山觀紅葉》云：「既過嵯峨，沿桂川一條清激甚駛。有橋架之，渡則嵐山也。時霜樹未衰，攢烟簇霞，夕陽映發，峰巒皆紫。」《高雄》云：「山巒四匝，中陷爲壑。流水潺湲，爲叢樹所掩，有聲無影。壑中楓葉飄落已盡，其在山上者未墜，如張一面錦障，如展一幅《秋溪着色圖》。」正是文而帶畫意者。若夫端卿《華巖瀑》《石廊》諸遊記，全篇繁重，莫筆之可收。異日染指於全鼎，未爲晚也。

讀書攻文，須在人定鐘後，秋夕冬夜，漏盡燈殘，萬籟一寂，獨坐於小軒，眄落月於西嶺，追想西行、兼好之往事。塵腸洗浄，頓覺靈臺廓然。於此咄嗟呼筆，文不求巧而自巧。意匠落想，皆從天外來也。然不翅文事上，於人事亦當於斯中着工夫焉。

「月未必賞三五，花未必期盛開」，是僧兼好所吐囑。其高風逸韻，令人諷誦回味，不禁於心醉也。大抵《徒然草》一書，其才識超凡，文章巧麗，試求其匹，其有幾人？

甲子夏晚，余東轅飯於吉田驛，邂逅於小野湖山。湖山名愿字洞翁，詩名籍籍，震爆于江湖。袖其近製詩扇二柄見貽，其一《咏古》云：「史公作史信無稽，動使後人疑且迷。善與人交晏平仲，豈於尼叟惜尼谿？」僅僅短篇，議論警拔，匪夷所思。

晴雪樓文話卷二

不見善棋者乎？一着之子，必千慮而下矣；半面之局，必數月而決矣。作文方法，亦與之相似類焉。一字乘除，關於全篇氣脉。不特全篇氣脉係之，人心去留於此乎班焉，家國存亡於此乎定焉。蟹江之役，東照公使侍史草檄書，書中有「吾將可行」之語，曰：「『將』字拒軍機矣，宜删之。」嗟呼！照公方兵馬搶攘之時，能留心乎片言隻字之間，以鼓動三軍敢死之氣。既如此，晚近迂腐冬烘閲人之文字，匆卒下筆，字改句换，毫無忌彈者，不獨愧照公草檄之細心，并不如棋博士着子之深慮者，洵可憫笑也。

豐太閤征韓之役，或進言曰：「宜使習彼國之文字者掌文書。」太閤大喝曰：「何學異邦之文字爲？將使髯奴輩學吾邦以吕波而已。」斯言也，英雄盛氣欺人之虚喝，莫足取準者也。雖然，其氣象襟懷，天大海闊，匪此不足投鞭于鴨緑而席卷四百州之朱明也。今之以文藝自任者，遵奉唐宋大家之文，不啻傳國劍璽。批而評之，又從而分解之，鑿七竅而混沌氏死矣。然則唐宋大家之文，果可廢邪？曰：何可廢？善讀孫、吴之書者，不泥孫、吴之三尺；善用兵者，不寄韓、白之門墻。香象渡河，羚羊挂角，無痕迹之可見。神而明之，所謂運用之妙，存乎一心者，非邪？若夫畢生齷齪，甘爲韓、歐厮養而不耻者，則非由之所知也。矧使天大海闊之豐公，見斯輩所爲？我知其不駡詈戟手，詈極而涕既隕之也耶！

余嘗作《創文社引》，以照、豐二公之典爲一篇骨子云。「今日士大夫學文者，意之與筆兩相凝結而不伸，則以豐公、以吕波之見解行之，則錯盤一割，不迎刃而解。何苦其文之不振乎哉？既而文思坌涌，意馳筆走，潰裂四散，不可拾收，則以照公草檄之細心約之，則字煉章鍛，又何苦其文之不巧乎哉？」全篇繁重，無暇畢録，今約紀其半豹，以爲青衿作文之前茅。

李穆堂云：「拾人遺篇殘稿，代而存之者，比之哺棄兒、葬枯骨之功德。」余私心竊慕，立願爾後亡論前修後進，知之與不知，凡見其斷簡殘篇，零言隻句，可喜可傳者，則必鈔而録之。積年之久，裒然成册。今録其中尤錚錚者二名，以表朋友挂劍之義。至其哺兒葬骨之功德，雖我不能自信也。

亡友齋藤士德、大槻端卿，皆以才學文章，夙顯頭角。後來牛耳之任，吾不能無望斯二人也。然而前後凋落，墓木將拱，其畢生著書述作雲消霧散，今不知其歸何人手。余僅揭其在日所借而鈔之文于左，以抵一束之生蒭。

士德之文，命意落想皆從天外來，縱横奇逸，兔起鶻落，山裂水溢，筆端有口，口頭有手。巨儒宗工所耗精嘔血未道得者，在士德則家常茶飯，咄嗟而出之。議論明快，叙事通暢，不失其本領。獨惜天與其才而不與壽，畢生數奇，齡未盈不惑而没，洵可嘆也。然比諸四十、五十而無聞者，在余輩則惜之，在士德則可以無憾也。

士德嘗著《孟浪語》如干卷，其中論文者數十條，鑿鑿乎如藥石撲疾，深中其肯綮。如其一曰：「作人物論，須先觀其好處何如。既見得其好處何如，觀其所由來何如。如是推去，不唯作文上有着力處，于措事上亦有得力處。」其二曰：「今人作論，既得一題，便謂從何處見出其瑕隙。於是吹求百端，以忠臣爲邪慝，以君子爲小人，以將無同之筆，斷莫須有之獄，令古人含冤抱憤。如此作文，則其文愈工，其心愈險，于日用行事上爲害匪細。」皆平正通達之言，吾輩書紳，可以爲頂上一針矣。

先輩磐溪大槻翁嘗爲士德撰其墓銘，嘖嘖嗟稱，不啻若自其口出，固不待余喋喋而知也。士德著書極鴻富，等身不啻，余最愛其《蓬桑録》中《嵐山》《高雄》二遊記。《嵐山》曰：「既過嵯峨，沿桂川一條清澂甚駛。有橋架之，渡則嵐山也。時霜樹未衰，攢烟簇霞，夕陽映發，峰巒皆紫。此山素以櫻花顯，而余遊非花時，紅葉亦已晚矣。以爲當無復娛目，而意外得之，興復不淺。」《高雄》曰：「京中名紅樹者，有高雄、通天二境。通天早凋，乃至高雄。山巒四匝，中陷爲壑。流水潺湲，爲叢樹所掩，有聲無影。壑中楓葉飄落已盡，其在山上者未墜，如張一面錦障。」凡京師之地，山秀水清，如此間者，隨處有之。安得淹留數日，悉探討之耶？余之遊嵐峽通天，與士德異時，皆在春晚夏首之間，欲遇其所謂如攢烟簇霞者賞之，而不可得。今至讀此記，心飛肉動，不得食指爲之不摇也。

大槻端卿號西磐，亦東奥人。初入昌平黌，遊乎祭酒林學士之門。與艮齋、磐溪諸老相馳逐，頭角嶄然，聲名日顯。後下帷於城北小川巷，聚徒教授，户外屨盈。余亦嘗締文字之盟，議論上下，無日不相見矣。端卿夙有許詢癖，亡論名山大澤、神林鬼冢，凡窮崖絶谷輿馬舟車所未曾至者，千里包糧，莫遠而不遊。遊必記其勝概，以供卧遊焉。余竊目以爲當今徐霞客。《華巖瀑》云：「謂之素練耶？未敢也。謂之白龍耶？未敢也。一道銀河，挾千百雷霆，一時倒瀉。天爲之震，地爲之動，即非華巖瀑之真面目邪？其始，潮水奔注，抵瀑口，爲涯石所束，不能畢吐，拗怒鬱勃而墜。離口丈許，盤旋衝擊，水勢奔放。四十丈之後，盡化爲細霧。日光射之，絢爛奪目，深不可測。」其他《石廊》《庚申山》諸遊記，偃蹇奇崛，能記人之所不記。以闡山水之秘，使柳儀曹殆有耻色，永州九記何足言邪？

艮齋翁《丹海刻佛殿記》、賴山陽《象墜記》，叙寫精細，極力模寫，如蟲饞，如刀鏤，如掌上螺紋，牛毛蠶絲不啻也。天仙撒花，大家弄巧，時而有斯筆。亦其集中不可無一者。《刻佛殿》云：「奥有奇巧人曰丹海，能以徑寸之木爲宫殿、佛陀、花鳥之屬，曲盡其妙。予嘗睹千賀氏所藏者，高僅一寸一分，方半之。殿屋中高而四邊下。其上鳳凰舒翼竦立，其四阿象鼻曲上承檐。梁間四面刻諸菩薩，踞者、拱者、抑者、俯者、袒胸露乳者，凡二十有二，無一相肖。鬚眉耳目，以至手理衣縐之微，莫不悉備。殿四柱有龍纏之，頭角奮怒，鬐鬣森張，鱗甲焰焰發火，甚詭異。欄檻匝其外，插梅花數枝，柎蕚疏密可辨。殿下狻猊各蹲其隅者四，猙獰如生。殿中央彌陀趺坐蓮華上，觀音勢至侍立於左右。服飾精緻，神彩奕奕逼人。殿基四面，排列十二屬。凡其雕鏤纖微，如黍如塵，如蚊脚，雖壯者快精，非以眼鏡照之不能瞭然。天下之絶技至此極矣。」《象墜》云：「彤山生妙於雕刻，所造象墜，雕盧生夢圖。方一寸强，而爲樓閣十有五，爲人八百八十，爲馬若象十二，爲禽鳥未審其幾隻。驟視之如蟻集腐菓，諦視則種種可辨云。」又云：「盧生在榻美睡，眉鬚宛然。枕邊忽現儀衛人馬，前騎後從，蓋幢繽紛，中擁彩輿，導以樂。至大門，門外百吏拜迎。門後有殿，殿後重樓叠閣。最後一巨殿，設幄坐生，衆擎珍玩侍焉。殿左設筵，一伶方舞《蘭陵王》，奮袖頓足。又有笛者、笙者、篳篥者、鉦者、羯鼓者，而觀舞者五十餘人。閣右有堂，群姬導客，上堂入房，攀梯登樓，几案瓶爐整然。有展書畫者，聚首評者，揮毫者，捧硯立者。樓又一層，露臺匝之，置渾儀風竽類。其前雲梯如虹，蜿蜒而上，到最高樓。生憑椅，〔一〕美人立侍，裙帶縹緲。樓下兩筵，一爲詩筵，隱几檢書，憑欄撚鬚者。一則裙釵醉舞，吹簫拍板者。下以一大樓受之。醉客雜沓，杯盤狼藉。鬥飲拇戰、行酒執炙者，各盡狀態。而大樓下即嚮舞筵也。其結構有條理如此，而棁櫺欄楯，各應繩墨。桷必方，瓦必圓。瓦或雕龜若龍，介鱗眼爪皆備。瓦際時有數雀，相顧啅嘖，其乳者離巢而飛。余眼不能睹，以靉靆就明睨之。又聽生之指説，纔得辨之。」二記才情筆力，與夫雕生快睛妙腕，巧力兼得者，兩相持不下。此等之文，顧命其骨，而畫記其肉，衣焉以自家筆力，香色雙絶，所以擅其場。

子輿氏曰：「泰山於丘垤，河海於行潦，亦其類也。」余之於《粒畫記》，亦同其類

〔一〕椅，原作「倚」，據《山陽遺稿》文卷七《象墜記》改。

者，今僅約記其豹半云。江户城西四谷驛，有巧人焉，明目善視，能察毫末，殊妙細畫，能描寫人物花卉於米粒中。友人某嘗購其一粒來視，粒徑一分，玲瓏如水精。鋪以寸錦，掩以片楮，就諦視之，如有物簇簇在其中，而不可識爲何物。乃以顯微鏡照之，丹青緻密，粲然可辨也。中央描一巨白象，擁象者三十人，車馬冠蓋，重疊沓縮，不知其幾輛幾匹也。禽鳥花木亦稱之。象背安一坐床，錦綺絢粲，綉以鳳凰圈鬥龍紋。美人一隊坐其上，以合奏琴瑟鼓笛。有童子攀象鼻登其頭者，頭上兩兒，角觝相戲者。牧人數名，捧一銅盤飼象者。樹一雙龍虎絨旗，以爲象之前導者。士女雜沓，排擠而觀象者。衣服文綉，明瞭無比。曾寫其一通，寄視浪華後藤松陰。松陰書其餘白云：「僕老眼不能作蠅頭字、讀蠅頭書，安得此等離婁，分其一二分之明哉？」其言雖出戲謔之餘，亦不失其爲實境。

近今緇衣方袍之徒，以瑜珈修禪之緒餘，詩壘筆陣，百戰不挫。能爲斯文干城者，前有大典禪師，後有六如上人。土之玉澗，奥之古梁，前後陸續，不乏其人。而今又得松影老師。師學兼内外，無書不窺，傍善音律。嘗著《辟邪管見録》若干卷，首攻擊祇教，凡關係于閑聖息邪之議者，不論漢倭，不囿古今，搜羅而包綜之。若飢者欲食，渴者求飲，孳孳矻矻，不遺餘力，要期其大成而止矣，亦浮屠中絶無而僅有之人。余嘗訪師於巖月佛眼山，師一見如舊，詩酒徵逐，談論如沸。席間走筆賦二律見贈，其一聯云：「恨相逢晚談如涌，感辱知深喜欲顛。」余亦有「木魚聲濕法堂雨，銅鴨香殘別院烟」句。解此中趣者，獨有同行勁堂主耳矣。

雲州神門寺藏高野大師真迹，故俗曰以吕波寺，事見《藝苑日涉》。松師作《以吕波行送海輪上人》云：「海公嘗著一篇歌，俗諺喧傳以吕波。四十八言能寓意，人世榮枯一夢過。義合悉曇驚仙佛，字擬蝌蚪泣妖魔。簡牘足代結繩政，鹽丁牧豎亦吟哦。神門寺裏疇昔迹，巨巖鎸字字剥落。惟有老松蟠巖根，偃蓋蓊鬱栖蒼鶚。王家蘭亭藏名山，陶氏鶴銘瘞幽壑。風流千古口碑存，墨龍筆虎踪漠漠。君不見，八垣歌成五音通，神州言語梵天同。天然文章自然字，八雲山外如彩虹。」造語雅健，善學韓者。然不獨碧海鯨魚，亦有翡翠蘭苕可喜者。《夏夜即事》云：「遠村燈火小如螢，癡坐哦詩覺有情。鼓吹相和是何曲？一蛙呼起萬蛙聲。」《西溪夜歸》云：「虎溪風吼石橋横，塔影朦朧夜幾更。松下鎖門僧未睡，一痕寒月木魚聲。」風味泠峭，善寫其實境。詩臻斯域，可謂上等正覺矣。

巖月石川生别墅近構一團蕉，匾曰「舫亭」，亦松師所命。一日與勁堂主陪於師一遊焉，竹樹幽邃，頗極林泉之趣。主人款待，酒酣，松師大爵引滿曰：「細細風從竹裏來。」

勁堂應聲曰：「疏疏雨向城頭歇。」余亦狗續其後云：「酒有聖賢須盡醉。」師沉思一過，又走筆云：「詩無甲乙且論才。」卒補足其首尾得一律矣。蓋亦閑中一快事也。

余青年嘗作《觀角兵獅子戲》長古一篇，凒凒爲人所傳。甲子夏晚，余東轅飯於吉田驛，邂逅於小野湖山。湖山名愿字洞翁，詩名籍籍，震爆于江湖。袖其近製詩扇二柄見貽，其一《咏古》云：「史公作史信無稽，動使後人疑且迷。善與人交晏平仲，豈於尼叟惜尼谿？」僅僅短篇，議論警拔，匪夷所思。

讀書攻文，須在人定鐘後，秋夕冬夜，漏盡燈殘，萬籟一寂，獨坐於小軒，眄落月於西嶺，追想西行、兼好之往事。塵腸一洗，頓覺靈臺廓然。於此咄嗟呼筆，文不求巧而自巧。意匠落想，皆從天外來也。然不翅文事上，於人事亦當於斯中着工夫焉。

近今余以詩締方外之交者，前後數十名，而其尤翹翹者爲鳩峰、勁堂、香國、幽石。鳩峰道人《觀菊》云：「連日霜晴好，南園秋意喧。菊花黄雜白，中有大如盆。」鳩谷《途上》云：「林鳩聲裏濕雲堆，乍鎖前山鬱不開。路上蕭蕭風吼處，雨兼落葉一時來。」香國亦以吟哦自娱，《春曉》云：「晴雀繞花鳴，衾窩夢乍驚。曉窗春睡味，難換百城榮。」其他「落花流水三春暮，杜宇青山四月初」一聯，神韻流暢，皆可誦也。幽石近所示其近業，嘗見贈一絶句云：「欲慰山中寂寞情，林間下榻掃柴荊。秋來山芋肥如腕，製得東坡玉糝羹。」既受二十八字盛饗，不必吃芋羹。

勁堂詩才極高，大者巨刃摩天，小者寸鐵殺人。吟筒往來，殆無虛月。今鈔其尤清麗雅淡可喜者幾首，以似人間愛才之人。《聞鶯》云：「巧囀依稀曉色分，黄紬被底拄頤聞。金衣近在湘簾外，啼破梨花一院雲。」《春夜聞雨》云：「春雨催花太有情，小窗燈火夜三更。夢醒時憶東山信，檐滴敲成羯鼓聲。」五言《睡起》云：「倦起如忘我，瞢騰寂不言。簾前胡蝶影，莫是夢中魂。」嘗游高野山，警句云：「貧女一燈知底事，真僧五筆是吾師。」《菟道》云：「千年遺恨孤墳草，三位悲歌枯木花。」皆敲金戛玉之作。

余尤喜其《聞異舶炮聲有感》之作，云：「蘭邪米邪佛邪英，暮北朝南例一轟。狼烟蔽海海龍怒，水軍應響試遊兵。何來一片新聞紙，聞道英夷陷北京。國人自能具三眼，蹙盡雙眉是此聲。」起句全模仿賴山陽《天草洋》之作，雄渾沉痛，深寓杞憂之意，真個好伎倆。

松庵、松堂二師真味相投，歡然莫逆，水魚不啻，詩亦相持不下。松庵《閑適》云：「三詩客問一柴關，品字樽前坐解顏。愧我苦吟無一句，開窗指點夕陽山。」下語真率如其人，亦僧中解人。松堂篇什太富，駸駸乎優入作者之林。平居抑遜，不肯示人。頃日出其全帙，令余評其可否。《雪朝》云：「衝寒赤脚没瓊塵，摶雪山庭笑語新。此際雛僧非惡戲，造成面壁坐禪人。」《春雨寒》云：「花盡園林風雨寒，吟笻無意趁清歡。丹青枉費一枝筆，描出春山紙上看。」《春日》云：「泥人暖氣夕陽頹，語燕鳴鳩春漸回。漫采菜花瓶裏插，雙雙戲蝶弄黃來。」又嘗賦秋燭，一聯云：「紅淚千行非有怨，丹心一寸似憐貧。」殆使謝、瞿走而僵矣。

越後兒北溟，頃日刻其所著《古愚堂詩鈔》問於世。又數過訪余谷莊，見示其近藝。余最愛其《曉聞禽聲》詩云：「曉鴉一點睡初驚，較覺禽聲入耳清。知在模糊烟霧裏，呼人殘夢盡情鳴。」又《咏和靖》云：「若使封禪遺稿在，林逋亦合俗腸人。」僅僅十四字，議論警拔，可抵萬言林處士傳贊。

善寫山水之奇者，世皆以酈道元、柳柳州爲唱首。雖有繼焉者，要不能駕而出其右也。我東方元和偃武以降，治教休明，文運日興，巨儒碩生，林林輩出，不乏其人。於此凡天下名山大澤，秀麗絶特之境，闡幽顯微，争入其品題者，不暇屈指。游記之盛，前古無比，而全篇浩瀚不可畢録，今零碎鈔之，以供卧游之一適。賴山陽《耶馬溪記》云：「復沿溪東，愈東愈奇。群峰夾水，攢竦如春笋矗出。有土載石者；石挾土者；全石者；全石破裂成洞穴者；兩石相鬥，其一欲仆者；石數層，累成夏雲狀者。而樹自石罅横生、縱生、倒生而上指。叢生蔽石，如與石争勢而欲勝之。石又自樹中奮躍而出，而石陰皆苔，紫緑相間。或没石半面，或没全身。又如援樹攻石者。大抵峰勢石皴，如董、巨刻意圖。時窮冬，多老木葉脱，槎牙瘦古，皆倪、黄筆法。而苔枯蹙蒼潟者，王叔明也。」又艮齋翁《石廊記》云：「兩涯狂峰怪巖，詭態萬狀。或粘空而立，或擘海而起。其下潮水奔匯，泓澄瑩徹，魚蝦尾鬣皆露。舟逾進，境逾奇，左右盼而目不敢暇焉。大抵兩山當千古風濤之衝，皮膚消剥，神骨獨存。爲嵌，爲巖，爲峰巘，爲洞穴，爲怒猊奔驥，爲危塔穹閣。如蟲螻，如刀鑱，玲瓏削峭，無一圓刓者。脉理縱横，色如淡墨，髑髏、披麻、雲頭諸皴法，莫不皆具。翠松抉罅而生，骨緊膚薄，故嵚巇虬曲而不得肥。又爲海風所壓，故斜倚倒懸而不得伸。其姿態之妙，雖巧於樹藝者，不能仿佛也。」二記筆墨縱横，造語奇拔，亦記文中翹翹者。

善寫怪石之狀者，長野豐山《奇石亭記》云：「若龍焉而鱗叠，若鳳焉而翼張，鶴仰而軒，鶚奮而攫，猊而踞，虎而蹲，羆斯跧，象斯馴，馬之立，牛之卧，似豹者，似駝者，如兔鹿豚尨然者。或峙於松下，或聳於竹間，與檜柏楓杉雜處而互出。」又云：「昔黄初平叱白石，悉化爲羊。吾意使初平遊此亭，試以其變幻之術，則翼者飛，蹲者起，乍騰乍躍，忽哮忽咆，鬥而相噬，怒而相搏，敗鱗殘甲，破牙折角，蹂躪狼藉，草木爲之震動，朽壤爲之墳起。其爲奇觀，豈不更盛乎哉？」叙寫曲盡，刻畫逼真，亦文之奇而巧者也。

余嘗記江都之名勝可游之地，彙而成數卷，題曰《小卧游》。夏之日，冬之夜，不平無聊之時，披而讀之，亦可以蕩滌滿腔磊塊也。今特録其《瀧澗記》，以資博雅之一莞云。「環澗皆楓，兩岡對峙。水繚繞其間，蛇行斗折，爲叢木所蔽，不知其所之。小橋架焉，澗之兩岸，構亭子於懸涯，以爲游憇之所。俯而瞰之，岡上之紅樹與老柏古松相映帶，日光反射，倒影悉在水中。錦綺絢爛，瀲灩滉漾，聚散倏忽，與水下上相馳逐而流。流到橋脚，石出岸窄，水爲石所約，踆巡却退，避之三舍。三舍之後，風再援其勢，反鬥攻擊，與石相争，石卒不能與之抗。使水縱横突過，超乘而行，水石之觀至此極矣。大凡都下觀楓之勝，以海晏寺爲稱首，余則推斯境爲第一。海寺雖有觀海之勝，境陋地隘，乏水石之奇，然此獨可與知者道耳。」

田間草人戴笠彎弓，防鳥獸之暴者，名曰案山子。「案山子」之字面，見《傳燈録》《歷代高僧傳》及《普燈録》諸書，并有「面前案山子」之語。又《五燈會元》五祖戒禪師章曰：「主山高，案山低。」又曰：「主山高嶮嶮，案山翠青青。」又《徠翁鈐録》有「主山」「案山」「輔山」之字。蓋主山屹立于群嶽之中，猶主翁之斡蠱；案山當其前，廣夷平坦，地位亦太低，可以闢田疇，以狀似類於几案，故名焉。草人常在其間，驅逐鳥雀，防禦甚力，故牛童牧竪假以蒙其名耳。余嘗有感，作《案山子説》云：「歲云秋矣，莎蓑而箬笠，竹弧而篠矢，持滿不發，獨立於田疇畦畝、稻雲彌望之中者，名曰案山子。

案山子之在田畝間，鳥雀視之不敢下，狐兔窺之不敢近。百稼草木凡在其傍者，皆得由以免夫蹂踐咐啄之灾。案山子之功多矣。既而公事畢而私事收焉，當是時，雖有案山子，徒受鳥雀狐兔之侮。雨淋風灑，笠破蓑敝，而誰復有憐而弔之者乎哉？傳曰：『鳥盡而弓藏，兔死而狗煮。』古功臣名將，百戰痍瘢，積苦於兵間者，封爵未報而刀鋸隨之，不令其終者，皆案山子之續耳。書以戒世之聰明過用、鋭進易折之人。」

宫醫松園鹽田君，夙以岐軒之術顯焉。緒餘潛思聲畫，鯨魚、翡翠雜而出之，殆使專門名家走且仆也。余辱忘年之交者，二十有葛裘于兹矣。君嘗膺幕命，于役於蝦夷函館，兼督學務，治教大振。公務之暇，著《游蝦存稿》如干卷，具記其土風民俗、山川草木、風雲物候之異。委曲詳悉，不遺餘力，亦足以補《蝦夷誌》之逸也。近日所似其手輯《松園小稿》，乃披而讀之，隨讀隨批，批逮其尤會心適意之句，拍案叫奇者數四矣。今鈔其中絶佳而新巧者幾首，以表異錦之美。《題畫》云：「一身淪迹向山丘，清樾緑槐覆屋頭。返照入林鐘渡水，幾聲牧笛上歸牛。」《夏日》云：「湖海風濤不可量，好將窮達付彼蒼。旋知立命安身地，何索興家潤屋方？蕉葉遮窗塵自净，苔痕帶石露鎮香。課書亦是兒孫計，只問今朝讀幾行。」《種藥》云：「種藥東園裏，褰裳手自鋤。奇人難遇得，隨意讀奇書。」《咏棋》云：「試取冷温石，對枰急霰飛。雖無烏獲力，猶解白登圍。勝欲誇奇策，敗因露殺機。沉思枯坐久，窗紙已斜輝。」又如「摘柿兒懷紅靺鞨，烹葱婦切碧琅玕」「暖生一夜雨，風卜半旬晴」諸句，皆不愧古人。

余家累世儒吏，書香連綿，逮余身四世矣。第余病廢，弗能報國家罔極之恩，優游卒歲，以得從事斯文，亦匪右文至治餘澤令之然邪？無已則著書述作，以表結草之意，裨補其萬一，則死之日猶生之歲矣。王父衡岳先生以才學文章，蒙紀國舜恭公知遇，頗有翼贊之勞。其《思玄亭遺稿》若干卷，既梓而行于世。其易簀之日，大沼竹溪寄贈哭作，有「明君失斯老，大國若無人」之句，其爲名碩所重概如此。祖考西皋先生温厚易良，能繼其箕裘。曾遊熊野而探其山水之奇，著《三山紀略》《涉濟餘興》如干篇，〔一〕亦皆紋梓藏於家。古賀精里翁弁其簡首，嘖嘖嗟稱，盡其爲人矣。家君梅軒先生豪爽沉斷，能豐其蔀。職務鞅掌，尚能撥劇而讀書。累遷顯職，歷事于四公，殆五十有餘年矣。其政迹餘澤，今現有可見者焉。退老之後，左右琴書，以吟哦自娱。齡過七帙，强健矍鑠，有馬文淵風。家君之詩始以唐詩爲宗，後一變，尸祝劍南，下語皆雄渾實踐，

〔一〕山，原作「略」，據菊池元習《三山紀略》改。又按，《國書總目録》《尊經閣文庫分類目録》等著録菊池元習《濟勝餘興》，未見《涉濟餘興》。

特五言律絶專擅其長，然間亦有清麗瀟灑可喜者。《墨水觀花》一絶云：「疏鐘聲歇水村西，暮靄籠花十里程。幾隊游春人去盡，田田月白亂蛙啼。」《告天子》云：「麥浪風恬翠若鋪，午晴奮翅向天衢。看看仰面人欹笠，聲在雲間影有無。」又《暑雨後坐月》云：「一雨傾盆俄頃晴，林陰又着噪蟬聲。風翻簾脚燕雙去，水滿池頭魚并行。琴爲忘歌只自撫，茶因傳訣試先烹。晚窗不用親燈火，又執殘篇就月明。」又五言警句如「月過窗一半，風入樹中間」「人情多在月，物候已催蟲」，七言「葉底紅從風處盡，梢頭緑向雨中肥」「雲昏林塢鳩呼雨，風冷溪村麥報秋」，皆天衣無縫之作。

均是酒也，生争起訟，是斯物耳；合歡結交，亦是斯物耳。同一文字也，媒奸价慝，是之由焉；闡幽顯微，亦是之由焉。吾人飲酒攻文，寧爲歡交之資，毋爲争訟之用；寧爲闡顯之具，毋爲奸慝之媒。唯酒，廿歲前後血氣正剛，宜加戒慎；四十以後血氣日衰，故花時月夕，時而小酌微醺，與會心適意之朋，細評文史，亦不爲有害也。獨至文章則反之，大抵少壯氣鋭之時，精神氣力旺盛，自然焕發，其下筆五彩絢爛，文不要掉而自掉矣。過中年則氣弛才萎，不能望少壯之萬一。當是之時，宜極力精思，竭盡縱横馳騁十二分之才力矣。不然，篇篇皆落人之牙後矣。善飲酒、善攻文者，而後可了解斯中妙趣耳。

晴雪樓文話卷三

詩筆之能感格天人，覺悟禽獸，不翅衡雲潮鰐。我邦史乘，筆不勝書。昔者河内貞婦有白波立田之歌，而後止微行之良人；紀氏室女有黄鳥無家之歌，而後保敕移之庭梅；記松月秋風之咏，而後夕安全其軍；暗沙鳥遠近之咏，而後道灌辨潮汐。八幡公於奥虜，織田右府於一徹氏或鬥唱和於馬上，或解贊語於茶寮，以全一生乎萬死中。文之不可已既如斯矣，世之瞶瞶者，以文詩爲無用長物，擯而斥之，至以「何不賦一詩退虜邪」之高瓊爲口實，何其天下僞高瓊之多邪？焉得不代真馮拯回護，雪其冤也哉？

聖門文章之秘訣，不過「辭達」之二字矣。余亦有一字之訣，服膺不失，曰：何也？曰：簡而已。夫文簡矣，奚恤辭之不達邪？嘗聞本多重次爲人太簡，不屑煩瑣。嘗在外，作家書曰：「寄一翰牘，火可慎也，阿仙不可瘠也，馬可肥也。」蓋阿仙，其小女名也。僅僅十餘字，而意盡辭達矣。余謂翰之爲言簡也，翰而不簡，焉在其爲簡也哉？

我邦事迹顯于史乘者，大抵雖馬夫牛卒之微，記而諳之矣。獨至癖典奇籍、瑣事卮言之末，雖以巨儒碩生，尚或不免目睫之遺。今臚列其關係於文雅之佳話于左，以闡潛德之幽光，亦以表斯國記之裨於世用焉。

下野宇津宮氏嘗出兵攻奈須城，其將大關夕安邀擊而破之，窮追殆獲其將校。夕安急勒兵，收軍而還矣。或問其故，夕安乃引古歌答之曰：「雲波皆拂比果太留秋風遠，松爾殘志天月遠見留可南。譯曰：『秋風忽地掃雲盡，逗得松梢月一輪。』由是觀之，今我兵莫根據可賴，而陷宇津宮，小田原必攻我。無可賴之力，當不可測之敵，非謀之臧者也。不如留宇津宮，當其衝，我繕吾甲兵，具糧食，深根固蒂以待其弊之勝也。」聽者以爲知言。

鐵屏子曰：夕安氏破鬱宮，其策略戰鬥，弗求諸六韜之遠，而獲諸三十一字之近。其拔堅取鋭，飄忽震蕩，所向無前者，則非西風捲地，雲烟四散，奔騰馳逐而不可抵敵者邪？其忽然而止焉，倏然而旋焉，僅留敵壘不拔者，則非雨歇雲斂，萬籟一寂，獨止明月挂松杪者邪？夕安斯役，不獨老乎兵法，亦邃乎國歌者可知矣。

與夕安同其旨、異其趣者，爲兵部太輔細川藤孝。藤孝始不喜國歌，擯以爲非武夫之事。後某役追一騎敵，敵棄馬走，卒不及而返。從者執轡慫慂曰：「敵行未遠，窮追勿失。」曰：「何乎？」曰：「馬背温矣，臣以此知之矣。古歌有言曰：『君波麻駄遠具波行志我袖乃，袂乃淚比邊志果年盤。』譯曰：『欲識君行猶未遠，淚痕滿袖未全寒。』」藤孝曰：「善矣。」即馳執之。從此潛思國歌，遂至窮其壼奧。

鐵屏子曰：古英雄大抵以活眼視活書，故施諸事業，莫適不活潑矣。今人以死眼讀死書，故事事皆尸氣。藤孝不獨活眼視活書，又活耳聽活言，故僅僅國歌，一入活人耳，莫不活用，真個快活！真個快活！

田道灌邃於國歌，村雨之咏、棣棠之歌，不唯膾炙於口耳；稗官者流，演而述之；丹青博士，圖而畫之；院本雜劇、下里巴調，莫物不傳其名矣。其可最傳者，則爲《廳南役》。上杦宣政，軍總之廳南，滄海當其前，懸涯聳其後。苟循海邪，潮汐進退未可測也。沿山邪，敵伏弩於山上，亦未可知也。夜正子時，衆皆疑懼焉。時正道灌曰：「此易偵知耳。」即驅馬而出，有間而返，報曰：「潮已退矣。」曰：「何由知其然？」曰：「古歌有言曰：『遠具奈里近久鳴海迺濱千鳥，鳴音爾潮濃滿干遠曾知留。』譯曰：『禽聲遠近無常處，卜得寒潮來去時。』今沙鳥聲遠矣，我是以知潮已退也。」又嘗夜半渡東寧川，水勢迅駛，淺深未可測也。道灌曰：「『底比奈鐵淵波佐和久山川淺幾瀨仁胡曾仇波和太天。』譯曰：『山河不似深淵静，石瀨涓涓觸岸喧。』請就水聲喧處渡焉。」人咸從之，不損一人。

鐵屏子曰：道灌氏以國歌量潮汐進退，似矣。測巨川淺深，似矣。何不以國歌測其身進退邪？又何不以國歌察行路艱嶮邪？明於是，暗於彼，值青蠅營營，不免刑戮。吁嗟天乎，命矣！

山影落水，水弗能攬其影；倒景在樹，樹不知所以其照之。夫樹原無意乎照也，而勢弗得不照焉；山原無心乎鑒也，而理弗得不鑒焉。文之照應，亦如斯矣。

水本至静，風激之怒焉；林本至静，風撼之動焉。水而不怒，則弗能竭波瀾起伏之妙也；林而不動，弗能悉雲烟變幻之態也。而問水胡爲波瀾，林胡爲撼以動焉，雲烟胡爲波瀾乎，胡爲起伏，胡爲變幻，則山也，水也，雲烟也，波瀾也，皆不知所以其然也。祇其突然而起，忽然而歇，起于不可不起，止于不可不止，以極造化變態。文之波瀾亦如斯矣。

不視工師造家室邪？其未下斧斤，胸有成竹。門將向何方，廳將設何處，厨將置何所，爲房，爲厩，爲倉廩，爲府庫，位置結構，豫定其前，而後輪奐之美可斯也。若夫鹵莽而營之，孟浪而經之，吾見其終生而不成也。文之間架，亦復如斯矣。

委流曲折，洄而爲池，停而爲潭，乍現乍隱。一旦爲叢木所覆，失其所之，數里之後再見焉，混混滔滔，盡歸於海而止矣。文之伏線如斯矣。稗史小説多用斯法，攻文者不可不知也。

文最忌複筆，操觚之士不可不察也。余嘗聞之故老，久留米記室樺公禮石梁，文章鴻富，經藝純粹，人皆推爲斯文領袖。一日袖其近藝，訪雲藩荻野鳩谷，乞其指摘。鳩谷瀏覽一過，曰：「未可矣。」又乞焉，亦復曰：「未可矣。」石梁艴然不懌曰：「鯫生不以行路之遠，乞其薰陶者，私高下風之行也。不寧唯是，獲一言華衮，將以求寵乎四方而已。今先生教僕曰『未可矣，未可矣』，敢問所以其未可矣者，其果有説否？」鳩谷啞然撫掌曰：「如然，則僕亦將獻疑也。夫子亦不見《院本假字忠臣藏》邪？同一册子，而其記自盡者二焉。一爲監判官，一爲萱勘平。庸筆叙之，非複則重。而今使觀者不知複之爲複者，何也？彼於正寢，是於草屋，一正一反，正側兼濟，此近松生所以妙筆鼓舞，擅場於稗史中也。子其歸求之，必有餘師矣。」石梁不覺俛首低頭，謝恩而還。從此厥後，日夜刻勵，期以古人，文章果進一境云。其言雖頗近諧詼，亦可以爲吾儕藥石矣。

人皆喜讀有用之書，我獨喜著無用之書。人皆多尚有志之人，我獨多愛無心之人。然能知無用爲有用，無心爲有志，脱離有無之二，神而明之者，世其有幾人？吁嗟，無懷氏之世邈矣！

賴山陽以梅花水仙之時，以爲連年著述成績之候，此先獲我口所嗜者。嘗得一絶句云：「春案催眠秋燭悲，夏窗日永察炎威。水仙未老梅花破，尤耐著書之此時。」記觀梅之游者，以佐藤一齋《杉田記》、齋藤拙堂《月瀨記》爲翹楚。《杉田記》筆墨清秀，無毫人間烟火氣，如董、巨刻意山水圖，尤可以見良工苦心矣。《月瀨記》疏疏着筆，輕輕點染，如淡妝美人，如水墨山水，其動人之處在粉白黛緑、丹青着色之外，尤以爲能品。此二記一出，凡百游記皆若無色，可謂人間有數之妙文字。

古今梅花之詩，獲其精髓者，上下二千年間僅獲其人三矣。在宋則爲林君復，在明則爲高青丘，在清則爲林二耻。除此之外，皆魯衛之政。

逋仙之詩皆可傳也，而其特不朽者不過「暗香疏影」之一聯矣。青丘之句皆可誦也，而其尤不可逮者，不過「美人高士」之十四字矣。林二耻之作皆可喜也，而其獨可傳者，不出「風白月香」之兩言矣。此知天下才人皆有數存矣，難矣之嘆，我重爲三子者發之矣。

《檀几叢書》載《書本草》云：虞書小説爲極有毒，不可多服，多服則有害。然當平素無聊，頭痛涔涔之時，夜齋雨燭之下，倩佳子弟良解書者，亂抽架上稗史可意者，快讀一過。胸中磊磈盡從毛孔發，興復不淺，其效勝陳檄不知幾何？尤夏月庚暑之時爲宜。故亡論《水滸》《西遊》《金瓶梅》諸書，風窗掀翻，以爲人生一樂事，殊不解其有毒。然烏苻亦藥籠中一物，今日嘗草人其果少之不？其果不可少也。我邦上下古今數百年間，鬱成一部成書。議論文章，毫莫愧於西人。使夫班、馬諸史瞠乎其後者，余以《水史》爲巨擘。繼《水史》顯者，爲林學士《本朝通鑑》。而二史卷帙浩瀚，窮生寒士非可家畜而户購也。其他澀井孝德於《國史》，永井定宗於《本朝通記》，其編年紀實雖如可傳，然其文簡陋，有不可讀者，此爲可惜也已。獨其文章縱横，議論明快，出群史之後，位群史之右。雖武人俗吏目不解丁字者，猶知其爲佳書，家置一本，則中井氏之《逸史》、賴氏之《外史》是也。而《逸史》模仿丘明，《外史》似類腐史。彼以簡潔，此則華贍。各擅其長，均不失爲有用正史。議者或病《逸史》甚模仿於丘明，推《外史》置其右，喋喋嗟稱，此余之所尤不首肯也。蓋《逸史》之書出《外史》未成之前，故其叙今代鴻業之迹，拮据經營，不遺餘力。且其文簡潔明快，善得盲史之髓，而毫莫浮靡輕佻之習。雖以山陽氏之才之與學，至其叙近代，則獲助於《逸史》者居多矣。第其文以不施粉飾，不宜俗士之觀。《外史》獨擅其寵，使《逸史》長抱秋扇之嘆，然此不可與門外漢道耳。

賴山陽所推服者，上下唯有一源白石翁而已矣。故書其《烈祖成績》及《藩翰譜》後云：「《成績》《藩翰譜》二書，士人可人置一本，猶其腰佩兩刀，欠一不可。」又云：「《藩翰譜》剪裁詳略，非具三長者不能成。《成績》似微遜焉。然後人撰著，萬不能及也。其中議論，皆平允明白。至其序文，真得體面，吾讀之每俯首至地。」其遵奉推尊如此。

源白石一代述作，亡慮數十種，皆膾炙人口。而如其《折焚柴記》，能記自家一生履歷，拾收不遺，宜爲白石家譜小傳讀焉。唯晚年自信太過，其説頗涉荒唐，此爲白璧微玷。然其學極該博，亡論倭漢古今夷蠻之書，搜羅包綜，莫不具備。皆彙而成一書，以爲後來群儒之前茅。如其《采覽異言》及《五事略》諸書，今日講解書者，要不得不由此道而出入此門也，可謂曠古偉男子矣。

國字之書亦不可不讀也，然有喫緊可讀者焉，有瀏覽一過者焉，有讀亦可不讀亦可者焉，抑在讀者擇之而已。如《源語》則不可不讀之書，如《徒然草》《枕册子》則瀏覽一過，讀亦可不讀亦可者歟？余嘗亡論其讀不讀之書，束而讀之，獲《論文斷句》七首。《源語》云：「幻開五十四瓊樓，也似空中蜃氣浮。女史文章光萬丈，望湖堂上月明秋。」「綉床添得百花枝，濃縟無文不絶奇。却到歌詞皆淡泊，疏疏着筆亦多姿。」「窗明几浄古香臺，嚲柳嬌花浪蕊開。好色由來人所好，從人好處導人來。」《榮語》云：「男列公卿女貴嬪，御堂富盛極人臣。黄粱一枕榮華夢，不朽傳來九百春。」《枕册子》云：「月落禁園香霧散，六宫尚恨春霄短。謝家才藻麗於花，磨墨紅窗草雜纂。」《徒然草》云：「體制渾從《世説》來，零篇隻句錦成堆。此翁早悟長消理，月是微雲花半開。」《方丈記》云：「鴨翁才藻脱風塵，小室疏簾甘隱倫。僅僅一篇《方丈記》，呼醒名醉利迷人。」

文之能記實事者，亡論巧之與拙，亦足以孤行於千古矣，矧於其能巧者乎？余每讀古人之書，其記實者，雖瑣事卮言，必鈔而録之，以備異日之鑒戒。鄙語曰：「凡人間可畏者四焉：震灾也，遺火也，疾雷也，家爺也。」震灾居其第一等，其畏懼可知也。火灾則明曆以還，其尤表表者。爲算橋，爲牛街，爲行人坂，爲丸山，爲作魔巷，闔都延燒，極目焦土，人民號哭，糜爛極矣。艮齋翁答芳川波山别紙云：「本月七日午下，火起於神田佐久間巷。時北風方厲，飛焰直逾柳原堤。須臾蔓延，勢疾奔馬，闔都蒼黄如狂。持械器救火者，搬出家具者，乘屋防飛熛者，堵立而觀者，投罅而偷筐匱者，呼暑者，哀號者，負且走者，蟻簇蜂屯，街衢填咽，不容跬步。火勢益熾，神田諸衕未毁盡，火道遠在兩國濱街之間矣。紅光數里，夜明如晝。」叙寫明細，其形容人物處，亦善學韓文《畫記》者。

余在青山邸，與鹽谷守誠之居相距一牛吼耳，故往來頻頻，討論文史，殆無虚日，屈指匆匆經十寒暑矣。守誠嘗記弘化乙巳灾云：「未牌，梆聲忽徹耳底，上屋而眺，焰焰燎天。從西而南，連亘數里，爲一匹赭色帶。而猶以其爲負郭，不甚爲意。少焉，鄰人叫呼，出而觀之，則板墻數間爲風所吹倒也。人情汹汹，不復能閑坐看書。黄昏復上屋，向者一匹帶變作半天鵬翼之雲，如怒如激，馳者回者，騰者飛者，如龍之戰，如虎之争，如雷車之轟空，如天地鬼神騎象乘狻猊，山妖海魁、千百惡魔鬱勃宕激，淫浸彌漫，靡所底止。」字字皆如火烈，不翅文字之巧，亦足以徵時事矣。

亡友齋藤竹堂《治火議》上下二篇，議論痛快，上篇論火之所自，下篇議其所以處之。其略云：「都下之地，大而三百諸侯，與麾下八萬之士邸宅相比。小而市廛商鋪，無地無之。加以廛外有房，鋪後置舍，四方羈旅之氓僦以爲居，數畝之地，百烟連起，糞壤穢土，無復罅隙。如是者非唯海内無比，而海外諸國未之聞也。無他，海外諸國不建公侯。漢土之古，雖有公侯，而各據其國，未有若我之會列侯于一都者也。列侯既會，士民從而輻凑，則晝炊夜燭，以至喫烟擁爐，用火甚夥，勢易苟且，而火患安得不生哉？」又云：「火有遺火，有放火。遺火出於無心，而放火有意爲之。江都之火，出於遺者，不若出於放之多。放火未除，則警防百備亦無益。故減火之先務，莫若去奸民也。奸民浮游馳逐于都下八百之街，而放火奪財爲業。今必命坊里之長，追鞠逮捕，朝取一奸焉，夕取一奸焉，流竄而誅殛之。賭博無賴之迹，蕩然不容于大都之内。而火之減者，十已四五矣。放火出於奸民，遺火出於良民。奸民可去，良民不可去。則遺火又何以減？曰：亦必嚴懸賞罰，使其慎而無遺失。其法以十年爲率，一坊十年而無火，可謂慎矣，乃賜金若干以賞之。若其不慎而有火，則亦罰以金若干使自贖。失火之罰固已有之，而慎火之賞未之聞也。今賞罰并行，而人不能無慎，於是火亦減十之六七矣。」持論通暢明快，赫若觀火。

嘗聞雷則天之震，而震則地之雷，故在天則之謂雷，在地則之謂震，名異而理同。蓋其陰陽二氣鬱嗇不信，一旦激發，山開川竭，人畜壓死，致不可極，豈匪天灾可畏也邪？而吾邦史乘記罕矣。但源君美《折焚柴記》，善記爾時所目擊狀，頗爲詳悉。鹽谷簣山《記丁未信州地震》云：「今兹丁未三月廿四日，信州地大震，逾月而止。當其發也，如巨炮斯發，轟轟殷殷，震天駭地，山崩川溢，地裂沙噴。五郡數里之地，振蕩尤甚，罔論城郭宫室、山陵藪澤，凡存于地上者，靡不悉被其害。地脉之所接，延及北越。

高田治下，猶與信之五郡同。而復加之以火灾，重之以水患，死亡不可勝算。蓋近古以來所未有也。適善光寺有啓龕之擧，蚩蚩之民自遠而來，雲聚烟簇，闐噎街衢，家頽于前，火燒其後，得生還者百無一二。積尸爲丘，燒黑不能辨。認人子以爲父，認人父以爲子，收他人之體骨以歸葬者亦不鮮矣。」讀之肌膚生寒毛。

乙卯都下震灾，人民壓死之慘，人皆所目擊。余亦曾遭於虎者，今記其實，以備異日之烱戒云。「維歲乙卯十月初二日，夜將子時，忽然坤軸震蕩，如飄風暴雨，掀屋拔樹，而人馬皆辟易。人人倉黄，不暇排户而出走。屏倒燈滅，門庭户樞碎裂四散，柱之挫聲、棟之壓聲、瓦之解聲、壁之崩聲，驉然爆然，調調刁刁。余亦將爲之所壓，而困頓匍匐，僅以躬免。全家相見，五色無主。未迨交一語，而四面火起，其東南火勢皇張，不可撲滅者，爲和田倉，爲日比谷，爲露月街，爲京橋。其東北紅光焰焰焦天者，爲小川巷，爲下谷，爲金杉。其直北延燒四出，爲燎原之勢者，爲聖天街，爲今户，爲北里，爲千樹。一時出火者三十餘所，火光騰上，終夜如白日。人畜壓死，號哭悲鳴之聲填噎於道路。」全篇頗冗，今節録其一班，將與《永代斷橋記》并傳焉。

高崎松本子恭記永代橋斷云：「今兹丁卯八月，江東深川祭幡神。蓋其南北數百街之所虔奉，其祭不擧已二十六年，至此官始許之。乃踊躍相慶，設觀場，陳戲舞，競巧争伎。導徒服飾，燦爛奪目。其聲扇動四境，皆謂今世之一大壯觀也。將以月十五日行事，陰雨不果，改卜十九日。天晴氣清，觀者傾都，十室九空。居北者自二州橋，西則自新大橋，南則自永代橋。雖西北人，尚由此者多。於是乎橋上雲委，殷殷如雷，肉薄逼摎，足不點地，進退惟谷，流汗如雨。乍一聲磅礴，橋板中斷，倒投皆陷水。壘雙蹂躪，連袂交臂而擠壓。頭載上者足，足踏下者頭。叫號決江河，哀泣震百里。溺者以國量，平澤若蕉。迺急發小船數十救之，有幸而免者，有欲救而溺者，有善泅而免者，有牽泅者共死者，有子溺而父呼搶于陸者，有婦負子、兄携弟而溺者，有失君而臣自投者，有一家舉死者，有輴從共溺者。其幸而免者，或失父兄，或失子弟，或將他人兒而失之，或失所將之父兄。道途鼎沸，有泣走，有絶氣而倒。其家聞變，發人訪求，棺桶相望，不絶於途。澇水取尸，積如丘山。子之求父，弟之求兄，號泣僵尸間。轉覆再三，洗面認衣，而後始得之，抱尸哀叫者，繼踵接肩。凡死者七百餘人，其他折手足、毁形體，僅得生者，不可勝計。」此皆文之關係於世變人事者，不可以尋常筆札視之也。

作文之候，春宜於雨日，不則塵沙風烈；夏宜於拂曉，不則赤日爍金；秋宜於静夜，冬宜於霜晴，不則短景沍寒。而其尤不宜者，爲犬猫，爲兒啼，爲弦歌，爲醉漢。能獲斯四宜而斥四不可，始可與攻斯文也。

雨日則檐溜疏疏，有聲無聲，林鶯池蛙，且鳴且歌，殘紅委地，芳草上階，門庭蕭然，無過客，無來价，無犬猫、嬰兒之聲。雖蒼頭赤脚愚無知，皆能解主人意，不浪笑語，闔堂肅静極矣。於此明窗净几，焚香静坐，先洛誦先修佳文可思者三四通，誦訖瞑目，胸不可有一點古人，又不可無一點古人。既而命意一再，其凡近淺易如出人人意中者，一刀割愛，不少假借焉。至二至三，取前人未曾發之言發之。夫意者主而辭者奴，主既先奴，焉有不奉其頤使而進退乎哉？夫文苟完矣，朝誦暮讀。既去復顧，帖於壁，糊於牖。既得一璺，又隨而治之。復獲一瑕，亦復隨改之。如不俟駕之孔，如不宿諾之由，如吐哺握髮之周，其如斯，則其粗者、笨者、生者、硬者、倒置者、重複者、蕪辭陳言，蔓章累句，一日呈露瞭然，如揭一火照魔燭老賊，肺腑亦胡得逭其明邪？又如斯者三數日，既成而呼佳筆紙。紙必澤，筆必精。字畫端正，或用蠅頭細楷。其目力筆力或不逮者，就前修耆宿邃于學、老于文之人，乞其是正，而後學之。筆之與文，駸駸進取，不懈將及於古也。輓近年少以才屬文詩者，卒爾下筆，漫然成篇，毫不加雕琢，公然上於梓，徒增覆瓿之資也，亦多見不知其量而已矣。

夏曉則小星三五，風曙月殘，桔槔有聲，宿鴉出樹，臧獲妻孥尚在囈語夢寐中，而主人蚤興，盥嗽闢户，灑掃室堂及庭既畢，整頓筆硯，按排几席，取左氏、蒙莊、范、馬之文隨意嚴設課程，日出杲杲而後止矣。晝間則盾威可畏矣，盾威可畏矣。

秋夕則環堵蕭閑，月色荒凉，梧桐之聲、芭蕉之影，與夫草蟲之嚶嚶、阜螽之趯趯，上於窗，入於室。古人所謂新凉入墟、燈火可親之候。一年讀書作文，進一境宜在斯時。是之時而飽食打睡，不知報罔極之恩，亦懶之丈夫也哉！

冬晴則盆梅在坐，花氣襲人，籠鶯學語，口吃舌澀。一手爐，一團蒲，背坐于向陽窗下，點檢一稔制藝，可者存之，不可者附丙童。汰沙整頓，窠作一集。或點定詩逋文債，凈清不遺，一一完趙。而後與會心老友幅巾杖屨，慶梅賀雪，亦閑事業，亦閑公事。

柳儀曹「舟行如窮，忽又無際」八字，不獨曲盡潤流舟行之妙，吾人作文之際亦有如斯者。當其一氣呵成、雙管并下之時，忽爾意竭筆澀，有長流極處，水落舟膠，不可奈何之慨。既而筆路一轉，窒者暢而幽者闡，文思坌涌，使人殆有岸轉棹開、烟波無際處，現出一馬頭之喜也。此時興趣，雖吾不知其何故也。蓋天機一到，不知其然而然而已矣。然此般景况，不但文事獨然，在日用行事間亦復有焉。禍福慶殃轉換，否往泰來，亦自然之理。

戡潑以還，奎運勃興，操觚士林林輩出，巨儒碩生無時無之。吁嗟，郁乎其盛乎哉！故其餘波所迨，臻夫院本雜劇、野史稗官之末。蟬噪蛙鳴，皆可以妝點昇平至治之化也。而大抵近年以稗官者流，山東生唱之其前，曲亭生和之其後，二生名其巧力亦相持不下，人皆推爲晋秦匹矣。而余尤左袒于曲亭生云。

馬琴名解，字鎖吉，號曲亭，瀧澤氏。著作堂、乾坤一草亭皆其别號。家世醫。翁小少好學，無書不讀。凡一寓目，則終身不遺。歲甫成童，院本稗史、軍記野乘，粗暗記而背誦之，人皆稱爲奇童。父奇之，欲以儒學一振其業。翁不屑榮利，以著書自娱。弱冠，絶意仕途，一委思於稗史。門窗户闥皆置筆硯，且讀且記，五行并下，雙管齊揮。换骨奪胎，混化融合，妙在不露痕迹，以新意行之。其每篇成，問於世，墨舞硯蟠，勢如風雨，使讀者拍案絶叫，天裂石破，鬼泣神哭，不翅皇甫子安賦《三都》也。尤精力過絶於人，晚失明，尚能口授著書。殆至以性命爲之殉，以其不能操筆，使寡婦孤兒代之。凡一世所述作，等身不啻，皆能膾炙人口。人以翁之才之與學，用力正史實録，著一部不朽書以鳴國家盛事，其有裨于世用，豈鮮少乎哉？雖然，自古才人落落寡合，不可一世者，志在樹立一家，不倚人之門墻。使翁有知，將大詫曰：「咄！田舍漢！寧與迂腐冬烘窮措大悲嘆乎窮途，不如著一部活潑寓言，以玩弄滿世之愈也。寧與陳熟迂腐增覆瓿具，不如作諧詼戲文寓諷刺意也。」焉得起翁于九原，相共把臂，論其志乎哉！

翁平素委思於著書，臻其筆立意走之時，雖添衣報飯不顧也。嘗屏居於一室，意匠慘澹，經營甚苦。偶家人俾新來家婢供椀茶，而翁一意刻苦，不知背後有人也。私語曰：「今夜必殺新來婢，奪其金與衣。如殘尸，則竊投之井中，以滅其迹，誰得知其然邪？」因抛筆索笑，若意太適者。婢從屏外聽之，自以爲身上事。乃乘間脱走還家，泣曰：「妾竊聽主翁私語，命逼今夕。不速去，爲所魚肉。」父兄色然，慰止其家。遽差人於翁所，托病乞暇。翁信疑相半，詰問一再，始得其實。乃抵掌曰：「胡爲下婢之迂且陋邪？向者余著某稗史，命意百回，乍獲一奇趣，故不覺先吐露其意中之事，豈復有異邪？」一家絶倒，疑案始釋矣。此雖尋常話説，亦吾輩打頭一棒。

不獨曲翁有斯事，近今詩人亦有相似者。《夜航餘話》：〔一〕「浪華詩人鳥世章家婢，恭順婉慧，善慣於家事。俄而乞暇，出仕於葛子琴。亡何復辭之焉。前此世章家詩會，老衲耆儒與醫生浪士雜處一席。乍而呻吟於邑，乍而大言放論，或笑或罵，終夜悄密，談其心事而後散矣。婢視而疑懼焉，以爲此必謀逆，深畏共連累去。迨仕於子琴，復如初。亦以爲此亦謀逆之黨。後嘊嘊語人以私恐怖云。」津坂東陽引《鶴林玉露》云：「宋彭仲舉論詩及少陵妙處，大呼曰：『少陵可殺。』俗子從鄰壁聽

〔一〕 夜，原作「野」，據津阪東陽《夜航餘話》改。

之，告人曰：『仲舉殺人。』或問所謀殺者爲誰，曰：『杜少陵，不知是何處人？』」同一話柄，書資一胡盧。

作無字文，則不得議其佳惡也；聽無聲語，則是非得喪不入其耳也；對無形人，來而不迎，去而不送，人不怒其無禮也。故蒙莊説「無何有」，瞿曇稱「不立文字」，其旨深矣哉！

文章訓蒙二卷

東正純　撰

《文章訓蒙》二卷

東正純　撰

東正純（1832—1891），字崇一，通稱崇一郎，號白沙。周防（今山口縣）人。幕府末期至明治中期的陽明學者，與栗栖天山、南部五竹并稱巖國三士。十歲即開始學習漢詩文，起先就學於巖國藩校養老館，後至江户從佐藤一齋習陽明學。文久三年（1863）三月，歸任養老館助教，與以朱子學爲中心的學風不合，一年後辭任。在尊皇攘夷的時代風潮中，巖國藩爲保守派控制。東正純采取了與德川幕府對抗的姿態，慶應二年（1866）十一月，他與栗栖天山、南部五竹等組成必死組，提倡打破保守門閥、登用有能人材、破棄先例舊格。德川幕府以成員行動粗暴過激爲理由，將其與栗栖天山一起流放到柱島。絶望之餘，他專心致志於書籍，島内外慕名來學者甚衆。明治二年（1869）秋東正純被赦免，居住在保津（今巖國市）海邊。明治三年（1870）十月，改號澤瀉，於保津村開辦澤瀉塾，致力於人材育成。有《澤瀉先生全集》。

《文章訓蒙》成書於明治七年(1874),其時東正純已絶意仕途,「四方學徒來問道者日多,先生隨器數教之,從其性所近,各有所得,而成名者不下數十百人。塾舍狹隘不可容,故增築之也。從遊之盛,始於此」(《澤瀉先生年譜》)。此書爲授徒而作,分爲上下兩卷。上卷評論文章,多引前人之語,加以按斷。下卷以方苞以及本邦賴山陽諸人文章示例,彰明文章作法,帶有寫作指南與文選性質。吉村駿在序文中所云「遠資諸韓、柳以下之言,近取諸吾邦人之文」,準確指明了此書特點。

《文章訓蒙》對於文章不持派别之論。像徂徠《四家雋》偏主七子,東正純即以爲「其失人人知之,不復待辨也」。但并不以此而抹殺其長,「我邦近世之文,如物徂徠雖中李、王之毒,筆鋒横逸,一種才科自罕比矣」。對於七子,他也以爲「李獻吉、何太復及王弇州,亦自有精造矣」。他論文主張由近及遠,循序漸進,由唐宋而溯秦漢,「文以唐宋爲門户,以秦漢爲堂奥。自唐宋而進秦漢,可也;棄唐宋而趍秦漢,則斷斷不可也」,從而使文章氣、骨兼備。

對於文章具體作法,東正純强調「學文以知體裁爲要也」,他認爲文重起句,又重轉法,尤重結法。而這些入門軌轍,則來自其師傳。他曾自述學文門徑:「余少從秋陽先生講經之餘,間及文章。曰學文先明體格,而擇唐宋諸家之文,反覆參窮,以審其起伏擒縱、頓挫撤脱、波瀾馳騁之法，則得心應手之妙，自在其中矣。」（《初學文要序》）秋陽先生即吉村晋（1797—1866），學問由朱子而轉趨陽明。吉村駿爲其養子，而佐藤一齋則是其門人。東正純論學、論文都帶有較鮮明的師門授受色彩。他宣稱：「僕非信明儒者，亦未信宋儒者也已。未信宋儒，則又何信明儒乎？大抵學之要，在自信而已。」（《復楠本吉甫書》）這一主張帶有明顯的心學特徵，他對於派别的看法理論淵源即在乎此。他接續魏禧話頭，主張「必可爲古人子孫，而必不可爲古人奴隸也」，此學文方法也屬同一機杼。

《文章訓蒙》有明治十一年（1878）刻本，又收入大正八年（1919）印行的《澤瀉先生全集》。今據明治刻本録入，以全集本參校。

文章訓蒙序

黌舍之設殆遍乎海寓，而人自髫齔，莫不就學焉。及其稍長，則大率以文章爲務。於是謝氏《軌範》甲誦乙讀，琅然而盛矣。然其間能得其法，而可期古之作家於將來者寥寥希覯，何也？豈材具之不古若耶？抑指授未得其宜耶？吾嘗怪焉。頃者友人東君崇一郵致其所著《文章訓蒙》二卷，謂：「因書肆之請將上梓，子爲弁一言。」披而閱之，作文之法遠資諸韓、柳以下之言，近取諸吾邦人之文，使人易入易從，所謂指授得宜者歟？今也廣其傳，乃向之徒事《軌範》者，先習步趨于此，亹亹不已，〔一〕各隨其材而有進焉，何古人之不可期？則致文運於益盛，必無疑也。吾焉得不喜而序？

明治十年十一月，安藝吉村駿撰。

〔一〕亹亹，原作「疊疊」，據《澤瀉先生全集》本改。

文章訓蒙卷上

余頃課門生以文，月凡兩三次，爲授作文之法。弟子乏記性，師多漫口，屢問屢答，頗困煩瀆，因急命毛穎子代勞。不遑博考諸書，即几間所在，參以臆記。挂漏固多，紕繆不少。要之非所以示大方，何必諱焉？名曰《文章訓蒙》。甲戌夏五，澤瀉東正純崇一識。

孔子云：「辭達而已矣。」又云：「修辭立其誠。」是作文定本。蓋辭不修則意難達也。辭主修，意主達也。講學家以詞宗爲雕蟲小技，而文章家喜舉其累句拙字，以爲笑柄。殊不知如朱子、東萊、白沙、陽明詩文，何曾不燦爛？雖以文爲命，恐瞠若于後矣。

學文當就全篇考其節目關鍵。程端禮《讀書分年日程》云：「韓文既讀之後，須反覆詳看。每篇先看主意，以識一篇之綱領；次看其叙述抑揚、輕重運意、轉換演證、開闔關鍵、首腹結末、詳略淺深次序。既於大段中看篇法，又於大段中分小段看章法，又於章法中看句法，句法中看字法，則作者之心不能逃矣。」此不獨讀韓文，凡讀書晰文之法皆然也。

歐陽公謂作文有三多：曰看多、做多、商量多。以公絶世之才，精思苦衷如此，其台斗於千古亦宜矣，我取以爲法。

清人劉開曰：「文莫盛於西漢。而漢人所謂文，有奏對、封事，皆告君之體耳。書序雖有，不多見。至昌黎始工爲贈送、碑誌之文，柳州創爲山水雜記之體，廬陵始專精於叙事，眉山始窮力於策論，序經以臨川爲優，記學以南豐稱首。故文之義法，至《史》《漢》而已備。文之體制，至八家而乃全。學者必先從事於此，而後有成法之可循也。」按，文以唐宋爲門户，以秦漢爲堂奥。自唐宋而進秦漢，可也；棄唐宋而趁秦漢，則斷斷不可也。劉言先獲我心者。

韓昌黎云：上規姚姒、《盤》、《誥》、《春秋》、《左氏》、《易》、《詩》，下逮《莊》、《騷》、太史、子雲、相如，閎其中而肆其外矣。柳柳州云：本之《書》《詩》《禮》《易》《春秋》，取道之原；參之《穀梁》、《孟》、《荀》、《莊》、《老》、《國語》、《離騷》、太史，旁推交通而以爲之文。余謂學韓柳者，不可不知韓柳所以學古；偏學唐宋而不原諸秦漢，則氣弱力薄，不能自振也。李何、李王之言，亦未可全廢矣。

侯雪苑云：「秦以前之文主骨，漢以後之文主氣。秦以前之文，若六經，非可以文論也。其他如老、韓諸子，《左傳》《戰國策》《國語》，皆斂氣於骨者也。漢以後之文，若《史》，若《漢》，若八家，最擅其勝，皆運骨於氣者也。斂氣於骨者，如泰華三峰，直與天接，層嵐危磴，非仙靈變化，未易攀涉。尋步計里，必蹶其趾也。運骨於氣者，如縱舟長江大海間，其中烟嶼星島，往往可自成一都會。即颶風忽起，波濤萬狀，東泊西注，未知所底。苟能操柁覘星，立意不亂，亦自可免漂溺之失也。六朝《選》體之文，最不可恃。士雖多而將嚚，或進或止，不知按部伍。辟如用兵者調遣旗幟聲援，但須知此中尚有小小行陣，遥相照應，未必全無益。至於摧鋒陷敵，必更有牙隊健兒銜枚而前而已。」按，雪苑之言，殊可思也。凡學文不可不先領此旨也，不然則不入邪徑曲路者幾希。

莊子《逍遥》《齊物》、韓非《説難》《難勢》、孫子《軍形》《軍勢》等，可以見骨矣。太史公紀傳、劉、項紀，伯夷、屈原、刺客、游俠諸傳，河渠、平準諸書之類。賈董論策《過秦論》《治安》《天人策》之類。等，可以見氣矣。韓公《原道》《張中丞後叙》、〔一〕柳氏《封建論》、明允《審勢》《審敵》、

〔一〕丞，原作「亟」，據《澤瀉先生全集》本改。

半山《上仁宗書》等，可以見法矣。

韓子云：「氣，水也。言，浮物也。水大而物之浮者大小畢浮，氣之與言猶是也。氣盛則言之長短與聲之高下皆宜。」韓公揭作文秘奥，無復餘藴也。唯無學者不能用之。

學文以知體裁爲要也。吴訥《文章辨體》、徐師曾《文體明辨》不可不讀者。論者喜抑《漢書》，揚《史記》。按，班掾之文，雖不及史遷之奇，然其詳贍典雅，亦作史定法，談何容易？

凡學文，入法似易而難，出法似難而易。寧法勝而掩辭，勿馳巧而壞格。雖然，亦有説。必可爲古人子孫，而必不可爲古人奴隸也。

蘇東坡言：「吾文如萬斛泉源，不擇地皆可出。在平地滔滔汩汩，雖一日千里無難。及其與石山曲折，隨物賦形，而不可知也。所可知者，常行於所當行，常止於不可不止，如此而已矣。其他雖我亦不能知也。」是坡翁謂所自得，然仍在光景上也。又嘗教葛延之曰：〔一〕凡作文字，辟如市上店肆諸物，無種不有。却有一物可以攝得，曰錢

〔一〕延，原作「誕」，據《梁溪漫志》卷十改。

而已。莫易得者是物，莫難得者是錢。今文章，詞藻、事實乃市肆諸物也，意者錢也。爲文章能立意，則古今所有，翕然并起，皆赴吾用。汝若曉得此，便會做文字也。」此則要訣，可與歐公「三多」之説參考之。

韓云：「懼其雜也，迎而距之，平心而察之。」歐云：「凡作文發意，第一番來者，陳言也，掃去不可用。第二番來者，正意語也，停之亦不可盡用。第三番來者，精意也，方可用之。」蘇云：「出而書之，再三讀之，渾渾覺其來之易矣。」三公數語，要可體會咀嚼焉。

文重起句。朱子云：「東坡作《韓文公廟碑》，不能得一起頭。忽得『匹夫爲百世師』兩句，下面如此掃去。」又云：「頃有人買得《醉翁亭記》稿本。初説滁州四面有山，凡數十字，末後改定曰『環滁皆山也』，五字而已。」又重轉法。《文訣》董其昌著。云：「太史公《荆軻傳》方叙荆軻刺秦王，至『秦王環柱而走』，所謂言盡語竭。忽用三個字轉云『而秦法』，自此三字以下，又生出多少烟波也。」尤重結法。王弇洲云：「子厚《梓人傳》，在於形容梓人處已妙。只一語結束，有萬鈞之力，可也。乃更喋喋不已，使夫引者發而無味，發者冗而易厭矣。」蓋并數者考之，則其餘可推已。

魏叔子云：「文之感慨痛快馳驟者，[一]必須往而復還。往而不還，則勢直氣泄，語盡味止。往而復還，則生顧眄，此嗚咽頓挫所從出也。」又云：「文字首尾照應之法，有明明繳應起所者，有竟不顧者，有如無意牽動者，有反罵破通篇大意實是照應收拾者。不明變化，則千篇一律，而文亦易入版俗矣。」又云：「古文接處用提法，[二]人所易知。轉處用駐法，人所難曉。凡文之轉，易流便無力，故每於字句未轉時，情勢先轉，少駐而後下，則頓挫沉鬱之意生。辟如駿馬下峻阪，雖疾驅如飛，而四蹄着石處，步步有力。若駑馬下峻阪，只是滑溜將去，四蹄全作主不得。更有當轉而不用轉語，以開爲轉、以起爲轉，轉之能事盡矣。」按，此等之説，不能瞭然於心目間者，未可遽讀古文辭也。

徐俟齋謂：「文有三繆者，曰體裁之繆，曰段落之謬，曰行文之謬。此三謬者，實本四病，一曰稚也，一曰雜也，一曰蕪也，一曰陋也。稚則必雜，雜則必蕪，蕪斯陋矣。何謂稚？不老成也。老杜句云：『波瀾獨老成。』惟能老成，故無遺恨也。此文有一好

[一] 感，原作「憾」，據《魏叔子日録》卷二改。

[二] 文，原作「人」，據《魏叔子日録》卷二改。

句可入者，必欲入之；有一好事可入，必欲入之。斯稚氣也，而雜矣，蕪矣，陋矣。辟如織者，錦綺布帛并重於天下。若匹素之内，而爲錦者入焉，爲紈者入焉，爲綈者入焉，甚至爲絺、爲紟、爲褐、爲罽者亦入焉，見者無不唾而棄之。斯爲天下之廢物矣。亦猶之乎醫，但知其藥味之美，而必欲用之，而不知此方之内必不可入此味；又不知既用彼味，則必不可重此味，則必至於殺人矣。以是言之，究竟四病，總繇於一稚也。」

按，學文先在識厥病，然後文章可得而議也。俟齋之言可玩。

唐韓、柳之外，有李習之、孫可之。歐公不喜柳，而獨推習之，動曰「韓李」。

《陸宣公奏議》雖不免駢體，神氣流動，可謂奏議中上乘矣。

宋文歐、蘇、王、曾之外，尚有司馬温公、范文正公、王梅溪、陳同甫、朱子、吕東萊、文信國、謝疊山諸人，斐然可觀矣。

明宋潛溪、劉青田、方正學、王陽明、王遵巖、歸震川、唐荊川、茅鹿門諸家，皆可接武於八家之間。而李獻吉、何太復及王弇州，亦自有精造矣。而獨李滄溟之文晦澀難讀，當時其黨已疑之，王弇州云：于鱗誌傳少不滿者，損益今事以附古語。序論微苦纏擾。銘辭寡變云云。余所不喜也。徐文長、袁中郎亦一種斬新之妙，不可掩焉，不可不讀之。

語録與古文各成一體，持不相下。而至正學、陽明、遵巖、震川、荊川諸家，乃能發理學以成古文，又王、曾之所無，而余尤所喜也。

陳眉公云：「好古者鈎棘僻澀，摽剥奇字怪句，以爲超兩京而軼三代。然使人讀之，舌本强而不快，喉嗉鬱而不舒。即使作者自覆其文，至不解何語。此泥古之過也。而悉以方言俚語雜文字中，蓋始於卓吾老子。而孟浪者借以野戰，空疏者借以藏拙，而庸知村墟之巫祝非禮也，市獪之嫚罵非俠也？此泥今之過也。泥今者如徒以史書施之金石碑版，[一]識者嗤之。若撥古人之皮毛，而失古人之神理。如龍馬之圖、蟲鳥之篆、岣嶁石鼓之文，豈能爲箋奏軍符乎哉？古有古之粹言，今有今之粹言，二者皆時爲之，而血脉條理，古今人非甚相遠也。」天下無粹白之狐，而有粹白之裘，第采而集之何如耳。此言先獲吾心者。

清文侯雪苑、魏冰叔、汪堯峰、黄梨洲、毛西河、朱竹垞、方靈皋皆可喜也。蓋其雖以唐宋爲門户，得力於先秦以上居多矣。張維屏云：「諸家爲古文，多從唐宋八家入，惟魏叔子、惲子居從周秦諸子，皆得力於《史記》。」此言亦可謂有所見矣。

袁隨園文，筆舌縱横，世舉喜之。然其人輕薄，其文亦然，余所不取也。

[一] 徒以，原作「以徒」，據《陳眉公集》卷七《古今粹言序》改。

我邦近世之文，如物徂徠雖中李、王之毒，筆鋒横逸，一種才科自罕比矣。室鳩巢雖剪裁不足，而豐腴亦可觀也。伊東涯整齊少疵，所憾乏奇氣耳。安淡泊、清君錦，皆可取焉。中井兄弟、柴、尾、劉諸家，殆其具體者。而如賴山陽紀事，佐一齋論理，筆力法度可謂獨步矣。

《逸史》《通語》學《左》《國》而尚有痕迹，而《外史》則能學《史記》而不襲面目，所以爲妙焉。至論斷，則山陽據臆，不若竹山據經矣。

《外史》源、平出入《左》《史》之間，尤古也。織田、德川之間，或用《五代史》法，亦可喜也。足利數世是爲下，亦以其事下耶？《政記》論斷不由八家常套，别有窺乎先秦之法，所以筆鋒殊快利也。

徂徠云：《四家雋·凡例》。「斯方數百年來，教童子句讀，六經竣，輒授以《真寶》。迺賈人所輯録，豈足備藝文，施諸鼓篋哉？[一] 其書玉石并收，魚目淆玉，是則亡論已。大抵學文章，識體爲先。迺如《漁父》，騷也，而謂之辭。《北山移文》，移也；《弔古戰場文》，弔文也，而概謂之文。《讀孟嘗君傳》，讀也，而列之傳。《原人》《原道》，論也，

[一] 篋，原作「筐」，據《四家雋·雋例六則》改。

而別立原。夫體且不識，尚何問選？近年一二大師頗覺其非是，則有代以謝氏《軌範》者。是固名儒所纂録，然其書本以便舉業。舉業主論策，故其選主議論而不及叙事也。」云云。徂徠之言是也，然其所纂《四家雋》者則殊非也。以李王列韓柳，非其倫也。選韓柳雖不太失，而至李王，則選亦不精也。其失人人知之，不復待辨也。太宰春臺在物門中已論其非，見於《紫芝園稿》中。

《續軌範》爲鄒東郭之選，蕪雜太甚，亦書賈所録而托名顯儒者，可廢也。近有《謝選拾遺》者，山陽所輯。專主叙事，間或擇取《五代史》諸傳，殊爲有識也。學者先熟《軌範》及是書，然後博涉其餘，則篇章字句之法瞭然於心目間焉。而下筆之際，自能批郤導窾，無遺憾矣。

論文有作家之言，有評家之言。茅鹿門、沈確士等，作家也。林西仲、金聖嘆，評家也。作家之言皆可資，而評家之言，其益不必多矣。《莊子》因《必讀書》及《左綉》等，世所争喜，然皆評家之言，余不甚取之。

凡紀事，舉全局具諸我胸中，不拘其次序先後，除煩刪累，錯綜變化，以成其文也。古人紀一事，或繁或簡，或散或整，以此故也。三傳、《國語》、《檀弓》、《吕覽》等，參而考之，則思過半矣。揭一二於左。

驪姬讒申生

《左氏》驪姬謂太子曰：「君夢齊姜，必速祭之。」太子祭于曲沃，歸胙于公。公田，姬寘諸宮六日。公至，毒而獻之。公祭之地，地墳。與犬，犬斃。與小臣，小臣亦斃。姬泣曰：「賊由太子。」太子奔新城。殺其傅杜原欵。或謂太子：「子辭，君必辨焉。」太子曰：「君非姬氏，居不安，食不飽。我辭，姬必有罪。君老矣，吾又不樂。」曰：「子去乎？」太子曰：「君實不察其罪，被此名也以出，人誰納我？」十二月戊申，縊于新城。

《國語》驪姬以君命命申生曰：「今夕君夢齊姜，必速祠而歸福。」申生許諾。乃祭於曲沃，歸福於絳。公田，驪姬受福。乃寘鴆於酒，置堇於肉。公至，召申生。公祭之地，地墳，申生恐而出。驪姬與犬肉，犬斃。飲小臣酒，亦斃。公命殺杜原欵，申生奔新城。驪姬見申生而哭之曰：「有父忍之，况國人乎？忍父而求好人，人孰好之？殺父以求利人，人孰利之？皆民之所惡也，難以長生。」驪姬退，申生乃雉經於新城之廟。將死，乃使猛足言於狐突曰：[一]「申生有罪，不聽伯氏，以至於死。申生不敢愛其

[一] 狐，原作「孤」，據《國語·晋語》改。

死。雖然，吾君老矣，國家多難，伯氏不出，奈吾君何？苟出而圖吾君，申生受賜以至於死，雖死何悔？」是以謚爲共君。

《禮》　晉獻公將殺其世子申生，公子重耳謂之曰：「子盍言子之志於公乎？」世子曰：「不可。君安驪姬，是我傷公之心也。」曰：「然則盍行乎？」世子曰：「不可。君謂我欲弑君也。天下豈有無父之國哉？吾何行如之？」使人辭於狐突曰：「申生有罪，不念伯氏之言，以至于死。申生不敢愛其死。雖然，吾君老矣，子少，國家多難。伯氏不出而圖吾君，伯氏苟出而圖吾君，申生受賜而死。」再拜稽首乃卒。是以爲共世子也。

《檀弓》第一，《左》《國》次之。然絢爛簡練，各至其妙矣。《公羊》《穀梁》皆不及焉。

秦伯襲鄭

《左氏》　杞子自鄭使告於秦曰：「鄭人使我掌其北門之管，若潛師以來，國可得也。」穆公訪諸蹇叔，蹇叔曰：「勞師以襲遠，非所聞也。師勞力竭，遠主備之，無乃不可乎？師之所爲，鄭必知之。勤而無所，必有悖心。且行千里，其誰不知？」公辭焉，召孟明、西乞、白乙，使出師於東門之外。蹇叔哭之曰：「孟子！吾見師之出，而不見其入也。」公使謂之曰：「爾何知？中壽，爾墓之木拱矣！」蹇叔之子與師，哭而送之曰：「晉人禦師必于殽，殽有二陵焉。其南陵，夏后皋之墓；其北陵，文王之所辟風雨也。必死是間，余收爾骨焉。」秦師遂東。

《公羊》秦伯將襲鄭，百里子與蹇叔子諫曰：「千里而襲人，未有不亡者也。」秦伯怒曰：「若爾之年者，宰上之木拱矣，宰，冢也。爾曷知？」師出，百里子與蹇叔子送其子而戒之曰：「爾即死，必於殽之嶔巖，是文王之所辟雨者也。吾將尸爾焉。」子揖師而行，[一]百里子與蹇叔子從其子而哭之。秦伯怒曰：「爾曷哭吾師？」對曰：「臣非敢哭君師，哭臣之子也。」《穀梁》語句略與此同。

《呂氏春秋》秦穆公興師以襲鄭，蹇叔諫曰：「臣聞之：襲國邑，以車不過百里，以人不過三十里。皆以其氣之趫與力之盛，[二]至是犯敵能滅，去之能速。今行數千里，又絶諸侯之地以襲鄭，臣不知其可也。君其重圖之。」穆公不聽也。蹇叔送師于門

[一] 行，據《公羊傳·僖公三十三年》補。

[二] 趫，原作「趨」，據《呂氏春秋·先識覽》改。

外而哭曰：「師乎！見其出而不見其入也。」蹇叔謂其子曰：「晋若遏師，必於殽。汝死不於南方之岸，必於北方之岸，爲吾尸汝之易。」穆公聞之，使人讓蹇叔曰：「寡人興師，未知何如。今哭而送之，是哭吾師也。」蹇叔對曰：「臣不敢哭師也。臣老矣，有子二人，皆與師行。比其反也，非彼死，則臣必死，是故哭。」

《公羊》雖不暨于《左氏》精采光燿，然其簡老亦可法矣。至如《吕氏》，則冗縟平弱，是爲最下也。

趙盾嗾獒

《左氏》　棄人用犬，雖猛何爲？

《公羊》　君之獒，不如臣之獒。

文大概無優劣，事則少異耳。《左》言公使犬之非，《公羊》言己有死臣也。

《武成》云：「歸馬于華山之陽，放牛于桃林之野，示天下弗服。」《樂記》乃云：「馬散之華山之陽而弗復乘，牛散之桃林之野而不復服。」《史記》乃云：「休馬華山之陽，以示無所爲。放牛桃林之陰，以示不復輸積。」

《論語》云：「君子之德風，小人之德草。草上之風必偃。」《説苑》云：「上之化下，猶風靡草。東風則草靡而西，西風則草靡而東。在風所由，而草爲之靡。」

《論語》云：「一朝之忿，〔一〕忘其身以及其親，非惑與？」《荀子》乃云：「鬥者，忘其身者也，忘其親者也，忘其君者也。行其少頃之怒，而喪終身之軀。」

《孟子》云：「昏暮叩人之門户，求水火，莫不與者，至足矣。」《淮南子》乃云：「扣門求水，莫不與者，所饒足也。」

《孟子》云：「西子蒙不潔，人皆掩鼻而過矣。」《淮南子》乃云：「今夫毛嬙、西施，天下之美人。若使之銜腐鼠、蒙猬皮、衣豹裘、帶死蛇，則布衣韋帶之人，過者莫不左右睥睨而掩鼻。」

《韓非子》云：「丈夫年五十，而好色未解也。婦人年三十，而美色衰。以衰美之婦人，事好色之丈夫，則身見疏賤，而子疑不爲後。」《漢書》乃云：「男子五十，好色未衰。婦人四十，容貌改前。以改前之容，侍于未衰之年，則正后自疑，而支庶有間適。」

右若干條，皆原古語隱括出之者。熟此，則可悟修辭法也。

《史記》删潤《國策》，《漢書》增損《史記》，并要精究其用意所在焉。

〔一〕忿，原作「怒」，據《論語·顏淵》改。

韓《張中丞後叙》、柳《段太尉逸事》，其人相匹，其文不相下，可并觀以窺二家所長焉。

歐《醉翁》《豐樂》二亭記，與曾《醒心亭記》，可以悟文章結構之變也。而蘇《赤壁》二賦亦然也。

三蘇史論多一題者，想當父子兄弟課而作之，皆可參觀者。

曾《宜黄縣學記》、王《慈溪學記》，一温厚，一峭潔，古今學記上乘，韓、歐諸家所無也，宜比而詳之。

昌黎、陽明皆有諫迎佛疏。昌黎直切，陽明婉詣，各極其妙也。

唐荆川《叙廣右戰功》，記事詳明，出入《史》《漢》，惜諸家之選不收之。侯雪苑《寧南侯傳》善學《史記》者，皆可法也。凡篇長者，并不録於此。

文章訓蒙卷下

方望溪之文簡練精嚴，原本《左氏》。雖唐宋諸家多所不滿焉，獨折服韓公。其書左忠毅逸事等，亦可以見一班矣。揭以爲學韓者之法也。

左忠毅公逸事

先君子嘗言：鄉先輩左忠毅公視學京畿。一日，風雪嚴寒，從數騎出，微行入古寺。廡下一生伏案卧，文方成章。公閲畢，即解貂覆生，爲掩户。叩之寺僧，則史公可法也。及試，吏呼名至史公，公瞿然注視；呈卷，即面署第一。召入，使拜夫人曰：「吾諸兒碌碌，他日繼吾志事，惟此生耳。」及左公下廠獄，史朝夕獄門外。逆閹防伺甚嚴，雖家僕不得近。久之，聞左公被炮烙，旦夕且死。持五十金，涕泣謀於禁卒，卒感焉。一日使史更敝衣草履，背筐，手長鑱，爲除不潔者。引入，微指左公處，則席地倚墻而坐，面額焦爛不可辨，左膝以下，筋骨盡脱矣。史前跪，抱公膝而嗚咽。公辨其聲而目不可開，乃奮臂撥眥，目光如炬，怒曰：「庸奴！此何地也？而汝來前！國家之事糜爛至此。老夫已矣！汝復輕身而昧大義，天下事誰可支柱者？不速去，無俟奸人構陷，吾今即撲殺汝！」因摸地上刑械，作投擊勢。史噤不敢發聲，趨而出。後常流涕述其事以語人曰：「吾師肺肝，皆鐵石所鑄造也。」崇禎末，流賊張獻忠出没蘄、黄、潛、桐間。史公以鳳廬道奉檄守禦，每有警，輒數月不就寢，使將士更休，而自坐幄幕外。擇健卒十人，令二人蹲踞而背倚之，漏鼓移，則番代。每寒夜起立，振衣裳，甲上冰霜迸落，鏗然有聲。或勸以少休，公曰：「吾上恐負朝廷，下恐愧吾師也。」史公治兵往來桐城，必造左公第，候太公太母起居，拜夫人於堂上。余宗老塗山，左公甥也，與先君子善，謂獄中語乃親得之於史公云。

是篇以左公顯史公，以史公又顯左公，而所歸在左公。蓋以客顯主之法。

彼邦趙宋以來，以科舉待士。天下所趍，在論策一途，以叙事爲次。我邦亦受其餘風，雖諸名家議論或可見，而叙事大不及也，故余誨子弟重叙事。閱清君錦氏絢《記二總管事》，殊爲有法，揭以示初學之士。

記二總管事

野史有號《陰德太平記》者，記大江氏事，頗爲精詳。其以世所謂片假名者書之，病中譯其《二總管事》以異邦文。

衰病日加，文思不振。但至法度稱謂，再三研究，竊謂不有放失乖違云。

大江贈三位君元就，分其所有山陽、山陰十州爲二部。以三公子元春爲北部大總管，雲伯、石作、因諸將屬焉。以五公子隆景爲南部大總管，長防、藝、三備諸將屬焉。三位君卒，二位君輝元以長孫嗣立。二叔輔政，二位君尊禮委信，無纖芥之嫌。北總管驍猛善戰，以寡擊衆，前無堅陣，紀律森肅，最善守法，屢摧强寇，威名震敵。性敦信義，深惡佞諛。士之有氣節者歸之，奉如神明；而陰賊輕噪者，側目畏忌焉。南總管亦有勇略，爲人善於計算，務辨得失，外寬内察，最善誘進人，聲稱盈於關西。大江氏疏屬有僧惠瓊者，狡獪善諛，將士往往爲其所惑瞞。北總管醜其爲人，不少假顔色。惠瓊愧憤次骨，居常欲有所中傷。天正中，右大臣織田公用兵關西，拜羽柴秀吉爲山陽山陰探題播磨侯。探題出師山陰，拔因之數城，乘勝深進。北總管自藝之新莊疾馳赴敵，營于伯之馬野山，[一]不過從兵七千。探題八萬勁兵，據羽衣山之鄰，直俯馬野，相距八九里。馬野一培塿，仰望羽衣諸峰，如在頭上。探題夙以膽勇稱，加以連捷之氣，目中無敵，將卒踊躍，唯敵是求，互相語曰：「願假元春一日，正是我輩封侯之

[一] 野，原作「墅」，據《澤瀉先生全集》本改。

秋。」唯恐元春乘夜飛去。會大風，雪下如篩，羽衣警夜之銃，火星與雪迸散。雲伯諸將詣中軍執謁，且探軍情。北總管白綾大紅裡衣，淡碧長袴，擁爐而坐，命羹鱖魚，餽酒諸將，宴語款曲。探題晨興倚柱遥眺，馬野鼓柝有節，陣營寂然，唯見炊烟裊裊而起。哨騎來報曰：「北軍撤橋破舟，自絶還路。」探題沉思者久之，猝引軍還。明年探題侵中備，南總管求援北總管。北總管時將復因之諸城，及聞南報，旋軍赴援。諸將恚怒曰：「南部有急，北部投袂；北部有急，南部袖手，不止一再次。且馬野之役，五公子雖來援，頓軍月山不進，委我公及諸將士於虎口。臣等今於山陰之行，水火可蹈。若夫山陽之行，不敢奉明命。」北總管愀然曰：「君等言亦有理，第老夫不必有五弟，五弟豈無老夫？馬野之役，其或别有所見，是以不來援。世人常言：兄弟兄弟，兄弟父母一遺體，即人自占便宜。謂父母之何？諸君不行，老夫獨行。」諸將士簌簌涕下，奮發爭前。會織田公遭弑，探題請成而還。居無何，探題霸就，遂拜關白，擅天下之政。北總管乃辭職退老，世子元長代爲北部大總管。關白豐臣公之征九國，二位君及二總管皆會于師。關白固要舊總管俱往，固辭老疾不往，關白益促不已，禮辭甚恭，二位君及南總管又屢請，乃始受命。到于豐之小倉，疽發背，輿病歸新莊而卒。北部將卒，有哭泣嘔血者。新總管及弟廣家，俱驍猛有父風。亡何，新總管亦卒，廣家代立。從征朝鮮，屢有奇功。南總管姿容美麗，言笑可愛。年十八，攻陶全姜有功。從屢經戰陣，朝鮮之役亦有功勞。關白倖臣某善禍福人，南總管善周旋之，不失驩心，封大國，受尊爵。二位君年向四十無子，關白欲以其族侄秀秋爲之嗣。諷之南總管，南總管佯爲不解其旨。卒迫之際，詭對曰：「既私擬侄秀元，旦夕上請。」關白語塞。南總管乃密報之二位君，就而實之，於是秀元猝爲二位君嗣子。秀元十公子元清長男，及二位君生男，秀元別封。南總管既計拒關白求，乃喟然嘆曰：「一童竪豈可爲十州之主？且關白威脅諸侯，孰能抗之？今日自彼予之，烏保後日自彼不奪之？威柄所使，予奪在彼。即使十州侯，一旦以無子國除，不亦毒乎？況又群牧鼓吹，猜嫌如織，燃犀致祟，含沙伺影。今日慶之，明日弔之，不可知矣。我寧代本宗受厄而已。」乃請秀秋爲己嗣。關白大悦，寵禮有加。及後年，南總管後嗣滅絶，而北總管子孫食禄數萬石，以至今日云。

君錦氏之文，雖以廬陵爲模範，然亦往往用修辭之法，殊有古色，此篇是也。所以可喜者。

服子遷元喬撰《唐詩選附言》，乞正物徂徠。徂徠不下一雌黄，使更改之。凡易稿數次，然後乃許可之，於是子遷之文頓進矣。因摘其一條，以示彼所謂修辭者亦不易焉。

重刻唐詩選附言

近體詩盡於唐。盡也者，盡善之謂，而莫善於滄溟《選》。蓋後世祖述唐人者，家選户論。大抵宋人好自用其調，絶響大雅，即所選若論，漆桶掃帚，亦惟摸索而已。及南宋嚴滄浪豁然眼目，全象始見。雖有來者，不能間然。然止論之，未遑選詩。明興，高廷禮《品彙》《正聲》出，而唐人諸玄黄不蔽，詩亦簡拔神駿，冀北遂空。滄溟繼興，蓋猶以廷禮爲旁通多可，芟柞益嚴，掄選數百首，唐詩之粹森如也。後有唐仲言《解》及《十集》，要其所出入，亦惟首鼠高、李間，不足列之選者。他若鍾氏《詩歸》，以沙投金，非再經陶汰，無見其真。故唐詩莫善於滄溟《選》，又莫精於滄溟《選》。以下略之。

修辭法不止修飾古辭，尤要神氣貫穿之，不然則泥矣。苟一讀下有靈動處，乃未可云模擬腐爛矣。子遷之文以此等爲上，徂徠許可不誣也。

賴山陽作《續八大家文序》，示之一齋翁，翁評而還之。山陽復送之，曰：「所以千里相似，非乞頌，將以求規也。」一齋於是極力論之，然後山陽更取捨而刻之，并揭於此。

續八大家文讀本序

余嘗私修國史，至於豐臣氏事，蓋有投筆而嘆者。豐[公](臣)(太)(閣)(之)出師海外也，[有人](或)說宜以善漢文者從。公笑[使便]曰：「[惡用漢文爲？直使彼用我文耳](吾)(將)(使)(彼)(用)(我)(文)(耳)，(何)(以)(彼)(文)(爲)？」[嗚呼！此](此)(雖)(大)言(無)(當)，[取]可以警文士之陋[哉](矣)。今季德此[編](書)，亦得非[爲]豐(臣)公所笑耶？且季德[一介](仕)(係)武[辨](藉)，何[圖]不以長槍大劍效力國家，而[顧乃]區區[焉如](於)此？[夫]我自有文，無[資](須)於彼。猶我自有穀布，無[資](須)於彼。[其資](須)於彼者，[僅僅]止於藥物。[而]其他[雖](至)書籍[亦古今著作汗牛充棟經史之外](經)(史)(之)(外)，(後)(儒)(紛)(紛)(著)(作)，概屬無用。無用之尤者，爲文章家言。且八家[則沈氏之選，且既無用於我](文)(已)(多)(流)(傳)，(何)(必)(待)(沈)(氏)(選)而[今](在)(我)又附益之乎？(嗚)(呼)！余反復考之，[然後](有)(以)知其[有必]不然也。季德(不)(遇)(贖)(武)(之)(主)，(而)生[際]右文之世，固將隨時淬勵，自圖報效，〔一〕奚擇於文武？且文武之相待久矣，假使(太)(閤)[豐公]之時有武辨解文如季德者，出而輔之，師不必興。即興，必能得彼之要領而施我機宜，不至如當日之失乎旨綮、禍結不解(可)(知)(也)[已]。夫我非無文也，而終不及於彼。取彼補我，何爲不可？苟以我(自)[所]有爲[自]足乎？則雖所謂藥[物]，[亦]不必須彼之參耆硝黃[矣]。(藥)(之)[其]必須參耆硝黃[也]，(可)(以)(知)[則]文之(必)(須)(焉)(哉)(乎)(也)[不可不資於彼亦可推]矣。(但)(夫)(駢)(四)(儷)(六)(八)(股)(之)(體)，(則)(其)(綢)(繆)(也)，(琛)(璃)(也)，(多)(華)(而)(少)(實)，(是)(爲)(無)(用)(耳)。(至)[況]夫辨是非，別利害，言之簡明，傳之不謬者，漢文之用，寧其可廢哉？夫文莫善於漢[焉]，漢人[皆]善用之，[而]八家其最善者也。譬之金鐵刀劍，彼(亦)[同]有之，而不如我[之]利，用之(又)[亦]不如我[之]妙。而我擊刺(矯)[趫]捷，人人皆然，然必有專

〔一〕效，原作「功」，據《澤瀉先生全集》本改。

門傳法者[焉]。彼(人)(之)[其]辨是非，別利害，歷代所記載者皆有[煥]可觀，而必以八家爲法，亦猶此爾。蓋選於八家者，沈氏最晚出，(最)稱精當。季德又折衷宋、元、明、清諸選，以補其不足。合此二者，(文)(之)[而後其]法大備。猶學劍者歷試各家，考較衆論，絶長補短，定爲一譜而熟習，其於防己制敵，不復他求也。抑其起伏、開闔、頓挫、擻脱諸法，(劍)[文]與(文)[劍](一)[同](也)[焉]。(然)劍(雖)有此法，[而]期防己制敵而已。文(雖)有此法，[而]期於辨是非，別利害[也]，[然亦徒](而)(不)(謬)(而)(已)。拘於其法而失其所以爲法，則季德之舉(終)[或]爲無用矣。余故於其索序言之，以警讀者，勿使後之英雄如豐(臣)公者[其人]唾棄此書也。

賴襄具稿拜乞

大政

通篇命意新奇，結構嚴正，有抑揚，有照應，如網在綱，有條不紊，真是老手筆。且假不學無術之豐公倒警文士，山陽筆下能驅夫英雄如豐公者如此，可畏之甚。

佐藤坦漫評

記文ニナル、モノノハ議論ニ臨デモ虚字間字省ケルモノナリ議論ニナル、モノハ記文ニテモ間字多クナルモノナリ此所一偏ニナラヌ様ニシタシ且語勢ノ緩急ヲウツストコロ文ノ妙ナルベキカ御文章愚意ニテハ餘程間字ヲ加ヘタリ貴意ニ滿ズヤ一叩請益妄言。　坦

刻本續八大家序

余嘗私修國史，至豐臣氏事，蓋有投筆而嘆者。豐臣公之出師海外也，或説宜以能漢文者從。公笑曰：「惡用漢文爲？吾直將使彼用我文耳。」嗚乎！此言也可以警文士之陋矣。今季德此編，亦得非豐公所笑耶？且季德仕係武籍，何不以長槍大劍效力國家，而顧費精於此區區者，何乎？夫我自有文，無須於彼。猶我自有穀布，無須於彼。須於彼者，止於藥物。其他雜貨，有無益，無無損。至如書籍纍纍而來，布滿海内

者，亦捨經史概屬無益。無益之尤者，爲文章家言。則沈氏八家之選，既已無用於我，而又在我附益之乎？吾反覆考之，而後知其有不然也。季德生際右文之世，固將隨時淬厲，自圖報效，奚擇於文武？且文武之相須也久矣，假使豐公之時得武辨解文如季德者，充其采用，言聽謀從，則必不興此黷武之師。即興，亦能得彼之要領而施我機宜，不至如當日之失乎肯綮、禍結解之必也。「解之」，《遺稿》作「不解」，屬上句。夫我非無文，而終不及彼。資於彼，用於我，於我何爲不可？苟以我所自有爲足乎？雖所謂藥物，不必須彼之參耆硝黄。參耆硝黄之必須於彼，可以知文亦必須於彼也。要以其辨是非，別利害，言之簡明，傳之不謬者，漢文之用，寧可廢哉？夫文莫善於漢，漢人善用之，而八家其最善者也。譬之金鐵刀劍，彼同有之，而不及我之利，用之亦不及我之妙。而我擊刺趫捷，人人皆然，然必有專門傳法焉者。彼其辨是非，別利害，歷代所記載者皆有可觀，而必以八家爲法，亦猶此爾。蓋選於八家者，以沈氏最晚出，稱精當。《遺稿》無「以」字。季德又折衷宋、元、明、清諸選，以補其不足。合此二者，而後其法大備。猶學劍者歷試各家，考較衆論，斷長補短，定爲一譜，就焉而熟習，其於防己制敵，不復他求也。抑其起伏、開闔、頓挫、撇脱諸法，文與劍同。劍有此法，而期於防己制敵而已；文有此法，而期於辨是非，別利害而已。拘乎其法而失其所以爲法，則季德之舉終爲無用矣。故余於其索序言之，以警讀者，勿使後之英雄如豐公其人者唾棄此書也。丙戌孟春，山陽外史賴襄撰。此篇即今所行《續八大家文序》，山陽後來所删潤定者，宜着意察之也。

尾張村瀨季德恨沈歸愚《八家讀本》之未備，輯《續編》若干卷，謁予序。予曰：「序，弁髦也，惡乎益？」季德曰：「吾聞之：文以載道。未得其要，幸遂教之。敢請。」余乃曰：「善哉！是則我之所爲亹亹者矣。」夫聖賢之文，蘊於心而行乎辭。辭乃心也，道之精華也。是故道誠心，達實意，經緯乎不得已，而斡旋於不得不然。斯其法也，是爲要。至戰國縱横捭闔之説，與彼老、莊、申、韓之言，既非吾道，即賈、揚、班、馬之文，亦於道未爲純。而後之文人雜取而模仿之，又徒求法於篇章字句形迹之間以爲巧。雖爲孔氏之學者，而未能脱其習。輒曰文自有其道也。是故必有抑揚頓挫，必有照應起伏，必有擒縱與奪，必有主客虚實。波瀾跌宕，快其鋪叙；緩急疾徐，殊其步趨。翕而張之，脅其氣勢；揣而摩之，中其肯綮。凡是皆其法也。善運用之以成其變化，猶是老將行兵，機變百出而不可測，而法度常森然於其間，是文之道也。噫嘻！此言也，我謂之道之賊也。而世之人習矣而不察，何哉？夫君子之心高明正大，其發而爲言辭者靡非粹然至純。載其心以出，惡用是機變之巧爲？若謂其人不必如是之詭且險，而惟文有之，則是文與其心背戾，亦何所載以出？其無乃影響模仿之愆乎？若夫異端之徒，其心既如此，則文亦宜然，猶其實也。顧乃在吾儒，其可以若是已乎哉？吾儒之道，黜巧言，遠佞人。每毖戒子弟曰：「毋欺而心，毋肆而言。」不一而足。苟爲之徒者，將恪守遵奉之不暇。而至於作文，則謂別有其道，而獨聽其巧且佞，寧有是教乎？是故儒者之文，莫若師六經焉。「焉」，《愛日樓文》作「也」。子不睹夫造化乎？元氣之所斡旋，升爲星躔，〔一〕降爲坤輿，峙爲山嶽，盤爲川海，俯仰上下皆文也。而其所以若是者，非故爲也，示法象於不得已而已。聖賢之文，亦猶是也。故其言昭然若揭日月而并行，隤然若載萬物而不泄。根柢深而枝葉茂，淵源遠而流委長。總之經緯於一氣之不得已也。惟其不得已者之紆餘曲折也，故自能爲抑揚，爲起伏，爲變化，而不可測也。而作者亦不自知其所以然而然，尚何區區形迹之拘？乃所謂蘊於心而行乎辭者矣。是之謂載道之文。如唐宋八家，「八」下，《愛日樓文》有「大」字。其人皆已稱一時之賢豪名儒，而文尤翹然傑出。獨惜其言間或出入諸子，未必盡出於道也。而至其能發揮其中之所蘊，則蓋皆浩浩乎其盛大也，蕩蕩乎其廣遠也，殆亦一氣斡旋之不得不然者歟？

〔一〕升，原作「舛」，據《澤瀉先生全集》本改。

後之言文者，是之不問，「問」，《愛日樓文》作「究」。而徒拘拘焉求法於篇章字句之間。不惟不知六經，而未知八家者也。夫羿之教人射，必志於彀。直以六經爲師，斯善矣。士睎賢，賢睎聖，先從八家問途亦可也。今季德之繾綣於八家，吾既有與焉，而復將進之于道也。而季德適問及之，是余之所以樂道之，而遂亹亹焉不能已已。雖然，人或將曰：「經不易及，求之過高。」固亦然也。第若我所志，則終有乎爾也，弗變其彀率也已。「是余之所以樂道之」一句十七字，《愛日樓文》作「是其所以亹亹焉，遂不能已也已」。又「人」下無「或」字，「及」下有「也」字。「固亦然」三字去之。「第若我所志」止「弗變其彀率也已」，作「吁！其亦有或然者邪？第若我所志，則終弗變其彀率爾矣」。不知季德以爲得要歟？將以爲弁髦也。文政二年己卯仲春月，江都一齋居士佐藤坦撰。

山陽之文得力於蘇氏，而一齋則發源於歐、曾。今并録二家之作，以示其各所長。

山陽詩鈔序

詩文之盛衰，亦氣運也已。其自盛而衰，因循陵夷，人不之覺焉。及才學絶特之士一出其間，奮勵揮擢，洗除舊習，天下耳目於是乎一新。如師老而得名將，病痼而遇良醫，然後其衰者復興而盛矣。士之出不出雖亦氣運使然，抑其人奮勵揮擢之功，能使在人者不墜于地也，其任今在吾友賴子成乎？且就詩論之。元和偃武之後，詩風淳樸未開，(率)(學)(宋)(而)(鄙)(粗)。此所不必言。及元禄、享保而明風大行，其宏麗肥美有可觀者，而詩始盛矣。其流弊模擬緣飾，神骨消亡而乃衰。及天明、寬政間，稍覺其可厭，而(未)(得)(其)(人)。有二三名手起唱 (乃)(競)(新)(爭)(奇)，宋元一時輕俊爭效之，沾沾 (人)(人)自喜。論密而技疏，概以纖巧取勝 說高而語卑，萎薾不振，天下之所似盛實衰 以至于今日焉。子成乃有慨乎此，以曠世之才，逞雄偉之詞，體兼古今，調無唐宋，略應酬之常套，而發詠懷之畜念。合典故於和漢，寓議論於風雅。操縱在手，細大無遺。能(使)鼓舞 覽者壯氣，勃勃然心暢。至聞其叙不平則至欲 憤然扼腕切齒，(欲)(與)彼韓、蘇諸公幾乎仿佛讀杜之詩，是豈偶然哉？(相)(馳)(逐)(焉)。故每子成詩 一二章出，人爭傳寫，(無)(脛)(而)(走)(千)(里)。後進之士，往往有擩染，(而)(今)(已)人人已知愧爲 (不)(安)(於)詹詹。之言。顧昔之以爲新奇者，總覺可厭云。余意者 十年之外，(四)(方)(采)(風)，其必有改觀者矣。昔者齊梁之委靡，有若陳拾遺，而後李、杜輩出；宋季之瑣屑，有若元遺山，而後楊、虞嗣興。雖有繼子成而興者，子成倡首之功信不可掩也。子成之詩，其傳(于)〔可以自〕世(而)〔存亦可〕(不)(可)(磨)(滅)(也)如此，而其門人某等欲抄其集而刊行之，必非子成之意。吾以其有關天下詩風盛衰也，乃亦氣運(盛)(衰)之所繫(也)〔焉〕，慫慂其事而爲之序。至於文則其功有倍於詩者，待他日全集出而論之未晚也。雖然，子成豈獨欲以詩文傳世者乎哉？天保三年壬辰冬十月，友人筱崎弼撰。

立論雄偉正大，後世讀者可以想見今日交態矣。有此一序，覺拙詩大有關係。是小竹之文，能使山陽重於九鼎大吕也。其溢雖可愧，亦有受不辭者。知己之言鑿鑿中綮，與世浮泛頌揚别故爾。至末尾一轉，所謂百尺竿頭進一步，使拍案呼快，子成之重何翅九鼎大吕哉？〇「略應酬」云云數語，雖使僕自贊，不能如此周盡切當。

賴襄識

此篇比諸小竹平生之作，其筆力持論不啻倍蓰。山陽添削，要仔細玩味之。

余昔在柱島，丙寅冬，坐植義隊流竄於此。偶閱室氏《駿臺雜話》，中載杉田壹岐事，俶儻奇偉，可喜也。岑寂亡聊之餘，譯以自玩。已而有人示大槻氏清崇所撰《近古史談》者，亦載此事而淺深詳略各不同焉。因并録出此，若夫得失是非，則一在觀者詳之矣。

越前侯忠直之臣，有杉田壹岐者。起步卒，列國老，常好直諫，以匡救君過爲務。一日侯放鷹而歸，意色欣欣，曰：「今日之獵，從者馳驅，殊可觀矣。一旦緩急，我率此輩以臨陣，無復可患矣。」諸老臣同辭皆賀。壹岐在末班，獨默不言。侯怪問故，壹岐乃曰：「以臣觀之，今日之事，可嘆不可賀也。臣聞侍臣之從放鷹也，度君之舉動無常，往往與妻子訣別而出。君臣之情如此，萬一有事，誰爲君之用者？而君反以爲可用，是臣所謂可嘆者。」侯艴然怒見乎色。侍臣伊藤某捧刀在側，揮壹岐去。壹岐叱曰：「汝少年何知？」直脱佩刀郤之背後，進伏侯前曰：「君第甘心焉，臣不忍坐視國運之蹙也。」侯不答而入。諸老皆曰：「諫君亦有時，今日何日，出此不祥之言？」壹岐曰：「今日惟時，是以有諫。若夫候君顔色以諫，諫竟無時耳。抑吾輩新進之士，與公等世禄之臣不同，死固其分也。」歸舍待命，呼其妻諭之曰：「汝非步卒之妻乎？今則儼然内子，侍婢環焉，是皆國恩之所致，汝慎勿忘。我今夕而賜死，不可毫髪有怨君之心。」妻泣未答，剥啄之聲徹於耳。壹岐蹶然起曰：「君命至矣。」趍造於朝，侯乃引入寢室，徐謝曰：「我熱思汝晝間之言，寢而不能寐，是以召汝耳。吾過矣！吾過矣！我深感汝志，因手賜佩刀一口。」識者謂以侯之猛暴，不誅壹岐無禮，而反謝過以賞之，洵不愧爲東照公之孫。寧静子曰：戰國之士，唯知效死於鋒鏑下，而不知折首於尊俎之間。「鋒鏑」一作「刃劍」。故照公嘗謂：直諫之功，勝一番槍。若壹岐者近焉。

杉田壹岐者，越前人也。慷慨好義，有幹事之材。仕藩主松平侯忠直。初屬卒伍，累功爲卿士。而侯性悍而好武，殊嗜放鷹。侍臣少不協其意，輒手刃之。人人患之，未有言者。侯一日所獲極夥，欣甚，謂諸臣曰：「今日從者馳驅殊倍疇昔矣，戰陣之際，我武可賴也。」衆皆賀之。壹岐獨默然。侯注視曰：「壹岐如何？」壹岐曰：「臣竊察近日下情，凡從公者，每出皆與妻子訣别，如赴戰場。而妻子待其歸家，如慶再生焉。上下隔絶，君臣離背。弔之不遑，又何賀哉？」侯色變。侍臣執劍者竊目退之，壹岐瞋目曰：「汝徒知以雉兔事君而已，我則不然也。」乃前而伸頸曰：「臣固不忍視國家滅亡，若賜死於君刃下，則幸矣。」容恭色勵，衆屏息不能發一言。侯起入。衆或咎壹岐以諫非其時，壹岐曰：「苟欲伺君喜怒而後諫之，則恐無可諫之時也。」既退，謂其妻曰：「我發身寒微，而至忝參政之職，富貴顯榮，莫非國恩，一死未足以報萬一也。我死後，汝一不可有懟君之意。苟然，乃非我妻也。」妻泣而誓之。而侯急召壹岐，親釋其所佩金錯刀賜之曰：「賞汝忠直也！」於是壹岐益奮不顧身，盡言無所諱，而國政大舉焉。東生曰：杉田大節磊磈，有國士風焉。侯亦不愧英雄所爲矣。噫！當國初奎運將開，淳樸未散，往往出名士。如彼根津大石亦杉田之儔，而其所遇不同耳。於是予益重杉田之得其君焉。

文法詳論二卷

石川鴻齋　撰

《文法詳論》二卷

石川鴻齋 撰

石川鴻齋（1833—1918），名英，字君華，別號鴻齋、雪泥居士、芝山外史等。三河（今屬愛知縣）人。從學於西岡翠園，通習經典子史，亦善詩文、書畫。與清朝駐日官員何如璋、黄遵憲及沈文熒等交好。撰述有《日本外史纂論》《聖代實録》《日本文章軌範》《正續文章軌範講義》《正續文章軌範正解》《唐宋八大家文講義》《春秋左氏傳講義》《鰲頭音釋康熙字典》《三體詩講義》《學畫楷範》《詩法詳論》《畫法詳論》等數十種。他授經史、編字典、作小説、撰時評，黄遵憲稱「石川鴻齋，日本高材博學之士，外而漢籍，内而和文，於書無所不讀」（《日本文章軌範序》），足見其才識。

《文法詳論》分爲上、下兩卷，各包含三個部分。上卷「諭言」，類似於文章總論；「警戒」，自誠心、用字、起稿、取捨等方面，討論文章寫作要點；「辨體」，則節録明人陳枚日用應酬類著作《留青新集》，對命、詔、表、行狀、墓誌、楚辭、賦等文體的意義、起源及規範，進行簡明的闡述。卷下「句解」，引用古人文句，以附注形式進行句法講解；「助字例」，對「也」「矣」「哉」等虚詞，引用典籍當中的字例，講述其用法；「論文類纂」則爲文論彙編，引述柳宗元、方孝孺、侯方域、魏禧以及日本齋藤拙堂、安積艮齋、安井息軒等文章，并以尾評形式發表自家看法。

石川鴻齋論文重法度，他提出「古文之純粹者，以《孟》、《荀》、《左》、《國》、《莊》、《騷》、馬、班爲冠冕」；但由唐宋八家而上溯周秦，却需要講求軌轍：「學文者，宜從規矩準繩也。」因而文法尤其重要：「若無篇章字句之法，無抑揚開合之别，何以得謂文謂章哉？言發之，筆書之，而示諸後世。無法不可以達辭，無法不可以貫道，無法不可以垂教於後世也。法者何？曰立言之宜也。」文法當中最難把握的，「其要在於助語」。雖然《助語辭》之類的書籍在日本極爲盛行，但石川鴻齋指出這些書「徒論字義、舉古例而已，不見説活用之法者。蓋助字者，由文勢而變化。不臨其文，詳其勢，不能説緩急輕重之别」。從中可見石川鴻齋講究法度而重視語用的特點。這也表現在他對文格的認識上。其時坊間通行的唐順之《文編》，根據體格與作法，歸結有七十種文格。石川鴻齋以爲「千文千體，不可悉名」，立格只能算是借機説法的便利之舉：「文本無格，未聞古人立格而爲文。以立言之宜者，後人爲格耳」，「夫法既立矣，格可自備。格已備矣，可以成文」。故作文的更高境界不妨是「自我爲格」，這一認識不失爲對文法的自我超越。

石川鴻齋主要活躍於明治時期，他對文章的脉絡與理論有較爲全面的了解。其文章觀念堅持了文以氣爲主、氣以誠爲主，文從經術中來的傳統認識，「以六經爲基礎，以《左》、《國》、《莊》、《騷》、《荀》、韓、班、馬爲柱梁」（《文章軌範正解序》），雖重法而不拘泥。對於日本自身文章發展歷程及流弊，也多有勾勒與反省，從而提出：「邦人作文宜以邦文佳者爲階梯，而後取清取明，以溯宋唐，不亦晚也。今之修文者，動輒曰班馬、曰韓柳，皆不造其堂，不嚌其胾者也。」（《日本文章軌範・凡例》）可以説他的文章觀平正全面，帶有較强的辯證意識，少有個性鋒芒，反映了文章論收束時代的特點。

石川鴻齋的著述多面向生徒，細緻而偏實用。他對傳統的堅守，在明治維新的時代洪流中漸顯突兀。他雖然自辯絶非「好異於人」，却不無感慨地指出：「然今觀神州之人，或有着魯服、戴佛帽、穿米履、爲英語者，道路逢之，不知爲何國之人。視其不碧眼赭髯，始識爲國人耳。近日文章之弊亦同之。」明治十二年（1879）《日本文章軌範》選成，他曾謁序於公使何如璋，并借重於沈文熒、黄遵憲之合評；在《文法詳論》中也不時以「余問文於清客沈文熒」「余學斯技於沈氏」自詡。但甲午戰後中日兩國實力對比驟變，石川鴻齋即痛斥清國「不知聖賢遺法」，沉陷於科舉功利，「上以虛飾欺世，下以假妝詐上，上下相賊，欲以治國，如此等事，所未見古書也」（《清國五不知論》）。他雖然對於歐美文化日盛頗多憂慮，但在致力於古典傳續的同時，不免又有凌邁清國、文統攸歸的自得，其間複雜的文化心態耐人尋味。

石川鴻齋又有《續文法詳論》二卷，刊印於明治十七年（1884）。書前有黎庶昌、矢土勝之序。上卷爲字例，以助語詞爲主，分爲歇語、起語、接語、轉語、襯語、束語等虛詞用例；下卷爲虛詞互用各例，如不字格、可字格、無字格等，多取材於伊藤東涯《用字格》，後續前人論文之語，以唐彪爲主，而雜取陳騤、羅大經、唐順之、朱彝尊諸人，類於文論雜纂。此書在取材範圍與內容上，與土屋鳳洲《文法綱要》之主體部分互見重出甚多，故暫不擬收入。

《文法詳論》有明治十七年刊本，又有明治二十六年（1893）再版本。今據明治十七年刊本録入。

叙

自累朝振興文字以來，作者誠不乏人，議者亦難悉數，非謬於己見，即囿於時風，欲得大中至正之談，殊寥寥無幾。抑知文者理也，議理洞澈，雖片言隻字歷千載而彌光；説理偏詖，即摘句尋章不數傳而頓没。維斯道者，要宜取長略短，就簡删繁，庶學者得所旨歸，教者亦不留指摘矣。今閱鴻齋先生文論各則，旁搜遠引，鬥角鈎心，欲備舉而靡遺，惟恐更僕難數；欲直言而了當，復虞流弊無窮。具無限之苦衷，其大有心於文教者歟！

光緒壬午秋八月，皖北杜紹棠序於江户節署。

序

文章之道日進月盛，雖耕稼陶漁之徒，皆知尋章摘句，藻飾言語，况於士大夫乎？於是諸子騣騣務業，樹旗列幟，各鬬壇坫，著書之成，年多於一年。吁，亦何其多也！然而説作文之法者，或搜集古語，或登録熟字，唯舉古人作例而已，未有説根柢、講基礎者也。余志於文有年，其所閲過之書不下數十種，而未能得其要領也。雖由學菲才劣，抑以無可師之書也。以故就鴻齋石川先生問文法，先生出所著《文法詳論》者見示，曰：「此余就清客沈、黄諸子所質，子其由是學之，雖不及亦不甚遠也。」受而閲之，則自作文之根柢，至學術之基礎，結構之法，組織之理，一一縷述之。以叩古人藴奥，解其所未解，申其所未申，檃括烝矯，使讀者若遵北轅於司南，實後學之至寶也。因以爲凡爲文章，當先立志。志不立，則基礎不立。基礎不立，則莫能構一字。此書譬若以尋引度短長，以繩墨量曲直，循循乎曲盡其法，洵可謂文章秘訣矣。苟有志於文章者，取法於此書，則當無問津之嘆也。今先生積多年研學之功，窮搜博訪，采摭典故，爲初學以加工夫，其法嚴整，而其理明確，學文者捨是有所取哉？因請公諸世，不可，强而後可。迨上梓，遂叙一言志喜云。

時明治歲次甲申夏六月，松本謙謹撰。

文法詳論卷上

○諭　言

第　一

古文之純粹者，以《孟》、《荀》、《左》、《國》、《莊》、《騷》、馬、班爲冠冕。至後漢氣運寖衰，作者不及於古。至魏晋，日流浮薄，專尚虚飾。至齊梁陳隋，綺靡雕繪，大率屬無用。古文之學，於是乎滅矣。迨於韓昌黎出，始起八代之衰，以繩時文之弊。爾來歐、蘇諸公相尋而興，至熙寧、元豐之際，人材輩出，將駕西漢。古文之學，亦復盛也。至明清，遵巖、荆川、雪苑、勺庭諸子，各樹旗幟，以鼓吹後進。其他震川、正學、竹垞、隨園之徒，陸續并出，直溯于周秦。古文之學爲萬古不易之法，猗歟盛矣！然臺閣取士，尚以四六儷偶爲法，是以諸生之文壹事聲律，蓋亦有故。夫以古文試之，先議論而後文字，一時以才筆眩惑衆目，有司不能料其學淺深也。若排詞偶語，聲韻以銜勒之，章句以束縛之，雖欲奔放飄逸出柵脱圍而不能也。雖無益於世教，非文字富贍、博搜古今，則不能爲篇。是以充諸生科業，所以試才與學也。昔歐陽公疾時文流弊，以古文考試禮部進士。東坡進《刑賞忠孝之至論》，[一]歐公嘆異，乃寘東坡第二。然其論不由典籍，終莫知所自來。竊意東坡料歐公之量，投其所好，以啖一驚也。後生設師是等之文，架空梯雲，幻華百出，不知所止，其弊或勝於儷青比白、務費雕琢者歟？其後東坡《議學校貢舉》曰：「近世士人纂類經史，綴緝時務，謂之策括。括經史之語作策論也。其爲文也，無規矩準繩，故學之易成；無聲病對偶，故考之難精。以易學之士，付難考之吏，其弊有甚於詩賦者矣。」東坡諸表皆用四六，沈確士評云：見東坡四六，真至飛動，别於唐人。由是觀之，無聲病對偶，學之易成者，而古人不取之。學文者，宜從規矩準繩也。

余常曰：學詩宜先作律，學文宜先爲對偶聲律。今之學者見曹植、陸機等之文，極口罵之。讀歐陽、三蘇等之文，欲振筆效之。夫歐陽、三蘇入於難而出於易，經繁

[一] 按，據《東坡集》卷二十一等，「孝」當作「厚」。

縟而至簡凈者，是以文字自在，所言莫不如意。今之爲文者掠韓奪柳，摩歐仿蘇，模擬剽竊，僅綴數言。至若摘明清小説之語，或撮稗史野乘之言，藍縷百結，動使讀者不通，安可謂之文哉？蓋文者以氣爲主，章句次之。六朝自有六朝之體，唐宋自有唐宋之體。以體而論文，抑亦末也。若夫淵明《歸去來辭》，一變《離騷》，别出一機杼者。而歐陽公言：晋無文章，惟《歸去來辭》而已。若韓退之《送李愿歸盤谷序》，藉愿之言，多用對語。而東坡又言：唐無文章，惟退之《送李愿序》而已。古人評文，固不關體裁也。故曰：文者以氣爲主，而學者以博爲質。加之以精熟，與古人無相異爾。近日之弊，不欲積功累功，欲妄求捷徑。惡！亦惑矣哉！夫鍾六經之芳潤，歠百家之精英，鍛練陶冶，用力之久，而後纔有得者焉。注一世心血，竭百年精力，身瘦肉枯，而後有不得者焉。豈讀僅僅數卷之書，不積歲月，不加勉勵，反欲爲文驚一世？嗚呼！亦弗思焉耳矣。

第二

發於不得已，而止於不可行，斯語動輒誤多少人矣。夫發於不得已，何有篇章字句之法？止於不可行，何有抑揚開合之别？若無篇章字句之法，無抑揚開合之别，何以得謂文謂章哉？言發之，筆書之，而示諸後世。無法不可以達辭，無法不可以貫道，無法不可以垂教於後世也。法者何？曰立言之宜也。文本無法，得古人立言之宜，以爲法而已矣。凡人之言語，必有自然法則，雖愚夫愚婦述寒暄慶弔之語，自有照應開合、對法單行之妙。不學而至此者，則天地自然之理，所以發於不得已也，況於文章乎？若《論語》止記弟子問答之語爾，然亦自有對法，「巧言令色」「愼終追遠」「食無求飽，居無求安」「貧而無諂，富而無驕」等是也。若《周易》爻辭，押韻斷句。其他曰騷、曰賦、曰辭、曰文者，或對句，或押韻。揚雄《解嘲》、韓退之《進學解》及《汴州東西水門記》等，咸散體而用韻者。凡上尊者啓、疏、狀、議，多用儷語。所以使讀者琅琅然得音調之宜，非特裝飾文字而已也。

蓋文章之妙，口不能言者，筆能言之；辭不能達者，字能達之。於是乎有文章之學焉。夫子曰：「吾黨小子狂簡，斐然成章，不知所以裁之。」夫「斐然成章」，文理成就也；「不知所以裁之」，字句之法未詳也。一字不穩，則一句不調；一句不調，則一章不可通。是以字句篇章，各有法而裁之。難哉！得一篇之文也。若夫《春秋》，乃魯史所記。所謂「斐然成章」者，夫子筆則筆，削則削，約其辭，明其道，此所以裁之也。門人續經，至哀公十六年，書「孔丘卒」。例大夫卒不書，蘇老泉作論譏之。此亦子貢之徒，所以不免狂簡也，不謂「止於不可行」哉？顔之推曰：「凡爲文章，猶人乘騏驥。雖有逸氣，當以銜勒制之。勿使流亂軌躅，放填坑岸也。」若夫老蘇之文，雖雄健奔放如萬馬斫陣，勢不可當，而進退回旋，莫一不中節。若大蘇之文，雖渾浩漂蕩如大河決流，而有巨浪微瀾，如織如慰，旋渦轉换，不可亂者。若歐公之文，雖敦腴温潤，如春山倩麗，而有園亭林沼，布置得宜，絳霞青靄，變幻不可測者。惟能胸貯萬卷，眼究百家，泛濫渟蓄，探深尋遠，而後可爲文。畫家語云：「不讀萬卷書，不行萬里路，不可以爲畫師。」畫猶然，況於文乎？

第　三

古今殊言，和漢異音，而至於文，莫弗相通。如古文，則彼國古言，非民間所常用也。故不從師學，則不能綴焉。如助字，亦不備於俗語，是以彼亦爲難矣。蓋文之法，其要在於助語。先輩曰：「助語者，文章筋骨，詞藻樞要。」盧允武《助語辭》曰：「諺云：『之乎者也已焉哉，用得來的好秀才。』」可知非秀才不能用得也。昔柳子厚警杜温夫助字不當律令，唯不過言「乎、歟、邪、哉、夫者，疑辭也；矣、耳、焉、也者，決辭也」。未敢説其詳。近日多説助字者，其書幾十種，然徒論字義、舉古例而已，不見説活用之法者。蓋助字者，由文勢而變化。不臨其文，詳其勢，不能説緩急輕重之别。請説其一二。《孟子·告子》篇：「子能順杞柳之性而以爲桮棬乎」用「乎」字。「將戕賊杞柳而後以爲桮棬也」用「也」字。「如將戕賊杞柳而以爲桮棬，則將戕賊人以爲仁義與」用「與」字。「率天下之人而禍仁義者，必子之言夫」。用「夫」字。《左傳·昭公二十五年》：〔一〕「晏子立於崔氏之門外，其人曰：『死乎？』曰：『獨吾君也乎哉？吾死也。』曰：『行乎？』曰：『吾罪也乎哉？吾亡也。』曰：『歸乎？』曰：『君死，安歸？』」韓退之《原性》：「上焉者，善焉而已矣；中焉者，可導而上下也；下焉者，惡焉而已矣。」後人欲擬之，動輒用於語勢之不至此者，亦優孟衣冠耳。若歐陽公《醉翁亭記》「水落而石出」、東坡《後赤壁賦》「水落石出」。一用「而」字，一不用「而」字。且《醉翁亭記》，全篇用「也」字。韓退之《李公墓誌》七百餘言，一不用「也」「乎」「矣」字，由語勢緩急也。

余問文於清客沈文熒，起草屢乞斧正。文熒隨讀斷句，有不可者則添删之。至於助字，沉吟數回，不得其當，則更之，覺甚煩思，余於是益知助字難寘也。今人用助字

〔一〕按，下引見於《左傳·襄公二十五年》，非《昭公二十五年》。

者，大抵由古人作例，或剽竊古言，是以屢誤緩急。先輩往往不免此病，雖學殖富饒，議論超絶，至於文章，不能駕西人者，徒以糟粕爲師故也。

余頃觀演劇，有所感焉。有鳴鼓版者，有奏絲竹者，有不假唱歌與八音者。每回異其曲，未必不合舞踊也。喻之文章，舞踊者，章句也；鼓吹者，助字也。若誤一聲，舞踊將亂；猶誤一助字，文意不通。而不假唱歌與八音者，進退舉動有法令，不可亂者。猶賦、頌、銘、贊，儷語押韻，不雜散體。於虖！學力菲薄，欲强爲文者，猶矮人觀場，徒在人之後而不能窺妙舞也。

第四

古人曰：「讀十遍不如寫一遍。」作文之法亦然，宜多寫古人之文。夫以有限之力，讀無涯之書，脣腐齒落，猶不能盡，况於寫之乎？宜芟繁摭簡，擇其佳爾。但若《學》《庸》《論》《孟》《詩》《書》及《易・繫辭》《禮・檀弓》，或謄寫，或諳誦。若《左》《國》《史》《漢》歷世諸史，及《老》《莊》《荀》《韓》諸子，宜熟讀以審之。若文集、詩鈔，其他國史、雜集，及道佛、西洋譯書，有會心處，宜拔萃以鈔録。所謂貪多務得，細大不捐，可以充實腹笥。如宋儒妄説性理，以記誦博識爲玩物喪志，程明道語。我不取也。如熟語，宜擇古人常用之言。不可私製不當之語，濫用鄙俗之言。或掇艱澀之字，文淺易之説。古人所忌平弱卑薄、剽竊古語、雜亂全體者，最可厭惡。如《三都》《二京》，則雅頌之流亞。抒下情，通諷諭，稽風土地理，多陳鳥獸草木之名，孫興公以爲「五經鼓吹」。苟志於文者，不可不熟知也。而文字富贍者，左思、張平子、班固、揚雄及賈誼、相如爲最。章句之正，陸機《文賦》、鮑照《蕪城賦》、謝惠連《雪賦》、謝希逸《月賦》、江文通《恨》《别》二賦爲最。齊梁以來，顓工章句，愈精愈審，遂以爲生徒試業之資。詔誥表啓，大約用此法。迨於沈休文四聲八病起，駢四儷六，頗苦句法。唐宋皆效之，然不及於古遠矣。至於杜牧《阿房宫賦》稍變其體，至於韓、柳以《騷》爲宗，夐出於齊梁之上。而歐陽公《秋聲》及《蒼蠅賦》，全用論體。若東坡兩《赤壁》，幾爲記體。雖爲空前絶後之筆，不可專爲賦矣。後人若學是等之文，或陷誤徑。所謂刻鵠類鶩者，反速識者之嗤已。

近世諸家有間爲賦辭者，然比諸寬平、延喜諸公，稍有庭徑。蓋寬、延諸公雖大率據昭明之《選》，親受李唐諸老傳而學焉者。雖有小疵，亦自醇然。今之諸子大抵學八家，至若辭賦駢體置而不取焉。若表、啓、劄子，皆用國文，故不用力於此，所謂語焉而不詳者，安得醇乎醇者哉？余學斯技於沈氏，雖未得一篇，略得知其法，退而睹諸家所作爲，合格者甚少，非特賦辭也。噫嘻！文章之率易，學資之寡陋，亦足以視人情之輕薄。可悲夫！

第五

寬平、延喜諸公雖專承六朝之習，入學諸生親學於隋唐，歸後授之者，故氣象渾厚，雄深古雅，非仿模剽竊、徒嘗糟粕者之比也。迨於武臣執權，文學之道亦隨而衰。先王墳典，僅歸緇流而已。至於德川氏初，惺窩、羅山始唱宋學，於是文章之學復將興。然時屬草昧，規模未詳。猶昏暮求路者，僅借星辰之光耳。及於物徂徠出，顓主張古學，又反陷於李、王之窟。其徒春臺、南郭、東野、周南之徒，縱横馳突，百怪爲群。至明和、安永之際，四分五裂，互相仇視，至不可收拾，蓋亦文運一厄也。然而古文一脉，自順庵、鳩巢傳至於寬政三博士，挽回伊洛之道，又據八家之文。恨猶大亂之後，不能修理城堡，殿堂門廡頗屬大敗，雖欲雨露之不漏，未可得也。至近世一齋、山陽、拙堂、豐山、宕陰、息軒諸子輩出，於是文章之學愈精，章句之法愈密。文運之盛，莫若是時矣。其他艮齋、小竹、方谷、節齋、弘庵、鶴梁之徒，學歐法蘇，各樹旗幟，提筆鼓吻，以睥睨一世，勢將溯於秦漢。吁！亦何熾也！然見得古人皮肉者，未見獲古人骨髓者矣。已見得古人骨髓者，未見獲古人精神者矣。夫精神，質也；衣冠，文也。有質勝文者，有文勝質者。孔子曰：「文質彬彬，然後君子。」若以「質而已矣，何以文爲」，棘子之言，君子所不取也。孔子所謂乘殷之輅、服周之冕者，折衷前世善者而文飾之也。學文亦然，宜擇周、漢、唐、宋善良者爲榘矱。而若宋景濂、王陽明、唐荆川、歸震川、方望溪、朱竹垞、侯雪苑、魏叔子，亦是簪纓裙衫、帶袴鞋襪之屬，可以爲裝飾。今也質將成，加之以文，真是古人矣。

近日觀以文售名者，多不培養質而欲修飾文者。猶麋鹿蒙虎皮，奔走山野，戲嚇狐兔耳。若遇真虎，將逃避無地。吁！亦何等狂態也？昔鄭子臧好聚鷸冠，鄭伯惡之，使盜殺之。君子曰：「服之不衷，身之灾也。」近日之弊，不特好聚鷸冠，將繪山龍華蟲，而天之不灾，蓋亦倖也。雖天不灾之，不能免君子之嗤。不特不免君子之嗤，又將遺後世之譏。學者不可不慎焉。

余草斯篇，傍有人曰：「子亦好聚鷸冠者邪？」曰：「否。余華冠縱履，在蓬户桑樞之下，不容於世爾，焉好異於人哉？然今觀神州之人，或有着魯服、戴佛帽、穿米履、爲英語者，道路逢之，不知爲何國之人。視其不碧眼赭髯，始識爲國人耳。近日文章之弊亦同之，乏於質而欲富於文。裁爲一篇糜爛之文，有碎片駁雜殆不可狀者。此豈得謂文謂章哉？余之多言，固不好對中緝表素之人，但爲家塾黄小言焉耳矣，復不得已故也。」

○警戒

誠心

凡爲文者，宜以仁義忠孝爲本。心術不正，文章自邪。猶木心不正，脉理皆邪。若諸葛武侯《出師表》、陸宣公奏議、胡澹庵封事，固非以文章誇於世者，然貫天地、感神明，千載之後使讀者凛然寒心者。彼至誠至忠之氣，所以沛然自肺腑中流出也。若曹瞞父子，雖詩賦文辭超絶於衆，後世無得而稱者，以學術不正、行乖聖道也。夫文以氣爲主，氣以誠爲主。傳曰：「誠者，物之終始，不誠無物。是故君子誠之爲貴。」世之文士，不特效古人文法，先當效古人言行。若文與行相反，後世孰賞焉？有宋搢紳丁晋公、吕惠卿輩，非無文章，然而君子不道者，以其非端士也。

用字

用字宜如貧人購物，衆多之中擇其善良者，思慮百回，纔出錢而換。其惜之殆如削肉，是以不求冗物也。古人作文，一字自充千金，故其文貴矣。今人綴語，百字不直半錢，故其文賤矣。不俟人賤之，自先賤之，焉得不覆瓿哉？凡毫釐差異，字以分之。不徹得其當，則生千里之差，宜熟讀古人用字之緊密而學焉。《左傳・昭公十三年》：〔一〕「士彌牟營成周，計丈數，用「計」字。揣高卑，用「揣」字。度厚薄，用「度」字。仞溝洫，用「仞」字。物土方，用「物」字。議遠邇，用「議」字。量事期，用「量」字。計徒庸，用「計」字。慮財用。」用「慮」字。《史記・張儀傳》：「始吾從若飲，用「吾」「若」字。我不盜而璧，用「我」「而」字。若笞我。用「若」「我」字。若善守汝國，用「若」「汝」字。我顧且盜而城。」用「我」「而」字。其事不同，則字亦不同；其事同，而字復不同。如是類不遑枚舉，學者其詳焉。

〔一〕按，下引見於《左傳・昭公三十二年》，非《昭公十三年》。

起稿

古人爲文，一字不苟。有意不穩者，百回竄改之，有終篇不留一字者。凡起初稿，宜經一二月而後見之。必也有所添删，再净書之。又宜經一二月而後見之，亦復有所更正。如是五六次，平生所蘊蓄湊於心頭，遂有得其當焉。嘗聞有人買歐陽公《醉翁亭記》稿者，初書滁州全景數紙，末後唯曰「環滁皆山也」。歐公尚如是，况不若歐公者乎？古人曰：「思之思之不得，鬼神教之。」非鬼神之力，其精氣之極也。若歐公，每篇至其極者。爲文者效歐公博雅，效歐公刻苦，則庶乎其不差矣。

藉物

學文者不啻讀萬卷之書，宜行萬里之路，周覽名山大川，又宜交於英雄豪傑及韜光遁世之士。獨學無友，則孤陋寡聞，筆端不舒暢，誤謬亦多矣。昔吴道子見裴旻舞劍而悟畫法，張旭見擔夫争道而極書法，蘇轍見韓魏公容貌養作文之氣等，皆藉外物以爲己之有也。於乎！宇宙間有如此良師，學者盍思焉？

尚簡

文字之數，凡四萬五六千；而平生所用，不過一二萬也。西漢諸儒，揚子雲獨稱識字。字豈易識哉？若孫休名四子字，武后新製字，非平文中可用者。其他穆王八駿圖中字，及上古碑文，或道士陰符中字，多不可讀者，强解之無益耳。唯擇字書所載音訓正明者，效古人用法，則可。務用奇字，艱澀其文，君子所不取也。若《孟》《荀》《左》《國》，稱天下至文，而其字皆簡易。歐陽公富於金石之學，而其所著《唐書》《五代史》等，務宗簡易，不一用奇古之字。老聃所謂「良賈深藏如虚」，學者貯字亦應如斯。

虚飾

操觚者尚虚飾，自古然，但不以辭害志爲要。《虞書》「在璿璣玉衡」，夫堯時茅茨不剪，土階三等，舜豈製一渾天儀，以璿玉爲鏤飾哉？「四海遏密八音」，中華無四海，瀕海唯東方一邊耳。夔「擊石拊石，百獸率舞」，虞廷非百獸栖息之處，且獸安得舞踊乎？《孟子》曰：「盡信《書》則不如無《書》。吾於《武成》，取二三策而已矣。以至仁伐至不仁，而何其血之流杵也？」夫文飾者，猶婦人理髮靚妝，固不可欠之具也。然過焉，則眩惑人；不及，則覺不潔。唯要無過不及爾。如相如《上林賦》「盧橘夏熟」、揚雄《甘泉賦》「玉樹青葱」，左思以爲過於藻飾。然如思之《三都》，最極雕繪者，但不害志則可矣。余讀張繼《楓橋夜泊》詩，有所感焉。初以「霜滿天」起句，以寒山寺鐘聲爲轉結。據張睿父《代醉編》，夜半鐘實爲承天寺，然作者爲寒山寺，以「寒山」二字寫隆冬之景也。若爲承天寺，字句平凡，無所賞焉耳。

虚數

古書有計算不相合者，雖無妨於大體，使人疑且惑，後人宜用意也。《泰誓》曰：「受有臣億萬，予有臣三千。」傳曰：「三分天下，周有其二。」豈有一分者億萬，而有二分者三千也哉？《史記》：「諸侯不期而會盟津者八百。遂率戎車三百乘、虎賁三千、甲士四萬五千人。」周武出軍，從諸侯八百，而其人不足五萬歟？如帝王世次，歐陽公、楊用修等審論之。計算不合者，馬《史》爲甚，其他往往有此類。以東坡《赤壁賦》「月徘徊於斗牛之間」，譏其違躔度。過於穿鑿而不知大意者，不足與論文也。

倒句

倒句之法，《左氏》「吾稔之日，侈故之以」「亡於不暇」「君於何有」「室於怒，市於色」、《魯語》「鼃於何有」、《戰國策》「猿獮猴錯木據水，則不如魚鼈；歷險乘危，則騏驥不如狐狸」、韓退之《與陳給事書》「衣食於奔走」、《羅池廟碑》「春與猿吟兮，秋鶴與飛」等，不遑枚舉。《論語》「迅雷風烈」、《楚辭》「吉日辰良」等，一正一倒，亦是奇格。宜斟酌上下文勢，不可煩擾章句。妄用之，語勢錯亂，反使讀者惑耳。

作字

作字宜用楷正，如張旭、懷素作草書，雖筆勢入神品，使人不能讀者，復無益耳。近日學者效羲之尺牘等，務書省畫之字，縱横塗抹，以衒俗眼，是亦末弊也已。韓退之不解草書，非學者所愧也。宋張思叔《座右銘》云：「字畫必楷正。」程明道作字時甚敬，嘗謂人曰：「非欲好字，即此是學。」張觀少謹愿，平生書必爲楷字，無一行草。苟爲文貽諸後世者，豈以亂草破體不可讀者，污縑楮爲哉？余屢交於清人，多得其簡牘。雖非緊要之事，咸以行楷書之，間有語中押韻者。想高尚之語，雖常談亦有此習，國人所不及也。

渾化

人心不同，好尚亦異，必也之其所愛而辟焉。於文亦然。好《左氏》者有《左氏》辟，喜老莊者又有老莊辟。但剽竊其語，或更字换句，强爲己之文，可謂拙矣。我師嘗曰：「爲文，多啖古書而可矢，必不可吐。」蓋吐者，不變其形，可辨菽麥也。矢者，既化其形，不可辨果肉也。是語雖鄙野，亦可以爲良戒矣。

文格

文本無格，未聞古人立格而爲文。以立言之宜者，後人爲格耳。如所謂立説格、設難格、解題格、譬諭格等者，推其文體而分之也。唐荆川分七十格，而短者爲短格，變者爲變格，是豈定格也哉？鹽谷宕陰曰：「才之至者，自我爲格。而其次者，守格以知契。至者希而次者衆，則文不得以不立格也。」夫法既立矣，格可自備。格已備矣，可以成文。蘇老泉目歐陽公文曰：「執事之文，非孟子之文，而歐陽子之文也。」所謂自我爲格者。今人至於歐陽子地位，豈可區區學格哉？

波瀾

波瀾抑揚，頓挫開合，一篇中自備者。請以水喻之。文猶水也，風蕩之，爲波，爲瀾，爲逆浪，爲怒濤。轟激如雷霆，噴搏如霰雪。哮吼喧哄，舒蹙奔騰，將嚙岸碎巖，没磯覆嶼，是文之最巧者也。其退也，如穿壑；其進也，如叠山。水愈多，勢愈激；去愈遠，來愈近。若夫遭巨巖突嶕，俄然分，驟然逢，躍而爲濤，沉而爲淵，爲洹爲瀵，爲沫爲渦，是亦文之抑揚頓挫開合者也。方風收潮退，平坦鏡如，萬里一碧，細縠微瀾，如熨如拭，而其中孕育鼉鼉蛟龍魚鼈，産殖珊瑚寶珠貨財，是則學筍富贍者能之。故曰：昌黎之文如大海，東坡之文如長江。學文者宜望於河海，坳堂之水、牛蹄之涔，豈能得生淪漣、養鱗介乎哉？

取捨

讀古文者，宜有所取捨。雖八家之文，有可法者，有不可法者。先輩選文各各不同，蓋由其性所好然。以予觀之，若謝氏《軌範》最純粹者，至鄒氏《續編》，瓊瑪相錯，玉石相雜，稍有可厭者。茅鹿門選八家之文，儲同人增益之，後又高梅亭、沈歸愚之徒有所取捨，而醇駁相參。其他真西山、吕東萊、樓迂齋諸選，各有所偏，好尚不同也。近日桐城姚氏輯《古文詞類纂》，頗覺精選。恨卷帙浩大，不便童蒙。學者務讀斯編，不復陷誤徑矣。

錯誤

歐、蘇之文非悉佳者，學者宜選擇焉。若《五代史》，文章法度以爲亞《史》《漢》，而宋吴縝作《纂誤》，舉訛漏一百十餘條。若東坡《上神宗書》「桓帝遺八使」，實順帝漢安元年也。《再上神宗書》「孔子曰：『君子之過，如日月食焉』」，實子貢言也。上天子書猶如是，况於著述者乎？夫子著《春秋》，尚不免日月之誤。韓退之爲孟子親受於子思者。古人往往如此，况於歐、蘇乎？

近日志摩有小濱樸齋者，頗能古文辭。余睹其删正歐、蘇之文者，雖不中，而有不遠者。余甚感焉，今付録其一二。歐陽公《朋黨論》「惟幸人君辨其君子小人而已」，删正爲「而有君子，有小人。人君能辨其類而已矣」；「君子與君子以同道爲朋，小人與小人以同利爲朋」，删正爲「君子之朋爲道也，小人之朋爲利也」。老蘇《高祖論》「微此二人，則天下不歸漢，而高帝木强之人而已耳」，删正爲「天下恐不歸漢，而高帝必死於鴻門、滎陽、彭城、白登矣」。大蘇《留侯論》「天下有大勇者，卒然臨之而不驚」，删正爲「有大勇者焉，卒然劫之而不從」；「倨傲鮮腆而深折之」，删正爲「試折之」；「且夫有報人之志，而不能下人者，是匹夫之剛也」，删正爲「有報人之志，而不能忍於物者，是匹夫之量也」；「此固秦皇之所不能驚」，删正爲「秦皇之所不能索」。其他不遑枚舉。賴山陽不喜曾文，譬逢紗帽惡客。沈歸愚以爲不知有劉向，無論韓愈。二子所見，何其霄壤也？當日東坡作《刑賞忠厚之至論》，歐陽公疑曾子固所爲。由是觀之，東坡與南豐相伯仲者。唐宋文人之多，二人當八家之選，而賴氏極口駡之，何等狂態也？凡欲評古文者，非學藝文詞出於其人之上者，不能探究蘊奥也。未能窺藩籬，反欲品評室中陳列之器，徒費無益之辯，速他之嗤已。若徂徠譏《赤壁賦》，履軒嘲《嚴子陵祠堂記》，固皮相之論，安得知其骨髓乎？故有東坡之學，而後可評東坡之文；有南豐之識，而後可訐南豐之瑕。無駕於其人之學識，唯稱讚焉耳矣。

○辨　體 節録《留青新集》

命　辨

命猶令也。大曰命，小曰令，此命、令之别也。上古王言同稱爲命。或以命官，《説命》《冏命》是也。或以封爵，如《微子之命》《蔡仲之命》是也。或以飭職，如《畢命》是也。或以錫賚，如《文侯之命》是也。或傳遺詔，如《顧命》是也。

諭告辨

諭，曉也，告命也。以上敕下之辭。《春秋》内外傳始載周天子諭告諸侯及列國往來相告之詞，然皆使人傳言，不假書翰。若漢高帝入關告諭、爲義帝發喪告諸侯，漢章帝告廬江太守、東平相等，言之簡貴可式者也。

詔　辨

詔者，昭也，告也。古之詔詞皆用散文，故能深厚爾雅，感動乎人。六朝而下文尚偶儷，而詔亦用之，然非獨詔也。後代漸復古，而專以四六施之詔誥、制策、表牋、簡啓等類，則失之矣。

誥辨

誥者，告也。告上曰告，發下曰誥。古者上下有誥，故下以告上，《仲虺之誥》是也。上以告下，《大誥》《洛誥》是也。《周禮・士師》：「以五戒先後刑罰。」其二曰誥，用會同以諭衆也。秦廢古法，止稱制誥。

上書

書者，舒也。舒布其言而陳之簡牘也。七國時言事于王者，皆稱上書。秦漢而下，古制猶存。其他章、奏、表、疏之屬，則别爲一體。

英案，《事物紀原》：「太甲既立，不明，伊尹作書以戒。此上書之始也。秦改曰奏。」或曰進之天子稱表，進諸侯稱上書。漢乃有章、表、奏、駁四等。

章辨

章，明也。古人言事皆稱上書，漢定禮儀，乃有四品，其一曰章，用以謝恩。

表辨

表者，標也，明也。標著事緒，使之明白，以告乎上也。漢晋多用散文，唐宋多用四六。而唐宋之體，又自不同。唐人聲律時有出入，而不失乎雄渾之風。宋人聲律極其精切，而有得乎明暢之旨。然有唐宋人而爲古體者，有唐人而似宋人者，不可不辨也。故表一曰古體，二曰唐體，三曰宋體。今所尚者，皆宋體也。

英案：《蘇氏演義》曰：「表者，白也。言以情旨表白於外也。」

牋辨

牋者，表也，識表其情也。後世上天子稱表，上皇后、太子稱牋，而其他不得用矣。今制奏事太子、諸王稱啓，而慶賀則皇后、太子并稱牋云。

奏疏

奏疏者，群臣論諫之總名。七國以前皆稱上書，秦初改書曰奏。漢定禮儀，有四品：章以謝恩，奏以按劾，表以陳謝，議以執異。然當時奏章或上灾異，則非專以謝恩。至于奏事，亦稱上疏，則非專以按劾也。又按劾之奏，别稱彈事。又置八儀，密奏陰陽，皂囊封板，以防宣泄，謂之封事。更有八品：曰奏，奏者進也；曰疏，疏者布也；曰對；曰啓，啓者開也；曰狀，狀者陳也，有散文、儷語二體；曰劄子，劄者刺也；曰封事；曰彈事。至疏、封、對、狀、劄五者，又皆以「奏」字冠之，以别于臣下私相對答往來之詞。及論其文，則皆以明允篤誠爲本，辯析疏通爲要。酌古御今，治煩總要，此大體也。

又有榜子、劄子。《歸田録》云：「唐人奏事，非表非狀者，謂之榜子，亦謂之録子。今謂之劄子。凡群臣百司上殿奏事，兩制以上非時有所奏陳，皆用劄子。中書、樞密院事不降宣敕者，亦用劄子。與兩府中書省、樞密院。相往來亦然。」

論辨

論者，議也。劉勰曰：「論者，倫也。彌綸群言而研衆理也。論始于《論語》，若《六韜》二論，乃後人之追題耳。」又論爲八品：曰理論、政論、經論、史論、文論、諷論、寓論、設論。其題或曰某論，或曰論某，則各隨作者命之。

案，《事物紀原》：「《文心》云：『昔仲尼微言，門人追記，目爲《論語》，蓋群論立名始於兹。』莊周之書，有『嘗試論之』。荀卿有《正論》，賈誼有《過秦論》。今之論，以荀、賈爲始。」李性學《文式》云：「論理貴反覆而盡事情。」又曰：「宜曲折深遠。」

序辨

序，緒也。字亦作「叙」。言其善叙事理，若絲之緒也。始于《詩》之《大序》。首言六義，次言《風》《雅》之變，又次言《二南》王化之義。其言次第有序，故謂之序。

案，《公羊傳疏》云：「序者，舒也。舒展己意，以次叙經傳之義，述己作註之意，故謂之序也。」《尚書註疏》：「《毛傳》云：『序者，緒也。』則述其事，使理相胤續，若繭之抽緒。」《左傳正義》云：「序與叙音義同。」

記辨

記者，記事之文。《禹貢》《顧命》乃記之祖，而記之名昉于《戴記·學記》諸篇。後揚雄作《蜀記》，而《文選》不列其類，劉勰不著其說，則知漢魏以前作者尚少，其盛自唐始。陳師道曰：「韓退之作記，記其事耳。今之記乃論也。」然觀《燕喜亭記》已涉議論，而歐、蘇以下議論寖多，故以記事者爲正體，雜議論者爲變體。然有變而不失其正者，則歐陽修《吉州學記》《王彦章畫像記》、柳子厚《監察使壁記》是也。又有托物以寓意者，如《醉鄉記》。有首之以序，而以韻語爲記者，如韓愈《汴州東西水門記》。有篇末繫以詩歌者，如蘇洵《張益州畫像記》。皆爲別體。又有墓磚記、墳記、塔記。

碑文辨

碑者，埤也。上古帝皇始號封禪，樹石埤岳，故曰碑。後漢以來，有山川之碑、城池之碑、宫室之碑、橋道之碑、壇井之碑、神廟之碑、古迹之碑、土風之碑、灾祥之碑、功德之碑、墓道之碑、寺觀之碑、托物之碑。碑實銘器，銘實碑文。其序則傳，其文則銘。此碑之體也。又碑之體主于序事，其後漸以議論雜之，則非矣。故考諸大家之文，而列爲三品：其主于叙事者曰正體；主于議論者曰變體；叙事而參之以議論者曰變而不失其正。至于托物寓意之文，則又爲別體，其墓碑則自爲一類也。又有碑陰文，如柳宗元《大明和尚碑陰》《箕子碑陰》之類。

英案，或云碑，臣子追述君父之功，以書其上。《初學記》：「碑，悲也。所以悲往事也。」

傳辨

傳者，傳也。太史公創《史記》列傳，以載一人之事，而爲體不同。迨前後兩《漢書》、三國、晋、唐諸史，則但相祖襲而已。厥後學士大夫或值忠孝才德之事，慮其湮没；或事迹雖微，而卓然可爲法戒者，因爲立傳，以傳于世。此小傳、家傳、外傳之例也。其品有四：曰史傳，以傳古人；曰家傳，以傳時人；曰托傳，如《梓人傳》《圬者傳》；曰假傳，有所引紕，如《毛穎傳》《清和先生傳》，皆屬假借。

説書辨

説書者，儒臣進講之詞也。人主好學，則觀覽經史，儒臣因説其義以進，謂之説書。

祝文辨

祝文者，饗神之詞。劉勰所謂「祝史陳信，資乎文質」者是也。考其大旨，有六：曰告、曰修、曰祈、曰報、曰信、曰謁，用以饗天地山川社者。國有大事，先集群臣而廷議之。厥後下公卿議，乃始撰詞書之簡牘以進。而學士偶有所見，又復私議于家。文以辨潔爲能，不以繁縟爲巧；事以明覈爲美，不以深隱爲奇。此外有謚議，則别爲一體云。

辯　辨

辯，判别也。漢以前初無作者，至唐韓、柳乃始作焉。然其原實出於蒙莊。蓋本乎至當不易之理，而以反覆曲折之詞發之。若其題曰某辯，或曰辯某，則隨作者命之，實非有異議也。

解　辨

解者，釋也。揚雄始作《解嘲》，後韓愈有《進學解》。隨作仿之，與論、説、議、辯蓋相通焉。

案，《文心雕龍》云：「解者，釋也。解釋結滯，徵事以對也。」《説文》：「解，判也。」《禮記》有《經解》，所以解述經義也。如韓愈《獲麟解》，解之正體也。如《進學解》，解之變體也。

引辨

班固雖作《典引》，然實爲符命之文。如雜著命題，各用己意，非以引爲文之一體也。唐以後始有此體，大略如序，而稍爲短簡，蓋序之濫觴也。

題跋辨

題跋者，簡編之後語也。凡經傳子史、詩文圖書之類，前有序引，後有後序，可謂盡矣。其後覽者，或因人之請求，或因感而有得，則復撰詞以綴于末簡，而總謂之題跋。盧疏齋曰：「跋取《詩》『狼跋其胡』之義。狼行則前躐其胡，故跋語不可太多，多則冗。尾語宜峭跋，使不可加。」若然，則跋比題與書尤貴簡峭也。〔一〕綜其實有四：曰題、曰跋、曰書某、曰讀某。夫題者，締也，審締其義。跋者，本也，因文見本。書者，書其語，讀者因於讀。其詞考古證今，釋疑訂謬，專以簡勁爲主，與序引不同。又有題詞，所以題其書之本末指義，文詞之表也。然題跋書於後，而題詞冠于

〔一〕比題，據《文章辨體彙選》卷三百六十八等補。

前，此其辨也。

志　辨

志者，記也。字亦作誌。其名起于《漢書》十志，而後人因之。大抵記事之作也。他如墓誌，别爲一類。

紀事辨

紀事者，記事之别名，而野史之流也。古者史官掌記時事，而耳目所不逮。文人學士之有見聞，隨手紀録，以備史官之采擇，以裨史籍之遺亡，故以紀事括之。

評　辨

評，品論也。史家褒貶之詞。蓋古老史官，各有論著，以訂一時君臣言行之是非。然隨意命名，莫協于一。故司馬遷《史記》稱「太史公曰」，而班固《西漢書》則謂之贊，范曄《東漢書》又謂之論，其實皆評也。而評之名，始見于《三國志》。後世作者漸多，則不必手秉史筆而後爲之矣。故二評載諸《文粹》，而評史見于蘇文忠公集中。又有雜評，以評事之得失。

七　辨

《文選》文體有曰七者，詞雖八首，而問對凡七，故謂之七。則七者，問對之別名，而《楚辭·七諫》之流也。蓋自枚乘初撰《七發》，而傅毅《七激》、張衡《七辨》、崔駰《七依》、崔瑗《七蘇》、馬融《七廣》、曹植《七啓》、王粲《七釋》、張協《七命》、陸機《七徵》、桓麟《七説》、左思《七諷》，規仿太切，了無新義。及柳子厚作《晋問》，雖用其體，而超然別立機杼，漢晋沿習之弊一洗矣。竊考對偶句語，六經所不廢。七體雖尚騈麗，然遺詞變化，與連珠全篇四六不同也。

連珠辨

連珠者，假物陳義，以通諷諭之詞。連之爲言貫也。穿貫情理，如珠之在貫也。蓋自揚雄綜述碎文，肇爲連珠，而班固、賈逵、傅毅之流，受詔繼作。傅玄乃曰「興於漢章之世」，誤矣。然其云「詞麗言約，合于古詩諷興之義」，則不易之論也。其體展轉，或二或三，皆騈偶而有韻，故工此者必使義明而詞净、事圓而音澤也。

義　辨

義者，理也。本其理而疏之，謂之義。若《禮》所載《冠義》《祭義》得宜，是又存乎節文之間矣。

説　辨

説者，解也，述也，解釋義理而以己意述之也。説之名起于夫子《説卦》，漢許慎作《説文》，亦祖其名以命篇。而魏晋以來，作者絶少。獨曹植集中有二首，而《文選》不載，故其文闕焉。陸機《文賦》備論作文之體，有曰「説煒爗而譎誑」，是豈知文者哉？至昌黎憫斯文日弊，作《師説》，柳子厚及宋諸大儒，各即事即理而爲之説，以曉當世、悟後學，由是六朝陋習一洗無餘矣。盧學士曰：「説須自出己意，横説豎説，以抑揚典贍爲上。」與論無大異也。此外又有名説、字説，其名雖同，而所施則異。

原　辨

原者，本也，謂推論其本原也。義始《大易》「原始要終」之訓。自唐韓愈作《五原》，《原道》《原性》《原人》《原鬼》《原毁》。而後人因之。雖非古體，然其溯原本始，致用當今，則誠有不可少者。至其曲折抑揚，亦與論説相爲表裏，無甚異也。案，《淮南子》有《原道》篇，注：「原，本也。」韓愈蓋本于《淮南子》，後爲文之一體。

議　辨

議者，宜也，周爰諮謀以審事宜也。《周書》曰：「議事以制，政乃不迷。」昔管仲稱軒轅有明臺之議，則議之來遠矣。至漢始立駁議，駁者雜也。雜議不純，故曰駁也。

文　辨

編内所載，均謂之文。而此類獨以文名者，蓋文中之一體也。有散文，有韻語。或效楚辭，或爲四六。或以盟神，或以諷人。其體不同，其用亦異。如柳宗元《乞巧文》、韓愈《送窮文》、孔稚圭《北山移文》之類。

案，稱文者，又爲文中一種。《文選》分類有王元長《策秀才文》、任彦升《策秀才文》等，[一]與弔文、祭文等異。

檄辨

檄，軍書也。以木簡爲書，長尺二寸，用以號召。若有急，則插鷄羽而遣之。故謂之羽檄，言如飛之疾也。古者用兵，誓師而已，至周乃有文告之詞。而檄之名始見於戰國，《史記》載張儀爲檄以告楚相。後人仿之，代有著作。而其詞有散文，有儷語。

行狀辨

狀者，貌也。禮貌本原，取其事實。先賢表謚，并有行狀。後世韓、柳所作，足爲楷式。而其文多手門生故吏親舊之手，以謂非此輩不能知也。其逸事狀，則但録其逸者，其所已載不必詳焉，乃狀之變體也。

[一] 才，據《文選》卷三十六任彦升《策秀才文》補。

述　辨

述，譔也。纂譔其人之言行，以俟考也。其文與行狀同。不曰狀而曰述，亦别名也。宋王安石有《先大夫述》。

楚辭辨

楚辭，詩之變也。《詩》無楚風，然江漢間皆爲楚地，文王化行南國，《漢廣》《江有汜》諸詩列于《二南》，《詩·周南》《召南》。乃居十五《國風》之先，是楚實爲《風》首也。風雅既亡，乃有楚狂「鳳兮」、孺子「滄浪」之歌，發乎情，止乎禮義，與詩人六義不甚相遠。但其詩稍變詩之本體，而以「兮」字爲讀，楚辭固已萌蘖于此矣。屈平本《詩》義爲《騷》，蓋兼六義，而賦之意居多。宋玉繼作，并號楚辭。自是詞賦家悉祖此體。

賦　辨

賦體起于《離騷》。「離騷」者，言離憂也。屈原作此以寫憂，蓋賦之祖，而未嘗以賦名。趙人荀况遊宦于楚，考其時，雖在屈原之前，所作五賦工巧深刻，純用隱語，君子無取焉。及宋玉作《神女》《登徒子》等賦，賦之名始著。其詞輕清婉逸，初未俳組。漢賈生《弔屈原》《鵩鳥》二賦，用騷體而詞句猶在淺顯。相如《子虛》《上林》諸賦出，而揚雄、班固之徒率以俳組爲勝矣。

古今言賦，自《騷》之外，咸以兩漢爲古。蓋其鋪張段落，創起一法，實爲魏晋所宗。當時無集類等書，非真淹博者不能詳贍。張、左之才，猶須研《京》十年，煉《都》一紀。後諸名家，欲挽其習，所作文賦如《阿房》《赤壁》等，不組辭而尚意，清新流動，又成一體，讀之快然忘倦。作者遇枯澀題，能效諸大篇以恣其博；濃熟題，效諸文賦以求其情，則思過半矣。

三國六朝賦辨

西漢詞工于楚騷，東漢又工于西漢。以至三國六朝，一代工于一代。詞愈工則情愈短，味愈淺，而體愈下。建安七子獨王仲宣賦有古風，至晋陸士衡輩《文賦》等作，已用俳體。流至潘岳，首尾絶俳。迨沈休文四聲八病起，四聲，周顒所設，平、上、去、入也。八病，沈休文所定，平頭、上尾、蜂腰、鶴膝、大韻、小韻、旁紐、正紐。而俳體又入于律矣。徐、庾繼出，又復隔句對聯以爲駢四儷六，簇事對偶以爲博物洽聞。有詞無情，義亡體失，此六朝之賦所以益遠于古。然其中有安仁《秋興》、明遠《舞鶴》等篇，《文選》。雖其詞不過後代之詞，乃情則猶得古詩之餘也。

唐賦辨

唐賦大抵律多而古少，句中拘對偶以趨時好，字中揣聲病以避時忌，孰有學古賦者？惟韓、柳諸古賦以《騷》爲宗，〔一〕超出俳律之外。唐賦之古，莫古於此。《阿房宮賦》古今膾炙，但大半是論體，不復可專目爲賦矣。

宋賦辨

宋賦有俳體、文體。後山謂歐公以文體爲四六。夫四六者，屬對之文也，可以文體爲之。至於賦，若以文體，則是一片之文，押幾個韻耳。於《風》之優游、比興之假托，《雅》《頌》之形容，皆不兼矣。晦翁曰：「宋朝文明之盛，前世莫及。自歐陽、南豐、眉山迭起，傑然自爲一代之文。獨于楚人之賦，有未數數然者。」觀此則宋賦可知矣。

〔一〕諸，原作「詩」，據《鐵立文起》前編卷十一等改。

古今賦分爲五體辨

賦有五體。曰古賦。如《長門賦》「夫何一佳人兮，步逍遥以自虞」，句法篇法全似乎《騷》。班婕妤《自悼賦》《擣素賦》、張衡《思玄賦》、禰衡《鸚鵡賦》、王粲《登樓賦》、潘岳《秋興賦》《文選》。之類是也。《上林》《子虚》，創爲縱横騈織，亦爲古賦。效之者，揚雄《羽獵》、班固《兩都》、左思《三都》、張衡《二京》《文選》。之類是也。曰俳賦。自《楚詞》「朝飲木蘭之墜露兮，夕餐秋菊之落英」「製芰荷以爲衣兮，集芙蓉以爲裳」等句，已類俳語，猶一句中自作對耳。及相如「左烏號之雕弓，右夏服之勁箭」等句，始分兩句作對，而俳遂甚焉。後人效之，遂成此體。每句對偶，如陸機《文賦》、鮑照《蕪城賦》、謝惠連《雪賦》、謝莊《月賦》、顔延之《赭白馬賦》之類是也。曰文賦。蓋《楚辭·卜居》《漁父》二篇，已肇文體。《子虚》《上林》《兩都》等作，則首尾是文。後人仿之，純用此體，爲議論而押韻之文。如揚雄《甘泉賦》、杜牧之《阿房宫賦》、蘇軾《赤壁賦》之類是也。曰律賦。沈約有四聲八病之拘，徐、庾復隔句對聯以爲四六，而律益細焉。隋進士科專用此體，至唐宋盛行。取士命題，限以八韻，必以音律諧協、對偶精切爲工。如韓愈《明水賦》，限以「玄化無宰至精感通」八字爲韻，起一段即押：「其事信美，其義惟玄。」宋王曾《有物渾成賦》以「虚象生在天地之始」爲韻之類是也。〔一〕曰小賦。蓋恢諧遊戲之作，本于宋玉《大言》《小言賦》。而設爲問答，或純以四言成篇，如揚雄《逐貧賦》、左思《白髮賦》、東坡《黠鼠賦》等類是也。

英案，《左傳·隱元年》「鄭莊公賦『大隧之中，其樂也融融』」，「賦」字見此。《詩序》六義，次二云賦。蓋謂直陳其事爾。《事文類聚》云賦之所起，屈原始作賦，其後宋玉、荀卿之徒演爲別體。《漢書》云：「不歌而頌曰賦。」《釋名》：「敷布其義曰賦。」

賦設爲問答之始辨

屈原假爲卜者、漁父問答之後，後人悉見規效。《子虚》《上林賦》，《子虚》以烏有先生、亡是公；《長楊賦》以翰林主人、子墨客卿；《兩都賦》以西都賓、東都主人；《兩京賦》以憑虚公子、安處先生；《三都賦》以西蜀公子、東吴王孫、魏國先生，皆蹈襲一律。則知詞賦之作，莫不祖騷矣。

〔一〕有，原作「萬」，據《宋文鑑》卷十一王曾《有物混成賦》等改。

賦用事貴曲確辨

左太沖《三都賦序》略曰：「美物者貴依其本，讚事者宜本其實。匪本匪實，覽者奚信？相如賦《上林》而引盧橘夏熟，揚雄賦《甘泉》而陳玉樹青葱，班固賦《西都》而嘆以出比目，張衡賦《西京》而述以遊海若。假稱珍怪，以爲潤色。若斯之類，匪啻于兹。考之果木，則生非其壤；校之神物，則出非其所。於詞則易爲藻飾，于義則虚而無徵。故賦家屋山川城邑、鳥獸草木，必當稽之地圖，驗之方志也。」

賦後有亂辨

亂者，樂節之名。篇章之末，撮大要以爲亂。蓋原本《離騷》，《騷》末有「亂曰：已矣哉！國無人兮，莫我知兮」等句。而賦又有「系曰」「重曰」，總是此義。若《東都賦》後有「其詞曰」，凡《明堂》等詩五首。潘岳《籍田賦》後、張衡《南都賦》後，俱有「頌曰」之類，此又一法。

賦中有歌辨

張衡《南都賦》後有「相與歌曰」，後又有「敢作頌曰」，以歌、頌雙收。謝莊《月賦》有「歌曰：美人邁兮音塵闕，〔一〕隔千里兮共明月」「又稱歌曰：月既没兮露欲晞，〔二〕歲方晏兮無與歸」等語，以二歌雙收。

文辭有似賦者辨

文之似賦者，《北山移文》、《弔古戰場文》、韓愈《弔田橫文》、柳子厚《弔屈原文》之類。辭之似賦者，陶潛《歸去來辭》、楊萬里《延陵懷古辭》之類。

頌　辨

《詩》有六義，其六曰頌。《文心》云：「昔帝嚳之世，咸墨爲頌，以歌九韶。」則頌起于帝嚳也。頌者，容

〔一〕音，原作「奇」，據《文選》卷十三謝莊《月賦》改。

〔二〕没，原作「深」，據《文選》卷十三謝莊《月賦》改。

也。美盛德之形容，以其成功告于神明者也。若《商》之《那》、《周》之《清廟》，皆以告神，乃正體也。至《魯頌·駉》《駜》等篇，用以頌僖公，而體變矣。後世獻頌，特用《魯頌》而已，其詞多用韻語。若《聖主得賢臣頌》，則用散文，亦爲變體。又有哀頌，則任昉所稱。漢張紘初作《陶侯哀頌》是也。劉勰曰：「頌之爲體，典雅清鑠，揄揚汪洋。敷寫似賦，而不入華侈之區；敬慎如銘，而異乎規戒之域。」知此，可得作頌之法矣。

英案，陸機《文賦》云：「頌優游以彬蔚。」李善註：「褒述功美，以辭爲主，故優游彬蔚。」

贊辨

贊，稱美也。字本作「讚」。相如作《荆軻贊》，世已不傳。孟堅漢史以論爲贊，至東方朔《畫像贊》及范曄諸贊，皆易以韻語，始爲正體。貴乎贍麗宏肆，有雍容俯仰、頓挫起伏之態。作散文，當祖班氏史評。作韻語，當宗東方朔。其體有三。曰雜贊。意專褒美，若諸集所載人物、文章、書畫諸贊是也。曰哀贊。哀人之殁，而述德以贊之者是也。曰史贊。兼褒貶，若《史記索隱》《東漢》《晋書》諸贊是也。贊之爲體，促而不曠，結言于四言之句，盤桓乎數韻之詞，其頌家之細條乎？蓋嘗玩之，其述贊也，名雖爲贊，而實則評論之文。其叙傳詞，雖似贊，而實則小序之語。安得概謂之贊而無辨乎？

銘　辨

銘者，名也。觀器而正名也。夏商鼎彝、尊卣、盤匜之屬，莫不有銘，而文多殘缺，獨殷盤見于《大學》。而《大戴禮》備載武王諸銘，凡几席觴豆之屬，無不勒銘以致戒警。後有稱述先人之德善勞烈，如孔悝《鼎銘》。又後世山川、宫室、門井之銘，若孟堅《燕然山》旌征伐之功，張孟陽《劍閣》戒殊俗之僭叛，取義不同。然要其體有二：曰誓戒，曰祝頌。陸機曰：「銘貴博約而温潤。」又有碑銘、墓誌銘，不列此類。

箴　辨

箴者，誠也。蓋醫者以箴石刺病，故有所諷刺而救其失者，謂之箴。其品有二：曰官箴，曰私箴。皆用韻語以垂警戒。

墓誌銘辨

誌者，記也。銘者，名也。古人有德善功烈可名于世，没則後人爲之鑄器以銘，而俾傳于無窮。若《蔡中郎集》所載《朱公叔鼎銘》是已。至漢杜子夏始勒文埋冢側，遂有墓誌，後人因之。蓋于葬時，述其人世系、名字、爵里、行治、壽年、卒葬日月，與其子孫大略，勒石加蓋，埋于壙前三尺之地，以爲異時陵谷變遷之防，而謂之誌銘。至論其題，則有曰「墓誌銘」，有誌有銘者是也；曰「墓誌銘并序」，有誌有銘而又先有序者，元稹《杜工部墓誌銘并序》是也。然云誌銘，而或有誌無銘，如韓愈《貝州司法參軍李君墓誌銘》；或有銘無誌，如王安石《虞部郎中晁君墓誌銘》，〔一〕序事在銘内，則別體也。曰墓誌，則有誌而無銘；曰墓銘，則有銘而無誌。然亦有單云誌而却有銘，如柳宗元《東明張先生墓誌》；單云銘而却有誌者，如蔡邕《貞節先生范史雲銘》。有題云誌而却是銘，如任昉《劉先生夫人墓誌》；題云銘而却是誌者，如韓愈《考功員外盧君墓銘》，皆別體也。其未葬而權厝者曰權厝誌，曰誌某。殯後葬而再誌者，曰續誌，曰後誌。殁於他所而歸葬者曰歸祔誌，葬於他所而後遷者曰遷祔誌，刻于蓋者曰蓋石文，刻于磚者曰墓磚記、〔二〕曰墓磚銘，書于木版者曰墳版文、曰墓版文。又有曰葬誌，

〔一〕虞，原作「儀」，據《臨川先生文集》卷九十六《虞部郎中晁君墓誌銘》改。
〔二〕墓磚記，原作「墓碑記」，據《文章辨體彙選》卷六百九十八等改。

曰誌文，曰墳記，曰壙記，曰壙銘，曰椁銘，曰埋銘。其在釋氏，則有曰塔銘，曰塔記。凡二十題。或有誌無誌，或有銘無銘，皆誌銘之別題也。其爲文則有正、變之二體。正體惟叙事，變體則因叙事而加議論焉。又有純用「也」字爲節段者，有虛作誌文而銘内始叙事者，亦變體也。若夫銘之爲體，則有三言、四言、七言、〔一〕雜言、散文。有中用「兮」字者，有末用「兮」字者，有末用「也」字者。其用韻，有一句用韻者，有兩句用韻者，有三句用韻者，有前用韻而末無韻者，有前無韻而末用韻者，有篇中既用韻而章内又各自用韻者，有隔句用韻者，有韻在語辭上者，有一字隔句重用自爲韻者，有全不用韻者。其更韻，有兩句一更者，有四句一更者，有數句一更者，有全篇不更者。皆雜出于各篇之中，難以例列也。

墓碑辨

古者葬有豐碑以窆。秦漢以來，死有功業則刻于上，稍改用石。晉宋間始稱神道碑。蓋地理家以東南爲神道，碑立其上而名耳。墓碣，近世五品以下所用，文與碑同。

〔一〕言，原作「古」，據《鐵立文起》前編卷六等改。

墓表則有官無官皆可。古今作者惟昌黎最高，行文叙事首尾不相蹈襲。凡碑碣表于外者，文則稍詳。銘埋于壙者，文則嚴謹。其書法則惟本其學行大節，小善寸長爲皆勿録。近世勿知者，至將墓誌亦刻墓前，斯失之矣。

墓表辨

墓表自東漢始。安帝元初元年，〔一〕立《謁者景君墓表》。其文體與碑碣同。有官無官皆可用，非若碑碣之有等級限制也。以其樹于神道，故又稱神道表。其爲文亦有正、變。

誄辨

誄者，累也。累列其德行而稱之也。《周禮》太祝作六辭，其六曰誄，即此文也。今考其時，賤不誄貴，幼不誄長，故天子崩則稱天以誄之，卿大夫卒則君誄之。魯哀公誄孔子云云，蓋古之誄，本爲定謚；而今之誄，惟以寓哀。則不必問其謚之有無，而皆

〔一〕元初，據《文章辨體彙選》卷六百八十六等補。

可爲之。至于貴賤長幼之節，亦不復論矣。其體述世系行業而末寓哀德之義，所謂傳體而頌文、榮始而哀終也。

祭文辨

其詞有散文，有韻語，有儷語。而韻語之中，又有散文、四言、六言、雜言、騷體、儷體之不同。劉勰曰：「祭奠之文，宜恭且哀。」若夫辭華而靡實，情鬱而不宣，皆非工於此者也。

弔文辨

古者弔生曰唁，死曰弔。或驕貴而殞身，或狷忿而乖道，〔一〕或有志而無時，或美才而兼累。後人追而慰之，并名爲弔。若賈誼之《弔屈原》，則弔之祖也。然不稱文，故不列之。其文濫觴于唐，故有《弔戰場》《弔鎛鐘》之作。大抵弔文之體，仿佛楚騷，而切要惻愴，似稍不同。若華過韻緩，賦而非文也。

〔一〕道，原作「遺」，據《鐵立文起》前編卷五等改。

文法詳論卷下

○句解

文有單行，有對句。有開合，有擒縱，有抑揚，有頓挫，有轉换，有移易，有起伏，有賓主，有脉絡，有段落。有首尾照應者，有長短錯綜者。或曰雙闢，曰兩扇，曰頭，曰脚，曰柱，曰礎。或無規而合規者，曰無規法。不照應而得全者，曰不照應格。變者曰變法，短者曰短格。其他分格，凡七十有餘。然古人未嘗立法而爲文，後人以其宜者名焉耳。故有叙事格而兼譬喻格者，有解題格而爲貫珠格者。千文千體，不可悉名。於句法亦然。今兹抄古人所用句法一二示之，若夫運用變化之妙，不能以繩尺而論，學者宜自得焉。

論語

學而時習之，不亦説乎？九字單行文。《論語》之文，録孔子平生之言及門人問答之語，固非設法而綴者，然莫不盡合法。此一章國人爲和歌句續之法，學氏時仁之遠習波不亦説乎也，所謂氏、仁、遠、波、也者，蓋出於此。

巧言，令色，鮮矣仁。二二對句，以一句三字結。「仁」字在下，若下「仁鮮矣」，則語勢弱。韓文公《上宰相書》「惟不得出大賢之門下是懼」，謝註：若下「惟恐不得出大賢之門下」，便弱了。文公蓋學此法者。

論語

慎終，追遠，民德歸厚矣。短對，以長句結。

物有本末，事有終始，知所先後則近道矣。句法同前。「先後」二字應「本末」「終始」。

中庸

或生而知之，或學而知之，或困而知之，及其知之一也。三句以一句結。

孝經

夫孝，天之經也，地之誼也，民之行也。天地之經而民是則之。發語二字，生三短句，以一長句結之。

中庸

無憂者其惟文王乎？以王季爲父，以武王爲子。父作之，子述之。一頭八字，生五字兩脚；五字兩脚，又生三字兩脚。

中庸

文武之政布在方策。其人存則其政舉，其人亡則其政息。人道敏政，地道敏

樹。〔一〕夫政也者蒲盧也。首句八字，生七字二句；七字二句，以四字二句承之，以八字一句結之。〔二〕

易

危者安其位者也，亡者保其存者也，亂者有其治者也。是故君子：安而不忘危，存而不忘亡，治而不忘亂。七字三句，生四字一句，承上起下，以五字三句結。

中庸

君子之道，淡而不厭，簡而文，温而理。知遠之近，知風之自，知微之顯，可與入德矣。一句生三句，三句又生三句，以一句結。

中庸

天命之謂性，率性之謂道，修道之謂教。累字續句，一句生二句。

大學

是故君子先慎乎德。有德此有人，有人此有土，有土此有財，有財此有用。連字續句，一句生四句。「是故」承前文辭，「是」字「非」之反對。「此有人」別設辭，「此」字「彼」之反對。

〔一〕樹，原作「政」，據《禮記·中庸》改。

〔二〕八，疑當作「七」。

莊子

吾〔主〕有大樹，未知爲何樹。〔伏〕人〔賓〕謂之樗。始知爲樗木。〔起〕其大本擁腫，波瀾。而不中繩墨；其小枝卷曲，波瀾。而不中規矩。開兩扇。立之塗，匠者不顧。一句結前對。不中繩墨規矩，故匠者不顧也。

莊子

以指喻指之非指，不若以非指喻指之非指也；以馬喻馬之非馬，不若以非馬喻馬之非馬也。每句十八字，爲兩柱。天地一指也，一句結右句。萬物一馬也。一句結左句。長二句，以短二句結。長句以「指」「馬」對，左右不亂配置。短句以「天地」「萬物」對，一句結一句，故置二「也」字。

莊子

昔者莊周夢爲胡蝶，一句起頭。栩栩然胡蝶也。一句生左脚。〔虛〕自喻適志與，不知周也。二句添左脚。俄然覺，一句起下。則蘧蘧然周也。一句生右脚。〔實〕不知周之夢爲胡蝶與？又生右脚。〔實〕胡蝶之夢爲周與？又生左脚。〔虛〕周與胡蝶，則必有分矣。總括。

雜説

韓退之

龍噓氣爲雲，龍喻聖君，五字一句。雲固弗靈於龍也。雲喻賢臣，七字一句。用「弗」字，重於「不」字。有輕重之差，有有意無意之差。《春秋》「公追齊人至嶲，弗及」，《公羊傳注》：「弗者，不之深者也。」《趙策》：「明日徐公來，熟視之，自以爲不如。窺鏡而自視，又弗如遠甚。」是同語中有差别輕重也。然龍乘是氣，茫洋窮乎玄間。喻聖王得賢臣而爲事。五字一句，六字一句，承前二句，用「乎」字。「乎」輕於「於」字。「于」急，「於」緩。《尚書》多用「于」字，或又「乎」「于」相通用，又兼嘆意。《皋陶謨》：「何憂乎驩兜？何遷乎有苗？何畏乎巧言令色孔壬？」《史記·孔子世家》：「去魯，斥乎齊，逐乎宋、衛，困於陳、蔡之間。」薄日月，句。伏光景；句。爲一對。感震電，句。神變化；句。爲一對。水下土，句。汩陵谷。二句一對，六句爲三對。謂聖主任賢臣，立天下之大事，成天下之大功，通於變，明於神，有許多勳功。雲亦靈怪矣哉。謂賢臣之才固亦奇特。一句六字，結前三對爲小段落。用「矣哉」，語決而尚有嗟嘆之意也。雲，龍之所能使爲靈也。謂賢臣因聖君能用之，而後見其爲賢。九字一句，又承前段。若龍之靈，則非雲之所能使爲靈也。謂君之聖，則非人臣之所能使之爲聖也。抑臣揚君，二句爲波瀾。然龍弗得雲，無以神其靈矣。謂聖君不得賢臣，無以輔佐聖德。一轉，揚臣。用「矣」字，語勢最緊。失其所憑依，信不可歟？謂人君無賢臣，如無股肱耳目。一句抑君。用「歟」字，疑決不定之意，抑中微含揚意。異哉！其所憑依，乃其所自爲也。謂聖君之所憑依者，賢臣。賢臣所爲之事業，即聖君之所自爲也。應發語「龍噓氣爲雲」。所自爲者，乃噓氣爲雲也。是首尾照應之處。「哉」字用語中，「乃」字輕於「則」字。前用「則」字，此用「乃」字，輕重有差。《易》曰：「雲從龍。」謂賢臣必從聖君。結末引聖語，一篇之文，證不出於私意也。既曰龍，雲從之矣。謂聖君在上，賢臣在下而從之。龍與雲不可離，喻聖君與賢臣不可離。至是混抑揚，明君臣之意。七字以結全篇。凡六節轉換，自始至終爲譬喻。以雲爲賓，以龍爲主。每一轉生波瀾。唐子西評曰：咫尺之間，有千仞之勢。是韓文之最奇變者也。

上張僕射書

韓退之

九月一日，愈再拜。受牒之明日，在使院中，有小吏持院中故事節目十餘事來示愈。以上敘事，平易不累多言。其中不可者有：「不可」字一篇綱領，「有」字置句末，倒句法也。自九月至明年二月之終，六個月間，長夜之候。皆晨入夜歸，寅而入，終酉而歸。非有疾病事故，輒不許出。當時以初受命，不敢言。謝注：此等書學士家視爲常物，若細覽之，筆下變化如走龍蛇。是初學之利刃。古人有言曰：「人各有能，有不能。」《左傳·定公五年》王孫由于之言。〇初先舉古書證之。若此者，非愈之所能也。誰有如是事爲能者哉？「非愈之所能也」一語最妙，所謂使人笑者，柳文無此等之語。抑而行之，必發狂疾。一句。上無以承事於公，忘其將所以報德者；二句十五字。下無以自立，喪失其所以爲心。二句十二字。開兩扇。夫如是，則安得而不言？一句結前，二句起下。凡執事之擇於愈者，非爲其能晨入夜歸也，必將有以取之。苟有以取之，雖不晨入夜歸，其所取者猶在也。所取者，愈之學藝也，欲不使晨入夜歸。此一段以單行文起下，是開雙關之鑰也。下之事上，不一其事；二句爲雙關。上之使下，不一其事。又下以雙扇承之。量力而任之，度才而處之。其所不能不彊使爲。前長對二句，以下短對承之。下短對，以八字單行文結之。是故二字起下。爲下者不獲罪於上，爲上者不得怨於下矣。以二句結章，爲一小段落。單行散文中以對法取勢，有一頭兩脚法，有兩頭三脚法，有脚尾開扇法，又有無規法者，皆由語勢而變化。雙關中句末有用助字者，如「爲上者不得怨於下矣」等，是散文之體也。四六體文，此處不用「矣」字。《孟子》有云：「今之諸侯無大相過者，以其皆好臣其所教，而不好臣其所受教。」今之時與孟子之時，又加遠矣。《孟子·公孫丑下》。再引古語論之。「今之時」一句起下。皆好其聞命而奔走者，不好其直己而行道者。二句少異而爲句對。聞命而奔走者，好利者也；直己而行道者，好義者也。二句又承前二句。出「利」「義」二字，文愈緊。未有好利而愛其君者，未有好義而忘其君者。二句又承前二句，生「愛」「忘」二字。中對用「也」字，釋前文之意也。後對不用助字，文勢最緊。今之王公大人，惟執事可以聞此言。惟愈於執事也，可以此言進。此二句一轉前文，語不對而意對。結前三對，爲小段落。謝註：此一章辭太直，兩句救得好。愈蒙幸於執事，其所從舊矣。二句起下。若寬假之使不失其性，加待之使足以爲名。開雙扇。寅而入，盡辰而退；二句承前對。申而入，終酉而退。率以爲常，亦不廢事。以八字單行結之，公私兩盡。天下之人，聞執事之於愈如是也，單行十三字，承上而起下。必皆曰：三字冒頭，下起五句。執事之好士也如此，八字句。執事之待士以禮如此，九字句。執事之使人不枉其性而能有容如此，十五字句。執事之欲成人之名如此，十字句。執事之厚於故舊如此。九字句。連下五個「如此」字，句法長短錯綜，凡五變，此章法也。又將曰：三字冒頭，下起三句。韓愈之識其所依歸也如此，十一字句。韓愈之不諂屈於富貴之人如此，十三字句。韓愈之賢能使其主待之以禮如此，十四字句。又連下三個「如此」字，長短錯綜，此章法也。凡用長短句，韓文公最得妙。如末句「韓愈之賢」語，柳文所無。老泉或學之，然稍覺有主角。則死於執事之門無悔也。十字單行，以結此一段。○謝註：文勢如狂瀾浩波，只此一句截斷，有氣力。若使隨行而入，逐隊而趨；二句承前起下。言不敢盡其誠，道有所屈於己。「言」字應「道」字，「誠」字應「己」字。一意翻作兩局。天下之人，聞執事之於愈如此，二句十二字，承上起下。皆曰：二字，下二句之冒頭。執事之用韓愈，哀其窮，收之而已耳；韓愈之事執事，不以道，利之而已耳。此二章，前長短句，兩局之結也。用兩「而已耳」字。「而已耳」最緊，比「而已」稍重。苟如是，三字承上起下。雖日受千金之賜，一歲九遷其官，「千」「九」取數字之對，「日」「一」、「賜」「官」皆對。感恩則有之矣，「矣」字最緊，語勢雄健。將以稱於天下曰知己則未也。十二字一句，以總括全篇。文至此有千鈞之力。句末以「也」字結，緩而有味。謝註：受人之恩，與受人之知不同。感恩易，感知己難。故曰：士爲知己者死。〔晉豫讓之語。〕此兩句下得妙。伏惟哀其所不足，矜其愚，不録其罪，察其辭而垂仁納焉。是例文也。雖書法有數體，大率相同。謝註：此三句無緊要，句法亦不苟且。愈恐懼再拜。

跋紹興辛巳親征詔草

辛稼軒

使此詔見於紹興之前，可以無事仇之大耻；使此詔行於隆興之後，可以卒不世之伐功。兩柱屹然。紹興，高宗年號。隆興，孝宗年號。前句以前後爲對，後句以「大耻」「伐功」爲對，前後虛字實字皆相對。今此詔與此虜六字一句，用二「此」字承前後兩柱，有千鈞之力。猶俱存也，悲夫！六字以結此章。紹興之前，虜勢未熾。隆興之後，虜不可禦。故俱存也。一本「夫」作「矣」，顧迴瀾云：「悲夫」二字，固是世變可嘆，亦是感慨無限處。

魏其武安列傳贊

司馬遷

魏其、武安皆以外戚重。前一頭用二名。灌夫用一時決筴而名顯。後一頭用一名。魏其之舉以吴楚，前頭生左脚。武安之貴在日月之際。前頭生右脚。然魏其誠不知時變，前頭又生左脚。灌夫無術而不遜。後一頭生一脚。兩人相翼，乃成禍亂。兩頭生一脚。武安負貴而好權，前頭生右脚。杯酒責望，陷彼兩賢。前頭左右二脚，後頭一脚，合爲三脚。嗚呼哀哉！遷怒及人，合三脚。命亦不延。前頭右脚。衆庶不載，竟被惡言。嗚呼哀哉！禍所從來矣。合三脚而結兩頭。句句錯長短，是亦一種變法。

與于襄陽書

韓退之

士之能享大名顯當世者，莫不有先達之士、負天下之望者爲之前焉；隱然許于公。士之能垂休光照後世者，亦莫不有後進之士、負天下之望者爲之後焉。隱然自許。二句屹立，設一大雙關。莫爲之前，雖美而不彰；莫爲之後，雖盛而不傳。二句承前二長句，又翻後扇。是二人者，未始不相須也。此一句結前四大句。閉門扇，設鎖鑰也。爲一小段落。金聖嘆云：筆筆曲折，凡作無數曲折。然而千百載乃一相遇焉。承上起下，再開鎖鑰。頓挫。豈上之人無可援，下之人無可推歟？二句十四字，放雙扇。○浦二田云：轉一層挑筆，以「豈無可援」陪起「豈無可推」。何其相須之殷，而相遇之疏也？又放雙扇，又一轉。二句用十二字。其故在下之人，負其能不肯諂其上；上之人，負其位不肯顧其下。「其故」一作「以故」。冒頭二字，生二長句。故高材多戚戚之窮，盛位無赫赫之名。前二長句，纍生此句。是二人者之所爲皆過也。一句十字，結前長短二對，起下二長句。未嘗干之，不可謂上無其人；未嘗求之，不可謂下無其人。以上凡六轉，以此兩脚終言。自起至此只是一句話，却作如許多曲折。

愈之誦此言久矣，未嘗敢以聞於人。未嘗輕以告人。側聞閤下側入襄陽，單揭起上之人。抱不世出之材，開一鑰。特立而獨行，道方而事實。生兩扇。卷舒不隨乎時，文武惟其所用。累生兩扇。豈愈所謂其人哉？七字一句，收前累句。揚。抑未聞後進之士，有遇知於左右，獲禮於門下者，十九字一句。抑。豈求之而未得邪？用「邪」字，疑辭。將志存乎立功，而事專乎報主，二語自爲扇。雖遇其人，未暇禮邪？二十字，與前七字句對。何其宜聞而久不聞也？九字以結此章。頓挫。

永州新堂記

柳子厚

將爲穹谷、一頂。嵁巖、二頂。淵池三頂。於郊邑之中，林西仲云：發議劈口突出，全用《莊子·胠篋》篇起手之法。《莊子·胠篋》篇：「將爲胠篋探囊發匱之盜，而爲守備，則必攝緘縢、固扃鐍。此世俗之所謂知也。」子厚全用此法，而變論體爲記體，却覺精勁。則必輦山石，五字句。溝澗壑，三字句。凌絶險阻，疲極人力，八字二句。乃可以有爲也。短對以長句結。然而求天作地生之狀，「天作」「地生」取對，波瀾。咸無得焉。「焉」字有「之」字義，輕。逸其人，句。因其地，句。全其天。句。用「人」「地」「天」三字，響起手三頂，此用三句。昔之所難，句。今於是乎在。「昔」字對於「今」字。一句結上文，冒頭用論體。永州實惟九嶷之麓，八字一句，入地名二。其始度土者，環山爲城。二句起下文。有石焉，翳於奥草；「焉」字取語勢。《左傳·文十五年》「凡獲大城焉，曰入之」之類。有泉焉，伏於土塗。用七字二句。蛇虺之所蟠，用五字二句。狸鼠之所游。茂樹惡木，四字用二句。嘉葩毒卉，累句皆雙扇。亂雜而争植，號爲穢墟。二句九字，結前累句。韋公之來既逾月，理甚無事，望其地且異之。「理甚無事」，所以闢地建堂也，示訟獄閑暇。始命芟其蕪，行其塗，積之丘如，蠲之瀏如，既焚既釃，奇勢迭出，清濁辨質，美惡異位。視其植，則清秀敷舒；視其蓄，則溶漾紆餘。怪石森然，周於四隅。交用長短累句，又以單行取勢。或列或跪，或立或仆。竅穴逶邃，堆阜突怒。四句皆用四言。乃作棟宇，以爲觀游。凡其物類，無不合形輔勢，效伎於堂廡之下。外之連山、高原、林麓之崖，間厠隱顯。邇延野緑，遠混天碧，單行中摘入小對，以取語勢。咸會於譙門之内。小段落。已乃延客入觀，繼以宴娱。或贊且賀曰：借言。「見公之作，知公之志。公之因土而得勝，豈不欲因俗以成化？「望其地且異之」應。公之釋惡而取美，豈不欲除殘而佑仁？「芟其蕪」應。公之蠲濁而流清，豈不欲廢貪而立廉？「清濁辨質」應。公之居高以望遠，豈不欲家撫而户曉？「理甚無事」應。小段落。每句以十五字爲四對。夫然，則是堂也，豈獨草木、一頂「穹谷」應。土石、二頂「嵁巖」應。水泉三頂「淵池」應。之適歟？山連山。原高原。林麓之觀歟？將使繼公之理者，理甚無事。視其細，芟蕪作堂。知其大成化佑仁。也。」宗元志諸石，措諸壁，編以爲二千石楷法。二千石即太守也。楷，模式也。韋氏爲永州刺史，故云。金聖嘆云：逐段寫地，寫人，寫起工，寫畢工，乃至寫延客起賀，皆一定自然之法度。奇特在起筆，斗地作二反一落，如槎枒怪樹，不是常觀。

潮州韓文公碑

蘇東坡

匹夫而爲百世師，朱文公嘗曰：東坡作《韓文公廟碑》，不能得一起頭。起行百十遭，忽得。一言而爲天下法，「匹夫而爲百世師」兩句，下面只如此掃去。雙峰屹立，以總括全篇。是皆有以參天地之化，關盛衰之運，其生也有自來，其逝也有所爲矣。句末用「矣」。故申吕自嶽降，「故」字承上起下，「而」字繫上下。而傅説爲列星，古今不可誣也。一句六字，收前三對。孟子曰：「我善養吾浩然之氣。」舉孟子語爲説。「我」重「吾」輕。「吾不欲人之加諸我也」，《論語》。「今吾喪我」，《莊子》。所用有小差。是氣也，寓於尋常之中而塞乎天地之間，卒然遇之，則起下句，冒頭。王侯失其貴，晉、楚失其富，良、平失其智，賁、育失其勇，儀、秦失其辯。五句用五「失」字，貴、富、智、勇、辯以兼萬物。是孰使之然哉？一句鎖五句。其必有不依形而立，不恃力而行，不待生而存，不隨死而亡者矣。四句用四「不」字。依形而立者，王侯，晉、楚；恃力而行者，良、平；待生而存者，賁、育；隨死而亡者，儀、秦。四句皆應前五句。不能以貴富爲一句，故爲二句，二句以一句承之也。〔謝註：不隨聖賢之死，而或亡其浩然之英氣者矣。〕句解未詳。故在天爲星辰，在地爲河嶽，幽則爲鬼神，而明則復爲人。伊藤東涯云：此四句，上二句對説，下二句連説。蓋星辰、河嶽各是一物，人與鬼神一而二，二而一，不可分析。故加一「而」字連接上下。又各下「則」字。

讀者莫虛過。○案：此説非也。星辰應於「爲列星」，即指傅説也。河嶽應於「自嶽降」，即指申吕也。鬼神即指韓文公，文公今爲鬼神。而明即「爲人」。既爲鬼神，不得不復爲人。傳説自嶽降，死而歸嶽，不得不復自嶽降。東涯以星辰、河嶽爲一，以人、鬼爲二，以解「而」字，非誤哉？是理之常，無足怪者。一句結前段。此一段論剛大之氣。

自東漢以來，道喪文弊，異端并起。歷唐貞觀、開元之盛，輔以房、杜、姚、宋而不能救。唐室創業之諸賢不能救，而文公獨能之。金聖嘆云：曲折入題。獨韓文公起布衣，談笑而麾之，天下靡然從公，〔一〕復歸於正，正叙韓文公。蓋三百年於此矣。應「匹夫而爲百世之師」二句。文起八代之衰，而道濟天下之溺。二句用對法，下句上置「而」字，使語勢緩也。忠犯人主之怒，而勇奪三軍之帥。「文」「道」「忠」「勇」四字，是韓文公精神。此豈非參天地、關盛衰、浩然獨存者乎？一句結前句。應「參天地之化」「關盛衰之運」「養浩然之氣」三句。

蓋嘗論天人之辨，起一頭。

以謂人無所不至，[人]右脚。

惟天不容僞。[天]左脚。

智可以欺王侯，[人]生右脚。

〔一〕靡，原作「麾」，據《東坡後集》卷十五《潮州韓文公廟碑》改。

不可以欺豚魚。[因]生左脚。

力可以得天下，[入]又生右脚。

不可以得匹夫匹婦之心。[因]又生左脚。

能開衡山之雲，句轉左右。[因]生左脚。

而不能回憲宗之惑。[入]生右脚。

能馴鰐魚之暴，[因]又生左脚。

而不能弭皇甫鎛、李逢吉之謗。[入]又生右脚。

能信於南海之民，廟食百世，[因]亦又生左脚。

而不能使其身一日安朝廷之上。[入]亦又生右脚。皆用長短句。

蓋公之所能者天也，其所不能者人也。二句結天人一段。是爲大段落，中有三小段落。詩七言二十有一句，每句押韻，則爲二十一韻。黄東發云：《韓文公廟碑》非東坡不能爲此，非韓公不足以當此，千古奇觀也。茅鹿門評此文云：「不是昌黎本色，其前後議論多漫然。」蓋未詳考耳。

上范司諫書　　歐陽公

月日具官謹齋沐拜書司諫學士執事：前月中得進奏吏報，云自陳州召至闕，拜司諫。即欲爲一書以賀，多事匆卒，未能也。起句不立冒，輕輕起筆。司諫七品官爾，「七品官」三字提頭。【抑】於執事得之不爲喜，【挫】而獨區區欲一賀者，誠以諫官者，天下之得失、一時之公議繫焉。二句一篇綱領。【揚】今世之官，自九卿、百執事，外至一郡縣吏，非無貴官大職可以行其道也。然縣越其封，用「越」字。郡逾其境，用「逾」字。八字短對，行文中整語勢處。○三句自外面説，兩段來映得諫官大。雖賢守長不得行，〔一〕以其有守也。結上意，伏諫官之重。吏部之官不得理兵部，鴻臚之卿不得理光禄，開雙扇。「之官」「之卿」使語勢緩也。以其有司也。五字一句，收前句。若天下之得失、生民之利害、社稷之大計，起三句，意重。惟所見聞而不繫職司者，獨宰相可行之，宰相爲陪客。諫官可言之爾。諫官是主。故士學古懷道者，仕於時，不得宰相，必爲諫官。諫官雖卑，與宰相等。七品之官，至此重於貴官大職。此一段最是筋骨節目處。天子曰不可，宰相曰可；天子曰然，宰相曰不然。坐乎廟堂之上，與天子相可否者，宰相也。陪客。天子曰是，諫官曰非；天子曰必行，諫官曰必不可行。立于殿陛之前，與天子争是非者，諫官也。主。立一大雙關，下追章累句。○金聖嘆云：正寫諫官，何等榮耀！宰相尊，行其道；分尊卑。諫

〔一〕守，原作「主」，據《居士外集》卷十七《上范司諫書》改。

官卑，行其言。所行不同。言行，道亦行也。言行道亦行，所以與宰相等也。一句收前段。九卿、有司、郡縣之吏，守一職者任一職之責。輕。宰相、諫官繫天下之事，亦任天下之責。重。○金聖嘆云：此是轉筆，發下「甚可懼」一句，乃別起，不承上。然宰相、九卿而下失職者，受責於有司。輕宰相九卿。諫官之失職也，取譏於君子。重諫官且警。有司之法，行乎一時。行刑亦輕。君子之譏，著之簡册而昭明，垂之百世而不泯。其刑亦重。宰相官重而責輕，諫官官輕而責重，賀以爲規箴。甚可懼也！四字結一段，甚緊嚴。夫七品之官，任天下之責，懼百世之譏，插一對。豈不重邪？非材且賢者不能也。本意在此處，不可不束。

謝叠山云：歐陽公文章爲一代宗師，然藏鋒斂鍔，韜光沉馨，不如韓文公之奇奇怪怪、可喜可愕。學韓不成，亦不庸腐。學歐不成，必無精采。獨《上范司諫書》《朋黨論》《春秋論》《縱囚論》，氣力健，光焰長，少年熟讀可以發才氣，可以生議論。

○助字例

○也語已辭也。《助語辭》：「『也』意平，『矣』意直，『焉』意揚。」徐鉉《説文》：「凡言『也』，則氣出口下而盡。」「言『矣』，則出氣直而疾。」焉本鳥名。《禽經》：「鳳謂之焉。」

修身也，親親也，尊賢也。《中庸》　回也屢空。《論語》。入句中例。　爲伋也妻者，是爲白也母。《檀弓》　誠如是也，民歸之由水之就下。《孟子》　貞臣也，難至而節見；忠臣也，累至行明。《趙世家》　微後宮也，當何以塞之？《許皇后傳》　道也者，不可須臾離。《中庸》　甚哉，孝之大也！《孝經》　此何聲也？《秋聲賦》　野馬也，塵埃也，生物之以息相吹也。《莊子》　胡莫之行也？《禮記》　我果非也邪？《莊子・齊物》　聽訟吾猶人也，必也使無訟乎？《大學》。入句中。　掠予舟而西也。《赤壁賦》　某也忠，某詐，某也直，某曲。司馬《諫院》　閹然媚於世也者，是鄉愿也。《孟子》　使卜楚丘之父卜之，曰：「男也，其名曰友。」《左傳》　是亭也，僻介閩嶺。柳子厚。與「亦」同。　否，不然也。《孟子》　吾聞之也。《孟子》　塗邇故也。《禮記》　無水草之地毋爲也。《匈奴傳》　當是時也。　曰未也。　吾聞之也。　命也已。　又何相似也？　可嘆也夫。　信乎其言之也。　豈非命也歟？

○矣 義出前。从厶从矢，直而疾。柳宗元曰：「决辭也。」《正字通》：「通作已。」

慎終追遠，則民德歸厚矣。《論語》　逖矣，西土之人。《牧誓》　道則高矣、美矣！《孟子》　孺子王矣。《書經》　秦不聽臣計，今如何矣？《白起傳》　進死爲榮，退生辱矣。《吴子》　有，毋過禮；苟亡矣，斂首足形還葬。《檀弓》　三代邈絶，遠矣難存。《封禪書》　克、伐、怨、欲不行焉，可以爲仁矣。《論語》　是亡國之兵也，兵莫弱是矣。孫子　習矣而不察焉。《孟子》　年既單矣。《禮記》　德至矣哉，大矣！《左傳・襄》　三者備矣。《孝經》　參聞命矣。《孝經》可謂孝矣。《論語》禄在其中矣。《論語》苗而不秀者有矣夫，秀而不實者有矣夫。《論語》不思而已矣。《孟子》知管仲、晏子而已矣。《孟子》中庸之爲德也，其至矣乎？民鮮久矣。《中庸》道之不行，已知之矣。《中庸》〔一〕亦無如之何矣。《大學》寡人盡心焉耳矣。《孟子》其是之謂矣。《左傳·成》子言則然矣。韓文 可謂好學也已矣。《論語》其是之謂矣。《左傳·成》樂作矣故也。《禮記》

○焉義出前。語已辭也。又安也。

國君好仁，天下無敵焉。《孟子》日月至焉而已矣。《論語》於是焉，河伯欣然自喜。《莊子》萬取千焉，千取百焉。《孟子》於此有人焉。《孟子》有婦人焉，九人而已。《論語》三年將尋師焉，焉用慎？《左傳·僖五年》必有忠信如丘者焉。《論語》子焉而不父其父，臣焉而不君其君。韓文 擇焉而不精，語焉而不詳。韓文 女得人焉爾乎？《論語》翔回焉，鳴號焉，蹢躅焉，踟躕焉，然後乃能去之。《禮·三年問》曰：加隆焉爾也。焉使倍之。《三年問》上焉者，善焉而已矣。韓文 於其身也，則恥師焉。韓文 少焉，月

〔一〕按，此句見於《論語·微子》，非《中庸》。

出於東山之上。《前赤壁賦》 蓋二客之不能從焉。同上〔一〕 象之不仁，蓋其始焉爾。王陽明 何力之有焉？《左傳・成》 晋國，天下莫强焉。《孟子》 晋、鄭焉依？《左傳》 此焉清暑。《西京賦》。 將責成人禮焉也。《冠義》 擇其輕重而處之焉。《五代史》

○耳 語決辭，通爾。

與父老約法三章耳。《史記》 吾無望焉耳。《大戴禮》 盡心焉耳矣。 勿之有悔焉耳矣。《檀弓》 何其快耳？《魏志》 若是而已耳。柳文 省表，事佳耳。崔琰

○乎《説文》：「兮，上句之餘聲。」又極也。又疑辭。又呼聲。

必也聖乎？《論語》 不亦説乎？《論語》 中庸其至矣乎？《論語》 玉帛云乎哉？《論語》 賜也賢乎哉？《論語》 女知之乎？《孝經》 閨門之内具禮矣乎？《孝經》 然則夫子既聖矣乎？《孟子》 言不忠信，行不篤敬，雖州里行乎哉？《論語》 可以爲有道之士乎哉？韓文 飄飄乎。《赤壁賦》 鬱乎蒼蒼。同 董生勉乎哉！韓文 醯雞生乎酒。《列子》 同乎流俗，合乎污世。《孟子》 亦何恨乎秋聲？歐文 生乎吾前，其聞道也固先乎吾。韓文 獨吾君也乎哉？《左傳》 凡出乎口。韓文 動心否乎？《孟子》 五日不雨可乎？東坡

〔一〕按，此句見於《後赤壁賦》，非《前赤壁賦》。

已矣乎。《歸去來》　不明乎善，不誠乎身。《中庸》　《詩》不云乎？韓文　斥乎齊，逐乎宋、衛，困於陳、蔡之間。《孔子世家》　至乎應天順民，其揆一也。《王命論》　心乎愛矣。《小雅》　士乎質，陶乎成器。韓文　傭乎吏，使司平於我也。柳文

○歟徐曰：「氣緩而安也。」俗以爲語末之辭。柳子厚云：「疑辭。」

其智乃反不能及，可怪也歟。韓文　失其所憑依，信不可歟？同　下之人無可推歟？同　茲非幸歟？同　猗歟緝熙，允懷多福。班固　豈獨草木土石水源之適歟？山原林麓之觀歟？柳文　皆自喜其名之甚而過爲無窮之慮歟？將自待者厚而所思者遠歟？柳文[一]　則又可哀也歟？歐文

○邪　耶疑辭，經傳俱作「邪」，俗作「耶」。

言之不通邪？《孝經》　陛下起復之，何邪？太學生上書　使得或出於此也邪？東坡　過我者非子也耶？東坡　字音亦通故邪？《國語》　意者尚有遺行邪？《答客難》　嗚呼，其真無馬耶？其真不識馬耶？韓文　果是耶，非耶？柳文　爲社稷耶，爲王耶？《齊策》　而

[一] 按，據《居士集》卷四十等，此句出自歐陽修《峴山亭記》，非柳文。

致之於門邪？〔一〕韓文

○與語辭，又疑辭。

孝弟也者，其爲仁之本與？《論語》 求之與，抑與之與？同 不至於百姓者，獨何與？《孟子》 戕賊人以爲仁義與？同 是以立天之道，曰陰與陽。《易》 楚王之獵，孰與寡人？《子虛賦》

○哉語助，又疑辭，又嘆辭。

君子哉若人！《論語》 時哉時哉！同 久矣哉！由之行詐也。同 吾豈匏瓜也哉？同 爲仁由己，而由人乎哉？同 難矣哉！同 修誦習傳，當世取説云爾哉！司馬相如 鄙夫可與事君也與哉？《論語》 胡爲乎來哉？《秋聲賦》 豈虚也哉？歐文 況勝於愈者哉？韓文 而今安在哉？《赤壁賦》 豈獨戒韓國也哉？《史記》 亦已焉哉！《史記》〔二〕 而已哉！《史記》 何故哉？《史記》

〔一〕而，原作「尚」，據《昌黎先生文集》卷十六《代張籍與浙東觀察李中丞書》改。

〔二〕按，此句《史記》中未見，見於《詩經》。

○而用句末例。

若敖氏之鬼，不其餒而？《左傳·宣》 今之從政者殆而。《論語》 吁！漢帝之德馨，侯其禕而。《東京賦》

○夫語已辭。

如斯夫。《論語》 可嘆也夫。韓文 悲夫。同 不忘有以也夫。沈確士 此之謂也夫？《左傳·宣》

○爾用句末例。

陰陽爾，四時爾。《列子》 女得人焉爾乎？《論語》 托始焉爾。 曷爲托始焉爾？《公羊傳》 正平大雅，固當爾邪？《禰衡傳》 亦自不得不爾。《袁術傳》[一]

○之用句末例。

日有食之。《春秋》 當暑，袗絺綌，必表而出之。《論語》。朱註「表絺綌而出之於外」云云，不是。或云衍字，又非。下舉其例。 手舞之，足蹈之。《孟子》 及日中又至，亦如之；及莫又至，亦如之。《禮記·文王世子》 以人魚膏爲燭，度不滅者久之。《史記》 蠻夷帥服，可謂畏之。

[一] 按，此句見於《後漢書·袁譚傳》，非《袁術傳》。

《左傳・襄三十一年》天下誦而歌舞之，可謂則之。同

○諸語助字。

日居月諸。《詩》文王之囿，方七十，有諸？《孟子》堯、舜其猶病諸？《論語》有諸？曰：然。同[一]

○已語終辭，又無它辭。

亦無及已。《漢書》夫子之道，忠恕而已矣。《論語》王之所大欲可知已。《孟子》今執事之臣，皆天下之選已。《晁錯傳》察其所以，皆失其本已。《司馬遷傳》若是而已耳。柳文食，則薦於寢，身殁而已。《韋玄成傳》[二]若君者之於道而已耳。柳文

○兮《說文》：「兮，語所稽也。」《增韻》：「歌辭也。」詩賦中最多。

瑟兮僩兮，赫兮喧兮。《詩》湛兮似若存。《老子》。入文中例。登彼西山兮，采其薇矣。伯夷《采薇歌》滄浪之水清兮，可以濯吾纓。《漁父辭》

其他「猗」「居」「只」「且」之類，《詩》中最多，皆略之。載此者，解柳子厚《答杜溫

[一] 按，此句見於《孟子・公孫丑下》，非《論語》。
[二] 成，據《漢書・韋玄成傳》補。按，此句「食」原屬上句「非適不得配食」。

夫》之一節，粗舉作例而已。

○論文類纂

與友人論爲文書

柳子厚

古今號文章爲難，足下知其所以難乎？非謂比興之不足，恢拓之不遠，鑽礪之不工，頗纇之不除也。得之爲難，知之愈難耳。苟或得其高朗，探其深賾，雖有蕪敗，則爲日月之蝕也，大圭之瑕也，曷足傷其明、黜其寶哉？朗，一作明。賾，士革切，謂幽深難見也。言大體正，則雖有小瑕不妨也。且自孔氏以來，兹道大闡。開也。家修人勵，刓精刓，削也，去廉隅也。竭慮者幾千年矣。其間耗費簡札，役用心神者，其可數乎？登文章之籙，籍也。又圖籙也。波及後代，越不過數十人耳。其餘誰不欲争裂綺繡，互攀日月，高視於萬物之中，雄峙於百代之下乎？率皆縱臾而不克，《前漢書·衡山王傳》：「候星氣者，日夜縱臾王謀反事。」注：「縱臾，勉强也。」躑躅而不進，躑躅，行不進也。《後漢書·隗囂傳》：「得以數千躑躅三軍。」注：「猶踟蹰也。」力蹷勢窮，吞志而没。故曰得之爲難。嗟乎！道之顯晦，幸不幸繫焉；談之辨訥，升降繫焉；監之頗正，好惡繫焉；交之廣狹，屈伸繫焉。則彼卓然自得以奮其間者，合乎否乎？是未可知也。而又榮古虐今者比肩叠迹，大底與大率、大抵同。生則不遇，死而垂聲者衆焉。揚雄没而《法言》大興焉，馬遷生而《史記》未振。彼之二才且猶若是，况乎未甚聞著者哉？固有文不傳於後祀，聲遂絶於天下者矣。故曰知之愈難。「虐」一作「陋」，「底」一作「抵」，「才」一作「子」。「聞」下一無「著」字。而爲文之士，亦多漁獵前作，戕賊文史，抉其意，抽其華，置齒牙間。遇事蠭起，金聲玉耀，誑聾瞽之人，徼一時之聲。雖終淪棄，而其奪朱亂雅，爲害已甚。是其所以難也。「徼」與「倖」同。間聞足下欲觀僕文章，退發囊笥，編其蕪穢，心悸氣動，交於胸中，未知孰勝，故久滯而不往也。今往僕所著賦頌碑碣文記議論書序文凡四十八篇，合爲一通，想令治書蒼頭吟諷之也。擊轅拊缶，必有所擇，崔駰《表》：「唐虞之世，樵夫牧豎擊轅中韶，感于和也。」《漢書·楊惲傳》：「酒後耳熱，仰天拊缶而呼烏烏。」顧鑒視何如耳。還以一字，示褒貶焉。一「視」下有「其」字。

一篇以「難」字爲骨子。柳子於文章與韓子并稱，爲有唐巨擘，後世崇之如泰山北斗，而説爲文之難如此。今人動輒綴冗長千百言語，縱横馳突，尚以爲易。未造其堂、嚌其胾者，不足與論文耳。若能知其難，始進于正道者。不知其難，則奔走邪路者。噫！知文之難亦難矣哉！

復杜温夫書

柳子厚

二十五日，宗元白：兩月來三辱生書，書皆逾千言。意者相望僕以不對答引譬者，然僕誠過也。而生與吾文又十卷，噫！亦多矣！文多而書頻，吾不對答而引譬，宜可自反。而來徵不肯相見，亟拜亟問，其得終無辭乎？凡生十卷之文，吾已略觀之矣。吾性騃滯，多所未甚諭，安敢懸斷是且非邪？書抵吾，必曰周孔，周孔安可當也？語人必於其倫，《禮記》：「語人必於其倫。」生以直躬見抵，宜無所諛道，而不幸乃曰周孔，吾豈得無駭怪？且疑生悖亂浮誕，無所取幅尺，以故愈不對答。來柳州，見一刺史即周孔之。今而去我，道連而謁於潮，之二邦，又得二周孔。時劉禹錫同子厚貶連州，韓退之亦在潮州。之京師，京師顯人爲文詞立聲名以千數，又宜得周孔千百。何吾生胸中擾擾焉多周孔哉？吾雖少爲文，不能自雕斫，引筆行墨，快意纍纍，意盡便止，亦何所師法？立言狀物，未嘗求過人，亦不能明辨生之才致。但見生用助字不當律令，唯以此奉答。所謂乎、歟、邪、哉、夫者，疑辭也；矣、耳、焉、也者，決辭也。今生則一之。宜考前聞人所使用，與吾言類且異，慎思之，則一益也。庚桑子言藿蠋鵠卵者，吾取焉。《莊子》：「庚桑子曰：奔蠭不能化藿蠋，〔一〕越鷄不能伏鵠卵。」藿蠋，豆藿中大青蟲。越鷄，木鷄也。道連而謁於潮，其卒可化乎？然世之求知音者，一遇其人，或爲十數文。即務往京師，急日月，犯風雨，走謁門户，以冀苟得。今生年非甚少，而自荆來柳，

〔一〕藿，據《莊子·庚桑楚》補。

自柳將道連而謁於潮，途遠而深矣，則其志果有異乎？又狀貌巍然類丈夫，視端形直，心無岐徑，其質氣誠可也，獨要謹充之爾。謹充之，則非吾獨能。生勿怨，亟之二邦以取法。時思吾言，非固拒生者。孟子曰：「余不屑之教誨也者，是亦教誨而已矣。」《孟子・告子》篇。朱注：「屑，潔也。不以其人爲潔而拒絶之，所謂不屑之教誨也。其人若能感此，退自修省，則是亦我教誨之也。」宗元白。

斯篇非柳文之佳者，然言助字之難寘，有益於學文者，故摘載此。夫助字之難寘，雖西土人亦苦之。温夫爲文十卷，子厚爲不當律令，而其所教裁數言耳。所謂乎、歟、邪、哉、夫、矣、耳、焉、也者，有輕重緩急之别，臨時活用之爲法。温夫死用之，故爲不當。西人尚有此病，况於我國人乎？

文章有體

宋　羅大經

楊東山嘗謂余曰：「文章各有體。歐陽公所以爲一代文章冠冕者，固以其温純雅正，藹然爲仁人之言，粹然爲治世之音。然亦以其事事合體故也。如作詩，便幾及李杜；作碑銘序記，便不減韓退之；作《五代史記》，便與司馬子長并駕；作四六，便一洗昆體，圓活有理致；作《詩本義》，便能發明毛、鄭之所未到；作奏議，便庶幾陸宣公。雖游戲作小詞，亦無愧唐人《花間集》。蓋得文章之全者也。其次莫如東坡。[一]然其詩如武庫矛戟，已不無利鈍。且未嘗作史，藉令作史，其淵然之光、蒼然之色，亦未必能及歐公也。曾子固之古雅，蘇老泉之雄健，固亦文章之傑，然皆不能作詩。山谷詩騷妙天下，而散文頗覺瑣碎局促。渡江以來，汪、孫、洪、周四六皆工，然皆不能作詩。其碑銘等文，亦只是詞科程文手段，終乏古意。近時真景元亦然，但長於作奏疏。魏華甫奏疏亦佳，至作碑記，雖雄麗典實，大概似一篇好策耳。」又云：「歐公文非特事事合體，且是和平深厚，得文章正氣。蓋讀他人好文章如喫飯，八珍雖美而易厭，至於飯，一日不可無，一生喫不厭。蓋八珍乃奇味，飯乃正味也。」

以和平深厚爲文章正氣，不特爲文章正氣，人心正氣亦不出此四字。

贈鄭顯則序

明　方正學

天下之論文者，嗜簡澀則主於奇怪，樂敷暢則主於平易，二者皆非也。文不可以不工，而惡乎好奇；文不可以不達，而惡乎淺易。淺易以爲達，好奇以爲工，幾何不至於怪且俗哉？善爲文者，貴乎奇其意而易其詞。驟而覽之，亹亹覺其易也；徐思而繹

[一] 如，原作「加」，據《鶴林玉露》卷二改。

之，雖極意工巧者莫加焉。若是者，其爲至文乎？聖賢之文與後世之詞，純駁、工拙、多寡不太相遠也。而世人望之若天然，不敢指儗之者，以其不務奇其詞而奇其意，故舉天下好奇者莫及也。使其意不能過於衆人，而惟辭之修，安在其爲奇也哉？日月之在天，隮於東而行於西，昏明於晝夜，盈虧於晦朔，自有天地以來，未之有易也。天固不規規然求異以駭人之視聽，然愈久而彌新，愈廣而無窮，則爲奇也大矣，尚何以異爲哉？至於鬼燐之變滅，《淮南子》：「老槐生火，久血爲燐。」案：腐尸枯骨入地久則化爲燐。不可以理推。其迹雖似乎奇，而其爲明也微矣。近代文士有好奇者，以誕澀之詞飾其淺易之意，攻[一]訐當世之文，[一]昧者群和而從之，而三吳諸郡爲尤甚。此皆挾鬼燐而訾日月者也。其力雖不足爲此文害，然不除滅而禁斥之，何由復古之盛乎？今天子憫斯世之不逮古，擇太學之士而教之，吾郡鄭君顯則與焉。顯則爲文不好爲奇，而亦不流於易，蓋學而得其正者也。予竊有志於變天下之文，而患不得友天下之賢。誠得如顯則者數十輩，其趨古人之道以自見於世，其崇且大者可明也，[二]況於文乎？今猶未之遇也，烏得無

[一] 攻，原作「政」，據《遜志齋集》卷十四《贈鄭顯則序》改。
[二] 可，原作「不」，據《遜志齋集》卷十四《贈鄭顯則序》改。

慨然矣乎？吾聞文與教化相上下，安知今之文果不古類耶？顯則誠以吾言求之，有合於吾言者，吾不謂之今之士也。

奇者，不偶之謂也。獨學固陋，不從師友而爲自是者，則所謂奇者，與邪同道而稍異。若稗史野乘説奇事怪談，固不足論。謷非古聖賢之言，述奇説怪，論驚俗耳者也。顧顯則亦少好奇者，故及其與選，贈此以警之。歐公曰：「堯、舜之治，必本人情。不立異以爲高，不逆情以干譽。」於文亦然矣。

與任王谷論文書

清 侯雪苑

僕少年溺於聲伎，未嘗刻意讀書，以此文章淺薄，不能發明古人之旨，然其大略亦頗聞之矣。大約秦以前之文主骨，漢以後之文主氣。秦以前之文，若六經，非可以文論也。《詩》《書》《易》《禮》《樂》《春秋》。《樂》今亡，或加《孝經》。其他如老、韓諸子，《左傳》《戰國策》《國語》，皆斂氣於骨者也。漢以後之文，若《史》，若《漢》，若八家，最擅其勝，韓、柳、歐、三蘇、曾、王爲八家。皆運骨於氣者也。斂氣於骨者，如泰華三峰，東嶽泰山，西嶽華山。華山有三峰。直與天接，層嵐危磴，非仙靈變化，未易攀陟。尋步計里，必蹶其趾。姑舉明文，如李夢陽者，亦所謂蹶其趾者也。運骨於氣者，如縱舟長江大海間，其中烟嶼星島，往往可自成一都會。即颶風忽起，波濤萬丈，東泊西注，未知所底。苟能操柁覘星，立意不亂，亦可自免漂溺之失。此韓、蘇諸子所以獨嵯峨於中流也。六朝《選》體之文，最不可恃。士雖多而將囂，或進或止，不按部伍。譬如用兵者調遣旗幟聲援，但須知此中尚有小小行陣，遥相照應，未必全無益。至於摧鋒陷敵，必更有牙隊健兒銜枚而前。若徒恃此，鮮有不敗。今之爲文者，解此者罕矣。高者又欲捨八家、跨《史》《漢》而趨先秦，則是不筏而問津，無羽翼而思飛舉，豈不怪哉？頃見足下所爲杜周、張湯諸論，奇確圓暢，若有餘力，僕目中所僅見。殫思著述，必當成名。然亦少有説，覺引天道報施湯周處，稍涉覶縷。覶縷，同委曲也。《吴都賦》：「嗟難得而覶縷。」行文之旨，全在裁制。無論細大，皆可驅遣。當其閒漫纖碎處，反宜動色而陳，鑿鑿娓娓，使讀者見其關係，尋繹不倦。至大議論人人能解者，不過數語發揮，便須控馭歸於含蓄。若當快意時聽其縱横，必一瀉無復餘地矣。譬如渴虹飲水，霜隼搏空，《筆談》：「虹下澗飲，兩頭皆垂澗中。」瞥然一見，瞬息滅没，神力變態，轉更夭矯。足下以爲何如？僕十五歲時學爲文，金沙蔣黄門嗚玉方爲孝廉，有盛名，每見必稱佳，僕竊自喜。又得同學吴君伯裔日來逼索，盡日且酬和數首，以此得不廢。然皆從嬉遊之餘縱筆出之，以博稱譽，塞詆讓。間有合作，亦不過春花爛熳，柔脆飄揚，轉目便蕭索可憐。近得賈君開宗、徐君作肅共相磋磨，乃覺文章有分毫進益。賈精於論，徐老於法。二君嘗言：「此係何等事？君不慘澹經營，便輕率命筆。」僕佩其言不敢忘。足下當行文快意時，每一回思之，必賞此言之不謬也。

氣、骨之論，雖如不可追逐，能熟味之，必有所悟入。中段「在裁制」以下，最爲作文秘訣，讀者勿匆匆看過。末段「輕率命筆」一章，足以警粗鹵少年。是等之語，學者平生可記臆焉。

與李武曾論文書

清　朱竹垞

僕自季夏與武曾别，舟行無事，每誦武曾送行之文。雖未幾方駕乎古人，其於今之爲古文詞者，固已不侔矣。日月逾邁，易夏而冬，知武曾近所造就當有十倍曩昔者。然僕竊感古之君子，往往以離群索居爲過。蓋切劘者寡，則怠心乘之。又恐武曾以僕之去，復置古文于不講也。故輒陳近日所得，冀武曾垂聽焉。僕之將遊大同也，筮之得「明夷」之「既濟」。離下坤上，變爲離下坎上，水火既濟。文曰：「箕子之明夷，利貞。」私念昔之聖賢，文明柔順，蒙難而克正其志，以之用晦而明。天殆欲嗇我遇以昌我文，未可知也。古人不見遇世，而其文永傳後世者，蓋此意邪？既至大同，閉户兩月，深原古作者所由得與今之所由失，默然以疑，憬然覺悟也。以悔。然後知進學之必有本，而文章不離乎經術也。西京之文，西漢也。惟董仲舒、劉向經術最純，故其文爾雅。彼揚雄之徒，品行自詭于聖人，違也。《前漢書・董仲舒傳》：「有所詭于天之理。」註：「違也。」務掇奇字以自矜尚，安知所謂文哉？魏晉以降，學者不本經術，惟浮誇是務，文運之厄數百年。賴昌黎韓氏始唱聖賢之學，而歐陽氏、王氏、曾氏繼之，二劉氏、劉敞字貢父，劉攽字原父。或云加劉奉世，字仲父，曰清江三劉氏。三蘇氏羽翼之，莫不原本經術，故能橫絶一世。蓋文章之壞，至唐始反其正，至宋而始醇。宋人之文，亦猶唐人之詩。學者捨是，不能得師也。北宋之文，惟蘇明允雜出乎縱橫之説，故其文在諸家中爲最下。老泉學戰國、秦、漢之文者，多縱橫之説，故儒家貶之。南宋之文，惟朱元晦以窮理盡性之學出之，故其文在諸家中最醇。學者于此，可以得其概矣。以武曾之才，正不必博搜元和以前之文，元和，漢章帝年號。但取有宋諸家，合以元之郝氏經、虞氏集、揭氏傒斯、戴氏表元、陳氏旅、吴氏師道、黄氏溍、吴氏萊，明之寧海方氏孝孺、餘姚王氏守仁、晉江王氏慎中、武進唐氏順之、昆山歸氏有光諸家之文，游泳而紬繹之。而又稽之六經以正其源，考之史以正其事，本之性命之理，俾不惑于百家二氏之説，二氏指老、佛。以正其學。如是而文猶不工，有是理哉？惟怠心乘之，役于妻子衣食而輟置不講，則其害有不可言者。然吾黨處貧賤不堪之境，尤當以艱貞自勵，不可自夷其明，此箕子所以處明夷之道也。武曾聞之，以爲然耶，否耶？相去四千里，信問實難。人旋之日，幸賜報命。并示近製，以補區區之不及。

幸甚幸甚。

堂堂整整，如名將臨軍，誰得當之？竹垞本儒生，與晦庵同姓，爲文恪公曾孫，故曰「以元晦爲最醇」「以明允爲最下」。余亦疑明允之文，多縱横之説，或有似戰國辯士者。至六藝諸論及《衡論》《諫論》等，余不甚崇。然至氣象雄深、法度嚴密處，二子所不及，又有與晦庵殊其途者。夫晦庵，醇儒也；老泉，文人也。儒、文之道雖出於一，所用心復少異，是竹垞所以賤明允爲最下也。

伯子文集序

清　魏勺庭

伯子之論文，曰：「由規矩者，熟於規矩，能生變化。不由規矩者，巧力所到，亦生變化。既有變化，自合規矩。」伯子於古人文無專好，其自爲文亦不孜孜求古人之法。雖頗嗜漆園、太史公書，爲文遇意爲章，如風水之相遭，如雲在天，卷舒無定，得《莊》《史》之意，然未嘗稍有摹仿。吾故嘗語季弟，以巧力變化而合規矩，伯子所自道則然也。伯子性脱略於事，而人情當世之故，深煉熟識，〔一〕入於毫芒。生平落落然，瑕瑜并見。最以掩過飾所長、高言欺人爲耻。中略。又年未三十時，成詩文已八十餘册。後輒

〔一〕識，據《魏叔子文集》外篇卷八《伯子文集叙》補。

每年删而焚之，存者不及七八寸。伯子曰：「多作不如多改，善改不如善删。」然其所删，亦頗有可觀者。下略。

不由規矩而生變化，變化而合規矩，古人之文皆如此。唐荆川選古文爲七十餘格，咸變化合規矩者。古人固不立格而作文，以立言之宜者爲格。後人得立言之宜者，豈止七十格也哉？求强合規矩，而不知變化，即死文而已。多改善删，亦常人所不爲，爲文者其鑒焉。

論世堂文集

魏勺庭

地縣於天中，萬物畢載，然上下無所附，終古而不墜，所以舉之者，氣也。人之能載萬物者，莫如文章。天之文、地之理、聖人之道，非文章不傳。然而無以舉之，則文之散滅也已久。故聖人不作，六經之文絶，然其氣未嘗絶也。聖人之氣如天之四時，分之而爲十有二月，又分之而爲二十有四氣。得其一氣，則莫不可以生物。六經以下，爲周諸子，言老、莊、孟、荀等。爲秦漢，爲唐宋大家之文。苟非甚背於道，則其氣莫不載之以傳。《書》《詩》《易》《禮》《春秋》之氣，得其一，皆足以自名。而世之言氣，則惟以浩瀚蓬勃、出而不窮、動而不止者當之，於是蘇軾氏乃以氣特聞。子瞻之自言曰：「吾文如萬斛泉源，不擇地皆可出。在平地一日千里無難。〔一〕及其與山石曲折，隨物賦形，而不自知也。行乎其所當行，止乎其所不得不止。」而乃以氣特聞。氣之静也，必資于理。理不實，則氣餒。其動也，挾才以行。才不大，則氣狹隘。然而才與理者，氣之所馮，而不可以言氣。才於氣爲尤近，能知乎才與氣者之爲異者，則知文矣。吹毛而駐於空，吹不息則毛不下。土石至實，氣絶而朽壤，則山崩。夫得其氣，則泯小大，泯，混合也。易彊弱，禽獸木石可以相爲制，而況載道之文乎？視之以形而不見，誦之以聲而不聞，求之規矩而不得其法，然後可以舉天下之物而無所撓敗。琅霞龔子之言文，主乎氣者也。其文浩瀚蓬勃，出而不窮，動而不止，依乎六經而不背於道。雖欲不以氣許之，夫焉得不以氣許之也？

議論高尚，以氣説文之深理。渺茫荒惑，如不可捕捉，使讀者恍然自失。是等之文，非深於文者不能得而解。

〔一〕千里，據《魏叔子文集》外篇卷八《論世堂文集叙》補。

宗子發文集序〔一〕

魏勺庭

今天下治古文衆矣。好古者株守古人之法，而中一無所有，其弊爲優孟之衣冠。優孟，楚之優倡也。出《史記·滑稽傳》。天資卓犖者師心自用，其弊爲野戰無紀之師，動而取敗。蹈是二者，而主以自滿假之心，輔以流俗諛言，天資學力所至，適足助其背馳。〔二〕乃欲卓然并立於古人，嗚呼，難哉！雖然，師心自用，其失易明。好古而中無所有，其故非一二言盡也。吾則以爲養氣之功，在於集義；孟子所謂「浩然之氣」，集義所生者也。文章之能事，在於積理。今夫文章，六經、四書而下，周秦諸子、兩漢百家之書，於體無所不備。〔三〕後之作者，不之此則之彼。而唐宋大家，則取其書之精者，參和雜糅，鎔鑄古人以自成，其勢必不可以更加。故自諸大家後，數百年未有一人獨創格調，出古人之外者。然文章格調有盡，天下事理日出而不窮。識不高於庸衆，事理不足關係天下國家

〔一〕宗，原作「宋」，據《魏叔子文集》外篇卷八《宗子發文集序》改。
〔二〕馳，據《魏叔子文集》外篇卷八《宗子發文集序》補。
〔三〕體，原作「禮」，據《魏叔子文集》外篇卷八《宗子發文集序》改。

之故，則雖有奇文與《左》、《史》、韓、歐陽并立無二，亦可無作。古人具在，而吾徒似之，不過古人之再見。顧必多其篇牘，以勞苦後世耳目，何爲也？且夫理固非取辦（辦，致力也。一具也。）臨文之頃，窮思力索以求其得。鍾太傅學書法，曰：「每見萬彙，皆畫象之。」韓退之稱張旭書：「變動猶鬼神，不可端倪。」「天地事物之變，可喜可愕，一寓於書。」（端，山巔。倪，水澨。）人生平耳目所見聞，身所經歷，莫不有其所以然之理。雖市儈優倡、大猾逆賊之情狀，竈婢丐夫米鹽凌雜鄙褻之故，必皆深思而謹識之，醞釀蓄積，沉浸而不輕發。及其有故臨文，則大小淺深，各以類觸，沛乎若決陂池之不可禦。譬之富人積財，金玉、布帛、竹頭、木屑、糞土之屬，無不豫貯。初不必有所用之，而當其必需，則糞土之用，有時與金玉同功。吾蓋嘗見及于是，恨力薄不能造其藩籬。自易堂諸子外，不敢輕語人。而長安王築夫、寶應朱秋厓、興化宗子發，嘗相與反覆。一日子發持其文，屬予序。論旨原六經，高者規矩兩漢，與歐陽、蘇、曾相出入。子發持高節，獨行古道，而虛懷善下人。他日所極，吾烏能測其涯涘？故爲述平日所與論議者，以弁其端。嗚呼！天下之可語於此者，蓋多乎哉？

以養氣爲主，此魏子平生持論。然庸人不能至於此，若徒養氣而已，反乏於根柢，則何以得爲文？故有富人積財之譬。至於「糞土之用，與金玉同功」之語，始見其本領。論自韓文公《進學解》鎔化來。

陸懸圃文序

魏勺庭

上略。余嘗論文章之法。法譬之規矩，規之形圓，矩之形方，而規矩所造，一切無可名之形，紛然各出。故云規矩者，方圓之至也。至也者，能爲方圓，能不爲方圓，能爲不方圓者也。使天下物形不出於方，必出於圓，則其法一再用而窮。言古文者，曰伏曰應，曰斷曰續。人知所謂伏應，而不知無所謂伏應者，伏應之至也。人知所謂斷續，而不知無所謂斷續者，斷續之至也。今夫入壇壝，音唯，土埒也。《周禮》：「封人掌設王之社壝。」履鬼神之室，明神肅森，若生人之可怖，然卒以爲不若人者，俯仰拱挺，終日累年不能自變化故也。今夫山屹然崱屴，音職力，山高貌。終古不變，此山之法也。瀉水於盂，盂方則方，盂圓則圓者，水之法也。山以不變爲法，水以能變爲法。今夫山，禽獸孕育飛走，草木生落，造雲雨，色四時，一日之間而數變。今夫水，瀉於平地，必注於龜，流其所不平，龜背之隆高者，言土之隆起處也。瀉之萬變而不失。今夫文，何獨不然？故曰：變者，法之至者也。此文之法也。夫積理以爲文，則吾序子發論備矣。

以方圓取譬，又以山水論變化之理。語高意深，非此老所不道。

文論節略

魏勺庭

文之工者，美必兼兩。每下一筆，其可見之妙在此，却又有不可見之妙在彼。譬如作屋，左砂高聳，右砂低卸，必須培高右砂方稱。拙者輿土塡石，人一見知爲補右砂之闕。巧者只栽竹樹，令高與左齊，人一見只賞嘆林木幽茂之妙，而不知其意實補右砂低卸也。又文字首尾照應之法，有明明繳應起處者，有竟不顧者，有若無意牽動者，有反罵破通篇大意實是照應收拾者。不明變化，則千篇一律，而文亦易入板俗矣。又古文接處用提法，人所易知。轉處用駐法，人所難曉。凡文之轉，易流便無力，故每於字句未轉時，情勢先轉，少駐而後下，則頓挫沉鬱之意生。譬如駿馬下阪，雖疾驅如飛，而四蹄着石處，步步有力。若駑馬下峻阪，只是滑溜將去，四蹄全作主不得。更有當轉而不用轉語，以開爲轉、以起爲轉者。以起爲轉，轉之能事盡矣。或問：「學古人而不襲其迹，當由何道？」曰：「平時不論何人何文，只將他好處沉酣，遍歷諸家，博采諸篇，刻意體認。及臨文時，不可着一古人一名文在胸，則觸手與古法會，而自無某人某篇之迹。蓋模擬者如人好香，遍身便佩香囊。沉酣而不模擬者，如人日夕住香肆中，衣帶間無毫香物，却通身香氣迎人也。」

取譬至妙，如操箸薦食，於孩兒恐不下食管。

作論有三不必、二不可。前人所已言，衆人所易知，摘拾小事無關係處，此三不必作也。巧文刻深，以攻前賢之短，而不中要害；取新出奇，以翻昔人之案，而不切情實，此二不可作也。作論須先去此五病，然後乃議文章耳。

三不必者，在初學童幼輩，從修業積功而可治。二不可者，在稍操筆誇於人者，癒之甚難。余嘗言不一受嚴師束縛，不能出邪路而入正路。若二不可，則邪路中之小技。

吾輩生古人之後，當爲古人子孫，不可爲古人奴婢。蓋爲子孫，則有得於古人真血脉；爲奴婢，則依傍古人作活耳。

周秦兩漢之正脉，至六朝既絶。六朝之文人，蓋奴婢耳。至唐宋八家，始繼血脉，而其間人於奴婢之群者衆矣。明清間人人皆繼正脉，而他脉亦混淆，竟有甘爲奴婢者。學文者，宜酌量斯語。

簡勁明切，作家之文也。波瀾激蕩，才士之文也。迂徐敦厚，儒者之文也。爲儒者之文，當先去其七弊：可深厚，不可晦重；可詳復，不可煩碎；可寬博，不可泛衍；可正大，不可方板；可和柔，不可靡弱；可無驚人之論，不可重襲古聖賢唾餘；其旨可原本先聖先儒，不可每一開口輒以聖人大儒爲開場話頭。七弊去而七美全，斯可語儒者之文也。

文章本是聖人之道。《孟》《荀》《左》《國》之文，皆述聖人之旨者，所謂儒者之文也。司馬遷、班固、范曄之徒，則作家之文。曹植、陸機、謝靈運等，則才子之文也。韓柳以下，歐蘇諸子，亦皆儒者之文也，非道二程、晦庵等而已也。

與某生論文書

國朝齋藤拙堂

所示古文數篇，筆路暢達，有駸駸弗可禦之勢。再假數年，驥足之展未可量也。但其中有委靡頽墮不振者，是未得古人之氣也。有繁簡失當、布置失宜者，是未得古人之法也。僕皆爲加雌黄，足下以爲何如？且足下所著《文説》，僕不能無異論。明氏以來，八股之文盛行。其體冒承腹尾，皆有一定法，不可移易。彼中土如茅鹿門輩，擩染之久，擩，亦染也。遂或以此概古文。論法益密而文益不古，識者所不取焉。今足下發揮尊師一齋先生之旨，以排斥之，其意良是。然一齋云句解、節釋，此皆評者之法，而非古人之法，其言允當不可易。足下遂云文實無法，豈不幾矯枉過直者乎？古人之於文，固不區區拘法，行於其所可行，止於其所可止，實如足下之言。然所謂得其所可行而行，得其所可止而止者，皆非法歟？於是有篇法，有章法，有句法，有字法。其叙寫稱宜者，謂之布置。其前後相顧者，謂之照應。其脉絡不斷者，謂之聯絡。其抗墜應機者，謂之抑揚頓挫。名雖出於後世，法實存於古人。法非自天降，非自地出，文理而已。今概爲無法，可耶？

余每謂秦漢以前之文，不必言法；唐宋以後之文，必不得不言法。而唐宋之法，實出於秦漢。蓋秦漢之人，非皆能文，其文之善者獨傳，而不自知其合法，左、莊、司馬之文是已。唐宋之人，又擇秦漢之善者，務求合其法，韓柳諸家之文是已。但得法而不泥法，神而明之，存乎其人。猶如輪扁之造車，《莊子·天道》篇：「輪扁斫輪，曰：『徐則甘而不固，疾則苦而不入。不徐不疾，得之於手而應於心。口不能言，有數存焉。於其間，臣不能以喻臣之子，臣之子亦不能受之於臣。』」至得手應心之妙，不可傳之於人。必再得如輪扁者，而後可傳焉。故妙不可學也，法可學也。孟子曰：「梓匠輪輿，與人規矩，不能使人巧。」足下能如輪扁，則不必論規矩可也。苟不能然，而欲捨規矩以造車，祇見其終日搰搰，胡没反，掘也。勞筋傷指耳，不見其能成一輪、出一轂也。又不見夫論治道者乎？必以二帝三王爲法。獨阿世主者，則曰：前王所是立爲法，後主所是著爲令，三尺安在？古書法律，以三尺竹簡。足下之説，得無類此歟？

近世袁枚之言，有類足下之説者。曰：「六經、三傳，文之祖也。《左傳》《公羊傳》《穀梁傳》爲三傳。果誰爲之法哉？能爲文，則無法。」然此本爲鹿門氏發者，一時矯激之言耳。不然，吾亦將云：「二帝三王，治國者之祖也。果誰爲之法哉？能治國，則無法。」可乎？《洪範》列九疇，《中庸》陳九經，《大學》述三綱八目，《夏書》言六府三事，皆治國之法也。《孟子》論堯舜三代之治，稱以爲先王之法。比之規矩律吕，其不本先王者，則曰徒善不足以爲政，未嘗爲無法也，但無一定法。故三王所尚各異，知此則知文之無法而有法矣。足下又譬之良將之行兵云云，亦非也。《易》曰：「師出以律。」「師」初六語。律即法也。程不識、李光弼謹節制，節制亦法也。足下所謂進於其可進，退於其可退，亦皆法也。獨霍嫖姚云：「顧方略何如耳。」岳忠武云：「運用之妙，存於一心。」是皆能自出法者。猶秦、漢能文之士，故不肯學古人成法耳，非謂兵無法也。兵之有法，至孫、吴氏始專言之。後世之人不學兵則已，苟欲學兵，則不得不由於孫、吴氏。不特兵也，書至於鍾、王、歐、虞，畫至於董、巨、荆、關，鍾繇、王羲之、歐陽詢、虞世南。董源、巨然、荆浩、關仝。亦皆有法。我邦所謂騎射刀槍，自古有之。至於近世，所謂小笠原氏、大坪氏、上泉氏、寶藏院氏出，流派各判。師之所授，弟子之所受，無非法者。天下之事皆然，何獨疑於文哉？今足下捨法而不由，宜乎足下之文有未稱於古人者也。然法粗迹也，苟得運用之妙，法於何有？莊周曰：「獲魚忘筌。」《莊子·外物》篇「筌者所以在魚」云云。魚既獲矣，筌可忘也。唯足下恐未可忘已。案：《莊子》「獲」作「得」，「獲」恐誤。

至合法之地位，則不求而自得之。未至合法之地位，雖求强合法，不可復得也。有終氏文章最嚴法則，嘗著《文話》云：「本邦文章日隆，元禄勝元和，享保勝元禄，天明、寛政勝享保。此後更進，〔一〕東海出韓昌黎、歐陽廬陵，未可知也。」余曰：「化、政之際獨出柳柳州，有終氏是也。未見韓歐之比出於世，而來相須久矣，有終氏之言遂不驗乎？」

文論

安積艮齋

凡作文之法，不必六經也，不必秦漢也，不必唐與宋與元明也，辭達而已矣。彼剽剥經典，襲蹈子史，湊合補緝，如裂錦縠而紉之，可謂之辭達乎？規橅韓柳之文，模效歐蘇之法，掇精咀華，守其繩尺，可謂之辭達乎？吾所謂辭達云者，能自攄胸臆，出機軸而成一家言者也。道以主之，氣以行之，秩乎其有序也，粲乎其有章也，洋洋乎其有體且有要也。至其徵材屬辭，則博取而曲陳之，經緯而錯綜之。如衆花釀蜜，蜜成無香色可尋。如玄黄金碧，皆入鑪鞴而成神丹。其所取雖博，而守之也約。其所陳雖曲，而裁之也純。故其取法不必六經，而未嘗不原乎六經也。不必秦漢，而未嘗不出乎秦漢也。不必唐與宋與元明，而未嘗不取乎唐與宋與元明也。

今夫良醫之治疾，隨其症之輕重淺深而物劑各不同。有時而參者，有時而苓、連，

〔一〕進，據《拙堂文話》卷一補。

雖牛溲牛溺。馬勃、生於濕地，如菰而圓。敗鼓之皮，亦莫不入其刀匕，而致起死肉骨之用也，要在乎治其疾而已矣。六經、四子之言，歷世名賢、太史之文，以至於老、莊、申、韓、佛氏之語，苟可以充吾用者，取焉以入其機杼，融化渾成乎一篇之中，而粹然莫不會於中正仁義之道也，要在乎達吾辭而已矣。若夫沾沾焉剽剥秦漢，規橅韓柳，陳古人已棄之芻狗而俎豆之，尸祝之，而不知自出機軸，成一家言，雖其文能類秦漢、似韓柳，亦優孟衣冠，不足尚也。嗚呼！此豈獨文乎哉？

爲文原本經史，而究諸子百家之書，爐冶陶鑄以出一機軸，是上乘秘訣。思順氏學於一齋，多年研精，遂得出藍之譽。於文皆得之勉勵刻苦者，後生若效思順氏苦學，所得亦必大云。

文論

安井息軒

自立言列三不朽，《左傳》：「穆叔如晉，范宣子逆之，問焉曰：『古人有言曰「死而不朽」，何謂也？』穆叔曰：『太上有立德，其次有立功，其次有立言。雖久不廢，此之謂不朽。』」操觚之士呶呶乎多言矣哉！然或數百年而堙，或數十年而堙，或身未死而世無復知有是言者。其卓然立於千載者，蓋無幾耳，安在其爲不朽哉？夫德至矣，雖則隱處，天下傳稱之。百世之下，可以激頑興懦，固非事業施於一世者之所能及也，况於其能被諸當世者乎？功則次焉，然亦能撥亂反諸正，轉衰爲盛，生民以蔭，國家以安，其爲不朽固宜矣。而世乃欲以空言與二者爭光於千載，顧不難乎？蓋言有本有末，氣如烈焰，勢如江河，波瀾以拓之，抑揚以激之，伏應有度，接開有趣，金聲而玉振之，是求於末者也。仁以貫之，忠以翼之，參之情義以折其衷，伍之時勢以通其變，其寓於物，發於不得已，而止於不可行，而孝友慈祥之意，每行於其中，是求於本者也。夫德得於身，而功施於事，其宣於口則謂之言。三者雖異，一原於道。故道，言之本也；言，道之輿也。言與道離，猶無載之車，其轉雖利，其誰行之？是故善立言者，必先求道。道既通矣，融化而出之。以言於制度文物，彰著而核；以言於治民濟衆，慈良而恒；以言於料敵禦侮，明辨而晳。微摘其蘊，大批其款，事勢民情燭照而數計之。以至乎山之聳於上，水之湛於下，禽獸蟲魚之擾擾於兩間，刻鏤雕琢，無復遁形。而一與世相關，感慨係此。使讀者感憤激昂，以興起於百世之下。大可以治世安民，小可以尚志修行，然後言可得而立也。然言之不文，不足以行遠。故本既得矣，又必求之末。其字必煉，其句必潔，其章必勁，而其篇必貫。權而衡之，以視其平；靡而切之，以察其匀。若荆璞出於山，琢而成之，則存乎其人矣。若夫專求之末，心馳於機變之巧，浸淫乎邪徑，雖絢爛可觀，久之則其味索然竭矣。是之謂技，與侏儒俳優何擇？又安望其能與夫二者并立於天地之間乎哉？

先本而後末，古人之文皆如此。今人棄本唯取末，雕蟲篆刻以眩惑衆目。文則文矣，安可謂貫道之器哉？斯篇畫家所謂白描法，不施五彩，專畫筋骨，筆力似王半山。

文説贈武居文甫

安井息軒

文猶山乎，峽然而起，迤然而走。爲峰爲巒，爲岫爲壑。俄而巉巖岞崿，俄而秀麗明媚。面勢迴合，互相映發。而金玉草木鳥獸之材，又興乎其中。雖爲形不同，皆有可觀之勝、可資之材，而基大者常勝矣。又猶水乎，發乎深山之罅，潛乎古木之下，合衆流而一之。奔焉而湍，懸焉而瀑，洄焉而淵。劈大山，蕩巨巖，激涌奮迅，擇勢所順而出。地平勢緩，猶不犯其所難行。龍蟠蛟屈，以達於海。舟楫通焉，魚介産焉，而灌溉之澤又及數十里之外。雖爲形不同，亦皆有可觀之勝、可資之利，而源遠者常勝矣。

故文無常法也。起於理之所充，行於勢之所順。險易細大，成形於道。而其可觀者，不求自至。是謂無法之法矣，然爲之有法。其腹心實而空洞，其中鐘之鳴也虛，而石則頑然無聲。故積之者學也，化之者道也，所以出而不滯者氣也。并是三者，文可得而言矣。今之爲文者，動求法於一家，模擬剽竊，務肖其形，而其神或乏。是猶場師之作假山水，雖有可觀者，抑渺然既小，况望其能生貨財以利於人哉？

武居文甫生於岐岨萬山之中，嘗學都數年。其人深默而文，學識日躋。既歸，書問作文之法。予天下之拙文者也，不足爲文甫語其道。然其所見，則有異於場師之作山水者，故敢以茅岡涓流之言進。文甫讀書之暇，徐步其庭，眡高山而瞰深溪，究其所以流峙，或將有獲於予說也與？

譬文以山水，其説如迂且遠，然熟視則有浩渺深邃盡藏其秘者。但是等之言，非窺藩籬之人不能得而解。

續唐宋八家文序

佐藤一齋

尾張村瀨季德恨沈歸愚《八家讀本》之未備，輯《續編》若干卷，謁余序。余曰：「序，弁髦也，惡乎益？」季德曰：「吾聞之：文以載道。未得其要，幸遂教之，敢請。」余乃曰：「善哉！是則我之所爲亹亹者矣。」夫聖賢之文，藴於心而行乎辭。辭乃心也，道之精華也。是故道誠心，達實意，經緯乎不得已，而斡旋於不得不然。斯其法也，是爲要。至於戰國縱横捭闔之説，與夫老、莊、申、韓之言，既非吾道，即賈、揚、班、馬之文，亦於道未爲純。而後之文人雜取而摹仿之，又徒求法於篇章字句形迹之間以爲巧。雖爲孔氏之學者，而未能脱其習，輒曰文自有其道也。〔一〕是故必有抑揚頓挫，必有照應起伏，必有擒縱與奪，必有主客虚實。波瀾跌宕，快其鋪叙；緩急疾徐，殊其步趨。翕而張之，脅其氣勢；揣而摩之，中其肯綮。凡是皆其法也。而善運用之以成變化，猶之老將行兵，機變百出而不可測，而法度常森然於其間，是文之道也。噫嘻！此言也，我謂之道之賊也。而世之人習矣而不察，何哉？夫君子之心高明正大，其發而爲言辭者靡非粹然至純。載其心以出，惡用是機變之巧爲？若謂其人不必如是之詭且險，而惟文有之，則是文與其心背戾，亦何所載以出？其無乃影響摹仿之慾乎？若夫異端之徒，其心既有如此，則文亦宜然，猶其實也。顧乃在吾儒，其可以若是已乎哉？吾儒之道，黜巧言，遠佞人。每毖戒子弟曰：「毋欺而心，毋肆而言。」不一而足。苟爲之徒者，將恪守遵奉之不暇。而至於作文，則謂别有其道，而獨聽其巧且佞，寧有是教乎？是故儒者之文，莫若師六經也。〔二〕子不睹夫造化乎？元氣之所斡旋，升爲星躔，降爲坤輿，峙爲山嶽，盤爲川海，俯仰上下皆文也。而其所以若是者，非故爲

〔一〕有，據《續唐宋八家文讀本》卷首佐藤坦序補。

〔二〕師，據《續唐宋八家文讀本》卷首佐藤坦序補。

也，示法象於不得已而已。聖賢之文，亦猶是也。故其言昭然若揭日月而并行，隤然若載萬物而不泄。根柢深而枝葉茂，淵源遠而流委長。總之經緯於一氣之不得已也。惟其不得已者之紆餘曲折也，故自能爲抑揚，爲起伏，爲變化，而不可測也。而作者亦不自知其所以然而然，尚何區區形迹之拘？〔一〕乃所謂蘊於心而行乎辭者矣。是之謂載道之文。如唐宋八家，其人皆已稱一時之賢豪名儒，而文尤翹然傑出。獨惜其言間或出入諸子，未必盡出於道也。而至其能發揮其中之所蘊，則蓋皆浩浩乎其盛大也，蕩蕩乎其廣遠也，殆亦一氣斡旋之不得不然者歟？後之言文者，是之弗究，而徒拘拘焉求法於篇章字句之間。不惟不知六經，而未知八家者也。夫羿之教人射，必志於彀。直以六經爲師，斯善矣。士睎賢，賢睎聖，則先從八家問途亦可也。今季德之繾綣於八家，謂之睎賢者，吾猶將進之於道也。而季德適問及之，是其所以亹亹焉，遂不能已也已。雖然，人將曰：「經不易及也，求之過高也。」吁！其亦有或然者邪？第若我所志，則終弗變其彀率爾矣。不知季德以爲得要乎？以爲弁髦也。

以六經爲師，是儒者口吻，而文家皆所道。讀斯文，大道氏如不拘拘章句、不得已而爲文者。蓋警後生之言，懼

〔一〕之，據《續唐宋八家文讀本》卷首佐藤坦序補。

趨小技而忘大道也。今序八家，故言「從八家問途」，恐非大道氏意也。不特非大道氏意，我曹之所道亦然。末段以「經不可及也，求之過高也」等之語爲紆餘，甚難於結局，但大儒之言有不可棄者，故收録之。

去陳言説

林鶴梁

學古文者，學其神氣，不學其言語，斯爲善學者矣。今夫古文之絶佳者，莫過孟、莊、左、馬。而孟、莊、左、馬未嘗踏襲前人，動出一機軸，謂之精神性靈之文。余嘗觀優，其演古今人物，模其言語，擬其容貌，寫其忠膽義氣之狀，往往使人不覺感激淚下。退而念之，其可泣者皆可笑也。此無他，以其所爲出於虚假，而未嘗有其實耳。作文亦然。柳子厚評韓文曰：「世之模擬竄竊、取青媲白、肥皮厚肉、柔筋脆骨而爲辭者之讀之也，其大笑固宜。」善哉言也！是韓子之所以能與孟、莊、左、馬比肩而立也。或曰：「然則古語皆不可用歟？」曰：「否。苟能可用而用之，亦何害？但鎔化之，使如自己出。古人之言語，即我之言語耳。」

學其意而不模其語，字字不見痕迹，能擬古人者，即去陳爲新也。然强競新奇，則陷卑俗；浪鎔化之，動流冗長。以他之言，爲己之言，戛戛乎其難哉！

隨園文抄序

藤森弘庵

有理學之文，有諸子之文，有史家之文，有策論之文，有考據之文，有才子之文。體雖有異，至達其辭則一也。故孔子曰：「辭達而已矣。」業已能達其意，文之用豈有窮哉？要其流弊，亦各不同。主理學者，硬據五子，老子、莊子、荀子、揚子、文中子。泛摭語録，其弊也俚。鄙俗也。主諸子者，喜雕繪，矜獨見，其弊也佻。偷也。《離騷》：「余猶惡其佻巧。」主史家者，事綱羅，務詳悉，其弊也厖。大也，厚也。主策論者，好皇張，尚馳騁，其弊也躁。疾動貌。主考據者，泥訓詁，炫廣博，其弊也迂。遠也，闊于事情也。主才穎者，標新異，欒瑰譎，其弊也狂。弊之所極，同歸於剿説。而流俗波靡，莫知反正。是以俚若鄙夫，佻若俳優，厖若簿書，躁若駔儈，《史記·貨殖傳》「駔儈」，會兩家交易者，如今之度市。註：「駔者，其首率。」迂若巫媼，狂若邪魅。卑陋淺妄，其意反暗。是豈有用之文哉？然學者苟能自知其弊，易俚以高雅，正佻以和平，裁厖以簡煉，鎮躁以深厚，矯迂以剴切，則意暗者可使明，無用者可使有用。唯狂者錯繆是非，顛倒妍媸，無由自知其弊，而反珍其怪異。於是乎粗若喭者有之，喭，失容也，又粗俗也。猛若罵者有之，絮聒若醉語者有之。絮聒，縷談也。或細碎若蟲唧，或怳惚若鬼嘯。《老子》：「道之爲物，惟怳惟忽。」又書作「怳恍」，言沖漠難狀也。甚則鹵莽不檢，耳居鼻，足加肩，使人視之，則不反走而却避者幾希，豈能達其意而濟其用哉？故學文者難，而學才子之文尤難。苟不善擇之，則將有自不勝其弊者矣。下略。

能言文弊，字字亦精練，蓋淳風氏長技也。夫才者天授，非學而至焉者。欲强學才子之文，如醜婦凝妝，反覺可厭耳。然才子之文動多疵瑕，儒者之文或陷偏頗。非學兼才，不能以文成名也。

二大家文則一卷

古田梵仙　太田大俊　撰

《二大家文則》一卷

古田梵仙　太田大俊　撰

古田梵仙（1835？—1899），法名梵仙，號大應，美濃（今岐阜縣）人，爲曹洞宗禪僧。先後參法於尾張（今愛知縣）觀法、海藏寺月潭全龍。慶應三年（1867）嗣法美濃吉祥寺蓮州宗仙。明治二十三年（1890）任信濃國（今長野縣）東筑摩郡波多村盛泉寺第十六世住持。公職方面曾任曹洞宗專門本校學監、大學林（今駒澤大學）漢學教員等。古田梵仙天資綿密，品行方正，唯不善言辭。他熟達宗乘，精通漢學，有宗門教育家、著述家之譽。先後注解編刊《永平清規》《信心銘》《從容録》《十規論》等十四種禪典的冠注本，作爲禪林教科書，在各大中小學林得到普遍使用。太田大俊生平不詳。

《二大家文則》收録中日文話各一種，首尾無序跋。第一種爲歸有光《文章體則》。此書六十餘條，爲舉業而作，根據選録的古人文章，對其立論、用意、造語、叙事等方面加以概括，對於譬喻、引證、章法、句法、字法、看題、結尾等皆有精到論斷，不失其文章金針之用。四庫館臣斷此書「蓋鄉塾教授之本，殊不類有光之所爲」，以之爲僞托。但歸有光本人確實長期沉湮場屋，授徒爲生；且此書明清兩代傳承有序，論析文法亦有其自身價值。畢沅「學熙甫爲文者，其必自《文則》始」（《文則叙》），也可見其文章法則效用。

歸有光此書早傳日本，影響甚廣。岡千仞即以爲：「以示操縱開闔之法，使從事於此者，一讀瞭然于心目之間，如震川此撰深切著明者，未見其比。」（《評林文章指南序》）川島浩更感慨於「今人之文，商榷古今，出入經史，博論和漢歐米之事，洋洋千言，非不富贍，但未講文法」（《評林文章指南序》），爲了「免東洋文之誹」（《評林文章指南序》），他標舉此書，并從各通行選本中輯録評語，附於選文之後，刊成《評林文章指南》，分爲仁、義、禮、智、信五卷，是比輯録《二大家文則》更具體而微的舉措。

《二大家文則》後半爲《山陽先醒答》，是賴山陽與村瀨子琴的對話，討論話題涉及作文、作書、治經等方法。山陽論文重博取，無偏主，主張以先秦古書培根本，自韓、柳、歐、蘇得體裁。論及六經，更直言「經豈別物？亦文而已耳」，有顯明的以文視經觀念。雖僅寥寥數則，却頗有師心自得之論。

《二大家文則》當爲向僧衆講授漢學而纂成，以簡明扼要爲宗。書中稱「清歸震川先生」，如此顯誤恐亦與其性質有關。此書有明治十五年（1882）文光堂刊本，今即據以録入。

二大家文則

舊序

體者，體也。則者，法也。體有定而則無定。《書》曰：「詞尚體要。」《禮》曰：「言而世爲天下則。」有體則必有則，體立而則因之，猶夫匠之必以規矩也。然規矩者物也，用規矩者人也。用規矩而不用於規矩，倕之所以爲良工也。震川先生《文章體則》一篇，歷舉古人著作以爲指南。蓋治古文者，必入乎規矩之中，斯能出乎規矩之外。可傳者體則，所其不傳者亦即此體則也。神而明之，存乎其人而已。且古人之文不一體，不一則也。織者日以進，耕者日以却。事雖相反，成功一也。執有定之體，趣無定之則，體不一而則仍一。則體相參，變化從心，奇正因勢，詎能出範圍乎哉？外間所行抄本，所載篇目爲先生選定，又雜以他人之説，是直三家村究學所僞亂，非原本也。梅圃依家藏本釐而正之，附刻於全集之後。於此祛惑指迷，功亦偉也。

清歸震川先生文章體則

通用則

文章以理爲主，理得而辭順，文章自然出群拔萃。如程伊川《周易傳序》、王陽明《博約説》，此皆義理之文，卓見聖道之微。

爲文必在養氣，氣充於中而文溢于外，蓋有不期而然者。如諸葛孔明《出師表》、胡淡庵《上高宗封事》，皆沛然肺肝中流出，不期文而自文，謂非正氣之所發乎？孔明《後出師表》亦可參看。

文章非識不足以厚其本，〔一〕非才不足以利其用。才識俱備，文字自高人。如司馬子長《太史公自序》所以發《史記》之大意，而其辨駁之才、淹貫之識，盡見於此矣。

文章不足關世教，雖巧無益也。如太伯《袁州州學記》，〔二〕議論臣子之分，懇惻切至，

〔一〕厚，原作「原」，據《文章指南》仁集改。

〔二〕袁，原作「遠」，據《文章指南》仁集改。

讀者輒起忠孝之心，謂非文之關世教者乎？王陽明《象祠記》，頗有感發人處，可以參看。

古人作文，專占地步。如人要在高處立，要在平地坐，要在闊處行。韓退之《與于襄陽書》，隱以君子之道自許。〔一〕蘇明允《上田樞密書》，直以天之與我自任。此皆占地步處，餘可類推。

已上二條，亦作文之要旨也。

立論正大則

凡學者作文，須要議論正大，有臺閣氣象方佳。如方遜志《釋統》舉秦、晋、隋而并黜之，〔二〕議論何等正大。場中文字，主司自當刮目。

用意奇巧則

文章用意庸庸，易起人厭，須出人意表，方爲高手。如李斯《諫逐客書》借人揚己，

〔一〕隱以，原作「以隱」，據《文章指南》仁集改。
〔二〕黜，原作「點」，據《文章指南》仁集改。

以小喻大，别是一種巧思。能打破此等關竅，下筆自驚世駭俗矣。歐陽永叔《朋黨論》亦可參看。

遣文平淡則

文章意思勝者，辭愈樸而文愈高。意不勝者，辭愈華而文愈鄙。如曾子固《戰國策目録序》無一奇語，無一怪字，讀之如太羹玄酒，不覺至味存焉，真大手筆之文也。宋潛溪《六經論》亦可參看。

造語蒼勁則

學文之初學煉句矣，不貴於佶屈聱牙，使人不可句讀，亦要脱去稚筆方好。如編内所録左氏及秦、漢、宋名家之文，雖各有所味，其辭法皆勁健者。後世能隨篇逐句以求其妙，作文自無弱句矣。揚子雲《解嘲》、孔德璋《北山移文》，此二篇不惟句語老煉，而議論亦高古，故特表出之。

叙事典贍則

學者作文最難叙事，古今稱善叙事者，惟左氏、司馬氏而已。如叙鄭莊公叔段本末，此左氏筆力之最高者。蘇子瞻《表忠觀碑》，王荆公謂其可與司馬氏馳騁上下。學者能熟此二篇，叙事自有體矣。

辭氣委婉則

秦漢以來，去聖人漸遠，[一]故其辭氣往往有切迫之病。惟《左氏》所載諸國往來之辭，與君子相告謀之語，辭不迫切，而意有獨至。今録《吕相絶秦》，[二]兼取其文也。《樂毅報燕王書》，味其辭氣，亦庶幾者，故并録之。

神思飄逸則

論古今人物風流，惟兩晋爲盛，故發之文章，神思自然飄逸。如陶淵明《歸去來

[一] 聖，據《文章指南》仁集補。

[二] 「秦」後原本衍一「論」字，據《文章指南》仁集删。

辭》于舉業雖不甚切，觀其辭氣瀟灑夷曠，無一點風塵俗態，兩晋文章此其傑然者。蘇子瞻二《赤壁》之趣，自此文脱出。

譬喻則

《詩》有比興。比者，以彼物比此物也。興者，以彼物引起此物也。體雖有二，而取喻之意則同。《孟子》文法多本於此，故後世文章皆例用之。或不説出正意，專以彼物發揮者，如韓退之《雜説》上、下篇是也。或以彼物發揮，而末含一句正意者，如韓退之《應科目時與人書》是也。或專以彼物發揮，而末繳數句正意者，如柳子厚《捕蛇者説》是也。或以彼物、正意相半發揮者，如韓退之《後十九日復上宰相書》、柳子厚《種樹郭橐駝傳》《梓人傳》、蘇子瞻《稼説》是也。或以彼物輕輕發揮，歸重正意者，如韓退之《送温處士赴河陽軍序》是也。或首尾發揮正意，而中間以彼物形容者，如蘇明允《明論》是也。此以上屬比體。或以彼物輕説，引起正意發揮者，如蘇子瞻《李氏山房藏書記》是也。韓退之《進學解》中以匠氏、醫氏引起宰相意，亦是此法，〔一〕可以

〔一〕是此，原作「此是」，據《文章指南》義集改。

參看。此以上屬興體。

引證則

凡議論，或引證經傳，或引古人，此文章常格，須要用得精當。如《左氏》之所載鄭子産與范宣子論重幣書，論令德令名而引《詩》以證之。蘇明允《諫論上》，論諫法有五，歷引古人以證之，皆可法者也。餘可類推。

將無作有則

凡議論援引，固以精當爲貴。然亦有旁引來説者，謂之將無作有，此善行文處。如韓退之《重答張籍書》云：「夫子之言曰：『吾與回言，終日不違如愚。』則其與衆人辨也有矣。」此正得將無作有之法。陳止齋作論全是學此。退之《送孟東野序》云：「夔不能以文字鳴，又自假于韶以鳴。」此二句亦可與參看。

化用經傳則

凡文字引用經傳，易失之陳腐。惟歐陽永叔《送王陶序》全用《易・象》點化疏通，而議論亦好。韓退之《諍臣論》引孟子説話，全憑自家添字減字變化出來，便不陳腐，亦可與參看。

引事論事則

古人事迹大率相類，但有得失之異耳。故議古之得，須援失者以證之；議古之失，須援得者以證之。如《獨孤及《季札論》，是援泰伯讓國之得，〔一〕以證季札讓國之失，姑取之以爲此則之例。

抑揚則

人非聖人，孰能無過？苟非至惡，未必無一長可取。故論人者雖不可恕人之惡，亦不可没人之善。抑而須揚，揚而須抑，方爲公論。然抑揚之法，用處却有不同。有先抑而後揚者，如韓退之《諍臣論》是也。蘇子瞻《范增論》《荀卿論》亦可與此參看。有先揚而後抑者，如司馬子長論項羽是也。有抑揚并用者，如韓退之《圬者王承福傳》

〔一〕泰，原作「秦」，據《文章指南》義集改。

末議論一段是也。有揚中之抑者，如韓退之《送浮居文暢叙》止取其文詞是也。有抑中之揚者，如韓退之《與孟簡尚書書》論孟子之功，意與而辭不與是也。

尚論成敗則

凡論古人之功罪，須要思量使我生此時、居此位，處此事如何處置，必有一長策方可。若只能責人，亦非高手。如蘇明允《管仲論》、蘇子瞻《范增論》《晁錯論》，可與參看。

一正一反則

凡論議好事，須要一段反説；凡議論不好事，須要一段正説。文勢亦圓活，義理亦精微，意味悠長，此大文家之大家文也。特取蘇子瞻《始皇論》以見則。

正返翻應則

文章有正説一段議論，復换數字反説一段，與上相對讀者，但見其精神，不覺其重叠，此文法之巧處。如韓退之《後二十九日復上宰相書》是也。韓退之《原毁》、王元之

《待漏院記》，〔一〕可以參看。

前後相應則

凡文章前立數柱議論，後宜鋪應。〔二〕或意思未盡，主用再三亦可，只要轉得好。如此非惟見文字有情，而章法亦齊整。近時論體數用此法，如《魯共公酒味色論》、宋潛溪《六經論》可以爲式。宋潛溪《七儒解》、王陽明《尊經閣記》二篇，於論體尤切，宗臣考卷論多本于此。

總提分應則

文章有總提大意在前，中間逐段分應者，章法尤覺齊整。如柳子厚《箕子廟碑陰》、王子充《四子論》是也。

〔一〕之，據《文章指南》義集補。

〔二〕鋪，原作「神」，據《文章指南》義集改。

總提總收則

賈誼《先醒篇》前總大意，中三段分應，末又總收。較之上則更勝。〔一〕文體至是，可謂妙而又妙者矣。

逐事條陳則〔二〕

諸葛孔明《後出師表》通篇條陳時務，雖是奏書之體，然布置嚴正。學者熟之，非惟長於論策，而他日優于奏疏矣。

文勢層疊則

李遐叔《政事堂記》、《臧哀伯諫魯桓公納宋郜鼎》、夏文莊《廣農頌》，此三篇文勢如峰巒層出，如波濤疊涌，讀之快心暢意，不覺其煩。此正舉業者所當法也。

〔一〕上，原作「正」，據《文章指南》禮集改。
〔二〕條，原作「逐」，據《文章指南》禮集改。

句法長短錯綜則

韓公作文專以新奇爲喜，故於句法層疊處必變化數樣。字有多少，句有長短，讀之尤覺有起伏，有頓挫，有波瀾，如《上張僕射書》是也。韓退之《原道》《後二十九日復上宰相書》，亦可與此參看。

一級高一級則

文字自下説上，〔一〕如登九疊之臺，漸陟其頂，是謂一級高一級。如錢公輔《義田記》似之。

一步進一步則

文字由淺入深，如行萬里之途，漸到至處，是謂一步進一步也。如王子充《文訓》似之。此則與上則不同，讀其文自見。

〔一〕字，原作「學」，據《文章指南》禮集改。

文勢如貫珠則

結上生下，意脉相聯，是謂貫珠也。如柳子厚《晉文公守原議》似之。韓退之《原道》、蘇明允《春秋論》亦可參看。

文勢如破竹則

句法連下，一句緊一句，是謂破竹勢也。如蘇子瞻《潮州韓文公廟碑》，首段連下五個「失」字似之。韓退之《送浮屠文暢叙》，篇末連下五個「也」字，亦可參看。

先虚後實則

謝叠山云：「文章先立冒頭，然後入事，亦是一格。」如蘇子瞻《伊尹論》是也。蘇子瞻《晁錯論》亦可參看。

先疑後决則

文章於下手處最嫌直突，須先以疑詞説起，然後以正意决之，方是文勢曲折之妙。

如蘇子瞻《三槐堂銘》，始以天之可必、不可必并説，末漸説入可必上，這樣文法却自《孟子》中來。韓退之《送浮屠文暢序》亦可參看。

文勢擊蛇則

救首救尾，段段有力，是謂擊蛇勢也。韓退之《師説》是也。

下句載上句則

凡文章上句重，下句輕，或爲上句壓倒，須要上下相稱。如歐陽永叔《晝錦堂記》云「仕宦而至將相，富貴而歸故鄉」，下即承以「此人情之所榮，而今昔之所同也」。蘇子瞻《六一居士集序》云「夫言有大而非誇」，下即承以「達者信之，衆人疑焉」。非這樣語句，亦載不起，此妙處惟老手知之。〔一〕

〔一〕 老手，原作「要」，據《文章指南》智集改。

繳上生下則〔一〕

文章前面各意分説，後又總扭過下立論，是謂繳上生下也。論體例用此法，如范希文《岳陽樓記》、蘇子瞻《醉白堂記》，可以爲式。

叠上轉下則

上文有一句説話，下即頂上申説一句，如過文相似，是謂叠上轉下也。陳止齋作論喜用此法。如蘇明允《心術論》、蘇子瞻《荀卿論》，可以爲法。王子充《樗隱記》亦可參看。〔二〕

攔截上文則

凡句法直下來，如良馬下峻嶺，如輕舟下長湍，若一句無攔截，便不成文章。如韓

〔一〕繳，原作「綴」，據《文章指南》智集改。下「是謂繳上生下也」同。
〔二〕隱，原作「陰」；亦可，原作「可亦」，據《文章指南》智集改。

退之《原道》「堯以是傳之舜」云云，截以「軻之死不得其傳焉」，此兩句絶妙，可以爲法。韓退之《上張僕射書》「執事之好士也如此」云云，則截以「死於執事門無悔也」，亦可參看。

設爲難解則

凡作辨論文字，須爲問難，而以己意分解。如此非惟説理明透，而文字亦覺精神。如歐陽永叔《春秋論》、王陽明《元年春王正月論》是也。柳子厚《與韓愈論史書》，是據韓愈一偏之見，而歷以正理折之，亦是辨論體，故附于此。韓退之《諍臣論》、蘇明允《春秋論》，亦可參看。

含意不露則

有一等辨論文字，全不直説破盡，設疑佯爲兩可之辭，[一]待智者自擇。此别是一樣文字，如韓退之《諱辨》是也。

[一] 佯，原作「辭」，據《文章指南》智集改。

設爲問答則

又有一等文字，不直發揮，迺學《孟子》文法，隨問而隨答者，亦是一格。如韓退之《對禹問》、王陽明《龍場生問答》是也。

作辨史則

凡作辨史文字，前面雖抱正理，難得他無躲避處，末當放寬一步，不可十分執結，蓋以作史者當時必有所據。柳子厚《桐葉封弟辨》可以爲式。

文短氣長則

文章簡短，難得氣長，惟韓退之《送董邵南序》、王荆公《讀孟嘗君傳》，有許多轉折，讀之不覺氣短，真妙手也。文章簡長氣短者，盧襄《西征記》是也。是篇每不見録于大家，故不載。

字少意長則

司馬君實《諫院題名記》僅百餘字，而諫意已悉，文之簡而切者也，録之以洗時習之陋。韓退之《獲麟解》亦可參看。

字煩不厭則

文章下字重叠，未有不起人厭者，惟韓退之《送孟東野序》凡六百二十餘字，「鳴」字四十，似失之煩，然句法變化二十九樣，愈讀愈可喜，畢竟不覺。誰謂文章之妙不在轉换之間乎？大抵此篇文字，自《周禮》「梓人爲筍虡」來。馮用之《機論》用三十餘「機」字，〔一〕讀之亦不覺，但非文之粹者，故不載。

〔一〕三，原作「二」，據《文章指南》智集改。

雙關文法則

雙關文法，諸家惟韓文喜用。韓文惟《與陳給事書》極用得巧，可以爲作論之式。陳止齋雙關文法多本于此。退之《諍臣論》「若『蠱』之上九」云云、《師説》「句讀之不知」云云，亦可參看。

兩柱遞文則

王陽明《玩易窩記》，篇内發明《易》理，而以觀象玩辭、觀變玩占主柱，下即雙承竹節推之，是謂兩柱遞文。這樣文法於策論承題甚切，録之以式後學。

下字影伏則〔一〕

凡文字托事立論，其用字用意，須要與事親切。如韓退之《送王含秀才序》，以「醉鄉記」三字生一篇議論，首尾下字影伏，細味之方見其巧。

〔一〕伏，原作「狀」，據《文章指南》信集改。下「首尾下字影伏」同。

相題用字則

近見舉業文字，每因題之所宜借用字樣，雖非正式，亦是巧思所在。如賈誼《論積貯》末用「廩廩」字，正是此法。熟此，能相題而施。

題外生意則

題意平常，若搦此發揮，文字却無味矣。須於題外别生議論，如宋潛溪《閲江樓記》，謂斯樓之建所以寓致治之思，非閲夫長江而已。這樣論，非淺見薄識所能致。

駁難本題則

凡題目意見偏枯，即當駁難歸正。如王子充《樗隱記》，當時寓意者，謂樗之不材，可以全其天年，此本莊周有激之言，非通論也。是作據理駁難，〔一〕可以爲作論之式。

〔一〕理，據《文章指南》信集補。

回護題意則

凡議論聖人不是處，須以正理回護。蓋聖人心本正大，其有不是者，遭於不遇耳。如吕伯恭《武王論》，謂伐紂出于不得已，非爲己也，爲天下也。如此立論，則聖人之事白矣。蘇子瞻《周公論》亦可參看。

駕空立意則

蘇明允《春秋論》，揣摩以夫子之權與魯之意，作一段議論；《高祖論》揣摩不去吕氏之意，作一段議論。當時夫子與高祖之意未必如此，皆是駕空自出新意，文法最高。熟之，必長於論。

死中求活則

凡文字，議論已到至處，更出一段議論，不溺於題意之尋常，是謂死中求活，此文法之最妙者。如蘇子瞻《范增論》「方羽殺卿子冠軍」一説、《晁錯論》「當此之時」一段是也。熟此二篇，文字自有佳思矣。

立意貫説則

作文須尋大頭腦，立得意定，然後遣辭發揮，方是氣象渾成。如韓退之《代張籍與李浙東書》以「盲」字貫説，〔一〕蘇子瞻《留侯論》以「忍」字貫説是也。柳子厚《駁復仇議》，以「旌」「誅」二字作骨子，可以參看。餘可類推。

繳應前語則〔二〕

凡文字有緊關語句，前面雖已説出，又於後面繳説，與前相應，是亦文法所在。但用處不同，有於冒頭用者，如蘇明允《任相論》《御將論》是也；有於腹用者，如蘇子瞻《續楚語論》《王者不治夷狄論》是也；〔三〕有於首尾用者，如蘇子瞻《周公論》是也。餘難悉録，顧用之何如。

〔一〕盲，原作「七州」，據《文章指南》信集改。
〔二〕語，原作「後」，據《文章指南》信集改。
〔三〕語，據《經進東坡文集事略》卷十一《續楚語論》等補。

疊用繳語則[一]

歐陽永叔《泰誓論》凡七段，[二]首六段六意，六繳語相同，此樣文法于論體極切。陳止齋《山西諸將孰優論》即是學此。[三]

結意有餘則

人于結末處多忽略，謂文之用工不在於尾。殊不知一篇命脉歸束在此，須要言有盡而意無窮，如《清廟》三嘆而有餘音，方爲妙手。如歐陽永叔《縱囚論》可以爲式。韓退之《原道》亦可參看。

竿頭進步則

文章於結末處最嫌軟弱，又須百尺竿頭，更進一步。如畫工畫畫，愈出愈奇，方爲

[一] 語，原作「論」，據《文章指南》信集改。
[二] 泰，原作「秦」，據《文章指南》信集改。
[三] 即，原作「却」，據《文章指南》信集改。

妙手。如韓退之《獲麟解》可以爲式。

結末括應則

凡文章前面散散鋪叙，後宜結括大意，與前相應，方見收拾處。如柳子厚《答韋中立論師道書》、歐陽永叔《上范司諫書》，末皆繳應前意，可以爲式。

結末推原則

篇内但據事議論，而於結末復究其由，謂之推原文法。如賈誼《過秦論》究秦之所以亡，班孟堅《異姓諸侯王表》究漢之所以興是也。

結末推廣則

題意止此，而于結末復因類以及其餘，謂之推廣文法。如蘇子瞻《刑賞忠厚之至論》，謂《春秋》「因褒貶以制賞罰，亦忠厚之至也」是也。

結末垂戒則

凡作罵題文字，須于結末垂規戒意，方有餘味。此雖小節，亦不可略。如杜牧之《阿房宫賦》、蘇明允《六國論》，皆得此法。好題結意反此。

結句有力則

韓退之《送石洪處士序》、歐陽永叔《朋黨論》，此二篇文字結束雖一二句，而實有萬鈞之力，迺文法之絶妙者也。

結末斷制則

王陽明《送毛憲副歸桐江書院序》，末用斷制文法，繳前三段意，亦是一格，故附于篇末。

山陽先醒答

村瀨子琴質問

問 作文之法。

答 文宗先秦，猶詩宗盛唐。唯盛唐是守，而不博觀中晚宋矣，吾知其不能不爲李杜奴隸也。文亦然。先秦古書，屈指可盡，讀充其腹，以培其根本，旁視韓蘇，知其體裁，下筆自入格矣。韓、柳、歐、蘇選者非一，不必抉擇，要在博觀。逢可喜者抄出爲一本，置之坐右，朝朗夕誦，取其會心，不必暗誦。暗誦則愈妙。如是者久久，文思自然涌出。如元明清諸家説及隨筆，卧而讀之，助其才思亦可也。

問 學書之法。

答 書亦一難事。僕家世好書法，閲古帖，學撥鐙，多費日，了未見進步。然觀今世所謂書家者，自誣誣人，亦不尠矣。古人學畫以讀書爲本，况作字本書中一事，安可有不讀書而能工哉？故讀者多，則作字自工。又多觀古今人手迹，自宋而唐，自唐而晉，沿而溯之，必有悟處。雖然，不可徒然不學而求進焉。求今世名家肉筆可己意者學之，更取一古帖近己手勢者學之。學之必有課，日限數刻，不侵他業。心静手熟，勞半功倍。足下思之。

問六經註疏，世人往往論之，取捨如何？

答六經，漢土物也。六經之可言者，漢土盡之矣。而日本人敢是非之，是猶三家村子弟月旦都下演劇，其説可行於三家村，不可行於都下。藤、荻之張於此間，何以異之？《十三經注疏》《四書五經大全》是漢土帝王所定，天下所公行，其得失且捨諸，讀注者之不可不先覽者也。其他家言私説，汗牛充棟，何必一一費心目爲？

問《詩》《書》序，朱注不取，曰是後儒所附會，果然否？

答此事蘇潁濱、鄭漁仲既已言之矣，清儒又有以各序起句爲正而捨其外者，拘矣。僕謂周末説《詩》者，於其不可解者著一兩語，而漢衛宏之徒足成之耳。孟子所謂「取二三策」者，是真讀《武成》之法，後儒枉費分疏耳。《蔡傳》之外，僕未有所觀。

問《詩》朱注，春臺大排之，然則唯毛、鄭之究是耶？

答朱注亦根據毛、鄭爲説爾，要朱翁解《詩》者也，故其説《詩》不墮理窟。而德夫以爲理窟，是未目朱注者之言耳。

問聞古學者必退《禮記》進《儀禮》，有諸？

答《儀禮》爲經，《禮記》爲傳，朱翁既已云爾，故其所著有《經傳通解》。蓋漢儒以來未曾偏廢，自唐以《禮記》建學官，人希目《儀禮》。昌黎之文，可以見焉。總之，三

《禮》莫純於《儀禮》也。

【問】《易》於王注叵解者，就程朱反似有得其解者，如何？

【答】古注皆不可廢，可廢者《易》注也。僕常謂王之説《易》、郭之説《莊》，皆以古人爲己之注脚者也。故僕治經，每參看漢宋傳注，未曾甲乙。而至於《易》，斷然獨依朱義，補以程傳。蓋《易》卜筮之書也，苟可以卜筮足矣。以此説理，已落第二義矣。故朱義爲長，而程傳次之，最下王弼是也已。

【問】史。

【答】《史記》爲首，而《左》《國》《國策》次之，《漢書》《三國志》又次之，其後則《通鑑》。《通鑑》一滾敘者，難尋首尾，故《綱目》爲佳。其書法不必論，取其綱舉，其目張，一覽了然耳。

【問】先秦古書稱十三經外，又有幾何？

【答】無幾也。《國語》《國策》之爲史，荀、韓、孫、吴、老、莊之爲子，屈指可盡。其間有僞造難辨者，有真贋混淆者，又不可不知。

【問】秦漢以後，不可不讀者？

【答】秦漢以前，人各立言，皆真識見、真力量。雖間有不執正義，其文辭皆可觀。

東漢以後不能。其不可不讀者，一代之史而已。

問 近世學者有輕昭明《選》不觀者，如何？讀《左》《國》《史》《漢》，宜遂及此歟？

答 詩文之有《選》，自昭明始。清人所謂六經而外，此傳書者也。然非如《左》《國》《史》《漢》可必讀也，泛覽涉閱可耳。宋人學唐。學唐、學漢魏六朝，不溯源沿流，莫能得其精，是《選》詩之所以不可廢也。

問 法帖。

答 墨帖之學亦廣矣，非一言可盡。然學書不必務多，擇一帖最可也。學者潛心摹仿，悟其用意，然後他帖精神皆可會得也。

學書最忌以古人徇己，書家貴《淳化帖》者，以王著能棄己從人，不出私意也。其它《寶晋帖》中「晋」字、「唐」字皆似米書，《停雲帖》中字皆似文書，《戲鴻帖》中字皆似董書。是其人皆一代善書，其模古人不能如王著之棄己從人故爾。不獨模鉤，臨池亦然。足下書自有足下筆意，學晋學唐皆牽彼合己，故不覺進步已。

我邦人學二王者多矣，概類俗字，反不如爲蘇、米之有雅鈞，何也？王書古雅温潤，藏鋒斂鍔，學之者徒爲韓畫馬，宜矣其氣之凋喪也。足下亦好王書，今後務學其鋒芒處，寧疲勿肥，寧勁勿弱，是變俗爲雅之訣也。

【問】治經之術，先生有一法，願舉其大略。

【答】治經大業也，豈可遽言？然僕所謂一法者，不以經視經，而以文視經。且置六經，旁讀先秦古書，熟其語意口氣，然後還看六經。向之佶屈聱牙者，將迎刃而解。諸家注疏，概屬無用矣。夫經豈別物？亦文而已耳。世之儒生童習白紛，仡仡不通，皆不以文視經，而以經視經也。故僕授生徒，以文章爲先。作爲文章，溯秦漢，治唐宋之文如己口出，則千載之人旦暮逢之，鄭、馬、程、朱於我何有？彦所謂「人自屋中去，吾從天外來」者。否而卷裏埋頭，終身糟粕，吾見其白首無獲也。

【問】治經，《近思録》《小學》等，亦可先讀乎？

【答】僕不敢。足下奉朱家《學規》乎？《小學》猶可，《近思録》僕不知讀也。

【問】朱翁以一人手注千萬卷，豈得無舛誤？有舛誤，不足以損朱翁乎？

【答】然。然諸家注疏，大抵私言家説。獨漢、宋二注，是天下公器。先漢後宋，參看方得。

【問】治經之術，何先何後？曩已函誨，今復敢請其益。

【答】談何容易？僕放浪詩酒，不敢以儒自居。雖然，逢有問焉者，不必拒也。曩有條對，近又應明問，今更無所言。大抵盤根錯節，先頓芒刃，非計之得者。况考據著作，才各有宜。用力章句，必闕性靈。時爲一詩，口角如鉗。而其人不必稱於鄉黨，往往面目可憎，喜與人争，反不如文人之風流藴藉，與人相歡之愈也。足下思之，無以則如前所對。多流覽古書，學古人，然後取六經中較易解者，平心朗誦，會其正文氣脉，而不必拘拘注疏。游刃有餘地，是僕一家治經法也。

問 先生平生所以可其意而朗誦者，敢問？

答 人各有所好，僕尤好賈生、司馬子長，次《國策》《韓非》，次莊生、左氏，降而昌黎、三蘇，以及於明清諸家，未可指數。

問 先生從來所著文及詩尊稿，意應充棟汗牛，願一借觀。

答 僕迂僻男子，自在家時其著皆與時好異，撰見今篋底在者，《日本外史》二十卷、《新策》六卷。詩文隨作隨散，不盡收録者數卷而已。常欲擇稍可意者以副揮灑之急，未暇及焉。

問 周弼、李于鱗二選，似不可偏廢者。今世學東樣者，以李選爲僞唐詩，不亦甚乎？而終不優於周選也。其選中如《長安古意》《公子行》，僕所甚不會，以爲享保以來諸作家之終墮浮薄者，多由於此。

答 先於李而選者，何獨一伯弼？大抵選古詩文，最後出者最佳。無他，論定故也。選唐詩者，至高廷禮稍備，而未免襲時習。如李選真不可解者，以僕觀之，莫善於清人沈歸愚之選也。《長安古意》《公子行》之類，蓋所謂初唐氣格者。其所以故意取焉，以此暗射李獻吉也。是僕創見，其説長矣。

問今時浪華諸彦多唱清詩，蓋在避東㨾雷同。向謁静古翁，翁要僕學清，且道渭南詩格亦陳矣。僕初腹其言，既知其否。而清優於明乎？如彼王阮亭、施愚山、朱竹垞、沈德潛，如何？

答有優有劣。今世人獨以嘉靖七子爲明詩，明詩豈止於此耶？浪華之詩，僕所不解。如静古翁，其人本非學詩者。特駕其才氣，喜先人着鞭，而其馬足或不副焉，是姑置不論可也。渭南詩世人所雷同，而其得真面目者，落落如晨星矣。足下貴目勿貴耳。清大家可法者，王阮亭、施愚山而已。可喜者，人人皆是。

問現前風趣入詩，要在風韻不失實際，是真唐調乎？

答然，然。二句是僕學詩正法眼藏。僕前所言乃常法耳。譬之治秦漢文，全在礦者也。八家範之者也，學範之者易成形也。

問僕詩句多杜撰，此坐腹笥虚乏。已來務要來歷，可乎？

答 誠然。坐不多讀古人詩耳。句句有來歷，是詩之佳處，亦是病處。有來歷而如無來歷，乃見其佳。不注則欠分明者，非詩之本色也。袁子才所謂「滿紙尸氣」「骨董開店」，是亦吾黨所當戒。

文法綱要五卷

土屋鳳洲　撰

《文法綱要》五卷

土屋鳳洲 撰

土屋鳳洲（1841—1926），名弘，字伯毅，别號鳳洲。和泉國岸和田（今大阪）人。十二歲入岸和田藩校講習館。先後就相馬九方聞徂徠古學，從池田草庵習王學，於森田節齋問文章。亦習軍事學。幕府末期作爲尊攘派參與藩政，與相馬九方同投於獄。明治三年（1870）任藩校教授，兼世子侍讀，次年辭任。五年（1872）任堺縣學教師，後歷任兵庫師範教授、奈良縣師範校長、華族女學校教授、東洋大學教授。著有《皇朝言行録》《邂逅筆語》《馬關日記》《晚晴樓文鈔》《晚晴樓詩鈔》等多種。

《文法綱要》屬於資料彙編類文話，共分爲五卷。卷一論「文章體式」，歷述記、志、原、墓表、規、戒等文體之意義、起源、規範。卷二爲「文法要語」，論述開合、描寫、襯貼、穿插、分總等文章作法。卷三爲「虚字法」，對「夫」「蓋」「且」「矣」「耳」等虚詞之用法、同異進行描述。卷四爲「用字例」，羅列「可」「不」「無」「之」「雖」等在經史、文集中的具體用例，以示範虛詞用法。卷五爲「格言名語」，引述前人論文之語，以提示境界、養氣、家數等文章理論。從全書編排來看，土屋鳳洲所强調的在於文章有體有法，因而以體式爲先，續以具體方法；因虛詞用法屬於日人學習古文的難點，故用意尤多；以名人論文結束，則有突出「運用之妙，存乎一心」之意，也是自理論層次對前此諸體式、方法的概括與超越，亦即序言所揭示的文章當「成體而自忘其體，有法而自忘其法」。

《文法綱要》所引述的材料，體、法方面主要取資於徐師曾《文體明辨》、唐彪《讀書作文譜》，這與此兩書的集成性質有關。字例内容，爲删略伊藤東涯《用字格》而成，當亦借鑒其典範價值。在個人文章觀念方面，土屋鳳洲則深受《孟子》影響，以爲「悟古文之妙，必以《孟子》爲主」（《文家金丹》自序）。他編纂有《文家金丹》一書，上卷即專門收録魏禧評析的《孟子·牽牛章》，重在吸納其開合斷續、起落轉折、抑揚擒縱之法；卷下專録魏禧之文，既以其皆係論文章之作，亦有取則之意。從書名來看，編選意圖正是救當時文士之病，也能看出他的論文主旨所在。

土屋鳳洲熱衷於講求文章之道，呼應於其以文授業的學術環境，也與他的漢學背景密切相關。明治維新之後西洋之學盛行，「都下洋學旺盛，猶守孤城于百萬重圍中，岌岌乎危哉！獨喜伯毅建文幟于關西，以漢學鼓舞子弟」（三島毅《晚晴樓文鈔序》）。土屋鳳洲將文章盛衰作爲世運興替的象徵，「余頃察東洋諸邦形勢，衰亦甚矣。而西洋各國鬥智競力，吞并相逞」，於是「合秦漢唐宋明清，以著一大文章」（《近世名家文範序》），就具有文化抗衡的意義。由此也就可以理解，土屋鳳洲緣何對文章極度推崇，他以爲：「夫四海萬國，各異文章，而求其雅馴精粹者，莫如中國古文。」（《與姚子梁書》）甚至想象：「安知千百歲之後，不四海之文，盡變爲中國古文乎？」（《與姚子梁書》）在其時如火如荼的言文一致運動中，他秉持文化守成態度，對直譯洋文、口語入文都不予認同，而以爲「言文一致之説，論其理則可，察其勢則不可」（《答依田學海》），主張「文字之精良優美、簡雋高雅者，應莫善於中國古文」（《論言文一致》），這一見解正與此後中國新文化運動中的思想紛争相映成趣。

《文法綱要》有明治十八年（1885）東京金港堂刻本，今即據以録入。

序

高卑以成天地，流峙以成山川，飛走之於翼蹄，草木之於根幹，凡萬物形於兩間者，皆有其體。有體必有其法，苟一不具，謂之不物。文章亦然，序、記、論、書各有體與法，一不具，謂之不文。而今人多作不文之文，傲然誇稱，恬不知愧者，何也？友人土屋鳳洲有感於此，著《文法綱要》五卷。簡而得要，略而無遺，後學熟讀，必知文章有體與法也。抑知而不仿，仿而拘，皆不可謂之真知。必也如天地萬物，各成體而自忘其體，有法而自忘其法，而後始可與語文章也已矣。

明治十八年八月，南摩綱紀識。

文法綱要小引

凡學文章，不可不先識其體，因輯「文章體式」第一。識其體矣，不可不識文法要語，輯「文法要語」第二。識其語矣，不可不識助字緩急、虚字變化之法，輯「虚字法」第三、「用字例」第四。既識此四者矣，於解古人文蓋不甚難也。但至其自運用之，則在一心獨悟也已。故又録「格言名語」第五，以爲學者悟文章之資焉。

明治十八年一月，鳳洲土屋弘撰。

采輯書目

《文體明辨》
《讀書作文譜》
《用字格》
《拙堂文話》
諸家文集

文法綱要卷一

文章體式

記

記者，紀事之文也。有單叙事者，有純議論者，有半叙事半議論者。又有托物以寓意者，如王績《醉鄉記》是也。有首之以序而以韻語爲記者，如昌黎《汴州東西水門記》是也。有篇末繫以詩歌者，如范仲淹《嚴先生祠堂記》之類是也。皆爲别體。其題或曰某記，或曰記某。昌黎集有《記宜城驛》是也。今題不同，而體未嘗異也。論、辨、序、題可以類推。

唐彪曰：或言作記，一著議論即失體裁，此言非也。凡記名勝山水，點綴景物便成妙觀，可以不著議論。若廳堂亭臺之記，不著議論，將以何説撰文字？豈棟若干、梁柱若干、瓦磚若干，便足以成文字乎？噫！不思之甚矣！

志

徐伯魯曰：字書云：「志者，記也。」字亦作誌。其名起于《漢書》十志，而後人因之，大抵記事之作也。

紀事

伯魯曰：紀事者，記志之别名，而野史之流也。古者史官掌記時事，耳目所不逮，往往遺焉。故文人學士遇有見聞，隨手紀録。或以備史官之采擇，或以補史籍之遺忘，故以紀事名之。

序　小序

唐彪曰：《爾雅》云：「發其事理，次第有叙也。」有叙事多者，有議論多者，有末後綴以詩者。三者皆通用也。西山真氏則分無詩者爲正體，有詩者爲變體。小序者，序其篇章之所由作，對大叙而名之也。古人著書每自爲之叙，然後己意瞭然，無有差誤。此小序之所由作也。

説

伯魯曰：説，解説也。原本經史而更佐以己見，縱横抑揚，以詳贍爲上。與論無大異也。

原

伯魯曰：原者，推其本原，究其委末，曲折抑揚，以明其理。亦論之流别也。

議

伯魯曰：議貴據經析理，審時度勢。以確切爲工，不以繁縟爲巧；以明覈爲美，不以深隱爲奇，乃得體之正也。

辯

伯魯曰：辯，判别也。大概祖述《孟子》，以至當不易之理，而以反覆曲折之詞發之是也。

解 釋同

伯魯曰：字書云：「解者，釋也。」因人有疑而釋之也。辨疑釋難，與論、説、原、議、辨相通焉。其題曰解某、曰某解，無分别也。釋之體亦相同。

文

伯魯曰：凡篇章皆謂之文，而此獨以文名者，蓋文中之一體也。或以盟神，或以諷人。或爲韻語，或爲散文。或仿楚詞，或爲四六。其體不同，其用亦異。

傳

伯魯曰：字書云：「傳者，傳也。」記載事迹，以傳于後世也。自漢司馬遷作《史記》，創爲列傳，以紀一人之始終。嗣是山林里巷，或有隱德弗彰，或有細行可法，則皆爲之作傳，以傳其事。或有寓意而馳騁文墨者，間以滑稽之術雜焉。皆傳體也。其間又有史傳、有正體、變體。家傳、托傳、假傳四者之分焉。

碑文

前輩云：「考之《婚禮》，入門當碑揖。」註云：「古者宮室有碑，以察日影、知早晚也。」《祭義》曰：「牲入，麗于碑。」註云：「古者宗廟立碑，以繫犧牲。」後人因鼎彜漸闕，無以紀其功德，故以石代金，紀于其上，以垂不朽也。故碑實銘器，〔二〕銘實碑文，其序則傳，其文則銘。此碑之體也。

唐彪曰：碑文事實多者，止須叙事。若故意攙入議論，便成贅瘤。事實寡者，不少參之以議論，必寂寞不成文字。此前輩又謂碑文一著議論，便非體裁。此言過矣，今刪去之。

行狀 行述同

伯魯曰：行狀者，取死者生平、言語、行事、世系、名字、爵里、壽年、後裔之詳，著爲行狀，亦名行述。或牒考功太常，使之議謚；或牒史館，請爲編録；或上作者，乞墓

〔二〕器，原作「類」，據《文體明辨序説》等改。

誌、碑表之類。以其有所請求，故謂之狀。其文多出于門生故吏親舊之手，以謂非其人不能知也。其逸事狀則但録其逸事，不詳其所已載，乃狀之變體也。

墓誌銘

唐彪曰：誌者，記也。銘者，名也。古之人有德善功烈可名于世，鑄器以銘。故於葬時述其人世系、名字、爵里、行治、壽言、卒葬日月與其子孫之大略，勒石加蓋，埋于壙前三尺之地，以爲異時陵谷變遷之防也。迨夫末流，乃有假手文士，謂可以信今傳後，而潤飾太過者。然使正人秉筆，必不肯狥人以情也。其體事實多者，專叙事；事實少者，可參之以議論焉。其題曰「墓誌銘」者，有誌有銘者也。「并序」者，有誌有銘而又先有序者也。單曰「墓誌」，則無銘者也。曰「墓銘」，則無誌者也。亦有單云「誌」而却有銘，單云「銘」而却有誌者。有純用「也」字爲節段者，有虛作誌文而銘内始序事者，亦變體也。若夫銘之爲體，則有三言、四言、七言、雜言、散文之異。有中用「兮」字者，有末用「兮」字者，有末用「也」字者。其用韻，有一句用韻者，有兩句用韻者，有三句用韻者。有前用韻而末無韻者，有前無韻而末用韻者。有篇中既用韻，而章内又各自用韻者。有隔句用韻者，有韻在語詞上者。有一字隔句重用自爲韻者，有全不用韻者。其更韻，有兩句一更者，有四句一更者，有數句一更者，有全篇不更者。不一體也。此外又有未葬而權厝者，曰權厝誌。既殯之後，葬而再誌者，曰續誌，又曰後誌。柳河東有《故連州員外司馬凌君墓後誌》是也。〔一〕殁于他所而歸葬者，曰歸祔誌。河東集有《先夫人河東縣太君歸祔誌》。葬于他所而後遷者，曰遷祔誌。河東集有《叔妣陸夫人遷祔誌》。刻于蓋者，曰蓋石文。刻于磚者，曰墓磚記，又曰墓磚銘。河東集有《下殤女子小侄女墓磚記》，墓磚銘是也。書于木版者，曰墳版文，《唐文粹》有舒元輿撰《陶母墳版文并序》。曰墓版文。又有曰葬誌。河東集有《馬室女雷五葬誌》。曰誌文。有誌無銘者，則江文通集有宋故尚書左丞孫緬等《墓誌文》是也。有誌有銘者，河東集載《故尚書户部侍郎王君先太夫人河間劉氏誌文》是也。曰墳記。河東集有《韋夫人墳記》。曰墳誌。曰壙銘。曰椁銘。曰埋銘。朱文公集有《女埋銘》是也。在釋氏則有塔銘、塔記。《唐文粹》載劉禹錫撰《牛頭山第一祖融大師新塔記》。凡廿題。今備載之。

墓碑文　墓碣文

伯魯曰：神道碑者，樹于墓之前，刻死者功業于其上，因堪輿家以東南爲神道，碑

〔一〕凌，原作「陵」，據《河東先生集》卷十《故連州員外司馬凌君墓後誌》改。

立其地，故以名焉。唐碑制，龜趺螭首，五品以上官用之。而近世高低廣狹各有等差，則制之密也。蓋葬者既爲誌以藏諸幽，又爲碑碣表以揭于外，皆孝子慈孫不忍蔽其先德之心也。其爲體有文有銘，又或有序。文與誌銘大略相似，而稍加詳。而其銘或謂之詞，或謂之系，或謂之頌，要之皆銘也。不能如誌銘之備，而大略亦相通焉。亦有正、變二體。其或曰碑文，或曰墓碑，或曰神道碑，或曰神道碑文，或曰墓神道碑，或曰神道碑銘，或曰神道碑銘并序，或曰碑頌，皆別體也。碣制方趺圓首，〔一〕五品以下官用之。而近世復有尺寸之限，則其制益密。古者碣之與碑本相通用，後世乃以官級之故而別其名，其實無大異也。其爲文與碑相類，而有銘無銘，惟人所爲。又或專言碣而復有銘，兼言銘而却無碣，亦猶誌銘之不一體也。其銘之韻，亦與誌銘同。其題有云碣銘，有云碣頌并序。其文亦兼叙事、議論二體也。

墓表附阡表、殯表、靈表

伯魯曰：墓表文體與碑碣同，有官無官皆可用，非若碑碣之有等級限制也。以其

〔一〕碣，原作「碑」，據《讀書作文譜》卷十一改。

樹于神道，故又稱神道表。其文有正、變二體。外有阡表、殯表、靈表，亦其類也。阡者，墓道也。殯者，未葬之稱。靈者，始死之稱。自靈而殯，自殯而墓，自墓而阡也。近世用墓表，故以墓表括之。

賦

伯魯曰：賦者，富麗之詞也。莫盛于漢，賈誼、相如、揚雄皆以命世之才，俯就騷律，故情意俱工，可謂盛矣。如《上林》《甘泉》極其鋪張，而終歸于諷諫，則有《風》之義。《兩都》等賦極其炫燿，終折以法度，則有《雅》《頌》之義。《長門》《自悼》等篇，緣情發意，托物興詞，極和平從容之概，則有比興之義。此皆古賦之最佳者，學賦者當取法于此，自然得賦之正矣。

書簡狀疏啓

伯魯曰：書者，舒也。舒布其言，而陳之簡牘也。有辭令、議論二體。簡者，略也，言陳其大略也。手簡、小簡、尺牘，皆別名耳。狀，言陳也。疏，言布也。啓者，開陳其意也。以上五者，多用于親知往來問答之間。而書、啓、狀、疏，亦以進御。書、簡多用散文，啓、狀皆用儷語，疏則散文、儷語通用。世俗施于尊者多用儷語，所以表恭敬也。蓋嘗論之，諸項體制本在盡言，故宜條暢以宣意，優柔以達情，乃心聲之獻酬也。若夫尊卑有序，親疏得宜，是又存乎節文之間，作者詳之。

書

伯魯曰：人臣進御之書，爲上書。親朋上下往來之書，爲書。二端之外，復有書者，乃別出議論以成書也。《史記》中有八書，唐李翺有《復性》《平賦》二書，此類是也。

箴

伯魯曰：按，《說文》云：「箴者，誡也。」蓋醫者以石刺病，故有所諷刺而救其失者，謂之箴，喻箴石也。大抵箴者箴君與己之得失，而規則規乎同僚之行誼也。其品有二，一曰官箴，二曰私箴。皆用韻語，而反覆古今興衰理亂之故，以垂警戒，使讀者惕然有不自寧之心焉。

銘

伯魯曰：其體有二，曰警戒，曰祝頌。陸機曰：「銘貴博文而温潤。」斯言得之。

頌

伯魯曰：按，《詩》有六義，其六曰頌。頌者，容也。美盛德之形容，以其成功告神明者也。若《商》之《那》、《周》之《清廟》諸式，皆以告神。後世所作不盡告神，或止形容美善耳。其詞或用散文，或用韻語。劉勰云：「頌之爲體，典雅清鑠。揄揚汪洋，敷寫似賦，而不入華侈之區；敬慎如銘，而異乎規戒之體。」詳哉作頌之法乎！

贊

伯魯曰：按，字書云：「贊，稱美也。」其體有三。一曰雜贊，意專褒美，若諸集所載人物、文章、書畫諸贊是也。二曰哀贊，哀人之殁，而述其德以贊之者是也。三曰史贊，詞兼褒貶，若《史記索隱》《東漢》《晉書》諸贊是也。劉勰有言：「贊之爲體，促而不曠，以抑揚感慨之致，或發爲有韻之詞，其頌家之細條乎？」可謂知言矣。

祭文

唐彪曰：祭文之體，有韻語，有儷語，有散文。其用有四：祈禱雨暘，驅逐邪魅，干求福澤。此三者貴乎辭恭而意懇，不亢不浮，爲得體。若祭奠之辭，貴乎哀切，寫其生平之行誼，而哀其死亡之過速，如此而已。

弔文

伯魯曰：弔文者，弔死之辭也。古者弔生曰唁，弔死曰弔。或驕貴而殞身，或憪忿而乖道，或有志而無時，或美才而兼累。他人慰之惜之，并名爲弔。其有稱祭文者，實亦弔也。大抵弔文之體，仿佛楚騷，而切要惻愴，似稍不同。否則華過韻緩，化而爲賦，其能逃乎奪倫之譏哉？

問對

伯魯曰：按，問對者，文人假設之詞也。名實皆問者，屈平《天問》、江淹《邃古篇》是也。名問而實對者，柳宗元《晋問》之類是也。問對之文，反覆縱横，可以舒憤鬱而通意慮，蓋亦文之不可缺者也。

題跋書讀

伯魯曰：按，題跋者，簡編之後語也。凡經傳、子史、詩文、圖書之類，前有序引，後有後序，可謂盡矣。其後覽者或因人之請求，或因感而有得，則復撰詞以綴于簡末，其名則有四焉：曰題，曰跋，曰書某，曰讀某。夫題者，諦也，審諦其意也。跋者，本也，因文而見本也。書者，書其語。讀者，因于讀也。其詞考古證今，釋疑訂謬，褒善貶惡，立法垂戒，各有所爲，而專以簡勁爲主，故與序引不同。又有題詞，所以題號其書之本原與其文詞之佳也。若漢趙岐作《孟子題詞》，其文稍繁。而宋朱子仿之，作《小學題詞》，更爲韻語，亦一體也。然題跋書于後，而題詞冠于前，此又其辨耳。

引

唐以後始有此體，柳宗元有《霹靂琴贊引》，劉禹錫有《送元暠南遊詩引》。大約如序，而稍爲簡短，蓋序之濫觴也。若其名引之義，難妄臆説，俟博聞者詳之。

雜著

伯魯曰：按，雜著者，詞人所著之雜文也。以其隨事命名，不落體格，故謂之雜著。其本乎義理，發乎性情，則與他文無異焉。

上書　奏　疏　議　封事　啓　劄子　狀　對　題本　奏本

或曰：古人敷奏諫説之詞，皆矢口陳言，未經筆札。劉勰謂「言筆未分」，此其時也。降及七國，言事于王，皆稱上書。秦初改書爲奏。而漢文時賈山陳治亂之道，名曰《至言》，其體即上書也。奏者，進詞也，亦名上疏。漢人用以彈劾，又名劾事，故曰「奏以按劾」。然奏事亦用之。明制陳私情曰奏，則非止于按劾，乃章疏之總名也。疏者，布列其情事也。漢奏事皆稱上疏。諸王之官屬上於其君，亦用之。唐之表狀，亦稱書疏，乃章奏之總名也。議者，漢制也。漢置密奏八議，用陰陽皂囊封板以防宣泄，謂之封事，故曰「議以執異」。又朝臣外補，天子使人欲其言事，及有事下議者，并以書對，則封事與上書又名議也。啓者，開道其君於善也。魏晋以下，啓獨盛行。其體有散文，有儷語。劄子者，宋之創制。蓋本唐人牓子、録子之類，而更其名。其用最多，亦奏疏之名，無别義也。狀者，形容其是非也。唐宋皆用之。有散文、駢語二體。對者，因問而條對也。至于奏本、題本，又明世所獨設。其用之分别，以論政事曰題，陳私情曰奏，皆謂之本。按，已上諸稱，皆奏疏之名，其體宜以明允篤誠爲本，以辨析疏通爲當。酌古準今，删繁舉要，乃爲得體也。

公移

伯魯曰：公移者，諸司相移之詞也。其名不一，故以公移括之。唐世凡下達上，其制有狀、有牒、有辭。百官于其長用狀，庶人呈于官府用辭，職官階級稍上者用牒，對職者亦用牒。至于諸司自相質問，其用有三：曰關，謂關通其事也；曰刺，謂刺舉之也；曰移，謂移其事于他司也。宋制，宰執帶三省樞密院事出使者，移六部用劄。六部移宰執帶三省樞密院事出使者，及從官任使副移六部，用申狀。六部相移，用公牒。明時上逮下者，曰帖、曰照會、曰劄付、曰案驗、曰故牒。下達上者，曰呈、曰申、曰案呈、曰咨呈、曰牒呈。諸司相移者，曰咨、曰牒、曰關。上下通用者，曰揭帖。大約因前代之制而損益之也。

牋

伯魯曰：劉勰云：「牋者，表也。識表其情也。」始于東漢，其時上太子、諸王、大臣，皆得稱箋。後世專以上皇后、太子，而其他不得用。其詞有散文，有儷語。明制，奏事太子、諸王稱啓，而慶賀皇后、太子仍并稱牋云。

制

伯魯曰：顔師古云：「天子之言。」一曰制書，唐宋用之，謂制度之命也。其詞宣讀于廷，皆用儷語，故有「敷告在廷」「敷告在位」「敷告萬邦」「誕揚贊册」「誕揚丕號」等語。唐世大賞罰、赦宥、慮囚及大除授，則用制書。其褒嘉贊勞，别有慰勞制書。餘皆用敕，中書省掌之。宋承唐制，用以拜三公、三省、門下、中書、尚書等官，而罷免大臣亦用之。其餘庶職，則但用誥而已。而唐宋文體則不一類。

誥

伯魯曰：字書云：「誥者，告也。」《書》有《大誥》《洛誥》《仲虺之誥》。周禮，用誥以會同諭衆。漢唐或用或廢。至宋，始以命庶官、追贈大臣、贈封其祖父妻室及貶謫有罪。凡不宣于庭者，皆用之，故其文甚多。然考歐、蘇、曾、王諸集，通謂之制。蓋當時王言之司，謂之兩制。是制之名，統諸詔命七者而言，故誥亦稱制也。明制，命官不用制誥，惟三載考績則用誥以褒美。五品以上官贈封其親，及賜大臣勳階贈謚，皆用之。其詞有散文，有儷語。六品以下，則用敕命。其詞亦兼二體。亦監前代而損益之也。

詔

伯魯曰：劉勰云：「古者王言稱命、稱詔、稱誓。秦并天下，改命曰制，令曰詔，於是詔興焉。」夫詔者，昭也，告也。古詔温厚之情，典雅之致，每於散體文中見之。六朝而下，文尚偶儷，多用四六，亦稱莊貴。近代則二體恒兼用之。

敕（敕牓附）

伯魯曰：字書云：「敕，戒敕也，使之警飭不敢廢慢也。」劉勰云：「戒敕爲文，實詔之切者。」漢之戒書，即戒敕也。唐有發敕、敕旨、敕牒、論事敕書，則唐之用敕廣矣。其詞有散文，有四六。明制，差遣諸臣，多予敕行事。詳載職守，申以勉辭，而褒獎責讓，亦用之。詞皆散文。又六品以下官贈封，亦稱敕命。始兼四六，亦可以見古文興復之漸矣。

檄

伯魯曰：《説文》云：「以木簡爲書，長尺二寸，用以號召。若有急，則插鳥羽而遣之，〔一〕故謂之羽檄，言如飛之疾也。」劉勰云：「植義颺辭，務在剛建。或述其休明，〔二〕或叙彼苛虐。指天時，審人事，算强弱，角形勢。標蓍龜于前驗，〔三〕懸聲鑒于已然。〔四〕插羽以示迅，不可使辭緩；露版以宣衆，不可使義隱也。」可謂盡之矣。其語有散文，有儷語。儷語始于唐，蓋唐文多尚儷也。其他報答諭告及邦州徵吏，亦有稱檄者，蓋

〔一〕鳥，原作「鷄」，據《説文通訓定聲》小部第七改。
〔二〕休，原作「不」，據《文心雕龍·檄移》改。
〔三〕蓍，原作「著」，據《讀書作文譜》卷十一改。
〔四〕聲鑒，原作「盤銘」，據《文心雕龍·檄移》改。

取明速之義也。

露布

伯魯曰：露布者，軍中奏捷之詞也。書詞于帛，建諸漆竿之上。劉勰所謂「露板不封，布諸視聽」者是也。又勰《移檄》篇云檄「或稱露布」，豈露布之初，告伐告捷，與檄通用，而後始專以奏捷與？其體大概多用儷語。

規

伯魯曰：規者，言規其闕失，使不敢越，若木之就規也。古者箴君之過曰箴，臣下自相規戒曰規。故《國語》曰：〔一〕「官師相規。」官師者，謂衆官也。相者，平等之謂。故知爲臣下自相規戒之辭也。古之規不及見，惟唐元結有《五規》，今可考焉。

〔一〕按，下引見於《尚書・夏書・胤征》，非《國語》。

戒

伯魯曰：字書云：「戒者，警敕之辭。」字本作誡。《淮南子》載《堯戒》曰：「戰戰慄慄，日謹一日。人莫蹪于山，而蹪于垤。」漢杜篤亦有《女誡》，亦箴之類歟？其詞或用散文，或用韻語，各隨人意也。

文法綱要卷二

文法要語

開闔

唐彪曰：人皆以開闔爲文之要法，而不知最難知者開闔也。諸家所言多未明悉，今反覆細思，乃得其理。蓋開闔者，乃於對待諸法中，而兼抑揚之致，或兼反正之致者是也。如賓主擒縱、虛實淺深諸法，皆對待者也。有對待而無抑揚反正之致，則賓主自賓主也，擒縱自擒縱也，虛實自虛實也，不可云開闔。惟對待中兼有抑揚反正之致，譬如水之逆風，風之逆水，一往一來，激而成文，而波瀾出焉，乃真開闔也，而惜乎其理之久晦也。就時藝論，有本股自爲開闔者，有二股共爲開闔者，有四股共爲開闔者，有通篇大開大闔者。得其法者，文多錯綜變化，有縱橫離合之致焉，故開闔爲時藝要法也。

附離合相生

周安士曰：世間文字，斷無句句着題、句句不着題之理，其法在於離合相生。離合相生者，謂將與題近，忽然颺開；將與題遠，又復掉轉迴顧是也。此文章離合法也。

描寫

唐彪曰：文之有描寫，猶畫者描寫人容也。容貌毫髮不肖，不得謂之工。即容貌肖矣，而神氣毫髮不肖，亦不得謂之工。故文章最重描寫，而最難者亦無如描寫也。是以描寫宜細，不細即粗陋矣；描寫宜詳，不詳即缺略矣；描寫宜文，不文即俚俗矣；描寫宜正，不正即邪野矣。本位不可描寫，宜描寫其對面；中間不可描寫，宜描寫其兩旁。能如此，而文焉有不工者乎？

附對面描寫

唐彪曰：凡題有正面，有反面，有旁面，有對面。惟對面人少知之。作文取對面與本位相形，或耑描寫對面，而神情愈出，此理人益少知之。如「有朋自遠方來」一節題，言朋得我，則疑有與析，惑有與解，切磋勉勵，德業日進，朋且甚樂，而況於我乎？此兩面相形法也。又如「諂笑」兩字題文，將貴人因此愛之、貴人因此惡之作二股，此描寫對面一邊也。而「其所薄者厚」題文，内有「所薄者將自慰曰：吾本不當望其厚也，彼於所厚者而且然耳，而又何敢妄云其薄」，此又用代法描寫對面也。作文能知此理，何患題之枯寂乎？

淺深虛實

唐彪曰：文章非實不足以闡發義理，非虛不足以摇曳神情，故虛實常宜相濟也。淺以指陳其大概，而深以刻劃其精微，故深淺不可相離也。又曰：淺深虛實雖古今文之大綱，[一]然約略其概，不出四端。有由虛入實，由淺入深，[二]挨序漸進者。有一實一虛，一淺一深，相間成文者。此二者人皆知之。至於變體，則有前幅實義已盡，後幅不

[一] 文，據《讀書作文譜》卷七補。
[二] 深，原作「淺」，據《讀書作文譜》卷七改。

得不駕虚行空，或襯貼旁意，或推廣餘情者；有前半刻意深入，後半無可復深，不得不輕描淡寫，或援引古昔，或附帶他事者。此二者人少知之。然四者結構雖不同，而當理合宜則一也。能悟斯理，即可以盡淺深虚實之致矣。

襯貼

唐彪曰：凡文之有襯，如金玉之用雕鏤，綾綺之裝花錦。雖無益於日用，而光彩陸離，令人貴重，端在於此。文章固有不必用襯者，若當襯者不襯，則匡廓狹小，意味單薄，無華贍之致矣。但襯之理不一，或以目之所見襯，或以耳之所聞襯，或以經史襯，或以古人往事襯，或以對面襯，或以旁觀襯，或牽引上文襯，或通取下意襯，皆襯貼也。作文能知襯貼，則文章充滿光彩，何待言哉？他襯貼易知，惟對面襯貼，人知者少，今附見於後。

對面襯貼

汪武曹評許子遜《文王視民如傷文》云：「有如傷，對面即有真傷一層；有文王之視民，對面即有民之自視與人視文王之民兩層。」又評李叔元《今吾子以鄰國爲壑文》

云：「有鄰國之怨我，對面即有吾民之德我一層；有吾可以鄰國爲壑，對面即有鄰國亦可以吾爲壑一層。」[一]此二文者，對面襯貼之榜樣也。

跌宕

唐彪曰：文章既得情理，必兼有跌宕，然後神情摇曳，姿態横生，[二]不期然而閲者心喜矣。如作樂然，樂之能動人者，非以聲也，以音也。又非僅以音，以餘韻也。樂有聲而無音，有音而無餘韻，能令人快耳爽心否乎？文章亦然。無餘情餘韻使丰神摇曳，則一蠢然死板之文耳，安能令人心喜哉？故跌宕爲文章最佳境也。

詳略

柴虎臣曰：詳略者，要審題之輕重爲之。題理輕者宜略，重者宜詳。詳者宜鋪叙，否則傷於淺促。略者宜剪裁，否則傷於浮冗。如吕逢源「周有八士」節文，開講後

[一] 吾，據《讀書作文譜》卷七補。
[二] 姿，原作「恣」，據《讀書作文譜》卷七改。

暢發首句，是其詳；伯達四句，只用六語虛點，是其略。蓋題旨重「周有八士」句，而人名可不必鋪叙也。陶石簣「孟獻子」節文，發畜馬乘二句最略，聚斂之臣三句亦略，不以利爲利二句闡發極詳。蓋題旨重在結末，而前段引語自當剪裁也。大都全章長題最宜審其輕重，輕重一審，而行文自中乎肯綮矣。

先後

唐彪曰：文章當先當後，苟得合宜，雖命意措詞不甚過人，而大概已佳。若位置失宜，當先反後，當後反先，雖詞采絢爛，思路新奇，亦紊亂不成章矣。且位置失宜，則步步皆成窒境，欲成篇且難，而遑問其美惡乎？故先後位置，臨文不可不細心斟酌也。

賓主

唐彪曰：文不以賓形主，多不能醒，且不能暢。如《孟子》「今王鼓樂於此」，必借田獵相形。言放良心、伐夜氣，而必以牛山之木設喻，非此法歟？以制藝言之，凡借一理一事一説，形出本題正意者，無非賓主也。然有單賓單主，又有主中主、賓中賓，更有賓中主、主中賓之分。其理不可不辯。

進退

周安士曰：一篇中，有一篇之進不得處；一段中，有一段之進不得處。遇有此等，須用退法以進之。讀者但見其用寬筆，不知愈寬乃愈緊也；但見其用反筆，不知反筆正是佐助順筆，使辭意不至平實與雷同也。

毛穉黄曰：突然而起，下故不接，中間方叙；忽爾拓開，意猶未盡，故爲勒住，皆進退也。

轉折

唐彪曰：文章説到此理已盡，似難再説，拙筆至此，技窮矣。巧人一轉灣，便反另是一番境界，可以生出許多議論。理境無窮，若欲更進，未嘗不可再轉也。凡更進一層、另起一論者，皆轉之理也。至於折，則微不同，折則有迴環反復之致焉。從東而折西，或又從西折東也。其間有數十句中四五折者，有三四句一句一折者。大都四五折後，即不可復折。其往復合離、抑揚高下之致，較之平叙無波者，自然意味不同也。此折之理也。

推原

唐彪曰：推原者，或從後面而推原其來歷，或因行事而推原其用心，或因疑似而推原其所以然。三者皆理有所不容已也。

推廣

唐彪曰：文至後幅，正義已盡，難以發揮，可於題外推廣一層。苟説得有關係，有根據，則前半文情得此愈振動也。

反正

董思白曰：反正乃文之大機關，不可不知也。且如《論語》中夫子之論管仲，若正言之，則曰「管氏不知禮」，何等明盡！却又曰：「管氏而知禮，孰不知禮？」子賤尊賢取友，若正言之，只宜曰「魯多君子，故有所取以成其德」，却曰：「魯無君子，斯焉取斯？」此皆反語，惟反而文斯暢矣。

照應

唐宋古文，亦多前半與後半相爲照應。宋策亦有前半立柱，而後逐段應轉者。然此等處學之者多，則不免落於谿徑。若周秦漢古文，其照應有異，多在閑處點染，不即不離之間，超脱變化。

關鎖

柴虎臣曰：鎖者，文勢至此極流，須用關鎖。如山翔水走，不得一鎖使大氣結聚，必不成州縣市鎮也。文章若無關鎖，則隨筆所之，難免散漫之患。又有鎖上而復起下者，此又鎖而兼聯絡者也。

代

唐彪曰：如聖賢論人之賢否，或論事之是非，我作其題，已是代聖賢口吻發論矣，然單代聖賢口氣，猶不能描寫曲盡，乃更將聖賢口氣代其人自説一番，則神氣無不畢露。此代法之所由起也。

遥接

唐彪曰：有遥接法。如一段文章，意雖發揮未盡，而有不得不暫住之勢。若復加闡發，氣必懈弛，神必散慢矣。惟將他意插發一段，則神氣始振動華贍也。發揮之後，復接前意立論，謂之遥接。又叙事之文，挨年次月者，發揮本人之事或未竟，其時適又有他人相關之事，理宜帶叙，則本人之事不得不接叙於後，此古文遥接法也。〔一〕

咏嘆

唐彪曰：文章有前半實義已盡，後半再不宜實發理也。然體裁神韻之間，猶似未可驟止。故用咏嘆法以盡其餘情，則體裁舒展而神韻悠揚。文之動人，反不在前半實處，而在此虚處矣。其體裁或長或短，或整或散，則不拘也。

帶叙　附叙

唐彪曰：附法者，譬有文於此，將可附之人與可附之事，附叙於此文之中，而不更

〔一〕「發揮之後……此古文遥接法也」原在「咏嘆」條後，今據《讀書作文譜》卷七移至此。

立篇章是也。如《史記·季布傳》附叙季心，《張釋之傳》附叙王生，此附法也。帶者，或中間，或末後，只將數語帶及之是也。比附法又簡略矣，然亦必有關係。或爲他年他事張本者則帶之；或理與事可以相通，見於此則可省於彼者則帶之，非無謂也，時藝少用。凡著書及作經世大文，用此法最多云。

抑揚

唐彪曰：凡文欲發揚，先以數語束抑，令其氣收斂，筆情屈曲，故謂之抑；抑後隨以數語振發，乃謂之揚。使文章有氣有勢，光焰逼人。此法文中用之極多，最爲緊要。太史公諸贊，乃抑揚之一端，非全體也。世人不知，竟以爲其法止可用之評論人物，何其小視此法也！其先揚後抑，反此而觀。

頓挫

唐彪曰：文章無一氣直行之理。一氣直行，則不但無飛動之致，而且難生發，故必用一二語頓之，以作起勢；此「頓」字，須作「振頓」之「頓」字看。或用一二語挫之，以作止勢，而後可施開拓轉折之意。此文章所以貴乎頓挫也。若以「頓」作「住」字解，則誤矣。按，抑揚者，先抑後揚也；頓挫者，猶先揚後抑之理。以其不可名揚抑，而名頓挫，其實無二義也。

虚衍

唐彪曰：文章最忌敷衍，而文章佳處又有在虚衍者。其理何居？曰：應實發處，不能實發，謂之敷衍；地位不可實發處，虚虚布置，謂之虚衍。二者原不同也，所以然者，以當虚處不留餘地，則實處不免消索與重複。

順逆

唐彪曰：凡文之宜順宜逆，皆因乎題，不可以隨吾意見偏主也。

穿插

唐彪曰：凡作文，有挨講，亦有穿插。挨講多，穿插少，自有分寸，總貴合宜而用也。但穿插貴於自然，不可勉强。《史記·酷吏傳》，郅都、寧成、義縱、趙禹、張湯事，皆穿插成文。《藺廉列傳》，相如、廉頗、趙奢事，亦多插叙。因其人其事原有關涉，可以交互，故交互成章耳。惟交互，故錯綜變化。所以其文如蛺蝶穿花、遊魚戲水，令人讀之起舞也。

補法

古文之補法又自有體，不可不知。如《左傳》《史記》諸傳中，凡叙一人，必詳悉備至，苟與其人有相關之事，雖事在國家，或事屬他人，必補出之以著其是非。又前數年之事，與後數年之事，苟與其事有相關，必補出之以著其本末。又凡文中有兩意兩事，不能於一處并寫者，則留一意一事於閑處補之。皆補法也。

省筆

唐彪曰：文恐太繁，宜用省筆以行之。有省文、省句之不同。如「其他仿此」「餘可類推」之類，乃省文法也。「舜亦以命禹」「河東凶亦然」之類，省句法也。作文知省文、省句兩法，則文不至繁冗矣。

分總

唐彪曰：文章有總有分，則神氣清而力量勝。故前總發者，後必分叙；前分叙者，後必總發。又有迭總迭分、錯綜變化者，此又古文中之化境也。

一意推出三四層

唐彪曰：古文中有一層推出三四層者，蘇子瞻之《勢論》《王者不治夷狄論》是也。此其法不在能進，而在能留。能一層留一層，斯能一層進一層也。此訣人所不易知，亦能文者所不肯與人言者也。

牽上搭下法　類叙法

王虎文曰：唐荆川立此二法者，所以備長題駕御之用也。蓋長題之節次繁多，作文者必一段説完，始再説一段。重起爐灶，氣勢便緩散不收，不能簡勁雄峻矣。故欲文章得勢，自不得不用牽上搭下法。以我機神，化題阡陌，所以減去接落之痕，而使歸一片也。如《莊子·逍遥遊》篇，「蜩與鷽鳩」一段與「朝菌不知」一段，語意不同，乃於上段結一句曰「之二蟲其何知」，遂接「小知不及大知」句以牽上，接「小年不及大年」句以搭下，則上下兩節不必聯絡，而文情鎔成一片矣。此牽上搭下法也。又作長題，挨講則無勢，惟駕御始有起伏波瀾。但駕御之文，體裁既逆，不免遺漏題面。故用類叙法以佐之，將零星字眼并叙一處。或總叙於前，或連叙於中，或補叙於後，則雖駕御而無挂漏矣。譬如「牽牛」章題，將泰山、折枝、緣木求魚等，與百鈞、一羽、秋毫、輿薪，類叙一處可也。將輕暖、肥甘、采色、便嬖等，與土地、秦楚、中國、四夷，類叙一處可也。所謂類叙也。二者皆長題秘密藏，非文章宗匠，焉能言此與？

筆姿 以下附録

唐彪曰：文章勝人，全藉筆姿。筆姿勝者，同此看書命意與人無異，及其落筆，抑揚頓挫之間，翩躚飛舞，文雅秀逸，迥異於人，閲之者自不覺心爽神怡矣。筆姿鈍者，看書未嘗不透，命意未嘗不深，及其落筆，或板滯，或平庸，則理雖透而若不透，意雖深而若不深，即不能令人擊節。胡正蒙曰：「文章有格同意同，而高下得失異者，其辨只在毫釐之間。」蓋指此也。又嘗論之：學人所讀之文，不專在於理勝。理雖至精而筆不雋異，必不宜讀也。學人筆鈍者，尤當取筆勝之文沉潛體會。涵濡既久，或能少變化之。此則人定勝天之理矣。

勢

唐彪曰：文章得勢有二。有得勢在馭題者，如遇一題，他人皆闡發題位，我獨著意題前；又題義有輕有重，我於其重者詳之，輕者略之，則勢得矣。有得勢在謀篇者，如一篇機局，扼要全在起比或單提，乃文之發源處也。此處若能得勢，則後諸比皆有力。至於一股之意，皆從起句領出。一線相承，無容兩岐。首句睽，則一股皆睽；首句晦，則一股皆晦。故臨文時，雖一股之意已定於心，而起句必須再三選擇也。所以求得勢也。又以古文言之，雖與制藝微異，而大概相同。通篇之綱領，在首一句。首段得勢，則通篇皆佳。每段之筋節，在首一句。首句得勢，則一段皆佳。文之重在得勢，而勢之理莫要於是矣。

氣

葛屺瞻曰：氣者貫於人之一身，四肢百骸皆藉運動。手足一處氣不到，則其手足痿痹；膚肉一點氣不到，則其膚肉潰爛。至於咽喉處一線不接，則百骸俱僵而死矣。

文有一字不貫，則爲死字；一句不貫，則爲死句；一段不貫，則爲死局。至於關鍵緊要處，有一絲不貫，則通篇文字皆死。縱使摛詞華藻，不過如對木偶人耳，豈能動人心目乎？然氣亦非是一直徑到底，無有斷續、無有曲折者也。其間自有開闔，譬如人之鼻息，必有一呼一吸，迭相循環。若只吸而不呼，或止呼而不吸，不下半晌，氣必悶絶矣。文氣亦然。必使其一開一闔，呼吸常通，如人一身之氣，上自泥丸，下至涌泉，周流旋轉，融洽於百骸四肢，而無有痿痹潰爛，是乃氣之説也。能知壅與斷者，斯可以論文矣。

機

邵芝南曰：夫文有品有機。品譬則理也，機譬則巧也。機存於手腕之中，行於意想之表。有耆宿不能得而初學得之者，有終日搆思不成而倉卒立就者。機一得，則諸妙悉來於筆下。虚靈變化，無所不備矣。昔人云：「文人妙來無過熟。」熟則氣機自然流利，生則未有不澀滯者也。機字正義不過如此，其有以開闔、抑揚、呼吸爲機者，皆穿鑿無稽之論也。

文法綱要卷三

虛字法

唐彪曰：文章句調不佳，總出於平仄未協，與虛字用之未當也。余嘗作文，極意修詞，而詞終不能順適。初時亦不知所以，及細推其故，乃知爲平仄未協。一轉移之，即音韻鏗鏘矣。又或由虛字用之未當，一更改之，即神情透露矣。乃知古人所謂文筆佳者，不過平仄調與虛字用之合法也。故文章雖命意極工，談理極正，而於二者不求盡善，終不能令人擊節，其關係文章之重如此。

唐彪曰：後諸虛字用法，載在梁素冶《學文第一傳》中者，或出於素冶所自撰，未及詳考。但其中解釋字義不確切者，十居其四。彪反覆改正，稍得無誤。甚矣！著書精確之難也。閲者慎勿將著述者苦心輕視焉。

一曰起語辭。起語辭者，或前此無文，竟以虛字起；或前文已畢，亦以虛字起者，皆起語也。

夫 起手助語辭，乃虛字也。若第二字實者，始爲有所指，如「夫道」「夫仁」「夫天」「夫貉」之類。若次字虛者，乃確係虛字，不可云有所指。

蓋 亦係起手助語辭，虛字也。其用之推原，乃是接語辭中之義，已見接語辭類中。

且 漸次説來之意。

今 論近事多用此字起。

嘗考 考究也，有所究論之辭。

餘「今夫」「且夫」等字，詳起講一條。凡起語皆可通用。

一曰接語辭。凡接上文，順勢講下，不復作轉者，皆用也。分三類。

一類

此

指上之辭。

兹

此也，較「此」字略婉。

是

指上而順斷之辭。

斯

猶此也。「此」字顯而直，「斯」字文而輕。

故

所以也，推原之辭。

則

順上文而分析之辭。凡上文已明，緊接上文闡發者，皆用之。以字義甚緊，不容寬衍故也。

蓋

推原之辭。與起語「蓋」字有異。起語乃空指，此則實領上文也。

乃

是實上文之辭。

何必

反折之辭。

奚必

義同上。

安得

有所望而未遂之辭。又折抑之辭用之。

焉得

義同上。

以上十六字，凡「乎」「哉」「也」「矣」等字，隨便押之。

又一類

由是

由，從也，跟上文引申之辭。

由此

義同上。

由斯

義同上。又「自是」「自兹」「從此」「從兹」等字，亦與此同。

是故

指上文而推原之辭。猶云「因此」「所以」云云也。

是其

跟上文而指點之辭。

此其

義同上。

至于

跟上文而更進之辭。

及其

猶及至也。

迨夫

迨，及也。義同。

迨至

由此及彼之辭。

及至

義同。

甚至

極言所至之辭。

何則

頓住上文作問，將欲答之之辭。

何也

順上文作問之辭。「則」字健，「也」字輕。

何者

順上文而有所問之辭。

是以

指上推原之辭。

所以

順上推原之辭。

蓋以

原上而順推之辭。

將以

將然之辭。

誠以

確然推斷之辭。

是知

承上而有所解悟之辭。

一似

難直言而爲摩擬之辭。

一若

義同。

亦以

承上而指出實理之辭。

所謂

所言也。又原其故而進論之辭。

所爲

與「所謂」無甚異，原其故而進推之辭。

蓋謂

推原其說之辭。亦可用於起處。

以謂

義同。

以爲

將言其故之辭。

是爲

指其爲此之辭。

如此

直指上文，將有後説之辭。凡「如是」「若此」「若是」「若然」等仿之。

於此

猶云「即此」「在此」也，但較「即」「在」字略虚。凡「於是」「於斯」等仿此。

似乎

想像之辭。

恍若

仿佛形容之辭。

宛若

義同上。

以上諸字，是跟上文順用者，宜押「也」「矣」「焉」「耳」等字。餘「乎」「哉」「耶」

「歟」等字，須斟酌文勢押之，不可輕用。

又一類

豈

反語之辭，反跌之辭，又斷斷不然之辭。

詎

與「豈」同，但較「豈」字略婉。

寧

義在「安」字、「豈」字之間，但其文甚婉。又別作「寧可」之「寧」，願辭也。

非

不是也。

何

亦反辭，又有怪問之意。

奚

與「何」同。

豈不

折辨之辭，猶言寧不如此。「詎不」「寧不」同。

豈非

反決其是。「詎非」「寧非」同。

豈可

禁止之辭。

豈得

亦折抑之辭。「寧得」同。

豈有

反言不有也。「寧有」同。

豈能

反言不能也。

豈必

猶言豈果如此。「詎必」同。

寧必

較「豈必」略婉，有商量之意。

烏得

亦反折辭。

疇不

疇，誰也。「誰不」云云，言有同然之辭。凡「疇能」「疇得」等仿此。

孰意

意，意料也。「孰」與「誰」同，猶云誰能意料到此。凡「豈意」「誰意」「何意」等仿此。

孰謂

猶云誰説也。凡「誰謂」「豈謂」「寧謂」等仿此。

孰能

猶誰能也。「孰有」「孰得」「孰非」等仿此。

焉能

反言不能也。「何能」「安能」「烏能」「奚能」等仿此。

烏足

反言不足如此也。「焉足」「安足」「奚足」「何足」等仿此。

此豈

指上文而反折之辭。「兹豈」「是豈」仿此。

此非

申明其所以如此之辭。「是非」「兹非」等仿此。

豈其

反折之辭。

何其

反詰而令其自思之辭。

抑何

轉一層反詰之辭。

又何

進一步反詰之辭。

毋乃

疑而審度之辭。

不幾

猶言不至於此也。

以上諸字，是跟上文而逆用者。宜與「乎」「哉」「耶」「歟」等字相爲呼應。至「也」「矣」「焉」「耳」等字，是順落文法，不是反落文法，慎勿誤填，致有謬亂之弊。

一曰轉語辭。文字從無直行者，必用轉轉相生。或反轉，或正轉，或深一步轉，皆須以一二字領之。

然

反前文而别發之辭。或前反後正，或前正後反。凡文之大轉處，皆用之。又有將「然」字押于句末者，則作「是」字解，如「雍之言然」是也。又有作形容想像之辭者，如「儼然」「由然」之類是也。

苟

誠也，果也，亦有作苟且用者。

或

或者，設問之辭。疑義未決，則爲無定之語以商之。

倘

與「或」「設」字相類，凡反語皆用之。

設

假設之辭。未然而爲或然之想者，則用之。

使

與「倘設」義相類，較「倘設」字略實。

但

前有一說，又別有一說者，用此轉之。

第

但也。

雖

不足上文之辭。言雖是如此，更有云云也。

且

深一步語。蓋上有一説，此更有一説也。

乃若

前已説明，將發後意，則用之。

况

况者，更進之辭。正意已足，而意外尚有可言，則用之。

矧

與「况」同。

如

假設之辭。

若

與「如」同。

抑

凡深一層、開一步、反講一説者，皆用之。

獨

別舉一説以開曉之辭。

惟

亦「獨」也。

顧

跟上文而進論之辭。

彼

指出他人他事之辭。

奈

無可如何之辭。

然而

反上意而圓轉之辭。

雖然〔一〕
頓住前文，别轉下文之辭。猶言雖是如此，更有云云也。

不然
反掉前文，將爲論斷之辭。猶言若使不如此也。

苟或
解見前。

倘使
解見前。

假使
義同。

藉使
義同。

〔一〕雖然，原作「然則」，據《讀書作文譜》卷七改。

借令
義同。

設以
義同。

彼夫
別有所指之辭。

若夫
微轉而有別説之辭。

必也
反上決斷之辭也。

獨是
解見前。

惟是
義同。

但以 解見前。

第以 義同。

况乎 解見前。

無如 猶言無奈也。

有如 猶言設有若此。亦擬度之辭。

更有 進一步語。

仍有 仍，還也。

尤有

即「更有」之意。

意者

擬度之辭。

意必

擬而自決之辭。

或者

亦擬度之辭。較「意者」略虛。

或且

或更有他端他說之辭。

不如

前說未當，轉作曉諭之辭。猶云只知其一，不知其二也。

非然者

前說已是，特作一反，以申前說之辭。猶言若不如此也。

乃何以

怪而問難之辭。

不寧惟是

猶言不止如此也。蓋跟上文而引申之辭。

不但此也

義同上。

以上諸字，凡文字轉折處，隨便用之。明其意義，雖千轉不窮。

一曰襯語辭。每一句中，必用虛字以爲襯貼。或用於句首，或用於句中，皆曰襯語。先輩所謂助語是也。

之

襯托虛字也。本句義理，非此襯托不能透出，故所用極多。外有作實字用者，如「大學之道」「天命之性」，作「的」字解。「之其所親愛」等句，作「於」字解。「之三子告」「滕文公將之楚」，作「往」字解。其義不一，善用者辨之。

以

襯貼虚字也，用之最多。外有作「用」字解者，如「爲政以德」是也。〔一〕有作「爲」字解者，如「視其所以」是也。又能左右之曰「以」，如《詩經》「不我以」「侯彊侯以」是也。與此不同。

於

辭句中襯托字也。大概用之於有所指。

所

有所指，用此字襯托之，而其理與事乃畢見也。

攸

亦「所」也。此字文不常用。

其

有所指之辭。凡指事、指人、指物、指理皆用之。

〔一〕德，原作「楚」，據《助語辭補義附録》改。

乎

本歎語辭，然用於句中，與「於」字同義而略帶虚活。如「不明乎善」「及陷乎罪」等句是也。

諸

與「於」字、「之」字義稍同。如《孟子》「則反諸其人」與「取諸宫中而用之」是也。

不

言絶不也。

未

有且然未然意，與「不」字不同。

猶

與「如」字、「似」字義同。又有作「還」字、「尚」字用者。如「爲之猶賢乎已」「猶可以爲善國」是也。

尤

更也，甚也。若「言寡尤」「君無尤焉」，則作「罪」字看。

由

從也，自也，作「因」字看。又率循之謂，亦作「繇」。

亦

與「也」字同。

既

已然、已往之辭。

必

決然之辭。

莫

與「勿」字、「無」字略相似，但「莫」字虚婉。如「何莫由斯道也」「人莫知其子之惡」「人莫不飲食也」之類。

勿

亦禁止之辭。

殆

近也，約略評論之辭。如「殆非也」「殆有甚焉」是也。

姑

聊且如此之辭。

凡

指大概而言。

皆

同也，盡也。

俱

皆也，偕也。

相

彼此交合之辭，如「相契」「相對」是也。

即

就也。

就

與「即」同。

方

將然之辭。又纔也。

將

未然而將然則用之。又虛擬辭。

遽

驟也。

忽

突然也。

倏

與「忽」同。又不定之意。

當

謂宜如此。

宜

亦「當」也。又相稱之意。

與

同也。又作「取與」之「與」。

祇

惟也。亦有作「但」字用者。

僅

略也，少也，纔也。蓋他無所取之意。

庶

冀幸之辭。又「庶幾」近辭。

盍

何不也。

曷

何也。

一曰束語辭。凡文字收束處及股頭多用之。

總之

總上文而言。

要之

亦總上文之辭。

大約

約略、大概之辭。

大抵

義同上。

一曰嘆語辭。

吁

嘆也。

噫

亦嘆也。

嗚呼

痛切嗟嘆之意。

嗟夫

感嘆之辭。

嗟乎

長嘆意。

嗟嗟

嘆而又嘆也。

噫嘻

嘆恨之辭。

悲夫

感傷之辭。

此等嘆辭，今人不知忌諱，時文率多用之。予以爲皆不祥之語，斷宜盡數掃除，絶勿復用。即萬不得已，或間用「吁」字、「噫」字亦可。至於大場，尤宜忌之。

一曰歇語辭。文字之歇足處也。其虚歇、實歇、順歇、逆歇，各有不同，須順其文勢押之。

一類

也

平落之辭。凡文勢平平落下，高不太揚，低不太卑者，則用之。亦有用之中間作襯者，如《論語》「其爲人也孝弟」「可也簡」「赤也惑」之類。

矣

截然緊煞之辭。凡文義欲説煞則用之，有一定不移之意。又抑而復起之辭。凡將申下文，〔一〕故作一按者，亦用之。

焉

亦平落之辭，但較「也」字韻略輕清，意略虚活。

耳

此順勢輕落之辭。有至易而無難意，又有不然之意。其意遠而韻長，轉文中往往

〔一〕下，原作「上」，據《讀書作文譜》卷七改。

用之。

已　止也，足也。凡文義已盡者，用此押之。

諸　與「之」字意同，然「之」字實，「諸」字虛。

夫　乃起手虛字，而亦可押之句尾者。

云　猶説也。句末押之，大意謂如此説話也。

者　句尾襯墊之辭。多指人、指物、指理而言，亦偶有虛而無所指者。

者也　順落而煞住之辭。

者矣　順落而緊煞之辭。

者耳

順上直落之辭。

者焉

順落而輕住之辭。

也者

二字連用，必有後句接應而解釋之，如「中也者」「和也者」「孝弟也者」是也。

也已

順落上文，而明其止此之意。

也矣

順勢緊煞之辭。

也夫

順落而帶咏嘆之辭。

矣夫

緊煞而帶咏嘆之辭。

已矣

意足而緊煞之辭，言止此無他也。

已耳

文畢而順落之辭。

焉耳

平提而順落之辭。

焉而已

宛轉煞住之辭。三字連用，文極摇曳，上只用一二實字爲妙。

耳矣

「耳矣」是順煞之辭，有止此無餘意。如《孟子》「盡心焉耳矣」可例。

焉者矣

婉轉順落而兼緊煞之辭。

而已矣

收轉到此，文與義已盡之辭。

以上諸字，凡文之實寫、順寫者，其歇語多用之。

又一類

乎

疑而未定之辭。有商量意，有咏嘆意，有辨駁意，但隨上文用之。

歟

與「乎」字同義，然「乎」字輕，「歟」字穩。「乎」字疑而未定，「歟」字則有疑而不疑者在，如「君子人歟」「其爲人之本歟」「其舜也與」可以例觀。

耶

亦疑辭，與「乎」「哉」字相類，但微帶婉轉詰問之意，較「乎」「哉」字趣味悠長。

哉

略與「乎」字近似，然「乎」字多疑，「哉」字却有驚怪意、〔一〕嗟嘆意、贊揚意、自得意。凡文欲反之，欲駁之，則用此。

者乎

虚歇之帶疑問者。

〔一〕怪，原作「督」，據《助語辭補義附録》改。

者歟

婉轉虚歇之辭。

者耶

蘊藉虚歇之辭。

者哉

虚歇之帶抑揚者。

也乎

順勢虚落之辭。

也歟

與「也哉」略同，但音義更覺蘊藉。

也耶

音長而意婉，文之拖漾處用之，情之凄感處亦用之。

也哉

摇曳咏嘆之辭，其音甚長。

已乎　已耶　已哉

皆不止於此之意。其辭氣「乎」字婉轉，「耶」字藴藉，「哉」字揚厲。

矣乎

語煞而意不盡者用之。

矣哉

語煞而帶咏嘆之辭。

否耶

上文言是，接此二字，猶言是不是也。「否乎」「否歟」仿此。

焉否耶

「焉」字連上文一截，復押「否耶」二字，亦有「是與不是」兩問之辭。

焉者乎

婉轉虚住之辭。

焉爾乎

輕提虚問之辭，其文甚婉，如《論語》「汝得人焉爾乎」是也。

而已乎

言不當止於此也，乃婉轉語氣。

乃爾乎

「爾」猶言這樣也，「乃爾乎」亦有指而問之意。

也歟哉

三字連用，極咏嘆摇曳之辭。

也乎哉

義同。

以上諸字，凡文之虚寫、逆寫者，其歇語多用之。須知「也」「矣」等字，是與上「由此」「是故」等字相爲接應者；「乎」「哉」等，是與上「豈非」「寧必」等字相爲接應者，不可誤也。

文法綱要卷四

用字例

可字例

可以　以可

可以興。可以觀。《論語》　或因以可復焉。王遵巖

可便　便可

或謂超可便殺之。《班超傳》　便可執之。同上

可必　必可

可必禽。《漢書》　君子名之必可言也。《論語》

可復　復可

管仲、晏子之功，可復許乎？《孟子》　四方之衆，必復可合。《三國志》

可遽　遽可

豈可遽以同於禦人之盜也乎？《萬章》注　遽可以孔子望我耶？陸文

可自重　**自可**輕

亦可自守者也。《井卦》　若要添兵，自可取足。韓文

可深　深可

連兵入寇，誠可深憂。《通鑑》　害及鰥寡，深可哀也。蔡傳

可獨　獨可

必同其難，豈可獨生乎？《三國志》　獨可耕且爲與？《孟子》

可使　使可

可使與賓客言也。《論語》　雍溪上流，使可涉。《通鑑》

可立　立可

其涸也可立而待。《孟子》　絶其哺乳，立可餓。《後漢書》

可更　更可

一魚不周坐席，可更得乎？《左慈傳》　更可轉詢知禮之士。朱文

可大　大可

不可小知而可大受也。《論語》　豈非大可笑？《朱語》

可且　且可

愈終狂疏，可且內移。韓文　其餘且可從舊。《象山集》

可年　年可

主人延客，可年五十。《墨莊漫録》　青衣年可七八歲。《宋書》

可長　長可

有二赤蛇，可長二尺。《風俗通》　色黑，長可尺許。《三國志》

可高　高可

銅像一區，可高丈餘。《伽藍記》　花高可十五尺餘。《徐文長集》

可皆　皆可

稱燕王者，可皆上平。《三國志》　皆可得而察焉。《喪服四制》

可盡　盡可

三家不睦，可盡克也。《左傳》　未必盡可信。《通鑑》

可但　但可

豈可但爲亡虜邪？《隋紀》　但可略釋文義名物。朱文

可甚　甚可

可甚重。《大過卦》傳　甚可痛哉！柳文　不亦甚可愧乎？《小學集成》

可猶　猶可

何可猶作舊意，非理望也。《梁書》〔一〕　猶可誣欺焉。《荀子》

可是俗語也。　**是可**

西風可是無拘束？《詩格》　是可不謂難矣乎？朱文

可從而　從而可

天下之事，可從而理也。《離婁》註　從而可知之矣。邵文

〔一〕按，上引見於《陳書·徐陵傳》，非《梁書》。

可一戰　一戰可

可一戰擒也。《通鑑》　一戰可定。杜文

可一舉　一舉可

可一舉而定。《通鑑》　一舉可滅。同

可一日　一日可

何可一日無此君？《晉書》　則一日可引去。韓文〔一〕

不字例

不可　可不

小固不可以敵大。《孟子》　其可不大監撫于時？《酒誥》

不無　無不

師旅之興，不無害於天下。《師卦》本義　辟如天地之無不持載，無不覆幬。《中庸》

〔一〕按，上引見於柳宗元《河東先生集》卷三十一《與韓愈論史官書》，非韓文。

不更　更不

晋不更舉矣。《左傳》　更不考定高下。《小學》

不甚　甚不

神彩不甚發揚。《北齊書》　秦、儀學於鬼谷，其學甚不近道。程《遺書》

不猶　猶不

不猶愈於亡乎？《左傳》　吾衆雖衰，猶不減二萬。[一]《通鑑》

不大　大不

其學不大傳。《皇明文範》　夷考其所爲，則又大不然。《綱目》

不多　多不

不徹薑食，不多食。《論語》　部下將帥，多不遵法度。《漢書》[二]

不但　但不

惓惓祈望，而不但已焉。《皇明疏鈔》　但不如温公之有法也。《性理》

[一] 二，原作「一」，據《資治通鑑》卷八十五改。

[二] 按，上引見於《陳書·侯安都傳》，非《漢書》。

不必　必不

勇者不必有仁。《論語》　君子必自反也，我必不仁也。《孟子》

不常　常不

千里馬常有，而伯樂不常在。韓文　此道之所以常不行也。《中庸》

不亦　亦不

不亦樂乎？《論語》　知者不失人，亦不失言。《論語》

不獨　獨不

不獨親其親。《禮運》　獨不與驩言。《孟子》

不皆　皆不

雖不皆與《史記》《尚書》同。《左傳後序》　皆不作於文王之時。《詩説約》

不終　終不

志不可則，尤之不終無也。韓文　見懷王之終不悟也。《史記》

不果　果不

君是以不果來也。《孟子》　果不憂貧，自不謀食。《論語大全》

不久　久不

勢不久群。《三國志》　何其宜聞而久不聞也？韓文

不苟　苟不

不苟訾，不苟笑。《曲禮》　苟不充之，不足以事父母。《孟子》

不復　復不

吾不復夢見周公。《論語》　徵爲光禄大夫，寧復不至。《綱目》

不自　自不

與之偕而不自失。《孟子》　自不度其能否矣。《論語》注

不曾　曾不

便是不曾讀。朱文　曾不自知，以至覆亡也。《通鑑》

不既　既不

《詩》之爲益，不既多矣？《衍義補》　既不忠信，而留外寇。《晋語》

不以　以不

羔裘玄冠不以弔。《論語》　有國者不可以不慎。《大學》

不使　使不

不使不仁者加乎其身。《論語》　非箝其口使不敢言也。《論》注

不能　能不

不爲也，非不能也。《孟子》　爲威公果能不用三子矣乎？老蘇

不是不是、莫是，俗語也。　**是不**

便不是聖人。《論語》注　是不爲也，非不能也。《孟子》

不便　便不

藏之書府，不便滅棄。《三國志》　便不翻了天地。《朱語》

不素　素不

物不素具，不可以應卒。《史·世家》〔一〕　帝與朝士素不接。《魏志》

不全不大、不甚之例。　**全不**

既不全同，又不全異。《南齊書》　鄭玄以前，全不解反語。〔二〕《顔氏家訓》

〔一〕按，上引見於《史記·范雎傳》，非《世家》。

〔二〕解，據《顔氏家訓》卷下補。

不之　之不

高駢竟不之救。《通鑑》　皮之不存，毛將安傅？《左傳》

不夜　夜不

寡婦不夜哭。[一]《坊記》　夜不解甲，藉草而坐。《王世充傳》

不再　再不

事不再令，卜不襲吉。《左傳》　再不朝，則削其地。《孟子》

不我　我不

今也父兄百官不我足也。《孟子》　我不憾焉者，其惟鄉原乎？《孟子》

不上　上不

不上及於肉刑。朱《象刑説》　上不怨天，下不尤人。《中庸》

不自知　不知自

不自知其陷于一偏。《直解》　不知自重耶？《直解》

[一] 哭，原作「行」，據《禮記・坊記》改。

不欲以　以○不欲

不欲以卿言而罷耳。《續藏書》　自以少年，不欲頓居重任。《通鑑》

不何「遐」同。　**何不**「胡」同。

於萬斯年，不遐有佐。《下武》　人而無禮，胡不遄死？《相鼠》

不人人　人人不

又安得不人人懼也？《皇明文範》　藥石之品，人人不能蓄，所能蓄者，〔一〕唯艾爾。方孝孺

不目　目不

不膚撓，不目逃。《孟子》　氣不動，當倦而目不瞑。《續藏書》

不心　心不

不心競而力爭。《左傳》　以貌相承，而心不服。大蘇

不身服　身不服

將不身服禮。《六韜》　身不服禮則。《直解》

〔一〕所能蓄，據《遜志齋集》卷十五《艾庵記》補。

不實見　實不見

只是説得，不實見。二程　若耳聞口道者，心實不見。二程

不爲　爲不　爲〇不

故不爲之止樂。〔一〕《雜記》注　減膳，夜爲不寢。《通鑑》　爲其母不禫。《喪服小記》

不必皆　皆不必

不必皆肖田也。《詩説約》　皆不必經心，可也。《朱語》

不此之　此之不　不〇之此

不此之顧，棄儀衛而逃歸。胡傳　此之不爲，而顧彼之久行。賈誼　不求之此，而區區於末，恐無益也。朱文

不〇之以　之不以

苟不閑之以法度。《家人》傳　説之不以道，不説也。《論語》

〔一〕樂，原作「藥」，據《雲莊禮記集説》卷七改。

有字例

有以　以有

果有以異於人乎?《孟子》　不可以有行也。《革卦》傳

有一　一有

有一於此,未或不亡。《五子之歌》　一有所欲,則離道矣。《夬卦》傳

有大　大有

有大過人之才。《近思録》　大有所發明。王禕記

有終　終有

有終不可誣者矣。朱文　終有不可息滅者。《大全》

有敢　敢有

有敢擅用,謂之自盜。小蘇　敢有不從以怒君心?《左傳》

有能　能有

有能一日用其力於仁矣乎?《論語》　能有所毀譽。《後漢書》

有必　必有

勢有必至耳。《詩》朱傳　必有所不召之臣。《孟子》

有復　復有

敢有復言者斬。《宋書》　剛而上，復有重剛。《巽卦》傳

有既　既有

有既開其端而未竟者。朱《南嶽記》　亦既有當然之則矣。《大學或問》

有略　略有

人之所見，有略同者。朱文　獻替略有可觀。同

有何　何有

自責不知己有何罪耳。《孟子》注　何有於我哉？《論語》

有誠　誠有

有誠如此者。柳文　誠有百姓者。《孟子》

有所必　必有所

地有所必據。胡傳　必有所不召之臣。《孟子》

無字例

無一　一無

無一犯顔回慮者。柳伉疏　一無所受。《晉成紀》

無必　必無

無必假手於武王。《晉語》　罪止一人，必無連坐。《通鑑》

無以　以無

不學《詩》，無以言。《論語》　以無忘齊桓之德。《左傳》

無復　復無

是時諸國無復租禄。《後漢書》　復無所得，此危道也。《綱目》

無乃又「毋乃」　**乃無**

居簡而行簡，無乃大簡乎？《論語》　國待蓄積，乃無憂患。仲長統

無亦　亦無

得無亦有取於斯乎？〔一〕朱文　其亦無能爲也已。《左傳》

無甚　甚無

革而無甚益，猶可悔也。《革卦》傳　甚無謂矣。王梅溪

莫不祥大　不祥莫大

以干盟主，無不祥大焉。《左傳》　離則不祥莫大焉。《孟子》

之字例

之謂自名也。　**謂之**名之也。

天命之謂性，率性之謂道。《中庸》　自誠明，謂之性。同

之爲　爲之

非夫人之爲慟，而誰爲？《論語》　吾爲之範，我馳驅。《孟子》

〔一〕斯，原作「耕」，據《晦庵集》卷八十三《書僞詔後》改。

雖字例

雖使　使雖

雖使苟免，亦惡德也。《蹇卦》傳　使雖有變而天下不搖。大蘇〔一〕

雖或　或雖

一資半級，雖或得之。《小學》　或雖爲之，彼爲後者。朱文

雖今　今雖

雖今死亡將近。朱注　今雖有酒，猶設之。《禮疏》

雖●○有主客之別。　**●雖○**

雖夜深亦如之。《朱語》　子雖老不坐。《禮・内則》

雖年少「年」字爲客。　**年雖少**「年」字爲主。

上雖年少，察其誣謗。《通鑑》　年雖少，有奇才。《史記》

〔一〕按，上引見於蘇洵《嘉祐集》卷三《高祖論》，非蘇轍文。

雖●●○「聖人」字爲客。　**●●雖○**「齊楚」字爲主。

雖聖人出，斯言不廢。張文　齊楚雖大，何畏焉？《孟子》

雖●○○　**●雖○○**

雖楚救我，將安用之？《左傳》　回雖不敏。《論語》

其字例

其不與「不亦」「亦不」例同。　**不其**

庶乎其不差矣。《大學章句》　若敖氏之鬼，不其餒而？《左傳》

其不然　**不其然**

曾子曰：「其不然乎？」《禮記》　才難，不其然乎？《論語》

其無指人。　**無其**指德。

公徐聞其無罪也。《左傳》　苟無其德，不敢作禮樂焉。《論語》〔一〕

〔一〕按，上引見於《中庸》，非《論語》。

其以　以其

吾惡其以好内聞也。《魯語》　鄭忽以其有功也，怒。《左傳》

其不由道　不由其道

亦惡其不由道。《孟子》注　又惡不由其道。

其爲　爲其

其爲子孫後世慮。《衍義補》　爲其近於道。

其於　於其

其於地也爲黑。《易·說卦》　於其臣也，可謂盡禮矣。《前漢》

與字例

○與○　○**之與**○加「之」字上爲主。

立天之道，曰陰與陽。《易·繫辭》　獻子之與此五人者友也。《孟子》

與其　其與

與其殺無辜，寧失不經。《大禹謨》　其與衆辨也有矣。韓文

與誰　誰與上下同。

將與誰守死乎？《三國志》　吾誰與歸？《檀弓》

與○不○　不與○○○

與俗輩不同。韓文　君不與同姓同車。《坊記》

與○不可　不可與○

其與講和之計，不可同年而語矣。朱書　知異學決不可與聖學同年而語。朱文。看他語中緩急之别。　不與共戴天者。胡傳　與其臣庶不共戴天之仇也。《揚之水》傳　不與共天下也。《檀弓》

非字例

非必　必非

今之征伐，非必略地屠城。光武敕　必非古意，轉使人薄。《近思録》

非是　是非

非是蹈襲前人。《孟子序説》　是非君子之言也。《檀弓》

所字例

所固　固所

性分之所固有。《大學序》　親喪固所自盡也。《孟子》

所皆　皆所　所深　深所　所復　復所皆同。**所嘗　嘗所**

上少時所嘗游處也。《張安世傳》　仲舒、史遷嘗所信用。《綱目》

所最急。　失所望也。　最所畏憚。以上大約同。　所深不識也。　深所不違。

使字例

使必　必使

使必中節。《樂記》注　必使反之，而後和之。《論語》

使皆　皆使

使皆降心以相從也。《左傳》　皆使與奪田同罪。《後漢》

常令在左右。　不强使爲。　使卒有明也。

爲字例

爲最　最爲　最爲，古文多用之。爲最，用之少。

天於萬物爲最大。《唐書》　比之楊、墨，尤爲近理。程子　爲最近古。曾文　最爲詳備。朱文　尤爲無藝。張以寧

爲苟　苟爲

不爲苟得也。《孟子》　苟爲不熟，不如荑稗。同上

爲孰　孰爲

王以爲孰勝？《孟子》　弟子孰爲好學？《論語》

似字例

似亦　亦似

此句似亦無害。朱書　亦似由有佳兒。《通鑑》　似稍明白。朱文　似已稍勝。同　稍似可取。歐文　似皆剩語。朱文　似已平允。同　似初無甚發明。同

若字例　如字例

若乃世公二郡之舉。《風俗通》　長民莫若德。《孟子》　謂人莫己若者亡。《仲虺之誥》　群臣又莫君若者亡。《説苑》　凡爲愚者，莫我若也。柳文　謂泰山不如林放乎？《論語》　殆鴛鴦之不如。《衍義》　曾薛逢諸人不若。　學之不古若。

難字例

固難卒辨。《孟子注》　難卒以力制。《後漢》　卒難尋考。《文章辨體》

至字例

至乃復比鄧夫人於文母。《張酺傳》　其禍乃至於此。《或問》　乃至成功如是。老蘇

不可字例

不可更及外人。程傳　死者不可更生。《衍義》　更不可改。朱文　更不可思量明日事。《朱語》　不可皆譏。《南齊書》　不可以皆得。小蘇　皆不可得而考矣。《衍義》　不可必

得。《孟子》言必不可得。《孟子注》不可便爲安肆。《否卦》傳　便不可深信。《朱語》不便可謂之静。東坡　不可多得。《通鑑》又多不可曉。《朱語》不可須臾離也。《中庸》須臾不可離者也。《大全》不可以不慎。《大學》可以不務本乎？《孟子注》不以危急而可棄也。《論語注》不亦可以止乎？趙注　亦不可以已乎？《孟子》可不學而知。《近思録》不待相見而可知矣。歐文

無字例

無遠弗届。《大禹謨》遠無不服。《周語》無德不報。《大雅》德無不報。《論語》無一夫不被其澤。《孟子注》

不能字例

不能皆君子，不能皆小人。朱文　海舟皆不能動。《衍義》亦勢所不能必無。回春序　必不能以舉其棋。陸子　不必能制。《三國志》未有能直人者也。《孟子》不能復關政矣。《後漢》復不能守而并棄之也。《通鑑》太妃不復能追。《通鑑》不復能自解免。朱文

不得字例

夜來不得睡。《朱語》　文與道相離不得。《崇古文訣》　天命之本然者，不得而著。《或問》　夫如是，則安得而不言？韓文　豈得而不用哉？朱文　無入而不自得焉。《中庸》

不敢字例　敢不字例

不敢侮鰥寡。《康誥》　不敢盡。《中庸》　無敢不從者。胡傳　敢不終朕畝？《大誥》　敢不藉手以拜？《左傳》　不敢不正。《湯誓》　莫不敢惡。《荀子》　敢不自討乎？《左傳》。「不敢」則不爲也，「敢不」則爲之也。

自字例

公至自齊。《春秋》　公至自伐戎。同　始自黃帝、老子。　自天子出。《論語》　出自聖斷，不欲人知。歐文

所以字例

所以皆以五爲中也。《啓蒙》　皆所以示諸侯禮也。《左傳》　此所以聽之難也。歐文

此天地之所以爲大也。《中庸》 所以是復禮也。皇侃疏 天下國家所以治日常多而亂日常少也。朱文 所以天下之治日常少而亂日常多。同

雜例

於今七年矣。《左傳》 於此有人焉。《孟子》 有人於此。同上 于兹有年矣。韓文 三年於此。《史記》 於兹六年矣。歐文 七年于兹。《後漢書》 十年於今。《漢書》 莫此爲甚。《衍義》 莫大於此。《隋書》 兹焉莫甚。《梁書》 不啻數十。東坡 十百不啻也。《五雜組》 傍若無人。《史記》 若傍無人。左太沖

文法綱要卷五

格言名語

曹丕曰：文章經國之大業，不朽之盛事。年壽有時而盡，榮樂止於其身。二者必至之常期，未若文章之無窮。

李習之《寄從弟正辭書》謂：人號文章爲一藝者，乃時世所好之文。其能到古人者，則仁義之辭，惡得以一藝名之？

李時勉曰：夫文章之見重於世，以其人也。苟非其人，雖美而傳，反以爲病。

唐順之曰：文章家繩墨布置、奇正轉摺，自有專門師法。至於中間一段精神命脈骨髓，則非洗滌心源、獨立物表者，不足以與此。兩漢而下，文不如古者，豈其所謂繩墨轉摺之精之不盡如哉？秦漢以前，儒家者有儒家本色。至如老莊家，有老莊家本色。縱横家，有縱横家本色。名家、墨家、陰陽家，皆有本色。雖其爲術也駁，而莫不各有一段千古不可磨滅之見。是以老家必不肯剿儒家之説，縱横家必不肯借墨家之談，各自其本色而鳴之爲言。其所言者，其本色也。是以精光注焉，而其言遂不泯於世。唐宋而下，文人莫不語性命、談治道，滿紙炫然，一切自托於儒家。然非其涵養畜聚之素，真有一段千古不可磨滅之見，而影響剿説，蓋頭竊尾，如貧人借富人之衣，莊農作大賈之飾，極力裝做，醜態盡露。是以精光枵焉，而其言遂不久湮廢。然則秦漢而上，雖老、墨、名、法、雜家之説而猶傳，今諸子之書是也。唐宋而下，雖其一切語性命、談治道之説，而亦絶不傳。歐陽永叔所見唐四庫書目，百不存一焉者是也。後之文人欲以立言爲不朽計者，可以知所用心矣。

侯方域曰：大約秦以前之文主骨，漢以後之文主氣。秦以前之文，若六經，非可以文論也。其他如老、韓諸子，《左傳》《戰國策》《國語》，皆斂氣於骨者也。漢以後之文，若《史》，若《漢》，若八家，最擅其勝，皆運骨於氣者也。斂氣於骨者，如泰華三峰，直與天接，層嵐危磴，非仙靈變化，未易攀陟。尋步計里，必蹶其趾。姑舉明文，如李夢陽者，亦所謂蹶其趾者也。運骨於氣者，如縱舟長江大海間，其中烟嶼星島，往往可自成一都會。即颶風忽起，波濤萬狀，東泊西注，未知所底。苟能操柁覘星，立意不亂，亦自可免漂溺之失。此韓、歐諸子所以獨嵯峨於中流也。

魏禧曰：養氣之功，在於集義；文章之能事，在於積理。今夫文章，六經、四書而下，周秦諸子、兩漢百家之書，於體無所不備。後之作者，不之此則之彼。而唐宋大家，則又取其書之精者，參和雜糅，鎔鑄古人以自成，其勢必不可以更加。故自諸大家後，數百年間未有一人獨創格調，出古人之外者。然文章格調有盡，天下事理日出而不窮。識不高於庸衆，事理不足關係天下國家之故，則雖有奇文與《左》、《史》、韓、歐陽并立無二，亦可無作。古人具在，而吾徒似之，不過古人之再見。顧必多其篇牘，以勞苦後世耳目，何爲也？且夫理固非取辨臨文之頃，窮思力索以求其必得。鍾太傅學書法，曰：「每見萬彙，皆畫象之。」韓退之稱張旭書：「變動猶鬼神，不可端倪。」「天地事物之變，可喜可愕，一寓於書。」人生平耳目所見聞，身所經歷，莫不有其所以然之理。雖市儈優倡、大猾逆賊情狀，竈婢丐夫米鹽凌雜鄙褻之故，必皆深思而謹識之，醞釀蓄積，沉浸而不輕發。及其有故臨文，則大小淺深，各以類觸，沛乎若決陂池之不可禦。辟之富人積財，金玉、布帛、竹頭、木屑、糞土之屬，無不豫貯。初不必有所用之，而當其必需，則糞土之用，有時與金玉同功。

歸熙甫曰：文章以理爲主，理得而辭順，文章自然出群拔萃。

又曰：爲文必在養氣，氣充於中而文溢於外，蓋有不期然而然者。

又曰：文章非識不足以厚其本，非才不足以利其用。才識俱備，文字自爾高人。

吕本中曰：須令有所悟入，則自然度越諸子。悟入之理，正在工夫勤惰間爾。如張長史見公孫大娘舞劍，頓悟筆法。如張者專意此事，未嘗少忘胸中，故能遇事有得，遂造神妙。使他人觀舞劍，有何干涉？非獨作文學書爲然也。

祖瑩曰：文章須自出機軸，成一家風骨，何能共死人同生活也？

魏禧曰：今夫石所以量物，衡所以稱物。天下有日蝕星變、山崩水涌，衡之所不能稱，石之所不能量者矣。是故春生夏長、秋殺冬藏者，天地之法度也。哀樂喜怒中其節，聖人之法度也。然且春秋之間，草木有忽枯槁，秋冬有忽萌芽。子之武城，聞弦歌之聲，笑曰：「割雞焉用牛刀？」遇舊館人之喪而出涕。是有過乎喜與哀者矣。蓋天地之生殺，聖人之哀樂，當其元氣所鼓動，性情所發，亦間有其不能自主之時。然世不以病天地、聖人，而益以見其大。文章亦然。古人法度，猶工師規矩，不可叛也。而興會所至，感慨悲憤愉樂之激發，得意疾書，浩然自快其志。此一時也。雖勸以爵禄不肯移，懼以斧鉞不肯止。又安有左氏、司馬遷、班固、韓、柳、歐陽、蘇在其意中哉？

至傳誌之文，則非法度必不工。[一]此猶兵家之律，御衆分數之法，不可分寸恣意而出之。生動變化，則存乎其人之神明，蓋亦法中之肆焉者也。

吕本中曰：或勵精潛思，不便下筆；或遇事因感，時時舉揚。工夫一也。古之作者，正如是爾。唯不可鑿空强作，出於牽强，如小兒就學，俯就課程爾。

又曰：凡學者作文，須要議論正大，有臺閣氣象方佳。

又曰：文章用意庸庸，易起人厭。須出人意表，方爲高手。

袁袠曰：立言之道，有六難。學難乎淵該，事難乎綜覈，詞難乎雅健，氣難乎充和，識難乎通融，志難乎沉澹。兼是六能，而假以歲月，立言之道庶矣。

沈約曰：文章當從三易。易見事一也，易識字二也，易讀誦三也。

陳洪謨曰：文莫先於辨體。體正而後意以經之，氣以貫之，辭以飾之。體者文之幹也，意者文之帥也，氣者文之翼也，詞者文之華也。體弗慎則文龐，意弗立則文舛，氣弗昌則文萎，辭弗修則文蕪。四者文之病也，是故四病去而文斯工矣。

王世貞曰：首尾開闔、繁簡奇正各極其度，篇法也。抑揚頓挫、長短節奏各極其

[一] 法，原作「禮」，據《魏叔子文集》外篇卷五《答計甫草書》改。

致，句法也。點掇關鍵、金石綺綵各極其造，字法也。篇有百尺之錦，句有千鈞之弩，字有百煉之金。

柳宗元曰：吾每爲文章，未嘗敢以輕心掉之，懼其剽而不留也。未嘗敢以怠心易之，懼其弛而不嚴也。未嘗敢以昏氣出之，懼其昧没而雜也。未嘗敢以矜氣作之，懼其偃蹇而驕也。抑之欲其奥，揚之欲其明，疏之欲其通，廉之欲其節，激而發之欲其清，固而存之欲其重。此吾所以羽翼夫道也。

歐陽修曰：爲文之法，唯在熟耳。變化之態，皆從熟處生也。

蘇軾曰：凡文字，少小時須令氣象峥嶸，采色絢爛。漸老漸熟，乃造平淡。其實非平淡，乃絢爛之極也。

歐陽修曰：作文之體，初欲奔馳。久當撙節，使簡重嚴正。時或放肆以自舒，勿爲一體，則盡善矣。

吕本中曰：陸士衡《文賦》云：「立片言以居要，乃一篇之警策。」此要論也。文章無警策，則不足以傳世。

王鏊曰：爲文必師古。使人讀之不知所師，善師古者也。韓師孟，今讀韓文不見其爲孟也。歐陽學韓，不覺其爲韓也。若拘拘規仿，如邯鄲之學步、里人之效顰，則陋矣。所謂「師其意不師其辭」，此最爲文之妙訣。

歸熙甫曰：《詩》有比興。比者，以彼物比此物也。興者，以彼物引起此物也。體雖有二，而取喻之意則同。《孟子》文法多本於此，故後世文章皆例用之。或不説出正意，專以彼物發揮者，如韓退之《雜説》上、下篇是也。或專以彼物發揮，而末含一句正意者，如韓退之《應科目時與人書》是也。或專以彼物發揮，而末繳數句正意者，如柳子厚《捕蛇者説》是也。或以彼物、正意相半發揮者，如韓退之《後十九日復上宰相書》、柳子厚《種樹郭橐駝傳》《梓人傳》、蘇子瞻《稼説》是也。或以彼物輕輕發揮，歸重正意者，如韓退之《送温處士赴河陽軍序》是也。或首尾發揮正意，而中間以彼物形容者，如蘇明允《明論》是也。以上屬比體。或以彼物輕説，引起正意發揮者，如蘇子瞻《李氏山房藏書記》是也。韓退之《進學解》中以匠氏、醫師引起宰相意，亦是此法，可以參看。以上屬興體。

姜夔曰：人所易言，我寡言之。人所難言，我易言之。

李塗曰：文字須有數行整齊處，須有數行不整齊處。意對處，文却不必對。意不必對處，文却着對。

謝枋得曰：凡議論好事，須要一段反説；不好事，須要一段好説。如此則文勢亦圓活，義理亦精微，意味亦悠長。

又曰：凡作史評，須設以吾身生其人之時，居其人之位，遇其人之事，當如何處置。必有一段萬世不可磨滅之理。

歸熙甫曰：凡文字，議論已到至處，更出一段議論，不溺於題意之尋常，是謂死中求活，此文法之最妙者。如蘇子瞻《范增論》「方羽殺卿子冠軍」一説、《晁錯論》「當此時」一段是也。熟此二篇，文字自有佳思矣。

又曰：人于結末處多忽略，謂文之用工不在於尾。殊不知一篇命脉歸束在此，須要言有盡而意無窮，如《清廟》三嘆而有餘音，方爲妙手。如歐陽永叔《縱囚論》可以爲式。韓退之《原道》亦可參看。

王世貞曰：文至於隋唐而靡極矣，韓、柳振之，曰斂華而實也。至於五代而冗極矣，歐、蘇振之，曰化腐而新也。

武叔卿曰：石韞玉而山輝，水懷珠而川媚。文字俗淺，皆因蘊藉不深。蘊藉不深，皆因涵養未到。涵養之文，氣味自然深厚，丰采自然朗潤。理有餘趣，神有餘閑，詞盡而意不窮，音絶而韻未已。所謂淵然之光、蒼然之色者是也。程明道謂子長著作，微情妙旨，寄之筆墨蹊徑之外。此無他，惟其涵養到、蘊藉深，故其情致疏遠若此。

陳後山曰：永叔有言：「爲文有三多，多讀、多做、多商量也。」又嘗與孫莘老言曰：「文無他術，惟勤讀書而多爲之自工。世人既懶讀書，又苦作文少，每一篇出，即求過人，如此少有至者。又疵病不得人指摘，多作自能見之。」多商量，宜與有識者商量。若商之于無識者，則無益而有損矣。

朱子曰：傅安道嘗言：「文章有筆力，有筆路。筆力到二十歲許便定了，後來雖進，亦相去不遠。筆路常做便開拓，不做便荒廢。」詩亦然。

武叔卿曰：文章有一筆寫成，不加點綴而自工者。此神到之文，尚矣。其次須精思細改。如文章草創已定，便從頭至尾一一檢點。氣有不順處，須疏之使順；機有不圓處，須煉之使圓；血脉有不貫處，須融之使貫；音節有不叶處，須調之使叶。如此仔細推敲，自然疵病稀少。倘一時潦草，便爾苟安，微疵不去，終爲美玉之玷矣。

唐彪曰：文章最難落筆便佳。如歐陽永叔爲文，既成，書而粘之于壁，朝夕觀覽。有改而僅存其半者，有改而復改，與原本無一字存者。《曲洧舊聞》云：「讀歐陽公文，疑其隨意寫出，不假斫削工夫。及見其草，修飾之後，與始落筆有十不存五六者。乃知文章全藉改竄也。」歐公尚然，人可以悟矣。文章謄清之後，或有改竄。倘改而又改，則清本必至模糊難閲，當更録過矣。惟另改于一册，或改于舊草之上，俟斟酌既定，然後謄于清本，則可省更録之勞。

唐彪曰：作文原不必剿襲，自己做得熟時，詞調自然輻輳筆底，滔滔不知從何處得來。是何以故？蓋文章者，性之華也。性之精華，取不窮而用不竭。第無以引之，則亦無由發現。惟多做而熟者，能通其路而引出之。如草木之性，無不含花。氣未至，則蓄而不發。時至氣感，不期然而花開爛熳矣。

顧涇陽曰：文章家數不同，有奇古、有雄傑、有渾厚、有豐潤、有雅逸、有清爽。先儒所謂習焉而各得其性之所近者是也。然莫不有極至之地，士子造詣必須隨其質之優爲者，而各造其極，不必捨自己之長，而强學他人之所長也。

武叔卿曰：詞要音響，聽之如敲金戛玉；詞要色麗，觀之如散錦明珠。然有流弊焉，不可不知也。必侈其詞以爲當，其窮也失之冗；必組其詞以爲麗，其窮也失之靡。譬之剪綵爲花，非不燦爛可觀，而生意索然，殊無真趣。又如美女塗脂，反隱本相矣。故説理之詞，不可不修。若修之而理反以隱，則寧質無華可也。達意之詞，不可不修。若修之而意反以蔽，則寧拙毋巧可也。修詞者其審之。

顧涇陽曰：意與詞相爲聯屬者也。意鑄矣，而詞不琢，將并其意而失之。如奇古之意，而發爲腐爛冗雜之詞，則觀者但覺其腐爛冗雜，而不覺其爲奇古矣。况意不甚出人，而又無佳句以達之，其爲鄙俚，可勝言乎？是作文不可有意無詞也。然琢詞不可無法。短則欲該，如歐陽公「環滁皆山也」一句，省却許多字面，而意未嘗不盡也。長則欲逸，如昌黎公「若駟馬駕輕車就熟路，而王良、造父爲之先後也」，字雖多，而逸致動人。餘推此類可見。

唐彪曰：文章有修詞琢句，反覆求工，而不能盡善，其故何也？以與平仄不相協也。蓋平仄乃天然之音節，苟一違之，雖至美之詞亦不佳矣。作文者苟知其理，凡句調有不順適者，將上下相連數句，或顛倒其文，或增損其字，以調其平仄。平仄一調，而句調無不工矣。

梁素冶曰：文中二句對者，或上平，宜下仄；或上仄，宜下平，必須參差用之。四句一聯者，句末押字必用仄首句。平次句。平三句。仄，四句。或平首句。仄次句。仄三句。平四句。乃爲合法。蓋非特句有餘音，亦能使人有餘情也。起頭煞尾兩處，必用一仄一平，或一平一仄，聲韻方諧。他處單句，亦須平仄間用，方覺音韻鏗鏘。

陳眉公曰：文章只要單刀直入，最忌綿密周緻。密則神氣拘迫，疏則天真爛熳。《史記》之佳處在疏，《漢書》之不如《史記》在密。畫亦然，元畫疏，宋畫密。氣運生死，皆判于此。

唐彪曰：文章長短不可拘一律。如司馬遷《項羽本紀》長八千八百二十九字，《趙世家》長一萬一千一百十三字，《顏淵列傳》僅二百四十字，《仲弓列傳》止六十三字，此司馬遷文章長短不拘一律也。又如《左傳》，《邲之戰》一篇長二千八百七十字，《韓之戰》一篇長二千六百六十三字，《鄭人侵衛》一篇僅有八十字，《考仲子之宫》一篇僅有六十二字，此《左傳》之文長短不拘一律也。故知文章原有不得不長、不得不短之妙。如題無可闡發者，不可强使之長，長則敷衍支蔓矣。題應重闡發者，不可疏率令短，短則意不周詳，詞不暢遂矣。世人乃曰文貴長短一律，嗚呼！二十八宿井水長三十一度，而觜火止一度，非列宿乎？列宿，天之文章也。天之文章尚不拘如此，人之文章不可推類乎？

《仕學規範》云：凡作簡短文字，必須要轉處多。凡一轉必有一意思乃妙。

朱子曰：凡人做文字不可太長，多照管不到，寧可説不盡。韓、歐文皆不欲説盡，東坡雖是一往滚將去，他裏面自有法度。今人不理會他裏面法度，但只管學他一滚做將去，故無結構。

柴虎臣曰：文詞有正宗，取法乎古，在得其神理。非徒雕鏤字句，以貌爲奇。李德裕曰：「如日月在天，而光景嘗新。」斯言得之。即以《尚書》論，商《盤》、周《誥》稱佶曲聱牙，而二《典》、三《謨》頗極平順。《周官》中古字，識者謂是劉歆輩竄入，其佳處不在此。昌黎之文至矣，而每于碑記，好撰爲奇字澀句，以標新異，正美玉之微瑕也。

《麗澤説文》云：作古文不必多用事，只用意爲妙。又曰：不得已用古人言語、事實，只宜略點過。

《麗澤説文》云：凡用典故，須要大雅，俚俗則無味。須鎔化，全出則無味。

歐陽公《答徐秘校書》云：所寄近作甚佳，議論正宜如此。然著撰苟多，他日更自精擇，少去其繁，則峻潔矣。然不必勉强，勉强簡節之則不流暢，須待自然而至也。

唐彪曰：凡以所作之文請教於人，未嘗無益，然其爲益無多也。一則閱者未必直言，一則我之所學果淺，彼雖直言，吾亦不能因一二文之指點，而即變拙爲巧。故無甚益也。惟以吾已讀之文與欲讀之文請問之，求其去取，更問其當讀者何文。或得其指點，則獲益無盡。何也？所作之文之工拙，必本於所讀之文之工拙，用不離乎體也。譬如顏色之美惡由於靛，未有靛殘而色能鮮者；茶之高下係乎地，未有地劣而茶能優者。故以所作之文請教於人，必不如以欲讀、已讀與當讀之文，請教於人之爲愈也。

唐彪曰：或問云：「先達每言讀文篇數欲少，而遍數欲多，亦有説乎？」余曰：「文章讀之極熟，則與我爲化，不知是人之文、我之文也。作文時吾意所欲言，無不隨吾所欲，應筆而出。如泉之涌，滔滔不竭。文成之後，自以爲辭意皆己出也。他人視之，則以爲句句皆從他文脱胎也。非熟之至，能如此乎？是境也，惟親至者乃知之，能言之也。」

唐彪曰：凡古文、時藝，讀之至熟，閲之至細，則彼之氣機皆我之氣機，彼之句調皆我之句調，筆一舉而皆趨赴矣。苟讀之不熟，閲之不細，氣機不與我浹洽，句調不與我鎔化，臨文時不來筆下爲我驅使，雖多讀何益乎？

諸虎男曰：講書宜先説一章大旨，次分開其界限節次，次講明其何處輕、何處重、何處虚、何處實，次講明其照應聯絡，如《大學》《中庸》兩書皆有聯絡照應。次逐句分講，次逐字分晰。如此則不惟書義明白，作文之理已在其中矣。

唐彪曰：作文有深造之法。如文章一次做不佳，遲數月，將此題再爲之，必有勝境出矣。再作復不佳，遲數月，又將此題爲之，必有勝境出矣。蓋作文如攻玉然，今日攻去石一層，而玉微見；明日又攻去石一層，而玉更見；再攻不已，石盡而玉全出矣。作文亦然，改竄舊文、重作舊題始能深造。每月六課文，止宜四次换題，其二次必令其改竄舊作之有弊者，重作其舊題之全未得竅者，文必日進也。此與淺嘗粗入之功大異也。

唐彪曰：凡讀文貪多者必不能深造，能深造者必不貪多。此理當深悟也。蓋讀一篇，能求名人指點，剖悉精微，從而細加審玩，則讀十可以當百。若不求名人指點，更不精研細閱，雖平淺之文尚不能窺其所以，何況精深者？雖讀百不如十也。無如淺人不知深造之益，只務貪多。此篇尚讀未竟，又欲更讀他篇。究之讀過之文，竅妙精微，了無所得。噫！吾決其所作之文之必不能勝人也。

唐彪曰：讀文宜屏息静坐，先取題中神理詳加體認，體認未明，必當取書考究，然後閱文，方有得也。且讀文而無評註，即偶能窺其微妙，日後終至茫然。故評註不可已也。如闡發題前、映帶題後、發揮某節、發揮某句、發揮某字，及賓主、淺深、開闔、順逆之類，凡合注處皆宜註明。再閱時，可以不煩思索而得其中詳悉。讀文之時實有所得，則作文之時自然有憑藉矣。

唐彪曰：文章界限與段落、節次三者有分，不可混也。如意與詞皆止於此，下文乃别發道理，更生議論，與上無關，是爲界限。文章意雖盡於此，而辭與氣不能遽止，駸駸乎已渡于下，若似過文，宜謂之段落，以其段末即落下也。界限、段落或統數節，不可以節次言，節次乃其中之小者耳。故曰三者有分，不可混也。

毛稺黄曰：讀書作文總妙在一熟，熟則無不得力。或謂文亦有生而佳者。答曰：「此必熟後之生也。熟後而生，生必佳。若未熟之生，則生疏而已矣，焉得佳乎？是熟一字，爲作文第一法也。」

程端禮《讀書分年日程》云：韓文既讀之後，須反覆詳看。每篇先看主意，以識一篇之綱領；次看其叙述抑揚、輕重運意、轉换演證、開闔關鍵、首腹結末、詳略淺深次序。既於大段中看篇法，又於大段中分小段看章法，又於章法中看句法，句法中看字法，則作者之心不能逃矣。譬之於樹，通看則謚根至表，幹生枝，枝生華葉，大小次第相生而爲樹。又折一幹一枝看，則又皆各自有枝幹華葉，猶一樹然，未嘗毫髮雜亂。此可以識文法矣。是看韓文之法也。看他文皆宜用此法。此以下依《拙堂文話》。

宋潛溪《論文賦詩簡子充，并寄胡教授仲申》曰：「當其操觚欲鼓勇，收視返聽探玄精。游魚中鈎曳深沚，巨獸投阱離叢坰。斯須朝崖變夕谷，惚怳西海爲東陵。精神所至萬物慴，橐籥亭毒縱復横。真醇魯邦見郜鼎，沖雅高辛陳五韺。渾圓櫝應振逸響，縟麗鶺雀梳文翎。嚴森五刑布秋肅，華潤百卉含春榮。勁如韓彭將貔虎，仰揭斗柄麾欃槍。艷如《長楊》較《羽獵》，蒙盾負羽驅鸞旌。高排霄漢跨箕尾，呼噏沆瀣游太清。未幾直墜九淵底，察之無迹聞無聲。幽入陰宫作鬼語，秘怪詼詭難爲聽。劃然大明赤於火，景曜所鑠流爲瓊。似兹妙斡造化軸，可以小技相譏評？」此能探其微而窮其變，學文者當各書一通置於壁間。

《拙堂文話》曰：叙事不須用成語，不須用俗語。但名物無古語者，則須用俗語，如歐史「暖殿」「算子」是也。羅大經《鶴林玉露》曰：「《五代史》：『漢王章不喜文士，嘗語人曰：「此輩與一把算子，未知顛倒，何益於國？」』算子本俗語，歐公據其言書之，殊有古意。温公《通鑑》改作『授之握算，不知縱横』，不如歐史矣。」〔一〕趙翼《陔餘叢考》曰：「俗禮新遷居者，鄰里送酒食過飲，曰『暖房』。按，王建《宫詞》：『太儀前日暖房來。』《五代史》：『後唐同光二年，張全義及諸鎮進暖殿物。』則其名由來久矣。」觀此，則凡名物用古名及漢名者，皆非也。器械無漢名，如保侶之類，則用其字可。

又曰：凡實語少助語辭，如《尚書》《易·象》《春秋》《儀禮》是也。後世傳記碑碣等文亦然。叙事之文，法不得不如此。議論之文，係當面説話，須多少推開轉折，故不得不多用助語也。

又曰：凡譯國字之文，須照原文，增之不可，漏亦不可。柴栗山紀那須與市事曰：「既而阿波讚岐叛平氏而待源氏者，所在山洞往往十騎、二十騎相將而來歸。判

〔一〕如，原作「知」，據《拙堂文話》卷七、《鶴林玉露》卷二改。

官兵及三百餘，當日日向暮，不可決勝，源、平交收兵而退。海上艷裝一小舟，望岸搖來，距岸七八段，轉而横舳而止。源軍疑而視焉。舟中出宫娃，年可十八九，緑衣紅袴，開純紅扇畫旭曦者，插竿樹之船頭，向岸而招。判官召後藤實基，問曰：『彼欲何爲？』對曰：『是應使我射也。臣意或者將軍進當箭道，而觀玩姬妓，則欲巧狙而射落也。但扇則似可使射者焉。』判官曰：『我軍可能射者爲誰？』對曰：『巧射固多，就中下野國人那須太郎資高之子與一宗高者，力雖稍劣，而手則巧利矣。』判官曰：『有徵乎？』曰：『諾。其賭射禽鳥，三必二得矣。』乃命召之。與一尚二十左右之男子也，披茶褐戰袍，紅錦飾襟袂，擐青縚甲，佩白帶刀，背負一箙，二十四枚斑羽箭，加插鷹羽鳴鏑一枚，腋缴纏漆弓，脱鍪繫鎧紐，進而跪馬前。判官曰：『宗高，汝射扇正中，令敵軍寓目，則如何？』辭曰：『臣自料不知其可能也。若誤射，則永爲我軍弓矢之辱矣，請更命定能者。』判官大怒曰：『此行發鎌倉赴西國者，其豈可違義經之令？若毫存枝梧者，須速歸鎌倉也。』與一私謂：『若再辭，恐成惡意。』乃曰：『然則其逸，則臣不敢知也。既有命矣，請嘗試之。』乃起鐵驪肥健，駕金棱鞍以跨之，整頓弓在手，促轡向汀而步。我兵目送久之，言曰：『此壯夫定能者。』判官亦視，似以爲委得人焉。既的道較遠，驅馬入海一段許，距扇猶有七段遠近。時二月十有八日，日已加酉。會北風頗烈，高浪打岸，船乍涌乍陷而漂泛，扇亦不安竿而閃曜。海面則平軍一行列軸而注目，岸上則源軍并轡而凝視，極爲顯埸盛事矣。與一閉目默禱曰：『南無八幡大菩薩，殊我國日光權現，宇都宮那須湯泉大明神，請令射夫扇正中也。若誤事者，折弓自裁，面不可再向人也。神欲使一歸本國者，此矢勿使逸焉。』既開目，風粗恬，扇如容射者。乃取鳴鏑架上，引滿而發。雖然劣力，而十二拳飛鏑響浦長鳴，射斷扇眼上寸許，餘力遠去入海，扇則揚而舞空，被春風翻弄一再，颯然散落海中。純紅之扇，夕日映發，委白波浮沉泛泛。舟師擊舷而賞贊，陸軍鼓箙而歡呼。」文頗近小説體，然照《平家物語》不漏一辭。筆筆飛動，寫得如畫，在原文之上矣。

中井履軒紀俗傳猿島復仇事曰：「《經》四十有七年春王六月丁戌，大雨雪。夏七月，解師伐袁。甲亥入袁，獲袁侯。戊丑用袁侯于解山。秋十月，《傳》四十七年春，大雨雪，書不時也。七月，解伐袁，獲袁侯，復仇也。初解子之未生也，其母適野，見袁侯在樹上食柿也，從而請一顆。袁侯怒，擇未熟者而投之。中龜甲，破而卒。解子胎方盈，自闕出，匍匐横行而歸。長而好勇，善擊劍，恒努目戟手而駡曰：『袁侯親仇也，我必復之。』每駡未嘗不噴沫。歲峙黍以爲粻。是歲大雪，無柿實，袁侯大饑，於是興師。麻石遇諸途，問將何之。解子曰：『伐袁復仇也。』『所齎者何？』曰：『黍團，爲天下之最。』麻石請從，許之。牛異、金聶、金咸、栗子亦至，謂之如初，皆從焉。壬酉，圍袁。金咸與栗子胥孔壁而入。金咸匿于衾中，刺袁侯。栗子爆其爐。袁侯一夕三遷。丙丑，解子親以師門焉。牛異伏于門側，麻石、金聶先登。袁侯懼，欲奔。方出門，遇牛異而滚焉。麻石下而壓之，金聶挾之去其指，解子揮劍，三擊剄之，遂滅袁族。戊丑，用袁侯以祭其母也。」叙事簡老，學《左氏》而克肖焉，未可以游戲之作輕之也。

袁子才《與韓紹真書》云：「貴直者，人也；〔一〕貴曲者，文也。天上有文曲星，無文直星。木之直者無文，木之拳曲盤紆者有文。水之静者無文，水之被風撓激者有文。孔子曰：『情欲信，詞欲巧。』巧即曲之謂矣。」

董玄宰《文訣》論轉法云：「文章之妙，全在轉處。轉則不窮，轉則不板。如游名山，至山窮水盡處，以爲觀止矣。俄而懸崖穿徑，忽又别出境界，則眼目大快。武夷九曲，遇絶則生。若千里江陵直下奔迅，便無轉勢矣。文章隨題敷衍，開口即竭。須於言盡語絶之時，别行一路。太史公《荆軻傳》方叙荆軻刺秦王，至『始皇環柱而走』，所謂言盡語竭。忽用三個字轉云『而秦法』，自此三字以下，又生出多少烟波。但拙者爲

〔一〕人，原作「天」，據《拙堂續文話》卷一、《小倉山房尺牘》卷六《與韓紹真》改。

之，則頭腦多而不遒勁，病在不審賓中之主。」玄宰此論，實中窾會。

倪元璐云：「爲文必先馳騁縱横，務盡其才，而後軌於法。」侯方域其門人也，嘗廣其説云：「所謂馳騁縱横者，如海水天風，涣然相遭，瀆薄吹蕩，渺無涯際。日麗空而忽黯，龍近夜以一吟；耳悽兮目駴，性寂乎情移。文至此，非獨無才不盡，且欲捨吾才而無從者。此所以卒與法合，而非僅雕鏤組練，極衆人之炫耀爲也。」

徐枋曰：「文有三謬，曰體裁之謬，曰段落之謬，曰行文之謬。三謬皆有説，并從節略。此三謬者，實本四病，一曰稚也，一曰雜也，一曰蕪也，一曰陋也。稚則必雜，雜則必蕪，蕪斯陋矣。何謂稚？不老成也。老杜句云：『毫髮無遺恨，波瀾獨老成。』惟能老成，故無遺恨也。此文有一好字可入者，必欲入之；有一好句可入者，必欲入之；有一好事可入者，必欲入之。斯稚氣也，而雜矣，蕪矣，陋矣。譬如織者，錦綺布帛并重於天下。若匹素之内，而爲錦者入焉，爲紈者入焉，爲綈者入焉，甚至爲絺、爲綌、爲褐、爲罽者亦入焉，見者無不唾而棄之。斯爲天下之廢物矣。亦猶之乎醫，但知其藥味之美，而必欲用之，而不知此方之内必不可入此味；又不知既用彼味，則必不可重用此味，則必至於殺人矣。以是言之，究竟四病，總繇於一稚也。」

徐文駒復朱竹垞書，推其文甚至，然未嘗爲溢美。其略曰：「讀所示古文，意真語樸，格老氣蒼，而其足與荆川、震川相伯仲者，尤在一『潔』字。自昔操觚之士，人欲名家，其議論才情，或不無作者之意，然而拖泥帶水，瓦礫雜投，往往瑜不勝瑕，醇不勝駁。于是有堆垛之弊，有裝飾之弊，有畫蛇添足之弊，有叠床架屋之弊，有買菜求益之弊，有外强中乾之弊，有零星補凑、前後不相貫注之弊。此非不欲潔，不能潔也。潔之根柢在心，心地不清，穢氣滿紙，于何而能潔耶？潔之本領在骨，骨力不峭，濁氣薰蒸，又于何而能潔耶？柳子厚曰：『本之太史，以著其潔。』太史公所以能潔者，以其縱覽天下名山大川，胸中無一點塵氣，故落筆疏宕，擅絶千古。然老泉尚嫌其因襲《尚書》《左傳》《國語》《國策》，以未盡潔議之。甚矣，潔之難言也。蓋文至于潔，而文之妙不可勝用矣。唐荆川博極群書，其所著《左編》《右編》《文編》《稗編》《武編》何所不有，而見之文字者，清真峭拔，不染一塵。歸震川之文，推爲有明第一。然荒江老屋，獨往獨來，能與王、李薰天之焰抗衡角勝者，唯在淘洗乾凈，得司馬子長之潔而已。先生生當斯文絶續之餘，古調自彈，抗懷獨立，不阿世好，不昵時腥，竊以爲先生之心與先生之骨，可謂潔矣。」

魏叔子論文語，散見於《日録》中。今又抄出之曰：「文之感慨痛快馳驟者，必須往而復還。往而不還，則勢直氣泄，語盡味止。往而復還，則生顧盼，此嗚咽頓挫所從出也。」又曰：「文字首尾照應之法，有明明繳應起處者，有竟不顧者，有若無意牽動者，有反罵破通篇大意實是照應收拾者。不明變化，則千篇一律，而文亦易入板俗矣。」又曰：「古文接處用提法，人所易知。轉處用駐法，人所難曉。凡文之轉，易流便無力，故每於字句未轉時，情勢先轉，少駐而後下，則頓挫沉鬱之意生。辟如駿馬下阪，雖疾驅如飛，而四蹄着石處，步步有力。若駑馬下峻阪，只是滑溜將去，四蹄全作主不得。更有當轉而不用轉語，以開爲轉、以起爲轉者。以起爲轉，轉之能事盡矣。」又曰：「善作文者，有窺古人作事主意，生出見識，却不去論古人，自己馮空發出議論，可驚可喜，只借古事作證。蓋發己論，則識愈奇；證古事，則議愈確。此翻舊爲新之法，蘇氏多用之。」又曰：「吾輩生古人之後，當爲古人子孫，不可爲古人奴婢。蓋爲子孫，則有得於古人真血脉；爲奴婢，則依傍古人作活耳。」又曰：「古文之妙在瘦、勁、轉。孫月峰專取凈煉。蓋煉而不凈，則組綉之華，非金鐵之剛也。不瘦，則不得勁；轉而不勁，則氣流便。所謂瘦，非寒儉也。物之華美，莫過金玉。然石肥玉瘦，銅錫肥而金瘦。惟瘦，瘦故重，重故貴，知瘦之不妨華美，則知華美不瘦之不足重。」又曰：「善改文者，有移花接木之妙，如上下段本不相干，稍爲貫串，便成一氣是也。有改頭易面之妙，如倒置前後，改易字句，便別成一種格調是也。有脱胎换骨之妙，如原本説寒，將要緊處改换，翻成説熱是也。深味此法，於自作文，亦增多少境界矣。」又曰：「凡作文須從不朽處求，不可從速朽處求。如言依忠孝，語關治亂，以真心樸氣爲文者，此不朽之故也。浮華鮮實，妄言悖理，以致周旋世情、自失廉隅者，此速朽之故也。今人作文，專一向速朽處着想着力，而日冀其文之不朽，不亦惑乎！」

汪鈍翁作文大意，載《答陳藹公書》中。曰：「文家之有法，猶奕師之有譜，曲工之有節，匠氏之有繩度，不可不講求而自得者也。後之作者，惟其知字而不知句，知句而不知篇，於是有開而無闔，有呼而無應，有前後而無操縱頓挫，不散則亂。辟諸驅烏合之市人，而思制勝於天下，其不立敗者幾希。古人之於文也，揚之欲其高，斂之欲其深，推而遠之欲其雄且駿。其高也，如垂天之雲；其深也，如行地之泉；其雄且駿也，如波濤之汹涌，如萬騎千乘之奔馳；而及其變化離合，一歸於自然也，又如神龍之宛延，而不露其首尾。蓋凡開闔呼應、操縱頓挫之法，無不備焉。則今之所傳唐、宋諸大家，舉如此也。」

邵青門《與魏叔子論文書》，可見其所志。其略云：「夫文者，非僅辭章之謂也。聖賢之文以載道，學者之文蘄弗畔道。故學文者必先濬文之源，而後究文之法。濬文之源者何？在讀書，在養氣。夫六經，道之淵藪也，故讀書先於治經；然後綜貫諸史，以驗其廢興治忽之由；旁及子、集，以參其邪正得失之故。此讀書之漸也。涵泳道德之塗，菑畬六藝之圃，以充吾氣也；泊乎寡營，浩乎自得，以舒吾氣也；植聲氣，急標榜，矜吾氣也；投贄干謁，蠅附螘營，恧其氣也；應酬轇轕，諛墓攫金，撓吾氣也。此養氣之説也。二者所以濬文之源也。至於文之法，有不變者，有至變者。文體有二，曰叙事，曰議論，是謂定體。辭斷意續，筋絡相束。奔放者忌肆，雕刻者忌促，深賾者忌詭，敷演者忌俗，是謂定格。言道者必宗經，言治者必宗史。道情欲婉而暢，述事欲法而明，是謂定理。此法之不變者也。若夫川横馳騖，變化百出，各視工力之所及，巧拙不相師，後先不相襲，此法之至變者也。吾得其所謂不變者，不《左》《史》，不班、范，不韓、柳、歐、蘇，而不可駭其創也。吾得其所謂至變者，即《左》《史》，即班、范，即韓、柳、歐、蘇，而不可訾其襲也。二者所以究文之法也。」

望溪之文極簡潔。《與程若韓書》云：「文未有繁而能工者。如煎金錫，〔一〕粗礦去，然後黑濁之氣竭而光潤生。」其所尚可知也。

袁子才論文諸詩，可見其作文之法。《崇意》云：「意如主人，辭如奴婢。主弱奴

〔一〕煎，原作「剪」，據《望溪集》卷六《與程若韓書》改。

强，呼之不至。」《精思》云：「文不加點，興到語耳。孔明天才，思十反矣。」《博習》云：「不從糟粕，安得精英？曰不關學，終非主聲。」《用筆》云：「能剛能柔，忽斂忽縱。筆豈能然？惟吾所用。」數語實得腰領。余觀隨園文，不負其所言。

袁隨園《覆家實堂書》曰：「去冬在杭州，見朱石君侍郎，蒙其推許云：『古文有十弊，惟隨園能掃而空之。』余問其目，曰：『談心論性，頗似宋人語録，一弊也；排詞偶語，學六朝靡曼，二弊也；記、序不知體制，傳、志如寫帳簿，三弊也；優孟衣冠，摩秦仿漢，四弊也；謹守八家空套，不自出心裁，五弊也；餖飣成語，死氣滿紙，六弊也；措詞率易，頗類應酬尺牘，七弊也；窘于邊幅，有文無章，如枯木寒鴉，淡而可厭，且受不住一個大題目，八弊也；平弱敷衍，襲時文調，九弊也；鈎章棘句，以艱深文其淺陋，十弊也。』余笑答曰：『此外尚有三弊。』侍郎驚問，余曰：『徵書數典，瑣細零星，誤以注疏爲古文，一弊也；馳騁雜亂，自誇氣力，甘作粗才，[一]二弊也；尚有一弊，某不敢言。』侍郎再三詢，曰：『寫《説文》篆隸，教人難識，字古而文不古，又一弊也。』侍郎知有所指，不覺大笑。」

[一] 甘，原作「目」，據《小倉山房尺牘》卷三《覆家實堂》改。

魏叔子《雜説》，又論唐宋八大家文云：「退之如崇山大海，孕育靈怪。子厚如幽巖怪壑，鳥叫猿啼。永叔如秋山平遠，春谷倩麗，園亭林沼，悉可圖畫。其奏劄樸健剴切，終帶本色之妙。明允如尊官酷吏，南面發令，雖無理事，誰敢不承？東坡如長江大河，時或疏爲清渠，豬爲池沼。子由如晴絲裊空，其雄偉者，如天半風雨，裊娜而下。介甫如斷岸千尺，又如高士溪刻，不近人情。子固如陂澤春漲，雖漶漫，而深厚有氣力。《説苑》等叙，乃特緊嚴。然諸家亦有病。學古人者，知得古人病處，極力洗刷，方能步趨。否則我自有病，又益以古人之病，便成一幅百醜圖矣。」又云：「學子厚，易失之小。學永叔，易失之平。學東坡，易失之衍。學子固，易失之滯。學介甫，易失之枯。學子由，易失之蔓。惟學昌黎、老泉少病。然昌黎易失之生梗，老泉易失之粗豪，終愈于他家也。」

附録　中國文法書披閱目録（稿本）

廣池千九郎　編

凡例

今兹所集録者，限以關乎文典者爲主，其偶有詩話、文話等名，蓋以其中記述文法之事。故非記文法之詩話、文話諸類及關乎文字音韻者，一切置之，此等將别各編纂一書。

中國文法書披閲目録緒言

中國文法之書，東西古今亦甚多矣。予積年搜集之，而其難獲者，就帝國圖書館及其他公私之圖書館借之。世間所流布者，大抵莫不涉獵焉。今試列記其書名，題曰「中國文法書披閲目録」。然而未見之書蓋尚多乎，更欲請大方之教而已矣。

明治三十九年七月二十五日，廣池千九郎謹識。

中國文法學略沿革

蓋聞泰西之文法，起於希臘。而在於中國古代，則未曾聞有斯學。至於李唐、南北宋之交，學者漸有説焉。山縣周南著《作文初問》，其中第二葉左引明唐荆川之「漢以前之文未嘗無法，而法寓於無法之中，故其爲法也，密而不可窺；唐與近代之文不能無法，而以有法爲法，故其爲法也，嚴而不可犯」之句，説明之曰：「荆川之爲説也，非曰上古之文隱法而不示之於人，而曰上古無文法之學也。」其解蓋得當矣。按，唐柳子厚始説「乎」「歟」「邪」「哉」「夫」「矣」「耳」「焉」「也」之區別，事見于柳文第一十八卷第二十三葉右柳子厚《復杜温夫書》。其文云：「但見生用助字不當律令，唯以此奉答。所謂乎、歟、邪、哉、夫者，疑辭也；矣、耳、焉、也者，决辭也。今生則一之。宜考前聞人所使用，與吾言類且異，慎思之，則一益也。」而先是兩漢之時，既有語助、語詞等之語。又梁之時，周興嗣次韻《千字文》，其末尾有言曰「語助者，焉、哉、乎、也」。助字説蓋權輿於是矣。至於南宋孝宗乾道六年，知樞密院事兼參知政事極官。陳騤，著《文則》上、下二卷，述文字、文典、修辭之大要。又古來有《助語辭》者一卷，題曰東嘉盧以緯允武著。而明萬曆壬辰歲錢唐胡文煥字德甫者，得此書而校刻焉。允武史無其傳，故此書之成不知在乎何時。而於專門之文法書，則此實是古。以是和漢之學者，無不知其名。然而此後文法之書，間間雖非無之，皆成于淺人之手，膚見臆説不足取焉。獨王引之所著之《經傳釋詞》及《經義述聞》，稱有益於學者。而近時又有馬建忠之《馬氏文通》，效于泰西葛郎瑪之式而所作云。其考證之精確則雖遜於王氏，其文法之價值則遠過於王氏。然而更顧我國，亦曾無文法之書。雖有僧空海之《文鏡秘府論》，本書之作者，姑從傳説而已。大江朝綱之《作文大體》收于《群書類從》第一百三十七。等，皆不關乎文法。至德川時代，中國之文學大興，文法之書始出於世。而荻生徂徠、伊藤東涯、皆川淇園之兩三家，最盡力於此，皆各著有益之書。雖然，其研究尚淺，所謂中國文法，未爲一科之學。比之於日本文法之大成者本居宣長父子及僧義門等，則其事業之差，不啻霄壤也。且古來在於日本所謂漢學之學校，則關於作文法，有一個之教訓，曰：「作文之要，只在於多讀與多作。如夫空論文理者，徒勞耳。」於是乎秀才之徒亦藏修七八年，而後纔得操觚。至於尋常之輩，則出入師門及於十年，尚且有未得布字屬文之秘訣者。不亦迂遠之極乎？予幸生於聖世，得列於漢學者末，豈可茫然守舊態而止乎？是所以不顧譾劣，自奮而當於中國文法大成之任也。

中國文法書披閱目録

第一中國之部

文則　二卷一册

南宋陳騤所著，而卷首有乾道六年著者之自序。其體裁，先就於古代之文章評論之，以示作文法及修辭法，又説各種之文體。

其他，雖有《文心雕龍》《文章緣起》《荆溪林下偶談》《浩然齋雅談》《文章歐冶》《文章一貫》《文章精義》《文體明辨》等，皆或説修辭之法，或説文章之體裁，或評論他之詩文者，而多不關於文法，故今姑略之。又説四六文之法者甚多，即如《四六話》《四六談麈》《四六叢話》《宋四六話》是也，亦姑略之。

助語辭　一卷

題曰「新刻助語辭，東嘉盧以緯允武著，錢唐胡文煥德甫校」。盧允武不詳其傳，而據萬曆壬辰胡文煥序文，此書蓋文煥始校刻者也。流布本有數種，予之所藏本則係於日本天和三年書肆所翻刻，而附之以標註，抑盧允武之爲著也？所釋之語不超一百，所説亦淺薄鹵莽，識者之所不取。雖然，此書實爲中國文法古書中第一之古書，故古來大行於我日本，以是人無不知其名者。

初學須知文式　二卷

題曰「宛陵左培因生氏輯著」，而上卷則載王守溪以下明朝歷科諸先生之文話，下卷則載八股之修辭法。

讀書作文譜　一十二卷四册

清唐彪所著，而卷首有康熙戊寅仇兆鰲序文，及康熙己卯毛奇齡序文。全篇述讀書法、作文法、作詩法及修辭法，而於第七卷述文法，有可一讀之價值。

父師善誘法　二卷一册

清唐彪所著，而《讀書作文譜》之附録也。全篇述師弟教育法及修辭、讀書、作文之方法等。

論文章本原　三卷一册

收于《方柏堂集》第四十，桐城方宗誠之所著，而述古體之修辭法。讀而無害，不讀亦可也。

文談　一卷

收于《青照堂叢書》第九十五。所輯録唐宋諸名流之文談者也，或有一讀之價值。

經傳釋詞　一十卷五册

清王引之所著。而我國現今之流布本，則係于東條一堂之點乙。凡此書舉副詞、前置詞、接續詞、[一]感嘆詞中，其意義、用法之複雜者，照之於經傳之本文及古註而説明焉。考證該博，論斷妥當，不耻於清朝第一考證家之著書。

本書又收于《王氏四種》第九卷及《守山閣叢書》。

經義述聞　四卷

收于《王氏四種》第十卷乃至第十三卷，王引之所著。而全篇釋經傳之難義，其中亦有關於助字之用法者。

虚字註釋備考　六卷一册

題曰「古絳張文炳明德氏點定」。予所藏之本，則係於日本嘉永四年之翻刻，卷首有安積艮齋序文。其體裁，舉「且」「謂」「夫」「蓋」等虚字數百字，説其意義、用法。但所説淺近，[二]且失於獨斷，全不爲用。

[一] 續，原作「讀」，據《廣池博士全集》第二册（廣池學園出版部 1968 年版）所收《廣池東洋諸國語學書》改。
[二] 但，原作「且」，據《廣池東洋諸國語學書》改。

虛字說　一卷

收于《惜陰軒叢書》第四，康熙四十九年清袁仁林所著，而解釋虛字一百有餘字。

馬氏文通　一十卷日本東京書肆近時翻刻之，改爲洋裝一册。

光緒二十四年當日本明治三十一年，清馬建忠所著也。據著者之例言，則效於泰西之文法而所作也。今觀其體裁，實字、虛字、助字之分類，全異於古來之中國文法書，其說明亦頗明晰也，可謂有用之著書矣。

第二　日本之部

訓譯示蒙　五卷二册

荻生徂徠所著也。流布本則明和三年之刻版。而卷首記文章法之大意，次述助字、虛字之意義、用法。

譯文筌蹄　初編六卷

荻生徂徠所口授於門人也。而據其凡例，則流布本蓋係於寳永八年之刻版。卷首示翻譯之方法及實例，次舉各品詞中和訓同而義異者，或和訓同而義亦同者，而解釋之。雖然，其説明傾於理論，乏於考證，不如東涯《操觚字訣》之親切懇到。

譯文筌蹄　後編三卷

據本書序文，則元禄中荻生徂徠所著，而未成而歿；天明中，竹里散人者之所補譯也。

助字雅訓　一卷　寫本

卷首題曰「東都物茂卿著」。舉「焉」「矣」「旃」「也」「已」「乎」「哉」「邪」「夫」「與」「諸」「耳」「而已」「爾」「於」「于」「乎」「越」「諸」等助字數百字，以口語體之文釋之。

助語　二卷一册　寫本

卷尾題曰「物茂卿著」。舉「之」「而」「所」「攸」「處」「許」「此」「是」等助語之類數百，略説其意義、用法。

文淵詩源　一卷

徂徠所口授于門人，而記作文法之大意，及韻文之略沿革。今世所傳之書，則係于文化中之綉梓。

文論　一卷　寫本

詩論　一卷　寫本

太宰春臺所著，而記作文、作詩法。

和讀要領　三卷

太宰春臺所著，而卷首有享保十三年自序。上卷則説和讀之起原，又説和音之誤謬；中卷則説和譯之誤謬并文法；下卷則説讀書作文等之方法。

作文初問　一卷

山縣周南所著，而述初學者作文之指針。寶曆五年所出版也。

操觚字訣　一十卷　同補遺三卷

題曰「伊藤長胤創草，男善韶纂著」，而有寶曆十三年伊藤善韶序文。第一卷則説文章之種類，及文法之大意，并文字之事；第二卷以下則舉各品詞中，和訓同而義異者，或和訓同義亦同者，而解釋之。考證精密，説明妥當，足爲中國文法書之翹楚也。

新刊校正用字格　三卷四册 第三卷分爲上、下二册

元禄年中伊藤東涯所著，而流布本則係於享保中初刊，寬政四年再刻。全篇就於副詞之位置而説明之，其體裁悉舉實例據之而立論，間間雖非無誤謬，不可比之於徂徠、淇園等之多杜撰也。

助字考證　二卷

元禄年中伊藤東涯所著。而全篇舉助字之實例而説明之。

實字解　前編天、地、人三卷，二編上、中、下三卷，合六卷

皆川淇園所著。而舉名詞中和訓同而義異者，或和訓同義亦同者，解釋之。

虛字解　二卷

題曰「皆川淇園先生詮譯」。而全篇解釋動詞之意義，其説明簡單，不過初學者之參考書。

續虛字解　二卷

《虛字解》之續篇也。

虚字詳解　一十五卷八册

皆川淇園父子所著。而全篇述動詞、形容詞等之意義、用法，其説明頗親切懇到。雖然，其弊過於穿鑿，謬説不可勝數。

助字詳解　三卷一册

皆川淇園父子所著，而係於文化十一年之開版。卷首述助字之定義，次述代名詞、副詞、前置詞、接續詞等之意義、用法。其説明法同於《虚字詳解》。

詩經助字法　二卷

題曰「淇園先生論定」。舉《毛詩》之助字解釋之。卷首有天明三年序文。

左氏助字法　三卷一册

題曰「淇園先生論定」。舉《左傳》之助字解釋之。卷首有明和六年堀榮吉序文。

太史公助字法　二卷

題曰「淇園先生論定」。舉《史記》之助字解釋之。卷首有寶曆十年岡彦良序文。

習文録　一卷

皆川淇園所著，而係於寬政十年七月開版。其體裁，卷首舉古人之文章五十種，次述其文中之文字之位置及意義。而此卷後半則題曰「習文録讀譜」，載漢文和譯之例數十篇。

習文録甲乙判　二卷一册

皆川淇園所著，而係於寬政十年七月開版。其體裁，則就於《習文録讀譜》所載之和譯文，指摘其文字之位置及意義之異同，而示其正否。

習文録　二編一卷

題曰「續習文録讀譜」。前半則載譯文，後半則載原文。

習文録　三編二卷一册

其體裁同於第二編。

習文録　四編二卷一册

其體裁，前半則載原文，後半則載譯文。

淇園文訣　二卷

皆川淇園所口授于男允。而上卷主而記作文法及修辭法，下卷大抵記文法之事。

初學文譚　一卷

釋大典所著。而記文字音韻、文法作法之大意，亦一之雞肋集也。

文語解　五卷

初宇士新著《語辭解》者，釋大典修補之，而改其題，即《文語解》是也。明和九壬辰歲自附序文，以公之於世。舉代名詞、動詞、形容詞以下各品詞中，和訓同而義異者，或和訓同義亦同者，而解釋之。其考證之精，比之於東涯之《操觚字訣》，則當在於伯仲之間。

詩語解　二卷

釋大典所著，而卷首有寶曆十三年越後片猷者序文。其體裁略同於《文語解》。

初學文範　二卷

文談　一卷合於《初學文範》而爲一册

釋大典所著。而就於古文而教修辭法者也，而其附言則論文法焉。

葛原詩話　四卷一册

釋六如所著，而係于天明中之上梓。全篇載作詩上之逸話，而間記文法之事。

葛原詩話後編　四卷二册

文化元年所出版也。

訓蒙助語辭諺解大成　四卷五册第四卷分爲二册

毛利貞齋解釋盧允武所著之《助語辭》者也，係於寶永五年之出版。其所説淺薄，不過坊間之俗書。

廣益助語辭集例　三卷

元禄年中三好似山所編纂，而據其凡例，則增補盧允武《助語辭》者云。其所説淺薄，不失爲俗書。

文家必用　三卷二册

攝津國人人見友竹所著，而卷首有正德五年著者自序。其所説簡略，而不過童蒙之指針。

助語譯通　三卷

岡白駒所著，而卷首有寶曆十二年序文。全篇説「也」「矣」「焉」「乎」「哉」「邪」

「與」「耳」等之意義。其所説淺薄，不甚有益。

助辭鵠　五卷

伊勢國人河北景楨所纂述，而卷首有天明五年源鱗序文，及安永八年石川安貞序文。先説文法之大意，次説助辭之意義、用法。但引證薄弱，其説難悉信矣。

助語審象　三卷

三宅橘園所口授，而係於門人之筆記，卷首有文化十四年門人某氏序文。其體裁，先説助字用法之大意，次舉實例，就之而説明其意義、用法。但其字義異同之辯，頗過穿鑿，難悉信矣。

助字雅訓　一卷

三宅觀瀾著，而文化五年於薩藩所付梓也。其所説簡略，不甚爲用。予所藏本之中，有《助字雅》一卷，寫本。其記事全同於《助字雅訓》。

譯文須知實字部　**四卷三册**

題曰「愚山松本先生解詁」，而卷首有安政七年鵜飼良輔序文。全篇説名詞之意義。

譯文須知虚字部　**五卷**

題曰「愚山松本先生解詁」，而卷首有文化四年門人外山成周序文。全篇説動詞、形容詞、副詞等之意義，然而其説明法甚劣於東涯、徂徠、淇園諸家。

文法直截　**一卷**

攝人穗積以貫伊助所著，而收于《齋子學叢書》。指摘虎關以下日本古來之文章家之文法之誤，且自述修辭上之意見，亦爲有用之著書。

作文率作文志彀三、作詩志彀二、孝經樓詩話二　**四卷二册**

山本北山所著。而駁徂徠一派之作文法者也。

助語詳解　七卷　寫本

著者不明，以日本文記之。首卷述助語之定義，又記人類言語之異同、談話之狀態等之事。本文則舉「矣」「也」「焉」「乎」「居」等助語數百個，而説其意義、用法。而其説明中，往往引用和歌。由其體裁推之，或成於皆川淇園一派之手者乎？

道齋隨筆　三卷一册

金田宏所撰。而全部論文字、音韻、助字之事。

文海知津　二卷

佐佐豐明所著，而記作文法。其上卷第八葉以下，聊記助字之事。

授業編　一十卷

收于《日本文庫》第三編，江村北海所著。而其第六卷述文章之事，其中往往有涉於文法者。

文章之指南　一卷

收于《日本文庫》第九編，卷首題曰「石上翁述作」。其爲書也，只數葉之小册子，而略記作文之方法。

助語辨法　四卷

攝津人津敏所著。而舉「諸」「旃」以下助語數十個，説其用法。考證稍精密，足稱有用之著書。

史記助字法記聞　一卷　寫本

著者不明。舉「矣」「也」「焉」「之」「乎」等之助字，順次釋之。而其記事亦多少有可取者。

訓點復古　二卷

日尾荆山所著也。凡德川時代之所謂儒者，大抵不知日本文法。和訓漢文之法，甚不得其道。諸家之訓點，失其法者多，就中至佐藤一齋，其弊極矣。本書即欲匡正此弊而所著也。事雖不關於中國文法之組織，於和漢文法比較研究，則可謂有益之書也。

點例　一卷

貝原篤信所著。而不啻説句讀法，説明所謂助字、虚字之意義。且卷尾附日本所謂「有職讀」者，亦有一讀之價值。

谷氏助字解　三卷

阿波人谷鸞字子祥所著，而卷首有天明五年京師之醫師某之序文。其體裁，舉「焉」「矣」「也」等助字數百個，順次説明之。其考證稍精確，有可稱者。

文章秘藏　一卷　寫本

卷首有天明六年所記之釋惠正并河南長嶹獲者之序文。又卷尾有著者跋文。今據之，則本書即洛陽卧龍先生者之所著也。本文之首題曰「南宋奇屈家筆法，日本清家指南傳」，次述修辭法之大意，又其次解釋助字。但其説過穿鑿，甚似闕妥當。

作文法　二卷

收于《齋子學叢書》第一十六、第一十七兩卷。上卷則題曰「古文作法」，中、下卷則載静齋先生文法及作文法。而其所説極奇僻。卷末有中島元寛者之跋文，中有嵐山先生橘大盈子云云之語，是恐本書著者之名也。

文談　一卷

收于《齋子學叢書》第一十八。評韓文、其他古人之文，僻説難悉信。著者亦前所謂嵐山乎？

同訓字解　二卷

收于《齋子學叢書》第一百九、第一百一十兩卷。前所謂嵐山先生之所著，而係于門人中島元寛等之校正。其所記則一種之字義異同辨，而其説多少有可取者。

柳文約訣　一卷

韓文約訣　一卷

收于《齋子學叢書》第一百一十五、第一百一十六兩卷。伊勢平類并其長子良所著，而愚論不足取。

拙堂文話　八卷四册

齋藤拙堂所著，而卷首有文政十三年賴襄及古賀精里序文。全篇述文章之變遷逸話，而其記事中有涉於文法者。

續文話　八卷四册

齋藤拙堂所著，而卷首有天保六年著者自序。

修辭通　一卷

帆足萬里所著，而記作文法。

助字璺　八卷二册

肥後國人佐田介石所撰，而係於文久元年之出版。其體裁，舉「矣」「兮」「也」「者」「焉」「哉」等之助字數百個，説其意義、用法。有可一讀之價值。介石別有《實字璺》之著，事見于《助字璺》之中，然而此書不傳于世。

助辭新譯　二卷

題曰「東條一堂口訣」，係於明治三年之出版。多舉助辭之實例而説明之。引證該博，所説妥當，其體裁略似東涯之著書。

文法披雲　三卷

海保青陵所口授於門人。而專述古體之修辭法，但考證薄弱，其所説不可悉信。

漁村文話　一卷

海保元備所著。而述作文法、修辭法，又評古人之文章。

漁村文話續　一卷

海保元備所著。而述文章之沿革，又記作文法。

虛字略解　二卷　寫本

以五十音順，説明漢字之異同，似東涯之《操觚字訣》，而甚劣焉。恐成於皆川氏末流之手者也。

助字并字之譯聽書　一卷　寫本

著者不詳。其説亦不足取。

助語辭家解　一卷　寫本

須藤敬布所述。而其所説簡略，不足取。

古文助字便覽　二卷一册　寫本

常陸國人碕允明所著。但其所説簡略，不足取。

古今文字　一卷

岡本保孝所著,而收于《況齋叢書》第六十三册。記古字、今字之區别,其法引古書之説,考證如例確實也。説字義之際,并説其用法,甚有益於文法,因而今收之於此。

虚字重語套　二卷一册　寫本

岡本保孝所著也。就于副詞、前置詞、接續詞等,舉同意義之文字,二個相重而爲一個之意義者示之,亦有益之書也。

古文兩可　一卷　寫本

岡本保孝所著也。舉各品詞中字異而義同者,以示其兩者之相通,亦可謂好著也。

有字爲在之義説　一卷　寫本

岡本保孝所著也。石埼謙、木村正辭二氏關之而辯論,卷尾附其説。

漢文和讀例　二卷　活版本

權田直助所著。而述和讀《論語》之方法，蓋有一讀之價值。

新創未有漢文典　二卷

岡三慶所著也。而本書題曰「新創未有漢文典」，其名亦奇怪乎！從中國文法觀之，則此題全不可解。夫岡先生者，明治年間著名之漢學者也，而有如此著，抑何故乎？

文法七十七則指南　一卷

岡三慶所補譯明歸震川之著書云。其體裁，非真面目之著書，予爲先生竊惜之。

文法詳論　二卷

續文法詳論　二卷

石川鴻齋涉獵古今之文法書而所作也。其所説平易，爲初學者之好參考書。

文法要則　二卷

結城顯彦所編輯，而評論他人之文章，教修辭法者也。其論旨非無可取者。凡明治年間，文運昌盛，此類之著書甚多，而可觀者絶而無之。故在於此際，則如是書，亦恐鐵中之錚錚者也。

漢文典　洋裝一册

明治三十一年，文學士猪狩幸之助所著。[一]而據其凡例，則效於得國博士Ga氏千曰：中國國語無Ga之音，故以原字記之。之《中國文典》而所作也。卷首略説文字、音韻、字書之事；本文略説詞論、文章論；卷末解釋《韻鏡》，又説《字音假名遣》。其記事簡明，蓋爲初學入用之好參考書。

[一]「之」後原本衍一「之」字，據《廣池東洋諸國語學書》删。

漢文典　洋裝一册

兒島獻吉郎所著，而大别。全篇爲文字論、詞論。今按其著者之例言，而熟覽其體裁，蓋如其結構。主據《廣日本文典》，其學説專據《馬氏文通》，素爲初學者所著。雖然，比之於近時坊間發行之中國文典，頗有所優也。

續漢文典　洋裝一册

兒島獻吉郎所著，而述作文法及修辭法。其體裁，基於古人之説而敷衍之，蓋不失爲初學者有用之參考書也。

漢文通則　洋裝一册

川野健作所著，而其體裁則蓋效於普通之日本文典而所組織也。記事簡明，多少或益於初學者。

國家社科基金重大項目「中國古代文章學著述彙編、整理與研究」（15ZDBO66）階段性成果
上海市重點圖書
浙江師範大學出版基金資助
浙江師範大學人文學院中國語言文學學科建設運行經費資助
浙江省江南文化研究中心成果

圖書在版編目（CIP）數據

日本漢文話叢編：全五册/慈波，王汝娟編訂．—上海：復旦大學出版社，2024. 1
（域外文話彙刊/王水照主編）
ISBN 978-7-309-16943-0

Ⅰ. ①日…　Ⅱ. ①慈…　②王…　Ⅲ. ①漢語—古籍—研究—日本　Ⅳ. ①G256.3

中國國家版本館CIP數據核字（2023）第146879號

日本漢文話叢編（全五册）

慈　波　王汝娟　編訂

出版發行　復旦大學出版社
上海市國權路579號　郵編：200433
86-21-65102580（門市零售）
86-21-65104505（團體訂購）
86-21-65642845（出版部電話）
fupnet@fudanpress.com　http://www.fudanpress.com

責任編輯　胡欣軒

印　　刷　浙江新華數碼印務有限公司
開　　本　850毫米×1168毫米　1/32
印　　張　63.625
字　　數　1161千字
版　　次　2024年1月第1版
印　　次　2024年1月第1版第1次印刷

書　　號　ISBN 978-7-309-16943-0/G·2515
定　　價　498.00元

国家出版基金项目
NATIONAL PUBLICATION FOUNDATION

域外文話彙刊

王水照 主編

日本漢文話叢編

四

慈波 王汝娟 編訂

復旦大學出版社

第四册目録

文章薰蕕辨二卷

旭千里 撰

《文章薰蕕辨》二卷

旭千里　撰

旭千里，名道一，字伯貫，號千里，通稱孫一，生卒年不詳，活動於江户末期。長門（今山口縣）人，曾任防長侍御，以犯國禁入獄九年，文化年間（約1813年）遇赦而出，遂亡走異鄉，移居大阪，棄武從文而不仕，以授徒爲業（《清流紀談序》）。旭千里在大阪時從學於劉琴溪（1752—1824），奉徂徠之學。他在大阪文名頗盛，求文索序者不絶。日高凉臺（1797—1868）《凉臺遺稿》中有《與旭道一》，即叙及兩人文字往還。旭千里《高野紀行》云文政十一年（1828）戊子季冬登高野山，天保六年（1835）撰《酒田元龍先生墓碑》，卒年當在此後。所撰有《文章薰蕕辨》《非非物》《非非徵》《高野紀行》等，門人雲林院輯有《千里庵文集》。

《文章薰蕕辨》是帶有鮮明派别色彩與門户之見的文章評點之作，「薰蕕」一語出自《左傳》，即香草與臭草，在書中則分别喻指徂徠文章與其反對者。徂徠好讀室町時期物語》,曾用古文辭將其中源賴朝派遣僧昌俊討殺源義經一節改譯爲《記昌俊襲義經第》。此文與柴野栗山將《平家物語》中那須與一射扇之事改譯的《記那須與一事》,同爲漢文名篇。與柴野逐字直譯不同,徂徠采用意譯法,文中引據他書頗有增入,篇首總叙與篇末尾評更是議論性的史評,對原文中繁衍之處也多有删落。這其實是徂徠采用《春秋》《左傳》筆法,實踐其譯文理論,改寫和文爲古文辭的經典範例。不過徂徠的漢文譯寫在當時也遭遇了不少反對意見,皆川淇園就認爲徂徠之文全無格、調、法可言,不過是「倭文漢樣」而已,後進學此必有南轅北轍之患,於是對此文加以删改,并逐句附加和文注解,説明改寫的緣由,這就是天明四年(1784)板行的《譯文要訣》一書(署高安其齋)。山本信有(1752—1812)見《譯文要訣》後,亦仿其體例,竄改徂徠原作,添加旁點以助理解,并重新擬作一篇《紀土佐坊襲義經事》,收入《作文率》卷三,刊於寬政十年(1798)。

《文章薰蕕辨》正是對這兩次改寫的激烈否定性回應。卷上回擊皆川之竄改,卷下抨擊山本之擬作,皆以逐句評點的形式展開,對山本擬文的譏彈更甚於皆川,以爲「皆川生文雖比原文則拙,亦不若是已甚也」,諷刺其爲「東都幼學倭習之祖」。《文章薰蕕辨》的評點突出了文法之重要性。書中認爲徂徠之作「一篇中用五『於是乎』字,頓挫聯絡篇法章法，蓋取諸《左氏·僖二十七年》傳」，全文「以『心憚』『心惡』『大喜』爲一篇骨子」，「以議論行叙事」，「辭令近于《左氏》」。書中强調古文辭家法，認爲「物子《記》先用《春秋》書法，繫事於日月時年，承之以《左氏傳》例」，對其篇法、章法、句法、字法多有繹讀。兩家改作正是昧於此處，「物子文效《左氏》，用五『於是乎』字成章，以『心憚』『心惡』『大喜』爲議論之柱。淇園、北山并不知以議論行叙事」，相對於徂徠文章之「有照應，有關鎖，篇法章法可玩」，兩家改寫遂獲得「神氣頓盡」的惡評。《文章薰蕕辨》的另一特色則在嚴於華、倭之别，以必去倭習爲要務。書中對於華語與和文表達差異多有關注，不滿於和文之委曲冗長，秉承徂徠觀點，反對「以倭習讀華文」，諷刺「未能讀無國點文」，對改文中助詞與語序問題屢加指摘。《文章薰蕕辨》標舉古文辭，認爲浸染和文表達習慣的改作「冗長鄙俚無味」，進而影響文章格調，「字也華，文也倭，其體真爲本邦《太平記》矣」。書中多次將這種語言習慣斥爲「倭習」，與漢文形成鄙俗、高古的差異。這是尊體思想的體現，構成其文章批評中的突出特徵，但過於强調對立也有將古文辭派觀點極端化的傾向。同時也毋庸諱言，書中門户之見極深，對異派之批評常流於人身攻擊，不免難脱文人相輕的習氣。

不過《文章薰蕕辨》的撰者主名尚存疑問，石濱純太郎《浪華儒林傳》即已指出，此書與靈松義端《文章蠲臭》内容幾乎全同，只是略去了書末所附指摘并改訂皆川淇園《一瓢庵記》部分，當屬剽竊之作。義端爲靈松山龍鱗庵住持，習徂徠之學，以古文名，曾注解徂徠文章成《徂徠文集便覽》十卷、《徂徠尺牘便覽》八卷。今細勘兩書，除序跋之外，《文章薰蕕辨》的主體部分基本沿襲《文章蠲臭》，然亦有隨文更動之處或增加字詞訓詁。最大的差異在於《文章薰蕕辨》多處引用友人藤澤東畡（1795—1865）的議論以證成論説，内容上有所增益。兩書内容如此接近，其原因難以索解。實際上淇園《譯文要訣》梓行時也未署真名，而只是以「其齋主人」虛飾。相對於主名問題，更需要關注當時文壇對於徂徠《記昌俊襲義經第》一文的反應。東畡之師中山城山（1763—1837）著有《辨譯文要訣》，刊於文化二年（1805），亦是對淇園之作的駁斥。徂徠、淇園、北山三人文戰，竟引起如此規模的論辯，足見即使是寬政異學之禁後，古文辭之學仍然聲勢廣被。

《文章薰蕕辨》有文政十二年（1829）刊本，亦收入《日本藝林叢書》。今據文政刊本録入。

文章薰蕕辨序

夫虎也者，在山以奮威；龍也者，在河而待時。一則勇，一則智，武人之張黑幕、文士之垂赤帳亦然。千里先生爲人英邁不群，才氣凛凛，眼光射人。壯年有故而去鄉。初入京而業武術，日日集其徒，以飛暴哮之聲。卒爲文士，乃投劍以衣縫腋之衣，來浪華而師事琴溪劉翁。翁之没後，不復他從，專奉徂徠物夫子之教。杜門讀書，不與俗同其世。獨學九年，道既通，令名聞達四方，於是乎諸侯往往有致幣者，然不肯受之。甲申歲春正月，天朝博士五條、清岡二公。下命以召之，不就。丙戌歲秋八月，縉紳公子中山黄門忠頼子就丸君，時七歲。躬來行束脩拜，人莫不驚嘆，皆言浪華未曾有之例也。因請載與歸，立爲師，則固辭以疾。且俄移帳於北江之濱，以明其不欺焉。蓋其志在不食二君之禄，而守死于善道矣，可謂烈節之士也。屬者先生雖閑居蕭然，深鎖名利之關，亦能發憤忘食，乃欲碎三都邪儒輩嘗謾撰妄書以飽誣物子之論，而拔海内讒賊之舌，使天下正學之徒無復聞其惡聲，以高枕百尺樓上而卧也。於是先著《文章薰蕕辨》

二卷，後吐《非非物》《非非徵》五萬言。已而先著急於登梓，愚應命將作之序言，乃捧讀一遍，慨然嘆曰：嗚乎！先生昔則武，今則文，而此文猶其武，奔虎呼風、潛龍起雲之勢，山鳴河動，其類爲是辟易。譬諸邊城猛將，臨戰自提劍，麾從騎以擊虜於白草原，驅逐縱横，直斬左右賢王之頭，高唱凱歌而還，真蘐園飛將軍哉！嘻，死者而有知，則物子當賞先生之功于泉下焉。先生姓旭名道一，字伯貫，千里其號，長門灞城士。

文政十一年戊子春三月，池田世修謹撰。

文章薰蕕辨卷上

蓋本邦之文至物子，完然具體。若夫《記昌俊襲義經第》，則以議論行叙事，有篇法，有章法，字句亦不苟焉。初學熟讀，可以長文格，可以發才思也。近時京有皆川愿者，著《譯文要訣》，傲然彈改之，可謂以蕕爲薰，不自知其惡臭矣。予欲明辨之，以穿海内䶑者之鼻。而其彈語用國字，冗長鄙俚，效之則浼，故略舉其要。至改文，則薰蕕雖不可同器，間亦有可當註釋者，故全載之，兼爲腐儒妄作戒者爾。

記昌俊襲義經第

物茂卿

文治元年冬十月十三日，盜夜襲伊豫守源義經堀川第。

起手以事繫日，以日繫月，以月繫時，以時繫年，全用《春秋》書法。第在京師堀川，故呼曰「堀川第」。愿改插「之」字於「川」「第」間，且彈曰：「不用『之』字，則不可知堀川爲地名也。」○按，若武陵第、睢陽第等，亦皆不用「之」字，而其爲地名誰疑之？古云「少所見，多所怪」，今於皆川生乎信是。初學須知書「大阪城」，此華語；書「大阪之城」，則倭文，他仿之。

盜者惡僧昌俊也，兄賴朝使字法。焉。

已上總叙。二句插註，書盜稱「惡」，所謂一字之貶也。愿不察之，以爲昌俊亦是忠義之士，何稱「惡僧」乎？乃引唐少林寺僧彈之，愚哉言！夫爲僧不修善行，專好武勇而殺人如芥，或放火燒家以掠其財寶者，佛不度之，罵曰五逆大罪人，非惡僧而何也？○友人藤澤甫曰：「惡僧」之「惡」，猶「惡少年」之「惡」，非謂「惡逆」之「惡」也。是亦一說。○愿又改「焉」作「之」也，不知古文辭故也。

初義經在東日，御賴朝執盥，

已下至「昵之」，追叙，以議論行叙事。愿不知文法，每句費鄙俚之辭彈之，且改二句十一字作九句六十一字，曰：「初賴朝之舉兵西也，義經時在奥藤原秀衡之所聞之，急馳追之，至黄瀨川而及之。乃謁賴朝，以其幼而離散未知其爲人也，欲試之，設盥實熱湯，使義經執之。」委曲冗長，可以爲註文矣。而具論其惡臭，則字也華，文也倭，其體真爲本邦《太平記》矣。以斯手反嘲物子大筆曰無法無格，楷字倭文也，嗚呼！蕕之奪薰，一何至于此邪？可不掩鼻而嘆哉！

熱烙手而弗釋，神色自若。於是乎，

一篇中用五「於是乎」字，頓挫聯絡篇法章法，蓋取諸《左氏·僖二十七年》傳，愿未嘗知文法，以「乎」字爲重，削之。瞽者固無與乎文章之觀，其以物子文爲無法無格者，不亦宜乎？

賴朝已心憚焉。

以「心憚」「心惡」「大喜」爲一篇骨子，愿不知之，改作「心已憚之」，彈曰：「爲『已心』則倒置。」○按，顔延年詩云

「郭奕已心醉」，李于鱗《送王元美序》，亦有「已心知其爲予」之語，汝并以爲倒置邪？夫以倭習讀華文，天下何書不倒置乎？此之謂謾吐妄言，以惑幼學也。

及其奉詔西征也，

愿彈曰：「其奉詔者爲賴朝乎？爲義經乎？不可知也。」文既以義經爲主，則其爲義經，五尺童子亦能知之。今汝在斯語猶不得明辨，則其於左氏、司馬文，恐不能讀，可憫之甚也。

攝南海之役，率皆以寡克衆，冒險踏危，出其不意，集如風雨。

愿「不意」上加「敵」字，既有「其」字，又加「敵」字，可謂蛇足矣。又疑「攝南」已下不似叙事文，皆削去，是不知以議論行叙事故也。

敵人謂我自天降也，而我三軍亦鮮能知之矣。

言先神先鬼，人莫能知之，孫子所謂「善攻者動於九天之上」是也。然愿彈曰：「豈有三軍不知大將所行之理乎？」其理大闇哉！汝元來書賈之子，焉知兵法乎？

又能推赤心腹中，大得士驩心，麾下又多敢死士，是以大功遄成。

愿不知以議論行叙事文，謾改之曰：「然當是之時，賴朝始舉兵，尚有東顧之憂，乃令義經代己將其兵而西。義經膽略絶人，用兵如神，又善撫衆，大得士驩心，麾下又多敢死士，是以其破義仲、殲平氏，未及期年而大功旋成。」比之原文，則巧拙不辨自明矣。且以「然」字轉而平平説去者，亦以蕕易薰之手也。

而自賴朝所遣使，監其軍諸將帥，頗有樂從焉者。

愿改作「亦多樂從之者」，亦變薰成蕕也。

不者，

用反語進一步，愿不察而削之，故下句爲突接。

事平後還東，亦皆嘖嘖稱其材武弗已。

「材武」二字總結上，愿改作「能」，不允當。

於是乎，

又用「於是乎」字，一段緊於一段。

賴朝始心惡焉。

愿改作「心遂惡焉」，其非詳如前評。

蓋

將叙出賴朝夙心，故用一「蓋」字，愿不慮而削之，且誤讀助辭，以施俗譯，縷縷費鄙俚之言。果從汝之譯乎，六經、諸子及古今之文皆不可通也。吁！汝不知爲知，欺世誣人，惑亂初學。是不惡也，孰可惡也？

賴朝夙有霸心，

愿改「夙」字作「自舉兵已」四字，何不憚煩？是亦變薰成蕕也。

而義經爲弗知也，

「爲弗知」者，是賴朝所以忌也，愿不能解，「義經」下加「則」字，改作「如不知者」。不達助辭，昧乎古文，讀之無味矣。嗚呼！伊蘭所觸，惡臭滅鼻，可避可厭！

乃

愿不取，拔助字如莠。

獨傾意結乎朝廷。

「乎」與「於」相近，但「乎」有微激意，是賴朝所以最忌也。愿改作「於」，反無味。

其在西海報捷，徙寶器，諸所奏請事宜，莫不稱上皇旨。

愿「皇」下加「之」字，「之」字有無亡害。

叙爵昇殿，寵端見焉。

是賴朝所以益忌也。

要越示意之後，尚且恬不之省。

是義經所以獲罪於賴朝也，愿不知以議論行叙事文，削四句二十字，改作十三句六十九字，曰：「及凱還，因賜叙爵，許昇殿，又命留鎮京師。賴朝聞心益惡之。其來致俘功也，拒之令勿内鐮倉，而留於腰越。義經因獻書自訴，不聽。遂復西歸京，居堀川之第。然義經之意尚無所疑。」冗長鄙俚無味，且「然義經」已下最不穩也。

性又好聲色，耆燕游，多所漁内。内所俘平氏女，而還其所獲篋。

已上五句，并叙義經所以愈獲罪於賴朝也。二「内」字義不同，上者房也，下者入也。平氏女，則下平太后之伏案。愿誤讀以爲插註，故以「多」字爲無謂，以「而」字爲贅，「獲」上加「并」字者，皆非矣。

篋中書，則諸公卿巨室所與平氏關通者。

既曰還篋，而重言「篋中書」者，别舉諸公卿所憂懼者，故下曰「寢帖席」。愿不能解，改「書則」作「蓋多」，改「者」

作「書」云。且彈曰：「篋中非唯書也。」蓋心有所尤，則文亦有所不通也。

都下人謡是寢帖席，

愿讀不下。

而謗從興焉。

愿改「從」作「反」，不穩。又不知文段落，而削「焉」字，可笑。

大名之下不無紛云，

已下賴朝惡之張本，亦雜議論記事，愿不知，故削之。

人或傳

愿既削上句，故改作「乃言」。

其私前平太后蒙童中也。

愿改作「其在西海，又嘗與前平太后相通」，「相」字倭習，而不自知之，反罵原文曰「全倭語也」，汝欲誰欺，何不內自省邪？

則

愿不知虛字斡旋，故削之。

賴朝稍稍惡之於諸將前，

「惡之」者，如《史記》所謂「人惡噲」之「惡」，謂毀言其罪惡也。愿不知而讀爲「憎」。削「稍稍」字及「於諸將前」字，縷縷費言非之。嗚呼！汝未能讀無國點文，真副墨之子哉！

而諸將弗響應。

愿既不能讀原文，故亦削此句，改作「惡之滋甚，然而念諸將莫可使也」。予請更改之：「然」字可削，「念諸將」當作「求諸將中」，「莫」字換「無」字，可也。

乃私使昌俊，

「私」者對後命將公討。愿不知之，改作「陰」，可笑。

昌俊者，諾樂惡僧也。它諾樂僧有鬩其鄰者，昌俊出死力助之。

愿削「它諾樂僧」已下，改作「嘗有人與其鄰僧爭鬥，昌俊爲往助殺其人」，其文之拙，有鼻孔者自能辨之，而猶且煩費絮言，强售臭矣，初學當掩鼻以避之也。

事上，幽諸土肥實平之所，久而見釋。

愿「事上」下加「被捕」二字，改「而見」作「之得」。夫下既曰「幽」，而上言「被捕」者贅也，它不足辨。

不敢歸，客于東。

愿削「不敢歸」三字作「遂」字，且彈曰：「『敢』字不通也。」○藤澤甫曰：「昌俊亦一寺之主也，豈忘其居哉？然以殺人，故雖得赦，尚恐其仇而不敢歸，『敢』字可以見强留之意也。」此說切當，足以破皆川生之論矣，予復何言？

實平業已以其族奉賴朝也，乃薦之。

「業已」二字，古文辭家之所用，有深意，愿不辨而非之。亦不知「賴朝」下「也」字所謂襯語，而誤讀。且插入「雅奇昌俊」一句，使語不接也。凡文章不用虛字以襯托，則義理不能透接矣。汝未學斯法，宜其文不透接之句多也。

賴朝亦喜其桀驁而昵之，

愿削「而」字，加「常」字，反不成句。倭字謾評，皆妄言無可取矣。

至是遂使之云。從者九十七騎，兒玉黨人隷焉。

句法。〇愿「從者」上加「昌俊」二字，蛇足。

是日，

應于前「十月十三日」，愿不解，削之，作「昌俊西將入洛」，何等拙手！

義經之人

愿改「人」作「臣」，於下「廣綱忠元門死」上，却加「其人」二字，杜撰。

江田弘基者路值昌俊入洛，

愿改「路值」句作「適出與之遇於路」，上既加「昌俊西將入洛」句，則此亦不得不改，但「與之」字倭習，當作「遇諸路」也。

怪焉，與其人語，廉得情。

愿作「怪，詰之從者，得情」。〇字典云：詰者，責問也。弘基豈責其從者以問之邪？

告義經，義經俾其以之來，

愿作「義經令以來」，除「其」「之」二字，則文折臂。

弗能來。

愿「弗」上加「昌俊則已館矣而」七字，改「弗」作「不」，若亡害然，然文緩慢無勢。〇「弗」「不」，古文辭通用。

義經怒，更使辨慶。辨慶亦惡僧，膂力絶倫，單騎往見而責之：

愿「膂力」上加「而」字，「見」下削「而」字，是不知用「而」字法者也。

「我公

愿作「吾君」，朝三暮四。

召之，盍速來也？」

愿削「之」「也」二字，不成句。

昌俊弗能辭。

愿改作「昌俊見辨慶氣沮，則曰『諾』」，而自賣弄文才，誠鼬鼠之屁哉！讀之不掩鼻者非逐臭之癖，則齆鼻之病也。

其人請辨馬，辨慶叱曰：「遲矣！」抱而上諸己馬，

愿削「抱」字，作「拉昌俊」，曰「『抱』『拉』之義不辨而明」。吁！汝不自知「抱」「拉」字義，謾吐妄言而惑幼學矣，予今詳辨之，以正其誤焉。○按，《左氏・桓十八年》傳云：「使公子彭生乘公，公薨于車。」杜註云：「彭生多力，拉公幹而殺之。」《正義》云：「莊元年，《公羊傳》曰：『於其乘焉，搚幹而殺之。』何休云：『搚，折聲也。』《齊世家》云：『襄公使力士彭生抱上魯君車，因摺殺。魯桓公下車，則死矣。』『搚』『摺』『拉』音義同也。」由是觀之，「抱」「拉」字義自明矣。今辨慶實抱上昌俊而非拉殺之，則汝之誤昭昭乎不可掩也。汝又削「諸」字，可謂不知句法矣。

纍騎其後以來。

愿改作「纍騎而馳」。○按，《晉書・阮咸傳》云：「與婢纍騎而還。」上既添「昌俊」字，則今削「其後」字亦無害，

但至其俗辨，則可謂不知文法也。

其人欲從，辨慶又叱曰：「止矣！見我公而謝罪，何用從者？」其人不敢從。

愿削「曰止」已下十八字，作「去之」二字，文失勢，下亦爲突起。

既至，義經見之曰：「士之東者，必先見大將軍而後館；士之西者，亦必先見我而後館。汝何緩也？」昌俊叩首謝曰：「臣本諸樂僧也，

下「有事於七大寺」之伏案。

有故去而事大將軍，乃公之兄也，

愿削「有故去」字及「乃公之兄也」句，彈曰：「義經既不問汝諸樂僧何故事大將軍，則『有故去』三字贅也。」妄哉辨！昌俊爲諸樂僧，義經所未知，何必問之？昌俊自稱諸樂僧，則宜説其故也。〇「事大將軍」上無「今」字，汝自添自削，嗟乎，是何戲也！予讀至于斯，不覺投卷而絶倒。

則公之臣也，

愿改「則公」作「乃君」，非也。

豈有它心哉？臣今有事於七大寺以來也，

愿移「以」字着「有事」上，且彈曰：「『以』字在『七大寺』下，則爲實也。」昌俊欲欺義經，故以虛爲實之辭也，汝何不解事邪？其愚不壹而足也。又不知助辭法，削「也」字。

齋未可以解焉。

「解齋」見《晋書·劉毅傳》，愿不知，而彈曰：「『解齋』二字本不雅。」乃改作「方齋，未可與他事接也」。而不自

辨其爲俗，鄙諺所謂「己之屎不臭」者與？

安意竣事之日，敬請下執事也。

「安意」出《莊子》，愿不知，彈曰：「古文所無也，改作『欲待』。」少所見則多所怪，多所怪則有所改，腐儒之常也。

故不敢請。

愿改作「是以未敢請」，勞而無功。

詎意值公之怒？

愿改作「不圖以值君之怒」，朝四暮三之比哉！而又至其曰「詎」與「遽」同，則誤亦甚矣。○按，「詎」猶「豈」，多讀書則自知之。

敬謝罪。」義經曰：「何從者之衆？」

「何」者，如「何許子之不憚煩」之「何」，尤之辭也。愿不察，而爲嘆美之語，彈之，改作「從者之用衆何」，亦變薰成蕕之句耳，可厭！

昌俊曰：「以備它盜賊也，豈有它心哉？」

再用「豈有它心哉」，章法。愿不知，故削之。

義經曰：「咈！汝必爲大將軍擬我者。」

愿改「必」作「欲」，且妄咸輔頰舌以惑初學，可惡。

昌俊又叩首而

寫昌俊跼蹐之狀，是文章妝點之處，愿不知而削之。宜哉其所自撰之文，致枯單之多也。

請盟焉，乃遣歸。於是義經方置酒，

愿削「於是」字，加「昌俊既去」句，非也。何則？昌俊之去既在遣歸之中，何煩重出？是故用「於是」字而説下者，操觚家以權重出、調單複爲率。〇「方」者如「天子方向文學」之「方」，汝不知而削之，不亦鹵莽乎？

召倡善舞者静舞迨夜，醉甚。

愿改「迨夜」作「及夜」，彈曰：「『迨』字重。」〇按，「迨」本出于《詩》，《爾雅》云：「迨，及也。」豈有輕重邪？鄙諺曰頰即頰。

盡歸休其士，留直者僅七人。或曰：「惡僧可虞。」不聽，曰：「既盟矣。」乃寢，静慧女，其心蓋不能釋然乎昌俊也。

愿不得解「其心蓋不能」五字而削之，改作「意獨不安昌俊也」，且發孑孑之字、侏㒧之言，縷縷喋喋，欲以欺童蒙也。是匪童蒙求爾，爾求童蒙，不亦可耻之甚乎？

私使二竪往覘，

不告義經而使之，故用「私」字，何容妄評？

弗還。

愿又改「弗」作「不」，「不」「弗」古文辭通用，予於前評未詳之。〇按，《金縢》篇所謂「王有疾弗豫」之類是也。

益訝之，

應于上「不能釋然」，愿削之者，非矣。

復使一婢，果走還，

應于上「不還」。

曰：「二豎皆斃其門，門之内馬數十鞍矣，人數十鎧矣，

好句法，好字法。愿不能讀「馬數十」已下十字，予今爲施國點。

將來也。」

愿改作「今且來矣」，亦可以當註文也。

言未畢，大鬨於墻外。静盪義經而不寤，曰：「名將也者，

「也者」二字連用者，如「孝弟也者」之「也者」，愿不知之，故填鼓舌。

必警乎金革之聲。」

愿改「名將」已下句作「金革之聲名將必警」，其文拙不辨而明矣。然反彈原文曰：「當主於金革，今主於名將者，非也。」夫非名將則金革之聲亦不可警，故主於名將矣。吁！汝不愚則誣。

乃提鎧麾之，

「麾」字有態，愿改作「振」，無味。

相擊乎

三字應承上「麾之」，呼起下「有聲」，愿不知而削之。

鏘然有聲也。

愿又削「有聲也」三字，改作「而鳴」，非矣。

義經果乎寤，

「乎」字古文辭多用此助字，極有味，愿以爲癖削之。嗚呼！與削之之拙也，不若添之之癖。予聞汝嘗杜撰《左傳史記助字法》及《虚實字解》以欺幼學矣，不知之妄作，罪不容於死。

結束以出，開門而迎之。静抽長刀翼之，僮紀三太善射，昌俊之兵不能入。

愿「結束」上加「即」字，以「開門而迎之」句移「善射」下，作「當其前，於是大開其門而迎之」。「即」「於是」字緩慢，「當其前」三字最拙，而文失次序，倭習亦甚矣。能讀者自當辨，何待我言？

廣綱忠元鬥死，

愿「廣綱」上加「其人」二字，其妄如前評。彼又以「鬥」爲無用字，「死」下加「焉」字，曰：「死焉，古文法也。」○按，《左氏·莊八年》傳云：「徒人費鬥死于門中。」「鬥」字豈無用邪？定四年傳云：「史皇以其乘廣死。」「死」下何必有「焉」字？蓋事急則文亦急，急則無助字也。汝固不知古文法，又不察文緩急而謾彈改之者，實不學之弊哉！

諸歸休者稍稍集。

愿「諸」上加「而」字，亦緩慢，害于文勢。「諸歸休者」，應于上「歸休其士」，汝改作「士在外者」，非也。

又會備前守行家來救也，

「也」字襯語，愿不知而爲决辭削之，其辨在前。

昌俊大敗，走匿于鞍馬山。

愿「昌俊」下加「遂」字，妄也。

義經

愿加「則」字，亦誤矣。吁！汝前者拔助字如莠，今則藝之似苗，可笑！

不釋戎服，徑造上皇御所，

「徑」，直也，承上「不釋戎服」。「造」，至也。○按，「徑」「造」出《晋書·王濬傳》及《世説》，愿不知之，謾爲頑解，而削此二字，换以「詣」字，非矣。

奏曰：

愿上加「而」字，贅。

「以臣之不儆也，矢石相加于輦轂下，有驚天聽，臣之罪也。

辭令能品，頗近于《左氏》。「臣之不儆」「臣之罪」，章法誠嚴哉！愿削「臣之不儆」句及「有驚天聽」句，不達辭令故也。

雖然，賊既奔矣，敢白。」

辭令止于此。愿削「雖」字，改「既」作「今已」，不成文。

視其狀，箭之集于胄者如林，而植于箙者僅三矣。辭色提提，觀者莫不嗟嘆。

自「箭之集于胄」已下，應上「不釋戎服」，光景凛然，如生如畫，斯一節字法句法可玩也。然愿削「視其狀」句及「辭色提提」句，大失文勢。嗚呼！汝未嘗學作文法，而動輒削原文，其猶劓者欲截人鼻以似己也與？

鞍馬山者，義經幼時故嘗所讀書處，其僧多厚善者。

愿「厚善」下加「義經」二字，「義經」二字既在上，何用屋下架屋乎？

於是皆争索山中，獲諸僧正谷，面縛以獻焉。

愿「索」上加「爲」字，亦贅。

義經罵曰：「壯士何盟之爲？」

愿改「壯士」句作「汝非壯士乎？何渝盟之易也」，俗哉文！盍雜孑孑字，效《義經記》乎？○藤澤甫曰：「『何盟之爲』之『何』者，猶『何爲則民服』之『何』，不與『伯夷、叔齊何人也』之『何』同也。」予從之。

昌俊曰：「盟者私，襲者公。我無私憾，故盟；有大將軍之命，故襲。」

辭令近于《左氏》，愿削「我有之」三字，不成文。汝喜不可筆則筆，不可削則削，嗚呼！值汝之妄手乎，雖《春秋》而亦未免筆削耳。

義經怒，俾抶其面。昌俊曰：「我者大將軍之使也，抶吾面者，猶抶其兄之面。」

「其兄」應于上「乃公之兄也」，愿削「義經」已下至「使也」三句，以「抶其面」三字移前「罵曰」上，「抶吾面」上加「且」字，削「者」字，改「其兄」作「大將軍」，句脚加「也」字。妄手之筆削，使文叢脞不成章，且字殊拙，具眼之士誰從之乎？

意氣忼慨。義經壯之曰：「欲生，生之。」

愿作「欲釋之」，語拙而無味。○按，《殷本紀》云：「欲左，左；欲右，右。」

昌俊曰：「我已許死於大將軍矣，

愿改作「昌俊曰：『初我誓大將軍曰：「不成則死於命。」』」薰蕕易混，讀者須疏鼻穴以辨之。

願速殺我，則公之惠是已。」

添二字，句法奇健，愿不知而削之。

遂斬之。

愿「遂」上加「於是」二字，贅。

使中務丞友國，禮也。

一句斷效《左氏》。

厥明，頼朝嘗所遣紀綱之僕安達經清者亡而東，

「紀綱之僕」，字典云：「周之曰紀，總之曰綱。」〇藤澤甫曰：「《左氏・僖二十四年》傳云：『秦伯送衛於晋三千人，實紀綱之僕。』言秦穆雖送兵三千以衛護重耳，而實則周總以繫之，不使其負恩違義、忘納主西鄰之禮，傲然以生獨立成霸之心也。頼朝使經清從義經，亦然矣。但彼則衆而此則寡，各就宜而用之。故義經殺昌俊，則經清亡歸而告之於頼朝者，是即紀綱之職也。」愿不知而彈之，乃削「厥明」已下十六字，改作「初，昌俊之入京，頼朝使安達經清從。及兵敗獨」，是不啻其文愚且拙而已。頼朝使經清從昌俊之事，不載于《東鑑》及《平家物語》《源平盛衰記》等，則汝自作此説，以枉讒物子矣，其罪大於惡僧。

告以昌俊兵敗見殺者狀。

愿改「者」作「之」，是亦不知古文辭故也。

於是乎

又用「於是乎」字，章法。愿不知而削之，如前評。

頼朝大喜曰：「殺吾使也，

以「心憚」「心惡」「大喜」爲通篇骨子，「大喜」比之「憚」「惡」，則毒甚矣。愿不解而改作「大怒」，「吾使」下加「是反」二字，非妄則惑。又「賴朝」下加「乃」字者，是不知用「乃」字法也。

而今而後兵有名矣。」

《禮》云「師必有名」，是應上「大喜」。夫賴朝始使昌俊私襲，後命將而公討，霸心成策，一篇緊要專在斯句而已矣。愿不知削之，且言此語軟弱不可用，嗚呼！汝讀書而不通，作文而無法者，可以見也。

乃命三河守範賴，率六萬騎往討。辭之日，謂之曰：「汝亦爲九郎之所爲者。」

愿加「邪」字，失語意。

範賴恐不敢行，

愿改「恐」作「懼」，彈曰：「『恐』者意不安之義，爰用之則輕淺無勢。」不知者則以爲然也。○藤澤甫曰：「《史記·黥布傳》云：『布愈恐，不敢往。』」

載書百以盟，遂以之死。更命時政實平。十一日，

愿加「二日，義經聞東兵將來討己，因詣上皇御所泣訴其冤。且曰：『臣待於京，恐驚輦轂之下，願赴海西以待之』」四十字，文雖陋，亦可以當註釋也。「因」字倭習。

上皇敕伊豫守義經、備前守行家，以海西九州之兵討賴朝。

愿「上皇」下加「恐其作亂，因」五字。上四字註文，「因」字倭習。斯一節記敕，故書「伊豫守」「備前守」，汝削之，不知禮也。

越三日，義經與行家出洛，赴海西，騎士三百。

愿「三百」上加「僅」字，有無亡害。

而其臣義盛奔于伊勢，殺守吏首藤以死。

斯一節説義經失一勇士，其勢所以益孤也。愿以爲贅旒而削之者，非矣。且至引《盛衰記》，則假字國語，冗長淺俗，與汝家文同臭味，宜哉其能詳之也。

攝人多田行綱、太田豐島等兵一千騎，陣于小溝，要而擊之，不克。

如「圍之不克」之「不克」也，愿以爲不通，改作「義經擊而破之」。吁！以汝不能通，改之，則自非倭文，則當盡改之。至鄙極陋！

六日，義經發大物，

別段落，故加「義經」字。愿不辨段落而削之。又改「發大物」作「遂至大物，將發舟」，且彈曰：「『發』字略而不通。」是如「早發白帝城」「夜發清溪」之「發」，何煩用「舟」字？汝不可筆則筆，不可削則削，妄手之弊如前評。

值颶而不克，竄于南山。十二日，敕美作州捕義經、行家。

愿「十二日」上加「上皇懼東兵之入，而怨敕義經討頼朝也」十六字。○藤澤甫曰：「皆川生非但不知中華文法，亦不知吾皇朝忌諱，故吐斯語。《詩》云：『中冓之言，不可道也。所可道也，言之醜也。』豈此謂邪？」

二十八日，時政實平入洛，爲頼朝奏請六十六州總追捕使，以搜義經、行家及平氏噍類。

「搜」者，如《南史》所謂「大搜群族」之「搜」，愿削之，改作「大索」，蓋取諸「秦皇大索張良於天下」，可謂不知類矣。又「類」下加「上皇許之」一句，是喜衆人易解者，而不自覺陷于倭習之窟也。

於是乎

又用「於是乎」字，章法。蓋自此已上三「於是乎」，明賴朝討義經軍慮計策；已下二「於是乎」，辨賴朝霸業成定。

賴朝之霸成矣。

應上「夙有霸心」。

明年春，義經奔于奧，依其刺史藤原秀衡。後五年秀衡死，其子泰衡等殺義經。

愿「殺」上加「畏賴朝而」四字，亦可以當註文。

賴朝聞之，曰：「擅殺吾弟，請討泰衡。」不待報而發，泰衡敗走以死，

愿削「以」字，不成句。

奥州平。於是乎

又用「於是乎」字，章法。

賴朝之霸定矣。

《左氏》云：「取威定霸，於是乎在矣。」通篇取法於《左氏》，愿不知，流汗以罵之，可笑可惡。

君子曰：

起手用《春秋》書法，故結文擬《左氏》，以君子之言斷。

義經不亡，賴朝不霸。世人至于今悲夫義經之勳而弗報，天哉！

「悲夫」二字，管下九字，愿誤讀以爲絶句矣，可見無國點之書，則汝不能讀之，況於自下筆以作之乎？然高自誇

曰：「物茂卿文雖膾炙于人口，而由識者觀之則無法無格，真字之倭文也。後進書生學此等文，則必當羅北轅之患矣。故今彈改其一篇，以備後人之龜鑒。」嗚呼！汝顔皮金鐵，大言如山，而其口不裂，其舌不拔者，幸也。〇「天哉」，古文辭，今文必用「也」字。

雖然，是豈翅悲義經已乎哉？

言亦悲王室之衰也。

文章薰蕕辨卷下

東都有姓山本名信有字喜六號北山者，禀性驕傲，執心放肆，口無關鑰，妄言如雨，乃著《作文率》以歷詆本邦諸作者。亦效皆川愿竄改物子前文，別撰出一篇。蓋亦欲以蕕奪薰，其臭愈益甚矣。予先誦愿正文，捧腹數次。後讀斯篇，胡盧百轉。因詳辨之，以解初學之惑。予豈好辯哉？所謂出乎爾者反乎爾者也。

記土佐坊襲義經事

山本信有

「第」字不可闕，題既倭，則其文之俗，可不讀而知矣。

文治元年冬十月十三日，源賴朝使土佐坊昌俊襲義經。

全《太平記》體，直倭文。「十月十三日」，昌俊襲堀川第之日，信有今繫以「賴朝」者，似賴朝命之以斯日矣，可笑。物子《記》先用《春秋》書法，繫事於日月時年，承之以《左氏傳》例，自釋曰：「盜者惡僧昌俊也，兄賴朝使焉。」章法句法可玩也。汝雖效物子，亦用《春秋》法起，然下不擬《左氏傳》，則徒效顰而反露東施之醜態耳。

初義經

亦雖效物子用追叙，亦未免里醜之顰。

在陸奥聞賴朝舉兵，馳而赴之。于時

「于」字倭習，可削。

賴朝雖奉敕勤王，根本未固，難躬親西征，思親戚可代己者。

「思」字倭習，當作「求」。

會義經至，大喜。

「會」上當加「適」字。

然幼相離隔，

句弱了，頗似初學尺牘語。

未知其爲人，故實熱湯盥，使義經執之。

斯一段全取皆川愿而文多倭習，愿猶不能及，况於物子乎？其隔弱海萬里。

手爲此烙，神色不變。

「爲此」二字贅，可削。

賴朝心竊憚之，

物子文效《左氏》，用五「於是乎」字成章，以「心憚」「心惡」「大喜」爲議論之柱。淇園、北山并不知以議論行叙事，則記斯等事，亦於昌俊之襲不緊要矣。

然莫可代義經，

賴朝代己也，非代義經也，當作「無若義經者」。如用古文辭，則作「莫有義經若焉者」而可。

終用之。

「終」當作「遂」。

既而義經討木曾、擊平氏，用兵如神，戰勝攻取，善撫循將卒，大得衆驩心。

「善」上當加「又」字。

雖關東人士，多樂屬之。事平後，還東者亦多稱其將略，嘖嘖不已。賴朝心竊始惡之。

斯一段首鼠於物子、淇園之間，而汝不知叙事包議論成章，則語語皆死貨也。

當此之時，皇綱日頹敗，於是賴朝陰有奪皇柄心，

「當此之時」「於是」語重復。「皇柄」下宜加「之」字，「心」字當作「志」。斯等之事下無賴朝之霸成霸定之照應，則斷尾蛇，雖有首而不能進耳。

義經反傾意奉朝廷，朝廷亦倚賴之。故凱旋之日，賜叙爵，許昇殿，又詔使居京師鎮衛皇城。賴朝怒其不問諸己

「問」字倭習，當作「告」。

而受朝爵，方來致八島俘於鎌倉，拒之腰越而不敢見。義經憂懼，書以悲訴，不敢聽，

上「敢」字當作「肯」，下「敢」字可削。

然不少有反賴朝之意。

斯一段全取皆川生，憒焉，雜倭習，加俗語，陋亦甚矣。比之原文，何啻蚊脚與馬足乎哉？實如大鵬與斥鴳然也。嗚呼！自非莊周之達，則孰能一之？

遂復西還京，居堀川之第。

二句全取皆川生，而不能變一字，可謂鈍賊矣。

性有好色之疾，聞平時忠女美，娶之。聽其請，而還檀浦之役所獲篋於時忠，篋中有朝臣所與平氏關通書云。

雖倭文不如是拙，吁！北山伊蘭臭於淇園之蕕，讀者慎勿滅其鼻。

以此人多非之者。又或言八島而夜置平太后於幕中。賴朝既憚其能，忌其功，惡得其

二字倒置。

人心，

「惡得其人心」者，非謂賴朝惡義經得士驩心邪？盍作「其得」？而爲「得其」，真倭習之極哉！正足以詒耻於天下

後世矣。嗚呼！信有汝不知耻之書，予今改名之曰《作文杜撰》，讀之不捧腹者，其人亦是杜撰之徒也。

欲討之無辭。竊聞其閨門不修，欲襲而殺之。集諸將帥見其意，諸將素畏義經，莫敢應，於是謀諸梶原景時。景時嘗有恨義經，故舉土佐坊昌俊。昌俊者，武藏人也，勇而善鬥，出家爲南都僧。

「爲南都僧」當作「爲僧在南都」，否則倭習，初學不可不知也。

爲友報仇，竄乎土肥。土肥實平愛其材力，善遇之。後得赦，猶客于實平。及賴朝之興，實平舉族屬之，乃薦昌俊。賴朝亦奇之，常侍左右。至是陰使之，昌俊乃將兒玉黨九十七騎而西。

原文字法句法可玩，故雖皆川生之不遜而亦不敢改之。信有傲然變之者，俚諺所謂瞽者不怖蛇者邪？

將入京，適遇江田弘基。弘基者，義經之近習也。

全倭文。

見昌俊甲兵之多，

當作「從者之多」。昌俊欲陰襲之，雖中路，豈可陽見其甲兵邪？腐儒不達事情若此，予胡盧百轉，不亦宜乎？

而意其必有故，醉其從卒後者，問得其情，走以告義經。乃命弘基召昌俊，不肯來。更命辨慶，辨慶亦僧也，力能扛鼎，以梟勇聞。單騎往至昌俊所，瞋目責昌俊曰：「吾君者，右大將軍親弟也，汝入京，宜不待召而來見。然有命召，不往者何也？」
斯一段多俗句，且「吾君」已下二十九字語勢緩慢，不似瞋目者之言，何不愧原文也？○「不往」當作「不來」。

昌俊氣沮，
一句取皆川生。

曰：「豈敢？今將見。」
拙哉！

命舍人備馬，
「舍人」亦俗語，當作「圉人」。

辨慶按劍
二字可削。

叱曰：「吾君命召，何待駕？我馬在焉。」乃挾昌俊而出，如提嬰兒。
倭習。

昌俊騎士畏縮，無敢動手。
俗句。

辨慶放昌俊於馬背，
「背」字可削。夫上人於馬，不於背而於腹乎？將首乎？抑尻乎？可笑之甚。北山耄言，劣於女兒。

纍騎而馳。

一句取皆川生。

昌俊騎士從而馳，辨慶顧叱曰：「止矣！吾君獨召昌俊，非召汝鼠輩。」騎士皆辟易。其聲如霹靂，眼如電光，

斯二句移上「鼠輩」下則稍穩，然遂不免《太平記》體耳。

莫敢從。乃至堀川，義經曰：「士之東者，必先見大將軍而後館；

二句全取原文，如野鶴在鷄群。

士之西者，亦必先至堀川而後館。

斯二句亦取原文，改「見我」作「至堀川」，僅變二字，雅俗鴻溝。

汝獨否者，抑有說乎？」

俗句。

曰：「臣豈有他乎？此行也，參于七大寺耳，

「參禪」，華人所雅言；而「參寺」未聞之，蓋由倭人常語用之。此謂之倭習也。

今見在齋中，不可以浄衣見大人，

「浄衣」當作「齋服」。

故欲待竣事之日敬拜下執事也。臣本僧家人，疏于禮法，誤抵君之怒，死罪之

當。」義經曰：「從騎之多，何也？」

「何」字着「多」下者，爲皆川生所惑，可謂無特操矣。

曰：「備他盜賊耳。」

取原文。

義經曰：「吾知汝言皆詐，得無非爲大將軍襲我邪？」

曰「得無非爲大將軍襲我邪」，則爲昌俊不爲賴朝襲義經之辭，而意言忽爲矛盾，是即作文杜撰之所以爲作文杜撰也。○「無」字可削。

曰：「東國驍將如雲，大將軍欲襲君，豈無其人乎？何以用出家人矣？君猶疑，臣起請

俗句。

日本諸神祇以盟也。」

全倭文。以斯拙手欲争巧於天下作者，吁！信有，汝顔厚幾重也！

盟書成，乃遣歸。左右或疑其詐，義經素不屑昌俊，

義經與昌俊未嘗有素，何用「素」字？且「不屑」二字倭習，當作「輕」。

故不少慮。

俗句。

乃夜醉卧，其士皆歸休，留直者僅七人焉。寵妓静爲人聰慧，意獨不安昌俊。

一句全是皆川愿文也，信有汝屢取愿，而捨物子者，蓋以其曲高故難和哉？

使二小豎往諜，

原文作「往覘」。《説文》云：「覘者，窺也。」〇按，《左氏・成十七年》傳云：「公使覘之，信。」物子蓋取于此，皆川生亦從而不變焉，信有改作「諜」者，以倭訓同誤之耳。《説文》又云：「諜者，軍中反間也。」〇按，《左氏・桓十二年》傳云：「楚師分涉於彭，羅人欲伐之，使伯嘉諜之。」杜註云：「諜，伺也。」疏云：「謂詐爲敵國之人入其軍中，伺候間隙以反報其主。」兵書謂之反間，豈今之義乎哉？

久不還。復使一婢，遽走還曰：「二豎皆死在其門外，門内人擐甲，馬挂鞍，今且發矣。」

原文高古，今變爲鄙俗，惜哉！且曰「挂鞍」者何？世人尚能言「置鞍」，豈言「挂鞍」邪？〇按，若先儒曰「挂鞍」「懸鞍」，則皆息馬之義也。信有野夫，未嘗跨武馬，安識馬具乎？况於馬言乎？然况馬術乎？曰「放昌俊於馬背」、曰「人擐甲，馬挂鞍」，絶哉繆！是雖無學之弊，亦不能慮之誤也。

静急唤覺義經，義經醉而不寤，俄而敵兵在墻外，大呼事太急，

倭文中最拙者也。

静以爲良將雖酣睡，一聞金革之聲必起，

皆川生文雖比原文則拙，亦不若是已甚也。

乃取鎧振之，鏘然而鳴，

二句全取皆川生，而纔變一「提」字，是同氣相求而更增臭者也。

義經果寤，甲而起。

卧者皆起而甲，豈有「甲而起」者哉？

静雖婦女子，善使長柄刀，

倭文中殊俗者也。

圉紀三太

「圉」原文作「僮」，皆川生亦從之，信有獨以爲養馬者，非矣。

善射，左右以進，大開門而迎之。昌俊兵雖多，不得入。諸將卒

義經下豈有諸將邪？是亦妄言。

在于外者，

原文作「諸歸休者」，應上，信有不知而取皆川生，同不成章。

聞鬩聲稍稍奔凑。

當作「來集」。

又會源行家來救，於是

二字贅。

昌俊大敗，走匿于鞍馬山。

二句全取原文，鸚鵡能言，不離飛鳥。

鞍馬山者，義經幼日讀書處也，是故山僧多善義經者。

一句全是皆川生文，信有盜句，實得其妙矣。

相率大索

「大索」，評在前篇。

山中，遂執諸僧正谷以致焉，義經殺之。

文甚略，蓋筆既倦與？力既盡與？

此役也，

已下皆北山所自撰本來面目，東都幼學倭習之祖也。

廣綱、忠元血戰死，

「血」字可削，「戰」當作「鬥」。

二士者義經之下，以勇聞，義經深惜之。賴朝以殺昌俊爲名，使北條時政、土肥實平將六萬騎討義經。義經欲西奔九州，阻風。

原文作「值颶而不克」，信有改作「阻風」。夫「阻風」者，謂值風而舟不能發也。〇按，《義經記》《盛衰記》及俗間謡曲等，義經舟既發大物浦，颶風大起，平氏厲見，不能渡海云。蓋若平氏厲則涉怪，故唯曰「值颶而不克」，汝讀倭書而尚未通與？將不得解華語而誤用之與？字曰腐儒可也。

東奔于陸奥，鎮守府將軍藤原秀衡與義經有舊故，善待之。居高館城，國人稱高館殿。

物子原文以議論行叙事，故前半篇始之以「義經執熱盥」，中之以「義經得士驩心」，終之以「義經傾意乎朝廷」。後半篇入題，結以義經奔而賴朝之霸成，殺義經而賴朝之霸定。文有照應，有關鎖，篇法章法可玩也。今結不以賴朝之霸，則自始唯當記昌俊襲堀川第事，否則前半篇所叙皆是死貨，文亦終斷尾之蛇。嗚呼！信有汝元來窮措大，故其於操觚，亦專任獨意以放其所爲，謾然下筆，鮑誣物子之文，顔厚過皆川生，而其手則不及之，可最愧之大也。雖然，予嘗觀汝他著作，其愚未至如此之甚，而斯篇特極其拙矣，可怪哉不可怪？古語所謂「小巫見大巫，神氣頓盡」者是也。

文章薰蕕辨跋

夫温良恭儉讓也者，聖人之德。雖非凡士所企及，苟學聖人之道而不法聖人之德，則傲慢不遜而竟爲名教之罪人矣。悲哉！後世儒者概不務實學，徒以虚文爲譸張之具，讚美自家，譏刺它門，何失敬非禮之甚？是非文人相輕之病，則小人好争之癖也。近年西都有皆川氏，東都有山本氏，亦皆一時以文章飛聲乎四方之士，嘗各著書以彈改徂來物子之文，罵詈過於仇讎，有道君子誰不惡之哉？旭先生者，牛門之徒也，故不得已而作之辨。然其言往往有未免相輕之病與好争之癖者，則安能適有道君子之意乎？雖然，此舉上則慰物子在天之靈，下則雪海内同學之耻，可謂高明忠勇絶倫也。予雖非牛門之徒，而傍蒙先生之教數歲于兹，謹應命以撰跋言矣。而至其軒輊，則污不阿所好。

大阪尹府通判桑原梅龜謹識。

松陰快談二卷

長野豐山　撰

《松陰快談》二卷

長野豐山 撰

長野豐山（1783—1837），名確，字孟確，號豐山，通稱友太郎。江户時代後期儒學者，伊豫國（今愛媛縣）人。長野豐山七歲習句讀，十一歲能作五七言詩，十九歲於大阪從中井竹山受《詩》《書》《左傳》。後入江户昌平學舍，從學於古賀精里、尾藤二洲、柴野栗山。長野豐山長於文章，在尾藤二洲門人中，與以德行擅名的近藤篤山、以經書卓異的越智高洲并稱。學成之後，於文化十年（1813）任伊勢神户藩儒學掌教，以性情耿介而去職，輾轉出任川越藩、松代藩、前橋藩之藩校教授。所至多落落寡合，後遂不仕，於江户開私塾授徒，文章家如藤森弘庵、林鶴梁，詩人如遠山雲如等，皆其高弟。著作有《松陰快談》《嘉聲軒文約》《嘉聲軒詩約》等。

《松陰快談》四卷是信手隨札類著述，如其自序所言，「商榷古今，評品文詩，其餘及山水花木、書畫筆墨之末」，内容頗顯繁富，而評述文章者集中於前兩卷。長野豐山所活躍的江户後期，以荻生徂徠與伊藤東涯爲代表的古學漸趨式微，擬效古則的做法開始受到質疑。「今人孰不排伊、物而笑之」，此爲長野豐山月旦文章的文化背景。《松陰快談》對於文壇模擬剽竊之風進行了激烈而徹底的抨擊。自古學派倡揚古文辭以來，七子文章盛行於時，長野豐山於此體現出鮮明的批判意識：「明人所謂古文，皆第剽竊古語耳。至其法度神妙，則未嘗夢見。」七子雖然聲稱「文必秦漢」，但實則陷於字句割裂，近乎錦綉之百衲衣，長野豐山譏彈道：「如李、王輩，其綴辭構篇，大失古法。大抵剿襲模擬，影響步趨，自謂之古文」，「蓋不知以意爲主，而徒修飾其辭」（《答古賀穀堂書》）。此類文章之弊，正在於「模擬文飾太過，强笑强哭，毫無神氣」。在明人文章中，長野豐山首重王陽明，稱其堪與宋大家比肩，亦推許方孝孺、徐渭、劉基及宋濂，但整體評價不高：「名家不啻千百，然亦皆不能仿佛宋人。」他所激賞的文章軌則，正是七子的對立面：「韓、柳、歐、蘇八家之文，已爲千載之宗師，後之學文者不得不依其法。」

八大家文法，成功之處實在於「不依放古人」，這一途轍使其勝出七子，「夫孟、韓、歐、蘇之所同者，在其法度結構爾，不可求同於字句之末矣」，因爲「古文無定法，只是言語之次第承接得宜者是耳」。故太宰春臺《文論》討論篇法、章法、句法、字法，得到長野豐山激賞。文以達意爲上，篇法尤其關係氣脉，若斤斤拘守，字摹句擬，只會爲法所縛，七子正以此註誤：「明李于鱗、王元美剽竊古語以爲古文，不知文之古今在結構，而不在字句之末也。」因而長野豐山論文法，實則專主篇法：「觀文辭者，先須察其結構大勢如何。此果佳，有小瑕累未足爲病也。」日人習古文辭，也多闇于篇法，「本邦儒者作文，多未知篇法而妄作也」，「邦人論文者，大抵知字法與句法而已，未嘗知有篇法也」。長野豐山由此悟入，「不喜模擬剽竊，特學其規矩法度」（《自傳》）。

長野豐山打破了學古崇拜，强調「法與我一，不與之期而合」，因而能不盲從古人，鮮明主張「前人不必勝後人」，甚至提出「左氏不及司馬」之説。對於唐宋派，在重視其成績的同時，也不忘指出歸有光「與荆川皆宗歐、蘇，然氣弱不振，蓋亦非善學者也」。即使是被奉爲文章極則的韓愈，長野豐山有專書評點其文，《松陰快談》也能指明其瑕纇。對待唐宋詩之争，亦能提出「我不必唐，不必宋，又不必不唐宋」。從抨擊模擬，经由學習古則，再到師心自用，《松陰快談》之文章觀念實具内在邏輯。

《松陰快談》中還呈現出明顯的比較意識。在和漢文化交涉伊始，日方作爲學習者往往對中華文化充滿仰慕，步趨擬習之風極盛，常見「和學中源」之類的簡單比附。長野豐山論及「西土」文法，多能與「本邦」對照，其評述視點落實於自家。對於「近世儒先」之文學成就，「可與唐宋名公比肩而無愧色焉」，他倍感欣喜；對於盲目崇信，又不忘批評：「邦人之寡陋者妄信之，以爲是西土人之言必有據矣，是弗察之甚者。」他持有强烈的文化本土觀念，感慨「我邦慶長偃武以來，文儒輩出，名噪一世者蓋非少矣，其著撰之盛古未曾有。然讀書率生吞活剥，故其製作叙次無法，氣脉弗貫，終未能抗衡西土，余常以爲憾」（《自傳》）。比較意識當中，暗含了日本文章自主意識的萌發。

《松陰快談》有抄本及文政四年（1821）刻本。刊版後頗受好評，迅即西傳中國，被收入《昭代叢書》癸集，沈楙悳壬寅年（1842）跋文許以「援引博洽，時具特識」，不失爲中日書籍交流史中和刻回流之佳話。《昭代叢書》本將原書合爲一卷，對文字有所校勘。然亦偶有誤改者，如首條之「菡萏、燕子，其花不同」，「燕子」被删落；原本卷二「書畫詩文，皆不拘世代」一條，亦脱去。今據文政本録入專論文章之卷一、卷二部分，參校抄本及《昭代叢書》本。沈楙悳跋語，附於書末。

松陰快談自序

余之僑居京城也，軒外有古松一株，夭矯翥軒，如游龍舞鳳。余撫而愛之。及日之没山，月之飛空，則凉影參差，中庭如流。時有稚子高吟曰：「水上清風非有着，松間明月本無塵。」余卧而聽之，不覺躍然而起，拍手和之。已而嘆曰：「此境界一味，恨無人共享之矣。」居久之，聞足音跫然，則有二三客提携而來。余爲設席松陰，與之啜苦茗，酌淡酒，陶然以樂。古人云：「又得浮生半日閑。」我輩之閑，豈特半日而已哉？於是余爲之商榷古今，評品文詩，其餘及山水花木、書畫筆墨之末。衝口而發，無所擇也。一談一笑，未嘗不抵掌稱快也。乃謂客曰：「子亦曾聽稚子之吟詩乎？水風不着，松月無塵，是得我談之意。且彼偶然高吟以自快焉，我聽而悦之，不知客亦能悦吾之談否？然悦之亦可，不悦亦可。我快吾談，奚必問人之悦與不悦哉？」客啞然而笑，且去又來，固無妨於我之閑也。積日累月，談益多端，因自録之，稍積爲卷，名曰《松陰快談》，亦非以快人也，以自快耳。夫月之夕，松之陰，乃繙我書而快誦之，安知不復有旁人拍手稱快者哉？

文政庚辰仲夏，豐山長野確書于京城僑居老松之陰。

松陰快談卷一

好同惡異之弊，不可勝言也。在國家則忠直退而佞諛進，在講學則損友親而益友疏。人之意見，豈一一與我同哉？天下之事，豈一人一家之所能辨哉？要之虚心平氣，惟求其善，庶幾其可。王安石好同惡異，偏見執拗，遂亂天下。東坡曰：「自孔子不能使人同，顔淵之仁、子路之勇，不能以相移。而王氏欲以其學同天下。地之美者，同於生物，不同於所生。惟荒瘠斥鹵之地，彌望皆黄茅白葦，此則王氏之同也。」善哉言也！梅柳、桃李、牡丹、芍藥、菡萏、燕子，其花不同，而皆可愛焉。天地生物已不同，而況於人乎？

誹謗激坑焚之禍，清議激黨錮之禍，清流激白馬之禍，臺諫激新法之禍。歷代大禍多起於言語文字之激，可不畏而慎焉哉？明道先生嘗曰：「新法之行，乃吾黨激成之。當時自愧不能以誠感上心，遂致今日之禍，豈可獨罪安石也？」余謂當時諸公争攻安石不遺餘力，先生獨反之已。嗚呼！是所以爲先生也。

近歲米價至賤，亦至治之景象。蓋有田祿者，米價高則得利十倍，是徒益其富耳。鰥寡孤獨無恒産者，出錢買米，一錢高下，利害切其身。寧使富家少其利，不使窮民失其所。元何景福《傷田家詩》曰：「春祈秋報一年期，土穀神靈知未知？昨日街頭穹米價，三錢一斗定何時。」讀之不覺泣下也。唐太宗時米斗三錢，後世以爲美談，然不如漢宣帝之時穀石五錢也。

天明年中奧羽饑饉，餓者盈道。羽州鶴岡有鈴木宇右衛門者，初爲某藩小吏，致仕自耕，爲人仁厚。見餓者之衆，愀然憫之。於是悉出其所有救之，其妻亦賣衣服鈿釵助之振濟，田宅器物斥賣皆盡。一日門外有小女饑凍號哭，宇女年十歲，母謂之曰：「春天漸暖，汝襲纊衣，盍脱其一以贈之？」女乃擇其美者以授門外女，父母欣然感涕，聞者莫不嘆美。嗚呼！鈴子一村小民耳，而其賢如此。世之大家富豪自矜者，豈能爲鈴子乎？道德自任者，豈能爲鈴子乎？豈非鈴子之罪人耶？

《瑞桂堂暇録》曰：「簡池劉先祖，號後溪，朱文公高弟。平生好施，不顧家有無，來謁者皆周之。一日晨坐暖閣，夫人方梳沐。有舊友來訪，公令夫人出閤。士人進見，夫人挈沐具，偶遺金釵一。公適起入内，夫人從窗隙中見士人拾所遺釵，入懷未穩，公將出，夫人掣公衣袖止之。少頃，公乃出。客退，問其故。夫人曰：『偶遺小釵，彼方收拾未穩。士以貧得之,可少濟,不欲遽恐之。』公與夫人俱賢如此。」余謂今儒者動輒引「非其義,一介不取,一介不與」。然當其與之也,明目張膽,强辯曲説曰:「義不當與焉。」而當其取之也,唯見其欣欣之色,而未嘗聞其論義矣。清王丹麓《今世説》曰:「有人語杜于皇:『某一介不與,却未一介不取,可謂一邊伊尹。』」余讀之,不覺捧腹絶倒。

本邦儒先如藤惺窩、林羅山、木順庵、室鳩巢諸公者,皆忠厚質直,千載傳之無弊之學也。

羅山、鳳岡二先生,其學該博,和漢古今之書靡所不窺,可謂前無古人、後無來者矣。近世以博識自負者,或知彼而不知此,或知古而不知今,豈足望二先生之萬一哉?

伊藤東涯亦宏覽之士也,觀其所著《制度通》《名物六帖》之類,和漢之書籍涉獵殆盡,可謂偉人矣。後之儒者,略讀西土古今之書,而自誇其博識,殆爲東涯所笑。禮樂、制度、天文、地理、兵法、水利、算數,皆儒者分内之事,不可不知也。本邦古今之制度、事變,尤當詳講而明辨焉,否則不足以爲儒矣。然非有許大之精神才力者,則豈足辨此哉?

《晁氏客語》曰：「濳道少時嘗見温公論性。濳道極言之，温公作色曰：『顔狀未離於嬰孩，高談已至於性命。』」嘗讀顧寧人《亭林集》曰：「命與仁，夫子之所罕言也；性與天道，子貢之所未得聞也。今之君子則不然，聚賓客門人之學者數十百人。『譬之草木，區以别矣』，而一皆與之言心言性，捨多學而識以求一貫之方。是必其道之高於夫子，而其門弟子之賢於子貢，祧東魯而直接二帝之心傳者也，〔一〕我弗敢知也。」兩段議論足以醒覺大夢矣。

明主必能用人，暗君好自用，不能任人。《荀子》曰：「人主以官人爲能者也，匹夫者以自能爲能者也。」「大有天下，小有一國，必自爲之然後可，則勞苦耗悴莫甚焉。」古人云：宋仁宗百事不能，惟能爲君。夫人主騷擾，不能静净無爲，未有能治國家者也。三代以來，惟漢文帝、宋仁宗静净無爲，近於恭己南面者，宜乎千載之下仰慕其德，至今不衰也。

人主之德在知人，而知人堯舜難之，况其他乎？至愚之君，必悦媚己者。故人主能悦其不媚己者，亦可以爲英明矣，如唐太宗是也。

〔一〕祧，原作「跳」，據《亭林文集》卷三《與友人論學書》改。

文士齷齪不足用而尤誤人者，假道學也。人主欲成國家之務者，必須求奇才，勿徒爲其名所誤。

近世儒先惟新井白石、熊澤蕃山實有奇才，可與唐宋名公比肩而無愧色焉。京師嘗有并河天民者，初從仁齋學，後自作一家之説。其學詭異，爲人有膽略，頗似陳龍川，要非凡庸。倘有英君駕御之，則必有可觀焉。如熊澤氏其學其人皆詭異，然英主用之，其功業偉然，至今賴之。

周成王任周公而群叔不悦，蜀先主任孔明而關羽、張飛不悦，秦苻堅用王猛而樊世、仇滕、席竇不悦，唐太宗用魏徵而封倫不悦。故曰：非希世之君，則不能用希世之臣矣。君子爲政，群小怨怒，歷世皆然，不足怪也。養隼而攫鸞皇，畜狸而搏鸚鵡，古人之所以三嘆也。

《唐・選舉志》曰：「凡擇人之法有四，其第一曰體貌豐偉。」余謂擇人以道德爲第一，其次取才藝，未聞以容貌取人也。果如唐制，則晏子之長不盈五尺，如我邦山本勘助，皆擯棄而弗用，豈可乎？《開元天寶遺事》云：「明皇謂李白曰：『我朝與天后之朝何如？』白曰：『天后任人之道，如小兒市瓜，不擇香味，惟揀肥大者。我朝任人如淘沙取金，剖石采玉，皆得其精粹。』」據此語，則武曌取人亦以容貌爲先歟？

「不妄許可」四字，蓋非君子之言矣，今人好譏者常引以爲口實。楊升庵嘆好發人陰私，以傳聞曖昧之事，或愛憎毁譽之口，而妄加誣衊於人。〔一〕近日我邦儒林之習亦如升庵之言，余因謂寧失之於過譽，勿失之於過毁。

人有媢嫉之心，猶着躬之痼，蓋欲不嫉不可得也。沈約聞人一善，如萬箭攢心，可謂小人矣。妒媢相害，古今之通弊，而近日儒林更甚。夫人各有命，而嫉之誹之，欲使之不通，不知無損於彼而有害於己也。

古之真君子、真豪傑，必磊磊落落，心迹明白，無所僞飾。《冷齋夜話》曰：「東坡每曰：古人所貴者，貴其真。陶淵明耻爲五斗米屈於鄉里小兒，棄官去。歸久之，復遊城郭，偶有羨於華軒。漢高祖臨大事，鑄印銷印，甚於兒戲。然其正直明白，照映千古，想見其爲人。」由是視之，矯飾不近人情者，未必真君子也，視於王介甫可以見焉。

《皇明世説》云：「劉青田始見太祖，咏竹箸曰：『漢家四百年天下，盡在張良一借間。』太祖大悦。」青田佐太祖取天下，奇策神算往往出於人意表，蓋似子房而殆過之者。又善文章，余讀其所著《郁離子》，後又讀舶來寫本《青田集》，其文簡潔雄奇，蓋

〔一〕按，此出自謝肇淛《五雜組》卷十四，非楊慎語。

明文之傑然者。

王丹麓《今世説》曰：「義興大饑，當事集紳士議賑。紳士曰：『賑饑是極難事，毋輕議也。』徐竹逸曰：『天下難事，我輩不爲，誰爲之者？』條陳數則，活數萬人。」快哉！竹逸男子，固當任天下難事，否則兒女子耳。

胡五峰《知言》三卷，張南軒序之。其書多名言，如「寡欲之君，始可言王道；無欲之臣，始可言王佐」，簡而盡焉，可以論定千古之君臣矣。

《秘書二十一種》中有《晋乘》《檮杌》焉，蓋好事者據《孟子》而僞作也。漢時求逸書，高價購之，奸人兢僞作古書以射貨利。孔壁古文、《竹書紀年》之類，蓋不少矣。《列子》載亢倉子，乃有《亢倉子》之書。《家語》載子華子，乃有《子華子》之書。賈誼稱鶡冠子，乃有《鶡冠子》之書。《孟子》稱晋乘、檮杌，乃有《晋乘》《檮杌》之書。殆不可枚舉。劉炫作僞書百餘種，見《北史·儒林傳》。

《墨子》亦僞書耳，胡元瑞《九流緒論》據今之《墨子》以證儒墨之異，呶呶累數百言。韓文公《讀墨》曰：「孔子必用墨子，墨子必用孔子。不相用，不足爲孔墨。」是文公辯墨子之爲僞書也。元瑞不察，以文公爲未嘗讀《墨子》，引墨書中之訕孔子者以駁之，豈不謬哉？物徂徠亦以宋儒爲未嘗讀《墨子》，皆未察其爲僞書之過也。

兵家之言，莫如《孫武》。其他鈐弢之策，不翅理味淺短，而文辭亦不美。惟《孫子》文辭簡切，理致精妙，誠兵家之祖哉！有魏武註解，其真僞未可知。然比他註，頗覺簡明。《説郛》中有《黄石素書》一卷，恐是僞書，然亦確言甚多。

《懲毖録》二卷，朝鮮柳成龍所著也。記文禄三韓之役頗詳。余讀《武備志》曰：「朝鮮柳承寵、李德馨皆惑其國王李昖，終亂國政。」余因疑承寵即成龍，字相似，因以誤耳。然觀《懲毖録》，柳與李皆頗有功於其國，而《武備志》云云，意一必有訛，今未可考。

《致身録》十八條，明史仲彬所著。仲彬從建文帝出亡，所録顛末甚詳。當時從亡者二十二人，艱難危嶇，終始不變。余讀之，不覺流涕。出亡，建文四年六月十三日也。

朱子著《名臣言行録》，當時諸家文集、語録、謾記、隨筆、野乘、稗史，莫不采取。《語類》云：「先生每得未見書，必窮日夜讀之。」朱子亦自云：「大略有書要讀，有事要做。」又曰：「書無所不讀，事無所不能。」又曰：「孔子天地間甚事不理會過，若非許大精神，亦呑許多不得。」余謂朱子亦有許大精神，毋論其博學善文、著述贍富，而又善書善畫，是皆非朝夕所能巧也。蓋其精神不堪喫多少辛苦，何能至此哉？

或勸陸象山以著書，象山曰：「學苟知本，六經皆我註脚。」方伯謨勸朱子勿著書，朱子曰：「在世間，喫飯後全不做得些子事，無道理。」是亦可以見二先生之異趨矣。

明胡應鱗字元瑞，號少室山人，年未四十而没。余讀胡氏《筆叢》四十卷，其學該博，明儒蓋少其比矣。王元美作《元瑞傳》，見《弇州續稿》，載其著書之目，殆三百卷。弇州曰：「元瑞生僅三十而著作充斥乃爾，過此以往，所就又何如耶？」據此言之，元瑞亦可謂奇男子矣，但恨文辭不駿潔耳。

余遭有疾，亦未嘗廢讀書，然不敢讀經史，恐其不能精細用心也。大概《東坡志林》《西湖志》、米海嶽《書史》《畫史》、陳眉公《書畫史》《巖栖幽事》、屠赤水《考槃餘事》《清言》、徐文長《玄鈔類摘》、袁中郎《瓶史》、高士奇《江村銷夏録》、姚首源《好古堂書畫記》，其他唐宋明人漫記、隨筆、詩話之類，或憑几讀之，或卧而閲之，亦病間之一適也。余嘗得脚疾，請一老醫診之。醫曰：「病頗危篤，不宜讀書。」因指几上朱子文集曰：「這理窟的書，尤不宜讀也。」余爲之一大噱，而手猶不釋卷，尋病愈。因謂讀書吾性所適，故無害而反有益。然醫言亦非妄也，患虚勞症者不容不痛禁讀書。

亡友服顯字維彰，讀書敏捷。嘗與余同讀《十七史》，至《晋書》未半，維彰得篤疾，蓋刻苦太過之所致也。後余每閲《晋書》，未嘗不慘然思維彰也。維彰從余學文，未成而卒，可惜！

享保年間有奴某者，主家破，不忍去，竭力養主孤，遂得旌賞。物徂徠作傳，文見於《徂徠集》。一日讀宋王闢《澠水燕談録》，載趙延嗣事，趙哲之僕也。〔一〕趙哲死塞下，家極貧，三女皆幼。延嗣義不忍去，竭力營衣食以給之。三女已長，趙哲之友宋白、楊徽之爲擇良士嫁之，三女皆有歸，延嗣乃去。徂徠先生石守道爲之傳，以厲天下。義僕之事，彼此相似，而爲之傳者同號徂徠，可謂奇矣。然石之與物，其人迥別也。

客問余曰：「似而非者，莫如儉與吝，其別如何？」余曰：「吾嘗讀明陳録《善誘文》，〔二〕曰：『處己以儉謂之德，待人以儉謂之鄙。』又《晁氏客語》曰：『韓魏公用家資如國用，謂不吝也。曾魯公惜官物如己物，謂誠儉也。』讀此二條，儉吝之别了然明白。」

張南軒先生告宋孝宗曰：「當求曉事之臣，不求辦事之臣。欲求伏節死義之臣，

〔一〕按，據《澠水燕談録》卷三，「趙哲」當爲趙鄰幾。

〔二〕按，據《宋史藝文志補》等，陳録爲宋人。《善誘文》有宋刻本。

必求犯顔敢諫之臣。」後世人主宜三復焉。

太宰德夫《紫芝園漫筆》曰：「周濂溪作《愛蓮説》，以蓮比君子，是宋儒道學之氣習，其弊也大矣。」余謂屈原作《離騷》，以香草比君子。周子之文原於此，果如德夫言，則屈子亦有道學之氣習耶？可發一粲。史繩祖《學齋佔畢》曰：「《左傳》云：『譬諸草木，吾臭味也。』屈正平《離騷經》一篇之中，固以香草比君子矣。然於《九章》中特出《橘頌》一章。濂溪周子作《愛蓮説》，謂蓮爲花之君子，亦以自況，與屈原千古合轍。不寧惟是，而二篇之文皆不滿二百字，咏橘咏蓮皆能盡物之性，格物之妙無復餘藴。」由是言之，德夫之論可謂陋矣。

佐藤直方曰：「蘇東坡博覽强記，能文善書，然自我輩視之，東坡俗儒耳。學者欲博覽，又善文章，終身不能爲真儒也。」余謂然則周公之多才多藝；孔子之博學無所成名；周濂溪、程明道之禮樂、刑政、天文、地理、兵法、水利、算數靡所不究；朱文公博覽强記，能文善書，天下之事靡所不知，是皆終身不能爲真儒耶？設使佐藤子道博學善文，未必知道，則可矣。道博學善文，終身不能爲真儒，則我欺誰，欺天哉？三宅尚齋屢譏佐藤氏之固陋，可謂知言矣。

伊氏之門貴博覽，其徒有成者，可以供王侯顧問之用。物氏之門貴文章，其徒有才者，可以供王侯書記之用。君子宜勿以其學之詭異，而棄其所長也。

聖人爲政自有妙用，非後人可議擬也。此而下用心，莫如公平忠恕焉。如世之腐儒猜忌苛刻，毫髮不與己合者，皆擊而排之，則其所與者必讒諂面諛之人矣，焉能服天下豪傑之心哉？豪傑不服而國治者，未之有也。

謝肇淛《文海披沙》曰：「黄金一種，古多而今少。漢高帝賜陳平黄金四萬斤，韓嫣以金爲彈，董卓積金成塢。而漢制天子每聘后輒用黄金二萬斤，今之大内豈易辦此哉？〔一〕所以然者，世間糜費澌滅，唯金最多，而四夷之外去而不返者不與焉。」由此視之，西土亦至明黄金耗減，蓋地之出金銀銅鐵本有限，安能副無窮之用哉？不可不慮也。

寬永中吉田侯爲執政，建議毁大佛像以鑄錢，曰：「佛法以身世爲妄幻，以利人爲慈悲善根。則使佛存于今，必將割其身以利人，矧銅像乎？」是與周世宗冥符。豐太閤使侍臣讀《漢書》，至酈生封六國後，咤曰：「誤矣。」至留侯借箸論之，乃曰：「善。」正與石勒合。英雄所見符合如此。

〔一〕辦，原作「辨」，據《文海披沙》卷六、《昭代叢書》本改。

我邦武將少年立奇功者不可枚舉，在西土少年以文鳴者正相抗衡。唐李肇《唐國史補》曰：「渾瑊太師年十一歲，隨父釋之防秋。朔方節度使張齊丘戲問曰：『將乳母來否？』其年立跳蕩功。後二年拔石堡城，收龍駒島，皆有奇功。」是在西土絶無而僅有者。

浮田氏病篤，召侍臣曰：「我將死，誰能從我者？」咸請殉。問户川肥後，答曰：「夫陷堅挫鋭，進不顧死，臣能之，至殉，則臣不能也。君若求殉者，莫如沙門。彼念誦猶能引導成佛，矧殉而導之？臣等武夫，戰場殺人不少，恐墮修羅道。且沙門平日得寵賜十倍臣等，則以酬恩論之，殉亦宜在沙門。」

《韓非子》曰：「越王句踐慮伐吴，欲人之輕死也，出見怒蛙，乃爲之式。御者曰：『何爲式？』王曰：『蛙有氣如此，可無爲式乎？』是歲有自刭死，以其頭獻者。」是句踐能振起士氣也。我邦武將御其群下，亦多類此。士氣不振而國久存者，未之有也。故治世之良主，常賞敢言節行以振士氣；亂世之名將，必賞勇悍奮鋭以振士氣。爲君將者不之知，而欲士爲用，不可得也。

賀州板倉公尹京十八年，治績甚大。老病辭職，幕府召見，問曰：「誰何代卿者？」答曰：「臣兒重宗可。」於是命尹京，公明廉正，天下稱能。晋祁奚舉其子祁午，唐狄仁傑舉其子光嗣，晋謝安舉其兄子謝玄，皆不負其所舉，不以私意累之。賀州之舉，何以異此哉？

防州板倉公尹京，一日出行，雖嬰兒皆避匿屏息俟其過。有一兒可十歲，獨不避，且從而罵之。公聞之，命問其父姓名里居。還謂府吏曰：「民某嘗訟乎？」吏檢之，乃嘗訟而弗克者。於是再召而按之，果寃，乃賜金謝之。嗚呼！公判無私，官吏之所難；知過能改，聖人之所貴。今防州一舉而兩美具焉，豈不賢哉？

芭蕉庵桃青師事富春山人，山人嘗爲半時庵澮澮作庵記。其文道嘗爲桃青講《南華》，今日三歲童子莫不知有桃青、澮澮，而富春山人或不知爲何人。山人姓田名某，字省吾，號桐江，從物徂徠學。仕於某侯，直諫弗聽，請致仕亦弗允，於是私去奔奥。其友滕東壁、太宰德夫數人相共謀曰：「侯必遣兵追之，恐不可脱，盍相與出死力拒之？」乃各衷甲護送山人數十里，追兵不來，乃告别還。省吾已去遊奥，更號富春山人。後遊攝之池田，授徒自給。爲澮澮作庵記，蓋在攝時也。余常慕東璧、德夫之高義，非庸儒之所及也。

岡井孝先與物徂徠友善，且有葭莩之親。孝先嘗浴箱根温泉，臨行托徂徠以妻子。既而小兒患痘，徂徠馳往視之。晝夜身不解衣帶，飲食湯藥皆自調之。兒危篤，馳人告孝先，深服其高義，與人語及之，輒嗟嘆久之。余謂以徂徠之豪悍，而所爲如此，亦可見其卓越尋常矣。夫伊、物之學可謂詭異矣，然余聞伊氏之徒往往温恭退讓，物氏之徒大抵豪爽明快，皆重義不顧利害，服善愛才唯恐不及，要之非凡庸也。今人孰不排伊、物而笑之，然視其人品，則有薰蕕之别。噫！

松陰快談卷二

讀歷史諸子鈔本，不如讀一部史子也。讀諸家選本，不如讀一家全集也。欲學文章，最忌博雜。惟要精看數部，須使書味盈胸中，慎不當貪多矣。其書大抵《左》《國》《史》《漢》《孟》《荀》《莊》《騷》，加以韓、柳、歐、蘇之全集，反覆精讀，然後下筆，必有可觀。然不可無良師友琢磨也，否則不免獨學固陋矣。文已成，然後博讀書，則用力少勞而收功却多。

文章必須一氣呵成，譬猶人之一身，四支百骸各異其用，而氣之流貫於全體者，未嘗中絶，乃能生活運動。若徒有頭目手足，無一氣流通，則是木偶耳。文有抑揚開闔、操縱起伏、回抱接初種種之法，而一氣呵成，乃稱作手。如徒拾句綴字，銖積寸累，慘澹經營，有無數斷續之痕，豈成言語哉？

本邦儒者作文，多未知篇法而妄作也。太宰德夫《文論》曰：「文有四法，曰篇法，曰章法，曰句法，曰字法。積字成句，積句成章，積章成篇，四者皆有法。一失其法，則不成文矣。先秦古文以至韓柳二家，森然法度，歷歷可考。近世古文辭家作，今觀其文，非不工也，惟其字與句有法而章與篇皆失法，故氣脉不貫，不足觀也。」善哉太宰氏之言！本邦先輩論文能及此者，蓋有之矣，我未之聞也。蓋用力於文辭者莫如徂徠之徒，而其所作猶多失篇法如德夫之言，况他人乎？夫失字法、句法是小疵耳，至失篇法，則安在其爲文哉？

作文縛法則筆端窘束，氣脉不貫矣。憒焉自放則叙次錯置，前後支離。故必使法與我一，不與之期而合，斯謂之善文。嗚呼！是豈易事哉？

元吴萊論文曰：「作文如用兵，兵有正有奇。正者法度如部伍分明是也。奇者不爲法度所縛，千變萬化，坐作擊刺，一時俱起。及其欲止，部伍各還其隊，元不曾亂。」是論文之尤善者。

詩法易認，文法難知。欲知作文之法，則莫如熟讀韓、柳、歐、蘇之文，而又不可無良師友也。否則用力甚勞，而誤認不少。

文法甚嚴且明，而本無定法。一篇之中，有起結、照應、波瀾、轉折、起伏、頓挫、抑揚等之法，可一一指示；而非有幾句必轉折，幾段必照應之定局也。譬猶軍法，左右、前後、坐作、進退皆有法度，而戰鬥之際，變化不測，出奇無窮也。善作文者，窮言竭論，如意已盡，忽又一轉，更出人意表，而照右應左，結前起後，未嘗出範圍之外。兵以克敵爲主，出奇不克，惡在其爲奇哉？文以達意爲主，出奇不達，又惡在其爲奇哉？文以意爲主，以氣爲輔，以辭爲奴，是千古不易之定論也。造語雖巧而氣脉不貫、主意不明，是奴婢强而主輔弱也。故能役使奴婢而不爲奴婢役使，斯可謂善文矣。喋喋千言，意晦氣弱，將焉用文？不如不作之愈也。

文之强弱在氣而不在辭。世有以艱澀爲强、以平易爲弱者。東坡之文平易著明，于鱗之文艱澀隱晦。然孰强孰弱、孰優孰劣、孰奇孰拙，具眼者必能辨之。魏文曰：「文以氣爲主，氣之清濁有體，不可力强而致。」是千古之確論也。

韓文公論文曰：「氣，水也；言，浮物也。水大而物之浮者大小畢浮，氣之與言猶是也。氣盛則言之長短與聲之高下皆宜。」可謂作文之要訣矣。

有經語，有史語，有小説家之語，有語録隨筆之語。論、記、序、書、尺牘之類，文體已異，語氣自別，斷斷不可混用也。

有套語，有歇後之語，用之詩、尺牘小文辭猶可也。至作大議論大文章，則必不可用也。世之陋儒大抵不能辨文體，粗心讀書，見西土人或用俗語，或用套語，或用歇後之語，不辨古今，不問文體，以爲文章皆如此，遂妄用之，曰：「我有證據。」是可笑之甚者。文體之不同，猶畫工之於草木禽獸，各別體也。今若畫桃施之以蘭葉，畫虎施之以鹿毛，孰不笑其謬戾也？故欲學作文者，辨體之爲急務。

作文須一筆寫去，首尾粲然，而後稍加添删，則自然有活潑流動之氣。若銖積寸累，則死氣滿紙，使讀者厭倦思睡也。

文能達意，非易事也。議論排奡，縱横如意，而天地景物千態萬狀。及日用常近眼前鎖細之事，任筆寫來，未嘗停手，斯能達其意矣。是在西土人亦難之，況於我乎？東坡論文曰：「大略如行雲流水，初無定質。但常行於所當行，常止於不可不止。文理自然，姿態横生。孔子曰：『言之不文，行之不遠。』又曰：『辭達而已矣。』夫言止於達意，疑若不文，是大不然。求物之妙，如繫風捕影，能使是物了然於心者，蓋千萬人而不一遇也，而况能使了然於口與手者乎？是之謂辭達。辭至於能達，則文不可勝用矣。」近日文人有分達意、修辭爲二者，又謂艱澀之文爲修辭，謂平易之文爲達意，可發一粲。夫辭不修則意不可達，意不達則不可以爲辭。王弇州《藝苑卮言》曰：「孔子曰『辭達而已矣』，又曰『修辭立其誠』，蓋辭無所不修，而意則主於達。今《易·繫》《禮經》《家語》《魯論》《春秋》之篇存者，抑何嘗不工也？揚雄氏避其達而故晦之，作《法言》。太史避其晦，故譯而達之，作《帝王本紀》，俱非聖人意也。」亦知言也。

光明正大，法度森嚴，而砉然嚮然，奏刀騞然，莫如韓文公焉。縱心恣腕，篇法政嚴，序次詳備，麗句層出，愈多而愈不亂，莫如柳柳州焉。婉曲周折，法度閑暇，詞意醇厚，氣調員美，莫如歐陽公焉。縱横排奡，才鋒俊偉，奇奇怪怪，不與法期而與之合，莫如蘇文忠焉。

陳後山《談叢》云：「法在人，故必學；巧在己，故必悟。」余謂兩個工夫不可闕一也。蓋無師友琢磨，則規矩準繩不可得而知也，故必學焉；夫運用之妙存於一心，在我自得，不可恃他人也，故必悟焉。

韓學孟，歐學韓，終不見其蹊徑。張無垢所謂欛柄入手，開導之際改頭换面，隨宜説法，使殊塗同歸，是可以悟作文之法。夫孟、韓、歐、蘇之所同者，在其法度結構爾，不可求同於字句之末矣。《荀子》曰：「禹行而舜趨，子張氏之賤儒也。」由是言之，豈惟文而已哉？

觀文辭者顧其運用如何而已，古今雅俗皆自此而判也。猶良匠製器，衆材一經其手，精巧可喜。如夫拙者，雖有美材，適足以傷之耳。故其妙用不在其材，而在其手；不在其手，而在其心。靈丹一粒，點鐵成金，運用之妙，存於一心，豈惟道家與兵家之謂哉？

客問曰：「六經、《左》、《國》、《史》、《漢》皆古文也，篇章之間固非無法，然豈一一合後人所説哉？作古文者不必拘法可？」余曰：「否。子欲知議論文法，且試讀《孟子》《莊子》。欲知叙事之法，且試讀《左傳》《史記》。反覆以索其結構之法，久之自了然矣，不必須多辯也。今夫世人孰不讀《孟》《莊》《左》《史》？但粗心讀過，生吞活剥，不知其法之所在耳。且夫韓、柳、歐、蘇八家之文，已爲千載之宗師，後之學文者不得不依其法，猶作詩者不得不依沈約之韻也。李笠翁曰：『未有沈休文詩韻以前，大同小異，或可叶入詩中。既有此書，即《三百篇》之風人復作，亦當俯就範圍。李白詩仙，杜甫詩聖，其才豈出沈約下？未聞以才思縱横而躍出韻外，况其他乎？設有一詩於此，言言中的，字字驚人，而以東冬江陽并叶互施，吾知司選者必加擯黜，豈有以才高句美而破格收之者乎？合譜合韻方可言才，否則八斗難克升合，五車不敵片紙。雖多雖富，亦奚以爲？』余謂學文者先學字法、句法、章法、篇法，猶學詩者先學平仄、排比、句法、韻脚也。余幼少好文，不知篇法，信手漫寫，觀於他人之所作，亦猶是也，因謂文章如是易爲耳。後反覆讀《孟》《荀》《莊》《騷》及唐宋明諸家之文，稍稍知篇法之所在。愈久愈明，始知篇法嚴然，不可胡亂下筆也。今夫連篇累牘，師心妄作以誇多，我恐不免識者之旁觀匿笑也。

明清人作時文有定法，所謂一冒一腰、六腹一尾等之類是也。其法本亦自古文出也，然不與古文同。譬猶古詩之與近體也，古詩無定法而恰有法。然非如近體之平仄一定，配比切對，句必五七字，韻必限一韻，嚴然不可移易也。古文無定法，只是言語之次第承接得宜者是耳。或譬喻，或波瀾，首尾結構各相喚應，而氣脉流貫，句句欲活，乃成言語，乃是好文章也。若承接無法，則支離决裂，如口吃者之語，豈成文辭哉？

世儒論詩文輒以世代爲高下，是耳食之言耳。詩文之佳惡在人而不在世，在詩文而不在人，惟具明眼而能公判者，可與論詩文矣。

柳子厚論韓文曰：「退之所敬，司馬遷、揚雄。遷於退之固相上下。若雄者，如《太玄》《法言》及《四愁賦》，退之獨未作耳，决作之，加恢奇。至他文，過揚雄遠甚。雄文遺言措意頗短局滯澀，不若退之猖狂恣睢，肆意有所作。」楊升庵曰：「歐陽公、蘇東坡之文皆前無古人矣。至老泉之文，若求其侶，在《孟》《荀》之間，《史》《漢》之上。」方正學詩曰：「前宋文章配兩周，盛時詩律亦無儔。今人未識昆侖派，却笑黄河是濁流。」如三子者，可謂具正法眼矣。

明都元敬《鐵網珊瑚》曰：「今人收畫多貴古而賤今。且如山水花鳥，宋之數人超越往昔，但取其神妙，勿論其世代可也。」余謂書畫詩文，皆不拘世代可。

余常持左氏不及司馬之説，其略曰：人皆知班之不及馬，而不知左氏亦不及司馬也。子長之文，猶文人高士爲水墨山水，略有筆墨，而妙處在筆墨之外。左氏猶畫匠之着色山水，固守規矩，而不敢胡亂下一筆也。然求其神采秀發，氣韻流動，不可多得也。《左氏》一部自首至尾，唯是一法，少變化。至《史記》則縱横變幻，使人把捉不得，所謂神明於法者。

左氏之不及司馬，猶列子之不及莊子也。朱子曰：「《孟子》《莊子》文氣俱好。《列子》便有迂僻處，《莊子》全寫《列子》，又變得奇峻。」胡元瑞《筆叢》曰：「大抵《列》之文法，《莊》之文奇。列猶丘明，莊猶司馬。列規矩馴而易入，莊崖岸峻而難攀。」兩段議論，皆所謂眼透紙背者。

前人不必勝後人，如列子之不及莊子，左氏之不及司馬，范曄之不及陳壽，《晉書》之不及《五代史》。諸皆是也，豈得拘世代哉？

修史者知記歷代事實及文物制度，而不知模寫其人之氣象好尚、文章言語之各殊，則不足以爲史矣。故修史之難在不失其時世之本色，使千載之下讀者如身在其時，親見其事也。司馬子長作《史記》，自黄帝迄漢武，上下三千餘年，論著纔五十萬言，而三代之時自是三代之時，春秋戰國之時自是春秋戰國之時，下至秦漢之際又自是别樣。時人之氣象好尚各自不同，使讀者想見其時風人品，是所以爲良史也。今倘有人編修我國史，亦宜效之。至如言語文章，則勢不可得寫其本色焉，然亦求隨其時世而少存其風趣可也。然此等妙筆從何處得來？亦恐是可言而不可行者。

古書無謂「我」爲「身」者，蓋漢末俗語始有之也。《三國志》張飛曰：「身是張翼德。」是可以見其時世之語氣矣。《五代史》王彦章曰「豹死留皮，人死留名」之類，亦可想見其人之氣象矣。陳、歐之所以爲良史也。

觀文辭者，先須察其結構大勢如何。此果佳，有小瑕累未足爲病也。柳子厚云：「古今號文章爲難，非謂比興之不足，恢拓之不遠，鑽礪之不工，頗纇之不除也。得之爲難，知之愈難耳。苟或得其高朗，探其深賾，雖有蕪敗，則爲日月之蝕也，大圭之瑕也，曷足傷其明、黜其寶哉？」子厚之論文也，今人以其井蛙之見妄評品文章。偶見小疵，嘩言攻之，并其全體之美棄擲不顧，矧其指以爲疵者未必然耶？且其所自作果無一疵可指乎？排人售己，薄俗誠可嘆。朱子嘗與門人同觀東坡之文，門人指摘其瑕，朱子曰：「渠文大勢佳，雖有小瑕，不妨其佳。」可謂公判矣。

凡觀人詩文者，虚心平氣，反覆數過，而後須思我作之果能勝之否，果能及之否，抑不可及否，然後論其佳否，庶幾不謬。今人率以愛憎之口，妄加譏評於人文，否則矮人觀場，從人啼笑耳。

論文不問其美惡，惟簡短而後可，則濡墨吮筆，可一朝駕歐蘇之上；惟繁長而後可，則綴字滿紙，皆可厭倒孟韓。視字之多少以爲文之高下，則三歲童子皆可以論定古今文章矣。楊升庵曰：「繁非也，簡非也，不繁不簡亦非也。難非也，易非也，不難不易亦非也。繁有美惡，簡有美惡，難有美惡，易有美惡，惟求其美而已。」知言哉！

大概西土人性通達寬厚，喜同惡異之弊少，故互美其長而棄其短。本土人性苛塞狹隘，動輒異同相軋，務護己短，好毁人長，一切莫不皆然。猜忌妒媢雖出於沉溺名利之深，然亦其資性然也。好艱澀之文者笑平易之文，喜平易之文者譏艱澀之文，不知其各有美也。人情僻於好惡，不止詩文。試思之天地之間，日月山川、草木禽獸賦形不同，千品萬殊，而各有其用，各有其美，是天地之所以爲大也。若以日毁月，以山譏川，以草木訕禽獸，則幾何不爲天地笑？

王武子云：「未知文生於情？情生於文？」此言極佳。先有意趣而後下筆，所謂文生於情也，是人人靡不知焉。隨筆而意生，隨意而筆轉，一轉更妙於一轉，所謂情生於文也，斯謂之妙境，然能解此者鮮矣。

言語妙處，可意會而不可言傳也。故古今人論文談詩，其所説着者纔其皮膚耳。至其妙處，則言語不可以狀焉，但才人獨能意會之而已。故才人之言儘有味焉，若夫憒憒者之言，愈多愈可厭。

諸家傳註，爲經史子集之累者不少矣。蓋著作之與考據家肝腸意見絶不相同，訓詁人往往好牽强附會，斷章别句，遂使精意妙義索然嚼蠟無味，其爲累豈淺淺哉？

造語雅馴，一氣流貫，縱横馳騁，不失法度，乃稱作手。造語雖巧，然氣脉不貫，則是剪綵之花，終無生氣矣。縱横馳騁，無規矩法度，則是風顛漢之絮語，豈成言語哉？柳子厚評韓文曰：「世之模擬竄竊，取青媲白，肥皮厚肉，柔筋脆骨，而以爲辭者之讀之也，其大笑固宜。」是子厚譏世之辭勝而氣弱者也。

叙事之奇古者，莫如《檀弓》《穆天子傳》焉。《漢武》《飛燕》内外傳亦野史之古者，文家不容不讀。

邦人論文者，大抵知字法與句法而已，未嘗知有篇法也。論文及篇法者，獨太宰德夫而已。然擇而不精，語而不詳，故其所作亦多失於此，豈不惜哉？

或曰：「所謂抑揚頓挫，非文法也，西土及第場屋、朗誦試卷之音節耳。」余笑曰：「音節固有抑揚頓挫，而文法亦有之。今試讀孟韓諸家之文，其抑揚頓挫之法，可一一指示，是何關音節哉？如子之言，所謂知其一而未知其二也。《藝苑名言》曰：「唐人拗體律詩有二種。其一單句拗第幾字，則偶句亦拗第幾字。抑揚抗墜，讀之如一片宫商。」是所謂音節之抑揚也。清儲欣評韓文公《答吕醫山人書》曰：「抑極忽揚，抑處盡，揚處倍有聲光氣焰，得司馬子長之神。」是所謂文法之抑揚也，何關音節哉？

《鹽鐵論》經世實用之書，儒者固不可不讀，而其文辭亦漢文之傑然者。《陸宣公奏議》其經世之略與賈太傅伯仲，可謂真才實學矣。而其文辭典質温雅，雖不免駢儷之體，然亦唐文之傑出者。

柳子厚《狀段太尉逸事》，咄咄如生，與馬遷相上下，而其作《南霽雲廟碑》皆駢儷之語。蓋柳文佳者絶佳而不免駁雜，固不如韓文之篇篇皆高古絶妙也。

李翱字習之，韓門之高足也。樂善好士，見人有一善一能，稱譽振拔，必達而後止。自謂引薦賢俊如朝饑求飡，如久曠思通，如見夭麗而不得親。其爲人可知也。當時韓文公亦愛好士，然習之以爲未足，貽書切切刺譏。習之文逼似昌黎，其《拜禹言》曰：「惟天地之無窮兮，哀生人之常勤。往者吾弗及兮，來者吾弗聞。已而已而！」讀之亦可以想見其賢矣。

唐孫樵作文高潔，如《刻武侯碑陰》簡明雅健，頓挫入妙。其《與友論文書》及《與王霖秀才書》自述淵源，謂得作文之真訣，蓋非虚妄也。著《孫氏西齋録》，論編年史法。如「高祖殺太子建成者何？黜功循愛，譏失教也。李勣立皇后武氏者何？忘諫贊匿，懲廢命也」之類數條，蓋朱子《綱目》之權輿也。孫樵自鈔其文三十五篇，編成十卷，又自序之，在唐中和四年。

歐陽公《五代史·伶官傳》尤妙，與馬遷相上下，范曄、陳壽皆不能及也。

王荆公作文繁簡皆妙。如《上仁宗萬言書》，最繁而最美者。如《讀柳宗元傳》《讀孟嘗君傳》，至簡而至美者。

韓文公之學《孟子》，蘇長公之學《莊子》，毫無模擬剽竊之痕，居然有閉門造車、開門合轍之妙。

明焦竑《焦氏筆乘》云：「近世談文率宗《史記》，然子長精神結構茫然未解，第襲其語耳。此史公之盗臣也。向讀荆公短文數首，真可與其論贊相頡頏。《讀刺客傳》《伍子胥廟銘》，觀其筆力曲折，真脱胎换骨手也。」余謂明人所謂古文，皆第剽竊古語耳。至其法度神妙，則未嘗夢見。弱侯之言確哉！

古往今來天地之間事物之盡善盡美者蓋少矣，雖聖人猶未免焉。如湯之有慙德，武之未盡善，伯夷之隘，柳下惠之不恭是也。如韓文公之文，可謂前無古人、後無來者矣，然其文亦未免瑕纇。如《送孟東野序》户弦家誦者，而人或譏其臧孫辰、荀卿與孟子并稱，然是猶可。余按，此篇首句曰「大凡物不得其平則鳴」，若夫孔孟謂之不平鳴可也，如皋陶、禹、夔、伊尹、周公，皆身在順境，其道之行毫無遺憾，豈可謂之不平哉？洪景盧《容齋隨筆》亦詳辯之，今不煩舉。王羲之書家之龍鳳也，楊升庵《丹鉛總録》云：「王右軍書帖多誤字，皆玉瑕錦纇，不可效尤。」由是視之，文如退之，書如羲之，皆未免疵病。天地之大，人猶有所憾；日月之明，有時而蝕，奚足傷其大且明哉？

《戰國策》杜赫曰：「譬之如張羅者，張之於無鳥之所，則終日無所得矣；張於多鳥處，則又駭鳥矣。必張於有鳥無鳥之際，然後能多得鳥矣。」文奇甚，惟坡翁獨得此妙。其《禮以養人爲本論》曰：「禮未始有定論也，然而不可以出於人情之外，則亦未始無定論也。執其無定以爲定論，則塗之人皆可以爲禮。」又《王者不治夷狄論》曰：「是故以不治治之，治之以不治者，乃所以深治之也。」又《清風閣記》曰「所謂身者，汝之所寄也；而所謂閣者，汝之所以寄所寄也」之類甚多。坡翁之文自《莊子》《國策》轉化來，雄辯痛快，奇奇怪怪，無復滯礙。

王弇州云：「讀子瞻文見才矣，然似不讀書者。」余謂是乃子瞻之所以妙於文也。子瞻豈盜竊古語者哉？不止子瞻，韓、歐亦然。不止韓、歐，孟、荀、莊、列一切古文皆然。凡爲文多援古典，〔一〕多用古語，皆未至者也。借喪馬誇富者，可愧之甚。柳子厚《與楊誨之書》曰：「足下所爲書，言文章極正，辭奧雅，但用《莊子》《國語》文字太多，反累正氣。果能遺是，則大善矣。」視子厚之言，乃知元美之憒憒也。

大家之詩文別有一種雄豪之氣，自不與小家面目同也。世有詩文精巧足以名家而終不可列大家品目者，是其才力有限，非一時勉强可能及也。是在其詩文之氣力，而不在著作之多少也。故名家百篇不能敵大家之一文一詩，是可與知者道也。或以著作之多少分大家小家，果然則小兒之學語數百篇，皆可以厭倒古人大家矣，豈可矣哉？

元許衡、劉因以道學名，皆博學能文。其他有文名者，元好問、趙孟頫、吴澄、姚燧、馬祖常、范德機、楊仲弘、虞集、揭傒斯、張雨、楊廉夫、姚樞、黄溍、柳貫、吴萊、危素十數人。或文或詩，要可比宋之小家數。至明文運又旺，名家不啻千百，然亦皆不能仿佛宋人，獨王陽明可與宋大家比肩而立矣。

明文之佳者莫如王陽明焉，遣言措意縱横開闔，靡不如意。方正學、徐文長亦恢

〔一〕古典，原作「典古」，據《昭代叢書》本改。

恢乎疾馳矣。簡潔雅馴莫如劉青田，富贍雄偉莫如宋景濂。王弇州《藝苑卮言》曰：「宋景濂如酒池肉林，直是豐饒，而寡芍藥之和。方希直如奔流滔滔，一瀉千里，而瀠洄滉瀁之狀頗少。」可謂具論矣。

從前論明文者，未嘗及王陽明。余讀《陽明文録》，縱横俊偉，出入高下，靡不如意。古人云：「杜詩韓筆愁來讀，似倩麻姑癢處搔。」余於王文亦云。嘗聞木順庵先生甚好韓文，後又喜陽明，平居不釋手。偃武以來，詩貴盛唐，先生爲嗃矢。〔一〕夫先生學德純厚，不以詩文顯，然可謂慧眼如炬矣。

朱文公之文、白香山之詩，皆不依放古人，獨别創一體，讀之似平穩而實甚奇，俱可見其膽識之大。楊升庵曰：「剖析性理之精微，則日精月明；窮詰邪説之隱遁，則神搜霆擊；其感激忠義、發明《離騷》，則苦雨凄風之變態；其泛應人事、游戲翰墨，則行雲流水之自然，其紫陽之文乎？」是善論朱子之文者。

余在昌平學舍閲寫本《吕東萊先生左氏博議》，比之舶來印本及本邦翻刻諸本，其文繁長，篇數亦多。印本蓋後人厭其繁蕪而删之者，意王弇州之徒爲之歟？然未能考

〔一〕嗃，原作「熇」，據《昭代叢書》本改。

也。讀《博議》，亦知東萊學殖之富、才力之雄。《林下偶譚》云：「東萊早年文章在詞科中最號傑然者，然藻繢排比之態要亦消磨未盡，中年方就平實。惜其不多作，而遂無年耳。」

一日書賈携陳龍川文集來示余，求價甚高。余貧不能償，乃借得一月讀之。議論恢奇，如其爲人。至如「武庚禄父殷之孝子，管叔、蔡叔殷之忠臣」之論，怪奇驚人，然亦原於坡翁《武王論》。龍川名亮，字同甫，朱文公之友也。往復論學，見文集。其學雖詭，要亦一世豪傑也。方正學謂使孝宗用龍川，足以恢復中原，可謂公論確言矣。及龍川没，朱子題其墓曰「龍川陳先生之墓」，亦可見其始終友誼相全矣。陸象山余讀其語録，未見其文集也。東萊屢稱其文。象山少朱子殆二十歲，而朱子敬重之。象山嘗講君子小人喻義利之章，朱子執經下座聽之。鵝湖之會，象山作詩語侵朱子，而朱子次韻之詩益温厚和敬，盛德之氣象藹然可掬焉，學朱子者不可不知也。近世偏固怪僻，妄自尊大，毫髮不與己合者，輒與之絶交，而托名於道學。吁！是其爲道學可知也已。

宋吴氏《林下偶譚》曰：「歐公凡遇後進投卷可采者，悉録之，爲一册，名曰《文林》。公爲一世文宗，於後進片言隻字乃珍重如此，今人可以鑒矣。」余謂是即公之所以爲文宗也。嘗讀公與劉原父書曰：「得介甫新詩數十篇，皆奇絶，喜此道不寂莫，以相告。」又答梅聖俞書曰：「讀蘇軾書，不覺汗出。快哉！快哉！老夫當避路，放他出一頭地也。可喜！可喜！」公喜人之善、成人之美如此，蓋以其天分甚高耳。明胡宗憲示茅坤以《白鹿表》，茅坤咤曰：「是非吾荆川不能作也。」唐荆川蓋其師也。既而知徐文長所作，乃曰：「惜末弱耳。」是其妒媢之情不能自掩也。大抵明儒相忌相排，不翅一茅坤也。視於歐公，可以見人品薰蕕之别矣。余讀茅氏文集，不得一佳作，蓋不足爲文長之奴，宜乎其不堪猜忌也。古人曰：「毀生於嫉，嫉生於不勝。」信哉言也！

徐文長善書，所著《玄鈔類摘》纂古今書法頗精博。又能畫。嘗自次第其所能曰：「書一，詩二，文三，畫四。」以余觀之，其詩非無奇句妙語，然近詭僻，不如文之恢奇精妙也。袁中郎評文長之詩爲有明一人，恐僻其所好耳。

明李于鱗、王元美剽竊古語以爲古文，不知文之古今在結構，而不在字句之末也。結構合古法，雖用俗語不害爲古。且夫古文之美者，莫如《孟子》《莊子》《左氏》《公》《穀》《國語》《國策》《史記》，果剽竊《詩》《書》耶？其引《詩》《書》，必曰《詩》云云、《書》云云。至自撰之語，未嘗攘《詩》《書》一語。是韓文公之所以去陳言也。物茂卿云：「退之去陳言，而古則荒矣！」吁！陳言腐語，可以爲古哉？不思之甚。如于鱗

《比玉集序》，讀之似謎語，誠俳優之語哉！

何李、李王之詩文，譬猶劇場中正末凈丑戲子之語言模擬文飾太過，强笑强哭，毫無神氣，故乍讀之可喜，再讀之使人羞赧。

王弇州喜于鱗之文，晚年稍悟其非，遽慕東坡，然不及矣，觀《弇州續稿》可以見焉。

明文人歸震川、唐荆川之輩，與于鱗、元美互相排笑，獨元美晚年稍悟其非。《弇州續稿》與徐宗伯書曰：「弟數年來甚推轂韓、歐諸賢，以爲大雅之文，故當於熙甫不薄。第無由相聞耳。」可見其悔悟也。第于鱗讀書不博且早逝，未及悟耳。歸有光字熙甫，震川其號。與荆川皆宗歐、蘇，然氣弱不振，蓋亦非善學者也。

在漢文好剽竊他書者，《淮南鴻烈》是也，明人所謂古文辭之祖也。王元美作序極稱揚之，然其書元非出於劉安一手，故頗冗複割裂，不足以爲法也。余幼時再三讀之，後稍覺可厭，以其無生氣也。

蘇老泉曰：「今夫綉繪錦縠，衣服之窮美者也。尺寸而割之，錯而紉之以爲服，則綈繒之不若。」李、王、物、服所謂古文辭者，無乃類此乎？

善文不必博學，博學不必善文。古人曰：「好個歐九，可惜不讀書。」而歐文之妙，與日月争光，是善文不必博學也。宋劉原父、明楊升庵，其學該博，古今少比，而文章并皆不絶佳，是博學不必善文也。若我先輩，鳩巢之學不如東涯之博，東涯之文不如鳩巢之佳，則文章豈以才識爲先歟？

袁中郎作山水遊記甚輕妙，讀之使人想見其景勝，飄然在其地矣。至於議論，非其所長也。

清人之文能入細而不能爲大。秦漢古文大抵粗枝大葉之文，氣骨雄壯，豪蕩不羈，所以爲高也。清人之文唯於枝葉上粉澤，是所以不及也。

偃武以來，諸儒輩出。然風氣未開，讀書率生吞活剥，未能詳解文理。享保年間，物徂徠出，才氣超卓。始悟西土之文理，自以爲獨得之秘。於是蔑視先儒，傲睨海内，造爲新説，名曰「古學」。高言虚喝以風靡一世，當時諸儒不心服者欲與之抗辯，而才力不足，徒憤惋而已。可勝嘆哉！

物、服二子之文謬誤不少矣，然有二子之才學者，求之今日未易得也。浮薄之徒攻排詆訶不遺餘力，甚者竄改其文以求勝焉。然視其所作，不足爲二子之奴，豈能駕而上之哉？

茂卿篤信李、王，終身不疑，然其才實出李、王之上。茂卿之文，氣骨矯矯，筆力俊利，李、王迂僻不快利。清人斥李、王之詩文爲僞體，太宰德夫、縣次公皆茂卿之徒也，譏李王之文爲俳體，皆確論不誣也。噫！李王捨命作詩文，而取笑於天下後世，悲夫！

伊藤東涯謂徂徠之文譬猶着鬼臉恐嚇嬰兒，是尤善狀其文也。

徂徠之才豪蕩不羈，子遷之才輕妙俊利，但恨過信李、王，誤用其才。

偃武以來，物、服之外，能文者莫如室鳩巢、藤東野焉，善詩者莫如新井白石、梁蜕巖焉。東野名煥圖，字東璧。學于徂徠，年三十七没。有遺稿三卷，鍛煉未精，然文有氣力，有光焰，可見其才之高矣。天若假以年，則非物、服諸子之所及也。蜕巖名邦美，字景鸞。初學宋詩，歐、蘇、范、陸無所不讀。又喜徐文長、袁中郎，晚年一宗李杜。其詩縱横肆睢，靡所不有。雖頗多瑕纇，然要之非當時諸家之所及也。備前湯元禎《文會雜記》曰：「蜕巖與東野未嘗相知，而彼此慕其才。東野嘗仕某侯，無幾致仕。蜕巖與其友謀，欲薦東野於水府，使爲史館修撰。乃始相見於東都吴服街，有唱和之詩。後十餘日，東野卒，蜕巖嘆惜不已云。」夫二子學術文詩趨向不同，然相知至深，不與世儒以井蛙之見而黨同伐異者同也。

新井白石經世之才，可比賈太傅、陸宣公。如詩文，特其餘事耳。著述贍富，皆俚言國字，而識見超卓，考據精博。其豪邁英特，蓋千古一人耳，豈可與世之齷齪腐儒同年而談焉哉？

西土舶商來長崎者動輒欺瞞邦人。程赤城亦舶商也，長崎譯官問赤城曰：「貴國近日有何奇物？」赤城妄言曰：「有橄欖鳥，形狀大小皆似橄欖，因以得名。」譯人咤以爲奇，因屢托赤城舶載來。赤城笑曰：「聊相戲耳。」先是林珍、何倩、顧長卿共來長崎，時有大高坂芝山者，質以文章，皆曰子之文韓柳不能過焉，是其爲侮弄也明矣。大抵渠黠者蔑視我，以爲不學無知，因侮弄以供笑資。邦人不察，扣以詩文，奉其言以爲金科玉條，豈不謬哉？近舶商某生亦頗黠者也，極口譏物、服諸子之詩。其言妄誕無據，其所作亦拙劣不足爲物、服之奴也。邦人之寡陋者妄信之，以爲是西土人之言必有據矣，是弗察之甚者。夫唐宋元明名家論文猶未免有差謬，明桑悦、祝允明論文皆肆口横議，歷詆韓、歐不遺餘力，聞者但嗤其妄而已。況舶商海賈，豈可信焉哉？柳柳州《答杜温夫書》曰：「足下用助字不當律令，所謂乎、歟、耶、哉、夫者，疑辭也；矣、耳、焉、也者，决辭也。今足下則一之。宜考前聞人所使用與吾言類且異，慎思之，則一益也。」西土書生猶且陋劣如此，況商賈哉？

明人務求勝宋人，然其學術文章曾不能仿佛宋人。大抵宋人能自爲一家，不肯蹈襲前人，明人好剽竊古人，是其膽識已迥然不同也。清人長於考據，指摘前人之謬誤，旁引博證，往往中其肯綮。然短於著作，其不及明人，猶明之於宋也。

文欲雅健而艷曲，此用工夫在字法與句法。又欲氣脉流貫，而變化曲折，不支離旁斥，此用工夫在章法與篇法。作句大抵欲曲而不欲直，欲省而不欲增。曲則有味，省則不弱。作篇欲前面伏後面，前段生後段，枝節相生，則自然活潑不死矣。煉字煉句易着工夫，而篇章之際尤難爲巧。至於變化縱横，出奇無窮，則是出於天資妙才，非工夫所能及也。

松陰快談跋

日本僻處東瀛，百餘年來文教頗盛。若物茂卿、服安裔、神鼎、太宰純輩，皆能力學好古，表彰遺籍，誠彼所謂豪傑之士也。《快談》四卷係伊豫長野確所著，其中評論古今及詩文書畫之屬，援引博洽，時具特識。以擬物、服諸君，雅稱後勁。且彼邦文獻，亦略見于此。因亟録之，以廣其傳。壬寅春日，吴江沈楙悳識。

拙堂文話八卷　拙堂續文話八卷

齋藤拙堂　撰

《拙堂文話》八卷　《拙堂續文話》八卷

齋藤拙堂　撰

齋藤拙堂(1797—1865),名正謙,字有終,號拙堂、鐵研、拙翁,通稱德藏。津藩(今三重縣)人,江户時代末期儒學者。生於江户柳原,幼入昌平黌,從學於古賀精里。文政三年(1820)藩主藤堂高兑創設藩校有造館,擢任學職。歷任講官、藩主侍讀。天保十二年(1841)任郡宰。弘化元年(1844)任有造館督學,廣購書籍,增設文庫,刊行《資治通鑑》,選送有能藩士至江户習洋學及軍事。於藩校開種痘館,以救幼兒。將軍家定起用爲幕府儒官,以疾辭,仍歸藩督學政。拙堂學本朱子而不墨守,淹貫經史,關心經世,著有《救荒事宜》。悉心於國外政策,撰《海外異傳》《海防策》《魯西亞外記》。尤長於文,紀行文《月瀨記勝》與賴山陽《耶馬溪圖卷記》并稱双璧。有《拙堂文集》行於世。

《拙堂文話》正續十六卷,是知見日本文話中篇帙最大者,兩書刊版前後間隔六年。正編卷一簡論日本文章流變，而以影響文壇最爲切近的明代七子、唐宋派及公安派爲比照，剖析文弊；卷二論明清名家之文；卷三論唐文，而以韓愈爲大家；卷四論宋文，推重歐、蘇；卷五、卷六論作文根底，以先秦經史古書、諸子及《史記》爲本；卷七論作文之法；卷八述記體文，以山水風物爲主。續編卷一論文章與山水之助；卷二論近世文體，重在論辯書序與記傳碑誌；卷三論文章祖法；卷四概論唐宋之文，并撰《柳柳州年譜》；卷五論清初文章，以侯方域、魏禧、朱彝尊爲主，高揭魏禧；卷六述清人之文；卷七論清人文章之失；卷八論文本道術。整體而言，拙堂對中國文章之歷時脉絡、流派演變、各家得失，皆有清晰精到的判斷；對於本邦文章淵源、流弊，也往往能片言居要，語中肯綮。

拙堂論文通達宏闊，能擺脱門派之見，别具歷史意識與客觀精神。明代七子、唐宋派、公安派迭興，對日本文章皆有較大影響，入主出奴習氣也頗盛。拙堂指出：「近人或知時文之弊，稍向正路。但以明氏大家爲極處，不知沿唐宋溯秦漢矣。」針對派别習見，他主張時代貫通，上溯學古：「文當以唐宋爲門階，秦漢爲閫奥。不以唐宋爲門階，則陷爲闇澀矣；不以秦漢爲閫奥，則流爲平弱矣。」拙堂不盲目强調秦漢、凡古皆是，在於他重視文章體制，尊重文章發展的歷時特點：「文章之體至唐宋而大備矣。

間又有至於近世而定者，學者不可不遍觀取則也。」唐宋時代不遠，文章體法備具，反而是更好的入門途轍：「蓋其時世隔遠，學此者徒得其影響，而不能得其神髓，是以憒憒如此，未若學唐宋之善也。蓋諸文體裁，至唐宋大備。言秦漢者，亦不得不相沿。且其開闔起伏、抑揚頓挫諸法，亦易尋求。故學文者不得不由於此。」他詳論清代各家，博觀約取，也同樣是對厚古薄今偏見的反撥。

拙堂論文，多帶有本邦文學自覺。他討論明人得失，着眼點在於本土文章的進路問題，荻生徂徠酷摹秦漢，被他痛加批判。他認同其師古賀精里的認識，以爲當時文章之弊，在於「大抵世儒不能自立脚跟，常依傍西人之新樣而畫葫盧」。這樣的結果多爲被動接受影響，缺乏揀擇，泥沙俱下：「我邦從前文字庸陋，時豪患之，修李、王而始雅矣。修辭之弊，塗澤模擬，時豪患之，修袁、徐而始真矣。」但學文而同時得其弊病：「修辭之弊既往矣，性靈之弊至今作梗。」向上一路則必然要强調自家精神，「此後更進，東海出韓昌黎、歐陽廬陵，未可知也」，表現出强烈的文化自信。落實到方法層面，則體現爲折衷群言，遍參大家。拙堂自述「謙少小讀書，知宋學之可貴，攻磨有年。及弱冠之後，乃出入諸家，欲有所折衷」，這是因爲「古今諸家得失如此，非折衷之則不可也」（《與猪飼敬所論學術書》）。他在文話中綜論歷代，指點諸家，識見平正，應亦與這一學術折衷精神相關。

《拙堂文話》刊行後廣受好評，山木眉山曾對此書加以評點，拙堂又予回應，此即《拙堂文話評》四卷，收入《日本藝林叢書》第四卷（1928年）。拙堂此書評騭精到，亦「反流傳於中國」（李元度《古文話序》），錢鍾書《管錐編》許爲「鄰壁之明」。《拙堂文話》正集刊於文政十三年（1830），續集刊於天保七年（1836），今即據以録入。正集有後印本，略有增補，用作參校。

拙堂文話序

趙宋而降，詩話之累積可拄屋，而文話則絶無，亦屬文苑憾事。邇者閱《明史·藝文志》，有閔文振《蘭莊文話》；錢謙益《絳雲樓書目》有李雲《文話》，而宋王銍蚤已著文話，事載其《四六話序》中，恨未獲見也。然詩話之作如彼其夥，而紕漏百出，予嘗著《非詩話》十卷以斥其繆，可取者不過數種。今文話成於碌碌委瑣之三子，則其書之不慊人意，無待乎一瞥，猶之無也，予因欲著《文話》一篇。客歲津，齋藤有終賁然見過，袖出一書示予，繙之則《拙堂文話》也。予圜視駭甚，徐而熟味其所言，莫不鑿鑿中綮窾。今兹秋，復以新刊本見示。展閱則續續增補，殆三倍乎舊，且覺識益宏而論益確。予生平持論自負獨得者，皆已先我吐露。至其闡幽抉蘊之見，則悉出予慮表，使予有瞠若之嘆。於是乎欲著文話之蓄念，舉而附之冰消灰冷矣。蓋有終於文，才有餘饒而煉磨之功尤力，故縱横開合，道意所欲言而自不偭乎規矱，然後抒心得之見，以成斯書。宜矣其言之有倫脊，而與浮浪文人雕辭績句以自衒者殊科也。自老聃有「知者不言」、「言者不知」之論，後之人奉爲令甲。加之茅坤、林雲銘輩評文極其縝密，而所自結撰迴不逮人，益信伯陽之言當。嗟夫！由識者觀之，彼未始窺文道之奥，纔得其皮膚。而彊辨自是，特上林嗇夫之喋喋耳。較諸昌黎、柳州之自論所至，何其相距之邈？故必善作者然後善話，善話者必其善作者也。然有終年未强，精力充壯，方亹亹淬厲弗怠。其自序固云：「此書之出，他日能無悔乎？」知異日所作，必不止於今所能，則其話又必有益奇而偉者，龍騰鳳舉，馭雲氣而沖太虚，予烏測其所至哉？予嘗論世降，晚近人物當別論。若夫文章，則歲工而月遒，上古昔號爲大家者，以今之么曆生抗之而足。此事理之易見者，而人或誕以不信。斯書有云：「西土文章日衰，宋不及唐，明不及宋，清不及明。本邦文章日隆，元禄勝元和，享保勝元禄，天明、寛政勝享保。此後更進，東海生昌黎、廬陵，未可知也。」此亦予與有終議論符同者之一也。斯書之行，足以翼文教。用以爲彀率，爲梯航，彼韓、歐之才待百年而生者，或近出於十數年之内不可知。又意斯書之成，播聞於西土，其必有如明臣建請，求百篇《尚書》於日下，欲購得以自補藝苑缺陷，且圖振文風之衰，再生韓、歐者矣。

文政庚寅良月下浣，紫溟古賀煜撰并書。

序

余嘗謂吾國文運兩開，每開輒有或敗之。寧樂與平安之盛，文在公卿，而敗於唐初駢體，骫骳不振；至今江門之致治，文在士庶，而敗於明清閒俗流之文，非剽剿則鄙俚。雖有名儒大家，或所習不專，專者則不免浸淬焉。是無他，不詳其源流與體裁，騖喜於新艷，擇而取每下者，是以瞶瞶如此。拙堂此著有見於此歟？

拙堂學有根柢，喜作文，年力方壯，叙事論事，皆能行其胸臆而合古格法，余嘗評之謂清雄奔放作我輩語者。近寄所著曰《文話》者示余序之。

有客見而問曰：「詩之有話久矣，文亦須於話歟？」余曰：「然。詩句有度，字有儷，填而屬之，雖體古者稍肆云爾，則其法不必待言而可見。文則不然。若彼駢體與俗流，或有類於詩者，非吾所謂文；吾所謂文，奔馳錯落，自行胸臆，如拙堂所爲者耳。故詩如習禮，文如講兵。習禮者綿蕝占位，鵠立鵷列，進退翼如，如此而已。至於兵，其陣隅落勾連曲折相當，及戰，奇正相生，如環無端，紛紜渾沌，鬥亂而不可亂。夫不可亂者，非人人所能睹，必待指而論之。知兵之不可不論，則知文之不可不話矣。」曰：「古有讀父書善談兵而敗者，話文得毋類此乎？」曰：「彼不知兵之難而易言之，是未能用兵而徒談兵者也。能用又能談，使不能用者亦辨其長短得失之所在，拙堂之《文話》是已。昔有老邊將折徒談者曰：『諸人以舌擊賊，吾獨以手擊賊。』余雖駑鈍哉，於此事亦頗所更歷，故知拙堂非徒騰之口舌而已也。」既以答於客，并書返之。

文政庚寅仲春九日，山陽外史賴襄撰并書。

拙堂文話卷一

恭稽上古文章之起，自仁德始傳墳典。履中創置史官，上宫皇子之舊事，舍人親王之《書紀》，相繼而作。律令成於大寶，格式著於弘仁、延喜。淡海、小野、三善、菅、江諸公，項背相望，有書、表、序、記之作。雖承隋唐駢儷之弊，氣象渾厚，舂容大雅，自爲一王法，王朝之文此其極也。

鎌府之政不專任武斷，元曆之鑒，貞永之式，猶有盛世餘風焉。至室町氏繼之，政從苟且，以茶湯爲饗醴，以猿樂爲韶濩，舉文書教令之重，一任緇徒筆削，郁郁之文豈可復見哉？及慶元之際，天誘厥衷，奎宿之運，循環復故。於是惺窩、羅山諸先應時輩出，雖道德之高、記覽之博，超越於前古，文章猶屬草昧，未能入格，爲可恨也。其後百許年，室鳩巢、物徂徠出，扶桑之文始雅矣。徂徠文才最雄，光焰萬丈，一時風靡從之。恨陷溺於李、王古文辭。文運將隆，而流其毒焉。要之功罪不相掩矣。鳩巢才雖少遜，識見平正，至今學者作文，稍知韓、歐之可貴者，不可謂非其力也。

本朝文章以上宫太子《憲法十七條》爲最古。憲法之成，在推古天皇十二年，實當隋文帝之末年，故其文有漢魏遺風矣。

太安萬吕《古事記序》、野相公《令義解序》，徵古典雅，文辭爛然，不得以排偶之文貶之。

舍人親王《日本書紀》，雖有模仿《史》《漢》《鴻烈》等書者，然叙事有法，用字亦皆合格，不可與近古老生之文同日而語也。

金石之文存於今者，《法隆寺藥師像背記》《宇治川橋銘》爲最古。其餘《藥師寺浮圖露盤銘》《那須國造碑》《多賀城碑》《船氏墓誌》《威奈卿墓誌銘》，皆爲南都以上之文。又有伊豫道後温泉碑文，惜碑今不存。上古文辭之盛，可概見矣。

僧空海《性靈集》《三教指歸》，文辭亦可觀矣。

延天之際，宗室有兩中書王，廷臣有菅、江諸公，我邦文章於斯爲盛，然氣象稍不及於古。

光孝以來，藤氏之權日盛，既嫉菅公之賢，貶之，遂及於皇親賢者。兼明親王以延喜之子，亦被摧抑。其《兔裘賦》有「趙高指鹿，梁冀跋扈」之語，則時相之虐可知矣。《兔裘賦》中有云：「劍戟嫌於柔，不嫌剛而摧折；梁棟取於直，不取撓而傾危。

往哲舉措，無有磷緇。不歡其醨，雖孤漁父之誨；不容何病，可祖顔子之辭。」由此觀之，蓋王以剛直取執政之惡也。通篇抑鬱傷悲，比中山靖王聞樂之對。至其云「恨王風之不競，直道之已湮」，則知王懷救時之志而不遂也，不可徒爲憂讒畏譏之作矣。

一條帝嘗問王子中納言伊陟：「先王有何所遺？」納言曰：「有兔皮裘。」乃進一封卷，即《兔裘賦》也。當時人以爲納言不肖，不知兔裘爲魯隱故事，傳以爲笑。余謂不然。苟有目者，豈以卷册爲皮裘哉？使納言信不肖，决不至此。方是之時，御堂公擅政，天下知有藤氏，而不知有天子。納言蓋不平之，佯爲不知者，進覽此賦耳。帝亦自書賦中語，常置巾箱中，則非無所感焉。恨帝徒喜文華，而無乾剛之斷，雖王之言復見於世，竟又不得行，惜哉！

觀菅相國《書齋記》，乃知古人學問之勤。

菅公《惜櫻花應制詩序》有云：「願我君兼惜松竹。」當此之時，世稍尚華麗，實學不及古，有國勢不振之漸，蓋公憂之。因事納忠如此，可以見大臣用心之深矣。

善相公《意見封事》，娓娓萬餘言，剴切核實，皆補時政，不減賈、董之策。其文雖不免排偶之習，然氣象渾健，詞不害意，亦陸宣公之亞也。

善公《封事》，論佛祠土木之害，尤中時弊。其材學識見，在當時實爲無比。余常謂王朝無文章，有三善《封事》而已。

菅三品《封事》，一曰「禁奢侈」，二曰「停賣官」，三曰「不廢鴻臚館」。雖不及善相公之剴切，亦能言事補於當時，可嘉也。

紀貫之《古今集假名序》，既冠絶古今，其《真名序》亦有可觀。中間叙六歌人體格云：「花山僧正尤得歌體，然其詞華而少實，如畫圖好女，徒動人情；在原中將之歌，情有餘而詞不足，如萎花雖少彩色而有薰香；文琳巧咏物，然其體近俗，如賈人之着鮮衣；宇治山僧喜撰，其詞華麗，而首尾停滯，如望秋月遇曉雲；小野小町之歌，古衣通姬之流也，然艷而無氣力，如病婦之傅華粉；大友黑主歌，古猿丸大夫之亞也，頗有逸興，而體其鄙，如田夫之息花前也。」其品藻之妙，自臨川王《世説》得來。

物語、草紙之作，在於漢文大行之後，則亦不能無所本焉。《枕草紙》，其詞多沿李義山《雜纂》。《伊勢物語》，如從唐《本事詩》《章臺楊柳傳》來者。《源氏物語》，其體本《南華》寓言，其説閨情蓋從《漢武内傳》《飛燕外傳》及唐人《長恨歌傳》《霍小玉傳》諸篇得來。其他和文，凡曰序、曰記、曰論、曰賦者，既用漢文題目，則雖有真假之別，仍是漢文體制耳。

室町氏之時無文章。然余觀僧義堂《空華集》頗有可誦者，尤喜其《深耕説》曰：

「空華叟郊居無事，出游泛觀，田野桑柘之間，有大麥同畝而異熟者。質諸老農，曰：『惰農爲也。』問其所以，曰：『凡地耕而淺者，所種之物必早熟而不茂；深而耕者，所種之物必晚成而肥碩。是以善學稼者患乎耕之淺，不患成之晚也。而彼惰者，用力弗專，所以耕有深淺，而熟有早晚也。』嗟呼！今吾徒也，耕道不深而患名之晚者，豈無愧於老農之言也耶？余竊有感於中，遂書以告同學端介然。端介然，深耕者之徒也。」文字非無瑕疵，然説理核實，意在筆先，今世文章家能無愧乎？

貝原益軒、伊藤仁齋并元禄以上人，當時文章之道未開，然其集中往往有可觀者，不可不謂豪傑之士。仁齋之文多不成語，然有氣魄光焰，使讀者不倦。東厓之文少疵，然氣焰不及，讀之思卧。古人謂「文以氣爲主」，信然。

余常謂物徂徠有才而墮於邪徑，太宰春臺道途頗正，而才氣不副，俱爲可惜。服南郭、縣周南在徠門之徒，學殖不淺，其言有根柢。至平金華以下，學問寡陋，剽竊李、王集中語用之，可厭棄也。譬之富人之衣，雖錯而紉之，其質本是綾羅錦綉，爛然有可觀者。貧者本服布褐，加之藍縷百結，則使人不欲觀矣。

藤東野在徠門，才識迥出於等輩，非終身守李、王者矣。惜乎不幸短折，不見其變也。

徂徠材大學博，與王弇州東西屹對，并爲曠世偉人。恨二人所由皆不正，其作使後人厭惡。余常謂學在識而不在才，若使二人識見醇正，雖古人亦必斂襟避之矣。弇州、徂徠之學，博於滄溟，固不待言矣。二人之才，大於滄溟，又有江與海之别也。而二人心醉滄溟，誤其一生，理之不可解者也。徂徠自言：「倚天之寵靈，奉于鱗氏之教。」余謂使徂徠不奉于鱗，本邦文章誰出其右者？豈非其不幸哉！

徂徠與鳩巢同世而出，盛氣不相下，猶弇州與歸震川睥睨相軋。弇州後心折震川，收功於桑榆，是勝徂徠處。

弇州晚歲《跋李西涯樂府》，深以《藝苑巵言》爲悔。其作《巵言》年未四十，猶治古文辭，而其言不盡失，使後人可考信焉。平生自謂眼中有神，非虚言矣。

弇州晚年心折震川，臨没之時，手不釋蘇文，雖悟之不早，抑亦不負明穎之才。

李崆峒始唱復古，文必先秦，詩必盛唐，非是者弗道。其徒卑視一世，好相標榜。今據《明史》詳其源委。崆峒與何景明、徐禎卿、邊貢、朱應登、顧璘、陳沂、鄭善夫、康海、王九思等號十才子，又與景明、禎卿、貢、海、九思、王廷相號七才子。其後李攀龍與王世貞、謝榛、宗臣、梁有譽唱詩社，是爲五子。及徐中行、吴國倫入，又改稱七子。七才子之名播天下。攀龍没，世貞獨操柄。其所與游者，大抵見其集中，各爲標目。

曰前五子者，攀龍、中行、有譽、國倫、臣也。後五子，則余曰德、魏裳、汪道昆、張佳允、張九一也。廣五子，則俞允文、盧柟、李先芳、吴惟嶽、歐大任也。續五子，則王道行、石星、黎民表、朱多煃、趙用賢也。末五子，則李維楨、屠隆、魏允中、胡應麟，而用賢與焉。夫書史所載八元、八愷以下，皆出於他人所命。今李、王輩自立標目至如此之多，傲然雄視，非其流者弗齒録，非驕則愚。欲以此籠絡一世，不亦卑乎？

攻王、李者前後三輩：初爲震川，中爲袁中郎兄弟，終爲艾千子。中郎儇薄，千子虚驕，未能服其徒之心。唯震川之言近正，故使元美心服。

嚮者天下盡奉李、王古文辭，大坂中井履軒作文斥之曰：「予喜論文，論文莫善於取譬。今夫鞞鞛之飾，金鐵銀銅嵌鋈鏤刻，好玩者愛古而不喜新。均一物也，古者貴而新者賤，其價不啻倍蓰也。於是乎有奸工模仿古物，質輕文浮，爛之以硝石，腐之以淤泥，纔離爐錘即爲古物。鋈剥嵌落，刻畫刓弊，然後繫以綵縧，藉以文錦，以衒惑乎千金之子，得贏蓋多矣。但有賞鑒者，乃棄而弗顧焉。然則古物竟不可爲，而新又不爲人喜，今之爲工者不亦難乎？曰：不然。其質堅重，其文條暢，金鐵銀銅唯意所用，嵌鋈鏤刻唯心所規，極巧而不纖，致美而不靡，端莊温文，典而不失古意者，今之良也。則賞鑒者不以新而捨焉，何必剥落刓弊之爲哉？近世爲復古之學者，妄以古文爲號，剽竊蹈襲以爲古文。朶頤冷炙，流涎殘瀝，模經之燒痕，放史之闕文，寸斷咫割，湊合成篇，錦綉百結，間以卉服，險怪腐爛，醜態萬狀，乃大言以釣譽，其爲奸工也不亦大乎？然而爲其衒惑者滔滔皆是，棄而弗顧者天下幾人？」可謂善取喻，不負其所言也。

袁中郎乘李、王之弊而起，以暴易暴，其弊視李、王更甚。夫患子弟愚騃，則諄諄忠告，導入之善，庶其愈乎？有一人曰：「此未解人事故爾，曷不使少識花柳之味矣！」乃縱入狹邪，日習奸猾，其愚未必愈，而變爲輕薄之徒耳。中郎之事有類此者。

三袁矯王、李之弊以清新輕俊，學者多從之，目爲「公安體」。然戲謔嘲笑，間雜俚語，空疏者便之。竟陵鍾惺復矯其弊，變而爲幽深孤峭，與同里譚元春評選唐人之詩爲《唐詩歸》，又評選隋以前爲《古詩歸》。鍾、譚之名滿天下，謂之「竟陵體」。然兩人學不甚富，其識解多僻，大爲通人所譏，史所載如此。錢虞山云：「譬之有病于此，邪氣結轖，不得不用大承氣湯下之，然輸寫太利，元氣受傷，則別症生焉。北地、濟南，結轖之邪氣也；公安，瀉下之劫藥也；竟陵，傳染之別症也。」虞山之言切中三家之病。

明季之文，唯王、唐、歸三家爲正路。但彼中人亦厭常而喜新，棄正而趨邪，當時由是而之焉者幾人？蓋世人之心無所自主，一有高聲大呼者，皆折而從之，是以憒憒如此。然由正者久而愈顯，從邪者未終其身而被廢棄，理固應然。

先師精里先生與或論文曰：「大抵世儒不能自立脚跟，常依傍西人之新樣而畫葫盧，其取捨毁譽皆出雷同，初不由己。鄉也物茂卿輩以嘉隆七子爲標的，詩則青雲白雪，文則漢上套語，陳陳相因，固可厭惡，然猶有氣格體制之近似。欲精其業者，非多讀書則不能也。近歲盡變其窠臼，變而爲宋元，爲袁、徐，爲鍾、譚，爲李漁、袁枚之徒。鍾、譚之寡陋僻繆，在當時既爲儒林嗤，今取其每下者奉以爲大宗師，發其餘竅者猶將承之，則張打油、胡釘鉸之所耻而弗爲，淺俗鄙褻之極，文雅掃地矣。特以其主張神情天籟不師古人，故世之空疏者便之，隨而和者如水就下。不才如某，僅未至淪胥而溺耳。」先生此論，可盡今世文弊也。修辭之弊既往矣，性靈之弊至今作梗。苟染指者不徒壞了文章，并其人品爲輕薄之歸，憂世者當痛斥之。

主張袁、徐，勢必至金聖嘆、李笠翁。錢虞山論中郎之弊云：「雅故滅裂，風華掃地。」爲此故也。

袁、徐猶可矣，如金、李輩，小説家耳。或尊爲泰山北斗，可憫笑也。使西人聞之，必曰：「東方無人。」

伊藤東厓評徂徠之文：「被鬼臉嚇小兒。」余亦評金、李家之文：「乞兒打蓮華。」

清薛千仞岡云：「誘人子弟入飲博之門，其罪小；誘人子弟入詩文邪路者，當服上刑。」周櫟園極稱之。余初疑其過激，及見近世詩文之弊，乃知其言不妄。

西土文章日衰，宋不及唐，明不及宋，清不及明。本邦文章日隆，元禄勝元和，享保勝元禄，天明、寛政勝享保。此後更進，東海出韓昌黎、歐陽廬陵，未可知也。

先輩唱李、王，唱袁、徐，自今日觀之，固皆不勝其弊。然當日篳路藍縷之勞，亦不可泯也。明季文章之衰，譬之春秋戰國之世，雖屬衰亂之運，周之禮樂具在焉，舉而行之，則先王之治可復矣。當是之時，唱强霸於其間者，可謂不知術矣。我邦文章之未開，譬之西漢之初，禮樂未興，治法未定，當是之時，叔孫之禮，蓋公之術，亦皆資治，有補當世。然及瘡痍既瘳，運屬太平之時，猶且講苟且之禮，貴清净之化，不知變之正道，焉得爲智哉？

我邦從前文字庸陋，時豪患之，修李、王而始雅矣。修辭之弊，塗澤模擬，時豪患之，修袁、徐而始真矣。皆可謂知時務之俊傑也。然是皆瀉下之藥，可暫用而不可久服。今結轖已解，而輪瀉不止，元氣殆受傷矣。宜飯粱食肉，以求其復常也。

徐文長猶爲大方家所取，其言間有正確者，以中郎推重之故，或并稱袁徐，不亦冤乎？

中郎初欲變王、李窠臼，苦天下無黨己者。及得文長遺文，見其異時俗，因激賞之，以爲己地。其實文長與中郎異趨焉。然持論間涉奇僻，或誤後學，則文長亦不可謂無罪也。

中郎之罪，《四庫全書提要》論之詳矣；於文長，頗有恕辭。其言并爲允當，今皆録之，使後生知所避。其論中郎略云：「李、王以摹仿移一代之風，迨其末流，漸成僞體，陳因生厭，於是公安三袁又乘其弊而排抵之。其詩文變板重爲輕巧，變粉飾爲本色，致天下耳目於一新。然七子猶根於學問，三袁則惟恃聰明。學七子者不過赝古，學三袁者乃至矜其小慧，破律而壞度，名爲救七子之弊，而弊又甚焉。」其論文長略云：「其文則源出蘇軾，頗勝其詩。故唐順之、茅坤諸人皆相推挹。蓋渭本俊才，侘傺窮愁，自知决不見用於時，益憤激無聊，放言高論，不復問古人法度爲何物，故其詩遂爲公安一派之先鞭，而其文亦爲金人瑞等濫觴之始。蘇軾曰：『非才之難，處才之難。』諒矣。」《提要》此論，可爲二子斷案也。

李笠翁論項羽不渡烏江，謂「羽以當初漢王爲泗上亭長，恐烏江亭長亦欺困己，故不敢從其言」。是類演史家之言，成何議論？《一家言》所載之文，率此類已。人或爲才子必讀之書，余以爲負明體達用之才者，何用此爲？不必讀可也。

袁子才以詩文鳴於西土，其《隨園詩話》盛行於世，號爲好書。但其言頗淫靡，傷風教者不尠，世未有出力排之者。頃得清人石鈞《清素堂集》讀之。鈞係乾隆、嘉慶間人，於隨園爲後進。當時隨園名聲籍甚，故集中斥其文行，以某翁稱之。其《與宋左彝書》云：「某翁爲人肆而無檢，其詩才氣太露，駁雜不純。唯文筆暢達，是其所長。然少含蓄處。人皆愓盛名，而不敢議之耳。」又曰：「某翁詩放誕淫俚，尤足壞人心術，後來之士學識未定，能不爲所惑哉？」其《與王應和論文書》云：「大江以南，以詩古文大張聲息者，群推某翁。顧其詩放誕淫俚，最足壞人心術，視鍾、譚以僻拗失詩教者尤甚。文亦雜出小説家，讀之知非仁義之人也。」因是觀之，西人既有不服隨園者。

近世有一種文章家，專覈字義，其解穿鑿迂繆，不止王介甫《字説》。雖時有所得，至於篇章之法，懵乎不知，而高自標置，下視歐、蘇以下，痛加雌黄，可謂妄矣。

近人好改前輩之文者，自謂得古文法，觀其自運，往往措語迂回，下字冗慢，猶多可删改者。古文法不當如此，抑又暇改他人之文哉？《隨園詩話》曰：「方望溪删改八家文，屈悔翁改杜詩，余以爲八家、少陵復生，必有低首俯心而遵其改者，必有反覆辨論而不遵其改者。要之抉摘於字句間，雖六經頗有可議處，固無勞二公之捨其田而芸人之田也。」方、屈皆西土有名之士，猶貽嗤笑，况其他乎？頃又見紀曉嵐《瀛奎律髓評本》，老杜以下有不合其意者，一筆勾斷，恣加辨駁。使隨園見之，其謂之何？

近人或知時文之弊，稍向正路。但以明氏大家爲極處，不知沿唐宋溯秦漢矣。夫航於斷港絶潢者勿論也已，泛江游河者傲然自滿，以天下之美爲盡在己，不知進取於北海南溟之外，亦井蛙之見已，奈海若之笑何？

詩本文中一體耳，故古與《書》《易》并立爲經。至昭明之《選》，猶收在文中。少陵云「與汝細論文」，昌黎云「李杜文章在」，皆謂詩也。至近體之盛行，詩文始分爲二派。近體之詩，韻必限一，句必限四若八，字必限五若七，約束嚴整，不能自肆。然不免爲文中一藝，猶四六之於文，詩餘之於詩也。至古詩，直文而已。言其押韻，則古書之文比比有之，非獨詩也。但以其咏歌之體，遣詞措語稍不得同耳。

古詩之變化，比文稍少，然規模亦大，與近體異。故非大家，則不能多作，又少可觀者焉。《唐宋詩醇》雖兼收近體，意在古風，故於唐獨取李、杜、韓、白，於宋獨取蘇、陸，其見卓矣。今試求之於其後，金之元遺山，明之高青丘、李西涯、李崆峒，清之吴梅村、王阮亭數人幾之。唐、宋大家猶五嶽四瀆，華夷所望也。遺山以下，猶天台、廬阜、洞庭、具區之勝，好游者不得不往觀焉。

本邦詩人，如源白石、祇南海、梁蜕巖、秋玉山，真足稱作手。服南郭之詩澹泊少味，然自有大家氣象。近人以纖巧之才，妄相詬病，多見其不知量也。

凡論他人之文，當先問體制如何，字句或略之可也。韓退之曰：「體不備，不可以爲成人。」是體制之所以不可不先問也。柳子厚曰：「大圭之瑕，曷足黜其寶哉？」是字句之所以或可略之也。今人論先輩之詩文，吹毛索瘢，乃謂是不得爲文，是不得爲詩。問之，不過字句之小疵。此可施於朋友之間而已，非所以論先輩也。

拙堂文話卷二

文章盛衰，關乎國家之運。漢文、景以後，治爲最隆，於是賈、董、兩司馬出焉。方唐開元之時，李、杜諸人出焉。韓、柳繼之，其餘澤也。方宋慶曆之際，歐、蘇諸公出焉。柳、穆先之，其先兆也。明初廓清之功偉矣，有劉、宋諸子并駕而出。及其中葉，二王、唐、歸接踵而出。諸朝全盛之運不虚如此。若夫六朝之弱、五季之微，氣象衰颯，文章亦不能振也。但亂世之人慷慨思奮，喜非常事，故其文豪健，非衰世之比。《國語》《國策》之别，朱子嘗已言之。

元氏雖運祚不永，南北混一，大德以前，尤爲全盛，故有虞、楊、范、揭諸人出焉，亦非偶然。

宋末之文流爲語録。又有江西一派，好作險怪不了之語，務異於人。至於元氏，有虞道園出，唱古文，痛矯斯弊，蔚然爲大宗。范梈、楊載、揭傒斯左右之，文風一變。以至明初潛溪、青田之作，不可謂非道園一唱之力。如李西涯崛起中葉，前輩已有言其源出於道園者，可謂盛矣。人或謂其陶鑄群材，不減廬陵之在北宋。斯言雖溢量，頗近之。

明初之文，推宋潛溪、劉青田。潛溪富贍，青田雄深，其力相匹。史稱基所爲文章氣昌而奇，與濂并爲一代之宗，斯言允矣。明太祖與青田論文，青田曰：「宋濂第一，其次臣不敢多讓。」方是時，青田之言不得不然。後人因此，多以宋勝劉，謬矣。郎仁寶云：「宋、劉、方三人，當以劉爲首，宋次之，方又不及二公矣。宋雖富贍博雅，故當一代制作，奈格弱語漫。劉文既雄且深，又况留心術數之學，不屑屑於文者。《清溪暇筆》不知劉有十書之多，而云所作無幾，又在宋下，是未知二公者也。」余謂青田以帷幄之功顯，文章猶其緒餘，術數之學何足道哉！

古今以王佐之材，兼有文章之名者，唐陸宣公、宋范文正以下，不乏其人。至於草昧之際，功略蓋世，而文章垂後者，僅僅諸葛武侯、劉誠意二人而已。誠意觀天象，知真主之興，杖策獻謀，咏箸示志，功名文章當世無匹，蓋合張良、鄧禹、王樸、陳摶、蘇軾爲一人者也。楊守陳序青田文集云：「子房之策不見詞章，玄齡之文僅辨符檄。未見樹開國之勳業，而兼傳世之文章。可謂千古人豪。」斯言信然。

方正學之文豪放，王烏傷之文宏壯，皆有宋人模範。正學守節而死，烏傷奉使而死，皆爲烈丈夫，宜乎其文有氣魄光焰，爲明代冠冕也。王遵巖、唐荆川猶瞠若乎後，况歸震川、茅鹿門乎？

正學志在於駕軼漢、唐，鋭復三代，未免長沙志大才疏之譏。當時王叔英貽之書曰：「事有行於古亦可行於今者，夏時、周冕之類是也；有行於古而不可行於今者，井田、封建之類是也。可行者行，則人之從之也易，而民受其利；難行者行，則人之從之也難，而民受其患。」此言正中其病，恨正學不能用也。要之正學之材亦不易獲，使其練習世故，則必足用矣。當初太祖奇其材，欲老而用之，可謂知人之深矣。及建文立，進任太驟，慮事不周，終無成功，豈不惜耶？然大義完然，文之與名懸諸日月，謂之千古不朽可也。

明氏中葉最推王新建。救戴銑，忤劉瑾，不恤謫杖，吾見其氣節也。能使京軍懷柔不犯，以沮許泰、張忠之計，吾見其智略也。破定南中數十年之寇，平宸濠於旬月，吾見其用兵之神也。《傳習》《臆説》諸書，雖不免後人之議，要亦一家見解，吾見其學問之深也。其餘騎射之微，筆札之小，無一不曉焉，而文章雅健，蔚爲一代大宗，稱爲朱明第一人物，誰謂不可？

茅鹿門評新建之文，謂「王文成公論學及記學諸文，程朱所欲爲而不能者。江西辭爵及撫田州等疏，唐陸宣公、宋李忠定公所不逮也。即如洌頭、桶岡軍功等疏，條次兵情如指諸掌。嗟乎！公固百世殊絶人物，後世品文者，當自有定議云」。斯言信矣！

山田祠官正住隼人家，藏陽明《送日東正使了庵和尚歸國序》一幅，余嘗往觀之。字畫穩秀，神采奕奕，其爲親筆無可疑也。其文暢達，本集所逸，故全録之。曰：「世之惡奔競而厭煩拏者，多遁而之釋焉。爲釋有道，不曰清乎？撓而不濁，不曰潔乎？狎而不染，故必息慮以浣塵，獨行以離偶，斯爲不詭於其道也。苟不如是，則雖皓其髮，緇其衣，梵其書，亦逃租繇而已耳，樂縱誕而已耳，其於道何如耶？今所二字可疑，恐有脱誤。日本正使堆雲桂悟字了庵者，〔一〕年逾上壽，不倦爲學。領彼國王之命，來貢珍於大明。舟抵鄞江之滸，寓館於駟。予嘗過焉，見其法容潔修，律行堅孚，坐一室，左右經書，鉛朱自陶，皆楚楚可觀愛，非清然乎？與之辨空，則出所謂預修諸殿院之文，論教異同，以并吾聖人，遂性閑情安，不嘩以肆，非凈然乎？且來得名山水而游，賢士大夫而從，靡曼之色不接於目，淫泩之聲不入於耳，而奇邪之行不作於身，故其心日益

〔一〕悟，原作「梧」，據日本五島美術館大東急記念文庫藏王陽明手書《送日東正使了庵和尚歸國序》改。

清，志日益净，偶不期離而自異，塵不待浣而已絶矣。兹有歸思，吾國與之文字交者，若太宰公及諸縉紳輩，皆文儒之擇也，咸惜其去，各爲詩章，以艷飾迴躅，固非貸而濫者，吾安得不序？」款曰：「皇明正德八年，歲在癸酉，五月既望，餘姚王守仁書。」印二：曰「伯安」，曰「王守仁」。按，伊藤東厓《盍簪録》云：「堆雲，五山禪侣，名桂悟，字了庵，嘗充使者入明，有《行程記》。邂逅王陽明，陽明作序贈之。」東厓書了庵事如此。然唯曰「五山」，不詳爲某寺住侣。伴蒿蹊《閑田耕筆》，爲東福寺僧，異日當更詳之。

吾藩三宅士强家，藏明詹鐵冠書「葦牧齋」三字及跋文，裝爲一軸。葦牧齋，其十一世祖壹岐守宗徹別號也。壹州，備後三郎高德四世孫，當室町氏之時，充使入明，實爲彼正德七年，先了庵一年，亦得名人手筆還。而了庵所得序，亦流傳落山田人之手。同在一州内，可謂奇矣。士强從余游，余因得屢觀焉。每字大如巨拳，遒勁可喜。跋文字徑寸，秀雅可愛，洵爲難獲之寶也。嗟夫！三郎好學崇義，父子殉國，題櫻之語，至今膾炙人口。而壹州亦好文雅，與西土名人交游，以獲此書。至其四世孫亡羊先生，道德高於一世，游事藩祖高山公爲賓師，子孫遂來仕焉。世奉祖訓，不墜家聲，又傳此書以鎮宅。授受之嚴，猶周鼎秦璽，亦與流傳之物異，則非最可信敬者乎？今録跋文於此，以示他邦之人。曰：「清氏泉陽巨族，多禮義好善之士，如三宅名宗徹字通翁者是也。性敏而好學，歌賦之類，乃其餘事。尤敦友愛之道，故取《大雅·行葦》之意，扁其齋曰『葦牧』。其意以爲路傍之葦，勿使牛羊踐履，斯得『方苞方體』，而至於葉之泥泥，顧夫不遠具爾者，吾弟也，不知篤厚之，天倫由喪矣。肆筵授几，藹然兄弟之情，見於燕享之時。閭里閈中鬩墻者，深以爲戒。聲譽傳於朝野，今年見用使於大明。時以道阻，例免入朝。惟於吴越佳勝處，厭飫耳目，可助吟懷耳。其在公館，竹倚蒲團，以紹臨濟宗堂，斷絶俗務，逍遥自得，衆以爲有龐居士之風。八月訪余於客寓，乞書『葦牧齋』三字，欲持歸，永爲省視。余嘉其志，穎出攸跋。」款曰：「正德七年，青龍在壬申，八月十八日，寧波詹仲和。」印二：曰「詹」，曰「仲和」。

王遵巖、唐荆川文高一代，亦明氏大家。史稱慎中爲文，初高談秦、漢，謂東京以下無可取，已而悟歐、曾作文之法，乃盡焚舊作，一意師仿，尤得力於曾鞏。唐順之初不服其説，久乃變而從之。壯年廢棄，益肆力於文，演迤詳贍，卓然成家，與慎中齊名，天下稱之曰王唐。李攀龍、王世貞力排之，卒不能掩也。

荆川學問淵博，留心經濟，議論具有根柢，非徒以文傳也。郎仁寶《七修類稿》云：「唐荆川順之嘗言：『予時文得之薛方山，古文得之王遵巖，經義得之季彭山，道義得之羅念庵。』此亦無常師之意歟？名日起而業日大，有由然也。」

繼王、唐而起者爲歸震川。震川爲文，原本經術，好太史公，得其神理。比王、唐之文，其大不及，古則過之，故能使王弇州心服焉。錢虞山云：「王弇州踵二李之後，主盟文壇，聲華烜赫，奔走四海。歸熙甫一老舉子，獨抱遺經於荒江虛市之間，樹牙頰相樯柱不少下。嘗爲人文序，詆排俗學，以爲苟得一二妄庸人爲之巨子。弇州聞之，曰：『妄誠有之，庸則未敢聞命。』熙甫曰：『唯妄，故庸。未有妄而不庸者也。』弇州晚歲贊熙甫畫像曰：『千載有公，繼韓、歐陽。余豈異趨，久而自傷。』識者謂先生之文至是始論定，而弇州之遲暮自悔，爲不可及也。」

震川之後，能卓一幟，攻李、王之壘者，蓋湯宣城而已。余未見其全集，獨觀其言曰：「世人見詩文，謬相推擬，曰：若也周秦，若漢魏六朝，若唐，若宋。於乎，周秦之與唐宋，其代既已往矣，帝自爲統，人自爲氏，則不曰若明詩明文，而反僭於異代。又胡不曰若誰之子，而取既朽之骨相辱哉！後千百年以來，能自爲代者，唐惟退之，宋惟子瞻。其餘斤斤仿古，失之者多矣。」真快心之論也。雖與袁中郎「同牀各夢不相干」之語相類，又不效彼棄學問而貴性靈，故王道光稱其不傍古人一句，而古氣逼人。抑所謂「不夷不惠，可否之間」者歟？

王弇州《藝苑卮言》評潛溪云：「宋庀材甚博，持議頗當，第以敷腴朗暢爲主，而乏裁剪之功，體流沿而不反，詞枝蔓而不修，此其短也。若乃機軸，則自出耳。」評烏傷云：「雜歐、曾、蘇、黄家語，空於宋文憲，而力勝之。」評正學云：「出眉山父子，才高。大較飛湍瀑流之勢多，而烟波縈洄之意少。」評新建云：「王資本超逸，雖不能湛思，而緣筆起趣，殊自斐然。其源實出蘇氏耳。」評遵巖、荆川云：「晋江出曾氏而太繁，毗陵出蘇氏而微濃，皆一時射雕手也。晋江開合既古，步驟多贅，能大而不能小，所以遜曾氏也。毗陵從偏處起論，從小處起法，是以墮彼雲霧中。」而評獻吉云：「文酷放左氏、司馬，叙事則奇，持論則短，間出應酬，頗傷率易。」評于鱗云：「誌傳之文，出入左氏、司馬，法甚高。少不滿者，損益今事以附古語耳。序論雜用《戰國策》、韓非諸子，意深而詞博，微苦纏擾。銘詞奇雅而寡變，記詞古峻而太琢。書牘無一筆凡語。」弇州素左袒獻吉、于鱗，而不滿宋、方、王、唐諸家，然於諸家之長，不能無揚也；於二人之短，不能無抑也。一揚一抑，蓋亦有弗可掩者矣。

明初之文多疏，中葉以後始縝密，然氣魄不稍及焉。班孟堅之文密於腐史，葉正則之文密於髯蘇，其不及處亦在於此。故文不必貴縝密，而以氣象峥嶸爲貴也。

李、王、袁、徐之弊，如前篇所論。然崆峒以下，初意皆不甚惡，欲其異時俗以自求安身立命處耳。但其立異之久，勢成騎虎，不能自反。又承其餘唾者，鹵莽滅裂，一相視效，積成窠臼，以此貽譏後世耳。今平心論之，以功歸功，以罪歸罪，捨短而取長，則各不失爲名家矣。紀曉嵐《槐西雜志》云：「質文遞變，原不一途。宋末文格猥瑣，元末文格纖穠，故宋景濂諸公力追韓、歐，救以春容大雅。三楊以後，流爲臺閣之體，日就膚廓。故李崆峒諸公又力追秦、漢，救以奇偉博麗。隆、萬以後，流爲俗體，故長沙一派又反唇焉。大抵能挺然自爲宗派者，其初必各有根柢，是以能傳；其後亦必各有流弊，是以互詆。然董江都、司馬文園文格不同，同時而不相攻也；李、杜、王、孟詩格不同，亦同時而不相攻也。彼所得者深焉耳。後之學者，論甘則忌辛，是丹則非素，所得淺焉耳。」是能取長捨短，功罪各有所歸，不可不謂持平之論也。

崆峒之詩，沈歸愚云：「雄視一代，邈焉寡儔。」信矣。但近體或有不入人肺脾者，古風則雄渾悲壯，縱橫變化，老杜以後所不多見。文則過摹古，遠不及詩，然比滄溟之剽竊，則有間焉。弇州才華甚富，議論多可觀者，亦未可盡棄也。

袁公安之文，取識大方，如前篇所言。然筆路暢達，意言俱盡，如《靈巖記》《拙效傳》諸篇，非凡手所辦。文章之道亦廣，天地間存此種作亦何妨。但其避莊重而就輕巧，陷入俳調，不可爲後進模範耳。

余未觀侯朝宗全集。頃閲清儲大文《存研樓集》，其書朝宗《壯悔堂集》後云：「明三百年無古文詞，獨侯朝宗耳。蓋朝宗文雖間近淺薄，如近日諸公指摘者，而飛動之氣自然横絶，故應凌晋江、昆山上也。又朝宗文雖用氣勝，而度態絶流佚，蓋近五陵河朔之風，而非止喑啞叱咤見武也。」儲氏激賞如此，未知果何如。

儲又有《雪苑集序》云：「侯朝宗先生，明季奮起雪苑。是時侯氏群從，讓伯、延仲二吴氏，霖蒼徐氏，伯愚劉氏，静子賈氏，赤岸張氏，胥以制義鳴，而古文詞詩歌兼勝焉。海内稱曰『吴侯徐劉』，又曰『雪苑六子』。」信如儲氏之言，則雪苑亦雄視一時者矣。余寡陋未能識其全豹，然如《馬伶傳》《郭老僕墓誌》，指事類情，筆筆生動，傳奇中之佳者也，亦足窺一斑矣。

清人嘖嘖稱方望溪之文，推爲大家。余閲其集，平平無奇。朱竹垞之文，亦穩而不奇，皆不及明氏作家遠矣。然二子皆醇儒，要不得不以大家歸之。

清黄唐堂學韓文，别出機軸，文極瑰麗。其集舶來甚少，世未之知。《四庫全書提要》論《唐堂集》云：「之雋之學，排陸王而尊程朱，多散見所作詩文中，持論甚正。而綜覽浩博，才華富贍，興之所至，下筆不能自休，往往溢爲狡獪游戲之文，不免詞人之結習。又名譽既盛，贈答遂繁，牽率應酬，不能割愛，榛楛勿剪，所存者不盡精華。譬之古人，殆陸機之患才多矣。」余閲全集，諸序最佳，記文亦有奇者。但游戲應酬之作，殆有如《提要》之譏者。然古今名人或所不免，不可深罪也。

袁隨園曰：「金聖嘆好批小説，人多薄之。然其《宿野廟》一絶云：『衆響漸已寂，蟲於佛面飛。半窗關夜雨，四壁挂僧衣。』殊清絶。」隨園可謂不以人廢言者。李笠翁好作雜劇，文亦有俳氣，我邦戲作一流之人耳。然余讀其《一家言》，間有可取者，亦不敢廢也。

笠翁論陳平不對決獄、錢穀之問，略云：「問決獄者，重民命也；問錢穀出入者，惜民力也。文帝賦性慈祥，立心恭儉，當冲齡嗣位之日，即有此問，蓋慮有司用刑之濫，以致失人者多；國家費用之繁，以致聚斂者衆，故欲悉知其數，以戒不祥之刑，省無益之費耳。他日除肉刑，除收孥連坐之法，惜百金之費，而罷作露臺，兩賜田租之半，又遂除之，皆由此一念推之也。爲宰相者，正當因其勢而利道之。由決獄之問，而勸之省刑罪；由錢穀出入之問，而勸之薄税斂，豈非致君澤民一大機會哉？而乃以誇誕之詞，掩其疏略之過。幸文帝天資充實，若草木之怒生，不爲外物所阻，始終得遂其仁心。萬一惑於陳平之言，謂『此等碎務，宰相不屑道，而我道之乎？』從此好大喜功，馳高騖遠，則今日之文帝，且爲他日之武帝矣。三代成、康之化，何由復見於文、景之世哉？」又曰：「庶吏董天下之事，宰相總庶吏之成。文帝問曰：『一歲決獄幾何？錢穀出入幾何？』不問節目，而問大綱，正所謂總其成也。知而舉之，不過兩言而盡，何難對與不屑對之有哉？若問『某郡決獄幾何？錢穀出入幾何？』欲其條分而縷晰之，則如此冗屑之事，誠非宰相所宜知。今以總目叩大臣，猶之覓鎖鑰於家督，訪繩墨於工師，未有不隨取隨應、隨問隨答者，豈得曰『大匠耻親繩墨之事，紀綱不任鎖鑰之繁，君其問諸若輩』乎？惜蕭何已死，備顧問者無人。設此時猶居相位，而躬承是問，吾知其必能應對如流，不爽毫髮。何以知之？因其西入咸陽時，早已收藏圖籍，留心經世之務，不似諸君争取財物，置天下大計於不問，至此時一詰而茫然也。」前篇甚正，後篇甚確，語并剴切。使起陳平於九原之下，亦將愧赧而不置辨矣。不意笠翁而有斯論也。又有論高歡、唐太宗者，亦爲正確。豈所謂娼家講禮、屠者念佛者歟？全集中可采者，不過此數篇，故余不憚煩云。

己丑之春，余在江户，暇日閲肆，獲《資治新書》。書言民政，凡二十四册。檢撰人名，乃笠翁也。購歸閲之。首載《祥刑末議》《慎獄芻言》數十則，皆笠翁所自著，頗有條理。餘悉近世名人治獄之辭，搜采頗廣。乃知笠翁非徒滑稽之雄也。王西樵題其第一集云：「經濟實學。」周櫟園序其第二集云：「與二十一家史乘相爲表裏。」其爲當時名流所稱揚如此。由是觀之，笠翁亦欲以事業顯者歟！其風流自娱，老死太平，比李卓老、金聖嘆以狂悖取奇禍，萬萬矣。

明清間諸名家集，余未得盡觀焉。得觀者，亦未能盡詳焉。故知挂漏不尠，評語亦多謬誤。然是皆一時談話，消閑遣悶者也，觀者幸勿深罪。

拙堂文話卷三

文當以唐宋爲門階，秦漢爲閫奥。不以唐宋爲門階，則陷爲闇澀矣；不以秦漢爲閫奥，則流爲平弱矣。

書必曰晋唐者，其人不工書。詩必曰盛唐者，其人不工詩。文章亦然。嚮者李、王家言之行，人人蔑視唐宋以下，必曰秦漢秦漢。觀其所自作，則篇章無法，意脉不貫。蓋其時世隔遠，學此者徒得其影響，而不能得其神髓，是以憒憒如此，未若學唐宋之善也。蓋諸文體裁，至唐宋大備。言秦漢者，亦不得不相沿。且其開闔起伏、抑揚頓挫諸法，亦易尋求。故學文者不得不由於此。

東坡《書黄子思詩集後》云：「予嘗論書，以謂鍾、王之迹，蕭散簡遠，妙在筆畫之外。至唐顔、柳，始集古今筆法而盡發之，極書之變，天下翕然以爲宗師。而鍾、王之法益微。至於詩亦然。蘇、李之天成，曹、劉之自得，陶、謝之超然，蓋亦至矣。而李太白、杜子美以英偉絶世之姿，凌跨百代，古今詩人盡廢。然魏晋以來，高風絶塵亦少衰矣。」余謂文亦然。左氏之華贍，莊周之荒唐，韓非之峭深，子長之豪蕩，子云之古奥，各臻其妙，不能相通。韓昌黎以不世出之才，壓倒千載，佐以柳柳州之雄傑，集大成之，以爲後世宗師。而秦漢高渾之氣，亦稍散矣。是風氣之變使然也。蓋周、漢之治，歷六朝數百年無能繼者，至唐始能復之，而風氣稍變，非復其舊。故韓、柳之才猶有所不能。後之學秦漢文者，宜其無所得也。自唐至今千有餘年，書宗顔、柳，詩宗李、杜，而文宗韓、柳，理不得不然也。

東坡又《書吴道子畫後》云：「君子之於學，百工之於技，自三代歷漢至唐而備矣。故詩至於杜子美，文至於韓退之，書至於顔魯公，畫至於吴道子，而古今之變、天下之能事畢矣。」唐人之於詩文如此。宋人學之，能出機軸，各成一家，名於後世。蓋唐人發之，宋人述之，無復餘藴。後世雖有能者，弗能出其範圍矣。故學者作文，宜效宋人由唐而泝秦漢，慎勿如明人棄唐宋直趨秦漢則可。

唐宋八家之目，人皆以爲昉於唐荆川，成於茅鹿門。然明初朱右爲文，以唐宋爲宗，嘗選韓、柳、歐陽、曾、王、三蘇爲《八先生文集》，先荆川、鹿門殆二百年矣。

清儲欣同人收李翱習之、孫樵可之，以配八家，編《十大家文集録》。其自序云：「增入習之、可之，似屬創見。然大家有定數哉？可以八，即可以十矣。」亦不可謂無所見也。

唐除韓、柳外，以李、孫爲最。宋除歐、蘇外，以曾、王、老蘇、小蘇爲最。既爲八家，又爲十家，并無不可。但同稱爲大家，似無分别。所謂大家者，唐唯一韓，宋唯歐、蘇二子當之，柳亦庶幾之。如李、曾、王、老蘇、小蘇，可稱名家而已，不可謂大也。孫比之又小。

余嘗與或論文曰：柳文高，歐、蘇文大。曰：然則孰優？余曰：是不可優劣。譬之柳猶在朝公孤，位尊望重，人以爲天上人。歐、蘇猶外諸侯，規模豁大，有土地人民之盛。三家各有所優，不得褒此而貶彼。是非止柳與歐、蘇之别，唐宋詩文之分亦然。而少陵之詩、昌黎之文兼而有之，所以曠絶於古今也。

韓子之文，前無古人，後無繼者。從唐至漢千有餘年，惟有太史公爲之耦而已矣。柳子厚曰：「退之所敬者，司馬遷、揚雄。遷於退之固相上下。若雄者，如《太玄》《法言》及《四愁賦》，退之獨未作耳，使作之，加恢奇。至他文，過揚雄遠甚。雄之遺言措意頗短局滯澀，不若退之猖狂恣睢，肆意有所作。」真韓子知己也。

韓公道德，孟子之亞也。程明道曰：「韓愈亦近世豪傑之士也。如《原道》中言語，雖有病，然自孟子而後，能將許大見識尋求者，纔見此人。」真西山曰：「自漢至唐，而有韓子，其斯道之中興乎？」薛敬軒曰：「當韓子之時，異端顯作，百家并倡，孰知堯、舜、禹、湯、文、武、周公、孔子、孟軻爲相傳之正統；又孰知孟軻氏没，而不得其傳；又孰知仁義道德合而言之；又孰知人性有五，而情有七；又孰知尊孟子之功不在禹下；又孰敢排斥釋氏，濱於死而不顧。若此之類，大綱大節，皆韓子得之遺經，發之身心，見諸事業，而伊洛真儒之所稱許而推重者也。」大儒評騭韓子如此。

韓公道德學識既高，而事業亦不卑。爲守令，則務除民害；爲執法，則極論政弊；爲公卿，則侃侃直言，不恤貶謫；論兵事，則揣敵情如蓍卜；奉使命，則折服叛將，以壯朝威。獨未爲宰相耳。若使爲宰相，則其功烈未必不在裴晋公、李衛公伯仲間也。

韓公德業文章，皆當學矣。獨如《上宰相書》，幾於不知命，不當學也。真西山編《文章正宗》，唯録其第三書，曰：「韓公三上宰相書，今獨取此，以其論周公之待士，反復委折，可爲作文之法故耳。然以公之賢，而急於仕進如此，亦可惜也。」明楊循吉擬作《唐宰相答韓公書》，其言剴切，使公作於九原，恐亦無辭可解矣。

清沈歸愚有詩云：「遥指雲巖有故廬，野人只合伴猿狙。自嘲一事輸韓愈，光範門前不上書。」及其緝《八家讀本》，不收干求諸篇，亦可謂卓識矣。

韓公之干進，自與世俗饕爵禄者異。蓋公以大才，屢困有司之試，不能行其志，故憤然責宰相大臣以不禮賢愛才，是賢者之過。事可非，而心可恕，况其出少壯鋭氣之爲，本不足深責也。謝疊山編《文章軌範》，首載此等文，是以或來俗儒之議論。疊山本爲舉業謀，不慮及之耳。

韓公之道之文，蓋非荀、揚比。自秦漢以來，學者溺於訓詁，士夫淫於佛老。韓子一出，排而正之，上繼往聖，下開來學，其功大矣。而其書以集行，世遂以文士目之，不若荀、揚之在諸子之列。余嘗不自揣，選其醇粹有關係者，編次爲六卷，以《原道》《原性》諸篇，係世道民彝者，爲内篇；以《佛骨》《復仇》諸疏，《淮西》《黄家》事宜，係政事經濟者，爲外篇；以《龍馬》《獲麟》《諱辨》等篇，及係學問文章、出處進退者，爲雜篇，名曰《韓子新編》。蓋推置諸子之上，欲以附孔、孟之籍，亦公删《荀子》之意也。

韓集編次混殽，蕪雜亦甚。王荆公云：「李漢豈知韓退之？輯其文不擇美惡，有不可示子孫者，况垂世乎？」其不滿先賢之意如此。荆公語見蔡絛《西清詩話》。

韓子大見識，亡論《原道》諸大篇，如《送王塤序》，亦可謂卓矣。其言孔、曾、思、孟正傳，先宋儒着鞭。又其末曰：「求觀聖人之道，必自孟子始。」近世伊藤氏以《七篇》爲《論語》義疏，蓋亦本韓子也。

《古文尚書》之僞，朱子、吴才老始疑之，至明郝敬、梅鷟，清閻若璩、王鳴盛等，研覈摘出，無復餘藴。余細讀韓子《進學解》，《易》《詩》《春秋》《左氏》直揭其名，無所揀擇。其叙《尚書》，但曰「上規姚姒，渾渾無涯。周誥殷盤，佶屈聱牙」而已。蓋其所取，在《典》《謨》《禹貢》《盤庚》《大誥》《康誥》等篇，而不在《太甲》《説命》《太誓》《武成》諸篇。其言極有斟酌，乃知韓子既疑古文之非真。

韓公平生事業，以論佛骨、平吴元濟、使王廷湊三事爲最，《唐書》叙之頗詳，但淮西一事甚略。今以李翱《行狀》、皇甫湜《神道碑》補之。曰：公始奏言：「淮西連年侵掠，得不償費，其敗可立而待，然未可知者，在陛下斷與不斷耳。」詳《淮西事宜》。及征淮西，公爲行軍司馬，副丞相裴度，請乘遽先入汴，説韓弘，使協力。以上《唐書》。及其圍蔡州，公知其精卒悉聚界上，以拒官軍，守城者率老弱，且不過千人，亟白丞相，請以兵三千人間道以入，必擒吴元濟。丞相未及行，而李愬自唐州文城壘，提其卒以夜入蔡州，果得元濟。三軍之士爲公恨。蔡州既平，公白丞相曰：「淮西滅，王承宗膽破。可不勞用衆，宜使辨士奉相公書，明禍福以招之，彼必服。」丞相然之。公口占爲書，使辨士柏耆袖之，以至鎮州。承宗果大恐，上表請割德、棣二州以獻，遣子入侍。《行狀》《神道碑》。還朝，奉敕撰《淮西碑》，其末曰：「既伐四年，小大并疑。不赦不疑，由天子明。

凡此蔡功，惟斷乃成。」其言與奏議中語相符。英雄之見，終始不差矣。

裴公若早用韓公之言，則雪夜之捷不在李愬，而在於公矣。然是事猶自有人，不必煩公也。唯當初無公極言利害以勸斷決，則如此之功其能成乎？故公折衝樽俎之間，亞於裴公總統之功，而在於李愬、光顏力戰奇捷之上也。李義山《讀韓碑》云：「嗚呼聖皇及聖相，相與烜赫流淳熙。公之斯文不示後，曷與三五相攀追。」蘇子瞻亦云：「淮西功業冠吾唐，吏部文章日月光。」其推文章至矣，曾不贊其功，可恨也。

韓公《守戒》，亦爲淮西發也。議論明鬯，切中時弊，上承長沙策略，下開三蘇家風，與腐儒席上之談異。朱子云：「唐自安史亂後，河南、河北地裂爲七八。蔡在當時最爲近地，成德、淄青連結爲援，此公《守戒》之所以作也。終之曰『在得人』，及裴度平蔡，而公之言驗。」

韓公《送殷侑使回鶻序》，望使臣以不辱君命者也。余讀之，知公自知知人之明，非後世學者所及。是行侑果責可汗，虜人憚之，不負公之所望。公亦後使王廷凑，能折其威，解牛元翼圍，又不負其平生之言。然則篇中所云「使萬里外國，無幾微出於言面」，見得真者也，非他外作壯語欺人者之比。

昌黎云：「自取所試讀之，乃類俳優者之辭，顔忸怩而心不寧者數月。」又曰：「時時應事作俗下文字，下筆令人慚。」夫韓子所云云者，特應試應酬之文而已，猶且自慚如此。今世作家出語如演史説經者，何不自慚也。又曰：「僕爲文久，每自稱意中以爲好，則人必以爲惡矣。小稱意，人亦小怪之。大稱意，即人必大怪之也。」由是觀之，自古文不見知於人。唯豪傑如韓子，從其所好，不肯顧世之悲歡，故久而大顯，後世望之如山斗。如明季袁、徐、鍾、譚及今世作家，《折楊》《皇荂》務悦里耳，雖或喧一時，不久而湮滅，何異蟬噪蛙鳴，焉知大雅之音哉！

羅景綸謂「韓如静姬，柳如名姝」，李耆卿謂「韓如海，柳如泉」，信然。

韓《進學解》效《解嘲》，柳《晋問》效《七發》，皆有過無不及。韓《送窮》、柳《乞巧》，俱效《逐貧》，而皆過之遠甚。韓《張中丞傳後序》《毛穎傳》與史遷相持，柳《段太尉逸事狀》與班掾相持。韓《送李端公序》如《左傳》，柳《漁者對》如《國策》。孰謂古今不相及也？

韓《原道》諸篇直繼《孟子》，柳無此種作。韓柳優劣正在此。

歐陽公不曰「韓柳」，而曰「韓李」。余謂習之之文醇正，誠昌黎之嫡流也，然比之昌黎，品格稍下，不能屹立爲對敵。柳州雖不及韓滉洋之概，然别出機軸，不倚人籬下，且其精深之思、嶄絶之筆，韓亦所不能。昔人謂柳《封建論》，韓決不能作。此其所以超習之而與韓爲敵國也。歐公之言恐失當。

宋、元以來，評韓、柳二公之文者不可枚舉矣，未如二公相評之最確可信也。柳評韓文，謂「與司馬遷上下，過揚雄遠甚」。韓評柳文亦云：「雄深雅健，似司馬子長，崔、蔡不足多也。」二公當時相許者如此。後之譽者雖累千百輩，不能增其高大也。

柳子厚之善王叔文，欲有所爲也。同事者如呂温、韓泰、劉禹錫，皆一時才俊。宦者惡其不便己，指以爲黨，讒之天子，貶竄四出。後世弗察，以爲子厚等與不義，以罹刑法，攻者不絶。噫！亦寃矣。尚賴宋范文正之昭雪之也，曰：「劉禹錫、柳宗元、呂温，坐王叔文黨，貶廢不用。覽數君子之述作，體意精密，涉道非淺。如叔文狂甚，義必不交。叔文以藝進東宫，人望素輕。然傳稱知書，好論理，爲太子所信。順宗即位，遂見用，引禹錫等決事禁中。及議罷中人兵權，牾俱文珍輩，又絶韋臯私請，欲斬劉闢，其意非忠乎？臯銜之，會順宗病篤，臯揣太子意，請監國，而誅叔文。憲宗納臯之謀，而行内禪，故當朝左右謂之黨人者，豈復見雪？《唐書》蕪駁，因其成敗而書之，無所裁正。孟子曰：『盡信《書》，不如無《書》。』吾聞夫子褒貶，不以一毫而廢人之業也。」清乾隆帝亦力辨其寃，蓋本范氏之説。夫大賢昭雪於前，而人主湔洗於後，子厚無復憾乎！

子厚獲罪於憲宗，故不敢顯自辨。然觀其《與許孟容書》，則可略見其故也。曰：「宗元早歲與負罪者親善。始奇其能，謂可以共立仁義，裨教化。過不自料，勤勤勉勵，唯以中正信義爲志，以興堯、舜、孔子之道，利安元元爲務。不知愚陋，不可力强。」此子厚之本志也。曰「狠忤貴近，狂疏繆戾，蹈不測之辜。群言沸騰，鬼神交怒」云云，此子厚獲罪之由也。曰「年少氣鋭，不識幾微，不知當否。但欲一心直遂，果陷刑法」，此子厚輕躁之過耳。豈嘗有大罪哉？儲同人云：「子厚以有罪故，反覆怨艾，其詞哀。」似未諒子厚之心。

凡才高一代者，庸人俗士之所嫉，見其小疵微瑕，從而大之，紛然傳唱於世；即無疵瑕者，百計陷之，不使其爲完人。子厚之過，本不甚大，乃指爲黨人，以實仇讎之言。如韓退之，粹然無疵瑕者也，猶不免讒謗，觀《釋言》諸篇可見矣。故其《原毁》云：「事修而謗興，德高而毁來。」然二公既死，文之與道日益尊，名聲赫然，永弗磨滅。彼讒毁人者，不徒勞乎？

秦末有陳涉、吴廣、項梁、項籍之屬，先漢祖而出。隋末有李密、薛舉、王世充、竇建德之倫，先唐宗而出。元末有陳友諒、張士誠、方國珍、明玉珍之徒，先明祖而出。蓋撥亂反正，爲事甚難，非一家所能，故天必假數豪傑，先爲之驅除，而後真主出矣。

文運之開，實有類此者。起八代之衰，人皆歸功於韓子，然先有元結、獨孤及、李華、蕭穎士數人既唱古文。矯五代之弊，人皆歸功於歐公，然先有柳開、穆修、蘇舜欽、尹洙數子既唱韓文。韓、歐反正之功大矣，諸子草創之力，亦弗可泯也。

元次山制行高潔，而深抱閔時憂國之心，文章奇古，在開元時自爲一家。然既不諧俗，多詭激之言。晁公武謂其文如古鐘磬，信矣。及昌黎出，唱古文，極推重之，其道始顯。

次山《中興頌》，先輩謂有《春秋》法。如「天子幸蜀，太子即位於靈武」，書法甚嚴。又如「古者盛德大業，必見於歌頌。若今歌頌大業，非老於文學，其誰宜爲？」則不及「盛德」。又如「二聖重歡」之語，皆微詞見意。於是黃魯直詩有云：「臣結春陵二三策，臣甫杜鵑再拜詩。安知臣忠痛至骨，後來但賞瓊琚詞。」自是之後，繼作者衆。元子此篇不能數百言，後人揣度其意，爲一談柄。其文刻浯溪崖石，千載不朽，爲南中一奇勝。當時燕、許號大手筆，能有一篇如此者耶？然則元子雖不諧時俗，蓋亦無憾矣，況其傳誦後世不止一頌乎！

蕭穎士再忤李林甫，料祿山反，勸源洧拒賊，永王璘召之不赴。其才節有過於人者矣，不獨文詞也。

古今奏議，推陸宣公爲第一。涑水多采入《通鑑》，眉山乞校正進讀，不可以排偶卑視之。《新唐書》例不録駢儷之作，獨取公文十餘篇，以爲後世法，贊曰：「其論諫數十百篇，議陳時病，皆本仁義，炳炳如丹青。」老蘇《上歐陽公書》云：「陸贄之文，遣言措意，切近的當，有執事之實。」不喜排偶者之言猶如此。

東漢以後道日喪，儒學不過論明堂、議喪服，文章不過留連光景之作。及韓子出，文章先變，而道德經濟之學又大起，并爲後世模範。范文正得其經濟，歐陽文忠得其文章，孫明復、石守道得其學問，如三蘇之文別闢奥窔，二程之學直繼往聖，亦不能無本焉。然則宋代之多士，不可謂非韓子一唱之功矣。而元次山之學問，陸宣公之經濟，柳儀曹之文章，亦有掎角之力也。

韓公《答陳商書》，謂「三四讀不能通曉」。當時文士競奇，横空硬語，不獨東野之詩也。皇甫持正、孫可之等文，間有聱牙處。至樊宗師《絳守園記》，鈎棘不可句。一時操尚蓋如此。然作文使韓公不能讀，亦屬無用，是所以有齊竽之喻也。紀曉嵐云：「唐時爲古文者，主於矯俗體。故成家者，蔚爲巨制；不成家者，則流於僻澀。宋時爲古文者，主於宗先正。故歐、蘇、王、曾而後，沿及於元，成家者不能盡闢門户，不成家者亦具有典型。」是言洵然。

白斑《湛淵静語》曰：「皇甫湜，韓門弟子，而其學流於難澀怪僻，所謂目瞪舌澀，不能分其句讀者也。如曰：『聲震業光，衆方驚爆而萃排之。乘危將顛，不懈益張。』又曰：『跂邪觝異，以扶孔氏。』又曰：『鯨鏗春麗，驚耀天下。』所以《答李生書》曰：『意新則異常，異於常則怪矣。詞高則出衆，出於衆則奇矣。虎豹之文，不得不炳於犬羊。鸞鳳之音，不得不鏘於烏鵲。金玉之光，不得不炫於瓦石。必崔嵬然後爲嶽，必滔天然後爲海。明堂之棟，必撓雲霓；驪龍之珠，必錮深淵。』此湜之文，所以怪僻也。」觀此則持正之文，先賢既有弗取者矣。

持正謂：「虎豹之文，不得不炳於犬羊。」余謂意奇而詞奇可也。如持正意未必奇，而必奇其詞，是羊質虎皮，不足貴也。

昌黎謂：「文無難易，唯其是爾。」正是韓氏家法。唯李習之能承其傳，故其《答朱載言書》云：〔一〕「古之人能極於工而已，不知其辭之對與否、易與難也。〔二〕《詩》曰：『憂心悄悄，愠于群小。』此非對也。『遘閔既多，受侮不少。』此非不對也。《書》曰：

〔一〕朱，原作「王」，據《李文公集》卷六《答朱載言書》、《容齋隨筆》卷七改。

〔二〕易與難，據《李文公集》卷六《答朱載言書》、《容齋隨筆》卷七補。

『朕堲讒説殄行，震驚朕師。』《詩》曰：『菀彼柔桑，其下侯旬，捋采其劉，瘼此下人。』此非易也。《書》曰：『允恭克讓，光被四表，格於上下。』《詩》曰：『十畝之間兮，桑者閑閑兮。』此非難也。」

習之又《寄從弟正辭書》謂：「人號文章爲一藝者，乃時世所好之文。」「其能到古人者，則仁義之辭，惡得以一藝名之。」其所抱負可知矣。歐陽公不曰「韓柳」，而曰「韓李」，亦非無以也。

韓、柳之後，有劉蜕、孫樵、杜牧、皮日休、陸龜蒙諸人，雖不能爲大宗，亦皆成一家。

劉蜕、孫樵之文，有意爲奇，亦是皇甫氏之流。儲同人收孫入十大家之數，然猶不得與李習之比，况韓、柳、歐、蘇乎？

孫可之《與王霖秀才書》云：「某嘗得爲文真訣於來無擇，來無擇得之於皇甫持正，皇甫持正得之於韓吏部。」其自述師友淵源如此。蘇子瞻云：「學韓愈而不至者，爲皇甫湜；學湜而不至者，爲孫樵。」東坡爲文尚意，不甚取揚雄之辭。而持正、可之之文尚辭，好言子雲，與東坡之見正反，所以被譏也。

昌黎亦稱子雲，而其文間有艱深奇崛者，持正、可之實主張之。蓋得韓之一體者，未可深譏也。然韓辭意并勝，二子辭勝意，所以不同。文以意爲主，辭爲之奴。辭意并勝如昌黎者上也，意勝辭如東坡者次之，辭勝意如持正、可之者又次之，辭害意如宋景文者，斯爲下矣。

杜牧平生以經濟自任，剛直有奇節，其文奥衍，多切時務。李德裕用其策平澤潞。《守論》一篇，宋景文作《新唐書・藩鎮傳論》，實全録之。費衮《梁溪漫志》載，歐陽公使子棐讀《新唐書》列傳，卧而聽之，至《藩鎮傳叙》，嘆曰：「若皆如此傳，筆力亦不可及。」其爲識者所貴如此。

《阿房宫賦》議論精明，文采發越，前古賦家所未有。《雲仙雜記》載群虱念此賦。其爲當時所傳誦可知矣。東坡平生愛之，嘗夜誦之達旦。其作《赤壁》二賦，亦能創一體，名於後世。然論結構之佳、筆力之健，恐不能及此賦也。其詩或有譏涉冶蕩者，然風骨自高，非晚唐諸家所及。至咏史諸篇，亦見其讀書得間處。自是唐末偉人，不得以青樓薄幸貶之。

拙堂文話卷四

唐雖無名之人，其詩可誦；宋雖無名之人，其文可觀。然而李、杜之詩，歐、蘇之文，出乎其類，拔乎其萃，後人所以弗及也。

廬陵出焉，而古文大興；眉山出焉，而時文一變。二家之於文，可謂掎角之功矣。歐、蘇之分，李耆卿所謂「歐如瀾，蘇如潮」盡之。蘇仙才一瀉千里，信如潮也；歐紆餘曲折，信如瀾也。細讀二公之文，則知之。茅鹿門云：「歐則譬引江河之水，而穿林麓，灌澮畎；蘇氏兄弟則譬之引江河之水，一瀉千里，湍者縈，逝者注，杳不知其所止者已。」是言蓋本於耆卿矣。

東坡評歐公文曰：「論大道似韓愈，論事似陸贄，記事似司馬遷，詞賦似李白。」楊東山亦曰：「文章各有體。歐陽公所以爲一代文章冠冕者，固以其温純雅正，藹然爲仁者之言，粹然爲治世之音，然亦以其事事合體故也。如作詩，便幾及李、杜；作碑銘記序，便不減韓退之；作《五代史記》，便與司馬子長并駕；作四六，便一洗昆體，圓活有理致；作《詩本義》，便能發毛、鄭之所未到；作奏議，便庶幾陸宣公；雖游戲作小詞，亦無愧唐人《花間集》。蓋得文章之全者也。」

坡又贊歐公功德曰：「宋興七十餘年，民不知兵。富而教之，至天聖、景祐極矣。而斯文終有愧於古。士亦因陋守舊，論卑而氣弱。自歐陽子出，天下爭自濯磨，以通經學古爲高，以救時行道爲賢，以犯顔納諫爲忠。長育成就，至嘉祐末，號稱多士。歐陽子之功爲多。」余亦嘗曰：歐公德業有大過人者。文章其緒餘，猶足千古。宋慶曆之初，古今號爲多士。公在其間，名聲赫赫，爲一世之望。爲諫官，則天下稱歐、余、王、蔡；爲宰輔，則後世稱爲韓、范、富、歐；而詩稱歐、梅、蘇、黄，文稱韓、柳、歐、蘇，又配韓爲韓、歐。丈夫爲人，如歐公足矣。

歐公表疏雖剴切，藹然見愛君之心。其他文辭皆舂容大雅，真洋洋太平之文也。老蘇上公書云：「執事之文，紆餘委備，往復百折，而條達疏暢，無所間斷；氣盡語極，急言竭論，而容與閑易，無艱難勞苦之態。」雖後世評公文者累千百人，不如此語簡而盡也。

歐公尤服人善。見韓魏公德量，乃謂「雖百歐陽修不及」；見蘇東坡文章，乃謂老夫避此人出一頭地。

歐公之於韓魏公，猶昌黎之於裴晋公。昌黎於《平淮西碑》，獨叙晋公之功詳；歐公作《晝錦堂記》，叙韓公德業風裁如在目前。裴、韓固千古人傑，然得韓、歐二公益顯。

歐公《晝錦堂記》云：「臨大節，處大事，垂紳正笏，不動聲色，而措天下於泰山之安，可謂社稷之臣矣。」叙魏公風裁如在目前。《老蘇墓誌》云：「眉山在西南數千里外。一日父子隱然名動京師，而蘇氏文章遂擅天下。」叙蘇氏風致宛然如見。《晝錦堂記》末段數語，人多泛然讀過，不知有所指。李梁溪集載：「歐陽永叔嘗問玉局曰：『魏公立朝大節孰爲難？』玉局曰：『莫難於定策。』永叔曰：『設使吾輩處此時，當如之何？』玉局曰：『想亦當然。』永叔曰：『吾輩皆能爲之，何難之有？』玉局曰：『然則孰爲難？』永叔曰：『方英廟初立，母后垂簾。一日簾中出文字一卷，皆訴宫禁中事，其辭甚切。公以文字置懷中，徐曰：「是必有内侍交構兩宫者。」簾中曰：「有之。」因舉其姓名。公曰：「容臣退處置。」既歸省，取帳中文字焚之，命堂吏書空頭謫降敕，遍簽執政。且命開封府擇使臣一員，步軍司差禁卒二十人，呼簾中所舉姓名内侍至都堂，立庭中面責之。填敕編置嶺外，使臣禁卒即日押行。來日見上，具道所以，於是兩宫遂寧。若此者乃所以難。故余作《晝錦堂記》言公「不動聲色，而措天下於泰山之安」，蓋謂此也。』《魏公家傳》載公此語，不言其所指。王巖叟所著《别録》，逸此一事。故詳録之。」

政事、文學，自孔門游、夏、冉、季之徒不能相兼。至後世岐而兩之，判然有文士、俗吏之異。唯歐公留心案簿，好談吏事，常曰：「文學止於潤身，政事可以及物。」故其任郡縣，所在著名。

歐公年未四十稱翁，富鄭公寄公詩云：「滁州太守文章公，謫官來此稱醉翁。醉翁醉道不醉酒，陶然豈有遷客容。公年四十號翁早，有德亦與耆年同。」

歐公謂：「性非學者之所急。」此言得罪於洛、閩。然宋末之士，大抵高視闊步，喜談性命，無補於事業，與晋宋清談相距幾何？歐公之言未可非也。

宋初楊億變文章之體，劉筠、錢惟演輩皆從而學之，時號三公。石介作《怪説》，謂「刓鋑聖人之經，破碎聖人之言，欲盲聾天下耳目」，譏之太甚，竟不能破。至歐公出，談笑麾之，士皆争赴，楊、劉之迹如削，幾於不攻而破者矣。

宋朝科場初沿排偶之習，故有「《文選》爛，秀才半」之語。至蘇氏父子兄弟出，斯弊一洗，天下之士争效之，故有「三蘇熟，喫羊肉」之語。徐常有教子詩曰：「詞賦切宜師二宋，文章須是學三蘇。」至南渡之後，其文益行，又至「人傳元祐之學，家有眉山之書」，其盛可知矣。

老蘇《名二子説》，知軾、轍終身之事；《辨奸》一篇，知介甫陰險之害；《審敵》《審勢》二篇，知宋朝北虜之禍。其言皆驗於數十百年之後，其文亦雄健遒勁，鋒不可當。

蘇氏論古人，多借題述己見，猶詩家之於樂府，不必拘舊制。老蘇《六國論》爲賂遼而作也。大蘇《商鞅論》爲新法也，《荀卿論》爲荆公也。雖不必確於其人，而别有所切當，是蘇氏家法也。小蘇在青苗未行之時，對荆公論之，如見後日之害者。要之蘇家父子兄弟長於經濟，非徒文士也。大蘇《留侯論》，説「忍」字有味，蓋自警也。《賈誼論》亦然。老蘇《管仲論》，言大臣之心甚善。此類皆借題述己見也。後人或不察，議其僻謬，陋矣。

老蘇《審勢》《審敵》諸篇，大蘇、小蘇諸策，直述胸臆，皆切事情。其言如蓍龜，多驗於後日，皆可謂偉人矣。

老泉才不及東坡，而氣力過之。

見大蘇讀書之力，在海外諸篇；見其經濟之才，在二十五篇進策。諸家選本多載海外諸篇，而略《策略》《策别》，何也？近世又有選其小品者，亦失取捨。大蘇序記雜文，蕩蕩滚去，少轉折，不若廬陵俯仰曲折多姿態也。碑誌亦不及廬陵遠矣。

秦漢諸家之長，韓、柳二子盡發之。但《國策》之雄偉，賈、晁之明快，在其所遺。蘇家父子擇而據之，爲安身立命處，此其所以成一家也。

大蘇立朝大節，臨民異政，并卓卓可觀矣。但才華太富，時溢於法度之外，是以得譏於道學諸先生。

東坡終身不遇，至竄海外，居無室廬，集版又被焚毁。古今才人困厄，莫過於此者。孝宗平生喜坡文，及即位，購其集刻之，親製序云：「雄視百代，自作一家。」又贊云：「敬想高風，恨不同時。」華衮之褒至此，坡無復憾於地下矣。

神宗每誦坡文章，必嘆曰：「奇才奇才。」欲命成國史，爲王珪所沮。嗚呼！坡生蒙神宗之知，死得孝宗之慕，而終身不容於朝廷之間，豈非命也歟？

古今評坡文，孝宗以下不可枚舉，皆未若坡自評之確也。坡嘗自言：「吾文如萬斛泉源，不擇地皆可出。在平地滔滔汩汩，雖一日千里無難。及其與石山曲折，隨物賦形，而不可知也。所可知者，常行於所當行，常止於不可不止，如是而已矣。其他雖吾亦不能知也。」今觀坡文，信如其言。

東坡爲文尚意，其上仁宗策叙云：「有意而言，意盡而言止者，天下之至言也。」《與謝民師書》云：「言止於達意，則疑若不文，是大不然。求物之妙，如繫風捕影，能使是物了然於心者，蓋千萬人而不一遇也，而况能使了然於口與手者乎？是之謂辭達。辭至於能達，則文不可勝用矣。」

費袞《梁溪漫志》曰：「東坡教葛延之作文字，云：『譬如市上店肆諸物，無種不有。却有一物可以攝得，曰錢而已。莫易得者是物，莫難得者是錢。今文章，詞藻、事實乃市肆諸物也，意者錢也。爲文章能立意，則古今所有，翕然并起，皆赴吾用。汝若曉得此，便會做文字也。』」是喻誠妙。學者不能立意，則雖多讀書不濟事矣。然不多讀書，則如持錢入空肆，亦無所得也。故學者學文章，以多看、多做爲要。

歐陽公作文有三多，曰「看多，做多，商量多」。又有三上，曰「馬上、枕上、厠上」。而其自删改，至不存一字。以曠世之才，精苦如此，宜其妙絶於古今也。沈作哲《寓簡》曰：「歐陽公晚年嘗自竄定平生所爲文，用意甚苦。其夫人止之曰：『何自苦如此，當畏先生嗔耶？』公笑曰：『不畏先生嗔，却怕後生笑。』」朱子曰：「歐公文亦多是修改到妙處。頃有人買得他《醉翁亭記》稿，初説『滁州四面有山』，凡數十字，末後改定，只曰『環滁皆山也』五字而已。」

爲文粗鹵不入法者，宜學歐文，收斂就局；下筆滯澀不如意者，宜讀蘇文，廣其材調。

陳鵠《耆舊續聞》載：「東坡十歲時，侍老蘇側，誦歐公《謝對衣金帶馬表》，因令坡擬之。其間有『匪伊垂之帶有餘，非敢後也馬不進』。」此足見其天才夙成，非常人所及矣。

東坡天才，可望而不可即，使其獨步千載可。

洪景盧居翰苑日，嘗入直，值制詔沓至，自早至晡，凡視二十餘草。事竟，小步庭間，見老叟負暄花陰。洪問之，知其及識元祐間諸學士。曰：「今日草二十餘制，皆已畢事矣。蘇學士想亦不過如此速耳。」老者首肯，咨嗟曰：「蘇學士敏捷亦不過如此，但不曾檢閱書册耳。」洪爲赧然，自恨失言。嘗對客言此云：「是時使有地縫，亦當入矣。」見周公謹《齊東野語》。以洪之才敏學博，畏蘇公如此，况其餘乎？

余觀宋人隨筆數十部，無不載東坡事者。少者數見，多者數十見。大而氣節文章，小而諧謔游戲，至銘菓之微、借笠之瑣，皆書傳之。而好事者又或圖之，使後人爲吟資，爲談欛。其爲一世所傾慕如此，可謂盛矣。余嘗欲輯録之，作其别傳，猶恐所見不博，多致挂漏，而未敢也。

天下第一等才子，秦漢之際有一司馬長卿；魏晋之際有一曹子建，皆華少實；唐宋之際有一蘇子瞻，其言皆切世用，然則謂之千古第一才子可。

當時晁、黄、秦、張以下，學蘇文成家者衆。至明青田、正學、烏傷、陽明、荆川諸人又學蘇，皆能别出機軸，所以别後人。吕居仁云：「蘇文當用其意。若用其文，恐易厭人，蓋近世多讀故也。」此言學蘇文者不可不知。夫蘇文之妙，在意不在辭。若以其辭而已，何以爲蘇文？

《客中閑集》曰：「近時俗學皆尚三蘇文字，不復知有唐矣，况秦漢乎？故不拘大小試卷，主司大率批曰：『宛然蘇子口氣。』或曰：『深得蘇氏家法。』即中式矣。有一士子素不喜眉山文集者，乃笑曰：『衆人皆有蘇子倚靠，偏我獨無蘇子可使唤耶？』於是論策中嘗引證曰：『蘇子有言：爲君計者，莫若安民無事，且無庸有事於民也。』又云：『蘇子嘗曰：良醫不能救無命，强梁不能與天争。仲尼栖栖，墨子皇皇，憂人之甚也。』又云：『此蘇氏所謂察微慮深，[一]慎在未形者也。』亦漫然批其旁曰：『此子固嘗留心於三蘇者，但未純熟者耳。』此生見而大笑，作詩嘲之云：『曾見東坡面目無，試官驚得震蘇蘇。分明指與平川路，一個佳人兩丈夫。』一時傳誦。殊不知始之蘇子，乃《史記》之蘇秦也；繼之蘇子，乃《漢書》蘇竟也；終之蘇氏，乃竇滔之妻蘇蕙也。今不

[一] 氏，原作「子」，據《寄園寄所寄》卷十二引《客中閑集》改。

論秦漢，不分男女，一概以老泉、東坡、潁濱當之，不成笑柄哉？」今世空疏之徒，或矮人觀場，動輒曰「東坡東坡」，不爲此主司者鮮矣。余平生喜坡文，今見是言，亦自少警焉。

三蘇之文可學，其持論不可學。學其持論，則流爲縱横家。

朱子曰：「東坡作《韓文公廟碑》，不能得一起頭。起行百十遭，忽得『匹夫而爲百世師』兩句，下面只如此掃去。但人有才性者，不可令讀東坡此等文。有才性人，便須收拾入規矩，不然則蕩將去。」又曰：「東坡雖是宏闊瀾翻，成大片滚將去，他裏面自有法。今人不見得他裏面藏得法，但只管學他一滚做將去。」諸生輩學坡文，往往有此弊。蓋以不識其法而學其機調故也。朱子之言正中其窾，學者不可不知。

王遵巖貴南豐，并稱歐、曾，蓋本朱子。朱子不喜三蘇，不喜其議論耳，非必不喜其文詞也。其喜南豐，喜其議論耳，非必喜其文詞也。故其言曰：「南豐尚解使一二難字，歐、蘇全不使一個難字，而文章如此好。」又云：「曾所以不及歐處，是紆餘曲折處。」又云：「韓文高，歐陽文可學，曾文一字挨一字，謹嚴，然太迫。」

曾南豐之文，典雅有餘，而精彩不足，當時爲蘇氏兄弟所掩。雖朱子稱揚之，不必置於歐、蘇之列，故未甚顯。及明王遵巖出，喜之如渴者飲金莖露。錢牧齋輩繼之，以至清朝諸作家，多宗南豐。蓋南豐學術醇正，格律謹嚴，譬之猶無鹽、孟光，雖外貌不揚，而資質淑美，必遇齊宣、伯鸞而後得識矣。

南豐《南齊書序》云：「所謂良史者，其明必足以周萬事之理，道必足以適天下之用，智必足以通難知之意，文必足以發難顯之情，然後其任可得而稱也。」《楓窗小牘》謂是一部十七史序，信矣。

南豐少與臨川游。臨川聲譽未振，導之於歐陽公，歐陽公薦之於朝。及臨川得志，二公遂與之異。南豐以書規之，著議以諷之，莫能回焉。老蘇《辨奸論》曰：「惟天下之静者，乃能見微而知著。」又曰：「好惡亂其中，利害奪其外。」其譏切歐、曾深矣。韓、歐以下皆千古賢豪，獨臨川獲罪天下，人皆愛其文而病其行。余謂臨川辭卑就尊，雖如可罪，亦欲行其志已，猶可恕也。至其誤天下蒼生，不可恕矣。然指以爲奸人，恐非其實。臨川識僻而守堅，又極不曉事，遂成此誤。薦之者與用之者，不得不分其罪矣。

神宗問臨川曰：「唐太宗何如？」曰：「陛下當法堯、舜，何以太宗爲？」帝又以魏徵、諸葛亮爲不世出之人，臨川曰：「陛下誠能爲堯、舜，則必有皋、夔、稷、契；誠能爲高宗，則必有傅説。彼二子者，何足道哉？」望神宗以堯、舜，自待以皋、夔，志則大矣，論則高矣，然不免經生之腐談，亦不曉事之故也。當時在朝之臣，歐、曾以下皆深於經術，但不誇於人已。臨川乃謂天下除己無通經者，愚亦甚矣。至趙清獻折之曰：「皐、夔、稷、契讀何書？」是入其室操其戈也，宜乎能關其口而奪之氣。

臨川非六藝不讀，非道德仁義性命之理不談，一旦得君，猖狂如彼。老泉談兵談刑，標機權以爲説，而行誼無毫髮之憾。余常謂經生之腐談無補事業，文士之實見有益經濟。臨川學問文章高一世，然知古不知今，故出言不免經生之腐談耳。孔子於夏時、周冕之類，擇而取之，蓋審時勢也。彼經生者，往往一心直遂，不審時勢，高談唐虞，而不識唐宋近事。使其執政，不誤事者尠矣。荆公猶然，况其他乎？

王仲任謂：「儒生過俗人，通人勝儒生，文人逾通人，鴻儒超文人。」余謂韓、歐鴻儒也，三蘇文人也，荆公以鴻儒、文人之資，陷爲儒生，可惜也。

經生之不若文人尚矣。然爲文不原本經術，則不足貴焉。韓、歐由文章而達經術，程、朱由經術而達文章，雖所由不同，其歸則一也。如近世考證訓詁之學，章句之末耳，不足爲經術也；如近世模擬諧謔之文，滑稽之雄耳，不足爲文章也。三蘇之品下韓、歐一等，固亦非此輩之比也。

《冷齋夜話》載，王荆公居鍾山，一日於客處得東坡《勝相院經藏記》，展讀於風檐之下，喜見鬚眉，曰：「子瞻人中之龍也，然有一字未穩。」客請願聞之。公曰：「『日勝日貧』不若『日勝日負』。」東坡聞之，拊掌大笑，以爲知言。此與《潘子真詩話》所載《表忠觀碑》事，俱足見二公知文章之深。且其胸次豁落，如忘平生之事者，豈效夫於所惡没其善而弗録者哉！苕溪漁隱以謂介甫當國，力行新法，子瞻譏誚其非，形於文章者多矣。介甫能不芥蔕於胸次，想亦未必深喜其文章。今二書所筆，恐非其實。是不知二公者也。王勉夫辨之云：「二公皆一時偉人，其所不相能者，特立朝議論問耳。然其文章妙處，各自心服。何嘗以平日議論不相能之故，并以其所長者忌之。如是何以爲二公？漁隱以市井常態測二公，過矣。」

趙德麟《侯鯖録》曰：「東坡在黄州日，作雪詩云：『凍合玉樓寒起粟，光摇銀海眩生花。』人不知其使事也。後移汝海，過金陵，見王荆公。論詩及此，云：『道家以兩肩爲玉樓，以目爲銀海，是使此否？』坡笑之，退謂葉致遠曰：『學荆公者，豈有此博學哉？』」德麟蘇門之士，必不傳誤。據此，則王勉夫所謂二公「文章妙處，各自心服」者，信矣。東坡固知荆公之文善，然惡其好使人同己，故其言云：「地之美者同於生物，不同於所生。惟荒瘠斥鹵之地，彌望皆黄茅白葦，此則王氏之同也。」

使荆公循韓、范之軌，文章益尊，而功業亦成矣。惜哉！一執拗之心壞之，而遺譏於千載之後也。孔子戒意、必、固、我，以此也。

荆公以歐公《醉翁亭記》不及王元之《竹樓記》，又觀東坡《醉白堂記》，戲曰：「文詞雖極工，然不是《醉白堂記》，乃是《韓白優劣論》耳。」荆公常持法，先體制而後工拙，故不滿於此二篇。《醉翁》游戲於文，《醉白》以議論行之，皆變體也。霍嫖姚云：「方略何如耳？」岳忠武云：「運用之妙在一心。」歐、蘇此文似之。荆公以程、李之節制議之，故見其不合耳。

宋人多名文，非特歐、蘇以文名者。相業如范文正、司馬温公、李忠定，道學如朱文公、吕成公，節義如文信國、謝疊山，兵法如辛稼軒、陳龍川，博學如劉原父、貢父，不必以文章顯，然皆有名文膾炙人口者。三代以下，唯西漢如此。西漢文章，非止董、賈、兩司馬。天子有孝武、孝宣，宰相有公孫弘、韋玄成、魏相、匡衡之倫，侍從有晁錯、徐樂、嚴安、王褒、谷永之徒。其所作詔敕章疏，并非後世所及。然則漢、宋二代，稱爲文章世界可矣。

北宋又有王元之、李泰伯、李邦直諸人。南渡之後，文章稍衰，然有王梅溪之典雅，陳龍川之雄騖。

蘇氏之門，有張文潛、秦少游之徒，能傳其衣鉢。胡澹庵《上高宗封事》，千年以來章疏中第一文字。謝叠山《文章軌範》收之，厠於韓、歐諸文之間。以余觀之，則見澹庵光彩四出，而韓、歐屏息一隅也。

《鶴林玉露》云：「胡忠簡乞斬秦檜之疏既具稿矣，遲疑未上，以示所親厚。其人畏懦，力止之曰：『公有老母，詎可爲此？』以其稿寸裂之。忠簡愈疑。有書吏楊其姓者，請問曰：『編修此書外間已籍籍傳誦，廟堂計亦知之矣。今書上亦得罪，不上亦得罪。書上而得罪，其去光華。不上而得罪，其去曖昧，且其禍恐甚於不上也。』忠簡大悟，亟繕寫投進。」予謂是説恐誣。果如其説，則當時忠簡獨示所親厚，其人即寸裂之，外人何得籍籍傳誦？且書吏光華之説甚卑，忠簡果取決於此，則要名之人耳，何以爲忠簡？蓋是與馮宿教韓退之上《佛骨表》，同出於疑傳耳。今讀其封事，慷慨激烈，忠憤之氣溢於紙墨之外，豈一旦要名者之所能？朱子稱爲「與日月争光」，信不誣也。其後上書孝宗云：「堯、舜明四目，達四聰，雖有共、鯀，不能塞也。秦二世以趙高爲腹心，劉、項横行而不得聞。漢成帝殺王章，王氏移鼎而不得聞。靈帝殺竇武、陳蕃，天下横潰而不得聞。梁武帝信朱异，侯景斬關而不得聞。隋煬帝信虞世基，李密稱帝而不得聞。唐明皇逐張九齡，安史胎禍而不得聞。」其言痛快剴切，非心懷至忠者不能如是。又論和議云：「臣恐再拜不已，必至稱臣。稱臣不已，必至請降。請降不已，必至納土。納土不已，必至銜璧。銜璧不已，必至輿櫬。輿櫬不已，必至如晉帝青衣行酒爲快。」「《春秋左氏》謂無勇者爲婦人，今日舉朝之人皆婦人也。」是猶前日拜犬豕之論也。忠憤之氣百折不撓，常初無狐疑畏禍之事，亦可知矣。

余平生酷喜李泰伯《袁州州學記》。起言皇帝制詔，莊而重；次言計議繕治，潔而净；中引秦、漢二代，言教學之效，簡而明；終言忠孝結之，極有關係。而筆力之健，句句截鐵，宋文之最古者。

程子《易傳序》《四箴》，横渠《東》《西》二銘，皆一字千金。有德者必有言，猶信。《西銘》蓋出於昌黎《原人》，而語之更詳。筆力之高，蓋亦有過而莫不及焉。

朱子如無意作文者，然學問之博，未嘗棄小物，況如文借以明道，何獨不留心焉？嘗謂：「如韓、歐、曾之文，豈可不看？柳文雖不全好，亦當擇。合數家之文擇之，無二百篇。下此則不須看，恐低人手段。」朱子之學文可知矣。

朱子之於文貴質實，故有取於曾子固。如其《大學序》，不唯説理的確，又有氣魄光焰之壓倒人者。子固惡得有是文？

陳龍川《跋朱子送郭秀才序後》有云：「晚得從新安朱元晦遊。見其論古聖賢之用心，平易簡直，欲盡擺後世講師相授、流俗相傳、凡入於人心而未易解之説，以徑趨聖賢心地而發揮其妙，以與一世之人共之。其於經文，稍不平易簡直，則置而不論，以爲是非聖賢之本旨，若欲刊而去之者。余爲之感慨於天下之大義，而抱大不滿於秦、漢以來諸君子，思欲解其沉痼，以從新安之志，而未能也。」觀此，則龍川深服朱子者也。其對孝宗所云：「今世之所謂儒者，自謂得正心誠意之學，皆風痹不知痛癢之人也。舉一世安於君父之大仇，而方且揚眉袖手，高談性命，不知何者謂之性命。」是譏世之假道學也。岳珂《桯史》以爲詆晦庵，謬矣。

拙堂文話卷五

學者作文，不可不先治古書也。古書浩博，一聞此言，乃茫然起望洋之嘆。然古書之文有甚佳者，有不甚佳者，擇而取之，亦不甚多。除經典外，唯有左氏、莊叟、太史公數書而已。其他不必盡治，以餘力及之可也。

《左》《莊》已下，或取其性所近一二書，專心治之，亦無不可也。徂徠之徒治十三家，彼摘古書之辭，而用之於其文，故不得不博。我則異於此。學其法，而不用其辭，故不必博也。

後世文宗韓、柳，而韓、柳之文有所由出焉。韓謂上規姚姒、《盤》、《誥》、《春秋》、《左氏》、《易》、《詩》，下逮《莊》、《騷》、太史、子雲、相如，閎其中而肆其外矣。柳謂本之《書》《詩》《禮》《易》《春秋》，取道之原；參之《穀梁》、《孟》、《荀》、《莊》、《老》、《國語》、《離騷》、太史，旁推交通而以爲之文。學者既學韓、柳，則又不可不學韓、柳所學矣。

文章體制亦出於六經，非唯道理也。顔之推云：「詔命策檄，生於《書》者也；歌咏賦頌，生於《詩》者也；序述論議，生於《易》者也；祭祀哀誄，生於《禮》者也；書奏箴銘，生於《春秋》者也。」劉勰云：「論説辭序，則《易》統其首；詔策章奏，則《書》發其源；賦頌歌贊，則《詩》立其本；銘誄箴規，則《禮》總其端；紀傳銘檄，則《春秋》爲根。百家騰躍，終入環内。」柳子厚云：「著述者流，蓋出於《書》之謨訓、《易》之象繫、《春秋》之筆削，其要在高壯廣厚，詞正而理備。比興者流，蓋出於虞夏之咏歌、殷周之風雅，其要在麗則清越，言暢而意美。」三子之言，學者所宜潛心也。

王景文云：「文章根本皆在六經，非惟義理也，而機杼物采規模制度無不具備者。」張安國出《考古圖》，其品百二十有八。曰：「是當爲記，於經乎何取？」景文曰：「宜用《顧命》。」游廬山訖事，將哀所歷序之。曰：「何以？」景文曰：「當用《禹貢》。」觀此，則文章之本經書，非唯體制也。

李性學曰：「經傳皆聖賢明道經世之書，雖非爲作文設，而千萬世之文從是出焉。」余謂後世之文，苟能明道經世，則與聖賢之用心同，豈復有古今之異乎哉？彼徒以辭句工麗者，何足與語之？葉水心云：「文不關世道，雖工無益。」善哉言之也。

韓、柳諸公之文，皆原本經術，又各取其性所近者專治之。韓之《孟子》，柳之《國語》，歐之韓文，蘇之《國策》，曾之劉向，是也。

韓子《平淮西碑》是學《舜典》，其詩是學《雅》《頌》。李義山詩云「點竄《堯典》《舜典》字，塗改《清廟》《生民》詩」是也。《畫記》是學《顧命》《考工記》；《毛穎》《圬者》諸傳，韓弘、韋丹等墓誌，《張中丞傳後序》，是學《史記》；董晋行狀，送李端公、石處士序中辭命處，是學《左氏》；《送高閑序》《應科目與人書》，是學莊叟；《進學解》《曹成王碑》，是學子雲，而風調過之；如《與張僕射書》《争臣論》，自《孟子》出；至《原道》《原性》《師説》等篇，直繼《孟子》。韓子之於文，可謂集大成矣。

昌黎《賀張僕射白兔狀》，類終軍《白麟奇木對》；《諫擊毬書》，類相如《諫獵書》；《讀儀禮》，類史遷《孔子世家贊》；《獨孤申叔哀辭》，類屈子《天問》；《燕喜亭記》中段，效《爾雅》；《守戒》末云「曰在得人」，效長沙《過秦論》結尾。柳州《貞符》，類子雲《劇秦》、班掾《典引》；《招海賈》《宥蝮蛇》諸文，類屈宋諸詞；《説車贈楊誨之》，學《考工記》；《漁者對智伯》，學《戰國策》；山水諸記，學《山海經》《水經注》逼真；自解諸書，學太史公得其風神。可見韓、柳二子於古書無所不學也。

昌黎《送孟東野序》謂「以某某鳴」，是本《莊子》「以堅白鳴」。一「鳴」字發出許多議論，先輩以爲自《周禮》「梓人爲筍虡」來。

「粉白黛黑」，本出《列子》及《楚辭》《國策》。昌黎《送李愿序》用之，改「黑」爲「緑」，更覺佳，正是點鐵成金之手。

柳州《送澥序》：「吾去子，終老於夷矣。」沈歸愚《讀本》云：「『吾去子』三字略讀，言吾逢子之去也。」余按，《漢書》晁錯父謂錯曰：「劉氏安矣，而晁氏危，吾去公歸矣。」又嚴延年母責延年曰：「我不意當老見壯子被刑戮也。行矣，去汝東歸，掃除墓地耳。」子厚蓋本於此。「去」字屬「吾」，猶言「吾別子也」。沈氏之説非是，可見不熟秦、漢之書，未可遽讀韓、柳之文也。

歐陽公於韓文外，用力《史記》。其作《五代史》，深得太史神髓，比昌黎《順宗實録》過之遠矣，所謂青出於藍者也。論者謂《五代史》減舊史之半，而事迹比舊史添數倍，功不下司馬遷。公亦嘗自謂：「我作《伶官傳》，豈下《滑稽傳》者也。」

老蘇之文簡潔雄健，得於先秦。其《權書》《衡論》中，有雄辨似儀、秦者，有實理似孫、吴者，其似處殆逼真。李耆卿云：「老子、孫武子一理一句，如串八寶珍瑰，間錯而不斷，文字極難學。蘇老泉數篇近之，《心術》《春秋論》是也。」

坡文能作空中樓閣，蓋得之於漆園叟，觀《赤壁賦》《凌虚臺記》説入虚處可見矣。韓、柳窮秦、漢諸家之藴而盡發之，奥衍閎深，無所不有焉。唯《國策》之雄偉，賈、晁之明快，在所遺也。及蘇家父子出，周覽秦、漢之文，欲擇學之，獨見此種之秘未盡發也，乃取而學之，縱横俊偉，成一家之言。故韓、柳家之文既出古書，而蘇家之淵源亦遠矣。

世稱班、馬，蓋非極摯之論也。韓、柳二公推子長至矣，或以子雲配之，亦未肯全與也。至於孟堅，不曾挂於齒牙，况肯配子長乎？但《史記》之作，始開奥窔，體制未定，至《漢書》始備，使後世作史者取以爲法。此或所以稱班、馬，其文則不及遠矣。

太史諸贊皆妙，孟堅録之，不能出一奇。至於其所自作，殊無可觀者。其他諸文，亦皆不能自開門户。如《兩都賦》，填相如腔子；《答賓戲》，摹畫子雲面目；《典引》，襲《封禪》《劇秦》舊套，皆遜本篇，况於子長之文乎？

《答賓戲》首發客難，既陷窠窟。末云「若乃牙、曠清耳於管弦」云云，一循《解嘲》故轍，不能少變改，可厭棄也。《兩都賦》首設問答，筆力最弱。

漢人之文，自董、賈奏疏，多可觀者。且武、宣之際，人材輩出，事多奇偉。《漢書》之文所以佳，非必班掾之筆工也。

班彪《王命論》蒼勁可喜，迥在孟堅諸文之上，此可以窺一斑矣。然則《漢書》佳處，烏知非其父筆削哉？

班掾叙霍光奏昌邑王過惡，讀至一半，太后曰：「止！爲人臣子，當悖亂如是耶！」再讀畢。模寫極巧。李性學云：「一時君臣堪畫，信矣。」昌黎《藍田丞廳記》云：「吏抱成案詣丞。卷其前，鉗以左手，右手摘紙尾，雁鶩行以進，平立睨丞曰：『當署。』」摹寫之巧，何減《漢書》。

王勉夫《野老紀聞》：〔一〕「或問：《新唐書》與《史記》所以異？余告之曰：不辨可也。《唐書》如近世許道寧輩畫山水，是真畫也；太史公如郭忠恕畫天外數峰，略有筆墨，然而使人見而心服者，在筆墨之外也。」余謂《唐書》則有間焉。此可爲《史》《漢》之别也。

《史記·衛青傳》：「封青子伉爲宜春侯，青子不疑爲陰安侯，青子登爲發干侯。」三疊用「青子」字。《漢書》則一用「青子」字，而其於餘則曰「子」而已，曰：「封青子伉爲宜春侯，子不疑爲陰安侯，子登爲發干侯。」王勉夫云：「視《史記》之文已省兩『青』字矣。使今人作墓志等文，則一用『子』字，其餘曰某某而已。後世作文，益務簡於古，然字則省矣，不知古人純實之氣已虧。」又「校尉李朔、校尉趙不虞、校尉公孫戎奴，各

〔一〕按，《野老紀聞》爲王大成撰，非王楙。

三從大將軍獲王。〔一〕以千三百户封朔爲涉軹侯，〔二〕以千三百户封不虞爲隨成侯，以千三百户封戎奴爲從平侯」，《漢書》但云：「校尉李朔、趙不虞、公孫戎奴各三從大將軍。封朔爲涉軹侯，不虞爲隨成侯，戎奴爲從平侯。」洪容齋云：「比於《史記》，五十八字中省二十三字，然不若《史記》爲樸贍可喜。」余謂《史記》此等處未見可喜。朱子謂：「《史記》亦疑當時不曾得删改脱稿。」意然。《漢書》後出，精加删修，始得齊整。二子反以此定班、馬優劣，不亦疏乎？

《史記》叙事議論，淋漓盡致，故有重沓者。《漢書》或删之，以取齊整。此可以見班、馬之優劣也。《史記·張耳傳》極寫趙王謹敬之狀曰：「朝夕袒韝蔽，自上食，禮甚卑，有子婿禮。」以反襯高祖倨慢。而《漢書》删「袒韝蔽」三字。又寫泄公與貫高相問勞之狀曰：「箯輿前，仰視曰：『泄公邪？』」「泄公邪」三字，極有情致，而《漢書》删去之。《韓信傳》叙信出少年袴下曰：「俛出袴下蒲伏。」「蒲伏」二字，駭狀如見，所以反襯他日榮達，而《漢書》又删之。《張良傳》叙良進履老人曰：「父曰『履我』。」良業爲

〔一〕各，據《史記·衛青傳》補。
〔二〕「千」前原本衍一「三」字，據《史記·衛青傳》删。

取履，因長跪履之。」極力摹寫良之卑屈，所以反襯老人倨傲，而《漢書》盡删之，唯曰「因跪進」而已。如此之類，皆不若其舊也。

《史記》張良贊云：「余以爲其人魁梧奇偉。至見其圖，狀貌如婦人女子。」觀圖起想，有情有色。《漢書》襲之，乃云：「以爲其貌魁梧奇偉，反若婦人女子。」删去「圖」字，使人殆不曉其故。

《史記》張耳、陳餘、魏豹、彭越、樊噲、灌嬰之類，直舉姓名；蕭相國、曹相國、陳丞相，則稱其官；留侯、絳侯、淮陰侯，則稱其爵；至萬石君，則從其諱名稱之。雖質樸可喜，似無定例。《漢書》盡書其姓名，傳中又皆去其姓曰「信」曰「耳」之類，并爲後世史氏之式。

《朱子語録》云：「《高祖紀》記迎太公處稱高祖，此樣處甚多。高祖未崩，安得高祖之號？《漢書》盡改之矣。《左傳》只有一處云：『陳桓公有寵於王。』」又曰：「某嘗謂《史記》恐是個未成底文字，故記載無次序，有疏闊不接續處。」又曰：「遷史所載，皆是隨所得者載入，正如今人草稿。〔一〕如酈食其踞洗，前面已載一段，末後又載，與前

〔一〕「正」後原本衍一「文」字，據《朱子語類》卷一百三十四删。

説不同。蓋是兩處説，已寫入了，又據所得寫入一段耳。」朱子讀書甚精，非景盧、勉夫所及。

《老子傳》末云：「李耳無爲自化，清静自正。」上文文勢既盡，又增此兩句，殊覺蛇足。《索隱》及董份以爲贊語，非矣。按，此兩句與末篇自序中贊語全同，安知其非劓人？不然，朱子所謂「未成底文字」耳。注家弗察，爲牽强之解，可笑。

《史》《漢》，《高祖紀》并云：「吕媪怒吕公曰：『公始常欲奇此女與貴人。』」顔師古曰：「奇，異也，謂顯而異之而嫁貴人。」朱子文曰：「『欲』字宜在『女』字之下，當曰『公始常奇此女，[一]欲與貴人』，於文爲順。」五井蘭洲曰：「皆非也。『奇』如『奇貨可居』之『奇』也，言公始常欲以此女爲奇貨，嫁與貴人，共其榮也。豈班、馬而有不順之文耶？」今按，蘭洲説未是。「奇」豈有「奇貨」之義耶？師古之訓不可改也。言吕公欲顯異此女以嫁貴人，有何不順哉？又《外戚傳》云「因欲奇兩女，乃奪金氏」，亦同字法。子文以「奇」爲「奇人」「奇才」之「奇」，故不通耳。

太史公虞夏三代《本紀》，多用《尚書》。其不便處，或改用訓解字，或全句改之，非

[一] 始，據《漢書・高帝紀》王先謙補注引朱子文語補。

有如李、王削足適履者。然老蘇非之曰：「綉繪錦縠，衣服之窮美者也。尺寸而割之，錯而紉之以爲服，則綈繒之不若。」黄宗羲亦曰：「史遷伯夷、孟子、屈賈等傳，俱以風韻勝。其填《尚書》《國策》者，稍覺擔板矣。」

太史公每用古語，少改面目以爲己語。如《伯夷傳》，用《文言》「同聲相應」，改作「同明相照」，「同氣」作「同類」，下省「水流濕，火就燥」二句，直接「聖人作而萬物睹」句。陶熔點化爲己語，與李、王生呑活剥不同。

入昆侖之山，滿目莫非美玉。然有千金之珍，有連城之寶，不能無差等。一部《史記》固爲群玉圃，然《本紀》則高祖、項羽，《世家》則陳涉、蕭曹、留侯，《列傳》則伯夷、屈原、范蔡、廉藺、張陳、淮陰、李廣、刺客、貨殖諸篇，殊爲絶佳，是連城之寶也。

文章有斷續之法。《史記·屈原傳》「屈平既嫉之」云云，下插「人君無愚智賢不肖」數十句，是斷法也；其下復下「令尹子蘭聞之大怒」一句，接上文「屈平既嫉之」一段，是續法也。乍斷乍續，有雲擁中峰之態。宋景濂《讀本》以爲位置失宜，移其「繫心懷王」一段于後，移其「人君無愚知賢不肖」一段於前，又删其「楚人既咎子蘭勸王入秦」三句，或謂潔浄明爽，誠勝原本。何不深察耶？果如其説，則平平無奇，凡手所辨耳。歐陽公《王彦章畫像記》論德勝之戰曰：「莊宗之善料，公之善出奇，何其神哉！」

其下忽曰「今國家罷兵四十年」云云，説入時事，俯仰感慨，其言未畢，又忽曰「及讀公家傳」云云，以接前段，猶黄河之水伏而復見，妙不可言。是蓋得於太史公者也。

東坡《表忠觀碑》，直叙趙清獻疏，繫之以銘。王荆公以爲叙事典贍，似《史記·漢興以來諸侯王年表》。見《潘子真詩話》。予因取《史記》反復觀之，殊不相類，蓋記者之誤耳。因求之於他處，獨《建元以來王子侯者年表》直録制詔，下繫以贊，其體頗類，然通篇不能五十字，不可謂叙事典贍，殊可疑也。既讀《三王世家》，具載奏疏制册，不增損一字，洋洋數千言，下以贊結之，叙事誠爲典贍，荆公本意恐指此篇耳。

柳子厚《壽州安豐縣孝門銘》，先列壽州刺史奏言爲序，至「制曰可」，而繫之以銘。史繩祖《學齋佔畢》云：「東坡仿子厚此文，蓋以忠比孝，全用其體制。且柳作，史既全載，文極典雅。蘇作，金陵王氏則以太史公年表許之。二文旨意，其允合于史法矣。」今較其文字，蘇殊爲工。宜乎蘇文獨顯，而柳文不甚顯也。

蔡京得東坡《表忠觀碑》，至「天目之山苕水出焉」，謂坐客曰：「是甚言語？」初不知某之山某水出焉，酈元《水經注》格也。見周煇《清波雜志》。

太史公《伯夷傳》、蘇東坡《赤壁賦》，文章絶唱也，其機軸略同。《伯夷傳》以「求仁得仁，又何怨」之語設問，謂夫子稱其不怨，而《采薇》之詩猶若未免於怨，何也？蓋天道無親，常與善人，而達觀古今，操行不軌者多富樂，公正發憤者每遇禍，是以不免於怨也。雖然，富貴何足求，節操爲可尚，其重在此，則其輕在彼。況君子疾没世而名不稱，伯夷、顔子得夫子名益彰，則所得亦已多矣，何怨之有！《赤壁賦》因客吹簫而有怨慕之聲，以此設問，謂舉酒相屬，凌萬頃之茫然，可謂至樂，而簫聲乃若哀怨，何也？蓋此乃周郎破曹公之地，以曹公之雄豪，亦終歸於安在。況吾與子寄蜉蝣於天地，哀吾生之須臾，宜其托遺響而悲怨也。雖然，自其不變者而觀之，則物與我皆無盡也，又何必羨長江而哀吾生哉！矧江風山月，用之無盡，此天下之至樂，於是洗盞更酌，而向之感慨風休冰釋矣。東坡步驟太史公者也。右見羅《鶴林玉露》。由此觀之，坡之學太史，真得换骨奪胎之法，而鶴林之評殆亦求神駿於玄黄之外者也。

子長同叙智者，子房有子房風姿，陳平有陳平風姿；同叙勇者，廉頗有廉頗面目，樊噲有樊噲面目；同叙刺客，豫讓之與專諸，聶政之與荆軻，纔出一語，乃覺口氣各不同；《高祖本紀》見寬仁之氣動於紙上，《項羽本紀》覺喑噁叱咤來薄人。讀一部《史記》，如直接當時人，親睹其事，親聞其語，使人乍喜乍愕，乍懼乍泣，不能自止。是子長叙事入神處。

《史記》諸贊，語簡而意暢，以千里之足，回旋蟻蛭中而不亂，其材無所不可。一日無事，抽架上書，得《史記·孔子世家》，其贊語平生不甚留意看，今日讀之，始知其妙。首泛言夫子之德可仰止；次言適魯觀其廟堂，留不能去；次言其布衣傳十餘世，勝天下君王；終言其道爲天子王侯所折中。仰止之意，一節進一節。而首曰孔氏，其詞泛；次曰仲尼，其詞親；次曰孔子，其言謹；次曰夫子，其言更謹。尊敬之言，一節進一節。

魯仲連謂平原君曰：「吾始以君爲天下之賢公子也，吾乃今然後知君非天下之賢公子也。」平原君謂新垣衍曰「東國有魯仲連先生者」云云。新垣衍曰「吾聞魯仲連先生，齊國之高士也」云云，「吾不願見魯仲連先生」。衍又謂魯連曰：「吾視居此圍城中者，皆有求於平原君者也。今吾觀先生之玉貌，非有求於平原君者也。」此段反覆諄諄，不覺重複，樸贍可喜，與前條所論《衛青傳》冗複者不同。洪容齋稱爲重沓文法，洵然。

魯仲連爲趙不帝秦，爲齊下聊城，既而逃隱於海上曰：「吾與富貴而詘於人，寧貧賤而輕世肆志焉。」其人奇偉，有神龍見首不見尾之概。子長叙二事在前極熱，以此語結之，詘然而止，酷類魯連之爲人。

陳眉公《狂夫之言》云：「《治安策》《天人策》累累凡數百萬言，[一]漢人長文章自賈誼、董仲舒作俑。申公對武帝但曰：『爲治不在多言，顧力行何如耳。』此言不獨救武帝好文詞，且欲救董、賈文章之多也。康王命畢公曰：『辭尚體要。』上之諭俗且然，而況人臣之章奏乎？武宗時，韓公文欲攻劉瑾，而屬李夢陽具奏草，曰：『毋文，文覽弗省也；毋多，多覽弗竟也。』此言極得告君之體。故觀申公老人一言，覺董、賈文章尚有少年氣。」予謂賈、董皆以命世之才，遇孝文、孝武不世出之主，實千歲一時，况既承問，宜極言無憚，竭囊底之智以進於前，豈覺其言之多、文之長乎？且漢文聞賈生議，欲任公卿之位，宣室一見，不覺膝前席，其言又多施行者，養臣下有節，徙淮陽、城陽，分齊爲六國。至武帝時，衆建諸侯，皆賈生之策也。方其進策，豈患覽弗省哉？如《天人策》，武帝之問既四百餘言，仲舒之對自不得不數千萬言，豈患覽弗竟哉？眉公見後世腐儒進言，動輒累幅滿紙，使世主厭聽焉，而不察其言善否，概以長與多爲非，遂病於董、賈之文，豈非諺所謂「十把一束」者耶？

子長《伯夷》《屈原傳》，以議論間叙事。賈生《過秦論》乃以叙事代議論，言秦之

[一] 百，原作「十」，據《狂夫之言》卷一等改。

强，始皇之驕，陳涉之起，歷歷縷叙，如紀事之文。但其承接送尾處，用一二轉語斡旋文勢，至「仁義不施」兩句，綜斷全篇，遂成一篇好議論，作法甚奇。

謝在杭《文海披沙》云：「賈誼出傅長沙，人皆以絳、灌爲之也。《風俗通義》載，劉向對成帝言：『是時賈誼與鄧通俱侍中同位，誼惡通爲人，數廷譏之，由是疏遠，遷爲長沙太傅。既之官，内不自得，及渡湘水，投弔書曰：闒茸尊顯，佞諛得志。以哀屈原離讒邪之咎，亦自傷爲鄧通所愬也。』乃絳、灌諸公猶蒙譖賢之名，何歟？宋景文云：『賈生智周鬼神，不能救鄧通之譖。』蓋指此，而王浚儀《困學紀聞》以爲考漢史無鄧通事，豈偶未之見耶？」余久疑絳、灌讒斥賢者，今得此言，爲之豁然。

董江都之文多名言，爲洛、閩二先生所極稱。然至論政事，不若長沙之切實，而文亦不及焉。朱子亦嘗言之，曰：「賈誼之文質實，董仲舒之文緩弱。其《答賢良策》不答所問切處，至無緊要處又累數百言。」又曰：「仲舒爲人寬緩，其文亦如其人。」又曰：「仲舒之文大概好，然也無精彩。」

司馬相如多從諛之言，然文極俊邁有英氣。韓、柳諸公至推配子長，余未得其解也。頃閲王弇州《宛委餘編》云：「今人知司馬長卿爲賦客，而不知爲經術士，又不知爲文翁弟子也。按，《蜀志・秦宓傳》，宓云：『蜀本無學士，文翁遣相如東受七經，還教吏民，由是蜀學比於齊魯。』故《地理志》曰：『文翁倡其教，相如爲之師。』」王氏此說，可謂闡幽。嗚呼！相如有此淵源，宜哉其文垂不朽也！

枚乘《諫吴王書》，全篇隱語，蓋在叛謀未發之先，故不得不如此。後人妄效之，非也。韓退之《應科目與人書》，纔説實事，則涉干求，故亦以隱語出之。中山靖王《聞樂對》，鄒陽《獄中書》，極多援引比喻。蓋訴冤之言，直指其事，則顯上不明，或觸其逆鱗，禍且不測，故多引喻之語耳。枚乘及吴王發兵，復上書諫之，直陳是非利害，無復引喻之語，可見其文非徒尚綺麗也。

文以意爲主，以氣爲輔。鄒陽《獄中書》、王褒《聖主得賢臣頌》雖好，辭勝意與氣，故稍不振。《朱子語録》：「問：『吕舍人言，古文衰自谷永。』曰：『何止谷永，鄒陽《獄中書》已自皆作對子了。』」觀此，則齊梁綺靡之體，非鄒陽輩啓之乎？

揚子雲蓋有意矯文弊，語務艱奥，亦尚辭不尚意者也。昌黎取備一體，柳州譏其短局滯澀，亦無甚貶辭。至東坡乃曰：「揚雄好爲艱深之辭，以文淺易之説。若正言之，則人人知之矣。此正所謂雕蟲篆刻者。其《太玄》《法言》皆是物也。而獨悔於賦，何哉？終身雕蟲，而獨變其音節，便謂之經可乎？」譏之太甚，亦不爲無故。

子雲工摹擬，《太玄》摹《易》，《法言》擬《論語》，後世所謂古文辭之祖也。然辭皆自己出，與李、王字字句句拾人餘唾者異矣。

薛敬軒評子雲之文曰：「思索深至，學問精博，故往往有妙處，止可零碎取之，無大段妙處。」余謂昌黎《進學解》效子雲體，佳字妙句亦可零碎取之，通篇僅僅數百言而已。後人采名著書，命居室，及爲別號者甚多，余嘗檢出之：「刮垢磨光」，京僧文雄著《磨光韻鏡》。「紀事者必提其要」，宋袁樞著《通鑑紀事本末》，清乾隆朝編《四庫全書提要》。「纂言者必鈎其玄」，元吴澄著《三經纂言》，京醫香月啓益著《醫學鈎玄》。「迴狂瀾於既倒」，明顧起元號迴瀾。「含英咀華」，清劉文蔚輯《詩韻含英》。「詩正而葩」，後人遂稱《三百篇》曰「葩經」。「敗鼓之皮」，醫師某扁其樓曰「敗鼓」。「投閑置散」。菰野文學南川氏著《閑散餘録》。〔一〕其餘名言爲後人所采用者又衆。孫可之評此篇云：「拔地倚天，句句欲活。如赤手捕長蛇，不施控勒騎駿馬。」觀此，則此篇不唯辭句工麗，所以過子雲也。

〔一〕菰，原作「薦」，據南川金溪《閑散餘録》卷首附《題閑散餘録贈菰野南川士長》改。

拙堂文話卷六

文章之變，到秦漢之際極矣，後人不得不祖述焉。非唯後人祖述秦漢，秦漢人又各有所祖述也。李耆卿云：「《史記》，《帝紀》《世家》從二《雅》、十五《國風》來，八《書》從《禹貢》《周官》來。《莊子》者，《易》之變；《離騷》者，《詩》之變；《史記》者，《春秋》之變。」余謂秦漢人雖有所本，皆能出機軸，各成一家，不使後人知所本，是善學古人者也。

《漢書・蒯通贊》云：「《書》放四罪，《詩》歌青蠅，春秋以來禍敗多矣。昔子翬謀桓而魯隱危，欒書構郤而晉厲弒，豎牛奔仲叔孫卒，郈伯毀季昭公逐，費忌納女楚建走，宰嚭譖胥夫差喪，李園進妹春申斃，上官訴屈懷王執，趙高敗斯二世縊，伊戾坎盟宋痤死，〔一〕江

〔一〕坎盟，原作「盟坎」；痤，原作「座」，據《漢書・蒯伍江息夫傳贊》改。

充造蠱太子殺，息夫作奸東平誅。皆自小覆大，繇疏陷親，可不懼哉！可不懼哉！」《新唐書・奸臣傳贊》云：「木將壞蟲實生之，國將亡妖實産之。故三宰嘯凶牝奪辰，林甫將蕃黄屋奔，鬼質敗謀興元蹙，崔、柳倒持李宗覆。嗚呼！有國家者，可不戒哉！」蓋本孟堅。先輩或謂此體孟堅所創，洪容齋引《荀子・成相》，皆非也。《韓非子・内儲説》云：「似類之事，人主之所以失誅，〔一〕而大臣之所以成私也。是以門人捐水而夷射誅，濟陽自矯而二人罪，〔二〕司馬喜殺爰騫而季辛誅，〔三〕鄭袖言惡臭而新人劓，費無忌教郤宛而令尹誅，〔四〕陳需殺張壽而犀首走，故燒芻廥而中山罪，殺老儒而濟陽賞也。」孟堅蓋本於此。

韓非《説難》文字艱奥，前輩多誤讀，蓋坐不推文理耳。起句「凡説之難，非吾知之，有以説之之難也」，與次句「非吾辨之之難能」云云，同句法。「知」字一篇骨子，讀爲

〔一〕誅，原作「謀」，據《韓非子・内儲説下》改。
〔二〕罪，原作「誅」，據《韓非子・内儲説下》改。
〔三〕騫，原作「鶱」；季，原作「李」，據《韓非子・内儲説下》改。
〔四〕教，原作「殺」，據《韓非子・内儲説下》改。

去聲，與下文「伸其辨知」「處知則難」「知當而加親」三「知」字照應。〔一〕前輩多讀如字，與第四句「知所説之心」之「知」取照應，非也。蓋首三句言智辨之難持，第四句言處智辨之道，下承此句，伸言不可不知所説之心。「身危」一段，極言説之難不可不知，應首三句。「凡説之務」一段，伸言知所説之心，以吾説當之，至「説之成」終。引伊尹、百里證説之難，引宋富人、關期思證身危，以「處知之難」總繳上文。下又引彌子瑕事言愛憎之變，以龍鱗作結，更見難意。丁寧上文，章法秩然，大旨炳然，不費疏釋。但字句之間，猶有不可曉者，是錯誤耳。《文體明辨》有參考《説難》，參《史記》所載之文校定之，讀者宜并考焉。

李斯《逐客書》，事理切當，而文字偉麗，秦人之文孰出其右。中説色樂珠玉，使後人爲之，一直排去，莫可觀矣。今以二「今」字、二「必」字、一「夫」字，斡旋文勢，一順一逆，翻轉出來，三段一意，不覺重複，真絶奇之作也。後柳子厚論鐘乳，王錫爵論南人不可爲相，蓋模仿之，似則似矣，終不能得其奇也。

余酷愛《孫子》，讀之已久，心竊有所疑焉，嘗著《孫子辨》一篇。今附於此，冀大方

〔一〕親，原作「疏」，據《韓非子·内儲説下》改。

君子見而正之。曰：太史公書孫武仕闔廬事，與《左氏》《孫子》不合，余久疑之。《吴世家》云：「王闔廬三年，伐楚，謀欲入郢。將軍孫武曰：『民勞，未可，待之。』」《列傳》云：「闔廬知孫子能用兵，卒以爲將，西破强楚入郢，北威齊晋，顯名諸侯，孫子與有力焉。」《左氏》載吴楚之争詳矣，而方闔廬之入郢，惟有子胥之對耳，至其終篇，孫武事不少概見。太史公叙武之功如此其盛，而《左氏》何爲不録？可疑一也。據《列傳》，武以伐楚之前，始見闔廬，闔廬乃言觀其十三篇，則其書之成已久矣。然則當其作書之時，越尚蕞爾，其兵不當多於吴，而其《虚實篇》云：「以吴度之，越人之兵雖多，亦奚益於勝哉？」是似見後來越國之强大。可疑二也。《越世家》云：「允常之時，與吴王闔廬戰，而相怨伐。」蓋言闔廬五年以後也。《春秋·昭公三十二年》：「夏，吴伐越。」傳云：「始用師於越也。」是也。先是雖有小怨，未至用師旅，要之鄰敵常事。孫子著書傳之後世，不當引爲説。而其《九地篇》云：「吴人與越人相惡。」是似見後來吴越相仇怨者。可疑三也。據《吴世家》，武之從伐楚，距專諸殺王僚僅四年。其著書不知與諸之死孰先，要之同時人耳。而《九地》又云：「投之無所往，諸、劌之勇也。」劌，魯莊公時人，相距殆二百年。以同時親見之人，配二百年前耳聞之人，何其不倫也。可疑四也。左氏親在當時秉筆，必不當有此遺漏；《孫子》亦係武自撰，必不當有此謬誤，是皆太史傳聞之訛耳。余竊謂武生吴越興亡之後，故其書得言二國之事。當闔盧之時，無所謂孫武者，無所謂十三篇者。至若女兵之戲，奇怪妄誕，尤不可信，蓋亦出好事之撰耳。《戰國策》稱臏爲孫子，《列傳》亦然，蓋皆從當時之稱呼也。《列傳》又叙臏破魏事云：「臏以此名顯於天下，世傳其兵法。」又其自序云：「孫子臏脚而論兵法。」後世不别傳臏之兵法，安知其非十三篇乎？蓋武與臏本一人，武其名，而臏其别字，後世所謂綽號也。世以其被刖，號爲孫臏，猶接輿稱狂、英布稱黥耳。太史公不察，分爲祖孫，誤矣。太史之書，本雜取傳聞，疑信相半。余取其信而闕其疑，不獨《孫子》也。

《莊子》之書，宇宙間第一奇文，後世多學之者。如昌黎《送高閑上人序》，佚宕横肆，蓋得其神髓者也，然持論則粹明醇正，見衛道之苦心。學莊文者宜爲法焉。

昌黎《應科目與人書》，怪怪奇奇，學《莊子》而克肖焉。篇中所用「天池」「有力者」等字，亦皆出《南華》；「庸詎」二字，又莊叟好常用之。

莊叟好用累棋之法。《逍遥游》末段，自「知效一官」者進至「宋榮子」，「猶有未樹」矣；進至「列子」，「猶有所待」矣；更進至神聖之無待終矣。《刻意》篇首言山谷之士，次言平世之士，次朝廷之士，次江海之士，次道引之士，終歸聖人之德，皆一層進一層。昌黎《伯夷頌》、東坡《墨寶堂記》實學之。如昌黎《送李愿序》，又自此脱化來。《莊子·養生主》結尾：「文惠君曰：『善哉！吾聞庖丁之言，得養生焉。』」借他人口，發出正旨，妙。柳州《郭橐駝傳》結尾：「問者嘻曰：『不亦善夫！吾問養樹，得養人術。』傳其事以爲官戒也。」正學莊叟。

《南華·胠篋》篇首云：「將爲胠篋探囊發匱之盜而爲守備，則必攝緘縢，固扃鐍，此世俗之所謂知也。然而巨盜至，則負匱揭篋擔囊而趨，唯恐緘縢扃鐍之不固也。」劈空突起，離奇夭矯，下以健句承接，如鐵索勒駿馬，越見筆力。柳州《韋使君新堂記》首云：「將爲穹谷嵁巖淵池於郊邑之中，則必輦山石，溝澗壑，陵絶險阻，疲極人力，乃可以有爲也。然而求天作地生之狀，咸無得焉。」蓋學莊叟，筆力少遜之，然亦爲妙筆。柳州《羆説》，又從《南華·夔憐蚿》章來。

《國策》之文，雄健横絶，冠乎戰國。前輩喜其文詞，而病其多捭闔傾危之説。蓋《國策》所載，皆當時人之言，與《國語》同體，所謂右史紀言者也。史之爲職，不擇善惡，務在傳實。二十三史所載，有甚於捭闔傾危之説者，人未嘗病焉。七雄相争數百年，合從連衡之迹，强弱興衰之踪，賴有此書存，豈可棄而弗省哉？且此書多爲後人模範，司馬子長得之爲漢良史，蘇家父子得之爲宋名臣。飴一也，盜跖粘牡，柳下餌老，在用之何如耳。

清陸稼書著《戰國策去毒》，有序載其《三魚堂集》中。蓋恐邪説之毒人，而去其太甚者也。欲使子弟讀之，固當然也。

先秦之文，《左氏》之典雅，《南華》之怪奇，《國策》之雄偉，至矣。老、列之高古，孫、吴之簡明，韓非之峭深，三閭之悲憤，亦至矣。猶柤梨橘柚之味，風華雪月之觀，其悦人口，怡人目，一也。荀卿之文，亦成一家，稍失之方；《吕覽》則失於平弱；《國語》之文衰苶不振，皆不及諸子也。

人多言春秋時人盡善辭令，予謂不必然，此乃《左氏》修飾之善爾，較之《公》《穀》則知之矣。《左氏》記楚人對齊管仲曰：「貢之不入，寡君之罪也，敢不共給？昭王之不復，君其問諸水濱！」辭令典麗，意思悠遠，使千載下想其爲何如人。《穀梁》則曰：「菁茅之貢不至，則諾。昭王南征不反，我將問諸江。」不見其難及，且以「君」字爲「我」字，索然無味。

秦伯襲鄭事，三傳皆書。《公羊》云：「秦伯將襲鄭，百里子與蹇叔子諫曰：『千里而襲人，未有不亡者也。』秦伯怒曰：『若爾之年者，宰上之木拱矣，注：宰，冢也。爾曷知？』師出，百里子與蹇叔子送其子，而戒之曰：『爾即死，必於殽之嵚巖，是文王之所辟風雨者也，吾將尸爾焉。』子揖師而行，百里子與蹇叔子從其子而哭之。秦伯怒曰：『爾曷爲哭吾師？』對曰：『臣非敢哭君師，哭臣之子也。』」《穀梁》語句略同。雖叙事簡老，不如《左氏》之文有精采光焰矣。

《吕氏春秋》亦紀此事，云：「秦穆公興師以襲鄭，蹇叔諫曰：『臣聞之，襲國邑，以車不過百里，以人不過三十里，皆以其氣之趫與力之盛至，〔一〕是犯敵能滅，去之能速。今行數千里，又絶諸侯之地以襲國，臣不知其可也。君其重圖之。』穆公不聽也。蹇叔送師於門外而哭曰：『師乎，見其出而不見其入也。』蹇叔有子曰申與視，〔二〕與師偕行。蹇叔謂其子曰：『晉若遏師必於殽，汝死不於南方之岸，必於北方之岸，爲吾尸汝之易。』穆公聞之，使人讓蹇叔曰：『寡人興師，未知何如，今哭而送之，是哭吾師也。』蹇叔對曰：『臣不敢哭師也。臣老矣，有子二人，皆與師行。比其反也，非彼死，則臣必死矣，是故哭。』」是獨爲詳，然語慢而文冗，不及《公》《穀》之簡健矣。益知《左氏》之高也。

〔一〕趫，原作「趨」，據《吕氏春秋・悔過》改。
〔二〕申，原作「由」，據《吕氏春秋・悔過》改。

《左氏》叙事簡古，辭令典麗，非諸子所及。但如臧哀伯諫納郜鼎，富辰諫襄王伐鄭，晏子和同之對，醫和淫疾之對，鋪張太過，當時本語恐不至此，得無非丘明文飾之過乎？范寧序《穀梁傳》云：「《左氏》艷而富，其失也誣。」斯言信矣。昌黎稱爲「浮誇」，「浮誇」非好字面，褒中有貶，亦范氏之意耳。

朱子云：「柳文較古，但却易學，學便似他。學柳文也得，但會衰了人文字。」余亦嘗云：左氏之文易學，太史之文難學。然學左氏者，有局促之態，使人一見知其爲左氏；學太史者，無艱澀之態，使人不知其所本。

《檀弓》之文最高，後人配《左傳》，稱爲「檀左」，然其與《左氏》紀太子申生事，詳略不同。吕居仁云：「讀《左氏》，然後知《檀弓》之高遠也。」李耆卿亦云：「《國語》不如《左傳》，《左傳》不如《檀弓》。叙獻公驪姬申生一事，繁簡可見。」

又吕居仁云：「『南宫縚之妻之姑之喪』，三『之』不能去其一。『進使者而問故』，夫子之所以問使者，使者之所答夫子，一『進』字足矣。豐不餘一言，約不失一辭，諒哉。」李耆卿云：「『石駘仲卒，無適子，有庶子六人，卜所以爲後者。卜者曰：「沐浴佩玉，則兆。」五人皆沐浴佩玉，石祈子曰：「孰有執親之喪而沐浴佩玉者乎？」不沐浴佩玉，石祈子兆。衛人以龜爲有知也。』此段言『沐浴佩玉』者四，讀之不覺其重複。」

二子之言洵然。

《檀弓》句法有極長者。曰：「南宮縚之妻之姑之喪。」九字一句。曰：「毋乃使人疑夫不以情居瘠者乎哉！」曰：「孰有執親之喪而沐浴佩玉者乎？」曰：「苟無禮義忠信誠慤之心以莅之。」皆一句十三字。有極短者。曰：「華而睆。」三字一句。曰：「立孫。」二字一句。曰：「畏。」「厭。」「溺。」一字各一句。鶴脛不可斷，鳧脛不可續，極長極短，各得其宜。

二《典》、《臯陶》、《益稷》、《禹貢》、《牧誓》、《無逸》之文，典雅可學矣；《盤庚》《大誥》等之文，佶屈不可學也。

今文古文之異，宋以來聚訟成一大獄。余謂不須多言，細觀其文則知真僞矣。如《泰誓》「郊社不修，宗廟不享」，是魏晋人駢儷之習，爲僞明矣。如《牧誓》「四方多罪逋逃，是崇是長，是信是使，是以爲大夫卿士」，連用五個「是」字，錯落奔放，是真古文者也，僞古文中能有一語如此者耶？

《堯典》謹布置之文，《禹貢》分綱目之文，并萬古叙事之祖也。《堯典》首總叙帝堯聖德，其下授時、治水、嫁女、試舜、受終、巡守、欽刑、格祖、命官，逐次歷叙，篇末總叙帝舜始終。井井有條，如門庭殿廡府署房闈，各有定處，不可亂也。

《禹貢》首云：「禹敷土，隨山刊木，奠高山大川。」此二句通篇之綱。「冀州」以下九段，是「敷土」之目也；「導山」一段，是「奠高山」之目也；「導水」八段，是「奠大川」之目也。「九州攸同」一段是總叙，「五服」一段是補叙。章法秩然，一絲不亂。

《禹貢》一篇，不唯篇章秩然有法，下字亦皆不苟。元白珽《湛淵静語》曰：「禹導水，有言『至』者，有言『過』者，有言『會』者。以二水勢鈞而相入謂之『會』，如江會於匯、濟會於汶之類。以大水合小水謂之『過』，如河過洛、汭，過洚水之類。凡言『會』、言『過』者，水也。其言『至』者，皆山澤名也。若河至龍門、至華陰、至厎柱，皆山名也。河至孟津，則地名也。河至大陸、濟至於菏，[一]皆澤名也。至于澧、至于東陵，又陵名也。」

《易》象、彖之文奇古，《説卦》《雜卦》高古。獨《繫辭》《文言》之文，古而流鬯，可學矣。

《詩》如《谷風》《七月》《東山》《生民》《賓之初筵》諸大篇，叙事可法。李耆卿云：「《詩》唯《生民》一篇，如廬山瀑布泉，一氣輸瀉直下，略無回顧。自『厥初生民』，至

[一] 菏，原作「河」，據《湛淵静語》卷一改，四庫本。

『以迄于今』，只是一意。」又云：「韓、歐《禱雨文》，并從《詩・雲漢》篇得來。」又云：「歐公《醉翁亭記》結云：『太守謂誰？廬陵歐陽修也。』是學《詩・采蘋》篇『誰其尸之，有齊季女』二句。」

《醉翁亭記》全篇用「也」字，蓋學《詩・墻有茨》《君子偕老》、《易・雜卦傳》、《荀子・榮辱》篇。先是昌黎《祭潮州太湖神文》，既用此體，歐文更覺出藍。又《論語》云：「吾見其居於位也。見其與先生并行也。非求益者也，欲速成者也。」又曰：「回也視予猶父也，予不得視猶子也。非我也，夫二三子也。」《孟子》云「我非愛其財而易之以羊也，宜乎百姓之謂我愛也」，曰「無傷也，是乃仁術也，見牛未見羊也」云云，「是以君子遠庖厨也」，皆用「也」字成章。《莊子・逍遥游》從篇首至「野馬也，塵埃也，生物之以息相吹也」，亦用「也」字，尤奇者也。

《論語》語簡而意包，聖人之文也；《孟子》語繁而意暢，賢人之文也。

解釋經旨貴於簡明，惟《孟子》獨然。其稱《公劉》之詩「乃積」云云，而釋之之詞，但云：「故居者有積倉，行者有裹糧也，然後可以爰方啓行。」其稱《烝民》之詩「天生烝民」云云，而引孔子之語以釋之，但云：「故有物必有則，民之秉彝也，故好是懿德。」用兩「故」字、一「必」字、一「也」字，而四句之義明。彼訓「曰若稽古」三萬言，真可覆醬瓿也。此洪容齋《隨筆》之説，可謂善論古書矣。

《孟子》之文疏而暢，後世之人可學者也。昌黎、老泉得之，雄視百代，學者宜枕籍焉。

《孟子》之文，多舉大旨於前，推衍於後。首章：「王何必曰利，亦有仁義而已矣。」是一章大旨。「王曰」已下，至「不奪不饜」，是衍説「王何必曰利」句；「未有仁」一節，是衍説「亦有仁義」句，下復以「王亦」云云二句結之。「沼上」章，引《詩》一段，衍説「賢者樂此」句，《湯誓》一段，衍説「不賢者不樂」句；「靈囿」「靈沼」貼「沼上」字，「麀鹿魚鱉」貼「鴻雁麋鹿」字，「偕樂」「偕亡」對説。此等章法尤易看者，初學之士宜熟玩焉。

「好辯」章，「一治一亂」提起全篇，下文交迭分叙。「當堯之時」一亂，「使禹治之」一治；「堯、舜既没」又一亂，「周公相武王」又一治；「世衰道微」又一亂，「孔子懼，作《春秋》」又一治；「聖王不作」又一亂，「吾爲此懼」又一治。説亂皆順，説治皆逆，交互相間而下。「禹抑洪水」以下，總略前文，以入己事。下更補「能言」二句作結。通篇有順説，有逆説，有總説，有補説，諸法悉具。昌黎《曹成王碑》，似效之者。「王姓李氏」一段順叙，「王生十年」一段逆叙；「上元元年」一段順叙，「王之遭誣」一段逆叙；

「初觀察使虐」一段又逆叙，「太妃薨」以下二段順叙，「王之在兵」一段逆叙；「王始政於温」一段是總叙，「道古進士」以下是補叙。與《孟子》之文雖體制異，機軸則同。

孔子言道德，獨有一「仁」字而已。孟子廣之，加「義、禮、智」以爲四性。至於漢董仲舒，又加以「信」字，名爲五常。夫子之言簡約可尚，而二子之説明確不可易。使夫子聞孟子之説，則必以四性爲然；使孟子聞董子之説，則必以五常爲然。其説雖如有異，而其意未曾不同也。近世談經者，或疑謂：「四性，六經之所無，而孟子創之。五常創於董子，孟子以上不言。」夫先聖有所未發，則後聖發之，先賢有所未詳，則後賢詳之。堯、舜以來，未嘗無四性五常之理，特未發而已，特未詳而已。今謂董子之五常異於孟子，則亦謂孟子之四性異於孔子耶？謂孟子之四性異於孔子，則亦謂孔子之仁異於堯、舜耶？堯、舜未嘗言仁，至於孔子發之；孔子未嘗言四性，至於孟子發之；孟子未嘗言五常，至於董子發之，而後其説愈備。然則孔子之於四性五常，所欲言而未言，二子之説有功於聖門大矣。今反以古人之所無而不取，何其陋也。必古人之所有而後可，則是上棟下宇，終不易穴居野處；火化粒食，終不易茹毛飲水；棺椁衣衾之美，終不易反欙衣薪之質；冠冕黼黻之文，終不易毛衣卉服之陋；結繩之治終無改，而書契之便終不行。今人處後聖之居，服後聖之制，啖後聖之食，用後聖之書契，未嘗有致疑者。獨至於道德之説，非先聖之所有則不取，先用而後體，棄本而從末，此非先聖拜昌言之意也。《易》之一書，伏羲畫之，文王、周公從而繫之，至於孔子又廣以《十翼》，其説或相出入，然後人未敢容疑。不但不敢疑，又并尊信，以爲萬世不刊之經。無他，以其意同也。故道德之説，顧其意何如耳，不當問古今有無也。蓋孔子之時，王澤未斬，氣象渾厚，故其言簡約而足矣。至於孟子，恐世人不能曉，故開以四端，示以四性，其説詳明，使人瞭然知所省察存養。其後風俗日卑，人心日薄，雖有行仁義者，多出於假僞，而不出於誠實惻怛。董子憂之，加以一「信」字，其意深切，安得謂非孔子之意乎？且也古人立言著書，皆吐其胸臆，不規規學先輩言語，故其言與書口氣各異，體面各殊，豈如後世文士剽竊先秦，模擬盛唐，塗附雷同可厭惡者耶？嗚呼！世儒之學，知求辨於口耳，不知求益於身心。故其疑區區在言語文字之間，而不能繹其意之合否。苟知求益於身心，則必知二子之不誣矣。

古人之語相似者多，然字句不盡同，觀此可以知點化之法矣。《管子》：「海不辭水，故成其大；山不辭土石，故能成其高。」《墨子》用其一句云：「江河不惡小谷之滿己也，故能大。」李斯又衍之云：「泰山不讓土壤，故能成其大；河海不擇細流，故能就其深；王者不却衆庶，故能明其德。」又《管子》：「虎豹，獸之猛者也。居深林廣澤之中，則人畏其威而載之。故虎豹去其幽而近於人，則人得之而易其威。」司馬子長約之云：「猛虎在深山，百獸震恐；及在陷阱之中，摇尾而求食。」後者皆勝前者，可謂善變矣。

古文有倒句。《戰國策》：「猿獼猴錯木據水，則不如魚鱉；歷險乘危，則驥騏不如狐狸。」「驥騏」字當在「歷險」上，而今在「則」下，此倒句也。近時注家弗察，以「狐狸」兩字爲衍，可謂疏矣。《説苑》：「桓公問於管仲曰：『吾欲使爵腐於酒，肉腐於俎。』」亦倒句也。注家又謂「爵腐於酒」當作「酒腐於爵」，疏謬與上同。《尚書》「月正元日」，《論語》「迅雷風烈」，《楚詞》「吉日兮辰良」，《史記》「飯菽藿羹」，并一正一倒，古文奇法也。韓吏部好用此法，如《送文暢序》「親親而尊尊，生者養而死者藏」、《羅池廟碑》「春與猿吟兮，秋鶴與飛」是也。李華《弔古戰場文》：「降矣哉終身夷狄，戰矣哉骨暴沙礫。」亦用此法。杜樊川《阿房宮賦》「鼎鐺玉石，金塊珠礫」，二句皆倒，更奇，蓋自《漢書・董賢傳》「漿酒藿肉」得來。詩家亦有用倒句者。如老杜「香稻啄餘鸚鵡粒，碧梧栖老鳳凰枝」，又「久拚野鶴如雙鬢」，是也。羅景綸曰：「若正言之，當云『雙鬢如野鶴』也。」非矣，是本倒「野鶴如」三字耳。

昌黎《與陳給事書》「衣食於奔走」，言奔走於衣食也，其法與《左傳》「室於怒，市於色」同，亦倒句也。世人多解爲衣食於奔走中，謬矣。

拙堂文話卷七

清吴冠山云：「散體文如圍棋，易學而難工。駢體文如象棋，難學而易工。」余謂詩如象棋，文如圍棋。凡學詩者，自黄小知填字，至成人得數百千首，而後始可觀焉，然三家村裏或有以詩聞者。文則不然，至成人始學之，學之成數篇，則可觀焉，然通邑大都以文聞者幾人。世人以黄小輩不能學文，遂謂文難學而詩易學。其實不然也。蓋詩易入而難學，文難入而易學。至論工之難易，文難而詩易耳。

文難工於詩，蓋係才之大小也。文非才大者不能工，詩亦要大才。然詩才如春華，文才如秋實；詩才如金銀珠玉，文才如布帛菽粟。故李、杜諸人之才，不比韓、歐諸公無施不可也。求之前古，漢世善文章如賈、董諸人者，皆兼經濟之材。後世宋朝唯尚文章，故如韓、范輔弼之材，皆由進士而出。明代承宋朝餘風，故劉青田王佐之材，王陽明軍旅之材，皆因文章得之。

凡晰文理，不止爲作文之資，又爲讀書良法。世人讀書，多不知此法，逐字逐句而解之，故其於古書往往不通。若得此法，雖字句或不通，大意莫不了然。故讀書者以晰文理爲要。

晰文之法，先分章段，次看照應，而求旨意所在，則莫不通。如此而猶有艱澀不通者，非誤訛，則錯脱，闕疑可也。程端禮《讀書分年日程》云：「韓文既讀之後，須反覆詳看。每篇先看主意，以識一篇之綱領；次看其叙述抑揚、輕重運意、轉换演證、開闔關鍵、首腹結末、詳略淺深次序。既於大段中看篇法，又於大段中分小段看章法，又於章法中看句法，句法中看字法，則作者之心不能逃矣。譬之於樹，通看則繇根至表，幹生枝，枝生華葉，大小次第相生而爲樹。又折一幹一枝看，則又皆各自有枝幹華葉，猶一樹然，未嘗毫髪雜亂。此可以識文法矣。是看韓文之法也。看他文皆宜用此法。」

文譬之人身，其中以意爲主，氣爲之輔。其外以篇爲體，章爲之肢，字句爲之毛髪。數者不具焉，則不得爲人矣，亦不得爲文也。

世人作文，意既不瑩，氣亦不盈，肢體雖具，偶人而已。然肢體具者，猶得爲文也。彼唯知排字填句者，獨有毛髪而已，烏得爲文哉？

文有頭，有腹，有足，是篇法也。頭欲小，腹欲滿，足欲健，而不欲大，是章法也。然此其大略而已。若細分之，則四肢百骸在焉，又欲各得其所也。

「一篇之中，有數行齊整處，數行不齊整處。齊整中不齊整，不齊整中齊整，或緩或急，或顯或晦，間用之。」此李性學之説，所謂章法也。猶四支百體，或圓或方，或長或短，或大或小，其形各異，而各得其所也。然頭頷自爲頭頷，手足自爲手足，不相接續，則亦不能成體矣。故李又云：「常使經緯相通，有一脉過接乎其間。」此篇法也。苟能如此，則文得渾成矣。

宋潛溪《論文賦詩簡子充，并寄胡教授仲申》曰：「當其操觚欲鼓勇，收視返聽探玄精。游魚中鈎曳深沚，巨獸投阱離叢坰。斯須朝崖變夕谷，惚恍西海爲東陵。精神所至萬物懾，橐籥亭毒縱復横。真醇魯邦見郜鼎，沖雅高辛陳五韺。渾圓牘應振逸響，縟麗鷁雀梳文翎。嚴森五刑布秋肅，華潤百卉含春榮。勁如韓彭將貔虎，仰揭斗柄麾欃槍。豔如《長楊》較《羽獵》，蒙盾負羽驅鸞旌。高排霄漢跨箕尾，呼噏沆瀣游太清。未幾直墜九淵底，察之無迹聞無聲。幽入陰宫作鬼語，秘怪詼詭難爲聽。剨然大明赤於火，景曜所鑠流爲瓊。似兹妙斡造化軸，可以小技相譏評？」此能探其微而窮其變，學文者當各書一通置於壁間。

凡作文，始戒率易，終要縱横。昌黎云：「吾懼其雜也，迎而距之，平心而察之。」是戒率易之謂也。老泉云：「出而書之，再三讀之，渾渾乎覺其來之易矣。」是要縱横之謂也。書家有「布置小心，下筆大膽」之語，亦是意也。

文務要合格法，然拘法不條暢者，未爲得也。倪元璐云：「文必馳騁縱横，務盡其才，然後軌於法。」斯言得之矣。

周公謹《齊東野語》曰：「李德裕《文章論》云：『文章如千兵萬馬，風恬雨霽，寂無人聲。』黄夢升《題兄子庠之辭》云：『子之文章，電激雷震，雨雹忽止，闃然泯滅。』歐公喜誦之，遂以此語作《祭蘇子美文》云：『子之心胸，蟠屈龍蛇，風雲變化，雨雹交加。忽然揮斥，霹靂轟車。人有遭之，心驚膽破，震汗如麻。須臾霽止，而四顧山川草木，開發萌芽。子於文章，雄豪放肆，有如此者，吁可怪耶！』東坡《跋姜君弼課策》亦云：『雲興天際，欻然車蓋，凝矑未瞬，[一]瀰漫霮䨴。驚雷出火，喬木糜碎，般地熱空，萬夫皆廢。霤練四隊，日中見沬，移晷而收，野無完塊。』張文潛《雨望賦》云：『飄風擊雲，奔曠萬里，一蔽率然，如百萬之卒赴敵驟戰兮，車旗崩騰而矢石亂至也。已而餘飄既定，盛怒已泄，雲逐逐而散歸，縱横委乎天末。又如戰勝之兵，整旗就隊，徐驅而

[一] 瞬，原作「寂」，據《齊東野語》卷十改。

回歸兮，〔一〕杳然惟見夫川平而野闊。』皆同此一機括也。」余嘗謂文章要豪壯勇往，然豪壯而不收斂，勇往而無歸着，未爲得也。今觀公謹所載，先獲我心，故全録之。

岳珂贊米元章臨智永草《千文》云：「永之法妍以婉，章之體峭以健，馬牛其風，神合志通。彼妍我峭，惟妙惟肖。故曰：祖裼不浼，夜户不啓。善學柳下惠，莫如魯男子。」此論書矣，亦可以論文也。韓之學孟，歐之學韓近之。

陳眉公論李于鱗古樂府云：「刻畫古人，是後生第一病。武陵桃花，惟許漁郎問津一次，再迹之便成村巷矣。禪家公案亦然，不獨詩文也。」〔二〕此論詩矣，亦可以論文也。昌黎「陳言之務去」似之。

「陳言之務去」，世人多以爲去古言，然韓文中用古言不可以一二數。「陳言」謂陳腐熟套人人能言者，非謂古言也。歐陽公曰：「凡作文發意，第一番來者，陳言也，掃去不可用。第二番來者，正位語也，停之亦不可盡用。第三番來者，精意也，方可用之。韓文公所謂『惟陳言之務去，戛戛乎其難哉』，其法如此。」黄宗羲曰：「陳言者，

〔一〕回，原作「四」，據《齊東野語》卷十改。
〔二〕詩文，原作「桃花」，據《狂夫之言》卷三改。

每一題必有庸人思路共集之處，纏繞筆端，剥去一層，方有至理可言。猶如玉在璞中，鑿開頑璞，方始見玉，不可認璞爲玉也。不知者求之字句之間，則必如《曹成王碑》，乃謂之去陳言。豈文從字順者，爲昌黎之所不能去乎？」此説得之。

昌黎用《論語》「吾其被髮左衽」，曰：「服左衽而言侏離矣。」用《孟子》「牛羊茁壯長而已」，曰：「牛羊遂而已。」皆規以己權度，未有全襲用者。至用古人意用古人法者，比比有之，是可謂善用古人矣。彼剽竊古人語，不知用法與意者，爲鈍賊而已。陳龍川云：「經句不全兩，史句不全三。不用古人句，只用古人意。若用古人語，不用古人句，能造古人所不到處。至於使事而不爲事使，或似使事而不使事，或似不使事而使事，皆是使他事來影帶出題意，非直使本事也。若夫布置開闔，首尾該貫，曲折關鍵，意思常新，若方若圓，若長若短，斷自有成摹，不可隨他規矩尺寸走也。苟自得作文三昧，又非常法所能盡也。」是論作文之法盡矣，學者宜潛心焉。

文有全篇用古人語不爲蹈襲者。方正學《扇贊》云：「大火流金，天地爲爐，汝於是時，伊周大儒。北風其凉，雨雪載途，汝於是時，夷齊餓夫。噫！用之則行，舍之則藏，惟我與爾有是夫。」近世室鳩巢先生《書誠敬二大字後》云：「何謂誠？不識不知，順帝之則。何謂敬？不顯亦臨，無射亦保。何以存誠？如好好色，如惡惡臭。何以持敬？戒慎不睹，恐懼不聞。」正學之言存出處之義，鳩巢之言陳持守之功，皆典雅簡核，真儒者之言也。予常誦之。

凡作文，議論易，而叙事難。譬之叙事如造明堂辟雍，門階户席皆有程式，雖一楹一牖不可妄移易；議論如空中樓閣，不厭出新意，故難易迥異。

初學之徒，譯國字之文，每苦不成語。蓋國字之文，與漢文體制迥然不同，逐句逐段而爲之，終不相類。必以所欲紀事，冥思一過，具於胸中，操筆不拘原文序次，除煩删蕪，前後錯綜得其宜，則可。

叙事不須用成語，不須用俗語。但名物無古語者，則須用俗語，如歐史「暖殿」「算子」是也。羅大經《鶴林玉露》曰：「《五代史》：『漢王章不喜文士，嘗語人曰：「此輩與一把算子，未知顛倒，何益於國？」』算子本俗語，歐公據其言書之，殊有古意。温公《通鑑》改作『授之握算，不知縱横』，不如歐史矣。」趙翼《陔餘叢考》曰：「俗禮新遷居者，鄰里送酒食過飲，曰『暖房』。按，王建《宫詞》：『太儀前日暖房來。』《五代史》：『後唐同光二年，張全義及諸鎮進暖殿物。』則其名由來久矣。」觀此，則凡名物用古名及漢名者，皆非也。器械無漢名，如保侣之類，則用其字可。

凡紀前人語，須據實書之，或用俗語可矣。《史記》之「夥頤，涉」，《晋書》之「寧馨」「阿堵」，皆用當時之語，曾無所改也。蔡絛《鐵圍山叢談》：「王性之曰：宋景文公作《唐書》，多易前人之言，非不佳也。至若《張漢陽傳》，前史載武后問狄仁傑：『朕欲得一好漢。』顧是語雖勿文，寧不見當時吐辭有英氣耶？景文則易之曰：『安得一奇士用之。』此固雅馴矣，然失其所謂英氣者。」此言得之。

凡實語少助語辭，如《尚書》《易·象》《春秋》《儀禮》是也。後世傳記碑碣等文亦然。叙事之文，法不得不如此。議論之文，係當面説話，須多少推開轉折，故不得不多用助語也。

凡譯國字之文，須照原文，增之不可，漏亦不可。柴栗山紀那須與市事曰：「既而阿波讃岐叛平氏而待源氏者，所在山洞往往十騎、二十騎相將而來歸。判官兵及三百餘，當日日向暮，不可決勝，源、平交收兵而退。海上艷裝一小舟，望岸摇來，距岸七八段，轉而横舳而止。源軍疑而視焉。舟中出宫娃，年可十八九，緑衣紅袴，開純紅扇畫旭曦者，插竿樹之船頭，向岸而招。判官召後藤實基，問曰：『彼欲何爲？』對曰：『是應使我射也。臣意或者將軍進當箭道，而觀玩姬妓，則欲巧狙而射落也。但扇則似可使射者焉。』判官曰：『我軍可能射者爲誰？』對曰：『巧射固多，就中下野國人那須太郎資高之子與一宗高者，力雖稍劣，而手則巧利矣。』判官曰：『有徵乎？』曰：『諾。

其賭射禽鳥，三必二得矣。』乃命召之。與一尚二十左右之男子也，披茶褐戰袍，紅錦飾襟袂，擐青縚甲，佩白帶刀，背負一箙，二十四枚班羽箭，加插鷹羽鳴鏑一枚，腋繳纏漆弓，脱盔繫鎧紐，進而跪馬前。判官曰：『宗高，汝射扇正中，令敵軍寓目，則如何？』辭曰：『臣自料不知其可能也。若誤射，則永爲我軍弓矢之辱矣，請更命定能者。』判官大怒曰：『此行發鎌倉赴西國者，其豈可違義經之令？若毫存枝梧者，須速歸鎌倉也。』與一私謂：『若再辭，恐成惡意。』乃曰：『然則其逸，則臣不敢知也。既有命矣，請嘗試之。』乃起鐵驪肥健，駕金棱鞍以跨之，整頓弓在手，促轡向汀而步。我兵目送久之，言曰：『此壯夫定能者。』判官亦視，似以爲委得人焉。既的道較遠，驅馬入海一段許，距扇猶有七段遠近。時二月十有八日，日已加酉。會北風頗烈，高浪打岸，船乍涌乍陷而漂泛，扇亦不安竿而閃曜。海面則平軍一行列舳而注目，岸上則源軍并轡而凝視，極爲顯場盛事矣。與一閉目默禱曰：『南無八幡大菩薩，殊我國日光權現，宇都宫那須湯泉大明神，請令射夫扇正中也。若誤事者，折弓自裁，面不可再向人也。神欲使一歸本國者，此矢勿使逸焉。』既開目，風粗恬，扇如容射者。乃取鳴鏑架上，引滿而發。雖然劣力，而十二拳飛鏑響浦長鳴，射斷扇眼上寸許，餘力遠去入海，扇則揚而舞空，被春風翻弄一再，颯然散落海中。純紅之扇，夕日映發，委白波浮沉泛泛。舟師擊舷而賞贊，陸軍鼓箙而歡呼。」文頗近小説體，然照《平家物語》不漏一辭。筆筆飛動，寫得如畫，在原文之上矣。

中井履軒紀俗傳猿島復仇事曰：「《經》四十有七年春王六月丁戊，大雨雪。夏七月，解師伐袁。甲亥入袁，獲袁侯。戊丑用袁侯于解山。秋十月，《傳》四十七年春，大雨雪，書不時也。七月，解伐袁，獲袁侯，復仇也。初解子之未生也，其母適野，見袁侯在樹上食柿也，從而請一顆。袁侯怒，擇未熟者而投之。中龜甲，破而卒。解子胎方盈，自闕出，匍匐横行而歸。長而好勇，善擊劍，恒弩目戟手而駡曰：『袁侯親仇也，我必復之。』每駡未嘗不噴沫。歲峙黍以爲粻。是歲大雪，無柿實，袁侯大饑，於是興師。麻石遇諸途，問將何之。解子曰：『伐袁復仇也。』『所齎者何？』曰：『黍團，爲天下之最。』麻石請從，許之。牛異、金聶、金咸、栗子亦至，謂之如初，皆從焉。壬酉，圍袁。金咸與栗子宵孔壁而入。金咸匿於衾中，刺袁侯。栗子爆其爐。袁侯一夕三遷。丙丑，解子親以師門焉。牛異伏於門側，麻石、金聶先登。袁侯懼，欲奔。方出門，遇牛異而滚焉。麻石下而壓之，金聶挾之去其指，解子揮劍，三擊剄之，遂滅袁族。戊丑，用袁侯以祭其母也。」叙事簡老，學《左氏》而克肖焉，未可以游戲之作輕之也。

孔子曰：「必也正名乎！」蓋正名，學者先務，不可不慎也。今乃自學者亂之，蘐園諸人不得不任其咎。

官名係朝廷之制，不當以意改。以一位爲一品，大臣爲丞相，太宰帥爲都督，諸國守爲刺史之類，雖古有之，皆用之稱呼間而已，未嘗有爲定稱者也。至室町氏之時，士大夫闇沕不文，使緇徒操文柄，此輩皆一知半解，喜爲新奇，遂成此誤。流習已久，至慶元之後，儒士猶多承其誤而弗察也。近世稍有知其非者，猶未盡改，宜爬剔痛除之。言從前稱謂之非者，貝原益軒爲之始，伊藤東涯次之。然益軒謂唐山爲中華，東涯謂京都爲京兆，猶蹈從前之弊。久習之不可改，一至於此。

近世有尾藤二洲《稱謂私言》、菱川大觀《正名緒言》、平春海《時文摘紕》，〔一〕極斥從前稱謂之非，學者不可不讀。

菱川大觀嫌關東官名不雅馴，擬而制之，甚無謂也。先師精里先生嘗謂：「如金、元史『猛安謀克』『達魯花赤』，直據實而書，未嘗以此爲嫌，學者宜從之。」故其集中如「御書物奉行」「御持筒同心」，直據實而書，未肯以他名换之。

親王、公卿皆係爵位，不可私移易，其書法皆有定體。親王曰「具平親王」，法親王曰

〔一〕 紕，原作「批」，據《時文摘紕》諸抄本改。

「圓慶法親王」之類是也。近人或書曰「親王具平」，曰「法親王圓慶」，又省「親王」，單曰「王」，省「法親王」曰「親王」，曰「法王」，曰「大王」，皆非也。「公」字書在名下，曰「近衛基實公」，曰「九條兼實公」是也，唯此或曰「近衛公基實」，曰「九條公兼實」，亦無不可也。

如鐮倉、室町諸公，皆爲天朝公卿，除史書外，不可斥其名也。余觀撰集書法，大臣唯書其官曰「攝政太政大臣」，或舉其稱號曰「後德大寺左大臣」。三位以上書官與名，曰「大納言國信」，曰「從三位賴政」；四位書姓尸，曰「藤原定家朝臣」；五位以下書姓名，曰「紀貫之」，曰「壬生忠見」。敕撰之書猶不敢名大臣，三位、四位猶存體貎。凡有官位者，宜據此斟酌也。

國家字，西人獨用之於天子，我邦不必拘可矣。西土秦、漢以來，萬方統一尊，故獨用之於天子已。我邦無論霸府，諸藩又皆有分國，爲其臣子者，稱爲國家，有何不可？天子自有皇室朝家等之稱，亦不至失上下之分矣。自餘稱謂，準此斟酌可也。

公本爲大臣之稱，不可妄用。侯非本朝封爵，用之無妨。但如謂薩摩侯某、仙臺侯某，似周時封爵書法，甚爲不可。單稱薩摩侯、仙臺侯，又稱島津侯某、伊達侯某，則可。唐人稱柳宗元爲柳侯、韋處厚爲韋侯之類，亦非其定稱。

謚下書侯，漢人有例，或可據用之。魯侯爵也，《春秋》書爲公，是内辭也。我邦國主之臣，稱其君爲公，亦無妨。朝廷稱謂，有一定之例，操觚之士所當慎也。然後世有霸府、藩國，古制所無，雖受朝爵，有名無實，稱呼之間有不可一概者矣，宜審事體斟酌之。夫名固可慎矣，實亦不可不檢也。狃故不檢實，元弘之所以復亂也；震威不慎名，明德、應永之所以取譏也。二者皆失之。

我邦神聖繼統，别成一天下。其曰「中國」，謂我邦中土也；其曰「蕃夷」，謂邊鄙及外國也。故天子自稱曰「大八洲」，稱之於外國曰「日本」；臣子稱之曰「皇」，稱之於外國曰「大日本」。近人稍知「倭奴」「大東」等之非，改曰「皇和」，是亦效西土，未盡善也。大寶著令，天子宣於蕃國，曰「日本天皇」。舍人親王以下撰國史，曰《日本書紀》《續日本紀》。除歌書、物語外，未有稱「和」者。蓋上古大和、日本互用之，猶殷商、梁魏之稱。及中古定制，棄和而不用，唯用日本字，故令及國史如此耳。

著書涉外國事，則年號及姓名上，宜揭國號曰「大日本」，不涉外國事則否。柴栗山著文係外國事，年號上單揭「皇」字，曰皇天明幾年，曰皇寬政幾年，蓋本唐人。唐人墓碑、行狀之類，凡書出仕前代者，稱其國號，仕本朝者單稱皇。

古人已有《皇代記》《皇年代記》等書，如本唐人者。然如北畠準后《神皇正統記》，神謂神代，皇謂人皇，蓋《皇代記》等書記人皇之世，故謂皇耳，非本唐人也。

近人謂京都曰京師，非也。司馬晉避景王名，京師爲京都，我邦非襲之。然既爲定稱，則不當私改也，如他洛陽、雍州等之非，先輩既論之。

古謂太宰府爲西都，見《古事談》等書；鎌倉爲東都，見《空華集》等書。其餘國郡稱都者甚多。西土《史》《漢》所書諸侯王治所皆稱都，如蜀之成都，後世仍沿稱之。和漢之例如此。蓋京字除王都外不可用，都字稍輕，稱呼之間或用之他所亦不妨，然冠以「東」「西」等字者，似對皇京而言。近時稱江户爲東都，遂或謂平安爲西京，甚乖恭順之意。且舊謂左右京爲東都、西都，則此稱不可用於他所矣。如謂江都，則似不妨，然用爲定稱，則猶爲不可也。

我邦有國而無州，有郡而無縣。如謂山城爲城州，謂甲賀郡爲甲賀縣，及謂西海九國曰九州，南海四國曰四州之類，泛稱之外不可用也。

吾邦中古定制，以國統郡，本與漢制郡國并置者異。近人多不曰國郡，而曰郡國，非本朝之制也。

《輟耕録》云：「檇李顧淵白恃才傲物，嘗入京獻《燕都賦》。翰長元復初不喜，曰：『今大朝四海一統，六合一家，燕蓋昔時戰國名，何燕之稱？』淵白慚恨而歸。」明王鏊修《姑蘇志》成，楊循吉曰：「志修於本朝，當稱蘇州，姑蘇吴王臺名，豈可以此名志乎？」整大稱善，改之。夫用異代之名既爲不可，况效異域以損益本邦地名，可乎？

朱子曰：「今世安得文章，只有個減字换字法爾。如言湖州，必須去州字只稱湖，此減字法也；不然，則稱霅上，此换字法也。」由此觀之，宋末之弊一與近世相似。

林家稱將軍家爲大君，甚適事體。和歌有稱天子爲大君者，非其定稱，似不相妨。且霸府用此施於報韓書，永爲定式，不可私議也。中井竹山《逸史》據此推之，其城曰大城，其府曰大府之類，皆可循也。

天子曰崩，公卿曰薨，四位、五位曰卒，士庶曰死，是我邦之制也。諸侯曰薨，大夫曰卒，是周時之制，不足爲據矣。

後世國主以上儼然似周時諸侯，其老儼然似周時大夫。然國主猶多叙四位，不可用薨字；其老皆無位階，不可用卒字。但君曰逝，老曰没，則得適今日事體。且此兩字不見於令，則亦於義無妨。

雖士庶亦有不可謂死者，宜以終字代之。

外國之君無所屬者死，宜書殂，曰明主某殂，曰清主某殂，是也。有所屬者死，宜書卒，曰朝鮮王某卒，曰琉球王某卒，是也。《金石例》曰：「外國不相屬時，則書某國主某殂，立則書某國主某立。自朝廷立之者，則書某國王某卒，立某人爲某國王，未封王者書世子。」此尊本朝之故也。故我邦循之，亦無不可也。

今人文書妄用抬頭平闕式，非也。按，《公式令》先帝、天子、皇太后、皇后之類，并平出；太社、陵號、天恩、詔旨、中宫、東宫之類，并闕字，曾無抬頭例。且載《公式令》，則用之表、疏而已，私書則無平闕法。觀古人所著書可知矣。

凡事從謹慎，則無不可。故私書雖無平闕式，略立其例亦無妨。凡闕皇室者概闕二字，闕霸府者概闕一字，列國之士於其君亦闕一字，如此則亦足伸臣子之情矣。但平出，上書外不可用也。

應酬文字，非朝制所關，或從唐山之例，用抬頭若平闕，亦無不可。

凡籍貫當書其所産，不當效西土人書其生之所自出。如物徂徠自稱「三河」，室鳩巢自稱「英賀」，非是。且如西土李氏稱「隴西」，崔氏稱「博陵」，以此别於他所同姓氏者而已。我邦除朝廷外不稱姓，而稱氏族，氏族則多以其生之所自出爲稱號。河内源氏本居石川，故稱石川氏。相模平氏本居三浦，故稱三浦氏。如此之類，不須復舉本國名也。舉本國名，而不舉其所産，使人不知其爲何處人，非例之善者也。《寄園寄所寄》引《登科録》曰：「今《登科録》叙其生之所自出，輒曰某處籍某處人，非也。舜生於諸馮，遷於負夏，卒於鳴條，以皆東夷地，故爲東夷人；文王生於岐周，卒於畢郢，皆西夷地，故爲西夷人；何嘗云某處籍某處人哉？四世而緦，已服窮而親盡矣，況四世而上焉者乎？猶曰某處人，無謂甚矣。或曰：朱子閩産也，猶自稱『新安』，何也？曰：韋齋君本婺源人，因仕入閩，生文公，寓居建陽之考亭，其曰『新安』，不忘本也。若世代既遠，而猶云云者，豈不甚無謂哉？」西土人猶以此爲非，況於本邦舊無此例乎？

近人或書生人名曰諱某，甚爲不祥。西土亦有此誤，不可從也。《緑雪亭雜言》曰：「生名死諱，周制也。周人以諱事神，名終將諱之，然臨文不諱。近日士大夫文字中稱生者之名，亦曰諱某，非禮也。」又《説儲》曰：「生曰名，死曰諱。故廟諱曰諱，御名曰名。」西人辨其非如此。

拙堂文話卷八

朱子每經行處，聞有佳山水，雖迂途必往游焉。而昌黎以不造南昌登滕王閣，爲平生之恨矣。蓋山水之觀，足以激發志氣，豁開胸襟，爲益不少，故自仁智之人樂之也。余仕藩國，出入不能自肆，平生所游不過畿甸之間，至遠邦瑰偉絶特之觀，常恨不能寓目焉。噫嘻！非會稽、沅湘之壯，則無助子長之作；非終南、黄河之大，則無發欒城之文。余雖駑下哉，竊有慕於二子也，記之以期他日。

明汪文盛《叙萬山》云：「直者，吾得以爲方；曲者，吾得以爲智；岈然者，吾得以爲邃；窪然者，吾得以爲宏；巉而崿者，吾得以爲節；岁而崱者，吾得以爲奇。其摩蕩峻極之勢，可以作吾氣；其開闔變化之狀，可以發吾文；其生育植養之功，可以推吾仁；其升降欹正之形，可以固吾守。」觀此，則山水之益於人非一端矣。

子長周覽天下名山大川，故其文魁偉而渾浩；子厚窮觀南中怪巖幽溪，故其文嶄絶而深邃。山水之移人，何異賢人君子之薰陶焉？清儲六雅云：「荆川之文似荆溪，震川之文似震澤。」理當然爾。

柳子厚《袁家渴記》云：「舟行若窮，忽又無際。」語雖不多，妙寫奥曠兩般之趣，使人神逝焉。沈歸愚《讀本》評之謂：「八字已抵一篇游記。」洵然。又謂：「王右丞『安知清流轉，忽與前山通』，讀『舟行若窮』二語，故應勝之。」愛之至矣。今觀其集，有《焦山記》云：「石勢益奔峭，樹木轇轕，幾於無路。峰轉境開，倏復軒豁。」蓋學柳文也。雖摹寫之巧，竟讓自然之妙。

柳州《河間傳》云：「隍州西浮圖兩池間，[一]叩檻出魚鱉食之，河間爲一笑。」蘇子美詩：「松橋叩金鯽，竟日獨遲留。」蘇東坡詩：「叩檻出魚鼉，時取一笑粲。」又：「我識南屏金鯽魚，重來拊檻散齋餘。」蓋皆本柳州也。又陸放翁《入蜀記》：「池中龜無數，聞人聲皆集，駢首仰視，兒童驚之不去。」予生長江户藩邸，不忍池在側近，少時常往游焉，亦有此娱。每讀諸子之作，爲之愴然。

放翁《入蜀記》清秀可愛，至記奇偉峻拔處，范石湖《吴船録》迥出其上。陳士業題詞云：「蜀中名勝不遇石湖，鬼斧神工亦虚施其伎巧耳。」其言不誣矣。

[一] 池，據《柳柳州外集》卷上《河間傳》補，南宋永州刻本。

石湖又有《驂鸞録》《桂海虞衡志》，并記桂林之勝。有云：「桂之千峰皆旁無延緣，悉自平地崛然特立，玉笋瑶篸森列無際，其怪且多如此，誠當爲天下第一。」蓋桂林在百越極南之陬，而其奇勝，中州所無，猶我南紀山水瑰偉絶特冠乎天下也。昌黎之刺潮州，地既近桂，而未嘗造觀焉。咏其山水，有「碧玉簪」「青羅帶」之語者，亦想像之餘，記其所聞而已。今我勢州與紀爲鄰，余徙住津城十年，亦願游而未能，每聞其勝狀，輒不禁魂飛神逝。

張文潛《雜書》有云：「余自金陵月堂謁蔣帝祠。初出北門，始辨色，行平野中。時暮春，人家桃李未謝。西望城壁，壕水或絶或流，多鵁鶄白鷺，迤邐近山，風物夭秀，如行錦綉圖畫中。」余以爲景中有畫，文中亦有畫，但恐凡手畫不就爾。

晁以道《新城遊北山記》，〔一〕寫幽邃之狀不減柳州。其中有宿山寺一段，尤奇。且曰：「既坐，山風颯然而至，堂殿鈴鐸皆鳴，二三子相顧而驚，不知身之在何境也。且暮，皆宿。於時九月，天高露清，山空月明，仰視星斗皆光大，如適在人上。窗間竹數十竿相摩戛，聲切切不已。竹間梅棕，森然如鬼魅離立突鬟之狀，二三子又相顧魄動

〔一〕按，據《鷄肋集》卷三十一、《宋文鑒》卷八十四等，《新城遊北山記》爲晁補之作，非晁説之。

而不得寐。」余嘗游京師，夜宿嵯峨天龍寺。中夜夢寤，聞溪聲奔騰，疑爲風雨大至，顧見窗虚月明，老柏古松森然交影如虬龍纏結之狀，竦然不能復寐，以爲平生奇遇。以道之所記，先獲我心。

余嘗適伊州，寓廣禪寺三旬。檐前多古木，一夜月明，樹影交横庭上，顧而樂之，誦東坡《記承天寺夜游》云：「庭中如積水空明，水中藻荇交横，蓋竹柏影也。」偶然之景，寫得玲瓏透徹，使人欲仙，因謂「何夜無月，何處無竹柏，但少親宿山寺如吾輩者耳」。

伊勢并海而國，諸峰自西北來，氣勢横逸，若洪濤之奔。奔到吾津城西，一峰特立千仞者爲經峰，又其南陂陁而長者爲曳布峰。二峰東瞰大海，紺碧千里，决眦征帆飛鳥之外。經峰西顧琵琶湖，相距二日程，見若淡烟霮䨴平鋪地上，尤爲奇觀，余嘗登覽記之。峰北又有鷄足、雀頭諸山，余未能造觀焉。

伊勢之海，古人題咏頗衆，而最顯者爲二見浦。余嘗往觀旭日焉，海波作紫金色。島嶼縹渺，在於虚無之間，殆作仙界想。沿浦而南，至鳥羽城，益多洲島，譎詭萬狀，好奇者往往操舟造觀焉。然州南奇勝不止此，山有能美阪，巖有鸚鵡石，東厓先生《勢游志》已略記之。

吾勢海濱，每春夏之際，往往見海市起。友人遇者爲余説之云：「有若樓閣者，若人馬往來者，若旌旗矛戟森然成列者，皆在天半，歷歷可辨，一餉頃冉冉漫滅。」余嘗讀《漢書・天文志》，載海旁蜃氣象樓臺；又觀沈括《筆談》等書，紀登州海市事，未能無疑，今知其不妄也。姑記之，俟他日親睹云。

津城之東爲阿漕浦，古歌所云「阿古岐島」是也。其南爲米津浦，又其南爲辛洲，辛洲大神祠在焉，青松白沙隨處可愛。隔海望參尾之山，風概絶佳。又夏秋之間，有釣魚之娱，士庶多來游焉，立干爲之最，未聞他所有此娱也。其法方潮之滿，連網屈曲圍繞海澨，廣袤數町，潮退，魚不能隨，留聚涔中，可手捕也。如棘鬣鱸魚潑刺弗可掣者，罟而捕之；比目伏貼沙上，叉而取之；鷄魚最衆，大者逾尺，穿沙竄伏，纔露兩目，諦視之乃知其處，遽入捕之，驚逸不可得，即斂足禹步，掩而捉之，則獲。婦人兒子皆能之。所獲輒數百頭，或至數千頭。海濱又多竹蟶，潮退即蟄，采者以一撮鹽入穴中，蟶以爲潮至，挺然突出，即捉獲之。稍緩，則縮入，就堀之不見踪迹。余生長東海，此皆所未經見，記之自娱焉。

佳蘇魚，海味中尤清新而美者也。余江户産也，遷住勢州，見兩地人同珍之。京之距勢不能三日程，其人不甚悦之，大抵關西皆然。孟子云：「天下之口同。」今見其不然，何也？嘗觀僧兼好《徒然草》，言其有毒不可食，西人豈以此爲先入之説歟？余竊有所感，嘗作《佳蘇説》曰：「佳蘇，《臺灣府志》所謂鮰䱇也，自古有之。但脯爲梃，〔一〕供調餗之用而已，故名爲鰹。其生食之，古未之聞也。聶而切，瑩然如紅玉，脆而美，足以奴棘鬣而僕巨口細鱗也。春夏之交，薰風至，杜鵑鳴，籬下卯花皚然如雪，東人稱爲佳蘇之候，引領望之。其始上市價十數千，人人争購恐後，或典賣衣裳不惜也，其見貴如此。然東國貴之，西則否，亦有遇不遇歟？嗚呼！自江都以前二千餘年，自京師以西三十餘國，此魚之不登金楪銀盤而死者何限，然魚之美則依然。爲膾爲脯，咸存於人，魚何憾哉？」

黄山谷《月觀記》云：〔二〕「形勢之雄足控制南北，豈直騷人羈客區區登覽之勝？東曰海門，鴟夷子皮之所從逝。西曰瓜步，魏狸之所嘗至也。其北廣陵，則謝太傅之所築埭而居也。而江之中流，則祖豫州之所擊楫而誓也。今覽而納諸數楹之地，使千歲之事了然在吾目中。」頗與坡公《凌虛》《超然》二記相似。余平生行旅之次，遇源、平

〔一〕梃，疑當作「脡」。

〔二〕按，據《浮溪集》卷十八等，《月觀記》爲汪藻作，非黄庭堅。

之所勝敗，南北之所隆替，織田、豐臣之所興滅，未嘗無二子之感也。

枚乘記廣陵潮云：「江水逆流，海水上潮。所駕軼者，所擢拔者，所温汾者，所滌汔者，恤然足駭，波涌雲亂，如三軍之騰。」狀得甚壯。蘇老泉寫風水之觀云：「安而相推，怒而相陵，舒而如雲，蹙而如鱗，疾而如馳，徐而如徊，揖讓旋辟，相顧而不前。其繁如縠，亂如霧。」狀得甚奇。楊誠齋效之云：「風與水相遭也，爲卷爲舒，爲疾爲徐，爲織文，爲立雪，爲涌山。細則激激焉，大則汹汹鞫鞫焉。不制於水，而制於風，惟風之聽，而水無拒焉。」雖不及老泉之奇，亦俊峭可喜。

沈存中《筆談》，以爲《瀟湘八景圖》始於宋迪。然米海嶽既有詩序及跋文，其跋謂：「據李營丘所畫。」按，營丘五代宋初之人，先宋迪百餘年矣。又《佩文齋書畫譜》論此圖，有元暉而無元章，何也？序中寫風景，宛有畫趣，余以當卧游云。

古人狀物之妙，或畫所不及。如《莊子·齊物論》寫風一段是也。蓋風之爲物，飄忽無形，弗可認視，唯其吹萬物，有聲可聽，亦輕重疾徐，隨物各異，人雖有百口不能悉狀焉。今漆園叟借林木諸竅，寫出激、謞、叱、吸種種之聲，始覺可把捉，孰謂風不可捕耶？柳州《袁家渴記》云：「每風自四山而下，振動大木，掩苒衆草，紛紅駭緑，蓊葧香氣，衝濤旋瀨，退貯溪谷，摇颺葳蕤，與時推移。」從山而木，而草，而花，而濤瀨，而溪谷，所遇異狀，模寫之工，不減漆園。

愛石莫若米顛，畫石莫若倪迂，而記石孰若子厚之妙乎？《黄溪》《小丘》及《柳州近治可游者》等記，摹寫并妙。至《萬石亭記》，尤爲奇絶。又於《石城山記》，謂「其氣之靈，不爲偉人，而獨爲是物」。因惜其列於夷狄，然遇子厚之筆，得顯於天下，石亦幸矣。

《柳州山水近治可游者記》云：「石魚之山，全石，無大草木。山小而高，其形如立魚，在多秭歸西。」是承上文「仙奕之山」「其鳥多秭歸」而言。又雷塘云云，「在立魚南」，是又承上文「立魚之山」「其形如立魚」而言。用「多秭歸」「立魚」字如地名，殊爲新奇。徂徠謂柳所創，非也。《山海經》云：「蒼梧之山，帝舜葬于陽，帝丹朱葬於陰。氾林方三百里，在狌狌東。狌狌能知人名，其爲獸如豕，而人面，在舜葬西。」狌狌、舜葬皆非地名，子厚蓋本於此。

柳州之後，記山巖形狀尤奇者，莫若孫可之《龍多山録》，云：「北出其巔，氣象鮮妍，孕成陰烟，屹石巉巉。别爲東巖，槎牙重複，争先角逐，若絶若裂，若缺若穴，突者虎怒，企者猿踞，横者木仆，挺者碑植。又有似乎飛檐連軒，欒櫨交攢，欹撑兀柱，懸棟危礎，殊狀詭類，愕不得視。」又王陽明記月潭之巖云：「頒洞玲瓏，浮者若雲霞，亘者若虹霓；豁若樓殿門闕，懸若鼓鐘編磬；幨幢纓絡，若摶風之鵬，翻隼翔鵠，螭虺之糾蟠，猱猊之駭攫，譎奇變幻，不可具狀。」亦狀得奇。

山城國東南隅有笠置山，爲元弘帝蒙塵處，今屬我藩封内，在伊賀上野城西三十里。故余徙藩之後，得屢往游焉。丁亥季秋，吾侯巡封，遂登此山。余亦復載筆陪從，益詳其勝狀。山不甚大，多巨石崇巖，或至五六十尺，形狀譎詭，皆足駭目驚魄。而其尤奇者爲石門，門石長六丈餘，兩傍盤石叠起承之，去地三丈許，望之巍然如城闕。其下空闊，可數人并行。左傍一小洞，窺之闇黑，入數十步，得一竇纔出，如兒離母體，呼曰胎内竇。又有摇石者，在大盤石上，高及人頷，可重數千鈞，以手撼之，則兀兀動摇，理之不可詰者也。於戲！疆内之勝有如此者，吾曹手筆凡陋，不能發其奇，可恨已。若得柳州入神之筆寫而傳之，其名豈出於黄溪、石城之下哉？

大和國尾山、月瀨數村，植梅爲業，多以谷量，或有屬我藩封域者，在上野城南二十一里。余嘗如伊州，適值花時，遂往覽焉。山勢奇峻，溪水清激，花夾兩崖，累積萬玉。乘舟上下其間，杳然覺仙路不遠，其勝故應冠宇内。然地甚幽僻，舊罕識者，但我藩人時往賞之耳。及至近歲，造游者稍衆，遠方之人或傳識之，亦非偶然也。余記得九篇，使畫工圖之，以供好游者之觀云。

天下名花，古今首推芳野。余以爲芳野有山無水，未若嵐山之最佳也。嵐山花之多雖遜芳野，巖槎牙而水清駛，方花時望之，槎之泛、橋之卧、人之來往坐立，宛在畫圖中。余謂梅花以月瀨爲最，而櫻花以嵐山爲最，皆兼山川之勝故也。余嘗遊之，戀賞至夕不能去。既遇月出，益覺嬋娟，遂留宿焉。翌早候旭日升，復出觀之，芳霧靄然溢溪山，又爲一奇。於嵐山之景，庶幾盡之。

芳野一目千本，蓋後人所種，盛則盛矣，未能脱俗也。如瀑布櫻、雲井櫻及吉水、竹林二院所有，真爲名花也。瀑布櫻數十樹附緣巖肩，自下望之，如銀河倒落。雲井櫻縹緲在高山顛，嘗邀元弘帝睿賞，有御製載《新葉集》。然則賞芳野花，豈獨在一目千本哉？

江户名花，首屈指飛鳥山、墨沱川。然形勝既不及嵐山，而游人猥多，又頗爲殺風景。唯東叡山廣袤數里，雖游人衆，不損風景。山盡早櫻，又多老杉古松。殿閣宏壯，麗而不靡，皆足與花映發矣。京師以早櫻名者，華頂山爲最，亦未能比此地也。山舊爲我藩别墅，故或稱上野，而清水、黑門、車阪等名，又皆襲伊賀、上野云。

海内之觀，如富嶽琵湖、那智瀑布、松島天橋之景爲最大。如筑紫之火、赤井之燈、大沼之浮島，亦爲奇觀。其餘山水可觀者甚衆，多見先輩文中。若有好事者校而輯之，補其所無，則亦得一部《勝概記》矣。

西土記都邑者，有宋人《夢華録》《夢游録》等書，足觀其汴、杭之盛。明清人記燕都事者多有之，亦記之不可無者也。我邦惡得效之矣？〔二〕

余生長江户，西游京畿，嘗試論兩地形勝。平安山明媚，水清瑩，富景物；大阪船舶湊，貿易盛，富財貨；江户萬國朝，五方雜，富人物。比之西土諸都，平安，古來比洛陽者信矣；大阪，當爲金陵、臨安之比；江户，則比唐之長安、宋之汴梁、明清之燕山，而殆過之。

宋李格非著《洛陽名園記》，具載勝概，名於後世。今我江都三百諸侯，各有上中下邸，多者至八九邸，自尾藩户山莊、常藩後樂園以下，名園池甚多，如吾藩染井莊亦名於世。若有好事者記而纂之，則得駕《名園記》之上矣。

宋都汴、杭之盛，孟元老《夢華録》、耐得翁《夢游録》詳之。今以江户比之，無論錢唐偏安，雖汴梁全盛，恐在下風矣。江都以大堰爲池，箱嶺爲門，規模之大，固不待言矣。而邸第鱗次，屋舍櫛比，人雜五方，户逾百萬，盛大繁華，求之五大洲間，亦應無比

〔二〕「海内之觀」「西土記都邑」兩則，後印本無。

也。是以通衢大路肩摩轂擊，輷輷殷殷，常有數十萬之衆。日本橋魚市之盛，鐵炮洲賈舶之夥，皆不曠一日。淺草寺香火之奢，不論春秋；兩國橋油戟往來，曾無間斷之時。所在又皆有演史、説經、尋橦、走索、吞刀、戲馬之場，迎客獻技，常如祭會之日。此平日大略也。歲首諸侯朝賀，武夫前呵，號槍雙行，衣冠儼然，騶從溢街，西伯東后，往來駱驛。二月三月，都人觀花，金鞍白馬，連紫游繮，靚妝婦女，連袂群行，山翻綵幕，水泛畫鷁，飛觴按樂，鬪拳競起，所在喧騰如沸。四月，侯伯瓜代，弓銃啓行，鳥尾槍榼，豹皮鞍帽，照耀近郊，扈從輿馬相屬數里之間，出者入者，連月不絶。五月之後，兩國舉花火，中流炮響，流星騰蛇，變幻百出，船上扣舷，樓上鼓檻，萬口一聲，喝采震地。六月山王會，九月神田祭，間年遞行，山車陸船，上列神仙人物，綵繢奪目，載鼓樂往來，樓卷珠簾，地席彩氈。觀者夾街如堵。十二月，淺草寺臘市，賣迎春之具，及人家應用凡百雜器，架棚排列，人衆雜遝，跟不着地。叫呼之聲，聞數里外。此四時大略也。若夫大角抵錦裾上場，三勾欄華裝奏技，并爲盛觀。而吉原之里，五街列樓，紅翠三千，吹彈之聲日夜不斷。季春則有觀花之盛，孟秋則有放燈之豪，亦皆爲都下一景矣。嗚呼！太平之久，人享無事之樂，可不知其所由哉！彼日夜耽樂生死豪華之場，曾不自省者，吾不知其可也。

余嘗謂天地之勢，東方常爲盛。以五洲論之，吾邦爲極東，穀美物殷，人執君子之德，他國所不及。以邦内論之，天下之勢常在於關東。至江都之建，盛大繁華，亘古所無。以一都論之，平城則東邊纔存，而西邊汗萊。平安則西京荒廢，而東京如故，而其地又以鴨川以東爲盛。江户則無處不繁盛，然城内則本街以東，城外則兩國、淺草一帶之地，獨爲最盛也。至平安之西寺廢，而東寺存；平城之西大寺微微，而東大寺不改舊觀，亦似非偶然者矣。[一]

輪王寺府藏宋張擇端《清明上河圖》，東匡翁嘗得觀之，有跋載其《紹述文集》，謂「爲人凡千六百四十三」「禽鳥魚獸凡二百八」，其盛可知矣，平生恨未一見也。吾藩奥田氏藏明岳璿所撰之記，余借覽其明清書畫帖獲之，亦可知其梗概也。曰：「《清明上河圖》，宋張擇端所寫汴梁風景也。圖中約千餘人，各具體態，無有同者。首一牧童騎牛而弄笛；一士登橋，一童抱琴隨之，又一人負囊而顧。繼有騎行者、有肩挑者、有背負者、有鼓樂迎娶者，有婦女携子者。或乘兜而遇友，或對舟而揖客，或牽挽而遲行，或斷維而勇渡。笑若有色，呼若有聲，行若動，止若静。無所不

[一]「余生長江户」至「余嘗謂」四則，據後印本增入。

肖，難以數記也。遠而揚帆，近而或行或止者，大小十二艘。而緑楊夾岸，白浪滔天，則景色宛然逼真也。執竿而趕鶉者一人，沽酒而盜飲者一人，市肉而較者二人，市魚而較者三人，逐雀者一人，臂隼者一人，同走而戲謔，相望而疾馳，不可數而記也。車一輛，驢七頭，行吾知其商，坐吾知其賈，執物器而服役，倚門閭而指使，相顧相呼，種種各有生氣也。争而有鬥五人，或勸而怒，或歡而笑，此市橋之情也。僧而丐于市者三人，或趨而觀，或迎而仆，此幼稚之態也。其他肩火而市食，携桶而汲井，兒啼而犬吠，亦已盡天下之技矣。其心猶未足奇也，作十人以槍刃戲者，填道觀之，老少聚首，奇形横出，雖至明無以悉其名狀也。掌城門者二人，乘騾而入城者五人，戴而出，肩而入，皆商旅之役，懷資而往來也。有閉户而讀者，喧而爲貿易者。陶冶工匠，老弱男女，無不畢具矣。猶以爲未悉人間之事也，乃作世禄之家，錦屏綉障，玉轡金鞍，冠蓋迎候，莫盡擬議，則人無遺態，物無遺情矣。又作宫殿臺閣，山水樹木，龍舸鳳艇，粉黛紅妝，俱極詳備。爲宇宙間一大觀，豈非不朽盛事哉？余自幼好畫，得觀古人名卷，若秋江、征艦、春色、牧牛、桃源、王會之類，已稱絶品，未有若此卷之豐茂肆博者也。予愛之重之，不能釋手，因爲之記，亦其大略云耳。」款曰：「天順六年二月望日，大梁岳璿文璣書。」

明周忱《題觀奕圖》云：〔一〕「王生以采薪入山，父母妻子待之以食，見奕者而耽觀之，至于爛其斧柯，豈所謂力本者哉？比歸，而親戚鄉黨咸非其舊，可悼也已。一夫一婦不獲自盡，伊尹耻之；以戲迷愚人，使之老無所依，其果有是事耶？神仙亦未仁矣。」其言太腐，以伊尹責神仙，未免不倫也。精里先生嘗爲船橋棋伯題此圖云：「余少暇晷，加以疏懶，興來對局，不能凝思。即使勉强竭慮，瞻前顧後，誤著益多。其看入品以上棋，亦不耐煩，必欠伸退去。世之拙棋皆然，非獨余也。因怪樵夫觀仙奕，不覺其久，豈深曉棋理而然邪？抑仙手亦不甚高，聲如急霰，手如插秧，勝敗倏忽，以致樵夫忘歸也。果爾，則比柯之爛，不知結幾千萬局，恰好余敵手也。然恐天上無有如此頑仙，故知此談𢥠出於古人狡獪，設以警人耳。」先生以笑話輕輕道破，爛柯之妄自見矣，是小品中最佳而有關係者。孰謂東人之文不若西土哉？

柴栗山示塾生云：「籠養小鳥者，捕獲鶯雛，患其聲澀濁，就老鶯善鳴者，使學其聲，俗謂之附子。雛初在籠，遷躍上下，躁然無少頃静，忽聞老鶯一弄，便戢翼疑立，如諦聽者，越時始能動身，既而低弄，如學之者，又如羞澀怕人聞者。如此一兩日，乃能

〔一〕按，據《誠意伯文集》卷七、《文章辨體彙選》卷三百六十五等，《題觀奕圖》爲劉基所作，非周忱。

放喉縱轉，音響劉亮可愛云。嗚呼！微彼小禽，尚思好其聲，而知希賢，可以人而不如鳥乎？」是亦小品之佳而有關係者，余喜誦之。

鶻一鷙鳥耳，柳柳州《鶻説》可見其仁也，杜少陵《義鶻行》可見其義也。人而不如鳥者衆矣，噫！

吾侯嘗獵郊放鷹，鷹方攫雁，雁群來救相搏。鷹人驅之乃散。中有一雁不肯去，出死力抗鬥，與鷹皆斃，見者莫不感嘆。嗚呼！方朋友急厄之時，來而相救者，尚不得衆，況於抵死不辭者乎？雁乎鴻乎，吾從汝於泰清。

杜陵好咏馬，如「九重神龍」二句，尤爲他人所不能道。東坡《三馬贊》：「振鬣長鳴，萬馬皆喑。」僅八字而已。意氣之豪，何減少陵。

近歲西洋人輸駱駝，邦人少見多怪，初駭其詭異，終笑其蠢痴，紛然喧於都市。吾聞駝之在西域，能察熱風，能知伏流，能負千斤之重，日行七百之遠，其能過牛馬遠矣。西人常資以爲用，唯見其材能，未見其詭異也。今來在此，地殊而用異，徒充詭觀，遂嗤笑之。使駝有知，其必爲不平之鳴已。然則世人之所怪與所笑者，豈皆可信哉？

文禄朝鮮之役，我藩祖高山公與諸將俱入王都。當時群臣所俘之物，至今儼存者不尠。就中新七郎良勝所獲屏風一雙，畫《寧邊圖》，尤爲可觀。余嘗適伊州，詣新七氏，請而觀之。畫甚精緻，韓臣沈守慶記詩附，筆畫穩秀，亦可觀也。其記曰：「嘉靖壬戌冬十月二十有二日，上命召臣守慶至承政院，下絹畫七幅，仍教曰：『作記若詩以進。』臣聞命兢惶，退而奉展，則乃《寧邊圖》也。臣嘗叨受閫命于兹，略觀其形勝矣，不文應制，誠爲僭越，而獲睹内藏之畫，宛然曾涉之境，何其榮且幸也。試以所觀而參詳之：巖巒崒嵂，松檜參差，自北而延袤乎西者，藥山也。波流縈迴，灣瀨曲折，從西而經帶乎南者，仇音浦也。粉堞隱見於叠嶂者，城郭之壯也。朱甍縹緲於三門者，譙樓之麗也。客館居中而宏敞，元帥及僚佐各有廳堂於其側；村廬撲地而稠密，官屬與軍民雜連籬落於其間。屹立牙門之前者，曰運籌樓，常爲講射燕飲之所。翬飛塔淵之上者，曰決勝亭，乃是迎餞賓客之地。若鄉校，若倉廥，若兵器庫，若土官司局，咸占方位，罔不得宜，蓋制度規模之極其備也。至於勝賞，則東臺高爽最絶，而北臺與之對。鐵瓮奇險無雙，而龍湫在其下。凡可坐可臨可觀可喜者不一而足，此一府形勢之大概。而古籍所稱天作之城，甲於東方者，果非虚語也。謹按，本府自高麗至我朝建置屢變，世廟十一年合延州、撫州，而始名以寧邊，遂置元帥之營，國家之所倚以爲要害者可見矣。今我殿下勵精圖治，宵旰憂勤，四方無虞，刁斗絶響，而猶慮邊事之或弛於念，特作是圖，將欲置諸左右而常目之，以思關防之重。其保邦未危，綢繆牖户之意，吁！亦盛哉！世之圖山水花鳥者，實爲無益，而耽玩不已，或至於喪志。聖明之所爲，異於常情。若此其逵敻，觀省警飭之方，可謂無所不用其極；而古之連屏列箴者，豈獨專美於前哉？然『地利不如人和』者，孟子之嘉訓也；『在德不在險』者，吴起之格言也。哲王知險之不足恃，而唯務於德。昏主以險之爲可恃，而不務於德。此治亂興亡之所由分，而古今之龜鑒也。殿下覽是圖而瞿然曰：『險不足恃，何以能保也？』則德日修，而邊境自寧。覽是圖而肆然曰：『險固可恃，夫孰敢侮乎？』則德日衰，而外寇隨至。一念之間，安危係焉。臣於是圖深有所感，而亦不能無懼也。拜手稽首，謹爲之記。皇明嘉靖四十一年十一月日，嘉善大夫行義興衛上護軍兼五衛將臣沈守慶奉教制進并書。」按，我師入韓，在文禄元年，實爲彼之萬曆二十年。上距嘉靖四十一年僅三十年而已。蓋當時韓王恬熙懈於位，漸有敗兆，故此篇有「德衰寇至」之言。其詩七言古風六十句，又有「以險爲實終必敗，外寧内憂言可拜」之語。蓋守慶，彼中名臣，以社稷爲憂者，其言足訓也。及我師入，都城不守，并此畫屏爲人俘去，守慶之言不幸驗矣。嗟夫！居治忘亂，驕侈淫逸，以取敗亡之禍，何代無之？然則守慶之言，豈獨戒韓國也哉！

詩之有話尚矣，四六與詩餘亦皆有話，何獨遺於文？文而無話，豈非缺典乎？余夙以爲遺憾。平生讀書論古，及其他談話，有關乎文章者即筆之，久之盈筐，乃釐爲八卷，以《文話》命之。

戊子之秋，携而東行，示侗庵先生。先生蓋亦有意於此，爲題一絶，以褒奬之。〔一〕既還西，示頼山陽，山陽又妄贊之曰：「此書爲創闢，不可無序。」爲序還之，皆所不請而獲也。石川督學固有將伯之助者也，乃以詩與序示之。督學曰：「既已如此，子其不可徒止。」於是余意始動，乃校上梓。昔王弇州壯歲著《藝苑卮言》，物徂徠中年著《蘐園隨筆》，後皆悔之。余才既不及弇州，年又未及徂徠，此書之出，他日能無悔乎？既知如此，則宜不示人，

齋藤拙堂識

〔一〕以褒奬之，後印本作「曰：論文有意輯成編，早被斯人先着鞭。慧眼真如秦鏡照，作家心膽目前懸」。

非供之蠹食，則畀之炎火，固其所也。然先輩獎揚之言，與將伯之力，又將從而泯，則亦可惜，是此舉之所以及未悔也。其果補文壇之缺與否，非余所知也。

文正十三年庚寅閏三月，津藩侍讀齋藤謙自識。

自序

余著《文話》數年，所嗣得者復積於簏底，裒然成册。適有書肆請續刻者，遂出付之。於是，海内之士締交通好者皆求余於言語文字之間。余意不屑焉，以爲丈夫七尺之身自有所樹立，言語文字特其緒餘，以此獲名，豈平生之志哉？且古人四十而仕，蓋以爲德立道明之時也。今余年殆及之，顧能如仲尼不惑乎？又能如孟軻不動心乎？之二者姑勿論已，且如《禮經》所云「方物出慮」，亦未能自信也。斯之不能自信，而徒從事於言語文字，屑屑然技止此矣，豈不深愧於古人乎？過此以往，余惟欲決然進取，繫心猿，誅意馬，補其劓黥，以畢平生之志已，復何暇話文哉？然年有老少，學有深淺。竊謂少年初學，徒談心性，不若考言語；妄求道體，不若徵文字。而立德明道，亦未嘗無資於此也。譬之文藝，華也；道德，實也。華之不若實固矣，然亦時有春秋之異，必由華而實，不養其華而俟其實可耶？故余欲不復話文，而猶有望於後進之士云。

天保乙未菊花節後一日，鐵研學人齋藤謙識。

序

拙堂寄示此序曰：「初編之刻，侗庵、山陽二公有詩、序之賜，今續編成矣，欲煩子及一齋佐藤翁之一言。然翁繁劇，雖許或緩，東西照應，恐不復能如初編，子且評吾序，并評上木，亦體變而奇矣。」嗚呼，拙堂可謂以文爲命矣！其話文以文者不一而止，而其謀序跋也，曰「照應」、曰「變體」，亦自成文話也。

今讀其序，如自悔爲文人，而不欲復話文，則予惑焉。拙堂之話文，商榷古今，權度不差，而其尤推服者，韓子也。韓子雖以文爲名，而致身君國，政議軍謀，赫奕當世，而其學識，能繼往開來，宜乎拙堂景仰，至於欲編次其文以附孔孟之籍也。予謂拙堂話文即話道也，學者因文進道，得如韓子，亦可無恨矣。今乃捨平生所話而欲別有所樹立，然則嚮者所話，皆心猿乎？意馬乎？抑劓黥之可醜乎？拙堂之意非然也。文有餘而行不足，君子所耻，故遜辭乃爾，亦成一話耳。不然，則其立德明道，欲以希聖賢之不惑不動心者，豈外斯文而別有所用功乎？朱子不云乎，道之所寄，不越乎言語文字之間，學者誠能考言語以立其德，徵文字以明其道，則以文爲命可矣，終身話文可矣，拙堂以爲何如？

浪華小竹散人筱崎弼書。

拙堂續文話卷一

元吴萊論文云：「作文如用兵，有正有奇。正是法度，要部伍分明。奇是不爲法度所縛，千變萬化，坐作、進退、擊刺，一時俱起，及其欲止，什五各還其隊，元不曾亂。」旨哉言之也。由此觀之，兵法之通於文法可知矣，不惟兵法而已。至夫工技、曲藝之事，苟得其解，則頭頭皆道，於文必有得焉。昌黎稱張旭草書，雖善書者，或不能道。昌黎不必悟草書，亦因悟文而及之耳。

錢人龍《書竹雲題跋後》云：「書家必論筆法，猶文章本以明道紀事，又必輔以法度文采，而後可傳。然苟不深窮法之所在，而妄爲論列，則如錢蒙叟所譏窮子爲他家數寶，人皆笑其無看囊一錢也。」此以文喻書者也。汪堯峰《薛大武畫山水記》云：「大武數與予論畫，凡樹木之向背，山巒之近遠，水波烟雲之出没有無，與其所以位置曲折，莫不從容辨析。予嘗聽之。竊以爲畫家之説與詩、古文有相通者。今夫詩、古文之開闔也，出之以法；而其變化從横莫知所極也，則運之以神。使由此二者而有得焉，吾見其如承蜩、如御風，如没人之操舟而梓慶之爲鐻，蓋無所往而不可者也。」此以文喻畫者也。可見技雖有大小，理則一矣。

惲南田畫册論畫有云：「有筆有墨謂之畫，有韻有趣謂之筆墨。瀟灑風流謂之韻，盡變窮奇謂之趣。」余謂不獨畫爲然，文章之妙俱可互參。

王虛舟論書云：「余嘗説臨古不可有我，又不可無我。兩者合之則雙美，離之則兩傷。不能無我，則離合任意，消息因心。未能虛而委蛇，以赴古人之節，鈔帖耳，非臨帖也。然不能有我，但取描頭畫角，了乏神采，此又墨工槧人伎倆，於我何有？」余服膺以爲名言。觀世之學文者，或步趨馳驟一效古人，不能有我；或師心妄作，破規毁矩，不能無我。二者皆非也。必如臨帖者，不可不似，又不可徒似而可矣。

惲子居曰：「王右軍寫《樂毅論》則情多怫鬱，《書畫贊》則意涉瑰奇，《黄庭經》則怡懌虛無，《太史箴》又縱横争折。此如太史公傳《儒林》《循吏》，皆筆筆内斂，與《遊俠》《酷吏》不同。」余謂右軍之書、太史之文，比擬得倫。學書、學文者，可互相發明。

文章之資於山水，自古爲多。無他，有相通者也。故明朱之俊《宿昭慶寺記》云：「遊山亦如觀古人文字，當得解高而胸曠者與共評騭。」由此觀之，非得解高胸曠者，則不可與評山水矣，又不可與論文章也。

明文翔鳳《登泰山記》論嶧岱之別云：「鄒嶧瑰琦，實冠大東，如巨家園中疊山狀。岱嶽則崇高而博大，欲以瑰且琦者求之不得，如帝王之一大堂陛，兹之謂嶽也。即以文章論，名家之筆，勝語巧構，世之所趨；而大家則雄挺而古峻，其氣骨之兼人，有不得以巧求者焉。兹大家之所夐出不可匹，宜俗客之不知好之也。予登嶽，益悟天地之文章，發思古之幽情矣。」此因岱嶧論大家、名家之别，鑿鑿有味。彼喜幽溪小壑者，觀此可以猛省焉。

袁子才《浙西三瀑布記》，其首云「甚矣，造物之才也。同一自高而下之水，而浙西三瀑三異，卒無複筆」云云。「昔人有言曰：讀《易》者如無《詩》，讀《詩》者如無《書》，讀《詩》《易》《書》者如無《禮記》《春秋》。余觀於浙西之三瀑也信。」觀此可知山水與文章皆厭冗複也。

子才《與韓紹真書》云：「貴直者，人也；貴曲者，文也。天上有文曲星，無文直星。木之直者無文，木之拳曲盤紆者有文。水之静者無文，水之被風撓激者有文。孔子曰：『情欲信，詞欲巧。』巧即曲之謂矣。」子才平生持論如此，故其《遊丹霞記》云：「立高處望自家來蹤，從江口到此，蛇蟠蚓屈，縱横無窮，約百里而遥。倘用鄭康成虚空鳥道之説，拉直綫行，則五馬峰至丹霞，片刻可到。始知造物者故意頓挫作態，文章非曲不爲巧也。」其論詩亦常貴曲而不貴直。其説詳《隨園詩話》。

又《武夷山記》云：「余學古文者也。以文論山，武夷無直筆，故曲；無平筆，故峭；無複筆，故新；無散筆，故遒緊。不必引靈仙荒渺之事爲山稱説，而即其超雋之概，自在兩戒外別竪一幟。」此以文論武夷者也。沈確士評老蘇《木假山記》云：「如尋武夷九曲，一曲一勝。」此以武夷論文者也。觀二家之言，既以知武夷之勝，又以知文章之妙。

董玄宰《文訣》論轉法云：「文章之妙，全在轉處。轉則不窮，轉則不板。如游名山，至山窮水盡處，以爲觀止矣。俄而懸崖穿徑，忽又別出境界，則眼目大快。武夷九曲，遇絶則生。若千里江陵直下奔迅，便無轉勢矣。文章隨題敷衍，開口即竭。須於言盡語絶之時，別行一路。太史公《荆軻傳》方叙荆軻刺秦王，至『始皇環柱而走』，所謂言盡語竭。忽用三個字轉云『而秦法』，自此三字以下，又生出多少烟波。但拙者爲之，則頭腦多而不遒勁，病在不審賓中之主。」玄宰此論，實中窾會。

凡事不得道途，則不能行。既得道途而不勉力，亦中道而廢。學文亦然。朱竹垞《王學士西征草序》云：「文章無盡境，譬之登山然。其入必有徑，雖懸崖絶壁，亦必有磴道可尋、綆繘可挽。苟力不足以相赴，非困則躓矣。華嶽不知幾千仞，遊者必極於三峰而後已。」

明王思任《天台山記》，以科場之法品第山中諸勝，典贍可喜，今附於此：「外史氏曰：予遊天台，蓋操一日之文衡矣。賴仙佛之靈，風雨無恙，得以搜閱竣事，略用放榜例，品題甲乙。與諸山靈約，矢諸天日，不敢有偷心焉。文章胎骨清高，氣象華貴，萬玉剖而璧明，萬綉開而錦奪。昆侖嫡血，奴僕群山，仙或許知，人不能到。所謂瓊臺雙闕也第一。磅礴渾茫，從天而下，不由父師，立參神聖，雄奇之極，反歸正正堂堂。吾畏之，終愛之。石梁瀑布第二。天繪巧妙，鬼斧雕鑽，腹字多奇，令人解頤殢步，能品加入神品。明巖第三。孤月洞庭，正爾寂照，忽有天山萬里雪一夜飛來，此曠世逸才。國清第四。恍惚幽玄，不記何代，片時坐對，人化爲碧。桃源第五。繞腸雄氣，滿腹古文，鬱鬱蒼蒼，扶餘窮北。萬年寺也第六。魏鄧艾縋兵入蜀，要以險絶爲功。不險不奇，奇絶乃險。斷橋落澗第七。醉筆橫披，英英玉立，不與絳、灌爲伍，名士也。但才氣太露，烟火未除，屈置稍後。赤城第八。孤芳獨唳，不求賞識。然奇矯無前，人人目攝。寒巖第九。清新俊逸，居然道骨仙風。是瀑水嶺下數家也，未有知名，當亟拔之第十。魄張力大，有如天風海濤，夙領台山之譽。華頂第十一。因宜適變，曲有微情。藏若景滅，行必響起。高明寺幽溪第十二。望之甚奇，即之甚平。别造一格，高下倒置。桐柏宫第十三。停匀沖粹，淡日和風。輕入長春之圃，實稱其名。天封寺第十四。句句番語，字字鬼才，别有肺腸，不得以文體而黜之。神仙趕石第十五。餘如廣嚴、護國、無相、佛隴、福聖諸山水及悔山、歡溪、顧堂、察嶺等，尚有百十勝未録。或前事之工易掩，〔一〕或一日之長未盡，或星屑而可遺，或雷同而易厭，或目未接予，或足尚妒爾，庶幾獲附於拔十得五之義，而幸免於挂一漏萬之譏也。予之所以次第台山者如此矣。」

袁中郎《遊廬山記》云：「一客以文相質，余曰：試扣諸泉。又問，余曰：試扣諸澗。客以爲戲，余告之曰：夫文，以蓄入，以氣出者也。今夫泉，淵然黛、泓然静者，其蓄也。及其觸石而行，則虹飛龍矯，曳而爲練，匯而爲輪，絡而爲紳，激而爲霆。故夫水之變至於幻怪翕忽，無所不有者，氣爲之也。今吾與子歷含嶓，涉三峽，濯澗聽泉，得其浩瀚古雅者，則爲六經；鬱茂曼衍者，則爲騷賦；幽奇怪偉、變幻詰曲者，則爲子史百家。凡水之一貌一情，吾直以文遇之。故悲笑歌鳴，卒然與水俱發，而不能自止。客起謝。」此亦可見澗泉之似文章也。

〔一〕工，據王思任《游唤》所收《天台》補。

江海之觀亦可以喻文矣。老蘇評昌黎之文云：「如長江大河，渾浩流轉。」東坡自評其文云：「滔滔汩汩，一日千里。」後人遂有韓海蘇潮之目。方正學《觀海樓記》云：「於其恬波怒濤開闔變化之態，可以發吾文。」惟相似矣，故可相發也已。

袁中郎《文漪堂記》云：「天下之物，莫文於水，突然而趨，忽然而折，天回雲昏，頃刻不知其幾千里。細則爲羅縠，旋則爲虎眼，注則爲天紳，立則爲嶽玉。矯而爲龍，噴而爲霧，吸而爲風，怒而爲霆。疾徐舒蹙，奔躍萬狀。故天下之至奇至變者，水也。夫余水國人也，少焉習於水，猶水之也。已而涉洞庭，渡淮海，絶震澤，放舟嚴灘，探奇五泄。〔一〕極江海之奇觀，盡大小之變態，而後見天下之水，無非文者。既官京師，閉門構思，胸中浩浩，若有所觸。前日所見澎湃之勢，淵洄淪漣之象，忽然現前。然後取遷、固、甫、白、愈、修、洵、軾諸公之編而讀之，而水之變怪，無不畢陳於前者。或束而爲峽，或迴而爲瀾，或鳴而爲泉，或放而爲海，或狂而爲瀑，或匯而爲澤。蜿蜒曲折，無之非水。故余所見之文，皆水也。」此篇初以水比文，後以文比水，其離奇變幻，實從老蘇《文甫字説》得來。

〔一〕泄，原作「枻」，據《袁中郎全集》卷九《文漪堂記》改。

近世魏冰叔有《文瀫序》，亦本老蘇而變之。其末云：「吾嘗泛大江，往還十餘。適當其解維鼓枻，輕風揚波，細瀫微瀾，如抽如織。樂而玩之，幾忘其有身。及夫天風怒號，帆不得輒下，楫不得暫止，水仄舟立。〔一〕舟中皆無人色，而吾方倚舷而望，且怖且快。攬其奇險雄莽，以自壯其志氣。然且登舟之初，風水所遭遽若是，則必不敢解維鼓楫，蹈危險以自快。夫世之樂小言而畏大文也久矣，故錢子以瀫導之歟？錢子之選有忠孝、道德、經濟之文以爲洪波，蕭閑之文以爲漪瀫，静深之文以爲寒潭，績藻之文以爲麗水。鼹鼠、夸父各滿其腹，若是則已矣。」此篇以微瀾、洪波比小言、大文之別，而爲文之義躍然而出矣。

魏叔子又嘗論文云：「有得水分者，有得山分者。子瞻水分多，故波瀾動蕩；退之山分多，故峰巒峭起。」此喻甚妙，前人所未言。

朱竹垞亦好以水喻文。其《秋水集序》云：「以秋水名集也，何所取？取諸有源也與？源之見於地也，下則涌而爲濫，上則懸而爲沃；仄者氿，旋者過辨。順道而行，空明而不滯。小波淪，大波瀾，石激之而鳴，風蕩之而怒，雷霆車馬，神物恍忽。水豈有

〔一〕仄，原作「亥」，據《魏叔子文集》外篇卷十《文瀫叙》改。

意爲奇變哉？決之不得不趨，鼓之不得不作，亦隨所遇而已。文之有源者，無畔於經，無窒於理。本乎自得，抒中心所欲言，固不在襲故人以求同，離古人以自異也。」又《禹峰文集序》云：「水之趨於壑也，無定勢也。正出而爲濫，縣出而爲沃，仄出而爲氿，尾出而爲瀵。小波淪，大波瀾，直波涇，無心而異焉者也。夫唯無心成文，辭必己出，革剿說雷同之弊，宣以天地自然之音，洵斯文之英絶者矣。」

應劭《封禪儀記》，〔一〕實爲古今遊記之祖。其中有云：「石壁窅窱，〔二〕如無道徑。遥望其人，端如行朽兀，或爲白石，或如雪。久之白者移過樹，乃知是人也。殊不可上，四布僵卧石上，有頃復蘇，亦賴齎酒脯。處處有泉水，目輒爲之明。復勉强相將，行到天關，自以爲已至也，問道中人，言尚十餘里。其道旁山脅，大者廣八九尺，狹者五六尺。仰視巖石松樹，鬱鬱蒼蒼，若在雲中。俯視溪谷，碌碌不可見丈尺。遂至天門之下。仰視天門，窔遼如從穴中視天。直上七里，賴其羊腸逶迤，名曰環道。往往有絙索，可得而登也。兩從者扶掖，前人相牽，後人見前人履底，前人見後

〔一〕按，《封禪儀記》爲馬第伯所作，應劭《漢官儀》録此文於卷下。
〔二〕壁，原作「徑」，據《漢官儀》卷下《封禪儀記》改。

人頂，如畫重累人矣，所謂磨胸捱石，捫天之難也。初上北道，行十餘步一休，稍疲，咽唇焦，五六步一休。蹀蹀然遽頓，地不避濕暗，前有燥地，目視而兩脚不隨。早食上，晡後到天門。」文辭奇雋，其叙勞頓艱窘之狀，人人所欲言而不能也。鍾伯敬嘗評之云：「其心目之靈，手口傳盡，且讀且思，爲之絶倒。可爲至静至慧人道也。」是言得之。

明王褘《開先寺觀瀑布記》云：「從樹隙見巖腰采薪人，衣白，大如粟，初疑此白石耳。有頃漸移動，乃知是人也。」余初讀以爲奇，既而知其全襲《封禪記》，益知古人弗可及矣。明鍾人傑《過楓林記》云：「希微間，踽踽影動。定視之，乃一野衲掃落葉耳。」此亦本《封禪記》而換其面目，不似王褘之生吞活剥矣。

盛弘之《荆州記》亦記文之古者。其載鹿門事云：「龐德公居漢之陰，司馬德操宅州之陽，望衡對宇，歡情自接，泛舟褰裳，率爾休暢。」記沮水幽勝云：「稠木旁生，凌空交合。危樓傾嶽，恒有落勢。風泉傳響於青林之下，巖猿流聲於白雲之上。游者嘗若目不周玩，情不給賞。」此二則使讀者神遠。吴澹川《南野堂筆記》評之云：「載鹿門事數語，性情和厚，似陶淵明詩。記沮水數語，景趣蕭森，似謝靈運詩。」信然。其後酈道元作《水經注》，多采於記中者。

酈道元《水經注》，文詞妙靈奇雋，具有法度。且其備説水之經絡，足當《禹貢》之疏，不可徒以文字視。

《水經注》洧水條：「渌水平潭，清潔澄深。俯視遊魚，類若乘空矣。」後柳子厚作《小石潭記》云：「潭中魚可百許頭，皆若空遊無所依。日光下徹，影布石上。」意實本此。

王摩詰《與裴迪書》有云：「深巷寒犬吠聲如豹，村墟夜舂復與疏鐘相間。」語意沖和，亦如其詩。余嘗夜坐，聞群聲四起，時誦此語，特覺其妙。

盛弘之記巫峽江水之迅云：「朝發白帝，暮到江陵。其間千二百里，雖乘奔御風，不以疾也。」李青蓮「朝辭白帝」絶句本此。至其構語之妙，殆神而明之。

唐周夔《到難》一篇，文字奇古。郭功父詩稱之云：「文格迥欺韓愈老。」其珍重如此。「碧瀾之下，寸寸秋色」，乃篇中語之尤奇者。元遺山詩云：「碧瀾寸寸皆秋色，空對山靈説《到難》。」

蘇子由《栖賢寺記》云：「入栖賢谷，谷中多大石，岌嶪相倚。水行石間，其聲如雷霆，如千乘車。行者震掉，不能自持。渡橋而東，依山循水，水平如白練。横觸巨石，匯爲大車輪。流轉洶涌，窮水之變。石壁之址，僧堂在焉。狂峰怪石翔舞於檐上，松杉竹箭横生倒植，葱蒨相糾。每大風雨至，堂中之人疑將壓焉。」此一段造語奇特，宋文中所希見。王漁洋嘗拈出之，謂「雖唐作者如劉夢得、柳子厚妙於語言，亦不能過之」。信不誣也。

陸象山《與張伯信小簡》云：「風露凄清，星河錯落。月在林杪，泉鳴石間。薰爐前引，茶鼎後殿。方池爲鑒，迴溪爲佩。冰玉明瑩，霜雪騰耀。則噴玉新亭，真蓬壺瀛洲也。」象山以道學名，而妙於語言如此。劉壎《隱居通議》評之，謂「他人當此境界，惟供風雲月露之資。先生則内外齊觀，即鳶飛魚躍之妙矣」。

道元、子厚以後善寫山水者，殊乏其人。然零碎收之，未嘗無出色者。隨得隨録，以供卧遊。宋盧襄《西征記》云：「睦州斂三江之水，會合於亭下。有山隆然，直壓其首，如渴鰲怒鯨迅鬐鬣奔而銜水之狀。」喻良能《括蒼舊州治記》云：「萬山峨峨，横在一目。或矻如樓臺，或聳如帆檣；或如虎豹之蹲，驊騮之驟；或如鷩麐之出林，巨魚之闖波。」張公亮《靈巖寺記》云：「泰山西北趾，群山擁翼，連屬百餘里。摩空干雲，秀拔萬狀。曲如列屏，削如立壁；矗如攢劍，鋭如植圭。幃幌掩映，城堡環繞。虎兕奔突，龍蛇盤屈。豈爲靈谷，呀爲洞穴；斷爲溪澗，引爲林麓。峰卓嶺聳，巒跳巘叠。翠木蔭蔚，飛泉激越，中有川焉。」元李洞《遊廬山記》云：「東行五老峰下，五老頷頤隆肩，欲欬以嗽者。蒼然負幃薄以立，覬其或與我語笑，顧久之。」汪炎昶《遊黃山記》云：「蓮峰丹碧，〔一〕峭拔攢蹙。若植圭，若側弁；若列戈矛，若芙蓉菡萏之初開。」明方漢南《山磵記》云：「當門數峰，拔地如笋。四顧巃嵸如城堞，獨西峰窈窕入雲如髻，爲玉女峰。」徐貫《遊照山記》云：「結頂作華蓋形，分作二小支逆上。一支至前壟而止，一支至畢墩復起。一員峰折而北，横繞其前。其他諸山又蜿蜒而來，如拜如揖。水前後環繞，周匝始去。」以上皆寫峰巒之妙者。

善寫巖洞之狀者。元李孝光《雁山雜記》云：「兩大石相倚如合掌。至掌中望見山罅中青天，如懸一片冰。」明李元陽《遊盤山舞劍臺記》云：「見掀唇如白黿者，愕然凝視久之，乃知其大石也。」張喬修《齊雲巖記》云：「其闢者如門，空者如室，障者如屏，垂者如簾。或踞若虎，或蜿若龍，或蹲若象，或起若佛。峙者爲爐，卓者爲炬，瀑者爲練。石鱉如藏，石鵲如翔，石鼓如擊，石旗如揚。巧者、幻者、纖者、麗者、呀者，如猿抱子歸，鳥銜花落。五步異形，十步異境。朝明夕晦，春艷秋清。狀貌千萬，不能盡述。」沈周《張公洞記》云：「乳溜萬株，色如染靛。巨者、么者、長者、縮者、鋭者、截然

〔一〕蓮，原作「連」，據《古今遊名山記》卷四《遊黃山記》等改。

而平者、菑荚者、螺旋者，參差不侔，一一皆倒懸。儼乎怒猊掀吻，廉牙利齒，欲噍而未合，殊令人悚悚。」

善寫水泉之狀者。元汪炎昶《游龍潭記》云：「瀑乘高怒噴，直下數千尺。遠望如出穴中，雹狂雨狠，淙淙不絕。而其細者空濛霏微如薄霧，潭呀而吸之。周迴可二百餘步，摇光蕩緑，莫測其深。」李孝光《游雁山雜記》云：「巖罅泉水下滴，唧唧如秋雨鳴屋檐間，令人大呼。呼聲繞洞中不即出。泉墜半未至於地，爲聲所軋，則飄吹衣冠，草木盡濕。」又《大龍湫記》云：「仰見大水從天上墮地，不挂着四壁。或盤桓久不下，忽迸落如震霆。東崖趾有諾詎那庵，相去五六步。山風横射，水飛着人。走入庵避，餘沫迸入屋，猶如暴雨至。水下擣大潭，轟然萬人鼓也。人相持語，但見口張，不聞作聲。」明宋濂《游五泄山水志》云：「西潭水流傾沫成白簾，闊可七八尺。冉冉下注，滑而無聲。兩傍石崖峭立，苔蝕蘚暈，時有水珠毵毵滴下。」又云：「東潭上飛瀑可二十丈，怒擊崖竅中。若運萬斛雪從天擲下，白光閃閃，奪人目睛。至潭底，復逆上，有聲如輥雷。」楊守陳《游雪竇山記》云：「泉出兩澗，注峻壁，若水晶簾自九霄中垂下。至半壁，有石突出承之，若盆。泉激盆四出，若玉瑩珠跳，雪飄花舞。復作匹練，垂至所謂隱潭者，[一]乃蜿蜒作白龍循麓去。」王思任《天台山記》云：「壁頂挂一瀑，銀繩條落，半墜潭時，綏綏灑灑似一束碎雨。」袁宏道《游廬山記》云：「一澗皆咷號砰激，[二]嶼毛沚草咸有怒態。當其橫觸汹涌，雖小奚亦瞋目佇視，[三]如與之鬥。忽焉石遜涓然黛碧，觀者亦舒舒與與，不知其氣之平也。」又云：「瀑水掠潭，行與石遇。嚙而鬥，不勝；久乃斂狂斜趨，侵其趾而去。」尹伸《遊峨眉前記》云：「溪水分流，各貫一橋而出。氣勢雄强，未易搪揬。石承其下，牙槎齟齬以怒之。反性擢德，譸張爲幻。至於凌疾霆襄巖磝，石亦受其鍥擊。乃稍柔伏，以霽其怒，則又澹澹然凝縹如不流。良久遵磴道而上，是爲白龍洞。」徐弘祖《天台後記》云：「瀑布從西北杳冥中來，至此繽紛亂墜於迴崖削壁之上。嵐光掩映，石色欲飛。」清袁枚《浙西三瀑布記》云：「飛沫濺頂，目光炫亂，坐立俱不能牢，疑此身將與水俱去矣。」

寫雲氣之妙者。朱子《百丈山記》云：「旦起，下視白雲滿川，如海波起伏。而遠

[一] 謂，據《楊文懿公文集》卷二十四《游雪竇山記》等補。

[二] 咷，原作「跳」，據《袁中郎全集》卷九《由天池逾含嶓嶺至三峽澗記》等改。

[三] 瞋，原作「瞑」，據《袁中郎全集》卷九《由天池逾含嶓嶺至三峽澗記》等改。

近諸山出其中者，皆若飛浮來往，或涌或没，頃刻萬變。」明景暘《游嶧山記》云：「下山北行十餘里，風雨驟至，雲如潑墨。回視兹山，仿佛有無之間。心神飛動，又惜不能少留雲氣中耳。」明蕭士瑋《湖山小記》云：「曉起，看白雲縷縷出山谷間，若茶烟之在齋閣耳。頃之百道狂馳，奔騰如浪，諸山泛泛水上行也。須臾山盡矣，空水絪緼，風烟一色，類香霧海。」王履《始入華山記》云：「雲適生，從玉女峰、東峰兩間出，倚風作懶態。欻突然北涌，似顛崖狀。既而復還，漸幔于松巔，不動如憩。而山北所見，皆漫漶不可識。意彼或仰瞻，吾固在雲表也。」袁宏道《游廬山記》云：「雲縷縷出石下，繚松而過，若茶烟之在枝。已乃爲人物鳥獸狀，忽然匝地，大地皆澎湃。撫松坐石，上碧落而下白雲，是亦幽奇變幻之極也。」

明王履《始入華山記》云：「敗葉覆地不生草。行葉上不知窊隆，躡空輒仆。偶一失脚，幾墜厓下。偶旅迹幽翳中，古藤鬱屈，正躡樹根進，葉卒然鳴，疑以爲蛇也。」山行偶然之景，寫得靈活妙甚。

唐人《金山詩》「鐘聲兩岸聞」一語，古今傳爲絶唱。明王思任《游金山記》云：「鐘聲從紫濤中殷殷，迫山乃壯。」此十二字寫得亦妙。

明人記勝之文，以王鏊《七十二峰記》爲稱首，其《五湖記》亦著於世。魏伯子云：「《五湖記》規矩整齊，步武不失；《七十二峰記》局勢鬥亂，渺忽難追，俱極錘煉之法。然作者當日自是立意要作兩篇文字，故特如此命局取格。」余讀兩篇，知此評之不謬。

明秦廷韶《答友書》云：〔一〕「足下欲聞麻姑山之最勝處，最勝處惟絶頂。有泉自丹霞觀西北來，蛇行斗折，伏流篁竹間數十里。至三峽橋，厓谷忽破裂，其下亂石森立，泉自上墮，下與石鬥，則洶涌作秋濤出峽聲，奔放衝突。不數百步至石梁，忽作兩白龍下垂，飛雪灑灑濺人，其聲清越。天風引之，乍細乍高，若士女裂帛，明珠落盤；若鐵騎突出，而刀槍戛擊，響振林谷。誠山中一偉觀也。足下聞之，得無眇視我錫山乎？」此以書爲記，語甚奇雋。

明徐霞客好游，足迹遠及兩戒外，亘古未見其匹儔。所經必盡記之，惜殘闕不悉傳。然今所存《游記》者，猶數十萬言，裒然成帙。如都元敬《游名山記》等書，殊非其倫矣。錢牧齋以爲霞客千古奇人，《游記》千古奇書，詢然。

錢牧齋囑徐仲昭刻《霞客游記》書云：「文字質直，不事雕飾，又多載米鹽瑣屑，如

〔一〕廷，原作「延」，據《（萬曆）常州府志》卷十四等改。

甲乙帳簿。此所以爲世間真文字。」余覽其文，信如牧齋之言。唯夫如是，故能爬羅剔抉，無有所遺，使人如身歷而目擊焉。況其中有奇語錯出，足快心目者乎！

古今人但知江水發源岷山，不若黄河之遠出昆侖。唯《唐六典》言其出於西極。後陸游《入蜀記》、范成大《吴船録》并言其所從來遠，亦約略之言耳。霞客足迹西至羌域，南極蠻甸，審知江水亦出昆侖，著《江源考》辨之。其略曰：「中國入河之水爲省五，入江之水爲省十一。計其吐納，江既倍於河，其大固宜也。按，其發源，河自昆侖之北，江亦自昆侖之南，其遠亦同也。發於北者曰星宿海，北流經積石，始東折入寧夏，爲河套，又南曲爲龍門大河，而與渭合。發於南者曰犁牛石，南流經石門關，始東折而入麗江，爲金沙江，又北曲爲叙州大江，與岷山之江合。其實岷之入江，中國之支流。而岷江爲舟楫所通，金沙江盤折蠻獠溪峒間，水陸俱莫能溯。既不悉其孰遠孰近，第見《禹貢》『岷山導江』之文，遂以江源歸之，而不知禹之導乃其爲害於中國之始，非其濫觴發脉之始也。」此説尤爲詳明，足補《禹貢》之疏也。

霞客與黄石齋道周友善。石齋下獄，有《答霞客書》云：「霞客兄翱翔以來，俯視吾輩，真鷄鶩之在庖俎矣。」蓋霞客平生與石齋同志。及見時不可，乃遠引爲名山之游者歟？牧齋所撰傳中有云：「霞客疾歸，氣息支綴。聞石齋下詔獄，遣其長子間關往視。三月而返，具述石齋訟繫狀。據牀浩嘆，不食而卒。」由此觀之，足知其與石齋同臭味人也。古人謂：「不識其人，則觀於其友。」石齋道德氣節，爲明季第一矣。余觀石齋爲人，而知霞客之志。

拙堂續文話卷二

文章之體至唐宋而大備矣。間又有至於近世而定者，學者不可不遍觀取則也。彼侈口談秦、漢者，豈識體裁哉？清人劉開云：「文莫盛於西漢。而漢人所謂文，但有奏對、封事，皆告君之體耳。書序雖有，不多見。至昌黎始工爲贈送、碑誌之文，柳州始創爲山水雜記之體，廬陵始專精於叙事，眉山始窮力策論，序經以臨川爲優，記學以南豐稱首。故文之義法，至《史》《漢》而已備。文之體制，至八家而乃全。學者必先從事於此，而後有成法之可循。」此言信矣。

論辨書序爲議論文，記傳碑誌爲叙事文，不可相亂。而傳之與誌，簡之與書，本爲一類，亦不可相亂。善讀名家文，審考體裁，則知之矣。若鹵莽讀之，滅裂爲之，書乃爲簡，傳乃爲誌，不免失體。文體之不可不明辨如是。

吴訥《文章辨體》、徐師曾《文體明辨》，并論文章體制，大有補於學者。近世魏勺庭文集，各部有《引》論其體式，亦皆得要。學者先讀二書，次及勺庭集，而後作文，庶其不差矣。

魏勺庭《叙引》曰：「書之有叙，以道其所由作，或從而贊嘆之，或推其意所未盡。古者美疵并見，後世有美而無疵。濫觴而下，數十年間，叙人之詩若文者，既已駕韓歐、滌李杜，又必旁及其官禄之榮、平生之行誼經濟，上本其祖父所以垂統，下道子孫之美。〔一〕蓋一叙，而其人之傳誌、家譜無俟他考已具，而又虚文飾詞以附益其所未始有。如是則主人色喜，而叙之者意滿。夫欲人之叙之者，使其傳己也，叙之者欲傳其人也。當其手墨未乾，人之視之，固已如大夏毒熱腐魚敗肉之不可近，而一二真美亦卒爲所掩抑而不傳。嗚呼！是何其計之左也。」此可以爲輓近爲人作叙者之戒。姜湛園曰：「今之詞人異，〔二〕懷刺例有集，縹緗轉精緻。序反多於文，卷首列爵位。因戒同心友，不乞名人字。」〔三〕此可以爲輓近乞序於人者之戒。

「陳伯修作《五代史序》，東坡曰：『如錦宫人裹孝幞頭，嗟乎，伯修不思也。』昔左

〔一〕之美，據《魏叔子文集》外篇卷八《叙引》補。
〔二〕異，據《湛園未定稿》卷四《櫻桃軒集序》後附崔華《寄姜西溟先生并序》補。
〔三〕按，上引此詩爲崔華作，非姜宸英。

太沖《三都賦》就，人未之重也。乃往見玄晏，玄晏爲作序，增價百倍。古之人所以爲人序者，本以其人輕，而我之道已信於天下，故假吾筆墨爲之增重耳。今歐公在天下，如泰山北斗。伯修自揣何如，反更作其序，何不識輕重也！』」右見施彦執《北窗炙輠》。此亦輓近人往往所犯，録以爲炯戒。

余嘗録文，分序引爲二。或人非之，蓋其説據陸游《老學庵筆記》云：「蘇東坡祖名序，故爲人作序皆用敘字。又以爲未安，遂改作引。」余殊不謂然。按，《韻會》諸書「敘」「序」相通，而古本《論語集解》序作敘。引亦唐人既有之，如柳宗元《霹靂琴贊引》，稍異於序體。因檢徐師曾《文體明辨》，亦别立引部云：「大略如序，而稍爲簡短，蓋序之濫觴也。若其名引之義，難妄臆説，俟博覽者詳焉。」於是果知陸氏之失考。

壽序昉於宋季，至明始盛，《震川集》殆八十首。其《朱君顧孺人雙壽序》云：「吾鄉之俗五十而稱壽，自是率加十年而爲壽。」然則當時五十以下未有祝壽之例也。至清人，則四十、三十皆有壽序。以父師壽諸子、門人，嫌近輕薄，且祝壽之言本難工易俗。然其例既立，自有體制。且我邦每事後於西土，獨祝壽之禮先於西土數百年，且以四十爲壽之始。其爲國故也尚矣，亦事之弗可廢者也。

魏勺庭謂：「震川壽序蕩逸多奇，不減古人之敘詩文、記山水。」余觀勺庭壽序亦甚工。士女凡四十八篇，并如班馬之叙事。縱横變化，奇正百出，前人之所無。如《龍令君夫婦六十序》《門人梁、吴四十序》，合叙二人，既可謂奇矣。至《程山五君子五十序》，合叙五人，離合出没，有條而不紊，更爲絶奇矣。此皆本史家合傳之法。如《門人楊晟三十序》叙其弟晋，又得附傳之法。其變化如此。

勺庭《楊晟三十叙》并叙其弟晋曰：「晋明年亦三十。」此壽在前年。《朱太母八十壽叙》曰：「時母夫人徐年七十七矣。」此壽在三年前，是預壽也。《黄太夫人八十壽序》曰：「以其八十有一之五月，稱觴於堂。」《諸子世傑三十初度叙》曰：「乙卯三月，諸子世傑年三十有一。」《閻再彭六十序》曰：「淮安閻子再彭壽六十一。」《程翁七十壽叙》曰：「去臘翁壽七十。」《季弟五十述》曰：「歲己未之仲冬十八日，予季禮年五十有一。」此皆壽在一歲後。《門人梁、吴四十叙》曰：「歲庚申，門人南豐梁份、貴池吴正名，并四十二。」〔一〕此乃在二歲後，是補壽也。至《程山五君子五十序》曰：「五君

〔一〕按，《魏叔子文集》外篇卷十一《門人梁份、吴正名四十序》作「歲庚申，門人南豐梁份、貴池吴正名并四十。二生深相結」，「二二」字當屬下，此序亦非爲二歲後補壽也。

子從程山先生學《易》，而先後當五十之年。」則蓋有預壽者，有補壽者，其例不一如此。

壽必以十年爲數。而勺庭集中有《熊見可七十有一序》《贈謝約齋六十有四叙》。《約齋叙》曰：「《易》自乾坤六子八，其八之數爲六十四，而卦全。」又《黄太夫人八十壽序》曰：「世之稱壽者，率以十爲數。吾邑及嶺表，則以十之一爲數。禧竊謂前十之年必加一而成，後十之年必從一而生。此《大易》貞元之義，於禮爲宜。」後閲《陳眉公集》，既有壽八十二、九十一序，其來亦久。

書體敷陳明白，辨難懇到，盡其委曲之意。故徐師曾曰：「書者，舒也。舒布其言，而陳之簡牘也。」但其與簡牘之别，魏勺庭《手簡引》辨之曰：「書與簡一也。吾聞古者史官大事書之策，小事載之簡牘，是亦有繁簡大小之别焉。後世尺牘短篇，遂成一家之學。故喻理事，别是非，其取捨與書同。山水花月、飲酒期約饋問之細，寥寥數言，情致足録，此其異於書也。然簡亦有長言者，要之率意應手取足，寫其胸中所欲，非必開闔起伏、斐然成一篇之格調也。」

論策之文，古今以賈生稱首。策則信然，但論如《過秦》，文雖奇，頗有類叙事處。如班彪《王命論》，亦未備焉。蓋當時文體未定，皆不可爲法也。論體直至於韓、柳而定矣，至於蘇家父子兄弟而備矣。學者勿挾秦、漢而卑視唐、宋可也。

魏叔子論作論五病云：「作論有三不必、二不可。前人所已言，衆人所易知，摘拾小事無關係處，此三不必作也。巧文刻深，以攻前賢之短，而不中要害；取新出奇，以翻昔人之案，而不切情實，此二不可作也。作論須先去此五病，然後乃議文章耳。」

方望溪《答程夔州書》論記云：「散體文惟記難撰結。論辨書疏有可言之事，誌傳表狀則行誼顯然，惟記無質幹可立，徒具工築興作之程期，殿觀樓臺之位置，雷同鋪序，使覽者厭倦，甚無謂也。故昌黎作記，多緣情事爲波瀾。永叔、介甫則別求義理以寓襟抱。柳子厚惟記山水，刻雕衆形，能移人之情；至《監察使》《四門助教》《武功縣丞廳壁》諸記，則皆世俗人語言意思，援古證今，指事措語，每題皆有現成文字一篇，不假思索。是以北宋文家於唐多稱韓、李，而不及柳氏也。」其論柳州雖過貶，而於記文之體，實中其竅，學者不可不知。

魏叔子《李季子文叙》云：「古今記遊，俱推子厚。近人必慕仿之，曰似柳某記，則以爲能。然自子瞻諸人，已不相沿習。故柳記雖工，亦記之一家言耳。而必以慕效爲能，則陋矣。」近世惲子居亦不滿於柳州之記。然柳州之記，居然爲千古絶筆。今二子諸記雖頗能脱俗，不及遠甚，但其言未盡非。

惲子居作記學《爾雅》《説文》，而不滿於柳州，其説載《遊通天巖記》。今全録之曰：「巖，岸也。岸，水厓而高者。有垠堮者曰厓，無垠堮而平曰汀。是故巖、岸、厓皆際水者也，其不際水者礹。礹，石山也。通天巖不際水，皆石山，宜名礹，而冒巖名者。天下石山蓋皆冒焉。巖在贑治西二十里。敬自粤返，與雩都牛君、贑吴君往遊，背城過迤岡，復過欹嶺。見通天巖沓諸石山之上，縱横偃仰不可狀，其旁皆溪谷也。山瀆無所通曰溪，泉出通川曰谷，望之益谾。谾，青也。循山脅行，下水磧以屬于巖，蘭若見於林中。巖差池相次，皆厂也。蘭若充之。厂人可居也。厂之上盤盤然，爲墮、爲㩻、爲崛。斫佛像數十百，横爲行疊之，甚敦古。引而左，宋以後諸題名雜鐫厂下。復北而左，過主巖，巖益盤盤然。南折而西，有岫出巖背，曠然也，曰忘歸巖。自忘歸巖返，登主巖，鑿石爲隥，如大階，以及于頂。遠山皆見於群巖之外，小山岌大山、大山宫小山、小山别大山，皆有之。雲四塞下垂，霆霓發於雲足，乃反蘭若宿焉。雨大至，參飲於碓旁，亦厂也。二君語及柳子厚諸遊記，敬以爲體近六朝，未爲至。凡狀山水，莫善於《爾雅》，而《説文》次之，遂記之如右。牛君，安邑人；吴君，敬同縣人也。」〔一〕

〔一〕敬，據《大雲山房文稿》二集卷三《遊通天巖記》補。

歐陽公誌尹師魯，稱其文爲簡古純粹，蓋莫以加焉。當時之人猶議其太簡，至往復辨争。宋世猶然，況後世乎？偶讀魏冰叔、方靈皋二家集，有相類者，輒節録之。冰叔《答友人論傳誌書》云：「古史於善惡無所不書，墓誌銘則有善無惡，蓋緣孝子之心，無録先過之義。而作者多據行狀事迹，綴緝成文，是以諛墓之作，自唐韓愈已不能無譏。蔡邕自言：『生平碑版文，唯郭有道無愧。』則過情失實，勢有不得不然。特古人立言，體尚簡質。雖不録過，而褒善者少溢詞，其子孫受之以爲榮而不怪。今之人纖悉畢備，又從而增飾之，甚或反其生平之所爲。作者有所簡略，則其子孫怪而不悦，其親戚黨友動色張口，以相訾謷，則亦安得有傳信之文乎？至其所不習聞，據狀綴緝者，抑又可知。」靈皋爲程若韓誌其父墓，程嫌其太簡。靈皋以書答之云：「來示欲於誌有所增，此未達於文之義法也。昔王介甫誌錢公輔母，以公輔登甲科爲不足道，〔一〕況瑣瑣者乎？此文乃用歐公法，若參以退之、介甫法，尚可損三之一；假而周秦人爲之，則存者十二三耳。」又爲孫以寧祖作傳，以寧亦以爲言。望溪答之曰：「所示群賢論述，皆未得體要，蓋其大致不越三端：或詳講學宗指及師友淵源；或條舉平生義俠之

〔一〕上二句「公輔」原作「思公」，據《望溪集》卷六《與程若韓書》改。

迹；或盛稱門墻廣大，海内嚮仰者多。此三者，徵君之末迹也。三者詳而徵君之志事隱矣。古之晰於文律者，所載之事必與其人之規模相稱。太史公傳陸賈，分奴婢裝資，瑣瑣者皆載焉。若蕭、曹《世家》而條舉其治績，則文字雖增十倍，〔一〕不得而備矣。故嘗見義於《留侯世家》曰：『留侯所從容與上言天下事甚衆，非天下所以存亡，故不著。』此明示後世綴文之士以虚實詳略之權度也。」云云。「昔歐陽公作《尹師魯墓誌》，至以文自辨。而退之之誌李元賓，至今有疑其太略者。夫元賓年不及三十，其德未成，業未著，而銘辭有『才高乎當世，而行出乎古人』，則外此尚有可言者乎？僕此傳出，必有病其太略者。不知往者群賢所述，惟務徵實，故事愈詳，而義愈陋。今詳者略，實者虚，而徵君所藴蓄，轉似可得之意言之外。」

魏勺庭《文引》曰：「哀死之文情勝其文，非無文也，情至而文以至焉。不求文而文至，文之至者也。不言哀而哀至，哀之至者也。必痛哭以爲哀，則哀情微。必工於文以爲情，則文不工。韓氏《祭十二郎》，工于文以道其情者也，然而情以微矣。哀死之文，以樸爲文，以不求工於文爲文。凡民且然，况天性之親。此吾所不深取也。」古

〔一〕倍，據《望溪集》卷六《與孫以寧書》補。

人謂讀《祭十二郎文》不墮淚者，其人不友。余殊不謂然。勺庭之言可謂卓矣。

延陵葬子哀詞，寥寥數語，千載後使讀者酸鼻。哀死之文何必在多也。周煇《清波別志》載，李觀宰清江時，歐陽文忠公護喪歸。太守請作祭文，曰：「昔孟軻亞聖，母之教也。今有子如軻，雖死何憾？尚饗。」守以簡率爲訝。觀曰：「毋深訝。」而文忠至，擊節稱之。又周密《癸辛雜識》別集載劉會孟十六字祭文曰：「公來何暮，公去何速。嗚呼哀哉，江西無福。」又朱彝尊《静志居詩話》載：「明康陵南巡，將臨，靳文僖貴喪。詞臣撰祭文，均不稱旨。御製文云：『朕居東宫，先生爲傅。朕登大寶，先生爲輔。朕今南遊，先生已矣。嗚呼哀哉！』當時代言之臣咸斂手嘆息。嘉靖中，王新建没，執齋侍郎劉玉作祭文云：『嗚呼，公之才拔乎其萃！嗚呼，公之學出乎其類！嗚呼，公之功疇克似之！嗚呼，公之壽竟止於斯？』亦可謂言簡而意盡矣。」諸篇并可以嗣延陵遺響。

祭人之死久矣。祭人之生，古所未聞也，蓋至宋末王炎午始有之。炎午，文信國門下士。及信國再執，不即死，炎午意遲之，作文生祭之。其首云：「謹采西山之薇，酌汨羅之水，哭祭於文山先生未死之靈，而言曰：嗚呼，大丞相可死矣。」云云。通篇言其可速死。奇事奇文，所以易傳。

余嘗謂詩文本非兩途，詩特文中一體耳。至近體之行，始與文判矣，亦未曾不同也。屬者讀清韓菼《有懷堂集》，有先獲我心者。其《松吟堂集序》云：「文章之道無有二也，蓋詩與筆之分自六朝始。古《詩三百篇》，章無擇多少，句無論短長，道情而已，豈有聲律之限，是詩而筆也。古文皆足與詩相發明，且多韻語。《易》辭韻最古，《尚書·禹謨》《益稷》間有韻，《五子之歌》《洪範》之敷言，皆韻。《左氏傳》亦多入童謡輿頌，與《易》繇辭，是筆而詩也。《離騷》爲詩之變，何嘗非古文。《莊子》之文最奇矣，中間語多可詩也。自沈約譜四聲，别自專家。而任昉以沈詩任筆之目，終身病之，欲爲詩以傾沈而不能。爾後學者頗區爲二門，失本趣矣。」又《陳山堂文序》云：「蓋詩、古文無二道。《易》《書》多韻語，如箴如銘；諸子百家之文皆然。而《詩三百篇》亦如《春秋》之微而顯、婉而辨也。《雅》《頌》中長篇鋪陳，直如序如記。古人之於辭無不工，蓋左右逢其原矣。後乃有各得其一體者，特局於才分之所至，而非道之有岐也。」

《易·彖》《象》《雜卦》等篇全用韻。《書·虞書》《洪範》、《戴記·禮運》《孔子閑居》等篇，間用韻。《左氏傳》語似銘似謡者尤多。雖諸子亦然。此以詩爲文者也。夫詩可以爲文，於是知詩爲文中一體無疑焉。蓋詩創於臯陶賡歌，今觀其詞，爲詩可，爲文亦可。至古《詩三百篇》亦然。

《離騷》及漢魏樂府，句不必拘字數。至唐李太白好用長短句，如其《蜀道難》《遠別離》等篇，則詩而文矣。

銘贊文而似詩，騷賦詩而似文，統而言之皆文耳。

少陵《北征》、昌黎《南山》，首尾開闔，頓挫抑揚，布置有叙而弗紊，直爲一篇紀事可矣，爲一首遊記可矣。其他長篇亦皆莫不然，如樂天《長恨歌》《琵琶行》，亦可爲一篇傳奇也。

詩與文雖同源，而流派則别，猶文中有論策，有序記，各各不同，若混而同之，乃爲失體。趙飴山《談龍録》載昆山吴修齡之言曰：「意喻之米，文則炊而爲飯，詩則釀而爲酒。飯不變米形，酒則變盡。啖飯則飽，飲酒則醉。〔一〕醉則憂者以樂，喜者以悲，有不知其所以然者。如《凱風》《小弁》之意，斷不可以文章之道平直出之也。」至乎言也。

古人作文，先辨體制，次講稱謂。世人率不加意於此，亡論體制，至於稱謂尤多繆

〔一〕飲，據《談龍録》補。

濫，所以不及古人。宋元以來彼士亦多杜撰，每爲識者所嗤。於是有潘蒼崖《金石例》、王止仲《金石舉例》、〔一〕黄梨洲《金石要例》，前後繼出，以糾正之。近日又有梁廷柟《金石稱例》、梁玉繩《誌銘廣例》，搜羅殆遍，學文者當首讀之。

徐侯齋著《居易堂集》，其首載《凡例十一則》，多爲其集發者，不盡資於他人，然讀之亦足知前輩之用心。其論「書法重義例」云：「吾之稱謂標題，各有一定書法。如吾先公執友最嚴重者，則既書其官，復書先生。等而殺之，或稱官，或稱先生，不并書而係之其字。若朋儕往還，或止書官，或竟書其字也。集中諸傳例書其人之字。傳本創自《史記》。《史記》或書名，或書字，或書爵里，以無定爲例。蓋太史公即寓書法於其中也。自《漢書》後，概書名。末學不察，嘗以古文必書名爲古。嘗有於極無謂文字中，硬入人之姓名，以爲得古人之法，良可笑也。」云云。「吾今所作傳有鑒於此，且既非國史，不敢猥書人名。」云云。此一則亦可見其用心之厚矣。近時惲子居《大雲山房集》，亦首載《通例》二十五則，可并考也。

《隨園集》亦有《古文凡例》，曰：「古文本無例也。自杜征南有發凡起例之説，後人因

〔一〕按，據《絳雲樓書目》卷三、《曝書雜記》卷二等，王止仲所作爲《墓銘舉例》，非《金石舉例》。

之，例愈繁愈敝。德州盧氏刊《金石三例》，蒼崖、止仲諸君所考甚詳，亦不過引韓比歐，依樣標的，而并無獨見。然既已有之，不可廢也，否則口實者多。故作凡例。」余以爲文士用例不可無此見。善用兵者熟於法，而不泥於法，作文亦然。故例可講，而不可拘也。

拙堂續文話卷三

《尚書》爲文字之祖，惟唐韓退之獨知之。故《淮西碑》法《舜典》也，《佛骨表》法《無逸》也，《畫記》法《顧命》也，詞意并佳，遂成千古妙筆。

清人祝德麟有詩云：「六經不難讀，字字皆近情。《盤》《誥》固聱牙，當時詔黎旽。如今官文書，或別有式程。不然多舛脱，口授由伏生。」余嘗謂《典》《謨》等文，明白易曉；至讀《盤》《誥》諸篇，遽如口含瓦礫。謂商周文古於虞夏可乎？德麟之言想當然爾。宋子京學《大誥》文，宜乎爲六一翁所嗤也。近人或有效尤者，真不直一笑。

魏勺庭《禹貢翼傳叙》論其書法，略與余平生所見同而更加詳。今録其略曰：「《禹貢》者，禹治水之書。史臣篇首書『禹敷土，隨山刊木，奠高山大川』，《禹貢》之綱領也。紀禹治水之書，挈其綱以示萬世，而不曰治水，何哉？蓋水不犯土，民可宅而粒，雖洪水無庸治。故曰敷土者，治水之意，則壤成賦、弼服建官統此矣。水不可治，治山與木，則水治。故曰隨山刊木，治水之用也，道山道水、南條北條之施統此矣。水不行地中，懷山襄陵，則疆界不定。故曰奠高山大川，治水之功效，海岱惟青，華陽黑水惟梁，以至肇十二州統此矣。蓋不言治水，而言水之所以治。然而定貢賦、錫土姓、弼服建官者，天子之事。禹專天子之事，則上無舜。人臣而逼天子，天子尸位無爲，雖舜、禹聖人，不可法於後世。而史臣於其終篇也，曰『告厥成功』。然後萬世之下見禹所爲皆奉舜之命，而不敢自專其功，人臣無成代終之節也。舜舉之，得其人，任之不疑，權專而不見其逼上，功高而不以爲震主，人君知人善任之道也。然而成功者聖人之迹，其本不在於是。孟子曰：『雖大行不加焉，雖窮居不損焉。』禹不受命，治水不告成功，而禹之爲禹自若，何者？其德足以爲聖人也。史臣於其中篇則特書之曰：『祗台德先，不距朕行。』明乎前之所以成功者本乎此，後之所以保功者出於此，而禹之興、鯀之殛皆於是乎在。蓋史氏之書法如此。」

《禹貢》章法秩然，事散見上文各州，而復總結於末，「九州攸同」六句是也。陳大猷曰：「《禹貢》書法簡嚴。經於每州，惟舉一隅，至此總結之，見九州之所同。如宅土，惟言於兖雍，故此以『四隩既宅』總之。旅山，惟言於梁雍，故此以『九山刊旅』總之。經所載之川澤雖多，然九州之川澤不止是也，故以九川、〔一〕九澤之滌陂總之。經雖各載達河之道，而四方之趨帝都者不止是也，故以『四海會同』總之。」此説亦可謂明晰矣。

方望溪精《春秋》《周官》，所著有《春秋通論》《周官析疑》等書。《春秋通論序》云：「《詩》《書》之文，作者非一，而篇自爲首尾，雖有不通，無害乎其可通者。若《春秋》，則孔子所自作，而義貫於全經。譬諸人身，引其毛髮，則心必覺焉。苟其説有一節之未安，則知全經之義俱未貫也。又凡諸經之義，可依文以求。而《春秋》之義，則隱寓於文之所不載，或筆或削，或詳或略，或同或異，參互相抵，而義出於其間。」《周官析疑序》云：「凡義理必載於文字，惟《春秋》《周官》，則文字所不載，而義理寓焉。蓋二書乃聖人一心所營度，故其條理精密如此也。嘗考諸職所列，有彼此互見而偏載其一端者，有一事而每職必詳者，有略舉而不更及者，有舉其大以該細者，有即其細以見大者，有事同辭同而倒其文者。始視之若樊然淆亂，而空曲交會之中義理寓焉。聖人豈有意爲如此之文哉？是猶化工生物，其巧曲至，而不知其所以然，皆元氣之所旁

〔一〕川，原作「州」，據《書傳會選》卷二改。

暢也。」論二書義理寓於文字所不載，鑿鑿有味，予喜誦之。

《戴記》諸篇雖不皆出於孔氏，然并爲秦、漢以上之文，非後世所及。《檀弓》爲最妙，但皆片段之文，譬如碎錦寸綉，不可見上衣下裳之制。獨《樂記》《學記》《儒行》等篇，其機軸乃見。而《禮運》之文尤爲蕩蕩汩汩，可學可法。昌黎《原道》《上宰相第二書》等篇，蓋有本於此，細讀則知之矣。

姜西溟云：「《禮運》『是故夫政必本於天殽以降命。命降於社之謂殽地，降於祖廟之謂仁義，降於山川之謂興作，降於五祀之謂制度』，《正義》曰：『上既云「必本於天殽以降命」，此亦當云「必本於地殽以降命」。但上文既具，故此略而變文，直云「命降於社之謂殽地」。上云「命降於社之謂殽地」，亦當云「命降於祖之謂殽廟」。以上文既具，故此又略而變文。』《正義》此段論最妙，乃作文换句之法也。」

古今來文章最工者，莫若《左氏》。唯後人不能學，徒摹其面目，故不成擁腫之病，則入衰颯之流。善學之者不然，觀韓子《送石處士序》《送李端公序》可見矣。

晉王接序《公羊傳》，謂經所不書，傳不妄起，於文爲儉。此詢然，然有未盡然者。晉荀息請以璧、馬假道於虞伐虢，《左氏》叙之，唯云：「若得道於虞，猶外府也。」《公羊》則云：「君若用臣之謀，則今日取郭而明日取虞爾，君何憂焉？」又云：「寶出之内藏，藏之外府。馬出之内廄，繫之外廄爾，君何喪焉？」字殆三倍於《左氏》，而意纔通。邾人辭晋人納接菑，《公羊》叙之云：「接菑晋出也，貜且齊出也。子以其指，則接菑也四，貜且也六。子以大國壓之，則未知齊、晋孰有之也？貴則皆貴矣。雖然，貜且也長。」喋喋數十言，頗雜滑稽。《左氏》則以五字包之云：「齊出貜且長。」氣盛辭直，足當八百乘之晋師，何等筆力。足見兩傳優劣。如趙盾弑靈公，兩傳俱數百言，各有佳處。然《公羊》猶有煩碎處，不若《左氏》之語簡而事多。

《公》《左》俱叙趙盾嗾獒事。《左氏》云：「棄人用犬，雖猛何爲？」唯言公使犬之非耳。《公羊》則云：「君之獒不如臣之獒也。」并言已有死臣如提彌明者，比《左氏》爲長。

《公羊》論晋秦戰於河曲云：「此偏戰也。何以不言師敗績？敵也。曷爲以水地？河曲疏矣，河千里而一曲也。」因地勢以明兩曲，着筆淡淡，不下一解語而烟波無極，此亦《左氏》之所無。

魏冰叔論《左氏》文云：「古人文法之簡，須在極明白處方見其妙。簡莫尚於《左傳》，然如『宋公靳之』等句須解注者，不足爲簡也。門人問：『如何方是簡之妙？』曰：『如「秦伯猶用孟明」，突然六字起句，格法既高，只一「猶」字讀過，便見五種義味：孟明之再敗；孟明之終可用；秦伯之知人，不以再敗而見棄；時俗人之驚疑；君子之嘆服，皆一一如見，不待注釋解説而後明。如此乃謂真簡，真化工之筆矣。』」此語甚精。丘明有靈，當首肯於地下矣！

歸震川常揚《史記》而抑《漢書》，此見逾宋人并稱「班馬」萬萬。陳眉公亦謂：「孟堅之《漢書》，自漢祖至武，全資于子長；自昭至平，全資于賈逵、劉歆，獨功在十《表》。而説者又謂其無益漢史。班之病，病在襲；《史記》之妙，妙在創。班之病，病在密；《史記》之妙，妙在疏。」此言訽然。

方望溪亦喜子長，不喜孟堅，其説散見集中，今姑録其一二。《書蕭相國世家後》曰：「《蕭相國世家》所叙實績僅四事，其定漢家律令，及受遺命輔惠帝，皆略焉。蓋收秦律令圖書，舉韓信，鎮撫關中，三者乃鄂君所謂萬世之功也。其終也，舉曹參以自代，而無少芥蔕，則至忠體國可見矣。至其所以自免，皆自他人發之，非智不足也。使何自覺之，則於至忠體國之道有傷矣。故終載請上林空地，械繫廷尉。明何用諸客之謀，非得已耳。若定律令，則别見曹參、張蒼傳。何之終，惠帝臨問而舉參，則受遺命不待言矣。蓋是二者，於何爲順且易，非萬世之功之比也。班史承用是篇，獨增漢王謀攻項羽，何諫止，勸入漢中一事，在固亦自謂識其大者，然其事有無未可知。信有之，亦謀臣策士所能及也。且語甚鄙淺，與何傳氣象規模不類。柳子厚稱太史公書曰『潔』，非謂辭無蕪累也，蓋明於體要，而所載之事不雜，其氣體爲最潔耳。以固之才識，猶未足與於此，故韓、柳列數文章家，皆不及班氏。噫，嚴矣哉！」望溪此言可謂能得太史公之意矣。余嘗謂并稱「班馬」昉於宋人，今望溪所論又先獲我心。

又《書漢書禮樂志後》曰：「甚哉！班氏之疏於義法也！太史公序禮樂，而不條次爲書，蓋以漢興，禮儀皆仍秦故，不合聖制，無可陳者。郊廟樂章，并非雅聲，故獨舉《馬歌》，藉黯言以明己意，且著弘之陰賊耳。其稱引古昔，皆與漢事相發，無泛設者。固乃漫原制作之義，則古禮樂及先聖賢之微言，可勝既乎？是以不貫不該，倜然而無所歸宿也。其於漢之禮儀則缺焉，而獨載《房中》《郊祀》之歌，及樂人員數。夫郊廟詩歌，乃固所稱體異《雅》《頌》，又不協於鐘律者也。既可備著於篇，則叔孫所撰，藏於理官者，胡爲不可條次，以姑存一家之典法乎？用此知韓、柳、歐、蘇、曾、王諸文家，叙列古作者，皆不及於固。卓矣哉！非膚學所能識也。」又《書王莽傳後》曰：「此傳尤班史所用心。其鈎抉幽隱，雕繪衆形，信可肩隨子長。而備載莽之事與言，則義焉取哉？莽之亂名改作，不必有徵於後也。其奸言雖依於典誥，猶唾溺耳，雖用文者無取也。徒以著其譸張爲幻，則舉其尤者以見義可矣。而喋喋不休，以爲後人詼嘲之資，何異小説家駁雜之戲乎？漢之朝儀禮器一切闕焉，而具詳莽所易職官、地域之號名，不亦舛乎？馮道事四姓十君，竊位固寵於篡弑武人之朝，其醜行穢言必多矣，歐公無一及焉，而轉載其直言美行及所自述，與『當時士無賢愚皆喜爲稱譽，至擬之於孔子』，是之謂妙遠而不測也！」望溪不滿於班史如此。但《霍光傳》，則稱其有義法，而亦不盡予，曰：「假而子長若退之爲之，必有以異此。」後世以班匹馬，皆耳食之徒耳。望溪抑班以爲不若韓、歐，豈無所見而爲此言哉？

《湛園札記》云：「《史記》蒯通曰：『狡兔死，走狗烹。』而《漢書》改爲『野禽殫，走狗烹』。此《新唐書》以『篠驂』易『竹馬』、『迅霆』易『疾雷』之濫觴也。」余謂如叙事，本同紀一事，不得異於前人，亦不必異而可也；如論贊，則抒己胸臆，可得異於前人。而孟堅於子長叙事，頗加删改以自異。至於論贊，一蹈襲之，無所變改。何也？

惲子居亦往往揚《史記》而抑《漢書》。其《孟子荀卿列傳書後》云：「敬十五六時，讀《史記》，以孟子、荀卿與諸子同傳，不得其説，問之舅氏清如先生。先生曰：『此法史家亡之久矣。太史公傳孟子曰「受業子思之門人」，曰「道既通」。蓋太史公於孔子之後，推孟子一人而已，而世主卒不用。所用者，孫子、田忌戰攻之徒耳。次則三騶子、淳于髡諸人，其術皆足以動世主，傳中所謂牛鼎之意也。而孟子獨陳先王之道，豈有幸邪？荀卿者，非孟子匹也，然以談儒墨，道德廢，況孟子邪！蓋罪世主之辭也。其行文如大海泛蕩，不出於厓；如龍登玄雲，遠視有悠然之迹而已。孟堅、蔚宗不能至也。然世主所以不用孟子者，何也？陷于利也，而不知即所以亡。故以梁惠王言利發端，又引孔子罕言利，以明孟子之所祖。是以荀卿形孟子，以諸子形孟子、荀卿，故題曰《孟子荀卿列傳》。若孟堅、蔚宗，當題《孟二騶淳于列傳》矣。此《史記》所以可貴也。』」是説甚精，故輒録之。

作史之法有二，太史公皆自發之。其一，《留侯世家》曰：「所與上從容言天下事甚衆，非天下所存亡，故不書。」此作《本紀》《世家》《列傳》法也，而《表》《書》亦用之。其一，《報任少卿書》曰：「究天人之際，通古今之變。」此作《表》《書》法也，而《本紀》《世家》《列傳》亦用之。《史記》七十《列傳》各發一義，皆有明于天人古今之數，而十類傳爲最著。蓋三代之後，仕者惟循吏、酷吏、佞幸三途。其餘心力異于人者，不歸儒林，則歸遊俠，歸貨殖，天下盡于此矣。其傍出者爲刺客，爲滑稽，爲日者，爲龜策，皆畸零之人。是故貨殖者，亦天人古今之大會也。鍾伯敬謂「補《平準書》所未備」，可以操治天下之故。其義乃推而得之，其諸非太史公之本義歟？此惲子居讀《貨殖傳》也，其論《史記》義法，略與方氏之説同。亦可采也。

宋倪思著《班馬異同》，元劉辰翁蓋亦有此著。余久欲見之而未得。頃閲汪鈍翁《類稿》，痛詆劉書，以爲淺陋無識，不若兒童之見。因舉其中一條駁之曰：「試以《李將軍傳》言之。子長於『上郡太守』之下，即總叙云『後廣轉邊郡太守，徙上郡，嘗爲隴西、北地』云云，『皆以力戰爲名』。此正子長叙法之妙。下文止擢射雕者一事以模畫之，以見在上郡力戰如此，則他處不言可知矣。又前文云『日以合戰』，後文云『廣結髮與匈奴大小七十餘戰』，皆與此『力戰』相照應。人知此傳以『射』字爲案，不知其又以『力戰』二字爲案也。孟堅憒憒，輒舉而删除之，此可謂之有法乎？而須溪則評云：『《史記》錯出非是。』且子長别用程不識兩兩相比，共作三段，此政以客形主，能令李將軍鬚眉生動，可謂史傳絶調。孟堅仍之良是。而須溪又評云：『程不識爲人何爲於此？可去不去。』若有憾於孟堅者。彼豈知作史之道哉？以此遺誤後人，則天下安得有古文辭邪？」余謂劉不知穿插錯綜之法，故其説乖謬如此。鈍翁駁之良是。如其所評盡如是，則吾亦不欲觀矣。

《史記·蕭相國世家》：「拜丞相何爲相國，益封五千户，令卒五百人一都尉爲衛。諸君皆賀，召平獨弔。」其下即叙「召平者，故秦東陵侯。秦破，爲布衣，貧，種瓜於長安城東。瓜美，故世俗謂之東陵瓜，從召平以爲名也。召平説相國曰」云云，下文又重叙相國事，以完本傳。《陳丞相世家》：「相國曹參卒，以安國侯王陵爲右丞相，陳平爲左丞相。」其下即叙「王陵者，故沛人」云云。陵母以死勸陵事漢王，及陵諫吕后王諸吕，吕后怒遷陵爲帝太傅，七年而卒。又「陵之免丞相，吕后徙平爲右丞相，以辟陽侯審食其爲左丞相」，其下即叙「食其亦沛人」云云，從破項籍爲侯，幸於吕后。下文又重叙陳平事，以完本傳。此史家帶叙法，子長所創也。如《李廣傳》插入程不識，亦從此法而變者耳。後世史家學之。如沈約《宋書・劉道規傳》帶叙劉遵，《廬陵王義真傳》帶叙段宏，《何承天傳》帶叙謝元，《何尚之傳》帶叙孟顗，《謝靈運傳》帶叙荀雍、羊璿之、何長瑜三人是也。趙甌北《廿二史劄記》論《宋》《齊書》帶叙法云：「人各一傳，則不勝傳；而不爲立傳，則其人又有事可傳。有此帶叙法，則既省多立傳，又不没其人，此誠作史良法。」其言則然，但以此爲《宋書》所創，而不知其既出於子長，殆失之目睫矣。

侯雪苑《與任王谷論文書》云：「大約秦以前之文主骨，漢以後之文主氣。秦以前之文，若六經，非可以文論也。其他如老、韓諸子，《左傳》《戰國策》《國語》，皆斂氣於骨者也。漢以後之文，若《史》，若《漢》，若八家，最擅其勝，皆運骨於氣者也。斂氣於骨者，如泰華三峰，直與天接，層嵐危磴，非仙靈變化，未易攀涉。尋步計里，必蹶其趾。姑舉明文，如李夢陽者，亦所謂蹶其趾者也。運骨於氣者，如縱舟長江大海間，其中烟嶼星島，往往可自成一都會。即颶風忽起，波濤萬狀，東泊西注，未知所底。苟能操柁覘星，立意不亂，亦自可免漂溺之失，此韓、歐諸子所以獨嵯峨於中流也。六朝《選》體之文，最不可恃。士雖多而將囂，或進或止，不按部伍。譬如用兵者調遣旗幟聲援，但須知此中尚有小小行陣，遥相照應，未必全無益。至於摧鋒陷敵，必更有牙隊健兒銜枚而前。若徒恃此，鮮有不敗。今之爲文，解此者罕矣。高者又欲捨八家、跨《史》《漢》而趨先秦，則是不筏而問津，無羽翼而思飛舉，豈不怪哉？」此論古今文變，而及當世之弊，瞭然在指掌，學者須三復焉。

雪苑謂《選》體之文，士多而將囂，詢爲名言。蓋文以意爲主帥，辭爲之卒徒，而後可以摧鋒陷陣。如《選》體之文，徒知尚詞，是雖有主帥，而不聽其命也，其能不敗者幾希。六朝之文，唯彭澤《歸去來》爲真文章。次之者，爲王右軍《蘭亭序》，而獨不入《選》，何也？陳正敏《遯齋閑覽》云：「王右軍《蘭亭》以『天朗氣清』自是秋景，以此不入《選》。」史繩祖《學齋佔畢》辨之云：「周公作《時訓》，[一]以二十四氣定七十二候，三

[一] 訓，原作「制」，據《學齋佔畢》卷二改。

月爲清明，朗即明也。言氣候當辰，爲出火，清且明也，非『天朗氣清』而何？且張平子《歸田賦》曰：『仲春令月，時和氣清。』蕭統取《歸田》入《選》而遺《蘭亭》，東坡所謂『小兒强作解事者』。」史氏之辨當矣。然蔡邕《終南山賦》「三春之季，天氣肅清」，潘岳《閑居賦》「熙春寒往，微雨新晴，六合清朗」，謝靈運詩「首夏猶清和，芳草亦未歇」，當時人狀春色如此，不止於張平子。昭明六朝人，意亦不以此爲疑，但其性喜綺靡，而不貴古質，故《蘭亭》不入《選》耳。

凡讀古書，不可不知其用字之法異於後世。如「之」字爲助聲，《禹貢》「滄浪之水」，《山海經》「棠庭之山」之類。後人多謂「三字者足成四字也」，殊不知二字者亦足成三字，如《莊子》「厲之人」「驪之姬」是也。蓋古人語勢如此，非必取其端正。後人以「之」字取端正，故三字者足成四字，五字者足成六字，非古義也。馬永卿《懶真子録》云：「今印文榜額有『之』字者，蓋其來久矣。『太初元年夏五月正曆，以正月爲歲首，色上黄，數用五』，注云：『漢用土數五，五謂印文也。若丞相，曰「丞相之印章」。諸卿及守相印文不足五字者，以「之」字足也。』僕仕於陜、洛之間，多見古印。於蒲氏見『廷尉之印章』，於司馬氏見『軍曲侯丞印』。此皆太初以後五字印也。後世不然，印文榜額有三字者足成四字，有五字者足成六字，但取其端正耳，非『之』字本意。」此説可并考矣。

昌黎《雜説》：「其真無馬邪？其真不知馬也。」俗本「也」字亦作「邪」，人多是之，余獨不謂然。韓文中此例不少，昌黎精古書，必有所本，然未得其證。既而閲段玉裁《説文注》，曰：「邪、也二字，古多兩句并用者。如《龔遂傳》『今欲使臣勝之邪？將安之也』，韓愈文『其真無馬邪？其真不知馬也』，皆『也』與『邪』同。」果知余説之不妄也。嘗與一友談及之，其人博涉古書，多獲其證，爲余陳列之，余喜録之於左。《晏子春秋・外篇》：「高子問晏子曰：『子事靈公、莊公、景公，皆敬子。三君之心一邪？夫子之心三也？』」《新序・雜事》篇：「固桑曰：『不知君食客六翮邪？將腹背之毳也？』」《漢書・武五子傳》：「石德謂太子曰：『今巫與使者掘地得徵驗，不知巫置之邪？將實有也？』」又《終軍傳》：「軍詰徐偃曰：『率其用器食鹽不足以并給二郡邪？將勢宜有餘而吏不能也？』」又下文云：「偃自予必死而爲之邪？將幸誅不加，欲以采名也？」又《王莽傳》：「太后召問公卿曰：『誠以大司馬有大功，當著之邪？將以骨肉故欲異之也？』」又下文云：「太后曰：『固當聽其讓，令眂事邪？將當遂行其賞，遺歸就第也？』」

韓文《送許郢州序》：「雖恒相求，而喜不相遇。」按，「喜」猶和語曰「兔角」，謂多也，與《傷寒論》「喜嘔」「喜唾」之「喜」同。又與「善」字同意。《詩・邶風》：「女子善懷。」〔一〕《漢書・溝洫志》「岸善崩」，注家訓「多」是也。可見退之精古語矣。謝叠山《文章軌範》删此一字，沈歸愚《八家讀本》亦以此字爲訛，蓋不識古書字義故也。陳景雲《文道遺書》有《韓文點勘》云：「『喜』一作『苦』，爲是。《軌範》中無此一字，覺句法尤健。」豈不可笑乎？

昌黎之文以氣勝，故能字字立於紙上。其《和盧郎中詩》「字向紙上皆軒昂」，蓋夫子自道也。袁隨園《與孫俌之書》云：「古文者，即古人立言之謂也。能字字立於紙上，則古矣。今之爲文者，字字臥於紙上。夫紙上尚不能立，安望其能立於世間乎？」余初愛此語之奇，既而知其爲昌黎下一轉語也。

〔一〕按，「女子善懷」出自《詩・鄘風・載馳》，非《邶風》。

拙堂續文話卷四

唐之古文，元次山等始闢其源，至於昌黎而大盛，是人人所知；而其實胚胎於魏、隋之間，人人或不知也。宇文泰在西魏當國，始從蘇綽之言，詔誥一倣《尚書》，大變蕪冗之習。其後隋文時，李諤奏文體卑靡云：「競一字之奇，争一句之巧。連篇累牘，不出月露之形；積案盈箱，盡是風雲之狀。世俗以此相高，朝廷據茲擢士。至於羲皇舜禹之典，伊傅周孔之説，不復關心，何嘗入耳。」既而姚察父子修《梁》《陳書》，多以古文爲之，敘事簡勁，論贊奔放，一洗六朝之陋。此皆可不謂藍縷篳路之功乎？

劉壎《隱居通議》載艾軒先生《韓柳集跋》，有云：「韓、柳之别，則猶作室。子厚先量自家四至所到，不敢略侵他人田地。退之則惟意所指，横斜曲直，只要自家屋子飽滿，初不問田地四至或在我與别人也。」此説於韓、柳之别，甚爲明切。

阮元《揅經室二集·通儒揚州焦君循傳》云：「君善屬文，最愛柳柳州文，習之不倦，謂唐宋以來一人而已。後人多斥柳州爲王叔文黨，君爲雪之。」余嘗於前編引嚴有翼等説，辨柳州之冤。今又得焦氏，增其一知己，恨不得其説而觀之。

昌黎諸公皆有年譜，柳獨無有。余嘗據其全集及新、舊《唐書》，略次其年月，以備考索。但余寡陋，恐多謬誤，後之君子幸賜補正。

柳柳州年譜

唐代宗大曆八年癸丑

公生於京師。　按，公《送賈山人南游序》云：「吾長京師三十三年。」公貶永州時，年三十三。其前皆爲在京之年，則其生京師明矣。公父侍御避亂，舉族如吴，獨公幼，與母留不從。見《先太夫人歸祔誌》。後侍御爲宰相竇參所中，貶夔州。公又不從行。故侍御還復官，曰：「吾唯一子，愛甚。方謫去，至藍田，訣曰：『吾目無涕。』今而不知衣之濡也。」見《先侍御史府君神道表》。公自稱河東解人，是言其生之所由出耳。韓氏稱昌黎，崔氏稱博陵，李氏稱隴西、稱贊皇，唐人率如此。《送獨孤申叔侍親往河東序》云：「河東，古吾土也。家世遷徙，莫能就緒。」而其末有企羨之言，則公不止不居河東，又未嘗往焉。《先侍御史神道表》叙祖先履歷云：「世德廉孝，颺於河滸。」亦據其祖所由出而言耳。《弘農令柳君石表辭》云：「少陵原，柳氏之大墓也。由新墓而南，曰高祖王父蘭州府君諱某之墓。」少陵原在萬年，蘭州君爲公五世祖。據此則其家於長安久矣。按，公家世縉紳，晋之亂，柳耆爲汝南太守，始居河東。《故大理評事柳君墓誌》。七世祖慶，後魏侍中平齊公。六世祖旦，周中書侍郎濟陰公。五世祖楷，隋濟、房、蘭、廓四州刺史。高伯祖奭，唐中書令。高祖子夏，徐州長史。曾祖從裕，滄州清池令。祖察躬，湖州德清令。父鎮，侍御史。見《先侍御史神道表》。〇按，據此文，奭爲子厚高伯祖。而昌黎所撰子厚之誌爲曾伯祖，《新唐書》又作從曾祖，并誤。

九年甲寅

十年乙卯

十一年丙辰

公年四歲，居京城廬田中。侍御在吴。家無書，太夫人教古賦十四首，皆諷傳之。見《先太夫人歸祔誌》。

十二年丁巳

十三年戊午

十四年己未

德宗建中元年庚申

二年辛酉

三年壬戌

四年癸亥

興元元年甲子

貞元元年乙丑

公年十三。　劉禹錫序公集云：「子厚始以童子，有奇名於貞元初。」

二年丙寅

三年丁卯

四年戊辰

五年己巳

公年十七。　按，《與楊誨之第二書》云：「吾年十七求進士，四年乃得舉。」

六年庚午

七年辛未

公年十九，娶禮部郎中弘農楊憑之女。　按，公作《楊氏誌》，不言來歸之年。但其末有「自辛未逮於兹歲」之語，則知在此年也。又按，《楊氏誌》：「禮部郎中凝生夫人。」蔣之翹曰：「楊凝之兄曰憑，嘗爲禮部郎中，而凝未嘗爲之。則『凝』字又恐是『憑』之誤矣。《楊凝墓碣》曰：『若宗元者，以姻舊獲愛。』若凝婿，又不應曰『姻舊』矣。」今從此説。

八年壬申

九年癸酉

公年二十一，登進士第。《先侍御史神道表》《與楊誨之第二書》。是歲五月十七日，侍御君卒於親仁里第，年五十五。《先侍御史神道表》。

十年甲戌

十一年乙亥

十二年丙子

公年二十四。按，《與楊誨之第二書》云：「二十四求博學宏詞科，〔一〕二年乃得仕。」

〔一〕學，原作「士」，據《河東先生集》卷三十三《與楊誨之第二書》改。

十三年丁丑

十四年戊寅

公年二十六，中博學宏詞科，爲集賢殿正字。按，《與楊誨之第二書》但云得仕，《唐書》乃爲校書郎，非是。公撰《柳常侍行狀》及《與太學諸生書》，皆爲集賢殿正字，韓愈撰公《墓誌》同。但韓《誌》一本作校書郎，《唐書》蓋從之也。

十五年己卯

公年二十七。是歲八月一日，夫人楊氏卒，年二十三，公爲作《墓誌》。

十六年庚辰

十七年辛巳

公年二十九，調藍田尉。《與楊誨之第二書》。

十八年壬午

十九年癸未

公年三十一，爲監察御史裏行。《墓誌》無「裏行」二字，今從《唐書》。作《朝日説》《禘説》。十二月，進領監祭使。作《監祭使壁記》，有云：「舊以監察御史之長居是職。貞元十九年十二月，御史多缺。予班在三人之下，進而領焉。」

二十年甲申

順宗永貞元年乙酉

公年三十三，擢禮部員外郎。公永和四年《與蕭俛書》及《墓誌》、劉禹錫撰公集序。八月，憲宗即位。九月，公坐王叔文，貶邵州刺史，未至。十月，再貶永州司馬員外置同正員。《墓誌》。月日據《唐書》，員外置同正員據公書銜。同時坐貶者：王伾開州司馬，韓曄饒州司馬，陳諫台州司馬，凌準連州司馬，韓泰虔州司馬，劉禹錫朗州司馬，程异郴州司馬，凡八人，《唐書》。世稱八司馬。按，《順宗實録》云：「韋執誼貶崖州司馬。」《舊唐書》同。蔣之翹據此，以執誼爲八司馬之一，而無王伾，恐誤。王伾爲開州司馬，《實録》、新舊《唐書》皆同。然則當時爲司馬者，凡九人，必無八司馬之語矣。獨《新書》以爲執誼貶崖州司户參軍，其數乃合。此必有據，今從之。公赴永州，途經湘江，有《弔屈原文》。

憲宗元和元年丙戌

公在永州，年三十四。是歲五月十五日，太夫人盧氏卒於零陵佛寺，零陵，永州縣名。公作《先太夫人河東縣太君歸祔志》。按，公撰《永州龍興寺西軒記》云：「永貞年，余名在黨人，貶永州司馬。至則無以爲居，居龍興寺西序之下。」此所謂零陵佛寺，蓋謂龍興寺也。公作《懲咎賦》，有云：「哀吾生之孔艱兮，循《凱風》之悲詩。罪通天而降酷兮，不殛死而生爲。逾再歲之寒暑兮，猶貿貿而自持。」蓋丁艱後之作。

二年丁亥

公在永州，年三十五。按，公《法華寺西亭夜飲賦詩序》云「余既謫永州」云云，「間歲，元克己由柱下史謂御史。亦謫焉而來」。克己之來，蓋在是年也。

三年戊子

公在永州，年三十六。吴武陵竄來永州，公與交善，有《初秋夜坐贈吴武陵》五言古詩。

四年己丑

公在永州，年三十七。是歲九月二十八日，始得西山宴游焉，尋得鈷鉧潭諸勝，并有記。

五年庚寅

公在永州，年三十八。有《與蕭翰林俛書》。是歲四月三日，公庶女死，年十歲，有《墓磚記》。

六年辛卯

公在永州，年三十九。

七年壬辰

公在永州，年四十。有《袁家渴》《石渠》《石澗》《小石城山》等記。又作《閔生賦》，[一]有云：「仲尼之不惑兮，有垂訓之謨言。孟軻四十乃始持心兮，猶希勇乎黜賁。顧余質魯而齒減兮，宜觸禍以阽身。」

九年甲午

公在永州，年四十二。去年春，永多火灾，日夜數十發，少尚五六發。今年夏如之。公爲作文逐畢方。又爲州刺史崔能作《湘源二妃廟碑》，又作《段太尉逸事狀》進送史館。又《囚山賦》有「積十年莫吾省者」之言。《起廢答》有云：「黧老進曰：今先生來吾州亦十年。」二文亦并作於是歲。

[一] 生，原作「己」，據《河東先生集》卷二《閔生賦》改。

十年乙未

公年四十三。自永州召至京師，有《詔追赴都二月至灞亭上》詩云：「十一年前南渡客，四千里外北歸人。」途有《界圍巖水簾》《汨羅遇風》諸作。三月乙酉，又出爲柳州刺史。《柳州謝表》《唐書》。先是，韓泰、韓曄、劉禹錫、陳諫亦召至京師。至是，泰爲漳州刺史，曄爲汀州刺史，諫爲封州刺史，禹錫爲連州刺史。公同禹錫行至衡陽而别，有詩云：「十年憔悴到秦京，誰料翻爲嶺外行。」禹錫集有《重至衡陽傷柳儀曹》詩，引云：「元和乙未歲，與故人柳子厚臨湘水爲别。柳浮舟適柳州，余登陸赴連州。後五年，予從故道出桂嶺，至前别處，而君没於南中。因賦詩以投弔。」是元和十四年，公卒後之事。有《再至界圍巖水簾》詩云：「發春念長違，中夏欣再睹。」六月二十七日，到任。《柳州謝表》。有《登柳州城樓寄漳汀封連四州》七言律詩。七月，公從父弟宗直死。宗直好文，嘗撰《西漢文類》四十卷，公爲序之。業進士，不舉，輿病來從公於柳州。道加瘧寒，數日而没，公爲志殯。

十一年丙申

公在柳州，年四十四。有《柳州二月榕葉落盡偶題》七言絶句。蓋公始至，記風氣之異，必此年之春矣。三月，有《禱井神文》。又作《井銘》，序云：「始州之人，各以罌瓶負江水，莫克井飲。崖岸峻厚，旱則水益遠，人陟降大艱。雨多，塗則滑而顛。恒爲咨嗟，怨惑訛言，終不能就。元和十一年三月朔，命爲井城北隍上。未晦，果。寒食冽而多泉，邑人以灌，其土堅垍，其利悠久。」有《别舍弟宗一》七言律詩，其中有云：「一身去國六千里，萬死投荒十二年。」自永貞元年，至是爲十二年。是歲，周六生。時吴武陵既歸朝。按，《新唐書》：「武陵北還，大爲裴度器遇。每言宗元無子，説度曰：『西原蠻未平，柳州與賊犬牙，宜用武人以代宗元，使得優游江湖。』又遺工部侍郎孟簡書曰：『古稱一世三十年。子厚之斥十二年，殆半世矣。霆砰電射，天怒也，不能終朝。聖人在上，安有畢世而怒人臣耶？且程、劉、二韓皆已拔拭，或處大州劇職，獨子厚與猿鳥爲伍，誠恐霧露所嬰，則柳州無後矣。』度未及用，而宗元死。」

十二年丁酉

公在柳州，年四十五。是歲，憲宗平淮西。

十三年戊戌

公在柳州，年四十六。獻《平淮夷雅》二篇。有表云：「臣違尚書箋奏禮部掌尚書箋奏，故云。十四年。」自永貞元年，至是爲十四年。

十一月八日，公卒於柳州，年四十七。舅弟涿人盧遵，以十五年七月十日，歸葬萬年先人墓側。子男二人：長曰周六，始四歲；季曰周七，公卒乃生。女子二人皆幼，《墓誌》。并庶出也。初，夫人楊氏孕而不育。《楊氏誌》。夫人卒，公不復娶。

十四年己亥

余既爲柳州造年譜，後見宋文安禮《柳文年譜後序》，而譜闕不傳。或人謂明清間人，蓋嘗補作之。亦不牢記其名。余以爲果如或人之言，他日得之，以校異同，亦是考據之一樂，未必爲徒勞。故弗肯删。

王遵巖始推重南豐，刻意學之。至於清初，錢謙益又貴之。朱竹垞亦有詩云：「近來文士愛標榜，不慮旁觀嘲笑工。[一]但架盧陵屋下屋，瓣香誰解就南豐？」於是其學遂行。宋人或貴南豐，稱「歐曾」。至於清人，或稱「韓曾」，實遵巖之力也。

李文叔曰：「孟子之言道，如項羽之用兵，直行曲施，逆見錯出，皆當大敗。而舉

[一] 慮，原作「虜」，據《曝書亭集》卷十九《近來二首》改。

世莫能當者，何其横也。左丘明之於辭令亦横。自漢後千年，惟韓退之之於文，李太白之於詩，亦皆横者。近得眉山《篔簹谷記》《經藏記》，又今世横文章也。夫其横，乃其自得而離俗絶畦徑者，故衆人不得不疑。則人之行道作文，政恐人不疑耳。」文叔之論文，亦可謂横矣，然有味哉言也。

南宋之文，以王梅溪、陳龍川稱首。余嘗得二家集讀之，雖不及北宋名家，亦足雄視一時。當時又有葉水心成鼎足之勢，余未見全豹，然亦知其不愧也。

梅溪忠義憤發，文章爾雅，實爲南渡名臣。其應廷試，對策萬言，高宗親擢第一，批之曰：「經學淹通，議論醇正。」余觀其文，信然。其他奏疏劄子，皆足見其經濟之才。如告孝宗《上殿劄子》第二篇，〔一〕論戰守和，尤剴切可誦。

梅溪爲人磊落有氣，故其序蔡君謨文集曰：「文以氣爲主。非天下之剛者，莫能之。古今能文之士非不多，而能傑然自名於世亡幾。非文不足也，無剛氣以主之也。孟子以浩然充塞天地之氣，而發爲七篇仁義之書；韓子以忠犯逆鱗、勇叱三軍之氣，而發爲日光玉潔、表裏六經之文。故孟子闢楊、墨之功不在禹下；而韓子觝排異端、

〔一〕上殿，原作「殿上」，據《梅溪集》奏議卷二《上殿劄子三首》改。

攘斥佛老之功，又不在孟子下。皆氣使之然也。」其下因舉本朝歐陽公、石徂徠、尹師魯及君謨以爲傑然者，蓋亦隱然自許也。

朱子序《梅溪集》，略云：「予嘗竊推《易》説以觀天下之人。凡其光明正大、疏暢洞達，如青天白日，如高山大川，如雷霆之爲威而雨露之爲澤，如龍虎之爲猛而麟鳳之爲祥，磊磊落落，無纖芥可疑者，必君子也。而其依阿淟涊，回互隱伏；糾結如蛇蚓，瑣細如蟣虱；如鬼蜮狐蠱，如盗賊詛祝；閃倏狡獪，不可方物者，必小人也。君子、小人之極既定於内，則其形於外者，雖言談舉止之微，無不發見。而况於事業文章之際，尤所謂粲然者。彼小人者，雖曰難知，而亦豈得而逃哉？於是又嘗求之古人，以驗其説。則於漢得丞相諸葛忠武侯，於唐得工部杜先生、尚書顔文忠公、侍郎韓文公，於本朝得故參知政事范文正公。此五君子，其所遭不同，所立亦異，然其心則皆所謂光明正大、疏暢洞達，磊磊落落而不可掩者也。其見於功業文章，下至字畫之微，蓋可以望之而得其爲人。求之今人，則於太子詹事王公龜齡，其亦庶幾乎此者矣。」梅溪得此一序，重於九鼎大吕。

陳龍川文，《上孝宗四書》《中興論》《酌古論》，其命脉所在，論皆有根柢，可施行也。

龍川自贊肖像云：「其服甚野，其貌亦古。倚天而號，提劍而舞。惟禀性之至愚，故與人而多忤。嘆朱紫之未服，謾丹青而描取。遠觀之一似陳亮，近眡之一似同甫。未論似與不似，且説當今之世，孰是人中之龍、文中之虎。」其平生自許如此。同甫《酌古論序》云：「文武之道一也。後世始岐而爲二：文士專鉛槧，武夫事劍楯。彼此相笑，求以相勝。天下無事，則文士勝；有事，則武夫勝。各有所長，時有所用，豈二者卒不可合耶？吾以謂文非鉛槧也，必有處事之才；武非劍楯也，必有料敵之智。才智所在，一焉而已。」西土人常貴文而賤武，故國勢動失於弱。如龍川之説，庶幾不陷於偏矣。如其論，皆酌古事以適今之用，實有資於經世，足以續老蘇《權書》《衡論》之後，勿以其或有鑿者舉而棄之可矣。

宋末之文，萎苶不振。及文信國出，以忠義之氣發爲文章，足以爲三百年多士之壓尾。其舉進士，對策適苦河魚，且不能食，强起，乘籃輿入。時理宗在位久，政理浸怠。公以法天不息爲對，其言萬餘，不爲稿，一揮而成。理宗親擢爲第一，考官王應麟賀其得人，以爲「古誼如龜鑒，忠肝如鐵石」。使公止於此，亦可以爲奇才，况其精忠義烈冠於古今者乎！

信國對策，論天道五行，猶覺不緊切。是進言之初，亦當如此而止。至《上皇帝書》，平生經濟之學，忠義之志，叩其底藴而竭，尤可莊誦也。其所請「簡文法以立事」「仿方鎮以建守」「就團結以抽兵」「破資格以用人」，皆切當時事，不減李忠定之奏議。至其末請斬巨閹董宋臣以除奸人奥主，剴切激烈，不減胡忠簡之封事。夫伏節死義，必在於直言極諫之士，觀公此疏可見矣。

明舒芬合録信國及謝叠山文，名曰《文謝成仁稿》。蓋謝之所樹立，固不及文，然從容就死，以全其節，則同矣。况其文章亦發於忠義，比信國無愧也。

景定中，江東轉運司行貢舉，引試北方士人一科。時叠山爲考試官，發策以中原爲問。其文悲壯感慨，筆力甚偉，不類尋常策問，亦足見其平生志氣。玩誦之餘，謾録於此。「問：事有利害不切身而傷懷，人有古今不同時而合志，吾亦不知其何心也。耆老登冶城，訪新亭，欲問神州在何處。自南渡百四十年，惟見青山一髮，眇眇愁予。不不足證矣，安得不夢寐東晋諸賢乎？衰草寒烟，猶帶齊梁光景，徒以重人黯然耳。不知秦淮舊月，曾見千載英雄肝膽乎？惜其遠而不可詰也。北來諸君，忠義之澤在心，慨嘆黍苗，悲歌蒲柳，豈能忘情故都哉？本朝道德仁義之教，三代而後未有也。士大夫苟且媮惰，無能遠猶，晋宋人物所不爲也。自隆興至端平三大敗，縉紳不敢問中原矣。兵端不可妄開，國事不可再誤。思目前之危急，捨分表之經營，兹猶可藉口。柏城澗水，草木自春，不知誰家墳墓乎？每歲寒食，夏畦馬醫之子，無不以麥飯灑其松楸者，長陵抔土，詎容置而不問哉？劉裕入長安，道洛謁五陵，時晋寄江左百十有三年矣。五胡雲擾，豈暇念晋陵廟？舜野禹穴，誰敢以疑心視之？此臣子不忍言之至痛也。由端平至今又三十年，八陵不復動凄愴。秦始皇、陳隱王之冢，猶有人守之，三歲禋沛。義夫節婦墳墓亦禁樵采，况祖宗神靈所眷乎？士大夫沉於湖山歌舞之娱，何知有天下大義。諸君北風素心，豈隨末俗間斷哉？公卿談學問，自許孔孟；談功業，自許伊周；若限田，若鄉飲，若論秀，若舉選，皆欲仿佛三代。此一事，乃堪在晋人下乎？或謂本朝取中原者，其失有四：不保全名將，不信任豪傑，不招納降附，不先據中原。不知諸君所聞何如也？後來童稚，班荆輟音，固晋人所深恨。西北流寓，抱孫長息于東南，同父已知中原决不可復矣。一旦聞有北方豪俊試于漕闈，有司安得不驚喜也。猶記乾道壬辰，辛幼安告君相：『仇虜六十年必亡。虜亡，而中國之憂方大。』紹定驗矣。惜乎斯人之不用斯世也。諸君亦有義氣如幼安者，百尺樓上豈可不分半席乎？」

明氏之興，灊溪、正學始唱古文，其流洪大。及其末路，一失於王、李之模擬，再失於袁、徐之奇衺，三失於鍾、譚之纖佻，江河之勢滔滔日下。其間雖有晋江、昆山諸人，力不能迴之，於是文章先亡，而明社遂屋矣。然天地之理，剥除復乘，否往泰來。於是有商丘侯朝宗、寧都魏冰叔等，生於晚明，應清氏勃興之運，文復反正。文章與國運俱升降，古今如此。

拙堂續文話卷五

侯朝宗在明清之際，傑然爲文章名家。余久欲觀其全集。庚寅歲在江户，購而獲之，始得瀏覽焉。蓋其文以眉山之敏，行六一之法，悍然勇往，氣壓一世，使人辟易數里，不易才也。賈開宗序之，以爲明三百年無古文，唯有陽明、遵巖、荆川、鹿門，得朝宗而五焉。未爲溢美也。

朝宗《答孫生書》云：「僕嘗聞馬有振鬣長鳴而萬馬皆瘖者，其駿邁之氣空之也。雖然，有天機焉，若滅若没，放之不知其千里，息焉則止於閑。非是則踢之嚙之，且泛駕矣。吾寧知泛駕焉之果愈於凡群耶？此昔人之善言馬，有不止於馬者。僕以爲文亦宜然。文之所貴者，氣也。然必以神樸而思潔者御之，斯無浮漫鹵莽之失。此非多讀書，未易見也。即讀書而矜且負，亦不能見。倘識者所謂道力者耶？惟道爲有力，足下勉矣。」朝宗之文横逸震蕩，此篇以馬比文，蓋夫子自道也。

宋牧仲曰：「朝宗文超軼雄悍，當者辟易。如項王瞋目一呼，樓煩目不能視，手不能發，蓋氣勝也。」又曰：「奮迅馳驟，如雷電雨雹之至，颯然交下，可怖可愕，霅然而止，千里空碧者，侯氏之文也。」牧仲與朝宗同里閈，平生相得最熟，宜其評侯氏之文犁然中窾也。

倪元璐云：「爲文必先馳騁縱橫，務盡其才，而後軌於法。」侯方域其門人也，嘗廣其説云：「所謂馳騁縱横者，如海水天風，涣然相遭，濆薄吹蕩，渺無涯際。日麗空而忽黯，龍近夜以一吟；耳悽兮目駴，性寂乎情移。文至此，非獨無才不盡，且欲捨吾才而無從者。此所以卒與法合，而非僅雕鏤組練，極衆人之炫耀爲也。」

朝宗《論流賊形勢議》及《屯田》《剿撫》兩議，皆諳練條達合時宜，賈、晁之流亞也。而南省、豫省諸試策，不減長蘇之縱横也。其叙事之文，則《徐作霖張渭傳》叙兩人忽離忽合，《寧南侯傳》叙左良玉爲人，模寫逼真，并得史遷之神髓矣。後見汪堯峰之言曰：「雪苑書、策、誌、銘極多奇構，《寧南》一書尤酷擬史遷。可推近時作者。」乃知鄙評之不爽矣。

朝宗常自比周瑜、王猛。李自成之圍汴，其父恂視師，朝宗從焉。因説以賜劍斬晋帥許定國，以明軍法；將中原團結之徒數十萬，就左良玉於襄陽；約孫陝督掎角并進，賊乃可圖。恂不從，汴遂不可救矣。其依高傑，豫王師南下，傑已死，朝宗説其軍中大將。其策甚善，大將不聽，以其衆降。此二事，當時之人皆爲朝宗恨。

朝宗忤阮大鋮，殆不免死，以氣節雄一時。其與大鋮書，詞甚微婉。其末云：「後世操簡書以議執事者，不能如僕之詞微而義婉也。」此言足誅權奸之心。

高青丘壽僅三十九，其詩稱明初第一。侯雪苑壽僅三十七，其文稱明季第一。皆豐於材，而嗇於命，然詩文皆不朽，勝他人之期頤遠矣。

朝宗之文，飛動之氣有餘，而沉鬱之趣未足。蓋享年不長之故也。若得壽六七十，則能盡變化之用矣。所謂見其進，而未見其止者歟？朱竹垞曰：「朝宗學未成而早死。使其不死，寧無進境？」此言信然。

朝宗與方密之交善。密之遭滄桑之變，毁服爲僧，逃於方外。朝宗與書勖之，然出言有礙於新朝，故其中多微詞。其末有云：「密之或他日念僕，而以僧服相過。僕有方外室三楹，中種閩蘭粵竹，上懸鄭思肖畫無根梅一軸，至今大有生氣，并所藏陶元亮入宋以後詩篇，當共評觀之。」

朝宗與吴梅村書，言梅村前代遺老，不當仕新朝，陳三不可，議論侃然。其中有云：「學士身隱，而道彌彰。域之羨學士之披裘杖藜也，過於坐玉堂秉鈞軸遠甚。」朝宗欲成人美如此。梅村得此書，慷慨自矢，復書云：「必不負良友。」然余讀《梅村集》，有入京詩數篇，蓋不堪當事之敦迫，而終不能自守也。惜哉！

朝宗《書練貞吉日記後》曰：「嘗聞有先朝巨公，惑志一姬，致夙望頓減。姬問之曰：『公胡我悦？』曰：『以其貌如玉，而髮可以鑒也。然則姬亦有所悦乎？』曰：『有之。即悦公之髮如玉，而貌可以鑒耳。』又嘗游虎丘，其衣去領而闊袖。一士前揖問：『何也？』巨公曰：『去領今朝法服，闊袖者吾習於先朝，聊以爲便耳。』士謬爲改容曰：『公真可謂兩朝領袖矣。』」余嘗讀一小説，知此二事爲錢牧齋。牧齋惑溺柳姬，得此侮弄猶可矣。其以明氏遺老屈膝於新朝，謂之何乎？雖才名震爆一世，要之患失之小人耳，何足貴哉！今觀此謔語，巧發奇中，亦足誅其心矣。

牧齋論齊桓滅孤竹，稱其攘北虜；爲吕晚邨作字説，望其爲張子房，皆似有志於明氏者。然身以勝國大臣，受新朝官爵，而外附節士，欲以口舌欺人，寧可得耶！後乾隆朝下詔論罪，禁其著作，不得行於世。蓋牧齋欲竊節義之名，而其名益污矣。

牧齋才富學博，其詩文能聳人耳目，操一時文柄。詩頗清迴，文則鋒芒太露，局法未煉，蓋恃才之過也。

趙松雪翰墨卓絶一代，余以爲不若一鄭思肖。錢虞山文詩震蕩一世，余以爲不若一徐枋。蓋士以節行爲本，文藝爲末。如二人有藝無節，本之既亡，斯如之何？

徐枋者，明之遺民也。以其父徇難，終身不仕，賣畫自活，常好畫芝，比鄭所南畫蘭，《畫徵録》有傳。余觀其《居易堂集》，益知其氣節文章之傑然。集中有《題畫芝》十二首，今存其二，以示一斑。其一曰：「尚論逸民，無愧采薇，獨商山之芝耳。余隱學商山，〔一〕饑同孤竹，時畫墨芝，以寄吾意，寧止《離騷》香草比德君子哉？」其二曰：「商山紫芝節比采薇，《離騷》香草芳同蘭茝，此固幽人貞士之所寄托者也。余山居暇日輒喜畫芝，竊自比于所南之畫蘭，墨瀋所成，香風可挹。或謂：『所南畫蘭不着地，而子必畫坡石，或此獨遜古人。』夫吾之所在，即乾净土也，何爲不可入畫乎？吾方笑所南之隘也。」

俟齋名節文章并爲秀潔，其《居易堂集》皆節義之言，美不勝收。學者宜全讀之，以振其志氣也。今姑抄論文一條，示其深於文。曰：「文有三謬，曰體裁之謬，曰段落之謬，曰行文之謬。三謬皆有説，并從節略。此三謬者，實本四病，一曰稚也，一曰雜也，一曰蕪也，一曰陋也。稚則必雜，雜則必蕪，蕪斯陋矣。何謂稚？不老成也。老杜句云：『毫髮無遺恨，波瀾獨老成。』惟能老成，故無遺恨也。此文有一好字可入者，必欲入

〔一〕隱學，原作「學隱」，據《居易堂集》卷十一《題畫芝》改。

之；有一好句可入者，必欲入之；有一好事可入者，必欲入之。斯稚氣也，而雜矣，蕪矣，陋矣。譬如織者，錦綺布帛并重於天下。若匹素之内，而爲錦者入焉，爲紈者入焉，爲綈者入焉，甚至爲絺、爲紛、爲褐、爲罽者亦入焉，見者無不唾而棄之。斯爲天下之廢物矣。亦猶之乎醫，但知其藥味之美，而必欲用之，而不知此方之内必不可入此味；又不知既用彼味，則必不可重用此味，則必至於殺人矣。以是言之，究竟四病，總繇於一稚也。」

黄梨洲、顧亭林皆以明氏遺民，終身不仕。人品既高，學術又爲一代風氣之先。梨洲曰：「經術所以經世，方不爲迂儒之學。」余謂天下無真誠經學，故無真誠經濟。苟能知經術所以經世，則能成真誠經濟矣。梨洲之志如此，故其學適用，無所不通。論者稱梨洲以濂洛之統，綜會諸家。横渠之禮教，康節之數學，東萊之文獻，艮齋、止齋之經制，水心之文章，莫不旁推交通。亭林學究天人，所著《日知録》等書，大有資於經世。且其文簡潔，自成一家，不染明季之習。嘗云：「近代文章之病全在摹仿，即使逼肖古人，已非極詣，况遺其神理、得其皮毛者乎？」

毛西河以漢學雄視一代，其文縱横博辨，不古不今，自成一格，不可以繩尺求之，蓋霸才也。論者以春秋之楚、戰國之秦目之。余讀其全集，而知其言之信。袁子才云：「《西河文集》編定於後人之手，故拉雜貪多，失之靡曼。甚至《觀音庵送子記》一篇，直是村婆俚語，可笑已極。然而叙事之文，有幾篇列傳碑版，沉鬱淋漓，龍門復生。賦數篇古艷斑斕，徐、庾復出。本朝抱此大手筆者有幾人哉！再如《學記》一題，最難着筆，非平即腐。而《西河集》有兩篇，竟能天馬行空。」以隨園之才，推服如此。

湯潛庵、陸稼書德行政事并冠冕一代，不屑言語文學之科。而余觀二公文，亦皆足傳。湯文温雅，陸文清健，無語録習氣。雖曰「有德者必有言」，非嘗留心於此者，亦必不能如是。

湯、陸二公以文學資治術，各爲一方福星，民并戴其德，頌稱不衰，而學士則偏袒於二公之間。蓋湯喜王氏，陸奉朱氏，學士各以其所好而是非之，終不若民心之公。余是以知俗儒不可與論人，黨同伐異之大害於事也。

胡介祉《侯公子傳論》云：「與公子後先接踵者，豫章王于一猷定之《四照堂集》，寧都魏冰叔禧之《易堂集》，吴江計甫草東之《改亭集》，皆在伯仲之間。」余既獲侯、魏二家全集讀之，計集亦得一瞥，但王集未得寓目焉，蓋未來於本邦也。屬者觀清徐斐然《國朝二十四家文鈔》，其首卷載軫石文十三首。軫石即猷定别號也，亦足窺其一斑，但未能定其與侯、魏孰優孰劣也。

軫石蓋尤長於叙事。《文鈔》所收《梁烈婦傳》《孝烈張公傳》《錢烈女墓誌》等篇，并骨節姗姗，風神奕奕，足見其筆力矣。丁子復云：「余每讀軫石文，見其喜亦喜，見其哀亦哀，忽不知感嘆之何自而生，涕泗之何自而集也，想當然爾。」

朱竹垞云：「文章之難，古今不數。頻年馳驅道塗，幸不後君子之教。然自商丘侯朝宗、南昌王于一一二子之外，其合於作者蓋寡。二子又未盡其藴以死，僕誠痛之。比來京師，五方之人操翰管而高視者，何啻百計。求其若二子者，已不多得，况夫與古人方駕者哉？」以竹垞之才學，推服二子之文如此。

朱竹垞於文甚推服雪苑、軫石二子，然其所自樹立，有異於二子者。故其《與顧寧人書》云：「盛稱僕古文辭，謂出朝宗、于一之上。僕之於文，譬猶秋蟬候蛩，僅能遠去穢滓，以自鳴其風露焉爾。夫人所尚不同，則文亦異焉。足下謂僕之文異乎二子可也，而豈遂過之歟？」寧人謂竹垞之文在雪苑、軫石之上，可謂阿所好矣。竹垞不敢當寧人之言，而自稱其所尚不同二子，此其所别成一家也。

竹垞尚經術，喜博學，故其文爾雅。其《與李武曾論文書》云：「西京之文，惟董仲舒、劉向經術最純，故其文最爾雅。彼揚雄之徒，品行自詭於聖人，務掇奇字以自矜尚，安知所謂文哉？魏晋以降，學者不本經術，惟浮誇是務，文運之厄數百年。賴昌黎韓氏始唱聖賢之學，而歐陽氏、王氏、曾氏繼之，二劉氏、三蘇氏羽翼之，莫不原本經術，故能横絶一世。蓋文章之壞，至唐始反其正，至宋而始醇。北宋之文，惟蘇明允雜出乎縱横之説，故其文在諸家中爲最下。南宋之文，惟朱元晦以窮理盡性之學出之，故其文在諸家中最醇。學者於此可以得其概矣。」竹垞於漢取江夏、中壘，於宋取南豐、晦庵，而不取老泉，所以尚經術也；又於宋取原父、貢父，所以喜博學也。

竹垞之文，晚年尤原本經術，不屑唐宋大家。其《答胡司臬書》云：「僕之於文，不先立格，惟抒己之所欲言，辭苟足以達而止。恒自笑曰：平生無大過人處，惟詩詞不入名家，文不入大家，庶幾可以傳於後耳。來教謂『法乎秦、漢，不失爲唐；法乎唐，不失爲宋』，於理誠然。若僕之所見，秦、漢、唐、宋雖代有升降，要之文之流委，而非其源也。云云。六經者，文之源也，足以盡天下之道、之辭、之政、之心，不入虚僞，而歸於有用。執事誠欲以古文名家，則取法者莫若經焉爾矣。」

徐文駒復朱竹垞書，推其文甚至，然未嘗爲溢美。其略曰：「讀所示古文，意真語樸，格老氣蒼，而其足與荆川、震川相伯仲者，尤在一『潔』字。自昔操觚之士，人欲名家，其議論才情，或不無作者之意，然而拖泥帶水，瓦礫雜投，往往瑜不勝瑕，醇不勝駁。于是有堆垛之弊，有裝飾之弊，有畫蛇添足之弊，有叠床架屋之弊，有買菜求益之弊，有外强中乾之弊，有零星補凑、前後不相貫注之弊。此非不欲潔，不能潔也。潔之根柢在心，心地不清，穢氣滿紙，于何而能潔耶？潔之本領在骨，骨力不峭，濁氣薰蒸，又于何而能潔耶？柳子厚曰：『本之太史，以著其潔。』太史公所以能潔者，以其縱覽天下名山大川，胸中無一點塵氣，故落筆疏宕，擅絶千古。然老泉尚嫌其因襲《尚書》《左傳》《國語》《國策》，以未盡潔議之。甚矣，潔之難言也。蓋文至于潔，而文之妙不可勝用矣。唐荆川博極群書，其所著《左編》《右編》《文編》《稗編》《武編》何所不有,而見之文字者,清真峭拔,不染一塵。歸震川之文,推爲有明第一。然荒江老屋,獨往獨來，能與王、李薰天之焰抗衡角勝者，唯在淘洗乾净，得司馬子長之潔而已。先生生當斯文絶續之餘，古調自彈，抗懷獨立，不阿世好，不昵時腥。竊以爲先生之心與先生之骨，可謂潔矣。」

清初之士，魏勺庭長於文而短於詩，王阮亭長於詩而短於文，兼之者唯朱竹垞乎？《松心日録》云：「國初古文諸家，余尤嗜魏冰叔、朱竹垞兩先生之文。冰叔之文多論議，竹垞之文多考證。冰叔之文肆多於醇，竹垞之文醇多於肆，而其爲言有序、言有物則一也。」

清初之文，如雪苑、湛園、鈍翁、竹垞諸子，各成一家，而余尤推魏叔子爲第一。叔子之文，雄奇變幻，時出高論，凌厲古人，其精悍不减老蘇；而往復嗚咽，兼有廬陵風度。雖求之前明三百年間，亦不多見其比。

勺庭《宗子發文集序》，足見其平生得力處。其略曰：「吾以爲養氣之功，在於集義；文章之能事，在於積理。今夫文章，六經、四書而下，周秦諸子、兩漢百家之書，於體無所不備。後之作者，不之此則之彼。而唐宋大家，則又取其書之精者，參和雜糅，熔鑄古人以自成，其勢必不可以更加。故自諸大家後，數百年間未有一人獨創格調，出古人之外者。然文章格調有盡，天下事理日出而不窮。識不高於庸衆，事理不足關係天下國家之故，則雖有奇文與《左》、《史》、韓、歐陽并立無二，亦可無作。古人具在，而吾徒似之，不過古人之再見。顧必多其篇牘，以勞苦後世耳目，何爲也？且夫理固非取辦臨文之頃，窮思力索以求其必得。鍾太傅學書法，曰：『每見萬彙，皆畫象之。』韓退之稱張旭書：『變動猶鬼神，不可端倪。』『天地事物之變，可喜可愕，一寓於書。』人生平耳目所見聞，身所經歷，莫不有其所以然之理。雖市儈優倡、大猾逆賊之情狀，竈婢丐夫米鹽凌雜鄙褻之故，必皆深思而謹識之，醞釀蓄積，沉浸而不輕發。及

其有故臨文，則大小淺深，各以類觸，沛乎若決陂池之不可禦。辟之富人積財，金玉、

布帛、竹頭、木屑、糞土之屬，無不豫貯。初不必有所用之，而當其必需，則糞土之用，

有時與金玉同功。吾蓋嘗見及於是，恨力薄不能造其藩籬。」

叔子論文語，散見於《日録》中。今又抄出之曰：「文之感慨痛快馳驟者，必須往

而復還。往而不還，則勢直氣泄，語盡味止。往而復還，則生顧盼，此嗚咽頓挫所從出

也。」又曰：「文字首尾照應之法，有明明繳應起處者，有竟不顧者，有若無意牽動者，

有反罵破通篇大意實是照應收拾者。不明變化，則千篇一律，而文亦易入板俗矣。」又

曰：「古文接處用提法，人所易知。轉處用駐法，人所難曉。凡文之轉，易流便無力，

故每於字句未轉時，情勢先轉，少駐而後下，則頓挫沉鬱之意生。辟如駿馬下阪，雖疾

驅如飛，而四蹄着石處，步步有力。若駑馬下峻阪，只是滑溜將去，四蹄全作主不得。

更有當轉而不用轉語，以開爲轉、以起爲轉者。以起爲轉，轉之能事盡矣。」又曰：「善

作文者，有窺古人作事主意，生出見識，却不去論古人，自己憑空發出議論，可驚可喜，

只借古事作證。蓋發己論，則識愈奇；證古事，則議愈確。此翻舊爲新之法，蘇氏多

用之。」又曰：「吾輩生古人之後，當爲古人子孫，不可爲古人奴婢。蓋爲子孫，則有得

於古人真血脉；爲奴婢，則依傍古人作活耳。」又曰：「古文之妙在瘦、勁、轉。孫月峰

專取浄煉。蓋煉而不浄，則組綉之華，非金鐵之剛也。不瘦，則不得勁；轉而不勁，則氣流便。所謂瘦，非寒儉也。物之華美，莫過金玉。然石肥玉瘦，銅錫肥而金瘦。惟瘦，瘦故重，重故貴，知瘦之不妨華美，則知華美不瘦之不足重。」又曰：「善改文者，有移花接木之妙，如上下段本不相干，稍爲貫串，便成一氣是也。有改頭易面之妙，如倒置前後，改易字句，便别成一種格調是也。有脱胎换骨之妙，如原本説寒，將要緊處改换，翻成説熱是也。深味此法，於自作文，亦增多少境界矣。」又曰：「凡作文須從不朽處求，不可從速朽處求。如言依忠孝，語關治亂，以真心樸氣爲文者，此不朽之故也。浮華鮮實，妄言悖理，以致周旋世情、自失廉隅者，此速朽之故也。今人作文，專一向速朽處着想着力，而日冀其文之不朽，不亦惑乎！」

明冰叔遭甲申之變，憤惋叱咤如不欲生，謀起義兵勤王，而李賊旋殄滅，遂不果。明亡不仕，被徵，以疾辭。撫軍某疑其詐，以板扉舁之。至門，冰叔絮被蒙頭，卧稱疾篤，竟得放歸。可謂全節之士矣。

明宣德中，周忱薦龔翊爲太倉學官。翊辭不就，語人曰：「我仕無害於義，但恐負金川門一慟耳。」叔子論之曰：「翊一門卒耳，非有知己之恩、國事之責也。既已更歷三朝，身逢聖賢之主矣，而介然不肯少污其志，可不謂大賢矣哉？」邵青門爲叔子作傳，特舉此論云：「禧儻自謂歟？」余觀叔子之出處，終不愧於龔翊。且叔子有經綸才，處事精詳，志在於用世，而不肯自污，是尤可尚也。

勺庭論事無輓近迂腐之弊，可謂俊傑矣。後人或弗察，遂謂爲策士之文，恐勺庭不甘受此目也。觀其弟和公所紀曰：「勺庭於戚友有難進之言，或處人骨肉間，勺庭批郤導窾，令人心開。或問其故，勺庭曰：『吾每遇難言事，必積誠累時，與其人神情相貫注，然後言之。』」可見勺庭平生言行不爲機變之巧也。但其論議不肯貌襲道學家之言，所以知時務、適實用，豈可遽以策士視之哉？

拙堂續文話卷六

汪若文賦性狹隘，自信太過，於侯、魏諸子之文無所假借，要之文中之狷者耳。故其文雅潔，不失矩矱，得與侯、魏諸家隱然爲一敵國也。

邵青門序《三家文鈔》云：「三家之文，侯氏以氣勝，魏氏以力勝，汪氏以法勝。」《四庫全書提要》論三子謂：「侯才人之文，魏策士之文，汪儒者之文。」

鈍翁《薛大武畫山水記》云：「予因語大武曰：『士大夫不復以筆墨相尚久矣。惟王貽上之詩，吾子之畫，及僕之文章，庶幾可相頡頏。』」此雖戲言，亦未可謂之誇且謾也。其末以大武比李伯時、文與可，而自比子瞻。又《與金秀才書》云以文士比麒麟鳳凰而曰：「異時國家修文偃武，求所謂禎祥之符以潤色太平，若麒麟鳳凰者，非吾與足下而誰？」其自許如此。

鈍翁《納涼絶句》云：「衡門兩版掩松風，葵扇桃笙偃仰中。就與孫劉相闊絶，不過令我不三公。」可見此老倔强矣。

王阮亭《居易録》云：「同年汪琬狂狷多忤，交友罕善終者。雖予以至誠交之，亦不免其齮齕，予終不較也。海内知交甚多，至議論有根柢，終推此君。」阮亭雖受堯峰之齮齕，而推服如此。

堯峰雖多忤人，至於詩，獨不敢當於阮亭。當時王、汪有齊名之目，堯峰有詩云：「耻居王後吾何敢，願作雲龍上下隨。」亦見其虚心。

魏勺庭《江天一傳》，號爲傑作。堯峰亦作《天一傳》，文尤雅潔，足并傳矣。

鈍翁作文大意，載《答陳藹公書》中。曰：「大家之有法，猶奕師之有譜，曲工之有節，匠氏之有繩度，不可不講求而自得者也。後之作者，惟其知字而不知句，知句而不知篇，於是有開而無闔，有呼而無應，有前後而無操縱頓挫，不散則亂。辟諸驅烏合之市人，而思制勝於天下，其不立敗者幾希。古人之於文也，揚之欲其高，斂之欲其深，推而遠之欲其雄且駿。其高也，如垂天之雲；其深也，如行地之泉；其雄且駿也，如波濤之汹涌，如萬騎千乘之奔馳；而及其變化離合，一歸於自然也，又如神龍之宛延，而不露其首尾。蓋凡開闔呼應、操縱頓挫之法，無不備焉。則今之所傳唐、宋諸大家，舉如此也。前明二百七十餘年，其文嘗屢變矣，而中間最卓卓知名者，亦無不學於古人而得之。羅圭峰學退之者也，歸震川學永叔者也，王遵巖學子固者也，方正學、唐荆川學二蘇者也。其他楊文貞、李文正、王文恪，又學永叔、子瞻而未至者也。前賢之學於古人者，非學其詞也，學其開闔呼應、操縱頓挫之法而加變化焉，以成一家者是也。後生小子不知其説，乃欲以剽竊模擬當之，而古文於是乎亡矣。」

鈍翁之文祖廬陵，而禰震川，然别出機軸，不肯許人之比己廬陵、震川。其《與梁曰緝論類稿書》云：「凡爲文者，其始也必求其所從入，其既也必求其所從出。彼句剽字竊、步趨尺寸以言工者，皆能入而不能出者也。古今人雖不相及，然而學問本末莫不各有所會心與其所得力者，即父子兄弟猶不相假借，而况廬陵、震川乎？以某之文，上視二君子，其氣力之厚薄、議論之醇疵、局法之工拙，固已大區絶矣。至其得力會心之所在，可以自喻，不可以語人，亦豈能驅之使盡同古人邪？某嘗自評其文，蓋從廬陵入，非從廬陵出者也。假使拘拘步趨、如一手模印，辟諸輿臺皂隸，且不堪爲古人臣妾矣，况敢與之揖讓進退乎？」

姜西溟亦善文，與朱竹垞、計改亭同時相親善。余嘗觀其《湛園未定稿》六卷，有《與友人書》云：「前年在金閶，與計子甫草往還。甫草日爲文成，必命僕檢定。信使反覆，再四不倦。僕感激其誠，亦時有異同，不復更存形迹。嘗作《友説》贈之，述所以欲相扶而同進於古人之意。」西溟精於文法，檢定人之文如此，其自斟酌删改用工夫之深可知矣。故韓茨序其集云:「一句字之未安,不輕出也。久之,自定其古文若干首,猶名之曰《未定稿》。」余以爲西溟之不敢自定,乃其所以精於文法也。世之鹵莽滅裂、篇章纍纍,自以爲豪者,何曾知文法?

湛園爲人耿介潔直,與世寡偶,其文亦如其爲人。其《寄鄧參政書》云:「某不肖,不能自雕琢爲文,脂韋滑稽以投時好。顧獨喜爲古文辭,間取古人希夷淡漠之旨,泊然而無味者,閉户弦歌之,以自排比成文章,用自娱樂。業與營營者背馳,兼禀性迂拙,不善隨時俯仰,又絶不喜陰賊譏佞之習,見人若此,即拂衣起去,不問貴賤。而今世正多此輩,觸手罣足,動成觝迕。自計此生當屏之深山,長與木石爲侶。猶復不自禁,時時出遊南北間。以不合時宜之人,挾其泊然無味之文,輿服不足以動人,丰采不足以驚衆,積毁竦誚,日引月長。是以踵接貴人之門,望閽趦趄,無由自進。宜其遊而困,困而無所告訴,以至於斯也。」觀此篇,則足知其爲人與文矣。

韓茨序中有云:「先生孤詣入微,而用心益細也。其意直追古作者上下,惟恐有豪釐缺漏未滿之意,其取精可謂奢而亦已貪矣。造物之所予不能兩有,而於才名尤靳焉,成此虧彼,其窮故宜。」此言亦足知湛園之文與爲人矣。湛園惟如此,故其文雖佳,而名不甚顯爾。

姜西溟嘗謂方靈皋云：「吾自少常恐爲《文苑傳》中人，而蹉跎至今。」然西溟不遇，無所見其事業，徒以文顯而已。士之如是而止者何限，悲夫！

《松心日録》云：「朝宗文以氣勝，叔子文以力勝，鈍翁文以法勝，竹垞文以學勝。四先生而外，求足以方駕者，其姜西溟、邵青門乎？」

青門文有《篾稿》《旅稿》《賸稿》三編，蓋《賸稿》爲尤勝。宋漫堂云：「子湘之文，立言必依於道，醇而肆，簡潔而雄深。大較英爽飆發不如朝宗，而根柢勝之；明切善議論不如叔子，而舂容勝之。」

子湘叙事尤工，如《房景春阮之鈿合傳》《閻典史傳》諸篇，嶔崎雄俊，論者以爲五百年無此作者矣。

青門《與魏叔子論文書》，可見其所志。其略云：「夫文者，非僅辭章之謂也。聖賢之文以載道，學者之文蘄弗畔道。故學文者必先濬文之源，而後究文之法。濬文之源者何？在讀書，在養氣。夫六經，道之淵藪也，故讀書先於治經；然後綜貫諸史，以驗其廢興治忽之由；旁及子、集，以參其邪正得失之故。此讀書之漸也。涵泳道德之塗，菑畬六藝之圃，以充吾氣也；泊乎寡營，浩乎自得，以舒吾氣也；植聲氣，急標榜，矜吾氣也；投贄干謁，蠅附蝗營，恧其氣也；應酬轇轕，諛墓攫金，撓吾氣也。此養氣之説也。二者所以濬文之源也。至於文之法，有不變者，有至變者。文體有二，曰叙事，曰議論，是謂定體。辭斷意續，筋絡相束。奔放者忌肆，雕刻者忌促，深蹟者忌詭，敷演者忌俗，是謂定格。言道者必宗經，言治者必宗史。道情欲婉而暢，述事欲法而明，是謂定理。此法之不變者也。若夫川横馳騖，變化百出，各視工力之所及，巧拙不相師，後先不相襲，此法之至變者也。吾得其所謂不變者，不《左》《史》，不班、范，不韓、柳、歐、蘇，而不可駭其創也。吾得其所謂至變者，即《左》《史》，即班、范，即韓、柳、歐、蘇，而不可訾其襲也。二者所以究文之法也。」

李穆堂爲文原本經、史，宏博淵邃，蓋一名家也。余未多見其文，俟異日評之。

黄石牧之文尚瑰麗，於清人中别出一機軸。戊子之秋，祇役在江户，適過檥舟齋，得見其《唐堂集》。乞以還，匆匆一閲，不暇鈔録，姑舉小品一篇，以存梗概。《也園送春詩序》云：「歲在癸未，三月之晦，同人集於也園，賦詩以送春。客酌而咨曰：『送春，禮乎？』曰：『無之。聞之《月令》「迎春東郊」，春可迎也，亦可送也。《堯典》之命曰「寅餞納日」，日可餞也，春亦可送也。』客曰：『其來何自？其去何之？其交代何所？何不見其回首焉？駐足焉？眷戀而踟躕焉？何東皇之少情，而何爲乎送諸？』曰：『吾非送天之春也，送吾之春也爾。天之春往過來續，無有窮紀。我之春歲逝而歲減，自孩笑以至於今，其爲春也多矣。學問之未積，功業之未樹，道德不彰於身，膂力不庸於國，而分寸之陰駒過電滅，不爲我少留。春若曰：「吾之視爾，不爲不勤矣。否除而泰乘，復來而剥往，歲有長，月有進，日有益，吾一年而一至，而改觀者多矣。而爾畫然如故也。狎至者褻，習見者厭，將去恐不速，奚戀之有？」嗚呼！春之去我非恝也。可因是以愓吾志而迫吾程，不則忽忽爾，芒芒爾，蟪蛄爾，蜉蝣爾。』客曰：『思深哉！其非流連光景之謂。』曰：『抑有進焉。夸父逐而魯陽揮，猶之無益耳。沂水舞雩之春，至今不去也。』」此一時游戲之作，非其至者，然亦足以見其用字之法矣。

方望溪號爲文章大家，萬喙一聲，蓋學術醇正，以道德自任故也。平生不甚欲以文自顯，嘗曰：「吾少好文，而不好學，故終老無成。顔子不遷怒，不貳過，而孔子許爲好學。使吾能以好文者好學，雖愚且頑，概乎必有得於身矣。」其篤學虛謙如此，所以號爲大家也。

望溪於文，常言義法，爾後文士皆效之。望溪之言云：「《春秋》之制義法，自太史公發之，而後之深於文者亦具焉。義即《易》之所謂『言有物』也，法即《易》之所謂『言有序』也。義以爲經，而法緯之，然後爲成體之文。」

望溪讀經、讀史之作，皆多發明，所謂「言有物」也。學者不可不讀。

望溪言義法，必稱《左》《史》，班固以下不取；至唐、宋之文，獨稱退之，而不取子厚。論永叔、介甫云：「歐陽公號爲入韓子之奧窔，而頗有不盡合者。介甫近之矣，而氣象則過隘。」論明歸震川云：「於所謂『有序』者，蓋庶幾矣；而『有物』者，則寡焉。」其論高如此。

望溪之文極簡潔。《與程若韓書》云：「文未有繁而能工者。如煎金錫，〔一〕粗礦去，然後黑濁之氣竭而光潤生。」其所尚可知也。

望溪書左光斗、黄道周逸事，并足補史傳。左、黄二公皆明末大賢，余平生所欽慕焉。而左公事尤烈，録以振懦士之志。其略曰：「左忠毅公視學京畿。一日，風雪嚴寒，從數騎出，微行入古寺。廡下一生伏案卧，文方成草。公閲畢，即解貂覆生，爲掩户。叩之寺僧，則史公可法也。及試，吏呼名至史公，公瞿然注視；呈卷，即面署第一。召入，使拜夫人曰：『吾諸兒碌碌，他日繼吾志事，唯此生耳。』及左公下廠獄，史朝夕獄門外。逆閹防伺甚嚴，雖家僕不得近。久之，聞左公被炮烙，且死。持五十金，涕泣謀於禁卒，卒感焉。一日使史更敝衣草屨，背筐，手長鑱，爲除不潔者。引入，微

〔一〕煎，原作「剪」，據《望溪集》卷六《與程若韓書》改。

指左公處，則席地倚墻而坐，面額焦爛不可辨，左膝以下，筋骨盡脱矣。史前跪，抱公膝而嗚咽。公辨其聲而目不可開，乃奮臂以指撥眥，目光如炬，怒曰：『庸奴！此何地也？而汝來前！國家之事糜爛至此。老夫已矣！汝復輕身而昧大義，天下事誰可支拄者？不速去，無俟奸人構陷，吾今即撲殺汝！』因摸地上刑械，作投擊勢。史噤不敢發聲，趨而出。後常流涕述其事以語人曰：『吾師肺肝，皆鐵石所鑄造也。』崇禎末，張獻忠出没蘄、黄、潛、桐間。史公以鳳廬道奉檄守禦，每有警，輒數月不就寢，使將士更休，而自坐幄幕外。擇健卒十人，令二人蹲踞而背倚之，漏鼓移，〔一〕則番代。每寒夜起立，振衣裳，甲上冰霜迸落，鏗然有聲。或勸以少休，公曰：『吾上恐負朝廷，下恐愧吾師也。』」史閣部精忠義烈，與宋文信國媲美於異代，誰知左忠毅鑄成之？余讀此篇，至二公之遭遇，爲之慨然者久之。

沈廷芳序《望溪集》曰：「方先生品高而行卓。其爲文，非先王之法弗道，非昔聖之旨弗宣。其義峻遠，其法謹嚴，其氣肅穆，而味淡以醇，湛於經而合乎道。洵足以繼韓、歐諸公矣。」是雖門人之言，未爲過譽也。

〔一〕 鼓，原作「數」，據《望溪集》卷九《左忠毅公逸事》改。

姚鼐《惜抱軒集》云：「劉大櫆字才甫，號海峰，江南桐城人。生而好學，當康熙末，方侍郎苞名大重於京師，見海峰，大奇之，語人曰：『如苞何足言，吾同里劉大櫆，乃今世韓、歐才也。』自是天下皆聞劉海峰。」望溪平生慎許可，而今推海峰如此，知海峰爲名手也。其集未傳播於我邦，以不得見爲恨。既而得惲敬《大雲山房集》，其中有云：「本朝作者如林，其得正者，方靈皋爲最。再傳爲劉海峰，變而爲清宕，然識卑，且邊幅未化。三傳而爲姚姬傳，變而爲淵雅，其格在海峰之上焉，較之靈皋則遜矣。」觀此，乃知姬傳不若望溪，海峰不若姬傳。而望溪以海峰爲勝己者，蓋獎後進之言，未可甚信也。

姚姬傳與袁子才并時齊名。蓋子才之文肆，姬傳之文醇，文格則勝之，才力則不及遠矣。

袁子才之文，才思坌涌，筆鋒犀利，能道人所不能言。余謂子才之文酷似錢牧齋，而局法之煉、字句之奇，牧齋當避三舍矣。

子才論文諸詩，可見其作文之法。《崇意》云：「意如主人，辭如奴婢。主弱奴强，呼之不至。」《精思》云：「文不加點，興到語耳。孔明天才，思十反矣。」《博習》云：「不從糟粕，安得精英？曰不關學，終非主聲。」《用筆》云：「能剛能柔，忽斂忽縱。筆豈能然？惟吾所用。」數語實得腰領。余觀隨園文，不負其所言。

子才行近無檢，而文則有檢矣。世之子弟喜隨園者，多學其行，而文則不能學焉。

隨園從姚燧入手，而歸於介甫，而才鋒無前，無微不達。故文甚有檢則，而縱橫無不如意矣。

嚴師言曰：「我朝文集法度謹嚴，邊幅修整，不乏其人。若夫海涵地負，風起雲飛，如龍跳天門，虎卧鳳闕，可稱曠世文豪者，惟寧都、雪苑、穆堂、隨園四人。」

隨園有《答友人論文》三書，皆足知其作文之法。其第二書中有云：「古文者，途之至狹者也。唐以前無古文之名，自韓、柳諸公出，懼文之不古，而古文始名。是古文者，別今文而言之也。劃今之界不嚴，則學古之詞不類。韓則曰：『非三代、兩漢之書不觀。』柳則曰：『懼其味没而雜也，廉之欲其節。』二公者，當漢、晋之後，其百家諸子未甚放紛，猶且懼染於時。今百家回冗，又復作時藝、弋科名，如康昆侖彈琵琶，久染淫俗，非數十年不近樂器，不能得正聲也。深思而慎取之，猶慮勿暇，而乃狃于龐雜以自淆，過矣。」由此觀之，隨園之文以潔爲體，未嘗龐雜。人皆見其肆，而疑其雜者，非矣。

清人多喜考據之學，往往瑣屑爲不急之察，名雖曰窮經，而其實不濟用。隨園力排之，散見集中。其《答惠定宇書》有云：「夫尊聖人，安得不尊六經？然尊之者，又非其本意也，震其名而張之。如托足權門者，以爲不居至高之地，不足以轔轢他人之門户。此近日窮經者之病，蒙竊耻之。古之文人孰非根柢六經者？要在明其大義，而不以瑣屑爲功。即如説《關雎》，鄙意以爲主孔子哀樂之旨足矣。而説經者，必争爲后妃作、宫人作、畢公作、刺康王所作。説明堂，鄙意以爲主孟子王者之堂足矣。而説經者，必争爲即清廟、即靈臺、必九室、必四空、必清陽而玉葉。問其由來，誰是秉《關雎》之筆而執明堂之斤者乎？」「一閧之市，是非麻起，煩稱博引，自賢自信，而卒之古人終不復生。於彼乎，於此乎，如尋鬼神搏虚而已！僕方怪天生此迂謬之才，後先噂沓，擾擾何休，敢再拾其瀋，以吾附益之乎？」

隨園之後，推惲子居爲第一，其文得力於先秦。他黄茅白葦平弱爲文者而比之，何啻嫫母之於毛嬙！

子居《三代因革論》《項羽都彭城論》等篇，文辭雄厚，足見其氣。而集首載通例，極講古法，又見其矜慎不苟。張維屏曰：「國朝古文，論者多推望溪方氏。前于方氏者，有侯方域、魏禧、汪琬、姜宸英、朱彝尊、邵長蘅諸家。後乎方氏者，有劉大櫆、袁枚、朱仕琇、魯九臯、彭紹升、姚鼐諸家。就諸家而論，愚以爲文氣之奇，推魏叔子；文體之正，推方望溪；而介乎奇正之間，則惲子居也。諸家爲古文，多從唐宋八家入。惟魏叔子、惲子居從周秦諸子入，而皆得力於《史記》。然世人貴遠而賤近，推魏叔子，或以爲偏嗜矣；至推惲子居，或且以爲阿好。雖然，文章公器，願與知者共審之。」余於清氏諸家，尤重勺庭，推爲第一。既而得子居，私喜其爲流亞。亦或以爲偏嗜、阿好。今張氏之言如此，余則不孤矣。

拙堂續文話卷七

凡論人，善者以爲法，否者以爲戒，皆有益於己，論文亦然。必推勘到底，明知其得失而取捨之，是非好臧否人，亦求益於己也。余既論前人之文，多舉其所得，而其失者亦得不舉以爲戒乎？

清人大率以考據爲學，所見不能遠大，又以此爲文章，與古人明道立言相去遠矣。蓋考據亦學之不可廢者也，比之空言無當者，雖如有勝焉，其所得終不深已。清人多祖南豐，而禰震川，步趨甚窘，邊幅甚狹。南豐、震川别自有妙處，而不能學焉，是以其文淡而可厭，平穩而不能動人。夫文不能動人，亦無用也。清人之學主考據，其意在實用，而終成無用，不亦異乎！

藻飾之文失於有餘，洗煉之文失於不足，其失不同，而其不能動人一也。孔子取「辭達」，而又譏「言之無文」。由此觀之，模擬家語，考據家語，并失聖賢爲文之旨。

袁隨園《覆家實堂書》曰：「去冬在杭州，見朱石君侍郎，蒙其推許云：『古文有十弊，惟隨園能掃而空之。』余問其目，曰：『談心論性，頗似宋人語録，一弊也；排詞偶語，學六朝靡曼，二弊也；記、序不知體制，傳、志如寫帳簿，三弊也；優孟衣冠，摹秦仿漢，四弊也；謹守八家空套，不自出心裁，五弊也；餖飣成語，死氣滿紙，六弊也；措詞率易，頗類應酬尺牘，七弊也；窘于邊幅，有文無章，如枯木寒鴉，淡而可厭，且受不住一介大題目，八弊也；平弱敷衍，襲時文調，九弊也；鈎章棘句，以艱深文其淺陋，十弊也。』余笑答曰：『此外尚有三弊。』侍郎驚問，余曰：『徵書數典，瑣細零星，誤以注疏爲古文，一弊也；馳騁雜亂，自誇氣力，甘作粗才，〔一〕二弊也；尚有一弊，某不敢言。』侍郎再三詢，曰：『寫《説文》篆隸，教人難識，字古而文不古，又一弊也。』侍郎知有所指，不覺大笑。」余謂朱氏所舉諸弊，從前所多有者也。隨園所論三弊，明季以來始有之。噫！弊至此，不幾文之亡耶！

任兆麟字文田，錢竹汀門下之士也。余觀其《有竹居集》，卷首載本朝家數。魏禧、顧炎武、侯方域、汪琬、姜宸英、朱彝尊、邵長蘅、方苞、藍鼎元，并已爲十家。其文援引滿紙，如讀抄書，所謂「以注疏爲古文」者也。視之侯、魏諸家，無能爲役，乃敢欲

〔一〕甘，原作「目」，據《小倉山房尺牘》卷三《覆家實堂》改。

與之抗衡，顏不亦厚乎？

袁隨園之文，世好之者衆，余亦心折久矣。然愛而知其惡，論則公平。隨園論十弊似矣，至其所自作亦不勝其弊。張維屏云：「子才賦性通脱，又恃其才名，遂於世間蕩心佚志之事，往往爲之，助其焰而揚其波。使後進之士或相率效尤，未學其才能，先學其放蕩，漸至長其浮薄，甚且習於慆淫。其弊亦非細故也。」

子才之文筆舌互用，能解人意中藴結，然議論太蕩佚，多不可訓者。張維屏云：「子才之文爽健近於肆矣，然未足以言古人之肆也。且好爲可喜可愕，以動人目，其流弊將入小説家。」

子才論魏徵，謂太宗示其意，以引誘徵，而博納諫之名；徵反其迹，以迎合太宗，而彰能諫之直。是君臣之交相籠絡以成名也。余謂太宗君臣之間，雖不能盡以誠，而未至如此之甚，要之三代以下所希有者也。子才論甚酷，是塞人爲善，其於世無益而有損，不作可也。又其論張巡殺妾、唐介劾宰相，痛詆不遺餘力。其他於正人君子每有不滿之詞。蓋子才爲人淫佚，不喜正，故不自覺其論之入邪耳。

《湖海詩傳》譏子才神道碑、墓誌銘紀事多失實，并有與諸人家狀不合者。且如朱軾、岳鍾琪、李紱、裘曰修，其文皆有聲有色。然詢之諸家後裔，皆云：「未嘗請乞。」

蓋聞名公卿可喜可愕之事，著爲志傳，以驚爆時人耳目也。信如此言，子才之文輕薄亦甚，烏足取信於後世哉！

清人號爲得文體之正者，唯堯峰、望溪，而皆不能震蕩一世。蓋二人法有餘，而才不足也。望溪所得，比堯峰更深，但其不能超超空行一也。惲子居云：「本朝自汪堯峰、姜湛園、邵青門諸君子，引有明以來數人爲正宗，修飾邊幅，選言擇貌。桐城方靈皋雖高識冠流，厚力企古，而波瀾鋒鍔未饜聰明。於是矜奇務博者起而摧之，如褒衣博帶之儒，舉動繩尺，不能制遊俠之亂禁、貨殖之多畜，而能言之士範於軌物者，蓋亦鮮矣。」

錢大昕痛詆望溪不直一文錢。錢學務該博，其詆望溪，劉貢父所謂「歐九不讀書」之説已，未足病望溪也。然子居所謂「不能制貨殖之多畜」者則有之，是亦望溪之才不足也。

袁隨園云：「望溪之文，前輩杭堇浦、近今錢辛楣痛詆之，獨余不以爲然。何也？望溪爲古文正宗，此是不祧之論，然而才力薄。試觀望溪可能喫得住一個大題目否？可能叙得一二大名臣、真豪傑否？可能上得萬言書痛陳利弊否？故謂望溪不可毁，亦不可尊。毁之者，其文必粗；尊之者，其文必弱。」是真持平之論，亦可服望溪之心。

望溪少善古文，李安溪見其文，嘆以爲韓、歐復出。後在京師，與萬季野遊。季野曰：「子於古文信有得矣，然願子勿溺也。唐宋八大家中，惟韓愈氏於道粗有明。其餘則資學者以愛玩而已，於世非果有益也。」望溪於是輟古文之學不講，而盡力於經學焉。蓋清人所云經學，不過訓詁度數之間，望溪所得亦不甚深。以此換古文之學，欲益反損也。徐斐然曰：「嗚呼，望溪！其亦幸而遇萬先生，得與毛齊于、閻百詩諸人分道而揚鑣也。其亦不幸而遇萬先生，未能與韓、蘇、歐、曾諸公并駕而齊驅也。」是深爲望溪惜也。余謂亡論毛、閻諸子，且以馬、鄭諸子來比韓、歐諸公，其所得孰大孰小、孰深孰淺，不俟辨矣。

胡介祉《侯朝宗傳論》云：「長洲汪苕文琬，操繩尺衡量諸家，失之過嚴，去取多未慊人意。其自著《類稿》，亦多可議者。」余謂堯峰賦性狷介，恒不滿人，亦恒不滿於人。朱竹垞與堯峰善，猶且譏其少可多怪，至閻潛丘掊擊不遺餘力，似有宿世之怨者。閻百詩云：「鈍翁文略一披閱，竟同嚼蠟，無餘味。」又云：「憶昔與鈍翁辯喪禮，初盛氣詆我，及重刻稿出，盡改以從我。」其餘譏鈍翁者，滿《劄記》中。雖輕薄之甚，頗多中窾者。

閻百詩以爲鈍翁之文，不但不及叔子，并其同儕中葉子吉方藹亦不及。橫得重名，非進賢冠及蘇州人之力乎？爲之憤絶。百詩之譏鈍翁亦太甚。子吉之文，余未見之，不知與鈍翁如何？至與叔子較優劣，余竊以百詩之言爲當。

杭堇浦云：「堯峰襲疏家郛郭，塗飾文集，欲以欺世之不窮經、不讀古書者。」此蓋謂《喪服考異》等篇也。閻百詩等又有異論。如是乎著述之難也。

徐斐然曰：「堯峰云：『吾文從歐入，不從歐出。』蓋自以爲希風在史遷也。愚謂漢以後之文，歐公得史遷之逸致，而明之震川亦頗得太史公之風神脉理焉。蓋堯峰之文，從震川入手，而上溯六一翁。然震川之文淡中神味無窮，堯峰不能如其淡，亦不能如其神味。六一之文夷猶頓宕，自在中流，堯峰亦步亦趨，而矜心作意惟恐失之。此其大較也。」

閻百詩曰：「魏叔子《歙縣程君墓表》首云：『程氏出周程伯休父後。東晋元譚由廣平持節守新安，有善政。』不覺大駭，太守安得有持節事？因考《晋書·職官志》《文獻通考》，并云持節有三，上曰使持節，得殺二千石；中曰持節，得殺無官位人；下曰假節，惟行軍得殺犯令者。至太守持節，乃唐武德元年改郡爲州，改太守爲刺史，方加號持節。然則刺史方持節，太守斷斷無之。太子太傅是官，非爵也。爵則公、侯、伯、子、男五等之謂。汪苕文謂『爵至太子太傅』，豈不可笑之至耶？」凡操筆者，須先考朝章典故。汪、魏皆名家，遺此刺議。我邦文士蹈此誤者尤衆，不可不戒也。

清初之文，余推魏叔子爲第一。然馮山公議之云：「寧都文有議論好而失考據，筆精利而少斡旋。」又云：「其文之曲折處在能縱，然其病亦在此，波折太過，繆戾叢生。」此言切中其病，好魏文者不可不知。

侯朝宗嘗遊吴下，將刻集，集中卒未脱稿者，一夕補綴立就。雖可見其才之豪，而不能免苟且之譏。或以爲朝宗本領淺薄，不亦宜乎！

魏勺庭曰：「予每讀朝宗文，如當勍敵，驚心動色，目睛不及瞬。其後細求之，疑其本領淺薄，少有當于古立言之義，又是非多愛憎失情實。而才氣奔逸，時有往而不返之處。」余讀朝宗文，一閲之，覺豪氣壓人；及再閲之，稍覺減色，是才有餘而學不足故也。叔子之言頗中其病。

朝宗文任氣太過，病在叫囂。計甫草曰：「朝宗文如以石激水，便爲波折，差乏風水相遇之致耳。」甫草所論，亦任氣之過也。

余讀李武曾《秋錦山房集》，其中有云：「自頃文章當絶續之會，一二恃才者出。或以數十年所欲爲之文，而成於數日夜，用以衒示於人，人亦以此争多之。或以山林遺逸，不能絶意於干謁，而挾其文以自豪於公卿之間。彼既不知所以自重，而支離瑣鄙稗官小説之餘，皆雜取而用之。今其書具存，其可謂有合於古之立言者否邪？然此一二人者既死，而大江南北翕然宗之。旦作一文，暮從而刻之；暮作一文，旦又從而刻之。又自以其意互爲評定，而群號爲大家。譬諸倚門之女，争妍取憐，觀者至不可甲乙，而其人猶相競而不已。嗚呼！古之文以載道，今之文乃不惟無當於道，而其雷同附麗之習中於人心，相率以爲故常，而不之怪。此有識之士所以執筆而三嘆也。」此言蓋皆有所指也。其曰「以數十年所欲爲之文，而成於數日夜」者，豈謂侯方域歟？集中又有《論文口號》，其一曰：「于一文章在人口，暮年蕭瑟轉欷歔。琵琶一足荒唐甚，留補齊諧志怪書。」據此，則其曰「支離鄙瑣稗官小説之餘，雜取而用之」者，謂王猷定也。二人皆名手，纔有此等事，則不免譏焉。實爲吾輩之炯戒。

汪鈍翁《跋王于一遺集》云：「小説家與史家異。古文辭之有傳也，記事也，此即史家之體也。前代之文，有近於小説者，蓋自柳子厚始，如《河間》《李赤》二傳、《謫龍説》之屬皆然。然子厚文氣高潔，故猶未覺其流宕也。至於今日，則遂以小説爲古文辭矣。太史公曰：『其文不雅馴，搢紳先生難言之。』夫以小説爲古文辭，其得謂之雅馴乎？既非雅馴，則其歸也亦流爲俗學而已矣。夜與武曾論朝宗《馬伶傳》、于一《湯琵琶傳》，不勝嘆息，遂書此語於後。」《馬伶》《湯琵琶》二傳，甚悦人耳目，余亦嘗喜之，既而覺其類《虞初》體，不敢復讀。堯峰雅俗之辨甚確。

惲子居《上曹儷笙書》，言近世文弊盡之，録以爲炯戒。曰：「古文，文中之一體耳。而其體至正，不可餘，餘則支；不可盡，盡則敝；不可爲容，容則體下。方望溪先生曰：『古文雖小道，失其傳者七百年。』望溪之言若是，是明之遵巖、震川，本朝之雪苑、勺庭、堯峰諸君子，世俗推爲作者，一不得與乎望溪之所許矣。望溪謹厚，兼學有源本，豈妄爲此論邪？蓋遵巖、震川常有意爲古文者也。有意爲古文，而平生之才與學，不能沛然于所爲之文之外，則將依附其體而爲之；依附其體而爲之，則爲支、爲敝、爲體下，不招而至矣。是故遵巖之文贍，贍則用力必過，其失也，少支而多敝；震川之文謹，謹則置辭必近，其失也，少敝而多支；而爲容之失，二家緩急不同，同出於體下。集中之得者十有六七，失者十而三四焉。此望溪之所以不滿也。李安溪先生曰：『古文，韓公之後，惟介甫得其法。』是説也，視望溪之言，有加甚焉。敬常即安溪之意推之，蓋雪苑、勺庭之失，毗于遵巖，而鋭過之，其病徵于三蘇氏；堯峰之失，毗于震川，而弱過之，其疾徵于歐陽文忠。震川、遵巖二家所畜有餘，故其疾難形。雪苑、勺庭、堯峰所畜不足，故其疾易見。噫！可謂難矣。然望溪之于古文，則又有未至者。是故旨近端，而有時而歧；辭近醇，而有時而窳。近日朱梅崖等於望溪有不足之辭，而梅崖所得，視望溪益庳隘。文人之見日勝一日，其力則日遜焉，是亦可虞者也。」

子居云：「文人之見日勝一日，其力則遜焉。」余觀子居歷詆前人，悉中其要害；及觀其自運，則未能過於雪苑、勺庭等，况於遵巖、震川輩乎？余未見朱梅崖之文，蓋學昌黎者也。子居又嘗云：「韓公天質近聖賢豪傑，而爲文從諸經諸子入，故用意深博，下筆奥衍精醇。梅崖止文人而爲文，又從韓公入，故詞甚古，意甚今，求煉則傷格，求遒則傷調。自皇甫持正、李南紀、孫可之以後，學韓者皆犯之。然其法度之正、聲氣之雅，較之破度敗律以爲新奇者，已如負青天而下視矣。」據子居此言，則知梅崖亦一名家，與子居頡頏者也。子居譏梅崖，以爲「文人而爲文」「詞甚古，意甚今」，然余觀子居之文，亦未能免此譏也。

明氏一代之文，潛溪失於漫，正學失於粗，遵巖、荆川失於宂。如震川之文，號爲三百年第一，亦不爲無失，失在於枯淡。故方望溪許其「有序」，而不許其「有物」。袁子才亦曰：「熙甫襲取廬陵俯仰揖讓之態，頗饒神韻，未可全非。其病如望溪才薄，亦由科名太遲，爲時文所累使然。」由此觀之，文章之難，自古而然，不獨近代也。

文章之失，不特近人有之，如震川、遵巖亦皆不免焉。等而上之，唐宋八家；又等而上之，《左》、《史》、諸子，雖異於後人之失，亦不能各無其病，學者宜慎避之。魏叔子云：「讀《左》《史》，則欲去其誣濫不經；唐宋大家，則欲去其偏見卮言，與文士之蹊徑、才人之氣習。夫非以求勝古人也，後之學者必有以勝古人，而後古人可學而至。故曰：智過其師，乃能如師。卑卑而守之，循循而效之，雖聲實并至，其去古人則已遠矣。」又云：「吾聞《史記》爲太史公未成之書。使太史公而在，當必更有改定。安見韓、蘇諸公于其文，遂謂一成不可易也？古人之文，自《左》《史》而下，各有其病。學古人者，必知古人之病，而力洗滌之。不然者，吾既自有其病，而又益以古人之病，則天下之病皆萃乎吾一人之身，其尚可以爲人乎哉？」云云。「退之《潮州謝表》，介甫、子固論揚雄，明允論樊噲，永叔論狄青，既皆有害其生平。而東坡於西伯受命改元之事，《論武王》引以爲據，《論周公》則闢其謬妄。《諫用兵書》，以唐太宗之征高麗爲戒；爲《策斷》，則據以爲可法。明允《上仁宗書》，極言任子之不可；於《文丞相書》，又言減任子非是。子由策民事，欲行國服；論青苗，則極言官貸之害。夫理明者，辭必簡；議論多，則意見亂，而自相牴牾者必甚。是以三蘇氏之論，古今爲獨絶，而論議之失平，亦蘇氏最多。」叔子之論并中諸子之病，其巨眼大膽可喜也。

叔子《雜説》又論唐宋八大家文云：「退之如崇山大海，孕育靈怪。子厚如幽巖怪壑，鳥叫猿啼。永叔如秋山平遠，春谷倩麗，園亭林沼，悉可圖畫。其奏劄樸健剴切，終帶本色之妙。明允如尊官酷吏，南面發令，雖無理事，誰敢不承？東坡如長江大河，時或疏爲清渠，瀦爲池沼。子由如晴絲裊空，其雄偉者，如天半風雨，裊娜而下。介甫如斷岸千尺，又如高士溪刻，不近人情。子固如陂澤春漲，雖漶漫，而深厚有氣力。《説苑》等敘，乃特緊嚴。然諸家亦有病。學古人者，知得古人病處，極力洗刷，方能步趨。否則我自有病，又益以古人之病，便成一幅百醜圖矣。」又云：「學子厚，易失之小。學永叔，易失之平。學東坡，易失之衍。學子固，易失之滯。學介甫，易失之枯。學子由，易失之蔓。惟學昌黎、老泉少病。然昌黎易失之生梗，老泉易失之粗豪，終愈于他家也。」叔子之言切中肯綮，瑕瑜不相掩。學八家者，當先知之，捨其瑕而取其瑜可矣。

叔子又論老蘇《上田樞密書》云：「豪邁足賞，然自占地步，峻嶒逼人，使人忌而生厭。蓋既爲進干求知之事，而又爲傲岸不屑之言也。八家中自昌黎作俑，而近世學步者愈可厭憎。如此篇首句『天之所以與我者，豈偶然哉』，便已無體。書以道情，開口一句，挺然便出議論，直作論耳。書雖文，要與面談相似。」

大蘇作文任才，尤多謬誤。如《赤壁賦》「月徘徊斗牛之間」，天官家議其違躔度；「客有吹洞簫者」，考據家議其器久亡。一篇中乖事實者猶如此，其他可知。

蘇東坡《二疏贊》曰：「孝宣中興，以法馭人。殺蓋、韓、楊，蓋三良臣。先生憐之，振袂脱屣。使知區區，不足驕士。」其立意超卓如此。然洪容齋云：「以其時考之，元康三年，〔一〕二疏去位。後二年，蓋寬饒誅。又三年，韓延壽誅。又三年，楊惲誅。方二疏去時，三人固無恙也。」方正學《嚴陵圖》詩曰：「糟糠之妻尚如此，貧賤之交安可倚？」世傳誦以爲知言。然魏勺庭云：「此亦少年聰明語耳。按，帝徵光不屈，在建武五年。而廢郭后，在建武十七年。相後蓋十二年矣。且帝於后，此時未有纖芥。子陵不卜筮，安得豫以十二年後之事，而薄帝於十二年之前耶？」二子之文皆議論好而失考據，不免後人刺譏，是尚足傳信乎？

茅鹿門尤尊八家者也，然其言猶有不滿者。於韓公，議其不得《史》《漢》序事法；於柳州，議其多沿六朝之遺；於南豐，議其光焰不外爍；於蘇氏兄弟，議其乏結構剪裁，是可謂不阿其所好者矣。要之八家爲文章正宗，後世遵之者弱，悖之者妄，如近世杭堇浦之言。故學八家者，須捨其短而取其長，學其格法而不襲其辭意，庶免弱與妄之譏歟？

〔一〕三，原作「二」，據《容齋隨筆》卷四改。

顧寧人曰：「韓文公文起八代之衰。若但作《原道》《原毁》《争臣論》《平淮西碑》《張中丞傳後序》諸篇，而一切銘狀概爲謝絶，則誠近代之泰山北斗矣。」寧人之論雖過酷，而未嘗爲不中理。文之不關世道人心者，固宜不作。而文人好弄筆墨，衒作狡獪，果何益哉？

拙堂續文話卷八

聖賢之道術非文不明，古今之事業非文不傳，故古人以爲貫道之器，又以爲經國之業。文之不可以已也如是哉！清胡天游曰：「古今人皆死，唯能文章者不死。雖有聖賢豪傑，離文章，則其人皆死。」天游此言，雖不免有圭角，然論實痛快。

《書》言體要，《易》言物序，聖賢之文章可見矣。宋人之語録非無物也，如無序何！明人之八股非無體也，如無要何！若夫六朝綺靡之文，五代俳諧之文，近世李、王模擬之文，袁、徐奇衺之文，并不從世道人心起見，是特戲耳，不算爲文章矣！

文章之所以難者，何也？苟無其材，雖務學，不可强而能也。苟無其學，雖有材，不能驟而達也。有其材，有其學，而非其人，猶不能以有立焉。故文字之能立於世，皆其人行能卓然者也。若徒學其文，而不學其人，豈其可耶？

人能卓然有所立於其中，而後氣充溢焉；氣充溢焉，而後言語文字不可磨滅矣。夫氣者，蓄於方寸之中，而塞於天地之間，而著於千萬歲之下。然欲驗其迹，必借言語文字而後見之。言語文字赫然涉千萬歲而不蝕，必以其有浩然傑然之氣也。故言語文字末也，氣爲之本矣。但氣之所以浩然傑然者，又以其能卓然有所立於其中也已。

老之高古，屈之感憤，莊、列之荒唐，荀卿之闊大，韓非之峭深，孫、吴之簡切，賈誼、晁錯之慷慨，董仲舒、劉向之爾雅，皆卓然有所立於其中，故能有斯氣，而後有斯文也。但諸子之文各陷一偏，蓋其人或君子，或豪傑，故氣不得不偏，言不得不雜，或流爲異端。唯聖賢者，君子而豪傑，其氣正大光明，而言亦正大光明，愈遠而愈著，所以爲萬世之標準也。

賈誼、晁錯之文，有豪傑氣象。董仲舒、劉向之文，有君子氣象。唯退之、永叔殆兼君子、豪傑之氣，其人雖未若古之聖賢，其文則庶幾矣。

六經、《語》、《孟》，道之與文并至者也。如《法言》《中説》，道之與文并未至，而擬其面目，非僭則妄矣。唯韓子《原道》《師説》等篇，議論文字并爲絶頂，三代以下所絶無而僅有。論者以爲與六經相表裏，信不誣也。

韓子論文云：「所謂文者，必有諸中。是故君子慎其實。」又云：「行之乎仁義之途，游之乎《詩》《書》之源，無迷其途，無絶其源。」未嘗裂道與文爲三也。〔一〕或疑韓子不足於道，非知韓子者矣。近世錢大昕有詩云：「韓子文皆從道出，温公事可對人言。」是誠爲篤論。

文必原本經術，故韓子曰「約六經之旨以成文」。且所謂「約六經之旨」者，不止作文之説也，治經之法，亦當如是。唯能約經旨，故不拘章句，不泥訓詁，施而行之，無所窒礙，是信爲通儒全才。若夫拘束執滯，泥其迹而不得其情，知其常而不達其變，欲資章甫而適越，舞干羽以却虜，此迂儒老生之所以無益於人國也。

沈椒園云：「《書》曰：『辭尚體要。』文中子以爲學必貫乎道，而後能文。夫道在天地間，彌綸無際，而極乎纖微。其義藴，則六經、四子之書固無不包舉矣。故不通經，則不能文。文不出入於經，徒文焉耳，安能本乎道而得其體要哉！自孟子以來，得語於此者，在漢惟賈誼、董仲舒、揚雄，在唐惟韓退之，在宋惟歐陽永叔、曾子固，在明惟歸熙甫。其他之以文名者，雖代各有人，然皆不足與數子爭雄長。」沈氏之所舉未盡得其人，然言文本乎道，確不可易也。

〔一〕三，疑當作「二」。

韓子云:「氣,水也;言,浮物也。水大而物之浮者大小畢浮。」然氣有偏全,言有正駁,唯本乎仁義者,其氣全而言正。故韓子又云:「仁義之人,其言藹如也。」

氣振者,文不求而至。唯氣莫振於忠義,故如劉蕡對策、胡銓封事,皆足刮人目。二子文才固不望於韓、歐後塵,而二篇之文萬世不磨,豈非忠義之氣使然乎?

胡澹庵請斬秦檜封事,磊磊落落,足快萬世人心。再求如此者,前於澹庵,漢有張儉之奏侯覽、審忠之彈朱瑀、張鈞之請斬十常侍,唐有柳伉之請斬程元振;後於澹庵,宋有文天祥之請誅董宋臣,明有楊繼盛之劾嚴嵩父子、楊漣之劾魏忠賢,并激烈憤切,足以懾服群奸之心。是亦忠義之氣發爲文章者矣。

文涉俳偶者,氣象萎苶不足觀焉。唯駱賓王之檄、陸宣公之疏,一氣行之,如行雲流水,讀之不覺其俳。乃知文以氣爲主,而氣又以忠義爲烈,不必關俳散之別也。

經世之文,漢有賈山《至言》,賈誼《治安策》,晁錯《言兵事書》,主父偃《諫伐匈奴書》,董仲舒《天人策》,路温舒《尚德緩刑書》,趙充國《屯田策》,諸葛亮《出師》二表;晋有郭欽《請徙雜胡疏》及江統《徙戎論》;北周有蘇綽政事六條;唐有魏徵《十思》《十漸》,姚崇《十事要説》,陸贄上德宗諸疏,韓愈《佛骨表》《淮西事宜》,杜牧《戰論》《守論》《罪言》;五代有王朴《平邊策》;宋有范仲淹《攻守戰備策》,蘇洵《審敵》,蘇軾諸策、《上神宗書》，李綱上徽、欽、高三宗奏議，陳亮《上孝宗書》《中興五論》，皆有關於社稷生民，非徒作者。如我朝三善清行意見封事，比之諸子，亦無愧色。并宇宙間不可磨滅者矣。

長沙策云：「仁義恩厚，人主之芒刃也；權勢法制，人主之斤斧也。今諸侯王，皆衆髖髀也，釋斤斧之用，而欲嬰以芒刃，臣以爲不缺則折。胡不用之淮南、濟北？勢不可也。」後人因此數語，疑長沙爲申、商術。余謂長沙論體貌大臣，藹然有三代典刑。且論禮與法之别云：「道之以德教者，德教洽而民氣樂。驅之以法令者，法令極而民風哀。」因痛斥秦之苛法，猶是洙泗遺旨，何曾雜於申、商？但當時諸侯越制逾度，勢將謀反，故其說如此，不得已之言已。如崔寔《政論》、蘇洵《審勢》，一意尚殺，以爲不如是，則法不行，主不尊，是真申、商之術耳，與長沙說有天淵之别。

秦漢以來，至宋諸大儒出，誠意正心之學捨而不講，千有餘年矣。其間有一二豪傑之士，能見及之。如董仲舒對武帝策所云：「人君正心以正朝廷，正朝廷以正百官，正百官以正萬民，正萬民以正四方。」及韓退之《原道》引《大學》條目以排二氏，可謂鳳鳴朝陽矣。然二子生遭文明之世，學究天人，其見及之，猶不足異。獨蘇綽生長濁亂之世，及其一出佐宇文氏，陳論政事六條，其一「治心」，曰：「凡今之方伯守令，皆受命天朝，出臨下國，論其尊貴，并古之諸侯也。是以前世帝王每稱共治天下者，唯良宰守耳。明知百僚卿尹雖各有所司，然其治民之本，莫若宰守之最重也。凡治民之體，先當治心。心者，一身之主，百行之本。心不清净，則思慮妄生。思慮妄生，則見理不明。見理不明，則是非謬亂。是非謬亂，則一身不能自治，安能治民也？是以治民之要，〔一〕在清心而已。夫所謂清心者，非不貪貨財之謂也，乃欲使心氣清和，志意端靜。心和志静，則邪僻之慮無因而作。邪僻不作，則凡所思念，無不皆得至公之理。率至公之理，以臨其民，則彼下民孰不從化？是以稱治民之本，先在治心。其次又在治身。凡人君之身者，乃百姓之表，一國之的也。表不正，不可求直影；的不明，不可責射中。今君身不能自治，而望治百姓，是猶曲表而求直影也。君行不能自修，而欲百姓修行者，是猶無的而責射中也。故爲人君者，必心如清水，形如白玉。躬行仁義，躬行孝悌，〔二〕躬行忠信，躬行禮讓，躬行廉平，〔三〕躬行儉約，然後繼之以無倦，加之以明

〔一〕民，原作「心」，據《周書·蘇綽傳》等改。
〔二〕躬行孝悌，據《周書·蘇綽傳》等補。
〔三〕躬行廉平，據《周書·蘇綽傳》等補。

察。行此八者，以訓其民，是以其人畏而愛之，則而象之，不待家教日見，而自興行矣。」此條實得孔孟正旨。其餘五條，曰「敦教化」，曰「盡地利」，曰「擢賢良」，曰「恤訟」，曰「均賦役」，皆切當時務，能使宇文氏施行之，以致小康。以至子孫富强，力能平强齊，蓋亦不可謂非綽之遺謀。當時人稱綽爲王佐才，宜矣。而治心之論卓絶千古，是尤可貴爾。

樊川《罪言》論天下兵「上策莫如自治」，可謂要言不煩矣。余嘗謂秦内務耕織，外務戰鬥，不如六國般樂怠敖，恃游士口舌以自安，亦可謂能自治矣，故力能并天下。但其所以治者非是，故一傳而亡。夫以秦之暴，猶且以自治并天下矣，況以仁義道德自治者乎？樊川之言不止爲當時之務而已。

古今奏議，以唐陸宣公、宋李忠定公爲第一。二公皆遭昏主，不得行其志，千載之下使人腐心。但德宗雖昏闇，從宣公之言者亦過半矣。如欽、高二君，加之以懦弱，雖心善忠定，而畏金人如虎，終爲奸佞之言所奪，忠定之議一不得施行。余每讀《靖康傳信録》《建炎進退志》，未嘗不廢卷長嘆。

李忠定忠義智勇爲當世第一，兼明兵事。其乞修軍政、教車戰、造戰船、募水軍等劄子，皆瞭然如視掌。當時用之皆有功效，非膠柱鼓瑟者之比。宋代名臣可比忠定者，唯范文正公在伯仲間耳。求之明朝，以于忠肅之忠義經綸，兼王文成之文章兵略，可謂數百年來全才矣。

韓昌黎、王陽明皆諫迎佛骨。昌黎之表直切，陽明之疏婉曲，并足戒萬世好佛之主矣。元主世世皆佞佛，當時臣僚亦多以此爲言。余尤喜鄭介夫《太平策》，言汰僧尼曰：「季路問事鬼神，子曰：『未能事人，焉能事鬼？』『敢問死。』曰：『未知生，焉知死？』此一章，乃三教是非之所由分也。況達磨面壁九年，維摩不二法門，止爲身計，何嘗施禍福於人？張道陵遠處深山，薩真人一瓢自隨，厭與俗接，何曾妄有希求？往年見帝師之死，驛取小帝師來代，不過一庸厮耳。[一]舉朝郊迎，望風羅拜，愚一至此哉！昔達磨自南天竺來，梁武帝問曰：『朕造寺，捨經度生，不可勝紀，有何功德？』師曰：『并無功德。』此但天人小果，有漏之因，如影隨形，雖有非實。』此語足以解求福田利益者之惑。陳摶隱華山，宋太宗召至，使宰相宋琪等問以修養之道。對曰：『煉養有術。縱使白日升天，何益於治？今聖上洞達古今，深究治亂，正君臣合德致治之時。勤行修煉，無以加此。』斯言可爲求神仙者之鑒。」此段引古今，破人主之惑，操戈入

[一] 厮，原作「厠」，據《歷代名臣奏議》卷六十八改。

室，斷無數葛藤，何等快活！

此邦民間有「三日法度」之語，言新令不久行也。鄭介夫《太平策》言定律云：「號令不常，初降隨没，遂致民間有一緊二慢三休之謡。京師爲四方取則之地，法且不行，况四方乎？」可謂彼此同慨矣。

明人經世之文，太祖時有葉伯巨應詔上書，謂：「臣觀當今之事，太過者三：分封太侈也，用刑太繁也，求治太速也。」三條共數千言。書上，帝大怒曰：「小子間吾骨肉。」逮死獄中。先是，伯巨將上書，語其友曰：「今天下惟三事可患耳。其二事易見而患遲，其一事難見而患速。」其意蓋謂分封也，言尤有明驗。今録其略云：「今裂土分封，使諸王各有分地，蓋懲宋、元孤立，宗室不競之弊。而秦、晋、燕、齊、梁、楚、吴、蜀諸國，無不連邑數十，城郭宫室，亞於天子之都，優之以甲兵衛士之盛。臣恐數世之後，尾大不掉。然後削其地而奪之權，則必生觖望。甚者緣間而起，防之無及矣。」然是時爲洪武九年，諸王止建藩號，未曾裂土，不盡如伯巨所言。迨末年，燕王屢奉命出塞，勢始强，後因削奪稱兵，遂簒天下。人乃服伯巨先見云。其他用刑、求治二事，亦切中太祖之病。其後解縉上萬言書，亦首及繁刑，帝雖嘉許而又不能用。胡藍之獄，宿將略盡，至靖難兵起，京師不守，豈非由謀國無人乎？

英宗時，劉球上疏，諫大舉征麓川。其末云：「至於瓦剌，終爲邊患。及其未即騷動，正宜以時防禦，迺欲移甘肅守將以事南征，卒然有警，何以爲禦？臣竊以爲宜慎防遏，如周、漢之於玁狁、匈奴也。」後應詔上言所宜先者十事，又以爲迤北貢使日增，包藏禍心，誠爲難測。時王振主謀南征，球以忤其意，被構而死。後數年，瓦剌果入寇，英宗北狩，亦可謂先見矣。

憲宗時，商輅復入閣，首陳八事，語皆簡易可行。其一「勤聖政」，謂：「勤非下侵庶職，在戒逸欲，法乾健。各司章奏之外，所當究心者，望詢於大臣，見諸施行。」此條實爲萬世人主之戒。人主之病每在逸樂，其稱勤政者，亦病如秦始量書、隋文傳餐，并非法乾之意。商輅號爲賢相，其進言以此爲首，可謂知先務矣。

孝宗時有蔡清疏，略曰：「今日急務在朝廷之紀綱，而其次在邊境。今士大夫皆謂罪可以計免，功可以權得，苟利其家，朝廷之事不暇顧也。民之貧者，無立錐之地，而宦官厮養富過王侯。〔一〕朝廷錙銖取於民以爲士馬資者，半入於庸將之家，而轉輸於權幸之門，於是兵弱而不能衛民。蓋士風弊，則人才乏；民力屈，則兵力弱，勢也。夫

〔一〕厮，原作「厠」，據《明臣奏議》卷七蔡清《請振紀綱疏》改。

賢者必用，不肖者必去；功必賞，罪必罰，此紀綱之大要也。若夫本，則在人主之一心。心正，而後事可理；理明，而後心可正；講學，而後理可明。真氏《大學衍義》一書，不易之則也。」孝宗爲明代賢君，疏綱闊目，與民休息，或有吏治偷惰之患。虛齋以振紀綱爲言，而推本於正君心，實爲探原之論。大儒之言，有本末如是。

王伯安文章、兵法卓出一代，孝宗朝疏陳邊務八事。其目一曰「蓄才以備急」，二曰「捨短以取長」，三曰「簡軍以省費」，四曰「屯田以給食」，五曰「行法以振威」，六曰「敷恩以激怒」，七曰「損小以全大」，八曰「嚴守以乘敝」。〔一〕按，明氏中葉以來，邊兵驕惰脆弱，不能禦外侮。使陽明策果行，庶幾足救其弊矣。其後陽明爲閫帥，平南中諸賊，實用此策，以奏功效，異於他能言而不能行者。

武宗允秦藩請，欲益以陝之邊境。兵部科道交奏不可，上不聽，楊廷和、蔣冕引疾不草制。梁儲曰：「皆引疾，孰與事君？」上震怒，内臣督促，儲承命草曰：「昔太祖著令曰『此土不畀藩封』，非吝也。念此土廣且饒，藩封得之，多蓄士馬，饒富而驕，奸人誘爲不軌，不利宗社。今王請祈懇篤，朕念親親，畀地於王，王得地，宜益謹，毋收聚奸

〔一〕敝，原作「敵」，據《明臣奏議》卷九王守仁《陳邊務疏》改。

人，毋多養士馬，毋聽狂人勸爲不軌，震及邊方，危我社稷，是時雖欲保全親親，不可得已。王慎之毋忽。」上覽制，駭曰：「若是其可虞，其勿與！」事遂寢。此以制詔爲諫疏，譎而正，太史公所云「談言微中，亦可以解紛」者也。事闇君者，須知此術，何必訐直賈禍，而終爲愛君哉！

明人諫君多過激者，其議大禮，至結黨大哭，是豈知事君之禮哉？其議雖是，猶且不可，況不盡是乎！蓋當時士大夫求名之念，甚於愛君之心，余不甚取。

世宗時，有楊椒山劾嚴嵩疏，驚天動地，足解千古人心之憤。其妻張氏請代夫書，亦精誠動人，可謂斯夫而有斯妻矣。當時沈束亦論嚴嵩，下獄，迄嵩去位，在獄十六年矣。其妻亦爲姓張氏，上書言：「臣夫家有老親，年八十有九，衰病侵尋，朝不計夕。往臣因束無子，爲置妾潘氏。比至京師，束已繫獄，潘矢志不他適，乃相與寄居旅舍，紡織以供夫衣食。歲月積深，悽楚萬狀。欲歸奉舅，則夫之饘粥無資；欲留養夫，則舅又旦暮待盡。輾轉思惟，進退無策。臣願代夫繫獄，令夫得送父終年，仍還赴繫。實陛下莫大之德也。」兩夫妻同時同烈，而二婦人同姓氏，豈不亦奇乎？

當時又有子請代父死者，爲御史馮恩子行可。恩亦直臣，屢上疏，論大學士張孚敬、方獻夫，都御史汪鋐等奸，下獄。比朝審，鋐當主筆，挫辱恩。恩抗言不屈，時人謂非但口如鐵，其膝、其膽、其骨皆鐵也，因稱「四鐵御史」。明年行可上書，請代父死，不許。其冬事益急，行可乃刺臂血書疏，自縛闕下，謂：「臣父幼而失怙，祖母吴氏守節，教育底於成立，得爲御史。舉家受禄，圖報無地。私憂過計，陷於大辟。祖母吴年已八十餘，憂傷之深，僅餘氣息，若臣父今日死，祖母吴亦必以今日死。臣父死，臣祖母復死，臣煢然一孤，必不獨生。冀陛下哀憐，置臣辟，而赦臣父，苟延母子二人之命。陛下僇臣，不傷臣心；臣被戮，不傷陛下法。謹延頸以俟白刃。」此以緹縈之節，陳令伯之情，足感動人。帝之猜忌，覽之亦惻然，遂遣戍雷州。父子忠孝俱可嘉也。

世宗朝多直臣，其尤忠誠者，前有楊繼盛，後有海瑞。繼盛臨刑賦詩曰：「浩氣還太虛，丹心照千古。生平未報恩，留作忠魂補。」至死猶有愛君之言。瑞以直諫觸帝怒，下獄俟决，俄而帝崩。穆宗即位，詔釋之。瑞在獄，初未知穆宗登極，提牢主事以爲瑞且録用，設酒饌款之。瑞疑當赴市，恣飲啖不顧，主事附耳語其事，且曰：「先生今即出大用矣。」瑞即大慟，嘔出所飲食，隕絶於地，終夜哭不絶聲。夫疑其當死，而恣飲啖，已不可及矣；至於不恤其死，而悲君之死，更見愛君之誠也。二人用心，與當時議禮諸臣，何啻霄壤！

海忠介疏痛切明快，足解人主之惑。當時帝久不視朝，專意齋醮，廷臣自楊最、楊爵得罪後，無敢言者。忠介患之，獨抗疏論之。今録其略曰：「陛下即位初年，敬一箴心，冠履分辨，天下欣然望治。未久，而妄念牽之，謬謂長生可得，一意修玄。二十餘年，不視朝政，法紀弛矣；推廣事例，名器濫矣。二王不相見，人以爲薄於父子；以猜疑誹謗，戮辱臣下，人以爲薄於君臣；樂西苑而不返，人以爲薄於夫婦。吏貪官横，民不聊生，水旱無時，盗賊滋熾。陛下試思今日天下爲何如乎？自古聖賢垂訓，未聞有所謂長生之説。陛下師事陶仲文，仲文則既死矣。彼不長生，而陛下何獨求之？誠一旦翻然悔悟，日御正朝，與諸臣講求天下利病，洗數十年之積誤，使諸臣亦得自洗數十年阿君之耻，天下何憂不治？萬事何憂不理？此在陛下一振作間而已。」

神宗時，刑部侍郎吕坤疏陳天下安危，略曰：「自古幸亂之民有四：一無聊之民，身家俱困，因懷逞亂之心；二無行之民，玩法輕生，淫掠是圖；三邪説之民，白蓮結社，所在成聚；四不軌之民，乘釁蹈機，惟冀有變。陛下約己愛人，則四民皆赤子，否則悉爲寇仇。今天下蒼生貧困矣。臣久爲外吏，見凍骨無兼衣，饑不再食。君門萬里，孰能仰訴？今國家財用耗竭矣。壽宫費幾百萬，織造費幾百萬，寧夏變，黄河潰，大工、采木，費又各幾百萬，非雨菽涌金，安能爲計？今國家防禦疏略矣。三大營馬半羸敝，人半老弱；九邊兵勇於挾上，怯於臨戎；外衛兵皮骨僅存，折衝奚賴？設有千騎横行，必選民兵。以怨民鬥怨民，誰與合戰？人心者，國家命脉也。今日之人心，惟望陛下收之而已。陛下以患貧爲事，不知天下止有此數。君欲富則天下貧；天下貧，而君豈獨富？惟陛下密行臣言，則人心悦，天心回矣。」按，此疏所言，悉中時弊。至曰「約己愛人，則四民皆赤子」，又曰「人心者，國家命脉也」，二語可爲人主屏扆箴，可謂名言不磨矣。恨神宗不用其言，封福王，殆竭天下財力，人心益畔，遂胚胎後嗣流寇之禍。而流寇豈非所謂四民者乎？

明季流寇之禍，天地剖判以來所未曾有。莊烈以勤儉之主致之，至身殉社稷，殆不可解。未嘗不追咎當時諸臣也，然帝實有以取之。蓋人君之德，在知人善任。唯帝不能知人，故其所任非温體仁之奸，則楊嗣昌之佞。崇禎五十相，忠正者無幾人。是無他，由帝之猜忌也。劉宗周早窺知之，崇禎二年上疏，有云：「臣伏見陛下勵精求治，宵旰靡寧，然程效太急，不免見小利而速近功。」云云。「陛下求治之心，操之太急，醖釀而爲功利。功利不已，轉爲刑名。刑名不已，流爲猜忌。猜忌不已，積爲壅蔽。正人心之危，所潛滋暗長而不自知者。誠默正此心，使心之所發悉皆仁義之良，以育天下，以正萬民，自朝廷達乎四海，莫非仁義之化，陛下已一旦躋於堯、舜矣。」此實爲拔本塞源之論，惜帝不能用之，故雖勤儉愛民，竟不能免亡國之禍也。

黄道周上疏，又請帝勿用小人，略曰：「臣見諸大臣皆無遠猷，動尋苛細。治朝宁者，以督責爲要談；治邊疆者，以姑息爲上策。序仁義道德，則以爲迂昧；奉刀筆簿書，則以爲通達。一切磨勘，則葛藤終年；一意不調，則株連四起。陛下欲整頓紀綱，斥攘外患，諸臣用之以滋章法令，摧折縉紳；陛下欲剔弊防奸，懲一警百，諸臣用之以借題修隙，斂怨市權。且外廷諸臣敢誑陛下者，必不在拘攣守文之士，而在權力謬巧之人；内廷諸臣敢誑陛下者，必不在錐刀泉布之微，而在阿柄神叢之大。惟陛下超然省覽，旁稽載籍，自古迄今，決無數米量薪，可成遠大之猷；吹毛數睫，可奏三五之治者。」此亦切中當時叢脞之弊，可謂對症發藥矣。念臺、石齋二公并明末大賢，故其言不孟浪也。孔子曰：「有德者必有言。」蓋德，本也；言，末也。天下之事，本立而末從之，學者其可不用力本根乎？

跋

右《文話》正、續十六卷，我拙堂先生憂近世文弊所作，使恪與秦文卿校且跋之。恪竊謂文之弊久矣，近世爲甚。故人不以爲小技，則謂之末藝，此徒見其外而不知其中故耳。苟知文之不止於外，豈可縱任其弊哉？但其弊已深，非有力者，孰能矯而整之？恪不敏，固不足以知先生，然親炙之久，竊知其學所得未嘗止於外之文也。然則摧陷廓清之任，捨先生而誰歟？且君子之心，豈獨善其身云乎哉？人有所缺，吾則補之；人有所惑，吾則解之。工匠術師於子弟猶且有所憂，况君子之於世乎？知其憂而後可以讀《文話》矣。不然，其精微之見，剴切之論，節奏、間架、步驟之説，徒供其外飾而已。則此書之行，户誦家藏，奉爲山金淵珠，其所憂猶在焉。若能由此書求之乎古，研而覈之，體而玩之，必藴乎中而發乎外，則先生之憂始解矣，而文之果不爲小與末也。校既畢，語之文卿，文卿曰：「然哉！是先生之意也，何不以告世之讀此書者？」遂書爲跋。

天保六年乙未季秋，受業門人土井有恪謹識。

唐宋八大家文格五卷

川西函洲 撰

《唐宋八大家文格》五卷

川西函洲　撰

川西函洲（1801—1842），名潛，字士龍，號函洲，通稱確輔、三助。江户（今東京）人。本姓中井，幼爲三河舉母藩士川西惟孝養子。從學於舉母藩儒竹村賁。二十五歲喪父，服除後入昌平黌。後遊平安一年，復漫遊西南海。歸江户後，於萱街開帷授徒。藩主内藤政優戍大阪，川西函洲以文學扈從，任藩校崇化館儒官。天保十三年（1842）二月告病閉居，十九日於舉母城決腹自刃。友人整理有《函洲遺稿》。

川西函洲活躍於江户末期，其時朱子學早已式微，伊、物之學在盛行之後也不斷引起反思，但他「説經歸本宋儒」「所好乃宋學」（鹽谷世弘《函洲遺稿序》），趨向頗與衆不同。川西函洲性情慷慨逸宕，藩主内藤政優「好物茂卿學，暇則會侍臣講習，士龍學宗新安，議論多弗諧者」（鹽谷世弘《川西士龍傳》），但他仍固守主張。在文章見解方面，也與徂徠之倡揚七子有顯著不同。安積艮齋序指出：「至蘐園翁出，則才力足以振之，學殖足以運之，筆力閎肆，超脱俗習，大有功於藝林矣。而顧獨染指於李、王詭僻之文，貽誤後學不尠。五十年來諸老先生始悟其非，專刻意於唐宋八家，而參之以有明宋景濂、方希古、唐荆川、王遵巖諸家。」川西函洲的文章之學，正是當時這一借唐宋派而反撥七子的思潮體現。

川西函洲本人文章即由唐宋派入手，「其文頗類學歐陽廬陵、唐荆川者」（木下業廣《函洲遺稿跋》），《唐宋八大家文格》是他揣摩與講授文法的代表性文章選本。川西函洲自述學文經歷，他曾遍閲八家之文，又參考《古文關鍵》《文章軌範》等選本，皆不能悟入。後得唐順之《文編》，根據其中所附評語，得窺文章之法。如安積艮齋序文聲言，《文格》之成書，乃「川西士龍就荆川《文編》拔其係八家者而選次之」。

《文編》六十四卷是唐順之編纂的文章總集，取由周至宋之文分體纂成，包括制策、疏、表、奏、劄子、論、辭命等近三十種文體。《文格》取材則僅限於唐宋八家，分爲文字集、不字集、能字集、無字集與法字集，共五卷。卷名用字實際來自唐順之《文編序》中的「不能無文，而文不能無法」一説，突出了法度的重要意義。前四卷皆爲序、記，卷五爲論，選文共計 149 篇，與自序所説「文百四十七篇」有所出入。《文格》所録僅限序、記與論，文體更顯集中，而《文編》中卷二十一至三十五爲論，卷五十二至五十四爲序，卷五十五至五十七爲記，序、記及論的比重并不太大。這一選擇應該與川西函洲自身偏長有關，《函洲遺稿》收録他的遺作共14篇，而序與記就有8篇之多。

無論是安積艮齋、緑山家三還是川西函洲本人，他們在序文中都指出了《文編》是《文格》的選源，但實際上川西函洲的搜羅視野并未被《文編》所限，他應該還參考了其他通行選本與八家别集。《文格》選録的文章中有28篇不見於《文編》，而這其中有24篇被茅坤的《唐宋八大家文鈔》收録。川西函洲將這149篇文章按照格法進行歸并，劃分出立説、假説、叙事、翻題、貶題、借題等七十格，借文説法，實具文章指南功用。從格法名稱即可看出，他所强調的皆爲篇法，這或與他有懲於七子一派字摹句擬的弊端有關。川西函洲生活的時代，七子文風漸趨消歇，唐宋派開始成爲習仿對象。但時人往往只是指出唐宋文章之平易通達，高出七子一籌，却罕有言及具體入手之訣。川西函洲細分格法，無論是對於文章研讀還是依樣擬作，其指示門徑價值都是顯而易見的。

《文格》七十格的歸納，受到了唐順之的直接啓發，《文編》「至八家文，往往題格曰『此立説也』『此纍棋也』」。如《文編》在蘇軾《超然臺記》後有評語「前發超然之意，後段叙事」，《文格》即據之立「解意兼叙事格」。歐陽修《夷陵縣至喜堂記》有唐順之評語：「前段言風不美而太守能變其俗，後段言仕宧得善地，此文前後亦不用照應。」《文格》即立有「不照應格」。不過《文編》評語言及格法僅是偶一爲之，川西函洲由此推拓，格法細化而具規模，對初學入門而欲窺古文變化之妙，當不無裨益。至於捨筏登岸，由唐宋而溯秦漢，自是荆川見解，也已在《文格》諸序中一再呈現。

《文格》有天保十年（1839）刻本，又有文久三年（1863）再刻本。明治十一年（1878），片山勤增入儲欣、沈德潛、浦起龍等各家評點，而删去安積艮齋、緑山家三之序文及中井豐民跋，刻成《唐宋八大家文格纂評》。今據天保刻本録入，將明治本《例言》附於原序之後。天保本目録僅有格名，現據正文將選文標題與作者移入格名之下，文章本文不録。

唐宋八家文格序

吾邦文章之起遠矣。遣唐之使、留學之士，與唐朝諸名士相交，親承指授，才藻之美彬彬如也，惜其未脱駢儷之習耳。爾後數百年，多亂少治，干戈相尋，文章蕩然掃地而盡矣。元和鞬櫜以還，操觚之士寖興。其文雖未精暢，亦頗知以韓、歐爲法。至蘐園翁出，則才力足以振之，學殖足以運之，筆力閎肆，超脱俗習，大有功於藝林矣。而顧獨染指於李、王詭僻之文，貽誤後學不尠。五十年來諸老先生始悟其非，專刻意於唐宋八家，而參之以有明宋景濂、方希古、唐荆川、王遵巖諸家。於是文章之道大開，高者可以進配韓、歐，次亦不下唐、王諸子。猗歟盛矣！後進之士聞風而興，争皆以文章相濯磨，多斐然可觀者。然其間體格或少變化，辭句或不鎔煉，議論或多駁雜之弊，求其粹然無瑕疵者幾希。豈才力不足歟？學殖不博歟？抑未熟於法也。苟熟於法矣，其所到寧可量耶？蓋吾邦世愈降而文愈精，正與彼邦相反。則英俊之士前唱後和，巧力益至，庸詎知百年之後，無文章雄跨乎百代而媲美於韓、歐者，果出于東方君子之國乎哉？予不自揆，思欲精讀古人之集，分體分格，彙輯成編，以窺變化之妙而未果也。兹者川西士龍就荆川《文編》拔其係八家者而選次之，以付剞劂，可謂實獲我心矣。或曰：「古人作文皆自胸中流出，不求格而格生焉。今欲就格作文，無非捨其本而惟末之趨乎？」予竊以爲不然。古人之文雖不規規於體格，而其開闔呼應、操縱頓挫之法森然不可紊。而縱横揮霍，變化百出，又不可概以一律。此豈無意焉而能然哉？今乃曰古人惟自胸中流出，而不肯留意於法，則荆川之分格皆非，而後之作者皆鹵莽滅裂而止爾。此匪直東海終不可出韓、歐，抑使蘐園至今齒冷也，豈士龍刻此書之意哉？予故爲之序，俾讀者知所自勉焉。

天保己亥清和月，艮齋安積信撰。

唐宋八大家文格序

余嘗欲窺古文變化之妙，就古人集中求之有年矣，然未有所得也。既而讀唐荆川《文編》，至其分格者，乃翻然悟曰：此可以窺其妙矣。蓋古人之作文，胸中湛然，不留一物。至其觸物感事，勃然不能自遏，而發諸文辭，滔滔爲流水，徐徐爲行雲，皆應機而出，有不期然而然者，故其文變化無窮。然而初學欲直窺之，則入無門徑，從無方體，茫乎不知所向。故唐氏特就易悟之文分其格，以示表凖也。而爲格數十，今以此而求其妙，則軌度有限而變化無窮，如不能以窺其萬一。然善推類以求之，則不唯盡唐宋八家之文，雖周、秦、兩漢亦不出其範圍也。盍觀夫天象乎？日月之運行、星辰之躔度固不易測，因設游儀衡管以窺之，則其運行、躔度無一不可知。夫古人之文，日月星辰之行度也；唐氏之格，渾天宣夜之儀管也。學者苟據此，則得其門徑、方體，而可以窺其妙矣。此唐氏之所以分格以教人也。後之據此格者，果能熟之於胸中，而融會貫通，則至其作文也，意與格適，辭與機應，千態萬狀，變化無窮，豈唯窺其妙而已哉？

余友川西士龍既鈔其分格者，今又欲上之梓以示初學，而徵序於余，乃書所嘗得於其格者以爲序。

天保己亥仲夏，仙臺緑山氏家三撰。

唐宋八大家文格序

余少年有志於文辭，而賦質譾劣，每苦不得其方。既讀荆川唐氏集，曰：「秦漢之文，法密而難窺；唐宋之文，法嚴而不可犯。文之必有法，出乎自然而不可易者。」因專讀唐宋八家之文，自儲氏、沈氏之選，至《軌範》《關鍵》之類，莫不一一致詳焉，而亦毫無所得。後又得唐氏《文編》而閲之，則上自秦漢，下至唐宋八家之文，悉批而評之，網羅略盡。而其至八家文，往往題格曰「此立説也」「此纍棋也」，絲分縷析，使讀者知所措手。然後向之難窺者略得頭緒，而其不可犯者秩有條理。反覆潛玩，積以歲月，恍覺若有得。間嘗執筆命意，格前定而語不躓，因私自喜。又私自謂：古之人養之於衍義，磨之於事業，而奮發於文章。言出爲文，文成而格立，未始就格求文也。雖然，格之既立，後之人未必襲之而不能出其範圍。則講而明之，則而仿之，溯源探本，而極其奥，人孰謂之不可也？唐應德又曰：「聖人以神明而達之於文，文士研精于文以窺神明之奥。」我取以爲法焉。頃者抄其題格者，欲鋟之梓，而原選次序間見錯出，不便繙閲。乃類而編之，得格七十，文百四十七篇，名曰《文格》，將以與世之同余患者共焉。若夫大雅君子、德立言隨者，何取於此？刻成，是爲序。

天保己亥夏五月吉旦，舉母函洲川西潛撰。

例言

一　詩文皆有格，格明而思精，思精者筆路條達而不迷旁岐，可以東，可以西，縱横馳騁，惟意所向，無毫窒礙。詩文至此，亦可以稱一作家也。蔡、唐二氏之編，其金針度人，極爲周密，余每讀而喜。今就唐氏編，博輯皇國及清諸名家之評語，以示同好，且自供他日還讀之用，非敢謂爲人作指針也。

一　編次悉從前輩川西氏所定，無所出入。但本文語句有脱略、前後不相接者，一一補正，以清眉目。

一　圈點合采儲氏已下各家之批，或有單采一二家者，不復識别，讀者諒焉。

一　古文之道博而大，諸家各論其所見，要不無得失。然淘汰裁擇，明眼者尚且難之，況余輩謭陋乎？今姑并存，以避不敏，洵出於不得已也。

戊寅孟冬，精堂氏識。

唐宋八大家文格卷一 序記 文字集

立説格

假説格

送楊寘序 歐陽修

間説格

送牛堪序 韓愈

叙事格

送幽州李端公序 韓愈

送鄭尚書權序 韓愈

送温處士赴河陽軍序 韓愈

送石處士序 韓愈

送水陸運使韓侍御歸所治序 韓愈

燕喜亭記 韓愈

藍田縣丞廳壁記 韓愈

類事格

引事格

推類格

永州鐵爐步志　柳宗元

全義縣復北門記　柳宗元

墨池記　曾　鞏

比擬格

韓魏公醉白堂記　蘇　軾

醒心亭記　曾　鞏

唐宋八大家文格卷二 序記　不字集

相形格

送楊支使序　韓愈
浮槎山水記　歐陽修
仁宗皇帝飛白御書記　蘇軾

譬喻格

送薛存義之任序　柳宗元
大悲閣記　蘇軾
蓋公堂記　蘇軾

借客格

送楊少尹序　韓愈

游鯈亭記　歐陽修

借客顯主格

放鶴亭記　蘇軾

牽合格

送許郢州序　韓愈

不照應格

夷陵縣至喜堂記　歐陽修

互舉格

御書閣記　歐陽修
筠州學記　曾　鞏

兩股格

送江任序　曾　鞏

分段格

送鄭十校理序　韓　愈
古史序　蘇　轍

片段格

王彦章畫像記　歐陽修
撫州顔魯公祠堂記　曾　鞏

抑揚格

送張童子序　韓愈

送周屯田序　曾鞏

開闔格

墨君堂記　蘇軾

纍棋格

送徐無黨南歸序　歐陽修

樊侯廟灾記　歐陽修

有美堂記　歐陽修

木假山記　蘇洵

貫珠格

送廖道士序　韓　愈

尚奇格

送王秀才序　韓　愈

古今格

送齊皥下第序　韓　愈

送張唐民歸青州序　歐陽修

送丁琰序　曾　鞏

宜黄縣學記　曾　鞏

入細格

菱溪石記　歐陽修

脱卸格

送王陶序　歐陽修

脱空格

送陳秀才彤序　韓愈

反復格

禮閣新儀目録序　曾鞏

翻案格

彭州圓覺禪院記　蘇洵

散格

南安軍學記　蘇軾

短格

送董邵南序　韓愈

廬山文殊像現瑞記　王安石

變格

胡寅字序　歐陽修

兩層格

鄭荀改名序　歐陽修

唐宋八大家文格卷三 序記 能字集

辨證格

辨論格

設難格

辨難格

解題格

不解題格

解意格

解意兼叙事格

解名不解義格

石仲卿字序　王安石

生意格

伐樹記　歐陽修

含意格

養魚記　歐陽修

立題格

送王塤序　韓愈

送孟東野序　韓愈

送高閑上人序　韓愈

反題格

送文暢序　　韓愈

王君寶繪堂記　　蘇軾

中和勝相院記　　蘇軾

尊題格

六一居士集序　　蘇軾

唐宋八大家文格卷四 序記　無字集

護題格

相州晝錦堂記　歐陽修
上清儲祥宫碑　蘇軾
莊子祠堂記　蘇軾

發題格

豐樂亭記　歐陽修
删正黄庭經序　歐陽修
齊州閔子廟記　蘇轍
古今家誡序　蘇轍

元祐會計録序　蘇轍

民賦序　蘇轍

列女傳目録序〔一〕　曾鞏

廣題格

韻總序　歐陽修

江鄰幾文集序　歐陽修

送田畫秀才寧親萬州序　歐陽修

相國寺維摩院聽琴序　曾鞏

芝閣記　王安石

補題格

桂州新城記　王安石

〔一〕列，原作「烈」，據《元豐類稿》卷十一《列女傳目録序》改。

輕題格

凌虛臺記　蘇軾
石氏畫苑記　蘇軾

翻題格

永州法華寺新作西亭記　柳宗元
文與可字説　蘇軾

略題格

眉州遠景樓記　蘇軾
分寧縣雲峰院記　曾鞏

貶題格

戰國策目録序　曾鞏

外題格

題外格

小題作大題格

唐宋八大家文格卷五 論 法字集

一意反覆格

留侯論　蘇軾

反覆格

思治論　蘇軾
老子論　蘇轍

一氣説下格

晁錯論　蘇軾

立柱分應格

范增論　蘇　軾
賈誼論　蘇　軾
漢高帝論　蘇　軾

斷續格

伊尹論　蘇　軾

兩比整然格

管仲論　蘇　軾

古今分款格

申法　蘇　洵

綱整目亂格

韓愈論　蘇軾

借客形主格

子思論　蘇軾

借題格

孫武論下　蘇軾

先説一遍覆説一遍格

禮論　蘇洵

數段辨去格

正統論中　蘇軾

唐宋八大家文格跋

典謨誓誥之文，非學而爲之也。其學而爲文，自秦漢始也。而其體裁法格，至唐宋大備。則學者捨此，何所取法焉？後世少年僅解讀書，則曰吾學六經、吾學秦漢，以艱深爲雅奥，以陳腐爲古淡，否則曰文一氣之所呵已，何必規規於法格？率爾累篇，不辨章程。大風揚沙，而五色爲之昏昧者，間亦有之。是豈可與言文乎？嘗讀荆川唐氏《文編》，其至唐宋八家文之可法者，悉題格，或圈或抹，或批而評之，無一而非示通篇之結構主意。然後信古人於文用心之精且密，而吾言之有據也。一日語之余弟士龍，士龍乃出一册子曰：「向既抄之，名《文格》，但苦未能熟耳矣。」余驚且喜曰：「嗚呼！余與士龍朝夕左右，而未知士龍編次早既至此，而與余意合也。況天下之廣，有與吾二人者同其説，而不及知者幾人矣？子盍公之于世？」遂慫恿付之剞劂氏。刻成，使余題一言。夫文之不俟格，格之不離文，諸彦之序盡之。因書其所嘗論持者，贅其後云。天保十年歲次己亥夏六月，乾齋中井豐民識。

国家出版基金项目
NATIONAL PUBLICATION FOUNDATION

域外文話彙刊

王水照 主編

日本漢文話叢編

三

慈波 王汝娟 編訂

復旦大學出版社

第三册目録

閑距餘筆一卷

中井竹山　撰

《閑距餘筆》一卷

中井竹山 撰

中井竹山生平已見前。《閑距餘筆》是竹山讀徂徠文集時所成隨筆，書名據其享和元年（1801）自序，寓意爲「閑道距邪之遺業」。此語出自《孟子·滕文公下》：「吾爲此懼，閑先聖之道，距楊墨，放淫辭，邪説者不得作。」即捍衛聖道，拒抗邪説，可見此書對於徂徠的批判態度。竹山之師五井蘭洲早有《非物篇》之作，專門攻討徂徠《論語徵》。明和三年（1766）竹山將此書細加整理準備付梓，在序中他就大力抨擊：「近世異言詭辭，亂學術而壞士風者，以物徂徠氏爲魁焉。其説尤張皇以震撼一時，所謂是可忍孰不可忍者。」同時他將自己的補充意見彙爲《非徵》，於天明四年（1784）刊版。《閑距餘筆》即成於此期，蓋因駁難徂徠之説亦需泛覽其文，但正式董理作序則已是十餘年之後。

就體例而言，《閑距餘筆》先摘出徂徠文章中的具體論點，然後加以批駁，糾彈分爲學術思想與作文準則兩端。竹山有懲於「一世學者奉其糞土之言，以爲金科玉條，梓以布天下」，不滿於徂徠之好名嗜奇，將其一生事業定性爲「立門户，撰新義，捨命與思、孟、程、朱争」，框定了徂徠悖亂朱子學的「異學」特質。在方法上，則多根據徂徠自身叙述當中的矛盾不合之處，反戈一擊。如徂徠常病宋儒援禪入儒，但他對於權貴捨子入釋却大加嘆賞，於是竹山指責「茂卿每駡程朱爲禪佛緒餘，而非先王之道，極其排擊。今也於真浮屠則親之愛之，以爲天下之善一矣」，駁斥有力；徂徠不認同理學「變化氣質」之説，却又在書信中設爲鄉人入都之譬喻，稱「聖人以此易其耳目，换其心腸」，順勢推斷「斯言之是乎，益見宋儒之説不可易焉」，允稱雄辯。

至於徂徠賴以立身的古文辭之説，竹山則直擊其弊：「茂卿一生，唯剽竊是務。」徂徠盛稱自己「詩不下開、天，而文則西京以上。務自出杼軸，不循人墻下而走」，但竹山發現「物、服之門教人，一切依仿明人成文，令不得出於自家機軸。謂若用己意，則壞體制，失氣格」（《呈蜺巖先生書》），所以他不禁反問：「公然以摹擬標其門户，尚何自出杼軸之有？尚何不循人墻下之有？」徂徠高自標榜「以漢語會漢語」，向來被認爲是打破日人漢文訓讀思維模式的開創之舉。竹山指摘徂徠文章誤用之處不一而足，又以精通華語的雨森芳洲之文爲例，揭明其著述當中「和習相望」，從而提出「文章巧拙，始不係于此也」。對於徂徠而言，「合華和而一之，是吾譯學；合古今而一之，是吾古文辭學」(《譯文筌蹄·題言》)，因而竹山的反論，雖似針對古文辭而發，實則可以看作是對徂徠學術的釜底抽薪之舉。《閑距餘筆》屬於專人文評，其中所摘舉之徂徠文多爲尺牘，恰好是龜井昭陽所未涉及者，兩者在一定程度上適可合觀。

《閑距餘筆》以寫本傳世，今據大阪大學圖書館藏本録入。

自序

甚矣，物茂卿氏之胡説亂道以誣聖學也！昔者吾蘭州先生，懼洪水猛獸之害再被生民，嘗就其《論語徵》，著《非物篇》一書，極力於攻討，意亦勤矣。余也校訂上梓之日，拾補其遺闕，輒有《非徵》之續。一時參考餘力，寓目於《徂徠集》，則詖言妄説，蓋溢于篇簡。迺不堪技癢，觸意加辨駁者，積日得一册子。然《非徵》既成編，斯稿特蒭狗耳，卒委棄簏底數十年。頃日搜他書，偶舉舊稿，則白魚狼藉。因言是亦閑道距邪之遺業，曷必癈而既於凶蠹？乃以暇日浄寫，題曰《閑距餘筆》，置諸吾書堂，令從游之士爲捐荒蹊就周行之一助。詩不云乎：「挽弓當挽强，用箭當用長。射人先射馬，擒賊先擒王。」吾弓雖不强乎，吾箭雖不長乎，然苟守彀率而縱送，藉使未樹擒王之奇勳，而先射馬者或存焉。是不爲虚發矣。享和紀元辛酉春日，竹山居士題。

閑距餘筆

荻生茂卿曰：先王之道大亡對，而孟軻氏以説干諸侯也，與楊、墨争焉。程、朱氏揭心性以行天下也，與佛老争焉。之二者皆自小者也，小斯有對，有對斯妒，妒斯争，亦何陋也！

吁嗟！小人無忌憚之甚如此夫？孟子閑先聖之道，息邪説，放淫辭，渠則以爲争焉。程、朱剗除魏晋已降正路蓁蕪，渠則以爲争焉。果爾，則孔子作《春秋》，是與亂臣賊子争也。周公伐奄懲荊，驅虎豹，是與夷狄禽獸争也。禹抑洪水，益烈山澤，是與蛇龍草木争也。往聖皆自小者邪？且也渠既以争辨病先正，然其一生伎倆，無非與思、孟、程、朱争焉者。對己之視以爲自小者，捨命與之争焉，豈非自小之甚者歟？不識彼將何辭以解之？

《舍利記》曰：麯坊匠某妻目大痛，有物迸而墜，視之瑩瑩然舍利也。又曰：夫鰒大蚌蛤何以能産珠？麯坊婦何以能出舍利？天道冥冥，誰識其由？

茂卿以舍利爲珠玉類，可笑也。梵言舍利，華言骨。所謂佛舍利，乃荼毗餘燼之齒骨耳。奸僧猾釋欲神其事，輒以龕盛珠玉瑪瑙之類，曰是佛舍利也，以賺惑蚩眂。故世多謂舍利即人身中所有，鰒珠之比，遂以爲佛身奇特一事。茂卿亦蚩眂之見哉！夫目出舍利，其事之誕妄，不足信焉者。姑捨是，夫齒骨之燼，何瑩瑩之有？此亦冥冥不可識與？

論文章曰：若以模擬爲病，則此方人但作和語可矣，何更學中華文爲也？

茂卿以此防其剽竊之誚，可閔哉！我邦人爲華人文，是學而爲之也，非模擬矣。辟諸學書，就魏晋唐宋諸家詳其結構，會其意象，自出機軸，無所依靠，是謂之善學焉。或宗子昂，或主徵明，一點一畫必極其肖似，欲字字逼真，乃謂之模擬耳。歐陽永叔曰：「學書當自成一家之體。但摹仿他人，謂之書奴。」是也。若謂此方人但作國字可矣，苟作華字，皆是模擬，豈理哉？茂卿《答屈景山書》，渠亦設書喻以諉模擬。有曰：「習書者必模《蘭亭》《黄庭》，豈求爲贋乎？學之道爲爾。謂吾既得其心，吾既得其理，不必拘其似不似者，莊禪之遺也。」是不知字學者之喻己。蘇黄米蔡，豈以鍾王虞顔爲非是而不貴也？然無一字仿佛形似者，何邪？凡唐宋諸家，以至明季邢張米祝輩，亦皆各作一家，無一人依仿於古迹者，何邪？蓋所貴在乎精核淹通，得古人之妙於牝牡驪黄之外。渠所謂得其心、得其理、不拘其似者，原是正路，豈邪徑耶？渠又以此爲莊禪之遺，所謂捉耳拭涕者。東坡聞章惇日臨《蘭亭》一本，曰：「章七書必不佳。」大家之言如此，亦可以鑒矣！

《與縣孝孺書》曰：吾善病，春稍稍差。而值鼎湖丹成日也，則不佞雖陪臣矣，亦嘗叨辱恩澤，僭厠乎朝廷侍從臣之後，時時咫尺天威，講藝拜賚，沐浴乎日月之末光者十四年矣。一旦抱龍髯號者，是詎其它之遑問乎？又曰：予方先朝之時，朝金城，躡玉墄，厠鵷班，咫龍威者十餘歲。其第四書曰：昨予走馳道上，縱觀夫西來使者。又《與鶆鳩子方書》曰：忽聞警蹕，足下亦當厄門禁。

按，鼎湖龍髯，不知指東山帝之崩邪？抑靈元上皇邪？吾聞茂卿生東土，未嘗逾函關而西，何時得入京師，而走馳道、聞警蹕也？邦制趨禁省、拜天顔，爵位之限甚嚴。華胄名族，自有其人。茂卿寒乞，曾無半級之資，曷以得厠朝班近天威？意是昏睡夢魘之餘，妄言以欺人耳。儻其所云云，實係江都，而非皇朝事與？其紊名分、煽僭亂如此之甚，大失江都恭順之盛意焉。小人而無忌憚，公然以是言噪于天下，罪不容誅矣！

憲廟　文廟

李唐已來稱天子以宗，蓋用廟號也。至明或直以廟稱焉。我邦天子唯有謚號，不用廟號。古今沿革雖異乎，天子而外稱宗若廟，吾未之前聞也。然茂卿集中述貞享、享保間事，稱廟號者相望于册。以憲若文爲號，當時天子於謚號亦無之，不知何謂？必別有所指也。試作茂卿詰之，不知何辭答之？

《妙音廟碑》曰：憲廟之貞享乙丑歲。

我邦改元之制，天皇敕翰林撰定文字，明經、紀傳、文章諸博士乃參考典故，具數項以上。公卿會議，擇其一以聞。天皇行下之江都，江都奉詔頒之五畿七道。一王之制，固當然也。故史官之法，書曰某帝某號幾年，年號必係之天子，和漢皆同。渠今乃曰「憲廟之貞享」，何其悖也！正以《春秋》之法，唯此一事，誅有餘罪矣！

《與藪震庵書》曰：以大稱堯，以知稱舜。禹則恭儉不伐，湯則寬，文王則敬，周公則多材多藝，孔子則學。是各有所長也。有所長，斯有所短，皆氣質之所使也。

嗚呼茂卿！欲破程朱變化氣質之說，而無所得，乃設此鶩辨以恐嚇末學。夫堯、舜、禹、湯、文、武、周公、孔子，天下大聖，而渠猶以爲有所短。侮聖之甚，至此而極矣。盜跖謂孔子盜，其身已爲盜賊，則其言不足多咎焉。茂卿苟以儒自名，而狂悖如此，可憎之甚矣。要之，茂卿特一妄庸風顛漢耳。然一世學者奉其糞土之言，以爲金科玉條，梓以布天下，流臭於百代，群然附和，醉其毒者至今未熄。天下何風顛漢之多邪？

《與墨君徽書》曰：别後不得一詩，豈孔云之樂所奪耶？何乃金玉而音也？抑將所咏多《玉臺》之體，不堪遠示耶？按，「將」字衍，當削。

斯語置諸王世貞、李攀龍集中則可矣，何者？王、李蓋齷齪一詞人耳，卑瑣固其所矣。茂卿雖王、李奴隸也，乘我邦不知學之虚，别立意見，傲然自標以先王之道，平素主張非先王之法言不敢道，蓋將以易天下也。其自處之高，非詞人卑瑣之比。然其與從游學者，書牘往復，鄙猥媟黷至如此。先王之道，豈有是歟？所謂《法言》爲然歟？「出辭氣，遠鄙倍」，孔門明訓，彼徒亦可以小愧矣。

《與平子彬書》曰：四科稱文學，豈非善文章耶？《復内山生書》曰：欲學孔子者，必自文章始。

茂卿一文士，而欲禦其雕蟲之侮，乃夤緣假托，以文學爲善文章，又以文章爲學孔子之第一義。爾則善學孔子者唯游、夏，而顏、冉、曾、閔皆不得與焉耶？可笑也矣。

《與肥大夫蘭巖書》曰：近者識寂通師者，足下之令子也。足下業已捨其子於釋氏，弗子之。釋氏之道，父不得子之，則弗子之，俾其頭陀爲行，鉢盂爲生，徒跣千里之外，樹下亦不三宿，而弗顧也。嗚乎！足下豈恝然父子之愛者哉？其意謂道如是矣。是非古之能約情合道者，烏能與于斯？則愈益識足下之賢已。

異哉茂卿！儒而黨佛，以捨子爲僧推爲賢，爲合道。世人惑於「一子出家，九族生天」之妄誕，往往度其子以資冥福。其爲愚不肖，莫大焉。不識藺巖者，與是異科耶？夫父子之親居五倫之首，司徒之教設自有虞氏，果絶父子之親者，賢而合道乎？舜、契皆不肖而離道也，足以發一噱矣。抑三都之地，閭閻窮民亡廉耻者，賣親生子女爲娼婦孌童，其身頭陀爲行，鉢盂爲生，非唯父弗子之，子亦弗得父之者，比比而然。意茂卿每聞之，必嘆賞，以爲大賢至道也，洵可異矣！

又曰：寂通師有志於文章，從不佞遊。假使博之以典藉，假之以衣食，不五年必能成其志。足下盍小與之衣食典籍之資？不佞儒者也，非奉釋氏之道者也，然天下之善一矣，是以不顧唐突之罪，千里修書。

茂卿每罵程朱爲禪佛緒餘，而非先王之道，極其排擊。今也於真浮屠則親之愛之，以爲天下之善一矣。至於爲之緩頰謏辭，乞其資給。是先王之道所有歟？不知何謂？且其文章云者，未知所指何若。渠既謂欲學孔子必自文章始，欲使寂通以文章進乎吾道與？吾未聞圓頂方袍以學孔子者。將使之鳴其所以爲道乎？釋氏雄誕之説張皇已甚，又鼓以文章，所謂藉寇兵、齎盜糧者。抑嘲呵風雲、名狀山川之文，而無所關於彼此之道乎？此亦無用之贅言，不若不爲之愈也。茂卿何苦千里馳書，呶呶汲汲弗措耶？是皆不可曉焉。

《復谷大雅書》曰：人各有所見，何必能同？所見雖異，足下不能外孝悌忠信別爲道，不佞亦然。則均是孔門之徒也，何必争其異同？

茂卿病人之攻己，設此説以爲禦侮之具。禦人以口給，蓋此之謂也。脱其説之是乎？其立門户，撰新義，捨命與思、孟、程、朱争者，何也？豈謂思、孟、程、朱皆外孝悌忠信別爲道，而非孔門之徒也與？實爲可笑之首。其自令自犯如此，人誰信之？

《與江若水書》曰：聞或人誚予序中有顛倒處，此自下等説話，無足怪者。又曰：字義誠多事，至於語理，本有天生自然之則。一得其竅，欲違不能。任口隨筆，縱横皆真。何擬議安排之有？其根本分岐處，在以和語推漢語，與以漢語會漢語也。又曰：吾黨只以漢語會漢語，未嘗將和語來推漢語，故不但把筆始無誤，平常與同人輩胡講亂説，語語皆漢語，莫有一字顛倒差誤者。侍史旁録之，燦然文章，忽成卷軸。設使或人輩視之，則當愧死耳。吾黨學者，雖睡中寐語亦不顛倒。而或人輩見以爲大小大事，豈不憫笑乎？

嗚呼，談何容易！蓋茂卿亦一俊才，其悉心力之乎也哉上有年矣，就其《譯筌》一書，亦可以見焉。故比之他人，差少繆誤耳。乃推爲文家楷範，則未矣。今何遽自矜伐，眼中無人者如兹？吾蘭洲先生嘗指摘其文，謂「女子以形事人者也」，「形」當作「容」；「如其它三德六德」，「如」字當移在「它」下；「孔子不知其既未學《詩》《禮》」，「既」字當删；「百工居肆，自不知其技之所以巧者」，「自不知」當作「不自知」。如此之類，尚未免和習之累，亦何古文辭之有？其餘文字，予今舉一二例之。其《復超諸公子書》曰「不知其所以由來也」，「以」字當删，是因連讀「所以」二字之和訓而誤也。《論語徵・甯武子章》曰：「甚矣哉！人之喜以賢知自見也。以至殺其身，以至棄其百乘之富而不顧也。」兩「以至」皆當作「至以」。《十室章》曰：「苟使學之，必能好之。」「學之」當作「之學」，「之」字指人不指事。《冉子退朝章》曰：「皆執一説，以欲盡乎聖人之道。」「以」字當在「欲」字下。《上知下愚章》曰：「初非惡其愚焉，又唯言其愚不可學耳。」「又」當作「亦」。「是皆坐其不知先王之道」，「其」字當削。《與僧香國書》曰：「不佞虚名播世，耳食之徒相求不已，索其墨迹如蟻慕羶。」按，自己索人，則原文而可；此則謂人索於己也，故「索其」當作「其索」。《辨名》曰：「人而無信，主爲見信而言之。」「爲」字當削。若存「爲」字，則「見」當作「所」。而「爲」字是平聲，今讀「爲」

作去聲，代「所」用「見」，并爲和訓所誤也。如是之類，相望於卷中，不遑枚舉也。予嘗聞之也，茂卿以安藤煥圖、平玄中、服元喬輩爲耳目，每一篇成，必使之查其顛倒錯置，然後傳播焉，故當時有顛倒監、錯置司之調云。今其徒詳校細訂以上梓者，而紕繆猶且如此，其所謂「任口隨筆，縱横皆真」「胡講亂説，睡中寐語亦無一字顛倒差誤者」，豈非大言欺世之甚耶？若夫《峽中紀行》一篇，爲斯翁一代合作，蓋多年改定、屢易稿而成者，非一時旅寓走筆之撰矣。蜕巖梁翁，我父執也，嘗謂予曰：「吾在東土日，閲《峽中紀行》初稿，疏處甚多矣。積年之後，得印本而讀之，大與初稿異。蓋知其竄削補正，百煉而後完也矣。」余不知其初稿，唯覽其百煉布世之本，病痛猶且紛紛然。嘗舉而駁之，紙爲累幅。今失其稿，厭煩不復費再考焉。其猿橋一條，斯翁尤得意之筆，字句皆精巧，奇橋幽溪險怪之狀，如目擊矣，非尋常文士之所能及焉。然讀及下文「至今病悸」之句，不覺狂笑失聲。蓋斯翁後年百煉之日，胸中記起猿橋之險，據《漢書・田延年傳》以補此句，自以爲文意酷愜也。予按，田延年得罪日，霍光稱延年曰：「實勇士也。當發大議時，震動朝廷。」因自撫心曰：「使我至今病悸。」是霍光追憶癈昌邑王時，發一悸於延年按劍之讜議，故有此言也。旅客紀行，記目前之事，即悸于猿橋，則言悸而止，何得言異日病之乎？記中言「今」，應「今於莅橋」之「今」，惡得「今於追憶」之「今」乎？「至今」一語，大害文理而妨事實。是渠之粗鹵，故露後年追改之手脚，以標示後人，而曾不自悟也。豈非可笑之大者乎？要之，文章一路亦難矣哉！自非才學優長，用心精細，一洗若徠翁粗心浮氣之習，不可保其無失，而其人蓋不易得也。抑予於是有感焉。元和以還學始興，而文氣未闡。雖間有以能言自表見者乎，滅劣無足觀焉者。仁齋伊藤氏以挺特之資，始振文章，一新天下耳目，然疏漏亦不爲少矣。荻生氏繼興，乃作《文戒》，瑕疵仁齋文，皆得其肯綮，殆不可解免焉。荻生才固軼伊藤，然至於其所自製作，則又貽嗤於今日。《説苑》載榆蟬高居，不知螳螂在後；螳螂欲取蟬，不知黄雀在後；黄雀欲啄螳螂，不知彈丸在其下。元和以還文儒，皆爲伊藤之蟬，伊藤爲荻生之螳螂，荻生爲吾儕之黄爵。吾儕亦以是猛省深警，無復爲黄雀，而亦使後人而復弄彈丸則可。

華音

茂卿以通華言爲文章第一義，故使其徒皆嫻象胥，然其實誑世恐嚇末學之資爾。文章巧拙，始不係于此也。何哉？有一事可證焉。蓋我邦博學多才而善操華音者，莫若對國雨伯陽焉。茂卿之徒，皆爲退舍不翅三四。吾先子與伯陽相識，每謂不肖曰：

「芳洲覽人文字，以華音朗誦，未嘗爲回轉讀，而其義輒通，可謂熟矣。」予嘗閲芳洲所著書，主張華音者纍纍乎溢册。大意謂邦人不知華言而作文，故不免和習。苟熟華音，則一言一語即是華人口吻。以是筆之，自然無顛倒錯置之患。此言似有理，宜矣後進之惑也。然其卷中文字，和習相望者，何哉？有曰「聲之聞于耳，色之視于目」，「聞」當作「聽」，不則「視」當作「見」若「睹」。見聞睹聞之與視聽，係上下文意。蓋見聞睹聞者，物來而觸我耳目也；視聽者，以我耳目接物也。義各有所當，不可混矣。《中庸》曰：「戒慎乎其所不睹，恐懼乎其所不聞。」又曰：「視之而弗見，聽之而弗聞。」《孟子》曰：「陳仲子三日不食，耳無聞，目無見。」《太誓》曰：「天視自我民視，天聽自我民聽。」鴻範五事，三曰視，四曰聽。《魯論》曰：「視思明，聽思聰。」朱子曰：「視無所蔽，則明無不見；聽無所壅，則聰無不聞。」是爲常例，古先文法歷歷皆然。若夫柳文，言「視聞其怨呼」者，非例也。大家例外所使用，後生不敢依仿而可，況乎韓柳二集文字異同甚多矣？此「視」之非「睹」之誤寫，亦未可保焉，則固不容舉一而廢百也。曰「一陽生于十一月，則冬亦陽，而天包其地之義也」，「其」字當削。曰「由是視之」，「視」當作「觀」。曰「嘗視《朗咏集》」，此「視」則當作「覽」若「閲」。曰「《孟子》曰：『盡信《書》不如無《書》。』世之儒者或盡信而流于腐，或不盡信而失于肆」，「不盡」當作「盡不」。即作「不盡」，是《孟子》之旨，何肆之有？曰「據諸天理而爲之政教者」，「據諸」不成語，不可讀焉。曰「詩人墨客現於詞章，以伸感慨之情」，「現」當作「顯」若「發」。曰「大象之爲畜」，「大」字當削，「畜」當作「獸」。曰「唐山、朝鮮及我國，俗爲之三國」，「唐山」字韓人清客俗語，不可采而入正文，「爲之」當作「是爲」。曰「君子小人之所以殊者」，「殊」當作「異」，「異」對「同」，「殊」對「一」。曰「我國人以有窮之詞，欲吐無窮之情」，「欲」字當在「以」字上。曰「至於慕古哲之高誼，則未敢自謂其無志也」，「其」字當在「無」字下，削之尤佳。如是之類，更僕難罄。甚矣，象胥之亡益於文也！夫熟華音如芳洲，而顛倒舛錯猶且如此。乃蘐園一社，僅得其影響，以爲良法者，其妄可知矣。予詩友金谷小柳氏，長崎人，少長于清客館中，語言習慣如真，譯官皆爲斂衽云。予結交十許年，相得而甚驩。然創近儒如此，未嘗學一語，金谷亦心知其亡益，不敢强也。予既不解華音，則所作文字固當不免邦習。然其差繆顯著，未至如彼之甚焉。可見作文別自有準則，不關華音也。切戒世之有志於文者，慎勿溺於夫似是而非之説，枉費工夫，以貽終身之惑矣。

《與松霞沼書》曰：不佞修文章之業，輒不自揣，妄意以謂詩不下開、天，而文則西京以上。務自出杼軸，不循人墻下而走。

「自出杼軸，不循人墻下而走」，此是我輩語已。茂卿一生，唯剽竊是務，豈足知之哉？明李夢陽、何景明盛倡復古，文自西京，詩自中唐而下，一切吐棄。然文推西京始于韓柳，詩推盛唐創于嚴滄浪，其見固卓矣，後世奉其律令而可。何、李輩悍然剽竊蹈襲，以爲己説者，何與？李攀龍、王世貞繼興，拾何、李遺唾，亦曰文必西漢、詩必盛唐，大曆已下書勿讀，亦是剽竊，亦是蹈襲，可厭而可惡焉。徠翁乃復曰詩不下開、天，而文則西京以上，所謂太倉之粟，陳陳相因之甚者，紅腐之氣颯然撲鼻，便俾人嘔酸水三斗。渠猶且不白其説之所出，以「不自揣，妄意以謂」之語妝點之，宛若一己創造之説，是所謂掩耳偷鈴也。但渠亦病世之以模擬議己，迺飾其非。有曰：「方其始學也，謂之剽竊模擬亦可耳。久而化之，習慣如天性。雖自外來，與我爲一。」是所謂久假而不歸，惡知其非有也者？可醜也矣。渠又有曰：「病模擬者，不知學之道者也。況我邦之學華文，假使學韓、歐，非模擬而何？其必惡模擬乎？國字之文可耳。」是則予向既辨之，喻以學書之方，可并按焉。渠設此霸術遁辭，公然以摹擬標其門户，尚何自出杼軸之有？尚何不循人墻下之有？

《答屈景山書》贊揚王、李曰：二公倡古文辭，人之非笑之，猶如韓公。而二公不顧人非笑，寧不見知於世。藉此得禍，而俟千載之鍾期者，亦猶如韓公。夫立志如是，豈模擬剽竊是爲乎？

韓子之於文，固如其言。至王、李二氏，則大與之異，二氏特釣名干譽之小人耳。李、何之倡言古文也，一時操觚談藝之士翕然宗之。明之詩文，於斯一變。王、李歆羨於此，乃襲其故智，唯剿説雷同之務，與韓子獨見、始振八代之衰者，不可同年而語也。《李攀龍傳》曰：「攀龍才思勁鷙，名最高。心重世貞，天下亦并稱王李。其爲詩務以聲調勝，所擬樂府或更古數字爲己作。文則聱牙戟口，讀者至不能終篇。好之者推爲一代宗匠，亦多受世抉摘云。」《王世貞傳》曰：「世貞始與李攀龍狎主文盟，攀龍殁，獨操柄二十年。才最高，地望最顯，聲華意氣籠蓋海内。一時士大夫，及山人詞客、衲子羽流，莫不奔走門下。片言褒賞，聲價驟起。」是蓋苟務見知於世，藉此得福，而不顧天下後世有公論者。茂卿反謂「寧不見知於世。藉此得禍，而俟千歲之鍾期者」，豈非顛倒黑白哉？《世貞傳》又曰：「世貞持論藻飭太甚，晚年攻者漸起，世貞顧造平淡。病亟時，劉鳳往視，見其手蘇子瞻文諷玩不置也。」是豈卓見一定，不顧人之非笑者哉？《歸有光傳》曰：「時王世貞主盟文壇，有光力相觝排，目爲妄庸巨子，世貞大憾之。其後亦心折有光，爲之贊曰：『千歲有公，繼韓、歐陽。余豈異趨？久而自傷。』」是亦與李漢序韓文言「時人始而驚，中而笑且排，先生益堅，終而翕然隨以定」者，豈非霄壤哉？茂卿比而同之，以誑惑世間陋學無知、未嘗細讀書之人，可憎之甚！

又曰：世儒崇程朱過孔子，猶之今佛氏崇信法然、日蓮，過於釋迦，豈不類乎？

渠務欲己説之勝，故出醜語以取快乎一時爾，顧其心未必爲實然也。蓋世儒中膠泥偏倚，則固有之，未聞有一人以程朱爲賢乎孔子者也。既無事實可指，人孰信之？適足以覗小人險躁之衷也已。今罵茂卿爲崇信王李過於孔子，彼徒亦必不服。故辭貴當，論貴正，奚咆哮嫚罵如渠之用？

又曰：承問賤姓。昔源濃州甲賀之役，諸子皆殲，有孽孫物季任者匿之，遂冒其姓，是爲荻生始祖。故子孫有稱源者、稱物部者。荻生城在三河，國家之興，迫奔于勢，其城爲宗室所有。亦有稱荻生者，今閣老有之。不佞惡其或混也，故稱物部。家乘所載，大概如此，孰能覈其實也？其可徵者，奔勢之後，五世于今是已。

據此則五世之爲荻生氏可徵，而其先之爲源、爲物部不可的識也。然源其真也，物部其假也。茂卿既有所避，何以捨真而取假也？豈亦有説乎？顧以源姓世多有之，物姓寥寥也。其好奇之弊，遂至顛倒真假耳。吾聞之也：諱名不諱姓，姓所同也，名所獨也。周時已然，後世遵之。李唐天下，李姓甚多。趙宋、朱明天下，趙姓、朱姓不鮮。不必皆係皇族，而未嘗有一人諱姓者。國姓尚然，况於宰執大臣之姓乎？本邦固無其制，迺避姓者，茫茫宇宙間茂卿一人而已矣。豈非最怪極異、絶奇至僻之事乎？渠騁獨見，果以姓爲當避者與？借令當時宗室或冒物部，而閣老有物部，則渠又當轉用他姓，忘祖背本莫甚焉。抑三河荻生，又作大給，係松平十八族之一，特用爲分族之目爾。其目亦用大給，而不用荻生。若《武鑑》所載亦然。所謂今閣老，爲松平左近公。公素稱松平，未嘗改稱大給。乃若荻生二字，絶無微嫌者。茂卿何苦，戛戛乎避閣老曾不用之二字？是亦怪異奇僻之大者也。况乎其物姓，特供文雅之用；而稱於世俗、行於官府，依然荻生，則惡在其避之乎？惡混云者，其爲遁辭也彰彰矣。且本邦天子無姓，今日姓之貴者，莫源、藤若。而茂卿之門，有寒士而稱源、藤者，渠胡不惡其混也？要之，茂卿唯是厭惡荻生字之不雅，妄意冒古姓，以裝飾文卷。一爲景山所詰，窘窮至此耳。嗟哉景山，盍再詰以此，并詰其截物部爲物之由？渠之窮，殆有不可復諉焉者。

神主　祭祀

茂卿答安澹泊、松子錦，論神主之制、祭祀之禮，一意主張先王，以嫚罵宋儒。東貶西駁，無所不至。神主説咻以主牌之别，然其所據以斷焉，不過杜佑《通典》，則是唐制，其餘廑廑仿佛於漢晋耳，何先王之有？夫古制既不可徵，而《通典》又不言士庶之制，乃後世不能不以義起焉。伊川所創，不亦宜乎？渠病於己説之無徵，乃曰：「庶人之制，牌以表位焉耳矣。有趺亦可，無趺釘壁亦可。木牌亦可，紙牌亦可。暫以表位，豈有定制哉？」果然，則程子圓首方趺、陷中判合者，何而不可？且也程子嘗言：「白屋之家，只用牌子可矣。」是蓋以寒賤難備儀也。乃茂卿此意，囿於程説之中矣。但渠譾譾拘拘，爲主牌之别曰：「主者栖神，栖神則神常在焉。牌者所以表位，非所以栖神也。」又曰：「主者廟之主也。有廟有主，無廟無主。」又曰：「版以表神位，雖毁棄之亡害。」

然則士庶之祭，有位而無神也，誠敬何所施？殊不知孝子慈孫欲安厝祖考之神，有所標以寓之。大而廟焉，小而堂焉，至微而龕焉。雖貴賤之等異，皆所以示不忘也，乃主牌奚擇哉？古制雖泯，今賴有程子制之明備，儒者而遵用之。自非茂卿之剛愎好異，其誰謂之不然？亦胡必製之新古之問？渠又以程朱法象，趺方四寸，象歲之四時；高尺有二寸，象十二月；身博三十分，象月之日；厚十二分，象日之辰爲倨。因曰：伊川、考亭，可謂無知妄作已。談何容易？古人取象多此類，蓋古禮澌盡，無有定準。義起以取於寓神，周尺亦可，唐尺亦可，五之亦可，十之亦可，故姑假顯著之數。取四於時，取十二於月，取三十於日云爾，是何据之有？《禮記・深衣篇》曰：「制十有二幅，以應十有二月。」《鄉飲酒義》曰：「賓主象天地也，介僎象陰陽也，三賓象三光也，四面之坐象四時也。」夫深衣，善衣之次，而士庶所通用；鄉人飲酒，非王朝之事。然其法象如此，渠又以爲倨乎？《漢官儀》載印綬制曰：「長一丈二尺，法十二月；闊三尺，法天地人。」古人説琴制曰：「長三尺六寸六分，〔一〕以象期之日；廣六寸，以象六合；腰廣四寸，以象四時；上圓下方，以象天地；徽十有三，〔二〕以象十二月，餘一以象閏。」夫綬者，群臣所常佩，匪如帝王璽組之尊。琴者，君子所常御，匪如郊廟鼎彝之貴。比諸寓祖考之神者，其輕重奚若？然其取象尚且如此，是亦以爲倨乎？抑當初創深衣、定鄉飲之禮、製綬造琴者，皆可謂無智妄作乎？爲徂徠者，緘口而可。渠又曰：「伊川、考亭法，其意謂自天子至庶人，皆可以用之。」殊不知程朱皆自以行于其家已。程子嘗言：「某家主式，是殺諸侯之制也。」其他觀於《朱子家禮・序》，亦可以見矣。

〔一〕六分，據《樂書》卷一百二十等補。
〔二〕三，原作「二」，據《樂書》卷一百二十等改。

始非爲天子諸侯而設，渠誣亦甚矣。其祭祀之説，渠亦無奈有古今風土之異何，乃以取先王之禮斟酌行之，求合人情爲是，此則《朱子家禮》之所以作也。然渠又駡程朱爲擬聖人亂古制。前後矛盾，不知其何謂？渠又曰：「以行禮言之，程朱之禮亦可，世俗之禮亦可，特以己心斟酌先王之禮亦可。人人而異，庸何傷乎？」又曰：「此方士人，皆館于城中，屋舍猥陋，百事苟且，冗迫無暇日。齋且不能，況祭薦乎？與其祀而褻瀆，孰若且從世俗所爲，薦于僧寺之爲祖先所安享也？吁嗟！渠平日开口硬説先王之禮，詬病後儒爲不知古焉。今其所以爲説，迺其實土芥禮法，幾成典午之風，可驚怪也。由是觀之，爲彼徒者或用木牌，或用紙牌，或有趺，或無趺，或遵程朱，或從俗禮，或信意損益古禮，或薦于僧寺。紛若縱肆，無有定規，不庶乎侮弄祖先與？凡予之所辨析，特其要者。其歡呶溢紙，非醜詆之言，則繆妄之説，蓋不遑一二論也矣。

《答東玄意問書》曰：孔子所以不言仁而曰一以貫之者，古人學貴乎實焉。學者真能用力，以得夫所謂一以貫之者，則仁在焉。若不能得夫所謂一以貫之者，則仁徒爲名目耳。「言仁」之「言」當作「曰」。斯書論「一貫」，與其《辨名》及《論語徵》二書各自爲説，而不相合。二書之非，予既詳諸《非徵》，今不復煩言焉。要之，《徵》强矣，《辨名》疏矣，是書晦矣，舉可笑也。蓋一貫之旨，聖人精微之蘊，粗鹵之人豈足窺一斑哉？宜矣其説之滅裂衡決，而不相謀也。

又曰：學者徒求諸《論》《孟》，而不知求諸六經。是其家言，欲主張六經，以壓倒宋儒之崇思、孟也。然渠所以爲説者，於《易》《書》《詩》則寥寥乎。其所崇主，特在三禮，而取印證於《戴記》甚多矣，又以《左傳》爲命。蓋以二書之駁雜浮艷，可因以左支右吾，彌縫其怪僻之見也。然則雖口譚六經，而其實三禮而已矣，《左傳》而已矣，是亦可以發一囅焉。

又曰：《孟子》書主闢楊墨、張儒家。養浩然、不動心，皆勸人歸我之言。孔子之言則異於是，曰「仁者必有勇」。學者欲勇，莫若學孔子。

吁嗟！徠翁粗鹵之見。殊不知《孟子》所言，即仁者之勇。能學孔子，而其言相表裏也。夫「自反而縮，雖千萬人吾往矣」，出於孔子，而傳於曾子，是孟子直養、集義之所自來。善夫朱子言曰：「孟子養氣之論，孔子已道了，曰：『内省不疚，夫何憂何懼？』自反則内省也，直則不疚也，雖千萬人吾往矣，不憂不懼也。」嗚呼！聖賢之訓，圭瑁相承，無少齟齬者如此。苟有亂之者，則奮然排而黜之，不亦宜乎？是以千歲歸嚮，仰如山斗，是事理之當然。但渠以爲勸人歸我之言，則鄙矣。豈如茂卿氏黨異端，破儒家，禮樂空譚，安民繆説，欲勸人歸我，而不能焉之言也哉？

又曰：《中庸》《孟子》皆與諸子争衡。自此而後，降爲儒家者流。其言率性之謂道，曰誠者天之道也，曰性善，是皆務明聖人之道非僞耳。其言有偏主，有偏主，則其於聖人之道，得於此而失於彼焉。

夫以非僞爲非僞，何偏主之有？始不係排諸子之與否。渠豈意聖人之道，其實真僞相半耶？大氏思、孟二書，茂卿頂門之巨針。苟舉二書，則其説皆廢，故尤忌惡之。恰如偷兒視嚴吏也，益詆其嚴，則益彰己辜矣。周以上，道在上，而行於天下；孔子已下，道在下，而傳於後世，皆天也。即以降爲儒家，鄙思、孟與？乃孔子亦然，渠之妄，不亦甚乎？

又曰：詩書禮樂，古先聖王教人之術也。人在聖人術中，自然有以知之。何者？聖人以此易其耳目，換其心腸。此術也，辟諸都人所笑田舍人，不見其可笑。其人來居都下者三年，自然見其可笑。此所謂術也。

渠排宋儒變化氣質之説者，層見累出。然今謂耳目可易，心腸可換，鄙人可化爲都人，豈非氣質變化之説與？斯言之是乎，益見宋儒之説不可易焉。

《與僧悦峰書》載菟道事，有曰：源賴政敗死，十萬兵化爲熠耀。夏月團圓乎菟水上，冤結不得解云。亦在和尚一懺而已。徂來苟以儒自居，而爲此兒女輩談，實以爲然乎？可笑矣。若心知其非，姑以媚浮屠乎？可厭矣！

問學舉要一卷

皆川淇園　撰

《問學舉要》一卷

皆川淇園　撰

皆川淇園(1734—1807),名愿,字伯恭,號淇園,別號有斐齋、筇齋、呑海子等。京都人。江户中後期儒者、易學家。幼承家學,通曉群經,與巖垣龍溪、佐野山陰、村瀨栲亭并稱古學四大家。淇園長於詩文,尤精繪事,山水、人物、花鳥皆臻妙境,被認爲是以詩文書畫之潤筆而自立的第一人。淇園研究漢字字義與易學,他超越了以《易》卜筮的工具論,關注其學理,以《周易》爲基礎,從語音學與音韻學角度,考察漢字字義、名與物之關係,在學問上建立了自成一家的「開物學」。晚年建有弘道館,廣收門徒,弟子逾三千人。著有《名疇》《易學開物》《易原》《易學階梯》《淇園繹解》《實字解》《助字詳解》《習文録》《淇園文訣》《歐蘇文彈》《淇園文集》《淇園詩集》等多種。

《問學舉要》「立綱六條,分目三十」,根據淇園自述,此書是「理經藝之大法」,并非專爲作文而設。淇園曾指出,「如夫詩賦,揚雄所謂雕蟲之技耳,某非不爲之也,但與道德文辭并論，則不可矣」（《答太田元貞書》），可見他對於詩賦與文辭，明顯有所軒輊，這一傾向與其開物學理論有關。與朱子學之重視四書不同，淇園推重聖人製作的六經，尤以《周易》爲尚。他自道學問根本：「某自幼讀書，今過半百。日夜孜孜，積思積勤，竊於《周易》『開物』有所得。其道用以開萬物，於道德名物有若合符節，然後用以註《詩》《書》《易》《論語》。是以雖作古文則拙，而於古文之理，竊自謂有知矣。」（《答太田元貞書》）可知論析古文之法，正是開物學應用於文辭的實例。

《問學舉要》提出學文具有六條準則。首先是立本，「篤志以成物於己者，本也」，其方法在於深探六經，「古之君子物已成而善言生焉，聖人德盛集以成大業，六經之文即是也。是故學者苟能篤好堅志，以深采於六經之菁華，而以冀效於聖人君子之成實，斯可謂之大本立矣」。第二爲備資，即必要的知識素養準備。先須精辨字義，因爲字義影響於全篇，「學之重名物也尚矣。名者，字也；物者，字義也」，這是開物之基礎；其次爲略通其世，即孟子知人論世之説；再次爲知古韻，亦與開物學之方法相關，「聲音之於道，其所關係甚大」。第三爲慎徵，包括原述作之本旨，提倡重視經典本身，對歷代註解持審慎批判態度；徵於本書，强調於經典中發掘内證以相互發明；徵於他書，主張徵引他書以説經需要審慎，不能忽略經典上下文而别生他解；存異，即古書記載歧異難斷者，不妨多聞闕疑。第四爲辨宗，從漢學之起、周漢文章言語之變異與前賢解書致失誤之由三方面，探討經典闡釋過程中導致誤解的根源。第五爲晰文理，涉及文辭具體作法，從部界、分量、伏應、略析、順逆、向背等十五個方面詳加討論。第六爲審思，包括體察，即設身處地知情達旨；權衡，即對古人述作應有自家判斷，不盲從偏信；驗實，即返諸己身。

《問學舉要》條目細緻，論述切實，結構安排具有邏輯統系：「立本者，守中之所主也。備資者，爲文之所具也。慎徵者，斷義之所需也。辨宗者，論道之所由也。晰文理者，匡謬説之所法也。審思者，所以總五者而以成之己之要也。具此六物，則學事備矣。」淇園論學尤重修身，故論根本、談收束，皆落實於自身體會，重視直探經典本源，而對前人繹説持審慎態度，因爲「前儒之註經，徒務博徵旁引，而本文却徒望文作註，其失之綱領者甚多」。而後人往往惑於解經之説，「初學時不先務究字義，通文理，而先讀註解之書」，導致對經典理解出現舛訛。他强調：「道者，自修己之道也。學者，自長其智之學也。……若夫舊聞雖有非，前説雖有謬，我能知之，不敢之改，則是自欺我所知也，自塞於我所取之道也。」這樣的看法，當與其時反朱子學的學術潮流有關，反映了日本學人試圖走出宋明理學拘囿而自得心源的努力。淇園以爲，「凡學文論義，不可騖虛遠而以務辨博也。須要細叩熟求，以驗切實。必得之其身，然後已也」。於是其論學自懷疑註解起端，通過直接探究經典本身，而歸結於修己之道，這正是開物之要旨。

無論是荻生徂徠的古文辭學，還是伊藤仁齋的古義學，都以對朱子學的反動爲標誌，淇園也是如此。但徂徠重視古文辭，是因他以爲程朱諸人不解古文辭，而六經皆由聖人以古文辭而製作，故而學習古文辭是通往六經的必由之路。識古文辭，合名物，明訓詁，最終得知六經，古文辭是作爲工具而得到重視的。古義學則以爲四書中的《大學》《中庸》非聖人所作，强調通過對《孟子》的學習，來理解集中體現聖人之道的《論語》，難免仍是以今文視古文，從而與程朱之學在方法上相似。淇園探究文辭，則是因爲聖人之道無象無形，唯以名之形式而表現。必須通過對名的研探，獲得對道的理解；而通過《周易》，以文辭繹讀來達成名物相合的狀態，恰爲「開物」之關鍵。由此，文辭之學擺脱了工具論，成爲其學術思想的本身，而帶有「語言哲學」的意味。

《問學舉要》有安永三年(1774)刊本，又有文政元年(1818)、弘化三年(1846)京都菱屋孫兵衛刊本。今據安永三年皇都書林本録入。

問學舉要序

先是，世明在鄉，家君每屢稱淇園先生，以其天資超俗而篤信好學者矣。今兹家君令俾世明負笈京師，以受業二三先生之門也。既爲乞藩得命，遂以春三月入京，乃得詣淇園先生請業。一日先生引篋中一卷授之世明曰：「此吾理經藝之大法也。」世明退而讀之，其立綱六條，分目三十，事巨細兼備，本末具舉。而其論學之要，晰文之理，切乎至矣，詳乎盡矣。譬猶指海於碣石，而導衆流于黄河也。至如其六經及《論語》之疑，其旨往往皆闡至微然復引而未發，蓋欲令人以深惟而自得焉者也。夫信之篤則疑之亦深，已疑然後辨之，則其辨必審矣。顧余小子，從游之日未多，則過此以往，亦奚知焉？惟家君其必深知先生者，而非先生篤信好學，其又孰能爲此？學者必由此學之，觸類長之，則其以溯于古，采聖賢微言，必庶幾乎。故於其命序，世明不敢辭以不敏云。

安永甲午冬，松江後學桃世明謹題。

問學舉要

凡學文之要，大略有六：一曰立本，二曰備資，三曰慎徵，四曰辨宗，五曰晰文理，六曰審思。六者缺一則不可。頃爲客答問，粗舉其要，客退筆之以示子弟。

立本第一

凡學文，先當立大本。大本不立，末何由生？夫聖人之道，始於修己而終於安人。六經之言紛然多端，要皆不過以明夫二者也已。是故道欲言之，或一言而可盡也。然而聖人之教人，必舉示一隅而俟反三隅者，何也？道非其人不虛行，德不自明不可得故也。是故篤志以成物於己者，本也。古之君子物已成而善言生焉，聖人德盛集以成大業，六經之文即是也。是故學者苟能篤好堅志，以深采於六經之菁華，而以冀效於聖人君子之成實，斯可謂之大本立矣。是故學貴精思明辨，如六經之言紛然多端，其學之固當須使其義貫繹通融，歸於夫一然後止。又譬如孝悌忠信諸德行，皆當思求其故，此何以爲當行之行。諸不善之行，亦當思求其故，此何以爲不當行之行。又如求爲君子，亦當思求不求者何以爲不可也。且其求爲君子之心，與好名好勝之心，同邪異邪？諸如此類，皆要精思詳辨其故，必得實當而後止。《詩》曰：「人之爲言，胡得焉？」思而究之之謂也。若夫不志成物於己者，其於所學也，亦必不能深思其故而以至貫通。偶有爲之解者，亦不過拾《孟子》之餘論，曰：「人有斯行，乃與禽獸異矣。」如此焉足與語君子哉？

附問一條

問曰：子所不知者，而子能喻之乎？曰：不能。曰：子所不喻者，而子能不爲惑乎？曰：不能。曰：子所易惑者，而子能行之乎？曰：不能。曰：夫孝弟忠信者，人之大行也。而人之行之，亦將有大惑焉。子若不能爲之解，乃子亦惑者之徒也。恐亦未易行也。請嘗設其説，子其嘗爲解之乎？夫臣之重其君者，爲其能養己也。今有臣爲其君而死者，君子稱之，則固謂之義矣。然而鄙人議之，則曰彼狥義之名而忘物之實者耳。得生故重，養則重其君上。是故生爲本，養爲末，然則君上末也。今彼爲末而喪其本，此其智未爲得者也。今有嘗借我以其鞍轉者，而因并取我馬，則我肯與之乎？爲嘗養我之故，因并喪我軀者，何以異焉？馬則弗肯與，軀則肯喪之，是乃狥義之名而忘物之實者也。凡臣之於君，亦服其役，使以報其養足矣。是故子之或死於孝弟，之或死於悌朋友，之或死於約信，亦皆狥名若愛者也。凡人有爲難能之行者，世舉稱其人之名。蓋匹夫匹婦或有相與經於溝瀆，其明日則一國稱其名，於是必復有經者相繼乎溝瀆矣。人之耽溺名若愛也，自古已甚矣，乃亦皆不知喪其本者也。一國而稱其名者，無他也，亦羨彼其得名於難能之行者也。有天下而稱之者，亦然。或因解之曰：匹夫匹婦之經於溝瀆者，皆死其私者也。若夫死於孝悌信義者，其死乃皆以其公。私名醜，公名美。所以美之者，乃出於人之天性。是以人皆自爲之，而不自知其所以然之故也爾。曰：然則子亦乃惑者之徒也。不惑夫鄙人之所議乎，其將必惑於他惑矣。所不知則不可喻，所不可喻則不能不惑，物之常也。請更思之。

《易·文言》曰：「遯世无悶。」言君子以道自修，不求人知，是以雖與世不合，而無慍悶也。此其旨似與學問之事不相涉者，而其實道之真僞、學之成否，由此一言而決矣。人一有希世干譽之心，則其論必卑，其言必邇。乃其於學也，亦將古之所謂委瑣握齪，拘文牽俗，循誦習，傳當世，取説者是爲。而舊聞雖有非，前説雖有謬，又將鉗其口而莫之敢言矣。且人口之所不欲言，心亦不欲思之。心之所不欲思，目亦不欲視之。則其稍與己異者，將必疏斥不肯視之矣。雖有欲告之以至德要道者，其將必顧忌反訕，不肯聽之矣。此道之所以生偏蔽者也。其既偏蔽而久，則心又將自誣其智矣。然而希世干譽之心，人十則七八皆是矣，此乃前儒之誤之所以十世而未之能改者也。道者，自修己之道也。學者，自長其智之學也。此特吾得之。夫聖人之辭，吾心會焉，而後可得以修長焉者也。若夫舊聞雖有非，前説雖有謬，我能知之，不敢之改，則是自欺我所知也，自塞於我所取之道也。以求其進造聖人之道，此何異夫適楚之北轅者邪？世又固有毫釐之差，而其繆致千里者，學聖人之道亦有之矣。愚夫婦之聞聖人之言也，以爲其智與己不遠矣，因棄之而不復求。或又因遂揭其所知曰：此亦乃聖人之道者也。愚夫婦之言，中材笑之曰：彼何不自知之甚也？如吾言，則是爲聖人之道矣。天下皆以其智準擬聖人，是以狂者自是其狂，狷者自是其狷。是故自漢儒已下，人無不自以其道爲得其真矣。而後之學者又各自以其心所好爲是，而曰漢儒爲近古矣，曰宋儒爲精理矣，曰吾師之言過漢宋諸儒遠矣。及見其有紕繆也，乃又以爲是偶小失耳。如其大，則此已得之矣。於是有攻者，則佛然起爲守垣矣。此其爲失安起也？蓋亦不知道之爲自修己之道，學之爲自長其智之學，而以其所知概之聖人故也，亦皆夫希世干譽之心爲之蔽惑故也。雖然彼其爲之，豈謂之卑鄙之心乎？乃前三者之爲之内主故也。是故前三者弗遺，則梗塞不去；梗塞不去，則不可以得之聖人之辭矣。曰：然則何以去前三者？乃所謂「遯世无悶」，不見是而无悶，惟是心可以除前三者之惑矣。故曰：道之真僞，學之成否，由此一言而決矣。

備資第二

備資有三事：一曰精辨字義，二曰略通其世，三曰知古韻。

爲字義之不可不精辨也，蓋一字失義，累及全章。譬猶棋失一着，則全棋俱敗。爲文者亦然，一字不當，則全言皆澀。漢儒説《春秋》，動言一字褒貶，亦古人之文法然也。昔吕不韋作書，懸千金於市，以購能增損一字者，亦可以見古人於文一字不苟者如此矣。是故凡詁同而字異者，譬如與俱偕共等字，須一一辨究其義。戴侗《六書故》説「倚」字曰：「凡文各有義，以彼喻此，終不親切。《説文》『依』『倚』互相釋，此類甚多。蓋無所取之，取諸近似而已。」可見字書釋詁，率非真詮也。求之其聲之象數者，上也；求之其書之形狀者，其次也。又皆兼須多按古書使用之例，以參驗其實。但其爲務甚繁瑣，少年子弟志大氣鋭，意方急貪進取者，勢尤難俛就。然未了此事，其讀書譬猶盛水於無當之杯，貫錢不結之緡也。終年仡仡，竟無成功。韓昌黎云：「凡爲文者，宜略識字。」宋晁景迂晚年日課識十五字〔一〕，楊誠齋云無事好看韻書。彼皆博洽鴻儒，猶且然，則其爲要務者亦可知也。《北周書》載梁臺者，不過識千餘字，口占書啓，辭意可觀。此又可見能通其意，則所識不必在多也。世人不知斯義，乃妄設譬喻云：學問譬如精鑿米，但須著之杵臼間。此言遽聞似有理，而其實不然。蓋未知字義之前，尚是粟，未爲米。著之杵臼間，何以得精鑿？此譬猶未知解數而先爲御馬，未諳譜聲而先爲樂奏，皆非所以盈科而進也。凡學不盈科而進者，其必復躑躅而旋回矣。世又或以爲解書不在字義，而在文理，此言亦不然。文理因字義而成，譬如聚方物，雖多排列，所成竟不離方形；譬如聚圓物，雖多陳置，所成竟不脱圓形，安得有他形？余嘗云：不知字義而解書，譬猶昏夜辨遠樹，松杉檜柏無所不可以言矣。以其若是而尚自謂我得之者，不誣妄則愚矣。且學之重名物也尚矣。名者，字也；物者，字義也。如《儀禮·聘禮》云：「不及百名書于方。」註云：「名，書文也。今謂之字。」《周禮·秋官·大行人》「諭書名」，註云：「書名，書之字也。」之類可見也。按，《史記·曆書》

〔一〕迂，原作「廷」，據《鶴林玉露》卷五改。

云：「昔者黄帝合而不死，名察度驗，定清濁，起五部，立氣物分數。」殆所謂象數之原也。余又嘗考虞舜氏之察璇璣玉衡也，箕子之傳洪範也，文王之演《周易》也，并皆辨名開物之所以爲作者也。韓子有言：棄隱括之法，去度量之數，使奚仲爲車，不能成一輪。夫奚仲之巧非不足自畫方圜也，離朱之明非不足自察平直也，然必待用夫規矩繩墨而爲之者，蓋不以此則不可以累合匹配、齊彼分差也。聖人之於制作，亦猶奚仲、離朱之於規矩繩墨也乎？是故名者，聖人尚有所據度而以定其義，况中材以下，豈容敢以妄臆而定之乎？是故字義之於學也，是爲當究之要務矣。但三代之文，世愈遠則意愈奥，蓋其名之用物靡有其義之不全。秦漢之世，文風稍漓。東漢已降，轉用日繁。則其物之實漸與其名舛，其文用字又多由連熟。蓋風俗已變，則民用亦從之。乃其文辭體雖仍舊貫，而非復其平常言語之所庸也。則其用名物中每多疑貳，疑貳不能專任，乃必用輔副，是其用字之所以致多由連熟者也。是故學者若欲用讀漢以後文字之法以爲古文，則其誤解者必多矣。此亦不可不知也。漢儒註經有妄讀失其文意者，如《毛詩·周南·葛覃》第二章「是刈是濩」，按，《説文》：「濩，雨流霤下貌。」〔一〕而毛乃

〔一〕霤，原作「需」，據《説文解字》卷十一改。

云煮之也，蓋讀爲鑊也。然如毛讀，與上是字終不相妥，不若讀爲穫之穩當也。如《論語》「文獻不足」，鄭玄曰：「獻猶賢也。我不以禮成之者，以此二國之君，文章、賢才不足故也。」夫讀「獻」爲「賢」已横，而審其註意又暗假其連熟，潛轉其義爲才識之旨，是何異於撮弄之易珠熳人者？又有因連熟久遂誤其義者，如鄭又註《中庸》「言其上下察也」云：「察，猶著也。」蓋以「明」「察」二字連熟久，而遂視「察」字亦如「明」字，因致誤解者也。從前註經家蹈此弊者甚多，不可不辨明也。頃又偶閱《通鑑》，見載温公上表，其文中「錫」字必擡頭，而「賜」字則不。因知當時「賜」「錫」二字，義尚有分别不同也。至明人文字，自書其官銜中「賜進士」，「賜」字往往必擡頭書之，則又知明人已失其義，故渾同莫别也。只「賜」「錫」二字，而宋明相去僅不過三百年，其義舛轉已至如此，況三代相去邈遠者，名物之多變訛，亦可以不言而知也。吁！豈可不以盡心講求焉乎哉！

《孟子》云：「頌其詩，讀其書，不知其人，可乎？」凡讀古人之書，誦古人之言，須略通其世。蓋如當時天下之大勢如何，民風如何，其國安危之勢如何，其國制職官位秩何爲貴何爲賤，及其人世族本出何宗，其人身分高下及平生履歷皆如何之類，不可不審知也。不則其尚論之間，必致乖背差誤。恐或有其言雖可聽，而於當時之勢斷不可行者矣。但古書可徵信者不多，則此類難知的確者往往有之。然間亦有推類可得大概者，學者所當致其心者也。古書又有紀載失其實者，如《禮・檀弓》云魯莊公及宋人戰于乘丘，馬驚敗績。按，《春秋》莊十年，公敗宋師于乘丘。據此乘丘之戰，魯未嘗敗，而《檀弓》反以勝爲敗也。如《家語》云：「孔子爲魯司寇攝行相事，有喜色。」清毛奇齡云：「考商制，三公稱相。如仲虺爲成湯相，傅説爰立作相，而周無其名。雖周公相成王、管仲相桓公，亦間稱相，而終非官稱。況季氏歷相數世，夫子以異姓卿士，得代孟孫爲司空司寇，已屬異數，況敢代季氏執政而攝其相事？按，《春秋》傳云：『夾谷之會，孔丘相。』其所謂『相』，即儐相之相。其曰攝者，或當時以孔子司寇不宜作相，猶祝佗以太祝不當相衛君見辭一類。而後人不察，即疑爲宰相行攝。夫相爲商官，宰相爲秦官，周無是也。且夫子亦安能即致此也？」按，此説甚明確，然《荀子・宥坐》篇亦曰「孔子爲魯攝相」，乃知其謬誣之來已久，而雖荀卿亦不能辨之。此類《禮記》《家語》尤多，不暇枚舉，當須詳考確實然後據之，并不得輒引以證經。今姑舉一二，以見其例焉爾。

《詩》自吴才老論叶韻，而朱考亭采其説以入《詩》註，至明末顧炎武《韻學五書》，乃遂有古無叶音之説。清毛奇齡因作《古今通韻》以斥顧之謬誤，其説尤有確據。其大抵以爲東冬江爲宮，乃反喉入鼻之音也。支微齊佳灰爲徵，乃銜唇接齒之音也。真文元寒删先爲商，每收字以舌抵上腭。魚虞歌麻尤爲變徵。蕭肴豪爲角，乃懸舌嚮腭之音也。陽庚青蒸爲變宮，乃入鼻稍侵齦腭。侵覃鹽咸爲羽，乃讀字訖一闔唇。而此七部之説又見於《通雅》云，是鄭漁仲説，疑毛説本於此。但《通雅》以尤屬角，是爲稍異。而比之毛説，更似覺佳。余又考周《詩三百篇》用韻之法，乃亦皆同聲相應之法。蓋每遇其同聲之字，輒其意必前後貫應。譬如《周頌・臣工》之詩，正是以東韻宮、庚韻變宮、魚韻變徵、尤韻角、佳灰韻徵、真先韻商，凡六部之音相錯用成一章者。「王釐爾成」乃與「將受厥明」相應，「來咨來茹」乃與「如何新畬」相應，「嗟嗟保介」乃與「庤乃錢鎛，奄觀銍艾」相應，「維莫之春」乃與「明昭上帝，迄用康年，命我衆人」相應。而「明」字仍是「受厥明」之「明」。「明昭上帝」，乃保介即其事也，亦又何求？乃與「於皇來牟」相應。又如《周南・麟之趾》之詩，麟、振爲同聲，趾、子爲同聲。言公之有子，猶麟之有趾也。麟之趾必由振振，則公之子亦宜由振振。如《邶風・燕燕》之詩，「燕燕于飛」，乃「之子于歸」也；「下上其音」，乃「遠送于南」也。後世樂府有轆轤韻，乃詩人之遺法也。宋人不知之，徒欲以唐詩用韻之法律之而不能合，遂妄作叶韻之説，誣矣，然而猶未敢議其本音。至明顧氏，乃欲并其本音而易之，殊不知聲音之於道，其

其有庇於後學，可謂其功非淺鮮也矣！

所關係甚大。使顧氏説盛行，則道幾乎息矣。賴有毛氏辨而闢之，而後得古音不亡。

慎徵第三

慎徵有四事：一曰原述作之本旨，二曰徵於本書，三曰徵於他書，四曰存異。

原述作之本旨者，自是理經之一大總綱。學唯能舉此總綱，則其細目雖未盡張而全綱已在手中矣。第以前賢推尊聖人太過，而後儒又推尊前賢太過，故六經、《論語》等書，人率視之如河漢，以爲聖人之堂室，不依前賢之説則不可得窺也已。是以前賢之説雖有可疑，而不敢非議而逾越焉；聖人之本旨雖有可原，而又不敢搜索而討求焉。此究其弊之所由，蓋亦在初學時不先務究字義，通文理，而先讀註解之書。大抵人用心之難倍於用力，而其用精力亦有限。與物遇者至再遍，唯可以加其熟慣而難復舉其全綱。是以人之成業率因幼習，非無中年改轍者也，而此自非常之材爾。如庸常之士，初學先已讀註解。註解之説，即成薰熟。爾後雖用力讀，竟難得離舊習。即其推尊前賢太過而不敢逾越者，蓋亦以其精力難再振故耳。是墨翟、楊朱之所嘗哭岐路而悲練絲者也。是故入門之所由，不可不審擇也。聖人如其聰明睿智，則人固不可企及已。至若所述作之經，乃其所以令天下之人無賢愚由此講學者，縱其道至高，豈無階梯之可緣邪？不有文字、章句者在乎？由是二者而潛心焉，豈有不可得讀之理乎？雖乃述作之本旨，豈又獨不可得而原之乎？〔一〕縱乃有深賾，其可以鉤探而獲者必矣。然而世常鮮知是義，而其學往往安於因循，以致聖人之道不明，可嘆甚矣！世又或苦六經簡奥難讀，然聖人亦豈不知而爲之者哉？蓋亦欲令人以深造而自得焉者爾。故凡其難讀及可疑之處，是學者所尤當盡心研求之處也。前賢亦多不知斯義，而但得其可以言，輒用作之註解，不深致思。而後世學者亦惡難而就易，不敢以疑而究之，一唯註解是守，則述作之本旨愈益不可望也矣，學者豈可不警而戒也哉？余嘗於《論語》、六經皆設之疑問，即能致思焉，則未必非原述作本旨之一助也。今因附載于左。

《易疑》曰：世有古今，道有污隆，而天下之事又倚伏紛糾，不可一定也矣。文王雖聖也，亦人耳，非天也，何以乃得能預斷天下古今人事之吉凶，而作《易》彖爻之諸辭也？且☰何所取，而以乾名之也？乾又何以曰天曰君曰父曰金曰玉曰馬？☷何所取，而以坤名之也？坤又何以曰地曰母曰牛曰釜？其他☵名以坎，☲

〔一〕獨，原在「而」後，據文政元年本改。

名以離，☱名以兑，☶名以艮之類，其義皆何所取也？且其所取者，將皆出諸私臆與？將有如所謂建諸天地而不悖之義存與？且孔子所作《繫辭》《文言》諸傳之言，率多象爻諸辭所不有者，此又何所取而爲之也？皆有所據邪？無有邪？後儒或曰：有天地自然之《易》，有伏羲之《易》，有文王、周公之《易》，有孔子之《易》。果如是說，便《易》隨人所見，各各不同。則祠筮佛簽、擲錢射覆，亦皆《易》矣，則何必又以《周易》爲貴乎？或謂聖人以此設神道，而以斷衆疑者也。然則夫所謂神道者，不知實取諸天地鬼神邪？將取諸己所見者邪？如取諸己所見者，則何以知其非誣瀆者也？若曰雖誣黷而衆以此服焉，則可也，則是以文王、周公、孔子爲詐僞狡獪之雄也，又何慢聖之甚也？此數條大疑未了，惡足稱之知《易》哉？

《書疑》曰：說《書》者據左史記事、右史記言之文，以爲《書》乃記言之書也。然《帝典》之述其盛德及言其巡狩之禮也，《禹貢》之著理水也，《武成》之叙伐紂也，《顧命》之記陳設也，并皆不止記言也。且堯舜之遠，何所記載之詳且多？夏之近於堯舜，何所記載之略且寡也？至如古今文體不類之疑，先儒多言之，今不復論。

《詩疑》曰：凡今之爲《詩》者，不由小序則由朱說。而小序之言，率多《詩》中所不有者。朱説以爲烏有捨明白可見之《詩》辭，而必欲曲從臆度難信之序説乎？此自至當之論，而馬端臨猶執小序説，則以爲序以明詩人之深意，故不可廢。若如此，論《詩》必待讀其序而後明者，則《三百篇》唯有序而足矣，夫子删《詩》，不亦勞乎？馬端臨又以爲夫《芣苢》之序，以婦人樂有子爲后妃之美也，而其詩語不過采掇芣苢之情狀。而《黍離》之序，以爲閔宗廟之顛覆也，而其詩語不過慨嘆禾黍之苗穗。此《詩》之不言所作之意，而賴序以明者也。殊不知是主序以觀《詩》，不自知其謬者耳。《詩》語已無其辭，則序之爲附會不辨已明矣。而反謂《詩》意賴序以明，豈非謬惑之甚乎？然而朱氏之詩説亦甚憒憒，蓋勸善懲惡乃《春秋》之教，見於《左傳》，[一]而乃以爲《詩》以勸善懲惡爲教，此其意雖本於《孟子》「《詩》亡而《春秋》作」之語，然而即如此説，則《禮記》又何言《詩》教温柔敦厚也？且《詩》果可以勸善懲惡，則其亡何不復作詩，而作《春秋》也？此豈非添蛇足之比乎？且朱氏其論雖斥毛説，然視其詩解猶尚依違於小序之間，則亦是陽忌陰收、徒逞言説者耳。至如明何楷《世本古義》，則《竹書》《汲冡》雜僞交徵，而説亦

[一] 左傳，原作「禮記」，據文政元年本、《左傳·成公十四年》改。

多迂曲不通。此不唯無鑒裁，而并又不知《詩》矣。三家之説其難信者如此，則《詩三百》之設其爲教者，其將何以爲定説乎？

《禮疑》曰：禮家之聚訟，自漢儒已然。然而以余觀之，《禮記》諸篇本自純駁不一，而《周禮》乃又全是後人僞作也。諸儒不先辨之真僞，而見其説與己意合者，輒援引以爲争訐之資，則紛紛不已者固其宜矣。朱考亭欲以《儀禮》爲經，而二《禮》附之，不爲無所見者。然而《儀禮》亦可疑者甚多，如廟堂之制甚宏大，恐非士家所可能造構也；如士相見禮大夫執羔，其禮始於晉范獻子，見于《左傳》，則非西周之制然也；如聘禮饔餼用物太侈費，要是小國待霸國使者，以畏其威迫，故奉承過當者，而非盛世之所應有也。其他類此者尚甚多。則斯豈周公之舊典也哉？雖然，《三禮》之外則更無他禮書可考，則周公之典禮，吾其安從而得見之乎？

《樂疑》曰：樂之爲物，聖教之所極重者也。然清樂乃周房中樂之遺聲，而陳後主以之歌其《玉樹後庭花》，則亦足以亡國矣。此豈非雖南樂聲調之正，亦不足恃之一證乎？當時稱其音哀，則所謂亡國之音者當矣。而及至唐太宗時，其樂雖歌之而人不復哀之，則其哀乃亦似亡國自使然，非樂聲之罪也。以此觀之，夫《樂記》所言，其義亦似少過施張。雖然，樂之於理化，非以若《樂記》所言，則亦奚以謂之重乎？

《春秋疑》曰：孔子作《春秋》之旨，其果如司馬遷所云見之行事之實者邪？何以其不紀於周室，而紀於魯？其魯史乎？何以其不始於伯禽，而始於隱？説者曰：隱公能弘宣祖業，光啓王室，則西周之美可尋，文武之迹不墜，是故因其歷數，附其行事，采周之舊以會成王義，垂法將來。吁！此言徒空飾其説已。隱時周鄭交質，則周已卑矣。求好於邾，則魯已弱矣。而責之以其不能弘宣祖業，光啓王室，非人情矣。且《春秋》之義，必待其有傳而後明，則又何不自作其傳，而必待于左氏之作也？其將不必待傳乎？將不可無傳邪？宋人目以爛朝報，果爛乎？將不也。《孟子》曰：「《詩》亡而《春秋》作。」夫《春秋》之作，何與《詩》亡也？《孟子》又曰：「孔子作《春秋》，而亂臣賊子懼。」夫《春秋》者，孔子以一匹夫而修之其家者而已矣，亂臣賊子其所以懼之者，又將何以也？且三家之傳，其説必設書例，而頗亦皆剌繆不合。《春秋》豈果不可以書例爲之書與？

《論語疑》曰：孔門諸弟子所問於夫子，不問孝則仁，不問君子則禮，然自有《論語》之書來，諸儒之釋其名物，紛然不一。譬如「仁」字，或曰心之德、愛之理，或曰博愛，或曰知覺，或曰慈愛之德，或曰長人安民之德。而諸家此數語尚相近似，及其各引其證、演其義，以作其説，則其相反不啻冰炭。按，「仁」字，自《仲虺之誥》、《太甲》諸篇已始有此字，則亦非自吾夫子發之也。然則夫子雖聖，吾何以知其言之與諸家説非同日之論也？莊生有言：「隨其成心而師之，誰獨且無師乎？」蓋言人之難得成心也。而如吾夫子，有成心乎？曰：夫子以其天縱，而學又能博，是以得能知其物矣。則彼諸儒亦固無不學能博也，而諸儒又且皆折衷之夫子者也。夫諸儒之折衷於夫子者，乃不亦易爲力乎？夫子之前，無能如夫子者，則夫子之學之也，亦甚難爲力也矣。難者何以得能知其物，而易者何以反不得知也？曰：是乃夫子之所以爲天縱之聖者也。則又何以知夫子之所以爲聖者乎？曰：夫子之聖，自當時七十子之徒已稱云爾。則何以又知七十子所以稱云爾之不阿其所好者乎？且孔門動言君子、小人，斯二者豈爲實有如斯人者乎？今試思之於己身，己身爲小人乎？將爲君子乎？將君子與小人雜乎？將有時君子而有時小人乎？將雖不可辨之未行之先，而可見之已行之迹乎？且夫子所稱君子之德，譬如「周而不比」者，古嘗有若斯人乎？誰能行而恒之乎？誰能知其行而恒之者乎？雖以賢如伯夷、柳下惠，然夫子猶曰「我則異乎是」，則夫子未慊於伯夷、柳下惠之行也。以此觀之，所謂君子，人不亦甚難得其人乎？抑雖夫子之所未慊，而猶得以稱爲君子人乎？夫子嘗言「躬行君子，則丘未有得之也」，則君子之德，其中豈又有大小之等差與？則吾何以得辨其大小之等差於夫子之所稱乎？

古人著書以篇名者，如《詩》《書》《儀禮》《論語》《孟子》等類，皆其編次先後間各自有其意，統緒相接，承以成篇者，故命之以篇名，而本非漫書抄撮、雜會成册之比也。譬如《論語·學而》篇僅以十六章成篇，而孔子之言與諸賢之語前後相錯以書之者，亦以編者有所旨在其間故也。即如《季氏》篇齊景公之章、《先進》篇德行顔淵、閔子騫之文等，皆乃編者之所筆以補其篇旨者。至如《鄉黨》篇乃編者之筆，又居十九矣。然而後世言《論語》者不知其當本諸編者之旨，而徒論當時之記者，豈非食肉羹而不知其牛羊乎？如《孟子》七篇，據《史記》云，孟子親與萬章之徒作之，則其篇次之間亦決非漫然爲之者也。而註家皆未能言其義，何也？如《詩三百篇》則夫子已言「《雅》《頌》各得其所」，又云「賜也始可與言《詩》也已，告諸往而知來者」，則其所重在篇次先後之間者不復須疑，而諸家皆懵然不知言之矣，此道之所以千載尚多枳塞者也。如《儀禮》之以人生始終叙篇次書之，以其世遠近叙篇次者，則其義已灼然昭著，不復待辨。凡解書其徵諸本書者，自是最先要緊之事。然前儒之註經，徒務博徵旁引，而本文却徒望文作註，其失之綱領者甚多。譬如朱考亭註《易》，以「既濟」卦定爲爻位，而以此説諸卦之義。此雖從王輔嗣、韓康伯諸人之説者，然而至於「需」上六象傳云未當位，〔一〕而其説忽窮，則因又註之曰未詳。夫尚有未詳處者，乃是其「既濟」爲爻位之説不足從者亦已明矣。然尚執其説不能改者何哉？乃亦失之徵本書之功疏故也。

徵他書以釋經，尤當審慎，切不可未究其書上下文意而遽援出以爲證。先儒註中此誤甚多，如《論語》「禘自既灌而往者，吾不欲觀之」之章，審其語意，是其未灌前，夫子乃尚觀之者也。而《禮運》乃云魯之郊禘非禮也。苟使其全非禮，則夫子何分其自既灌而往，而言不欲觀之乎？《禮運》之所言分明是異説，而宋儒程氏輩不啻不能辨之，而并取之，疏矣。又如廟主昭穆之説，據《國語》工祝書其世，及《左傳·僖二十四年》「管、蔡、郕、霍、魯、衛、毛、聃、郜、雍、曹、滕、畢、原、酆、郇，文之昭也；邘、晋、應、韓，武之穆也」等語，則昭穆乃特以此紀祫祭時祧主位次之名，而本自一定不易者。自漢儒作《王制》，始有廟三昭三穆之文。而後儒不知其繆，則遂有祧遷，則昭進爲穆、

〔一〕需，原作「蒙」，據文政元年本、《周易本義》卷一《需卦》改。

穆進爲昭之説誤矣。如《左傳·僖二十年》，君子引《詩》曰「豈不夙夜，謂行多露」，《詩》意本言不夙夜則始無多露濡漬之患，以喻其敗由己者。而杜註乃云違禮而行，必有污辱，其義迂矣。《宣十二年》「《汋》曰『於鑠王師，遵養時晦』，耆昧也」，《詩》意本言武教能遵養者其昧，使之至於純熙者也，故《左傳》下文乃云「撫弱耆昧，以務烈所可也」。而杜註乃云須暗昧者惡積而後取之，又以耆昧爲致討於昧之義，豈《詩》言「養」字之義哉？如《詩·小雅·北山之什·信南山》第四章「中田有廬，疆埸有瓜。是剥是菹，獻之皇祖」，廬即胡蘆，故下言剥菹。而後儒不知，乃遂傅會以廬田之説，可笑。又如《中庸》「旅酬下爲上」者，乃燕禮，主人就旅食之尊而獻之之事，而鄭玄乃謬引特牲饋食，旅酬以充之，而不知其「所以逮賤」四字，義不可通也。乃皆其不考之過也。

古人事實有難以一書之言輒斷决者，則廣會其異同而以存其疑可也。如齊小白兄弟之辨，古書所言往往不同。漢薄昭上淮南王長書云「齊桓殺弟」，《管子》、《史記》、《荀子·仲尼》篇、《莊子·盗跖》篇、《韓非子》、《越絶書》、《説苑·尊賢》篇皆云小白殺兄。朱氏註《論語》，獨定之曰：小白兄，公子糾弟。不知其何據乃得决之也？可謂偏强矣。如伯夷、叔齊之事，若據《莊子·讓王》篇，則二子聞文王之德而歸周，至則文王已死，武王乃使周公往迎二子，與之割牲而盟。二子醜之，遂去而隱於首陽山而餓死。此其事大與《史記》所言異，然《史記》乃太史公固言其傳佚事異聞，則雖《莊子》所言亦未可全廢也。而朱氏《論語註》獨引《史記》爲據，恐亦非通論也。但古人亦有言欠考實者，《莊子》云「盜跖死利于東陵之上」，則《史記》所言盜跖以壽終者妄矣。又有自説抵牾者，如《韓非子·説疑》篇云「舜偪堯，禹偪舜」，而《八説》篇乃云「古者人寡而相親，物多而輕利易讓，故有揖讓而傳天下者」。夫揖讓而傳天下者，非謂堯舜而誰？則安又得偪之之説乎？此乃自説之牴牾者也。大抵戰國辨士之言，率多憑空撰出一故事，以供一時談資者。故其言甚不足爲信，學者宜加取捨。若孟子辨百里奚五羊皮之謬者，學者尤所不可無此鑒裁。而若至於不可知者，則又不得偏執一書以擅斷之。夫子不云乎：「不知爲不知，是知也。」

辨宗第四

辨宗有三事：一曰漢學之起，二曰周漢文章言語之變異，三曰前賢解書致失誤之由。

夫儒者談經動輒尊信漢説者，意其近古，或有所本故也。然以余觀之，漢儒傳經可疑之説甚多。蓋嘗讀《漢書·藝文志》，有以知其故。夫炎漢之興，猶承嬴秦之弊。

世歷四主，挾書之律未除，是六經之學幾乎絶矣。孝武乃能知尊聖道，始開獻書之路。於是復壁之遺經、焚餘之殘簡始得復見於世，而傳于後世矣。孝武之有功於斯道，良可謂偉矣。第惜其崇尚之志原本於浮慕，徒事廣裒而不精稽檢。蓋觀夫五行、讖緯之學并興於當時，則知其希圖賞賜以進雜僞者多矣。當時進書願列於學官者，一經而數家，不知其孰爲洙泗之真也？且其已得立學官者，天下將争而就其學焉。而不得立學官者，天下將廢棄之而不顧也矣。由是觀之，古道蓋興於漢，而又亡於漢。彼其多可疑之説，亦靡不因是故。然乃猥恃之以其近古，豈非一概之見邪？且七十子之徒，其學又已離異而分乖。蓋孔子没後不久，乃已有子游氏、子夏氏之不同，有曾子、子張氏之不合，而其流各又有莊周、吴起、李斯之屬。戰國去孔子未遠者且然，況乃西漢之儒，世之相去更隔遠者乎？縱其未至大差，而純正難得者亦已可知矣。世儒乃不察是數者，徒妄意其有所本，尊信之而不知其因，以致掩蔽聖道也，悲夫！

古今言殊，人皆知之矣。然而至以秦漢以前概稱之古，混同無别者，則疏矣。夏商之文，與周之文樸質雕琢已自不同，乃《尚書》諸篇可徵。而雖晚周之人，又已不能輒通其先周之文。譬如《國語》釋《昊天有成命》，而云「基，始也；命，信也；宥，寬也；密，寧也」；《左傳》釋《皇皇者華》，而云「咨禮曰度，咨親曰詢」等之類。當時之人若能聞文輒通其義，豈有煩舉之訓詁？則可見周人已自難其古言也矣。西漢又去文、武之世更加隔遠，其於晚周，亦猶晚周之於先周，則古言之難通必又倍甚。按，《漢書・樂志》云：〔一〕「今上即位，作十九章，令侍中李延年次序其聲〔二〕，拜爲協律都尉。通一經之士不能獨知其辭，皆集會五經家，相與共講習讀之，乃能通知其意。」據此，西漢之人其昧古言者亦已明矣。然則秦漢以前，豈可以古概稱、混同無别哉？

今人談經，或有糾前賢紕繆，則雖理勝義優而世不敢信者，其説蓋有在焉。曰：前賢其德行非今人所能企及也，其博洽又非今人所能企及也，其文章又非今人所能企及也。以斯三短，而敢議之於三長，此世之所以不敢信者也。然彼安知糾之者獨有一長，足以議之彼三長者？蓋前賢之説經也，率多由己立意而要旨其文，今之談經者乃循其文而擬之其旨，此其所以獨長於前賢者耳。蓋古之文其辭簡，西漢以後之文其辭繁。簡者之法精，精在其字；繁者之法粗，粗在其句。前賢乃未悟此字句精粗之有異，而其爲古文亦猶如爲後世之文。是以其亦未嘗不言循擬之爲善，而其説之成。夫

〔一〕按，據《史記・樂書》，「漢書・樂志」當作「史記・樂書」。

〔二〕令，原作「今」，據《史記・樂書》改。

立意要旨之陋，乃莫之能自知。循文按其旨者，我之隨文轉者也；立意要其文者，文之隨我轉者也。夫文之隨我轉者，是我以其長也，將必以續之於彼短；我以其短也，將必以斷之於彼長。斷續之弊，可以使東者西而白者黑也矣。前賢之解經率如此，是可謂自解其經，而不可謂解聖人之經也。且前賢之道未加其大於聖人也；其德行未加其高於聖人也；而其博洽亦徒博洽於西漢已後之書也；其文章雖極鴻茂之美，亦與西漢已前殊其軌。而斯三者之長，祇以此蔽夫聖人之道矣，此安可不糾其紕繆而止哉？然而世乃猶重其末，而不知其本之因致輕也。見有欲糾前賢紕繆者，反呵罵之爲狂爲愚。而其呵罵之者，世反以爲得中正。噫！此雖由其不知之故，其爲謬惑亦已甚哉！孔子惡似而非者，惡莠恐其亂苗也，惡佞恐其亂義也。君子胡又不惡夫似而非者也？

或問：前賢之文皆學古文，而子謂之與古文不同者，何也？余答曰：西漢以後之人，文章、言語分爲兩途。其言語，所生而能者也。至文章，乃必學而後能之。是故其文字所以行其言者，皆乃其所摹效爲之者也，非其真也。蓋真者，物舉之一隅，則徑喻之三隅，其言自然不須其多。是故古之文辭率多從其簡約。如假者，則言雖盡之四隅，而猶或未曉其物。是以後世之筆翰，辭則繁稱，文則冗長，以始得達其意焉。此後世文之所以終不得與古文同者也。明人嘗覺其異也，以謂古文難讀而今文易讀。於是務深其言，迂其辭以爲其文，而曰此乃古文辭也。吁！此亦不思之過也。古人之於文，豈爲夫難讀者邪？亦欲以盡其意者耳。王充有言：「經傳之文，賢聖之語，古今言殊，四方談異也。當言事時，非務難知，使指閉隱也。後人不曉，世相離遠，此名曰語異，不名曰材鴻。淺文讀之難曉，名曰不巧，不名曰知明。」明人之徒仿難讀，乃王充所謂「不巧」之類也。由此觀之，前賢之文與古文不同亦明矣。舌人之與洋外諸民共處也，方聞彼其從容笑語也，皆無不以喻其旨意矣。及聞其喧詬疾勵也，則皆惘然不知其爲何語也。此舌人之於洋外諸民之言，徒能習其常而不達其變。方彼其天機之作用，省會莫及，而識故皆廢矣。是故其所用喻旨意者，亦徒不過王充所謂「因成紀前」者耳。前賢不唯其文之與古文不同，至其解經又多致謬誤者，亦唯異時不同其天機故也。

晰文理第五

晰文理有十五事：一曰言物各依其部界，二曰冒斜插補添，三曰分量廣狹，四曰伏應含蓄，五曰同字一律，六曰增減展縮，七曰辭之略析，八曰言之順逆，九曰意之向背，十曰勢之接承，十一曰虚實，十二曰既正未，十三曰反語，十四曰篇章之旨，十五曰擬議。

文者，所以章物者也，是故其言物貴有别。别也者，各依其分部界域而不紊也。此譬猶五色有章，以成錦綉黼黻之美；八音有節，以成律吕鏗鏘之和也。故文之於物，凡其大小、遠近、動静、恒遽、外内、主客之屬，并皆不得相混言。而此法不唯古文由之；雖後世之文，不由此法則不可成條理。然前賢解古書，率唯以得全旨爲主。至其文法，殊忽略不加其意。是以其説間有致失，此類者譬如朱考亭註《論語》「吾日三省」云：「曾子以此三者日省其身。」據註意，三者是恒在之物也；日省，爲每日省察，乃是旋作旋息之事也。若如此解，則本文乃致恒遽之混，不成文理矣。如「三人行，必有我師焉」，云：「三人同行，其一我也。彼二人者，一善一惡。則我從其善而改其惡焉，是二人者皆我師也。」此蓋不見上有「擇」字，只見下文有善、不善兩事，遂以我爲三人中之一人者也。若如是意，則本文當言二人，而不當言三人也。此乃致内外之混者也。其他大小、遠近之屬亦致混錯不辨者，尚甚多，今不遑枚舉，學者尤宜詳察。

凡文有冒，有斜插，有補添。譬如欲言其委者，先言其源，是名冒。爲接應上勢，先言其用，既復恐其物雜亂，失其旨之所歸，下因復明其物，是名補添。用冒若補添之法，以彌縫兩言中間，而以成章者，是名斜插。冒譬如只云「射法如此」，則是爲謂天下之射法者。而今若以一「吾」字冒其上，云「吾射法如此」，則是爲别己於衆之辭。前儒乃有忽略不知此者，如《論語》「事君盡禮」之章，本文末曰「吾」，而黄氏説乃以爲孔子之事君，即是也。此蓋先解其「盡禮」爲盡理，因遂以謂盡理非聖人不可能，於是不復顧點檢本文文理如何，遂致此謬誤者也。斜插如《左傳·成十六年》「其御屢顧，不在馬，可及也」，「不在馬」三字爲斜插。如《論語》「君子務本，本立而道生」九字，亦斜插也。古文用此法甚多，不暇枚舉。補添如《詩》「哿矣富人」、《書》「逖矣西土之人」，〔一〕「富人」「西土之人」爲補添。《論語》「鮮矣仁」「君子哉若人」，「仁」字、「若人」字爲補添。「賜也始可與言《詩》已矣，告諸往而知來者」，此「告諸往而知來者」，亦乃補添者也。

只云「射法如此」，則是爲謂天下之射法者，而其旨乃爲廣該。云「吾射法」，則是别己於衆之辭，而「射法」二字其旨乃成狹窄。此乃分量廣狹之别也。大抵文中語意係一人而言，則是爲分量狹；係衆人而言，則是爲分量廣。分量廣爲天下所共之位，

〔一〕逖，原作「逷」，據《尚書·牧誓》改。

爲衆所睹視顯明之地；分量狹爲一人獨據之位，爲衆所未必知幽隱之地。是故凡文之所措其辭，唯隨其位所在而其意乃成不同。譬如曰「赤日中夫人獨拜」，「赤日中」三字其意廣，是爲係之衆所睹視而言者。如曰「夫人獨赤日中拜」，「赤日中」三字其意狹，是爲係之夫人所獨據而言者。如曰「夫人獨拜赤日中」，「赤日中」三字其意更狹，是爲言者所獨知，而衆所未必知之地，故補添以見之者也。如《詩》「東方自出」「自東方出」「出自東方」，文變三法以言者，亦須以前法準知之。

凡文有伏應，有含蓄。譬若只言二三者，一乃爲之原伏。若先言一，則十乃爲之終應。如十一乃爲别起，不得爲終應也。若先言一而次言三者，則二乃爲之含蓄。若言一二者，則三爲未起，未起則不得爲含蓄也。凡伏應含蓄之法千變萬化，都不出是義。而前賢又多未達此理，解書往往致錯繆。如孔安國註《論語》「五十而知天命」云：「知天命之終始。」本文只曰「天命」而未曰「終始」，而註中忽增此二字者也。如朱考亭註《論語·學而》章云：「學而又時時習之，則所學者熟而中心喜説。」本文未言「熟」，而註中忽增此字，以與「説」字牽合者也。又如註「吾不與祭如不祭」云：〔一〕「或

〔一〕 吾，原作「予」，據文政元年本改。

有故不得與，而使他人攝之。」夫使他人攝祭之事，亦本文所無，而註中忽增此以成其「如不祭」之説者也。又如《易·乾》九二「利見大人」曰：「九二雖未得位，而大人之德已著，常人不足以當之。」按，此言妄談耳，見龍出潛離隱則有之，如曰澤及於物者，必待在天乃可言之者也。然考亭以「利見」二字不得其解，預先於上「出潛離隱」之下强附「澤及於物」四字，而後與之牽合，以成其「大人之德已著」之説。并皆本文所未有者。且審本文辭意，未以九二乃謂之大人，故曰「利見」。今考亭直以九二爲大人，不知若如是説，則「利見」二字無所取其當也。大抵《易》註古今諸家尤多牽合附會之説，并皆坐于不知夫未起則不得爲含蓄故也。

文字之於意，言語之於情，猶詩什之於樂乎？不類小大之稱，比終始之序，則不可以象事行，而文亦有以然。東周以前之文，其字必相愜，其句必相順。蓋一章之間，字同而疊出者，其旨必歸于一律；一篇之間，句同而累見者，其意必會于一途。至戰國以降，文始多出奇譎。《孟子》《公羊》尤喜詭换，然其爲法常於其語勢相連接之處，忽轉易而出奇，故其别亦甚易睹。按，《周語》已有「兵戢而時動，動則威」之語。上「動」字意屬未來，下「動」字旨涉既往。則出奇之法，亦其來尚矣。然至其大段，决無前後别調者矣。而後世註經家亦多未知斯義，往往以致繆錯。如考亭註《論語》「禮之用和爲貴」曰：「和者，從容不迫之意。」而至下「知和而和」者，則又曰：「流蕩忘返。」是説「和」字義兩處不合。又如註「祭如在」曰：「此門人記孔子祭祀之誠意。」而至下「如不祭」則又曰：「此心缺然，如未嘗祭。」是「如」字一爲自外人言其容貌者，一爲身自言其意思者也，不知古文决無如是法也。又如「夏禮吾能言之」之章，包、鄭二氏以「徵」爲「成」，固屬强辭。然審其説數「足」字，其義尚能歸于一律矣。至朱註則「不足徵」爲「不足取以爲證」之義；而「文獻不足」之「足」，却又解之爲「備足」之義。一「足」字前後殊旨，上下變情，亦大乖類稱比序之義矣。其他如《大學》「物有本末」之「物」，即「格物」之「物」；《中庸》「察邇言」之「察」，乃與下文「上下察察于天地」之「察」，及「文理密察」之「察」，并是同一「察」之類。後世註家并皆不知，則其徒逐文生解，左轉右易，以使本文義反致闇蔽不明者必多矣。學者若非諳練古文法，惡能得窺述作之真旨哉？

辭本以簡爲情者也，是故其多裒之一言，與其少損之一字，皆必各有其所以裒損之之旨。譬如言心，裒之以一「中」字曰「中心」，則其必帶遺外之旨言之者也。譬如言「山谷」，損之其一「山」字曰「谷」，則其必本已經言山，而語勢未離於其所言之山者也。如或雖所經言仍復稱之者，其必亦語勢或已不相接承，或外雖仍接而今將欲別從其内舉其情者也。諸如是之類，古文例皆改其辭端，别起其稱。然註家亦頗多舛錯此法。譬如朱考亭註《論語》「有能一日用其力於仁矣乎」，曰：「然或有人果能一旦奮然用力於仁，則我又未見其力有不足者。」乃其舛錯此法者也。蓋《論語》此上文審語意，是本主世間所有，而以言其身所親見者也。而此句意若如註所説，乃是以言人之行事爲主，别以假設起辭端者。則句頭「有」字上，亦當有「或」等字以改其辭端。今「有」字上仍無著他語，直相接承，則知此語之所爲旨，亦未易其所主世間所有者，朱註所説本自謬解也。然此等儘精微，尤易失。學者宜詳細求其義而可也。

凡文有略析者，其所略析文字或伏在其上文，或伏在下文。如《晋語》丕豹自晋奔秦，欲勸秦穆公伐晋，而穆公曰：「且夫禍唯無斃，足者不處，處者不足，勝敗若化，以禍爲違，孰能出君，爾俟我。」此「足」字乃略析者，而下文「出君」二字，乃其所略析，蓋謂足出君者也。如《左傳・僖二十年》，宋襄公欲合諸侯，臧文仲曰：「以欲從人則可，以人從欲鮮濟。」此「可」字乃略析者，而下文「濟」字乃其所略析，蓋謂可濟也。又有以原伏爲略析者。如《左傳・僖九年》，晋郤芮欲令夷吾重賂於秦以求入，曰：「人實有國，我何愛焉？入而能民，土於何有？」「於」下所略析，乃上文「我」字也。「何有」下所略析乃原伏，蓋言何重賂之有也。如《論語・述而》「何有於我哉」，亦仿此。又有以反對爲略析者。《左傳·文公十年》，楚子欲伐宋，宋華御事曰：「楚欲弱我也，先爲之弱乎！何必使誘我？我實不能，民何罪？」此「不能」下所略析乃「强」字，「强」蓋「弱」之反對也。古文此略析數法甚多。或疑《論語》「學而時習之」，「習」字下「熟」字亦恐略析也。余云：「熟」是學習之後得斯效，故不得謂之原伏。或復疑下有「說」字，則「熟」字當爲原伏。余云：「說」若爲說其熟之義，則熟即是主，說是客。主與客是爲別起，則主乃不得爲客原伏矣。

有順言者，有逆言者。如曰大小上下者，是順言也。如曰小大下上者，是逆言也。凡順言者，其情皆靜；逆言者，其情皆動。譬如曰大小者，物依其次，故其情靜；如曰小大者，物違其次，故其情動。動者必一一分跱，各自含其作用。而如《詩》「下上其音」、《論語》「小大由之」之類，諸註家亦皆一切不分別其義，可謂疏矣。

文意有向背，不可不知。譬若先言一，次言三者，其意自反求其二，是其意爲背。若先言一，次言二者，其意自趣其次之三，是其意爲向。若先言三，而不言一二者，則其所伏之一二實乃藏在三中，故其意仍不反求而趣其次之四。〔一〕此名孤起，而其意亦

〔一〕四，原作「三」，據文政元年本改。

爲向。而凡物皆靡不有其紀、其實、〔一〕其體、其用、其道。紀爲一，實爲二，體爲三，用爲四，道爲五。譬如力，物有其體，然後始有其力，是力乃用之類也。如《論語》「力不同科」，不言人，即是用之孤起也。孤起之用，其意向於道。則知此所云力者，乃是語力之所施者也。考亭不知斯義，乃作之註曰：「人之力有强弱，〔二〕不同等。」夫曰「人」，則是言乎其紀實也；〔三〕而繼之曰「力」，則是又言其用也。若斯是爲先言一，次言三之類，其意乃自不得不反求於其體，而其言力之旨則不得不反歸於其體之强弱矣。然而此等之精微，極易致失誤，思考亭亦殊不自覺其繆也。故文意之向背，不可不審也。

凡文勢相接承，有以自接承者，有以敵接承者。自者，仍不離其物事而言者是也。敵者，以他物他事與前接應而言者是也。以自接承者，即前所言紀實體用道，〔四〕千變萬化都不過五者之錯綜矣。如敵承者，須先審其前文虚實之勢。虚則用虚接，實則用實接。或欲以實接虚，若以虚接實者，其間須即一改其辭端。若重提其物名，若施其

〔一〕實，原作「充」，據文政元年本改。
〔二〕力有，據文政元年本補。
〔三〕實，原作「充」，據文政元年本改。
〔四〕實，原作「充」，據文政元年本改。

間以助字，用斡旋其語意。不然，則情理乖忤，難得妥貼。實接實、虛接虛者，譬若欲言以水澆花之事者，上若曰花之欲萎，乃是爲句頭實；則下接之者亦須以實居句頭，曰當水以澆之。如《論語》云：「古者言之不出，耻躬之不逮也。」亦乃以實接實者也。若上曰花色欲萎者是句頭，「花」字雖實，下承以「色」字，乃是其意本以人目爲暗依者也，則下接之者亦須以神用之虛字居句頭，曰當以水澆之。如《論語》上云「舉一隅」，則下乃云「以三隅反之」，亦乃以神用之虛接神用之虛者也。若上曰欲萎之花者是句頭，爲有形之虛字，則下接之者亦須以有形之虛字居句頭，曰當澆之以水，如《論語》「子曰：若臧武仲之知，〔一〕公綽之不欲，卞莊子之勇，冉求之藝，文之以禮樂，亦可以爲成人矣」，是其句雖連舉人名，然以其上有「若」字，觀之其旨，實在言其知、不欲、勇、藝，則猶是以有形之虛接有形之虛者也。大凡句頭爲主腦之位，然亦須視其語勢有層折與無。如無者，即其主腦却轉移在下，如前云花色之類即是也。蓋古文未有上下語勢不相接，各自成其旨以爲言者。如考亭註《論語》「慎終追遠」之章曰：「民德歸厚，謂下民化之，其德亦歸於厚。」是乃使本文上下語意離披分裂，不得相接承者。

〔一〕武，原作「文」，據文政元年本改。

凡文字有虚實死活，不可不知。實活乃萬物就其所含靈而言者是也，實死乃萬物只就其體質而言者是也。凡物無本質，只有其象，是爲虚，而其與實相依則爲之諸氣色聲味之屬者，皆是虚死也，宣之作、動之用者皆是虚活也。大抵句頭實者，其意内而其勢泛；句脚實者，其意外而其勢定。内而泛者多虚量之語，如曰術有序、國有學者，是爲句頭實。蓋於天下之廣位拈起一物名，而使以傾聽其物之事，乃成意内而其勢泛動不定。外而定者多成實之辭，如曰乘馬乘舟者，是爲句脚實。蓋將其句頭之虚，使以有歸著成立。此義乃與前補添法同一法也。又譬若曰「此地虎多」，乃内言也。稱虎爲一意，稱其多又爲一意。若曰「此地多虎」，乃外言也。先識其多，故稱多，而因明其物爲虎也。大抵句頭爲遍計之位，句脚爲主依之位。

凡文必承動以静，接静以動。若上下俱動、若俱静者，不其上爲既往之事，則其下必未來之事，而其一乃爲正當之事。既往爲已定而静，未來爲未定而動。

凡文有反語，譬如曰「豈可得乎」，人皆知是不可得之反語也。而反語又有不用語助者，人率不能知。譬如《詩・邶風》「魚網之設，鴻則離之」者，〔一〕前儒不知是反語，則

〔一〕邶，原作「鄘」，據文政元年本改。

以爲鴻離魚網之義也。此蓋坐不知文法故也。《春秋》常事不書，非常事必書，乃文辭之法。蓋雖今人日用言語，亦皆必以此爲法。而前儒唯以其意急求解，是以反失之眉睫矣。今以此法推之，魚網之設如是設於陸上，當言陸，而不言之，則知猶是水中也。鴻本好高飛之禽，如是低飛當言低飛，而不言之，則知猶是高飛也。夫已高飛，則其不得離水中所設之網亦可知。故知此是反語也。如《豳風·九罭》「鴻飛遵渚，公歸無所」亦同。又如《邶風·柏舟》「耿耿不寐，如有隱憂。微我無酒，以遨以遊」，上二句言有憂，語太深；下句宜言忘若銷，而却曰遨遊，則此語亦太深。兩深不相接，且其言酒未及言飲，則知曰「以」者，猶是以其隱憂者，故知此語亦是反語也。《詩》《書》中反語類此者甚多，不可不審辨也。

古人之文，篇必有成篇之旨，章必有成章之旨，句必有成句之旨。未有妄浪成篇、漫爾成章者也。而後世解經者，或知有句而不知有章，知有章而不知有篇。殊不知尺而度之，則寸寸皆合寸，而度之則至尺必差也。如考亭及諸儒註「學而」之章、「君子不重」之章及「富與貴」之章，并皆斷裂破碎，不成章理。近時又有苦其不成章理而欲分爲二章者，則誣矣。

凡文辭之變，千言萬語都不出於擬議之二法。然自明李于鱗不能知古言，而直以擬議爲摹效剽竊之謂，而近時學者頗又多口其言，殊不知此大謬妄、失其義者也。蓋擬者，擬之其物之形容之謂；議者，議之其道之變動之謂也。所謂不出此二法者，譬如曰「不憤不啓」，兩「不」字皆議辭也，[一]「憤」「啓」二字皆擬辭也。[二] 又譬如曰「自行束脩已上」，「自已上」三字是議辭也，「行束脩」三字是擬辭也。如曰「吾未嘗無誨焉」，「吾未嘗」三字是議辭也，「無誨焉」三字是擬辭也。苟能知文辭皆是擬議也，則必又能知其文辭乃尚有所未能盡者存乎其中矣。讀書不知此義者，往往拘滯趑趄于一隅，而古之所謂格物之學，不可復望其至焉也矣。由是論之，學之所貴，其亦在能審思之乎？

審思第六

審思有三事：一曰體察，二曰權衡，三曰驗實。

凡讀古人之書，須要停覽審閱，細嚼熟味，以知其情、達其旨。蓋古人與我世之相

[一] 議，原作「擬」，據文政元年本改。下二例同。
[二] 擬，原作「議」，據文政元年本改。下二例同。

去已數千載，而彼其悲喜哀樂、疾痛苛癢，又皆固我所不相關者矣。則吾率然讀其書之頃，惡得能悉之深賾而領會其意哉？前人釋經動多疏繆者，率皆莫非由是故也。余嘗論之曰：凡書中篇章字句乃皆古人之言語，即古人之精神意思盡存乎其中矣。然而吾精神意思即亦古人之精神意思，無以異也。是故吾能攝我精神意思，使之循緣於夫篇章字句，而以忖量揆度其事情。譬猶春陽震發，而蟄蟲昭蘇。蓋其蚑行喙息、發作振起者，皆乃去日之蚑行喙息，無有一相異也。聖人君子、鄙夫小人，皆我性情中之所有。《孟子》不云乎「萬物皆備乎我矣」。然人之或未達是義也，其讀書乃至於聖賢君子之所言，則曰：此非吾儕之所能知者也；而至於鄙夫小人之所行，則曰：此殆所謂禽獸之類者也。其善惡是非皆推而遠之，置諸度外。殊不知退而思之，彼皆吾所固有者也。古人著書遺之後世者，本亦欲人之將夫其所固有者，與之相蕩摩研切，以得之深意者耳。而吾徒悠忽不復留意，至於推而遠之，置諸度外，死者有知，古人豈不抱悶于泉壤乎？噫！

尚論古人者，胸中當具權衡。權衡者，所以挈輕重而平不齊者也。孟子嘗論百里奚，以其能知虞公之不可諫而去之秦，而以知其必不食牛于秦以污其身矣。大賢明智，固非常人所可得企及也已。雖然，苟無具權衡，則雖讖緯諸書亦皆爲聖人之經也。

故曰：盡信書則不如無書。又曰：權然後知輕重，度然後知長短。如「顔子不遷怒」，朱註以爲遷，移也，怒於甲者，不移於乙。夫「遷」與「移」義本不同，且如朱所説，乃爲怒於室、色于市者之類。此雖少知者亦所不爲，况大德如顔子者？且此何足以爲好學之徵？蓋説之之謬也。宋儒之無權衡，率多是類。又如孔子誅少正卯事，自戰國人傳其事，然此豈夫子不爲已甚者之所爲？其爲誣妄亦甚明矣。而世儒往往援爲實有，亦皆無權衡之所致也。

凡學文論義，不可騖虚遠而以務辨博也。須要細叩熟求，以驗切實。必得之其身，然後已也。細叩者何？細密叩討其文字及篇章意旨條理之謂也。熟求者何？審引徵、協比類，求之精熟之謂也。以驗切實者何？千載之世，以擬諸今日；古人之事，思諸己身。苟不如此，則視之不切，其義必致誣枉。得之其身者何？凡學成道達者，衆文一貫，畢歸默識。其必畢歸默識，然後可得以取捨裁決，而施之行事矣。若夫務辨博、事華飾者，其神外揚，不守其中，則不能令其四體操履其事矣。是故立本者，守中之所主也。備資者，爲文之所具也。慎徵者，斷義之所需也。辨宗者，論道之所由也。晰文理者，匡謬説之所法也。審思者，所以總五者而以成之己之要也。具此六物，則學事備矣。

松本慎跋

余幼讀司馬之書，至其云「世必有非常之人，然後有非常之事」，深然是言，而未知其果如此否也。嘗聞皆川伯恭先生以命世之才，發憤好學，特識偉論，冠絶今古。於是乎始知前言之不誣也。及親受業，塾範謹嚴而慈訓切至。乃如慎駑劣，亦得以頗窺廟穆。蓋巍乎大矣，焕乎美矣！顧前日之所業，譬猶山之於丘垤也，黼黻之於布褐也。

先生蚤歲著述甚富，就中斯書，聖學之要樞，經藝之關鍵，具如序所讀述。曩唯以便請益，未許流播。迺者吾輩固請上梓，先生命慎題其後。乃不敢辭，曰：道之湮晦久矣，賴此書之出，蕪穢其闢。不謂之非常之功，則無所謂非常之功矣。安永甲午冬十一月朔，平安松本慎拜撰。

文章緒論一卷

熊坂台州 撰

《文章緒論》一卷

熊坂台州　撰

熊坂台州（1739—1803），名邦，一名定邦，字子彥，號台州山人，通稱宇右衛門，江户時代中後期儒學者、漢詩學者。出生於陸奥國伊達郡（今福島縣伊達市）富農家庭。年二十餘，至江户從入江南溟、松崎觀海問學。後於鄉里設私塾授徒，致力於窮民救濟、開墾鬬耕諸事。著有《西遊紀行》《西遊紀行别録》《魚籃先生春遊記》《信達歌》《含錫紀事》等。

《文章緒論》作於寬政十一年（1799）季夏，據熊坂台州自序，其意在於「以授門人小子，蓋以誨爲文章之法也」。此書以條目札記形式纂成，赤松鴻在序文中稱之爲「初學作文之綱領軌範」，實則論文之外，頗有條目述及熊坂台州自身經歷，諸如壯歲習文、在鄉授徒、友朋交往，皆能縷述如繪。卷末考述家世，亦可爲地方文化掌故聊備一説。

《文章緒論》着力於字法、句法、章法與篇法，以此爲文章之道第一要務。對於當時風行的講求助語之法、重視方俗顛倒之病，頗不以爲然，認爲是「惑之甚者」。服部南郭《文筌小言》討論虚詞用法，熊坂台州斥爲：「蓋一時以塞兒輩之責者，亦《助語辭》之類焉爾，要不足取也。」若能掌握字句章篇四法，則虚字、雅俗皆不影響文章美惡，甚至「雖綴以國字可也，顧所以運之何如耳」。他强調初學文章，「當先立主意於胸中」，「其初下筆也，當務大其膽」，「其後加點也，當務小其心」。此説源自《文章軌範》，也是他論文重視「識其大者」的表現。在具體的學習典範方面，熊坂台州推重司馬遷，許其「爲歷史之宗」，并稱揚「司馬遷命世之才，不可以文章家視也」。對於凌稚隆《史記評林》，熊坂台州以爲「文章虚實、主客提掇照應等處，往往註于其旁，此大有益於學者」，正是注重《史記》的文章學價值。

熊坂台州重視文道合一，對於文學意識的强化、職業文人的大量出現，皆有微詞。徂徠弟子服部南郭名重一時，熊坂台州則以爲：「蓋自服子遷以文章爲業，媚世賣名以來，一世風靡，學者率岐心術、文章而二之。」他提倡有用之文，以爲「書之不屬無用者，宜莫史若焉，其次則地理紀勝之作耳」。服部南郭文辭優贍，「一世學者，浮華成風」，熊坂台州所論實爲有感而發：「余之不欲作無用之文，蓋亦有激於服子遷輩云爾。」

在學術思想方面，熊坂台州受古文辭派影響較大。他帶有徂徠一派的經世特徵，主張「薄其税斂，省其徭役，使民捨末而反本，草萊不令而闢，侈奢不禁而止，風俗不教而厚矣」。在文辭領域，以爲「若夫學文章法，則詳乎物子《與竹春庵書》及《答屈景山書》」（《白雲館文罫自序》）。他主張用心於四法，「修古辭而行之，雖欲其文不古，其可得乎？」這當然是以古爲尚。但與徂徠自李攀龍文章入手不同，熊坂台州反對字句模擬，對於明七子的贋古之風極爲不滿。他提出：「學文章者當自昌黎始，不當自滄溟入。蓋昌黎之文所以傑出乎千古者，以其能置身於三代兩漢之間，而與古爲徒也。其務去陳言者，耻與古人雷同也。而其文自己肺腑中流出，其氣渾然絶無彌縫之痕。滄溟則反之矣，好剽竊古言，行之以己法，而其文爲辭之所使，其氣索然，斧鑿之迹不可掩焉。故初學之士欲自滄溟入，則有終身學之而不能成文理者，可不慎歟？」對於徂徠，熊坂台州甚或不惜譏彈。如稱「物氏《文變》，則亦英雄欺人者耳」，蓋譏其所模擬之原作甚劣，「縱變至百篇，豈足以示其運用之妙哉？」又論「物氏《政談》，我見其大包藏禍心矣」，則不附和其政治理念。

實際上熊坂台州與徂徠本有學派淵源，他寶曆庚辰（十年，1760）遊東都，師事入江南溟，成爲徂徠再傳弟子：「蓋余弱冠，從江南溟先生而遊，則幸得與聞其緒言。」（《白雲館文罫自序》）但據其夫子自道，「時先生年七十五，亦既耄矣，則余心豈實鑽仰之哉？亦唯以蘐園遺老，先生巋然獨存也，欲藉以爲重云爾」，則拜師更多帶有借重派别聲勢的投機目的。熊坂台州長育於陸奥，常自慨傷僻遠。他幼承家學，本具根柢；壯歲出遊，復裹挾於當時盛行的古文辭派；逮至晚境，遂能自有悟入。他的文章觀念，不妨可以視爲地方文人在主流文化潮流中勉力迎拒的一種表現。《文章緒論》有享和元年（1801）尾州名古屋刊本，今即據九州大學雅俗文庫藏本録入。

文章緒論序

奥之廣莫，上世與夷雜處。天、康間，源將軍已剿賊巢，獻俘京師。時有出觀囚者，見安宗任曰：「彼誰人也？」曰：「奥俘。」即舉梅花示之曰：「囚亦知此乎？」囚對以歌，歌詞婉成，皆慚而退。説者曰：「諸貴人之納侮也，自取之。」蓋我皇化之漸，自西而東。則往時或有傳奥地奇寒，嘉卉芳草，彼固無之，京人聞而不之察也。不然，夫豈不知韶風扇和，無國無春乎？又五六百年，豐公之狥山東也，某侯有功，割奥封之。侯辭曰：「以爲職，則居夷狄不恨。若夫賞，則願封中土，雖小邑可矣。」夫源將軍時，奥已非古奥也。將軍至公亦久矣，而今之奥又非公時也。縱令侯觀今奥，必悔其始之辭也。余近受熊阪先生之業而讀之，先生奥人也，身在草莽之中，數世好學，著書滿家。則其緒論餘言，猶將奪席縉紳君子者也，豈上之人多有是説而及之乎？將雖無西伯猶興乎？故君子觀其世云。先是二年，我藩督學岡挺之序先生詩論傳世，夫督學老於詩者，固宜。余則何人？而命以文論序。雖然，我之好善，誰不如人？故不辭以題一言，授諸刊者。

尾張秦鼎。

文章緒論序

熊坂子彦著《文章緒論》，刻已成矣，以神交不淺，遠寄以蘄題言。鴻之壯也猶不如人，大耋及矣，何言之能？已而卒業，感喜其施惠後學之深，乃力疾援禿筆曰：蓋吾東方人讀書修文，其始大異乎漢土人矣。誦以國音，不辨四聲。然而至默識理義，無復異乎彼也。其要在博覽經史諸籍，而精思研究焉。精思研究，要之又要者也。管敬仲云：「思索生智，慢易生憂。」又云：「思之思之，又重思之。思之不通，鬼神將通。非鬼神之力也，精氣之極也。」間或從象胥學得清音，以誦讀經傳，得之口而不得於心，終無益於文辭，不如精思研究之良法正路也。若子彦此書，固從精思中發。學者能從其教，精思字句章篇四法，則見首尾開闔、繁簡奇正、抑揚頓挫、關鍵節奏，各備具乎其中，而始能知操觚之不甚難矣。過此以往，亡論秦漢以上，即至六朝唐宋明世，代不乏其人。文隨時而異，雖稱同調，夫人不同，亦如其面。然至字句章篇四法，無一不具焉。則斯篇也，可謂初學作文之綱領軌範矣。若迺餘論所及，則子彦蓋藉以消磨其英豪之氣者，鴻不敢容喙云爾。

寬政庚申六月，八十翁播磨赤松鴻書於静思亭中病牀。

題文章緒論首

東奥處士熊阪子彦，往年寄其所輯《永慕編》就松窗關先生索予詩。予得其編，而知其爲孝子仁人，題詩一篇，聊應其求。及著此論，再就先生索予之題一言。而未一閲也，不知爲何等論矣。已而予赴所狩。今兹享和改元辛酉季夏，東覲本都也。嗚呼！關先生向者歸鬼録矣，其胤子慮明携《文章緒論》刻本而示予。予初視題簽，以爲此常語瑣言，何足列之藝苑也？披讀之，不覺卒業，且嗟且嘆，曰：其所見也具眼，其所論也確實。嗟！熊阪子彦之有此論也，可謂逆知己於千百世之上，而俟知己於千百世之下，而使後學奮起者也，豈可以拘曲妒忌、浮誕淺陋之屬而觀之乎？若夫文章四法，國鸞序中悉焉，予豈喋喋乎哉？是歲立冬之月，日次甲寅，源忠道撰。

菅胤長書

向者辱枉顧，偶有瑣務，不能穩接，罪歉爲多。所示熊坂生二書，初得寓目，《文章緒論》往往有卓論，真老于文者也。《信達歌》，二郡勝概，宛如歷觀矣。請數日稽留，使兒孫讀之，不堪望蜀也。嗚户海蘊，風味殊絶，荷愛良深；西筑地腎，聊填空器，并祈照入。萬容趨謝。不乙。

徹水至契文几。

菅胤長頓首拜。

熊阪秀識

右正二位菅公寄徹水藤公書。藤公致之于栖龍足利君，足利君以其及《文章緒論》《信達歌》也賜諸家君，家君當即裝爲挂軸，永傳子孫。然不刊，公手書則何以取信於天下後世乎哉？故今割愛，以公手書附剞劂，以弁《文章緒論》首。若迺公印章，則摸在《錦里集序》者云。亨和二年壬戌冬十二月甲子，東奧熊阪秀謹誌。

熊坂台州序

寛政己未之季夏，溽暑如蒸，時余病不能飲，消暑之具唯翰墨而已。偶因有所感，强著一書，名爲《文章緒論》，以授門人小子，蓋以誨爲文章之法也。吁！斫輪之技，得之於手而應於心，雖欲喻之，末由也已。況書不盡言，言不盡意乎？雖然，學者因書求言，因言求意，則不必無所得。書因感而成，不必論文章；思隨筆而至，言無詮次云。

文章緒論

傳曰：「賢者識其大者，不賢者識其小者。」富哉言也！豈唯於聖人之道而已哉？於文章之道亦然。初學之士動輒好用心於助語，其志非不美，然亦非識其大者之術。學者如欲識其大者，則當用心於字法、句法、章法、篇法。苟用心於此四法，則不惟用助語不勉而中，不思而得，遂將至於具體矣，何鑿鑿乎問焉哉乎也爲？初學之士，又欲除方俗顛倒之病。余嘗爲立剥皮之法以訓蒙士，明謝榛論詩有剥皮之法，與余剥皮之法名同而實異矣，讀者勿以爲雷同。要非口講指畫則不能悉也。故此不覼縷，亦唯用心於字句章篇四法，則不惟無方俗顛倒之病，遂將至於作家矣，又何喋喋乎問上下位置爲？如不用心於四法，則縱令下助語一一得其宜，絶無方俗顛倒之病，亦平平文字耳，豈足以爲文章哉？且夫助語，猶俗語「的」「了」「囉」「哩」乎？今夫學語小兒，始則僅得喚爺娘，及其至四五歲，凡百人事皆能言之。的了囉哩及其它助聲，任口言來，自然皆得其宜，豈一一講究其意義而後言之哉？唯日夜聞父母之言，學傍人之語，而自然得然耳。初學之士亦然，始則僅得用之乎者也。及其學之之久，凡百人事皆能紀之。之乎者也及其它助語，任筆用來，自然皆得其宜，豈一一講究其意義而後用之哉？亦唯讀書之熟、作文之多，自然得然耳。固陋村學究不知其然，動輒欲講究其意義而後爲文章，可謂惑之甚者也已！

盧允武《助語辭》唯粗論助語而未及字法，陳叔通《文則》唯粗論字法、句法而未及章法、篇法。此二書非謂全無益於初學之士，抑亦末也。余故誨初學之士，必以用心於字句章篇四法焉。此所謂立其大者，小者從之之意也。又如服子遷《文筌小言》，蓋一時以塞兒輩之責者，亦《助語辭》之類焉爾，要不足取也。如縣次公《作文初問》，則雖書以國字，反加於《文筌小言》一等矣，初學之士不可不讀也。又如余所嘗著《白雲館文罫》，雖亦未及所謂四法乎，在善讀焉者，則四法亦在其中矣。學者如欲知之，則就其人而請其指示焉可也。如物氏《文變》，則亦英雄欺人者耳。何也？物氏實能變奧衍閎深，如昌黎之《原道》《原毁》及《獲麟解》者，以示其運用之妙，則吾無得而間然耳。如楊偉《贈陳名道序》，[一]則宋文之最下者，縱變至百篇，豈足以示其運用之妙

[一] 按，據狄生徂徠《文變》引楊士奇《贈醫士陳名道序》，「楊偉」當作「楊士奇」。

哉？至於其「周禮樂至九變而極」云爾，則牽强傅會、欺人之甚者，蓋毋論已。學者又當熟讀謝氏《文章軌範》及物氏《四家雋》，猶無所得焉，則又當讀凌以楝《史記評林》。亡論其前修諸説搜羅無遺，即文章虚實、主客提掇照應等處，往往註于其旁，此大有益於學者。又如《文章辨體》《文體明辨》，雖卷帙浩繁哉，唯辨其體制耳，豈足以見頓挫波瀾、抑揚起伏之妙哉？則讀之可，不讀亦可。又如謝氏《檀弓批點》，則雖稍及句法章法，要奥妙之文，非初學所可得而議也。而《禮記》則學者所當朝習夕誦，又何假彼批爲？要余所謂用心於四法者，則所謂單刀直入之法。及其自得之也，則必有取之左右逢其原者矣，學者其勿忽諸可也。

王元美以維摩與莊生、列子并論，稱鬼神於文者。余初疑其以梵筴翻譯之文，而得與《南華》《沖虚》伍焉？久之始知其行文之妙，雖無字法句法之可艷羨哉，鬼出神没，窈冥變幻，足以與莊、列伍矣。由是觀之，則文之佳惡，豈因文字之雅俗而分哉？苟得其法，則雖綴以國字可也，顧所以運之何如耳。觀於《古今和歌集》二紀二序，可以見也已。亦唯古其字法，古其句法，古其章法，古其篇法，修古辭而行之，雖欲其文不古，其可得乎？此余之所以使從游之士，用心於四法也。

柳子厚《復杜温夫書》云：「吾雖少爲文，不能自雕斫。引筆行墨，快意累累，意盡便止，亦何所師法？立言狀物，未嘗求過人，亦不能明辨生之才致。但見生用助字不當律令，唯以此奉答。所謂乎、歟、邪、哉、夫者，疑辭也，矣、耳、焉、也者，決辭也。今生則一之。宜考前聞人所使用，與吾言類且異，慎思之則一益也。」夫杜温夫寓書於子厚者，三書皆逾千言，又致文十卷，云其爲文若此其多，其不識助字若此其甚者，何也？蓋不用心於字句章篇四法也。而子厚所謂「乎、歟、邪、哉、夫者，疑辭也；矣、耳、焉、也者，決辭也」者，亦大概言之耳。若細論之，則古人之文，豈盡然乎哉？故又云「宜考前聞人所使用，與吾言類且異，慎思之則一益也」。雖則不屑之教誨也，亦助字之妙訣，則與余所謂用心於四法者闇合矣。至於其曰「引筆行墨，快意累累，意盡便止，亦何所師法」，則子厚安身立命處，學者更慎思之，則必有不知手之舞之、足之蹈之者矣，又何拳拳乎論助語爲哉？

六經之外，文章之高者司馬相如、揚雄、班固及韓昌黎而已矣。若夫司馬遷，則命世之才，其文多端，難一概論。如《五帝本紀》《夏殷周本紀》，則從《詩》《書》來者也。如春秋諸《世家》，則取《左傳》《國語》《世本》《戰國策》而成之者也。如《始皇本紀》《項羽本紀》《高祖本紀》，則取《楚漢春秋》而成之者也。如漢諸《帝紀》及諸《世家》、諸《列傳》，則其所自撰也。宋鄭樵猶譏其全用舊文，間以俚語，雖不足爲子長重輕乎，亦可謂確論矣。蓋其從《詩》《書》來者，則敷演《詩》《書》以成一家也。韓愈所謂「師其意不師其辭」者，蓋存焉於其間矣。而取《左傳》《國語》《世本》《戰國策》《楚漢春秋》而成之者，則鎔合古書於胸臆中，而注之於筆者，則雖全用舊文，要亦子長之文耳，則與李攀龍所謂「視古修辭」者大不同矣。而其所自撰者，則用當時俗語者間亦有之矣，如「豎子而公」「腐儒」「鯫生」是也。蓋紀時事不用當時俗語，則不足以爲實録也。鄭樵所謂「間以俚語」者，蓋謂是類也。雖後世之史，亦效之者不一而足，如《晋書》「阿堵」「寧馨」，不其然乎？又安知一典三謨都俞吁咈，非當時俗語也？是則亡論已。唯是太史公筆力跌宕，志氣高古，使讀者不覺慷慨扼腕，或泫然下涕也，此其所以爲歷史之宗也。要之司馬遷命世之才，不可以文章家視也。

司馬遷蔓辭累句常多，班固洗削殆盡。且如《史記·衛青傳》曰：「封青子伉爲宜春侯，青子不疑爲陰安侯，青子登爲發干侯。」疊三用「青子」字，不以爲贅。《漢書》則一用「青子」字，而其餘則曰「子」而已。曰：「封青子伉爲宜春侯，子不疑爲陰安侯，子登爲發干侯。」視《史記》之文已省兩「青」字。若使今人紀之，則必一用「子」字，而其餘則曰某某矣。蓋今人爲文務簡於古人，簡則簡矣，殊不知古人純實之氣已虧也。《衛青傳》又曰：「校尉李朔、校尉趙不虞、校尉公孫戎奴，各三從大將軍獲王。以千三百户封朔爲涉軹侯，以千三百户封不虞爲隨成侯，以千三百户封戎奴爲從平侯。」《漢書》則省其辭曰：「校尉李朔、趙不虞、公孫戎奴，各三從大將軍獲王。封朔爲陟軹侯，不虞爲隨成侯，戎奴爲從平侯。」比《史記》五十八字中省二十一字，然終不若《史記》之鄭重可喜也。後世又有類乎是者，如柳柳州《段太尉逸事狀》，後之修《唐書》者省許多文字，使人讀之如嚼蠟焉。則知欲簡而反傷其氣也。又如明人汪道昆不惟務省文字，又務省助字，是以其文動致無生氣。雖然，吾邦之人天性口吻多助聲，則時時讀其文，亦不必非藥石，此亦學者所當知也。

山之所以可觀者，以其有巖巒洞壑也。水之所以可觀者，以其有洲渚島嶼也。畫山水者若以巖巒洞壑、洲渚島嶼爲美，唯巖巒洞壑、洲渚島嶼是畫，則豈得成山水乎哉？維文章也亦然。文之所以可觀者，以其有奇字奇句也。爲文章者若以奇字奇句爲美，唯奇是務，則豈得成文章乎哉？如明王百穀《謀野集》，蓋有類於是。務奇字法句法，而不知其反致瑕纇也。譬猶效西施之顰者，捧心則愈增其醜焉。又譬諸貧人之暴開肆也，雖亦珍寶異貨錯落乎前哉，要之非探囊發匱則假諸人者，適足以見其貧耳，豈可以誇其富乎哉？況乎掄材不於山林，唯前人之棄材是用；否則或取燕石以當天璆，或拾糞丸，以比隨珠，或薰蕕同器，或冠履易所，豈亦得成文章乎哉？初學之士動易眩於此等文，吾恐其類學步於邯鄲者也，故特言之。雖然，初學之士恒苦於乏材，則間讀之亦非無一助也。唯是樗櫟之材，匠石則不顧也。

學文章者當自昌黎始，不當自滄溟入。蓋昌黎之文所以傑出乎千古者，以其能置身於三代兩漢之間，而與古爲徒也。其務去陳言者，耻與古人雷同也。而其文自己肺腑中流出，其氣渾然絶無彌縫之痕。滄溟則反之矣，好剽竊古言，行之以己法，而其文爲辭之所使，其氣索然，斧鑿之迹不可掩焉。故初學之士欲自滄溟入，則有終身學之而不能成文理者，可不慎歟？且耻雷同與好剽竊，其氣象相去不啻天冠地屨，則其優劣亦不言而可知也已。

初學之士欲學文章，則當常務蓄材。竹頭木屑，安知不充異日之用也？至於其爲文章，則當先立主意於胸中，而必具一篇腹稿矣。至其取於心而注於手，則當不暫留思，走筆成篇矣。蓋不先立主意於胸中，則精神必不存；筆苟澀滯，則氣骨必不全；精神不存，氣骨不全，則摛藻如春華，猶死人而飾冠劍、木偶人而襲錦綉也，豈足以爲文章哉？如曰：立主意於胸中，則謹聞命矣；至於曰不暫留思，走筆成篇，則小子不才，何以堪之？則吾將對之曰：有術存焉於其間。如曰敢請問其術，則吾將教之曰：夫學文章者，勿求甚工，勿求大過人，唯當平心而出之。如思涸而不屬，句躓而不得，則當姑、知庚切。而存其位，篇成之後填之字句，不當停筆翰以傷其氣矣。蓋爲文章之法，其初下筆也，當務大其膽。膽不大，則畏縮之心必生；畏縮之心苟生，則筆必澀滯；筆苟澀滯，則神氣必不全。其後加點也，當務小其心。心不小，則典故事實或失其考，字句章篇或失其法。典故事實苟失其考，字句章篇苟失其法，則文理必不屬。神氣不全，文理不屬，則馳辨如濤波，亦猶宦豎而擁姬姜、狂人而坐廊廟也，又豈足以爲文章哉？若夫蓄材待用，則非一朝一夕之所可辨。此學者之所以枕藉載籍，死而不厭也。

余越在東奥無人之境，而其可教矣者，唯方技家之孺子，與凡民之俊秀者而已。何者？吾信達之地，率直隸縣官，或爲諸藩之采邑，而無都邑無士人也。僅有福島一侯國，亦絶長補短，不能五十里，則非可以爲善國也。然余猶嘗慨然以謂：芝草無根，醴泉無源。國家右文之化，山嶽神秀之氣，安知不出偉人也？則每有行束脩以上者，未嘗不誨之忘倦也。猶恐其生不可企及之思也，故徐我行而使其爲可幾及，而日孳孳不敢奔逸絶塵，而使其瞠若乎後也。奈何輕薄少年不知其然，視以爲雁行，無意復着鞭也。余又潤色其詩文，而使其小得虚名，則以爲足，不復學焉。仲尼朽木糞土之言，豈二千三百年前或爲此輩而發之邪？

此間嘗從余而游者數十人，大抵率方技家之子與商賈家之兒耳矣。而方技家之子，則有負笈南遊，學雖未成哉，幸而爲諸侯侍醫者三數人焉。其餘則猶在陋巷，日使一赤足豎負藥籠，僕僕爾東奔西走，僅以糊口耳，奚暇問經國之大業哉？商賈家之兒則間有好吟咏情性者，然其志唯在争錐刀之末耳，又奚暇論不朽之盛事哉？余故思欲得良農之子，如蜀郡揚氏者一人而教育之者久矣，而未得其人也。而余今年六十一，誰可托身後事者？此余之所以誨誘後輩不倦也。

蓋余以寶曆庚辰始遊東都也，亡友中村正夫既師事白巖稻垣稚明，石金子誼師事熊耳餘子綽，各有狂簡斐然之風。時余年二十有二，志氣甚鋭，則不欲録録因人成事，特委質於南溟江子園先生而師事焉。時先生年七十五，亦既耄矣，則余心豈實鑽仰之哉？亦唯以蘐園遺老，先生巋然獨存也，欲藉以爲重云爾。亡何，通姓名於龜山觀海松子，遂因松子與海内知名之士締神交也。以瓮牖繩樞之子，至愚極陋之性，而得頗搴旗於藝苑，掉鞅乎文囿矣。豈天之寵靈非邪？抑亦南溟先生不言之教所使然邪？

余以安永乙未之春客於東都也，屢過從熊耳餘子綽而論文章之道焉。一日把酒相與吐露心肝，遂揚扢千古，睥睨四海，目眦爲裂，髮上指冠。子綽乃莞爾而笑曰：「才難，不其然乎？當今之世，斯文之托，捨足下其誰也？」時子綽年可八十，髮秃顔朱，矍鑠善飲，不欲自言其甲子，余亦不敢使之年也。余之將東歸也，亦過其廬以告别。子綽乃有文章東之嘆云。今也其墓木則想已拱矣，而犬馬之齡徒長，不朽之業未成，恒恐終無所成，以爲知己之累也。且也鄉黨之嘗稱知己知己者，亦皆已入鬼籙。自顧孑然孤立，撫今懷往，能無向秀山陽之感？而余髮盡皤皤，未知斯文之托在何人也？吁！

亡友緒方修，字叔明，號蘭皋，桑折人。長於余十八歲，以寶曆甲申正月二十七日殁，年四十四。爲人倜儻好學，學無師承，亦無淵源。好作詩爲文，亦未得具體。性又嗜酒，常以劉伯倫、阮嗣宗自比，縣中皆謂之狂生。然信達之間，言物氏復古之學者，叔明實爲其嚆矢矣。蓋叔明業醫焉，則此間醫人祖述張長沙者，亦自叔明始也。中村以貞，正夫其字，東夷其號，福島人。長於余十歲。少而好學，南遊東都，師事白巖稻垣稚明。以明和丙戌三月十五日客死于羽州横手，年三十八。余爲乞稚明銘其墓碣云。嘗著《國朝熾談》三卷以藏于家。而其文雖成乎稚明之潤色哉，稚明亦素不工文章，則未足以傳乎通邑大都也。且也其書載國朝君臣言行，則恐有觸忌諱者矣，則亦未可傳也。亦唯使天下後世因余此言，知正夫嘗有志述作，斯可矣。石金宣明字子誼，號召南，瀨上人。長於余九歲。亦少而好學，客遊東都，師事熊耳餘子綽。寶曆甲申韓人來聘，子誼乃執謁鴻臚館而與之應酬，頗得時譽焉。以明和丁亥六月十二日歿，年三十八。子綽爲銘其衣幘冢云。噫嘻，于嗟乎！使斯三子者蚤夭，使不才如邦也者壽，彼蒼者天，謂之何哉？自三子者亡後，未聞好學者也。

亡友又有小野常建字子業者，業醫，號隆庵，别號飛鳥山人。長於余二十六歲。以寬政癸丑八月晦日歿，年八十一。其爲人也愚直而好學，終身不娶，以盡力於其道焉。嘗著《古方選》者以謀余，余取而觀之，字句顛倒，及造語因方言而誤者比比皆是。余因告之曰：「是非歷識者點竄，則未可傳也。」子業因請余曰：「願先生憫吾愚，而爲我成之。」余曰：「我既忠告於子，豈不欲爲子成之乎哉？然余未學軒岐之道，加以字句顛倒、語意錯亂，則雖兀兀窮日之力，惡能知子意所在正之？要非與子對讀者浹旬，恐不得卒業矣。而余不能捨耒耜而從事鉛槧于子之館，則子宜就吾廬而謀焉。」子業喜曰：「敬聞命矣。」迺寄宿敝廬者旬有五日，夜以繼日，與余對讀，使余討論潤色，遂得以成其書矣。其後又著《證治獨斷》者三卷，亦復如之云。嗚呼！子業長於余二十六歲，乃推余爲斯文之師，能折節以得成其不朽矣，非好學之篤，其能如此乎哉？自子業歿，于今數年，未見好學之篤如子業者也。噫！

昔者余一日謂子業曰：「吾子若宜以『建』一字爲名然，何也？則唐有常建者，蓋姓常名建耳。今吾子并其姓名以爲名，似不雅馴也。蓋我東方上世有并古賢之姓名以爲名者，如藤伊尹、江匡衡是也。吾子豈取以爲法邪？亦襲誤之類焉爾。西土則否，如司馬長卿之慕藺相如，亦不并其姓名以爲名也。吾子其思之。」子業曰：「諾。吾將改矣。」逮乎其抄唐宋以上方而名爲《古方選》也，余又告之曰：「夫選也者，蓋選其善者之謂，則唯可施之於詩若文耳。若夫方者，則古人立方之意猶且不可妄議，而況可選邪？唯南宋王璆所以有《百一選方》者，則當別論耳。且吾子以臆輕進退古人之方，則豈免僭踰之罪哉？乃名曰《古方抄》可也。」子業曰：「諾。吾將改矣。」而猶尚共仍舊貫云。其木强自遂有如此者。

榮啓期三樂蓋毋論已，余則嘗曰人生有三大幸焉，亦天所錫也。眸子瞭焉，是一大幸也；性不甚愚，是二大幸也；家少有，是三大幸也。而方今至治之世，海不揚波，民至老死不相往來，長子育孫，各樂其業者，蓋不與焉。目如盲，則將不見天地日月，何以得讀書而上友古人哉？性如不慧，則將不辨菽麥，何以得學先王、仲尼之道而樂之哉？家如屢空，則將求簞食瓢飲之不暇，何以得致書萬卷，以當南面百城哉？必不得已而去於斯三者，何先？必也財乎？如貧而不能致書，則亦有藏書家在焉。彼見其好學之篤，則將爲文不識皋伯通矣，又何患貧哉？人有此三大幸而不好學者，則孟子所謂自棄自暴者也，抑亦不畏天者也。余時時以語人，而傾耳聽之者幾希矣，故今試書以示門人小子者乎爾。

凡天下之樂，宜莫樂於讀書，何者？則以上下三千年，縱横十萬里，其治亂興亡、人物淑慝，坐而可觀也。且夫人情莫不欲壽考，壽考之樂縱令躋於上壽，不過歷觀一百二十年間事已爾。而染指史籍，則上自盤古氏，下至當世，皆可以達觀矣。人情莫不好遊覽，遊覽之樂縱令靡於歲年，不過周流三江七澤、五嶽四瀆間已爾。而寓目簡編，則扶桑之東、若木之西、北户之南、窮髮之北，皆可以神遊矣。其它富貴之樂、聲色之娱、滋味之好、服飾之美及宫室臺榭、園囿池沼，凡百所須，莫有不備焉。則仲尼所謂「飯疏食，飲水，曲肱而枕之，樂亦在其中矣」者，豈亦謂讀書之樂邪？且也昔者秦皇漢武不知讀書之樂，貴爲天子，富有天下，而猶不歉於心，求仙人不死之藥而爲方士之所欺，以取笑於後世，豈不悲乎？今我匹夫而知讀書之樂，得不服九丹而與彭祖齊壽，不假八駿而與穆滿同遊矣，豈不亦一大幸也邪？然此可爲知者道，難爲俗人言也。

往時物門諸子效尤明人，各出文集，禍于梨棗。且如服子遷集，文章雖美，率屬無用矣。何以言之？則如其《擬雜體詩》三十首，不惟以欺人，又以自欺也。何則？梁江淹有《雜體詩》三十首，而蕭統收之于《文選》，則猶不免識者之議論矣，而子遷容易擬之，豈能得一一似李都尉以下諸賢體哉？要以彼其才與識，豈自安於心邪？不自安於心而題曰「擬」，是欺人也，亦自欺也。欺人與自欺，君子不取也。其它詩文類此者非一。吾恐未數十年學者用覆醬瓿也，又何不朽之有？自此以降，學者益事浮華，僅知作詩屬文，則輒輯以爲集。敝帚享千金，以售醜于世。無用之書，於是乎至於汗牛充棟矣。余懲其如此也，欲著一書之有裨于世教者以垂之於無窮者久矣，有志未果。年歲若墜，未知天更假我年而令成其志邪？將奪我年而令吞志而死邪？姑記以俟命云。

書之不屬無用者，宜莫史若焉，其次則地理紀勝之作耳。且如會藩長井定宗《本朝通紀》，雖侏㒧鴂舌，殆不可讀哉，以其爲有用也，猶行于世。如筑藩貝原篤信諸遊記，雖記以國字哉，以其爲有用也，亦行于世。昔吾年十六七時，既有見于此，則欲上述開闢以來，下紀至當世，以效司馬子長之《史記》焉。則讀六正史以下諸邦乘，及諸家傳記、實録之屬者數年矣。既而知水藩嘗有《大日本史》之作也，有實獲我心之嘆矣。而亡何西遊中國，則有《西遊紀行》及《別録》之作云。又亡何，先人下世，世事一埤益我，則徒欲北遊象江，東過松島，作《北遊紀行》以供王公大人臥遊之觀者，三十有餘年于今。歲月不居，時節如流。及今則足亦不良，要非效淵明之籃輿、伯倫之鹿車，則不得遊也。近者又得林祭酒父子所著《本朝通鑑》二百七十三卷，及《通鑑提要》三十卷而讀之。其包羅天地雖不及子長氏之《史》，紀事編年亦足以比君實氏之作。於是乎我心則降矣。而猶不欲與草木同朽也，欲效明何元朗《語林》，著《皇和語林》以傳乎不朽。然老懶日至，尚未屬稿。唯時時誦馬伏波「窮當益堅，老當益壯」之語以自勵已。若迺往往鏤梓兔園册子，則門人小子不謀余而私附剞劂氏者，則雖屬無用，吾末如之何也已矣。

余之不欲作無用之文，蓋亦有激於服子遷輩云爾。蓋自服子遷以輕艷之才而好文章，貪多，贈答不擇人，屠沽之兒、息販之子輒得其篇什以來，一世學者，浮華成風。以德義爲欺人賣名之資，以文章爲媚世飾詐之具。忠厚之風掃地，輕薄之習滔天。則至於籧篨、戚施，亦以有道稱焉，豈可不嘆息哉？夫白石釋禪軾、浪華木弘恭，海内諸名家嘗所争投贈篇什也。而禪軾則既還俗，弘恭則近坐法。雖則不保其往也，豈不亦辱諸名家之投章也乎哉？且夫禪軾浮屠也，浮屠而頗解言詩，乃可愛也，故諸名家争與之交耳。而希世還俗，欲齒士人之列，非才如湯惠休、賈島則不可。如其不然，而徒欲曳長裾於王公之門，則豈非惑之甚者乎？弘恭賈豎也，賈豎而稍識文字，亦可嘉也，故諸名家争與之通耳。而因禍亡命，欲爲游説之士，非辨如范雎、蔡澤則不可。如其不然，而徒望躡珠履於諸侯之庭，則豈亦非惑之甚者乎？且以余觀近世詩文，亡論模擬剽竊、陳腐滿目，即其稍可讀者，亦浮言成章，游辭成篇。言交游則稱雷陳，言知音則稱鍾期，言風流則稱嵇阮，言別離則稱荆高，稱文藻則比以司馬相如、揚雄之儔，稱隱操則比以嚴子陵、陳仲子之倫，書則稱王逸少，畫則稱顧凱之。諸如此類，虛譽盈簡，過稱溢牘。嗟哉！臨文則言如骨肉，臨事則情如胡越。其浮華成風，欺人賣名，媚世飾詐，豈非亦可惡之甚者也邪？且也昔者揚子雲作《法言》，蜀富賈人齎錢十萬，願載於書。子雲不聽，曰：「夫富無仁義，猶圈中之鹿、欄中之羊也，安得妄載？」以余觀之，彼其於子雲，豈不亦一知己也邪？何以言之？則以其能知子雲之文傳乎千萬世而不朽也。而子雲猶且不肯載，矧此間寥寥乎莫知我者哉？又奚妄載彼姓名於我籍之爲？此余之所以不欲作無用之文也。

蓋自服子遷以文章爲業、媚世賣名以來，一世風靡，學者率岐心術、文章而二之。蓋其心以爲生斯世也，爲斯世也，善斯可矣。先王、仲尼之道，唯假可以陽爲君子、陰成我私耳。是以其文章，情生于文者恒多，文生于情者恒寡。浮華成風，輕薄成俗。臨文則言親於骨肉，臨事則情疏於胡越。此無它，以岐心術、文章而二之也。自時厥後，學者率不善讀書。且如讀《論語》，不能辨別某章記某事、某章記某事。遂至於概曰古道不可行于今世，豈可勝嘆也哉？嘗試論之，如「周監於二代，郁郁乎文哉」「道不行，乘桴浮于海」「子見南子」「甚矣吾衰也」「我非生而知之者」「天生德於我」「文王既没，文不在兹乎」「鳳鳥不至，河不出圖」「苟有用我者，期月而已可」「莫我知也夫」「公山弗擾以費畔」「佛肸召，子欲往」等章，則記仲尼以先王之道爲己任者也。如「巍巍乎舜禹之有天下也」「大哉堯之爲君也」「舜有臣五人而天下治」「三分天下有其二，以服事殷」「禹吾無間然矣」「作者七人矣」「無爲而治者，其舜也與」「顔淵問爲邦」等章，則記仲尼述古先聖王之事者也。如「道千乘之國，敬事而信」「爲政以德」「道之以政，齊之以刑，民免而無恥」「舉直錯諸枉則民服」「臨之以莊則敬」「能以禮讓爲國乎？何有」「季康子患盜」「衛君待子而爲政，子將奚先」「樊遲請學稼」「其身正，不令而行」「子適衛」「善人爲邦百年」「苟正其身矣，於從政乎何有」「冉子退朝」「定公問：一言而可以興邦，有諸」「善人教民七年」「以不教民戰」「上好禮，則民易使也」「恭寬信敏惠」「尊五美，屏四惡」等章，則記仲尼論諸侯及爲人上者之道者也。如「管仲之器小哉」「子謂子賤」「子使漆雕開仕」「孟武伯問：子路仁乎」「孔文子何以謂之文也」「子謂子産」「晏平仲善與人交」「臧文仲居蔡」「令尹子文三仕爲令尹」「季文子三思而後行」「寧武子邦有道則知」「伯夷叔齊不念舊惡」「孰謂微生高直」「巧言令色足恭，左丘明耻之」「犁牛之子騂且角」「回也，其心三月不違仁」「仲由可使從政也與」「子游爲武城宰」「孟之反不伐」「回也，非助我者也」「孝哉閔子騫」「南容三復白圭」「閔子侍側，誾誾如也」「魯人爲長府」「由之鼓瑟，奚爲於丘之門」「季氏富於周公」「柴也愚，參也魯」「片言可以折獄者，其由也與」「子謂衛公子荆」「或問子産」「孟公綽爲趙魏老則優」「臧武仲之知，公綽之不欲，卞莊子之勇，冉求之藝」「子問公叔文子於公明賈」「臧武仲以防求爲後於魯」「晋文公譎而不正」「子路曰：桓公殺公子糾」「子貢曰：管仲非仁者與」「公叔文子之臣大夫僎」「子言衛靈公之無道也」「陳成子弑簡公」「蘧伯玉使人於孔子」「子貢方人」「闕黨童子將命」「直哉史魚」「臧文仲其竊位者與」「齊景公有馬千駟」「微子去之」「柳下惠爲士師」「逸民伯夷、叔齊、虞仲、夷逸、朱張、柳下惠、少連」等章，則記仲尼論古人及當時人物者也。如「夫子至於是邦也，必聞其政」「君子之至於斯也，吾未嘗不得見也」「夫子之文章，可得而聞也」「大哉孔子，博學而無所成名」「夫子聖者與」「仰之彌高，鑽之彌堅」「羿善射，奡盪舟」「文武之道未墜於地，在人」「子貢賢於仲尼」「無以爲也，仲尼不可毁也」「子爲恭也，仲尼豈賢於子乎」等章，則記門人及外人尊信仲尼之語者也。如「丘何爲是栖栖者與」「子路宿於石門」「子擊磬於衛」「原壤夷俟」「楚狂接輿歌而過孔子」「長沮桀溺耦而耕」「子路從而後」等章，則記當時避世避人者之言行，而或正之以道者也。其它如論禮論樂等章，則固有不可行于今世者矣。若迺諸問孝問仁問政章，及論君臣之義，語父子之親，説昆弟朋友之道，説孝弟，説忠信，説恭敬，説禮讓，説忠恕，説知説勇，説義説儉，論好學，語好德，言《詩》論《書》語《易》，語仁不仁、賢不賢，論君子小人，説三友三樂、三愆三戒、三畏九思、六蔽三疾等章，則有不惟可行于今世，雖之夷狄不可棄也者矣。而曰古道不可行于今世者，豈非聖門之罪人乎？吾黨又有狂簡之士，其志嘐嘐然，曰：古之人，古之人，然亦不善讀書也。踽踽涼涼，以爲古道可盡行于今世。則或以庶人而敢行卿大夫之道，或以小人而敢行士君子之道。志大身賤，思出其位。遂至於有轗軻貧困以終其身，取笑乎鄉原之徒者，豈可勝嘆也哉？嘗試論之：夫在天子則言天下，在諸侯則言國，在卿大夫則言家，在士庶人則言身。此蓋先王之法言也。故《禮》曰：「古之欲明明德於天下者，先治其國。欲治其國者，先齊其家。欲齊其家者，先修其身。」乃如吾儕小人，則無家可齊，無國可治，唯有身可修耳。故《孝經》亦曰：「因天之時，就地之利，謹身節用，以養父母，此庶人之孝也。」蓋身恭謹則遠耻辱，用節省則免饑寒，可以旦夕得甘脆以養親矣，又何至於轗軻貧困以終其身，取笑乎鄉原之徒哉？雖然，天子諸侯之事亦不可不學也。何以言之？仲尼有言曰：「居則曰不吾知也，如或知爾，則何以哉？」此仲尼之所以責學者也。而其删《詩》、序《書》、論《禮》、正《樂》、傳《周易》、修《春秋》，莫非天子諸侯之事者，則學者何事不可學也？其似乎朱泙漫之學屠龍之技，固不患矣，亦唯擇其可行者而行之耳。故《禮》又曰：「君子素其位而行，不願乎其外。素富貴，行乎富貴；素貧賤，行乎貧賤；素夷狄，行乎夷狄；素患難，行乎患難。君子無入而不自得焉。」不其然乎？吾黨狂簡之士或有欲盡行其所學者，余故言之也。蓋謂古道不可行于今世者，流俗之士也；謂古道可盡行于今世者，狂簡之士也。以余觀之，兩失之矣。如之何則可也？亦唯行其可行者，而不行其不可行者而已矣。若夫假先王、仲尼之道，以陽爲君子、陰成其私者，則唯可以比穿窬之盜耳，何足論哉？何足論哉？

余自知讀書屬文以來，不欲作無用之文。又以近世諸子所著，盡爲無用之書。且如論聖人之道，毋論漢唐諸儒，唯訓詁是守；即程、朱、陸、王及吾邦伊、物二氏，亦各有所論著。若欲更有所折衷焉，則豈非如塗塗附也邪？則既屬無用矣。又如言本邦經濟，伊藤氏既有《制度通考》之編，太宰氏又有《經濟録》之作。蓋伊藤氏唯歷舉本邦古今制度而使讀者自擇焉，蓋無以尚已。太宰氏則頗有所臧否。仲尼不云乎：「不在其位，不謀其政。」太宰氏豈忘之邪？且也殷因於夏禮，周因於殷禮。雖有所損益乎，亦不得不因於前代也。蓋我神祖受命，乃命小笠原氏損益三代將軍家禮而制之禮，亦猶漢祖之命叔孫氏云爾。當是之時，假使仲尼乘桴浮于海，仕于吾邦，而制之禮，豈得不因於前代而損益之，而暴乘殷之輅，服周之冕乎哉？則非拘儒曲士之所可得而横議也，則亦屬無用矣。又如物氏《政談》，我見其大包藏禍心矣。則不惟屬無用，所謂「生於其心，害於其政」者，吾未之敢公言也。又如熊澤氏《大學或問》，亦率迂闊無用之論耳。且如其憂異邦征我，要亦過慮耳。何者？則隋煬帝以伐高麗，終失其天下；唐太宗以征高麗，大蔽中國。夫高麗壤地褊小，而與中國相距不甚相遠，猶且至於軍興之費，轉漕之勞，亡國黷武如彼，况乎我大邦，崛起于日出太平之域，而連諸山嶽爲城，環大瀛海爲池，壤地亦吞若三韓者八九，曾不蔕芥於胸中哉？是以元世祖之無敵於寰區，猶摧威於我大邦。明高祖之英武，列不征之國十五，而我東方爲最焉。且夫西土，秦漢以來不能復封建之制，治少亂多，國貧兵弱。何以知其然也？昔者遼人懼金阿骨打八千兵，曰「女直兵若滿萬，則不可敵」，後果如其言云。夫遼四分天下殆有其三，猶且斃於金兵一萬矣，此其郡縣之制，國貧兵弱之效也。雖我天朝，古亦爲郡縣。則自神武天皇至安德天皇千八百四十有餘年間，禮樂征伐自天子出，故置太宰府於西筑，以備西土；置鎮守府於東奥，以備靺鞨。及於源將軍之勃興于山東也，呼諸平所爲守州，爲平家闕國。或直自取，或以割與諸將。否則别置守護地頭，以撓國司之權。於是霸王之業始基，封建之勢漸成。及於北條氏之總兵權也，霸王之業漸隆，封建之制始成。則比諸在昔天朝之制，國富兵强，奚翅十倍？是元世祖之所以摧威於我大邦也。况乎我神祖創業，率由周制。公侯伯子男，各都其國，修其政。大者帶甲百萬，粟支十年；小者亦不下二三萬，雞犬之音相聞而達乎四境。春蒐夏苗，以講其武。繕甲修兵，以備不虞。假令彼興百萬之師以臨我，我與彼兵刃未接，彼將自斃矣，何暇能征我哉？若更起迂闊無用之論，則其憂殆有甚於異邦之侵伐者。何以言之？則方今昇平之久，生齒之繁，亡論西京之富庶，東都之繁華，即如列國之國都及諸州之大都會，緇黄乞丐、巫醫卜祝、娼妓俳優、大奸巨猾，及緑林之亡命、無賴之博徒，不織而衣，不耕而食者，奚翅數十百萬人？而窮鄉僻邑，草萊不闢耕者，仰不足以事父母，俯不足以畜妻子，樂歲終身苦，凶年不免於死亡也。則民唯離農畝，而爲浮食之是望。是以緣南畝者日少一日，爲遊手者日多一日。昔人謂一人耕之，十人聚而食之。噫！云云不已，遂將至耕者一而食者十五矣。夫堯有九載之水，湯有七年之旱，安知明時不有凶旱水溢之灾也？萬一有凶旱水溢之灾，則天下將大饑饉矣，豈不殆哉？如之何則可也？莫若薄其税斂，省其徭役，使民捨末而反本，草萊不令而闢，侈奢不禁而止，風俗不教而厚矣。蓋氓之蚩蚩，唯利是趨。故税斂薄則緣南畝者多，緣南畝者多則遊手者寡。緣南畝者多、遊手者寡，則草萊闢。草萊闢，則雖薄其税斂，倉廩實、府庫充矣。且民緣南畝，則有恒産。晝茅宵索，不敢游惰。惡衣惡食，適身適口。此其所以侈奢不禁而止，風俗不教而厚也。孟子有言曰：「易其田疇，薄其税斂，民可使富也。食之以時，用之以禮，財不可勝用也。民非水火不生活，昏暮叩人之門户求水火，無弗與者，至足矣。聖人治天下，使有菽粟如水火。菽粟如水火，而民焉有不仁者乎？」則余所謂税斂薄則緣南畝者多，緣南畝者多則遊手者寡，緣南畝者多、遊手者寡則草萊闢者，豈非亦使菽粟如水火之術也邪？吁！亦杞國、漆室之憂，迂闊無用之論哉？且余自弱冠時不事浮文，唯服膺仲尼「德不孤，必有鄰」之言也。曰：「昔者王豹處於淇，而河西善謳。緜駒處於高唐，而齊右善歌。」此間不出人，則是我不德也。於是乎不論牛醫之兒、夏畦之子，苟有行束脩以上者，未嘗無誨焉。奈何吾信達上世爲蝦夷之巢穴，則其餘習未除，其俗悍而黠，仁難以懷，義難以服。笙簧其口，荆枳其腹也。即有可教者，亦或爲名學，或爲利學。其爲名學者，僅有以得名則止，而不復學。其爲利學者，僅有以得利則止，而不復學。爲山未盈仞，功恒止一簣。自余施教於信達之間以來，殆三十年，未嘗出一人也。余於是乎一日幡然改曰：吾過矣！吾過矣！孟子不云乎：「一鄉之善士，斯友一鄉之善士。一國之善士，斯友一國之善士。天下之善士，斯友天下之善士。」我如友天下之善士邪，則我德豈孤也乎哉？鬻子亦有言曰：「千里而得一士，猶比肩也。」何必待鄉黨出入，而後曰有鄰也？乃遂削牘爲書，以通姓名於海内知名之士焉。則亡論龜山觀海松子先爲我曹丘生，即如唐津文學熊耳餘子綽、雲藩文學瀔水宇子迪、尾藩文學如來紀世馨、佐倉文學太室井子章，及江州東皋野子賤、備州常山湯之祥、岡山文學四明井仲龍、赤穗文學滄洲赤松國鸞諸老，皆相爲知己於數千里外，定神交於一時矣。而諸老亦往往物故，今其僅存者唯如來、四明、滄洲三數人耳。而余亦雙鬢爲雪，精華已竭。豈可復弄翰墨，而與少年輩較技角藝，重爲知己之累乎哉？是亦余之所以不欲作無用之文也。余欲裁書詳説是意，寓於如來、四明、滄洲諸老，以散我懷抱者久矣，然亦懶惰未能也。聊記以見志云。

余既貶近世浮華之文，謂爲無用，恐門人小子以爲口實，跳而入于野也，故爲之論曰：仲尼有言曰：「有德者必有言，有言者不必有德。」蓋學所以成德於己也。如人不先行而唯言是務，則所謂有言者不必有德也。故又曰：「君子欲訥於言而敏於行。」不其然乎？夫有德者之有言，豈唯自其口出云乎哉？亦言其文之也。「故《志》有之：『言以足志，文以足言。』不言，誰知其志？言之無文，行而不遠。」文之不可以已也，其若此乎？况古人所謂三不朽，立言居其三乎？學者奚爲不學文也？故仲尼又曰：「弟子入則孝，出則弟，謹而信，泛愛衆而親仁，行有餘力，則以學文。」豈不然乎？且夫文王之文，高矣大矣，蓋姑捨是。人不學文，則雖讀古聖人之書，句讀之不知，訓詁之不識，焉能得知古道而行之于今哉？如不學文，而唯言行相顧之是務，曰何必讀書而後爲學，則豈不亦硜硜乎小人也邪？蓋余自成童時好學，又好文章，乃不自量度，欲追古之作者。刓精竭慮，惟日不足。然性愚騃，不能有所成。歲月易得，年過杖鄉，則亦不無慨然于懷者云爾。如門人小子則富於春秋，雖事浮華之文，又奚不可之有？亦當期爭裂綺綉，互攀日月，高視於萬物之表，雄峙於百世之下耳。何可因愚騃熊阪翁之言，而廢其千秋之業哉？何可因愚騃熊阪翁之言，而廢其千秋之業哉？

蓋自稗官小説，至院本雜劇，皆謂吾祖熊阪四郎長範，長範，諸書多作「長般」，今從家譜。爲東方跖蹻之巨擘云。後世工畫者又圖其與源牛兒鬥者狀，牛兒，義經小字。照人耳目，赫赫若前日事。則雖婦人小子，莫不知吾家有長範者。乃至好事者依圖製巾，名爲熊阪巾，相誇尚焉。雖則以大盜得名，豈亦有大過人者也邪？余因閲邦乘，熊阪四郎長範者蓋信州之一名族，而保元之役，與根井大彌太行親輩二十六騎，從左馬頭源義朝而攻上皇於北宮者也，豈亦跖蹻之倫乎哉？而所以有是名者，則余嘗竊有説焉。考野史氏所載，蓋保元之役，源、平二氏之屬天朝者，各有戰功以得爵位焉。亡何，平治之亂起，源氏乃殲，平氏遂爲天朝之重臣。於是長範義不食平氏粟，又不樂爲夷齊，遂以剽掠爲事云。蓋其襲吉次於青墓也，見一小豎之疾戰，乃擁長刀而問焉，曰：「豎子汝奚爲者，而若是其勇也？」牛兒則大言曰：「我是故左典廄源義朝之子，源九郎義經者也。今將東奔于奥，借兵於藤鎮守以復父祖之仇。首塗幸遇汝輩，吾將斬汝輩以釁鼓矣。」揮刀而進，時長範身既被十餘創，乃稍退曰：「嘻！我亦嘗辱國士遇於左典廄者，則常以不同死于内海之難爲憾矣。而今乃邂逅于君，豈不亦天幸也邪？吾被創之故，雖不能從君而爲狐偃、趙衰乎，吾豈如彼小丈夫，摇尾於平氏，而求食者也哉？則得死於君之手，吾願足矣。請君斬我。」遂結纓而死云。余故西遊時，題其斥候松，詩曰：「一自源家敗鳳京，熊公意氣睨諸平。壯心寧學夷齊操，高節還同跖蹻情。從卒三千「侵郡邑，郵亭百里見旗旌。只今惟有孤松在，萬古猶存斥候名。」又嘗有《咏史詩》曰：

「保元龍戰足英雄，吾祖高名竹帛中。一自源家亡舊業，不從平氏立新功。十年爲賊青原北，半夜窺人赤阪東。忽遇牛兒思馬監，結纓還見仲由風。」此二詩既足以爲吾祖禦侮矣，而猶未也。近者讀林祭酒《本朝通鑑》，而始知其冤云。蓋曰：吉次與牛兒宿于江州之鏡亭也，亭長見牛兒泣數行下，曰：「甚矣！公子之似源給事也。昔者左典廄之敗也，其子内給事朝長病創而取終我家矣，吾是以知其爲人也甚矣。公子之似源其爲給事也。」吉次給曰：「是我族人之子耳。其似貴公子者，則偶然耳。」而亭長猶疑其爲左典厩之庶孽也，遂善遇之云。其夜吉次醉而臥，牛兒則不寢以警夜。時有羽州人由利太郎、北越人藤澤某者，詐稱熊阪四郎，因饑饉集無賴子弟爲群盜。偶聞吉次宿于鏡亭也，乘夜而襲之。吉次驚覺，牛兒乃突出自屏間，立斬由利、藤澤，其徒皆走。遂與吉次及其徒屬追北，殺數十百人云。後世謂長範爲東方跖蹻之渠魁者，蓋由利、藤澤輩，當時既假其威名，爲劫掠也。林祭酒豈百四十年前爲吾族發是言哉？則益足徵也。故今取以雪吾祖千載之寃云。

余時時嘆吾奥以上世爲蝦夷之壤，其俗猶尚有餘習者，蓋有以也。蓋自我大父源定悠，以宇多天皇之苗裔、兒島三郎之後胤，而流落至吾奥有故，冒熊阪氏以來，三世既爲奥人矣。雖則我言語動作盡無異乎奥人，維是褊心，猶未能忘乎懷。其在鄉黨，猶客蠻貊。其接鄉人，猶對夷獠。既無恂恂之容，又乏怡怡之態，遂以致無鄉曲之譽。而熊阪氏，亦其先出自保元之一武弁，而世以貲雄于鄉，以學名于郡焉，則亦非立鄉人之下風者。加以天明中國家有奬善之命，則鄉人之不善者亦不無害善之心，愈益致無鄉曲之譽。則《詩》所謂「憂心悄悄，愠于群小」者，吾今而後知其不誣矣。唯是狂愚之性、狷介之節，雖老哉不改。内教育兒孫，外誘掖子弟而不倦。其期遠大、貽孫謀，殆有似乎愚公之移山者焉。嘗建一草亭，名曰真隱。乃作上牌文，又重之以祝辭，曰：「考槃在茲，受福無疆。瓜瓞綿綿，子孫其昌。世治則文，鳳彩鸞章。世亂則武，虎視鷹揚。」然而吾後世子孫，于文于武無有起者乎爾？則亦無有起者乎爾。按國史，我祖兒島三郎備後守高德者，蓋文武兼備之士也。觀其白庭樹而題詩，及爲源中郎將牒延曆寺，及要皇輿於杉阪，舉義旗於熊山等事，可以見也已。余故西遊時，《譚峰問志純法師故居詩》云：「南朝天子失山河，鵠首將凌隱海波。曉候鸞輿仗劍走，宵窺鳳蹕留詩過。運移舊物難收復，身老雄心附薜蘿。試問當年栖遁處，衹看澗上白雲多。」又嘗有《咏史詩》云：「元弘天子幸山陰，我祖忠謀許國深。鸞駕欲迎播海路，翠華還向美陽臨。孤征仗劍追仙蹕，獨樹題詩慰聖襟。何限當年文武略，功成終見五湖心。」蓋亦實録云。

文章緒論跋

吾熊阪台州先生《文章緒論》成矣，尾陽秦學士及播陽赤松翁序之矣，則忠保何敢贊一辭？然先生之於忠保，善誘循循，視猶子也，則忠保又何敢無一言？太史公有言曰：「伯夷、叔齊雖賢，得夫子而名益彰；顏淵雖篤學，附驥尾而行益顯。」忠保雖不敏，恒抱附驥之志焉。今此書之行也，敢爲之跋。

享和改元春三月戊寅，門人岡部忠保謹撰。

操觚正名一卷

猪飼敬所　撰

《操觚正名》一卷

猪飼敬所 撰

猪飼敬所（1761—1845），名彦博，字文卿、希文，號敬所，通稱三郎右衛門。近江（今滋賀縣）人。江户時代後期著名折衷學派儒學者，「壯歲有志於折中宋儒及伊、物諸家之説」（《刻古學辨疑序》），受乾嘉之學影響，以古注學著稱，被認爲是天保時期京都經學第一人。猪飼敬所早年師事手島堵庵，修習心學。後轉向儒學，天明三年（1783）受業於巖垣龍溪。曾在京都各地講學。天保年間受招於津藩（今三重縣），爲津藩儒并得藩主禮遇。晚年雙目失明，但仍爲藩主講讀。猪飼敬所學問淵雅，涉獵極廣，對經學、史學、曆法、天文、數學皆有鑽研，尤邃於禮學。他對儒家經典的朱子新注不滿，重視古注的研習。著述宏富，有《讀禮肆考》《淮南子校正》《管子補正》《孝經考》《左傳管窺》《四書標記》等一百餘種之多。

《操觚正名》是對徂徠古文辭派因襲華語習氣的反撥之作。徂徠反對和訓回環顛倒之讀書法，强調華文直讀，主張通過「看書」而領悟高妙道理。在語言文學領域，便不免重視華文字面，「故欲學唐人詩，便當以唐詩語分類抄出；欲學《選》詩，便當以《選》詩語分類抄出。各别貯篋中，不得混雜。欲作一語，取諸其篋中，無則已，不得更向他處搜究。如此日久，自然相似」（《譯文筌蹄・題言》）。其風所向，遂導致各種名物、制度之名詞均以華語爲尚，甚至牽合漢字、簡省姓名以求類似華人，名與實的分離成爲語言表達中的一大問題。猪飼敬所認爲此類末習有害名教，「近世蘐園之徒，尸祝李、王爲古文辭，模擬剽竊以爲工，片言隻辭，惟不似漢人是憂。是以國郡邑里官爵姓名，苟取諸漢土，以變革其名焉，自誇曰：『陶鑄鄙俚，以爲雅馴。』曾不顧其稱謂失當，名分不正」。於是就文學中之國名、地名、職官、姓名等不符合日本社會現實的表達，以及皇室、霸府稱謂失當等問題，提出駁斥意見。雖然也偶及「贅婿」「不佞」等語詞的不當用例，但更集中於名物辨析。以載籍爲據，以社會現實爲斷，對名稱之謬予以駁正。所論詳確有據，且能注意區分修辭表達與紀實需要的分别。猪飼敬所拳拳於名實訓詁，有其反對古文辭學的一面，更是本國文化主體性强化的表現。但「合古今而一之」（《譯文筌蹄・題言》）本爲古文辭學核心要法，猪飼敬所的反撥未能在方法論上更進一層，是其缺憾所在。

《操觚正名》有多種寫本存世，已整理收入《續日本儒林叢書》，現即據以録入。

操觚正名序

孔子曰：「名不正則言不順，言不順則事不成。」聖人患名之不正也深矣，故其作《春秋》也，筆削謹嚴，闡幽顯微，撥亂之功，冠于群經。而舉其大義，亦唯正名分而已矣。蓋正名者，治國之先務，聖學之要義也。古人稱聖人之道曰名教，蓋以此也。近世蘐園之徒，尸祝李、王爲古文辭，模擬剽竊以爲工，片言隻辭，惟不似漢人是憂。是以國郡邑里官爵姓名，苟取諸漢土，以變革其名焉，自誇曰：「陶鑄鄙俚，以爲雅馴。」曾不顧其稱謂失當，名分不正，而得罪於名教矣，豈其誦法聖人者之爲也哉？然而輕俊才子，眩其浮華，奉之如金科玉條。染習之久，雖謹厚者，亦習而不察焉。識者或知其妄而非斥之，亦不少。惜乎其説皆未精詳，故未足以發其蒙。是以操觚士，至今猶受其弊，實藝苑之蟊蠹也。竊謂使世之文章，名正言順，雖無關於治道，亦名教之一端也。於是不敢自揣，本諸舊聞，徵諸載籍，條舉夫名稱之失當不正者，而詳辯其誤，命曰《操觚正名》。世之尚名教者，其或有取焉，則余之幸也。

寛政乙卯仲春朔旦，猪飼彦博識。

操觚正名

唐詩謂我邦爲「日東」，我邦本無此名，蓋自唐土視我邦則在東方，以其南方有日南郡，故比例而稱之，固是詩人藻飾之辭也。而彼土後世終以是爲我邦異名，我邦近世詩人專事藻飾，亦又用之，猶之可矣。儒者或署其姓名，稱「日東某甲」，此甚不可。異名乃唐名之類耳，不可爲正稱也。

蘐園之徒稱我邦爲「大東」，此本乎唐人「日東」之稱，而采乎有《魯頌》「奄有龜蒙，遂荒大東」之文也。不知《魯頌》所謂「大東」，猶言極東也，謂漢土之東陲也。非唯本邦無此名，異邦亦無以此稱本邦者，可謂杜撰矣。或曰：「大音泰，尊稱也。如西洋夷國曰太西，大東豈不可乎？」非也。所謂「太西」者，猶言遠西，謂西極之國也。明人之所稱也，非西夷之本名也，豈曰尊稱乎？使西洋夷人謂我爲「大東」，猶我謂彼爲「太西」也，不爲不當。本邦不合自稱「大東」，此自他主客之辨也。知自他主客之辨，而後名可得而正矣。

《魯頌》云：「保彼東方，魯邦是常。」〔一〕《吴志》云：「孫策謂虞翻曰：『孤昔再至壽春，見馬日磾及中州士大夫，言我東方人多才耳。卿博學洽聞，故欲令卿一詣許，交見朝士，以折中國妄語兒。』」魯、吴并在漢土東邊，故自稱曰「東方」也。《小學集成》朝鮮學士權近跋云：「永樂元年春二月，殿下謂左右曰：『吾東方在海外，中國之書罕至。』」「永樂」，明成祖年號；「殿下」，謂朝鮮王也。朝鮮奉漢土正朔，稱東藩，故自謂其國爲「東方」，漢土爲「中國」，其稱謂與漢土諸侯不異，固其所也。我邦固不受漢土正朔，而徠翁謂本邦爲「東方」，漢土爲「中國」者，此似比我邦於漢土屬國矣，豈不辱國體乎？《記》曰：「非天子不議禮，不制度。」況於國號乎？固非卑賤者所宜私立名稱也。使其當事理，猶得罪於聖人，又況於無知妄作如此之甚乎？中國之辨，詳見于下。

近世諸儒謂本邦爲「皇和」，蓋仿「皇宋」「皇明」之例也，此亦謬矣。何則？皇，君也。「皇宋」「皇明」，猶言「王漢」韋孟《諷諫詩》。「帝漢」王延壽《魯靈光殿賦》。之類也。西土歷代各建國號，曰「宋」曰「明」，一代之號也，故以「皇」字加之者，專尊當代之稱也，非泛稱邦域之辭也。夫「和」者，邦域之本名也，非國號之類也，豈可以「皇」字加之哉？模

〔一〕常，原作「當」，據《詩經·魯頌·閟宮》改。

效漢語者，宜加三思。世俗以爲「本朝」猶本邦也，此固失矣。儒者或云：「本朝對郡朝而言。」亦未爲得也。按，西土載籍，「本朝」之義有三。《孟子》曰：「立乎人之本朝而道不行，耻也。」《淮南子》曰：「齊桓失之乎閨内，而得之乎本朝。」《漢書·蕭望之傳》曰：「望之雅意在本朝，遠爲郡守，内不自得。」《後漢書·李固傳》曰：「本朝者心腹也，州郡者四支也。」此謂天子、諸侯之朝廷也，「本」猶根也、宗也，所謂對郡朝者泥矣。要與我邦之人所稱不同，一也。《通鑑》：「後魏太皇太后馮氏崩，孝文帝以古禮居喪。齊使裴昭明、謝竣如魏弔，欲以朝服行事，魏主客不可。昭明等曰：『受命本朝，不敢輒易。』」此對他國而稱自國之朝也，「本」猶「本國」「本州」之「本」，我邦之人所習稱是已，二也。自是而轉，又爲對前代之稱。唐宋以下所稱，比比皆是。此義於我邦無所用，三也。然則我邦所謂「本朝」者，對他國而稱朝廷也。故事係國家者，當用此稱。如藤納言《本朝世紀》、林春齋《本朝通鑑》是也。事不係國家者，不宜用此稱。如藤井懶齋《本朝孝子傳》《國朝諫諍録》所載，多不係朝廷者是也。「國朝」「我朝」「皇朝」「熙朝」之類，亦皆效此。

皇朝平平安城之舊制，分朱雀街之東爲左京，西爲右京，擬唐西京置長安、萬年二縣，是正名也。左京一曰洛陽，右京一曰長安，擬唐兩都東稱洛陽、西稱長安，是唐名也。逮乎中葉，天降禍亂，九重城闕爲戎馬場，數遇焚毁，舊規蕩然。後世不復得見左京、右京之制，故誤傳以洛陽爲其都名，於是乎有「入洛」「上洛」「洛中」「洛外」等語。近世詩文謂京師爲「洛陽」「洛下」之類，亦無不可。然間有以此加於其姓名，而以稱「洛下某甲」「洛陽某乙」者，誤也。唐名者非正稱也，凡碑誌行狀之類皆不可用之，尚實録也，此操觚之士所宜先知也。至如蘐園之徒，謂京師爲「洛水」「洛涘」「洛汭」之屬，則雖詩賦亦不可。所謂洛陽者，取乎漢唐王都之名也，非取諸洛水也。徒好新奇而不察名實者，往往有如此之失。

京師之舊制，方四十丈爲町，方四町爲保，四保爲坊。自二條至九條，東有教業、永昌、寅風、淳風、安寧、崇仁、陶他之七坊，西有毓財、永寧、宣義、光德、疏財、延嘉、開建之七坊。只自二條而北，有桃花、銅駝之二坊。東西六保，各九十六町之總名也。近世文人或謂一條路爲桃花坊，二條路爲銅駝坊，不知舊制也，不但非今名也。自今上長者町以北，古者謂之北邊。一條非桃花坊之地。或謂千本爲朱雀坊，寺町爲京極坊，似也。然古昔所謂「朱雀」「京極」者，街路之名也，非坊里之名也。宜曰朱雀街、京極街，不合朱雀坊、京極坊。此皆不辨坊里與街路之異故也。近世詞人謂三條橋爲第三橋，五條橋爲第五橋，此甚無謂。夫鴨河之有大橋，三條、五條兩橋而已。第三、第五之數，何自而生焉？若并小橋而計之，則今出川口、荒神口、三本木、丸太町，皆有小橋。自北數之至三條橋，已爲第五，則不合其數矣。稽諸古昔，亦唯四條、五條有大橋。其北小橋，則多於今時。以是觀之，第三、第五之名，何有所取而然也？亦可謂無稽矣。

都者，王者之所居也。周謂鎬京爲西都，洛邑爲東都。東漢謂長安爲西都，洛陽爲東都。隋唐亦然。元謂開平爲上都，燕京爲大都。是皆帝王之常居，及別都、舊也。不係帝王之居而稱之都者，未曾聞也。故本邦亦謂寧樂爲南都，平安爲北都，未嘗有謂鎌倉爲東都，大坂爲南都者矣。蘐園之徒謂京師爲西都，夫京師者闔國之中也，何以謂之西乎？蓋對所謂「東都」而言，亦一人之私稱耳。其稱「西京」「西畿」之誤，亦皆仿此。徂徠、南郭二子，謂江户爲江東、江左，此謂武藏爲武陵之類也，牽强甚矣。且以地形論之，名實殊乖。漢土謂金陵爲江東、江左者，以其地在大江之東也。今夫江户之地，則隅田川之西也。以其當川水入海之口，故曰江户也。謂之江東、江左而可乎？

徂徠又謂江户爲神州，此不知何所本也。按，《河圖括地象》曰：「昆侖之東南，方五千里，謂之神州。」蓋神州乃鄒衍所謂赤縣神州，而漢土之總名也。晉王導曰：「戮力王室，恢復神州。」唐劉知幾曰：「雜種稱制，充牣神州。」皆是已。本邦儒者或以爲神州是京師一名，固已誤矣，况又非京師之地乎？是誤之又誤者也。

蘐園之徒，詩文每借漢土以改本邦地名。改「牛込」爲「牛門」，「武藏」爲「武昌」，「和泉」爲「酒泉郡」，「加賀」爲「賀蘭州」之類，皆以一字相同也。甚者音訓相雜，展轉遷就以改之，如「目黑」爲「驪山」是也。輕俊才子靡然仿之，海内地名更革幾遍，如私制唐名然。模漢賽唐，雖平日言語亦復用之，以爲文運方闡，用夏變夷，殊不知其輕薄妄作，取笑大方。何以言之？和漢地名，一字相同、音訓相似者，不可勝數。苟以是假借，則彼此混亂，不可分別矣。况夫郡國邑里之名，國家之所定也，豈得私紛亂之乎？

近世文人惡地名之不似唐土，改易文字，以爲巧緻。如「篠筈」爲「不忍」，「粟津」爲「不遇」之類是也。按，宋邢凱《坦齋通編》曰：「詩人好改易地名，以就句法。如大孤山旁有女兒港，小孤山對岸有澎浪磯。韓子蒼詩『小姑已嫁彭郎去，大姑常隨女兒住』，四者之中所不改者，女兒港耳。蜀大散關有喜歡鋪，〔一〕東坡入贛詩：『人遇喜歡來遠夢，地名皇恐泣孤臣。』自下而上第一灘，在萬安縣，前名黄公灘，坡乃更爲『皇

〔一〕鋪，原作「浦」，據《坦齋通編》改。

恐』，以對『喜歡』。」以此觀之，詩人改地名者，漢土亦既有之。然唯止假借同音以爲對語，猶和歌之於「菊川」寓聽聞意，「北野」寓來至意也，固是一時之戲作耳。然自君子觀之，猶似不免輕薄矣。若其徒事麗藻，以改地名者，則漢土亦未之有也。宋葉石林嘗曰：「今世安得文章？只有個減字換字法爾。如言湖州，必須去『州』字，只稱『湖』，是減字法也。不然則稱『霅上』，此換字法也。」是笑時文以減字換字爲常套也。本邦今世文章，亦復爾爾。文之工拙，寧在茲乎？操觚士請除却陋習，而用功於本領上。霅，水名。湖州稱「霅上」，亦猶近江稱「湖上」也。非改地名，但好奇耳。

《明世説》：「王文恪修《姑蘇志》，楊循吉一顧簽票即斥去。後語文恪曰：『志修于我朝，便當以「蘇州」名志。「姑蘇」，吴王臺名也，可以此名志乎？』」明季以後有稱「古吴某甲」「古閩某乙」者，夫標州郡於姓名上者，見本貫也。古昔吴閩之地，廣袤甚闊，後世多置州縣，其地人民皆稱「古吴」「古閩」，則豈非無分别乎？且以是例廣之，明清人稱「古漢某甲」「古唐某乙」亦可，若是則不得罪於時王乎？是徒貴古賤今，而不度義理也。本邦近世文人謂近江爲「淡海」、大坂爲「浪華」之屬，蓋不尠矣。此亦「姑蘇」之類也。凡古名者非正稱也，志傳實録之文必不可用矣。又有以唐土信州有鵝湖，而謂諏訪湖爲「鵝湖」；以唐土播州爲古夜郎，而謂播磨爲「夜郎」者。牽强附會，莫甚乎是。

明代稱諸侯王曰某藩，指其君及家之稱也，非謂其國城也。本邦文士往往用此稱，指其家則無不可。然往年見彦根城下商人寄書於京人，於封緘下書「自彦藩」三字，誤以爲某藩者謂其國城也。余意俗人之假文雅者，每每如此。頃讀徠門書，間有紕繆同此者。乃今始知夫俗人之誤，亦有所自也。

唐土地名，洛陽、岳陽之屬，古人釋之云：「山南水北曰陽。」其義本自明白。而本邦文人惡地名之不似唐，省略本名，而以「陽」字配之。謂攝津爲「攝陽」，長崎爲「崎陽」之類是也。前輩業已明辨其非者多矣，然至今猶見用此稱者，故言及之。

本朝古制，置國郡以爲邦治，亦猶李唐置州縣以治其土也。中世有以「州」字配國名一字以擬唐者，「城州」「和州」之類。然是所謂唐名也，非改國爲州也，故朝廷式令不用之。今世儒者於碑誌、行狀之類用之者，失紀實之體也。又有以「州」字配全名而稱之者，「山城州」「大和州」之類是也。蓋以爲唐土所謂國者，封地立君以主之也，守令所治之地，不宜曰國矣。是特一斑之見耳。按，西土歷代輿地之制沿革不一，或立州統國，或置郡統縣，或分道路統州縣，古今互有得失，未聞其爲臣民者，擅改時王之制，而私用異代之稱也。況本朝之制，不必同西土乎？今爲臣民者，豈敢擅私見而亂舊章乎？此亦昧於不制度之義也。

周代田土之制，六尺爲步，百步爲畝，百畝爲夫。一夫之田，方百步也。其外有徑，謂之阡陌。秦漢以後二百四十步爲畝，百畝爲頃。唐制，職田、公廨田以頃定之。本邦古制，六尺爲步，三十六步爲畝，十畝爲段，十段爲町。《説文》：「田踐處曰町。」《莊子・人間世》「彼且爲無町畦，亦與之爲無町畦」，注：「町畦，畔埒也。」〔一〕町猶頃也。位田、職田，以町數之。一町之田方六十步，其外亦有阡陌。和尺長，周尺短，故町之與夫，其實蓋不相遠也。京城舊制，經路三十三，緯路三十九。經緯之間方四十丈，各謂之町，爲公卿士庶之居，即漢所謂里也。此名町者，亦猶一町之田，在乎阡陌之内也。故古所謂某町者，皆指經緯之内而名之，織部町、市町之類是也。自是又轉爲其外路之名，正親町、室町之類是也。今制用之。近世文人以「町」字本無里路之義，故換以「坊」「里」及「街」字，此亦唐名之類也，於詩賦猶之可，記實之文則決不可用矣。余昨年爲出石中村生作碑銘，記其生里曰伊木町人，或謂得記實之體。世之文人，以爲「町」俗而「里」雅也。按，「里」字从田，古者三百步爲里，蓋出於田土之數也。周代二十五家爲里者，其義之

〔一〕埒，原作「埓」，據《莊子・人間世》李頤注改。

轉也。本朝依「町」字有區埒之義，立以爲田土之數，固轉又爲人居之稱。京城舊制，一町之內有四行三十二門。事大相類，孰是孰非？文同從田，曷雅曷俗？夫俗「町」雅「里」者，諺所謂美他人園中之花也。操觚士苟能看破此惑，則正名之義，思過半矣。

西土路程之制，古者三百步爲一里，後世三百六十步爲一里。本朝之制亦然，世俗所謂六町一里也。近世三十六町爲一里，或五十町爲一里。今時詩文或謂一里爲十里，蓋依西土古制而計之也。然此不合於本朝古制，而異乎今時所用也。紀實之文，亦不可用。

漢土人自稱其國曰「中國」、曰「華夏」，稱四方諸國曰「戎狄」、曰「外蕃」，是尊內之辭也。本朝之制亦然。《大寶賦役令》曰：「凡邊遠國，有夷人雜類之所，應輸調役者，隨事斟量，不加華夏。」《義解》云：「華夏謂中國也。」又曰：「凡以公使外蕃還者，免一年課役。其唐國者，免三年課役。」《儀制令》曰：「皇帝，華夷所稱。」此本邦亦自稱曰「中國」、曰「華夏」，海外諸國三韓之屬曰「夷狄」、曰「外蕃」，亦尊內之辭也。但漢土以文物之所資焉，故獨不夷之，又不華之，別稱其號曰「唐國」也。《日本紀》孝德天皇詔曰：「朕聞西土之君，戒其民曰：『古之葬者，因高爲墓，不封不樹。』」「西土」者，漢土也，在本邦之西故也，亦猶彼謂我爲「東夷」也。聖德太子稱隋爲「日没處」，亦此意已。且漢土歷代各建國號，故無一定之名。蓋西土者，通古今之正稱也。又自古稱西土曰「漢土」、曰「唐土」，蓋自彼此通問，漢唐二代歷年殊久，故本邦人習而稱之，因以是爲古今之通稱也。今時彼土亦猶有「漢文」「唐山」等語，其意正同。然則「西土」「漢土」「唐土」三稱者，皆不夷不華之辭也，可謂得其宜矣。迨乎近世，儒者始稱西土曰「中華」，其人曰「華人」，其語曰「華音」，其貨曰「華物」。世之好才語者，亦從而和之，無適而不稱華。蓋華彼即夷我也，中彼即蕃我也。嗚呼！其不學無識，非惟昧於本朝制令之文，實不達乎西土尊内之義也。凡爲此言者，豈但得罪於本朝爾哉？亦名教之所不容也。神道者流，切齒於儒者，不亦宜乎？今試使三尺童子，華外國而夷本邦，則必唾而罵之，不但不肯而已。然而諸老先生甘爲之者，謂之何哉？昔者明建文帝與本朝準三后源公書曰：「覆載之間，土地之廣，不可以數計。古聖人疆而理之，於出貢賦力役、知禮義、達於君臣父子大倫者，號爲中國。」是謂其於萬國之中，獨自稱「中國」之義也。然以是推之，則我大日本開闢以來，神孫相承，長有大寶，到于今一百二十世，億兆尊之如天，雖有驕横臣子，不敢以湯武爲口實，皇統綿綿，與天地無窮。比之西土朝秦暮漢，昨唐今宋，勢威强大者，能攘奪名位，則所謂天地懸隔者非耶？嗟夫！知禮義、達於君臣大倫者，孰能尚焉？我大日本之稱「中國」也，實無愧於覆載之間，不惟合乎西土之例也，猗與盛哉！然則夫「中國」西土而慕之者，亦所謂不好真龍而好似龍者也，豈非惑之甚哉？

雨森芳洲著《大寶説》，稱揚國家之美，似知夫尊内之義矣。然其稱本邦曰「東」、西土曰「中原」者，猶未能出乎世儒之窠臼也。《通鑑綱目》：「《質實》：狊曰：『中原謂中國也。即《皇極經世書》曰「中原之地方九千里」是也。』」晋穆帝永和四年。謂西土爲「中原」者，其誤可知也。芳洲又謂西土爲齊國，是據《爾雅》《列子》也。然彼注并曰「齊，中也」，則齊國即中國也。蓋芳洲已知稱彼以中國之非，故換以此等名稱，不識改面爲顔之類，其誤亦甚矣。余嘗疑西土人每謂中國爲「中原」，而「原」字本無邦國之義，因稽諸古書，《晋語》曰：「晋楚治兵，遇於中原。」《吴語》曰：「吾先君闔廬與楚昭王毒逐於中原柏舉。」韋注：中原，原中也。《越語》曰：「暴百姓之骨於中原。」又曰：「謀之廊廟，失之中原。」《史記・主父偃傳》曰：「身爲禽於中原。」《司馬相如傳》曰：「肝腦塗中原，膏液潤野草。」其他《左傳》《商子》《荀子》等所載「中原」者，悉皆「原中」倒語，而指戰場言之也。蓋大軍會戰，必於廣原也。以是觀之，「中原」本無中國之意，昭昭明矣。諸葛武侯《出師表》曰：「當獎率三軍，北定中原。」此謂中國爲「中原」也，豈自漢末已有此誤耶？晋、宋以後史籍，凡曰「中原」者，皆謂中國也。後世以爲常語，而莫疑其義，是固西人之失也。然本邦文人亦間有畿内爲「中原」者，因附記之。宋、明書籍有「國初」語，謂其太祖建國之時也。中井竹山《遊芳野》詩謂神武天皇時爲「國初」，此亦其意也。如蘐園之徒謂慶元之際爲「國初」者，誤也。

西土之君以征伐取天下者，謂前代爲「勝國」。「勝國」者，言所勝之國也。如本邦開闢以還，皇統一系，前無所勝之國，則此二字固無所用矣。近世詩文間用此二字，蓋指豐臣太閤之時也。然自古將家之霸乎天下也，未曾有如西土諸侯別建封國者。今試問其所勝之國爲何國，則將何以對之？此亦昧於名實者也。蘐園所用「國初」，「國」字無着落，亦此類也。

《王制》曰：「君天下曰天子。」鄭注曰：「『天下』謂外及四海也。今漢於蠻夷稱『天子』。」夫「天子」者，天之子也，上配乎昊天，而覆載之間莫敢對偶之稱也。故西土文未嘗有稱異邦之君曰「天子」者，是尊自國之主故也。隋煬之不懌「日出處天子」之稱者，亦以此也。如佛書有「一萬二千天子」等語，此但以爲「天子」猶言王也，亦如稗官小説以「太子」爲王子通稱，因有「三太子」「四太子」等語，可謂謬誤矣。凡稱異邦之君，曰「皇帝」、曰「天王」、曰「單于」、曰「可汗」，皆從本稱可也。至「天子」之稱，則必不可用矣。唯知覆載之間，獨有我天子焉耳。今時或稱清國主曰「乾隆天子」，此亦佛書之類也。

近世儒士有稱霸府之事，一以西土帝王之例者，如某祖、某廟、大駕之類是已。方今霸朝翼戴皇家，撫柔天下，黎民皞皞乎至治之澤幾二百年，何求不得，何欲不遂？雖然，深鑒盈溢之誡，永秉酌損之規，故官爵不極貴，禮節益恭謹，功德之隆，振古無比。而儒生文士，私設僭僞之稱而敢誣之，何其無忌憚之甚也？宋嚴羽《滄浪詩話》曰：「劉公幹《贈五官中郎將》詩：『昔我從元后，整駕至南鄉。過彼豐沛都，與君共翺翔。』『元后』蓋謂曹操也，『豐沛都』喻操譙郡也。王仲宣《從軍》詩曰：『籌策運帷幄，一由我聖君。』『聖君』亦指曹操也。是時漢帝尚存，而二子之言如此，《春秋》誅心之法，二子何其逃？」徠翁詩文有甚焉者矣，彼翁動輒曰《滄浪詩話》可讀，豈獨不讀此一則乎？

近世儒者或稱征夷府爲「東朝」。按，唐土載籍有太后之宮稱「東朝」者，《史記・灌夫傳》：「東朝廷辨之。」注：「東朝，太后朝。」有太子之宮稱「東朝」者，《文選》顏延之《曲水詩》：「君彼東朝。」注：「東朝，東宮也。」皆以其在王宮之東言之也。然未聞以將相之府，對於王朝而稱「東朝」之例矣。兩帝并立，時有「南朝」「北朝」之稱，敵國之辭也。宋、齊、梁、陳之與魏、齊、周、隋，宋之與遼、金、元是也。本邦建武之亂，天子并立，亦謂之「南朝」「北朝」，蓋對西而稱「東」，亦猶對北而稱「南」也。今若霸府稱「東朝」，則當稱皇室爲「西朝」，亦猶謂江户爲「東都」者，必謂京師爲「西都」也。然則與夫「南朝」「北朝」之稱不異，豈其可乎？雨森芳洲又稱霸府爲「東藩」。按，東國諸侯皆當稱「東藩」，夫如此則與諸鎮無別也，何以見其尊乎？此亦不可。龍溪先生曰：「方今在三公位而開府者，唯關東而已，宜稱『公朝』。若其所當泛稱，則從世之所稱曰『關東』亦可。」按，「公朝」之稱，名實當，禮分正，故不偪上，不比下，操觚士宜循用之。《晋書·羊祜傳》曰：「拜爵公朝，謝恩私門。」此謂王朝爲「公朝」也，猶本邦古書謂皇家曰「公家」。然是「公私」之「公」，非「王公」之「公」也，則不妨同稱矣。

「霸府」「霸朝」之稱，出乎《文選》《晋書》《南、北史》等書。余竊意以是稱關東，名實正當，故余每用之。世儒或疑「霸」名之不美，故在足利氏、豐臣氏，雖既稱之「霸」，而於關東則不敢稱之。是未明其有位與道之辨也，何以言之？「霸」與「伯」同，諸侯之長也。諸侯之長曰「伯」，據其臨天下而言曰「霸」。如《左傳》所謂「五伯之霸也」是已。「霸」即「伯」，去聲，猶「王天下」之「王」讀去聲也。如文王之爲西伯，周、召之爲二伯，桓、文之爲侯伯，皆是也。自非功高德隆、諸侯服從者，不能任之。實臣位之極貴也，何不美之有？但桓、文雜詐力，故爲儒者所卑。故是其人之過，而非其位之罪也。降及戰國，處士橫議，百家九流紛然雜出，於是乎殆有唱霸道者。蓋本乎五霸之所行，而以力假仁也。《管子》曰：「通德者王，謀得兵勝者霸。」又曰：「王主積于民，霸主積于將戰士。」其他諸子所論王霸類此。今世儒者或曰：「王霸之辯，自《孟子》始。」誤甚。故《孟子》專述唐虞三代之道，以擯霸道。此爲其道之得罪於王道也，非卑其位之不如王位也。由是觀之，位與道之辯可得而知矣。本邦儒者多混此二者，或以爲「伯」者亞王之稱，固無不美之意，《孟子》卑之誤也，如太宰德夫之論是也；或以爲《孟子》尊王而卑霸，「霸」者不美之名也，如疑「霸朝」之稱可忌憚者是也。此皆昧於位與道之辯也。今稱關東曰「霸」者，以名位稱之也，非謂道術也。近世文人或稱右大臣織田公信長爲「安土王」，關白豐臣公秀吉爲「豐王」，是無稽之甚也。本朝之制，皇親爲諸王，自皇子五世皆得王名，《職原鈔》所謂「王氏」者是也。其已賜姓者，雖親未盡，必列于諸臣，而不得王名，源氏、平氏之屬是也。諸王有五位者焉，諸臣有一位者焉。以階論之，諸王不必上於諸臣，其得王與不得王，是別皇親與臣僚之流也，非所以等尊卑也。故自古至今未嘗有賜王名於諸臣者也，諸臣而私自稱王者，唯平將門一人而已。西土之制，戰國以後有諸侯王，惟漢非劉氏不王。魏晉而下，名器多濫，强藩權臣皆得王爵，王名已輕矣。然其不封王及不自稱王者，雖强盛，他人不稱以王號也。但群盜嘯集山林者，雖渠魁不稱王，而群賊必稱之曰「大王」。野史演義之類，往往載之。夫織田、豐臣二公，勢威赫然，霸乎天下，而不得王名，固是本朝諸臣之恒例也，故當時未嘗以爲憾焉。此乃我大日本之所以君臣大倫，明如日月，而非萬國之所能及也。然而後之文人，私以王與之，稽諸本朝、西土之制，皆無依據，非比之反賊，則盜魁待之也，然則欲尊二公而反卑之也。俗諺曰：「贔負引倒。」蓋此之謂歟？夫貴於學者，以明名分而通禮典也。若其不然，何以學爲？嗚呼！無稽之過，一至於此，可不戒乎？

西土古者五等諸侯之謚通稱公，後世因之。凡有謚者，不論封爵有無，皆通稱公。本朝之制，除三公外不稱公。近世文人，多不從朝制。龍溪先生曰：「本朝之制，比之西土，殊覺的確。」而世儒不由者，何也？

西土官制，歷代沿革不一。多襲古名，而增損其職，故名實不相稱者蓋不尠矣，如尚書、御史是也。御史在周官，宗伯之屬，掌贊書、授法令而已。自秦以後，爲糾察之任。尚書在秦官，少府之屬，掌通章奏而已。自漢已後，爲宰相之職。後世之制，豈非名實不相稱乎？

本朝損益唐制，斟酌時宜，新建官爵之制，更撰官名，以符職掌。故八省諸寮，悉皆名實相稱，如以尚書省爲太政官，御史臺爲彈正臺之類。比之於漢唐因襲之陋，奚翅天壤？苟使西土君子讀《職員令》，必將稱嘆曰：「東海之外，森然別備一王之制矣。」而中世朝紳徒尚風流，更撰唐名，以爲異稱。如右大辨橘廣相撰《朝官當唐官略抄》，島田忠臣撰《百官唐名抄》，固非本朝立制之旨也。及乎近世，文人儒士作碑誌、行狀之類，或記官爵以唐名，假如正五位上、主計頭爲中散大夫、度支郎中是也。夫於紀實之文稱唐名者，是擅棄本朝之制，而私稱異邦之官也。稽諸禮義，揆諸人情，皆殊不安。且夫唐名爲善乎？古者聖皇賢相直用唐名而已，何以更制官名之爲？不思焉耳。抑亦古人有言，曰寧爲雞口，無爲牛後。假令本朝官名不美，稍有丈夫志氣者，不甘稱異邦之官矣，况不必然乎？余嘗聞之某大夫：「一名公曰：『今時儒者，多出乎卑賤，故雖博識者，率昧大體矣。』」豈謂如是之類耶？

《魏書·李孝伯傳》曰：「孝伯兄祥子安世遷主客令，蕭賾使劉纘朝貢，〔一〕纘呼安世爲典客。安世曰：『三代不共禮，五帝各異樂，安足以亡秦之官稱於上國？』纘曰：『世異之號，凡有幾也？』安世曰：『周謂掌客，秦改曰典客，漢名鴻臚，今曰主客。君等不欲影響文武，而殷勤亡秦。』」范文正公嘗爲人作墓銘，已封。將發，忽曰：「不可不使師魯見。」明日以示，尹師魯曰：「希文名重一時，後世所取信，不可不慎也。今謂

〔一〕賾，原作「頤」，據《魏書·李孝伯傳》改。

轉運使爲部刺史，知州爲太守，誠爲脱俗，然今無其官，後必疑之。此正起俗儒争論也。」希文憮然曰：「賴以示子，不然吾幾失之。」宋畢仲詢《幕府燕間録》。王漁洋曰：「孫樵《論史》曰：『史家紀職官、山川、地理、禮樂、衣服，亦宜直書一時制度，使後人知某時如此，某時如彼。不當以禿屑淺俗，則取前代名品，以就簡絶。』此病在唐人已有之。近日錢牧齋、艾千子，[一]皆聱滄溟、弇州本此，非創論也。」《池北偶談》。阮葵生《茶餘客話》云：「于穀山嘗謂，嘉、隆後士大夫文字好古。官名稱謂多從古，稱大司徒、大司馬，皆周官舊名，職任相稱是也。惟臺長無稱，乃稱曰大中丞，則誤。今之左右都御史，乃漢之御史大夫。左右副僉都御史，乃漢之御史中丞。在《漢官儀》皆無『大』字，乃以大夫降稱中丞，非所以尊之也。至于錦衣掌印稱大金吾，順天府尹稱大京兆，[二]益無稽矣。雖名卿通儒亦復隨俗相呼，心知其非而口不能改。若近日稱六卿爲大農、大馬、大寇、大空，删去『司』字，誰爲作俑，波靡相從，不值一辨矣。」夫平日呼人以異代官名猶且不可，况於紀實之文乎？又况於異邦官名乎？

[一] 艾，原作「芥」，據《池北偶談》卷十五改。

[二] 府，原作「廟」，據《茶餘客話》卷七改。

秦始皇并諸侯，以其地爲郡置守，漢景帝更名太守，唐高祖改爲州刺史，玄宗復爲郡太守。本朝之制，國置守，效秦官也。上野、常陸、下總三國，親王領之爲太守，依漢官也。後世撰唐名，稱國守爲刺史、太守，然非爲正稱也。近世文人碑誌、行狀之類，或用唐名，以謂不如此則不稱漢文矣。不識《史記》所謂「三川守」「會稽守」，亦不稱漢文乎？何必俗「守」而雅「太守」？又刻礙於朝制乎？或人稱「某州太守」，此不知「州刺史」「郡太守」之別也。嗚呼！儒士之鹵莽，不但誤己，或及君上，可不戒慎乎？

周制五等封君，總謂之諸侯。諸侯者，世君封國，專主臣民之號也。故戰國七王、西漢藩王，亦謂之諸侯。本邦今之諸大名，皆世君封土，專主臣民，實周代之諸侯也，非唐季藩鎮之比也。世儒稱爲「諸侯」者，固當矣。然其名不出乎朝廷，則此亦唐名也。本朝古者以郡縣之制而馭天下，戰國以後既爲封建之治，而官爵之制仍用郡縣故事，未有封爵之典。亦猶西土後世既爲郡縣之治，而猶以五等封號虚加於朝臣也，固非我輩所得而議也。龍溪先生曰：「近世儒者稱列國封君，以封國若城邑，若受領國名配『侯』字，曰某甲侯。今時以爲藝苑恒式，然覺不穩貼。夫列國之君，有諸侯之實，而無諸侯之爵，固是朝廷之制也。若儒者所稱，恐嫌於以其筆端私立侯爵之號矣。余則雖違衆，不用此稱也。《世説》周顗稱周侯，殷浩稱殷侯。宜從此例，稱源侯、藤侯。此與立名號不同，然亦唐名之類也。紀實之文，宜稱源君、藤君矣。」先生此説亦可謂卓識矣。按，周制，諸侯稱「君」，大夫稱「主」。如晉六卿，富於魯、衛，然其家臣不稱以「君」。故有「簡主」「襄主」之稱。傳記中間有「大夫君」之文，此謂與其家臣爲君耳，非稱大夫爲「君」也。古者「君」之爲稱，尊重如此，後世以爲泛尊人之辭者，濫稱也。

古者大夫稱「主」，後世僭僞之君稱「主」。「主」者，非正尊之稱也，故雖士庶之卑，其奴僕猶謂之「主」。近世文人，諸侯稱「藩主」者，往往有之，恐亦不可。竊意宜稱「藩君」，如其國司則稱之「國君」，亦可矣。徂徠謂武田信玄爲機山先主，勝賴爲後主。龍溪先生曰：「蜀昭烈父子二世亡，魏晉謂蜀爲僭僞，故謂之『先主』『後主』也。其他陳先主、李後主之類，皆僭國之君也。如信玄父子，曾不僭尊號，何以稱之『主』乎？且武田氏累世雄于甲斐，信玄非始興家者，又何以稱之『先』乎？」按，機山，信玄之號也，非國號及姓也。設使其僭號，當曰「甲斐先主」，若「武田先主」，不宜曰「機山先主」。以是觀之，「機山先主」有失焉。近世或稱諸侯曰「某國主」，是疑於僭國之君矣。

列國家老、用人之類，世儒稱之曰「大夫」，亦猶列國之君稱「諸侯」也。唐名也，或以爲正稱，誤矣。或曰：「非叙爵之人而稱之『大夫』，僭也。」按，此説當糾天朝之臣，不合論列國陪臣，何也？《周官・典命》：「王之大夫四命，上士三命，中士二命，下士一命。公、侯、伯之大夫再命。子、男之大夫一命。」天子之大夫與諸侯之大夫，爵位本自不同。《王制》言：惟大國三卿，次國二卿，命於天子；次國一卿，小國二卿，及大國小國下大夫，皆不命於天子矣。又諸侯邑宰曰大夫。趙衰爲原大夫，叔梁紇爲郰大夫是也。當時侯國之大夫，固非因王爵而稱之者，亦可見矣。且夫本朝之爵命，固擬西土郡縣之制，故唯設朝臣之爵焉耳。其唐名曰「朝散大夫」者，乃《周官》所謂「王之大夫」也，豈可以論列國之陪臣乎哉？故曰家老稱「大夫」可也。但以非公制，不可爲正稱。紀實之文，不可用矣。「國相」「相室」之類，亦仿此。

本朝古制，親王府置文學。近世藩國儒臣，或自稱曰「文學」，他人亦稱之曰「文學」，蓋依此制也。不知「文學」乃受朝爵，不列家臣，固是王官之名也，何得稱之？其自稱曰「某國儒臣」，若「儒員」者，當矣。

藤深藏《學山録》曰：「劉知幾《史通》云：『天地久長，風俗無恒，後之視今，亦猶今之視昔。而作者皆怯書今語，勇效昔言，不其惑乎？苟記事則約附五經，載語則依憑二史，是春秋之俗、戰國之風，亘兩儀而并存，經千載而如一，奚以今來古往質文之變者哉？工爲史者，不選事而言。故言無美惡，盡傳于後。若事皆不謬，言必近真。』

又曰：『按，裴景仁《秦記》稱：苻堅方食，撫盤而詬。王劭《齊志》述：〔二〕受紇洛干感恩，脱帽而語。及彦鑾撰以新史，重規删其舊録，乃易「撫盤」以「推案」，變「脱帽」爲「免冠」。夫近世通無案食，胡俗不施冠冕，直以事不類古，改從雅言。然學者何以考時俗之不同，察古今之有異？』余謂世之文人，記本邦之事，惡其鄙俗，易姓名，改地名，一欲其事之似漢土。故文成之日，本來面目十不得一二，亦復何益乎？子玄之言，可謂頂門一針也已。」

又曰：「方孝孺曰：『宋末爲文者，矯陳腐之過，喜以新奇亂事。近訪得太常及鄭龍圖墓銘，至于官位亦以他名易之，讀之殊不曉其所居爲何職，所行爲何事，惟視之太息而已。』今之儒者，爲人作碑誌、行狀，或惡事實鄙陋，專務文飾。試使他人讀之，則所居何官，所行何事，皆不可曉矣。噫！」

先輩言：「仕藩國者作文章，職役之名，尤宜用心。夫職役之名出於其君，豈可私改之乎？然諸藩各異法令，故外人聞其職名，而不可曉其職掌者，往往有之，當譯漢語以明其實。而譯職役之法，必不可用唐土官名，又當不似官名。如藩國官職，當譯家

〔二〕齊，據《史通》卷六補。

老曰『執政』，城代曰『留守管』，中老曰『從政』，番頭曰『士師』，奏者番曰『司謁』，近習頭曰『常隨管』，小姓頭曰『親隨管』，奉行曰『司計』，目附曰『執法』，物頭曰『卒帥』，使番曰『司使』，書院番曰『中軍』，大番曰『本軍』，留守居番曰『留守軍』，新番曰『新軍』。若治平之世，忌言『軍』字，當以『部』字代之。以上諸稱，皆唯譯其義耳，與私撰職名者大異。」今按此説，蓋爲蘐園社中而發，然猶未得脱俗習，何者？元代上州置達魯火赤，「達魯火赤」，夷語也，後世只聞其名，能曉其職乎？然當時既爲官名，故修《元史》者直書其名，不换文字以譯其義也，紀實之法也。况武家官稱，以字義推之，不必無其謂，非如「達魯火赤」徒假字音者也，何以改字而譯之乎？且舉其本稱，而於其下覆説其義，則可謂之譯矣。今不舉本稱，直書譯名，則此亦改其稱也，不見其與私撰官名者異矣。龍溪先生曰：「凡文章記武家官名，宜直書本稱，必不可以唐土官名及義譯文字而换之矣。世儒或云：『若用其本稱，唐人讀之，不得解其職。』是真可笑之甚也。夫儒者文章，固非爲唐人而作也，遠慮彼之不解，而近失我之事實，豈理也哉？若有唐人讀之，患其難解，則臨其時乃爲注義譯耳，何必預爲彼作通事乎？」先生此説着實明快，足以破後學之惑矣，因廣其説曰：周官名如司馬、司空，若經無言其職之文，則後人豈能聞其名而知其職乎？如漢太尉、宋樞密使，亦唯聞其名而不可知其職矣。加之歷代官制沿革不一，或名同而職異，或名異而職同，若無其志則皆不得知其職矣。然未聞史家慮後人之不解，而改其官名者也。以是觀之，夫爲唐人慮而私改官名者，實昧於西土載籍故也。且夫家老稱「執政」之類，亦唐名也。若用之，不宜混正稱矣。

近世文人惡姓氏之不似唐，或省複姓爲單姓，省「服部」爲「服」，省「井上」爲「井」。或假同音改文字，改「宇」爲「于」，改「源」爲「阮」。此亦皮膚之見耳。唐人之所不爲也，太宰德夫既已非之。余少時亦化陋習，省姓爲猪。龍溪先生諭余曰：「姓冒猪者非一，有猪股，有猪子。若皆省爲猪，則何以見其別？」余於此復舊。

朱文公《家禮》，題無官神主曰「府君」「夫人」。《語類》云：「無爵曰『府君』『夫人』，漢人已有，只是尊神之辭。府君，如官府之君，或謂之明府。」丘瓊山《儀節》曰：「婦人稱『夫人』，猶男子之稱『公』也。今制二品方得封夫人，宜如俗稱『孺人』。」今按，漢時郡守稱「府君」，謂主官府也。其或以爲無爵之神號者，猶宋明人稱神爲「大王」也。要是世俗謬妄之稱耳，非識者所合取用也。《曲禮》云：「諸侯之妃曰『夫人』，太夫曰『孺人』。」又宋明之制，以「夫人」「孺人」爲外命婦封號。則考亭、瓊山之說，非惟僭古禮，又犯時制矣，二公不察者何也？本邦近世諸儒皆依二公之說，題無官神主曰「府君」、曰「孺人」。仁齋、春臺雖不取朱學，亦仍用此稱。以謂嚴父之道當然，不知僭逾之稱，乃非君子之所以尊親也。龍溪先生以爲自非主府治之人，不宜稱「府君」；非五位以上，不宜稱「孺人」。無官者神牌，稱「先生」，若「居士」，妣以其字及號，加於某氏之上而已，可謂當矣。先生階已六位，若依宋明之制，則其嬪當稱「孺人」。然固執古禮，家祠神牌不稱「府君」「孺人」，書歿不卒。及門者亦自非五位以上及階官國守，又皆如之。又按，明陸容《菽園雜記》曰：「近代無官者神主稱『府君』，是襲古式，而本朝有禁也。嘗見題無官神主稱『處士』，無封贈婦人墓誌稱『碩人』。蓋『孺人』在古，夫稱其婦之辭。今既以爲命婦封號，則不可僭。『碩人』既有出，又無礙，是可從也。」以是觀之，無官者稱「府君」，明既禁之。夫稱「處士」者，暗與師說合。但「碩人」之稱，亦不妥貼。「碩人」在古，通男女而稱之，只是贊德之辭。然《衛詩》既以此稱莊姜，宋制又以爲命婦封號，則雖無礙於時制，亦非無官者所宜稱也，陸說猶未免誤。

或問：「仕官者不當稱『居士』，無學德者不應稱『先生』，其稱云何？」余曰：按，《士虞禮》稱其祖曰「皇祖某甫」，注曰：「某甫，皇祖字也，若言尼甫。」《特牲饋食禮》曰「皇祖某子」，注曰：「某子，伯子、仲子也。」此周代士之神號也。曰「甫」曰「子」，皆男子之美稱也，尊而無僭。士之仕不仕者，皆宜以爲通式矣。今擬以「子」稱者，加表號若字於其上；以「甫」稱者，加表字於其上。但「皇」字在後世非所宜稱，亦從明儒改「顯」字。

出石士闕口清介嘗謂余曰：「本邦近世有養子婿者，世儒謂之贅婿。『贅婿』出乎《史記》，然秦漢所謂贅婿者，謂舅家既有嗣子，而婿就妻同居，比之於子，如身體之有疣贅，爲餘剩物也。今之養子婿者，乃爲人之後者也。雖同在妻家，而其實大異。今皆混之，紕謬甚矣。」按，「贅婿」字義，見《史記·滑稽傳》及《漢書·賈誼傳》注，并如闕口說。又《秦始皇本紀》：「三十三年發諸嘗逋亡人、贅婿、賈人，略取陸梁地，爲桂林、象郡、南海。」可見贅婿爲剩物，故當時卑之矣。世儒或碑誌、行狀之類，記養子婿之事，必用「入贅」「出贅」等語，其人亦謂古言蓋然，故不敢羞忿，實可笑也。

徠翁每自稱曰「予不佞」，又曰「不佞」，茂卿蓋仿明儒也。按，《左傳》范文子曰：「君幼，諸臣不佞，何以及此？」《成十六年》。《周語》襄王曰：「余一人僅亦守府，又不佞以勤叔父。」《魯語》展禽曰：「寡君不佞，不能事疆場之司。」杜、韋并曰：「佞，才也。」可見「不佞」只是謙辭，猶云「不敏」「不德」，非自稱之辭也。而王世貞《左逸》《短長》以「不佞」爲自稱之辭，蓋誤看《左傳》「亡人不佞」、《昭二十年》。《晉語》曰「我不佞，雖不識義，亦不阿惑」、《史記》「寡人不佞」《孝文本紀》。之類也。《左逸》《短長》徒事模擬剽竊，故字法不安，辭理不串，猶本邦古文辭家之文也，豈特畫虎類狗者哉？余嘗著《左逸糾謬》，辨之詳矣。徠翁之溺于王、李，真所謂醉生夢死者也，其以「不佞」爲自稱，固不足異。今之文人或歸朱學，或立私見，不肯從徠翁，而仍襲其誤，又以「不佞」爲自稱，雖好讀《左》《國》而不能發明之，此乃不可曉者也。

今時文人，或以爲改換地名、官稱以模漢土，是修辭之道也。吁！修辭之道，豈其然乎？《易》曰：「修辭立其誠，所以居業也。」「修辭」二字，是其出處也。《易》雖專道言辭，而文辭之道亦豈外此哉？夫修虚文而失事實者，與立誠之旨異，不翅冰炭。或曰：「是明儒修辭之法也，非謂聖人之道也。」吁！是亦誣矣。王弇州曰：「千古而有子長也，亦不能成《史記》。西京以還，封建、宮殿、官師、郡邑，其名不馴雅，則不稱書矣。」若果得改地名、官稱，則弇州豈有此言乎？若夫王、李之文，謂北京爲「長安」、兵部尚書爲「大司馬」者，猶本朝公卿稱唐名也。，亦唯其黨之私稱耳，固非以爲紀實之正稱也。至如本邦古文辭家之爲，則王、李之所絶無也。以是爲明儒之法，豈非誣乎？嗚呼！其名稱之謬，不可勝數，此編特正其尤焉者爾，操觚士宜以類推之矣。

操觚正名跋

徂徠唱古文辭，嫌我邦地名、稱呼不雅馴，妄意改之。天下學者，多承其弊習而不察，先人獨憂之，壯歲著《操觚正名》一卷以告世人，人或以爲好事。然正名，聖人之急務，先人此舉蓋出於不得已耳。原稿錯雜難讀，纘侍膝下日審問之，且請他日公于世。先人曰：「止。此書在當時不爲無益，今也文運大闢，不復見有往日之弊，則爲無用物，捨之可也。」纘竊謂既得魚矣，而筌其可忘乎？天下滔滔流而不返，當此時，糾繆救弊，先爲之唱，其爲筌也大矣。遂清寫一本，藏之於家二十年。頃者偶搜筐底，再讀之，不堪今昔之感。聊書此附於卷末。

慶應二年丙寅三月朔，猪飼彦纘謹識。

薆文談四卷　薆文絮談二卷

龜井昭陽　撰

《蕿文談》四卷 《蕿文絮談》二卷

龜井昭陽 撰

龜井昭陽（1773—1836），名昱，字元鳳，通稱昱太郎，號昭陽，别號空石、月窟、天山遁者、幽人等。江户後期古文辭派儒學者，筑前（今福岡）人，龜井南冥長子。南冥學尊孔子，服膺徂徠，任福岡藩儒醫，後爲西學問所學頭。寬政二年（1790）幕府禁異學，獨尊朱學，其他學術被視爲異端而遭受排斥。學禁影響及於福岡藩，寬政四年（1792）南冥由藩校甘棠館祭酒被免職，受到終身禁止外出的處分。龜井昭陽繼任家督，爲筑前福岡藩儒，於西海將龜門學發揚光大。十年（1798）甘棠館校舍失火，龜井昭陽免官，貶至平藩士，文化三年（1806）受命看守烽火臺。後致力於學術研討，開設有私塾龜井塾，名弟子有廣瀨淡窗、廣瀨旭莊等。龜井昭陽受家學影響，强調政事與學問合一。其學術以徂徠學爲基礎，引入朱子學，而自成一家，有龜門學集大成者之譽。年輕時即與賴山陽交好，與古賀穀堂一起，被稱爲「文政三太郎」。著述宏富，有

之故多未刊版。

《家學小言》《學庸考》《楚辭玦》《烽山日記》《蒙史》《昭陽先生文集》等近百種，以學禁之講，文辭之業，是先祖考之遺，無有二事焉爾」（《蒙史自序》）。而其宗旨，則主於尊主孔子，與朱子學異趣，「我王考晚年而志於學，諸儒皆宋習，王考不信。得物氏之書，悦曰：君子之學在兹」（《家學小言》）。他對徂徠文章的細緻研讀揣摩，是試圖借此熟稔文辭，繼而進之於道。

《蕿文談》是龜井昭陽對荻生徂徠文章的評點之作。昭陽家學三世相承，「唯詩書之講，文辭之業，是先祖考之遺，無有二事焉爾」（《蒙史自序》）。而其宗旨，則主於尊主孔子，與朱子學異趣，「我王考晚年而志於學，諸儒皆宋習，王考不信。得物氏之書，悦曰：君子之學在兹」（《家學小言》）。他對徂徠文章的細緻研讀揣摩，是試圖借此熟稔文辭，繼而進之於道。昭陽對徂徠文章有極高評價，以爲物氏「作興斯文，獨步古今，豈唯我日本哉？直與海外能文之尤者争衡」。《蕿文談》所論諸文，見於《徂徠集》卷八至十一，全爲序體。其體例爲先總論此篇文勢、風格及作法，定其高下；續對全篇區劃段落，概述層次與大意；再根據文字脉絡，逐節評述，多注目於文辭用法、前後呼應，於文氣、字法、世情亦多涉筆。

《蕿文絮談》成於文化三年，此時物氏之學已成禁學。昭陽不爲所動，高論徂徠「人物絶倫，學力絶倫，文才絶倫」。此書所論對應於《徂徠集》卷十二至十九，文體涵蓋論、記、贊、銘、碑誌、紀行、説、贈言、雜文、跋、題言等。評點方面主於總評及段落析分，而於文字細節關注不多，「爲談草草，爲文草草」，故名「絮談」。

龜井昭陽服膺徂徠，稱譽其文爲「東海元帥」，又有「蘐門之盛，千載一時」之評。他將《徂徠集》中文章，除書牘之外，評閲殆盡。對於蘐文之境界、才氣、學識，尤多賞譽。但也并非盲從盲信，對其泛應酬酢、生造僻澀之處，亦頗多指摘。於虚詞用法未當之處，尤三致其意。與其校刊南冥《論語語由》同樣，「言、謂、曰三字，混用失例者尚矣，余註諸引用諸家註文，不欲存而自浼，故皆改易就正」（《凡例》），這應該是昭陽家學中古文辭派的特色一例。從對蘐文的深透研習與評析而言，昭陽此書不失爲物氏蓋臣，也是日本文話中專書評點的罕見之作。

《蘐文談》《蘐文絮談》兩書皆僅以寫本傳世，今據慶應義塾大學圖書館藏本録入。

題薆文談首

我日本以其辭爲辭，有焕其章，何用異域之文爲？然無是則可，有則泯泯，可乎？自應神天皇采文典以飾我，詒其公卿大臣民，夫人用力於此千有餘年矣。以宇宙之浩興億萬之力，無能窺斯道之門。有人于斯，宏才威容，望之磥砢，如仰棟梁之材。乃始作興斯文，獨步古今，豈唯我日本哉？直與海外能文之尤者争衡，薆文之所以有談也。雖然，伯牙之手、鍾期之耳，天地無副者，談豈容易？昭陽昱撰。

蕿文談卷一

序一十一首

叙江若水詩

此物子最得意之文。彈丸千古，摶在掌上。文機新拔，百反不斁。權之上下，神創奇闢，切得風之所自。雖然，東方微物子，隆降之間以寸乎？以尺乎？

第一段總提通篇大意，首至「方今如日再中也」。第二段言古之詩始于隆，終于降。次至「權在上故也」。第三段言今之詩始于降，終于隆。次至「知有真好之也」。第四段言若水之詩，推本神祖，顧起手而洄溲。次至「入於民者爲爾」。〔一〕第五段言所以作叙，淡淡鎖結。

〔一〕於，原作「深」，據《徂徠集》卷八《叙江若水詩》、關西大學藏本等改。

起手霹空驚奇，至三四段而驚始定矣，末局淡淡，此浩波之餘勢。長卿賦八川餘波云：「汩湲漂疾，悠遠長懷。寂漻無聲，肆乎永歸。」援之評之可矣。

野篁藤常嗣與今之錦里諸君子應，黑人西山與今之江翁應。其喚應處圓融無痕，如崖上之木與江中之石，各自成態而天然契合。

「山澤列仙之儒」，鑽取犬子之語，點化將來奇確。

第二段上半截是叙事，下半截是議論。以「雖然」字起論，中三聯「是其」字，下以「是以」字斷送。第三段亦以二「雖然」字取轉。此物子之着工夫處。

「詩之教在彼」者，言以取士以資仕也。「不在此焉」者，言亡論詩之所以爲詩也。此字空中隕石，乃是法。

「蝨蝨習習，莫有乎爾」，「莫」當作「無」。字出《孟子》，物子何以畢生誤用？集中唯《三教圖贊》爲不誤耳。

「文恬武熙」，文武之污也。韓子「熙」作「嬉」。物子换拈字面，更婉。

「帝之力，于我何有哉」，此物子錯認康衢之謡故也。古書所引皆無「之」字，其爲一句明矣。物子說出《語徵》。

「粹折」，《荀子》字，引用不的。

「黼芾」之「芾」當作「黻」。「芾」與「韍」通，不與「黻」同。古人亦有混之者，如米芾作米黻是也。「种澹」之「种」當作「冲」，《荀子》有「神禫」字，未可徵焉。「蕑槮」當作「蕭槮」，點檢之未密。

「故吾曰：文明之運有往而還，如日再中也」「故吾曰：神祖之深仁厚澤入於民者爲爾」，文之變換取趣處。

「及至翁之好詩，是寧有所加厚其利哉」，此與上段相緊切。夫無厚利之心，則固無疑於名高，造語犬牙而相抱。年未强而屬家政其子，一也；取其贏，斥買異書，一也；至高陽之徒駭然去，不啻忘其利；又其所利忘矣，文之絡脉綿如。

「歲一來東都」，爲下文「其行也，謁予求詩叙」張本。然行文圓通，絶無斧痕，不可謂爲下文置此句；而無此句，則下文亦不可突然説其行，如觀貝之不可以一色名。

「雖眎會計乎雜處保竪中儳然也」，十三字爲一句。儳然，保竪混淆貌。《表記》：「君子不以一日使其躬儳焉，如不終日。」注云：「可輕賤之貌。」又：「不整肅也。」句中函乎句，此物子獨得字法，集中繁繁可見。或句「乎」字，以儳然爲不齊貌者，不知文勢語脉也。

「則豈莫有不平鳴于幾微之間邪」句，「是并與其所利忘之矣」句，「是誠莫有所使之，而亦有所使之者乎」句，此等俊句，一篇警策，鼓吹讀者處。雖然，物子之言曰：「一托胎天女腹中，咳唾皆非人間語。」此篇乃天女胎中物，掇皮皆真。滿腔妙麗奇艷，非眉下窾慧珠者未易與攬結也。今且舉其最峻拔者，警醒讀者而已。

「高明炎炎」，威焰鼎貴之族；「傴乎僂乎」，篳門圭竇之士。蓋言江翁詩中偕與倡和酬酢者邪？

「燕之巢其幕」，「其」字宜諦認，極有風味。

「邦國之士爲廊廟者賤焉」，十字一句。

「藉重以名高者」，省一「爲」字，變文高甚。且第二段名高、厚利二字雙提，第三段承之拈名高字，第四段拈厚利字，是段又拈名高字。文之管轄、字之線索，作者已用心肺腎腸而構之，讀者惡得就皮膚上輕輕地摩去矣？

桃源稿序

此文璿機宛轉，轉轉出奇。奇奇尖人目，亦是摛藻家之遊戲，未可以不老氣咎之。我友牧大野方正士也，昔嘗指摘之曰：「危辨巧語，何爾至此？」

第一段發端。子徹爲客，隆父爲主。首至「來謁予叙也」。第二段自伏陽而及豐王，而及隆父。次至「一似隱君子之度哉」。第三段自鳴春而及淵明，而及武陵漁父。次至「蓋謂予漁父黄道真也」。第四段盡結束上段，幾多論緒。

二三段皆以「訊」字起，以「何」字、「蓋」字終之。不説破，以爲末段之地。末段以「嗚呼」字更端，活活唱得痛快。二「也」字、二「乎」字，鐘之虡也。厚唇弇口，於任重宜。二「則」字、三「是其」字，所謂百丈竿頭進步之法。

「訊其所由以名桃源者，迺以伏陽」，「迺」字反照首段「伏陽」字，有拔山之力。此文人煉肝腸處。

「勝國」，我聞之家君曰：本邦之爲國，萬古一統，無有革命，何勝國之有？若曰以東武故拈之，是大誣東照公之明德也，將來君子不可不察。

「豐王」之王，蓋以朱明之封故歟？名號濫矣。

「世學士大夫」，莊生所謂重言也，藉于外人以取重焉。此又物公活擒活龍之伎倆，大見倜儻。

「論隲」之「隲」，从阜，从少，从馬。

「何其瀟灑清約，一似隱君子之度哉」，是文之伏也。説出豐王，以許多風勢撼蕩來，却至此葳蕤以停，辟如傀儡之絶絲。下文「以時不以地」「以詩不以人」，頭頭斗

發，是文之起也。起伏有法，來路去路不迷。[一]

「嗚春先生隱居津伏間」，津子徹居，伏隆父居。

「自守其學，所造詣又弗衰」，暗伏末梢「不暖姝一先生」之意。四時之氣，存于不存。

「蕿洲」之「蕿」當作「薮」，「蕿」字不載字書。物子與子徹書曰：「蕿園蕿字，予未嘗用萱字。唤牛唤馬，一任世俗，何必改作？」頗有似孫休、則天之杜撰。頃閲何楷《世本古義》，《伯兮》「諼草」之注云：諼或作蕿。申州之浉，魯國之洄，豈有別出乎？

「獨賴」之「賴」字，管到下十七字。言以百年仁澤，故人皆樂業，南雅鬱起也。「賴」字不與隆父相關。

「是其所爲自托桃源者，以詩不以人也」，是詩中之桃源，而不關秦之遺民與否也。若果以詩乎，我乃舉似漢魏六朝者，亦猶漁父之於秦民。蓋隆父之以詩見于物子也，五來五呵，十來十擯，而後滑頭有省矣。「誰謂今武陵不如漁父乎」，此物子之所自任也。「何必俟漁父而後知之乎」，謙辭也。

[一] 去，原作「公」，據大阪大學藏本等改。

「是其所不暖姝一先生之言，以謁予叙者，惟其有之」，「是其」字宜再三淫液之。夫桃源中不殊外人，則豈唯一漁父哉？雖叩異人，漢魏六朝可知已。唯暖姝一先生，不求于它，則終身不知有漢，亡論魏晋。「是其」字凛有生氣，宜再三淫液之。

一刀萬象序

字必極其碓琢，趣必極其雋永。辭之絢且繁，法之方且密，此又蘐集别體獨格之文字也。

第一段履端。首至「至此極邪」。第二段數其技之所至極以讚之，叙事之文也。次至「概略具是」。第三段推其書之所以名與其所以爲書以贊之，議論之文也。

「吁哉！之人之爲技，一至此極邪」，「吁哉」字例未考。「至此極」，《孟子》《莊子》皆以爲困極之極。《管子·法法篇》云：「用民者將致之此極也。」同義。唯物子以爲至極之極，蓋自于鱗「何媮快至此極也」來。

第二段分爲五節。五節之中，二偶一奇。其體與其象爲一偶，法度與品格爲一偶，其技巧所造詣變文一奇。五節各以「也」字住歇，唯結末獨剩二句以縢之，九牛挽不動。「游戲一至，時出之也」，句勢舒而輕。「攫羂援箬，靡弗肖也」，句勢急而重。「縱其變化，範我馳驅，莫違越也」，語氣在方之内。「辟諸果位薩埵，纓絡莊嚴，種種相好，宛然備也」，語氣在方之外。「玉楮奪真，而郢斤之成風，不啻過也」，始襯助字，始畧句態，以收上項數節。不惟文采之如鸞鳳龍蛇，其結撰之九變五化，如蒸霞如騰雲，頓使讀者如饞猿探菓，不能自定。這樣巧妙，草草看過者，物先生其冷眼于白玉樓上。

「衺者如弦」，先輩云：「衺」當作「袤」。南北曰袤，東西曰廣。

「蜚木鳶」者，墨翟也。[一] 見題《一刀萬象》首者，作「翟蜚木鳶」，此何以作「輪」乎？輪刻木鳳者乎？

第三段分爲四節，而前三節成對，後一節斷案，結法無兩。「海内」以下，轂輻之餘流也。前三節皆以「猶且」字、「將無」字襯貼立論，以「也乎」字斷結了。後一節以「夫」字更始，以「焉哉」字斷結了。何等文心！於汪洋波瀾中，極其緻巧。棘端之猴，豈道雲技已乎？

「將無謙也乎」，上下皆用長句，中獨置短句。生龍夭蟜，妙在神變。况「將無」字、「也乎」字，三節所同，則所獨唯「謙」一字耳。頓挫之極至此，而精形飛動，如圈中縛

[一] 墨，原作「黑」，據關西大學藏本、大阪大學藏本等改。

虎，氣撼山澤，絶奇絶奇。

「砉騞桑經之妙」，以庖丁之奏刀比道雲之運刀。取譬不苟，唯造語似李商隱。近人有戰兢冰淵語，正同。

「梁主所摹，興嗣韻之」，[一]坊本脱「韻」字。自《千文》一輾來，奇想入妙，勁絶簡絶。不然，上梢之盛藻奚若收纈得？

「金科玉條」，顧眄上「律令」字。眸光眇眇，如名姝媚人。

上曰「海内無兩」，下曰「無兩海内」，再貼故變。

消間集序

此雖小文字，作者自苦。風姿晛睆，灝氣流充，不拽一塵，亦物子得意之文也。人以其如嘲如咄，爲匆匆不經意之作，失論哉！黄陳也，靈皎也，善導也，法然也，皆非突如來如，讀者詳求其入路出路而得之。文之悦人，如醍醐之灌頂。

第一段提綱。首至「不録」。第二段言惠巖之詩。次至「是惠巖上人之詩也」。第三段提撕上「專

[一] 嗣，原作「詞」，據關西大學藏本、大阪大學藏本等改。

乎唐者調也」。次至「不怪上人之能爲靈徹、皎然也」。第四段提撕上「詩猶吾業邪」。次至「西方業故與詩近邪」。第五段承前段，以評其詩鏘鏘乎鐵中。次至「上人豈得諸此邪」。第六段冷語結了。

四「佳」字、五「專」字聯用，五「邪」字散用通篇。

借慧巖之口，品惠巖之詩，高甚。要之，傭中佼佼，固不足捏翁之舌尖已。抑黄陳而許靈皎，亦《劇秦美新》哉？提愚夫愚婦取決，何其婉矣，亦何顯矣！

三品九輩雖有區別，比之安養徒，則猶之此中人也。故曰能外。中晚之下駟，果然不後于宋元之上駟。

「西方」「東方」字，自然契，猶《康誥》有「西土」「東土」。

廣陵問槎録序

此亦物子有數之文。讀之如放舟急流而下，危巖毳石，左顧失右，一轉一眄，不可爲懷。又如仙女之酣歌于花，又如鳳翔而麐舞，美觀也，奇品也。至其簡而天游，巧而靁落，縱送與奪，客主起伏處，渾渾成成，不可方物。諸生能一日三復，何患文機之不活潑？

第一段總提。首至「國治在是」。第二段提二子，以言有取于鳳翼。次至「是知廣陵之爲大藩哉」。第三段提廣陵，以言有不滿于鳳翼。次至「何勇不可賈乎」。第四段提皇霎之女，以策厲鳳翼之前途。次至「則安用是編爲也」。末段冷語結了。首稱「查客」，次稱「遠人」，未可知爲何人，故又尾之以「韓人」。凡三括而三變其稱，丘明之家法乃爾。

「頃味君因岡生謁予」一言，「因岡生」三字，明非其素雅之交，非贅然附之也。「其文章學術，業已經伯樂一顧者」，此揚中取抑法。

「出瀛入奎」，取字卓詭。「髣髴乎未已」一句，下得緊要。後來策厲之意，[一]正自阿堵中洶洶涌起，勁峻甚。

「予經營斯文十有餘年」，欲使鳳翼改味君之轍，而附青雲之士，微意所藴，闇然而章。

「夫深山大澤，實生龍蛇」，以括上者百有餘言，以起下者百有餘言，是文之方相思也，上下以是親接。「大藩」字，應上「大國」字。

「鳳翼氏之所資」者，「寂寥若寤」以下是也。二「者」字可玩。清猗整贍之調，[二]無

[一] 厲，原作「榮」，據關西大學藏本、大阪大學藏本等改。

[二] 贍，原作「膽」，據關西大學藏本、大阪大學藏本等改。

澎湃洶涌之勇。「何勇不可賈乎」一句，應上「其勇爲然」。物子蓋偉其才，而惜其調矣。又案鳳翼所資，兼上兩節。

「遠人修聘」一節，力量尤絶。如天馬千里，矯矯有餘。

「皇霙之女，降居藝汭者，善鼓瑟」，忽然設出一樁小奇事。蜃樓海市，多少幻相。層層説起來，孤神獨逸，文如貫虹。此則蒙叟之寓言，役乎物而不爲物役。人或以虚構議之，此焦明翔于寥廓，而羅者猶窺藪澤者耳。嗟來，喫予痛棒。

「鳳翼氏歸其學諸，則和以濟清，變以化整」，「諸」古訓「之乎」，後人濫用，物子亦誤了一生涯，唯是偶中爾。《孟子》云：「王如改諸，則必反予。」諸，之乎也，有疑意，文例正同。予别有著而論之，非一朝一夕之談也。

「和以濟清，變以化整，寓綺于玄，約贍于希」，此鳳翼頂門一針也。[一] 拖空中色相來，就實地上畫一洗發，[二]以感聳人心。《詩》之玄鳥帝武，《騷》之天仙神女，亦是物也。「寒樹依微遠天外，夕陽明滅亂流中」，非清乎？「叢菊再開他日淚，孤舟一繫故園

[一] 頂，原作「項」，據關西大學藏本、大阪大學藏本等改。
[二] 發，原作「潑」，據關西大學藏本、大阪大學藏本等改。

心」，非和乎？「月在上方諸品静，心持半偈萬緣空」，非整乎？「風飄律吕相和切，月傍關山幾處明」，非變乎？「長信月留寧避曉，宜春花滿不飛香」，非綺乎？「渭水清光摇草樹，終南佳氣入樓臺」，非玄乎？「欲笑周文歌燕鎬，還輕漢武樂横汾」，非贍乎？「侍臣緩步歸青鎖，退食從容出每遲」，非希乎？

「則安用是編爲也」，一句凛冽。序是編而不用是編，自非蘐翁，誰其有此俶詭手指頭乎？末語呼「味君」，極巧。

國思靖遺稿序

文勢颼颼如江波，建瓶不反，直瀉千里。其遇于風若石而作漣作縠處，[一]益見天然。故披此篇者，須以一瞬目一口氣驀地讀下，目一眨、口一噯，終是不可得。

第一段言未始知國先生。首至「是何足尚哉」。第二段言始知其爲人。次至「識其爲隱君子有道者矣」。第三段言其有知己之義，以終作序之意。

[一] 漣，原作「連」，據關西大學藏本、大阪大學藏本等改。

始之曰「蓋余自斆華音」，次之曰「已又從其門人岡玉成游」，[一]卒之曰「最後先生卒之明年」，每段起引互應，行文之叙可見。

始之曰「稍稍聞崎陽有國先生者」，次之曰「稍稍得聞其爲人」，卒之曰「玩其言，考其德行」；始之曰「利之所嚮，聲譽從之」，次之曰「視利若污，聞名若驚」，卒之曰「温以粹，清而不窕」，此作者順叙三段之大貫也。

第一段「爲甲于海内」「爲甲于崎陽」「何有乎道藝」「亦何有乎道藝」四句，離而成對；「師以此而爲師」「弟子以此而爲弟子」二句，合而成對。第二段再拈「五十年一日」，對而不對。言崎陽之俗、崎陽之勝，不爲對語。第三段錯綜衡山與弇州，不爲一對。此作者取變三段之大綱也。

「斆華音」之「斆」當作學。「一言以弁諸」之「諸」當作「之」。

「余於是乎始識其爲隱君子有道者矣」，「於是乎始」四字，有幡然而改之意，應首段尾段，語勢甚峻。始之聞諸行路之人，其曰「何足尚哉」，不亦宜乎？次之與其門人游而聞之，幡然而改，不亦宜乎？卒之聞諸其弟子親齎遺稿來者，不謝不敏而爲之序，

〔一〕玉，原作「生」，據《徂徠集》卷八《國思靖遺稿序》、關西大學藏本等改。

不亦宜乎？

「獨以識先生之文於國先生之言也」「雖微國先生之命，猶命之矣，序非先生不可」，重沓「先生」字，如層波注壑，渴驥走泉，《魯仲連傳》有此法。

二火辨妄編序

是編雖無它奇局，然如玄甲赤羽，軍容方張，自有不可犯之氣勢，此所以爲蔆文也。

第一段廑以二句提通篇之綱。首二句。第二段言東方之文，未嘗有能抗西土。次至「抗衡華夏者焉」。第三段言文足以抗西土而未敢。次至「惟時爲爾」。第四段言文能抗西土而敵之。次至「亦惟時爲爾」。第五段括上段，以言文遂將逾西土而上之。次至「是足以知風之自哉」。第六段括所以爲序是編以卒。

通篇以「時」字爲骨子，前吁以昌大融朗之化，後喁以東方文明之運。化也運也，亦乃時也。

「二意祖述，罕有掎齕」，或云以掎齕爲美，非美談也。此全不體立言之意者耳。此輩固不足齒于文坫，與玄冠縞武可矣。故談文者不可以句談句。

「吾又聞恂益它著述，升聞九重」，此一節反照上「列朝培植」「洛陽王宅」等語，此讀者宜注目力處。

「若謂俟夫非非者」之「謂」，當作「曰」。

歸鞍吟草叙

此非序體，不可采録。物子與竹春庵書曰：「申君行紀跋後，覺形穢已。」此蓋言此篇也。以爲跋後猶可。

惟適園六景叙

第一段言所以爲之序。首至「可得言已」。第二段言園之所以名焉。次至「毋乃大夫君家法邪」。第三段因園之名，一轉以明所遇皆可適。次至「亦何殊乎大夫君昔者之適邪」。末段餘波，言作六章之意。通篇十六之「適」字，紛披錯落，飛舞鼓動。辟如關將軍之偃月刀，隨處生風。使它手出之，不免于杌杌隉隉，非髯之絶倫、雄入九軍者，其徒遺之禽者乎爾。古人云：「囊沙背水，唯淮陰能。」信矣！《左氏》吕相絶秦辭令，用「我」字四十三字。

「肥藩大夫中瀨君之子文山」，書法胎後面滚滚論。

「謂金峰」「謂蘇山」「謂温山」之「謂」，皆當作「言」。

第一段之末語曰：「園之所爲命其名者，可得言已。」是乃一篇之金題玉躞也。落句取斷處峻而不危，不驟而疾，如戛鳴球，其止也詘然而止。

第二段之起語曰：「聞大夫君十三時，斃其不共戴天之仇于芥川上。」不言文山而言大夫，一大奇聞。翻空而來，如天門石裂，應龍乍見。次之曰「孝子不匱，永錫其類，文山之所爲適，可得言已」，何其游演爾雅矣。末語曰「毋乃大夫君家法邪」，亦何突轉頓挫乃爾。讀者宜於前後文勢迎送處，五覆五反，以致其思。讀者宜鋭其目眥，如庖丁之刀，迺肯綮有間，文無全牛矣。

「年僅十三，弱不勝衣」，再拈取態，艷甚。「岡之花，谿之玉，橋之月」，語放而態婉矣。不曰「花之岡，玉之谿，月之橋」，而造語如此，不亦放乎？「聯華岡」「漱玉谿」「度月橋」，而取態如此，不亦婉乎？

「《孟子》曰：『彼一時也，此一時也。』」《孟子》無上「也」字，邦人多因邦讀而誤。《莊子》曰：「是亦一無窮，非亦一無窮也。」

第三段凡三節，以二「雖然」字打起波瀾，分爲兩股。溯洄以論之，上曰「觀乎文山之適乎娱，而知大夫君之時乎適已」，下曰「宫室玩好之侈，文山不是適者，余謂之大夫君家法非邪」，皆以子推父者也。

以「且也」字打起波瀾，以無事、有事雙提。溯游以論之，收束上兩股。就一「適」字，多少奇絶。鬅鬅沸沸，通篇無一奇字，無一奇語，而神斧不鑿，妙造自天，可不謂宇宙至文乎？

句間助字，首用一「於」字，次用一「于」字，次十一字皆用「乎」字，亦奇。

六章格莫不高妙，調莫不古雅。咏之如入栴檀林，使人衣裳皮膚皆香。人有論瓊瑰盈掬，涉不祥者。予曰：「雖鞭之長，不及馬腹。畢竟這般人，鬼影也不曾見這等境界。」

舊事本紀解序〔一〕

第一段提東方之奉神道。「蓋我東方世世奉神道云」。第二段舉四代之神道，以徵其同。次至「豈不較然著明乎哉」。第三段折後儒妄言，以解世人惑。次至「一至於斯乎」。第四段稱東方之神道，以質其可與後聖期。次至「其孰能與于斯乎」。末段始拈出作者，而言作序之由。

「蓋我東方世世奉神道云」十字爲第一段，與《辨妄編序》起手同例。劈頭發落了，

〔一〕序，據《徂徠集》卷八《舊事本紀解序》、關西大學藏本等補。

不得不如此急。予始以起語至「豈翅我已哉」爲首段，三復之後，乃知不然。

「天祖祖天，政祭祭政，神物之與官物也無別。神乎人乎，民至於今疑之，而民至於今信之」，日域之爲邦，與神聖之爲道，六言形容，文機奇闢，嚴乎若天球河圖。惜也弗誦諸四代明王，以觀我國光之盛矣。嗚呼！何唯典謨誓命而擅天下之美乎？夫五大州之分爲邦域者不億，其唯我神域乎？百帝一統，三寶萬年，豈非以六言之義乎？此篇無它奇特，唯是六言至精至衷，千煉不消，雖曰爲日域加光可矣。

「非聖人，其孰能與于斯乎」，贊東方制作之美也。夫杞宋不徵，周禮獨傳，虞夏與商亦不可知，則未易斷東方之道，果與堯舜禹湯同揆乎否也。雖然，距非聖人，其孰能建道如此其神者乎？

「王百世而未易」，「未」當作「不」，而後得確當矣。「未」字有將然之義，雖古人不必拘乎，書國家大體者，宜嚴凝致其鄭重焉。《文心雕龍》云：「陳植作《武帝誄》云：『尊靈永蟄。』《明帝頌》云：『聖體輕浮。』『輕浮』有似於蝴蝶，『永蟄』頗擬於昆蟲。施於尊極，不其蚩乎？」此言我取之。

物部顯姓也，述東方之道，故特具複姓，致意密矣。

水足氏父子詩卷序

立意之妙，落筆之壯，起手收手，來如疾雷劈山，去如飈風翻海，而中央餘幾多閑曠之地，大觀也，壯觀也。讀之以一痛飲，可以盡我釀矣。第一段言肥之武。首至「言猶在耳弗忘也」。第二段言肥之文。次至「喟然嘆息久之」。第三段合武與文，言所以序意。三段上、中叙事，而下乃議論。叙事優美，議論雄宕。末論卷中詩，而月旦既具，妙妙。

「高麗人至今猶以怖兒啼，曰鬼將軍來也，兒迺泣而不啼」，「兒啼」字句絶。「也」字起下之辭，子遷句「曰」字者，大誤。「比諸羅刹夜叉啖人類」，此語如車之軸，如春之臍，極是喫緊處，昧者總不知也。夫鬼族亦夥，而妖物妖事多以鬼題之，故特拈此一語，以明鬼將軍之鬼，非赤郭之所食、定伯之所唾。文波如此大闊，而步驟如此小心，是謂最上乘。

「其將睡時，每夜率以爲常」，叙事極細。老婆夜話，孩提舊聞，此人之老死不諼者。作是叙者，本於太大孺人之言不忘，故特舉襁褓中之實境，不遺其細。

咈疑于香洲，駭異于藪墨，而喟嘆于水足，皆以其先入爲主，童慣在耳也。此段句句與上段句句，反應而鎔合，讀者味之。走馬看燈者，焉窺是奧？

「猶且」字、「始」字、「於是乎」字，如玉巒雪障，重重聳起。

「五六年來」字，照上「四五十年」字。四五十年之所臆如彼，而五六年來之所見如此，所以駭然異之也。

「對壘」「旗鼓」「賈勇争勝」，字源自鬼將軍來。

「豈非世治亂之效邪」，一語剖决，霹靂手哉！上「咈然」「駭然」「喟然」，盡注入這個中。

「昔之争也武夫，今之争也君子」，乍提對句，精刻不磷。「曾謂斯卷不若高麗門乎」，上下確接縫合，奇文新機，自天外來。如項王之叱咤，萬馬辟易，人不敢仰視。

薋文談卷二

序一十二首

官刻六諭衍義叙

此篇質實而凝重，奉教之文，其體宜如是而協矣。

第一段起端。首至「叙其由」。第二段言古今百王皆先教化。次至「常典也」。第三段言六諭之爲善教。次至「善教也」。第四段言官所以刻是書。次至「奉行其事焉」。第五段言國家仁民之心，與海内受讀者之務以括。次至「仁民之心哉」。末段特置結語，以丁寧之。

第四段或以「豈不至深厚也乎」句爲節，亦好。

「旁嫻象胥之學」，「旁」字謙意。「特召俾譯進，又俾作叙，叙其由」，重「俾」字，敬意。《左氏》「公使展喜犒師，使受命于展禽」，此雖不關敬意，舉以示例。

「《周・司徒》鄉六行八刑」句絶，「明德親民」句絶，「養老叙齒之禮」句絶。南郭以十八字爲一句者，以上「周」字蔽之耳。「禮」字豈管六行親民乎？明德親民，《大學》之教也，故特提之。明德，君德也，非使民明其德之謂也。人或以爲與《大學解》矛楯者，非矣。親民，物子僻解。

「莫不以教化爲先者」，結虞周之教。漢唐明清乃别格提去，以言法律之世，亦不外教化。行文、立意協哉！

「其書蓋放古諸誥之遺意，以俚言行之」，「諸誥」言商周之誥，「放」之者言效其諄諄反覆歟？若以古誥爲俚言，《詩三百》亦俚言耳。商周之書，唯誥爲妙奥絶雅，讀者不解，乃以俚言諉之，豈可據乎？《易》曰：「據于蒺藜，凶。」

「務卑之而勿甚高論」，是以農畯屠酤亦了了。「務忽事情，厭而飫之」，是以嚚頑至惷亦了了。二「務」字，兩髦成角，嚚頑至惷者，農畯屠酤之粃糠也。「帖服其心志，不敢爲惡」，不啻如「愜于聽、沃于心」也。「可謂閭里之善教」，與上段「鄉六行八刑」應。

惷戇，《正韻》：惷亦作戇。《説文》：惷與戇别。

「海内受讀者，其仰體盛德之意」，一源直注。「其君子」「其小人」，分爲二派；「冀以弗負國家仁民之心哉」，終合入一壑，布罫示之，蓋聞物子《文罫》之例如左。

海內受讀者其仰體盛德之意［其君子云云
其小人云云］冀以弗負國家仁民之心哉

「其君子務端己率物」「其小人務孝慈成俗」，二「務」字暗與第三段二「務」字判合。君子之期於刑措，小人之全其首領，皆明主教化而不任刑法之義。所責不遠于人情，而所論特於此書爲切，況聖人之刑弼教，則此結局正與第二段「八刑」照帶。夫馬上之治，一切武斷，何有于教化？五代承平，君子猶或有以鞭撻赭民者，物子之憂深矣。

紫薇字樣叙

文字蒼蔚，淋漓悲壯。兩傑肝鬲，滴滴言外，亦蔆老千金享之者。與前篇耦而廉之，有如別手，殊色同艷。

第一段先括公謹爲校武顯列。首至「藩邸中焉」。第二段括文學上聞相得驩。次至「相得驩也」。第三段括公謹之爲人。次至「遂中口語以去」。第四段括己與公謹流落不遇。次至「彼一時也」。第五段始入題。次至「爲之如何」。第六段括公謹之工于書。次至「因趣梓之」。末段結語，收縮上梢數段。

首段先提己釋褐，而及公謹。二段提相偕以文學親。三段提其忼慨天性，亦自「過飲拒臂」拖起來。四段己之「出邸養病」，與公謹之「困風塵」，兩兩嗚咽。五段公謹之問己也。六段己之答公謹也。末段曰「迺詳叙余所以與公謹驩，知識其爲人」，鈐束上數段，十分緊轄。此一篇大綱領，作者煉神處。

第二段「然尚且」字，「時復」字，「或」字，「若」字，「亦皆」字，二「則」字，「矣」字，「焉」字，「也」字，襯得妥確。學文者宜刻意于斯。

「纚纚乎若霏鋸屑」，[一]《晋書》「彦國吐佳言，如鋸木屑，霏霏不絶」，此其本據。「霏鋸屑」，造語崛劣，疑是失檢。

「出文入武」，應上「嫻習文學」「歲時校武」。「旁綜衆藝」，應下「凡百耆好，漸以廢落」。

「亦不自覺，性爲然也」，二句警切。射石没羽，忼慨天性，衆所側目。「亡何，遂中口語以去」，「遂」字有力如虎。

[一] 鋸，原作「鉅」，據《徂徠集》卷九《紫薇字樣叙》、關西大學藏本等改。

「以病故，不能尋舊驩，修交其所知識諸君子矣」，欲言不能尋公謹舊驩，而泛舉所知識諸君子，此文之優游不迫處。乃就優游不迫中罩兩婆隱憂，老手也，妙手也。且「知識」字與末段「知識其爲人」句互相脉發。

「公謹亦困風塵，不數數相過」，「過」字乃二段「過飲拒臂」之「過」字。「未嘗不道故相泣彼一時也」，一氣讀下，「泣」字不必句斷。此段文辭頌容温雅，細視之，字字是淚，句句是血，羽聲瀏亮，山石欲裂。

「一日袖其所著《紫薇字樣》者相視」，文之轉眼，突如頓如。上段説來如是大，下段説去如是細。「一日」字極有筋力。「亦不甚拒」「亦不甚厭」，對句。

「俾海内覽者，知區區非公謹本色」，「區區」者，五段六段也。「本色」者，一段二段盛東方文章者，物子也。破海内盲瞶者，公謹也。果然人傑之脱穎，于區區中得此英偉。

「弁其首」三字，攝於兩長句間，木强如侏儒柱，承上不輕，起下不重。也。

七經孟子考文叙

議論虹洞，文如奔水，老健多質，讀了覺鏘鏘有聲。周南有言曰：「讀徠翁文，如攝齊洙泗之間，周旋游夏，講論《詩》《書》，斷斷乎悲百家之乖謬者。」此篇蓋當之矣。

第一段言仲尼之傳古道，以折宋儒妄作。首至「豈不盭哉」。第二段言漢儒之有傳而不可廢。次至「爲是故也」。第三段言後儒喜宋籍而古義熄。次至「好古之義熄焉邪」。第四段始言神生之汲汲於古。次至「問序于茂卿」。第五段言所以爲序。次至「爲之叙」。末段記神生名字履歷以結。

「先王之道」四字。「凝仲尼以傳萬世」七字。「知命之言信哉」，六字。起得雋拔，如砥柱挺天。「凝」字照下「至德」字。《中庸》曰：「苟不至德，至道不凝焉。」一字之來，古確有如此者。

第一段曰「凝仲尼以傳萬世」，第二段曰「七十子之徒所傳」，二「傳」字，字脉也，字眼也。第一段曰「後之君子不體聖人之心，而信而好古之義幾乎熄焉」，第三段曰「豈非人不體仲尼之心，信而好古之義熄焉邪」，語脉也。上曰「聖人」，以前有二「仲尼」也；下曰「仲尼」，以前有二「聖人」也。「焉邪」字極妙。「焉」字乃上「熄焉」之「焉」字。於「焉」字下礎一「邪」字，以動語勢。《草木子》曰觀之道，「於草木觀生，於魚觀自得，於雲觀閑，於山觀静，於水觀無息」。硯北書生於篇何觀？於章何觀？於句何觀？於字何觀？唯其於觀，得其所觀，則獨悟獨妙矣。

上三段議論中以「古」字、「後」字對説，點綴有章。曰「古之不可復反」，曰「信而好古之義」，曰「逸文古籍」，曰「古注疏」；曰「後之君子」，曰「秦燹之後」，曰「千載之後」，曰「宋以後」。「可謂知之次也已」，自上「至德」來。

第三段「宋而後」以下，「今閲世所行古注疏」以下，成兩股文字。上曰「古注疏束之高閣，鮮有能讀焉者」，古道之厄猶未；下曰「古注疏板刓文滅，不可得而讀之」，古道之厄於斯爲甚。此文之一局進於一局處，皆以「而乃」字轉折勘過。放中帶整，昧者讀此等文，唯見波瀾大闊，放膽放下，而不視其細工夫所存，作者其長噓于九原矣。

「乃數百年弦誦之地焉」，「焉」當作「也」。物子屢有此失。「唐以前王、段、吉備諸氏所齎來」，王仁朝于應神帝，段揚爾貢于繼體帝，而吉備入唐正在開元中，猶冒曰「唐以前」者，以王、段包之也。物子間有此粗放。

「生疾更甚，黽勉從事，呻吟交發，不能辨其爲何聲，顛沛以之」，模出神生誓死弗輟也。「不能辨」者，繫于他人。句勢槎牙似不穩，而古人自有此豪粗。

「期年而成，疾亦尋差」，明神生之疾是校書之疾也。「疾差」一句，最上乘命意，勿爲第二乘會囫圇讀去。

「茂卿既悲仲尼之心」，收繳前論，一句敵千。前論已具，故至此坦坦頓去，乃是法。

「悲」字發句，「嘉」字、「幸」字兩股。兩股皆錞「也」字，粗而密，錯而條。使它手作之，其必俳優疊砌耳。

「鬷功斯文」，《商頌》「鬷假無言」，《中庸》引之，「鬷」作「奏」，鬷功乃奏功也。《小雅》云：「以奏膚公。」《大雅》云：「矇瞍奏公。」

「靈祇所衛，千載如新」，嘉言取態，妙麗甚。

「嗚呼，國家文明之化，與有光哉」，一轉乃結。自上「諸夏之所逸而獨𪈚然于吾邦」細引來。雖似不速之賓，實有揖而迎之者。轉見遒上，不與下篇結法同。

皇和通曆序

此蓋物子黑甜之後，心手相應，呵筆抹寫者歟？亦是峻品。

第一段論學藝之要在求故。首至「乃異於是」。第二段言元珪善曆，亦在求故。次至「可不謂精乎」。第三段始入題，以結首段之論。次至「其惟元珪乎」。第四段另提元珪技巧以附之。提引《孟子》者，特在求其故之説。而天高星遠，千載日至，自然與元珪之業豆湊，所謂左右逢原。

「日熟之不已，以爲是其至焉者」，《莊子》曰：「始吾以夫子之道爲至矣，則又有至焉者矣。」字法如此而正當。物子用「焉」字，頗有不滿人意處，不可不知。文之有襯，猶彝之有舟，爵之有玷，不安其所安，亦觚不觚之類耳。上文曰「夫學者莫不苦思焦心，以求其至焉者已」，造語如此則法不失。何則？「焉」字上管「求」字，「者」字上管「不」字，「已」字上管「莫」字也。《孟子》曰：「志至焉，氣次焉。」言志先至是，而氣次是也。朱子以「焉」字混「矣」字而解之，誤之大者。

「然昔人雖聖乎，烏能先知彼所爲乎」，言漢唐諸儒不能預爲性理家言也。然則性理家言，宋之新造而非古傳。熟新造而惽古傳，何以善讀漢唐書乎？「然」字與上「然」字，同一波瀾。「聖」字雖過激，與「先知」字相目擊而親。「彼」字不與「彼世儒」之「彼」同。

「亦是類耳」，斥上執一不化、耀己廢故者，句法危峻。

「嘗謂前授時而有統天」，「謂」當作「曰」。

此篇首引《孟子》，「無所不盡心焉耳矣」「左右逢其原」，皆自七篇來。及「苦思焦心」，自「苦其心志」來。「惡固」，不作「疾」而作「惡」，自「惡於智」來。「執一」，自「子莫猶執一」來。「元珪隱銀官而微」，自「子思臣也微也」來。蓋物子撰《孟子刪》時作歟？

一、二、三段皆以「故」字爲骨爲脉，四是餘波，不復提「故」字。「元珪隱銀官」以下，結法絶巧。不然無落脚處。

「彼世儒」以下至「顧不愚哉」一節，捉外人而忽然擲入，後面無復應和。「嗚呼！昇平之世人皆知自重者若斯夫」，結尾一冷語。前面無復首唱，出不言，入不辭，獨喝獨笑，非俟將迎而後進退者，固難與擔板漢子言矣。

郡司火技叙

第一段提甲越之爲兵家宗。首至「何足道哉」。第二段論甲越之末足爲師。次至「爲其陳於前邪」。第三段論甲越之可廢。次至「二氏之法可廢矣」。第四段始叙郡司之事。上半以己讚其技巧，下半借彼口叙其硝數。次至「于盍叙」。第五段言所以爲叙。次至「以之」。末段結法。

第二段分爲四節。首至「有異端焉」，先提火技之要。異端言鳥銃與大炮也。「異端」字出于《家語》，引用適當。首節意冒下三節，又被後段三節，挈領振裘之法也。第一節。次至「未有外乎此以爲陳者也」，言甲越用火器之法，至今宗之。第二節。次至「若是其整矣哉」，以「然」字激起一波，言甲越之時以火毒未弘，陳如此其整。第三節。次至「豈能爲其陳於前邪」，言甲越之後，大炮出而其陳法未足師。第四節。議論頡頏，蓄而不破。然此一結，正與下文「二氏之法可廢矣」應。爲啓爲胠，以輔元戎，此乃前後段之所以分，讀者仔細之。「塵塵鳥銃」，與「發熕大炮」相贔贔，而擡首節「異端」字。

第三段分爲三節。首至「至于今猶故耳」，以「然」字激前段之意，〔一〕言大炮難用，故今猶宗甲越。第一節。次至「豈足以爲陳哉」，再拈甲越之所以爲宗，以結前段之論。第二節。次至「二氏之法可廢矣」，拉戚元敬來，以言甲越之法可廢。向來數派之論波，皆在沃焦石中吸盡。文之奇突頓挫，直與六花八陣争其威矣。第三節。

第二段之首節曰「夫兵之毒莫火若，而火之技有異端焉」，此發端。一節之結曰「未有外乎此以爲陳者也」，三節之結曰「故其爲陳如是其整矣哉」，四節之結曰「豈能爲其陳於前邪」。第三段首節之結曰「故世之爲陳至于今猶故耳」，二節之結曰「豈足

〔一〕然，原作「前」，據關西大學藏本、大阪大學藏本等改。

以爲陳哉」，三節之結曰「以此爲陳而後二氏之法可廢矣」。結語「陳」字，間關如打車之牽。「焉」字、「也」字、「矣哉」字、「邪」字、「耳」字、「哉」字、「矣」字，七着助字，而七變之。思密而法嚴，布罫如左，以便于蒙士。

夫兵之毒莫火若，而火之技有異端焉。

- 未有外乎此以爲陳者也。
- 故其爲陳若是其整矣哉。
- 豈能爲其陳於前邪？
- 故世之爲陳至今猶故耳。
- 豈足以爲陳哉？
- 以此爲陳而後二氏之法可廢矣。

「然其物重，不可以移；其毒暴，不可以近」，「然」字與下「故」字相僻倪。「其物重」二句，與下「莫之能執，發輒後却」應。「其毒暴」二句，與下「莫之能制，人物爲虀」應。通篇句法巑岏，不爲儷語，唯是一局，魚麗彌縫，此乃法。「人之力」三字，履下二「莫」字。「莫之能執」二句、「莫之能制」二句，兩兩履「是不可以置于陳」一句，此文字管轄。

人之力［莫之能執，發輒後却，莫之能制，人物爲虀，］是不可以置于陳。

「然當二氏之世」「然其物重」「然亦千百人一人矣」，三粘「然」字，唯見其文瀾洄澓，而不覺其煩矣。

第二段讀至豐王而驚人，第三段讀至戚元敬而驚人。「以此爲陳，而後二氏之法可廢矣」，「而後」二字，紐束上派，所承極遠。夫甲越二氏，古之名將，今以文儒紙上論，説破其法，乃是大無味，故喝出一嚄唶武將來，十二分氣力。四亭八當，攧撲不破，猶且遜其言。加「以此爲陳」四字，疾乎如雷之擊，悠乎如雲之浮。

「君迺以弗畜畜之，而後畜斯弗却」，重「畜」字，古雋。

三極、大衍，蓋借《易》字樣以命其數者。

「君又曰」，突然提郡司馬之言發之。「子盍叙」，突然叫物子收之。瞻忽無方，文之聖者乎？且《郡司火技》書名，篇中未始標出之，唯粘「并録以遺後人」一句，亦是法。

「制其器」，乃言前段上半；「定其數」，乃言前段下半。

第五段簡潔，通篇全與《七經孟子考文叙》同花樣。

「用之陳而使人各爲勇」，將帥之道也，非一夫之技也，故曰：「君之爲技，可謂進於技也已。」又曰：「予既已廢二氏之法，而有取於君之技者以之。」二氏者將帥也，郡司者一夫也。廢將帥而取於一夫，故自「用之陳而使人各爲勇」説下來，「法」字「技」字互相管切，「於」字最妙。此段字不滿六十，其文之色也鮮潔，而氣也雋，如是筆力，挾泰山以超北海不難矣。

南郭初稿序

文冷雋而變如虎，辭稱簡而有餘旨。南郭好明文，故此亦頗效矣。此篇最居諸末，蓋子遷之謙乎？

第一段劈頭拈子遷之業成而非常。首三句。第二段論其詩文，衮表而鉞中。次至「無所不有已」。第三段剔抉千載，而爲子遷快呼。次至「日出之邦哉」。第四段舐當今以揚子遷，因以取結。

「予曰曷不可」，驀地喝過，項王喑嗚，舌不再轉。

「材無所不博」，言自漢魏唐明剪伐來。「刻意滄溟」，其格也；「豈弟過之」，其意也。「纖巧」，巧之纖者；「輕俊」，俊之輕者。下文「巧」與「俊」照視而見矣。「務裁纖巧，抑輕俊，以就温厚和平之旨」，贈一策以勵其它日也。是足以風非今日之謂也。

「文亦然」一句下得火急，皮裹陽秋哉！「子遷乃無所不有已」一句，有短刀斫馬之勢。上流論葩，極難并當，乃以六字迎而壓之。非蓋代作手，不能頓之。且此二句褒中帶貶，鬼斧神鉞，無形而入，益見其不測矣。子遷文遜于詩，故其言詩詳于言文，亦其微意。

「子遷則謀予」「子遷乃無所不有已」，「則」「乃」字法可味。

「有是哉，何其寥寥也」，喟嘆之言止于此。「有是哉」，猶曰「如是乎」。「僅僅晨星」，言篇什之少。

「吾家納言」，此可削去。表出祖先而貶之，非美事。

「古詩非其古詩」，言子遷之古詩，非若《經國》《懷風》之古詩也。與于鱗以其古詩爲古詩，立意不同。

「局於世者」「局於地者」，此把當世之詩人文士大喝一聲者。蕿門之盛，千載一時，而此篇獨引古以論較之，不欲與天下風靡之士争也。唯二局者，乃是今人。其稱微，其旨婉，言之無罪，聞之足戒，讀者宜三到淹貫焉。讀書如寐，久而愈足。夫當今之世，局局者天下成風。于古唐之詩、李王之文，弱海萬里，茫如舐天。子遷此其業，何必待他日而後風一世乎？上段就子遷身上而言，故曰「他日使子遷木鐸一方，詩之教庶幾被之一世哉」，責之重也。是段就當今世間上而言，故曰「是豈待他日，既足以風一世也」，誘之柔也。抑中之揚，揚中之抑。水石孕珠，光潤自見。不唯文之妙于開闔，期于千里，不急其鞭，時游其志，車在馬前，此我物子納人槖籥中，而鑄成多少英才處。汪汪風度，豈唯文字乎？千古無識者，俗物泣英雄，噫！

「嗚呼！予老矣，將不及見其二稿三稿者出」，嗚感之中，兼含策勵，終使子遷欲罷不能，成爲一代大家。

賀秦君五十序

致思新拔，騁筆奇雋。如浙江之潮，浩浩騰騰來。

第一段履端。首至「懸弧之辰也」。第二段論華封三言，不可以爲祝。次至「是何以爲祝邪」。第三段奇想一轉，以言三祝可爲祝。次至「在其中矣」。第四段結法。

「姑丈川勝藤右衛門君者，秦氏也」，開手擘出「秦氏」字。後段一大議，皆自此一句中刱發。物子平常截複姓，除偏旁，以從典雅。唯此篇以譜牒爲主，故直記名姓，不

見其體格也。〔一〕

嫌俗冗，其實録也。自稱物部茂卿，曰備後守，曰主水正，皆同《義經義奴記事》，可以

「是歲甲申，寶永改元，行年五十」，叙支干年號，變體。

「雖其巧宦者，亦大氐不能出其資與考之外」，「亦」字、「大氐」字頗覺鬧熱，削其一

而可矣。假令古人偶有聯用，其病焉者乎，未足師已。

「而擇其才諝者，分理庶務」，「務」字管到上十三字、下九字。予髦年讀而字被「國

孰與守」句，授讀者之失。

「控弦之俗，上勇媮死」，言武弁敢死之習，極當矣。而控弦引弓，本漢人鄙匈奴而

呼之之詞，以是稱本邦之爲俗，臣子之道所宜忌諱。君子之文章，尚乎修辭。修辭者，

其言從之謂也，亦非世人所謂繪字雕句者。

「因民之治，就以爲教，榮辱貴賤，由此而分」，言能死則榮而貴，不能死則賤而辱

也。四句精勁，如百鈞弩。

上曰「而富不可祈也」，中曰「而多男子不可祈也」，下曰「則壽亦不可祈也與」，上、

〔一〕「見」前原本衍一「可」字，據關西大學藏本、大阪大學藏本等删。

中兩襯「而」字，下變貼「則」字。上、中單礎「也」字，下特加「與」字以呼下文。「是亦可以爲壽與」，此于浩浩騰騰中，打一般精微念處。能文之妙，篇法恢恢、字法翼翼者有之。讀者勿眩斗膽如此，而忽小心如彼矣。

吕政本罵秦之言，而秦嬴姓，不與炎嶽相繫，故小嫌不避也。「皇帝其王，守令其侯，曰朕曰制，烈于萬世而不渝」，以吕政之爲暴人，就其創立永永不易處，攝取傑驁不凡氣象來，以攘其先古之臂。

「其後不血食于中國」，此文之簡敖不拘者。不然，禹貢之域，豈必無吕秦之種乎？

「是曰廣隆」，「曰」當作「謂」，《穆天子傳》有此字，此可以知其爲贋鼎耳。字例一定，自三代而然。

「由身而上，千百世一人也」「由身而下，千百世一人也」，奇思所至，奇語亦至焉。上頭説來如是蠻大詭迂，後頭説去如是短潔真諦。穠淡得法，緩急合律。此丘明氏之典刑，叙事議論何别？亦摛藻者之所不可不知也。秦君居上下千世之間，仰觀千世，則祖宗所享，唯秦君一人耳；俯察千世，則子孫所承，唯秦君一人耳。繼志述業，應由身而上千世；貽厥孫謀，應由身而下千世。「是亦可以爲壽與」，「與」字與上「壽亦不可祈也與」之「與」遥相嗺答。「富與多男子，在其中矣」，把上頂主張數朵，一聲翻刦過來，使人不覺擲卷快呼兩三聲。「庶乎吾壽之不唯能修上，而亦能不短下也」，「能」字上下换粘，字如掌上珠，圓轉悦人。

賀香國禪師六十叙

此篇蕿老不屑之文也，辭有浮處生處，論有誣處窮處，唯結句礌落，儻蕿老之體段耳。

第一段叙所以與禪師驩。首至「别有一許詾云爾」。曰「曩者」，曰「嗣乃」，曰「爾後」，曰「又時時」，曰「越正德改元」，凡五節，源源由繹出。「徒爾神交心照寥寥冥冥之外」，似尺牘中語。「謂是歲禪師甫開六袠」，[一]「謂」當作「曰」。

第二段論禪師所以需文。次至「所以不余遺者爾」。「家隋侯，人靈蛇」，聯用建安陳言，造語不古。蕿之人平昔無是腐氣，兹何然？

[一] 開，原作「閲」，據《徂徠集》卷九《賀香國禪師六十叙》、大阪大學藏本等改。

第三段論以文爲壽之由。次至「請以文壽之」。文之馳逞，如讀龍門《貨殖傳》，然亦不免扭捏之憾也耳。

第四段美禪師之文以壽之。次至「如禪師者乎」。「以出之脣吻也，宫商鏗如；以落之毫素也，丹青炳如」，此雖承上面爲對，這個幫襯語，非薐老本色。

第五段提國家昭運，以重祝之以結。

壽下館侯五十之初度序

此篇以奇筆摛奇事，字字精煉。楊休玉色，正與《鬼神策》欝乎爲集中大篇。彼深奥古雅，萬出萬奇，如看花問鶴，絲倦肉代。此高華盛大，一氣一噓，如棹大湖之明月，如嗽匡廬之飛瀑。不知物公成此篇時，是何等氣象，是何等丰神！

第一段提群公上壽之盛。首至「蓋滿堂云」。第二段金華客之言。次至「子之教是請」。第三段已對客之言。次至「致諸下執事」。末段是結法。

「友邦」，《尚書》字，王者親諸侯而稱之之辭。物子蓋借之，其義則協，其例未聞。「六七君侯」以下，提提掇掇，飀列不厭煩，總爲後面起本。「是日蓋滿堂云」一句妙警，以吐納上下，爲尾閭，爲沃焦。

「塞以外」，言東奧之陬也。「山陽」曰山以南，《縣次公字叙》。「關東」曰山東，《郡司火技叙》。同例。

「承漸以去」，《孟子》「承」作「接」。邦讀讀「接」如「承」，蓋亦失檢歟？於「去」字下添「去之日」三字，又自《孟子》來，妙甚。上文「既見」二字，又是同法。

「然侯未嘗有一日驩于某也，而直道以言之，是豈有德心哉？則天地之德矣」，此四句最是妙處緊處。「直道以言之」，明是客之罪非其罪，而上所謂「獲戾」者，文辭也。物子頗山人有金鷄之報日久，故特拈此句。文氣橫逸而微意藏其中，細大無相奪倫。〔一〕又就之，颸然叫起天地之德，其機活，其象高。昔孔聖論水曰「浩浩乎無屈盡之期」，予於是文亦云。

「乃路過于常山之麓，侯之封國也。則見一丈人植杖其道傍，與少者相顧語焉」，「乃」字、「則」字，結紐極確。文之滋味，正在此二字。用助字非易事，神或以是死，氣或以是張。故曰：助字，車之軸也，春之臍也。

「烏乎！胡以能長我侯之齡，以終我世乎哉」，祝侯之壽也。「胡以能俾我侯有子

〔一〕奪倫，原作「倫奪」，據關西大學藏本、大阪大學藏本等改。

善肖之，以終我子孫之世乎哉」，祈侯之多男子也。「胡以能恢大我侯之封，以俾我親戚兄弟在竟外者，皆霑其德乎哉」，禱侯之富也。華封三祝，苞在此中，讀者毋草。

「小人每飯焉，則其心未嘗不在我侯也」，「每飯」字雖文士套語，此借以寫小民實境，極有情態，讀之如新，不覺其爲套語。物子所謂「天不能捨鶯花別爲春，萬古新奇在陳腐中」者，是也。前篇「余每飯，其心未嘗不在鉅鹿之下」，「每飯」思僧，殊無興趣。古人所謂如鬻冥器，但垛叠死人物者，是也。夫材一而已，用之可不詳焉乎？

「莫不皆頌侯之德焉」「莫不皆欲侯之壽焉」，以「德」與「壽」爲對。又曰「識侯之德遠矣哉，侯之壽豈有窮已乎」，又曰「頌侯德，祝侯壽」，又曰「嗚呼！侯之德遠矣哉」「侯之壽，果乎其莫有窮已也」，祝其壽以其德，可謂人君之善禱矣。

「歲時則五馬之貴，儼然以辱臨乎敝廬焉，則又以其同齒，而雲漢之章，亦嘗賁及其丘園焉，則欲一言以頌侯德、祝侯壽，而不可得也」，三「則」字、二「其」字、二「焉」字，如山之成成相叠，使讀者絶雲氣而上行。膽之小者，其飲醇醪十來碗而後就讀。

同齋越先生八十壽序

第一段首叙。首至「又焉能辭」。第二段就國家昭運與先生職業，以雙發壽繇。次至「是亦壽谿也」。第三段插入時俗污習，以頌先生不然。次至「是豈世之食其伎者倫哉」。第四段就先生性植以祝之。次至「固其所也」。第五段就君瑞績學以申禱之。次至「豈有艾哉」。末段以應酬辭爲結。

始曰「迺君瑞徵余文」，闖然拉君瑞來，未知此何等人氏。次曰「余又辱君瑞從游」，始知其爲門下人，〔一〕而未知此人何故徵先生壽序。卒曰「方今君瑞績學弗怠，克家弗殆」，至此始知君瑞是爲先生之子也。

「丘里之言」，出于《莊子》，言天下公論也。物子以爲齊東野人之語。《煥圖字説》云：「卅一之什，訛自丘言。」豈有別據乎？

「時或燠寒之少忒，而淫厲札瘥之閡其化」，轉折翻入，處善以暇，此乃物子大規矩，得其門者罕矣。

「亦非天嗇其報也，迺急其報於橐之過也」，重糈之污，媚佞油滑，面貌可憎，物子蓋乾笑之也。唯語激而殆鄙倍，甚不滑于人耳，予則兹不悦。

「由耄而耋，以至期頤」，物子以耋爲九十，據未考。

〔一〕門下人，原作「門人下」，據關西大學藏本、大阪大學藏本等改。

復軒板君六十序

此物子心至筆至之文，同齋、縣先生二序鷄肋耳，况香國乎？讀者若於此文能探得一點萎色來，我賞汝端硯一、歙墨一。

此篇與《贈于季子序》材之良相敵，而人之工加焉。縱之天馬駁娑，擒之神龍變化，規高而神充，蒸蒸奫奫，如鵬雲鰲波，讀之使人飄然遊石城玄圃之上，居移氣，養移體，慣之天下無不高之氣，無不胖之體矣。

第一段提帆丘爲發。首至「隱隱可睹已」。第二段言帆丘之勝。次至「惘惘然以下」。第三段言有所感觀于帆丘。次至「今在何處邪」。第四段言始知復軒。次至「爲之惋然」。第五段言始知其爲帆丘之後。次至「則爲之恍然」。第六段言其三祝兼有，不待禱頌。次至「豈容予言」。第七段論時勢，申言其不待禱頌。次至「是豈容予言」。第八段是結。

「總之南，蓋有帆丘之山云」，造語自《伯夷傳》來。

「左控高原，右帶灊水」，言地之形勝也。「東嚮以踞，屬鄉二十有四，可俯窺焉」，言邑之浩繁也。「外之九十九里之沙，大海銜之，遥碧彎彎然」，言大觀也。「風雨或晦，滔天之濤，若蹴林杪以來者焉」，言壯觀也。「時時陟其巔以睨日月之所繇出，雲物之所儵忽變眩」，言不啻其大與壯，觀者自爲人間外看也。

「左控高原」以下，至「風颯颯然以來」，此眼界實境也。境之奇其文乎，文之奇其境乎？「其下仿佛乎若有蓬萊靈仙之宅，神之與往，冀之不可得也」，此空中設色，後面之悵然惋然恍然，皆自是空色中汹出。五章之詩，亦受胎于斯。乃知物公筆端造化，正與風雲神怪争變。此亦文中之《項羽吟》《壯士聲》，讀之可以單騎入敵，來崔將軍，賈我餘勇。

「惘惘然以下」「悵然以想」「爲之惋然」「爲之恍然」，四「然」字垛垛砌起，數十百言，四個區域各成景色，如已超一峰，又望一峰，峰峰相紆，奇奇相争。始至若有得，稍深遂忘疲。柳家畫筆，可以贊之矣。

「美仲年甫十六，聰慧善詩文，才思日上，汗血駒也」，美其子，所以樂其父也。因是遂攝出復軒六十，下文直曰六月九日覽揆之辰，而不書其年，奇文哉！客爲主，主又爲客。

「洒始識帆丘之後，是其人矣，則爲之恍然」，比上文添「則」一字，勢控萬源。第七段「是豈容予言」之「是」字，亦同。可謂上下有章矣。

「昔者豐王之東征也，偏師以徇房總，一日而下數十城，帆丘與焉」，乍著一壯語，以應第二段、第三段，能以其惘惘，使人惘惘。第三悵然，第四惋然，第五恍然，文思逐段徐緩，至此氣象又振。

「何榮也」，言其富；「何健也」，言其壽；「何樂也」，言其多男。「曰豈容予言」「曰是豈容予言」「曰是宜若不無予言」，此文脉也。「天地不好德」「天地不愛福」，妙語雙峙，如天球在東，琬琰在西。大廟之嚴，猶有待于寶玉，況文辭其可無奇句。二典三謨，商誥周訓，亦是物也。「雖無先世之積以發」，積者，積善餘慶之積，下得確。

尾段總結前段文字。「尊公承帆丘之後，而弗能躬目其勝」，結第一、二段。「予躬目其勝，而弗獲其人」，結第三段。「今獲之尊公」，結四、五段。「是宜若不無予言」，結六、七段。「況有家世之舊」，返照「尋其舊盟」句。「況子之命之」，返照「美仲來」句。「授之觴者」，返照「侑其觴」句。

詩五章，古雋清高，漢魏氣格。上迫《三百》，千載孤調，太華玉蓮。「君子以耆」，「其老」「其耄」「其耋」，而以「君子味之」爲亂，絶奇。「以耆」稱今日也，「其老」期後日也。「以」定辭也，「其」疑辭也。「詒我期頤」，語新。

縣先生八十序

第一段提孝孺請。首至「以爲家大人驩」。第二段言縣先生老健。次至「諄諄乎弗已也」。第三段言縣先生識度。次至「予何已乎」。第四段言次公興學，以推本縣先生。次至「縣先生實使之焉」。第五段承前段，論學校爲治之本，遂以壽之。次至「可謂兼之已」。第六段是結。

此蕿老白首之文，綴辭雖長乎，有衰色，而寡生氣，如飲不沸湯。唯詩雅淡，似讀《崧高》，然不如帆丘之奇。

「弦誦之聲，達諸四竟」，「諸」當作「於」。蕿老畢生誤了。雖曰據《公羊》，我不信焉，予別有著論之。

薐文談卷三

序十首

次公字叙贈行

此篇如玉之氣成白虹，如劍之芒吐蓮花，淬煉三百，摩厲三百，有李濟南之遺規。此薐文之奇粹者。

第一段叙或人呰笑。首至「求解於予」。第二段解次公爲漢人字。次至「漢人之俗爲然也」。第三段叙或人之暗《史》《漢》却罵笑之。次至「率胥呰笑也」。第四段稱周之文學，以推本漢人。次至「自文儒始」。第五段勸文孺爲漢人學。次至「吾由次公及之」。末段是法。

「周藩諸生縣文孺次公之載贄來見也」，太華削成之勢，崒乎可仰。物門高足，縣生、平生皆有贈序，服生有集序。服生曰「平安服子遷」，平生曰「子和狂生哉，迺奥人也」，三起三變。且《南郭稿序》秀潔，有翩翩才子之態。《贈子和序》奇騖，如醉李白靴而升殿，風神散朗。而此序温潤，如君子于行，劍裳煇如。三篇之文格，皆與其所與之人肖。至人毋我，物以爲我。談文至此，吁！亦難矣。

開手就初見説，極峻利。可謂奇機自半天發矣。

自「子生三月」至「自古之道也」，平平説過一局。「是可以爲字與」「冠辭謂其何」「宜若莫有以爲賓焉者耳」，張三局以三詰之。

「文屬辭比義，於是乎取諸」，「諸」當作「之」。此蕿文大纇。

「世之稱長公、次公者，率從旁名道其兄弟行」，「道」字古無此例，「名道」亦後世造語耳。「冠辭謂其何」，古無此例。作「冠辭其謂之何」「謂冠辭何」乃可，此亦金瓶一缺。

「宋時微梁氏之子」，《宋史》：「梁適字仲賢，東平人，翰林學士顥之子也。」云云。與同院燕肅奏何次公案，帝顧曰：『次公似是漢時人字？』肅不能對，適進曰：『蓋寬饒、黄霸皆字次公。』帝悦，因詢適家，益器之。」假使不識其爲霸、爲寬饒」，借微梁氏之子，而提見黄、蓋之名，敏哉！左氏叙人之名姓字謚，錯出而散見之，乃是法也。故文章之妙似好奇。

「故曰：次公者，漢人之字也」「故曰：漢人之俗爲然也」，鶻然置「故曰」字，古之急響切音，竭來迫人者。

「三代之後唯漢，漢唯二司馬」，二句遒拔而演孅，以協上下肯綮。骨肉之間之謂肯綮，此庖丁之所游刃處。不之知而奏刀，危哉！

「蜀方鄉文翁之化，而河汾違龍門不遠」，二司馬非以文翁之培植而生者固矣，今將提其鄉先生，故先論其謡俗不陋耳。《左氏》：「昔周公弔二叔之不咸，故封建親戚，以藩屏周。管、蔡、郕、霍、魯、衛、毛、聃，文之昭也。」此明其大體，而小衡决不顧者也。

「是莫有鄉薦紳先生爲之冠辭，祝贊相命，務嘉美張大乎其所由名，以昭明夫成人之行，使其父兄宗族驩聽而樂道之者邪」，「莫有」字管到下四十五字。長大疏暢，正與「三代之後唯漢，漢唯二司馬」「培植之厚，實生異人」等短句，犬牙相發，而勢相挐。「祝贊相命」一句矮崛，頓入長語中，取變取協。「驩聽而樂道之」，下添「之」字，是法。

借黄、蓋兩次公，以説其爲漢人之字；就漢人之字，以言文孺之爲漢人之學；就漢人之學，以拖出二司馬；遂又呼其字，以明次公之爲漢人之字。文機如轉丸，如循環，如生龍，如活虎。

「顧其爲子長、長卿，迺何取乎遷與相如，亦莫所怪於次公焉」，句態如懶雲出岫，論勢如疾雷拔松。

「棄蔑本藝」，言不知《史》《漢》何物也。「末流是沿」，言甘爲歐蘇奴隸也。「帖括剽竊，旁引佛老」，亦主文章言之。

「樸學耳」三字，此塾師之言。

「近世學士家」至「何益於文章哉」十五句，寫宋習之腐模腐樣。「伺其鼻間栩栩然」，一喝而有餘罵。「是毋以怨其率胥訾笑也」，輕輕地鎖住。開手所謂「訾笑質俚無文者」，至此結了。故下面乃别出一「文」字。

第一段末語曰「文孺則病之」，第二段末語曰「亦莫所怪於次公焉」，第三段末語曰「是毋以怨其率胥訾笑也」，「病」字、「怪」字、「怨」字，針線相牽，只消密心求之，固難使三鹿郡公知焉。

「夫周者，山以南一都會也」，「山以南」艷甚，不識者以爲浮華。

提「内藝興」，以言周之文其漸久；提「今藩主」，以言周之學源于漢。轉處接處，天造非人造。

「乃心王室，勞徠弗怠」，與下「大學西曹主」應。「宿儒耆卿」與下「薦紳先生」應。雖作者不必役心于此，自然妙合，此所謂天造者。工倕旋而蓋規矩，《南華》知之。

「抱蜀典籍」，言抱持蜀與典籍也。或以「典」爲「典衣」「典器」之「典」，拘矣。句法如「載獫猲驕」「錫山土田」。「盍歸乎來」者，言人皆曰何不歸而争集也。「乎」「來」語助。

「文氣攸蒸」一句發，「門司赤馬」「異璞産研」「風人騷士」「往往乎出」四句對。「以至今不衰」一句結，「以」字襯得精刻。無此則上下不鎔，真車之輗哉。布罫如左。

文氣攸蒸，［門司赤馬，異璞産研，
　　　　　　風人騷士，往往乎出，］以至今弗衰。

「其亦得非世受司馬氏言以爲大學西曹主者乎」，十九字一句。「吾未識其鄉薦紳先生能爲漢人學乎否也」，十七字一句。上面短，下面長，文制之巧極矣。

呰笑之曰「是可以爲字與」，是故解之曰「次公者，漢人之之字也」；呰笑之曰「冠辭謂其何」，是故解之曰「是莫有鄉薦紳先生爲之冠字，祝贊相命，務嘉美張大乎其所由名」；呰笑之曰「彼已氏非西鄙人邪」，是故解之曰「周者，山以南一都會」，内藝興之志王室，藩祖之爲大學西曹主，文氣學術，其漸久矣；呰笑之曰「夫其鄰里州黨，宜若莫有以爲賓焉者耳」，是故解之曰「吾未識其鄉薦紳先生能爲漢人學乎否也，吾識之自文孺始」。文之磬控縱送，一支一收，辟之鳳鳴于上風，而凰和于下風，讀者其可不正明目以視之乎？

「文孺爲人」以下，此別色議論，故結句曰「吾由次公及之」。節制凜冽，文如金翠。雖則別色議論，猶以黄、蓋、司馬成説。絡脉融貫，率然之勢。

「通於世務，明習文法」以下四句，數黄、蓋所長也，非貶而言之。若寛，黄霸也；若嚴，寛饒也。

「富貴無常，忽則易人」，借寛饒之言，以言富貴之不可賴也。富而可求，雖執鞭之士，我亦爲之；若不可求，則從我所好。故曰「身在下僚，言迺千秋」，豈得已而然乎？夫吏，士子所期；史，豈其所甘乎？抑有時世者。凉臺披風之適，不可獲諸冬月，時所塞也。况吏之事，必以史之言傳，則良史亦豈可闕乎？故曰「雖有循吏，不有良史，是何以傳焉」。此其所以不願彼而願此也，故曰「吾願其能爲司馬氏」。一句决送了，下又餘數句，以成窈窕。辟之韓娥之歌，曲終餘音繞梁。夫文孺之文，與子長合符。天才所稟，此長於彼；則教父所責，彼重於此可乎？故曰「子長之文，質而不俚；文孺之爲人，其斯爲最近哉」。不識者批之曰：「抑循吏而揚良史，失本末矣。」或曰：寛饒深刻陷害之徒，可謂循乎？對曰：明習文法，經術潤飾，此寛饒所獨也。謂之循良，以黃霸苞之也，古文多例。

「今文孺之從予學古文辭且三年」，「今」字似可削去。而再提前文，故其礙目不妨。是法。物子之於弟子未嘗名之，唯此直名呼之者，所以爲字叙也。

送長藩醫仲邨玄興序

此序中第一長篇，文亦大葉疏枝。然斥誹呵讓之辭勝，而有狡訐似小人之度者。物子作《讀韓非子》，此序豈其時作乎？罵人來争，君子蓋不與也。

第一段仲翁乞言。首至「不可」。第二段以二「毋」言其專志。次至「是伎之所由拙也」。第三段叙古帝王有取，以言宜專志安其賤。次至「則其賤也亦安耳」。第四段言今之醫唯在致富，而不在其術成否。次至「蓋所爲其術之成也」。第五段極言世醫所以致富之污態。次至「子欲之則爲之」。第六段言他善于方伎亡當。次至「其于方伎亡當也」。第七段言伎之巧在安賤專志，提「活也」以括。次至「故今復以語子」。末段以仲翁言爲結。

首段叙仲翁之言，文字悠美，如長流之水，極妙。

「弗運弗安，依違乎二者之間」，此蓋仲翁之蔽也。故物子之言如是厲，不屑之教誨。罵舌焰發，有由而然。

「孔子謂夔，達樂而不達禮，謂之偏」，此鑷取《禮記》以造文者。不然，夫子未嘗直以變爲偏也。

「降帝而王，周公之秩其禮，尚且秩醫于天官之屬」「溯而上之，厲山氏之王天下，尚且屑屑然躬鞭赭其草木之區」，既已溯游以下，又且溯洄以上。非能文，不能不紊其綸。且「降帝而王」以下，提周公、厲山爲二股。二「尚且」字、二「而它」字、二「不與存焉」字，互相屹峙，兩觀成闕。以一「是其」字，并上二股。以「寧莫有以取諸帝王之治哉」一句，落脚了。有一箭貫雙之勢。

「垂殳斨暨伯與夔龍之伎」，龍作納言。出納帝命，何伎之有？蓋失檢耳。不然，作者敖粗。

「苟帝王而有取諸，則其賤也亦安耳」，「諸」，之乎也，有疑意。此字例出于《左氏》《孟子》。物子偶中爾，《廣陵問槎録序》已論之矣。

「亟請而膺，以辟其兑」，富貴若病劇者，此兑也。「請而遄往，以擊其惰」，貧賤若病緩者，此惰也。描畫俗醫行詐腐態，「亟請而膺」「請而遄往」互文。「亟」字可以見其膺之不遄，「遄」字可以見其請之不亟。「亟」字、「遄」字，相視而笑。「其心謂是足以引年都市間，以聲問不衰矣」，「謂」當作「曰」，下文「其心則謂」之「謂」亦同。「心曰」字例出《孟子》。

「世蓋獨無醫哉，亦莫有識醫者」，二句舒窈糾以取婉。「亦鄉者所謂家于技之巧者也，謂之巧于技者眩焉」，優乎轉化。「世運一波，滔滔然不反，其先進與後進之相輩」，飄然粘優⿱囟己委蛇句，以協上下。

「倖倖自憙者」，蓋仲翁頂門一針耳。

不仁、不義，無禮、無知，激甚。蘇張詭辨，豈足效焉？

「佝僂丈人者，賤之人也；承蜩者，賤之伎也」，二「之」字緩其辭，以艷其態。若作「佝僂丈人者，賤人也；承蜩者，賤伎也」，但是老大殺風景，何趣味之有？故古人間有此態色，商之丘、麗之姬、後之人、褐之父、小之閨，是也。

「名焉而不問，利焉而不問，百爾玩好嗜欲焉而不問，唯蜩焉是問」，「焉」字法，《周官》《左氏》盡之，李崆峒亦頗味之。「蜩焉是問」，未知能合字法乎否？

「伎之所由巧」，言七段也；「所由興」，言四、五段也。

送香洲師序

第一段「或云」爲主，「博士宿儒」爲客，以決論源。首至「其知言哉」。第二段提三喻，以論人才古今同。次至「枳與鰻屬耳」。第三段提佛者之誘，以論其爲逸民之操。次至「不知所裁焉耳」。第四段論其徒之失素，次至「亦莫逆於其心矣」。第五段言香洲有逸民之操，終以詩繳。次至「亡已其詩乎」。末段叙香洲之言以爲結。「新莽之禘舜」，言援聖人之徒以爲儕也。「好奇之過」，言以不類强合也。上節知聖人之可貴者，下節唯把彼古逸民比佛者，故挾「不然」字以分上下勢，密甚。

「傳曰非天之降材爾殊也者，言其有恒也」，「非天之降材爾殊也」八字，此《孟子》語，「言其有恒也」五字，此物子解語。中間帖「者」字，不穩。上冒「曰」字，則下當削「者」字。下礎「者」字，則上當作「所謂」。此古文之常規大準，《左氏》「《周書》所謂『庸庸祗祗』者，謂此物也夫」，又「《商書》所謂『惡之易也，如火之燎于原，不可鄉邇，其猶可撲滅』者，其如蔡哀侯乎」。自字例失古，學者淪胥，終致是蕬苴不知也，可嘆。南郭句「曰」字，是又大儱侗，全不成文義。

「以謂是胥溺者之言」，「謂」當作「爲」。「以謂」字初見于《莊子》，自《莊子》以前，皆作「以爲」。按，《戰國策》「謂」字、「爲」字多相通用。「以謂」乃「以爲」之轉也，轉而又轉，字例所以失也。下文「亦謂猶有毛人氏之國乎」，「謂」當作「曰」，妄亦甚矣。

松柏，言天物之質不變也；橘枳，言變之不變于非類也；藷鰻，言雖變于非類，其性自有不變者也。反擊旁敲，以明材之有恒也。三喻文意偕秀古而綢，點水不泄。

「藷引根沮洳成鰻」，或云「成」當作「爲」，或云「爲枳」「成鰻」變文，下文「散之爲空，構斯成色」同軌。

「不事王侯，高尚其事」，引《易》斷之，突騎自天門入，人焉支哉乎？亦是老吏斷獄手。

「是《易》唯三百八十三爻，豈理乎，材同也」，句法古嶮，三思知妙。夫《易》三百八十三爻，豈惟理乎？乃知「蠱」之上九，亦言其有若材，所以然者何乎？材古今同也。

「雖其人人殊，論其材乎，皆是物也」，「其人」連讀，「人殊」連讀。上曰「非天之降材爾殊」，又曰「天之生物有倫有脊」，「殊」字、「材」字、「物」字，皆自上文兜來。讀書如蠹之食木，入之深而愈快矣。

「道裂世波，風俗積靡」，猶橘之逾淮，藷之引根沮洳。物之變而爲枳爲鰻也，人亦將安得不爲佛乎？或云巢由唐虞之民，謂之「道裂世波」可乎？曲辯哉！且是局專主佛言之矣。漢人之語云：「大較易爲智。」人莫不誦古文，其能誦古文者鮮矣！

「爝火之代于明」，用許由辭堯之言，取譬不遠。

「佛生乎唐虞時，在中國亦庶乎逸民之徒也」，或云「庶」當作「近」。下文「僧所爲出家毗尼是已，庶乎佛之遺矣」，「庶」字法如此穩矣。

「所謂出家者，始自亂君臣之倫也」，子路曰「欲潔其身，以亂大倫」，文字之來歷不苟。

「高尚之志遂不知所裁焉耳」，或云「志」字句。

「秩其爵，叙其臘」以下，盡一切責。如以犀如意爬癢，而辭氣坦蕩蕩，不與前篇譏不仁不義者同。

「雖曰不吾之信，亦莫逆於其心矣」，「曰」字可削，一言頽文，知字例亦不易哉。曰者，香洲之云也；吾者，物子自呼也，惡有香洲之言而吾物子乎？作「雖謂我不信」猶可。

「爲其有兄弟義也」，應上文「吾姑之夫之子」。

「吁嗟嗟」，字例有成據乎？予於《沙筆》中論之。

「子今其鄉巢由之徒者非邪」，上文有「得吾香洲以語之」句，故「鄉」字確乎不可拔。字有輕如鴻毛，有重如泰山，故善讀者通過一字，如挽九鼎。

「其俗愈益醷矣哉」一句，緩聲遽唱，如快劍斬奔馬。

「詩之爲物，散之爲空，構斯成色」，今夫水月之在夢，山雲之隨心，豈非散之爲空乎？海上共懸明月夢，山中堪贈白雲心，豈非構斯成色乎？今夫花之燁燁，與鳥之嚶嚶，非象乎？感時花濺淚，傷別鳥驚心，非以老杜之境哀乎？兩人相對山花開，黄鳥一聲酒一杯，非以二李之境樂乎？萬物之象，與詩人之境遇而相成，故曰「倏忽乎色之與空相遇，象之與境相成」。痛辨窘逐之後，忽出是風婉流熹一局，妙亦甚。辟如超叠巒深洞，乍得一仙界。

「唯詩是視」句，是謝子之贈句。點妝之妙，似剩極緊。

送野生之洛序

物子得意之文。如入龍藏，萬寶瑰瑋，使人目纈。《廣陵問槎録序》伯仲觀美，學力才力筆力還相爲質，最不易及。末流注折，變出不窮。落句特洸洋，聲遏于此，而響震于彼。《左氏・襄公三十二年》《史記・范睢傳》末句，皆是讀了後未覺其既讀了。

第一段言聲字文具，難易顛倒之蔽。（首至「無已則崎陽之學乎」。）第二段言崎陽之學可以救其蔽。（次至「得若人以友之也邪」。）第三段叙送別之言。（次至「行且擁鼻于先生也」。）末段謝其贈琴，因爲結。

起手神遒而規弘，雅喭之別，立斷巋然矣。

「通聲音于今古，窈眇乎其無閡也」，言雅自雅，嗲自嗲，聲音一定，古今不易，以折古之嗲今謂之雅。

「晁卿不反，備公莫繼」，後面「崎陽之學」結胎于斯。

「聲字之學」，乃下文「辨宮徵，哳腭齒」是也。

「咸在華人之恒言」以下，至「往往乎在」，一氣讀下。

「麈尾性命」，言以性命爲話把。「口吻雌黄」，言雌黄不去其口。「讀書難字過」，老杜之詩也，非柴桑翁之句。

「則率皆爲難字之過」「則乃怪詰盤之不聱牙也」，二「則」字相對，爲顛艱倒易二樣文字，散中取整法。

「故予謂無已則崎陽之學乎」，「謂」當作「以爲」。下文「謂洛者」「又謂關中者」之「謂」，當作「曰」。

「譯人居之」，急頓一句，崎嶇甚，然是實文中大眸子。

「崎人蘇山鞍生」「崎人石吴峰氏」「崎人林羅山氏」，三帖「崎人」字，不厭其煩絮，此龍門子史筆。

「入其户，闃其人」，言入華人之户而與華人交也。「莫不愕眙相顧」，物子自道也。

「協今古，一雅哆」，言混合古今雅哆之言，以習明之。

「予既不能挽而留之，乃從而慫恿之」，何限情味！

「且也世之軒輊關洛之學者」，「且也」字，上四十字，下數十百字，縱擒有餘勢。昆明石鯨，鬐鬣欲動。且關洛之學，簡而不泄，文無俳語，語無私評，二方之水土風謡人文，來而參於前，亦篇中一奇觀。

「關中者，興王之地」，改作「關東者，興霸之地」，義順而文亡害矣。

「聲字之學，二者未之有聞焉」，「二者」上洛者、關中者。

「先生者生于崎，學于關，今而往于洛」，括得上文，宛如鬼功。故神手相感，則似有物具材獻之，此妙理。

「聲音雅哆通別之旨」「協今古，一雅哆」，是通也；采其言之尤雅馴者，是別也。別者，物子所長；通者，野生所長。

送左子嚴序

此物子五十寢食李王時作。字必極碓之，句必極鍛之，其色粹，其氣發。間作奇語艷句以尖人，後面圓圓轉轉，似《桃源稿序》。

第一段提通篇大意。首二句。第二段言子嚴之爲奇士。次至「可不謂奇士哉」。第三段言畫史而盡道者，華夏亦鮮。次至「盡乎道者也」。第四段言子嚴之堪爲畫史。次至「今乃獲子嚴哉」。第五段言其所屬子嚴。次至「子嚴唯唯」。第六段伴講山人，論列二奇。次至「又以爲奇遇也」。第七段言有憾於奇。次至「有憾於奇已」。第八段言無憾於奇。次至「無憾於奇也」。第九段言成其奇以結。

冒頭二句突乎如飛來靈鷲，遒乎如千年枯藤。

第二段「邦中」字，照上「仙臺」；「明詩」字，呼下「多識於鳥獸草木」；「奇士」字，映下奇遇、憾奇、成奇。

「華夏雖大乎古今茫茫人物雲繁」，十三字一句，大奇。或云：「邦大則多名士，固其所也。故曰：雖以華夏之大乎，茫茫古今中，人物如是雲繁。」是輩可謂爲薆老筆端愚弄矣。有人方鞭龍馳霧，而可以常諦推之乎？「尚何莫有畫史而盡乎道者」，言無有也。

「禮樂所以因革」，「以」字可削，甚害文義。

「精神所在，形之丹青」，言詩中景、景中人，模寫出也。

「子嚴唯唯」，自上「有所屬」來，非突出没巴鼻。

「今年余年五十，徵詩山人」，與下「致賀不佞」句相照，而知其詩之爲壽。不然，五十徵詩，不免鶻突，是文人用心處。唯「徵」字不如改作「求」字、「請」字。

「有憾於奇」，言子嚴之憾也。「山人之遇可恒」者，言子嚴之遇山人。「余之遇不可恒」者，言子嚴之遇余。

「無憾於奇」，言余與子嚴之憾也。「余之遇可恒」者，言子嚴之遇余。「子嚴之遇亦可恒」者，言余之遇子嚴。

「有憾於奇已」「無憾於奇也」，「已」字、「也」字變文。「乃自吾選之」「迺自子嚴形之」，「乃」字、「迺」字變文。致想縝密。

「詩匪余口出乎」，「匪」字上置「雖」字看。下同。

「況六十古人，旦暮一堂之上」，連下數句，文勢直下，既優且美。自上頭曲曲紆紆中讀過至此，意灑然如下羊腸步寬疇。

末結云「尚以成其奇哉」，與首端「蓋有所屬」驛應。

贈對書記雨伯陽序

第一段叙伯陽之勞公事，且驩吾黨。首至「行束脩于門下也」。第二段議論發緒。次至「雨君勖哉」。第三段論文士唯外交可用才。次至「則外交耳」。第四段論三邊。次至「合浦類耳」。第五段論對府重于三邊。次至「亡所輕重乎我者類哉」。第六段論書記重于對府，美而厲之。次至「以答天之寵靈哉」。第七段言不賚人所悉，而爲是大議論以結。

開手叙伯陽之賢勞，辛壬甲乙，所以明不遑啓處也。「於是乎始識孝孺赤關之館，爲曹丘生于吾黨也」「於是乎始訪余牛門之廬，俾其子顯允行束脩于門下也」，二事成對，以叙所以與伯陽交驩。行文錯綜，結構甚協。二「於是乎始」字、二「之」字、二「于」字、二「也」字，嘉耦相媲。于鱗曰：「字爲句將，句爲篇宗。」信哉！將失其任，軍敗其績，是以掄字如掄將，讀者庶毋慢焉。

始曰「勖哉雨君」，次曰「雨君勖哉」，用《牧誓》文法，密。

「歷代相承，控弦成俗」，言鎌府以後，更姓易代，皆是武人也。初予錯認「歷代」字，以爲與下「二代」衡決，故録。

「監於二代，郁郁乎文」，「二代」言鎌倉、室町，文字顧上「武斷」字。截取古成語，如此確切，不啻如自其口出。

「操觚之士」，言修辭文士也，非言横經語聖之徒。「朝廷之上，金馬玉堂之署，是則亡論已」，言無所用其材也。上下之文紓暢，彎彎相抱，善體作者意爲要。

「海外華夷」「海内五民」，字脉反應。

「豈可不謂重乎」，古文無「豈」字法也，削去爲勝。

「亦唯民與民之交征利，其稱難治者，迺漢日南、合浦類耳」「唯吾國家柔綏之德也，而彼猶且秉世王之禮」，此等句法，流麗潤美，實篇中玉髓。

「萬一釁啓，毋迺弗有齊襄九世之志乎」，「弗」字可删。物公何以有此失着？子遷何以有此失校？

「夫對府之重，爲最於諸邊，而韓以辭命嫻於文」云云，「而以兩君之材，故易易耳」云云，「而名譽著海内，重于三韓」云云，「而有關乎國家之大者焉」云云，「而兩君迺獲矣」云云，此一段每節中挾「而」字，叠叠甃起，〔一〕轆轤不盡之妙，非毫端涌若邪溪者，誰能爲之？

「修其明德，以答天之寵靈」，「明德」當作「令德」。《與縣次公書》亦曰「天培殖明德」，皆與晚年之見悖。子遷何校？

末段舉海内人、國人、吾黨之士所悉，斷以「余又何言」，强弩末力，猶且徹七札，此

〔一〕叠叠，原作「叠起」，據關西大學藏本、大阪大學藏本等改。

后羿、由基所難爾。「余故特言其能獲用其材乎國體之大者以勖之爾」，結以矯矯一長句，取常山蛇勢，殿以「勖」一字，不動如山。

送雨顯允序

第一段以世達之言起。首至「敢請」。第二段小言發首。次至「居吾語子」。第三段以詩爲論。次至「則亦莫詩若焉」。第四段言古詩之教。次至「由此其選也」。第五段言詩之失古。次至「天地肅殺之氣矣」。第六段就世達身上論之。次至「是吾之所望子也」。第七段以世達之言結。

此篇以詩立論，昆侖之源決，而河自天上來。

「以其不能安於王母之心，而將從其家先生歸也」，「其」字轉換可玩，以一字之微而宅心乃爾，巧夫。

「追歸」二字不穩，「追」改作「臨」猶可。聯四「歸」字，是態。

「唯吾對僻居西海之西，而風馬牛之弗及。雖有鳴雁，曷能朝夕」，語氣類尺牘，不能無憾。且「風馬牛」，杜元凱注以「末界微事」，確言不可易。若特說遠方，則馬牛之不奔木道，豈以遼絶乎？乃曰「僻居西海之西，而風馬牛之弗及」，造語有未盡者焉爾。

「必也」字，《論語》文法，襯轄極嚴，人多有差用者。

「以辭命爲對府重邪」「以不朽爲海内重邪」，二股；後來乃又以二股結鎖，曰「于辭命乎何有」，曰「于不朽之業乎亦何有」，曰「對雖一侯國乎」，曰「海内人人莫不跂予望之」。提詩以爲中軍，辭命與不朽，對府與海内，左右前後成列，而讀者不知其形勢如何。文之節制，大將何人乎？

「詩之爲教也」骨子，「其爲言也」「其爲用也」兩角。第四段上半截應「以辭命爲對府重」，〔一〕下半截應「以不朽爲海内重」。挾「若夫」字，以分上下體局。

「内則閨門，外則列國」宜句絶，「朝聘燕享之際」語氣屬下。「言之者無罪，聞之者無怒」，語意却管「宗廟朝廷」以下。然所重在此，故以「朝聘燕享」一句發之。此名手倜儻處。讀者須自廬山外望之，不容躑躅峰嶺，以求其真面目。

「惇史之辭，蓋亦由此其選也」，與上辭令相應。

「以語乎教」「以語乎政」「以語乎文章」，三「以」字上無繫援，放甚。「弁髦禮樂」「芻狗周官」「糠粃其辭」，識高而斷明，從容擊破，有七擒孟獲之勢。濂洛諸生之雞

〔一〕 截，原作「裁」，據關西大學藏本、大阪大學藏本等改。

肋，能中此老拳毒手乎？

「是其由有所不獲乎温厚和平之旨」，乙「其由」字則順而穩矣。物子豈故作之乎？將失點檢乎？

「而後詩與文，迺爲天下裂矣」，言宋以後也。次之曰「李杜不文，韓歐不詩，自此而還，滔滔弗反」，行文之勢，似以四子爲宋後人者。此亦綉文絺錯，雜遝成章，文之高雅不拘者。《七經孟子考文序》曰「唐以前王、段、吉備諸公」，亦類也。夫黄鐘之音如窌牛，不與燕姬趙女膝上弦同。

「利貞者性情也」一節，旁擊神警，流矢中馬之白肉，宋人殆將不支矣。

「自對而外而三韓」，猶曰「自對以外則三韓」，疊用「而」字，奇艷。「自對而内而封建之國薄東海，風行而草偃，速于置郵」，文勢駸駸如風檣陣馬。妙則妙矣，然顯允一少年，詩一小技，而大言至此，不免輕躁虚張，可惜。

「封建之國薄東海」，與起手「西别」睨射。伯陽稱對府，世達稱西别，非偶爾冒之者也。

送魯子歸海西序

此薐文之最簡勁沉濇者。以辭爲經，言梵典之不得不假我文；以儒爲緯，言禿子之不得不爲我徒。一經一緯，奇色奇織。天女機上之物，人間總不知。多少癡肉臠，徒抄「自浮屠以來未有魯子」等句，彈爲狂妄，全不省立言主意。

第一段抑浮屠之文，諷魯子之文。首至「蓋五色難可能名云」。第二段言辭之不可以已，以美魯子之好古。次至「未有魯子也」。第三段言魯子幸而爲儒，以勸勉之。次至「所以有魯子焉」。第四段結法。

「浮屠之文素賁，無當於五色矣」，變「白賁」爲「素賁」，豈以白亦五色之一故乎？昔徐彦伯爲文多求新奇，以鳳閣爲鵷閣，龍門爲虬户，金谷爲銑溪，玉山爲瓊嶽，芻狗爲卉犬，竹馬爲篠驂。後進效之，謂之澀體。

「獨奮然自言」，「自言」當改「言曰」，《字例述志》詳之。

「無假乎辭者，無執乎辭」，教外別傳，不立文字，故曰「無假」；既無之假，則無所拘守于辭也，故曰「無執」。

「而什奘所傳，奉以爲經」，什、奘之辭，晋宋耳。奉之爲經，則滔滔末流。烏得不至咄喝之卑乎？「而」字襯妙。

「殊不知爲亡害者，爲有益者已」，似周之仙筆。「亡害」者，「有益」之反也。夫爲卑而無害者，乃爲美則有益者也。就上「靡靡卑矣爲亡害也」句，一撥而詰出之。金鵷擘天之勢，目力頓不及矣。

「故執與無執，其間不能以寸」，夫爲亡害于卑者，爲有益于美者也。亡害之心，有益之念，雙立於其胸中。雖曰無執，亦不無執，欲忘影者，未能忘于懷。

「道猶辭也，辭猶道也」，道存乎辭，辭外無道，故曰「道猶辭也」；辭載乎道，道外無辭，故曰「辭猶道也」。

「寂莫獨守其玄，小乘哉」，道以辭尊，辭以道尊，惟寂惟莫，而不見彼焕乎郁郁乎者，所以爲小乘也。寂莫守玄，是子雲故事，而含沉空滯寂之意，圓滿自在。

「要之與其見聲聞身，瓔珞莊嚴，福相殊矣」，言聲聞身比之瓔珞莊嚴，則福相殊矣。以佛門色相爲斷力批香象，所謂秘密大藏印可之妙。

「雖親稟瞿曇，而左、莊筆受可也」，「雖」下添「曰」字看。

「管晏老列」作「孟荀莊列」爲勝，管晏乃卿士共職者。

「故牽於同者，謂堯舜儒」，「故」字管上五十三字、下二十八字。「古之時」云云如是，故「牽於同者」「見於異者」，不足以知大同之世也。

「大同之世」，假于辭也，以言達人大觀之域，亦自上文「古之時」來。《家語·入官》曰：「大域之中而公治之。」「大域之中」，言蕩蕩乎無偏黨也。曰「大域」，假于辭耳，古來説者總不解。物子所謂「大同之世」，造語其類于古哉？夫儒釋之不相容如豺虎，故言之以明反觀合一之義。「牽於同者」是客，「見於異者」是主。此一節以佔畢修辭勸魯子，以儒釋大同明吾黨有魯子。

「是其恒言矣」，括上「物子曰」，孤冷巉削，似贅而妙。

「仲尼不與」，則儒門之言無所折衷，故曰「我不幸而爲儒」。「瞿曇之道逾葱嶺」，則非文辭不能爲用，故曰「魯子幸而爲儒」。卓鑠之見，奇創之言，海上芙蓉初日浮。「魯子信能儒哉」「學華音於魯子」，此二者，「是我黨所以有魯子」，故中間挾「又」字。文辭魯子獲之吾黨，華音吾學之魯子，故在談文中，特提其所學，禮也。「能儒」，瞿曇別稱，以此二字兜上頭議論，六鰲戴山之力不如。

浮屠之文。第一段起語。瞿曇之道。第二段起語。瞿曇氏之儒。第三段起語。〇自有浮屠以來，未有魯子也。第二段結語。是吾黨所以有魯子焉。第三段結語。〇吾黨士相謂。首段。吾黨士多贈以言者。末段。皆影然相望，空翠相參。始曰「吾黨士相謂」，中曰「吾聞之，皆録人言以爲文」，終以「物子曰」斷之。始束終皆舉之而後入焉，文章政事，其慮一也。

「魯子可以行乎哉」者，魯子文益進，而贈言亦多也。

「猶龍之嘆」，有非常之贊，有悵別之意。撒手泊泊，長江渺渺。

贈子和之三河掌書記序

此蕿文之最豪爽魁梧者，亦千古獨步文字。前半造文隱然，如石城鐵門；後半立意超然，如蜃樓霓閣。使讀者目嵬心匯，神嶷氣漏。與前篇對觀，物公其有四目兩口乎？

第一段起。首二句。第二段泛言奥之山水人俗，非文華之地。次至「惟奥爲然矣」。〔一〕第三段重以實事提撕前案，以喚出子和。次至「可謂信哉」。第四段榜子和之爲人。次至「子和誠狂生哉」。第五段言別筵之云爲以終。

「子和狂生哉，迺奥人也」，冒子塵二句耳。峭起弩發，如蚩吻之立于層城，妙在「迺」字，言子和之爲狂，宛然奥人性地。

「奥之爲州，延袤且數千里」，「且」字可削，與「數」字牴牾。○「昔在大寶之世，瓜分扶桑之壤」，「世」字不穩。○「舉九服莫奥是若」，「是」字可削。《香國壽序》曰「和弗華是若」，同失。○「歷千餘歲之久」，「餘」字可削。大寶至慶元不滿千歲。○「奥

〔一〕然，原作「幽」，據《徂徠集》卷十《贈子和之三河掌書記序》、關西大學藏本等改。

之以賦百萬國者數十」，「百」當作「十」，侈辭失實。○「物先生謂予也」，「謂」當作「言」。

「喻毋聽，攻毋能破」，下添一「能」字，此句法。「夫奧之俗毋更都雅也，山水毋更秀而潔也」，下添一「而」字，同格。

「毛人雖獷乎，豈唐之儔哉？則奧之大與俗戇，可知已」，一「則」字，多少曲折，多少奇峻，雋筆哉！

「奧之大與俗戇，可知已」，「大與俗戇」一氣串，「之」字妙用。布置如左，昧者不察，字法句法皆紊。雖至微乎，不得不論。

奧之［大 與 俗戇］可知已

「大」字是伯子。

「奧之」二字是父，「可知已」三字是孫。

「俗戇」字是叔子。

「然猶且世不易帖服」，「然」字遠自鎮東府來。

「迺士之以武鷙稱，舉九服，莫奧是若」，「迺」字與上「則」字睨而變文。「則」字重于承上，「迺」字重于起下。「九服」字，假借用之。人或詆以爲不可者，小辨不足取耳。

「夫奥之俗毋更都雅也，山水毋更秀而潔也」，添此二句，揪上項論緒。「都雅」與「戆而勇」反應，「秀」與「莽宕」、「潔」與「淖滯」皆反應。文姿韶美，落脉貫通。

「文王作人，可謂信哉」，忽然贊神祖之德，結了。伏下面「三河豐沛」「豈特淏與醫無閭云乎哉」，名工妙手。

「迺其所爲迂遠，闊於事情，猶稟命奥之土邪」，爲下録子和二言張本。

「僉益自憙，攻古文辭」，與「嘐嘐然惟古之徒」緊應。

「吾奥北鄰毛人，而西瀣海，東弱水，以左右望三韓與蓬瀛之洲也」，三韓在瀣海，蓬瀛在弱水，「而」字、「以」字點得絶巧，變化極矣。上曰「南游吾黨」，故此舉三隅而不舉一隅。不舉而見，所以爲妙矣。

「吾既生不當秦皇、漢武之世，安所得拔毛人之毛，襲以衣冠，迺毛其土乎」，如此則毛人無所求也。「幸從物先生修不朽之業，則王喬、安期生旦暮而遇之」，如此則蓬瀛無所希也。唯淏之水可以濯纓，醫無閭之顛可以石我詩，則所憾者唯三韓耳，爲「子弗往而彼來」楔子。這般奇特，青蓮所謂「蓬萊文章」。

「朝鮮聘使，當過三河，而州侯職當供張」，二「當」字似重癡却健。《左氏》「大叔完聚，繕甲兵，具卒乘，將襲鄭，夫人將啓之」，二「將」字文規正同。

「予酌之酒以言曰：子弗往而彼來，神之與契哉！子行矣」云云，「子行矣」字，與落句上下相響。若使它手作之，此三字必在「言曰」下耳。乃知物子結意深，而措辭巧。

「夫三河者，今豐沛也」，自「神祖龕定」「文王作人」來。大風所自，元氣鬱渤。「杜若之水」之於「淏」，「鳳來」之於「醫無閭」，豈唯過焉乎？文意之離合出入，多多益辨。誰謂物公不如韓淮陰乎？

「杜若之水，鳳來之山，鬱鬱乎佳氣，庶以睹風之所自邪」，文極其艷而不靡。物公腸胃文章，真與九英梅杪日華爭光矣，尚哉！

「子和受爵而飲」，物子之言適于意也。「悲歌忼慨」，於物子之言總不置對，却以鬥飲放言，不顧而去。子和狂模樣，筆筆揮出。李王宗徐，積乎就醉，遂極千載之態。「歌未畢，忽愀然久之」，此狂夫真性，二句極神。

「朝鮮者，燕之屬也，其風土吾等耳」，「吾」者斥奧，上文相推成義。「是猶可憾也」，應上「所憾」字。「子和誠狂生哉」，末句重結。與于鱗《贈子相序》末句「詩難言也」一機調。

送釋玄海歸崎陽序

此篇蓋腹稿一夕，載筆不崇朝者歟？蘐文之似韓柳者，其妙在氣。抑天馬而非德驥，名姝而非静女，則似柳者居多。上人豈有以古文草佛典之説邪？故物子因慫恿之以文耳。其爲意也不盈一匊，而文辭汹汹，正與九河八川涌起。予雙角時與僧宗寂者遊，批之曰：「大藏八千，豈可改作？」向來讀蘐文者，大都寂之徒也耳。宇生曰：「日本無論，明季莫及。」

第一段發談文端首。首至「無已其文邪」。第二段言釋文之污。次至「譯之故也」。第三段言上人之能文。次至「瞿曇之世也」。第四段就其爲崎産，以言釋文之外，別可起一策。次至「吾識其大乎爾」。第五段就其所經歷，反言前段，以揮指實境。次至「是已」。第六段以上人之言結。

宇鼎《四序評》云：「題當爲『玄海上人』，文所稱可以見已。余從上人見先生筆迹，實然，何妄改爲？」按，題與文異其所稱，不啻此。宇生好小辨哉！且草贈其人，與退録其稿，固當有不同焉者耳。

起手詹詹，通篇大意，一鼓鳴之。二段以下，直敷衍論去，與前篇之格自是異樣。

初學者要知此等規。

《崎陽四序評補》云：「凡中華地以陽名者，無非山南水北之謂。獨南陽不然，然以其在中國之南而居陽地，故曰南陽。長崎之爲崎陽，名義何取？下洛陽，假彼以稱，與此不同。然未若平安之穩。宇生曰：『是言固然，然白樂天稱安州爲安陽，明人稱諸暨爲暨陽。以此觀之，稱長崎爲崎陽，於文或可，於題則不可。』」按，今人之以陽稱者多妄，可厭。我嘉是言之訒，故録。

「汶汶曶曶，不可以躋作者之林」，言梵文之體汶曶，不可譯以成文也。然西天之文，不適東土之辭固矣，何遽以是呵責之乎？猶有婉而成章，與其激語生争，綴文之士，硬要三致意于斯矣。

「洛陽服子遷，金華平子和，盛稱其文」，借服、平以褒其文。不言之意，綽約微達。宇生云：「『金華』當作『陸奥』。」亦此小辨。

「汚不阿其所好，豈易言哉」，宇生云：「二句諷規服、平。」按，物公未嘗有此意，宇生以己不喜二子，文外吹求，以矯誣之，妄矣！嗟！不平之心，不可以談文。

「上人亦喜誦左氏、司馬之書」，明其非好六朝以後者。「悲夫《穆天子之傳》不可得以讀焉」，穆王遠巡，馬迹殆窮西極。以時則并，以地則近。上人屋烏之愛，悲其文之錯亂耳。論者曰：使傳無闕文，瞿曇之言或有載焉，所以悲也。又曰：使瞿曇與穆天子遇，而作傳者譯之，文古奧，必無什、奘之陋。然傳既不可讀，則不得藉口其文以誇詡之。所以悲也。予曰：論者之言入微，蓋有此意矣。然此文如急流驟雨，物公昔日下筆時，未必有如是深細工夫。

「海西」，宇生云：「『海西』物子常言，然當改『西海』。」

「其人歲或一至，必有能傳瞿曇之言者」，乍鑽入一迂誕之説，以伏後案。總是急流驟雨之見詭態怪狀者。

「雞足之仙，誰其遇之」，迦葉雖隱雞足以待慈氏，一入不反。「誰其遇之」，則上人名山之藏，何爲於滔滔天下？田瓚曰：「『誰其』當改『其誰』。」按，《詩》云：「誰其尸之？有齊季女。」又云：「其誰知之？蓋亦勿思。」正是同義。椎刀之末，不論可矣。

「安知千歲之後，必有上人者乎」，自「後世子雲」翻化來。温公作《潛虛》曰：「《玄》以準《易》，《虛》以擬《玄》。《玄》且覆瓿，而況《虛》乎？其棄必矣。然子雲曰：『後世復有揚子雲，必知《玄》。』吾於子雲雖未能知，固好之矣。安知後世復無司馬君實乎？」

「足迹殆乎窮海之濵」，與上「東游」字應。「海」言東海。或云：「漢人之文則可，倭人之文則不可。」斯言有脊。

「而後知日本小也」「而益知天下小也」，《四序評補》曰：「『復』當改『乃』，『蓋』當改『復』。」按，「復」之爲「後」，「蓋」之爲「益」，物子再訂乎？子遷修辭乎？將《四序》以字形似誤乎？作「乃」作「復」則妥帖，作「後」作「益」則奇横。

「身毒豈有能傳瞿曇之道者乎」，邐迤入實境，妙甚。

「落落者玉，碌碌者石」「人之有心，吾忖度之」，皆失檢。

「大聖千歲，旦暮遇之」，什、奘之譯，文章觀火。收其玉者，誅其石者，而貫道之辭，郁郁照人。則千載大聖，可以旦暮而遇之。

「則豈必有曩者陋哉」，田瓚曰：「『則豈必』當改『亦豈』，『必』字甚害文意。」信然。談文如是，可謂物門藎臣矣。

「吾其期年必將復見夫子」，詹詹作結，如輕雲之威，如春雪之消。結而不結，以不結結之，妙不可言。通篇無一奇語，無一奇句，而自然烟潤。所謂淡墨羅漢，不假顔色，而鬚眉面目，迥乎各别者。

蘐文談卷四

序七首

贈萱童子序

文采豐腴，浩音震天。其規閎遠，而論亦高朗。享保甲辰，物子年已六十，何其墨瀋如此壯姣乃爾！周南所謂如吁咈廟堂，燮理陰陽，憂樂與蒼生者。伊東凬評之曰：如以鬼臉怖小兒。蓋此篇波瀾汪汪涵天，伊生豈以其爲是童子而有是大議論，爲虛囂不倫乎？宇生評四序曰：「此篇非夫子不能，然大減它三篇。」「三篇」言贈玄海、秀緯、伯曄序也。蓋此篇追琢黼黻之功極，宇生豈以是爲嫌乎？然文之葱葱鬱鬱，自《國語》來。

第一段以童子特命起。首至「希覯盛事也」。第二段舉童子履歷不凡。次至「迺有今命云」。

第三段贈言。次至「何俟予言」。第四段結以童子之言。

「都下聞者莫不驚嘆嗟異」，揭此一着，以伏後論。

「謂爲百年來希覯盛事」，「謂」當作「以」。「時予尚在赤城，赤城者謂予也」，「謂」當作「言」。宇生曰：「當改『赤城者謂予，時予尚在赤城也』。然赤城地微，不必言。」按，文豈一端而已哉？況如宇生，文之神死，墓樹將拱矣，何異于皆川愿改作《義經記》事？

「童子生而俊異靈慧」，「生而」字，取法《左氏》，襯寫極中。下二「弗屑」，皆舉其異于凡。品藻孺子，宜如此矣。

「黄備氏之讀」，宇生云：「改『吉備』爲『黄備』，未可。且以倭訓爲吉備之讀，國紀無之，必有別出。雖然，國紀所無，難輕信。且近誣先賢。」東龜年曰：「物夫子以『吉備』爲『黄備』，借訓以避憲廟諱乎？」

「德夫倡以華音」，應上「黄備氏之讀」。「童子躬生於朝紳之家」，應上「醫官李陰先生」。「吾儕陪臣」，應上「跧伏侯邸之末」。蜀山崩而魏鐘鳴，文之呼應，有不易求者焉。

「瑞芝朱草」，或云朱草乃芝也。

「和氣洋溢乎兩間，浮遊乎宇宙」，衍一事而二之，亦法。其爲合掌對，不妨也。《過秦論》曰：「秦孝公有席卷天下、包舉宇内、囊括四海之意，并吞八荒之心。」

「夙收羅山于西畿，煦濡以成其業，終爲一代儒宗」，言神祖煦濡羅山，以爲一代儒宗也。上下文勢可推。

「京洛獨稱人文淵藪，而十數年來操槧之士，迺益彬蔚于東都」，此處結文極爽，筆勢如舞。

「輦轂」，帝都之稱也。京都、江府對説，而以輦轂稱乎東，大澀人喉。

「蓼蕭棫樸之化，於斯爲盛。則髦髦之英，亦人之麟鳳龜龍、瑞芝朱草哉」，「於斯」猶曰「於今」。夫四靈異草，王德和氣之所生。而譽髦之英，亦蒙是化以出。則其爲王者之祥，四靈瑞芝何別？以譽髦之英，推本列朝培植，一局命意。「譽髦」字取于《大雅》，最確。

「至和所翔」，乃上「和氣洋溢」之「和」。「窮陬下邑，于何弗有」，言髦士也。「違天尺五，鶴唳蛩聞。好爵縻之」，《小雅》云：「鶴鳴于九皐，聲聞于天。」「違天」之「天」，「蛩聞」之「聞」，暗暗相應，皆自《小雅》來。人或能知「鶴唳」之與「好爵」應，而不知「蛩聞」之與「違天」應者。猶之阻霧見花，逆風聞鳥也。

「雖然，國家設制，崇高豐大」，此一節冒以「雖然」字，以激上節既定之波，尾以「何哉」字，以扇下節未起之雲。

贈言之中分爲五節。第一節借麟鳳龜龍，以論時化育才。首至「時乎有以化之也」。第二節承上，舉列朝培育，以榮童子。次至「榮亦大矣哉」。第三節激上，舉國家設制，而言童子不足榮，因咈都人驚嘆。次至「獨何哉」。第四節提上命之所以榮至大。次至「爲斯文慶之」。第五節勉勵童子後來。

曰「榮亦大矣哉」，曰「迺今童子之所爲榮」，曰「何翅一童子之榮哉」，曰「有以榮之」，四「榮」字活鱍鱍，圓陀陀。

「博士賤矣」應上「晉爵大夫」，「二百石微矣」應上「增秩萬石」。「而都人耳目所狃」「而其驚嘆嗟異」，二「而」字攣如。

「蓋聖德方明」，「蓋」字帶敬意，不與南郭蓋蓋同。

「仁聲迺孚，民應如響」，「仁聲」字最確。《詩》云：「鼓鐘于宮，聲聞于外。」言行乎近而達乎遠，是仁聲之入民深也。

「何翅一童子之榮哉」，田瓚云：「『翅』當改『獨』。後世混義，乃有此法。於小文可，序則不可。」按，混義如何？

「若夫童子」以下，就童子身上勸戒之者，故附之家先生。物公立論主腦，正在「爲斯文慶之」。

「追躅林公，以供國家異日之用」，上稱「羅山」，下稱「林公」，《左氏》遺法。且責童子以「異日之用」，控御有法哉！

「童子蹶然興而離席以言曰」，田瓚云：「『興而』當改『而興』。」按，宇生、田生常以一定權衡概論文章，高叟哉！況物子不作「而興」作「興而」，乃新其筆以活其辭者乎？

贈于季子序

此篇喝霸主處，文極駿利，理極昭徹。精金百煉，有折無卷。至喝洛儒處，文理却遜。雄于論大，雌于論細。德夫之書、子遷之復，其言也末矣。以予觀之，貶洛儒以及皇家，議文章之末技，失天下之大倫，一過多矣哉，與《擬大連檄文》，皆删而可也。

第一段提京洛寥寥。首至「少須之」。第二段論其所以寥寥，以言有待。次至「少須之」。第三段舉于季子，遂言此篇爲風洛人而作。

第二段分爲五節。首節言霸主暴王室。首至「托以自恣也」。第二節言僧徒掌翰墨。次至「可以知已」。第三節言洛儒之陋。次至「是已」。第四節言其陋之難變。次至「所以難變爲爾」。

第五節言猶有待。

第三段分爲二節。「賈生復生于洛」以上，舉于季子以悦得所待也。以下陪插子遷，以冀洛儒之陋有變也。起手襯襮，如長風之吹萬幕，如秋水之驟至。

「夫洛者，共主之所居也」，造語傲惰，且「共主」非美名。

「是鎌倉氏之所謀未遂」，言足利氏終濟鎌倉未遂之謀也。「北條氏之托以自恣」，言足利氏效于北條而甚焉。北條之所托者，親王也，而遠在關東，未如室町之甚焉爾。「托」字上無「所」字，與上文照而省之，法也。此一局虓虓乎如雷楔雷斧，跋扈將軍，何等面孔。

「於是禪盛而聖人之道廢」，自「借禪以解之」來。「終有所困於辭命，則以僧爲行人」，自「援中華以爲重」來。〔二〕故「辭命」字、「行人」字，皆非空桑之子，讀者其深味之。

「國初縫掖之徒，皆其噍類」，此篇專談京師之事，而瞥然點出「國初」字。我恐洛儒之蘄之，而曰神代之初乎？將人皇之初乎？是之謂其辭不修。昭代不與唐明同，儒者習彼文字，以爲藍本，遽遽失竅者多，戒之。

〔二〕華，原作「和」，據《徂徠集》卷十一《贈于季子序》、關西大學藏本等改。

「髡形未化」一句痛快。藤樹先生以羅山父子爲能言鸚鵡，以其肖佛者之形，居佛者之位，服佛者之服。

「故雖有聰俊若仁齋，猶率乎其所習」，蓋物子之名大興，天下莫不動。唯京師獨否者，以仁齋東厓存焉故也。故特提其人以唱破之，此亦風洛人之微意也。

「洛之所以陋是已」，「陋」者蠻貊之稱，以是稱帝都，將可乎？雖曰主洛儒言之，後世董狐其宥諸乎？

「洛之所爲重者，共主邪？王臣執周禮于秦火之餘，以欺海内」，物子於是乎可謂失言矣。君子修辭，所以立其誠也。辭之不修，誠將焉立？不立其誠，何以辭爲？

「雖然，睿宕嵯峨之顛，豈亦莫有上古之糵者邪」，連下五句。文姿媚嫵，蜂蝶慕香。勘鞫之末，乍出此局，文之妙訣寶符。「上古之糵」，自上文「典章文物」蒸出來。

「自謂其家隸船司空」，「自謂」字失法。「吾黨之士相謂賈生復生于洛」，「相謂」字失法。學者三復予《字例述志》，自得之。

贈慧寂序

此篇起勢流暢似韓文，而後來苟且，字句不煉。籊籊以殺，則不免熊魚科斗。不然，與《送玄海序》參矣。

第一段論釋氏亦民之爲生也。首至「不失先王之心也已」。第二段論儒者惡釋氏之謬。次至「其尤也」。第三段提慧寂以結。

「先王之道廢，而民失其生者久矣」，「先王」者，稱我古昔天皇歟？乃文義無害矣。然物子之意，正稱唐虞三代，則造語有未盡焉者。其故何也？我日本未嘗以唐虞三代之道制民之生，興廢得失，何關於堯舜四王？我邦人幼習漢唐宋明之文，徒舐其毛，而不啖其肉；模其辭，而不察其宜。漫然搬其方語，以捏我邦事者，此妄孔多，文亦一役。是以稱「先王」以論邦事者，宜體我國體，諦我土宜，斟酌而用之，我豈漢唐宋明之士乎？

「是尚可言也」者，言民失其生，趣其攸利，莫之敢遏。抑此猶可説，以易其所趣也。爲下「疇能易焉」特安入此一句，非險句也，非贅語也。察之不諦，似險似贅。

「亦可謂之不失先王之心也已」，「謂」下之「之」可削。

送守秀緯適大垣序

出處之義，兵農之分，傑眼明斷，文亦潔而不泄。如入雪窖，使人冷畏。末段轉眼，突奇絶美。可謂文亨媚香無忝矣。

第一段以客訾之、已駁之發。首至「不然也」。第二段言古代出處之義。次至「此諸古焉」。第三段言鐮倉而降。次至「亦猶故焉」。第四段言方今之世。次至「若今斯其急乎」。第五段提秀緯，以折客不論其世。次至「客唯唯退」。第六段點臨別一語以結。

「吾邦先王遵唐制，郡縣其海内」，「其」字極有奇味。

「於是乎出處之道，比諸古焉」，上以「古之時」先王説起來，下乍曰「比諸古」以承之。「古」字轇葛相支，蓋物子之意曰：古帝遵唐制，修賓興之禮，而士之出處，得與三代比。遵唐比古，辭相挐成義云爾。非義不通，如其辭何？文章天下之公器也，我之不人欺，人將欺我乎？

「鹿鳴之歌廢」，與上「賓興之禮」應。

「以古視今，兵農雖分乎，仕而有禄，均之庶人也」，「視」當作「觀」，「雖」字冒到「仕而有禄」，中間挾「乎」字以舞文勢。此物子獨得之機關也。《送左子嚴序》亦有此法。

「必仕而後有處也」，立斷直截，快劍一擊，割石如泥，此亦人傑喉氣。宇生云：「此篇論古今兵農，若指掌然，可資國史。無論近世，雖古人不多有。其以仕爲處，以醫同士，是矯枉失正者。」按，宇生可謂善讀此篇矣。予昔嘗論朱、物之要曰：朱子之言，丁之刀也，避骨而入；物子之言，羿之矢也，所中没羽。此等奇思，汰乎古而貫乎今，勢撼鐵壁，其過激不必論矣。

「昔孟子謂晋天下之仕國」，暗記之失，子遷何不校？

「若今斯其急乎」，田瓚云：「當删『斯』字。」按，不删亦可。

「且所仕非所學者非邪？則相牛之經，豈仲尼所嘗學乎」，或人所訾，豈是謂乎？此特一戲謔耳。興于戲謔，以及實諦，議論之文不厭變化。《國風》之以一草一蟲繹出不盡情態，亦類也。「非邪」之「非」，「是非」之「非」。

「客唯唯而退，則會秀緯之將發而來訣也」，「則」字奇襯，一字千金。客之退，秀緯之來，肩相摩于階，則向來之談，不必俟賓之問而主告之者明矣。故下不復着以是語之書之爲贈等句，此亦法。

「秀緯與予同姓，係大連，故以其字氏云」，録姓繫結尾，最妙。既爲秀緯解嘲，又爲稱醴泉美粟，以樂其行色，同姓相愛之意。宇生云：「大連無字，守氏以名氏，而曰以字，是自古義，非誤。獨謂守氏同姓者，雖不足累全篇，不能無恨。」按，守氏係大連，則物氏之支族，謂之同姓，無所不可。宇生何以恨之？豈别有説乎？

送土伯曄歸豐城序

此平平文字，無足觀者。蓋一時走筆，咄嗟所辦，所謂註疏而爲文者也。宇生云：「此篇信能解人惑，當世不可無之。質而不俚，暢而不冗，韓柳有慚色，況後人乎？」按，不俚不冗，所以爲蕿文也。後世其有知音，我何必辨鐘之不調乎？唯不能把桑木根以爲沉香想耳。昔陳思王彈孔璋文曰：「鍾期不失聽，於今稱之。吾亦不能妄嘆者，畏後世之嗤余也。」宇生亦妄嘆耳。

第一段叙伯曄國轄祖貫。首至「蓋東侯云」。第二段叙伯曄所以客于延陵。次至「是其志爲爾」。第三段叙伯曄所以聘于西侯。次至「遂委質焉」。第四段論伯曄之攝醫非所病。

宇生云：「題曰『豐城』，是服生語，物子何然？」文皆曰「豐」，則録者所改。

「豐諸侯國，小笠原氏最大」，「豐諸侯國」當改「豐之諸侯」。「小笠氏迨伯曄世，尚有東西二侯」，「迨」字多出於《風》《雅》，皆是例也。「迨與服生平生從游相善」，《風》《雅》無此例。

「延陵」，宇生云：「『延陵』是『延岡』，當仍舊。」此格言。

「吾得事吾親于吾家哉」，一句三「吾」。

「是雒儒氏之論已」，宇生云：「當删『氏』。」按，不删亦可。

「予則謂不然」，「謂」當作「以爲」。「豈謂」之「謂」當作「曰」。「其地山川相接焉，鷄鳴狗吠之聲相聞焉，其風氣謡俗相若焉，其政魯衛焉，其人親戚昏媾朋好聯焉，而其家大人安焉」，重「焉」字，句法巑岏可玩。「而」字結法。

贈僧正即如尊者序

立格不與它篇同，而暮年之文，老蒼古勁，締致亦勤，亦蘐文之可珍者，非如前篇之率率易易。

第一段發句。首二句。第二段叙其謙。次至「知其謙焉」。第三段叙其廉。次至「知其廉焉」。第四段叙其勇。次至「知其勇焉」。第五段叙其忠。次至「知其忠焉」。第六段總上論之以結。

「時或游之，迺得謁公」，寫澄公不設邊幅城府之度。

「高踞士大夫之上，傲以爲常」，與「能忘其貴」反應。「不虚其心，以飾其智」，與「好學而不耻下問」反應。

「故院迺在神橋北而毁」，「迺」字可删。

「聞公稱病辭院，驚問之」，「驚」一字警策，有池魚欲躍之勢。「公之所歷名刹而不即隱者，爲是故也」，「即」字警策。此等字法，精神之所栖，真張僧之龍眼一點也。

「先是長谷虚席，乃有由護國躐公而陞之」，此對問之言，舒舒拈去，與下對問之言，緩急有節。護國公所經營，而躐公陞，則人之無良可知。「官兩允其請」，允其辭院與請，故曰「兩」。上文「又請」之「又」，又其辭院也。人皆苦兩字難解，不求文脉故也。

「謙者未必忠，廉者未必勇」，謙者似忠，廉者似勇，故曰「未必」，造語不苟。

「視寺如官」，猶曰五帝官天下，言如不與，歸羡辭院，是也。「視學如家」，猶曰三王家天下，言爲己任，學于長谷，傳諸長谷，是也。

「豈不釋氏之範乎，亦足以範世焉」，不曰「豈唯」，而曰「豈不」，文特加奇，味特加雋。不知者以爲紆繞不穩。

「方今國家治化之效，乃至俾釋氏亦修君子之行」，非吞雲夢氣象，誰得吐之？神格峨峨，絶世奇賞。

「祇其道之末學」，與「予謝末學」首尾相轄，以犖其中。

送岡仲錫徙常序

詞源之來，汹汹湟湟。文氣之發，匪匪翼翼。談東都古今之盛，文字塵塵百言，壓

《三都》《二京》如卵矣。談敝俗靡靡之風，描來入髓，足以喝醒都人士之夢矣。南總之事實，學者之水鏡，士人之大揚搉，以是送行，瓊玉車馬糞土耳。盛哉文字！子遷之殿諸序，可謂稱矣。亦猶以「待君白雲鄉」爲書牘大尾，子遷亦盡心焉耳矣。

第一段起叙。首至「其免乎爲都人士邪」。第二段抑周秦唐明之都，以揚東都。次至「吾海内云乎哉」。第三段抑東都之俗，以揚周秦唐明。次至「以胸臆所無也」。第四段言南總之役，以勸仲錫之行。次至「此行幸甚」。第五段以仲錫之言結。

「吾黨士私淑仲錫者」，「私淑」字不穩，物子奚若認得？

「亦惟萬貨輻凑，五民之坌集，乃陸運難哉」，突如掖入，炎天遽雷。且此篇以「哉」字取氣者多。曰「五等之制亦備哉」，曰「其知亦廣哉」，曰「風氣勁哉」，行文之横厲馳突，作者亦不自知其奇譎至此，此謂天倪。

「關中平原千里，地無限隔」，言其可以作壥益宅，以此二句鼓發，下面多少濟濟旅進，實曹劌一鼓哉！昔東坡作《韓文公廟碑》，不得一起頭，彷徨移時。忽得「匹夫而爲百世師，一言而爲天下法」二句，遂搜搜掃去，成一大文辭。蕿老這個號頭，極是遒竦。

「下視上仿，文恬武熙」，言視于上下，世與苟且也。于鱗《送章甫序》：「雖咎繇聽之，上觀下獲，有不可信者矣。」

「其君子虛憍，其民呰窳」，此乃上面所叙是也。「呰窳」括言「游惰比屋」以下，「虛憍」括言「生於深宮」以下。重復改端，以「此都人士之俗也」句鑽結，古色滴人。上曰「周漢唐明」，下曰「秦漢唐明」，文之卓犖不羈處，且可謂周都不及東都，不可謂周士大夫窶。

「異方山川秀特之氣，得諸遇而發于文章者」，古語也；「不其然乎」，物子斷案也。「匏繫此土，而沉淫此俗」，言居古今所無之土，而染古今所無之俗也。讀書不可以識古今之事者明矣。

「予嘗謂南總沐憲廟恩者，爲多於藩邸接見時」，「謂」當作「以」。

「是豈我南總時比乎」，與「亦豈我比」應，長短句法。

「其民愨，其君子慷慨以好義」，長短句法，與「其君子虛憍，其民呰窳」應。是以變其句法，古之文範爲爾。

「仲錫聞之喜」，「聞之」二字有力。「乃於心有灑然焉者」，「然焉」二字宜去其一。

題蕿文絮談首

《蕿文談》成，小子有詰其不備者，曰：「自論以下，獨非文乎？」予曰：「吾倦矣，未能。雖然，蕿老子人物絶倫，學力絶倫，文才絶倫，亦我日本而可以誇於外大國者之一也。二十年來，窮理學大行。名利之驅物，如風如水。海内婦人儒，既有妒心於斯人，而又有媚心於斯世。文場女戎，戰勝而驕，誰誦斯文之爲古今尤物者？我雖倦乎，且爲汝略而談之。」此我所以有是兔園册子。唯其爲談草草，爲文草草，固當有龜毛蛇足，不確不了。謂之《絮談》，不敢貳於前編云爾。

文化三年丙寅春二月二十七日，書於百道林亭，空石幽人昱。

蘐文絮談卷上

論第一

福善禍淫論[一]

第一段以分與時起。首至「不知分與時也」。第二段言分。次至「不知分無生也」。第三段言時。次至「不知時所無也」。第四段以分與時結。此首讓《五行論》一籌，然簡短之文，而句法舒暢，有富貴氣象，有大鶴横江之勢，亦耐人多少披玩。

「是故」字五個，「故」字六個，讀者看其雁峙鷺立成隊。

[一] 淫，原作「悪」，據《徂徠集》卷十二《福善禍淫論》、關西大學藏本等改。

「人不可以爲獸，鳥不可以爲草木，松不可以爲柏」，三喻言命也，其文整。「魚游江湖爲福，喪水爲禍；猿入則死，莊周以㮨櫟之壽爲幸，而不能謂黍稷之芟爲不幸」，三喻言分也，其文變。「天子爲諸侯，禍也；大夫爲諸侯，福也」，就實地上而言。「故知禍福之名，由分而殊」，此句轄上三股。「或以見殺爲禍者」「或以失位爲禍者」，此對。

五行論

第一段論五行之義。首至「古之文假焉乎爾」。第二段論五行之用。次至「亦由是耳」。第三段論先王所準則天地，不唯五行。次至「恒其性哉」。第四段論周衰而五行之説失古。次至「經國之大道哉」。第五段帶説醫方、甲子，以破其拘五行。次至「若是其整乎哉」。第六段帶説《大傳》《左氏》，以取其不拘五行。次至「猶有若是者爾」。第七段駁孟軻以下之雜説。次至「子政之説固矣」。第八段提今學者，以宋儒誤了以結。

千古格言，辭亦豹蔚。玄文幽處，宫商高張。有學力，有筆力，有眼力。金鉉之鼎，三足而立。實王庭之寶，非荆蠻僭王所能窺也。

此篇上半正言五行，下半駁辨雜説。

「五行者，五形也」，乍破題，妙。「大行之山形焉乎爾」，《列子》曰「大形」，《山海經》曰「五行之山」，皆言大行山也。

「帝禹之所道」，水也；「伯益之所烈」，火也；「稷之所種藝」，穀也；「斫礱」，木也；「陶」，土也；「范」，金也。

「天地」，二也；「日月躔次」，十二也。

「戰國而上，雖小道，猶有若是者爾」，可見醫方、甲子之術，以五爲紀，在戰國而下。

「孟軻造五常」，五常之非往舊，皆自荀子來。

「鑽木取火」，駁木生火。「灰炭奚化」，爲子滅母。「地道敏樹」，駁木克土。「河源昆侖」，駁土克水。「車薪勺水」，駁水克火。唯造語有憾。

「故予論諸儒五行之非古五行」，雄力可搏南澗虎。

記事第二

記松浦鹽冶飫浦事

此花團錦凑文字，讀之使人眉舞色飛。王霸之變，女色之禍，千載之世風人心，咸來入掌握中。議者或以爲淫泆啓放逸門，使法秀道人見之，必曰於我法中當墜泥犁之獄。予曰：否。物子天性嚴毅，恒言不稱婦女。聞之物子閨門之中，禮法嗃嗃。有一婢供書齋灑掃，物子嘗晝瞑，婢衾之。覺而知其婢，曰：「不召而來，黜也。」遂出之。由是唯丫鬟出入齋中。此雖小事，足觀其人，豈好作閨閣脂粉嫣婉之話者乎？斯人而有斯文，何異乎古君子哀時命、傷政俗，感而作詩者乎？故《桑中》《溱洧》雖猥，與《后稷》《文王》匹而無墨色，其聲方土正音，其辭民俗實録，其人憂國君子，可謂參成矣。朱子耄而謂之淫。夫淫婦之作，鏖糟鄙俚，使人嘔噦，彌天之罪也，終古之禍也。故誦此篇者，宜與采唐、采葑之辭并觀。切戒比《公子行》《長安古意》，佻佻翾翾，壞汝心術。君子之言，不與小人之言同。不知者混以爲一致，真鄙諺所謂金尿不分者哉！昔黄山谷好作艶歌小詞，故法秀戒以筆墨誨淫耳。噫！使此首出於它文人詩人没頭腦者，一部《金瓶梅》何別？唯物子而可以供藝林觀矣。是以士君子之行狀，不可不慎。

第一段總論。首至「有覬覦于禁臠者」。第二段記松浦。次至「此一時也」。第三段論時變。次至「有鹽冶氏事」。第四段記鹽冶。次至「有飫浦氏事」。第五段記飫浦。次至「奉源義助以叛」。第六段小論結了。

第二段以下，起首必弁助字，此法。「蓋」字，「已」字，「迺」字，「初」字。「數十城何之有」，以古文論之，當作「何有於數十城」，不知物公何所據乎？「過諸」「殲諸」之「諸」，皆當作「之」。

記昌俊襲義經第

崢崢嶸嶸，揮揮霍霍。八門五花之文，如讀《項羽傳》。賴朝之沉鷙絶世，義經之立斷閃殺，昌俊之麃鷔，静之敏辣，如觀其人，如入其境。過去風光，活靈活見。史筆之妙，漢後鮮媲。予嘗見洛下生改竄此首，妄添妄删。如風如譫，曠世奇文，變作一堆牛糞。豈獨無能作文者乎？又無能讀文者耳？其開卷第一曰：「『十月十三日盗夜襲』，當作『十月十三日夜盗襲』，『夜』字插中間，不成文。」生未讀《尚書》乎？「甲子昧爽，王朝至于商郊牧野」，文不如此，則氣萎矣。生乙一字，正是削圓方竹杖，漆却斷紋琴。

第一段此經。首至「兄賴朝使焉」。第二段記賴朝所以襲義經，及使昌俊。次至「皃玉黨人隸焉」。第三段記義經見昌俊。次至「乃遣歸」。第四段記昌俊夜襲見殺。次至「禮也」。第五段記義經敗，賴朝霸。次至「賴朝之霸定矣」。第六段冷語取結。

記義奴市兵衛事

趙松雪好畫馬，晚年入妙。每欲構思，便於密室解衣踞地，先學爲馬，然後命筆。一日管夫人來見，宛然馬也。物子作是篇，先以其心爲市兵衛之心，忠腸義骨，銜得多少。亦以其身爲市兵衛之身，苦景毒境，味得多少。故字字是忠是義，字字是苦是毒。苦毒泣人，忠義亦泣人，誦之自然吊下淚來。昔人有言曰：「讀《出師表》不泣者，其人必不忠；讀《陳情表》不泣者，其人必不孝；讀《祭十二郎文》不泣者，其人必不慈。」予亦曰：讀是篇不泣者，其人必不仁。夫三子者皆自叙其情，故叙得如彼切切矣。是篇忮它人而叙之，非中心好善、樂成人之美者，惡能與于斯？此我所以重感也。天下之忠義不少，唯市兵衛藉物子不朽。海内海外，今世後世，君子以知稼穡之艱，小人以敦主僕之情，誰謂文章非經國大業乎？

第一段綱領總提。首至「賞市兵衛也」。第二段記次郎兵衛之田宅所以没入官。〔一〕次至「皆没入官」。第三段記市兵衛之忠誠。次至「弗與舉籌云」。第四段論市兵衛之苦心可憐。次至

〔一〕次，原作「治」，據關西大學藏本、大阪大學藏本等改。

「最爲可憐者乎」。第五段記市兵衛訴官，官賜田宅。

記第三

堯韭亭記

此篇纖巧輕俊，不足采已。子遷以其肖己，誤撰置首。按，歲辛巳，物子蓋年三十六，無怪於其文有湊搭之病。「融問修答」，失着。「非有竊取」，截《孟子》語，不免强捏。「丘與雄」，謔浪名聖，不美。「好奇之云爾」，不成語。

樂樂堂記

第一段提樂樂堂。首至「時時聞于外云」。第二段設或問，論古樂今樂以析之。次至「過文侯遠矣」。第三段論豫侯之所好是古樂。次至「至今存可也」。第四段提河内，以言古樂可化民，樂樂之義，轉化入結。

「世君子所取於哀焉」，「於」字可削。「或謂孟子特言樂樂」，「謂」字、「言」字皆當改「曰」字。「言」「謂」混淆極多，後來總不議。千歲一奇事，非小言所悉故也。

第四段三「邪」字、四「則」字，可味，不可忽忽。

月窟硯記

第一段畫硯狀。首至「下崳一種云」。第二段釋硯蓋之識。次至「知道者之言也」。第三段談硯名之義。次至「其在玆矣」。第四段自硯名一轉入頌以結。

以甘滑之文，載苦澀之論。衆妙多景，化機極神。有秀處，有幽處，有逸處，有艷處。讀者能日三咀嚼這數處，脉望奇化，必有妙悟。

月窟、鳳陽、西山，記中三寶也。西山其奇錯峙，如琅玕珊瑚。鳳陽其奇閎閎，如桓圭弘璧。月窟其奇非常，如石髓瓊蘇。西山如猛將，鳳陽如大將，月窟如謀將。

「古昔聖人，其亦有與予同其憂者邪」，驅役聖人，何等筆端！「方諸之水」，取明水於月。「金栗之華」，月中有桂。「靈桂無種」，吴剛所斫。皆自「月窟」拖將出來。

或云：楮氏、墨氏、石氏、毛氏，非牛門好奇之癖乎？予曰：足下見槖駝曰馬腫背邪？《大戴禮》有之曰：「蘭氏之根，褱氏之苞。」是草也，有何功德，而受氏於何等君王乎？喝出李守素來。

古銅鐸記

第一段狀鐸。首至「不下三百年焉」。第二段言古昔用鐸之異。次至「是厥施殊矣」。第三段言此鐸之爲道觀中之用。次至「益信其有徵焉」。第四段言今以此鐸爲茶室之用。次至「亦何外金奏也」。第五段以論取結。

「夏后氏」與「周官」，「宋沇」與「荀勖」，「黄山」與「石鼎」，皆雙提而不爲對語，此作者用心處。「黄山丹丘」四句奇簡，與「款識」四句相飲，此亦作者用心處。「亦何外金奏也」，不礎「哉」字而礎「也」字，即是上下變換法。

鳳陽院記

第一段言院所在及所以名。首至「跬步而近也」。第二段張三問以言其不可文。次至「且何取諸鳳也」。第三段置三答以言其可文。次至「睹其翽乎集也」。第四段遂言文其院之意。

此篇辟如風之有《齊》，泱泱大風表東海者。又如怒龍之行雨，東雲見鱗，西雲露爪。人間肉眸子，左閃右掣，神物神物！

此篇無一奇新字，又無一奇新句，然雪藕冰桃，物外風味。纔着口吻，頓換人骨。

此味也，極是難味。有人一味得之，如渴乳之兒見母，一躍一呱，不能自已。

「瑩師之謁予辭以文其所創院也」，開首突下，古唯荀子善用此發句法。「文」字是木居士目中嵌珠。

「梧山在閩莆中，距此萬里而遠也」，上句與「梧山一枝」應，下句與「增擊萬里」應。曰「何以文爲也」，曰「亦何以文爲」，曰「何取諸鳳也」，上起三問以發之。曰「庶乎鳳之儀歟」，曰「庶乎鳳之鳴歟」，曰「庶乎睹其翩乎集也」，下張三對以結之。曰「吾未知於其所道有當乎否也」，曰「亦未知於其爲文之瑞能有當乎否也」，曰「蓋亡當乎其所道也已」，中錯三疑，以波瀾之。這般奇奇靈靈，作者非必有意于此。神與指化，不期而合。所謂酣筆飽墨之妙，從來如此。若以渴筆殘墨，逐件排甃去，好笑耳。

「先吾千有餘歲，莫有乎爾」，蕿老之言是。「後吾千有餘歲，莫有乎爾」，是邪非邪？百年治平而蕿老出焉，蕿老而後，治平亦百年，鳳乎鳳乎，誰其于歸？猶將有六像九苞、文于舊觀者，何謂莫有乎爾？

「老人殁若而年，爲寶永戊子歲」，「爲」字不穩。「跬步而近」，造語拙速，可惜。「比及湛老人之徒至」，「比」字可删。

海錯硯記

第一段言硯之狀及硯之壽。首至「硯之壽也」。第二段提真田氏，以言硯之壽非徒寶。次至「非徒寶也」。第三段就硯之狀發論。次至「悠久不已之故也」。第四段就上論以言所以名硯，以不啻硯之壽結了。

西山石記

第一段言石之形模。首至「皚皚乎雪已」。第二段言石之所以名。次至「所以爲西山也」。第三段論大夫愛石之合於善節。次至「何之有也」。第四段就西山之名雙提夷齊、子猷，以厲大夫之德。次至「何貽斗筲之誚也」。第五段重雙提子建、士衡，以舉似大夫之行事以結。

此篇有三妙。石之形容妙，名之曰西山妙，論妙。

此石也一拳耳，而峭拔千仞，奇矣。抑我則駭此文之奇哉！鳥迹不滿六十，有絕峰抽雲之象，有大麓蟠地之勢。使虎頭見之，必擲筆而却走。

「石以象山」，自名轉入大夫不忘山林。讀者看其轉入之急。夷齊、子猷，驚風層鬱，讀者看其縱橫蜂起，且看其握中尾閭。末段「則」字、「以」字、「者」字、「焉」字，兩兩相比，昭穆相嚮，可味。

「其於爲大夫何之有也」，未詳語例，削「之」字猶可。

香禪師詩題覽古記

第一段首叙。首至「庸何傷乎」。第二段釋覽古不涉不祥。次至「所遇如何耳」。第三段設或問中釋之。

此首乍見之，似水平煎豆腐湯，而其論斷之可駭，與其措辭之有老氣，東坡所謂五色絢爛之極，却得平淡者也。陶琴無弦，桓笛三弄，天然之趣，不可與門外漢言焉。「伯夷、叔齊，古之賢人」，説「古」字來，似個迂迂迴迴。盧諶、吴筠，漸入實諦。一急一鬆，何限婉縷。

「凡言古者，謂異代也」，「言」當作「曰」，「謂」當作「言」。

二亭記

第一段首叙。首至「不可」。第二段言不記景而論其大之主意。次至「以臆道其大焉者」。第三段論豐之爲要害地。次至「非邪」。第四段論豐之武勇，自古至今不衰。次至「豈不較著乎哉」。第五段論大夫以文學維持國威之爲美。次至「以伯曄之聘卜之」。第六段以伯曄之言結。

「畫者」一局，可謂一部山水記矣。「外中州」「内中州」，新造語甚奇。下文「禦外捍内」即是。

「謂其風氣所殊」，「謂」字可削。「外藩」當作「西藩」。「筑、長二諸侯」，「諸」字可削。

九畹齋記

第一段提九畹出處。首至「以名其齋」。第二段提宗國滅于百年外，以言其不宜屈原同怨。次至「是何以怨也」。第三段提原之怨在衰世，以言其不宜同怨。次至「何其怨也」。第四段言其怨邪非邪，不可見於今。次至「則亦何怨也」。第五段言福君非舊交，以申言其志不可知。次至「使白於後世哉」。第六段言無論於怨否以結。

「怨」字八字，通篇轄子。一起一落，亦是尤品。

第二段末句「是何以怨也者」，疑之也。第三段末句「何在其怨也者」，將無疑也。第四段末句「則亦何怨也者」，無所疑也。第二段首提福君而後及屈原，第三段首提屈原而後及福君。

「海内治平」反應上「世衰」。「諸侯之政修」反應上「政邪」。「言聽道行」反應上

「君子不見用」。讀者不可遽遽。「君既造齋成」，應上文「采以名其齋」。「張之距東都八百里」，應上文「犬山」。

「唯知九畹之有蘭耳」，一發。下句以「何以」字答之。「唯知以况君子耳」，再發。下句以「何以」字答之。

「予讀《遠游》《漁父》諸篇，而訝其志不在怨也」，三閭大夫千載知音，物公其人哉！泰山真面目，始見於今。

福君贈大蘿蔔五，促《九畹記》。物公謝之曰：「一根百字，五根五百字。」此何衍七字乎？物公食言，豈不飽于五蘿蔔乎？笑笑。

徜徉亭記

第一段提會津風土要害。首至「豈不綦重哉」。第二段叙所以作是記。次至「以塞責」。第三段論徜徉之義。次至「豈不廣且大哉」。第四段言直言造文之意以結。

此首加《二亭記》一級，讀者看其一級處。

「用武之國」，下路議論，結胎於此。「君庶無疾病」，何等艷態！「神侯好學崇儒」，篇末「孝弟之俗」出于此。「政是以簡」，「簡」一字有神。「國家置侯之意」「神侯之遺化」，皆應上文。提神倏爲結，與《廣陵問槎録序》提味君爲結同格。「夫人暇則思」，一發。「治不忘亂」，再發。「觀霜露以思倚伏之機」，三發。妙語霏霏，如鋸屑。

末段爲上文「予何敢辭」演出來，亦文中之紙尾鷺也。「君子之人」「孝弟之俗」，靈心妙舌，匪夷所思。

舍利記

第一段記事。首至「人皆往觀」。第二段言舍利之出，不知何故。次至「是未可知也」。第三段舉儒者窮理之失，以論折之。次至「非皆舍利力邪」。第四段言不求知其不可知。次至「化成天下乎」。末段結法。

「孔子作爲《春秋》」，以麟爲瑞也。「麟亦瑞矣」，人傑決斷。「善與淫，非皆舍利力邪」，麯坊婦爲善女人，亦因舍利以感化也；爲淫婦人，亦因舍利以縱恣也。善、淫皆舍利所使，猶麟之出，必爲國瑞，非徒然來也。「聖人行其可行」，自《荀子・天論》來。「化成天下」，議論極大。

贊第四

題孔子真

聖贊古今第一。「夷人」當作「卑人」。與富春書亦曰「東夷之人」，皆非。或以尊聖諉之，此不非非者耳。

三教圖贊

議論圓滿，自是至人之口氣。

讓三賢而退，尚之至也。傷刑政，思神道，古之人，古之人！中張、邵，外莊、列。舌如雷斧，目如巖電。

馬師皇贊

與《金人銘》同意，托馬師皇言之。

三揚榷。六十字，看破五千言來。聃之面無人色。

老子贊

車、無揯韻，龍、誦揯韻，張、祥、詳揯韻。「仲尼胡誦」，《禮記》所謂「老聃云」及「問禮於老聃」。「佳兵者不祥」，是故先與而後取之，先張而後翕之。此聃之所以爲法術鼻祖也。

張良贊

「雷邪」「鬼邪」「水邪」「婦孺子邪」，直取以評此贊可也。

雷、鬼、義、水、子揯韻，貌、表揯韻。結語括多少議論，極勁。「貌」字絕妙。阿堵精神，讀者識歟？識歟？「大日本享保癸卯」，《孔子贊》曰「日本國夷人」，故特記之。子遷亦用心哉！

武侯

孔明漢後一人物，四言八句悉矣。「渭莘」「禮樂」，取諸古人。議者或曰陳腐，雕蟲之子哉！下同。

羲之

人有言曰：「右軍書掩其德。」唯漢文唐詩比來，而風流爲百世之師，不易哉！

或索張良讚

戲筆忽忽，而不離奇韻脱脱。

畫鳩

句法參差，氣韻頌雍，其味在無味中。

銘第五

江經匡研銘

「赤馬」「神龍」，帶赤水玄珠、龍馬出圖之意。「子孫萬年」，古人銘物之遺芳。

藥筩銘

上四字，下三字，漢魏七言。比《尚方鑑銘》蓋高一層矣。首二句新翠沐人，警醒不少。

碑誌第六

福島妙音廟碑

第一段提天女廟。首二句。第二段記武隈之險。次至「舟則不可行也」。第三段録相傳之言，以結上段。次至「在青羽山寺中云」。第四段叙海漕之不便，以起下段。次至「以爲不便矣」。第五段叙友以通漕之功。次至「至于今弗替也」。第六段叙貞嘉創廟乞記。次至「謁記于予」。第七段説所廟祀之神。次至「其實一也」。第八段論貞嘉所以廟祀之爲大關係。次至「豈小小哉」。第九段言神明應感之事。次至「豈常理之所能言哉」。第十段結法。

此天豁海大之文字，讀了覺滿目物物逡巡無色。第二段使人驚九折魂，能文之妙。語水則毫頭之波，奔流劃地；語險則孟門、劍閣，隨字研出。第三段録相傳詭異之語，所以見峽之爲至險惡也。

友以有鬼功，蘐老不無駭筆。「官享其利」「民頌其便」，[一]對語兜鎖，游刃有餘。神女龍王，有聖人出世，紅光滿天之氣象。不翅爲家，又不翅爲漕卒，又不翅爲都人士，波叠叠，雲層層，離大地，駕剛風，使人飄蕩。結韻容與，有一味真勇，其勇在骨。

銘奇靈神幻，絶麗瑰特，昌黎不無沮色。「黄熊」之「熊」，音乃來反，三足鼈也。蘐老不拘于此。「馬痡玄黄，熊老黄玄」，才絶痴絶，妙在不拘。托鐵券而退，更妙。「悉誅水孽，奥粟蔽川」，峻句。「神戮其力，遂伏蜿蜒」，幻之又幻，出出益幻。物公之五力士，其有五鬼搬運之符邪？

「即是峽已」，「已」字雖奇，不如作「也」字。《西山石記》「皚皚乎雪已」，是乃好。「武昌」，戯筆詩語，或可假用耳。「寛文改年」，當作「改元」。「憲廟之貞享乙丑歲」，不穩。《傳譽上人碑》曰：「台廟時，元和丙辰歲。」可謂穩矣。辭之修不修，不可不察。「熒煌霄懸」，「霄」當作「宵」。效《豳風》「熠燿宵行」句法。

[一] 便，原作「使」，據《徂徠集》卷十四《福島妙音廟碑》、關西大學藏本等改。

昭威君墓碑

第一段提神降日月。首至「神降于邑」。第二段記神降事實及謁碑文。次至「謁予不朽其事」。第三段按狀記昭威事迹。次至「狀之所載止是」。第四段論往事堙滅，狀亦不具。次至「可不悲哉」。第五段論昭威事迹雖不詳，而其大節可以祀可以碑。

此首疏疏亮亮，恢恢廓廓，而其器宇神表，沛艾乎迫人，亦是鶩品。「重盛獨以仁」「長崎氏亦以仁」，「子孫遂以邑氏焉」「其後乃以氏邑焉」，兩兩相比，自然妃耦。

「豐王之大兵壓海西」，忽嵌雄句，如樓航之横海門。「長崎一彈丸之地」，忽劖奇句，如飢鶚之立寒石。此亦摛藻家之寶符。

廣巖禪師塔碑

第一段提廣巖爲有道人。首至「疑其爲有道人也」。第二段叙與往來相信之事。次至「益信吾之弗謬也」。第三段叙其行事履歷。次至「穆如生存云」。第四段論其解脱可銘。

此首比《昭威碑》少捶煉一再，故不見其氣勢衝沛。

「大布鬱多羅，儼乎阿羅漢僧之在深山中也」「白沙翠竹瀟然，若睹乎其人也」，此得意之句。

第二段分爲三節。第三段分爲四節。

「平世」當作「平生」。

傳譽上人碑

第一段叙立碑謁文之事。首至「不可」。第二段記上人行狀。次至「重其任也」。第三段記上人寵命。次至「亦以開祖上人之故也」。第四段論其功德可祀可銘。

此風胡治中新出的精鐵，比《昭威碑》加冶煅一再。字字有芙蓉秋水之色，與《妙音廟碑》碑中二妙。辟之飲酒，彼篇辟如五肉七菜，山肴海味具而稍入醉鄉；此篇辟如左手持螯，右手把大叵羅，引滿一飲，直取大醺。要之不具谷大飲量者，未足與論此中奇樂。

叙事詳而潔，議論褒而當。

「豆州刺史川越侯源信綱，督海西九州諸侯之軍以圍之」，書法如此嚴備，所以見西洋夷賊爲大騷亂也。再提「以此」字，又再提「以開祖上人之故也」句，殊見作者匠心獨苦。「而上人能拯之」「而能達朝廷之仁」，二「而」者分成二股。「則上人之於崎陽」，一「則」字翕上二股。「其祖其先，藉上人而得爲良民」，妙局也，實地也。「是何翅在其爲正覺開山祖師哉」，論至此，可謂單刀直入，投虎穴，獲虎子。可見物公腕中橐鑰，鼓出不窮。

銘洪音磤磤，人耳欲裂。

「世姓安武氏」，「世」字可疑。

大圓堂先生碑

第一段記爲相知，故作碑文。首至「何敢固辭」。第二段記其祖貫性植。次至「性相近焉乎爾」。第三段以「勇」字美其遂志擢身。次至「克酬其言哉」。第四段録習字一事。次至「則安能也」。第五段餘波收結。

文安甫墓碑

第一段録名字姓號。首至「自號廣陵」。第二段録祖父父母。次至「長之之女也」。第三段録移家擢身。次至「奉朝請焉」。第四段録娶妻即世。次至「年三十三」。第五段録性植伎藝。

護忠君墓碑

第一段提姓名位職。首四句。第二段録祖先所在及冒姓保科。次至「始爲奥州人也」。第三段録復姓西鄉。次至「有西鄉氏也」。第四段録謹職增禄。次至「進位群大夫之上」。第五段録其性行。次至「誠君子人也」。第六段録其終世，次至「子孫時祭之」。第七段録其六子。次至「丸山次生」。第八段録其嫡子嫡孫，評語以結。

「君嘗娶沼澤吉通女」，「嘗」字可削。篇末紀年可削。

柏樹齋碑

首段録祖上及身迹。首至「年八十有八」。末段録性行及妻子。

紀行第七

峽中紀行上

此首記載纖悉不遺，蕿文之別調也。日域六十六州，唯峽之山水最著，以有是文也。省吾所謂「丹雘」「錦綉」，非虛言也。

紀行三首，皆以一日爲一段。

第一段「寶永丙戌秋」，下有「九月三日」，故單曰「秋」，以爲下文地。「峽，藩所封國也，俾予作之」，當作「峽，我公之封國也」。伊東涯曰：「封建之世與郡縣之時，言語有不相入者。」昱甚服其篤論。然此一句實贅，削去爲佳。

「始藩主得封峽驩甚」，此下當置《驟雨説》中「以上恩渥隆，未得輒離輦轂下，就封其邦也」等句。下篇有「就封之命未下」句，然不可以爲之照應。「大駕遊藩邸」，「遊」當作「臨」。

七日第二段。「曠然已覺勝於都城中第宅，使人生悶想也」，讀至此句，使人氣色逌然而神往。「茅舍竹籬」「蕎麥芋葉」，二句映襯，野趣可樂。「迺路傍柴門半掩，鼾睡聲聞外」，「迺」字襯得極好，讀者留意上下文勢。「自顧號帶閃閃頭上」，「自顧」字失脚，[一]後世用「自」字，孟浪殊甚。予有小著作，未成。「草創時一切權宜」，此物公所恒慨，政談具矣。「况人乎」，不啻人已。微雲點綴，夜月可親。「鷓鴣」一局，抑揚成

〔一〕失，原作「史」，據關西大學藏本、大阪大學藏本等改。

小議論。且不言魚而魚自有，巧夫。「天道固不誣哉」，結上之語，亦以被下。下文「以故」字，可味。「酷似六鄉川哉」，「哉」字寓感。「今則亡矣，正其忌日也」，語似不熟，嗚咽有餘。「余亦泣簌簌下，不能寢」，此句與「轎中揺揺，覺生睡」句相竊視，看者要目捷。物公這日，始之曠然，次之惘然，次之惻然，終之悵然。

八日第三段。「小佛驛在山中」一句穎利，讀者不知作者用力。「山徑詰曲」，與「古人如還而往」呼應。「時從轎中昂首」，意在省吾故也。「古人如往而還」，「往」「還」字易。「左有溪流，奇石怪巖」，讀至此，冷然始免爲汗淋學士哉。「如將逐其群而去者狀」，可解不可解之妙。「天之所以限東西」，乍着壯語。「不堪嵐氣來侵而後行」，可知懷土之情，潸然不忍去。「青溪」一局，如酥似髓，甚耐玩味，咄咄有寸人、有鬼孫、有躍如來、有闟茸婆、有丐雲房、有癡叔夜，此何等世界。「尚道」，俗語小説字。「竹鼻阪、貝皋阪皆下」，此句亦穎利，非屢作紀行者不知。「想春月櫻花當盛開矣」，此句有憾。「以至烏澤驛，皆山路也」，「以」字勁利。「猿橋」一局，奇事奇文，描畫無餘力。「皆如其言」，一句有憾。

九日第四段。「是何減尋常重九賞菊花」，此句與「春月櫻花」句同一憾，煉句不可苟。「人烟繁簇甲峽道」七字如詩，與「雲裂處處見青天」同一憾。「買錢」，其義未聞。

十日第五段。「上城中最高處」，此句有憾。「令人至今思之病悸」，不似紀行中語。「小殊昨日所覯」，清水語中錯出自己説話，此不妨。「益之右」，上文作「益右之」，爲穩。「獨長皋之彌望」一句媄暢。「國史所謂之兜巖之邦者」，上「之」字可削，否則「所」字衍。

十一日第六段。「關中侯」，假言旗本也。魏黄初間，爵自關内侯不食邑，此謂虚封。「及得稍坦處」，「及」字未穩。

峽中記行中

十二日第一段。「雖風不衰，轎不復欹」，曰「西行」、曰「北來」、曰「北行」、曰「轉西」，此文之相睥睨處。「靨」當作「靨」。「美人側面見頬上一渦」，妙喻。碑制「極短小」，孝德帝詔曰：「王以下小智以上之墓，宜用小石。」「忽視如鬼物怖人狀」，「視」當作「見」。

十三日第二段。「餓鬼嗌」一局，極見其費工夫。「相顧謂上阪時將謂里許」，二「謂」字杜撰甚。上「謂」當作「曰」，下「將謂」當作「以爲」。重用「謂」字，皆失其法，妄亦甚，故特指摘之耳。《與猗蘭侯書》「拙詩因謂豈謂恩云爾」，此亦同失。「觀花等處」，「等」字不穩。「轎行如飛」，夢後詩懷惚忙之狀模出悉矣。「飢甚」二字妙。結語全假趣於此二字。

十四日第三段。短節承上二大節，雖偶然乎，極協。記其土産，殊駭于作者巧思。

峽中記行下

十五日第一段。「鴻毛一氣」，「毛」字恐寫誤。

十六日第二段。「所隔之川又隔山」一局，「水左則左擔影可鑒」一局，皆文之奇其境者。「廟前有後主所踞自裁者石二」，「者」字可删。栖雲寺僧，峽中第一殺風景，曰「是不爲福田」、曰「俾境之無僧者頓覺勝邪」、曰「僧慈悲心也」，皆添剩語以狀殺風景。

十七日第三段。日觀之勝一事，杍實之説一事，驛夫之緩一事，偷行之興一事，皆「至所擇宿鶴瀨人家宿」，上「宿」字可削。「後主宗藏」一局，悲壯甚。

十八日第四段。始提擧二人心地、二人交態。如蠶之功候既足，無勞於吐絲。自然純熟，自然老習。油油乎引出來。

十九日末段。草草結了，似讀枚叔子《七發》。「風流使者印」，款得三篇，流麗可嘉。

⿱艹焌文絜談卷下

説第八

滕焕圖字説

第一段劈頭提其字。首三句。第二段提翼軫，借鳥以言無五采之文。次至「片羽落人間也」。第三段就翼軫借風以言無渢渢之音。次至「表之東海者邪」。第四段提國雅以結。次至「鳥言侏離也哉」。第五段提東壁，以疑其無有取於文章。次至「無有乎彰者邪」。第六段提辰歲，以斷其有取於文章。次至「焕乎其有文章」。第七段言焕圖世世有精鍾于東壁。次至「弗渝也」。第八段言焕圖之身具文明之資。次至「千載而一逢之」。第九段雙提人天，以厲焕圖前路。

此首閎深妙奥，萬古奇物，初日之光也，空谷之聲也，⿱艹焌老之所最得意，又所最苦心。在記，《月窟》《鳳陽》《西山》；在説，《巽夕》《文山》《天狗》，皆⿱艹焌文之蠟兄蜜父。

至此首，迺上清玉文之李，人間鮮能知味。

第二段言文，第三段言音，第八段言文與音結之。「陽和之施已邪」，有華有鳥，天地文哉。「東海」字，顧上「風之自東」句。不然，上句黑漫漫。「洗其鳩」，應上「鳥言」。「韶」字、「朝陽」字，應上「吉光」。「大國之風」，應上「表東海」。雄鳴節節，雌鳴足足，鳳之鳴可聽。

第四段非君子之語，修辭立誠，聖言可畏。

「豈其無有乎隱，則亦無有乎彰者邪」，不説破。「宜矣夫煥乎其有文章」，説破了。拈出「煥」字來，警策。

「其於辰也」「其於歲也」對。「是其秋冬之交」「是其造物者」對。「所由荄乎」「所取以獻之乎」對。上股二十五字，下股二十五字。「宜矣夫煥乎其有文章」，一語喝了。

「其於辰也爲荄」，「荄」去草頭爲可，「荄」字出於下。

「大國之風，必季子而後知之」，議論高甚。「唯其有之，何患其無之」，神色强甚。强必排山，高必貫雲，此薆文。

末段言東壁之義在隱而後彰，不待人知之也。物公暗以季子自比，「有之」，言弇然而燿也；「無之」，言無識者也。

驟雨説

第一段直提茶壺，以言和漢殊稱。首至「是其爲殊矣」。第二段叙和人之茶禮，因結上段。次至「不可得變更之也」。第三段狀茶壺之狀，以及驟雨。次至「遂名之驟雨」。第四段就驟雨以演出治民之術。次至「皆驟雨之賜哉」。第五段結法。

此首雖頗粉飾文字乎，機軸静，語味平，比上下篇，霍躍翻迴之奇不足，而正正堂堂之雅有餘。

「泡瀹」，朱舜水答人書曰：「瀹者，泡也。入半湯入茶，又加湯注滿爲瀹。」「點茶者，點湯也。水大沸，恐傷茶氣。先用冷水數匙入於湯中，而瀹茗，則氣味俱全。」「盍記乎以送吾行哉」，突如奇如。「顧以上恩渥隆，未得輒離輦轂下，就封其邦也」，十八字一句。「沴爲霧」，《説文》：「沴，水不利也。」又徐邈：「沴讀爲殄。」此物公所據乎？「十日所燒」，轉用古事來，妙。「羊腸轆轆，銅椀斑斑」，物公當日於此句發一笑。「在彼」，指「雨暘之感」以上；「在此」，指「汎其居」以下。「而柳子之所驩然命之」，「而」字轄上十八字、下廿三字。「艮嶽、東山，玩物喪志」，忽然罵破了。「不佞茂卿」與「柳子」成兩角，以「先甲氏」括了。先甲氏，所以壓破艮嶽、東山也；軍政，所以嚇破茗理游戲也。

「寶齊」之「齊」，恐「齋」字寫誤。「取諸出之壺中」，「諸」字、「之」字，換處乃可。

虚舟説

第一段提虚舟，以發一「道」字來。首至「盡乎道者也」。第二段言舟與馬，唯道可以致遠。次至「道一之也」。第三段言所謂道在馬不在舟，以論世之御馬未盡乎道也。次至「合而一之乎」。第四段言子厚之師授傑出於世。次至「吾於虚舟見之」。第五段合論舟與馬，以言有待者之未能盡乎道。次至「有所待者之説也」。第六段言唯子厚所道能盡虚舟之義，而無所待。次至「非吾子厚之所道也」。第七段餘波取結。

天鑱鬼削，横現側出，其變變化化處，使人不飲而醉，又使不醉而舞。「道」字十四，「馬」字十四，「舟」字十一，天女散花。

「求合於天」「求合於人」，合者，彼我相應之謂也。「其猶有所待邪」，抵抑世流，以伏後案。「我之道未盡」，道言神訣。「其諸何以比焉」，言涉險之難也。「待於貳」，妙語。「槁葉駭」，言疾風捲葉也。「捨是亡何有」，所謂虚舟也。執風之權，以指麾木道，此虚舟之義也。「古昔聖人之於天下」，應上「六籍流風，丈人闕之邪」。下得奇急，非善讀者，曰突出，曰贅物，博一噱耳。故爲白衣居士説法，不當如仁者所説，使我奚若説？「予唯唯從其命」，好結語。

第二段論之起頭，淡而無它奇。第三段仿佛如覺有奇趣。第四段叙事。第五段大奇，閃出來，閃入來，煞是奇特色相。讀者且念如此追鞠去，下回又容何等嘴頭子，我與汝猜測不出。第六段視馬猶我，視我猶馬。我之有四蹄，鷁然舟之帆。馬爲人，人又爲馬。馬又爲舟，人又爲帆、爲風。此御馬之神訣，大丙、造父，不無瞠目。嗚呼！倩女之離魂，孰真的？孰假的？聖亦不知，僧亦不知，窮理先生亦不知，我亦嘗疑之。今於是文也，乃頓悟一天主宰，自有這個揑怪。讀者讀者，我與汝猜測不出者，非我與汝之罪。薐之人，自是盤古九變神天聖地之伎倆。〔一〕呼古聖人來，叱荒唐家去，益見其獨絶獨奇。

文山説

第一段言文山之名可妒。首至「妒子之耑是名哉」。第二段分説形聲，以言其名之不可

〔一〕地，原作「知」，據關西大學藏本、大阪大學藏本等改。

耑。次至「孰得而耑之哉」。第三段言天地唯文與山長存，以發其所以自命。次至「子蓋以之」。第四段激上段，以取重於己。次至「藉重是爲也」。第五段舉字面出處，以言無當於今文山。次至「不于彼焉」。第六段以文山之言鎖了。次至「書以眉其室」。末段結。

《文山》《異夕》，漆園之游戲筆。卮言日出，和以天倪，不可以義理責之。在文苑，乃《白雲》《黄竹》也，《淮南》《朝日》也。雖於古《南》《雅》無當乎？非復顛官優子之所弄也。

「自命」二字，甚有筆力。後來「耑」字、「妒」字，總與「自」字相視而笑。「濠梁上樂」，爲一篇滑稽戲舌説出的架子。「唯是物爲然」，言文字也，就文山所業言之。「不有載籍，何有萬古」，應上「逝者如川，滔滔弗反」。「不有四目，何資盲腐」，應上「結而爲山，巋然獨存」。四句逌逌昶昶，如長松之挺巉巖，如春笋之抽寒谷。「無何有之鄉」，斥第三段所論也。取《南華》語，應上「濠梁」。

第二段議論三層，每層奇創。第三段「造化之止」「艮止爲山」，鬼句也，神助也。至第四段，以狐白裘鼓變化，神亦愕愕，鬼亦哭哭，文之奇怪極矣。始知「四目」之制字，有龍潛雨粟之話文。

「萃千狐之白以爲裘」，狐白譬字，裘辟文章，言聚字以成文也。「裘成而以狐白稱焉」，言以狐白故見稱也。「其人亡聞焉」，言不問製作之人，唯以其爲狐白也。「貴矣，吾亦何妒」，言文人爲贅物也。「狐白迺以裘稱之」，言裘成而後貴稱也。「莫徒稱之」，言不成裘則無以稱之也。「何辭乎子之藉重」，言製作之人果乎重也。

朱松文公之父。「青印之溪」，文山在尤溪青印溪濱，隔溪爲公山，邑人義齋鄭氏居之。朱韋齋先生爲尤溪尉，任滿假館于鄭氏。建炎庚戌九月，考亭夫子生焉。先是，二山草木繁密。及考亭既生，野燒同時盡焚，山形畢露，儼若文公二字。《潛確類書》區宇部十六。〔一〕

江兼欽字說

第一段以子徹之請起。首至「有意于兹焉哉」。第二段言直命其字。次至「字之曰子夏云」。第三段拈出夏時也、星宿也、夏人也以論之。次至「安得不夏其字乎」。第四段尚論帝迹，以申言所以命其字。次至「知兼欽於子徹矣」。第五段提子夏、杜欽以勸其學。〔二〕

此首與《匹進修字說》一般文字。用力不極其力所極處，是故文成而未至其真分

〔一〕宇，原作「字」，據《潛確類書》卷二十一改。

〔二〕杜，原作「劉」，據大阪大學藏本等改。

位地所至處。唯千里烏騅氣象，動於鞭影。虛谷巨鼓，隨扣而應，其聲非常。薆文之所以爲東海元帥也。

岡生字説

第一段叙了請字命字。首至「錫類之義焉」。第二段叙其三世之美。次至「成人之道也已」。第三段論錫類之義。以前「孝祖勖哉」爲段。第四段申言以勵其後來。以後「孝祖勖哉」爲段。第五段以孝祖之言結。

此首從容大雅，足以範世作人。昔人評陳思王詩「三河少年，風流自賞」，評曹公「幽燕老將，氣韻沉雄」。徠翁諸説，多是三河少年。唯此首與《武城弦歌》，真是幽燕老將，讀者認得其氣韻沉雄處。

「天馬在閑」，應上「朝」字、「出」字。「鳳皇所集」，應上「野」字、「處」字。「仲若叔若季」，與末結一句相照。

異夕説

第一段言所以作此説。首至「我代其口邪」。第二段言天地之無異夕。次至「地獨異于夕邪」。

第三段言唯人有異夕。次至「使曰然」。第四段言洛人中村之所以爲異夕。次至「使曰善」。末段以使者之言結。

此叩空摸虛之文字，滑稽天口，甚於《文山》。詭的怪的，弄出多少神頭鬼面。此人之善謔，文之變相。黄州老若在，當復絶倒，切莫使理學士看之。昔者屠隆《考槃餘事》品花之榮辱曰：「暖日蒸香，清飈舞態，秀石嶒崚，翠竹爲鄰，嘉客品題，林間吹笛，花之榮也。花徑喝道，談論時政，枝上曬衣，樹下狗糞，惡鳥翻銜，主人慳鄙，花之辱也。」

「異」字十八，「夕」字十二，「邪」字十一。初曰「異于夕」，次曰「異乎夕」，次曰「異於夕」，三出而三換助字。

「洛人中村」，不曰「中村氏」，此所以爲奇文異格。「作者勤哉」，一句傑峭。「政乎朝，事乎家，力乎郊，而貨乎市」，「而」字是法。「紂長飲酒」，此篇忌「夜」字，故不曰「長夜飲」。此一節言人之耽于夕，恒情自爾。「其名之異哉」，應上「異哉名乎」。「讓口」妙，「傳口」妙，「夫子之説在文」妙，文末不置結語尤妙。

第二段「天運乎晝夕，寧有所獨異」，起手置此斷案。「地獨異于夕邪」，結手置此斷案。中間論其事，二「見焉」字，可味。三「邪」字，上下反語，唯中疑辭。

第三段二「邪」字，輕輕成義，皆非反語。第四段五「邪」字，唯初一反語。

藏六庵説

第一段破題。首二句。第二段舉釋子之肖龜者。次至「殆不及也」。第三段言藏六之與師似。次至「其是之取乎」。第四段言師有一種藏六者以結。

此首前半極形勢於字句，後半栖精神於議論。形勢之美易睹，精神之美難窺。人能窺得是關，猛下一參，可以直透無上妙訣。

説至第三段而具矣，别於絶心絶迹處添了一段。末段説至藏諸用而盡矣，别添「吾見師之爲人窅乎」，域外有域，物外有物，我未知薆翁文字胸中，有幾大瀛海耳。

第二段長短句石出巖峙，妙在敺嶇不平，百讀如新。「王侯玉食」，拖出「食」字，恰似就睡龍頷下探得珠來。

第四段字句夷姤，其意難探。讀者看字脉語路反襯對襯處便得。「時或過之」，言師過之也。與下「方其見過之時」對襯了。「則悦之」，言吾黨之士悦之也。不曰「吾黨之士」，省文也。「則」字與上「則吾黨之士多從之游者」對襯了。知是對襯，則知「吾黨之士」爲省文。六根比得警拔，使人一嘆一笑。「藏諸用」，急劇一轉語。筆先落鶻，如季路之斷獄也，片言耳。「方其見過之時」，與上段「師之出食蹩躠然」反襯了。「吾黨之士過其團焦，亦如之」，與上段「師之反藏」「窅乎不見其人」反襯了。此文之上乘秘軌。譟人總不知，咄咄叱叱，他向黑山鬼窟裏爲活計，何知薆老之文，顆顆皆明珠。「然吾見師之爲人窅乎」，與上段「窅乎不見其人」對襯了。一句畫龍點睛，「然」字趧轉，妙。夫師之不能韜藏六根，出入皆同。唯其爲人之窅乎，雖見之，猶不見，則雖不藏，猶藏之，依然藏六庵中之藏六上人也。

天狗説

第一段言神之福。首至「神之福也」。第二段言神之怒。次至「是誰之爲與」。第三段言制福怒之變者，拈出天狗。次至「稱之曰天狗云」。第四段徵世俗所繇象，以破妄説。次至「可謂妄已」。第五段始提本説。次至「妙義之類，皆是也」。第六段申言神之所以爲神，以結上段。次至「惟聖人爲然」。第七段言所以爲此説。次至「以贈之」。第八段餘波取結。

此篇之爲奇文字，最膾炙人口，無用余談爲也。客强之，余曰：「雷萬春立城上，面中六矢而不動，其猛悍豈讓四面八臂大力鬼王而屈之乎？」客曰：「何謂邪？」余曰：「爲汝談天狗説了。」

松岡元達、北村可昌嘗在伊東厓所，辨駁《天狗説》。東厓默然不語，二子難之。

東厓正色曰：「人各有見，不論其異同可也。看此文，天狗之象，形容之妙，微薐園乎，誰能之者？」二子赭服。

「迺此謂榮術太郎金毗羅妙義之類，皆是也」，「此謂」字失法。使游、夏、左氏讀之，茫然暉目矣。然則使游、夏、左氏改之如何？曰：「此」之下，「謂」之上，嵌一「所」字耳。「此」字與「彼」字對，言和與漢也。

武城弦歌説

第一段提舉本説。首至「何其醞藉也」。第二段提梁溪，以言先王作禮樂之意。次至「而教天下」。第三段言禮樂之教，小大成立。次至「强其所至乎」。第四段就梁溪實地，論而勵之。

此文之杼上終葵首者。鳥必鳳而後九文六像，物子出而此篇出焉。依然禹稷召周之言，文勢瀕洋，翔乎六合，可不謂蓋代大才乎？

笙説

第一段言所以作此説。首至「吾請言笙」。第二段説笙，以比軍政。次至「貔貅之威可致也」。

第三段言調笙之方，以及和同之義。次至「何難之有」。第四段以縣子之語結了。第二段二百餘言，四喻四節，節節婉化。第三段二百餘言，一喻一節，喻得要，喻得高。但是妙着，文之元神也，人之寶鏡也。若欠此一着，而敷衍上四喻，乃是凡手碌碌見解。在蘐門，南郭、金華作之，則許其能作第二段，不許其作第三段。

匹進修字説

第一段提進修之請字。首至「美哉名乎」。第二段論進修之義，以拈出「業」字。次至「亡已其業乎」。第三段就其地無文，以勸其業，因以命字。次至「所以勉其德也」。第四段就其爲大夫，〔一〕以論結之。

君瑞字義

第一段劈頭提其字。首至「其君瑞乎」。第二段論命字之義。次至「君瑞之義也」。第三段就其爲醫，以論結之。

〔一〕其爲，原作「爲其」，據關西大學藏本、大阪大學藏本等改。

「温如」，膚也。「栗如」，理也。「焕如」，色也。「璘如」，聲也。「莫貴於君所爲名矣」，君瑞貴人也，故不言其名，以言其字，此亦文之巧處。第二段五節。上四節皆以「焉」字歇住，下一節括上四節。「雖有美質」應首一節。「必學」應二節。「而後成其德」應三節。「德之不孚」應四節。第三段曰「實稟聖睿」、曰「學於儻貸季」、曰「以成其德」、曰「可以信於天下焉」，皆與第二段應，〔二〕文之氣脉相抱。

贈言第九

贈善暹羅語人

第一段叙萬國輻凑于崎陽，唯高麗、琉球別有信地。首至「不與焉」。第二段叙崎人知高麗之歌。次至「爲何已」。第三段叙己推其字與律知之。次至「或作一法耳」。第四段言都人之學、崎人之華音，皆有可惜者。次至「豈不兩可惜乎」。第五段風勵崎人以學，次至「劉宣義比哉」。末段是詩。

〔二〕第，原作「上」，據關西大學藏本、大阪大學藏本等改。

贈長大夫右田君

第一段言仁以及寬。首至「仲尼取之乎」。第二段言擇才以及養材。次至「不容而能養乎」。第三段論養之道，以歸于寬。次至「以寬爲本焉」。第四段論刑，以歸于寬。次至「皆以寬爲本焉」。第五段極言仁，以駁後儒妄言。次至「非吾所知也」。末段以縣子之語結。

此物子得意之説，得意之文。弘度不迫，而嘉言多矣，亦足以見其爲經世良才，臨民大度矣。

曰「一國之人以萬數，豈皆良民乎？苟不能容之，民無所措手足矣」，曰「古之擇者將用之，今之擇者將去之。欲用之者，見其才者也；欲去之者，見其疾者也」，曰「若必以用其材爲用之，則有君子而無野人也，安在其爲國哉」，持論高甚，器度弘甚，似聽稷契之語於虞廷。周南有言曰：「夫子長七尺，腰以下不及禹者幾許。望之磥砢，如望棟梁之材。就之温矣。其教人也，如和風甘雨之於草木。」次公可謂知物子矣。且爲其國相大夫，屢請物子文，遂使物子學大孚於防、長間。薮門之良，非斯人而誰？

「夫疾也者，與材俱生者也，安可去哉」，辭氣過激。下文曰「惡也者，善之未成者也」，先王之期其成，是以不惡，辭氣和平。和平者以感發人，過激者以戕賊人。古所謂修辭者，正在此焉。「濯濯之美」，失考。「以安民之道修之已焉」，語梗而義窘。此物子仁説之弊。

「義勝而仁亡，知盛而德衰」，此物子昌言，學者大訓。

長藩川子因縣生請言

第一段言所以言其職。首至「請言其職」。第二段就職以論諫之道，因及于教。次至「教之道亦爾」。第三段論教以及政。次至「政之道亦爾」。第四段論政以結。

此文之髓在第二段，盡乎人情，達乎物宜。格言妙語，使人喜躍三百。於乎！物子眼何以如是巨？筆何以如是神？無奇新之句，無古奧之字，易易乎出之，而巨眼與神筆之合而成章，星耀玄逐，造化之流形耳。悠然七日不食，如饗太牢。

猿橋五奇

第一段橋之奇。首至「奇觀也」。第二段窟之奇。次至「可爲奇也」。第三段石之奇。次至「最爲奇也矣」。第四段女之奇。次至「可謂奇矣」。第五段男之奇。

千里蓴羹，未下鹽豉，亦是酣餘一味。

第一奇、二奇，皆以「也」字鎖結。第三奇用「也矣」字，第四奇用「矣」字，第五奇用「乎」字。此作者草草中留心處。

雜文第十

私擬策問

第一段言仲尼遵商書之道。首至「由斯道焉者已」。第二段言孟子始造説。次至「亡當乎否也」。第三段言諸儒紛紛，説無底止，競欲上孟子。次至「勝而上之乎否也」。第四段言宋始信孟子，論亦一定，猶且未了了。次至「招天下乎否也」。末段問之諸生。

薆文別格，句法長大，有風拔鄧林、轇葛相撐之勢。又砰砰磅磅，如讀《大人賦》。詰問十四，雷碫怒出，辟之萬人敵之毒火，八面旋轉。上下千載億萬儒流，奚若措對？道道。

「子罕言性」，性自性，命自命，不可謂「罕言性」。

私擬策問鬼神一道

第一段雙提有無鬼神以發論。首至「家言相似也」。第二段言孔子不語，故皆取説宋儒。次至「諸老先生也」。第三段言宋儒之言有未盡者。次至「遂荒矣」。第四段言群言紛紛，愈益不了。次至「落落乎不合焉」。末段問之諸生。

此首不設疑問，把諸説者之言，堂堂乎論而不破。昔楊誠齋名酒之和者曰金盤露，勁者曰椒花雨。前篇是椒花雨，此篇是金盤露。

「君子之道，造端諸夫婦」，「諸」當作「於」。《中庸》作「乎」。

私擬對策鬼神一道

第一段提鬼神之難言。首三句。第二段舉先王與孔子，以言所以對策。次至「塞問者之需也」。第三段舉有無之説，以折中其兩失。次至「未之有也」。第四段論鬼神之本，知者之事。次至「智者之事也」。第五段論鬼神之紀，仁者之事。次至「聖人之教也」。第六段言造化自然與民物不同，以贊聖人立極之義，因破後儒痴闇。次至「非鄙生之所聞也」。第七段總括上論，以取結。

此集中第一大文辭，薎文之衆妙盡於此矣。

「所爲薦紳先生難言之」，上冒「所爲」字，與下文映帶取變。「是寧獨薦紳先生難言之而已哉」，伏末段「聖人聽瑩乎言之」。「負仁抱知」，仁、知一篇主腦。「有所知之，有所不知之」，二句亦一篇主腦。「虙羲之世」，起得深鬱。作者明經博物之穎已脱。「指掌之視，覩上之嘆」，與予、賜所聞自別事。合別事而如一，造語不失雅馴。「所或之」，乃「惑」字。「權在彼」「權在我」，「疑乎仁」「疑乎智」，雙桶井車之妙。文義駕乎千古，躍乎九霄。「有無者，鬼神之迹也」，視之而不見，聽之而不聞，無也；體物不可遺，有也。此皆就鬼神之迹而人爲之説者也。「惟夫於其之也」，「之」者周流不居之義。「且明獨運」，蓋言且明之氣運行也。又「且」音神。《郊特牲》：「交於且明。」「午」，陽之極，陰之始。「纍纍乎相倚虚空間哉」，「哉」字取勢取態。「一故神」，俄提一句，以迎送上下。在上如卧牛之渴水，在下如渴烏之吹水，妙哉。「格之有道」四句，乍插對語，以暢筆姿，阿那成趣。「自喜」，言以生自喜也。以賈生賦爲粉本，讀者詳之。「爲天之徒」數句，文之轉處。艷中含悽，讀之覺鬼哭啾啾迫耳。「而聖人之教也」，此一句添得緊切。「夷教之府乎冥」四句，語氣徜徉，文如滿月，有餘不盡之妙，感人深矣。「造化之母」，説得眑妙，真是帝先天姝口中語。「唯人不然」，言不能如造化自然而成也。「群鳥獸以殂落，俱草木以消歇」，此騷賦句法，是首乃無不有已。「配神殺明」，言以人鬼配殺於神明也。「與天地合其德，與日月合其明」，天地日月乃神也。「故聖人不貴鬼神，且從民俗之所尚」，宋以上之説，皆於上面仁智之論勘破了，故特提仁齋耳。天地之妙萬物，聖人之妙天地，教之妙人鬼，讀至此，不能不絶叫自失也。聞之神妙之文，燈下讀之，火光如豆，變成緑色，豈言此種乎？

第二段三節。首至「有所不知之」爲一節，次至「焉乎爾」爲二節，次至段末，凡三節。

第三段四節。首至「所或之也」爲一節，次至「是庸何虛設乎」爲二節，次至「是庸何徵其實乎」爲三節，次至段末，凡四節。

第四段三節。首至「可以知鬼神之情狀也」爲一節，次至「一故神」爲二節，次至段末，凡三節。

第五段三節。首至「有盡于是矣」爲一節，次至「大和之餘氣也」爲二節，次至段末，凡三節。

第六段三節。首至「唯人不然」爲一節，次至「人極之不凝也」爲二節，次至段末，凡三節。

第四段人皆苦其難了解，畢竟是化人之宫殿樓閣，詭出幻來。故肉眼瞇糊，看來爲一片雲霧耳。其實物公多少老婆心，喃喃呢呢，喻得親切。所謂新荔支剥了殼，去了核，送在你口裏，只要你咽一咽者也。

「寒暑相蕩」以下，但説前節一之字。薪火之喻，薪火無二，薪盡而火亦盡，誰知後焰續前焰者乎？破周之言也。「由有而之無」者，前焰也；「由無而之有」者，後焰也。後焰自後焰，前焰自前焰，何謂後焰是前焰也？逝者如斯，薪盡而火亦盡也。唯知道者，見夫盡者之不盡焉。又按，有薪而有火，無薪則火將焉傳？亦豈有「焰續焰」之理乎？或曰：「物子取周之言，焰焰相續，言妙理也。」以予觀之，斯策而取周之言，又何用斯策爲邪？出者自出，入者自入，非爲出者而入也，非爲入者而出也。有尾閭者，吐之無窮。有沃焦者，吸之無窮。生生化化之妙，何所不有？百足之蟲寸斷之，則神氣斷斷皆在，物之周流不屈如此，故神者鬼者，亦旁礴虚空間，纍纍相倚。「一故神」者，「聰明正直而一」之「一」也。言其無彼是疏近，閟然而居於一也。「孰宰之權」，「權」上文「權」字，「孰」下加「敢」字看。「合乎有無而言之」，或格則有也，或否則無也，故曰一，則有無在其中。「非外乎有無而言之」，言非外乎有無之辨而别立之名也。格則有，否則無，有無之辨，果然鬼神之迹也。

「足以小辟諸」，「諸」宜改「之」。「《詩》曰『神之格思，不可度思，矧可射思』者，一之謂也」，「者」字可削。不然，「曰」字當改「所謂」二字。此字例之步弓法馬也。下文「記曰：仁鬼神者，養之謂也」，同失。「聽瑩乎言之」，「聽熒」，《莊子》字樣，言聽而惑也。物子摘以爲形容語，恐不可法。且「熒」作「瑩」，亦不哿。《正字通》辨之，可考。

對問

第一段發端叙事。首至「奉其祠便」。第二段論儒釋非匹。次至「謬哉」。第三段論僧乃巫祝類。次至「於我乎何有」。第四段帶説巫祝，以言官所以馭僧之合於聖人之道。次至「俾不害於治可也」。第五段舉奉神者五，[一]以明使僧守祠便。

物子政事之才，學以經濟爲主。其判斷剖決，有出人意表者。若此篇，亦可以觀其爲廊廟才矣。

王弇州曰：「汴被圍矣，而士大夫方汲汲於辨程頤、王安石之學術，與孔子之從祀。於乎！宋之不卒復中原，豈盡小人之罪哉？」朱舜水曰：「明朝中葉，道學家與文

[一] 奉，據關西大學藏本、大阪大學藏本等補。

章之士互相攻擊，亦如宋朝程氏、蘇氏互相詆譏。朝廷之上，舌戰不已，遂使國家被其害耳。」予誦二子之言，抛麈尾、拍几案而長嘆息。嗚呼！九原可作，我非斯人之徒與，而誰與歸？

或問文品，曰：旋風筆。又問，曰：隋劉炫左畫方，右畫圓，口誦，目數，耳聽，五事同舉而無失，不亦人之峻品者乎？又問，曰：節制之兵，有死無奔。又問，曰：寒谷月下之梅。

第二段讀者先認「遂謬」「皆謬」「謬哉」字，以觀文氣奔湃處。第三段首二語是總提語，以下五個議論。「皆神也」，一個議論畢。「大常豈僧乎」，二個議論畢。「亦類耳」，三個議論畢。「庸何傷乎」，四個議論畢。「於我乎何有」，五個議論畢。第四段首排「官爲之制」句三，爲三個敘事；下置「官皆制之」句，以爲總提語。上段總提在首，而五個議論爲後勁。下段總提在尾，而三個敘事爲前茅。此文之變且巧處，讀者毋跨望火馬，忙走於藝圃矣。

學則一

第一段言詩書禮樂爲四海之教。首三句。第二段提楚，以言東方不得不學四術。次至「又奚適」。第三段言言語不通，四術不可學。次至「末如之何已」。第四段言黄備氏能通二邦之志。次至「民至今賴之」。第五段言和讀之有不盡。次至「饗爰居也已」。第六段言和讀之假有害於真。次至「兜昧其禮樂也哉」。第七段言和讀末失甚。次至「有甚於侏儒鴂舌者也哉」。第八段始提爲學之則。次至「是謂之學則」。第九段申言以丁寧之。

此物公最刻苦之文，心竅九百六十，毛孔八萬四千，總在個中耗磨了。是故其文之色，如武夫登壇之面，片言隻字無怯者。至其論之段段跳霓跨月，其辭之局局嵌玉織貝，請與天下具眼者談之。物公之言曰：「此古文辭中李于鱗體者。」以予觀之，前篇辟如齊桓之正，此篇辟如晋文之譎。二伯之兵，不無月旦。然左城濮，右葵丘，一口并吞，咄嗟辨之者，是誰之子？在文苑，小白、重耳之上，阿衡、尚父之下。前篇許以五霸之魁者，此篇許以其次。徠翁之眼，白的青的？曰：恐是白的。雖然，我將酌物氏白獸尊。

《學則》七首，東龜年先我談之，足以爲初學津筏，讀者閲之可矣。故我不復笠上安笠，頭上安頭，特録其評耳。

拘儒某曰：「此『學義』耳，不可謂『則』。」嘻！學義何謂？

東龜年曰：聖人之道，《詩》《書》六經。而中國之言，是以弗用邦讀。唯目與心謀，無彼我之别，迺可以學焉。

二

第一段言宇猶宙，古今之言，不可混雜。首至「何擇也」。第二段承上，言古言之不易求，次至「重九譯邪」。第三段反上，言宙之荒昧甚於宇之夐絶。次至「宇與宙果殊矣」。第四段言學之要在求諸辭。次至「亦殊耳」。第五段言習化與古爲徒。

東龜年曰：古今文辭之不同，猶四方言語之異宜。則訓詁亦不可須，但能照古書以看古書，是爲旦暮千歲，與孔門諸子周旋一堂上也。

三

第一段舉聃二言褒貶之。首六句。第二段論聃捨物言名之過。次至「不俟乎生也」。第三段論聖人之教，以物不以言。次至「故唯其物」。第四段論後儒非聃而效之妄。

東龜年曰：聖人不以空言議論爲教，立行事之條件以爲教。學者亦當從其條件而學焉。

四

第一段言學問之要在通古今。首至「猶視諸掌邪」。第二段言通古今，在徵諸刑政法度。次至「何以史爲」。第三段言史學明而六經可用。

東甌年曰：治經者必審歷代之志，用以見古今之殊。而後六經可得而明，天下可得而治也。

五

第一段言聖人之道在養。首至「聖人之道爲爾」。第二段言學者亦養而生。次至「貴夫生也」。第三段言後儒苛刻，不知養之道。次至「無術之過也」。第四段言禮樂亡，申韓興，末弊未熄，以勸學者之立大。

東甌年曰：叔世是非淑慝之辨，起乎申韓之道行於天下，而先王禮樂之治所無也。

六

第一段言君子寬弘以成物致大也。首四句。第二段論天地之間，人猶物，物猶人，皆不可輕絶棄。次至「所以成其大也」。第三段提儒者之罪，道之裂，學之陋，以反應上段之義。次至「所以弗及古也」。末段提一篇要領以結。

東龜年曰：學問之道，貴博不厭雜。苟立其大者，撫而有之，則雖諸子百家，皆在於吾道之中也。

七

第一段言學問之道，不可不知命。首六句。第二段言人才大小殊别，有命不可誣。次至「不敢强之」。第三段數儒者不知道之言非之。次至「不知命也」。第四段枚舉所遇皆命，以言學得其性所近，各自供職，是古道。次至「古之道也」。末段言性理家之無用於世，以終七篇之義。

東龜年曰：人皆有命，雖孔門諸子，各得其性所近，不能兼之。故人各從其性，而達材成德，以奉若天命，古先聖王之道也。

稽古釋義

第一段説《書》。首至「稱爲《書經》」。第二段説《虞書》。次至「謂之《虞書》」。第三段説《堯典》。次至「列《堯典》於《虞書》」。第四段説「曰若稽古帝堯」。

右釋文

第一段言所以作釋義。首至「又有釋義」。第二段釋「義」字。次至「第一義也」。第三段言稽古之要在法之。次至「爲治也」。第四段言庸君大夫之不知稽古。次至「不刊之典也」。第五段言君大夫之頗知者，亦囿於習俗，不知稽古。次至「有若是之愚哉」。第六段言不師古聖人，不可以爲邦。次至「知歪邪之所在哉」。末段承上，添「知今」一着以結了。

右釋義

擬家大連檄

此物子一時之戲，磔鼠詰猫之文耳。子遷何録？可削。可削。予不佞不欲看此首。其言亡論羅刹女之亂道搗鬼，鯨呿鰲擲，一場大謊也。窾註尊號，何等好怪。或曰：「千古第一之檄文，棄之可惜。」予曰：「否。文章之爲貴，道存焉故也，道外無文。若徒以花言巧語而已，則嘲風弄月、惜玉憐香之文耳。非予所知。且不非其非，善者淪胥。予不敢妄謷，忠信故也。諺曰：『殺君馬者路傍兒。』戒之戒之。」

左史會業引

首段言六經皆主文辭。首三句。第二段言世儒知以文辭稱六經之爲辱，而不自知理窟辱聖人。次至「是亦何别焉」。第三段言六經之文不易學，故自《左》《史》始。次至「是亦何嫌焉」。第四段勉勵學者，無杜撰其文章。

《左》《史》者，盲與腐也。此首所以爲文章學士也，後篇所以爲大夫君子也。

六經會業引

第一段言三代上下，皆滔滔世界。首至「繁乎雜也」。第二段言觀於六經，則古今可貞觀。次至「聖人可復生」。第三段提真儒王佐，以示觀經之要，在動之活物。次至「不王佐才者哉」。第四段言古今云爲皆苞括於六經，不可拘一藝以固滯于世用。次至「可以爲傳注已」。末段承上，以申言真儒之在王佐而不在理學。

不熟政談者，無以知物公立言之旨。

四子會業引

第一段言六經全而四子粹。首六句。第二段言全與粹皆是聖人元氣。次至「道不墜焉」。第三段言漢唐宋後知一不知二，以舉似觀四子之法。次至「以四子觀四子也」。第四段言四子之粹既明於宋後，以望人之會六經之全於四子。次至「所以望乎諸君也」。第五段抵破仁齋以四子殘六經，以取結。

「大哉」者，乾元也；「至哉」者，坤元也。「妄意宫室之美」者，觀乎全而味乎粹者也。「逼駢脅于浴」者，觀乎粹而昧乎全者也。「以《論》《孟》爲刀尺」者，仁齋先生也。三處皆取譬言之，有味。

韓非子會業引

第一段提伯玉，以言韓子不必讀。首六句。第二段言韓子少恩，亦盡乎情。次三句。第三段提先王禮樂，以言藝文亦緣乎情。次七句。第四段言禮樂亡而人人傷情，遂言韓子不可不讀。次至「可不讀乎」。第五段再提韓子盡乎情，以結上起下。次二句。第六段言宋儒傷情，不能超韓子，遂言伯玉復古有懲末弊。次至「毋乃有懲歟」。末段言韓子文古而盡乎情，故以文取之。

六個「情」字，此首之骨子。

譯社約

第一段言譯非士大夫之事。首至「亡當於道邪」。第二段言讀中國之籍者，不可不知中國之言。次至「處身於莊嶽間者也」。第三段記與同人結社約日。次至「侵奪會期云」。第四段論會事不可無禮。次至「焉能可久」。第五段言其會禮社約。次至「不失所以會之意也耳」。末段冷語取結。

「壹是皆中國之籍」，「壹是」二字可削，與《大學解》衡決。

「參會則地」，當作「參會不地」。

跋第十一

跋管子

第一段言其真贋雜。首四句。第二段言其真者亦贋。次至「均之贋耳」。第三段言其所以雜。次至「其書之雜也」。第四段言其文可取以結。

此物公隨筆先後之作歟？「所謂真者均之贋耳」，予則以爲《牧民》《山高》等，未必不出夷吾手也。一匡九合，反坫三歸，夷吾顯達之後耳。「三匡」，恐因大匡、中匡、小匡淆矣。

跋草書韻會

首段提升庵之言以發之。首至「可重惜也」。尾段拈出己所以跋之以結。

題石丈山真

首段言丈山、草山不倫。首三句。中段言己有愛於丈山。次六句。末段目以詩傑結了。

觀此首，不唯凹凸窩夫之爲詩傑，薐之人亦文傑文傑，一噱。

刊十境歌詩跋

首段言木此歌詩之無益福田。首至「何益於福田哉」。第二段言此歌詩之無當吾心。次至

「何當於吾心哉」。第三段言峽之文字唯茲。次至「不亦可憐之甚哉」。第四段言所以木此歌詩之主意。

此首小撰大聲，有鵾弦鐵撥之響。岧嶢哉其筆也！「寒山」當作「韓山」。「用不朽托諸峽山川」，所以有《峽中紀行》。

跋采蓮畫軸

首段因其題言，徵此畫爲道君之物。首至「爲何人矣」。第二段提玄宰題言，一信一疑，以言此畫爲金陵勝。次至「來集几席間哉」。第三段提太史題言，以言此畫爲黿君之藏。次至「不知其如何也」。第四段言此畫爲黿君之藏，大勝爲道君之物以結。

此長房縮地之術，尺幅千里，有山有水，有雲月。末語最妙，能文之摇筆。猶獅子之搏獸，虎亦全力，兔亦全力，讀者切戒以文句不多爲膣説畸語看。

跋阿林字

第一段言字不華不字。首五句。第二段言倭人移于習不能華。次至「流毒於海内也」。第三段提阿林，遂以其不移于習以結。

「字者華物也」，一句絶妙。洛鯉伊魴，味不可言。

跋詩筌

第一段插《柏梁餘材》，以美《詩筌》。首六句。第二段非不嫺辭而欲巧者。次至「豈可得乎」。第三段論見巧之失墮于宋元。次至「勢之必至也」。第四段言熟斯篇則無前弊。次至「吾教爲爾」。第五段論嫺辭則化，是真訣。

跋唐詩選

第一段以弇老之評起，美滄溟之選。首二十一字。第二段言滄溟之選混。次六句。第三段言滄溟之選復。次五句。末段以滄溟之言結，美子遷之見。

此首，人有弇老、滄溟、子遷、狡兒；詩有唐調，有明調；山有峨眉，有芙蓉；景有五里霧，有三峰雪，有殺風景，有好風景。寥寥九十五字，八面觀音，色相具足。

跋石丈山書迹

首段美丈山之詩。首二句。次段論其書。次至「變歟」。末段言其人物過衆以結。

刻荀子跋

第一段言孟、荀匹。首三句。第二段言宋後孟獨見貴重。次至「爲天下公言」。第三段言荀獨見黜。次至「又何冤也」。第四段爲荀解侮。次至「其謂之何」。第五段以孟爲客，以荀爲主，以言其有師傳而與宋儒臆斷異。次至「比哉」。第六段言其辭其旨，孟、荀皆殊孔門之舊。次至「廢一焉」。第七段插入墨子，以警醒耳食者。次至「欲人讀其書已」。第八段嘉元珪刻荀。

岳陽樓跋

第一段言未始識君徽畫。首五句。第二段言始識其妙畫。次至「亦戲筆耳」。第三段論文章之道以及畫。次至「信其所以用誠哉」。第四段言君徽自詩達畫以結。

跋蠶桑圖

首段言狩氏之失初規。首七句。末段言狩氏之將復初，以美藤公。

跋萬尊者詩後

首段美尊者詩，以「東方古今無兩」。首四句。次段美以「中華緇流所無」。次四句。次段言天竺覺父亦不易爾。次三句。次段言古今名詩僧徒，皆伏下流。次二句。末段以「文中王」結了。

此小篇第一籌雄種，得正龍正穴。文如峨眉山西嶺上萬歲不長之孤松，天成本分，一字亦添不得。凡大文字翕之，小文字張之，讀者且看此首，廑廑九十字，如萬里石塘，如萬里長沙，目眇眇兮驚殺人。

《唐詩選跋》與此首妙相如。若品藻之，彼如香團玉削，掌中奇珍，可愛可惜；此如靈壁太湖之石，可望而不可私。

小撰之難，有難似長篇之難。我邦唯薐老，而門下無傳衣。作者皆以小文字作小文字，故無神無氣無骨。是以作小文字者，如錭刻家之造木偶，必先大其鼻而後好。至長版大作，却如木偶之目，必先小之，次第敷之衍之而後好。

題言第十二

譯文筌蹄題言十則

第一段言是編之所以成帙上木。首至「是則訴屈哉」。第二段言是編挂漏非所妨。次至「落人間也」。第三段特提先人，以言是編所本。

第二段分爲四節。「以今睬之」，「睬」當作「覰」。

第一段言和譯之所以稱和訓。首至「易於爲力也」。第二段言和訓之弊。次至「實爲之祟也」。第三段言學者宜以和訓識華人本面目。次至「識暄熱耳」。第四段言合和漢反覆求之之條目。次至「相倍蓰也」。第五段總論文法與字義之大意。次至「爲其概略」。第六段言就和訓附新譯，以成此編之旨。

右第一則

第四段「焉」字、「則知」字、「也」字，凡七處點綴之，可味。「此方助聲，亦莫有文字」，言和人助聲，無文字可填入之者。「異字同訓」，如「閑」「静」字是也。「訓不的確」，如「鋭」字、「寛」字是也。

右第二則

第一段提譯之爲要。首二句。第二段言和漢古今情態不異，則語言亦近。次至「何難解之有也」。第三段言六經亦不異我語言。次至「難解語哉」。第四段提《孺子歌》，以徵語言上無深意。次至「三萬餘言之解也」。第五段言以華言爲和言，圓融悟化，是譯之真訣。

「三代以前書」，過激甚。與《論語徵》所謂「朱熹目不見古書」同。人若詰之，物公將何辭以答之？

右第三則

第一段言訓與譯無别。首三句。第二段言和訓。次至「似中華有典謨」。第三段言譯。

右第四則

第一段戒諸生無聽講。首至「則異於是焉」。第二段提聽講之有十害。次至「其害十也」。第三段言學問之法。次至「百倍於諄諄教誨者」。第四段餘波。

「豈不欲推吾所嗜與諸生共之耳」，「耳」當作「乎」。

右第五則

第一段言讀書不如看書，讀在耳口，看在心目。首至「感發於中心乎」。第二段言非心目感通，不可以解書。次至「由何識别也」。第三段言非心目感通，不可以作文。次至「窺其境界」。第四段言譯之爲筌，亦在心目。

「心」字、「目」字，此篇水臬。「眼光透紙背」，依然目學。

右第六則

第一段言分四者爲目。首至「以此四者爲部目」。第二段言四象兩種，陰陽五行，古自有分目。次至「非此不通矣」。第三段結。

「形狀字面」，言半虛字，如寂寞、寥闃。「作用字面」，言虛字。「聲辭字面」，言助字。「物名字面」，言實字。

右第七則

首段言不可外語求意。首至「實在此」。尾段言學詩在學語。

右第九則

第一段論讀書。首至「同一病已」。第二段論作文。次至「學歐曾者乎」。第三段合讀書與作文以總結之。

右第十則

題問槎篇首

首段言遠人修聘，詞客雲騖。首至「昇平一觀也」。尾段言社中問槎，風流可賞。

題唐後詩總論後

第一段言諸公之所不言及。首至「卑卑下矣」。第二段論袁、鍾之妄。次至「立之防已」。第三段言本邦之詩，昔盛今衰。次至「莫真於是也」。第四段言今之中華不足取。次至「不得不惜其陋也」。第五段言撰《唐後詩》以警起邦人。

此論甚美，詩人可貫而佩之。「不及企及」，上「及」當作「可」。

題詩學三種合刻首

首段言學不得方而詩亡。首至「不得其方也」。末段言學得方而詩可爲。

四家雋例六則

第一段言授讀《真寶》之妄。首八句。第二段極言《真寶》之爲杜撰。次至「未必不職由焉」。第三段言《軌範》《正宗》諸集屬無用。次至「屬無用矣」。末段言所以作《四家雋》。

右第一則

首段言所以不取歐陽。首至「所以止于韓柳也」。末段言八家之稱不倫。

右第二則

首段言所以不取北地。首至「故弗取也」。第二段言所以不取伯玉。次至「故亦不取也」。末段言李王之長。

右第三則

首段言具《文選》者不列于此。首至「此集不列」。第二段言所不取于韓柳者。次至「故皆不取」。第三段言弇州長篇皆不録。次至「率皆不録」。末段言李王富於韓柳。

右第四則

修辭通一卷

帆足萬里　撰

《修辭通》一卷

帆足萬里　撰

帆足萬里（1778—1852），名萬里，字鵬卿，號愚亭，通稱里吉。豐後國日出藩（今大分縣日出町）人，江户時代後期儒學者、經世家。寬政三年（1791）從師脇蘭室。寬政十年（1798）隨父東遊，於大阪學問所之懷德堂師事中井竹山。享和二年（1802）遊京都，見皆川淇園，列名門人。文化元年（1804），任藩學教授。天保三年（1832），任日出藩家臣之長，推行財政改革。六年（1835）致仕，開塾授徒。門下聞人輩出，勝田季鳳、野本白巖、中村栗園、岡松甕谷等皆其犖犖者。帆足萬里博涉多方，經史古典之外，旁及佛禪、財政、數學、兵制等。四十餘歲時學習蘭學，依所得藤林普山《譯鍵》研探歷年，能通其義，對西洋天文、物理、醫學、地理等新知頗有解會。與三浦梅園、廣瀨淡窗共稱豐後三賢。帆足萬里著述甚多，有《東潛夫論》《窮理通》《井樓纂聞》《假名考》《醫學啓蒙》《三教大意》《帆足先生文集》等。

《修辭通》爲論文札記。萬里突出「修辭」的重要性，以爲「學問之道，先治其辭」。因日本受中華文化影響極深，「彼邦古典，乃教道所在。苟不通其辭，豈得繹其意而無謬乎？」故作文當「貴於古」。而鄙俚之言，行之不遠，故作文當「貴於修」。萬里重視修辭，是希圖借修古文而習古典、明教道：「吾邦學文者，以爲績學之方云爾，非求爲善文之人也。」

在習文方面，萬里反對和文訓讀，主張「先讀西刻無和詁書」，直接體會原文的語脉、位置。作爲練習，則可使用「復文」之法，即將漢文的和文轉述本，重新回譯爲漢文，以與原作對照，從而提高屬文能力。這當是取資於荻生徂徠《譯文筌蹄》所論，也可與伊藤東涯《作文真訣》之譯文式例互參。

萬里論文重學古，以爲「學古文必以西漢以上爲法」，所重尤在《左傳》與《史記》。即使韓愈那樣的古文大家，雖「後世體裁，須以退之爲首」，但其句法與古人不同，文章缺乏「漢人澹宕之致」，所以也并非學習的最佳樣本，反而「不如直法漢文之爲愈也」。明人盛稱復古，但「明文措語簡短，氣不條暢，古無此體」（《肄業餘稿》卷二）。其病源在於明人「不識琢句，不識古文有異體」，導致「王李後效者雲興，人創一體，故文之尨亂，未有如明季之甚者」，受到他的貶斥。與七子之字摹句擬不同，萬里主張「學古文者，唯當觀體裁如何，至涉獵取材，當旁涉他書」，表現出擺脱古文辭派影響的意圖。他主張自體裁入手，從叙事、議論兩端着力，以多作爲根本方法，從而達到熟習漢文的境地。

《修辭通》雖然篇幅短小，但是頗能反映萬里對文章的宏觀理解。他對於古文、駢語之時代特徵的梳理，體現了較爲明晰的歷史意識，是爲着眼於文章變化的一面。他根據才華與氣質的差異，將作家分爲四等，却指出「時有古今，辭有降升，如其等級，又不可以此定也」，又突出了衡文標準的穩定一面。

《修辭通》爲帆足萬里三十三歲時所作，卷首有脇愚山序。萬里稱「其所載，皆長者之遺教，平生奉以周旋者」，可見所論淵源有自。《肆業餘稿》卷末云：「予年十四，見蘭室先生受業。先生授以作文法。魯鈍之質，雖於文無成，至今讀書不苦太難解者，先生之德也。故平日教兒童，以作文讀舶來書爲先者，非欲其爲善文之人也，蓋不略能文，讀書不能得深解也。」《肆業餘稿》作於享和年間萬里二十四五歲時，上引之論與《修辭通》語皆相合，則師門影響不容忽視。

《修辭通》有明治十三年（1880）印本。書中有小字眉批兩條，皆署名「矢野子曰」。據《帆足文簡先生墓碑銘》，萬里「其先出於少納言清原正高，正高流於後豊，生四子于矢野氏。其居帆足鄉者，因以爲族」，則眉批當出自帆足萬里自筆。大正十五年(1926)印本《帆足萬里先生全集》，亦收入《修辭通》，而將眉批删落。此次整理，據明治本録入，眉批以小字補入正文之中。《修辭通》書末附《復文起稿法》，爲和文譯寫之《孟子》片段；又《記事作例》，爲帆足萬里所作四篇記事短文，亦以和文寫就，今并不録。

題修辭通

夫文章者，蓋亦一難事。余固無所解，而時或自撰著，所謂不知而作之者，何其妄也！雖然，既讀彼之書，豈容不考彼之言，而修彼之辭耶？考焉而寘過，修焉而能得，典妄漸祛。鵬卿有此述，亦將利考之與修也，覽者其勉旃。

文化七年庚午仲冬，脅長之。

修辭通

夫言人之所以宣意，言相錯成用之謂辭。文者，言辭之載于簡牘者也。凡人之技能，後世益巧，故其言亦古簡而今繁。簡則所含蓄者多，而意在言外；繁則所指道者悉，而意盡言中。是古今雅俗之所由生也。原古以治今則易，由今以溯古則難，簡難明而繁易通也。言以載意，未通其言而能通其意者，否也。其身不能言而晰言之情者，亦否也。豪傑之士論學能剖析至道，往往失之目前者，不能文之過也。故學問之道，先治其辭。今我生斯邦，欲治異域難明之辭，不亦迂而難爲乎？是誠然。然吾邦之爲國，取教於唐。明倫治國、軍旅醫藥、百工技藝，少不資始於彼邦者。彼邦古典，乃教道所在。苟不通其辭，豈得繹其意而無謬乎？是作文之所以貴於古也。語曰：「言之不文，行之不遠。」夫君子正衣冠，尊瞻視時而後言，猶飂以偏方鄙俚之言，則聽者不敬，行之不遠，不可以臨衆。是作文之所以貴於修也。此二者，學文者不可不識也。

初學受句讀既通，略能解其義，輒當學屬文。欲學屬文，宜先讀西刻無和詁書。言語位置，各國殊別。和詁傍註，雖古人發蒙之巧也，讀者多注神和詁倒飛之際，語脉位置一無所解，臨文茫然不能措手。西刻書顛倒詮釋，必須自爲始通。積習之久，皆瞭然目下，然後舉用之。雖委曲難措語者，必皆隨手而集。故作文之與讀西刻書，互相助發，以俟文章成熟。數年之後，廣取書史讀之，必有破竹之勢，諸子百家之説可不待師而明。

初學屬文，從其材高卑，須爲復文數十首。所謂復文，抄取經史中一節，數十字至百餘字。其宜和詁讀者，代以國字；漢音讀者，仍用漢字，一直寫下，從本邦語脉；國字數字關紐成一漢字者，促書成隊，仍每字間施小垂針；一字成一漢字者，單寫異隊。「而」字代用國字「天」字，「則」字用「列波」二字。「焉」「矣」二字難譯，則其處施小圈。從上下文勢以安字。若蹇澀難讀者，字傍別註小國字以助之，使無與正文相混淆。漢字二字以上相連成正文者，亦字間施垂針，務在易辨識。每一章後，注共若干字，以便復成漢文時推考。既成，以授初學。其國字盡代填漢字，且使各復本位，以成漢文。與原文比較，正紕謬，以習用字，除和詁倒飛之習。此際徂萊《譯文筌蹄》亦可助啓發。但才氣高者，不必事此，直學屬文亦可也。伊藤氏復文，漢音皆代用國字。本邦所傳漢音混訛難辨，則老師宿儒尚難之，豈可以强初學乎？

復文起稿，宜用古文。多虚字斡旋，便於講明語脉。如後世稗史，多實字連用，則非所宜也。故吾儕起稿多用《孟子》，其文明爽，且後生平常所誦習，易于啓發也。

學文宜先學叙事，不學叙事，其文必不能精熟。學叙事法，勿論野史小説、日常事務、委巷叢話，皆譯以漢語。務使與事相當，不得鹵莽。文法亦多端，有直筆，有婉辭，有遠而映之者，有逼而取之者。若不善議論，不識裁制，其叙事必有冗長不振之弊。必須兩者相發，以致筆下變化。然議論之文，非稍涉獵文史、胸中具小見識者，不能作也。

本邦學叙事，先務記作用語爲要。所謂作用語，如進退與奪類，斡旋實字而成用者是也。其實字自可就前修所輯諸書檢求也，伊藤東涯《名物六帖》、僧焦中《學語編類》是也。

言辭古簡而今繁，萬國皆無不然。而列國多以音定字，漢人獨以言定字，則勢不可得繁，而終不能不繁。故後世有所謂叠字者，如「恐懼」「憂愁」「波濤」「山嶽」類。其實字義各有所當，而在行文中與用一字全無區别。叠字《尚書》少見，蓋起周時。歌詩用之，永言之道，欲其調暢也。戰國以來，散文用之。故當作文時，宜下叠字，而單下一字，則必覺其少勻稱，此亦不可不識也。

文辭置句，位置前後各國異構。在和文雅正者，猶或與唐異。況野史小説尨雜不倫，若欲直取譯之，必有窒礙不通之病。法當取所譯書一誦，盡記其意。前者後之，後者前之，各以類相從。成章之際，務使暢達乃可。《世説》載潘岳爲樂廣作表，取其語錯綜之，乃成名文。彼國談説入文尚須錯綜，況吾邦乎？

「文章瑕疵，不必須人指摘，多作乃自知」，歐陽永叔此言，蓋欲人務多作也。文辭之學，雖有奇才，不多作必不能巧。西人猶然，況東方乎？時有善師，亦須從咨問以資啓發，亦不爲無裨。然務能多作，不必由師授。苟傲惰憚煩，不能多作，雖日提耳詔之，亦不能成也。

地名、人姓名及度量權衡，皆直書不得修改，以求馴雅合唐古制。官號勿論。三朝效唐制，置幕府及諸藩。近世所置字義略通者，亦不可改定也。

漢文二典尤古，其辭亦極簡質。二典以降，辭隨代變。至周周公所作《詩》《書》，皆窮其巧。以及洙泗之時，文辭大備，《論語》《中庸》《孟子》《左傳》諸篇可見也。洙泗之道衰，諸子百家興，各著書以言其道，教道已變，文辭從異。蓋古所謂文辭，侯伯相聘及教訓衆以之。以禮與人交者，欲微婉雅飾。以德帥衆者，欲温厚含蓄。戰國以下，則尚議論服衆，即不能不以才氣加人。是古今文辭之異也。自洙泗而後，辭隨世降，以至西漢之季，雖時有污隆，人有巧拙，均之爲古文，皆可以爲法。戰國之時，屈宋徒始作爲騷賦。騷賦，古詩之一變者。至漢益尚之，儷偶之風遂興。儷語古人亦有之，蓋事偶有相比者，舉言之耳。以言相應和，易悦人耳，騷賦尚之。至陸賈、鄒陽、淮南王、中山靖王屬，散文中專用之。以至東漢，詩文法混淆不分，文辭大變，不可復以爲法。自東漢以降，亦辭隨代變，漸趨華靡，儷偶益整。至齊梁唐初，委靡頹弱，略無可取。至史筆，雖不爲儷偶，句法局促，幾乎不能自明其意者。西漢以來，文人亦互相效摹，然皆務諧俗，無學古者。矢野子曰：古文對句不爲不多，但與後世駢儷異調耳。漢初陸賈文字盛用儷語，加以韻字，蓋亦文章之一變。又曰：「諧俗」二字，事後之論也，然古人竟不得辭其名也。古又偶有學古者，如漢武封三王策學書是也。至唐韓退之，振八代之衰，鋭意學古。柳子厚諸子雖不必師事，要聞其風興者。故退之之治辭，使後世得由辭以繹道，功可次程朱論學，其於文誠爲振古英傑。但欲矯六朝剽竊飣餖之習，務去陳言，以自創作句爲事。故其用句稍不與古同，然亦魯男子之學柳下惠，不爲不可也。從此以來，人初識古文爲貴，而皇甫湜、樊宗師輩效之，尚造語艱深，幾至不可句。至宋其軋茁極矣，歐蘇以平易矯之。雖其才藻宏拔，至句法略無可觀。蓋取法於韓，不師古，又尚平易故也。加以程朱達意之文出，至明其冗長極矣。李獻吉及王李屬厭之，盛唱復古。然不識琢句，不識古文有異體，雜取古書中成語綴以成篇，名爲古文辭。譬如書字，冠用鍾體，脚用王體，其他筆畫用某氏體。遍索諸名家筆迹，模以成一字。已則以爲極巧，傍觀固不耐其拘束。王李後效者雲興，人創一體，故文之尨亂，未有如明季之甚者，要皆不足以爲法也。夫韓之去陳言既出矯枉，且非本邦初學之所能，況文者言之載簡牘者，事已與言相當，我焉得不用其辭？學古文者，唯當觀體裁如何，至涉獵取材，當旁涉他書。況和人作文，本在以漢語譯和言，至鄙事末節，《史》《漢》中所無常十四五，不能不從後世書史搜索，但造語爲巧者，不可蹈襲耳。

學古文必以西漢以上爲法，然諸家各有其體，有可相通者，有迥異者。句法有可互用者，有不可互用者。初學未易辨識，遽取效之，則有緝錦以布之失，不如先以一家爲法。古文卷帙廣大，叙事議論俱備，可以爲法者莫如《左傳》《史記》。左氏之文法度冠冕，固在《史記》上，然以其上世簡妙之文，非可遽學。且體雜辭命，氣聳辭修，行文之際自有矩度，不得恣馳騁。以此叙事，必不免跼蹐。且就後世書史取材者，須再鎔煉以就其法，亦非初學所能也。馬遷之文，西漢絶品，精熟至極，舉莫與比。且自平常叙事而外，天文、地理、樂律、卜筮、醫藥，莫不具備。故學古文宜以《史記》爲法，朝夕把玩，每舉一節，略令成誦。其於作文，必有奇進。班固《漢書》文稍降，亦可以補不足。然若不務多作，則能背誦一部《史記》亦無益也。

學《史記》既熟，上效左氏、諸子，下爲記勝、尺牘，亦不難。猶書家既得用筆法，勿論羲、獻，顔、柳、黄、米亦可模學，不失其態度也。若夫時文紀事，唐人稍以文名者皆無不巧，可以爲法。然記鄙事者，亦須略使其爾雅，如《五雜俎》屬乃可。不可講求俗語，叢塞文中，如傳奇小説，極爲無益。俗語乃古言成細巧者，古言已明，可不學而通也。若夫講明俗語以通兩國之情，是譯師之學，非儒者之所事也。

文章諸體，後世孳乳倍多，不啻十數，要不出叙事、議論二端。後生學文既致精熟，此等諸體，臨作取古人文體裁明密者數篇，讀過數回，即可起筆，不必一一學作。至體裁，韓柳以下，唐宋諸名家之作皆可以爲法也。唯有韻之文，非學詩必不能巧也。

後世學古文者，唯韓退之最巧。天才既高，工夫亦至。故後世體裁，須以退之爲首。但句法稍與古異，雖力量横絶，無漢人澹宕之致，不如直法漢文之爲愈也。

後世文有以儷偶爲體者，所謂四六文是也。儷語句法齊整近詩，在吾邦稍爲易作。所難於古文者，字句長短中自有權衡均停處，初學不易曉耳。

文章又有俳體，專以滑稽悦耳爲主，猶詩之有俳體也。原出東坡，明季袁中郎、王百穀、陳繼儒屬專尚之。雖有風致可喜者，要非文章正體，決不可學。若夫紀行長篇，間出一俳語，在此等文體，反不可少也。

詩亦不可不學，然比文稍易。且吾邦學文者，以爲績學之方云爾，非求爲善文之人也，故今不論。[一] 欲學詩者，如胡元瑞《詩叢》，[二] 辨論最詳。大抵詩主情，故欲其温麗。文主理，故欲其暢達。東漢以來，以詩爲文，故文之理體喪矣。晚唐以來，以文爲詩，故詩之温厚泯矣。

書數醫卜，凡百技藝，皆有其家言。用語或同，所指各異。欲作此等文，各從其書求之可也。

押韻，同音相應和，歌謠皆有之。故古文中，句法齊整、可諷誦者，多諧韻。漢魏尚然，及儷體已立，此風乃熄。蓋押韻即成騷賦故也。韓柳學古，間一有之。歐蘇少見，不修句也。至李王唱古文辭，時爲舉行。古詩《清廟》諸篇獨無韻，蓋《清廟》詩一人唱之，三人和之，自相應和，不須隔句相應也。

[一] 故今不論，據《帆足萬里先生全集》本補。

[二] 叢，當作「藪」。

古韻頗寬，或有平上去三聲通押者。蓋漢人語音雖清，其於音學亦疏，其文以象形爲主故也。後世傳梵音法，梁沈約創分四聲，後人遂立二百四韻，畛畦益嚴，毫不可逾。今行韻書，蓋宋禮部試士所用。如鸝字，今韻收四支中，唐人或在齊韻押。佳字今爲韻頭，唐人復在麻韻押。此類與通行韻書異。至辭賦有韻之文，韓柳以下唐宋大家多從沈法。就有旁出，亦東冬真文，次序鱗次，不如古人間有雜押。意者古無韻書，徒取聲音諧美，地方之音或有轉訛不同耳。本邦音學全出摸索，不如從精嚴，庶幾少過也。矢野子曰：元首股肱之歌、五子之歌、皇極敷言、《商頌》等，用韻之法多與沈約類。降至楚騷、漢賦亦然。想上古必有用韻自然法存焉，後世竟不可曉。迨韓愈《元和聖德詩》用韻漫然，古未見其比。弘常謂四聲調和之道，至唐未絕響。爾後但據其模範而已。又曰：《文選》諸賦及有韻之文，每遇韻換，意義節奏亦隨而變者居多。

物徂徠論蒙生授句讀法，以學唐音爲第一捷法。夫明四聲，正輕重清濁，固非唐音不可。然寒鄉已苦無善師，且吾聞學唐音於長崎者，以中材之人非經三年不成。今觀通唐音者，其文之紕繆自若，則作文之不與唐音也亦明。已能通唐音，又費數年之力以學文，則其糜棄歲月已甚。況學古文者，不欲目下西漢，恐爲後世陋習所漸漬也。韓退之以後至王李，皆無不然。學唐音者必用俚言，先入淪骨，藥石非解。故譯家之文，偶有巧者，體格已卑，不足觀也。漢字以形爲主，苟通其意，其音可遺也。今吾輩所讀，自六經史子始，不爲陋習所漬，何幸如之？何必學異域鄙俚之言，而後爲學？非啻止此也，本邦與唐土壤密邇，利涉非難。文明之化，設使人人可與唐人對語，恐非國家立防之道，是余之所以不取於唐音也。徂徠第二法，先從本邦讀法，授以四書、《孝經》類，擇其中易解一二句，時爲解説。日不過一二次，切勿説章旨及道德性命之説。大抵人心喜開通，惡閉塞。雖蒙生日誦，全無分曉語，必生厭想。厭想一生，惰氣乘之。纔得可解者，輒踊躍精進。其一二碎義，積久合凑，必爲後來用力地。既而授以《史》《漢》有和詁者讀之，并授字書，以備搜索。不問其能解與不，倘未通曉，更讀二三遍。學者病在求從頭皆解，此雖似佳事，其心胸狹隘，不能優柔厭飫，非讀書器，切勿爲其解説。其所疑要蓄在胸中，積功已久，則自然冰釋。又要指授其書體格，《詩》有《詩》體格，《易》有《易》體格。一知體格，思則過半。若高明道理、深遠旨趣，則隨資質高下、造詣淺深，度其可及，時或一二冷語忽然觸發，如時雨之潤，其學便進，百陪於諄諄教誨者。此法極爲無弊，故今增損載於此，以爲授句讀法。

由上所舉法而學，十五六以上，才氣已發達者，得紀事百餘紙，雜文三四十首，詩二百餘首，讀書稱之。聰明之質，比三年可以小成，中材倍之，至三倍而止。則雖魯鈍下材，無不及彀。下材經九年者，比其成，書史涉獵略遍，并學術亦小成也。只如句讀，八九歲以上，可度易讀者授之，長後極省力也。八九歲以上，初授句讀，不得過十餘字，讀數十過，務使盡記。别作小册，注其所識字。至千字以上，則四子書不待人授，略能自讀也。未及八九歲者，讀數遍則止，不欲其怠倦，於文籍生畏惡也。

人有才氣，才所以明理，氣所以成事。其在文辭，氣壯則俊，才明則周。唯文辭以明辨爲主，猶事業以壯厲爲主。故徒有壯氣而其才不稱者，其辭拙樸，不足以發其氣。猶雖有美才無勇者，臨事恇怯，不能有爲也。但文氣以俊逸爲主，不必其氣之厚薄，無見對而怯之之患。故以文辭言，則子建、太白世無以加焉。至功業，曾不得中下。此文辭事功，才氣之異用也。

戰國以來之文，已讀其書，考其辭，其人之才氣自可分别。洙泗之文，其辭整然以飾，其思穆然以幽，人人如出一，未易辨。禮樂之教能移性也，如杜甫詩、司馬遷文，天資俱在下等，而好尚既正，精熟至極，著作之妙，以漢唐詩文之盛，未見有出其右者。以彼則如彼，以此則如此，故君子學之爲貴也。

才氣高下，人人不同。猶其異面，不可得窮。今姑立爲四等，使後學有所考。其氣軒爽，其才飄逸，如曹子建、李太白、蘇東坡，本邦新井白石，是爲第一等。就中有逸氣稍減者，如諸葛孔明、王勃、程伯淳、王陽明，本邦祇南海是也。其氣雄壯，其才奇傀，如荀卿、賈誼、韓退之、蘇老泉、李獻吉，本邦物徂徠，是爲第二等。就中有才加明者，如孟子、唐太宗、張子厚、朱子是也，屈原、柳子厚、李于鱗亦次之。有才稍麗而氣不及者，鮑照、劉禹錫、謝翺，本邦秋玉山是也。才雖麗而氣弱者，如司馬相如、王粲、王維、蘇轍、何景明、袁中郎，本邦服子遷，是爲第三等，以比下第四等，雖云韶潤，反少骨氣，但稍早成，故以居上耳。有才思稍遲，精煉之久，亦可入此等者，歐陽永叔、本邦伊藤東涯是也。氣既不甚壯，才亦不甚麗，唯二者略相稱，可鍛煉致上進，此爲第四等。莊周、司馬遷、班固、杜甫，本邦梁蜕巖是也。然第一等卑者，僅可比第二等。第二等高者，反可入第一等。但以其才氣相類，不能不各居其等，他皆效之。周公在第一等，温潤深遠。夫子之文辭氣象宏遠，略如漢高，繹之徐見温厚，皆不可律以尋常尺度也。四等之外，乃爲下材。然就其中亦有差等，如王元美、汪道昆，均之皆不及科者，然王之變化不羈，非汪所能及也。

才氣元由天禀，至文之巧拙，則又不在此。雖有異質，功少鍛煉，屈强疏鹵，無以盡其才，不能不降居下等。雖天資稍劣，工夫絶到，則齊整温厚，風味無窮，不能不躋居上等。若論其精熟，則莊周、孟子、司馬遷、韓退之、歐陽修、李于鱗，是其最也。屈原、賈誼、司馬相如、班固、蘇洵、蘇轍、物徂徠次之。荀卿、東坡、李獻吉又次之。他由詩賦，論其才氣耳，其人蓋不致力於文之故也。時有古今，辭有降升，如其等級，又不可以此定也。

《孟子》齊整，稍似洙泗之文，馴雅不及也。屈原騷賦固極其巧，至《九章》等作，雖佳句錯出，頗覺生硬。蓋臨絶之音，不暇復致詳，亦戰國妙品也。西漢之文，賈誼以才氣勝，馬遷以工夫勝，皆漢文絶品也。以爲法則，賈不及馬，蓋才非可學而精熟者，法度必森嚴也。相如賦尤巧，至散文雖云敷腴，頗少齊整。韓退之學古文，力量横絶，可入西漢。風韻逸宕，差遜馬遷耳。班固東漢之高者，叙事尤巧，可入西京，他文頗不稱。柳子厚學古，亦班氏之亞也。歐陽學韓，自成一體，實宋文妙品。永叔之雅煉，子瞻之才妙，略足相當。老泉豪宕亞之，子由恬澹又次之。李于鱗學古，不可入漢，論其品格，在子固、介甫之下也。

帆足萬里識

余之於文，材質凡陋，曾不及中下。少辱長者指授，亦嘗刻意爲之。天資之所限，終不能巧。况此篇以達意爲主，蕪陋尤甚。然其所載，皆長者之遺教，平生奉以周旋者。不敢自私，以告與余同好者，覽者無以其言之陋而屏棄之，幸甚矣。

文化七年秋八月，帆足萬里識。

帆足萬里跋

此編余三十許歲之時所著，以今觀之，妄謬居半。以首簡有蘭室先生序，不忍畀水火，藏諸笥筐，不敢以示人云。

弘化三年秋九月，六十九歲老人帆足萬里書於西崦草廬。

小文規則一卷　小文規則續集一卷

賴山陽　撰

《小文規則》一卷 《小文規則續集》一卷

賴山陽 撰

賴山陽(1780—1832),名襄,字子成,通稱久太郎,號山陽,别號三十六峰外史。江户後期儒者、歷史學家、詩人。安藝國(今廣島縣)人,生於大阪。父賴春水習朱子學,爲廣島藩儒學者。賴山陽早年從叔父賴杏坪就學於廣島,習素讀法。十八歲時遊學江户,師事尾藤二洲、服部栗齋,學經學與史學。賴山陽自幼苦於精神疾患,二十一歲時突然脱藩出奔,被尋獲帶返廣島幽禁,并由此被廢嫡。赦免後文化八年(1811)在京都設塾教授詩文。文政元年(1818)西遊九州,廣交文人儒者。歸京都後,以詩文活躍於文壇,與小石元瑞、篠崎小竹、浦上春琴等交好,是京都文人圈的核心人物。他在景物詩之外開拓咏史題材,作有《日本樂府》。幽閉期間起稿的《日本外史》,對幕府末期的尊攘派影響很大。另著有《日本政記》《山陽詩鈔》《山陽文稿》《山陽遺稿》等。

者爲主。《小文規則》是賴山陽二十餘歲時編選的小品文選，以韓柳歐蘇文章之簡明瀟灑者爲主。正編分爲叙遊、紀別、題名、書後、識事五類，續集又選簡牘與銘贊兩類。這一編選帶有針對性，因爲「本邦人不善行大文，五六百言以往亂雜焉耳」。但小文并非因篇制短小而無需規則，實有「用寡勝」之長。領會小品文的作法，則「異日登壇，千軍萬馬、奇正闔闢，亦以此法推之而已」。録文附有評點，所論重在體制，以紀事言實爲貴，不尚議論。

賴山陽是東國文學本土意識興起的標誌性人物。與此前文壇的模仿擬古不同，他主張尊重作家的主體性，通過法度體會神理，以爲作文之際「其機在我而已，何必襲古法哉？不襲古法而合於古法，庶乎英雄於文」（《屬文説》）。古文辭派蹈襲七子，爲賴山陽所不滿：「近時碩匠，以綴輯爲古文，乃取歷城、太倉配昌黎、河東。毋論刻畫無鹽，唐突西施。」（《古文典刑凡例》）所譏彈者即徂徠編選之《四家雋》。徂徠此舉受明人標揭唐宋八大家的影響，賴山陽以爲：「八家之稱，昉於茅順甫，在此方徂來先生亦議其不公。然先生以明李王媲韓柳，則尤而效之罪，又甚焉者。」（《增評唐宋八家文讀本》評語）明人文章盛行之後東土文風轉移：「正、享間文人以聱牙戟口相高，今則變爲流便，爲輕儇，爲鄙俚猥陋。或規模小説演史，或取詩文論評之語。高文典册，一切用此，非此則不入時。間有言韓柳者，斥爲陳腐。」(《古文典刑凡例》)賴山陽則不爲時風動揺，他意識到「題跋小品，不可不學元明諸名家之體，八家猶有不道到者」(《古文典刑凡例》)，這大約也正是其時風尚所在。而《小文規則》所選仍主唐宋，實因選録四家小品以記叙類爲主，而他主張文辭當視題擬體：「至論説序記，是八家當行，而八家所原，最不可不知。」(《古文典刑凡例》)若向上追溯，「秦漢之雄麗奇横，固足爲論説序記之源，而其輕妙簡雋，又題跋小品之鼻祖」(《古文典刑凡例》)。從小品一體而言，他自元明而回向唐宋四家，復溯及秦漢，其通貫意識與斷代擬古差别明顯。

《小文規則》有抄本(題作《大家小品》)、嘉永六年(1853)刊本。又有明治十一年(1878)增評本，增入了賴山陽後添評語，同時選文亦有增益。今據嘉永刊本録入評語，選文存題而略去正文，少數評點指向具體文句，則以［　］標出文本。復據增評本補入相關評點與跋語，增入的選文標題以［　］標示，增入的評點以增標示。

小文規則序

文章之有小品，所貴簡明也已、瀟灑也已。人或謂是藝園餘事，一時游戲也耳。曰：否否。文紀其事，言其實，而成大成小，其勢也。人知大文之有結構，而不知小文亦有規則。故欲簡明而爲衝決，欲瀟灑不免庬雜。或以一二俚葛藤取功可醜。今抄韓柳歐蘇小品，編曰《規則》。兒襄勒焉，因題此語以爲發引。文化丙寅正月，拙巢老人。

自序

襄嘗謂行文猶用兵也，所用益多，而其法益不可失。本邦人不善行大文，五六百言以往亂雜焉耳。譬之庸將之統多兵，適足以自累也。夫唐宋四家，文之韓白也，多多益善，而時用寡勝焉。今且取其用寡勝焉者，以爲學者法。學者苟熟此法，能領一隊，則異日登壇，千軍萬馬、奇正闔闢，亦以此法推之而已。賴襄題。

小文規則

叙遊

時髦易於詩而難於文，獨叙遊一體，描山寫水，自詩入文，是其閾也。本邦人叙遊務解人頤，故體冗韻卑，如俗畫點綴太過。今取古人落筆尤蕭疏者，以見法則。學者仿此，庶乎不至疥山水已。〔一〕

記遊嵩山　韓昌黎

此爲題名之體，然簡而盡，儼然一篇紀行。

〔一〕「庶乎不至疥山水已」，據抄本補。

題李生壁

前篇自《春秋》來，此篇自《史記》來。

鈷鉧潭記

柳柳州

永之十記闕一不可，然其簡澹宕，可洗邦人俗習者，當以此篇爲第一。

［折東流。］

增「折」上脱「屈」字。

［則崇其臺。］

「則」字先秦遺法。

至小丘西小石潭記

如一幀小絹着色。

［泉石以爲底。］

增「泉」一作「全」。

蘇東坡

記承天夜遊

髯公小品，此爲弟一。

已寫月，又寫竹柏，終合月與竹柏贊之，自成局勢。

記赤壁與李委飲

先考據，後景致。用筆疏密，互相映發。

吾嘗評此文勝於《前後賦》，未有信焉者。

記與二王飲花下

雖小文，炤應匝密。

記遊白水佛迹院

[至江山月出。]

「山」疑「上」誤。

記遊定惠院

〔已五醉其下矣。〕

「五醉」一句妙。[一] 無此句，則此篇亦凡品耳。

增 恐有誤字，前後亦然。此無本書，不可推考，取諸黄洲杏翁所可也。

牡丹記 見《古今詩文録》，闕。　歐廬陵

增 公安《瓶史》源於此，而雅俗天淵。

紀　別

本邦人送序，必呶呶議論，所謂捫腹索墨者，無怪其露醜也。目前之景，目前之情，筆而授之，以紀其别足矣。此之所收，分手之贈，皆精煉簡勁，足以當千金寶劍者。

送董邵南序　昌黎

古今送序，此爲弟一。苟暗記此文，會其匠心，可以化出送序千萬首。

[一] 妙，原作「如」，據抄本改。

送區册序

增 余在備後不勝其無聊，然比陽山差好。讀此文，可以自遣。

送獨孤申叔序　　柳州

此序不若《送薛存義序》，而捨彼取此者，書生所須在此不在彼。

別子開　　東坡

［相渡河寧。］

「渡」疑「度」。

［遲其北還，則又春矣。當爲我置酒蟹山藥桃杏，是時當復從公飲也。］

「矣」字、「也」字，下得何等濇宕。

別姜君元

增 公户甚下，恐不能兼舉二事，亦如余耳。

别文甫

［時時策杖至江上，望雲濤渺然，亦不知有文甫兄弟在江南也。］「江南」一句，他人所不能道。

送田畫秀才序　盧陵

闕。

增 簡勁，不似公他作綿延。

題名

題名又文之一體。學者所尤易爲，而及其至，則山由焉益青，水由焉益緑，使後經過者低徊不能去。文之時用，於是乎大矣。或叙時與名，或寓情於景，要其高簡。一言之題，千峰萬壑爲之生色。

長安慈恩塔題名　昌黎

［韓愈退之、李翺習之、孟郊東野、柳宗元子厚、石洪濬川同登。］「同登」二字，包括千景萬情。

洛北惠林寺題名

題雲安下巖　東坡

［有百倍於此者矣。］

「矣」字，有鏗爾之音。

題壽聖寺

［題大字院］　廬陵

此在公文，當屬丙科，獨以體類題名，取之在此。

書天慶觀壁

書臨皋亭

真醉人口吻。

題鳳翔東院王畫壁

書後

題跋昉於宋。宴會之際，品鑒之次，淋漓揮筆，述往思來，真藝園一佳事。要其澹宕，如雨聲露氣。

書韋應物西澗詩後　廬陵

增　幽澹之文，當與韋詩并品。

書梅聖俞河豚魚詩後

跋醉翁吟

增　閑閑叙年月，而情致悽絶。

題青州山齋

跋李陽冰庶子泉銘

有龍門史贊風味。

書李百藥汎愛寺碑後

題高閑草書後

書許道寧畫後

題蘭亭序後

烟波千里。

東　坡

書自書後

跋草書後

書戴嵩畫

小品文猶有經世大議論，這翁露本色處。

識　事

應酬之文，不便於間獨之人，所以設此一體也。苟有會此，耳目所遇，草木蟲魚，無非我文者矣。

蝜蝂傳　柳州

三　戒

增 皆夫子自道也。

臨江之麋

增《罷説》文特絶妙，嫌事同《三戒》，如現屠肆，故不收。

黔之驢

傳贊條理縝密。

永之鼠

三首東語，是爲最品，以其雋冷。

記先夫人不殘鳥雀　　東坡

[其鷇可俯而窺之。]

「鷇」疑「㲉」誤。

[而能馴擾。]

「擾」疑「擾」。

[此無他，不忮之誠信於異類也。]

增 此一結似學究語，然無此亦不生下文。小題大做。

書硯一條

驗草木長

書嶺南紙

增 大峨仙人至此，亦太蹭蹬。

硯譜一條

[須飲以水使足，乃可用，不然渴燥。]

增「須飲」一句，使他人爲之，必數十句猶不了。

書月石事

［欲但書事。］「但」字上下可疑。［遺可信也。］「遺」一作「貴」。

録賣油翁事

增 記瑣事如此乾净，非大家不能。

小文規則續集

正集五體，小文盡焉。然交游之有尺一也，人物之有金石題，小文之不可少者。因各取類，輯以爲續集。

簡牘

柬牘者，大小二體。求之西京，史遷《答任安書》，大柬之祖也；楊惲《答孫會宗》，小牘之祖也。今此所列，則楊惲門派矣。

與梅聖俞

廬陵

尺一包紀行，此其鼻祖。明人有盜其意者，而俗陋矣。

與張職方

增 備後亦如是。

如畫。

與蘇子容

與姜唐佐秀才　東坡

與鞠持正

答楊濟甫

答吴子野

答陳季常

公與季常意氣相投，便露本相。

與毛維瞻

銘贊

銘贊有序焉者，有否者。諸家多因序，舒其所欲言。贊源史遷，不必押韻。要其簡逸雋永，聲即焉而出。《考工》不言乎：「鼓大而短，則其聲疾而短聞；鼓小而長，則其聲舒而遠聞。」

瘞硯銘　昌黎

增 余有一小圓硯，家翁嘗携赴江户，借之尾張山口生。余之東游，生因返焉。爾來窮通數變，未嘗不俱。今兹來薇，亦挈而至。特以其狹量，僅充研朱耳。此朱亦以其硯也。

銘硯乃銘李元賓也。

文與可琴銘　東坡

王定國真贊

插一「而」字，便不板，是化板作活法也。

增 得莊叟神味。

石菖蒲贊并序

大文字句調，又是一格。後人畫虎類狗。

增 余有石菖蒲一根，盆水貯之，置之几間，已五年矣。來此不得携，每來往於懷。弟子玉盛以笭箵使不動摇，揉竹覆其上，使不觸物損傷。以托之備人歸者寄致，驚喜欲絶。夫忍寒苦，安淡泊，余有愧於菖蒲。然至養非其地，瘠而不死，則略相似耳。菖蒲自比，以文石石英比秦黄晁張，特未知以昌陽比何人也。

賴山陽識

此集余五六年前消暑所爲，今觀大不滿意。然爽樓大人令兒謄寫，寄襄句之，不敢不應。上層妄評，其硃書者係今所加。庚午八月五日，賴襄識于黄葉夕陽村舍。時秋暑未退，晚際小雨，餘照在檐，想爽樓之興當如何也。

賴山陽識

余頃得先人再閱此集評本而讀之，評語有所增加焉。以爲有益學文者，乃采而揭之，署「增」字以甄別之，所謂硃書者也。

明治戊寅之歲二月，賴復識。

賴復、賴醇跋

《小文軌則》及《古文典刑》，皆先人少時所輯，以置之家塾，後散落失處，先人不復收録。蓋瑣瑣小著，不深留意也。然是著歷徵古今，審確體制，自選自習，又習之子弟，其用意之深，不獨軌範初學，亦足以見先人文筆所原矣。世議先人文者，徒見其奔放縱横，以爲任氣勇往，無所根柢，甚則至於哂曰英雄欺人，皆坐未知有此等選耳。嚮獲之一舊社，謹藏于家。近者浪華龍章堂主人，因後藤先生請以壽木，乃欣然先付以《軌則》，刻成因識此語卷尾。嘉永辛亥秋八月，不肖男賴復、醇同跋。

後藤機跋

機從先師賴翁於轂下凡三年，未嘗聞翁語及此選也。蓋是係其少時事，故不屑之也。既余移寓浪華，又凡廿餘年，始得之於翁子士剛，乃謄一本以弆。偶書鋪某來而見之，請刊而行世，因謀之於士剛兄弟，皆諾之。聞此本士剛借之於但馬道士林欽，林欽借之於其鄉友井上謙藏，謙藏所藏乃翁手書云。謙藏元從遊翁父春水先生者，豈當時得原本於其手授歟？憶機在京，見翁小著數種，率皆其手寫，用草體，故不諳草書者遽謄之，不能無訛轉，訛轉相謄，訛上承訛者，往往有之。此編時覺有艱澀欠𨶒焉，亦得無承訛之弊乎？但覺其有益學文者，故施點乙，使某也刊行。讀者或就正之於謙藏之本，則庶乎得其本面目矣。

嘉永壬子桂華之後藤機僭題。

山陽文話一卷

賴山陽　撰

《山陽文話》一卷

賴山陽 撰

賴山陽生平已見前。《山陽文話》爲札記體，彙録賴山陽談述文章的片段議論。雖然在形式上各則都較爲短小，但編排頗有條理。所論對象，自先秦古書開始，大致按照經史子集的順序，由中國而延及日本，以集部著述爲主體。賴山陽於古書中推重《論語》與《孫子》，而以《老子》不及《四十二章經》。對《左傳》，重其叙戰事；論《國策》，推其剖析明暢。在史部中，標舉司馬遷，欣賞其局勢宏大、法度森嚴、叙事變化。同時并不厚古薄今，認爲宋遼金三史論贊出於歐陽玄之手，雅潔難及。子部著述，以《孟子》最俊偉，《孫子》最變幻，《莊子》堪爲鼎立。集部當中，分論唐宋八家，首重韓愈之氣宇高闊，而將王安石、曾鞏貶爲「小家數」。明文中，以劉基、宋濂、王禕、方孝孺爲冠冕。論清代著述，則表彰《明史》與《四庫總目》，并有取於清初三大家。對於己邦諸儒文章則不甚滿意，對徂徠尤多譏彈。

《山陽文話》雖然以叢論瑣語爲主，但頗能看出賴山陽博洽通貫的鴻儒之學。全書一線直下，扼要而精練，近乎文章簡史。評述點到而止，却多爲獨得之言。叢散的議論中，具有貫串全局的眼光。如論及六朝駢體，他提出「西漢已有其漸」，至劉向、匡衡等人用駢語，「實開八代衰候」。針對明代的秦漢、唐宋之爭，他則跳出一層，提出宋代文章以蘇軾爲盛，「蓋以蘇文利舉業，群仿之，而其弊流乎弱。矯之者乃太僻澀，歐、虞力救之，至明初極其盛。及北地復倡爲鉤章棘句，歷下藻其棁，婁東雕其墻，晋江、毗陵欲復救之而不能也」。這樣就跳脱了常見的派别意識，而將宋元明文章通貫考察，抉發出其中變化大勢。

《山陽文話》編者不詳，除去書名與書前首行的撰者名字外，從内容來看，可以確定爲賴山陽所作。賴山陽對「八大家」之説不太認同，此書稱：「八家之稱，定於茅鹿門，非確論也。」賴山陽認爲日人不善長篇，僅能小文，此書稱「邦人四五百言以往，填字而已」，是明顯的例證。書中賞嘆蘇軾之論策，稱：「余作《通議》，欲一語仿佛，不可得也。」而賴山陽有「通論古今和漢」的《通議》三卷，是模擬東坡策的「閲古論」。書中强調「故余叙保、曆間多學《左氏》意，應仁後用諸史體」，與賴山陽撰述《日本外史》的經歷相合。書中還有「今年四十三矣」之説，可知當成於賴山陽晚年時期。

《山陽文話》爲不分卷寫本，無序跋。原題「山陽文話詩論」，有副題「附仁齋一齋等」。前部爲文話，後接論詩内容，當即題中「詩論」。後續數則論文，與《山陽先醒答》内容相似，爲其删節本。此後爲附録部分，前題「伊維楨」（即仁齋）、「佐藤坦」（即一齋），而除前七則外，所録内容全係抄録吴德旋《初月樓古文緒論》。此次整理，僅收録前部論文部分，改題《山陽文話》。此書《故新井由三郎遺書寄贈目録》漢書集之部著録，現存慶應義塾大學圖書館，今即據此録入。

山陽文話

古書平易而精妙不可逾者，唯《論語》。可配《論語》者，唯《孫子》十三篇而已。如《孫子》形勢、虚實數篇，真宇宙間精言至文。宋人乃欲以淺陋如《韜略》、迂緩如《司馬法》者合并稱《七書》，不倫之甚。《吴子》《尉繚子》是戰國真物，然非如《孟子》於《論語》比也。

《老子》故意爲簡奥，不如《遺教四十二章》平易而深遠也。《莊子》則出《華嚴》《楞嚴》《維摩》之上不啻千仞。彼出魏晋以後人翻譯，故其文不妙耳。《莊》之妙者，《齊物論》爲最，《逍遥遊》次之，《人間世》又次之，《大宗師》《德充符》《應帝王》又次之，其餘出戰國他手，亦雄奇。如《漁父》《盗跖》《説劍》，淺俗平弱，不待髯蘇而知其贋也。

《左氏》叙戰長篇，如韓、濮、泌、鞌、鄢，短篇如北制、衷戎、笠澤等。長者局面大，間架闊，短者反之，而結構布置其法相通。長者如匹錦，短者如寸金。凡數十篇，無一同者。所謂奇正相生，因敵轉化者。逐篇玩之，如身經數十戰，學文法、學兵法，兩覺有補。如魏叔子論戰，則徒得皮膚耳。此後如司馬遷敘鉅鹿、井陘等戰用肆筆，敘垓下陣法、戰法用簡筆，與《左氏》異曲同工。下此則范曄之昆陽、陳壽之赤壁等，各有可觀。但諸史審兵勢不若《左氏》之盡兵情，故諸史專寫大將，《左氏》細寫卒伍，或因時代異爾。故余敘保、曆間多學《左氏》意，應仁後用諸史體，亦視時勢也。

《國語》如老婆談絮，《國策》如壯男論事，時代使然。然以《國策》較《孟子》，《國策》太明快，計較利害，委曲詿誤，與直説道義、傾倒心肝固不同也。然如虞卿論和戰利害，何其剖析明暢，使南宋士大夫有此齒舌，雖高宗未必不悟。是知如此文字，亦不可少於天壤間者。如田單與趙奢論兵尤雄奇，後人選本總不收及，何哉？凡所載各國之談，非必盡信，或假設以逞筆力，不可知也。《國策》爲《史記》敘戰國底本，却有似自《史記》收拾取備者，則劉向校書時爲耳。

唐子西曰：「司馬遷亂道却好，班固不亂道却不好。不亂道却好，是《左傳》；亂道却不好，是《新唐書》。」可謂言盡古今作史優劣矣。然余謂《唐書》是仡口，何能亂道也？

史序論與贊自别，不可不出力。如《漢興以來諸侯王年表序》雄麗浩瀚，後來王荆公評爲《表忠觀碑》粉本，是等文亦史中不可無者。范蔚宗自評帝紀贊爲清雄奔放，似賈生《過秦》，則未必然也。宋祁《藩鎮傳序》論成，歐公使人讀之，卧聞之蹶起曰：「使筆力能如此，則亦不可輕其實用。」杜牧《守論》成，是學子長用賈《論》贊秦紀例。如歐公諸志序論，則出於自筆，宋不能辨者。

《新唐書》義例、論贊非劉昫所及，但叙事鬱澁，反不如《舊書》。所謂「事增文省」，其誇處即病處，當時已有譏者。如段秀實「吾戴頭來」之類，皆坐於此。然如中潬之戰李光弼内刀鞾中决死，二將少退，命取其首一段，語不多而寫李嚴明處，文如其軍法，亦不可輕也。

歐公不能逞於《唐書》，乃逞於《五代史》。然其人物事迹不及唐遠甚，是爲可惜耳。然《莊宗紀》自三垂岡《百年歌》入手，尤奇肆。其中佚事疑出小説，故收入《伶人傳序》，遂成名文。《死節傳》《周德威傳》皆其得意作也，周傳再着「兩軍皆陣」句，最有生色處。

《唐書》録詔奏，盡變駢儷，没當時光景，後人有不滿者是自然。然史官於前代詔奏，莫不删潤，不獨《唐書》。唯宋遼金三史一概登録，所以卷册太長，人厭讀之。《元史》成於明宋濂諸人手，較爲勝耳。《明史》底本成於萬季野一手，又經數名人考勘，積歲月成，故與前四史迥别。然事礙當今處語多諱避，不可全爲實録也。宋遼金史論贊蓋係歐陽玄一筆，雅潔罕匹，雖元明史贊亦其臣匹，兩《漢書》以下皆不能及。讀者眼孔先劃古今，故不睹耳。

《日本紀》，我之《書》也；《萬葉集》，我之《詩》也，學者所不讀。周誥殷盤、國風雅頌，不可不讀此二書也。唯不讀此，故此間有禹湯文武數聖人而不知，有風俗之美逾彼三代而不省。或施之政教，皆顛倒錯繆矣。所謂捨我粱肉、戀鄰之糟糠者耳。《懷風藻》、《經國》《凌雲》二集雖雅，終不如《萬葉》爲本色也。

《日本史》論贊，如《帝大友紀贊》《後醍醐紀贊》《將軍傳序論》《幕府文臣傳序》《北條義時傳贊》等，皆大文字也。大抵文體似歐陽玄，而奔放肆大過之。如《源義經傳》以遺聞補傳中缺處大佳，蓋安淡泊先生實任總裁，出其筆者居多。然至自撰成績，則似不如此，何哉？

古今來文字，論天下大勢如捕龍蛇、搏虎豹者，不過數篇。如曹冏《六代論》、柳州《封建論》、蘇氏《審勢》《策斷》《唐論》等，總似以《治安》第一策爲粉本。

《史記》百三十篇，篇篇變化。然求其局勢尤大、法度森嚴者，在《項羽紀》。要觀其大開闔處，然不逐段細繹，其大者亦不可悟。

遷《史》入漢，叙事變最大者兩次，諸吕之亂與七國之反是也。事散在諸處，而吕后紀，文帝紀，吴王濞、周亞夫傳，其薈蕞處。彼睹天下事勢機會緩急之際，明如掌紋，故順叙、倒叙、正叙、側叙，而讀者無不了然，然而平淡看過。

諸子之文最俊偉者《孟子》，最精妙者《孫子》，最變幻者《莊子》。鼎立争雄，他無其對。獨《韓非》以其峭嶮雄悍，差可雁行。《説難》非《韓非》之至者，《難勢》可稱壓卷，其次《難一》《難二》之類。凡非之文，一種糾繞，如老藤纏枯木，又如老吏舞文巧詆，使人不能解脱者，是其本色。後人辨難之文，多本於此，柳州《守原議》可謂最善學者已。

文衰於東漢，人人所知。余竊謂西漢已有其漸，相如辭賦、揚雄模擬勿論可也。如劉向、匡衡等駢語成文，實開八代衰候。唯賈誼不然，其次晁錯，蓋主適用不主文故爾。昌黎每稱相如、向、雄，而不及賈、晁，真不可解。

方望溪稱韓公動筆便真氣動人，蓋其滿腔皆古書，隨手拈出，乃能如此。如《原道》似自《中庸》及莊周《大宗師》等得法來；送石處士、李端公等序，自《儀禮》來；《送孟東野序》自《考工記》來；《畫記》自《顧命》來；《諍臣論》自《孟子》論陳仲子、答好辨等來；他送序，自《史記》論贊來。此類皆得其意，而以自家氣力鎔化之，所以爲昌黎。孫月峰曰：「韓文規模十三經來，近時唯李于鱗近之，才不及耳。」真以蜣螂之丸媲蘇合也。

如《平淮西碑》劈頭呼起「天」字，《南海神廟碑》呼起「海」字，可見此老氣宇海闊天高。如此入手，然後趁勢敘下，乃成一篇典雅鏗鏘文字，非必擬《書》擬《詩》擬《封禪書》也。

韓碑篇篇藻雅奇變，銘辭巉刻處自其創體。唯《曹成王碑》，是皇甫持正作耳。若論叙事最可喜者，在《張中丞傳後叙》，不必擬史遷而得其神髓。至議論慷慨，則公本色也。余每讀之，每憾不以此筆作一部《唐書》也。

柳之敵韓，猶李之敵杜，一時捨此無對耳。集中或有如未脱駢儷故習者，蓋後人攙入，亦如李有擬六朝者。至如《封建論》有用大文，讀起正正堂堂，如諸葛出師祁山，恐昌黎甘受巾幗。開手不先破題，起落頓折，九轉而下。至非聖人之意，又詳説，再用前語倒收。然後覆説四代沿革，又抽魏晋爲小波。末因或者口中「聖王也」三字，趁入本意，三用前語大結。凡六段二千餘言，而運植之者唯一語三提，斷四代利害亦各一句。故雖設間架，讀之唯如見其横襟掀髯，談論風生也。

《永州八記》自《山海經》《水經注》來，帶有晋宋間人風氣。是柳獨創，後人無數遊記，無不霑此殘香賸馥。《八記》以畫法觀之，如八頁横圖連爲長卷。亦可以史法觀之，如八人同傳，起結每變，合而觀之，氣脉流貫也。

歐公曰：「作文無他術，唯讀書多，作之自工。」又曰：「作文在熟。變化之態，皆自熟處生。」又曰：「疵病不必待人指摘，多作自能見之。」又曰：「作文之體初欲奔馳，久當撙節，使簡重嚴正。時或放肆以自舒，勿爲一體則盡善矣。」此皆實歷語，後人論文連篇累牘，總不若此簡有味也。清人傅山者評歐公曰：「是江南之文也。」豈謂無岱華河汾之氣邪？然匡廬大江寧可易視？

歐公作文貼壁竄改，有終篇不留一字者。晚年手改舊稿甚苦，夫人曰：「尚畏先生嗔邪？」公笑曰：「不畏先生嗔，却怕後世笑。」蓋歐公畏東坡，嘗謂兒輩曰：「卅年後必當無説我者。」然歐公碑序記類，其不必着議論而使人誦玩不釋處，蘇公有不如處。《温公碑》豈不雄浩，終不如《范公碑》動人，豈非欠撙節、熟練之功故邪？故人不當恃才，當恃學也。

老蘇二策，篇法雄變不測。余觀《審勢》載爲二大段，《審敵》爲四大段，皆以「雖然」二字反振而起。《審勢》歷叙周秦宋，末以問答收拾，是學《封建論》。《審敵》則直就今事反覆，大似《治安》第一策。而末尾唯一句結，有高峰墜石勢，最出意外。老蘇又有《上韓魏公書》，亦《審勢》意。公曰：「是劊子手，吾薦之，爲歐九誤。」公言亦有理。余弱冠喜讀二策，謂無軒輊。今年四十三矣，再讀之，《審敵》勝《審勢》數十等，不獨其文也。

東坡雖多名文，膾炙人口者大抵率筆，其刻骨鏤心而作者，論策而已。是其二十四五時作，故有喜事態，不類他日奏疏老成，亦時勢異耳。《倡勇敢》及《策斷》上篇，其文與識可稱壓卷。佗論兵刑、民財語，皆精鑿。如「兵無事而食則不可使聚，聚則不可使無事而食」二語可謂盡漢唐宋兵制利害也。余作《通議》，欲一語彷彿，不可得也。凡讀東坡少時文，見其波瀾踊躍可喜，然最要觀其精煉處。余每讀，憶神宗呼「奇才奇才」，而此老金蓮燭底慟哭時也。

蘇文世特喜誦，以爲不可及耳。要觀其慣用手法，立一意必別以一意對縮雙敵，筆勢乃不窮，是傳家秘訣，其佗一段未了，忽出突兀語；或纔引喻，便入正意，雙縮之後不置收結，唯略用掀翻之筆爲結之類。東坡晚年手最熟，極其放蕩不羈，往往出古人所無者，勿爲其所瞞過而可。又有趁筆打成一片處，如《志林》中「使平王有一王導」「是文王之道，文若之心」，皆其狡獪弄巧處，不可學，亦不宜學也。

《留侯論》一篇俊爽韶秀，如春龍破蟄。「且其意不在書」，如龍首始現；至「孺子可教也」，意乃微露。忽引二典，如龍身忽見忽隱。至秦始皇、項籍句，得意滿志，筆勢掀翻，是全龍出現。末引史公語翻案一結，畫龍點睛也。是東坡少年極意構成之文，爲後世舉子用爛而未嘗爛者。

潁濱文無父之勁與兄之俊，然安詳如其爲人處自不可廢。《臣事策》第四，正可與其《唐論》參觀，「不立素將」，切中時弊。及南渡後，韓、岳、劉、吴皆素將，效驗較然。然立素將亦非無弊，如吾源、平是已，要在駕馭如何耳。文貴渾淪，然不可無破碎處；貴奔放，然不可無拗折處。昌黎所謂「迎而距之」者，蘇文無之，所以生平漫之弊。荆舒唯能爲破碎拗折，如畫家黄子久爲戴石山，一筆數頓也。南豐似亦宗此意，但其人無王之峭刻勁騺，故有肉無骨，徒成凡山耳。

八家之稱，定於茅鹿門，非確論也。半山、南豐皆小家數，烏可媲歐、蘇？半山猶有奇峭可喜處，曾刻畫昌黎者痕迹太露，其長處特在委曲不自厭，而讀者先厭之。或依托經術，證引太繁，而氣力不足以運之。如其過闕上書，視潁濱《元祐會計録序》何啻囈語？無他，靈惷異耳。晦翁一稱之，遵巖再稱之，乃群尊奉之，遂列爲大家耳。袁子才評曾文如大軒駢骨，連綴不斷，爲南宋道學之祖，暗指晦翁也。然晦翁之文明白俊偉，却有子固不及者也。

劉青田對太祖曰：「宋濂第一，臣次之。」然其實劉雄深遠出宋右，但篇數少耳。

宋較腐而冗，不如王烏傷之有氣力。方正學出宋門下，乃能化其腐爲奇。使其不死，固不止如此。要之此四人可謂冠冕明文，而方最光明俊偉，文如其人也。如三楊其人無氣節，無怪其文骫骳不振。文以人爲重，以氣爲主，宜哉！

「《文選》爛，秀才半」「蘇文熟，喫羊肉」，二諺可概唐宋元明之文變矣。蓋以蘇文利舉業，群仿之，而其弊流平弱。矯之者乃太僻澀，歐、虞力救之，至明初極其盛。及北地復倡爲鉤章棘句，歷下藻其棁，婁東雕其墻，晋江、毗陵欲復救之而不能也。文譬諸畫，六朝如青緑，韓、柳、歐如淺絳，曾、王如淺絳之不至者。至於蘇，則水墨白描也，非有氣骨不可觀，故難學易弊。是以王、李輩用類青緑者以眩人目，唐、王務復淺絳，可矣。乃故學其不至者，烏能奪時好哉？歸震川亦其流，但唐、王喜作大幅密畫，而歸小幀疏筆耳。如餘姚則爲白描變法，自樹一家，信豪傑也。

清朝高文典册莫若《明史》，其剪裁太嚴，其論贊視宋元史亦太謹束，然可雁行，不知專出何人手？其次爲《四庫解題》，則紀曉嵐之筆也。綜核經史，揚確藝文，無閑冗語，首尾爛然，足光前垂後。舉覺羅一代文，論其可傳者，恐無出此右已。

余欲觀魏叔子集，意其志經世學，是吾輩人，論策諸文必有縱横可喜者。及今觀之，頗不如所聞。其專攻文，故文反止如此邪？如論《左氏》諸戰，亦無甚奇。大凡文病在淺與俗，如魏不俗，但嫌淺耳。同時陳子龍詩名掩文，今亦睹其集。他文姑置，觀其策盜賊、兵餉諸時務，皆浩瀚雄深，語中肯綮，叔子無之。豈當事與退處有異邪？魏不若陳死節，伯子死亦不得所，然兄弟皆守父志，家萬山絶頂，不肯出仕，而文名蓋世。至子侄各修潔文行，冰雪森立，可謂曠代名家。下視徐乾學諸人一門富貴，如鴟得腐鼠耳。

錢曉徵毁方望溪以古文作時文，遂以時文作古文。苟能如此，可謂復古已，豈其然乎？曉徵則以考據作文，是淵源竹垞，用以脱格套、省閑冗可矣，然數見亦可厭。至其論西洋數學甚妙，乃知文出於心得者自能動人。清舉業因明制，有論策、制藝兩途。制藝爲八股俗體，論策則皆可誦，并謂之時文。而平日序論書記稱曰古文者，已愧襲明體，亦不欲依宋樣。於是作一種洗煉剪削之文，曰學唐人，其實亦震川之支裔耳。如朱竹垞、方望溪、汪堯峰，所長别在。至魏叔子、侯朝宗，專以古文稱而猶如此，何哉？

余寓書劉侗庵博士，問清初三家文云何。劉曰：「邵青門論侯以氣勝，魏以力勝，汪以法勝。蓋侯三十七死，宜不及魏之雅健，而俊逸則過之。此不可優劣。汪才氣短，又束於法，遠不及二子。」今讀侯集，知劉論信然。侯叙傳最長，序次之，記又次之，論最下，而時策却不然，或没後雜收少作故爾。要其無年可惜。至與吴梅村論出處，正氣凛然。唯有此一篇，覺朝宗不死矣，安得與博士樽酒細論之耶？

此方諸儒集，大抵多無益之文，亦勢使然耳。唯大小林集，足考當時朝野制度廢置、人物本末，可比明初宋、王集矣。其次鳩巢集，而文章爾雅大過之。白石著作多用國字，乃有用之尤者。至近日柴、尾、古三博士，其文直逼漢人。他儒噪名於文者，皆不可及，可謂野無遺賢矣。是公論，非吾諛也。室公規模大，柴公奇而俊，劉公正而博，尾公則雅潔簡遠。文各如其人，皆無愧元明士大夫。如文中稱謂正當，成於尾公爲多。

徂徠文如田舍兒黠者能作京語，至買物論價則出其本色。序記論説及學則等用心之文，皆牙牙學語。至與人往復論難者，皆可快聽，以其不用古文辭耳。而用古文辭，亦有可玩者。如《送守秀緯序》論出處，又一序論京師荏都風俗，又一記説會津形勢，序《荀子》《紀效新書》等文，皆非文人所能辨。蓋當文章將開時，有鳩巢及伊藤父子出，雖無大可喜，亦少可疵瑕。徂徠欲超上之，故自墮此魔境，又障礙人，可惜也。如南郭輩克肖王、李，有隔其師，而不足觀。春臺乃能悟其師之非，可謂豪傑也。余常謂徠翁事事超越人，而有一事缺，曰立身；有兩事贅，曰古學、曰古文辭。使無此三事，則論人才恐少匹敵，惜哉！

櫟園舉艾天傭論王、李曰：「盡去自宋以來開闔首尾、經緯錯綜之法，别爲一種臃腫窘澀浮蕩之文。其氣離而不屬，其意卑，其語澀。」可謂善言明文矣。蓋有韓歐以來，人每作一文，入題、還題、起結、轉摺，概有常法，而其言意平熟，覺數見不鮮，故欲出其圈套外而才不副焉，故特成此種。如我徠翁及近日履軒翁，亦坐於此，爲其聰明所傷耳。余常嘆我國古今文運兩開，每開未學彼之佳，先學彼之惡。前爲駢儷體，後爲古文辭。未及爲韓、歐，即有爲者，其業不大且熟也。至爲蘇者，絶無矣。蓋我稱文章者，序記銘贊，無事於議論大文故爾。且漢人習舉業，故雖爲古文辭者，非全無經緯。邦人四五百言以往，填字而已。如叙事，亦徒争瑣碎處。至大開闔處，氣力不能運掉之也。櫟園所言，正可移贈邦人。

国家出版基金项目
NATIONAL PUBLICATION FOUNDATION

域外文話彙刊

王水照 主編

日本漢文話叢編 一

慈波 王汝娟 編訂

復旦大學出版社

前言

日本漢文話是日本人士撰述的專門成書或單獨成卷的文章批評文獻，評述對象爲中國古典文章以及日本人所創作的漢文。作爲深受中國文章學影響而形成的文學批評樣式，漢文話是中國文章學的域外發展，在和漢交涉的語境中呈現出獨特受容與變容特徵，因而天然帶有比較文學質素。漢文話與漢詩話皆因中國古代文學東漸扶桑而產生，它們同以和歌論、連歌論、俳諧論爲主的詩論，能樂論、狂言論等戲劇論，物語論、草子論等小説論，共同構成日本文學批評畛域中漢和混融、并轡齊驅的格局。漢文話是研探多元文化背景下中國文章學在東亞漢文化圈内傳播與變異的基礎文獻，也是瞭解中日文章學交流對於日本文化品格形成的重要憑借。在域外中國學的研究視域下，漢文話與中國文章學具有文化同源、對象接近、話語類似的共同性，相對於西方文學理論，更帶有「自周邊看中國」的切近感。漢文話的全面搜羅與整理，在文學批評文獻的開拓與建設之外，也提示了比較文學研究的視角從中西比照轉向環視東亞的切换可能。

在日本文化品格形成的漫長歷程中，中國發揮了至關重要的作用，「所謂日本文化，其是東亞文化、中國文化的延長，是同中國古代文化一脉相承的」。〔一〕兩國之間的人員交往很早就已經開始，歷史學家認爲戰國末期中國文化就已經在日本傳播。到兩漢時期，則已經多有官方往來，其時「樂浪海中有倭人，分爲百餘國，以歲時來獻見云」。〔二〕《後漢書》更明確記載光武帝中元二年（57）、安帝永初元年（107），倭國有朝賀奉貢之舉。〔三〕三國曹魏景初、正始年間，兩國使臣往來頻仍，也多次載諸史册。不過光武帝賜以印綬、魏明帝頒行詔書的載述，都只涉及中國一方的文書行爲，而未提及日本的對應舉措，因而可以推知當時的日本域内文字未必通行。《隋書》稱日本「無文字，唯刻木結繩。敬佛法，於百濟求得佛經，始有文字」，〔四〕從漢字傳入的時間而言此説未免偏晚。而大業三年（607）倭王遣使朝貢煬帝，國書「日出處天子致書日没處

〔一〕内藤湖南《何謂日本文化（二）》，見内藤湖南著、劉克申譯《日本歷史與日本文化》，商務印書館 2012 年版，第 12 頁。
〔二〕《漢書》卷二十八《地理志》，中華書局 1962 年版，第 1658 頁。
〔三〕《後漢書》卷八十五《東夷列傳》，中華書局 1965 年版，第 2821 頁。
〔四〕《隋書》卷八十一《東夷列傳》，中華書局 1973 年版，第 1827 頁。

天子無恙」云云，〔一〕則表明日本對中國文化的接受與化用已經達到相當的高度，作爲文化現象的漢文學漸次揭開歷史序幕。

在日本漢文學的演化過程中，漢詩與漢文的寫作幾乎是齊頭并進的，但發展程度并不相同。成書奏上於和銅五年（712）的日本最早史書《古事記》三卷，雖然主體特别是序文采用漢文書寫，但涉及上古的帝紀、舊辭等内容，仍然是以訓字的形式記録，有時甚至以小注的形式提示日語式表達，因而實際上使用的是特殊的和漢混合文體。最早的敕撰史書《日本書紀》三十卷成書於養老四年（720），大量引用了漢籍、佛典，除引録歌謡外，采用了徹底的漢文形式。最古的漢詩集《懷風藻》成書於天平勝寶三年（751），其作者多爲貴族，而作品則深受六朝與初唐詩歌的影響。這些著述的出現，自然可以代表漢文學的成熟，甚至還會使人以爲文章之發達更甚於詩歌。但實際上在社會層面，文章的普及與進化要遲滯於詩歌。有名的敕撰漢詩文集中，《凌雲集》（814 年）與《文華秀麗集》（818 年）都是詩集，《經國集》（827 年）仍以詩歌爲主，但包含了賦、序、對策等文章。直到平安中晚期的康平年間（1058—1065），在日本後世文

〔一〕《隋書》卷八十一《東夷列傳》，中華書局 1973 年版，第 1827 頁。

學史上影響深遠的由藤原明衡編撰的《本朝文粹》十四卷，四百餘首作品中賦、奏狀、表、序、記等文章纔超過詩歌而佔據主要篇幅。而平安末期由藤原季綱編纂的詩文總集《本朝續文粹》十三卷（1140 年以後），收録文章近二百三十篇，而詩歌僅録入四首。這一自簡趨博的漫長動態過程，自然也是漢文作爲文章體類由敷衍而至盛行狀況的反映。

漢詩文批評的發生，則必然要以漢文學的興起爲基礎。安萬侶在《古事記序》中將此書擬爲「邦家之經緯，王化之鴻基」，不失爲批評意識的萌芽。在零星的篇什之外，成規模、具體系的批評著述，當數空海編著的《文鏡秘府論》六卷（約 820 年）。這是一部詩學指南，引述了大量六朝至唐代的詩論、詩格。由於原典的散逸，此書對於中國文學而言也極具價值。從體例來看，這部詩話具有鮮明的資料彙編特徵。它的問世已經是漢詩繁盛的百年之後了，漢文話的出現也與此格局相似。

五山文學時代是漢文話的萌發階段。五山文學的創作主體是以鐮倉、京都的五山十刹爲中心的禪僧，他們受到宋元禪林文風的影響，積極投身於漢詩文的寫作，涉足法語、偈頌、隨筆、日記、語録、詩歌等多種樣式，在文章領域則集中於四六文。禪林公私交往之際，如勸請住持、時節通候，依例使用駢語。各種儀式典禮及説法示教場合，如入院、上堂、秉拂、拈香等環節，以及施行鎖龕、挂真、下炬等佛事時，同樣盛行駢文。禪宗雖然强調「不立文字」，而日常所需却不離四六，於是對於其體制、作法的關注就成爲禪林風尚，「吾輩不以文章爲專門，而宗門禦侮之一端，亦不可廢之。苟秉其筆，宜知利病。密密着力，不可輕易變亂焉」。〔一〕這一時期出現了多種討論四六體式結構與寫作方法的著述，如虎關師煉（1278—1346）《四六法》，仲芳圓伊（1354—1413）《四六之方》、江西龍派（1375—1446）《四六口傳》、天隱龍澤（1422—1500）《天隱和尚四六圖》《四六文法》、常庵龍崇（1470—1536）《四六轉語》、策彦周良（1501—1579）《策彦四六圖》《四六文章法》等。這些著述帶有鮮明的寫作指南特徵，注重分析句式特點，揣摩四六文體結構，細分發句、傍句、壯句、緊句、長句、隔句、漫句、送句等多種類型，多引用禪林製作以示法度。對於字法、句型、對仗等形式規範，往往采用圖譜加以説明。從體式而言，這些著述多將選文與講述相結合，重視對術語、典故的注解，不刻意形成篇卷，多有單篇成文或録述成篇者。名家文章特别是元僧笑隱大訢（1284—1344）《蒲室集》中的疏文，則被五山衲僧奉爲文章準則，講授、注解之風極

〔一〕仲芳圓伊《四六之方》，寶永六年（1709）祖璠寫本。

盛。此類著述所涉文體局限於四六一端，用意多在禪林講授，宗門意義大於文章學效用。而且它們屬於師弟秘傳的心法：「斯一集者，雖小册子，不侍祖翁下，誰敢一見之哉？」[一]故往往秘不示人，而以師門遞相傳寫爲主要傳播方式，將之彙録成書如《四六彙解》之類則時間更晚。五山時代四六批評文獻在體式上具有漢文話的初步特徵，討論的文體具有單一性而嗣響頗乏，與此後佔據主流的散體漢文存有一定的斷裂。從其作者身份與流傳場域而言，不妨將此類文獻歸爲禪林漢文話，而視作漢文話的初階形式。

漢文話的真正確立與盛行當在江户時代（1603—1867），這一時期活躍在漢文領域的多爲儒者，其思想與文章皆濡染不同儒學思想派别的印記，因而漢文話的儒林特色有突出呈現。

被稱爲江户時代儒學之祖的藤原惺窩（1561—1619）有《文章達德綱領》六卷，以孔子「辭達而已矣」「有德者必有言」爲作文根柢，編選之際帶有鮮明的朱子學特徵。古義學集大成者伊藤東涯（1670—1736）著《作文真訣》，雖然意在爲初學示法，以文

[一]《文法口傳序》，見《四六彙解》元册，寶永六年祖播寫本。

訣形式提出文章禁忌，而以文章作爲明道解經的必然憑借。古文辭派在漢文話的撰述上更爲活躍，荻生徂徠（1666—1728）有《文戒》一卷，力戒和字、和句與和習，體現出强烈的中華文章歸向意識。書中更借指摘伊藤仁齋文病，寓涵攻訐古義學之意。所撰《文淵》，則推重七子，將李、王視爲古文辭之代表，可見他主張的「文辭淵源」命意所在。徂徠弟子太宰春臺（1680—1747）《文論》雖然延續古文辭派之説，强調由修辭而明道，但他對明七子的剽襲作法却大加抨擊，認爲在追摹古文辭之外，當上求篇章血脉之古法，體現出對師説的超越。徂徠門人服部南郭（1683—1759）《文筌小言》則主要討論助語之法，在重視助語潤色文章功用的同時，主張涵泳領悟，反對故爲艱澀，表現出偏重文辭的傾向。繼承龜門家學的龜井昭陽（1773—1836）深受古文辭派影響，他通讀徂徠文章，即使在寬政異學之禁的情勢下仍不爲所動，而逐篇評點，深究文法。折衷學派的中井竹山（1730—1804）講學大阪，偏主朱子學，而對陽明心學及古義學持寬容態度。所撰《文瑕説》推尊韓愈而不拘泥；《閑距餘筆》則視徂徠文章爲邪説，從學術思想與作文準則兩端加以譏彈。在學問上建立了「開物學」的皆川淇園（1734—1807），運用開物學於文辭分析而撰成《問學舉要》一書，從立本、備資、慎徵、辨宗、晰文理、審思等六方面，探討學文準則，尤主通過繹讀《周易》文辭來達成名物相合的狀態，以此作爲「開物」之關鍵。這些學者學有專主，在學術思想上齊驅并驟，同時也是當時漢文領域的執牛耳者，其漢文話往往論文見道，文章見解之中自具儒林宗派色彩。

明治時代，日本文學本土意識勃興，文人作爲一種社會身份日益活躍并得到普遍承認。日本文化自主意識漸次强盛，西方歐美諸國的科技與文化影響日深，特别是維新之後學制的改變，直接使得漢學失去了文化領域的主導權。漢文不再是需要仰視的文化存在，甚至在西學衝擊與中土衰落的雙重作用下，研治漢文學也成爲不入時流的落伍之舉，職此之故漢文話關注中心轉向文章本身，并最終走向衰微。這一動向在江户末期即有呈現，如賴山陽(1780—1832)具有深厚的朱子學家學淵源，他本人却成爲日本文學本土意識興起的標誌性人物。對於當時文壇競相蹈襲七子、唐宋派、公安派的風氣，他皆深表不滿，而提倡不襲古法、其機在我。長野豐山(1783—1837)本是中井竹山門人，却主張打破學古崇拜而師心自用。明治時代的東正純(1832—1891)是堅定的倒幕派，其《文章訓蒙》在選文示範時已多取本邦文章，并摒棄文章的派别之見。石川鴻齋(1833—1918)作《文法詳論》二卷，在提倡法度之餘，更提倡「自我爲格」。他對於日本自身文章發展歷程及流弊，也多有勾勒與反省。他與清國文人多有交往，在秉持漢學立場、授徒講學之際，却難免感受到邦人西化熱潮的衝擊。土屋鳳洲（1841—1926）在「洋學旺盛」的局面中「以漢學鼓舞子弟」，其時日本的言文一致運動正如火如荼，國字國文國語的提倡使得漢文生存空間日益逼仄，而他却堅守古文於一隅。這一守成與新變之間的張力格局，與中國新文化運動時期的文言文、白話文之争何其相似。儘管在時代的洪流中漢文與漢文話不可避免走向式微，但其文化走向却與中國古典學命運同情共振，并且這一趨勢提前了數十年，可謂中國文章學術變之迹的域外預演，其比較研究價值不言而喻。

從著作體裁而言，漢文話可以分爲四種類型。其一爲隨筆雜記類，形式自由，隨筆點染，在短札中散見文章觀念。如帆足萬里（1778—1852）《修辭通》一卷，雖然篇幅短小，却論及修辭之要，關注復文學習，强調直法漢文，貶斥七子而重旁涉他書，其文體變遷意識、文辭標準觀念，頗能切中肯綮。又如長野豐山《松陰快談》商榷古今，極論文章之弊與篇法之要，有顯明的中日比照意識，也是以札記形式信手寫出。其二爲理論著作類，在編排的體系性、論述的學理性、觀念的系統性等方面有突出呈現。如《拙堂文話》正、續十六卷，正編卷一簡論日本文章流變，卷二論明清名家之文，卷三論唐文，卷四論宋文，卷五、卷六論作文根底，卷七論作文之法，卷八述記體文。續編卷一論文章與山水之助；卷二論近世文體；卷三論文章祖法；卷四概論唐宋之文，并撰《柳柳州年譜》；卷五論清初文章，以侯方域、魏禧、朱彝尊爲主，高揭魏禧；卷六述清人之文；卷七論清人文章之失；卷八論文本道術。它對中國文章之歷時脉絡、流派演變、各家得失，皆有清晰精到的判斷；對於本邦文章淵源、流弊，也往往能片言中的，其理論成就在漢文話中堪稱翹楚。其三爲資料彙編類，通過分類排纂前人論文材料，來表述自身文章見解。其擇取的文獻也往往來源於中國的文章學著述，是日本文章學涵納外部資源、形成自體内核的表現。如《文章達德綱領》引用諸書，《性理大全》及薛瑄《讀書録》頻次極高，對宋代理學諸子之論述亦皆有臚列，而尤以朱熹爲主；文類的劃分，多取則於真德秀《文章正宗》；文章理論專書方面，陳騤《文則》、陳繹曾《文筌》、李性學《文章精義》、吴訥《文章辨體》則爲取材大端。通觀全書，論涵養、抱題、叙事等文章理論諸端，其框架多源於《文筌》；而文體細分，則依傍《文章辨體》。全書則通過總論爲文修養、文章結構、作法格式以及細緻辨析文體框架，將諸多材料納入其中。這樣既反映了對中國文章學既有知識的吸納樣貌，又體現出作者自身的文章觀念。其四爲選集評點類，通過篇目選取、篇章評述，借助序目、類例、評點等來表達論文傾向。如龜井昭陽《蕿文談》《蕿文絮談》就是對荻生徂徠文章的評點之作，將《徂徠集》中文章，除書牘之外，評閲殆盡。其體例爲先總論此篇文勢、風格及作法，定其高下；續對全篇區劃段落，概述層次與大意；再根據文字脉絡，逐節評述。在具體文法方面，對文辭用法、前後呼應特别是虚詞之法，多能隨筆點出。以上四種與中國文話類型相同，體現出明顯的傳播與接受印迹。

從書寫語言來看，漢文話又可以分爲漢文部與和文部兩大類。漢文部全書完全以漢文寫出，和文部則包括以和文、漢文混淆文體書寫，甚至全書皆以和文寫出的著述。在漢文話的早期階段，不少著述在主體部分運用漢文書寫，其注釋、説明文字則以和文達意。如《四六之方》中對典故的訓釋，《四六口傳》對江西龍派講授文訣的傳寫，《策彦四六圖》對駢體結構的分析，等等，這一時期的多種漢文話都采用了和文進行寫作。這一現象與當時的漢文學發展水平有關。諸多漢文話的作者未必皆能如意暢達地熟練使用純熟漢文，於是和文的補足輔助作用就必不可少，特别是記録口述之際，以和文直録顯然更覺便利。雖然在書寫樣式上表現爲和文，但在這些文話中和文的作用類似於翻譯，帶有工具性與輔助性，因而從本質而言，在文化地位與構成上其實仍是以漢文爲主。此後這兩類漢文話各自遞續發展，和文部漸漸具有擺落漢文而獨立衍化的趨向。如江户時代的林義端（？—1711）本是伊藤仁齋弟子，後來成爲京都的書商，在元禄八年（1695）編刊《文法授幼抄》六卷。他有鑒於「近世詩法便於幼學之書梓行不堪其多，獨至文式訓蒙之作則未有梓者」，將前賢論文格言、文章諸體、啓劄格式、助語用法、書簡樣式、虚詞之法等彙爲一編，「欲其易通曉，間以國字記之」。[一] 這一用和文轉寫的方式，主要目的是便於初學。他在元禄十四年（1701）梓行的《文林良材》六卷同樣是「爲童習者設」，[二] 輯録的文法大意、四六文式、文體分類都以和文進行解釋，甚至還專門對歷代古文名篇與人倫稱謂進行訓解。此種撰述方式一方面是當時社會中文化教育由貴族向平民下移趨勢的體現，另一方面則反映出和文作爲「國字」其地位開始上升。山縣周南（1687—1752）《作文初問》、皆川淇園《歐蘇文彈》、山本北山（1752—1812）《作文率》《作文志彀》《作文楷梯》等都是和文部中頗有影響的著作。海保漁村（1798—1866）《漁村文話》更超越了此前引述中國文獻加以訓解轉寫的模式，而徑直使用和文對文章的聲響、命意、體段、家數等深入評騭，撰述方式更爲成熟。到明治時代，漢文的重要性大爲降低，結城顯彦以和文著《文章

[一] 林義端《文法授幼抄序》，《文法授幼抄》卷首，元禄八年刊本。
[二] 林義端《文林良材序》，《文林良材》卷首，元禄十四年刊本。

叢話》，「文用假字，而説皆涉近」，却獲得高度推崇：「抑吾邦論文之書，無善於《拙堂文話》，而其文雅馴，其説高尚，非初學所能解。則其益於世，或讓此編乎？」[一]他編纂的《文法要則》以及村松晚村（1827—1879）《作文跬步》、西村豐《文章詩歌作法良材》，全書皆用和文書寫，此前書首冠以漢文序言借以增重的慣例亦被完全忽視，不難看出和、漢文體之間的話語權勢轉移。十餘年之後的《名家文話》中，編者聲言「文章因體異名，若詩賦，若和歌、俳諧，均是文章耳」，[二]於是當時名家所撰國文話、詩話、漢文話、歌話被統作一編。這一頗具象徵意味的出版行爲，正暗寓了漢文及漢文話被内化爲日本自身文化而接受的歷史進路。

日本漢文話存世數量頗豐，通過書目核檢與文獻調閱，目前所掌握的數目已達百餘種之多。考慮到出版周期與校訂效率，整理工作將分階段陸續展開。此次結集以在日本漢文學領域影響甚著且能反映文章批評風向的代表性漢文話的漢文部爲主，續編與和文部的編纂考訂亦已順次進行。本項工作始終得蒙王水照先生切至指導，

[一] 三島毅《文章叢話序》，《文章叢話》卷首，明治十四年（1881）刊本。
[二] 内田鐵三郎《名家文話自序》，《名家文話》卷首，鐵華書院，明治三十二年（1899）版。

在書名擬定、書目選擇、體例安排、編訂原則諸方面，先生皆提出了寶貴意見。文獻搜輯與出版過程中，日本早稻田大學内山精也教授與復旦大學侯體健教授助力尤多。特此一并致以深摯謝意。

凡例

一、是編爲首部系統爬梳發掘并彙集整理日本漢文話之著作，分期編訂出版。此次收録日本漢文話二十五種，以著者生年先後爲序排列。生年不可考者，則參考著者活動交游或成書年代等綫索推定。書末附録廣池千九郎《中國文法書披閲目録》，所收多爲漢文話類著作，以供讀者參考。

二、是編所收各漢文話前皆附提要，主要介紹著者生平，以及該漢文話内容梗概、特點、價值、版本情況等。各漢文話予以新式標點，并予校訂。凡底本有誤字、衍字、脱字、倒乙等，據參校本或其他相關文獻改正，并出校記。

三、底本中異體字、俗體字、古今字等，一般統一爲規範漢字，部分視上下文意或古籍通行用法等酌情保留。

四、所録漢文話力求掌握完整版本信息，一般以精校先刊者擇爲底本。所存别本或寫本，儘量取作參校，若條目參差者，則予補全，并彙録諸本序跋。漢文話中凡徵引漢、和典籍處，整理時多勘核原文，遇有扞格則予校訂。

五、是編所録漢文話皆藏海外，獲見非易，且多未見影印或整理出版。彙録時以單獨成書或成卷作爲入選準則，力圖勾畫日本漢文學流衍脉絡，呈現中國文章學之域外鏡像，推進中日文章學與文化交流研究。

總目

第一册

第二册

第三册

第四册

第五册

第一册目録

文章達德綱領六卷

藤原惺窩 撰

《文章達德綱領》六卷

藤原惺窩　撰

藤原惺窩（1561—1619），名肅，字斂夫，號惺窩，播磨（今兵庫）人。早入釋門，後轉究儒學，對朱子學在日本的興起發揮了重要作用，被稱爲江户時代儒學之祖。曾爲德川家康進講，門下名弟子甚多，最著者如林羅山，被譽爲官學之祖。有《惺窩先生文集》十二卷、《惺窩先生倭歌集》五卷、《大學要略》二卷、《文章達德綱領》六卷及《韻學秘典》《姜沆筆談》等著述傳世。

《文章達德綱領》爲資料彙編類文話，集中體現了藤原惺窩宗經重道、通達文辭的文章學觀念。據書首姜沆序（1599年），此書編纂自有現實目的：「今又學者不知作文几格之故，摭前賢議論，間以己見群分類聚，爲《文章達德綱領》。其所謂『達』者，孔子之所謂『辭達而已矣』者也。所謂『德』者，孔子之所謂『有德者必有言』者也。此一編之綱領，而作文之根柢也。」可見藤原惺窩將此編作爲後學爲文指南與模範的用意。

《文章達德綱領》之成書，實爲藤原惺窩師弟諸人合力之果。堀杏庵在此書序言（寬永十六年，1639）中介紹：「《文章達德》者，吉田素庵受予師惺窩先生之命而所輯録之書也。先生開經濟之學于本朝，然而不遇於世，退講六經，旁采歷代之詩文，參互考訂，而因其體制，標其品題，分門析類，爲百有餘卷，以便討閲。又爲令知古文近詩之警策，前人後輩之手段，集《綱領》六卷以冠於其首。猶有滄海遺珠之嘆，而遍掇明朝之衆作，加入諸家之注解，增廣賢哲之議論，草稿再易，未及成全書，不幸而先生早没。素庵亦下世。」起初惺窩命弟子素庵編纂篇帙厚重的《文章達德》，應爲分門别類的總集。而《綱領》之纂，則近於總集卷首的爲文指要。惺窩熟悉并大量徵引的吴訥《文章辨體》，正是在書前單列《諸儒總論作文法》，析分文體選録文章時，也先撰解題性質的「序題」，不難看出兩者之間的相似性。

幫助惺窩選定資料的素庵，即角倉素庵（1571—1632），本姓吉田，名與一，號素庵，學儒於藤原惺窩。晚年致力於活字出版，刊本用紙講究、裝幀精美，被稱爲「嵯峨本」。爲日本近世書道五家之一，角倉派創始人。亦精於詩歌、茶道。

《文章達德綱領》前三卷爲「入式」，後三卷爲「辨體」，又按卷次分别分爲内、外、雜三録。卷一爲讀書、窮理、存養，所論重於道德涵養。卷二爲抱題、布置、篇法、章法、句法、字法，重在文章結構。卷三分爲叙事、議論、取喻、用事、形容、含蓄、雅俗、瑕疵等三十目，則爲作文格式。卷四爲文體論，按照辭命、議論、叙事、詩賦、雜著與題跋六大類，逐類細分文體，細緻探討其源流與特點。卷五專論正統文章觀念所輕視的駢儷、律詩與詞曲。卷六則以歷代與諸家爲斷，近於歷時之文學史與專門之作家論。

《文章達德綱領》引用的文獻皆爲中國著作，選録帶有明顯的朱子學特徵。引用諸書，《性理大全》及薛瑄《讀書録》頻次極高。宋代理學諸子之論述，皆有臚列，而尤以朱熹爲主。文類的劃分，多取則於真德秀《文章正宗》。文章理論專書方面，陳騤《文則》、陳繹曾《文筌》、李性學《文章精義》、吴訥《文章辨體》則爲取材大端。通觀全書，論涵養、抱題、叙事等文章理論諸端，其框架多源於《文筌》；而文體細分，則依傍《文章辨體》。尤爲難得的是，從結構安排與材料取捨來看，惺窩於道德與文辭兩不偏廢，這與理學家的重道輕文大有區别。

《文章達德》今未見全本，僅知書目著録有《文章達德録》一百卷。日本關西大學藏有殘帙一册，爲卷十四，選録内容爲屈原之《離騷》，可以印證此書的總集特性。

《文章達德綱領》今見多種，可分爲前有姜沆與杏庵序的白文本系統，當刊於寛永年間；僅録姜沆序的訓讀本系統，根據牌記當刊於寛文十三年（1673）。《日本教育思想大系》之《藤原惺窩集》卷下，亦收録此書。此次整理，即據刊刻最早的寛永本録入。

文章達德綱領叙

廣胖窩滕斂夫，日東人也。嘗聞日東四大姓，藤爲之長。又嘗見宋太史景濂《日東曲》，有曰「聯城甲第競豪華」者是也。自曠世攝國政，以至道長公，公五世孫五條長秋監俊成及京極户部尚書定家及中院亞相爲家，并以道德文章震曜古今，華胄遥遥，不絶統緒。十世孫三品相公爲純，是斂夫之皇考也。斂夫以王綱不振，亂賊横恣，自幼隱居，以道自樂。余之落日東者三年，得斂夫於王京。與之遊者數月，始知其爲人，而叩其爲學焉。既叩其爲學，而益信其爲人焉。其爲人也，韜晦不求聞達，人可聞而不可見，可見而不可知也。見善若驚，疾惡如風。道所不合，雖王公大人有所不顧也。簞瓢陋巷，處之裕如。義所不可，雖千駟萬鍾有所不屑也。其爲學也，不局小道，不因師傳。因千載之遺經，繹千載之絶緒。深造獨詣，旁搜遠紹。自結繩所替，龍馬所載，神龜所負，孔壁所藏，迄濂洛關閩、紫陽金谿、北許南吴、敬軒敬齋、白沙陽明等性理諸書，靡不貫穿馳騁，洞念曉析。一切以擴天理、收放心爲學問根本。其爲文如菽粟布帛之不可一日離，而自然有奇絶處。日東學者闔國唯知有記誦詞章之學，未知有聖賢性理、存養省察、知行合一之學。故赤松源公廣通慨然囑斂夫，以四書六經及性理諸書，新以國字，加訓釋，惠日東後學。今又學者不知作文几格之故，摭前賢議論，間以己見群分類聚，爲《文章達德綱領》。其所謂「達」者，孔子之所謂「辭達而已矣」者也。所謂「德」者，孔子之所謂「有德者必有言」者也。此一編之綱領，而作文之根柢也。千回萬變，萬狀千態，備録而無餘。使歐曾王蘇之饒筆舌、善評論者，復生於來世，而不得減一辭加一辭。使來世之求翰墨畦徑者，如入正門尋坦道。則其所得，可謂盛矣；所志，可謂勤矣。嗚呼！斂夫之生，豈偶然哉？其亦不幸而不生於中華名儒之列，與之上下其議論；而生於絶海之遐遠，而沉冥百世之豪傑。其亦幸而不生於中華名儒之列，與之上下其議論；而生於絶海之遐遠，而振發一方之盲聾。雖然，若使日東之人卒莫知有斂夫，莫知尊信此編也，則斂夫之志嗟已矣，夫其謂之不幸也亦宜。雖然，若使日東之人賴斂夫得以開悟，賴此編得以傳解，而老師宿儒、文雄巨擘接迹於當世，皆知所以據於德而達於辭，則豈惟斂夫一身之幸哉？抑日東一邦之大幸也。其謂之幸也亦宜。雖然，斂夫何以幸不幸哉？唯爲所當爲而已，又何言幸不幸焉矣？古之爲書者，皆所爲不行於今而行於後者也。今斂夫不務行乎今而務行乎後，豈斂夫之厚於後而薄於今耶？抑今之所不可也耶？余於斂夫之此編，始喜之而卒有感焉。

萬曆己亥三月一日，朝鮮國刑部員外郎菁川姜沆敬叙。

文章達德録綱領序

《文章達德》者，吉田素庵受予師惺窩先生之命而所輯録之書也。先生開經濟之學于本朝，然而不遇於世，退講六經，旁采歷代之詩文，參互考訂，而因其體制，標其品題，分門析類，爲百有餘卷，以便討閲。又爲令知古文近詩之警策，前人後輩之手段，集《綱領》六卷以冠於其首。猶有滄海遺珠之嘆，而遍掇明朝之衆作，加入諸家之注解，增廣賢哲之議論，草稿再易，未及成全書，不幸而先生早没。素庵亦下世。其子玄紀每恐墜先人之志，謂予曰：「欲讎校《綱領》，鏤梓以廣其傳。」予喜曰：「有是哉，玄紀之用心也！夫大孝養志，况繼先志乎？况欲以先生之手澤行于世邪？」蓋「達德」之爲名，菁川姜沆既言之矣，予亦不容不言。《孟子》叙君子之所以教者，有成德者，有達材者，有答問者，有私淑艾者，是所以名「達德」者乎？先生之門，成德、達材、答問不乏其人矣。先生没而二十年于兹矣，其道大行。不得爲先生之徒而私淑者，依歸此書，而開導誘掖，提撕警悟，以益其所不能，以新其所日進，則材可達而德可成，是先生之心而素庵之功也。然而本集簡帙重大，卒難搜索，得見《綱領》，則先賢之文章也、詩賦也，意氣精神、骨骼脉絡，瞭然在目矣。學者以意爲主，以氣爲輔。以理解之者，文不欲奇而自奇，詩不期工而自工。論其變化，則跨李杜香象，凌萬頃之波濤；乘韓柳德驥，陟千里之崔嵬。言其妙用，則取蜩之專、解牛之神，自存其人矣。然則此舉不啻繼先志而已。育華夷之英才，好民彝之懿德，抑亦非孝於先人而已，有補於天下後世者也。於是乎序。

寬永十六年己卯九月重陽日，儒學教授兼醫官法眼杏庵正意書。

文章達德綱領目録

卷之四

辨體内録

文章達德綱領六卷

問對　七體

叙事序題辭　記　傳　行狀　謚法　謚議

碑墓碑墓碣　墓表　墓志　誄　哀辭　祭文

詩賦詩　頌　賦騷辭　文　箴　銘　贊

雜著

題跋

卷之五

辨體外録

駢儷連珠　判　律賦

律詩排律　絶句　雜體詩　聯句詩

近代詞曲

卷之六

辨體雜録

歷代

諸家

文章達德綱領卷一

入式内録

讀書　窮理　存養

讀書

《大學》《論語》《孟子》《中庸》《禮》《書》《詩》《春秋》《易》，皆聖賢明道經世之書。雖非爲作文設，而千萬代文章皆從是出。《文章精義》《文章辨體》

夫文章者，原出五經。

詔誥策檄，生於《書》者也。

序述論議，生於《易》者也。

書奏箴銘，生於《春秋》也。

祭祀哀誄，生於《禮》者也。

歌咏賦頌，生於《詩》者也。

故凡朝廷憲章、軍旅誓誥，敷暢仁義，發明功德，牧民建國，皆不可無。顏之推、《辨體》

文有二道：辭令褒貶，本乎著作者也；導論諷誦，本乎比興者也。

著作者流，蓋出於《書》之謨訓、《易》之象繫、《春秋》之筆削。

其要在於高壯廣厚，辭正而理備，謂宜藏於簡册者也。

比興者流，蓋出於虞夏之咏歌、商周之《風》《雅》。

其要在於麗則清起，言暢而意美，謂宜流於謡誦者也。柳子厚、《辨體》

文之體，莫善於《書》《詩》。

君之於臣，誥命而已，即後世詔令之體也。

臣之於君，謨訓而已，即後世書疏之體也。

記述之體，如《堯典》《禹貢》等作，後世紀志碑記叙事之文始於此。

問答之體，如《微子》《君奭》等篇，後世論辨説解往復之文始於此。

若後世詩詞一類，則自虞夏賡歌而下，備見於《三百篇》之《風》《雅》《頌》。捨是之外，亦未見有能易是者。

制誥箋表啓劄，胥爲駢儷，而後文始盡變矣。甚者記事實録之吏，亦爲四六

之體，吟咏情性，且尚對偶之工。主於末流，連篇累牘。雖百千萬言而辭不定，果何日而可復返於雅厚質實之歸乎？考亭、熊去非

今人讀書多忽其實而取其虛，是倒置也。萬物之性理謂之實，文章之末流謂之虛。讀其實無讀其虛，苟得其實，則變化在我，何必資於彼哉？資於彼，是乃蹈襲而已。韓子「唯陳言之務去」，此之謂也。

讀經，以明聖賢之理。

讀子，以通百家之變。

讀史，以博古今之事。

讀集，以究文章之體。

孫莘老識文忠公，乘間以文字問之，答云：「無他術，惟讀書多則爲之自工。世人之患在懶讀書，又作文字少。每一篇出，即求過人。如此少有至者。疵病不必待人指摘，多作自能見之。」《辨體》

山谷曰：辭氣或不逮初造意時，此病只是讀書未精博耳。長袖善舞，多錢善賈，不虛語也。《辨體》

朱子曰：文章要理會本領。前輩作者多讀書，亦隨所見理會。《性理大全》

朱子曰：看前人文字，未得其意便容易立説，殊害事。蓋既不得正理，又枉費心力。不若虚心静看，即涵養究索之功，一舉而兩得之也。《性理》

朱子曰：有一等人，專於爲文，不去讀聖賢書。又有一等人，知讀聖賢書，亦自會作文；到得説聖賢書，却别做一個詫異模樣説。不知古人爲文，大抵只如此，那得許多詫異？韓文公詩文冠當時，後世未易及到。他上宰相書用「菁菁者莪」，詩註一齊都寫在裏面。若是他自作文，豈肯如此作？最是説「載沉載浮」，沉浮皆載也，可笑。「載」是助語，分明彼如此説了，他又如此用。《性理》

薛敬軒曰：觀人之文章，即知其學術之邪正，孟子所謂知言也。《讀書録》

魯齋許氏曰：讀魏晋唐以來諸人文字，其放曠不羈誠可喜，身心即時便得快活。但須思慮究竟是如何，果能終身爲樂乎？果能不隳先業而澤及子孫乎？天地間人，各有職分。性之所固有者，不可自泯也；職分之所當爲者，不可荒慢也。人而慢人之職，雖曰飽食暖衣，安樂終身，亦志士仁人所不取也。故昔人謂之幸民。凡無檢束、無法度、艷麗不羈諸文字，皆不可讀，大能移人性情。聖人以義理誨人，力挽之不能回；而此等語，一見之入骨髓，使人情志不可收拾。「從善如登，從惡如崩」，古語有之，可不慎乎？《性理》

羅大經云：東山先生楊伯子嘗爲余言：「某爲宗正丞，真西山以直院兼玉牒宫，嘗至某位中，見案上有近時人詩文一編，西山一見擲之曰：『宗丞何用看此？』某悚然問故，西山曰：『此人大非端士，筆頭雖寫得數句行，所謂本心不正，脉理皆邪，讀之將恐染神亂志，非徒無益。』某佩服其言，再三謝之。」因言近世如夏英公、丁晋公、王岐公、吕惠卿、林子中、蔡持正輩，亦非無文章，然而君子不道者，皆以是也。《鶴林玉露》

看文法

第一看大概主張

第二看文勢規模

第三看綱目關鍵〔一〕

如何是主意，如何是首尾相應，如何是一篇警策，如何是抑揚開闔處。

第四看警策句法

如何是一篇警策，如何是下句下字有力處，如何是融化屈折剪截有力處，如何是實體貼題目處。

〔一〕關，原作「開」，據《古文關鍵·總論》改。

廬陵曾昇曰：

經似山林中花，

史似園圃中花，《左氏》以下

古文高者似欄檻中花，退之之類

次者似盆盎中花，歐陽之類

下者似瓶中花無根。

薛敬軒曰：《易》雖古於《書》，然伏羲時但有卦畫而無文辭，文辭實始於《書》。故凡言德、言聖、言神、言心、言道、言中、言性、言天命、言誠、言善、言一之類，諸性理之名多見於《書》。《書》之後乃有《易》之辭及諸經書。聖賢發明性理之名雖有淺深不同，實皆原於《書》也。

又曰：《書》以前雖已有文籍，皆不傳。今文籍可見者，自《書·堯典》始。

又曰：敕天之歌，正大、小《雅》之權輿也；《五子之歌》，變風變雅之權輿也。

又曰：敕天之歌，喜、起、熙爲韻；皋陶賡歌，明、良、康爲韻，脞、惰、墮爲韻。先儒謂此乃《三百篇》之權輿，良是。

又曰：古人叙事之文極有法，如《禹貢篇》首以敷土奠高山大川爲一書之綱；次冀州，以王畿爲九州之首；次八州、次導山、次導水，以見經理之先後；次九州、四隩、九川、九澤、四海，以結經理之效；次制貢賦，立宗法，祗台德，先分五服以述經理之政事，而終之以聲教訖于四海，執玄圭以告厥成功。始終本末，綱紀秩然。非聖經，其能然乎？

又曰：讀《五子》《湯誓》《泰誓》諸篇，則知唐虞之盛爲不可及矣。風氣日降，不可返矣。

又曰：《商書》數篇，光明峻潔，真所謂灝灝者也。

又曰：《周書》曰：「惟天地，萬物父母；惟人，萬物之靈。亶聰明，作元后，元后作民父母。」此言理一分殊，《西銘》之原，疑出於此。《堯典》命羲和纔數語耳，《七月》便詳似《堯典》，《月令》又詳似《七月》，而節病極多。然《堯典》分時，《月令》分月，其爲文也易；《七月》既顛倒月次，而以衣食爲脉絡，其爲文也難。此詩與周人之文不類。《禹貢》簡而盡，山水、土地、貢賦、草木、金革、物産，序得皆盡。後序山脉一段、水脉一段、五服一段，更有條而不紊。《周禮·職方氏》冗而疏。

薛敬軒曰：詩人氣不暴戾而詞語和平，雖其一已有涵養之功，是亦先王德澤入人之深也。後世之詩有俳薄淺露者，雖其人無涵養之功，亦可以觀世變矣。

又曰：《君子偕老》其辭含蓄微婉，略無激發不平之氣，可見詩人之忠厚。而學者玩此，亦可以進德矣。

《詩》惟《生民》一篇如廬山瀑布泉，一氣輸瀉直下，略無回顧。自「厥初生民」至「以迄于今」，只是一意。蘇黄門謂《大雅·綿》九章，初頌太王遷邠，至八章乃及昆夷，九章復及虞芮，事不接而文屬，如連山斷嶺，相去絶遠而氣象聯絡，觀者知其脉理之爲一也。

羅大經曰：張文潛云：「《詩三百篇》雖云婦人女子、小夫賤隸所爲，要之非深於文章者不能作。「七月」以下皆不道破，至「十月」方言蟋蟀，非深於文章者，能爲之耶？然是詩乃周公作，其超妙宜矣。

薛敬軒曰：《春秋》謹嚴，不止於謹華夷之辯，字字謹嚴，句句謹嚴，全篇謹嚴。《檀弓》、《考工記》、《孟子》、《左傳》、《戰國策》、司馬遷，聖于文者乎？其叙事則猶化工之肖物。〔一〕《合併文宗》、王世貞

《論語》氣平，《孟子》氣激，《莊子》氣樂，《楚詞》氣悲，《史記》氣勇，《西漢》氣怯。

程子曰：聖人文章自然，與學爲文者不同。如《繫辭》之文，後人决學不得。譬之

〔一〕肖，原作「育」，據《藝苑卮言》卷二改。

化工生物，且如生出一枝花，或有剪裁爲之者，或有繪畫爲之者，看時雖似相類，然終不若化工所生，自有一般生意。《性理》

《孟子》善議論，先提其綱而後詳説之，只是見識高，胸中流出。辨論盤根錯節處，只以譬喻輕輕解破。

《孟子》之辨，計是非不計利害，而利害未嘗不明。《戰國策》計利害不計是非，而二者失之。

《孟子》就三綱五常内立議論，其與人辨是不得已也。《莊子》就三綱五常外立議論，其與人辨是得已而不已。義理有間矣，然文章皆不可及。二人同處齊梁間，不知何不相見？若相見，必然有可觀。

《孟子·公孫丑下》篇首章起句謂「天時不如地利，地利不如人和」，下面分三段。第一段説天時不如地利，第二段説地利不如人和，三段却專説人和而歸之得道者多助。一節高似一節，此是作文中大法度也。

《孟子》辨百里奚之一段，辭理俱到，健讀數遍，[二]令人神爽飛越。

[二] 遍，原作「偏」，據《文式》改。

薛敬軒曰：《孟子》之言光明俊偉，如荅景春「大丈夫」章，讀之再三，直使人有壁立萬仞氣象，如濯江漢而暴秋陽也，快哉快哉！

孟子議蚳鼃不諫，蚳鼃卒以諫顯；韓退之議陽城不諫，陽城卒以諫顯；歐陽永叔議范仲淹不諫，仲淹卒以諫顯。三事相類，然孟子數語而已；退之費多少糾説；永叔步驟退之，而微不及。古今文章優劣，於此可見。

程子曰：《孟子》論王道便實。「徒善不足爲政，徒法不能自行」，便先從養生上説將去。既庶既富，然後以「飽食暖衣而無教」爲不可，故教之也。《孟子》而後，却只有《原道》一篇。其間語固多病，然要之大意儘近理。若《西銘》，則是《原道》之宗祖也。《原道》却只説到道，元未到得《西銘》意思。據張子厚之文，醇然無出此文也。自《孟子》後，蓋未見此。《性理》

濂溪先生《太極圖説》《通書》、明道先生《定性》諸書、伊川先生《好學論》《易傳序》《春秋傳序》、横渠先生《西銘》《正蒙書》、康節先生《無名公傳》《漁樵對問》《皇極書》、紫陽先生諸書，是聖賢之文，與四書諸經相表裏。左氏、司馬遷是史官之文，間有紕繆處。韓退之是文人之文，間有弱處，然亦宇宙所不可無文也。

薛敬軒曰：朱子曰：「周子《通書》，近世道學之源，其言簡質如此。」則務爲閎衍華藻者，去道遠矣。

又曰：周子言「幾」字，亦自《易》「知幾其神乎」之語來。

又曰：康公曰：「民受天地之中以生，所謂命也。是以有動作禮義威儀之則，以定命也。」周子「定之以中正仁義而主静」之「定」字，蓋出於此。

又曰：宋景濂《諸子辨》列周程於其後，非尊道學者也，失倫次甚矣。周程聖賢，豈諸子之敢望乎？

又曰：因讀伊川事狀，不覺懼生於心，因知天下之事最難處。

又曰：伊川經筵疏，皆格心之論。三代以下爲人臣者，但論政事人才而已，未有直從本原如程子之論也。

又曰：立言不在乎艱深奇古，貴乎明理而已。如程朱之言，平易簡質而理自明矣。

朱子嘗以伊川《答方道輔書》示學者曰：他只恁平鋪無緊要説出來，只是要移易他一兩字也不得，要改動他一句也不得。《性理》

晦庵先生治經明理宗二程，而密於二程。如《易本義》《詩集傳》《小學書》《通鑑綱目》之類，皆青於藍而寒於水也。但尋常文字多不及二程。二程一句撒開，做得晦庵千句萬句；晦庵只做得二程一句。雖世愈降，亦關天分不同。

或問《太極圖説》《西銘》，朱子曰：自《孟子》已後，方見有此兩篇文章。《性理》

陳北溪曰：横渠張氏《西銘》曰「天地之塞吾其體，天地之帥吾其性」，「塞」字只是就《孟子》「浩然之氣塞乎天地」句，掇一字來説氣；「帥」字只是就《孟子》「志氣之帥」句，掇一字來説理。

朱子每論著述文章皆要有綱領。胡文定文字有綱領，龜山無綱領，如《字説》《三經辨》之類。《性理》

朱子曰：《胡氏春秋》未論義理，且排文字，便見此老胸中間架規模不草草也。《氏族排韻》

朱子曰：胡文定文，字字皆實。但奏議每件引《春秋》，亦有無其事而遷就之者。大抵朝廷文字，且要論事情利害是非令分曉。今人多先引故事，如論青苗，只是東坡兄弟説得有精神，他人皆説從别處去。《性理》

胡致堂文字，就事論理，理盡而辭止，而氣極不衰。雖不必調弄文法，然亦卓然不可及。

胡侍郎《萬言書》好，令後生讀。又曰：《上殿劄子》論元老好，〔一〕《無逸解》好，《請

〔一〕老，原作「者」，據《朱子語類》卷一百三十九改。

行三年喪劄子》極好。諸奏議、外制皆好。〔一〕

薛敬軒曰：朱子章疏有本有末，有綱有目，當時不能行其一二，信乎用言之難也。

晦庵先生詩，則《三百篇》後一人而已。

晦庵先生詩，音節從陶、韋、柳中來，而理趣過之，所以卓然不可及。

文字貴相題廣狹。晦庵先生文字如長江大河，滔滔汩汩，動數千萬言，而無不足。及作《六君子贊》，人各三十二字，盡得以描畫其平生，〔二〕無欠無餘，所謂相題而施者也。

薛敬軒曰：朱子至精至粹之言，已見於《四書集註章句》及《易本義》《詩傳》中。其《文集》《語類》之屬，所載者或有非定論者，讀者擇焉可也。

又曰：許魯齋《答竇先生書》中間一節議論，深識命時勢三者，蓋深於《易》者也。

又曰：許魯齋詩曰：「萬般補養皆虛僞，只有操心是要規。」惟心得而實踐者，乃知其言之有味。

〔一〕制，據《朱子語類》卷一百三十九補。
〔二〕描畫，原作「猫盡」，據《文章精義》改。

柳子曰：始吾幼且少，爲文章以辭爲工。及長，乃知文者以明道，是固不苟爲炳炳烺烺，務采色、誇聲音而以爲能也。又曰：吾每爲文章，

未嘗敢以輕心掉之，懼其剽而不留也；

未嘗敢以怠心易之，懼其弛而不嚴也；

未嘗敢以昏氣出之，懼其昧没而雜也；

未嘗敢以矜氣作之，懼其偃蹇而驕也。

抑之　欲其奥，

揚之　欲其明，

疏之　欲其通，

廉之　欲其節，

激而發之　欲其清，

固而存之　欲其重，

此吾所以羽翼夫道也。

本之《書》，以求其質；

本之《詩》，以求其恒；

本之《禮》，以求其宜；
本之《春秋》，以求其斷；
本之《易》，以求其動，
此吾所以取道之原也。
參之《穀梁氏》，以厲其氣；
參之《孟》《荀》，以暢其支；
參之《莊》《老》，以肆其端；
參之《國語》，以博其趣；
參之《離騷》，以致其幽；
參之《太史公》，以著其潔，
此吾所以旁推交通而以爲之文也。

韓子《解》
上規姚姒，渾渾無涯。
周誥殷盤，佶屈聱牙。
《春秋》謹嚴，《左氏》浮誇。

《易》奇而法，
《詩》正而葩。
下逮《莊》《騷》，太史所録。子雲相如，同工異曲。

讀諸子《學範》

儒家

荀子　揚子　《新序》《説苑》　文中子

道家

老子　列子　莊子　《抱朴子》《内篇》《外篇》

兵家七子

孫武　吴起　《司馬法》

法家

韓非子

雜家

管子　《吕覽》《吕氏春秋》　《淮南子》　賈誼　《子略》《論衡》

皆文章精奇，論説要妙。雖所學不醇，而見趣高深，可資博覽。

讀之當分三科：一見地，二文章，三事料。

見地

諸子所造雖有大小淺深，然必有所悟入；雖偏駁，要必有見識。見識既真，自有妙理。學者所志雖不同，皆須有真悟處方能有所成就。後世文章事業不及古人者，以其悟入處淺淺故也，讀諸子可以見之矣。

文章

荀卿　博贍

揚雄　簡奥

穰苴　典古

韓非　嚴峭

事料

故事也，精意也，句法也，字様也，制度也，名物也，助詞之變例也。往往精古，非魏以後所及，皆須摘取以資筆端。〔一〕《韓氏學範》

〔一〕資，原作「節」，據陳繹曾《文説》改。按，此段文字見《文説》之《答韓莊伯讀書説》，復爲趙撝謙《學範》所引。

姜南曰：文章自六經四書之外，惟莊周、屈原、左氏、司馬遷最著。

立論者宗周，

立情者宗原，

叙事者宗左氏、司馬遷。

周出于《易》，

原出于《詩》，

左氏、司馬遷出于《書》《春秋》。《合併文宗》

何孟春曰：古今文章擅奇者六家。

左氏之文以葩而奇，

莊子之文以玄而奇，

屈原之文以幽而奇，

《戰國策》文以雄而奇，

太史公文以憤而奇，

孟堅之文以整而奇。《合併文宗》

凌約言曰：六經而下，近古而閎麗者，左氏、莊周、司馬遷、班固四巨公，具有成書，其文章卓乎擅大家也。

左氏如楊妃舞盤，迴旋揺曳，光彩射人；

莊子如神仙下世，咳唾謔浪，皆成丹砂；

子長之文豪，如老將用兵，縱騁不可羈而自中于律；

孟堅之文整，方之武事，其遊奇布列不爽尺寸，而部勒雍容可觀，殆有儒將之風焉。

雖諸家機軸變幻不同，然要皆文章之絶技也。

趙秉忠曰：周季文靡，真元漓而道統裂，諸子百家言日著，而莊周、列禦寇尤著。夫莊列誠虚無放誕，迺其胸宇宏豁，識趣靈峻，超六合而塵萬象，無所方擬，未可磷緇。厥于大道洪濛無始實有洞解，弗易及者。是故漓而爲文，窮造化之姿態，極生靈之遼廣，剖神聖渺幽，探有無之隱賾。嗚呼！天鳴之籟，風水之遇，吾靡得覃其奇已。彼其言必稱仲尼，而仲尼之説之曰「吾不得而知，吾不得而知」，匪不得而知，不欲是之而亦未嘗非之也。孟軻力承三聖，闢楊墨而不及二子，則二子非盡詭于道而不可夷于異端也，章章甚矣。矧其文，尤後世名家所爲醱醨而揚波者哉？故論文自昌黎、河東而溯，則《左》《國》等文，匪二子疇足與于文？

學文須熟看韓柳歐蘇，見文字體式，然後遍考古人下句用意處。蘇文當用其意，若用其文恐易厭人，蓋近世多讀故也。東萊《古文關鍵》、《文章精義》

看韓文法

簡古　一本於經，亦學《孟子》。

學韓簡古，不可不學他法度。徒簡古而乏法度，則樸而不文。

看柳文法

關鍵　出於《國語》。

當學他好處，當戒他雄辨。議論文字亦反覆。

看歐文法

平淡　祖述韓子。

議論文字最反覆。學歐平淡，不可不學他淵源。徒平淡而無淵源，則委靡不振。

看蘇文法

波瀾　出於《戰國策》《史記》。

亦得關鍵法。當學他好處，當戒他不純處。

曾文專學歐，比歐文露骨。王文純潔，當學。學王不成，遂無氣焰。子由文太拘執。李文亦粗，太煩。秦文知常而不知變。張文知變而不知常。晁文粗率。自秦以下，皆學蘇者。

以上評韓柳歐蘇等文字，説齋唐仲友亦嘗以此説誨人。

窮　理

虛齋蔡氏曰：萬世文字之祖，起於《易》，《易》祖於河圖。河圖者，天之文也。天以是文寄於河圖，以示聖人，聖人遂則之以作《易》。《易蒙引》

䷀ 乾下乾上

乾，元亨利貞。

九三，君子終日乾乾，夕惕若厲，无咎。

九三曰「君子終日乾乾，夕惕若厲，无咎」，何謂也？子曰：君子進德修業。忠信，所以進德也。修辭立其誠，所以居業也。知至至之，可與幾也；知終終之，可與存義也。是故居上位而不驕，在下位而不憂。故乾乾因其時而惕，雖危无咎矣。

《傳》：三居下之上，而君德已著，將何爲哉？唯進德修業而已。內積忠信，所以進德也；擇言篤志，所以居業也。知至至之，致知也。求知所至而後至之，知之在先，故可與幾。所謂始條理者，知之事也。知終終之，力行也。既知所終，則力進而終之。守之在後，故可與存義。所謂終條理者，聖之事也。此學之始終也。君子之學如是，故知處上下之道而无驕憂，不懈而知懼。雖在危地，而无咎也。

《本義》：忠信主於心者，无一念之不誠也。修辭見於事者，无一言之不實也。雖有忠信之心，然非修辭立誠，則无以居之。知至至之，進德之事；知終終之，居業之事。所以終日乾乾而夕猶惕若者，以此故也。可上可下，不驕不憂，所謂无咎也。

明道先生曰：修辭立其誠，不可不子細理會。言能修省言辭，便是要立誠。若只是修飾言辭爲心，只是爲僞也。若修其言辭，正爲立己之誠意，乃是體當自家「敬以直內、義以方外」之實事。道之浩浩，何處下手？惟立誠纔有可居之處。有可居之處，則可以修業也。終日乾乾，大事小事却只是忠信。所以進德爲實下手處，修辭立其誠爲實修業處。《近思録》

宋濂曰：人文之顯，始於何時？實肇於庖犧之世。庖犧仰觀俯察，畫奇耦以象陽陰。變而通之，生生不窮，遂成天地自然之文。非惟至道含括無遺，而其制器尚象，亦非文不能成。如垂衣裳而治取諸「乾」「坤」，上棟下宇而取諸「大壯」，書契之造而取諸「夬」，舟楫牛馬之利而取諸「涣」，隨杵臼棺椁之制而取諸「小過」「大過」，重門擊柝以取諸「豫」，弧矢之用以取諸「睽」，何莫非粲然之文？自是推而行之，天哀民彝之叙，禮樂刑政之施，師旅征伐之法，井牧州里之辨，華夷内外之别，復皆則而象之。故凡有開民用及一切彌綸範圍之具，悉囿乎文，非文之外别有其他也。然而事爲既著，無以紀載之則不能以行遠，始托諸辭翰以昭其文。略舉一二言之。禹敷土，隨山刊木，奠高山大川。既成功矣，然後筆之爲《禹貢》之文。周制聘覲燕享、饋食昏喪諸禮，其升降揖讓之節既行之矣，然後筆之爲《儀禮》之文。孔子居鄉黨，容色言動之間，從容中道。門人弟子既習見之矣，然後筆之爲《鄉黨》之文。其他格言大訓，亦莫不然。必有其實，而後文隨之，初未嘗以徒言爲也。譬猶聆衆樂於洞庭之野，而後知其音聲之抑揚、綴兆之舒疾也；昔者游夏以文學名，謂觀其會通而斟酌其損益之宜而已，非專指乎辭翰之近也。昔者習大射於矍相之圃，而後見觀者如堵墻、序點之揚觶也。苟逾度而臆决之，終不文也。嗚呼！吾之所謂文者，天生之，地載之，聖人宣之。本建則其末治，體著則其用章。斯所謂乘陰陽之大化，正三綱而齊六紀者也。亘宇宙之始終，類萬物而周八極者也。嗚呼！非知經天緯地之文者，惡足以語？

又曰：爲文必在養氣。氣與天地同，苟能充之則可以配序三靈，管攝萬彙。不然，則一介之小夫爾。君子所以攻内不攻外，圖大不圖小也。力可以舉鼎，人之所難也；而烏獲能之，君子不貴之者，以其局乎小也。智可以搏虎，人之所難也；而馮婦能之，君子不貴之者，以其騖乎外也。氣得其養，無所不同，無所不極也。攬而爲文，無所不參，無所不苞也。九天之屬，其高不可窺；八柱之列，其厚不可測，吾文之量得之。規毁魄淵，運行不息；棋施萬熒，躔次弗紊，吾文之焰得之。昆侖玄圃之崇深，層城九重之嚴邃，吾文之峻得之。南桂北瀚，東瀛西溟，杳渺而無際，涵負而不竭，魚龍生焉，波濤興焉，吾文之深得之。雷霆鼓舞之，風雲翕張之，雨露潤澤之，鬼神恍惚，曾莫窮其端倪，吾文之變化得之。上下之間，自色自形，羽而飛，足而奔，潛而泳，植而茂，若洪若纖，若高若卑，不可以數計，吾文之隨物賦形得之。嗚呼！斯文也，聖人得之則傳之萬世爲經，賢人得之則放諸四海而準。輔相天地而不過，昭明日月而不忒，調變四時而無愆，此豈非文之至者乎？大道湮微，文氣日削。騖乎外而不攻其内，局乎小而不圖其大。此無他，四瑕八冥九蠹有以累之也。何謂四瑕？雅鄭不分之謂荒，本末不比之謂斷，筋骸不束之謂緩，旨趣不超之謂凡。是四者，賊文之形也。何謂八冥？訐者將以疾夫誠，墮者將以蝕夫圜，庸者將以混夫奇，瘠者將以勝夫腴，粗者將以亂夫精，碎者將以害夫完，陋者將以華夫博，昧者將以損夫明。是八者，傷文之膏髓也。何謂九蠹？滑其真，散其神，糅其氛，徇其私，滅其智，麗其蔽，違其天，昧其幾，爽其貞。是九者，死文之心也。有一於此，則心受死而文喪矣。春葩秋卉之争麗也，鳶號林而蛩吟砌也，水涌蹄涔而火眩螢尾也，衣被土偶而不能視聽也，蟣蠓死生於瓫盎，不知四海之大、六合之廣也，皆不知養氣之故也。嗚呼！人能養氣，則情深而文明，氣盛而化神，當與天地同功也。與天地同功，而其知卒歸之一介小夫，不亦可悲也哉？

余既作《文原》上下篇，言雖大而非誇，惟智者然後能擇焉。去古遠矣，世之論文者有二：曰載道，曰紀事。紀事之文，當本之司馬遷、班固；而載道之文，捨六籍吾將焉從？雖然，六籍者，本與根也；遷、固者，枝與葉也。此固近代唐子西之論，而余之所見則有異乎是也。六籍之外，當以《孟子》爲宗，韓子次之，歐陽子又次之。此則國之通衢，無榛荊之塞，無蛇虺之禍，可以直超聖賢之大道，去此則曲狹僻徑耳，犖确邪蹊耳，胡可行哉？余竊怪世之爲文者不爲不多，騁新奇者鈎摘隱伏，變更庸常，甚至不可句讀，且曰「不詰屈聱牙，非古文也」；樂陳腐者一假場屋委靡之文，紛糅龐雜，略不見端緒，且曰「不淺易輕順，非古文也」。余皆不知其何説。大抵爲文者，欲其辭達而道明耳。吾道既明，何問其餘哉？雖然，道未易明也，必能知言養氣始爲得之。余復悲世之爲文者不知其故，頗能操觚遺辭，毅然以文章家自居，所以益摧落而不自振也。今以二三子所學日進於道，聊相與言之。

子曰：辭達而已矣。

朱子曰：辭取達而止，不以富麗爲工。

胡氏曰：富者欲其贍也，麗者欲其華也。

勉齋黄氏曰：此爲學者喜於工言辭者設，然其曰「達而已矣」，則非通於理者亦不能達也。聖人之言，未嘗有所偏也。

新安陳氏曰：惟達理者，辭能達意。達意之外而過求之，非以繁多爲富，則以華美爲麗，正理反爲所蔽，本意反以不達矣。「達」之一字，命辭之法也。東坡與人論文，每以夫子此言爲主。

朱子詩曰：「方識聖門辭達旨，作文之法在其中。但將正意由辭出，此外徒勞苦用功。」又曰：「因辭可以驗人心，心地開明辭必明。試把正人文字看，何嘗巧滯與難深？」

慈湖楊氏曰：孔子謂「巧言鮮仁」，又謂「辭達而已矣」，而後世文士之爲文也異哉。琢切雕鏤無所不用其巧，曰「語不驚人死不休」，又曰「惟陳言之務去」。夫言惟其當而已矣，繆用其心、陷溺其意至此，欲其近道，豈不大難？雖曰無斧鑿痕，如大羹玄酒，乃巧之極工，心外起意，益深益苦，去道愈遠。如堯之文章、孔子之文章，由道心而達，始可以言文章。若文士之言，止可謂之巧言，非文章。《性理》

子曰：有德者必有言，有言者不必有德。

朱子曰：有德者和順積中，英華發外。能言者或便佞口給而已。

孟子曰：詖辭知其所蔽，淫辭知其所陷，邪辭知其所離，遁辭知其所窮。

朱子曰：人之有言，皆本於心。明乎正理而無蔽，然後其言平正通達而無病。苟爲不然，則必有是四者之病矣。即其言之病，而知其心之失。

濂溪先生曰：聖人之道，入乎耳，存乎心。藴之爲德行，行之爲事業。彼以文辭而已者，陋矣。《近思録》

又曰：文所以載道也。輪轅飾而人弗庸，徒飾也，況虚車乎？文辭，藝也；道德，實也。篤其實而藝者書之，美則愛，愛則傳焉。賢者得以學而至之，是爲教。故曰「言之無文，行而不遠」。然亦不賢者，雖父母臨之，師保勉之，不學也。强之，不從也。不知務道德，而第以文辭爲能者，藝焉而已。噫，弊也久矣！《通書》

伊川先生曰：弟子之職，力有餘則學文。不修其職而先文，非爲己之學也。《近思録》

伊川先生《答朱長文書》曰：聖賢之言，不得已也。蓋有是言則是理明，無是言則天下之理有闕焉。如彼耒耜陶冶之器，一不制則生人之道有不足矣。聖賢之言雖欲已，得乎？然其包涵盡天下之理，亦甚約也。後之人始執卷則以文章爲先，平生所爲，動多於聖人。然有之無所補，無之靡所闕，乃無用之贅言也。不止贅而已，既不得其要，則離真失正，反害於道必矣。《近思録》

問：作文害道否？伊川曰：害也。凡爲文，不專意則不工，若專意則志局於此，又安能與天地同其大也？《書》曰「玩物喪志」，爲文亦玩物也。吕與叔有詩云：「學如元凱方成癖，文似相如殆類俳。獨立孔門無一事，只輸顔氏得心齋。」此詩甚好。古之學者惟務養情性，其他則不學。今爲文者，專務章句悦人耳目。既務悦人，非俳優而何？曰：古者學爲文否？曰：人見六經，便以爲聖人亦作文。不知聖人亦攄發胸中所蘊，自成文耳。所謂「有德者必有言」也。曰：游夏稱文學，何也？曰：游夏亦何嘗

秉筆學爲詞章也？且如「觀乎天文以察時變，觀乎人文以化成天下」，此豈詞章之文也？《近思録》

龜山楊氏曰：作文字要只説目前話，令自然分明，不驚怛人。不能得，然後知孟子所謂「言近」，非聖人不能也。《性理》

朱子曰：貫穿百氏及經史，乃所以辨驗是非，明此義理，豈特欲使文詞不陋而已？義理既明，又能力行不倦，則其存諸中者必也光明四達，何施不可？發而爲言，以宣其心志，當自發越不凡，可愛可傳矣。今執筆以習研鑽華采之文，務悦人者，外而已，可耻也已。《性理》

朱子曰：今人學文者何？曾作得一篇，枉費了許多氣力。大意主乎學問以明理，則自然發爲好文章。詩亦然。《性理》

朱子曰：今世士大夫好作文字論古今利害，比并爲説。〔一〕曰：不必如此，只要明義理，義理明則利害自明。古今天下只是此理，所以今人做事多暗與古人合者，只爲理一故也。《性理》

〔一〕比，原作「此」，據《朱子語類》卷一百三十九、《性理大全書》卷五十六改。

朱子曰：作文何必苦留意？又不可太頹塌，只略教整齊足矣。〔一〕《性理》

朱子曰：人做文字不着，只是説不着，説不到，説自家意思不盡。《性理》

朱子曰：文章須正大，須教天下後世見之明白無疑。《性理》

朱子曰：纔要作文章，便是枝葉。害着學問，反兩失也。《性理》

朱子曰：嘗見傅安道説爲文字之法，有所謂筆力，有所謂筆路。筆力到二十歲許便定了，便後來長進，也只就上面添得些子。筆路則常拈弄時轉開拓，〔二〕不拈弄便荒廢。此説本出於李漢老，看來做詩亦然。《性理》

朱子曰：要做好文章，須是理會道理，更可以去韓文上一截，如西漢文字用工。問：《史記》何如？曰：《史記》不可學，學不成却顛了。不如且理會法度文字。問：後山學《史記》？曰：後山文字極有法度，幾於太法度了。然做許多碎句子，是學《史記》。又曰：後世人資禀與古人不同，今人去學《左傳》《國語》，皆一切踏踏地説去，没收殺。《性理》

〔一〕足，原作「之」，據《朱子語類》卷一百三十九、《性理大全書》卷五十六改。
〔二〕開拓，原作「閑拈」，據《朱子語類》卷一百三十九、《性理大全書》卷五十六改。

象山陸氏曰：文以理爲主。《荀子》於理有蔽，所以文不馴雅也。《性理》

魯齋許氏曰：論古今文字曰：「二程、朱子不説作文，但説明德新民。明明德是學問中大節目，此處明得，三綱五常九法立，君臣父子井井有條。此文之大者。細而至於衣服、飲食、起居、灑掃、應對，亦皆當於文理。今將一世精力專意於文，鋪叙轉换極其工巧，則其於所當文者闕漏多矣。今者能文之士，道堯舜周孔曾孟之言如出諸其口。〔一〕由之以責其實，則霄壤矣。使其無意於文，由聖人之言求聖人之心，則其所得亦必有可觀者。文章之爲害，害於道。優孟學孫叔敖，楚王以爲真叔敖也，是寧可責以叔敖之事？文士與優孟何異？上世聖人何嘗有意於文？彼其德性聰明，聲自爲律，身自爲度，豈後世小人筆端所能模仿？德性中發出，不期文而自文，所謂『出言有章』者也。在事物之間，其節文詳備，後人極力爲之，有所不及，何者？無聖人之心，爲聖人之事，不能也。」《性理》

魯齋許氏曰：宋文章近理者多，然得實理者亦少。世所謂彌近理而大亂真，宋文章多有之，讀者真須明着眼目。《性理》

魯齋許氏曰：或論凡人爲詩文出於何而能若是？出於性。詩文只是禮部韻中

〔一〕如，原作「始」，據《魯齋遺書》卷一、《性理大全書》卷五十六改。

字，已能排得成章，蓋心之明德使然也。不獨詩文，凡事排得着次第，大而君臣父子，小而鹽米細事，總謂之文。以其合宜，又謂之義；以其可以日用常行，又謂之道。文也，義也，道也，只是一般。《性理》

薛敬軒曰：凡有條理明白者，皆謂之文，非特語言詞章之謂也。[一] 如天高地下，其分截然而不易；山峙川流，其理秩然而不紊。此天地之文也。日月星辰之昭耀，太虚雲物之班布，[二]草木之花葉紋縷，鳥獸之羽毛綵色，金玉珠璣之精粹，此又萬物之文也。以至三綱五常之道，古今昭然而不昧；三千三百之禮，小大粲然而有章，此又人倫日用之文也。至於衣服器用之有等級次第，果蔬魚肉之有頓放行列，此又萬事之文也。推之天地之間，凡有條理明粲者，無往而非文，又豈特見於文辭言語者然後謂之文哉？

又曰：天地自然之文，物物皆具，如花木、文縷、[三]綵色之類皆是也。

又曰：布帛菽粟之文，民生日用之常，一日不可缺。金膏水碧、丹砂空青之文，雖

[一] 特，原作「時」，據《讀書録》卷六改。
[二] 雲，原作「空」，據《讀書録》卷六改。
[三] 縷，原作「綵」，據《讀書録》卷四改。

曰奇寶，飢不可食，寒不可衣，亦何益於生人哉？

又曰：聖人之言，皆自天理中流出，所以爲載道之文。

又曰：聖賢之文，自道中流出，如江河之有源而條理貫通。後人不知道而有意爲文，猶斷港絶潢之無本，雖强加疏鑿，終亦不能貫通爲一，真無用之贅言也。

又曰：聖賢學性理學其本，衆人學詞章學其末。

又曰：因思千古聖賢垂訓炳明，蓋欲人讀其書行其道也。苟徒資爲口耳文詞之用，而不行其道，即先儒所謂買櫝還珠者也，愚亦甚矣。

又曰：言所以述理。不述理之言，其可尚乎？

又曰：不根道理之書與文，皆無用之冗物。如梁元帝之徒，雖好文著書，動輒數千百卷，皆不根道理，何救於亂亡？

又曰：文章俗學所以淺者，由不知大本大原，自天出而賦於人物。故雖博極群書，識達古今，馳騁文章，建立事功，終爲無本原而淺。故君子貴乎知道。

又曰：只於文辭議論是非得失而不本於道，終是淺。朱子論前輩有云。

又曰：言不及行，可耻之甚。非特發於口者謂之言，凡著於文詞者皆是也。嘗觀後人肆筆奮詞，議論前人之長短。及夷考其平生之所爲，不及古人者多矣。豈非言不及行，可耻之甚乎？吾輩所當深戒也。

又曰：文士學做聖賢文詞，如中國人學外國人言語。學得雖是，自身却只是中國人；做得雖是，自身却只是庸衆人。〔一〕

又曰：惟以文辭名位自高，而貪鄙之行有不異常人者，斯亦不貴也已。

又曰：師以文章爲教，弟子以文章爲學，何以入聖人之道？

又曰：科舉之文盛而理明者間有之，因而晦者尤多矣。纔欲修辭以立誠，則言自簡，是何也？以可言者少也。

又曰：學舉業者讀諸般經書，只安排作時文材料用，與己全無干涉。故其一時所資以進身者，皆古人之糟粕；終身所得以行事者，皆生來之氣習。誠所謂書自書，我自我，與不學者何以異？

又曰：習舉業者借經書之文以徼利達，而不知一言之可用，誠所謂侮聖人之言也。

又曰：作史者不可以强弱成敗論人，只當斷以大義。

張文潛曰：作文以理爲主，自六經以下至于諸子百氏、騷人辨士，論述大抵皆爲

〔一〕庸衆人，據《讀書録》卷二補。

寓理之具也。故學文之道，急於明理。如爲文而不明理，求文之工，世未嘗有是也。若未明理而欲以言語句讀爲奇，反覆咀嚼，卒亦無有，此最文之陋也。

陳亮云：大凡作文不必作好語言，意與理勝則文字自然超衆。故大手之文，不爲詭異之體而自宏富，不爲險怪之辭而自典麗。奇寓於純粹之中，巧藏於和易之内。不善文者，不求高於理與意，而務求異於文彩辭句之間，則亦陋矣。故杜牧之云：意全勝者辭愈高，意不勝者辭愈華而文愈鄙。山谷云：好作奇語，自是文章一病。但當以理爲主，理得而辭順，文章自然出群拔萃。

羅大經云：「文章一小技，於道未爲尊」，此論後世之文也；「文者貫道之器」，此論古人之文也。天以雲漢星斗爲文，地以山川草木爲文，要皆一元之氣所發露，古人之文似之。巧女之刺綉雖精妙絢爛，纔可人目，初無補於實用，後世之文似之。

王鴻漸曰：《易》曰：「修辭立其誠。」子曰：「辭達而已矣。」然則聖人之於辭，固未嘗不修，而修之又貴於達也明矣。自或者以小技視文章，而謂文不必刻意求工，夫豈知要之言哉？蓋辭必貴於修且達，而立誠、適用其樞要也。修而不立誠，達而不適用，乃無用之空言耳。如莊、列之荒唐，揚、馬之麗靡是已。律之以聖賢之學，則罪人也。諸生其尚致慎于斯哉！《崇古文訣後序》

存養

六經之文，諸子不能及者，聖人也。諸子之文，史不能及者，賢人也。六經之中，《周書》不及《商》，《商書》不及《夏》，《夏書》不及《虞》，世降也。《風》不及《小雅》，《小雅》不及《大雅》，《大雅》不及《頌》，位殊也。由是言之，在我所立。地步不高而欲文章高，坐井而窺天，無是理也。欲地步高，何法而可？曰：立伊尹之志，爲顏子之學。立脚峻絶，操心誠至，〔一〕自然高出千載。捨是則僞而已，何益？

文者，言之精也。天下精妙之言，非識見高者能之乎？鄉社之士不可與語城郭，城郭之士不可與語都邑，都邑之士不可與語朝廷。見識卑下，雖欲高上，無是理也。欲識見高，何法而可？曰：此心之靈與神明通，默而識之，遊於造化之祖，天機出入，陟降左右，則妙與神明通矣。慮心周密，照物精切，纖毫曲折必盡其情，則精與神明通矣。清圓妙用，與造化者爲一，然而識見不高者，吾未之見也。

文章與人品同。自古大聖大賢，非有英雄氣量者不能到也。英雄之氣，擔負天

〔一〕至，原作「立」，據《古文矜式》改。

地；英雄之量，包含古今。擔負天地之至重，包含古今而有餘，氣量如立天下之道德、成天下之事業無不可，况區區古文而有不高者乎？欲氣量高，何法而可？曰：熟讀《孟子》以昌吾氣，細看《堯典》以恢吾量，參以史以博其趣。大要只是要有英雄擔負天地之氣，有英雄包含古今之量。

右三者，須樸實用工夫，自得於心，而實踐於身，生是死乎是。雷霆震於上而不爲之動，山嶽壓於前而不爲之變。牢立脚跟，净洗眼睛。所謂「有諸内必形諸外」者，不可以聲音笑貌爲之也。

做文字，須放胸襟如太虚，何心哉？輕清之氣旋轉乎外，而山川之流峙，草木之榮花，禽獸昆蟲之飛躍，游乎重濁查滓之中，而莫覺其所以然之故。人放得此心，廓然與太虚相似，則一旦把筆爲文，凡世之治亂、人之善惡、事之是非、某字合當如何書、某句合當如何下、某段當前、某段當後，如妍醜之在鑒、低昂之在衡，决不至顛倒錯亂。雖進而至之聖經之文，可也。今之作文，動輒先立主意如經策。不知私意偏見，不足以包盡天下之道理。及主意所不通，則又勉强遷就，求以自申其説。若是者，皆時文之陋習也，不可不戒。

養元氣以充其本

天理存則志氣明，

嗜欲淡則神氣清，
色欲節而血氣盛，
飲食不過昏氣少，
心欲平平則無刻鑿之過，
氣欲易易則無艱苦之失。
須平日動静食息，養之有素，則元氣自然充盛，不可臨文强爲也。
《易·繫辭傳》曰：將叛者，其辭慙。中心疑者，其辭枝。吉人之辭寡，躁人之辭多誣。善之人其辭游，失其守者其辭屈。
儲詠曰：涵養發於氣，形於言，
寬裕者其詞平，
端靖者其詞雅，
疏曠者其詞逸，
雄偉者其詞壯，
醖藉者其詞婉，
褊隘者其詞躁。

文章雖各出於心術，而實有兩等。有山林草野之文，有朝廷臺閣之文。山林草野之文，其氣枯槁憔悴，迺道不得行、著書立言者之所尚也；朝廷臺閣之文，其氣温潤豐縟，乃得行其道、代言華國者之所尚也。《皇朝類苑》

裴度云：文之異，在氣格之高下，思致之淺深，不在磔裂章句、〔一〕隳廢聲韻也。

魏文帝云：文以意爲主，以氣爲輔，以辭爲衛。

文以氣爲主，氣以誠爲主。《墨客揮犀》

薛敬軒曰：養深則發於文詞者沛然矣，有德者必有言是也。

又曰：凡詩文出於真情則工，昔人所謂出於肺腑者是也。如《三百篇》、《楚詞》、武侯《出師表》、李令伯《陳情表》、陶靖節詩、韓文公《祭兄子老成文》、歐陽公《瀧岡阡表》，皆所謂出於肺腑者也，故皆不求工而自工。故凡作詩文，皆以真情爲主。《讀書録》

文所以記事也，自家涉歷世故不深，則於事理人情不諳練，〔二〕發之筆下則淺近陳腐，不足以警世動物。文人傑作，往往出於幽憂患難之餘。屈原之《楚詞》、司馬遷之

〔一〕不，據《文苑英華》卷六百八十裴度《寄李翺書》補。

〔二〕諳，原作「語」，據《古文矜式》改。

《史記》，皆是歷練艱難，深造事理，所以高出萬古也。不曾深涉世故而欲爲古文，有是理乎？欲涉世深，何法而可？曰：毋偷安一室，而有經營天下之心；毋閉户讀書，而有擔笈萬里之益；毋老爲蠹魚，而實爲家國通濟之用。茹荼如飴，履嶮如平，久久心解，自當見之。

樂毅《答燕惠王書》、諸葛孔明《出師表》，不必言忠，而讀之者可想見其忠；李令伯《陳情表》，不必言孝，而讀之者可想見其孝。杜子美詩之忠、黄山谷詩之孝，亦然也。《精義》

青城山隱士安子順世通云：讀諸葛孔明《出師表》而不墮淚者，其人必不忠；讀李令伯《陳情表》而不墮淚者，其人必不孝；讀韓退之《祭十二郎文》而不墮淚者，其人必不友。《賓退録》

龜山楊氏曰：爲文要有温柔敦厚之氣。對人主語言及章疏文字，温柔敦厚尤不可無。如子瞻詩多所譏玩，殊無惻怛愛君之意；荆公在朝論事多不循理，惟是争氣而已，何以事君？《性理》

羅大經云：朱文公於當世之文獨取周益公，於當世之詩獨取陸放翁，蓋二公詩文氣質渾厚故也。

文章達德綱領卷二

入式外録

抱題　布置　篇法　章法　句法　字法

抱題

凡養題氣之法，澄神静慮，將題中此意此景此情此事一一由根生幹，由幹生節生枝生葉生花，有則不可脱漏，無則不可强生。默存於胸中，使之融化，與吾心爲一。則此題此氣，肅者凜然，壯者巍然，清者泠然，和者温然，奇者屹然，麗者爛然，古者澹然，遠者廓然，一片真境，了然如身履目擊其間。更加詳察而研窮之，鼓舞之，則須臾本然之氣油然自在，文思自然流動充滿而不可遏矣。此氣既生，擇其精而不僻、新而不尖者，而淘之汰之、濾之漉之，〔一〕而吾文得之矣。切不可强作，氣不能充而强作之，

〔一〕濾，原作「濾」，據《古文矜式》改。

則昏而不可用，所出之言客氣浮詞，非文也。氣之變化無方，當以此例推之。《矜式》《文式》《歐冶》

肅　朝廷宗廟聖賢道德之題。肅者凛然。

壯　大山長河軍師豪傑之題。壯者巍然。

清　風月幽邃隱逸神仙之題。清者泠然。

和　歡樂承平通人達士之題。和者温然。

奇　山川高士俠客鬼神之題。奇者屹然。

麗　都邑宫苑富貴美人之題。麗者爛然。

古　覽古搜玄古人雅勝之題。〔一〕古者澹然。

遠　登眺高遠志士功業之題。遠者廓然。

命辭固以明理爲本，然自濂洛關閩諸子闡明理學之後，凡性命道德之言，雖孔門弟子所未聞者，後世學士皆得誦習。若不顧文辭題意，概以場屋經訓性理之説，施諸詩賦及贈送雜作之中，是豈謂之善學也哉？《辨體》

〔一〕玄，原作「去」，據《文筌·詩小譜》改。

福唐李先生云：題目有病處，切須回護。如子謂《武》未盡善、周公未盡仁，如不善回護便小了聖人。又漢唐君臣互有得失，先包容抑揚予奪，或始揚而終抑，或始奪而終予，貴得其當也。《一貫》

爲文八格《一貫》

褒美於帝王聖賢道全德備者用此結。

攻擊於異端奸邪戕正亂真者用此結。

評品用於善惡是非優劣雜見一題者。

抑揚就一人一事上用之，法見前。

回護法見前。

追想或因今思古，或援古證今。

推明性情義理奥妙純精必推明之。

考詳天地古今名物度數須考詳之。

作世外文字須換過境界。《精義》

《莊子》寓言之類，是空境界文字。

靈均《九歌》之類，是鬼境界文字。宋玉《招魂》亦然。

子瞻《大悲閣》類，是佛境界文字。《魚枕冠頌》是自《楞嚴經》來。

《芙蓉城》《黄鶴樓》，是仙境界文字。

惟退之則不然，一切以正大行之，未嘗造妖揑怪，此其所以不可及也。

文字貴相題廣狹。晦庵先生文字如長江大河，滔滔汩汩，動數千萬言而無不足。及作《六君子贊》，人各三十二字，盡得以描盡其平生，無欠無餘，謂相題而施者也。

張伯玉作《六經閣記》，「六經閣，諸子、史、集在焉。不書，尊經也」，亦是起句發意。但以下筆力差乏。

歐陽永叔《豐樂亭記》之類，是畫出太平氣象。

尊題法

書生作文務强此弱彼，謂之尊題。至於品藻高下，亦略存公論可也。白樂天在江州聞商婦琵琶，則曰：「豈無山歌與村笛，嘔啞嘲哳難爲聽。今夜聞君琵琶語，如聽仙樂耳暫明。」在巴峽聞琵琶，云：「弦凈撥剌語錚錚，背却殘燈就月明。賴是無心惆悵事，不然争奈子弦聲？」至其後作《霓裳羽衣歌》，乃曰：「湓浦但聽山魈語，巴峽唯聽

杜鵑哭。」乍賢乍佞，何至如此之甚乎？韓退之美石鼓之篆，有「羲之俗書趁姿媚」之語，亦强此弱彼之過也。葛常之《韻語陽秋》

文字有反類尊題者。子瞻《秋陽賦》先説夏潦之可憂，却説秋陽之可喜，絶妙。若出《文選》諸人手，則通篇説秋陽，斷無餘味矣。

題常則意新，意常則語新。《麗澤文説》

原　題

原題正咽喉之地，推原題意之本原皆在於此。若題下無力，則一篇可知。〔一〕前輩多設譬喻起，近歲頗無定格。或設議論，或便説題目，或使譬喻而使故事爲多。要之皆欲講明主意而已，主意分明則爲得體。

講　題

講題謂之論腹，貴乎圓轉議論，備講一題之意。然初入講處要過度精密，與題下

〔一〕可，原作「則」，據《鐵立文起》後編卷七改。

渾然，使人讀之不覺其爲講題也，方是高人手段。若講與題下作兩截去，[一]則近乎古矣。常疑陳公武、章公穎論未嘗有腹，但題下便是講題。此正二公高處，但人不知其入講耳。近鄭公昉亦從題下使説云。大類講題而正講規模則隱然不易，此正要仔細玩味，將他所長較我所短，則文字自然加進。大凡講題，實事處須是反覆鋪叙，方得句語圓轉。然論腹正如四通五達之衢，最無繩墨，須時時繳歸主意，方得緊切。如小兒隨人入市，數步一回顧，則無至失路矣。[二]若一去不復反，則人與兒兩失矣。初學論者最宜加審，至習孰縱横則不在是。

認　題

凡作論之要，莫先於體認題意。故見題目必詳觀其出處上下文，及細玩其題中有要緊字，方可立意。蓋看上下文則識其本原而立意不差，知其要切字則方可就上面着工夫。此最作論之關鍵也。

[一] 截，原作「載」，據《鐵立文起》後編卷七改。

[二] 失，據《鐵立文起》後編卷七補。

破題

凡破題爲論之首。一論之意皆涵畜於此，尤當立意詳明，句法嚴整，有渾厚氣象，則觀者不敢以輕視之。前輩謂主司看文如走馬看錦，論之去取實繫於破題。蓋破題不佳，則後雖有過人之文，亦不復看也。近日名公破題甚得法，宜細觀之。

抱題十法《文式》《歐冶》

開題

以題中合説事，逐一分析開寫於篇中各間架内，次其先後所宜，逐一説盡。或以意化之，或以情申之，或以實事紀之，或以故事彰之，或以景物叙之。一篇之内變换雖多，句句切題。此初入門徑路爾。

合題

亦以題中合説事逐一開寫，却將己意融會作一片，一口氣道盡。然忌直率，却於間架内要意思曲折。此高於開題者也。

括　題

只取題中緊要一事作主意，餘事輕輕包括見之。此最捷徑。

影　題

并不説正題事，或以故事，或以他事，或立議論，或挨傍題目而不着迹，題中合説事皆影見之。此變態最多。

引　題

别發遠意，使人不知所從來，忽然引入題去，却又親切痛快。此要筆力，似影題而實異也。影題從題中來，此題自題外來。

超　題

將題目熟涵泳之，使胸中融化消釋盡，將題目中粗語掃去，取精粹微妙之意，作成文章，超出題外，而不離題。此作文之極功也。

反　題

題目或悖義理，則反其意説之。

救　題

題目或悖義理，而以强詞奪正理解救之。

蹙　題

題繁，蹙其文使其甚簡，而不漏脱題中一事。

衍　題

題虛無可説，引衍其意使甚多，而無一字題外來。

布　置

鋪叙　排布　分間　間架　起結　過接　轉换

凡遇題目，須先命意。大意既立，又須區處如何起，如何承接，如何收拾，此之謂布置。蘇伯衡《述文法》

下筆之時，且須專心冥思。一篇大概已具於胸中，方可措辭。又當一鼓鑄成，方可觀也。若逐段逐句而爲之，則非所以爲文矣。《述文法》

林執善云：作文當如文與可畫竹，皆先有成竹於胸中。若胸中無一篇成説，逐步揣摩，旋生議論，安有渾成氣象？《一貫》

山谷嘗曰：文章必謹布置。每見後學，多告以《原道》命意曲折。後以此概求古人法度，如老杜贈韋見素詩，布置最得正體。如官府甲第，廳堂房室各有定處，不可亂也。韓文公《原道》與《書》之《堯典》蓋如此。

柯維騏曰：班固《燕然山銘》「遂」字、「然後」字、「於是」字鋪叙得法。班馬文字，只在此處看精神。

朱子曰：問：「要看文以資筆勢言語，須要助發義理。」曰：「可看《孟子》、韓文。韓不用科段，直便説起去至終篇，自然純粹成體無破綻。如歐曾却各有一個科段。蓋曾學曾，爲其節次定了。今覺得要説一意，須待節次了了方説得到。及這一路定了，左右更去不得。」因言陳阜卿教人看柳文了，却看韓文。不知看了柳文便自壞了，如何更看韓文？《性理》

朱子曰：統領商榮以温公神道碑爲餉，因命吏約楊道夫同視，且曰：「坡公此文，説得來恰似山摧石裂。」道夫問：「不知既説『誠』，何故又説『一』？」曰：「這便是他看道理不破處。」頃之黄直卿至，復問：「若説『誠之』，則説『一』亦不妨否？」曰：「不用恁地説，蓋誠則自能一。」問：「大凡作這般文字，不知還有布置否？」曰：「看他也只是據他一直恁地説將去，初無布置。如此等文字，方其説起頭時，自未知後面説甚麽在。」以手指中間曰：「到這裏自説盡無可説了，却忽然説起來。如退之、南豐之文，却是布置。某舊看二家之文，復看坡文，覺得一段中欠了句，一句中欠了字。」《性理》

凡文，其要目不過作三節而已。其間小段間架極要分明，不欲使人見間架之迹。蓋意分而語串，意串而語分也。

起　頭欲包含一篇大旨，貴乎明而緊。

中　腰欲曲折周密，鋪陳詳盡，引用飽滿，欲健而快。

結　尾欲點綴丁寧，發送輕快，如駿馬駐坡。

大文一分頭頷，五分腹。小文一分頭頷，三分腹；三分頭，二分尾。凡六節，大小諸文體中皆用之。然或用其二，或用其三四，以至於五六。皆可隨宜增減，有則用之，無則已之。若强擺布，即入時文境界矣。其間起結二法，則所必不可無者也。《一貫》

起　貴明切，如人之有眉目。

承　貴疏通，如人之有咽喉。

鋪　貴詳悉，如人之有心胸。

叙　貴重實，如人之有腹臟。

過　貴轉折，如人之有腰膂。

結　貴緊切，如人之有足。

九法舉而後文體具。《一貫》

起端以肇之，

叙事以揄之，

議論以廣之，

引用以實之，

譬喩以起之，
含蓄以深之，
形容以彰之，
過接以維之，
繳結以完之。

起結

起結二法在作文家最爲難事，須將韓柳二家諸體文字摘出起結，觀其變化手段。當自得之，非可言傳也。《一貫》

起法

大概初入須是要寬緩。歐陽起鳴、《一貫》

《唐子西語録》云：凡爲文，上句重下句輕，則或爲上句壓倒。歐陽《晝錦堂記》云「仕宦而至將相，富貴而歸故鄉」，下云「此人情之所榮，而今昔之所同也」，非此兩句莫能承上句。東坡作《六一居士集序》云「言有大而非誇」，此雖只一句而體勢則甚重，下乃云「賢者信之，衆人疑焉」，非用兩句亦載上句不起。韓退之與人書「泥水馬弱不敢出，不果鞠躬親問而以書」，若無「而以書」三字，則上重甚矣。此爲文之法也。《一貫》

朱子曰：頃有人買得他《醉翁亭記》稿。初説滁州四面有山，凡數十字，末後改定只曰「環滁皆山也」，五字而已。如尋常不經思慮、信意所作言語，亦有絶不成文理者，不知如何。《性理》

歐陽《五代史·贊》首必有「嗚呼」二字，固是世變可嘆，亦是此老文字遇感慨處更精神。

朱子曰：嘗聞東坡作《韓文公廟碑》，不能得一起頭，行百十遭，忽得兩句云「匹夫而爲百世師，一言而爲天下法」，下面只是如此掃去。《性理》

起端八法《文筌》《一貫》

叙事　次序事實以發端。

設事　本無實事，假設次序。

原本　或原理之本，或原事之本，或原古之始。

抒情　據其真情，以發事端。

冒頭　或就題立説，或題外生意。

破題　或見題字，或切題意。

問答　設爲問答以發端。

頌聖　頌美聖德以發端。

或含下文，令下文在此内。或引下文，令下文從此生。或唤下文，令下文與此應。

結　法

結殺處要得緊而又緊。歐陽起鳴、《一貫》

止齋云：結尾正關鎖之地，尤要造語精密，遣文順快。蓋精密則有文外之意，使人讀之愈不窮；順快則見才力不乏，使人讀之而有餘味。《一貫》

結尾如第八韻賦相似，賦末韻多有警語，如俳優散場相似，前輩所謂「打猛顛出，却打猛顛入」。或先褒後貶，或先抑後揚，或短中求長，或衆中拈一，或以冷語

結，或以經句結。但末梢文字最嫌軟弱，更須百尺竿頭，復進一步。歐陽起鳴、《一貫》

遥禹云：韓文公《争臣論》末句結得極好。蘇東坡作《范增論》，攻得他無逃避處。結句乃云「增，高帝之所畏也。增不去，項羽不亡。嗚呼！增亦人傑也哉！」正是學此。《一貫》

結文字須要精神，不要閑言語。愚按，韓文公《獲麟解》結云：「麟之所以爲麟者，以德不以形。若麟之出不待聖人，則其謂之不祥也亦宜哉！」《送文暢序》結云：「予既重柳請，又嘉浮屠能喜文辭，〔二〕於是乎書。」歐公《縱囚論》結云：「是以堯舜三王之治，必本于人情。不立異以爲高，不逆情以干譽。」皆此法也。《過秦論》《守戒》亦同。《麗澤文説》《修辭鑑衡》《辨體》《一貫》

永叔《醉翁亭記》結云：「太守謂誰？廬陵歐陽修也。」此學《詩·采蘋》篇中「誰其尸之？有齊季女」。《精義》《一貫》

子瞻《喜雨亭記》結云：「太空冥冥，不可得而名，吾以名吾亭。」是化無爲有。《凌虚臺記》結云：「蓋有足恃者，而不在乎臺之存亡也。」是化有爲無。《精義》《一貫》

〔二〕嘉，原作「喜」，據《昌黎先生文集》卷二十《送浮屠文暢師序》改。

結　尾

結尾正論關鍵之地，尤要造語精密，遣文順快。蓋精密則有文外之意，使人窮之而益不窮；順快則見才力不乏，使人讀之而有餘味。意益不窮，文益有味，終篇而三嘆矣。人多於結尾之際才力窘乏，則謂論之用工不在於尾，故苟簡圓備，此殆未爲知論者也。〔一〕凡爲論，未舉筆之先，而一論之規模已備於胸中。凡結尾，當如何反覆，如何議論，已寓深意於論首。故一篇之意在尾，貫串無間斷處，文有餘意而意不盡。文至講後而始思量結尾，則意窮而復求意，必無是理。縱求得新意，亦不復渾全矣。此最作論之病，學者不可不察。

結尾九法《文筌》《一貫》

叙事　叙事起，叙事終之。

設事　設事起，設事終之。

〔一〕爲知，原作「知爲」，據《鐵立文起》後編卷七改。

抒情　攄其至情，以終不盡之意。

會理　規步矩行，確然正理。

問答　問答起伏，折而終之。

張大　題之約者，張而大之。

收斂　題之多者，收而斂之。

要終　要事之終，以結篇意。

歌頌　或爲亂辭，或爲歌詩。

過　接承接

看文字須要看他過換及過接處。作文章須要曲折斡旋，轉換處須是有力，不假助語而自接連者爲上。《麗澤文説》《一貫》

楊慎曰：大凡文章承接處最緊要，如人身筋節處，血脉不貫便成痿痹。東方朔《答客難》把「時異事異」一句總收，即用「雖然」一轉起下「修身」意，有關鍵，有起伏。《莊子》曰：同乎無知，其德不離。同乎無欲，是謂素樸。素樸而民性得矣。希逸曰：「其德不離」「是謂素樸」兩句相因，而下句只用「素樸」二字接過，古文法也。今人之文更無此等法度。

過接以結上生下爲妙。

有順接者；

有反接者；

有急文接者；

有緩文接者；

有雙關體接者；

有掉頭體接者；

有折腰體接者；

有蜂腰體接者；

有鶴膝體接者。

轉　換變化

轉換處須是有力，不假助語而自接連者爲上。《麗澤文説》

作簡短文字要轉處多，必有意思則可。同上

因精知粗，以顯明微，亦爲文之法也。他如常變、古今、彼此之屬，亦非一端，當類之。

謝云：《獲麟解》僅一百八十餘字，有許多轉换，往復變化議論不窮。人能熟讀此等文字，筆便圓活，便能生議論。

篇法

作文法，一篇之中有數行齊整處，數行不齊整處。齊整中不齊整，不齊整中齊整。或緩或急，或顯或晦，間用之，使人不知其爲緩急顯晦。雖然，常使經緯相通，有一脉過接乎其間，然後可。《麗澤文説》《辨體》《一貫》《精義》

蓋有形者綱目，無形者血脉也。同上

文字壯者近乎粗，子細看所謂眼者。一篇中自有一篇中眼，一段中自有一段中眼。尋常警句是也。同上

如何是主意首尾相應，如何是一篇鋪叙次第，如何是抑揚開闔，如何是警策，如何是下句下字有力處，如何是起頭换頭佳處，如何是繳結有力處，如何是實體貼題目處。《麗澤文説》

篇中不可有冗章，章中不可有冗句，句中不可有冗字。《緯文瑣語》《辨體》

沈隱侯云：文章當從三易，易見事、易識字、易讀誦也。《一貫》

文字至於辭意俱盡，復能於意外得新意者妙。須做過人工夫，便做過人之文字。同上

福唐李先生云：主意一定，中間要常提掇起，不可放過。《一貫》

一篇不離一字，一字不離一篇。蓋一即含多，多即入一。同上

文字一意，貴在段數多。《麗澤文説》

散文若作段子，恐不流暢。同上

爲文先要識主客，然後成文字。如今作文，須是先立己意，然後以故事佐吾説方可。《蒲氏漫齋語録》

歐陽公曰：作文之體，初欲奔馳；久當撙節，使簡重嚴正；時或放肆以自舒。勿爲一體則盡善矣。《辨體》

孫元忠朴嘗問歐陽公爲文之法。公云：於吾侄豈有惜？〔一〕只是要熟耳。變化之

〔一〕惜，原作「情」，據《文章辨體·總論》改。

態皆從熟處生也。《辨體》

東坡曰：凡文字少小時須令氣象峥嶸，采色絢爛，漸老漸熟，乃造平淡。其實不是平淡，乃絢爛之極也。《辨體》

東坡曰：意盡而言止者，天下之至言也。然言止而意不止，尤爲極至。如《禮記》《左氏傳》可見。《辨體》

元遺山曰：文章要有曲折，不可作直頭布袋。然曲折太多，則語意繁碎，整理不下，反不若直頭布袋之爲愈也。《辨體》

作文須要血脉貫穿，造語用事妥帖。前世號能文者，無不知此。《緯文瑣語》《辨體》

命辭固以明理爲本，然自濂洛關閩諸子闡明理學之後，凡性命道德之言，雖孔門弟子所未聞者，後生學子皆得誦習。若不顧文辭題意，概以場屋經訓性理之説，施諸詩賦及贈送雜作之中，是豈謂之善學也哉？

薛敬軒曰：聖賢之言皆平易易知，後世儒者有作禪語以見於文辭者。雖曰明理，失平易之意矣。《讀書録》

又曰：人之好諛，非特言語爲然也，而文辭尤甚也。素無實德實才，而悦人作文辭以諛己，而作文辭者又極口稱譽之。彼以諛求，此以諛應。文詞之弊，孰有甚於此

乎？《讀書録》

熊去非曰：文公嘗言制誥是君諛其臣，表箋是臣諛其君。然則近世士大夫以啓劄相尚，無乃交相諛者乎？《翰墨全書序》

今之志文，志大臣則擬迹皋夔；志有司則惠愛廉潔直，等龔、黄、劉寵而上之；志富家則叙其樂善修禮，賙恤貧匱；志田舍翁則比類巢由；志婦人則行過恭姜，竟成套子。昔人所謂譽墓之弊，至今日可謂濫觴之極矣。唐荆川云：「今人有數百兩家當，死後必有一張諛墓誌。」黄勉之《答山陰戴嶽書》云：「今之世，自王公而下，其淫惡滔天、孱細屠販之輩不爲少矣。其死莫不有銘，其銘莫不稱述其善。所以然者，不過少爲金帛之捐。而稱爲達官通儒者，乃甘心俯氣，贊贊揚揚而不已。〔一〕此無他，天下人心同趨於利，而善惡不明故也。夫以堯舜之世，尚有凶人，而兹時何時，乃比屋而可封也？」其知言哉！故志文非人品最高、有合於公論者不當。《皇明文則·凡例》

文集之序，愈趨愈妄。如何仲默謂獻吉振大雅、超百世，書薄子雲，賦追屈原。王子衡云執符於雅謨，遊精於漢魏，思入《玄》而調寡和，如鳳矯龍變，人罔不駭其異。劉

〔一〕「而」後原本衍一「而」字，據《皇明文則·凡例》删。

儲秀序康對山之文曰：「驅馳屈宋，凌鑠班馬。」康對山叙王敬夫之文，則以叙事似司馬子長而不屑於言語之末，議論似孟子輿而能從容於抑揚之際；至其因懷陳致，寫景道情，則出入乎《風》《雅》《騷》《選》之間，而振迅於天寶開元之右。千載以來，止一屈一馬。何至今日，屈馬之比比也？又以孟子例於詞章，其稱揚過情，言之妄且誕亦極矣。《皇明文則·凡例》

《堯典》「命羲和」云云。說見《讀書》

《禹貢》簡而盡云云。說見《讀書》

《詩》惟《生民》一篇云云。說見《讀書》

孔穎達曰：《詩》章之法，不常厥體。《文則》《一貫》

或重章共述一事，〔一〕《采蘩》之類

或一事疊爲數章，《甘棠》之類

或初同而末異，《東山》之類

或首異而末同，《漢廣》之類

〔一〕事，原作「章」，據《文則》卷下改。

或事訖而更申，《既醉》之類
或章重而事别，《鴟鴞》之類
或隨時而改色，《何草不黄》之類
或因事而變文，《文王有聲》之類
或一章而再言，《采采芣苢》之類
或三章而一發。《賓之初筵》之類

篇有數章，章句衆寡不等。章有數句，句字多少不同。包括《詩》體，孰適此説？故特取焉。《文則》

《孟子·公孫丑》下篇首章起句，謂「天時不如地利，地利不如人和」，下分三段。第一段説天時不如地利，第二段説地利不如人和，第三段專説人和，而歸之「得道者多助」。一節高一節，此自是作文中大法度也。《精義》《一貫》

《莊子》「堯觀乎華」之一段，林希逸曰：上言「壽富多男子」，下却倒説。壽既在後，其辭又多。此亦文之機軸也。《莊子口義》

文章有首有尾，無一言亂説。觀少游伍拾策可見。《吕氏童蒙訓》

文字有終篇不見主意，而結句見主意者。賈誼《過秦論》「仁義不施，而攻守之勢異」，韓退之《守戒》「在得人」之類是也。

《史記》終篇惟作他人説，末後自己只説一句。子瞻《表忠觀碑》之類是也。介甫以爲《諸侯王年表》，非也。《精義》

昌黎《送李愿歸盤谷序》終篇全舉愿説話，自説只數語。其實非愿言，此又别是一格式。

有設問以成篇者，如韓昌黎《争臣》之類是也。《場屋準繩》

有設辭譬喻者，如吕東萊《論鄭伯克段》之類是也。同上

有直數其事者，如歐陽公《朋黨論》之類是也。同上

有破題起，如歐陽公《縱囚論》之類是也。同上

有立兩柱貫一篇者，如蘇老泉《春秋論》之類是也。同上

有一反一正設者，如東坡之《始皇扶蘇論》之類是也。同上

有引起書句而入政事者，如東坡之《荀卿論》是也。同上

有將一字立意貫一篇者，如東坡之《留侯論》用一「忍」字之類是也。同上

有一字用於一篇之内，二三十出不覺其煩者，如韓昌黎《送孟東野序》之「鳴」字、蔡九峰《書集傳序》之「心」字等類是也。同上

有前屢托辭説來説去，一句收拾來，正主意上來者，如昌黎應科目時《與人書》之

類是也。同上

有褒貶者，如昌黎《争臣論》之類是也。同上

李邦直《勢原》只一「勢」字，《法原》只一「法」字，衍出數千言，所謂一莖草化作丈六金身者。惜文字斷續，然亦是一法。

唐代宗時有晉州男子郇謨者，上三十字書，條陳利害，一字是一件事。[一] 如「團」字是説團練使之類。謨自知之，它人不諭也。吾謂世之作文，務要崎嶇隱奥，辭不足以達意者，皆郇謨之徒也。《精義》

文章有短而轉折多氣長者，韓退之《送董邵南序》、王介甫《讀孟嘗君傳》是也。有長而簡直氣短者，盧襄《西征記》是也。謝叠山云：范文正《嚴先生祠堂記》字少意多，文簡理詳，有關世教，非徒文也。葉水心云：爲文不關世教，雖工何益？晦庵亦云：胡文定父子最不輕下人，獨服此記。《一貫》

張伯玉作《六經閣記》「六經閣，諸子、史、集在焉。不書，尊經也」，亦是起句發意。但以下筆力差乏。《精義》

[一] 事，原作「字」，據《文章精義》改。

文章軌範 謝叠山選，鄒東廓續

放膽文

凡學文，初要膽大，終要心小。由粗入細，由俗入雅，由繁入簡，由豪宕入純粹。此集皆粗枝大葉之文，本於禮義，老於世事，〔一〕合於人情。初學熟之，開廣其胸襟，發舒其志氣。但見文之易，不見文之難。必能放言高論，筆端不窘束矣。

《與于襄陽書》韓文公《後二十九日復上宰相書》同上《代張籍與李浙東書》同上《上張僕射書》同上《與陳給事書》同上《後十九日復上宰相書》同上《應科目時與人書》同上《答陳商書》同上《送石洪處士序》同上《送温處士赴河陽軍序》同上《送楊少尹序》同上《送高閑上人序》同上《送殷員外使回鶻序》同上《原毁》同上

辨難攻擊之文，雖屬聲色，雖露鋒鋩，然氣力雄健，光焰長遠，讀之令人意强而神爽。初學熟此，必雄於文。千萬人場屋中，有司亦當刮目。

《争臣論》韓文公《諱辨》同上《桐葉封弟辨》柳柳州《與韓愈論史書》同上《晋文公

〔一〕老，原作「光」，據《文章軌範》卷一改。

守原議》同上《朋黨論》歐陽公《縱囚論》同上《春秋論》同上

小心文

議論精明而斷制，文勢圓活而婉曲。有抑揚，有頓挫，有擒縱。場屋程文論當用此樣文法，先暗記侯王兩集，下筆無滯礙，便當讀此。

《管仲論》蘇老泉《高祖論》同上《春秋論》同上《范增論》蘇東坡《晁錯論》同上《留侯論》同上《秦始皇扶蘇論》同上《王者不治夷狄論》同上《荀卿論》同上

此集文章占得道理强。以清明正大之心，發英華果鋭之氣。筆勢無敵，光焰燭天。學者熟之，作經義、作策，必擅大名於天下。

《原道》韓昌黎《與孟簡尚書書》同上《上范司諫書》歐陽公《上田樞密書》蘇老泉《潮州韓文公廟碑》蘇東坡《上高宗封事》胡澹庵

此集皆謹嚴簡潔之文。場屋中日晷有限，巧遲者不如拙速。論策結尾略用此法度，主司亦必以異人待之。

《師説》韓文公《獲麟解》同上《雜説上》同上《雜説下》同上《送董邵南序》同上《送

王含秀才序》同上《答李秀才書》同上《送許郢州序》同上《贈崔復州序》〔一〕同上《送薛存義序》柳州《讀李翱文》歐陽公《讀孟嘗君傳》王荆公

此集才學識三高。議論關世教，古之立言不朽者如是夫。葉水心曰：文章不足關世教，雖工無益也。人能熟此集，學進識進，而才亦進矣。

《前出師表》諸葛武侯《大唐中興頌序》元次山《送浮屠文暢師序》韓文公《柳子厚墓誌》同上《書箕子廟碑陰》柳柳州《嚴先生祠堂記》范文正公《岳陽樓記》同上《袁州學記》李太伯《跋紹興辛巳親征詔草》辛稼軒《書洛陽名園記後》李文叔

韓文公、蘇東坡二公之文，皆自《莊子》覺悟。此集可與《莊子》并驅争先。

《歸去來辭》陶靖節《祭田横墓文》韓文公《送孟東野序》同上《送李愿歸盤谷序》同上《阿房宫賦》杜牧之《上梅直講書》蘇東坡《三槐堂銘》同上《表忠觀碑》同上《前赤壁賦》同上《後赤壁賦》同上

一篇崖略，

意思　欲深長，

〔一〕　復，原作「後」，據《文章軌範》卷五改。

議論　欲的當，
理致　欲純粹，
條理　欲明白，
機軸　欲停匀，
文彩　欲絢爛，
字面　欲典雅，
節奏　欲鏗鏘，
轉折　欲和動，
始終　欲關鎖。
貴平易而忌淺露，
貴含畜而忌艱澀，
貴正大而忌突兀，
貴豐贍而忌冗長，
貴委曲而忌小巧，
貴妥帖而忌直致，

貴貫串而忌斷續。

凡文體雖衆，〔一〕其意之所從來，必由於四者而出。故立意之法，必依此四者而求之。各隨題之宜，以一爲主，而統三者於中。

凡文無意則粗，無景則枯，無情則誣，無事則虚。故立意之法，必兼四者。《文式》《歐治》

意　凡議論思致曲節皆意也。意以理爲主。

景　凡天文地理物象皆景也。景以氣爲主。

情　凡喜怒哀樂皆情也。情出於意則切也。

事　凡實事故事皆事也。事出於景則真也。

文章猶有理詞狀，

第一本事，本事者認題也；

第二原情，原情者來意也；

第三據理，據理者守正也；

〔一〕體，原作「禮」，據《文式》改。

第四按例，按例者用事也；

第五斷決，斷決者結題也。

五者備矣，詞貴簡切而明白。

章法

夫樂奏而不和，樂不可聞；文作而不協，文不可誦，文協尚矣。是以古人之文發於自然，其協也亦自然。後世之文出於有意，其協也亦有意。《文則》《一貫》

《書》曰：任賢勿二，去邪勿疑。疑謀勿成，百志惟熙。

《易》曰：乾剛坤柔，比樂師憂。臨觀之義，或與或求。

乾、坤卦中多自然成韻者。

《禮》曰：玄酒在室，醴醆在户。粢醍在堂，澄酒在下。陳其犧牲，備其鼎俎。列其琴瑟，管磬鐘鼓。修其祝嘏，以降上神。與其先祖，以正君臣。以篤父子，以睦兄弟。〔一〕以齊上下，夫婦有所。是謂承天之祜。〔二〕

〔一〕睦，原作「睡」，據《禮記·禮運》改。

〔二〕祜，原作「祐」，據《禮記·禮運》改。

若此等語，自然協也。

《書》曰：無偏無黨，王道蕩蕩。無黨無偏，王道平平。

《詩》曰：不明爾德，時無背無側。爾德不明，以無陪無卿。

二者皆倒上句，又協之一體。

揚子《法言》曰：堯舜之道皇兮，夏殷周之道將兮，而以延其光兮。

讀之雖協，而典誥之氣索然矣。

《詩》《書》之文，有若重複而意實曲折者。

《詩》曰：云誰之思？西方美人。彼美人兮，西方之人兮。

此思賢之意，自曲折也。

又曰：自古在昔，先民有作。

此考古之意，自曲折也。

《書》曰：眇眇予末小子。

此謙托之意，自曲折也。

又曰：孺子其朋，孺子其朋。

此告戒之意，自曲折也。

文有交錯之體，若纏糾然。主在析理，理盡後已。

《書》曰：念兹在兹，釋兹在兹。名言兹在兹，允出兹在兹。

《莊子》曰：以指喻指之非指，不若以非指喻指之非指也。又曰：有始也者，有未始有始也者，有未始有夫未始有始也者。

《荀子》曰：不利而利之，不如利而後利之之利也。利而後利之，不如利而不利者之利也。

《國語》曰：成人在始與善，始與善，善進，不善蔑由至矣。始與不善，不善進，善亦蔑由至矣。

《穀梁》曰：人之所以爲人者，言也。人而不能言，何以爲人？言之所以爲言者，信也。言而不信，何以爲言？信之所以爲信者，道也。信而不道，何以爲道？

此類多矣，不可悉舉。言即《莊子》而法之，則文斯邃矣。

文有上下相接，若繼踵然，其體有三。

其一曰敘積小至大。

《中庸》曰：能盡其性，則能盡人之性；能盡人之性，則能盡物之性；能盡物之性，則可以贊天地之化育；可以贊天地之化育，則可以與天地參矣。

此類是也。

其二曰叙由精及粗。

《莊子》曰：古之明大道者，先明天，而道德次之。道德已明，而仁義次之。仁義已明，而分守次之。分守已明，而形名次之。形名已明，而因任次之。因任已明，而原省次之。原省已明，而是非次之。是非已明，而賞罰次之。

此類是也。

其三曰叙自流極原。

《大學》曰：古之欲明明德於天下者，先治其國。欲治其國者，先齊其家。欲齊其家者，先修其身。欲修其身者，先正其心。欲正其心者，先誠其意。欲誠其意者，先致其知。

此類是也。

有順下者。

《論語》曰：知之者不如好之者，好之者不如樂之者。

《大學》曰：知止而後有定，定而後能静，静而後能安，安而後能慮，慮而後能得。古之欲明明德於天下者。云云二節亦同。

有逆上者。

周子曰：聖希天，賢希聖，士希賢。

愚嘗因韓子之文而變之曰：舜蓋得之堯也，禹蓋得之舜也，湯蓋得之禹也，文武周公蓋得之湯也，孔子蓋得之文武周公也，孟氏蓋得之孔子也。不識千載而下，亦有得之於孟氏者乎？亦是法也。有排比者，與句法用一類字相似。

謝疊山曰：韓公《原道》一段連下十七個「爲之」字，變化九樣句法，起伏頓挫，如層峰疊巒，如驚濤怒浪。讀者快心暢意，不覺其下字之重疊。此章法也。

退之《畫記》云：騎而立者五人，騎而被甲戴兵立者十人，騎且負者二人，騎執器者二人。自此以下凡記人數者，蓋取《書·顧命》二人雀弁執惠，四人綦弁執戈上刃，一人冕執劉，一人冕執戣，一人冕執瞿，一人冕執鋭之法也。此與用字一類不同，姑附于此，示退之文不妄作也。

文有數句用一類字，所以壯文勢、廣文義也。然皆有法。韓退之爲古文霸，於此得法尤加意焉。如《賀册尊號表》用「之謂」字，蓋取《易·繫辭》；《畫記》用「者」字，蓋取《考工記》；《南山詩》用「或」字，蓋取《詩·北山》。悉注於後，[一]孰謂退之自作古哉？[二]用一類字不可遍舉，采經、子通用者志之，可觸類而長矣。《文則》《一貫》

可法

《考工記》曰：故可規可方，可水可縣，可量可權。

《表記》曰：事君可貴可賤，可富可貧，可生可殺。

爲法

《易·説卦》曰：乾爲天，爲圜，爲君，爲父，爲玉，爲金，爲寒，爲水，爲大赤，爲良馬，爲老馬，爲瘠馬，爲駁馬，爲木果。[三]

《莊子》曰：形就而入，且爲顛爲滅，爲崩爲蹶。心和而出，且爲聲爲名，爲妖爲孽。

[一] 注，原作「載」，據《文則》卷下改。
[二] 古，原作「者」，據《文則》卷下改。
[三] 木，原作「不」，據《周易·説卦傳》改。

似法

《莊子》曰：似鼻似耳、似枅似圈、似臼似洼者，似污者。

如法

《書·牧誓》曰：桓桓，如虎如貔，如熊如羆，于商郊。

有法

《禮器》曰：有直而行也，有曲而殺也，有經而等也，有順而討也，有撕而播也，[一]有推而進也，有放而文也，有放而不致也，有順而摭也。

《樂師》曰：有帗舞，有羽舞，有皇舞，有旄舞，有干舞，有人舞。

《孟子》曰：父子有親，君臣有義，夫婦有別，長幼有序，朋友有信。

《左氏傳》曰：名有五。有信，有義，有象，有假，有類。

[一] 撕，原作「澌」，據《禮記·禮器》改。

無　法

《左氏傳》曰：無始亂，無怙富，無恃寵，無違同，無敖禮，無驕能，無復怒，〔一〕無謀非德，無犯非義。

曰　法

《書・洪範》曰：一曰水，二曰火，三曰木，四曰金，五曰土。

《周禮》凡次叙其事皆類此，一法也。

《書・洪範》曰：曰雨，曰霽，曰蒙，曰驛，曰克，曰貞，曰悔。

《周禮・小胥》曰：曰風曰賦，曰比曰興，曰雅曰頌。

《周禮・大宗伯》曰：春見曰朝，夏見曰宗，秋見曰覲，冬見曰遇，時見曰會，殷見曰同。

此類不言數，又一法也。

〔一〕怒，原作「怨」，據《左傳・定公四年》改。

之法

《易・説卦》曰：雷以動之，風以散之，雨以潤之，日以烜之，艮以止之，兑以説之，乾以君之，坤以藏之。

《孟子》曰：勞之來之，匡之直之，輔之翼之。

《老子》曰：故道生之畜之，長之育之，成之孰之，養之覆之。

其法

《易・繫辭》曰：其稱名也小，其取類也大。其旨遠，其辭文。其言曲而中，其事肆而隱。

《樂記》曰：其哀心感者，其聲噍以殺；其樂心感者，其聲嘽以緩；其喜心感者，其聲發以散；其怒心感者，其聲粗以厲；其敬心感者，其聲直以廉；其愛心感者，其聲和以柔。

此雖每句用「其」字，而二句以見意，又一法也。

以法

《大司樂》曰：以致鬼神，以和邦國，以諧萬民，[一]以安賓客，以説遠人，以作動物。

《周禮》此法極多，今不備載。

奚法

《莊子》曰：奚爲奚據？奚避奚處？奚就奚去？奚樂奚惡？

必法

《考工記》曰：容轂必直，陳篆必正，施膠必厚，施筋必數。

《月令》曰：秫稻必齊，麴蘖必時，湛熾必潔，水泉必香，陶器必良，火齊必得。

或法

《詩·北山》曰：或燕燕居息，或盡悴事國。或息偃在床，或不已于行。或不

[一] 諧，原作「措」，據《周禮·大司樂》改。

知叫號，或慘慘劬勞。或栖遲偃仰，或王事鞅掌。或湛樂飲酒，或慘慘畏咎。或出入風議，或靡事不爲。

退之《南山詩》云：或連若相從，或蹙若相鬥。或妥若弭伏，或竦若驚雊。或散若瓦解，或赴若輻輳。或翩若船遊，或決若馬驟。

此句稍多，不能備載。皆廣《北山》「或」字法而用之也。

《老子》曰：凡物或行或隨，或歔或吹。或强或羸，或載或隳。

又一法也。〔一〕

乃法

《詩》曰：乃慰乃止，乃左乃右。乃疆乃理，〔二〕乃宣乃畝。

〔一〕又，原作「或」，據《文則》卷下改。

〔二〕疆，原作「彊」，據《詩經·大雅·綿》改，《十三經注疏》本。

實法

《詩》曰：實方實苞，實種實褎。〔一〕實發實秀，實堅實好。實穎實栗。

侯法

《詩》曰：侯主侯伯，侯亞侯旅，〔二〕侯彊侯以。

斯法

《檀弓》曰：人喜則斯陶，陶斯咏，咏斯猶，猶斯舞，舞斯慍，慍斯戚，戚斯嘆，嘆斯辟，辟斯踊矣。

〔一〕褎，原作「褒」，據《詩經·大雅·生民》改。
〔二〕旅，原作「旋」，據《詩經·周頌·載芟》改。

而法

《考工記》曰：清其灰而盝之，而揮之，而沃之，而盝之，而塗之，而宿之。

《莊子》曰：而容崖然，而目衝然，而顙頯然，而口闞然，而狀義然。

則法

《中庸》曰：誠則形，形則著，著則明，明則動，動則變，變則化。

者法

《考工記》曰：脂者、膏者、臝者、羽者、鱗者。

又曰：以脰鳴者，以注鳴者，以旁鳴者，以翼鳴者，以股鳴者，以胸鳴者。

《莊子》曰：激者、謞者、叱者、吸者、叫者、譹者、宎者、咬者。

韓退之《畫記》云：行者、牽者、奔者、陟者、降者。

凡此用「者」字，其原出於《考工記》，因用《莊子》法也。

也法

《中庸》曰：修身也，尊賢也，親親也，敬大臣也，體群臣也，子庶民也，來百工也，柔遠人也，懷諸侯也。

《周易·雜卦》一篇全用「也」字，又不可盡法。

然法

《荀子》曰：儼然，壯然，祺然，蕼然，恢恢然，廣廣然，昭昭然，蕩蕩然。

兮法

《荀子》曰：井井兮，其有條理也；嚴嚴兮，其能敬己也；分分兮，其有終始也；猒猒兮，其能長久也；樂樂兮，其執道不殆也；〔一〕炤炤兮，其用知之明也；修修兮，其用統類之行也；綏綏兮，其有文章也；熙熙兮，其樂人之臧也；隱隱

〔一〕殆，原作「始」，據《荀子·儒效》改。

兮，其恐人不當也。

乎法

《禮運》曰：洞洞乎其敬也，屬屬乎其忠也，勿勿乎其欲其饗之也。〔一〕

《莊子》蓋廣此法而用之。

《莊子》曰：與乎其觚而不堅也，張乎其虚而不華也，邴邴乎其似喜乎，崔乎其不得已乎，滀乎進我色也，與乎止我德也，厲乎其似世乎，謷乎其未可制也，連乎其似好閉也，悗乎忘其言也。〔二〕

焉法

《祭統》曰：見事鬼神之道焉，見君臣之義焉，見父子之倫焉，見貴賤之等焉，見親疏之殺焉，見爵賞之施焉，見夫婦之别焉，見政事之均焉，見長幼之序焉，見

〔一〕勿勿乎，原脱一「勿」字，據《禮記·禮運》補。

〔二〕悗，原作「悦」，據《莊子·大宗師》改。

上下之際焉。

《學記》曰：藏焉修焉，息焉游焉。

《三年問》曰：翔回焉，鳴號焉，躑躅焉，踟躕焉。

矣　法

《板》詩曰：辭之輯矣，民之洽矣。辭之懌矣，民之莫矣。

此雖每句用「矣」字，而上下之意相關。

《詩·六月序》曰：《鹿鳴》廢則和樂缺矣，《四牡》廢則君臣缺矣，《皇皇者華》廢則忠信缺矣，《常棣》廢則兄弟缺矣。

下皆類此，不能悉載。

曾是法

《詩》曰：曾是强禦，曾是掊克。曾是在位，曾是在服。

方且法

《莊子》曰：方且本身而異形，方且尊知而火馳，方且爲緒使，方且爲物絯，〔一〕方且四顧而物應，方且應衆宜，〔二〕方且與物化。

于時法

《詩》曰：于時處處，于時廬旅。于時言言，于時語語。

得其法

《仲尼燕居》曰：宫室得其度量，鼎得其象，味得其時，樂得其節，車得其式，鬼神得其饗，喪紀得其哀，辨説得其黨，官得其體，政事得其施。

〔一〕絯，原作「絖」，據《莊子·天地》改。
〔二〕衆，原作「象」，據《莊子·天地》改。

謂之法

《易·繫辭》曰：闔户謂之坤，闢户謂之乾，一闔一闢謂之變，往來不窮謂之通，見乃謂之象，形乃謂之器，制而用之謂之法，利用出入、民咸用之謂之神。

凡經、子、傳、記用此多矣，故不悉載焉。

之謂法

《易·繫辭》曰：富有之謂大業，日新之謂盛德，生生之謂易，成象之謂乾，效法之謂坤，極數知來之謂占，通變之謂事，陰陽不測之謂神。

韓退之《賀册尊號表》云：臣聞體仁長人之謂元，發而中節之謂和，無所不通之謂聖，妙而無方之謂神，經天緯地之謂文，戡定禍亂之謂武，先天不違之謂法天，道濟天下之謂應道。

蓋取《易·繫辭》。

得之法

《莊子》曰：狶韋氏得之以挈天地，伏羲得之以襲氣母，維斗得之終古不忒，日月得之終古不息，堪坏得之以襲昆侖，馮夷得之以遊大川，肩吾得之以處大山，黄帝得之以登雲天，顓頊得之以處玄宫。

以之法

《仲尼燕居》曰：以之居處有禮，故長幼辨也；以之閨門之内有禮，故三族和也；以之朝廷有禮，故官爵序也；以之田獵有禮，故戎事閑也；以之軍旅有禮，故武功成也。

之以法

《禮運》曰：慮之以大，愛之以敬，行之以禮，修之以孝養，紀之以義，終之以仁。

可以法

《論語》曰：詩可以興，可以觀，可以群，可以怨。

《月令》曰：可以居高明，可以遠眺望，可以升山陵，可以處臺榭。〔一〕

《莊子》曰：可以保身，可以全生，可以養親，可以盡年。

足以法

《易》曰：體仁足以長人，嘉會足以合禮，利物足以和義，貞固足以幹事。

《中庸》曰：聰明睿知足以有臨也，寬裕温柔足以有容也，發强剛毅足以有執也，齊莊中正足以有敬也，文理密察足以有别也。

不以法

《左氏傳》曰：不以國，不以官，不以山川，不以隱疾，不以畜牲，不以器幣。

〔一〕榭，原作「樹」，據《禮記·月令》改。

而不法

《左氏傳》曰：直而不倨，曲而不屈，邇而不偪，遠而不攜，[一]遷而不淫，[二]復而不厭，哀而不愁，樂而不荒，用而不匱，廣而不宣，施而不費，取而不貪，處而不底，行而不流。

未嘗法

《家語》曰：未嘗知哀，未嘗知憂，未嘗知勞，未嘗知懼，未嘗知危。

有若法

《書》曰：有若虢叔，有若閎夭，有若散宜生，有若泰顛，有若南宫括。

[一] 攜，原作「倨」，據《左傳·襄公二十九年》改。
[二] 遷而不淫，原作「曲而不屈」，據《左傳·襄公二十九年》改。

存乎法

《易・繫辭》曰：列貴賤者存乎位，齊小大者存乎卦，辨吉凶者存乎辭，憂悔吝者存乎介，震無咎者存乎悔。

所以法

《禮運》曰：祭帝於郊，所以定天位也；祀社於國，所以列地利也；祖廟所以本仁也；山川所以儐鬼神也；五祀所以本事也。

知所以法

《中庸》曰：則知所以修身；知所以修身，則知所以治人；知所以治人，則知所以治天下國家矣。

莫大乎法

《易・繫辭》曰：法象莫大乎天地；變通莫大乎四時；懸象著明莫大乎日

月；崇高莫大乎富貴；備物致用，立成器以爲天下利，莫大乎聖人。

於是乎法

《國語》曰：上帝之粢盛於是乎出，民之蕃庶於是乎生，事之供給於是乎在，和協輯睦於是乎興，財用蕃殖於是乎始，敦庬純固於是乎成。

句法 造語

學文切不可學怪句。[一] 且先明白正大，務要十句百句只作一句，貫串意脉。説得通處儘管説得去，説得反覆竭處自然住。所謂「行乎其所當行，止乎其所當止」，真作文之大法也。《精義》《辨體》

司馬子長一二百句作一句下，更點不斷。退之三五十句作一句下，子瞻亦然。初不難學，但長句中轉得意去，便是好。若一二百句、三五十句只説得一句事，則冗矣。

[一] 句，原作「語」，據《文章精義·總論》改。

鳧脛雖短，續之則憂；鶴脛雖長，斷之則悲。長短有法，不可增損，其類是哉？《文則》《精義》《一貫》

《檀弓》文句長短之法

長句法

毋乃使人疑夫不以情居瘠者乎哉？

孰有執親之喪而沐浴佩玉者乎？

苟無禮義忠信誠慤之心以莅之。

蕢尚不如杞梁之妻之知禮也。

短句法

華而皖。

立孫。

畏。　厭。　溺。

《春秋》主於褒貶，《詩》則本於美刺。立言之間，莫不有法。《文則》

《春秋》文句長者逾三十餘言，短者止於一言。

季孫行父、臧孫許、叔孫僑如、公孫嬰齊，帥師會晋郤克、衛孫良父、曹公子首及齊侯戰于鞌。此類長句。

螽。此類短句。

《詩》之文句長者不逾八言，短者不減二言。

我不敢效我友自逸。〔一〕此類八言。

肇禋。此類二言。

有由長入短者，有由短入長者，有長短錯綜者。此等句法，用之者多，不能盡録。《一貫》

辭以意爲主，故辭有緩有急，有輕有重，皆主乎意也。

《左氏傳》曰：韓宣子曰：「吾淺之爲大夫也。」

其辭則緩。

《孟子》曰：景春曰：「公孫衍、張儀豈不誠大丈夫哉？」

〔一〕友，原作「反」，據《詩經·小雅·十月之交》改。

其辭則急。

《左氏傳》曰：狼瞫於是乎君子。

其辭則輕。

《論語》曰：謂子賤：「君子哉若人！」

其辭則重。

鼓瑟不難，難於調弦；作文不難，難於煉句。《檀弓》之文，煉句益工，參之《家語》，其妙睹矣。

遇負杖入保者息。

《家語》：遇人入保，負杖者息。

皆死焉。

《家語》曰：奔敵死焉。

比御而不入。

《家語》曰：可御而處内。

南宫縚之妻之姑之喪。

《家語》曰：南宫縚之妻，孔子之兄女，喪其姑。

予惡夫涕之無從也。

《家語》曰：吾惡夫涕而無以將之。

仲子亦猶行古之道也。

《家語》曰：仲子亦猶行古人之道。

夫子爲弗聞也者而過之。

《家語》曰：夫子爲之隱，佯不聞以過。

遂命覆醢。

《家語》曰：遂令左右皆覆醢。

死不如速朽之愈也。

《家語》曰：死不如朽之速愈。

若魂氣則無不之也。

《家語》曰：若魂氣則無所不之。

字有偏傍，〔二〕故文有取偏傍以成句；字有音韻，故文有取音韻以成句。皆所以明

〔二〕字，原作「家」，據《文則》卷上改。

其義也。

《周禮》曰：五人爲伍。〔一〕

《中庸》曰：誠者自成也。

《祭統》曰：銘者自名也。

《表記》曰：仁者人也。

《孟子》曰：征之爲言正也。

《莊子》曰：庸者用也。

凡此皆取偏傍者也。

《易》曰：嗑者合也。

《鄉飲酒儀》曰：秋之爲言愁也。

又曰：冬中也。

《樂記》曰：樂者樂也。

《孟子》曰：校者教也。

〔一〕伍，原作「使」，據《周禮·族師》改。

揚子曰：禮以體之。

凡此皆取音韻也。

倒言而不失其言者，言之妙也；倒文而不失其文者，文之妙也。文有倒語之法，知者罕矣。

《春秋》曰：吴子謁伐楚，門于巢，卒。

《公羊傳》曰：門于巢卒者何？入巢之門而卒也。

何休曰：吴子欲伐楚，過巢不假塗，卒暴入巢門，門者以爲欲犯巢而射殺之，故與巢得殺之。若吴子爲自死文，所以彊守禦也。

然夫子先言門，後言于巢者，於文雖倒而寓意深矣。

仲山甫誠歸于謝，《詩》曰「謝于誠歸」；隱盜所得器，《左氏傳》曰「盜所隱器」。

於義皆不害。

《春秋》曰：隕石于宋五。六鷁退飛，過宋都。

《論語》曰：迅雷風烈必變。

此又一正一反法。

《楚辭》曰：吉日兮辰良，蕙殽蒸兮蘭籍，奠桂酒兮椒漿。

韓退之《羅池廟碑銘》曰：春與猿吟兮，秋鶴與飛。

蓋相錯成文，則語勢矯健耳。

《書·禹貢》曰：厥篚玄纖縞。

又曰：雲土夢作乂。

用纖字不在玄上，土字不在夢下，亦一倒法也。司馬遷作《夏本紀》，改曰「雲夢土作乂」，烏足與知此？

《詩·七月》曰：七月在野，八月在宇，九月在户，十月蟋蟀入我床下。

羅大經曰：張文潛云：「《詩三百篇》雖云婦人女子、小夫賤隸所爲，要之非深於文章者不能作。『七月』以下皆不道破，至『十月』方言蟋蟀，非深於文章者，能爲之耶？然是詩乃周公作，其超妙宜矣。」《一貫》《玉露》

《莊子》曰：砉然嚮然，奏刀騞然。

林希逸云：砉然、嚮然、騞然，皆其用刀之聲，却以「奏刀」兩字安在中間，文法也。如《七月》詩以「蟋蟀」字安在中間。

《莊子》曰：以國量乎澤若蕉。

林希逸云：本是「若澤蕉」，却倒一字曰「澤若蕉」，此是作文奇處。雲，澤也；夢，亦澤也。雲夢昔皆爲水，今有土可耕，不曰「雲夢土作乂」，而曰「雲土夢作乂」；玄亦纖，縞亦纖，不曰「玄縞纖」而曰「玄纖縞」，此文法也。

羅大經云：文章有反言之者。

《左氏傳》曰：室於怒，市於色。

曾南豐曰：室於議，塗於嘆。

杜詩曰：久捹野鶴如雙鬢。

若正言之，當云「雙鬢如野鶴」也。

又曰：黄鵠高於五尺童，化爲白鳧似老翁。

若正言之，當云「五尺童時似黄鵠，化爲老翁似白鳧」。

又曰：紅豆啄殘鸚鵡粒，碧梧栖老鳳凰枝。

皆如此類。

陳止齋云：造語有三，

一貴圓轉周旋，

二貴過度精密，

三貴精奇警拔。

凡造語警拔，則當於下字上着工夫。蓋下字既工，則語句自然警拔矣。

造語十四法

正　語

《書》曰：帝曰：「咨！汝羲暨和。期三百有六旬有六日，以閏月定四時成歲。」

《春秋》曰：六鷁退飛，過宋都。隕石于宋五。

此皆正其事而順語之也。

反　語

衆非元后何戴？

《論語》曰：學而時習之，不亦説乎？

又曰：愛之能勿勞乎？忠焉能勿誨乎？

此皆反其意而道之，使之悠然致思焉。

拗語

《莊子》曰：樂出虛，蒸成菌。

《楚詞》曰：吉日兮辰良。

不曰「虛出樂」，不曰「吉日兮良辰」，倒一字，句法便健十倍。此作語之良法也。

婉語

《論語》曰：陽貨言：「日月逝矣，歲不我與。」子曰：「諾！吾將仕矣。」

此語直而意婉也。

《春秋》曰：天王狩于河陽。

此語婉而意直也。

凡造語皆當自然如此則好，有意爲之非也。

隱語

《論語》曰：割鷄焉用牛刀？

又曰：有美玉於斯，求善價而沽諸？

《孟子》曰：城門之軌，兩馬之力。

《小雅·鶴鳴》、古樂府《藁砧》全篇隱語，《老》《莊》尤多。

纍語

《書》曰：寬而栗，柔而立，愿而恭，亂而敬，擾而毅，直而温，簡而廉，剛而塞，〔一〕彊而義。

《老子》曰：長短相形。

孫武子曰：利而誘之，亂而取之。

語雖纍而詞意句句別無重，此其妙也。

〔一〕塞，原作「寒」，據《尚書·皋陶謨》改。

聯　語

《書》曰：以親九族，九族既睦，平章百姓。百姓昭明，協和萬邦。

《大學》曰：知止而後有定，定而後能静。

《檀弓》曰：人喜則斯陶，陶斯咏，咏斯猶。

變　語

《書》曰：日中星烏。

又曰：宵中星虚。

又曰：正月上日。

又曰：月正元日。

又曰：正月朔旦。

省語

《書》曰：至于南嶽如岱禮。〔一〕

《儀禮》曰：其他如加皮弁之儀。

歇後語

《論語》曰：禮云禮云，玉帛云乎哉？

又曰：曾謂泰山不如林放乎？

此皆不説破正意，歇後所當語，而使人自思之。

問答語

《詩》曰：鷄既鳴矣，朝既盈矣。匪鷄則鳴，蒼蠅之聲。

《論語》曰：吾何執？執御乎？執射乎？

〔一〕岱，原作「初」，據《尚書·舜典》改。

《孟子》曰：王何必曰利？亦有仁義而已。

《公羊》《穀梁》尤極其法。

對語

《書》曰：威侮五行，怠棄三正。

此正對也。

又曰：羲和仲叔。

四節長對也。

又曰：天聰明，自我民聰明；天明畏，自我民明威。

此對語不對意也。

又曰：衆非元后何戴？后非衆罔與守邦。

此對意不對語也。

又曰：天叙有典，天秩有禮。間以下語五禮有庸哉？五服五章哉？

又曰：佑賢輔德，間以下語邦乃其昌。

散文用對語，必以散語間之。

《詩》曰：發彼小豝，殪此大兕。〔一〕《文則》《一貫》

又曰：誨爾諄諄，聽我藐藐。

又曰：故謀用是作，而兵由此起。

意相屬而對偶者。

《書》曰：威侮五行，怠棄三正。

又曰：佐賢輔德，顯忠遂良。

事相類而對偶者。

此皆混然而成者，初非有意媲配。凡文之對偶者，如此則工矣。

四六之工在剪裁，若全句對全句，亦何以見工？《四六談塵》

四六以經語對經語，以史語對史語，以詩語對詩語，方是妥帖。《四六談麈》《一貫》

實語

《書》及《易·彖辭》用助語極少，《儀禮》《春秋》皆然。此實語也。

〔一〕兕，原作「兒」，據《詩經·小雅·吉日》改。

謙按，《書》《易》經文無「也」字，今欲效之，其可乎？

凡碑碣傳記等文，不可多用助語。字序論辯説等文，須用助語字。

助語

《檀弓》曰：南宫縚之妻之姑之喪。

一句纍三「之」字。

《詩·大序》曰：不知手之舞之，足之蹈之。

一句纍四「之」字。

《論語》曰：子曰：「學而時習之，不亦説乎？」

「學」「時」「習」「説」四字是實，「而」「之」「不」「亦」「乎」五字是助語。

《孟子》曰：然而無有乎爾，則亦無有乎爾。

四字是實，八字是助語。

《莊子》尤多，蓋當用則不嫌多也。

字法

朱子曰：横渠云：「發明道理，惟命字難。」要之，做文字下字實是難。不知聖人説出來底，也只是這幾字，如何鋪排得恁地安穩？《性理》

朱子曰：作文自有穩字，古之能文者纔用便用着。《一貫》

朱子曰：文字奇而穩方好。不奇而穩，只是闒靸。《性理》

朱子曰：石林嘗云：「今世安得文章？只有個減字換字法爾。如言『湖州』，必須去『州』字，只稱『湖』，是減字法也。不然，則稱『雪上』，此換字法也。」《性理》

用字

要健字撑拄，要活字斡旋，如「紅入桃花嫩，青皈柳葉新」「弟子貧原憲，諸生老伏虔」。

「入」與「皈」字、「貧」與「老」字乃撑拄也。

如「生理何顔面，憂端且歲時」「名豈文章著，官應老病休」，「何」與「且」字、「豈」與「應」字乃斡旋也。

撑拄如屋之有柱，斡旋如車之有軸。文以句，詩以字。

下字三法

襲古　凡下字，於平穩處宜用古人曾下好字面，須尋不經人道語用之，須的當新奇而不怪僻乃善。凡下字，須令讀之若出於自然。

審意　凡下字，有順文之意而下之者。意當明則下重字，意當暗則下輕字。如此之類，變化無方。

諧音　凡下字，有順文之聲而下之者。音當揚則下響字，音當抑則下歛字。

字有當避者

如粗，

如淺，

如陳，

如生，

如不穩，

如君父之諱，

皆避之。必須以好字樣代之方可。

文以傳道，古聖人不得已而爲之。謂欲句之難道、義之難曉，必不然矣。《詩三百篇》皆可以播管弦，薦宗廟。《書》者二帝三王之世之文，文之古無出於此，〔一〕則曰「惠迪吉，從逆凶」，又曰「德日新，萬邦惟懷；志自滿，九族乃離」。在《禮·儒行》，夫子之文也，則曰「衣冠中，動作謹」。在《易》則曰「乾道成男，坤道成女。日月運行，一寒一暑」。夫豈句之難道、義之難曉耶？今爲文而捨六經，又何法哉？若弟取《書》之「弔由靈」、《易》之「朋合簪」者，〔二〕法其語而謂之古，是豈所謂之古文哉？《小畜文集》《辨體》

古人之文，用古人之言也。古人之言，後世不能盡識，非得訓切，殆不可讀。如登崤險，一步九嘆。既而强學焉，搜摘古語，撰叙今事，殆如昔人所謂「大家婢學夫人，舉止羞澀，終不似真也」。今取在當時爲常語，而後人視爲難苦之文。《文則》

《周禮》曰：犬赤股而躁，臊；鳥皫色而沙鳴，狸；豕盲眂而交睫，腥；馬黑脊而般臂，螻。

〔一〕「文」前原本衍一「之」字，據《文章辨體·總論》删。
〔二〕朋，原作「明」，據《周易·豫卦》改。

《詩》曰：游環脅驅，陰靷鋈續。又曰：鈎膺鏤鍚，鞹鞃淺幭。《莊子》曰：乃始臠卷傖囊而亂天下也。臠卷，不申舒之貌。傖囊，猶搶攘也。《荀子》曰：按角鹿埵隴種東籠而退耳。所言皆兵摧敗披靡之貌也。商《盤》告民，民何以曉？然在當時，用民間之通語，非若後世待訓詁而後明。顛木之有由蘖。使晉衛間人讀之，則蘖知爲餘也。不能胥匡以生。使東齊間人讀之，〔一〕則胥知爲皆也。欽念以忱。使燕岱間人讀之，則忱知爲誠也。

由此考之，當時豈不然乎？

詩文待訓明者，亦本風土所宜。王室如燬。齊人以火爲燬。使齊人讀之，則燬爲常語。

〔一〕之，據《文則》卷上補。

六日不詹。[一]楚人以至爲詹。

使楚人讀之，則詹爲常語。

夫文有病辭，有疑辭。

病辭者，讀其辭則病，究其意則安。

《曲禮》曰：猩猩能言，不離禽獸。

《繫辭傳》曰：潤之以風雨。

蓋「禽」字於猩猩爲病，「潤」字於風爲病也。

説者曰：凡可擒者皆謂之禽，《大宗伯》以禽作六摯而羔在其中。凡物氣和則潤生，言潤則風之和可知矣。

疑辭者，讀其辭則疑，究其意則斷。

《何彼穠矣》曰：平王之孫。

《檀弓》曰：容居，魯人也。

蓋平王疑爲東遷之平王，魯人疑爲魯國之人也。

[一] 詹，原作「簷」，據《詩經·小雅·采緑》改。

《毛傳》云：「平，正也。」指文王言能正天下之王也。鄭氏云：「魯，鈍也。」凡觀此文，可不深考？

古語曰：黶子在頰則好，〔一〕在顙則醜。言有宜也。自晉以降，操觚含毫之士喜學經語者多矣。

孫盛著史書曰：某年春帝正月。

謂盛作《魏晉陽秋》也。且《春秋》「春王正月」示魯侯用周天子正朔。曹馬躬有天下，不當書帝正。

謝惠連《雪賦》曰：雪之時義，遠矣哉！

按，《易》卦義深者，以此語贊之。大抵文士雪月之咏，非所當也。此蓋不知黶子在顙之爲醜也。

文出於己，作之固難，語借於古，用亦不易。觀歷代雕蟲小技之士，借古語以成篇章者，紛紛藉藉，試陳一二以鑒後來。

張茂先《勵志詩》曰：德輶如羽。

〔一〕 黶，原作「靨」，據《文則》卷上改。

又曰：熠熠宵流。

雖變二字以協音韻，而不知詩人言「行」有緩飛之意，言「毛」有輕之喻。

應吉甫《華林集詩》曰：文武之道，厥猷未墜。

既言「之道」，復綴「厥猷」，此所謂屋下架屋者歟？

陸倕《石闕銘》曰：惟王建國，正位辨方。

遂令「辨方」，後於「正位」。此所謂轉衣爲裳者歟？

下字之法

《檀弓》曰：進使者問故。

而夫子之所以問使者，使者之所以答夫子，一「進」字足矣。豈不餘一言，約不失一辭，於此可見。

《左氏傳》曰：以三軍軍其前。

欲見下「軍」字有陳列之意，則當用「其」字爲有力。

《公羊傳》曰：入其大門，則無人門焉者。

欲見下「門」字有守禦之意，則當用「焉者」字爲有力。

吴錙云：如治天下，審所尚，云「孰爲利，〔一〕孰不爲利；孰爲害，孰不爲害」，何不云「孰爲利，孰爲不利；孰爲害，孰爲不害」？以此推之，可知用字法。

福唐李先生曰：前輩用字，皆與題稱。

顔拭《齊晋比子儀論》，便見奮發意。

《晋祖逖奇節論》，便見復仇意。

劉煇《堯舜性仁賦》云「内積安行之德」，歐陽公謂「積」近於學，非本題意，改爲「蘊」字。凡下字之工拙，於此可見。

林希元曰：揚雄《解嘲》，揚子曰：「范睢，魏之亡命也。」此下即范、蔡等之遇時以答客難，連用五個「也」字相次而下，若貫珠然。

樓昉曰：《解嘲》此處，前用五個「也」字，後以「故」字一轉，又用四個「矣」字，文法也。

謝云：孟子説歸揚歸墨，韓文公《原道》變歸字爲入。蓋文公去陳言，自撰新語，只是把古人文章變化。

〔一〕云，原作「論」，據《論學繩尺·論訣》改。

羅大經曰：韓柳猶用奇重字，歐蘇唯用平常輕虚字，而妙麗古雅，自不可及。《鶴林玉露》

朱子曰：今人作文好用難字，如讀《漢書》，便去收拾三兩個字。曾南豐尚解使一二字，歐蘇全不使一難字，而文字如此好。《辨體》

朱子曰：歐公文章及三蘇文，好處只是平易説道理。初不曾使差異底字，换却那尋常底字。《性理》

朱子曰：蘇子由有一段論人做文章自有合用底字，只是下不着。又如鄭齊叔云：做文字自有穩底字，只是人思量不着。《性理》

范文正公作《嚴先生祠堂記》，李泰伯在坐問曰：「先生之德」，不如以「風」字代「德」字。公欣然改之。蓋太伯因記中有「貪夫廉，懦夫立」六字，遂思「聞伯夷、柳下惠之風」一段，因得一字也。

李密《陳情表》曰：「少事僞朝。」鄒守益曰：「密本蜀人，先主帝室之胄，紹漢正統，名正言順，非曹操漢賊之比。密又在孝子順孫之列，國亡歸晋，尤當不忘舊君。何忍自稱蜀爲僞朝乎？予每讀此，每爲之不滿。惜哉！」又曰：「文意哀切老練，而不見録于大方家者，以『僞朝』一言之失也。略此而觀，孝心生矣。」

文有助辭，猶禮之有儐、樂之有相也。禮無儐則不行，樂無相則不諧，文無助則不順。唐有杜溫夫者，爲文不識助辭，疑之之辭如「耶」「乎」之類，決之之辭如「耳」「矣」之類，皆一用之。柳宗元所以深言其病，可不知哉？

《檀弓》曰：勿之有悔焉耳矣。

又曰：我弔也歟哉？

《孟子》曰：寡人盡心焉耳矣。

《左傳》曰：獨吾君也乎哉？

凡此一句而三字連助，不嫌其多也。

《左傳》曰：其有以知之矣。

又曰：其無乃是也乎？

此二者六字成句，而四字爲助，亦不嫌其多也。

《檀弓》曰：南宮縚之妻之姑之喪。

三「之」字，不能去其一。

《樂記》曰：不知手之舞之，足之蹈之也。

凡此不嫌用「之」字爲多。

《禮記》曰：言則大矣，美矣，盛矣！

凡此不嫌用「矣」字爲多。

《檀弓》曰：美哉輪焉。

《論語》曰：富哉言乎！

凡此四字成句，而助辭半之，不如是文不健也。

司馬長卿《封禪文》曰：遐哉邈乎。此雖知助辭，而「遐」「邈」同義，又失矣。

《左傳》曰：美哉！泱泱乎大風也哉！表東海者，其太公乎？國未可量也。

此文每句終用助字，讀之無齟齬艱辛之態。

散文助辭上有韻協者。

《禮記》曰：禮行於郊，而百神受職焉。禮行於社，而百貨可極焉。禮行於祖廟，而孝慈服焉。禮行於五祀，而正法則焉。

此則用「焉」辭，而「職」「極」「服」則爲協。

詩詞用助辭，多韻協在其上。

也辭　何其處也，必有與也。「處」「與」爲韻。

而辭　俟我於著乎而，充耳以素乎而。「著」「素」爲韻。

矣辭　陟彼砠矣，我馬瘏矣。「砠」「瘏」爲韻。

忌辭　抑磬控忌，抑縱送忌。「控」「送」爲韻。

兮辭　其實七兮，迨其吉兮。「七」「吉」爲韻。

之辭　知子之順之，雜佩以問之。「順」「問」爲韻。

且辭　椒聊且，遠條且。「聊」「條」爲韻。

止辭　既曰庸止，曷又從止。「庸」「從」爲韻。「止」即只，《鄘·柏舟》詩亦用「只」爲辭。離騷有《大招》，用「只」辭蓋法乎此。

羅大經曰：詩用助語，字貴妥帖。

杜少陵云：古人稱逝矣，吾道卜終焉。

又云：去矣英雄事，荒哉割據心。〔一〕

山谷云：且然聊爾耳，得也自知之。

韓子蒼云：曲檻以南青嶂合，高堂其上白雲深。

王才臣云：并舍者誰清可喜，各家之竹翠相交。

曾幼度云：不可以風霜後葉，何傷於月雨餘雲。

〔一〕荒，原作「苦」，據《杜工部集》卷十五《峽口二首》改。

文章達德綱領卷三

入式雜録

叙事　議論　取喻　用事　形容　含蓄　地步　關鍵　開合　抑揚　起伏
響應　錯綜　鼓舞　頓挫　繁簡　伸縮　陳新　華實　雅俗　工拙　大小
逆順　常變　死活　方圓　險易　撑拄　步驟　瑕疵　立柱　警策　主客
血脉　眼目

叙　事

鋪叙要豐贍，最怕文字直致無委曲。歐陽起鳴

作文他人所詳者我略，他人所略者我詳。若用言語，必不得已只與點過。《麗澤文說》

鄒道卿云：寫神在精神，叙事在氣象。

《禹貢》簡而盡。山水、土田、貢賦、草木、金革、物産叙得皆盡，後叙山脉一段、水脉一段，更有條而不紊。《周禮·職方氏》却冗而疏。

《左傳》《史記》《西漢書》叙戰陳堪畫。

王世貞云：《檀弓》、《考工記》、《孟子》、《左傳》、《戰國策》、司馬遷聖于文者乎？其叙事則猶化工之肖物。《合併文宗》

疊山曰：聖人立言與庸衆人異，貶一人不必多言，只一字一句貶之，其辱不可當；褒一人不必多言，只一字一句褒之，其榮不可當。

孔子褒管仲只四句：一匡天下，民到于今受其賜。微管仲，吾其被髮左衽矣！

孟子學孔子者也，褒百里奚只三句：相秦而顯其君於天下，可傳於後世，不賢而能之乎？韓文公學孔孟者也，褒孟子初只兩句：然賴其言，而今學者尚知宗孔氏、崇仁義、貴王賤霸而已。終只兩句：向無孟氏，則皆服左衽而言侏離矣。〔一〕與孔子褒管仲之言同。

歐陽公作《蘇老泉墓誌》云：眉山在西南數千里外，公父子一日隱然名動京師，而蘇氏之文章遂擅天下。亦得此法。《辨體》

有三扇體，如黄詮《顔淵仲弓問仁論》之類是也。有征雁不成行體，如阮霖《馬周

〔一〕衽，原作「社」，據《昌黎先生文集》卷十八《與孟尚書書》改。

言天下事論》之類是也。

文字有意同而立語有工拙。沈存中記穆修、張景二人同造朝，方論文次，適有奔馬踐死一犬，遂相與各記其事以較工拙。

穆曰：馬逸，有黄犬遇蹄而斃。

張曰：有犬死奔馬之下。

今較此二語，張當爲勝。

存中但云：適有奔馬，踐死一犬。

則又渾成矣。

且事以簡爲上，言以簡爲當。言以載事，文以著言。則文貴其簡也。文簡而理周，斯得其簡也。讀之疑有闕焉，非簡也，疏也。

《春秋》曰：隕石于宋五。

《公羊傳》曰：聞其磌然，視之則石，察之則五。

《公羊》之義，經以五字盡之。是簡之難者也。

《書》曰：爾惟風下，民惟草。

《論語》曰：君子之德風，小人之德草。草上之風必偃。

劉向《説苑》載泄冶之言曰：夫上之化下，猶風靡草。東風則草靡而西，西風則草靡而東。在風所由，而草爲之靡。

泄冶言三十有二言，而意方顯。《論語》减泄冶之言半，而意亦顯。《書》减《論語》九言，而意愈顯。

《書》曰：能自得師者王，謂人莫己若者亡。

劉向《説苑》載楚莊王之言曰：其君賢者也，而又有師者，王；其君下君也，而群臣又莫若君者，亡。

故曰：是簡之難者也。語簡不如是，何以别經傳之文？

《檀弓》之載事，言簡而不疏，旨深而不晦。雖《左氏》之富艷，敢奮飛于前乎？略舉二事：

申生爲驪姬所譖，或令辨之。

《檀弓》曰：「子盍言子之志於公乎？」世子曰：「不可。君安驪姬，是我傷公之心也。」

《左傳》曰：或謂太子：「子辭，君必辨焉。」太子曰：「君非姬氏，居不安，食不飽。我辭，姬必有罪。君老矣，吾又不樂。」

《穀梁傳》曰：世子之傅里克謂世子曰：「入自明。入自明則可以生，不入自明則不可以生。」世子曰：「吾君已老矣，已昏矣。吾若此而入自明，則驪姬死。驪姬死，則吾君不安。」

《穀梁》不及《左氏》，《左氏》不及《檀弓》。

智悼子未葬，晋平公飲以樂。杜蕢謂大臣之喪重於疾日不樂。《檀弓》曰：子、卯不樂，知悼子在堂，斯其爲子、卯也大矣！《左氏》曰：辰在子、卯，謂之疾日。君徹宴樂，學人舍業，〔一〕爲疾故也。君之卿佐，是謂股肱。股肱或虧，何痛如之？

考此，則《檀弓》爲優。

《儀禮》，周家之制也。事涉威儀，文苦而難讀。《鄉黨》，孔門之記也。言關訓則，文婉而易觀。今略摘《儀禮》之文，證以《鄉黨》，昭然辨矣。

執圭入門，鞠躬焉，如恐失之。

《鄉黨》曰：執圭，鞠躬如也，如不勝。

〔一〕學，原作「人」，據《左傳·昭公九年》改。

下階，發氣怡焉，再三舉足，又趨。

《鄉黨》曰：出，降一等，逞顔色，怡怡如也。没階，趨進，翼如也。

及享，發氣焉盈容。

《鄉黨》曰：享禮有容色。

賓出，公再拜送，賓不顧。

《鄉黨》曰：賓退，必復命曰：「賓不顧矣。」

若君賜之食，君祭先飯。

《鄉黨》曰：侍食於君，君祭先飯。

夫《論語》《家語》，皆夫子與當時公卿大夫及群弟子答問之文。然《家語》頗有浮辭衍説，蓋出於群弟子共相叙述，加之潤色，其才或有優劣，故使然也。若《論語》雖亦出於群弟子所記，疑若已經聖人之手，今略考焉。

子曰：爲命，裨諶草創之，世叔討論之，行人子羽修飾之，東里子産潤色之。

《左氏傳》曰：裨諶能謀，謀於野則獲，謀於邑則否。鄭國將有諸侯之事，子産乃問四國之爲於子羽，且使多爲辭令。與裨諶乘以適野，使謀可否。而告馮簡子，使斷之。事成，乃授子大叔使行之，以應對賓客。

質之《左氏》，則《論語》簡而整。

子曰：孟之反不伐，奔而殿。將入門，策其馬曰：「非敢後也，馬不進也。」

《左氏傳》曰：孟之反，後入以爲殿。抽矢策其馬曰：「馬不進也。」

南容三復白圭。

司馬遷曰：三復白圭之玷。

遷之辭雖備，而其意竭矣。

在邦必達，在家必達。

司馬遷曰：在邦及家必達。

遷之辭雖約，而其意疏矣。

載事之文有上下同曰之法，謂其事斷可書，其人斷可美也。

《論語》曰：子曰：「禹，吾無間然矣。菲飲食而致孝乎鬼神云云。禹，吾無間然矣。」

又曰：賢哉回也！一簞食，一瓢飲云云。賢哉回也！

《文王世子》篇曰：文王之爲世子也，朝於王季日三云云。文王之爲世子也。

又曰：昔者周公攝政，踐阼而治。抗世子法於伯禽，所以善成王也云云。周公踐阼。

《公羊傳》曰：孔父可謂義形於色矣。其義形於色奈何？督將弑殤公，孔父生而存，則殤公不可得而弑也云云。孔父可謂義形於色矣。

又曰：仇牧可謂不畏彊禦矣。其不畏彊禦奈何？萬嘗與莊公戰，獲乎莊云云。仇牧可謂不畏彊禦矣。

又曰：荀息可謂不食其言矣。

數音所人行事，其體有三。

或先總而後數之。

《論語》曰：子謂子産有君子之道四焉。其行己也恭，其事上也敬，其養民也惠，其使民也義。

或先數之而後總之。

《左傳》曰：子産數鄭公孫黑曰：「爾有亂心無厭，國不女堪。專伐伯有，而罪一也；昆弟争室，而罪二也；薰隧之盟，〔一〕女矯君位，而罪三也。有死罪三，〔二〕

〔一〕薰，原作「董」，據《左傳·昭公二年》改。
〔二〕有死罪三，原作「有四罪」，據《左傳·昭公二年》改。

何以堪？

或先既總之，而後復總之。

《左傳》曰：孔子言：「臧文仲其不仁者三，不知者三。下展禽，廢六關，妾織蒲，三不仁也；作虛器，縱逆祀，祀爰居，三不知也。」

載事之文，有先事而斷以起事也，有後事而斷以盡事也。

《中庸》欲言舜好問而好察邇言，亦先曰「舜其大智也歟？」《孟子》欲言梁惠王以其所不愛及其所愛，亦先曰「不仁哉梁惠王也」。

《左氏傳》欲載晋靈公厚斂雕墻，必先言晋靈公不君。

《公羊傳》欲載楚靈王作乾谿臺，必先言靈王爲無道。

若此流，皆先斷以起事也。

《左氏傳》載晋文公教民而用，卒言之曰「一戰而霸，文之教也」。又載晋悼公賜魏絳和戎樂，卒言之曰「魏絳於是乎始有金石之樂，〔一〕禮也」。

若此流，皆後斷以盡事也。

〔一〕始，原作「如」，據《左傳·襄公十一年》改。

載言之文，有不避重複。

《穀梁傳》載麗姬故謂君曰：「吾夜者夢夫人趨而來，曰：『吾苦畏，胡不使大夫將衛士而衛冢乎？』」〔一〕故君謂世子曰：「麗姬夢夫人趨而來，曰：『吾苦畏，女其將衛士而往衛冢乎？』」

此不避重複一也。

《家語》載魯公索氏將祭而忘其牲，孔子聞之曰：「公索氏不及二年而必亡。」後一年而亡。門人問曰：「昔公索氏將祭而忘其牲，而夫子曰：『不及二年必亡。』今過期而亡。」

此不避重複二也。

《公羊傳》載陽處父諫曰：「射姑，民衆不悦，不可使將。」於是廢將。射姑入，君謂射姑曰：「陽處父言曰：『射姑，民衆不悦，不可使將。』」

此不避重複三也。

《檀弓》載子游曰：「昔者夫子居於宋，見桓司馬自爲石椁，三年不成。夫子

〔一〕冢，原作「家」，據《穀梁傳·僖公十年》改。

曰：『若是其靡也，死不如速朽之愈也。』死之欲速朽，爲桓司馬言之也云云。」曾子以子游之言告於有子。

然《檀弓》但云以子游之言，蓋避言複也。

《左氏傳》載晋師歸，郤伯見，公曰：「子之力也夫！」范叔見，勞之如郤伯。樂伯見，公亦如之。

夫三述晋侯之語固未爲害，而《左氏》兩變其文，蓋避重複也。

載言之文，又有答問。若止及一事，文固不難。至於數端，文實未易。所問不言問，所對不言對。言雖簡略，意實周贍。讀之續如貫珠，應如答響。若《左氏傳》載楚望晋軍問伯犁，蓋得此也。至於問則屢稱「何也」，答則屢稱「對曰」，其文與意有異《左氏》。若《樂記》載賓牟賈與孔子言樂，皆拘此也。二文具載，則可考矣。

《左傳》曰：王曰：「騁而左右，何也？」曰：「召軍吏也。」「皆聚於中軍矣。」曰：「合謀也。」「張幕矣。」曰：「虔卜於先君也。」「徹幕矣。」曰：「將發命也。」「甚囂，且塵上矣。」曰：「將塞井夷竈而爲行也。」「皆乘矣，左右執兵而下矣。」曰：「聽誓也。」「戰乎？」曰：「未可知也。」「乘而左右皆下矣。」曰：「戰禱也。」

《樂記》曰：「夫《武》之備戒之已久，何也？」對曰：「病不得其衆也。」〔一〕「咏嘆之，淫液之，何也？」對曰：「恐不逮事也。」「發揚蹈厲之已蚤，何也？」對曰：「及時事也。」「《武》坐，致右憲左，何也？」對曰：「非《武》坐也。」「聲淫及商，何也？」對曰：「非《武》音也。」子曰：「若非《武》音，則何音也？」對曰：「有司失其傳也。」

孟子曰：「許子必種粟而後食乎？」曰：「然。」「許子必織布而後衣乎？」曰：「否。許子衣褐。」「許子冠乎？」曰：「冠。」曰：「奚冠？」曰：「冠素。」曰：「自織之與？」曰：「否。以粟易之。」曰：「許子奚爲不自織？」曰：「害於耕。」曰：「許子以釜甑爨，以鐵耕乎？」曰：「然。」「自爲之與？」曰：「否。以粟易之。」

此文但存一「許子」，以下「許子」字皆可除。信乎答問之文爲難也。

《步里客談》：林文節公言《孟子》「以釜甑爨，以鐵耕乎」，他人書此，不知其幾百言也。黃端冕纓云「輕暖不足於體」，亦不減此。

文有目人之體，有列氏之體。

〔一〕衆，原作「象」，據《禮記·樂記》改。

《論語》曰：德行，顔淵、閔子騫、冉伯牛、仲弓；言語，宰我、子貢；政事，冉有、季路；文學，子游、子夏。

此目人之體也。而揚雄、班固得之。

揚子《法言》曰：美行，園公、綺里季、夏黄公、角里先生；言辭，婁敬、陸賈；執正，王陵、申屠嘉；折節，周昌、汲黯；守儒，袁固、申公；灾異，董相、夏侯勝、京房。

班固作《公孫弘傳·贊》曰：儒雅則公孫弘、董仲舒、倪寬；篤行則石建、石慶；質直則汲黯、卜式；推賢則韓安國、鄭當時云云。

《左氏傳》曰：殷民六族，〔一〕條氏、徐氏、蕭氏、索氏、長勺氏、尾勺氏。〔二〕

此列氏之體也。而莊周、司馬遷得之。

《莊子》曰：子獨不知至德之世乎？昔者容成氏、大庭氏、伯皇氏、中央氏、栗陸氏、驪畜氏云云。

司馬遷作《夏本紀·贊》曰：其後分封，用國爲姓。故有夏后氏、有扈氏、有

〔一〕民，原作「氏」，據《左傳·定公四年》改。

〔二〕勺，原作「句」，據《左傳·定公四年》改。

男氏、斟尋氏、彤城氏、〔一〕褒氏云云。

叙事十一法

正叙　叙事得文質詳略之中。
總叙　總事之繁者略言之。
間叙　以叙事爲經，而緯以他辭，相間成文。
引叙　首篇或篇中，因叙事以引起他辭。
鋪叙　詳折事語，極意鋪陳。
略叙　語簡事略，備見首尾。
列叙　排列事物，因而備陳之。
直叙　依事直叙，不施曲折。
婉叙　設辭深婉，事寓於情理之中。
平叙　在直婉之間。

〔一〕彤，原作「船」，據《史記·夏本紀》改。

意叙　略睹事迹，度其必然，以意叙之。

議論

山谷云：議論文字須以《周禮》《禮記》及《新序》《説苑》之類、董仲舒、劉向爲主，皆當貫穿熟考。

《孟子》「百里奚自鬻於秦」一章，與韓退之論「思元賓而不見，見元賓之所與者，猶吾元賓也」，及曾子固《答李沿書》，最見抑揚反覆處。如此類宜詳讀。《呂氏童蒙訓》

《張横浦日新》云：人言歐公《五代史》其間議論多感嘆，又多設疑。蓋感嘆則動人，設疑則意廣。此作文之法也。

容齋曰：作議論文字，須考引事實無差忒，乃可傳信後世。東坡作《二疏贊》云：「孝宣中興，以法馭人。殺蓋、韓、楊，蓋三良臣。先生憐之，振袂脱屣。使知區區，不足驕士。」其立意超卓如此。然以其時考之，元康三年，二疏去位。後二年，蓋寬饒誅。又三年，韓延壽誅。又三年，楊惲誅。方二疏去位時，三人無恙。

疊山曰：東坡作史評，必有一段萬世不可磨滅之理。使吾身生其人之時，居其人之位，遇其人之事，當如何處置。凡議論好事，須要一段反説；凡議論一段不好事，須

要一段好説。文勢亦圓活，義理亦精微，意味亦悠長。《辨體》

魯齋許氏曰：凡立論，必求事之所在，理果如何。不當馳騁文筆，如程試文字揑合抑揚。且如論性説孟子，繳得荀子道性惡，又繳得揚子道善惡混，又繳出性分三等之説，如此等文字皆文士馳騁筆端，如策士説客，不求真是，只要以利害惑人。若果真見是非之所在，只當主張孟子，不當説許多相繳之語。《性理》

一篇之内，或首尾之際，立爲議論，以明剖析斷決之機。有單頭體者，亦議論法也。《一貫》

議論七法

正論　依正理而論之。

切論　切本事而論之。

廣論　備推題理悉論。

玄論　詣極超玄之論。〔一〕

〔一〕超，原作「起」，據《文筌》改。

難論　辨言相難而論。
比論　二事相比而論。
譬論　引事物以喻理。〔一〕

取喻

譬喻忌稠疊，每用當以正意隔之。

又有逐段設譬喻者。今變其法，上下錯綜不拘。謝疊山曰：「韓文公《送石處士序》云：『與之語道理，辨古今事當否，論人高下，事後當成敗，〔二〕若河决下流而東注，若駟馬駕輕車就熟路，而王良造父爲之先後也。』此一章譬喻，文法最奇。韓文公作文千變萬化，不可摸捉，如雷電鬼神，使人不可測。其作《韋侍講盛山十二詩序》云：『夫儒者之於患難，苟非其自取之，其拒而不受於懷也，若築河堤以障屋霤；其容而消之

〔一〕理，原作「論」，據《文筌》改。
〔二〕後，據《昌黎先生文集》卷二十一《送石處士序》補。

也，若水之於海，冰之於夏日；其玩而忘之以文辭也，若奏金石以破蟋蟀之鳴、蟲飛之聲，況一不快於考功、盛山，一出入息之間哉？』此段分明是《送石處士序》譬喻文法，恐人識破，便變化三樣句法，[一]分作三段。此公平生以怪怪奇奇自負，其作文要使人不可測識。如陳後山《送參寥序》云：『其議古今張弛、人情貌肖否、言之從違、詩之精粗，若水赴壑，阪走丸，倒囊出物，鷙鳥舉而風迫之也。若升高視下，爬癢而鑒貌也。』此一段文亦新奇不蹈襲，只是被人看破，全是韓文公《送石處士序》文。」

《易》之有象以盡其意，《詩》之有比以達其情，文之作也，可無喻乎？博采經傳，約而論之，取喻之法，大概有十，略條于後。

直喻　或言若，或言如，或言猶，或言似，灼然可見。

《書》曰：若朽索之馭六馬。

《論語》曰：譬如北辰。

《孟子》曰：猶緣木而求魚也。

[一] 便，原作「使」，據《文章軌範》卷一改。

《莊子》曰：凄然似秋。〔一〕

此類是也。

虚喻　既不指物，亦不指事。

《論語》曰：其言似不足者。

《老子》曰：飂兮似無所止。

此類是也。

隱喻　其文雖晦，義則可尋。

《禮記》曰：諸侯不下漁色。謂國君内取國中，象捕魚然，中網取之，是無所擇。

《國語》曰：没平公，軍無秕政。秕，穀之不成者，以喻政。

又曰：雖蝎譖，〔二〕焉避之？蝎，木蟲。譖從中起，如蝎食木，木不能避也。

《左氏傳》曰：是豢吴也夫！〔三〕若人養犧牲。

〔一〕似，原作「以」，據《莊子·大宗師》改。

〔二〕譖，原作「讃」，據《國語·晋語》改。

〔三〕是，原作「始」；吴，原作「其」，據《左傳·哀公十一年》改。

《公羊傳》曰：其諸爲其雙雙而俱至者與？言齊高固及子叔姬來，其雙行匹至似獸。《山海經》有獸名雙雙。

此類是也。

詰喻　雖爲喻文，似成詰難。

《論語》曰：虎兕出於柙，龜玉毁於櫝中，是誰之過歟？

《左氏傳》曰：人之有墻，以蔽惡也。墻之隙壞，誰之咎也？

此類是也。

對喻　先比後證，上下相符。

《莊子》曰：魚相忘乎江湖，人相忘乎道術。

《荀子》曰：流丸止於甌臾，流言止於智者。

此類是也。

類喻　取其一類，以次喻之。

《書》曰：「王省惟歲，卿士惟月，師尹惟日。」歲、月、日，一類也。賈誼《新書》曰：「天子如堂，群臣如陛，衆庶如地。」堂、陛、地，一類也。

此類是也。

簡喻　其文雖略，其意甚明。

《左氏傳》曰：名，德之輿也。

揚子曰：仁，宅也。

此類是也。

博喻　取以爲喻，不一而足。

《書》曰：若金，用汝作礪；若濟巨川，用汝作舟楫；若歲大旱，用汝作霖雨。

《荀子》曰：猶以指測河也，猶以戈舂黍也，猶以錐飡壺也。

此類是也。

詳喻　須假多辭，然後義顯。

《荀子》曰：夫耀蟬者，務在其明乎火、振其樹而已。火不明，雖振其樹無益也。今人主有能明其德，則天下歸之，若蟬之歸明火也。

此類是也。

引喻　援取前言，以證其事。

《禮記》曰：蛾子時術之，其此之謂乎？

《左氏傳》曰：諺所謂庇焉而縱尋斧焉者也。

此類是也。

用事

凡用事，但可用其事意，而以新意融入吾文。三語以上，不可全寫。作文之法，經句不全四，史句不全三。不用古人句，只用古人意。若用古人語，不用古人句，能造古人所不到處。至於使事而不爲事使，或似使事而不使事，或似不使事而使事，皆是使他事來影帶出題意，非直使本事也。陳同父《作文法》

文章不使事最難，使事多亦最難。不使事難於立意，使事多難於遣辭。能立意者未必能造語，能辭者未必得免俗。大抵爲文者多，知難者少。《捫虱雜話》《辨體》

天下書雖不可不讀，然謹不可有意於用事。《却掃編》《玉屑》

牧之《阿房宫賦》善於用事。凡作文之法，經可證史，史不可證經。前代史可證後代史，後代不可以證前代。如《阿房賦》所用事不出於秦時，只「烟斜霧横，焚椒蘭也」兩句，尤不可及。六經只以椒蘭爲香，如「有椒其馨」「其臭如蘭」「蘭有國香」是也。《楚辭》亦只以椒蘭爲香，如「椒漿蘭膏」是也。「沉檀」「龍麝」等字，皆出於漢西京以後，詞人方引用。至唐人詩文，則盛引「沉檀」「龍麝」爲香而不及椒蘭矣。牧此賦獨引用椒蘭，是不以秦時所無之物爲香也。只如近世文人作《漢宮詞》《婕好怨》《明妃曲》，而引用梅妝、蓮步字，尤爲可笑。此皆齊末以後事，漢時寧見此而效之耶？劉觀堂所謂不善用事，爲事所使，殆謂此也。《學齋佔畢》《百川學海》

陸宣公文字不用事，而語句鏗鏘，法度嚴整，議論切當，事情明白，得臣告君之體。黄魯直句句要用事，此其所以不能長江大河也。

有逐段引證者，如東坡《祭韓魏公文》之類是也。今變其法，或上或下，或錯綜，皆不拘。

《詩》《書》而降，傳記籍籍，援引之言，不可具載。且左氏采諸國之事以爲經傳，戴氏集諸儒之篇以成禮志。〔一〕援引《詩》《書》，莫不有法。推而論之，蓋有二端。一以斷行事，二以證立言。二者又各分三體，略條于後。

凡伯刺厲之詩，而曰「先民有言」。

《板》三章曰：先民有言，詢于蒭蕘。鄭康成云：此古賢者有言也。

〔一〕戴，原作「載」，據《文則》改。

吉甫美宣之詩，而曰「人亦有言」。《烝民》五章曰：人亦有言，柔則茹之，剛則吐之。此亦謂前人有言如此。

胤侯之征，乃舉政典。政典曰：先時者殺無赦，不及時者殺無赦。孔安國云：政典，夏后爲政之典籍。

《盤庚》之誥，亦載遲任。《盤庚》曰：遲任有言曰：「人惟求舊，器非求舊，惟新。」孔安國云：遲任，古賢人。

或稱古人言。《泰誓》曰：古人有言曰：「撫我則后，虐我則讎。」此類是也。

或稱我聞曰。《康誥》曰：我聞曰：「怨不在大，亦不在小。」此類是也。

或稱諺有之曰。《大學》曰：諺有之曰：「人莫知其子之惡，莫知其苗之碩。」

是皆有所援引也。《左氏傳》載：《詩》曰：「自詒伊慼。」其子臧之謂矣！

此獨引《詩》以斷之，是一體也。此體多矣。

《左氏傳》載：《詩》曰「于以采蘩，于沼于沚。于以用之，公侯之事」，秦穆有焉；「夙夜匪解，以事一人」，孟明有焉；「貽厥孫謀，以燕翼子」，子桑有焉。

此各引《詩》以合斷之，是二體也。

《表記》載：《詩》曰：「莫莫葛藟，施于條枚。豈弟君子，求福不回。」其舜禹文王周公之謂與？

此又一《詩》，總斷之體也。

《國語》載：《詩》曰「其類維何？室家之壺。君子萬年，永錫祚胤」也者，子孫蕃育之謂也。單子朝夕不忘成王之德，可謂不忝前哲矣。膺保明德，以佐王室，可謂廣裕民人矣。若能類善物以混厚民人者，必有章譽蕃育之祚，則單子必當之矣。

此既引《詩》文，又釋其義以斷之，是三體也。

《大學》載：《康誥》曰：「克明明德。」《太甲》曰：「顧諟天之明命。」《帝典》曰：「克明峻德。」湯之《盤銘》曰：「茍日新，日日新，又日新。」《康誥》曰：「作新民。」《詩》曰：「周雖舊邦，其命維新。」是故君子無所不用其極。

此則采總群言以盡其義，是一體。

《緇衣》曰：好賢如《緇衣》，惡惡如《巷伯》。則爵不瀆而民作愿，刑不試而民咸服。《大雅》曰：儀刑文王，萬邦作孚。

此則言終引證，是二體也。《孝經》諸篇，悉用此體。

《左氏傳》曰：《周書》所謂「庸庸祗祗」者，謂此物也夫？

又曰：《太誓》所謂「商兆民離，周十人同」者，衆也。

此乃斷折本文以成其言，是三體也。

夫取《詩》即云《詩》，取《書》即云《書》，蓋常體也。

以《康誥》爲先王之令。〔一〕

《國語》稱先王之令曰：「天道賞善而罰淫。故凡我造國，無從非彝。」此皆《湯誥》文。

以《周書》爲西方之書。

《國語》稱西方之書，蓋《逸周書》。韋昭云：《詩》言「西方之人兮」，則西方謂周也。

〔一〕按，據下文文意，「康」當作「湯」。

以「咸有一德」爲尹告。

《禮記》稱尹告曰：「惟尹躬暨湯，咸有一德。」康成云：尹告伊尹之誥。

以《大禹謨》爲《道經》。

《荀子》稱《道經》曰：「人心惟危，道心惟微。」楊倞云：此在《虞書》，曰「道經」者，言有道之經也。

不曰「仲虺之誥」，而曰「仲虺之志」。

《左氏傳》曰：仲虺之志云：「亂者取之，亡者侮之。」

不曰「五子之歌」，而曰「夏訓有之」。

《左氏傳》曰：夏訓有之，有窮后羿。

直言《鄭詩》《曹詩》。

《國語》稱《鄭詩》曰：「仲可懷也。」又稱《曹詩》曰：「彼其之子，不遂其媾。」

止稱汋曰武曰。

《左氏傳》：汋曰：「於鑠王師。」武曰：「無競惟烈。」

或稱芮良夫。

《左氏傳》曰：周芮良夫之詩曰：「大風有隧，貪人敗類。」

或稱周文公。

《國語》周文公之頌曰：載戢干戈，載櫜弓矢。

指《那頌》卒章爲亂辭。

《國語》曰：其輯之亂曰：「自古在昔，先民有作。」韋昭云：「凡作篇章，義既成，撮其大要以爲亂辭。」

摘《小宛》首章爲篇目。

《國語》曰：「秦伯賦《鳩飛》。」韋昭云：「《小宛》之首章『宛彼鳴鳩，翰飛戾天』是也。」

數章之末章，既謂之卒章。

《左氏傳》曰：「賦《緑衣》之卒章。」此類是也。

一章之末句，亦謂之卒章。

《左氏傳》曰：作《武》，其卒章曰「耆定爾功」。

凡此似亦略施雕琢，少變雷同。作者考焉，毋誚無補。

《左氏傳》載諸國燕饗賦《詩》之事，但云賦某詩，或云賦某詩之卒章，皆不載詩文而意自具。其曰賦《棠棣》之七章以卒，則知賦七章以卒，盡八章也。其曰在

《揚水》卒章之四言矣，則知取「我聞有命」也。《左氏》於此等文最爲得體。

用事十六法

正用　故事與題事正同者也。

反用　故事與題事正相反也。

借用　故事與題事絶不類，以一端相近而借用之。

假用　故事不盡如此，因取其根，别生枝葉。

活用　借故事於語中，以順道今事。

設用　以古之人物而設言今事。

評用　引故事因而評論之。

歷用　歷用故事，排比先後。

列用　廣用故事，鋪陳整齊。

行用　以一事衍爲一節而用之。

暗用藏用　用故事之語意，而不顯其名迹，此善用事者也。用事而不顯其名，使人思而自得之。

對用　經題用經事，子題用子事，史題用史事，漢題用漢事，三國題用三國事，韓柳題用韓柳事，佛老題用佛老事，此正法也。

援用　子史百家題用經事，三國題用周漢事，此援前證後，亦一法也。

比用　《莊子》題用《列子》事，《前漢》題用《後漢》事，柳文題用韓文事，亦正用之變也。

倒用　經題用子史，漢題用三國，此有大筆力者能之，非正法也。

泛用　於正題中乃用稗官小説俗諺，戲以異端鄙事爲證，非大筆力不可，變之又變也。

形容

雜叙事猶易，若摸寫山川形勢曲折，則已爲難。若至於論次郊廟禮儀、登降曲折，此又難中之難。學者苟不致意於此，終不能盡文章妙處。《緯文瑣語》

吕居仁曰：文章之妙在叙事狀物。《左氏》列國戰伐次第，叙事之妙。至於《禮記·曲禮》委曲教人，《論語·鄉黨》記孔子言動，可謂至深厚。學者作文若不本於此，未見其大過人也。

《禮記·喪禮》論悲哀之狀，與醫經論脉之狀，形容物理，摸寫狀貌，纖悉盡矣。《精義》《一貫》

茅坤曰：今人讀《游俠傳》即欲輕生，讀《屈原賈誼傳》即欲流涕，讀《莊周》《魯仲連傳》即欲遺世，讀《李廣傳》即欲立鬥，讀《石建傳》即欲俯躬，讀《信陵》《平原君傳》即欲養士。若此者何哉？蓋得其物之情，而肆於心故也，而固非區區句字之激射者也。《合併文宗》

體物七法

實體惟天文題以聲色字爲實體。

體物之實形，如人之眉目手足、木之花葉根實、鳥獸之羽毛骨角、宫室之門墻棟柱是也。

虚體

體物之虚象，如心意聲色、長短動静之類是也。心意聲色爲死虚體，長短高下爲半虚體，動静飛走爲活虚體。

象　體

以物之象貌，形容其精微而難狀者。縹爛、焕乎、浩然、皇矣、赫兮、巍哉、翼如也、申申如也、峨峨、巍巍、崔嵬之類，皆是也。有碎象體、扇象體、排象體，變化而用之。

比　體

設比似體物，如賦雲言羽旗，賦雪言璧玉是也。

量　體

量物之上下、四方、遠近、久暫、大小、長短、多寡之則而體之。其體有量本，有量枝、量連、量形、量態、量時、量方。其法有數量、排量、總量。

連體

體物之相連及者。有近連，如賦人言衣冠宫室，賦馬言鞍轡厩輿之類是也。有遠連，如賦人言風雲，賦馬言舟海之類是也。

影體

不着本物，泛覽旁觀，而本物宛見於言外。

含蓄

東坡曰：意盡而言止者，天下之至言也。然而言止而意不盡，尤爲極至。如《禮記》《左傳》可見。《童蒙訓》

文之作也，以載事爲難。事之載也，以蓄意爲工。《左氏傳》載晋敗於邲，先濟者賞之事，但云「中軍下軍争舟，舟中之指可掬」，則攀舟亂刀斷指之意自蓄其中。《文則》又載楚師寒拊勉之事，但云「三軍之士皆如

挾纊」，則軍情愉悦之意自蓄其中。同上

《公羊傳》載秦敗於殽之事，但云「匹馬隻輪無反者」，則要擊之意自蓄其中。〔一〕《公羊傳》載齊使人迓郤克、臧孫之事，則曰「客或跛或眇，齊使跛者迓跛者，眇者迓眇者」。

《孟子》載天下歸舜之事，則曰「天下諸侯朝覲者，不之堯之子而之舜；訟獄者，不之堯之子而之舜；謳歌者，不謳歌堯之子而謳歌舜」。凡此，則意隨語竭，不容致思。

詩人《庭燎》之咏，文雖美之，意則箴之。張老「輪奂」之辭，文雖頌之，意則譏之。晉獻文子成室，張老曰：「美哉輪焉，美哉奂焉！歌於斯，哭於斯，聚國族於斯。」

自漢以來，靡麗之賦勸百諷一，烏足知此？《文則》

朱子曰：東坡文説得透，南豐亦説得透。如人會相論底，一齊指摘説盡了。歐公不説盡，含蓄無盡，意又好。《性理》

朱子曰：凡人做文字，不可太長照管不到，寧可説不盡。歐蘇文皆説不曾盡，東

〔一〕擊，原作「繫」，據《文則》卷上改。

坡雖是宏闊闌翻，成大片衮將去，他裏面自有法。今人不見得他裏面藏得法，但只管學他一衮做將去。《性理》

開合 闔闢　關鎖　操縱　抑揚

欲抑則先揚，欲揚則先抑。愚曰：不特此也，凡操縱、開闔之類皆可施之。歐陽起鳴

東萊云：《獲麟解》字少意多，文字立節，所以甚佳。其抑揚開合只在「祥」字。

吕云：韓公《師説》「聖益聖，愚益愚」結得主意盡，關鎖使《袁盎傳》意，换骨法。

朱子曰：張子韶文字，沛然猶有氣，開口見心，索性説出，使人皆知。近來文字開了又闔，闔了又開，開闔七八番，到結末處又不説，只恁地休了。《性理》

起伏

《莊子》「無爲名尸」之一段，希逸曰：「『若鏡』數句，分明是解上面一『虚』字。文勢起伏，豈不奇哉？平淡之中自有神巧，此等文字也。」陸西星曰：「此段於長行中突

起峰頭，而過脉不斷，看他文字起伏之妙。」

響應 照應

新安陳氏曰：揭大指於前，而分開照應於後，此《孟子》諸章例也。

爲文要如常山蛇勢。《捫虱詩話》○孫曰：卒然者常山之蛇也，擊其首則尾至，擊其尾則首至，擊其中則首尾俱至。

洪曰：韓公《師説》文字如常山之蛇，救首救尾，段段有力，學者宜熟讀。

柳子《送薛存義序》至結句用「賞以酒肉而重之以辭」，亦與發端數語相應，學者宜玩味之。

朱子曰：東坡之《歐陽公文集叙》只恁地文意儘好，但要説道理，便看不得。首尾皆不相應，起頭甚麽様大，末後却説詩賦似李白，論事似司馬遷。《性理》

錯綜 貫穿

文字須要數行齊整處，數行不齊整處，齊整中不齊整，不齊整中齊整。意對處文

却不必對，意不必對處文却着對。《文説》《精義》《辨體》《一貫》

作文之法，一篇之中有數行齊整處，數行不齊整處。或緩或急，或顯或晦。間用之，使人不知其爲緩急顯晦。雖然，常使經緯相通，有一脉過接乎其間然後可。蓋有形者綱目，無形者血脉也。《文説》

韓公《送東野序》金石草木各是一句，而水在中間，却分出四句。此是不整齊中整齊錯綜妙處。

鼓舞

希逸曰：《莊子》所謂「昭文之子又傳文之緒業，亦終其身」，上言「惠子」，下句又以「昭文之子」結，此是筆端鼓舞處。

頓挫

翁正春云：李陵《答蘇武書》曰「命也如何」、曰「傷已」、曰「又自悲矣」，頓挫有法。

林希元曰：班固《燕然山銘》文法頓挫，氣雄勢壯。漢武雄豪之氣溢於言外，可謂能黼黻皇猷者矣。

繁簡

文有以繁爲貴者，有以簡爲貴者。

《檀弓》石祈子「沐浴佩玉」，《莊子》大塊噫氣用「者」字，韓子《送孟東野序》用「鳴」字，《上宰相書》「至今稱周公之德」，其下又有「不衰」二字。

凡此類，則以繁爲貴。

《舜典》「至于中岳，如岱禮」「西岳，如初」，《史記》「事在某人傳」。

凡此類則又以簡爲貴也。

但繁而不厭其多，簡而不遺其意，乃爲善矣。《文則》

羅大經云：洪容齋曰：「文貴於達而已，繁與簡各有當也。」《檀弓》：石駘仲卒，有庶子六人，卜所以爲後者。曰沐浴佩玉則兆。五人者皆沐浴佩玉。石祁子曰：「孰有執親之喪而沐浴佩玉者乎？」不沐浴佩玉。石祁子兆。衛人以龜爲有知也。

蓋連用四「沐浴佩玉」字，使今之爲文者，必曰：「沐浴佩玉則兆，五人者如之。石祁子獨不可，曰：『孰執親之喪而若此者乎？』」似亦足以當其事，〔一〕省其詞，然古意衰矣。

《史記·衛青傳》：校尉李朔、校尉趙不虞、校尉公孫戎奴各三從大將軍獲王。〔二〕以千三百户封朔爲涉軹侯，以千三百户封不虞爲隨成侯，以千三百户封戎奴爲從平侯。

《漢書》乃省其詞曰：校尉李朔、趙不虞、公孫戎奴各三從大將軍。封朔爲涉

〔一〕亦，原作「一」，據《鶴林玉露》卷三改。

〔二〕獲王，據《史記·衛青傳》補。

軹侯，不虞爲隨成侯，戎奴爲從平侯。

比《史記》五十八字中省二十三字，然終不若《史記》樸贍可喜。

余謂詩亦有如此者。

古《采蓮曲》云：魚戲荷葉東，魚戲荷葉西。

杜子美《杜鵑行》云：西川有杜鵑，東川無杜鵑。涪萬無杜鵑，雲安有杜鵑。

若以省文之法論之，似可裁減。然只如此說，亦樸贍有古意。

事以簡爲上，言以簡爲當。言以載事，文以著言，則文貴其簡也。文簡而理周，斯得其簡也。讀之疑有闕焉，非簡也，疏。

《春秋》曰：隕石于宋五。

《公羊傳》曰：聞其磌然，[一]視之則石，察之則五。

《公羊》之義，經以五字盡之，是簡之難者也。

《書》曰：爾惟風，下民惟草。

《論語》曰：君子之德風，小人之德草。草上之風必偃。

[一] 磌，原作「碩」，據《公羊傳·僖公十六年》改。

劉向《説苑》載泄冶之言曰：夫上之化下，猶風靡草。東風則草靡而西，西風則草靡而東。在風所由，而草爲之靡。

泄冶言三十有二言而意方顯，《論語》减泄冶之言半而意亦顯，《書》减《論語》九言而意愈顯。

《書》曰：能自得師者王，謂人莫己若者亡。

劉向《説苑》載楚莊王之言曰：其君賢者也，而又有師者，王；其君下君也，而群臣又莫若君者，亡。

故曰是簡之難者也。語意煩簡不如是，何以别經傳之文？

朱子曰：「後山煞有好文字，如《黄樓銘》《館職策》皆好。」廣問：「後山是宗南豐文否？」朱子曰：「他自説曾見南豐于襄漢間。後見一文字，説南豐過荆襄，後山携所作以謁之。南豐一見愛之，因留款語。適欲作一文字，事多，因托後山爲之，且授以意。後山文思亦澀，窮日之力方成，僅數百言。明日以呈南豐，南豐云：『大略也好，只是冗字多，不知可爲略删動否？』後山因請改竄。但見南豐就坐，取筆抹數處，每抹處連一兩行，便以授後山。凡削去一二百字。後山讀之，則其意尤完。因嘆服，遂以爲法。所以後山文字簡潔如此。」《性理》

伸縮

《莊子》：「淵有九名，此處三焉。」希逸曰：「《列子》九淵之名皆全，洪野處謂《列子》勝《莊子》，恐未爲的論。若此九淵皆説盡，則不得爲奇文矣。可盡不盡，正是《莊子》之奇處。精論文者方知之。此章本有四節，就此説淵九名一項却入第四節，文章伸縮之法也。」

陳新

文章必自名家，然後可傳不朽。若體規畫圓、準矩作方，終爲人之臣僕。古人譏屋下架屋，信然。陸機曰：「謝朝花於已披，啓夕秀於未振。」韓愈曰：「惟陳言之務去。」此乃爲文之要。《宋子京筆記》

知求去陳腐，而翻爲怪怪奇奇不可致詰之語以欺人，不獨欺人而且自欺，誠學者之大病也。《文則》

題常則意新，〔一〕意常則語新。又云：意深而不晦，句新而不怪，筆健而不粗，語新而不常。《麗澤文説》

唐徐彦伯爲文多求新奇，以鳳閣爲鵷閣，龍門爲虬户，金谷爲銑溪，玉山爲瓊嶽，以芻狗爲卉犬，以竹馬爲篠驂，後進效謂之澀體。《朝野僉載》

宋景文公修《唐史》，好以艱深之辭文淺易之説，歐公思有以諷之。一日大書其壁曰：「宵寐匪貞，札闥洪休。」宋見之曰：「非『夜夢不祥，題門大吉』耶？何必求異如此？」歐公曰：「《李靖傳》云『震雷無暇掩聰』，〔二〕亦是類也。」宋公慚而退。今所謂「震霆不及掩耳」者，係再改。《事文類聚》

朱子曰：前輩用言語，古人有説底固是好，如世俗常説底亦用。後來人都要别撰一般新奇言語，下梢與文章都差異了。《性理》

朱子曰：諸公文章馳騁好異。止緣好異，所以見異端新奇之説，從而好之。這也只是見不分曉，所以如此。看仁宗時制詔之文極樸，固是不好看，只是他意思氣象自

〔一〕常，原作「當」，據《論學繩尺・論訣》改。
〔二〕靖，原作「清」，據《事文類聚》别集卷五改。

恁地深厚久長；固是拙，只是他所見皆實。看他下字都不甚恰好，有合當下底字却不下，也不是他識了不下，只是當初自思量不到。然氣象儘好，非如後來之文一味纖巧不實。且如進卷，方是二蘇做出恁地壯偉發越，已前不曾如此。看張方平進策更不作文，只如說鹽鐵一事，他便從鹽鐵原頭直說到如今，中間却載着甚麽年甚麽月，[一]後面更不說措置。如今只是將虛文漫演，前面說了，後面又將這一段翻轉，這只是不曾得見。所以不曾見得，只是不曾虛心看聖賢之書。固有不曾虛心看聖賢書底人，到得要去看聖賢書底，[二]又先把他自一副當排在這裏，不曾見得聖人意。待做出，又只自底。《性理》

今人作文，皆不足爲文。大抵專務節字，更易新好生面辭語，至說義理處，又不肯分曉。觀前輩歐蘇諸公作文，何常如此？聖人之言坦易明白，因言以明道，正欲使天下後世由此求之。使聖人立言要教人難曉，聖人之經定不作矣。若其義理精奧處人所未曉，自是其所見未到耳。學者須玩味深思，久之自可見。何嘗如今人欲說又不敢

[一] 着，原作「看」，據《朱子語類》卷一百三十九、《性理大全書》卷五十六改。
[二] 去，原作「云」，據《朱子語類》卷一百三十九、《性理大全書》卷五十六改。

分曉説，不知是甚所見？畢竟是自家所見不明，所以不敢深言，且鶻突説在裏。《性理》

華實 文質虚實

晦庵云：作文須是靠實説得有條理乃好，不可駕空纖巧。大率要七分實，只二三分文。如歐文好者，只是靠實而有條理。如張承業及宦者等傳，自然好。東坡如《靈璧張氏園亭記》最好，亦是靠實。秦少游《龍井記》之類，全是架空説，殊不起發人意思也。《性理》《辨體》

薛敬軒曰：余往年讀《楚辭》，喜其華。今讀《楚詞》，喜其實。蓋其警戒之言，亦切己之事也。《讀書録》

西漢文字尚質，司馬子長變得如此文，終不失其爲質。唐文字尚文，韓退之變得如此質，終不失其爲文。

朱子曰：南豐文却近質。他初亦只是學文，却因學文漸見些子道理，故文字依傍道理，亦不爲空言。只是關鍵緊要處，也説得寬緩不分明。緣他見處不徹，本無根本工夫，所以如此。但比之東坡則較質而近理，東坡則華艷處多。《性理》

雅俗

爲文當要回俗入雅，轉常爲奇，縱横出没，圓融無滯，乃可與言遠。《緯文瑣語》《辨體》

羅大經云：《五代史》漢王章不喜文士，嘗語人曰：「此輩與一把筭子，未知顛倒，何益於國？」「筭子」本俗語，歐公據其言書之，殊有古意。温公《通鑑》改作「授之握筭，不知縱横」，不如歐史矣。

又云：《五代史》漢劉銖惡史肇弘、楊邠，于是李業譖二人于帝而殺之。銖喜謂業曰：「君可謂僂儸兒矣。」「僂儸」俗言猾也，歐史間書俗語，甚奇。

朱子曰：楚些，沈存中以「些」爲咒語，如今釋子念「娑婆訶」三合聲，而巫人之禱亦有。此却説得好。蓋今人只求之於雅，而不求之於俗，故下一半都曉不得。《性理》

工拙

文章不難於巧而難於拙，不難於曲而難於直，不難於細而難於粗，不難於華而難

須議得。

陸西星曰：《莊子》所謂「伯玉六十而六十化」，此段文有拙中之巧，學《莊子》者要於質。《精義》《辨體》

凡爲文，寧拙毋巧，寧朴無華，寧粗無弱，寧僻毋俗。《陳後山詩話》

司馬子長之文拙於《春秋》內外傳而力量過之，葉正則之文巧於韓柳歐蘇而力量不及。《合併文宗》

朱子曰：國初文章皆嚴重老成。嘗觀嘉祐以前誥詞等，言語有甚拙者，而其人才皆是當時有名之士。蓋其文雖拙而其辭謹重，[一]有欲工而不能之意，所以風俗渾厚。至歐公文字，好底便十分好，然猶有甚拙底，未散得他和氣。到東坡文字，便馳騁忒巧了。及宣政間，則窮極華麗，都散了和氣。所以聖人取「先進於禮樂」，意思自是如此。《性理》

朱子曰：「歐公文字敷腴温潤，曾南豐文字又更峻潔，雖議論有淺近處，然却正平好。到得東坡，便傷於巧，議論有不正當處。後來到中原見歐公諸人了，文字方稍

[一] 雖，原作「强」，據《朱子語類》卷一百三十九、《性理大全書》卷五十六改。

平。[一]老蘇尤甚。大抵已前文字都平正，人亦不會大段巧說。自三蘇文出，[二]學者始日趨於巧。如李太伯文尚平正明白，然亦已自些巧了。」輔廣問荆公文何如，曰：「他却似南豐文，但比南豐文亦巧。[三]荆公曾作《許氏世譜》，寫與歐公看。歐公一日因曝書見了，將看不記是誰作，意中以爲荆公作。」又云：「介甫不解做得恁地，恐是曾子固所作。」

《性理》

朱子曰：歐陽永叔、王介甫、曾子固文章如此好，至黄魯直一向求巧，反累正氣。

大小

朱子曰：李太伯文得之經中，雖淺，然皆自大處起議論。首卷《潛書》《民言》好，如古《潛夫論》之類；《周禮論》好，如太宰掌人主飲食男女事，某意如此。今其論皆

[一] 稍平，原作「精華」，據《朱子語類》卷一百三十九改。
[二] 三，原作「老」，據《朱子語類》卷一百三十九改。
[三] 比，原作「此」，據《朱子語類》卷一百三十九改。

然，文章氣象大段好，甚使人愛之。亦可見其時節方興，如此好。老蘇父子自史中《戰國策》得之，故皆自小處起議論。《性理》

唐子西文字極莊重縝密，雖幅尺稍狹，無長江大河一瀉千里之勢，然最利初學。《精義》

學《楚詞》者多，未若黄魯直最得其妙。諸賦如《枯木道士賦》之類。文愈小者愈工，如《跛奚移文》之類。但作長篇苦於氣短。〔一〕《精義》

逆順

文字順易而逆難。六經都順，《莊子》《戰國策》逆。韓柳歐都順，柳《封建論》一篇逆。惟明允逆。〔二〕子瞻或順或逆，然不及明允處多。

〔一〕苦，原作「若」，據《文章精義》改。

〔二〕逆，據《文章精義》補。

常變

秦文知常而不知變，張文知變而不知常。

孫元忠朴嘗問歐陽公爲文之法，公云：「於吾侄豈有惜？只是要熟耳。變化之態皆從熟處生也。」《辨體》

朱子曰：韓千變萬化，無心變。歐有心變，《杜祁公墓誌》説一件未了，又説一件。韓《董晉行狀》尚稍長，權德輿作《宰相神道碑》只一板許，歐蘇便長了。蘇體只是一類。柳《伐原議》極局促，不好，東萊不知如何喜之？陳後山文如《仁宗飛白書記》大段好，曲折亦好，墓誌亦好。有典有則，方是文章。其他文亦有太局促不好者。《性理》

退之諸墓誌，一人一樣，篇篇不同，蓋相體而設施也。〔一〕子厚墓誌，千篇一律。

朱子因説吕伯恭所批文，曰：「文章流轉變化無窮，豈可限以如此？」某因説：「陸教授謂伯恭有個文字腔子，纔作文字時便將來入個腔子，故文字氣脉不長。」曰：「他便是眼高，見得破。」《性理》

〔一〕 蓋，原作「絶」，據《文章精義》改。

死活

趙氏曰：能熟讀古作，參其活句，勿參死句，自然造妙。《文式》

爲文當死中求活，成中見敗。他如勝衰理亂、名實美惡、功過是非之類，不一而足，莫不皆然。

大抵須是有悟入處，胸中方有活法。天資識見既高，看古人的又多，自家作得又多，則無難矣。羅大經曰：「古人觀理，每於活處看。故《詩》曰：『鳶飛戾天，魚躍于淵。』夫子曰：『逝者如斯夫，不舍晝夜。』『山梁雌雉，時哉時哉！』《孟子》曰：『觀水有術，必觀其瀾。』又曰：『源泉混混，不舍晝夜。』明道不除窗前草，欲觀其意思，與自家一般。又養小魚，欲觀其自得意。皆是於活處看，故曰『觀我生』『觀其生』。又曰：『復其見天地之心。』學者能如是觀理，胸襟不患不開闊，氣象不患不和平。」

玉川子《月蝕詩》、韓吏部《進學解》，莫不拔地倚天，句句欲活。讀之如赤手捕長蛇，不施鞚勒騎生馬，急不得暇，莫可捉搦。孫樵《與王霖書》

唐人文字，多是境定段落做，所以死。惟退之一篇做，所以活。柳子厚文字，便有界畫得斷者。

方圓

文有圓有方。韓文多圓，柳文多方，《晉問》之類。蘇文方者亦少。惟《上神宗萬言書》《代張方平諫用兵書》數篇方也。圓者多。

《國語》善叙事議論，比《春秋内傳》失之方。《文式》

《荀子》善議論，辨博富麗，失之太方，轉折少力。《文式》

險易

朱子曰：退之要説道理，又要則劇。有平易處極平易，有險奇處極險奇。且教他在潮州時好，止住得一年。柳子厚却得永州力也。《性理》

退之《琴操》平淡而趣長，子厚《鐃歌鼓吹曲》險怪而意到。

朱子曰：歐陽公文章及三蘇文，好處只是平易説道理，初不曾使差異底字换却那尋常底字。《性理》

步驟

古人文字規模間架、聲音節奏皆可學，惟妙處不可學。譬如幻師塑土木偶，耳目口鼻儼然似人，而其中無精神魂魄意思，不能活潑潑底，豈人也哉？此須是讀書時一心兩耳，痛下工夫，務要得他好處，則一旦臨文，惟我摻縱，惟我捭闔。〔一〕此自得之學，難以筆舌傳也。

朱子曰：前輩作文者，古人有名文字皆模擬作一篇，故後有所作時左右逢原。《性理》

薛敬軒曰：或者謂立言當求先儒所未言者。夫以孔子之大聖，猶述而不作，况後學不述古聖賢之言，而欲創立己説乎？

六經之道既曰同歸，六經之文容無異體，故《易》文似《詩》，《詩》文似《書》，《書》文似《禮》。

「中孚」九二曰：鳴鶴在陰，其子和之。我有好爵，吾與爾縻之。

使入《詩·雅》，孰别爻辭？

〔一〕捭，原作「押」，據《文章精義》改。

《抑》二章曰：其在于今，興迷亂于政。顛覆厥德，荒湛于酒。女雖湛樂從，弗念厥紹。罔敷求先王，克共明刑。

使入《書·誥》，孰別《雅》語？

《顧命》曰：牖間南嚮，敷重篾席，黼純，華玉仍几。西序東嚮，敷重厎席，〔一〕綴純，文貝仍几。東序西嚮，敷重豐席，畫純，雕玉仍几。西夾南嚮，敷重筍席，玄紛純，漆仍几。

使入《春官·司几筵》，孰別《命》語？

或曰：六經創意，皆不相師。試探精微，足明詭説。

《洪範》曰：恭作肅，從作乂，明作哲，聰作謀，睿作聖。

《小旻》五章曰：國雖靡止，或聖或否。民雖靡膴，或哲或謀，或肅或艾。

此《詩》創意師於《書》也。鄭康成箋曰：詩人之意，欲王敬用五事，〔二〕以明天道。

《儀禮》曰：皇尸命工祝，承致多福無疆于女孝孫，來女孝孫，使女受禄于天，

〔一〕厎，原作「底」，據《尚書·顧命》改。
〔二〕五，原作「王」，據《詩經·小雅·小旻》鄭玄箋改。

宜稼于田，眉壽萬年，勿替引之。此少牢嘏辭。

《楚茨》四章曰：工祝致告，徂賚孝孫。苾芬孝祀，神嗜飲食。卜爾百福，如幾如式。

此《詩》創意師于《禮》也。鄭康成箋云：皆嘏辭之意。

大抵經傳之文有相類者，非固出於蹈襲，實理之所在不約而同也。略條于後，則可推矣。

《詩》曰：禮義不愆，何恤於人言？此逸詩，《荀子》引兮云：禮義之不愆兮，何恤人之言兮？

《左氏傳》載士爲稱諺曰：心苟無瑕，何恤乎無家？

《詩》曰：謂予不信，有如皦日。

《左氏傳》載公子重耳曰：所不與舅氏同心者，有如白水。凡指物爲誓，語多類如此。

《詩》曰：不憖遺一老，俾守我王。

《左氏傳》魯哀公誄孔丘曰：不憖遺一老，俾屏予一人以在位。

此不約而同一也。

《左氏傳》曰：晉韓起聘魯，觀書於太史氏，見《易象》與《魯春秋》，曰：「周禮盡在魯矣，吾乃今知周公之德與周之所以王也。」

《家語》曰：孔子適周，歷郊社之所，考明堂之則，察廟朝之度，於是喟然曰：「吾乃今知周公之聖與周之所以王也。」

此不約而同二也。

《左氏傳》曰：晉侯疾病，求醫于秦。秦伯使醫緩爲之。醫至，曰：「疾不可爲也。在肓之上，〔一〕膏之下。」

《戰國策》曰：扁鵲見秦武王，武王示之病。扁鵲請除。左右曰：「君之病在耳之前，目之下。」

此不約而同三也。

《左氏傳》載周子曰：二三子用我今日，否亦今日。

《國語》載吳王曰：孤之事君在今日，不得事君亦在今日。

此不約而同四也。

《國語》載觀射父曰：先王之祀也，以一純、二精、三牲、四時、五色、六律、七事、八種、九祭、十日、十二辰以致之。

〔一〕肓，原作「盲」，據《左傳·成公十年》改。

《左氏傳》載晏子曰：先王之濟五味、和五聲以平其心，成其政也。聲亦如味。一氣、二體、三類、四物、五聲、六律、七音、八風、九歌，以相成也。此文既於物協數，又於數協序，亦文之工者。

此不約而同五也。

《考工記》曰：柘爲上，檍次之，檿桑次之，橘次之，木瓜次之，荊次之。

《禮器》曰：禮時爲大，順次之，體次之，宜次之，稱次之。

此不約而同六也。

揚雄《法言》、王通《中説》模擬《論語》，未免畫虎類狗之譏。

《法言》曰：「如其智，如其智。」「雖有民，焉得而塗諸？」「三年不目日，視必盲；三年不目月，精必矇。」「魯仲連傷而不剬，藺相如剬而不傷。」「請條。曰：『非正不視，非正不聽，非正不言，非正不行。』」「若張子房之智，陳平之無悞，絳侯勃之果，霍將軍之勇，終之以禮樂，則可謂社稷之臣矣。」

《法言》之模擬《論語》，皆此類也。

《中説》曰：「可與共樂，未可與共憂；可與共憂，未可與共樂。」「我未見勤者矣，蓋有焉，我未之見也焉。」「知來者之不如昔也。」「是故惡夫異端者。」「小不忍致大灾。」「知之者不如行之者，行之者不如安之者。」

《中説》之模擬《論語》，皆此類也。

學文切不可學人言語，文中子所以不及諸子，學夫子言語故也。

《史記》帝紀、世家從二《雅》、十五《國風》來，八書從《禹貢》《周官》來。褚少孫文學太史公，句句相似，只是成段不相似。

《史記》稱「褚先生」是也。

學古文

韓文公文

學《孟子》不及。

學《左傳》有逼真處。如《董晋行狀》中間兩段，辭命是也。

柳子厚文

學《國語》段段相似，只是成篇不相似。《國語》段全，〔一〕子厚段碎，句法却

〔一〕段，據《文章精義》補。

相似。

學《西漢書》諸傳，仿佛似之。

歐陽公文

學韓退之，諸篇皆以退之爲祖，加以姿態。惟《五代史》過《順宗實録》遠甚，所謂青出於藍者也。

蘇子瞻文

學《莊子》，入虚處似，《凌虚臺》《清風閣》之類是也。

學《戰國策》，論利害處似，《策略》《策斷》之類是也。

學《史記》，終篇惟作他人説，末後自己只説一句，《表忠觀》之類是也。

學《楞嚴經》，《魚枕冠頌》之類是也。〔一〕

子瞻文字到窮處便濟以此一着，所以千萬人過他關不得。

〔一〕枕，原作「魷」，據《東坡集》卷四十《魚枕冠頌》改。

曾子固文

學劉向，平平説去，亹亹不斷，最淡而古。但劉向老，子固嫩；劉向簡，子固繁；劉向枯槁，子固光潤。

惡蹈襲古人之意，亦有襲而愈工，若出於己者。魏人章疏云：「福不盈身，禍將溢世。」韓愈則曰：「歡華不滿眼，咎責塞兩儀。」李華《弔古戰場》云：「其存其没，家莫聞知。人或有言，將信將疑。娟娟心目，夢寐見之。」陳陶則曰：「可憐無定河邊骨，猶是春閨夢裏身。」〔一〕蓋工於前。《隱居詩話》〔二〕

賈誼《鵩賦》源流自《檀弓》來。《步里閑談》

設爲師弟子詰難之詞以伸其己意，機軸自揚雄《解嘲》、班固《賓戲》來。樓迂齋《古文》

退之《平淮西碑》是學《舜典》，《畫記》是學《顧命》。

退之《送孟東野序》一「鳴」字發出許多議論，自《周禮》「梓人爲筍簴」來。

〔一〕閨，原作「閏」，據《全唐詩》卷七百四十六陳陶《隴西行》改。
〔二〕「隱」前原本衍一「陶」字，徑删。

希逸曰：莊子謂惠子曰：「天選子之形，子以堅白鳴。」只一「鳴」字，韓文公就此抽去，成一篇序，如許其妙，莊子安得不爲作者？

《詩·雲漢》有「秏斁下土，寧丁我躬」之句，退之、永叔禱雨文遂各衍作一篇，其實皆自《雲漢》來，不逮遠矣。

傳體前叙事後議論，獨退之《圬者王承福傳》序事議論相間，頗有太史公《伯夷傳》之風。

韓文公《送窮文》、柳子厚《乞巧文》皆擬揚子雲《逐貧賦》，韓公《進學解》擬東方朔《客難》。《容齋隨筆》

退之誌樊紹述，其文似紹述；誌柳子厚，其文似子厚。春蠶作繭，見物即成，性極巧。其原出於司馬子長，爲長卿傳如其文。惟其過之，故兼之也。

朱子曰：古人作文多是模仿前人而作。蓋學之既久，自然純熟。如相如《封禪書》，模仿極多。〔一〕柳子厚見其如此，却作《貞符》以反之，然其文體亦不免乎蹈襲也。《性理》

〔一〕仿，原作「倣」，據《朱子語類》卷一百三十九、《性理大全書》卷五十六改。

朱子曰：柳學人處便絶似。《平淮西雅》之類甚似《詩》，詩學陶者便似陶。韓亦不必如此，自有好處，如《平淮西碑》好。《性理》

朱子曰：柳子厚文有所模仿者極精，[一]如自解諸書，是仿司馬遷《與任安書》。《性理》

盧仝《月蝕詩》膾炙人口，其實《詩·大東》後二章。

永叔《山中樂》三章贈惠勤，望其出佛而歸儒，持論甚正，從退之《送文暢序》來。

歐陽公記醉翁亭用「也」字，荆公誌葛源亦終篇用「也」字，蓋本於《易》之《雜卦》。韓文公銘張徹亦然。《困學記聞》

《醉翁亭記》、東坡《酒經》皆用「也」字爲絶句。歐用二十一「也」字，坡用十六「也」字。歐記人人能讀，至於《酒經》，知之無幾。坡公嘗云：「歐公作此記，其詞玩易也，[二]蓋戲言耳，不自以爲奇物也。」《容齋五筆》

《醉翁亭記》結云：「太守謂誰？盧陵歐陽修也。」是學《詩·采蘋》篇「誰其尸之？

[一] 文，據《朱子語類》卷一百三十九、《性理大全書》卷五十六補。
[二] 玩，原作「既」，據《容齋五筆》卷八改。

有齊季女」二句。

永叔《晝錦堂記》，全用韓稚珪《晝錦堂詩》意。

子瞻《萬言書》是步驟賈誼《治安策》，然虚文有餘，實事不足，去誼遠矣。

子瞻《表忠觀碑》終篇述趙清獻公奏，不增損一字，是學《西漢書》。但王介甫以爲《諸侯王年表》，則非也。

希逸曰：莊子所謂「封人」，因耕而喻政，莊子又以喻學。東坡《稼説》實仿此也。

東萊云：《後赤壁賦》結處用韓文公《石鼎序》彌明意。指鶴爲道士，亦暗使《高道傳》青城山徐佐卿化鶴事。

坡文之妙，至《前赤壁賦》尾段一節，自「惟江上之清風，與山間之明月」至「相與枕藉乎舟中，不知東方之既白」，却只是用李白「清風明月不用一錢買，玉山自倒非人推」一聯，十六字演成七十九字，愈奇妙也。《百川學海》

羅大經云：太史公《伯夷傳》、蘇東坡《赤壁賦》，文章絶唱也，其機軸略同。《伯夷傳》以「求仁得仁，又何怨」之語設問，謂夫子稱其不怨，而《采薇》之詩猶若未免怨，何也？蓋天道無親，常與善人。而達觀古今，操行不軌者多富樂，公正發憤者每遇禍，是以不免於怨也。雖然，富貴何足求？節操爲可尚。其重在此，其輕在彼。況君子疾没世而名不稱，伯夷、顔子得夫子而名益彰，則所得亦已多矣，又何怨之有？《赤壁賦》因客吹簫而有怨慕之聲，以此設問，謂：舉酒相屬，凌萬頃之茫然，可謂至樂，而簫聲乃若哀怨，何也？蓋此乃周郎破曹公之地，以曹公之雄豪，亦終歸於安在？況吾與子寄蜉蝣於天地，哀吾生之須臾，宜其托遺響而悲也。雖然，自其變者而觀之，雖天地曾不能一瞬；自其不變者而觀之，則物與我無盡，此天下之至樂。於是洗盞更酌，而向之感慨風休冰釋矣。東坡步驟太史公者也。《玉露》

謝叠山云：王荆公《讀孟嘗君傳》篇，立意亦是祖述前言。韓文公《祭田横墓》：「當嬴氏之失鹿，得一士而可王。何五百人之擾擾，不能脱夫子於劍鋩？豈所寶之非賢，抑天命之有常？」介甫蓋自此篇變化來。

朱子曰：曾所以不及歐處，是紆餘曲折處。曾喜模擬人文字，〔一〕《擬峴臺記》是仿《醉翁亭記》，不甚似。《性理》

朱子曰：劉原父才思極多，涌將出來。每作文，多法古，絶相似。有幾件文字學

〔一〕模擬，原作「心健」，據《朱子語類》卷一百三十九、《性理大全書》卷五十六改。

《禮記》，《春秋説》學《公》《穀》，文勝貢父。貢父文字工於摹仿。〔一〕《性理》

撑拄幹旋

羅大經云：要健字撑拄，要活字幹旋。如「紅入桃花嫩，青皈柳葉新」「弟子貧原憲，諸生老伏虔」，「入」與「皈」字、「貧」與「老」字，乃撑拄也。「生理何顔面，憂端且歲時」「名豈文章著，官應老病休」，「何」與「且」字、「豈」與「應」字，乃幹旋也。撑拄如屋之有柱，幹旋如車之有軸。文亦然。詩以字，文以句。

瑕疵

《左氏》艷而富，其失也誣；《穀梁》清而婉，其失也短；《公羊》辨而裁，其失也俗。《穀梁序》

〔一〕摹，原作「横」，據《朱子語類》卷一百三十九、《性理大全書》卷五十六改。

司馬相如叙上林曰：「丹水紫淵，灞滻涇渭，分流相背而異態。灝溔潢漾，[一]東注太湖。」李善注：「太湖，所謂震澤。」按，八水皆入大河，如何得東注震澤？又白樂天《長恨歌》「峨眉山下少人行」，峨眉在嘉州，與幸蜀路全無交涉。杜子美柏詩云：「霜皮溜雨四十圍，黛色參天二千尺。」無乃爲太細長耶？防風氏身廣九畝，[二]長三丈，九畝乃五丈四尺，如此則防風之身一餅餤耳。此文章之病也。《志林》

李密《陳情表》曰：「臣少事僞朝。」鄒守益曰：「密本蜀人，先主帝室之冑，紹漢正統，名正言順，非曹操漢賊之比。密又在孝子順孫之列，國亡歸晋，尤當不忘舊君。何忍自稱蜀爲僞朝乎？予每讀此，每爲之不滿。惜哉！」又曰：「文意哀切老練，而不見録于大方家者，以『僞朝』一言之失也。略此而觀，孝心生矣。」

陳植《武帝誄》云：「尊靈永蟄。」明帝頌云：「聖體輕浮。」「輕浮」有似於蝴蝶，「永蟄」頗擬於昆蟲，施於尊極，不其蚩乎？《文心雕龍》

王羲之《蘭亭叙》，世言昭明不入《文選》者，以其「天朗氣清」。或曰：《楚詞》云

[一] 溔，原作「漾」，據《文選》卷八司馬相如《上林賦》改。
[二] 廣，原作「横」，據《夢溪筆談》卷二十三改。

「秋之爲氣，天朗而氣清」，似非清明之時。然「管弦絲竹」之句，語衍而複，爲逸少之累耶？《遯齋閑覽》

柯維騏曰：《遯齋閑覽》：「王右軍《蘭亭記》其文甚麗，但『天朗氣清』，春言秋景。」愚謂當時天色清朗，非陰晦之象，而值于林下之氣清而爽者，决非謂清秋也。

董份曰：「天朗」謂天氣晴朗，春秋皆有之。以暮春清明節謂「氣清」，可也。

沈約《恩倖傳》曰：「胡廣累世農夫，伯始致位公相，黄憲牛醫之子，叔度名動京師。」張氏注云：「論二人，四句中互舉名字，亦文之病。去『伯始』『叔度』四字，文便爽豁。」

劉琨詩云：「宣尼悲獲麟，西狩涕孔丘。」張氏注云：「宣尼、孔丘互用，豈辭氣激烈，不暇推敲耶？」

楊炯爲文好以古人姓名連用，如「張平子之談略，陸士衡之所記」「潘安仁宜其陋矣，仲長統何足以知之」。號點鬼簿。《朝野僉載》

駱賓王好以數對，如「秦地重關一百二，漢家離宫三十六」。時號算博士。同

何晦夫曰：《滕王閣序》四長三短文也。一長於張大形勢，二長於體狀景物，三長

於頓挫言辭，四長於賦詠。〔一〕而未免有三短：全用四六騈儷，一短也；中間語意重複，二短也；鋪叙無倫，自叙太多，三短也。此其所以爲唐文之初變。〔二〕晚學妄議，識者鑒之。《古文句解》

韓公《送孟東野序》云：「物不得其平則鳴。」然其文云：〔三〕「其在唐虞時，咎陶、禹其善鳴者，而假言以鳴。夔假於《韶》以鳴，伊尹鳴商，周公鳴周。」又云：「天將和其聲而使鳴國家之盛。」然非所謂不得平也。《事文類聚》

羅大經云：韓昌黎《上大尹李實書》云：「愈來京師於今十五年，所見公卿大臣不可勝數，皆能守官奉職，無過失而已。未見有赤心事上憂國如閣下者。今年以來，不雨者百有餘日。種不入土，野無青草，而盜賊不敢起，穀價不敢貴。百坊、百二十司、六軍、二十四縣之人，皆若閣下親臨其家。老奸宿贓，銷縮摧沮，〔四〕魂亡魄喪，影滅迹

〔一〕詠，原作「詩」，據《掌中宇宙》卷八改。
〔二〕文，原作「人」，據《掌中宇宙》卷八改。
〔三〕云，據《事文類聚》別集卷五補。
〔四〕沮，原作「泪」，據《昌黎先生文集》卷十五《上李實尚書書》改。

絶。非閣下條理鎮服，布宣天子威德，其何能及此？」其後作《順宗實録》，乃云：「實諂事李齊運，〔一〕驟遷至京兆尹。恃寵强愎，不顧邦法。是時天旱，畿甸乏食。實一不以介意，方務聚斂徵求，以給進奉。每奉對輒曰：『今年雖旱，而穀甚好。』由是租税皆不免。陵轢公卿，勇於殺害，人不聊生。及譴通州長史，市里歡呼，〔二〕皆袖瓦礫遮道伺之。」與前書一何反也。豈書乃過情之譽，而史乃紀實之辭耶？然退之古君子，單辭片語必欲傳信，寧肯妄發。而譽之過情乃至於此，是不可曉也。近時汪彦章《投李伯紀啓》云：「孤忠貫日，〔三〕正二儀傾側之中；凛氣横秋，揮萬騎笑談之頃。」又云：「士訟公冤，咸舉幡而集闕下；帝從民望，令免胄以見國人。」其贊美至矣。及居翰苑，草伯紀謫詞乃云：「朋奸罔上，有虞必去於驩兜；欺世盗名，孔子先誅於正卯。」又云：「專殺尚威，〔四〕傷列聖好生之德；〔五〕信讒喜佞，爲一時群小之宗。」與前啓又何反也。伯紀

〔一〕諂，原作「謟」，據《順宗實録》卷一改。
〔二〕歡，原作「護」，據《順宗實録》卷一改。
〔三〕日，原作「目」，據《浮溪集》卷二十三《賀李綱右丞啓》改。
〔四〕威，原作「成」，據《浮溪集》卷十二《李綱落職鄂州居住制》改。
〔五〕傷，原作「修」，據《浮溪集》卷十二《李綱落職鄂州居住制》改。

真君子而醜詆至此，嘻！其甚矣！當時亦有以此問彦章者，彦章云：「我前啓自直一翰林學士，而彼不我用，安得不醜詆之？」是可笑也。退之之於李實，豈亦若是耶？然李實真小人，與伯紀不同。退之失於前之過譽，彦章失於後之過毁。譽猶可過也，毁不可過也。《玉露》

退之諸文多有功於吾道，有補於世教，獨《衢州徐偃王廟碑》一篇害義。蓋穆天子在上，偃王在下，敢受諸侯朝，〔一〕是賊也。退之乃許之以仁，豈不謬哉？《精義》

問：「韓柳二家文體孰正？」朱子曰：「柳文亦自高古，但不甚醇正。」又問：「子厚論封建是否？」朱子曰：「子厚説『封建非聖人意也，勢也』，亦是。但説到後面有偏處，後人辨之者亦失之太過。如廖氏所論封建，排子厚太過。且封建自古便有，聖人但因自然之理勢而封之，乃見聖人之公心。且如周封康叔之類，亦是古有此制。因其有功有德有親，當封而封之，却不是聖人有不得已處。若子厚所説，乃是聖人欲吞之而不可得，乃無可奈何而爲此。不知所謂勢者，乃自然之理勢，非不得已之勢也。」《性理》

〔一〕朝，據《文章精義》補。

韓退之雖時有譏諷，然大體醇正。子厚發之以憤激，子瞻兼憤激感慨，而發之以諧謔。讀柳歐蘇文，方知韓文不可及。

《送文暢師序》，退之闢浮屠，子厚佞浮屠，子厚不及退之；論史書，子厚不恤天刑人禍，退之深畏天刑人禍，退之不及子厚。

子厚論著，大抵非怨憤必刺毀。《辨論語》下篇尤害道。李朴《題柳集》

問：「韓文李漢序頭一句甚好。」朱子曰：「公道好，某看來有病。」問曰：「文者貫道之器。且如六經是文，其中所説皆是這道理，如何有病？」朱子曰：「不然。這文皆是從道中流出，豈有文反能貫道之理？文是文，道是道。文只如喫飯時下飯耳。〔一〕若以文貫道，却是把本爲末，以末爲本，可乎？」《性理》

俗傳《陋室銘》，謂劉禹錫所作，謬矣。蓋闒茸輩狂簡斐然，竊禹錫之盛名以誑無識者，俾傳行耳。夫銘之作，不稱先祖之美，則指事以戒過也。出此二途，不謂之銘矣。稱揚先祖之美者，宋鼎銘是也；指事戒過者，周廟金人銘是也。俗傳《陋室銘》，進非稱先祖之美，退非指事以戒過。而奢誇矜伐，以仙龍自比。復曰「唯吾德馨」。且

〔一〕喫飯，原作「喫飲」，據《朱子語類》卷一百三十九、《性理大全書》卷五十六改。

顔子願無伐善，聖師不敢稱仁，禹錫巨儒，心知聖道，豈有如此狂悖之辭乎？陸機云「銘博約而温潤」，斯銘也，旨非博約，言無温潤，豈禹錫之作邪？昧者往往刻于琬琰，懸之室壁，吾恐後進童蒙慕劉之名，口誦心記，以爲楷式，豈不誤邪？故作此文以雪禹錫之耻，且救後進之誤。使死而有知，則禹錫必感吾之惠也。孤山《閑居編》

朱子曰：六一文有斷續不接處，如少了字模樣。如《秘演詩集叙》，「喜爲歌詩以自娱」「十年間」兩節不接。《六一居士傳》意凡文弱。《仁宗飛白書記》文不佳。制誥首尾四六皆治平間所作，非其得意者。恐當時亦被人催促，加以文思緩，不及子細，不知如何。然有紆餘曲折，辭少意多，玩味不能已者，又非辭意一直者比。《黄夢升墓誌》極好。某所喜《豐樂亭記》。《性理》

又曰：歐陽自儆《六一居士傳》，宜其所得如何，却只説有書一千卷、《集古録》千卷、琴一張、酒一壺、棋一局，與一老人爲六。更不成説話，分明是自納敗闕。

朱子曰：歐公《蟬賦》「其名曰蟬」，這數句也無味。

宋景文公修《唐史》，〔一〕好以艱深之辭文淺易之説，歐公思有以諷之。一日大書其

〔一〕「宋景文」後原衍一「曰」字，據《事文類聚》别集卷五删。

壁曰：「宵寐匪貞，札闥洪休。」宋見之曰：「非『夜夢不祥，題門大吉』耶？何必求異如是？」歐公曰：「《李靖傳》云『震雷無暇掩聰』，亦是類也。」宋公慚而退。今所謂「震霆不及掩耳」者，係再改。

朱子曰：老蘇之文高，只議論乖角。《性理》

朱子曰：老蘇文字初亦喜看，看後覺得自家意思都不正當。以此知人不可看此等文字，固宜以歐曾文字爲正。《性理》

朱子曰：道者文之根本，文者道之枝葉。惟其根本乎道，所以發之於文皆道也。三代聖賢文章，皆從此心寫出，文便是道。今東坡之言曰「吾所謂文，必與道俱」，則是文自文而道自道，待作文時旋去討個道來，入放裏面。此是他大病處。只是他每常文字華妙，包籠將去。〔一〕到此不覺漏逗，說出他本根痛病所以然處。緣他都是因作文却漸漸說上道理來，不是先理會得道理了方作文，所以大本都差。歐公文則稍近於道，不爲空言。如《唐・禮樂志》云：「三代而上，治出於一；三代而下，治出於二。」此等議論極好，蓋猶知得只是一本。如東坡之說，是二本非一本矣。《性理》

〔一〕將，原作「捋」，據《朱子語類》卷一百三十九、《性理大全書》卷五十六改。

朱子曰：東坡《南安學記》説古人井田封建不可行，今只有個學校而已。其間説舜遠不可及，得如鄭子産爲鄉校足矣。如何便決定了千萬世無人可以爲舜，只得爲子産？又説古人於射時，因觀者群聚，遂行選士之法，似今之聚場相撲作戲一般，可謂無稽之論。自海外歸來，大率立論皆如此。

朱子曰：或問：「東坡言『逝者如斯而未嘗往也，盈虚者如代而卒莫消長也』，此只是《老子》『獨立而不改，周行而不殆』之意否？」曰：「然。」又問：「此語莫也無病？」曰：「便是不如此。既是『逝者如斯』，如何不往？『盈虚者如代』，如何不消長？既不往來、不消長，却是個甚底物事？這個道理其來無盡，其往無窮。聖人但曰『維天之命，於穆不已』，又曰『逝者如斯夫』，只是説個不已，〔二〕何嘗説不消長、不往來？他本要説得來高遠，却不知説得不活了。既是『往者如斯，盈虚者如代』，便是這道理流行不已也。東坡之説，便是肇法師『四不遷』之説也。」又云：「『盈虚者如代』，『代』字今多誤作『彼』字。而『吾與子之所共食』，『食』字多誤作『樂』字。嘗見東坡手本，皆作『代』字、『食』字。頃年蘇季真刻《東坡文集》，嘗見問『食』之義。答云：『如

〔二〕説，據《朱子語類》卷一百三十九補。

「食邑」之「食」，猶言享也。史書言「食邑」，是這樣「食」字。』碑本《後赤壁賦》『夢二道士』，當作『一』字，疑筆誤也。」

朱子曰：坡文雄健有餘，只下字亦有不貼實處。《性理》

朱子曰：東坡《刑賞忠厚之至論》大意好，然意闊疏，説不甚透。只似刑賞全不奈人何相似，此須是依本文將「罪疑惟輕，功疑惟重」作主意。

朱子曰：因説：「蘇文害正道，甚於老佛。且如《易》所謂『利者義之和』，却解爲『義無利則不和，故必以利濟義，然後合於人情』。若如此，非惟失聖言之本指，又且陷溺其心。」《性理》

朱子曰：東坡晚年文雖健不衰，然亦疏魯。如《南安軍學記》，海外歸作，而有「弟子揚觶序點者三」之語。「序點」是人姓名，其疏如此！問：「《峻靈王廟碑》無見識，《伏波廟記》亦無意思。伏波當時踪迹在廣西，不在彼，記中全無發明。」先生曰：「不可以道理看他，然二碑筆健。」又問：「《潛真閣銘》好？」曰：「這般閑戲文字便好，雅正底文字便不好。《韓文公碑》類初看甚好讀，子細點檢，疏甚多。」

作議論文字，須考引事實無差忒，乃可傳信後世。東坡作《二疏贊》云：「孝宣中興，以法馭人。殺蓋、韓、楊，蓋三良臣。先生憐之，振袂脱屣。使知區區，不足驕士。」其立意超卓如此。然以其時考之，元康三年，二疏去位。後二年，蓋寬饒誅。又三年，韓延壽誅。又三年，楊惲誅。方二疏去時，三人無恙。《容齋》《辨體》

朱子因說《欒城集》曰：「舊時看他議論亦好，近日看他文字煞有害處。如劉原父高才傲物，子由與他書，勸之謙遜下人，此意甚好。其間却云『天下以吾辨，而以辯乘我；以吾巧，而以巧困我。不如以拙養巧，以訥養辯』。如此則是怕人來困我，故卑以下之，此大段害事。如東坡作《刑賞忠厚之至論》，却說『懼刑賞不足以勝天下之善惡，故舉而歸之仁』。如此則仁只個鶻突無理會底物事，故又謂『仁可過，義不可過』。大抵今人讀書不子細，此兩句却緣『疑』字上面生許多道理。若是無疑，罪須是罰，功須是賞，何須更如此？」或曰：「此病原起於老蘇。」曰：「看老蘇《六經論》，則是聖人全是以術欺天下也。」

問：「蘇子由之文，比東坡稍近理否？」朱子曰：「亦有甚道理？但其說利害處，東坡文字較明白，子由文字不甚分曉。要之學術只一般。」《性理》

朱子曰：子由晚年作《待月軒記》，想他大段自說，見得道理高。而今看得甚可笑，如說軒是人身，月是人性，則是先生下一個人身，却外面尋討個性來合凑着，此成甚道理？

蘇門文字到底脱不得縱横氣習，程門文字到底脱不得訓詁家風。

朱子曰：山谷使事多錯本旨，如作人墓誌云「敬授來使，病于夏畦」，本欲言皇恐之甚，却不知與「夏畦」關甚事？

迂齋云：王元之《待漏院記》句句見待漏意，是時五代氣習未除，未免稍俳。然詞嚴義正，可以想見其人，亦自得體。

文章達德綱領卷四

辨體内録 辭命　議論　叙事　詩賦　雜著

文章以體制爲先，精工次之。失其體制，雖浮聲切響，抽黄對白，極其精工，不可謂文矣。倪正父《辨體》

文章不知其體，則喻人無容儀，雖有實行，識者幾人哉？體制既熟，一篇之中，起頭、結尾、繳换、曲折、反覆、難應、關鎖、血脉，其妙不可以言盡，要須自得於古人。《金石例》《辨體》

東萊曰：嘗聞之山谷云：「或傳王荆公稱元之《竹樓記》勝歐陽《醉翁亭記》。或曰：此非荆公之言。某謂荆公出此言未失也。荆公論文章常先體制，而後文之工拙。蓋嘗觀子瞻《醉白堂記》，戲曰：『文辭雖極工，然不是《醉白堂記》，乃是《韓白優劣論》耳。』東坡聞之曰：『介甫《虔州學記》，乃《學校策》耳。』以此考之，優《竹樓記》而劣《醉翁亭記》，是荆公之言不疑也。」《西清詩話》

陳後山云：記者記其事爾，今之記乃論也。歐公《醉翁亭記》直記其事，而文出自然。少游謂《醉翁亭記》亦用賦體，信也矣。

循體而成勢，〔一〕隨變而立功者，復契會相參，節文互雜，譬五色之錦，各以本采爲地矣。《文心雕龍》《辨體》

章表奏議，準的乎典雅。
贊頌歌詩，羽儀乎清麗。〔二〕
符檄書移，楷式乎明斷。
史論序記，軌範乎覈要。
箴銘碑誄，體制乎宏深。
連珠七辭，從事乎工艷。

王維禎曰：文章之體，序事議論各不相淆，蓋人人能言矣，然此乃宋人創爲之。宋真德秀讀古人之文，自列所見，岐爲四途。夫文體區別，古誠有之，然有不可岐而別

〔一〕循，原作「脩」，據《文心雕龍·定勢》改。
〔二〕羽，原作「習」，據《文心雕龍·定勢》改。

者，如老子、伯夷、屈原、管仲、公孫弘、鄭莊等傳及《儒林傳》等序，既述其事，又發其義。觀詞之辨者，以爲議論可也；觀實之具者，以爲叙事可也。變化離合，不可名物；龍騰鳳躍，不可韁鎖。文而至是，雖遷史不知其然。晋人劉勰論之備矣，條中有《鎔裁》者，正謂此耳。夫金錫不和不成器，事理不會不成文，其致一也。

真西山曰：夫士之於學，所以窮理而致用也。文雖學之一事，要亦不外乎此。故以明義理、切世用爲主。其體本乎古，其指近乎經者，然後取焉。否則辭雖工亦不取。其目凡四，曰辭命，曰議論，曰叙事，曰詩賦。古今文辭，固無出此四類之外者。《文章正宗》《辨體》

浦陽鄭柏曰：

辭命之文乃天子制誥群臣、册命諸侯、詔敕天下、宣諭外夷，皆所以代言者也。

議論之文，或諫諍論説，或發明義理，或敷析治道，或褒貶人物，所以正乎理者也。

叙事之文，則筆人事之始終，師旅之征伐，創制之本末，交好之情辭，而紀載乎實者也。

詩賦之文，則發乎性情，止乎禮義，所謂情動乎中而形於言者也。《續正宗》體格明則規矩正。《古文矜式》

辭命之文，貴婉切。

議論之文，貴精到。

叙事之文，貴簡實。

詩賦之文，貴婉麗。

右入境之法也。

辭命 諭詔告　璽書　批答　册符命　制誥　敕　附典　謨　訓　誓　命　教　令　宣　敕

西山真氏曰：按，辭命之文，《周禮》大祝作六辭以通上下親疏遠近，曰辭、鄭氏曰：辭，謂辭令也。曰命、謂褘諶草創之命。曰誥、謂《康誥》、《盤》誥之屬。曰會、謂胥命蒲之會。[一]曰禱、謂如衛太子戰禱。曰誄。謂如哀公誄仲尼之誄。內史凡命諸侯及孤卿大夫，[二]則策命之。策，謂以簡

[一] 命，原作「會」，據《周禮·大祝》鄭玄注改。

[二] 卿，原作「鄉」，據《周禮·內史》改。

策書王命。御史掌贊書。若今尚書作詔文。質諸先儒注釋之説，則辭命以下皆王言也。太祝以下掌爲之辭，則所謂代言者也。以《書》考之，其可見者有三。一曰誥，以之播告四方。《湯誥》、《盤》誥、《康誥》、《大誥》、《多士》、《多方》、《康王之誥》是也。二曰誓，以之行師誓衆，《甘誓》《泰誓》《牧誓》《費誓》《秦誓》是也。三曰命，以之封國命官，《微子之命》《蔡仲之命》《君陳》《畢命》《君牙》《冏命》《吕刑》《文侯之命》是也。他皆無傳焉。意者王言之重惟此三者，[一]故聖人録之以示訓乎？[二]漢世有詔有册有璽書，其名雖殊，要皆王言也。文章之施於朝廷，布之天下者，莫此爲重，故今以爲編之首。《書》之諸篇，聖人筆之爲經；《春秋》内外傳所載周天子諭告諸侯之辭，列國往來應對之辭，下至兩漢詔册而止。蓋魏晋以降，文辭猥下，無復深純温厚之指。至偶儷之作興，而去古益遠矣。學者欲知王言之體，當以《書》之誥、誓、命爲祖。《文章正宗》

西山真氏曰：按，文中子曰：「漢之詔册則幾乎典誥矣。」又曰：「五帝之典、三王

[一] 重，原作「言」，據《文章正宗》卷一改。
[二] 以示，原作「示以」，據《文章正宗》卷一改。

之誥、兩漢之制，粲然可見矣。」又曰：「制，其盡美於恤人乎？」文中子之論如此，而朱文公乃非之曰：「三代之訓、誥、誓、命，皆根源學問，敷陳義理，粲然可爲後世法。秦漢以下詔令，何所發明？惟高帝之詔差愈。然已不純，如曰『肯從我游者，吾能尊顯之』，此豈所以待天下士耶？」愚謂以二帝三王律之，則誠如文公之説。自後世言之，則兩漢詔令猶有惻怛憂民之實意，而辭氣藹然，深厚爾雅，蓋有古之風烈，以爲代言之法。自漢及唐，惟興元赦令能興起人心，以其詞尚偶儷，故不入《正宗》。《正宗註》

明王鏊曰：予讀《左傳》，愛其文，而尤愛其詞命。當春秋時，諸侯大夫朝聘宴饗、征伐會盟，類以微言相感觸。其詞命往來，亦皆婉而切，若魯羽父請薛侯、晋陰飴甥對秦穆公、知罃對楚共王；簡而莊，若臧文仲對王使、周景王責晋人争闔田；巽而直，若鄭人告楚將服于晋、子産對晋問入陳、對士文伯壞垣、游吉對楚使。雖或發于感憤，然猶壯而不激，若晋狐突對懷公、解揚對楚子、大叔儀對衛獻公；屈而不撓，若展喜對齊侯、吴蹶由對楚子、齊國佐對晋。詞窮矣，然且文焉，遁而飾，若王子伯駢告晋、王子朝告諸侯、晋韓簡請戰；僞而恭，若鮑叔告魯請管仲、伯州犁對鄭子羽、楚薳越請宋華向；誣而近正，若晋吕相絶秦、叔魚歸季孫。於戲！何其善於詞也！其猶有先王之遺風乎？予生謇訥，甚思所以變其氣質而無由，〔一〕因彙稡其詞而日諷焉，〔二〕庶有益乎？孔子曰：「不學《詩》，無以言。」讀此編者，亦可以有言矣。

道其常而作彝憲者謂之典。《珊瑚》《辨體》

陳其謀而成嘉猷者謂之謨。同同

順其理而迪之者謂之訓。同同

即師衆而申之者謂之誓。〔三〕同同

因官使而命之者謂之命。同同

出於上者謂之教。同同

行於下者謂之令。同同

言而諭之者宣也。同同

〔一〕甚，原作「其」，據王鏊《春秋詞命引》改。

〔二〕稡，原作「梓」，據王鏊《春秋詞命引》改。

〔三〕申，原作「誓」，據《珊瑚鈎詩話》卷三改。

時而戒之者敕也。〔一〕同 同

諭告

海虞吳訥曰：按，西山云：「諭告以《書》考之，若《湯誥》《甘誓》《微子之命》之類是也。此皆聖人筆之爲經，不當與後世文辭同録。今獨取《春秋》内外傳所載周天子諭告諸侯之辭，及列國應對之語附焉。」又按，東萊呂氏有曰：「文章從容委曲而意獨至，惟《左氏》所載當時君臣之言爲然。蓋由聖人餘澤未遠，涵養自别，故其辭氣不迫如此，非後世專學語言者所可得而比焉。」《辨體》

西山云：王言貴乎典雅温潤，用字不可深僻，造語不可尖新。《辨體》

詔

海虞吳訥曰：按，三代王言見於《書》者有三，曰誥、曰誓、曰命。至秦改之曰詔，歷代因之。然惟兩漢詔辭深厚爾雅，尚爲近古。至偶儷之作興，而去古遠矣。東萊呂

〔一〕時，原作「特」，據《珊瑚鈎詩話》卷三改。

氏云：「近代詔書或用散文，或用四六。散文以深純温厚爲本，四六須下語渾全，不可尚新奇華巧而失大體。是編今以漢詔居前，附以唐宋諸詔，庸備二體。」西山有云：「王言之體，當以《書》之誥、誓、命爲祖，而參以兩漢詔册。」信哉！《辨體》

經綸之語若日月之垂照者，謂之詔。《珊瑚詩話》

詔以昭宣德意，貴正大而尊嚴，仁愛之心油然。《古文矜式》

詔宜典重温雅，謙沖惻怛之意藹然。君宣臣下之文，宜古樸直率，毋用之乎也者字。《文式》

璽書

海虞吴訥曰：按，應劭曰：「璽，信也。古者尊卑共之。《左傳》：『魯襄公在楚，季武子使公冶問璽書。』至秦漢，臣下始避其稱。」漢初有三璽，天子用玉璽以封，故曰璽書。文帝元年嘗賜南越趙佗璽書，佗愧感頓首，稱臣納貢。至今讀史者未嘗不三復書辭，以欽仰帝德於無窮也。夫制詔、璽書皆曰王言，然書之文尤覺陳義委曲，命辭懇到者，蓋書中能盡褒勸警飭之意也。故今特取前代璽書，載於詔令之前，讀者其必有以得之矣。《辨體》

批答

海虞吴訥曰：按，《玉海》唐學士初入院試制、詔、批答共三篇。蓋批答與詔異，詔則宣達君上之意，批答則采臣下章疏之意而答之也。東萊《文鑑》輯批答、詔敕各爲一類，可見矣。唐史載太宗之答劉洎，謂出自手筆，今觀辭意誠然。至若宋昭陵之答富弼等，則皆詞臣之撰進者也。讀者於是，其尚考諸。《辨體》

册 符命

海虞吴訥曰：按，《漢書》天子所下之書有四，一曰策書。注曰：「策者，編簡也。其制長二尺，短者半之。篆書，起維年月日，以命諸侯王公。若三公以罪免，亦賜策，則用一尺木而隸書之。」又按，《唐・百官志》曰：「王言有七，一曰册書，立皇后皇太子、封諸王則用之。」《説文》云：「册者，符命也，諸侯進受於王。象其札一長一短，中有二編之形。」當作册，古文作箣。蓋册、策二字通用。至唐宋後不用竹簡，以金玉爲册，故專謂之册也。若其文辭體制，則相祖述云。《辨體》

登而崇之者，册也。《珊瑚》《辨體》

册宜富而雅。《文式》

制 誥

海虞吴訥曰：按，《周官》太祝六辭，二曰命，三曰誥。考之於《書》，命者以之命官，若《畢命》《冏命》是也；誥則以之播誥四方，若《大誥》《洛誥》是也。漢承秦制，有曰策書，以封拜諸侯王公；有曰制書，用載制度之文。若其命官，則各賜印綬而無命書也。迨乎唐世，王言之體曰制者，大賞罰大除授用之；曰發敕者，授六品以下官用之，即所謂告身也。宋承唐制，其曰制者，以拜三公三省等職。辭必四六，以便宣讀于庭。誥則或用散文，以其直告某官也。西山云：「制誥皆王言，貴乎典雅温潤，用字不可深僻，造語不可尖新。」文武宗室各得其宜，斯爲善矣。《辨體》

帝王之言，出法度以制人者謂之制。〔二〕《珊瑚》

制宜峻厲典重。《文式》

〔二〕人，原作「文」，據《珊瑚鈎詩話》卷三改。

誥

誥以告示上意，貴嚴正而輕重得宜。《矜式》

西山云：誥貴乎典雅温潤。

議論

諫　表　奏疏　策　彈文　檄　露布　書　戒　論　辨　説　解　原　證　題跋　問　對　七體

西山真氏曰：按，議論之文，初無定體。都俞吁咈，發於君臣會聚之間；語言問答，〔一〕見於師友切磋之際，與凡秉筆而書、締思而作者，皆是也。大抵以六經、《語》、《孟》爲祖，而《書》之《大禹》《臯陶》《益稷》《仲虺之誥》《伊訓》《太甲》《咸有一德》《説命》《高宗肜日》《旅獒》《召誥》《無逸》《立政》，則正告君之體，學者所當取法。《春秋》内外傳所載諫争論説之辭，先漢以後諸臣所上書疏封事之屬，以爲議論之首。他所纂述，或發明義理，或敷析治道，或襃貶人物，書記往來，雖不關大體，而其文卓然爲世膾炙者。學者之議論，一以聖賢爲準的，則反正之評，詭道之辨，不得而惑，其文辭之法

〔一〕語，原作「諮」，據真德秀《文章正宗綱目》改。

度，又必本之，則華實相副，彬彬乎可觀矣。《文章正宗》

諫

海虞吴訥曰：古者諫無專官，自公卿大夫以至百工技藝，皆得進諫。隆古盛時，君臣同德，其都俞吁咈見於語言問答之際者，考之《書》可見。西山真氏以爲聖賢大訓，不當與後之文辭同録。今謹取其所載《春秋》内外傳諫争論説之言，其兩漢以下諸臣進説，有可以爲法戒者間亦采之。《辨體》

議

海虞吴訥曰：《周書》曰：「議事以制，政乃不迷。」眉山蘇氏釋之曰：「先王人法并任，而任人爲多，故臨事而議。」是則國之大事，合衆議而定之者尚矣。今采漢唐宋諸臣所上議狀，次于奏疏，以備一體。若儒先私議，其有關於政理者，間亦取之。《辨體》

度其宜而揆之者，議也。《珊瑚》《辨體》

議以議事，貴切事而有處置。《矜式》

議宜方折明白。《文式》

表附牋

海虞吴訥曰：按，韻書：「表，明也，標也。標著事緒，使之明白，以告乎上也。三代以前謂之敷奏，秦改爲表，漢因之。」竊嘗考之，漢晋皆尚散文，蓋用陳達情事，若孔明前後《出師》、李令伯《陳情》之類是也。唐宋以後多尚四六，其用則有慶賀，有辭免，有陳謝，有進書，有貢物。所用既殊，則其辭亦各異焉。西山云：「表中眼目全在破題，要見盡題意，又忌太露。貼題目處，須字字精確。且如進實録不可移於日録，若泛濫不切，可以移用，便不爲工矣。大抵表文以簡潔精緻爲先，用事忌深僻，造語忌纖巧，鋪叙忌繁冗，一以時代爲先後。」讀者詳之，則體制亦有以得之矣。《辨體》

李善曰：「三王以前，謂之敷奏。秦并天下，改爲表。總有四品：謝恩曰章，陳事曰表，劾驗政事曰奏，〔一〕推覆平論、有異事進之曰駮。」又曰：「漢魏以來都曰表，表者，明也，標也。如物之標表，言標表事序，使之明白，〔二〕以曉主上，得盡其忠曰表。」《文

〔一〕劾，原作「效」，據《文選》李善注改。
〔二〕使，原作「傳」，據《文選》李善注改。

選》載諸葛孔明、李令伯、孔文舉、曹子建、羊叔子等表，體式猶未定。至陸士衡《謝官表》、劉越石《勸進表》，漸有體式。唐尚辭章，學者多留意駢儷，而其詞愈工。雖將順其美，稱功頌德，乃臣子之至情，然其流弊不過下諛其上之詞。大概其體便於儷語，則修雅可讀。韓歐諸大家之文，亦有不能免者。《文選》牋體多是答諸王太子，近世上至尊曰表，降一等皇后、太子、王府皆曰牋。牋之名，自魏始有之，今其體式降於表一等。《翰墨全書》

表以明通下情，貴切當而無冗長。《矜式》

表，布臣子之心，致君父之前也。《珊瑚》

表宜張大典實。《文式》

牋，修儲后之問，伸宮闈之儀也。《珊瑚》《辨體》

諫戒、論事箋皆散文，賀箋皆三段，進書、進物箋皆四段。大略如表，而字樣不同，於皇后、太子用之。《歐冶》

奏疏 上疏　上書　奏劄啓　奏狀　奏議　奏對　封事　牒狀

海虞吴訥曰：按，唐、虞、禹、皋陳謨之後，至商伊尹、周姬公，遂有《伊訓》《無逸》

等篇，此文辭告君之始也。漢高惠時未聞有以書陳事者，迨乎孝文開廣言路，於是賈山獻《至言》，賈誼上《政事疏》。自時厥後，進言者日衆。或曰上疏，或曰上書，或曰奏劄，或曰奏狀。慮有宣泄，則囊封以進，謂曰封事。考之於史，可見矣。昔人有云：「君臣相遇，雖一語而有餘；上下未孚，雖千萬言而奚補？」爲臣子者，惟當罄其忠愛之誠而已爾，信哉！《辨體》

敷奏起於唐、虞，自禹、皋陳謨之外，未有敷奏之文也。至伊尹有《伊訓》《太甲》《一德》等篇，周公有《立政》《無逸》等篇，則有其文矣，猶未有其式也。〔一〕前漢文帝開廣言之路，始有賈山《至言》、賈誼《政事疏》。自是而後，以書疏言事者不勝多矣。或稱上書，或稱奏疏。恐有宣泄，則用封事。於是漸有體式矣。奏對者，上有問而我對之也。奏議者，上有謀而我議之也。昌言嘉謀，一問一答，載於《尚書》者，此體也。至漢則此體尤多，登壇對、杖策對、和戰議、鹽鐵議，此類蓋不少矣。嘗謂君臣相遇，一二語而有餘；上下未孚，千萬言而無補。此外有奏劄、奏狀。臣僚有萬言書，布衣有賢良策。又如進卷、進論，連篇累牘，其體式不一而足。此姑序其略云。《翰墨全書》

〔一〕式，原作「成」，據《新編事文類聚翰墨全書》甲集卷一改。

羅大經曰：劉平國云：「奏疏不必繁多，爲文但取其明白，足以盡事理，感悟人主而已。」此論極好。如《伊訓》《説命》《無逸》《立政》所未論，只如諸葛孔明前後《出師表》，何嘗費詞？近時如張宣公自都機入奏三劄，陸象山爲刪定官輪對五劄，皆可法。《鶴林玉露》

奏以奏事，貴明白體面，而感上應下。《矜式》

奏宜情理懇切，〔一〕意思忠厚。《文式》

尺牘無封，指事而陳之者，劄子也。《珊瑚》《辨體》

狀者，言之公上也。《珊瑚》《辨體》

牒者，用之官府也。《珊瑚》《辨體》

策

海虞吳訥曰：按，《説文》：「策者，謀也。」凡録政化得失，顯而問之，謂之對策。考之於史，實始漢之晁錯。錯遇文帝恭謙好問之主，不能明目張膽以答所問，惜哉！

〔一〕情，原作「精」，據《文式》卷上改。

唯董仲舒學識醇正，又遇孝武初政清明，策之再三，故克罄竭所藴。帝因是罷黜百家，專崇孔氏，以表章六經，厥功茂焉。迨後唯宋蘇氏之答仁宗制策，亦克輸忠陳義，婉切懇到。君子有所取焉，讀者詳之。《辨體》

策以籌謀，貴縝密而可施行。《矜式》

策者，條而對焉者也。《珊瑚》

彈文

海虞吴訥曰：按，《漢書》注云：「群臣上奏，若罪法按劾，公府送御史臺，卿校送謁者臺。」是則按劾之名，其來久矣。梁昭明輯《文選》，特立其目，名曰彈事。若《唐文粹》《宋文鑑》，則載奏疏之中而已。迨後王尚書應麟有曰：「奏以明允誠篤爲本，若彈文則必理有典憲，辭有風軌，使氣流墨中，聲動簡外，斯稱絶席之雄也。」是則奏疏、彈文，其辭氣亦各異焉。觀者其尚考諸。《辨體》

彈以糾劾奸惡，貴嚴正而不容走脱。《矜式》

檄

海虞吴訥曰：按，《釋文》，檄，軍書也。春秋時祭公謀父稱文告之辭，即檄之本始。至戰國張儀爲檄告楚相，其名始著。劉勰云：「凡檄之大體，或述此休明，或叙彼苛虐。指天時，審人事，算强弱，角權勢。故植義颺辭，務在剛健。插羽以示迅，不可使辭緩；露板以宣衆，不可以義隱。」大抵唐以前不用四六，故辭直義顯。昔人謂檄以散文爲得體，豈不信乎？《辨體》

檄，皎也。喻使皎然知我情也。

檄者，激發人心而諭禍福也。《珊瑚》《辨體》

檄以飛達軍情，貴雄健而感動人心。《矜式》

露布

海虞吴訥曰：按，《通典》云：「元魏攻戰克捷，欲天下聞知，乃書帛建於漆竿上，名爲露布。」此其始也。考諸《文章緣起》，則曰：「漢賈洪爲馬超伐曹操作露布。」及《世説》又載桓温北征，令袁宏倚馬撰露布。是則魏晋以前，亦有之矣。《文心雕龍》又云：「露布者，蓋露板不封，布諸視聽。」近世帥臣奏捷，蓋本於此。然今考之，魏晉之文俱無傳本，唐宋雖有傳者，然其命辭全用四六，蓋與當時表文無異。今故録附表後，以備一體。西山先生嘗云：「露布貴奮發雄壯，少粗無害。」觀者詳焉。《辨體》

捷書不緘，插羽而傳之者，露布也。《珊瑚》《辨體》

書

手書　家書　長書　上狀　簡手簡小簡　牘手牘附尺牘　啓　劄牒

海虞吴訥曰：按，昔臣僚敷奏，朋舊往復，皆總曰書。近世臣僚上言名爲表奏，惟朋舊之間則曰書而已。蓋論議知識，人豈能同？苟不具之於書，則安得盡其委曲之意哉？戰國兩漢間，若樂生、若司馬子長、若劉歆諸書，敷陳明白，辨難懇到，誠可以爲修辭之助。至若唐之韓柳，宋之程朱張吕，凡其所與知舊門人答問之言，率多本乎進修之實。讀者誠能熟復，以反之於身，則其所得又豈止乎文辭而已哉？《辨體》

書簡往復，古無所考，其始起於先秦乎？吕相、魯仲連、樂毅、李斯諸書，班班見於史傳。自漢而下，《文選》所載尤備。唐宋諸大家文集皆有之，所施各有其體。或曰奏記，或曰小簡，或曰尺牘。近體又有所謂上狀、代劄。或三幅五幅，或七提九提，不勝其紛紛矣。大抵卑之達尊，必致敬而盡禮，其辭以謙恭爲主；次而敵體之交際；又次

而卑幼之往復，則其禮以漸降殺矣。《翰墨全書》

書以攄寫事情，貴條達而隨人所好。《矜式》

書者，纉而述焉者也。《珊瑚》《辨體》

書宜簡要明切。《文式》

狀以形狀事迹，貴明白而關通律令。《矜式》

簡以傳事意，貴簡要而分明。《矜式》

簡者，質言之而略也。《珊瑚》《辨體》

啓　劄

按，啓式，《文選》有任彦昇《謝示七夕詩啓》，又《謝修墓啓》，皆臣啓君之辭。其式與近體無大異，亦用儷語，首末亦同，略如今之表牋。《文粹》有杜牧《上李太尉》等啓，韓柳集多有之。意後來卑達尊之辭，皆用之。或書簡亦謂之啓，不盡拘儷語。啓字之義訓跪，蓋跪而陳之也。後來寖失其義，文勝滅質。凡交際皆有啓，豈特跪而後敢言？凡肅拜、再拜、頓首，平常交際皆用之矣，況啓乎？

按，劄，唐以前文無此體。至歐蘇集中有奏劄，乃臣告君之辭。其餘書翰往復，亦

不見有劄體。凡疊幅提頭，只曰尺牘、手簡。如近體用啓必用劄，提頭疊幅不勝煩瀆。後之用工翰墨者，宜變此體矣。《翰墨全書》

啓以啓發所言，貴安詳而有體面。《矜式》

啓者，文言之而詳。《珊瑚》《辨體》

牒 狀

羅大經曰：《左氏傳》王子朝之亂，晉命諸侯輸周粟，宋樂大心不可，晉士伯折之，乃受牒而皈。今世臺府移文屬郡曰牒，蓋春秋時霸主於列國已用之。《玉露》

又曰：周益公家藏歐陽公家書一幅，紙斜封，乃泠壽光牒。其詞曰：「具位某，猪肉一斤。右伏蒙頒賜，領外無任感激。謹具牒謝。年月日，具位某牒。」蓋改牒爲狀，自元豐始，日趨於諛矣。且前輩交際，其饋止於如此，未嘗過於豐侈也。《玉露》

戒

海虞吴訥曰：按，韻書，誡者，警敕之辭。《文章緣起》曰：「漢杜篤作《女誡》。」辭已弗傳。《昭明文選》亦無其體。今特取先正誡子孫及警世之語可爲法者，庶讀者得

所警發焉。《辨體》

戒以規警，貴嚴正而不可犯。《矜式》

論附評

海虞吳訥曰：按，韻書，論者，議也。梁《昭明文選》所載論有二體。一曰史論，乃史臣於傳末作論議，以斷其人之善惡。若司馬遷之論項籍、商鞅是也。二曰論，則學士大夫議論古今時世人物，或評經史之言，正其訛謬。如賈生之論秦過、江統之論徙戎、柳子厚之論守道守官是也。唐宋取士用以出題，然求其辭精義粹、卓然名世者，亦惟韓歐爲然。劉勰云：「聖哲彝訓曰經，述經叙理曰論。故凡陳政則與議説合契，釋經則與傳注參體，辨史則與贊評齊行，銓文則與序引共紀。」信夫！《辨體》

言其倫而折之者，論也。《珊瑚》《辨體》

論以論理，貴反覆而盡事情。《矜式》

論宜圓折深遠。〔一〕《文式》

〔一〕遠，原作「達」，據《文式》卷上改。

評以評事，貴公平而服衆。《矜式》

辨

海虞吴訥曰：昔孟子答公孫丑問好辨曰：「予豈好辨哉？予不得已也。」中間歷叙古今治亂相尋之故，凡八節，所以深明聖人與己不能自已之意。終而又曰：「豈好辨哉？予不得已也。」蓋非獨理明義精，而字法句法章法亦足爲作文楷式。迨唐韓昌黎作《諱辨》，柳子厚《辨桐葉封弟》，識者謂其文斆《孟子》，信矣。大抵辨須有不得已而辨之意，苟非有關世教、有益後學，雖工亦奚以爲？《辨體》

別嫌疑而明之者，辨也。《珊瑚》《辨體》

辨以辨明，貴曲折而善解結。《矜式》

辨宜方折明白。《文式》

説 附解

海虞吴訥曰：按，説者，釋也，述也，解釋義理而以己意述之也。説之名起自吾夫子之《説卦》，厥後漢許慎著《説文》，蓋亦祖述其名而爲之辭也。魏晋六朝文載《文選》而無其體，獨陸機《文賦》備論作文之義，有曰「説煒煒而譎誑」，是豈知言者哉？至昌黎韓子，憫斯文日弊，作《師説》，抗顔爲學者師。迨柳子厚及宋室諸大老出，因各即事即理而爲之説，以曉當世，以開悟後學，由是六朝陋習一洗而無餘矣。盧學士云：「説須自出己意，横説竪説，以抑揚詳贍爲上。」若夫解者，亦以講釋解剥爲義，其與説亦無大相遠焉。《辨體》

正是非而著之者，説也。《珊瑚》《辨體》

説以説理，貴明白而不煩解注。《矜式》

説宜平易明白。《文式》

解 附喻 證

海虞吴訥曰：解者，亦以講釋解剥爲義，其與説亦無大相遠焉。《辨體》

《黄氏日抄》云：《進學解》類賦體，逐段布置，各有韻。

解以解義，貴明白而題意朗然。《矜式》

喻以曉人，貴明切而使人心解。《矜式》

原

海虞吴訥曰：按，韻書，原者，本也。一説推原也。義始《大易》「原始要終」之訓。若文體謂之原者，先儒謂始於退之之《五原》，蓋推其本原之義以示人也。山谷嘗曰：「文章必謹布置，每見學者多告以《原道》命意曲折。」石守道亦云：「吏部《原道》《原人》等作，諸子以來未有也。」後之作者蓋亦取法於是云。《辨體》

原以原理，貴精嚴而直造本原。《矜式》

題跋附書後　讀某書

海虞吴訥曰：按，蒼崖《金石例》云：「跋者，隨題以贊語於後。前有序引，當掇其有關大體者以表章之，須明白簡嚴，不可墮人窠臼。」予嘗即其言考之，漢晋諸集，題跋不載。至唐韓柳，始有讀某書及讀某文題其後之名。〔一〕迨宋歐曾而後，始有跋語，然其辭意亦無大相遠也，故《文鑑》《文類》總編之曰題跋而已。近世疏齋盧公又云：

〔一〕其，原作「某」，據《文章辨體序説》改。

「跋，取古《詩》『狼跋其胡』之義。狼行則前躐其胡，故跋語不可太多，多則冗。尾語宜峭拔，使不可加。」若然，則跋比題與書尤貴乎簡峭也。庸書以俟考訂云。《辨體》

題以品物，貴忠厚而有益於彼。《矜式》

跋以繫尾，貴簡當而有所發明。《矜式》

問對 附難

海虞吴訥曰：問對體者，載昔人一時問答之辭，或設客難以著其意者也。〔一〕《文選》所録宋玉之於楚王、相如之於蜀父老，是所謂問對之辭。至若《答客難》《解嘲》《賓戲》等作，則皆設辭以自慰者焉。洪氏景盧云：「東方朔《答客難》自是文中傑出。揚雄擬爲《解嘲》，尚有馳騁自得之妙。至於班固之《賓戲》、張衡之《應問》，則屋下架屋，章摹句寫，讀之令人可厭。迨韓退之《進學解》出，則所謂青出於藍而青於藍矣。」景盧所云，學者亦所當知。《辨體》

難以詰問，貴糾結而使人難解。《矜式》

〔一〕 或，原作「式」，據《文章辨體序説》改。

七體

海虞吴訥曰：昭明輯《文選》，其文體有曰七者，蓋載枚乘《七發》，繼以曹子建《七啓》、張景陽《七命》而已。《容齋隨筆》云：「枚生《七發》，創意造端，麗旨腴辭，固爲可喜。後之繼者如傅毅《七激》、張衡《七辨》、崔駰《七依》、馬融《七廣》、曹植《七啓》、王粲《七釋》、張協《七命》、陸機《七微》之類，規仿太切，了無新意。及唐柳子厚作《晋問》，雖用其體而超然别立機杼，漢晋之間沿襲之弊一洗矣。」竊嘗考對偶句語，六經所不廢。七體雖尚駢儷，然遺辭變化，與連珠全篇四六不同。自柳子後作者鮮聞，迨元袁伯長之《七觀》、洪武宋王二老之《志釋》《文訓》，其富麗固無讓于前人。至其論議，又豈《七發》之可比焉？讀者宜以得之。《辨體》

叙事

序　題辭　記志記　表録　傳　行狀　謚法　謚議　碑　墓碑　墓碣　墓表　墓誌　誄　哀辭　祭文

西山真氏曰：按，叙事之文，起於古史官，其體有二。有紀一代之始終者，《書》之《堯典》《舜典》與《春秋》之經是也，後世本紀似之。有紀一事之始終者，《禹貢》《武成》《金縢》《顧命》是也，後世志紀之屬似之。又有紀一人之始終者，則先秦蓋未之有而昉於漢司馬氏，後之碑誌事狀之屬似之。《書》之諸篇與史之紀傳，皆不復録。〔一〕《左氏》《史》《漢》叙事之尤可喜者，與後世記序傳誌之典則簡嚴者，以爲作文之式。若夫有志於史筆者，自當深求《春秋》大義，而參之以遷、固諸書，非此所能該也。《正宗》

序

海虞吴訥曰：《爾雅》云：「序，緒也。」序之體始於《詩》之《大序》，首言六義，次言《風》《雅》之變，又次言二《南》王化之自。其言次第有序，故謂之序也。東萊云：「凡序文籍，當序作者之意。如贈送燕集等作，又當隨事以序其實也。」大抵序事之文，以次第其語、善叙事理爲上。近世應用惟贈送爲盛，當須取法昌黎韓子諸作，庶爲有得古人贈言之義，而無枉己徇人之失也。《辨體》

序者，緒而陳者也。《珊瑚》《辨體》

序以序事，貴直達。《矜式》

序隨其大小而作，其文較寬，宜疏通圓美，而隨所叙之事變化。《文式》

〔一〕皆不復録，據《文章正宗綱目》補。

記附紀　志　表　録

海虞吴訥曰：《金石例》云：「記者，記事文也。」西山曰：「記以善叙事爲主。《禹貢》《顧命》乃記之祖，後人作記，未免雜以議論。」後山亦曰：「退之作記，記其事耳。今之記，乃論也。」竊嘗考之，記之名始於《戴記·學記》等篇。記之文，《文選》弗載。後之作者，固以韓退之《畫記》、柳子厚遊山記爲體之正。然觀韓之《燕喜亭記》，亦微載議論於中。至柳之記新堂、鐵爐步，則議論之辭多矣。迨至歐蘇而後，始專有以論議爲記者，宜乎後山諸老以是爲言也。大抵記者蓋所以備不忘，如記營建當記月日之久近、工費之多少、主佐之姓名，叙事之後略作議論以結之，此爲正體。至若范文正公之記嚴祠、歐陽文忠公之記晝錦堂、蘇東坡之記山房藏書、張文潛之記進學齋、晦翁之作《婺源書閣記》，雖專尚議論，然其言足以垂世而立教，弗害其爲體之變也。學者以是求之，則必有以得之矣。《辨體》

記以記事，貴方整。《矜式》

記其文較窄，宜簡實方正，而隨所記之事變化。《文式》

記以記事，貴切要。《矜式》

紀者，紀其實也。《珊瑚》《辨體》

志以志事，貴詳明。《矜式》

表以白事，貴簡明。《矜式》

録以録事，貴質實。《矜式》

傳

海虞吴訥曰：太史公創《史記》列傳，蓋以載一人之事，而爲體亦多不同。迨前後兩《漢書》、《三國》、《晋》、《唐》諸史，則第相祖襲而已。厥後世之學士大夫或值忠孝才德之事，慮其湮没弗白，或事迹雖微而卓然可爲法戒者，因爲立傳以垂于世。此小傳、家傳、外傳之例也。西山云：「史遷作《孟荀傳》，不止言二子，而旁及諸子，此體之變，可以爲法。」《步里客談》又云：「范史《黄憲傳》蓋無事迹，直以語言模寫其形容體段，此爲最妙。」由是觀之，傳之行迹，固繫其人；至於辭之善否，則又繫之于作者也。若退之《毛穎傳》，迂齋謂以文滑稽，而又變體之變者乎？《辨體》

傳者，傳而信者也。《珊瑚》《辨體》

傳以傳事，貴覈實。《矜式》

傳宜質實，而隨所傳之人變化。《文式》

行狀

海虞吴訥曰：按，行狀者，門生故舊狀死者行業上于史官，或求銘誌於作者之辭也。《文章緣起》云始自漢丞相倉曹傅胡幹作《楊原伯行狀》。然徒有其名而亡其辭。蕭氏《文選》唯載任彦升所作《齊竟陵王行狀》一篇，而辭多矯誕，識者病之。今采韓柳所作，載爲楷式云。《辨體》

行狀宜質實詳備。《文式》

謚法

海虞吴訥曰：《周禮》大史，「喪事考焉，小喪賜謚」。疏云：「小喪，卿大夫也。卿大夫謚，君親制之，使大史往賜之。至遣之日，小史往爲讀之。」又按，《禮記》曰：「幼名，冠字，五十以伯仲，死謚，周道也。」是則贈謚之制，實始於周焉。《崇文總目》載《周公謚法》一卷，又有《春秋謚法》《廣謚》等書，然皆漢魏以來儒者取古人謚號增輯而爲之也。宋仁宗朝眉山蘇洵嘗奉詔編定，乃取世傳《周公謚法》以下諸書，定爲三卷，總一百六十八謚。至孝宗淳熙中，夾漈鄭樵復本蘇氏書增損，定爲上中下三等，通二百一十謚，爲書以進。大抵謚者所以表其實行，故必由君上所賜，善惡莫之能掩。然在學者，亦不可不知其説。古今特載《周公謚法》于編，蓋以諸家之説皆祖于此。若夫鄭氏之論，亦多有可取者，讀者詳之。《辨體》

謚議

海虞吴訥曰：按，《謚法》云：「謚者，行之迹。大行受大名，細行受小名。」《白虎通》曰：「人行始終不能若一，故據其終始，明别善惡，所以勸人爲善而戒人爲惡也。」由是觀之，則謚之所繫，豈不重歟？漢、晋而下，凡公卿大夫賜謚，必下太常定議。博士乃詢察其善惡賢否，著爲謚議以上于朝。若晋秦秀之議何曾、賈充，唐獨孤及之議苗俊卿，宋鄧忠臣之議歐陽永叔是也。當時雖或未能盡從其言，然千百載之下讀辭者，莫不油然興起其好惡之心。嗚呼！是其所繫，豈不甚重乎哉？至若近世名儒隱士之没，門人朋舊有私謚易名之議，蓋亦不可不知云。《辨體》

碑 銘

海虞吴訥曰：按，《儀禮·士婚禮》：入門當碑揖。又《禮記·祭義》云：「牲入，麗于碑。」賈氏注云：「宫廟皆有碑，以識日影，以知早晚。」《説文》注又云：「古宗廟立碑繫牲，後人因於上紀功德。」是則宫室之碑所以識日影，而宗廟則以繫牲也。秦漢以來，始謂刻石曰碑，其蓋始於李斯嶧山之刻耳。蕭梁《文選》載郭有道等墓碑，而王簡栖《頭陀寺碑》亦厠其間。至《唐文粹》《宋文鑑》，則凡祠廟等碑，與神道墓碑各爲一類。今故亦依其例云。《辨體》

羅大經曰：古人立碑，廟以繫牲，墓以下棺。厥後乃刻歲月，或識事始末。蓋亦因而文之耳。若湯《盤銘》、太公《丹書》所載諸銘，亦因所用器物著辭以自警，未嘗爲徒文也。後世特立石以紀事述言，而謂碑銘，與古異矣。杜元凱銘功於二石，一置峴山之上，一沉漢水之中。韓退之謂張愉曰：「丐我一片石，載二妃廟事，且令後世知有子名。」後世好名之弊，至於如此！《玉露》

唐荆川曰：文字之變，於今世極矣。古者秉是非之公，〔一〕以榮辱其人，故史與銘相并而行。其異者，史則美惡兼載，銘則稱美而不稱惡。美惡兼載，則以善善爲予，以惡惡爲奪。予與奪并，故其爲教也章。稱美而不稱惡，則以得銘爲予，以不得銘爲奪。奪因予顯，故其爲教也微。義主於兼載，則雖家人里巷之碎事可以廣異聞者，亦或采焉，故其爲體也不嫌於詳。義主於稱美，則非勞臣烈士之殊迹可以繫世風者，率不列焉，故其爲體也不嫌於簡。是銘較之史猶嚴也。後世史與銘皆非古矣，而銘之濫且誣也甚。漢蔡中郎以一代史才自負，至其所爲碑文，則自以爲多愧辭。豈中郎知嚴於史而不知嚴於銘耶？然則銘之不足據以輕重也，在漢而已然，今又何怪？

碑者，披列事功而載之金石也。《珊瑚》《辨體》

碑宜雄渾典雅。《文式》

墓碑

海虞吴訥曰：按，《檀弓》曰：「季康子之母死，公肩假曰：『公室視豐碑。』」注

〔一〕秉，原作「乘」，據《荆川文集》卷十六《按察司照磨吴君墓表》改。

云：「豐碑以木爲之，形如石碑，樹於椁前後，穿中爲鹿盧，繞之繂，用以下棺。」《事祖廣記》曰：「古者葬有豐碑以窆。秦漢以來，死有功業則刻于上，稍改用石。晋宋間始稱神道碑。蓋地理家以東南爲神道，碑立其地而名耳。」墓碣近世五品以下所用，文與碑同。墓表則有官無官皆可，其辭則叙學行德履。墓誌則直述世系、歲月、名字、爵里，用防陵谷遷改。埋銘、墓記則墓誌異名。古今作者惟昌黎最高，行文叙事面目首尾不再蹈襲。凡碑、碣表於外者，文則稍詳；誌、銘埋於壙者，文則嚴謹。其書法則唯書其學行大節，小善寸長則皆弗録。近世弗知者，至將墓誌亦刻墓前，斯失之矣。大抵碑銘所以論列德善功烈，雖銘之義稱美弗稱惡，以盡其孝子慈孫之心，然無其美而稱者謂之誣，有其美而不稱者謂之蔽，誣與蔽，君子之所弗由也歟？《辨體》

碑以誌悲，貴哀慕。《矜式》

墓碣

碣者，揭其操行而立之墓隧也。《珊瑚》《辨體》

碣宜質實典雅。《文式》

墓表

墓表者，其辭則叙學行德履。《辨體》

墓誌附　墓記　埋銘

誌者，識其名系而埋之壙穴也。《珊瑚》《辨體》

誄附　哀辭

海虞吴訥曰：按，《周禮》太祝作六辭以通上下親疏遠近，六曰誄。魯哀公十六年四月孔子卒，公誄之曰：「旻天不弔，〔一〕不憖遺一老，俾屏余一人以在位，煢煢余在疚。嗚呼哀哉！尼父！」此即所謂誄辭也。鄭氏注云：「誄者，累也。列生時行迹讀之以作謚，此唯有辭而無謚，蓋唯累其美行，示己傷悼之情爾。」是則後世有誄辭而無謚者，蓋本於此。又按，《文章緣起》載漢武帝《公孫弘誄》，然無其辭。唯《文選》録曹子建

〔一〕弔，原作「予」，據《文章辨體目録》改。

之誄王仲宣、潘安仁之誄楊仲武，蓋皆述其世系行業而寓哀傷之意。厥後韓退之於歐陽詹、柳子厚之於吕温，則或曰誄辭，或曰哀辭，而名不同。迨宋南豐、東坡諸老所作，則總謂之哀辭焉。大抵誄則多叙世業，故今率仿魏晋，以四言爲句；哀辭則寓傷悼之情，而有長短句及楚體不同，作者不可不知。《辨體》

誄者，累其素履而質諸鬼神也。《珊瑚》《辨體》

哀辭

海虞吴訥曰：哀辭則寓傷悼情，而有長短句及楚體不同，作者不可不知。《辨體》

祭文 册祝

海虞吴訥曰：古者祝享，史有册祝，載其所以祝之之意，考之經可見。若《文選》所載謝惠連之祭古冢、王僧達之祭顔延年，則亦不過叙其所祭及悼惜之情而已。迨後韓柳歐蘇與夫宋世道學諸君子，或因水旱而禱于神，或因喪葬而祭親舊，真情實意溢出言辭之表，誠學者所當取法者也。大抵禱神以悔過遷善爲主，祭故舊以道達情意爲尚。若夫諛辭巧語，虚文蔓記，固弗足以動神，而亦君子之所厭聽也。《辨體》

詩賦

詩　賦騷文　辭　箴　銘　贊　頌

西山真氏曰：按，詩賦之文，自虞《賡歌》、夏《五子之歌》始，而備於孔子所定《三百五篇》。若《楚辭》則又詩之變而賦之祖也。朱文公嘗言：「古今之詩凡有三變。蓋自書傳所記，虞夏以來，下及漢魏，自爲一等。自晋宋間顔謝以後，下及唐初，自爲一等。自沈宋以後，定著律詩，下及今日，又爲一等。然自唐初以前，其爲詩者固有高下，而法猶未變。至律詩出，而後詩之與法始皆大變矣。〔一〕故嘗欲抄取經史諸書所載韻語，下及《文選》、古詩，以盡乎郭景純、陶淵明之作，自爲一編，而附于《三百篇》《楚詞》之後，以爲詩之根本準則。〔二〕又於其下二等之中，擇其近於古者，各爲一編，以爲之羽翼輿衛。其不合者，則悉去之，不使其接於胸次。要使方寸之中，無一字世俗語言意思，則其爲詩不期於高遠而自高遠矣。」虞夏二歌與《三百五篇》外，餘皆以文公之言爲準。若箴、銘、頌、贊、郊廟樂歌、琴操，皆詩之屬。至於辭賦，則有文公《集注》

〔一〕與，原作「古」，據《晦庵文集》卷六十四《答鞏仲至》改。
〔二〕詩，據《晦庵文集》卷六十四《答鞏仲至》補。

《楚詞後語》。或曰：「以明義理爲主，後世之詩，其有之乎？」曰：「《三百五篇》之詩，其正言義理者蓋無幾，而諷咏之間，悠然得其性情之正，即所謂義理也。後世之作雖未可同日而語，然其間興寄高遠，讀之使人忘寵辱、去鄙吝，翛然有自得之趣，而於君親臣子大義亦時有發焉。其爲性情心術之助，反有過於他文者。蓋不必顯言性命，而後爲關於義理也。」讀者以是求之，斯得之矣。《正宗》

詩

朱子曰：「人生而静，天之性也。感於物而動，性之欲也。既有欲矣，則不能無思。既有思矣，則不能無言。既有言矣，則言之所不能盡而發於咨嗟咏嘆之餘者，必有自然之音響節族而不能已焉。此《詩》之所以作也。」曰：「然則其所以教者何也？」曰：「《詩》者，人心之感物而形於言之餘也。心之所感有邪正，故言之所形有是非。惟聖人在上，則其所感者無不正，而其言皆足以爲教。其或感之之雜，而所發不能無可擇者，則上之人必思所以自反，而因有以勸懲之，是亦所以爲教也。」

黄氏曰：寂然不動者，謂之性。感於物者，謂之情。情之所動，則惡可已？惡可已，則不知手舞足蹈也。

三山李氏曰：永歌未足盡其情，於是手舞之，足蹈之，而有舞焉。歌咏其聲，舞蹈其容，聲容兩盡，然後喜怒哀樂之情宣導於外，無所湮鬱，此所以導和之至也。

孔氏曰：治世之政和順，民述其安樂之心作歌，故其音亦安樂。「百室盈止，婦子寧止」，安之極也；「厭厭夜飲，不醉無皈」，樂之至也。亂世之政乖戾，民述其怨怒之心作歌，故其音亦怨怒。「民莫不穀，我獨何害」，怨之至也；「取彼譖人，投畀豺虎」，怒之甚也。國將亡，民遭困厄，哀傷思慕而作歌，故其音亦哀以思。「知我如此，不如無生」，哀之甚也；「睠言顧之，潸焉出涕」，〔一〕思之篤也。

安成劉氏曰：咏其事之得，則可起人善心；諷其事之失，則可創人逸志，得失於是乎正。其入人之深如此者，蓋以人心同一理也。咏其實而極其和平，則達於陰陽而或致祥；諷其實而極於怨怒，則達乎陰陽而或召灾。其感動之速如此者，亦以天地神人同一氣也。詩雖出於人爲，而理氣感通則不假人力也。

黄氏曰：自有天地、有萬物，而詩之理已寓。嬰兒之嬉笑、童子之謳吟，皆有詩之情而未動也。桴以蕢，鼓以土，籥以葦，皆有詩之用而未文也。康衢順則之謡，元首股

〔一〕潸，原作「潛」，據《詩經·小雅·大東》改。

風變雅已備矣。

肱之歌，皆詩也，故曰「詩言志」。至於五子述大禹之戒，相與歌咏，傷今而思古，則變

《周禮》太師教六詩，曰風、曰賦、曰比、曰興、曰雅、曰頌。

朱子曰：《周禮》太師掌六詩，以教國子，而《大序》謂之六義，蓋古今聲詩條理無出此者。《風》則閭巷風土、男女情思之詞，《雅》則朝會燕享、公卿大夫之作，《頌》則鬼神宗廟、祭祀歌舞之樂。其所以分，皆以其篇章節奏之異而別之也。賦比興所以分者，又以其屬詞命意之不同而別之也。

問《風》《雅》與無天子之《風》義。曰：「鄭漁仲言：『出於朝廷者爲《雅》，出於民俗者爲《風》。文武之時，周、召之作者謂之周召之《風》；東遷之後，王畿之民作者謂之《王風》。』似乎大約是如此，亦不敢爲斷然之説。但古人作詩，體自不同。《雅》自是《雅》之體，《風》自是《風》之體。如今人做詩曲，亦自有體制不同者，自不可亂，不必説《雅》之降爲《風》。今且就《詩》上理會意義，其不可曉處不必反倒。」

詩有是當時朝廷作者，《雅》《頌》是也。若《國風》乃采詩者采之民間，以見四方民情之美惡。二《南》亦是采民言而被樂章爾。程子必要説周公作以教人，不知是如何，某不敢從。

盧陵彭氏曰：李賢良云：「詩，古之歌曲。其聲之曲折、氣之高下，作詩之始，或爲《風》、爲《小雅》、爲《大雅》、爲《頌》。《風》之聲不可以入《雅》，《雅》之聲不可以入《頌》，不待太師與孔子而後分也。風雅頌乃其音，而賦比興乃其體也。」

朱子曰：風雅頌，聲樂部分之名；賦比興，則所以製作風雅頌之體也。太師之教國子必使之以是六者，三經而三緯之，則凡詩之節奏指歸，皆將不待講説而直可吟咏以得之矣。三經是賦比興，是做詩底骨子；風雅頌却是裏面横串底，故謂之三緯。

《語録》曰：風、雅、頌，乃是樂章之腔調。〔一〕如言仲吕調、大石調、越調之類。賦者，直陳其事，如《葛覃》《卷耳》之類。《語録》云：「直指其名，直叙其事者，賦也。」比者，以彼狀此，如《螽斯》《緑衣》之類。《語録》云：「引物爲況者，〔二〕比也。」興者，托物興詞，如《關雎》《兔罝》之類。《語録》云：「本要言其事，〔三〕而虚用兩句釣起，

〔一〕章，原作「中」，據《朱子語類》卷八十改。
〔二〕況，原作「説」，據《朱子語類》卷八十改。
〔三〕要，原作「專」，據《朱子語類》卷八十改。

因而接續去者，興也。」

比是以一物比一物，而所指之事常在言外。興是借彼一物以引起此事，而其事常在下句。説出那個物事來是興，不説那個物事是比。如「南有喬木」，只是説「漢有游女」；「奕奕寢廟，君子作之」，只説個「他人有心，予忖度之」，皆是興體。比體只是從頭比下來，不説破。興比相近，却不同。

如「藁砧今何在」「何日大刀頭」，此是比體。興之爲言，起也，言興物而起意。後來古詩猶有此體，如「青青原上柏，磊磊澗中石。人生天地間，忽如遠行客」。又如「高山有厓，林木有枝。憂來無端，人莫之知」，皆是也。興體不一，或借眼前事説起，或别將一物説起。如唐詩尚有此體，如「青青河畔草」「青青水中蒲」，皆是借彼興起其詞，非必有感有見於此物也。有將物之所無興起自家之所有，有將物之所有興起自家之所無。前輩都理會這個不分明，如何説得《詩》本指？

比興之中，《螽斯》專於比，而《緑衣》兼於興；〔一〕《兔罝》專於興，而《關雎》兼於比。此其例中又自有不同者，學者亦不可以不考。

〔一〕 緑，原作「緣」，據《詩集傳・詩傳綱領》改。

比興之中，各有兩例。興有取所興爲義者，則以上句形容下句之情思，下句指言上句之事實。有全不取義者，則但取一二字相應而已。〔一〕要之上句常虛，〔二〕下句常實，則同也。比有繼所比而言其事者，有全不言其事者，學者隨文會意可也。

《詩》之比興，舊來以《關雎》之類爲興，《鶴鳴》之類爲比，嘗爲之説甚詳。大概興詩不甚取義，特以上句引起下句，亦有取義者。比詩則全以彼物譬喻此物，有都不説破者，有下文却結在所比之事上者。其體蓋不同也。上蔡言學《詩》要先識六義，而諷咏以得之。此學《詩》之要，若迂迴穿鑿則便不濟事。

慶源輔氏曰：凡詩，聲音之節、製作之體，有此六義，而教《詩》與學《詩》者皆當先辨而識之也。緑衣雖以比妾，又因以興起其詞。雎鳩雖以起興，又以摯而有別比后妃之德也。獨舉二者，以例其餘耳。

賦而比，《小弁》八章。賦而興，《野有蔓草》、《黍離》、《氓》六章、《溱洧》、《小弁》七章。比而興，《下泉》、《氓》三章、《緑衣》。興而比，《關雎》、《漢廣》、《椒聊》、《巧

〔一〕一二，原作「三」，據《毛詩集解》卷一改。
〔二〕常，原作「全」，據《毛詩集解》卷一改。

言》四章。賦以興，《頍弁》。賦其事以起興，《泮水》首三章。

安成劉氏曰：吕氏嘗謂得風之體多者爲《風》，得雅之體多者爲《雅》，得頌之體多者爲《頌》。而朱子亦嘗疑以《七月》詩變其音節，或爲《風》，或爲《雅》，或爲《頌》。則《風》《雅》《頌》之例中亦恐有不同者，不特比興之例爲然也。

風

風者，如物因風之動以有聲，而其聲又足以動物也。刺美風化，緩而不迫，謂之風。《珊瑚》《辨體》

風以動物，貴情直而語婉。《矜式》

大抵風是民庶所作。

雅

雅者，正也。正樂之歌也。本有大小之殊，而先儒説又各有正變之別。〔一〕

〔一〕各，原作「名」，據《詩集傳》卷九改。

推明政治，正言得失，謂之雅。《珊瑚》《辨體》

雅以咏政，貴鋪張正大。《矜式》

大抵雅是朝廷之詩。

頌

頌者，美盛德之形容，以其成功告於神明者也。

頌宜典雅和粹。《文式》

大抵頌是宗廟之詩。

古詩

海虞吴訥曰：按，西山真氏輯《文章正宗》，凡古文辭之載于經、聖人所嘗删定者，皆不敢録。獨采書傳所載《康衢》《擊壤》歌謡之類，列於古詩之前。且曰：「出於經者可信，傳記所載者未必當時所作。」其好古傳疑之意至矣。今謹遵其意，仍以《康衢》童謡爲首，終于荀卿《佹詩》，以俟考質云。《辨體》

西山真公《文章正宗》、上虞劉氏《風雅翼》，悉本朱子之意，而去取詳略則不同。

率以二家爲主，若近代之有合作者，亦取焉。律詩、雜體具載外録。《辨體》

蘇李而上，高簡古淡謂之古。沈宋而下，法律精切謂之律。此詩之衆體也。《珊瑚》

詩之文句，長者不逾八言，短者不減二言。二言者，若「肇禋」之類；八言者，如「我不敢效我友自逸」之類是也。摯虞云：「詩有九言，『洞酌彼行潦挹彼注兹』是也。」然此當爲二句，其説非也。《文則》

振振鷺，三言之所起。

關關雎鳩，四言之所起。

維以不永懷，〔一〕五言之所起。

魚麗于罶鲂鯉，六言之所起。

交交黄鳥止于棘，七言之所起。

我不敢效我友自逸，八言之所起。以上《源流至論》

三言詩，晋散騎常侍夏侯湛。

〔一〕不，原作「外」，據《詩經·周南·卷耳》改。

四言詩，前漢楚王傅韋孟《諫楚夷王戊》詩。〔一〕

五言詩，漢騎都尉李陵與蘇武。《蔡寬夫詩話》曰：或云五言詩枚乘，且乘死在蘇、〔二〕李先。若爾，則五言未必始蘇、李二人也。

六言詩，漢大司農谷永。

七言詩，漢武帝柏梁殿連句。

九言詩，魏高貴鄉公髦。以上《山堂考索》

海虞吴訥曰：四言古詩、《國風》《雅》《頌》之詩，率以四言成章。若五七言之句，則間出而僅有也。《選》詩四言，漢有韋孟一篇。魏晋間作者雖衆，然惟陶靖節爲最。後村劉氏謂其《停雲》等作，突過建安是也。宋齊而降，作者日少。獨唐韓柳《元和聖德詩》《平淮夷雅》膾炙人口。先儒有云：二詩體制不同，而皆詞嚴氣偉，非後人所及。自時厥後，學詩者日以聲律爲尚，而四言益鮮矣。今取韋孟以下，得十餘篇，以備一體。若三曹等作見于《古樂府》者，不復再録。大抵四言之作，拘於模擬者則有蹈襲

〔一〕傅，原作「傳」；戊，原作「成」，據《文章緣起》改。

〔二〕且，原作「然」，據《苕溪漁隱叢話》前集卷一引《蔡寬夫詩話》改。

《風》《雅》辭意之譏；[一]涉于理趣者，又有銘、贊文體之誚。惟能辭意融化，而一出於性情六義之正者，爲得之矣。《辨體》

海虞吴訥曰：五言古詩，載于《昭明文選》者，唯漢魏爲盛。若蘇李之天成，曹劉之自得，固爲一時之冠。究其所自，則皆宗乎《國風》與楚人之辭者也。至晋陸士衡兄弟、潘安仁、張茂先、左太沖、郭景純輩，前後繼出，然皆不出曹劉之軌轍。獨陶靖節高風逸韻，直超建安而上之。元嘉以後，三謝、顔、鮑又爲之冠。其餘則傷鏤刻，遂乏渾厚之氣。永明而下，抑又甚焉。沈休文既拘聲韻，江文通又過模擬，而詩之變極矣。唐初承陳、隋之弊，唯陳伯玉專師漢魏，以及淵明。復古之功，於是爲大。迨開元中，有杜子美之才贍學優，[二]兼盡衆體；李太白之格調放逸，變化莫羈。繼此則有韋應物、柳子厚，發穠纖於簡古，寄至味於淡泊，有非衆人之所能及也。自是而後，律詩日盛，而古學日衰矣。宋初崇尚晚唐之習，歐陽永叔痛矯西昆陋體而變之。并時而起，若王介甫、蘇子美、梅聖俞、蘇子瞻、黄山谷之屬，非無可觀，然皆以議論爲主，而六義

[一] 模，原作「横」，據《文章辨體序説》改。
[二] 贍，原作「瞻」，據《文章辨體序説》改。

益晦矣。馴至南渡，遞相循襲，不離故武。獨考亭朱子，以豪傑之材，上繼聖賢之學，文辭雖其餘事，然五言古體實宗《風》《雅》而出入漢魏陶韋之間。至其《齋居感興》之作，則盡發天人之藴，載韻語之中以垂教萬世，又豈漢晋詩人所能及哉？讀者深味而體驗之，則庶有以得之矣。《辨體》

海虞吴訥曰：世傳七言古詩起於漢武《柏梁臺》體。按，《古文苑》云：元封三年，詔群臣能七言詩者上臺侍坐，武帝賦首句曰「日月星辰和四時」，梁王襄繼之曰「驂駕駟馬從梁來」。音黎。自襄而下，作者二十四人，至東方朔而止。每人一句，句皆有韻。通二十五句，共出一韻。蓋如後人聯句，而無隻句與不對偶也。後梁昭明輯《文選》，載東漢張衡《四愁詩》四首，每首七句。前三句一韻，後四句一韻，此則後人换韻體也。古樂府有七言古辭，曹子建輩擬作者多。馴至唐世，作者日盛。然有歌行，有古詩。歌行則放情長言，古詩則循守法度，故其句語格調亦不能同也。大抵七言古詩貴乎句語渾雄，格調蒼古。若或窮鏤刻以爲巧，務喝喊以爲豪，或流乎萎弱，或過乎纖麗，則失之矣。《辨體》

歌行

海虞吴訥曰：昔人論歌辭，有有聲有辭者，若《郊廟》樂章及《鐃歌》等曲是也；有有辭無聲者，後人之所述作未必盡被於金石也。夫自周衰，采詩之官廢，漢魏之世歌咏雜興，故本其命篇之義曰篇，因其立辭之意曰辭，體如行書曰行，述事本末曰引，〔一〕悲如蛩螿曰吟，委曲盡情曰曲，放情長言曰歌，言通俚俗曰謡，感而發言曰嘆，憤而不怒曰怨。雖其立名弗同，然皆六義之餘也。唐世詩人共推李、杜，太白則多模擬古題，少陵則即事名篇，無復倚傍。厥後元微之以後人沿襲古題，倡和重複，深以少陵爲是。故凡擬古者，皆附樂府本題之内。若即事爲題，無所模擬者，則自漢魏以降，迄于近代，取其辭義之弗過於淫傷者。《辨體》

歌

猗吁抑揚，永言謂之歌。《珊瑚》《辨體》

歌宜通暢響亮，讀之使人興起。《文式》

〔一〕末，原作「未」，據《文章辨體序説》改。

行

步驟馳騁，斐然成章，謂之行。《珊瑚》《辨體》

行宜快直詳盡。《文式》

引

品秩先後，序而推之謂之引。《珊瑚》《辨體》

引宜引而不發。《文式》

吟

吁嗟慨歌，悲憂深思，謂之吟。《珊瑚》《辨體》

吟宜沉潛細咏，讀之使人思怨。《文式》

謡

非鼓非鐘，徒歌謂之謡。《珊瑚》《辨體》

謡宜隱蓄近俗。《文式》

曲

聲音雜比，高下長短謂之曲。《珊瑚》《辨體》

曲宜委曲諧音。《文式》

嘆

感而發言曰嘆。《辨體》

怨

憤而不怒曰怨。《辨體》

篇

本其命篇之義曰篇。《辨體》

詞

感傷事物，托於文章，謂之詞。《珊瑚》《辨體》

詞以寄情，貴深而語緩。《矜式》

咏

《選》有《五君咏》，唐儲光羲有《群鴟咏》。

唱

魏明帝有《氣出唱》。

弄

《古樂府》有《江南弄》。

樂

齊武帝有《估家樂》，宋臧質有《石城樂》。〔一〕

别

杜子美有《無家别》《垂老别》《新婚别》。

思

太白有《静夜思》。

樂府

海虞吴訥曰：《易》曰：「先王作樂崇德，殷薦之上帝，以配祖考。」成周盛時，大司樂以黄帝堯舜夏商六代之樂報祀天地百神。若宗廟之祭，神既下降，則奏《九德》之

〔一〕宋，原作「朱」，據《通典》卷一百四十五改。

歌、《九韶》之舞。蓋以六代之樂皆聖人之徒所制，故悉存之而不廢也。迨秦焚滅典籍，禮樂崩壞。漢興，高帝自製《三侯之章》，而房中之樂則令唐山夫人造爲歌辭。《史記》云：「高祖過沛，詩《三侯之章》，令小兒歌之。高祖崩，令沛得以四時歌舞宗廟。孝惠、文、景無所增更，於樂府習常肄舊而已。」至班固《漢書》則曰：「漢興，樂家有制氏，但能紀其鏗鏘而不能言其義。高祖時，叔孫通制宗廟樂。迎神，奏《嘉至》。入廟，奏《永至》。乾豆上，奏《登歌》。再終，下奏《休成》。天子就酒東廂，〔一〕坐定，奏《永安》。」然徒有其名而亡其辭，所載不過武帝《郊祀》十九章而已。後儒遂以樂府之名起於武帝，〔二〕殊不知孝惠二年已命夏侯寬爲樂府令，豈武帝始爲新聲、不用舊辭也？迨東漢明帝，遂分樂爲四品。一曰大予樂，郊廟上陵用之；二曰雅頌樂，辟雍享射用之；三曰黄門鼓吹樂，天子宴群臣用之；四曰短簫鐃歌樂，軍中用之。其説雖載方册，而其制亦復不傳。魏晋以降，世變日下，所作樂歌率皆誇靡虚誕，無復先王之意。下至陳隋，則淫哇鄙褻，舉無足觀矣。自時厥後，唯唐宋享國最久，故其辭亦多純雅。

〔一〕廂，原作「廟」，據《漢書·禮樂志二》改。

〔二〕府，原作「廟」，據《文章辨體序説》改。

南渡後，夾漈鄭氏著《通志·樂略》，以爲古之達禮有三：一曰燕，二曰享，三曰祀。所謂吉凶軍賓嘉，皆主此三者。仲尼所删之詩，凡燕享祀之時，用以歌之。漢樂府之作，以繼三代，因列鐃歌與《三侯》以下于篇，亦無其辭。後太原郭茂倩輯《樂府》百卷，繇漢迄五代，蒐輯無遺。金華吴立夫謂其紛亂龐雜，厭人視聽，雖浮淫鄙俗，不敢芟荑，何哉？近豫章左克明復編《古樂府》十卷，斷自陳隋而止，中間若後魏《楊白花》等淫鄙之辭，亦復收載，是亦未得盡善也。今考五禮以《郊廟歌辭》爲先，《愷樂》《燕饗歌辭》次之，蓋以其切於世用，足爲制作家之助。至若古今《琴操》與夫《相和》等曲，亦附于後，以俟好古君子之所考證焉。其或有題無辭，或雖存而爲莊人雅士之所厭聞者，〔一〕兹亦不得録云。《辨體》

樂府宜喜怒哀樂各極其情，而範之以禮。或和或奇或古，隨題體之。《文式》

郊廟歌辭 吉禮

海虞吴訥曰：《樂記》曰：「王者功成作樂，治定制禮。」考之於古，禮樂之備莫過

〔一〕「之」後原本衍一「之」字，據《文章辨體序説》删。

於周。故《詩・序》謂《昊天有成命》，則郊祀天地之樂歌也；《清廟》則祀太廟之樂歌也；《我將》《載芟》《良耜》，則又明堂社稷之歌章焉。千載之下音樂既亡，而其歌詩尚存者，以其辭焉爾。秦漢以降，代有制作，然唯漢唐宋爲盛者，蓋其混一既久，功德在人。雖其道不能比隆成周，然其致治制作之懿，終非秦魏晉隋南北五季之可比也。讀者其尚考焉。《辨體》

愷樂歌辭 軍禮

海虞吴訥曰：《周禮・大司樂》曰：「王師大獻，則令奏愷樂。」《大司馬》曰：「師有功，則愷樂獻于社。」鄭康成云：「兵樂曰愷，獻功之樂也。」是則軍禮之有愷樂，其來尚矣。若夫鼓吹、鐃歌、横吹之名，則起于漢。崔豹《古今注》云：「漢樂有《黄門鼓吹》，天子所以燕群臣。《短簫鐃歌》，乃《鼓吹》之一章，亦以賜有功。」是則鐃歌與横吹，得通名爲《鼓吹曲》，但所用異爾。漢有《朱鷺》等二十二曲列於《鼓吹》，謂之鐃歌。又有《横吹曲》二十八解，然辭多不傳。曹魏嘗改漢《鐃歌》爲十二曲，而辭率矯誕。厥後柳宗元進《唐鐃歌》，洪武中宋濂擬《宋鼓吹》，雖如魏之曲數，而辭義殆過之矣。今特附漢曲之後，以爲好古學者之助云。《辨體》

燕饗歌辭賓禮、嘉禮

海虞吴訥曰：《儀禮·燕禮》曰：「工歌《鹿鳴》《四牡》《皇皇者華》。」「笙入，奏《南陔》《白華》《華黍》。」「乃間歌《魚麗》，笙《由庚》。歌《南有嘉魚》，笙《崇丘》。歌《南山有臺》，笙《由儀》。遂歌鄉樂：《周南》，《關雎》《葛覃》《卷耳》；《召南》，《鵲巢》《采蘩》《采蘋》。」此則燕饗之有樂也。《王制》曰：「天子食，舉以樂。」《大司樂》：「王大食，皆奏鐘鼓。」此食舉之有樂也。漢明帝定樂，二曰雅頌，三曰黄門鼓吹者，皆燕射及宴群臣之所用也。又有殿中、御飯、食舉七曲，太樂食舉十三曲，然世皆不傳。唯晋荀勖所定歌章具存。唐貞觀初新定十二和之樂，其曰天子食舉及飲酒奏《休和》，受朝奏《正和》，正至禮會奏《昭和》，皇太子軒懸出入奏《承和》，而史亦亡其辭。迨宋建隆中，始作朝會樂章載之于史。今録所存晋宋之辭，以俟采擇云。《辨體》

琴曲歌辭

海虞吴訥曰：《白虎通》曰：「琴者，禁止於邪，以正人心者也。」故先王以是爲修身理性之具。其長三尺六寸，象歲之三百六十日也。廣六寸，法六合也。前廣後狹，尊卑象也。上圓下方，法天地也。今觀五曲九引十二操，率皆後人所爲。若文王《居憂》、孔子《猗蘭》《將歸》等操，怨懟躁激，害義尤甚，故皆不取。而獨載昌黎所擬諸作于後，先儒謂深得文王之心者，是也。西山真氏又云，琴之音，以淳古澹泊爲上，今則厭古調之希微，誇新聲之奇變，雖琴亦鄭衛矣。〔一〕此又有志於琴者不可不知也。《辨體》

相和歌辭

海虞吴訥曰：《宋書·樂志》曰：「相和，漢舊曲也。絲竹更相以和執節者之歌。魏明帝分爲三部。」晋荀勖采舊辭，謂之清商三調歌詩。《唐·樂志》云：「平調、清調、瑟調，皆周房中曲之遺聲。漢世謂之三調。」又有楚調，漢房中曲也。與前三調總謂之相和調。張永《元嘉技録》又有吟嘆四曲，亦列于相和歌云。《辨體》

〔一〕琴，據《文章辨體彙選》卷三百四十一真德秀《贈蕭長夫序》補。

清商曲辭

海虞吴訥曰：清商樂，一曰清樂。清樂者，九代之遺聲，其始即相和三調是也。并漢魏已來舊曲，其辭皆古調。晋馬南渡，其音亡散。宋武定關中，收其聲伎，南朝文物，斯爲最盛。後魏孝文、宣武相繼南伐，得江左所傳舊曲及江南吴歌、荆楚西聲，總謂之清商，至於殿庭饗宴則兼奏之。後隋平陳，文帝善其節奏，曰：「此華夏正聲也。」乃微更損益，以新定律吕。因於太常置清商署以管之，謂之清樂。隋室喪亂，日益淪缺。唐貞觀中用十部樂，清亦在焉。至武后長安已後，朝廷不重古曲，工伎廢弛。曲之存者，僅有《子夜》《上聲》《歡聞》《前溪》《阿子》《丁督護》《讀曲》《神弦》等曲，俱列於吴聲。而西曲則《石城樂》《烏夜啼》《烏栖曲》《估客》《莫愁》《襄陽》《江陵》《共戲》《壽陽》等曲。或舞曲，或倚歌，則雜出於荆郢樊鄧之間。以其方俗，故謂之西曲。古之《樂録》曰：「《上聲》等辭，哀怨不及中和。梁武改之，無復雅句矣。」今特録其辭意稍雅者，以俟考訂云。《辨體》

賦附辭文

海虞吴訥曰：按，賦者，古詩之流。《漢・藝文志》曰：「古者諸侯卿大夫交接鄰國，必稱《詩》以喻意。春秋之後，聘問歌咏不行於列國，而賢人失志之賦作矣。大儒荀卿及楚臣屈原，離讒憂國，皆作賦以風。其後宋玉、唐勒、枚乘、司馬相如，下及揚子雲，競爲侈麗閎衍之辭，而風諭之義没矣。」迨近世祝氏著《古賦辨體》，因本其言而斷之曰：「屈子《離騷》，即古賦也。古詩之義，若荀卿《成相》《佹詩》是也。」然其所載，則以《離騷》爲首，而《成相》等弗録。倘論世次，屈在荀後，而《成相》《佹詩》亦非賦體。故今特附古歌謡後，而仍載楚辭于古賦之首。蓋欲學賦者，必以是爲先也。宋景文公有云：「《離騷》爲辭賦祖，後人爲之，如至方不能加矩，至圓不能過規。」信哉！《辨體》

海虞吴訥曰：屈宋之辭，家藏人誦。兩漢而下，祖襲者多。晦翁編類《楚辭後語》，一以時世爲之先後。至其體制，則若詩、若賦、若歌、若辭、若文、若操，與夫諸雜著之近乎楚者，悉皆間見迭書，而不復爲之分類也。迨元祝氏輯纂《古賦辨體》，其曰後騷者，雖文辭增損不同，然大意則亦本乎晦翁之舊也。是編之賦，既以屈宋爲首，其兩漢以後則遵祝氏，而以世代爲之卷次。若當時諸人雜作，有得古賦之體者，亦附各卷之後，庶幾讀者有以得夫旁通曲暢之助云。《辨體》

采摭事物，摛華布體，謂之賦。《珊瑚》《辨體》

賦以體物，貴詳盡而文切。《矜式》

賦宜敷衍富麗，事意詳盡而語不繁冗。《文式》

幽憂憤悱，寓之比興，謂之騷。《珊瑚》《辨體》

騷宜精深痛切而極其情。《文式》

休齋云：詩變而爲騷，騷變而爲辭，皆可歌也。

辭則兼詩騷之聲，而尤簡邃焉者。

感傷事物，托於文章，謂之辭。《珊瑚》《辨體》

辭以寄情，貴情深而語緩。《矜式》

移者，自近移遠，使之周知也。《珊瑚》《辨體》

楚

海虞吴訥曰：楚，國名。祝氏曰：「按，屈原爲《騷》時，江漢皆楚地。蓋自王化行乎南國,《漢廣》《江有汜》諸詩已列於二《南》、十五《國風》之先。風雅既變,而楚狂《鳳兮》、《滄浪》孺子之歌,莫不發乎情、止乎禮義,猶有詩人之六義。但稍變詩之本體,以兮字爲讀,遂爲楚聲之萌蘖也。原最後出,本《詩》之義以爲騷,但世號楚辭,不正名曰賦。然自漢以來,賦家體制大抵皆祖於是焉。」又按,晦庵先生曰:「凡其寓情草木、托意男女,以極遊觀之適者,變風之流也。叙事陳情,感今懷古,不忘君臣之義者,變雅之類也。其語祀神歌舞之盛,則幾乎頌矣。至其爲賦,則如《騷》經首章之云;比,則如香草惡物之類;興,則托物興詞,初不取義,如《九歌》沅芷澧蘭以興『思公子而未敢言』之屬也。[一]但《詩》之興多而比、賦少,《騷》則興少而比、賦多。」賦者要當辨此,而後辭義不失古詩之六義矣。《辨體》

兩漢

海虞吴訥曰:祝氏曰:「揚子雲云:『詩人之賦麗以則,詞人之賦麗以淫。』夫騷人之賦與詩人之賦雖異,然猶有古詩之義,辭雖麗而義可則。至詞人之賦,則辭極

[一] 興,原作「與」,據《楚辭集注》卷一改。

麗而過於淫蕩矣。蓋詩人之賦，以其吟咏情性也。騷人所賦，有古詩之義者，亦以其發於情也。其情不自知而形於辭，其辭不自知而合於理。情形於辭，故麗而可觀；〔一〕辭合於理，故則而可法。如或失於情，尚辭而不尚意，則無興起之妙，而於則也何有？又或失於辭，尚理而不尚辭，則無咏歌之遺，而於麗也何有？二十五篇之騷，無非發於情者，故其辭也麗，其理也則，而有賦比興風雅頌諸義。漢興，賦家專取《詩》中賦之一義以爲賦，又取騷中贍麗之辭以爲辭。若情若理，有不暇及。故其爲麗也異乎風騷之麗，而則之與淫遂判矣。」「古今言賦，自騷之外咸以兩漢爲古，蓋非魏晋已還所及。心乎古賦者，誠當祖騷而宗漢，去其所以淫而取其所以則，庶不失古賦之本義云。」《辨體》

三國六朝

海虞吴訥曰：祝氏曰：「嘗觀古之詩人，其賦古也則於古有懷，其賦今也則於今有感，其賦事也則於事有觸，其賦物也則於物有况。情之所在，索之而愈深，窮之而愈

〔一〕麗，原作「廉」，據《古賦辨體》卷三改。

妙。彼其於辭，直寄焉而已矣。後之辭人，刊陳落腐，惟恐一話未新；搜奇摘艷，惟恐一字未巧；抽黄對白，惟恐一聯未偶；回聲揣病，惟恐一韻未協。辭之所爲，罄矣而愈求，妍矣而愈飾。彼其於情，直外焉而已矣。蓋西漢之賦，其辭工於楚騷。東漢之賦，其又工於西漢。以至三國六朝之賦，一代工於一代。辭愈工，則情愈短，而味愈淺。味愈淺，則體愈下。建安七子，獨王仲宣辭賦有古風。至晋陸士衡輩，《文賦》等作已用俳體。流至潘岳，首尾絶俳。迨沈休文等出，四聲八病起而俳體又入於律矣。徐、庾繼出，又復隔句對聯，以爲駢四儷六；簇事對偶，以爲博物洽聞。有辭無情，義亡體失，此六朝之賦所以益遠於古。然其中有安仁《秋興》、明遠《舞鶴》等篇，雖曰其辭不過後代之辭，乃若其情，則猶得古詩之餘情矣。於此益嘆古今人情如此其不相遠，古詩賦義其終不泯也。」《辨體》

唐

海虞吴訥曰：祝氏曰：「唐人之賦，大抵律多而古少。夫雕蟲道喪，頽波横流。風騷不古，聲律大盛。句中拘對偶，以趨時好；字中揣聲病，以避時忌，孰肯學古？或就有爲古賦者，率以徐、庾爲宗，亦不過少異於律爾。甚而或以五七言之詩、四六句之聯以爲古賦者。中唐李太白天才英卓，所作古賦差强人意。但俳之蔓雖除，而律之根固在。雖下筆有光焰，時作奇語，然只是六朝賦爾。惟韓、柳諸古賦，一以《騷》爲宗，而超出俳律之外。唐賦之古，莫古於此。至杜牧之《阿房宫賦》，古今膾炙，但太半是論體，不復可專目爲賦矣。毋亦惡俳律之過，而特尚理以矯之乎？」吁！先正有云：「文章先體制而後文辭。」學賦者其致思焉。《辨體》

宋

海虞吴訥曰：祝氏曰：「宋人作賦，其體有二：曰俳體，曰文體。後山謂歐公以文體爲四六。夫四六者屬對之文也，可以文體爲之。至於賦，若以文體爲之，則是一片之文押幾個韻爾，而於《風》之優游、比興之假托、《雅》《頌》之形容，皆不兼之矣。」晦翁云：「宋朝文明之盛，前世莫及。自歐陽文忠公、南豐曾公與眉山蘇公相繼迭起，各以其文擅名一世，傑然自爲一代之文。獨於楚人之賦，有未數數然者。」觀於此言，則宋賦可知矣。《辨體》

元

海虞吴訥曰：元主中國百年，國初文學不過循習金源之故步。迨至元混一，士習丕變。於是完顔之粗獷既除，而宋末萎薾之氣亦去矣。延祐設科，以古賦命題，律賦之體繇是而變。然多浮靡華巧，抑揚歸美。至末年，而格調益弱矣。今取黄氏等數篇附於宋賦之後，其他詩文間亦録附各卷云。《辨體》

明

海虞吴訥曰：聖明統御，一洗胡元陋習，以復中國先王之治。當時輔翊興運，以文章名世者，率推承旨宋公濂爲首。迨若太史胡公翰，〔一〕則又宋公之所畏服者也。今采二公所作，以昭我國家文運之興，非若漢唐宋歷世之久而後盛也。若夫重熙累洽，作者非一，尚俟博采而備録云。《辨體》

〔一〕翰，原作「朝」，據《文章辨體序説》改。

箴

海虞吴訥曰：按，許氏《説文》：「箴，誡也。」《商書・盤庚》曰：「無或敢伏小人之攸箴。」蓋箴者規誡之辭，若箴之療疾，故以爲名。古有夏商二箴，見于《尚書大傳解》《吕氏春秋》，而殘缺不全。獨周太史辛甲命百官官箴王闕，而虞氏掌獵，故爲《虞箴》，其辭備載《左傳》。後之作者，蓋本於此。東萊先生云：「凡作箴，須用官箴王闕之意。箴尾須依虞『獸臣司原，敢告僕夫』之類。」大抵箴銘贊頌雖或均用韻語，而體不同。箴是規諷之文，須有警誡切劘之意。有志於文辭者，不可不之考也。《辨體》

援古刺今，箴戒得失，謂之箴。《珊瑚》《辨體》

箴以懲創，貴嚴切而使人痛心。《矜式》

箴宜謹嚴切直。《文式》

銘

海虞吴訥曰：按，銘者，名也。名其器物，以自警也。《漢・藝文志》稱道家有《黄帝銘》六篇，然亡其辭。獨《大學》所載成湯《盤銘》九字，發明日新之義甚切。迨周武王，則凡几席觴豆之屬，無不勒銘以致戒警。厥後又有稱述先人之德善勞烈爲銘者，如春秋時孔悝《鼎銘》是也。〔一〕又有以山川、宫室、門關爲銘者，若漢班孟堅之《燕然山》，則旌征伐之功；晋張孟陽之《劍閣》，則戒殊俗之僭叛，其取義又各不同也。傳曰：「作器能銘，可以爲大夫。」陸士衡云：「銘貴博約而温潤。」斯蓋得之矣。《辨體》

程事較功，考實定名，謂之銘。《珊瑚》《辨體》

銘宜深長切實。《文式》

贊

海虞吴訥曰：按，贊者，贊美之辭。《文章緣起》曰「漢司馬相如作《荆軻贊》」，世已不傳。厥後班孟堅漢史以論爲贊。至宋范曄，更以韻語。唐建中中試進士，以箴論表贊代詩賦，而無頌題。迨後復置博學宏詞科，則頌贊二題皆出矣。西山云：「贊頌

〔一〕銘，據《文章辨體序説》補。

體式相似，貴乎贍麗宏肆，〔一〕而有雍容俯仰、頓挫起伏之態，乃爲佳作。」大抵贊有二體，若作散文，當祖班氏史評；若作韻語，當宗《東方朔畫象贊》。《金樓子》有云：「班固碩學，尚云贊頌相似。」詎不信然？《辨體》

諮而揚之者，贊也。《珊瑚》《辨體》

贊宜温潤典實。《文式》

頌

海虞吴訥曰：《詩大序》曰詩有六義，六曰頌，「頌者，美盛德之形容，以告神明者也」。嘗考《莊子·天運》篇，稱黄帝張《咸池》之樂，焱氏爲頌。斯蓋寓言爾。故頌之名，實出於《詩》。若《商》之《那》、《周》之《清廟》諸什，皆以告神，爲頌體之正。至如《魯頌》之《駉》《駜》等篇，則當時用以祝頌僖公，爲頌之變。故先儒胡氏有曰：「後世文人獻頌，特效《魯頌》而已。」《文心雕龍》云：「頌須鋪張揚厲，而以典雅豐縟爲貴。敷寫似賦，而不入華侈之區；敬慎如銘，而異乎規諫之域。」諒哉！《辨體》

〔一〕贍，原作「瞻」，據《文章辨體序説》改。

頌以頌美形容盛偉。《矜式》

雜著

海虞吴訥曰：雜著者何？輯諸儒先所著之雜文也。文而謂之雜者何？或評議古今，或詳論政教，隨所著立名而無一定之體也。文之有體者，既各隨體裒集；其所録弗盡者，則總歸之雜著也。著雖雜，然必擇其理之弗雜者録焉，蓋作文必以理爲之主也。若夫挂一漏萬，尚有俟於博雅君子。《辨體》

雜文體式不一。禮俗相交，莫大於冠婚喪祭。冠有祝辭、字説，婚有書啓、禮狀，喪有慰疏、賻狀、哀誄，祭有祭文、行狀、謚議、碑銘。若平時交際往復，則有送序、贈説、題跋、論辨。燕會侑歡，則有致語。屋舍落成，則有上梁文。今皆取舊志遺文，以見體式云。《翰墨全書》

題跋

按，蒼崖《金石例》云：「跋者，隨題以贊語於後。前有序引，當掇其有關大體者以表章之。須明白簡嚴，不可墮人窠臼。」予嘗即其言考之，漢晋諸集題跋不載。至唐韓柳，始有讀某書及讀某文題其後之名。迨宋歐曾而後，始有跋語，然其辭意亦無大相遠也，故《文鑑》《文類》總編之曰題跋而已。近世疏齋盧公又云：「跋，取古《詩》『狼跋其胡』之義。狼行則前躐其胡，故跋語不可太多，多則冗尾。語宜峭拔，使不可加。」若然，則跋比題與書尤貴乎簡峭也。庸書以俟考訂云。《辨體》

題以品物，貴忠厚而有益於彼。《矜式》

跋以繫尾，貴簡當而有所發明。《矜式》

文章達德綱領卷五

辨體外録 駢儷　律詩　近代詞曲

海虞吴訥曰：四六爲古文之變，律賦爲古賦之變，律詩、雜體爲古詩之變，詞曲爲古樂府之變。西山《文章正宗》凡變體文辭皆不收録，東萊《文鑑》則并載焉。今輯四六對偶及律詩、歌曲之説附後，以備衆體，且以著文辭世變云。《辨體·凡例》

駢儷説 附連珠　判　律賦

《歐冶》

駢儷之興，其來尚矣。自典謨誓命，已加潤色，以便宣讀。偶儷其辭，四六其語，諧協其聲。凡以取便一時，使讀者無聱牙之患，聽者無詰曲之疑耳。

爲四六之本也，曰約事，曰分章，曰明意，曰屬辭。務欲辭簡意明而已。此唐人四六故規，而蘇子瞻氏之所取則也。

後世益以文華，加之工緻，又欲新奇。於是以用事親切爲精妙，屬對巧的爲奇崛。此宋人四六之新規，而王介甫氏之所取法也。變而爲法凡二，〔一〕曰剪截，曰融化。能者得之，則兼古通今，信奇法也。不能者用之，則貪用事而晦其意，務屬對而澀其辭。四六之本意失之遠矣，又何以文爲哉？

唐體四六不倶粘，段中用對偶，而段尾多以散語襯貼之，猶古意也。

凡唐體四六，《文苑英華》最爲辭贍。

蘇頲　張説　常衮　陸贄　白居易　元稹

宋體四六拘粘，拘對偶。格律益精，而去古益遠矣。

凡宋體四六，唯蜀本《四六適用集》皆南渡以前精選之文。格律渾厚，辭氣雄雅，無後來雕鎸之弊，餘不足觀也。

楊大年　歐陽修　蘇子瞻　王安石　邵澤民　邵公濟　汪藻

〔一〕變而爲法凡二，據《文章歐冶》補。

製法

約事

將當開説之事，沙汰其枝葉，而約其本根，則辭簡意明，讀者不煩而聽者易解也。

分章

將事中節目分開，各爲一段以陳述之，則事意分明，聽者無雜亂之患。

明意

於各段中發揮其意，使之明白洞達，無少晦澀，則聞者朗然入耳而心喻矣。

屬辭

每一段中，以一隔聯包括其意。前後隨宜，以四字、六字散聯彌縫其闕。所以然者，事分則明，既以約事、分章取之矣；意分則朗，故又以明意、屬辭取之也。凡意或有首尾，或主客，或有待對。混而言之則昏晦，分而言之則明朗。故四六屬辭之法，必分事意爲兩壁，而以對偶明之也。又一意之中，必分主從。從者常多而意短，主者常少而意長。若不爲法以明之，則主從混淆而輕重不分矣。故少其偶聯，以明主意；多其散聯，以明從意。[一]此四六屬辭，所以用四六限段節、拘對偶、分散聯之本意也。欲讀者便於音聲，故切以平仄。欲聽者不至迷誤，故平易其辭。此又四六屬辭所以定粘律、明句讀、易文辭之本意也。但明此旨，則四六之作自然合轍矣。

剪截

事意深長，有非片言可明白者，於是作者取古人事意與此相似者點出，取數字而以今日事意串使成聯，使人聞之，[二]不可盡言之深意，朗然可見於言外。此四六之妙用也。

[一] 明，原作「從」，據《文筌》改。
[二] 人，原作「今」，據《文筌》改。

用衆所共熟之事，則人人耳熟而易曉。

兩句出處各剪出本處屬對字樣，以備采用。

以所剪屬對字樣，截取其聲律諧順、語意明白、字樣穩切者而用之。

融 化

剪截既定，融以神思，化以筆力，而四六之文成矣。

截取所剪字樣，以神思融會之，使與題中本事相合爲一，朗然可見矣。或析碎本語以融之，或點掇上下以融之，或合取筆意以融之，或貼以己事以融之，皆是也。

融會事意既定，而後以助語呼唤字化爲渾成之語，使古事與今意并行不悖，昭然明白是也。

聯串兩句，融化明白。一段數聯，又須融化相串。篇串數段，仍須融化照應。脉絡貫通，語意瀏亮，渾然天成，則式雖四六，文與古文不異。

格 律

渾成　辭意明白，渾然天成。

精嚴　法律精嚴，妙入規矩。

切密　用事巧中，無少疏漏。

凡四六諸格，變化無方，其尤切者則在此三格而已。

鋪叙

起　破題

承　解題

中　述德或作入事。

過　自述或在述德之前。

結　述意

右四六制，大概此其準也。其餘各具于式，變換爲之。或不用解題，或不用自叙，或變自叙而叙他人，此又隨題變换者也。

辨體

詔多用散文，亦有用四六者。

今代詔書、赦文，多作三段。一破題　二入事　三戒敕或奬諭。或奬勸。

誥多用散文，亦多用四六。

今代辭命、宣命，多三段。一破題　二褒奬　三戒敕或奬諭。封贈則用慰喻。

表諫表　論事表　請表　勸表　乞陳表　薦表皆用散文。　謝表　賀表　進表皆用四六。

賀正旦等三段一破題　二頌德　三述意

賀冬至聖節三段一破題　二頌德　三述意

賀登極册后三段一破題　二頌德　三述意

賀建儲等三段一破題　二頌德　三述意

賀祥瑞等四段一破題　二解題　三頌聖　四述意

賀尅捷等四段一破題　二入事　三頌聖　四述意

謝官謝賜四段一破題　二自述　三頌聖或先頌聖後自述。　四述意

進書等皆四段一破題　二解題或自述。　三頌聖　四述意

進貢物等四段一破題　二頌聖　三入事或先入事。　四述意

箋大略如表而字樣不同，於皇后、太子用之，諫戒論事等，皆散文。

賀箋等皆三段

進書進物四段

檄出師喻衆之文。

凡六段一冒頭　二頌聖　三頌功　四論理　五宣慰　六招喻

露布出師勝捷播告之文。

凡六段一冒頭　二頌聖　三聲罪　四敘事　五宣威　六慰喻

啓人間通問之辭。

謝啓一破題　二自敘　三頌德　四述意

通啓一破題　二頌德　三自敘　四述意

陳獻一破題　二入事　三頌德　四述意

聘婚一破題　二入事　三述意

定婚一合姓　二入事　三述意

賀啓一破題　二入事　三頌德或後入事　四述意

小賀一破題　二頌德　三述意

致語

樂工問白一破題　二頌德　三入事　四陳詩

上梁文

匠人上梁之文一破題　二頌德　三入事　四陳抛

梁東西南北上下詩各三句。

寶瓶文

圬者鏝棟脊之辭一破題　二頌德　三入事　四陳詩

疏

請疏一破題　二頌德　三述意

勸緣一破題　二入事　三述意

青詞

方士懺過之辭一籲天　二懺過　三祈禱

朱表

方士告天之辭一破題　二籲天　三述意

四六談麈序

三代兩漢以前，訓誥、誓命、詔策、書疏無駢儷粘綴，温潤爾雅。先唐以還，四六始盛，大概取便於宣讀。本朝自歐陽文忠、王舒國叙事之外，自爲文章，製作混成，一洗西昆磔裂煩碎之體。厥後學之者益以衆多，况朝廷以此取士，名爲博學宏詞，而内外兩制用之，四六之藝咸曰大矣。下至往來牋記啓狀，皆有定式，故謂之應用。四方一律，可不習知？予自少時，聽長老持論多矣。憂患以後，悉皆遺忘。山居歷年，飽食終日。因後生之問，可記者輒録之，以資講學之一事，如古今五七字話題，爲《四六談塵》云。他時有得，當附益諸。紹興十一年五月十三日陽夏謝伋序。

四六談塵

四六施於制誥表奏文檄，本以便於宣讀，多以四字六字爲句。宣和間多用全文長句爲對，習尚之久至今未能全變，前輩無此體也。此起於咸平王相翰苑之作，人多效之。

四六之工，在於裁剪。若全句對全句，亦何以見工？

四六經語對經語，史語對史語，詩語對詩語，方妥帖。太祖郊祀，陶穀作赦文，不以「籩豆有楚」對「黍稷非馨」，而曰「豆籩陳有楚之儀，黍稷奉惟馨之薦」。近世王初寮在翰苑，作《寶籙宫青詞》云：「上天之載無聲，下民之虐匪降。」時人許其裁剪。

丁晉公謝表云：「補仲山之衮，雖罄一心；調傳説之羹，難諧衆口。」後人改云：「雖曲盡於巧心，終難諧於衆口。」王荆公在金陵，有中使傳宣撫問，并賜銀合、茶藥。令中外各作一表，[一]既具稿，無可於公意者。公遂自作，今見集中。其詞云：「信使恩言，有華原隰；寶奩珍劑，增賁丘園。」蓋五事見四句中，言約意盡，衆以爲不及也。

孫巨源作《除太尉制》云：「秦官太尉，漢代上公。」語典而重。

王岐公在中書最久，生日例有禮物之賜。集中謝表，其用事多同，而語不蹈襲。唐李衛公作《文箴》，「譬諸日月，雖終古常見，而光景新」。

元章簡公厚之《致政表》云：「正至衣冠，莫綴邇聯之列；[二]歲時牛酒，尚霑甲令之恩。」又《謝越州表》云：「驅車萬里，虚出玉關之門；乘駟一麾，幸至會稽之邸。」[三]《謝子耆寧除職表》云：「疲牛抱犢，同均豐草之甘；倦鳥將雛，不失上林之樂。」皆爲人稱誦。其作王荆公相麻，亦世所稱工。然腦詞乃云：「若礪與舟，世莫先於汝作；

[一] 各，原作「合」，據《四六談麈》改。
[二] 邇，原作「通」，據《四六談麈》改。
[三] 幸，原作「卒」，據《四六談麈》改。

有衮及綉，人久佇於公歸。」或以爲先後失倫。

隆祐復位制，蔡元長草，其詞云：「雖元符建號，已位於中宫；而永泰上賓，無嫌於并后。」陳了翁作蔡彈文云：「北門翰長，乃手草廢詔之人；復后麻詞，又躬寫慈闈之旨。」以謂訓出東朝，則先帝當時不得不從；事干泰陵，則陛下今日安敢輕改？」熙寧間鄧潤甫作邢妃麻云：「《周南》之咏卷耳，無險詖私謁之心；《齊詩》之美鷄鳴，有警戒相成之道。」後王荆公退居金陵，屢用之。

四六全在編類古語。唐李義山有《金鑰》，宋景文有《一字至十字對》，司馬文正亦有《金桴》，王岐公最多。

唐李義山别爲四六集，本朝歐陽公亦别爲集。夏英公、元章簡，書肆亦有小集。

祭文唐人多用四六，韓退之亦然。

東坡嶺外歸，與人啓云：「七年遠謫，不自意全；萬里生還，適有天幸。」所襯字皆漢人語也。又黄門《謝復官表》：「一毫以上，皆出於帝恩；累歲偷安，有慙於公議。」秋毫以上皆帝力也，用張敖語。

政和以後，宰執多不答外郡書啓。舊見司馬温公元祐間答在外監司郡守賀啓云：「豈期聖澤，〔一〕遽陟宰司。覆餗致凶，實民瞻之未允；循墻引避，顧天意之靡回。〔二〕成命既頒，愧顏無寄。重煩謙德，遠貺徽言。」此藏奉高郭氏，祖母之父時爲西川提刑。

陳後山無己《賀梁右轄啓》云：「辭榮遁禄，雖自計之甚都；挈國躋民，如人望之未已。」

劉丞相莘老罷相，自鄆徙青，謝表云：「東方大國，莫如鄆青；微臣何人，繼爲帥守。」趙清憲正夫自禮部侍郎除中司，謝表云：「省部六曹，禮爲清選；憲臺三院，丞總大綱。」〔三〕

廖明略正一爲四六甚工，舊見爲安厚卿舉挂功德疏云：「梁木其摧，嘆哲人之逝；天堂若有，須君子而登。生也有涯，没而不朽。痛兩楹之夢奠，圮萬里之長城。」其祭文云：「昊穹不惠，奪我元老。唐安得鑑，楚弗觀寶。盛德且然，小智寧保？」先公云明略平生之學，熟於《高氏小史》。

〔一〕澤，原作「渾」，據《四六談塵》改。

〔二〕顧，原作「領」，據《四六談塵》改。

〔三〕綱，原作「經」，據《四六談塵》改。

李成季昭玘嘗爲起居舍人，最工四六，漢老之叔也，有《樂静先生集》行於世。參政漢老坐其兄會稽失守落職，謝章云：「包胥不食而哭秦，素心猶在；李陵得當而報漢，後效難期。」

隆祐哀册，徐師川撰，云：「作合泰陵，〔一〕賢而不見答；制政房闥，聖而不可知。」席大光偶目眚，辭其書，遂以命趙叔問。

馬涓巨濟宣和間《謝復承事郎表》云：「岧嶤丹闕，如曾清夢之遊；藍縷緑衣，猶是廣庭之賜。」舊制，曾任監察御史以上皆通表章。

韓子蒼爲舍人，曾公衮以啓賀之，韓答云：「舊知四六之工，彌起再三之嘆。」曾爲浙漕，謝先公啓云：「蒸出芝菌，猶能爲瑞世之祥；收之桑榆，亦未嘆逢時之晚。」

宣和末罪己詔，如「天變譴見而朕不悟，百姓怨懟而朕不知」，乃用陸宣公語，宇文叔通詞也。

顔夷仲黄門爲北界幕，代梁才父答王履道謝舍人啓云：「誦佳句新，濫處百僚之上；恨相見晚，果膺當宁之知。」

〔一〕泰，原作「秦」，據《四六談麈》改。

王初寮作《宣德門成賞功制》云：「閣道穹隆，兩觀搴翔於霄漢；闕庭神麗，十扉闔闢於陰陽。」時謂工則工矣，但喚下句不來。

靖康間劉觀中遠作《百官賀徽廟還京表》云：「漢殿上皇，本是野田之叟；唐朝肅帝，又非揖遜之君。」何㮚文縝時爲中書侍郎，〔一〕索筆塗之，用此二事別作一聯云：「擁篲却行，陋未央之過禮；執鞚前引，笑靈武之曲恭。」文縝以四六知名，其《謝召還表》云：「兩曾參之是非，浮言猶在；一王尊之賢佞，更世乃明。」

高麗牋奏比年頗工，建炎《乞入覲表》云：「惟有春秋之事，可達意於明庭；願逾朝夕之池，獲升聞於行在。」又《問候表》云：「金風已趣於西成，方圖平秩；日脚暫違於北所，適御行朝。」

余相罷節鉞，換觀文，吏房請詞。程伯起舍人當制，問於先公。先公云：「念雖經武之雄，終匪隆儒之體。」吴丞相元中宣和間當外制，作《河北曲赦》云：「桑麻千里，皆祖宗涵養之休；忠義百年，又父老教訓之德。」又作种師中制云：「系出終南處士之後，世有山西良將之規。」王雲子飛早以文受知於豫章，宣和當外制，其謝表云：「泅鯨

〔一〕㮚，原作「㮚」，據《四六談麈》改。

波之再涉，偶遂生還；恍芸省之暫游，旋從外補。」王嘗隨奉使高麗，作書狀官也。又云：「敢期文陛之壹登，所望修門之重入。」

孫仲益直院草《黄懋和罷相制》云：「移股肱者，固非朕志；作耳目者，言皆汝尤。」又《謝吏部侍郎表》云：「名節壞於謗讒，孰聽鼠牙之訟；精神銷於憂患，屢驚馬尾之書。」

高平范相《謝罷相表》云：「常欲慎惜名器，俾士夫革奔競之風；不敢妄圖事功，冀宗社獲和平之福。」翟參政公巽與公書取此，〔一〕云：「庶幾革奔競之風，格和平之福。」如公所云也。

紹興曲赦福建，本翟公巽爲承旨當制。翟入參，綦叔厚直院當制，遂用其文。其曰「朕臨朝不怡，視古太息」者是也。

綦叔厚草蜀將制曰：「已失秦川之險，敢言蜀道之難。」辛炳爲中司，遽作彈文曰：「川未失也。」綦自辨其語，上曰：「朕知之矣。〔二〕卿所言者，〔三〕我能往，寇亦

〔一〕巽，原作「選」，據《四六談麈》改。
〔二〕矣，原作「失」，據《苕溪漁隱叢話》後集卷三十六改。
〔三〕卿，原作「鄉」，據《四六談麈》改。

能往。」

陳去非草故相義陽公起復制云：「眷予次輔，方宅大憂。」有以宅憂爲言者，令貼麻。陳改云「方服私艱」，説者又以爲語忌。王初寮草鄭華陽持餘服麻云：「惟君臣相與之際，當諒乃心；顧忠孝兩全之難，重違所請。」

叔祖逍遥公舊爲四六極工，極其精思。嘗作《謝改官啓》云：「志在天下，豈若陳孺子之云乎；身寄人間，得如馬少游而足矣。」有雜編事類號《武庫》，兵火後亡之。

叔祖逍遥公初不入黨籍，朱震子發内相，以初廢錮，乞依黨籍例命一子官。伋代作謝啓云：「念昔先人，親逢命世。升堂傳道，實有淵源；刻石刊章，偶逃部黨。上元豐太常之第，奉建中宣室之咨。忤彼權臣，斥從常調。」

程門高弟如逍遥公、楊中立、游定夫，皆工四六。後之學者乃謂談經者不習此，豈其然乎？

林述中適帥福日見之，舉召試舍人，時除節度使麻云：「無怠無荒以來王，朕敢忘於慎德；有嚴有翼而共武，爾無替於懋功。」

趙承之鼎臣作《謝李元量釜狀元啓》云：「嘉禾當御，輒先農父之嘗；神龜效靈，偶出豫且之網。」

政和間，北使《謝柑實表》云：「聘禮式陳，祝帝齡於紫闕；宸恩特異，〔二〕錫仙宴於公鄄。方厥包未貢之期，捧兹德惟馨之賜。天香滿袖，染湘水之清寒；雲液盈盤，浥洞庭之餘潤。梓里豈遑於遺母，楓庭切願於獻君。」

范元長内翰靖康中《謝淮東茶鹽表》云：「眷兹摘山之利，蓋出當時之權。明詔惟行，盡復祖宗之舊；微生何幸，願還畎畝之中。」

先公除翰苑，以祖諱辭，有旨銜内權不繫三字。先公以不帶三字，止同職名，不可赴院供職，又固辭。《除述古制》云：「玉帳談兵，已興嗟於見晚；金鑾草制，兹無恨於同時。」張達明澂行。

靖康内降王氏封國夫人，淵聖中批：「可。入朕之乳母四字。」先公奏云：當於腦詞下稱「皇帝乳母某氏」。而草云：「蚤參慈保之嚴，謹於燥濕之視。」

常殿中子然瓌作銘志碑碣極高古，而不工四六。嘗作謝宫祠表詞語云云，京師議之。晁叔用嘗勸其多作古文，少作詩，無爲四六也。伋幼時以《蘭亭修禊序》求跋，今載於此。曰：「右謝伋景思手自軸褾，以示常瓌子然曰：『近時石本如此本者亦絶少。

〔二〕特，原作「時」，據《四六談麈》改。

後起晚學敢於蔑古，以臆自用。臨摹無毫毛法，而精石緻板，刊刻不疑，流傳散布。見真者既寡，識真者又衰，方誤世矣。此本尚可寶也哉！』謝景思童年嗜學，師前修，有俊秀氣，未減封胡羯末也。」其文今少傳。

宣和内禪，王循德爲承旨，當草赦。事出倉卒，云：「紹二百年之祚運，奠三萬里之幅員。施及眇躬，嗣膺神器。永念纘承之重，懼極淵冰；載惟臨御之艱，憂深朽索。」及内禪皇太子詔到，天下方曉然。

先公初見上濟州，便欲委以文翰。宋都登極，即有是除，以祖諱辭。後自台召至建業，初入對，上云：「再以翰林學士處。」又固辭，方拜兵書。其後雖執政，如賜藩鎮大將詔書，討賊敕書牓，猶以委之。

吕成公求退表云：「侵尋甲子，六十有三；補報朝廷，萬分無一。」乃出於李黄門邦直。

宣和間掌朝廷牋奏者，朝士常十數人。主文盟者集衆長合而成篇，多精奇對而意不屬，知舊事者往往效之。韓似夫樞密《謝故相儀國公賜世濟厚德御書碑額表》，令數客爲之。報行者，前一段用伋所爲，後一段用胡承公作。

翟大參以陳通之亂，自越援杭，其《謝降官表》云：「豈比秦人，坐視越人之瘠；欲安劉氏，固知晁氏之危。」

趙令人李號易安，其《祭湖州文》曰：「白日正中，嘆龐翁之機捷；堅城自墮，憐杞婦之悲深。」〔一〕婦人四六之工者。

朱巽宣諭七閩，劾江夕拜常循俗巽宮。朝廷薄其罪，止令分析。江謝表云：「盡擊鮮更日之歡，復擁笏垂魚之樂。」

席參政大光作《嗣安定制》，頌太祖曰：「爾惟玄孫，予曰伯父。」其《謝潭帥表》云：「暴揚之惡，初過於共兜；播告之詞，忽同於方召。」

方彦蒙上時相啓云：「三已無愠，雖知衆口之爍金；萬折必東，自信臣心之如水。」下句完善。

常子正同作先公再致政詞云：「熟本朝之故事，追聞正始之風；迎代邸而清宮，獨奉渭橋之謁。」屬對似少偏。

政和間，以僧爲德士，冠服如道士。有一長老升堂云：「石窗奪得裴休笏，用在今朝；曹溪留下祖師衣，已爲陳迹。」又一長老乞入道表云：「一習蠻夷之風教，遂忘父

〔一〕杞，原作「祀」，據《四六談麈》改。

母之髮膚。幾同去國之人，忽見指天之斗。儻得回心而嚮道，便當合掌以擎拳。」汪退傅初坐陳東、歐陽徹事降官，後復以啓謝廟堂。時相作答啓云：「一男子之上書，人何足道；諸大夫曰可殺，公豈容心？」熊太學叔雅詞也。靖康間，京尹程伯起謝賜出等牙簡表云：「看山拄頰，敢爲晋士之清狂；上馬設囊，豈有唐賢之風度。」汪彦章詞。

康平仲執權在揚州，嘗當宗開封制，以舉似伋云：「想望夷門，未泯忽忽之佳氣；顧瞻淮甸，安能鬱鬱而久居？」

何文縝以曲學罷三字，其謝章云：「師友淵源，妄追探於千載；文章户牖，期自立於一家。獨簡聖知，何名曲學？」

外大父晁舍人《謝落職表》云：「投鼠忌器，輒詈天子之從臣；剪爪及膚，不識朝廷之大體。」指耿黄門而言。

葉石林少藴知福州，其《賀朝會表》云：「繄昔艱難，孰測聖人之勇；迨兹平定，益知天子之尊。」

陸益中德先解人，宣和再爲中執法，閨門孝友，嘗彈蔡絛。范丞相建炎間答其啓云：「久居言路，抨彈多權貴之臣；屢掌文衡，登拔皆純正之士。」范射策日，陸曾謂其不純正。舒起居清國詞也。

汪彥章賀吕成公初大拜啓云：「方群臣憂杞國之天，靡遑朝夕；乃兩手取虞淵之日，重正乾坤。」

孫伯野傳論麗人搔擾，中批云：「至乃用蘇軾語，全無顧忌。」孫表云：「不知言語之合前人，但見裔夷之負中國。」

周子武秘自中司帥越日，伋在崇道外祠。與伋啓云：「訪羽人於丹丘，莫繼後塵之雅躅；受鼇事於宣室，即期前席之榮觀。」後見李雅州端民云，某之詞也。

伋在建鄴時，華藏民老一沙彌法光試經得度，屬韓子蒼作化錢疏。座間索筆，草云：「法光身本仕族，志慕佛乘。依華藏以出家，誦《楞嚴》而得度。敢言四事，尚乏三衣。本來一物也無，政須行乞；他日寸絲不挂，用此酬恩。」

黄叔言子游守台，與伋先狀云：「倒屣以待諸公，要出我門；解榻而迎使君，未有此客。喜接辭之伊邇，仍問政之可期。」

趙祖穎奇與伋同在太學，中秋趣人作會啓云：「庾亮樓邊，漸睹挂檐之月；揚雄宅畔，蔑無載酒之人。方孤坐以無聊，欲就眠而未可。伏惟某人輕財有朱家之度量，[一]好客繼鄭莊之風流。酒滿尊中，屢極詼諧之飲；錢流地上，曾無鄙吝之心。東閣之宴飲欲開，南樓之佳興不淺。雖一石滅燭，在淳于髡豈敢望焉；而五斗解酲，如劉伯倫不無覬也。願戒青州之從事，亟濡東海之波臣。心若搖旌，側聽黄金之諾；言猶在耳，盍追長夜之歡。[二]過此以還，未知所措。」

[一] 有，原作「包」，據《四六談塵》改。
[二] 長，原作「日」，據《四六談塵》改。

王公四六話序

先君子少居汝陰鄉里，而游學四方。學文於歐陽文忠公，而授經於王荆公、王深父、常夷父。既仕，從滕元發、鄭毅夫論作賦與四六。其學皆極先民之淵藴。銍每侍教誨，常語以爲文爲詩賦之法。且言賦之興遠矣，唐天寶十二載始詔，舉人策問外試詩賦各一首，自此八韻律賦始盛。其後作者如陸宣公、裴晋公、吕温、李程，猶未能極工。逮至晚唐，薛逢、宋言及吴融出於場屋，然後曲盡其妙。然但山川草木、雪風花月或以古之故實爲景題賦，於人物情態爲無餘地。若夫禮樂刑政、典章文物之體，略未備也。

國朝名輩，猶雜五代衰陋之氣，似未能革。至二宋兄弟，始以雄才奥學，一變山川草木、人情物態，歸於禮樂刑政、典章文物，發爲朝廷氣象，其規模閎達深遠矣。繼以滕、鄭、吴處厚、劉輝，工緻纖悉備具，發露天地之藏，造化殆無餘巧。其隳括聲律，至此可謂詩賦之集大成者。亦繇仁宗之世太平閑暇，天下安静之久，故文章與時高下。蓋自唐天寶，遠訖於天聖，盛於景祐、皇祐，溢於嘉祐、治平之間。師友淵源，講貫磨礲，口傳心授，至是始克大成就者，蓋四百年於斯矣。豈易得哉？豈一人一日之力哉？豈徒此也，凡學道學文，淵源從來皆然也。世所謂箋題表啓號爲四六者，皆詩賦之苗裔也。故詩賦盛則刀筆盛，而其衰亦然。銍類次先子所謂詩賦法度與前輩話言，附家集之末，又以銍所聞於交游間四六話事實，私自記焉。其詩話、文話、賦話，各别見云。老成雖遠，典刑尚存，此學者所當憑心而致力也。且以昔聞於先子者爲之序，欲自知爲文之難，不敢苟且於學問而已，匪欲誇諸人也。

宣和四年七月庚申日汝陰王銍序。

王公四六話上

宋元憲晚歲有詩云：「老矣師丹多忘事，少之燭武不如人。」其後元厚之作執政參知政事，一日奏事差誤，神宗顧謂曰：「卿如此忘事耶？」明日乞退，遂用元憲語作《乞致仕表》云：「少之燭武，尚不如人；老矣師丹，仍多忘事。」神宗讀表至此，憐其意而留之。歐陽文忠公《謝致仕表》云：「雖伏櫪之馬，悲鳴難戀於君軒；而曳尾之龜，涵養未離於靈沼。」元厚之後作《致仕表》云：「蹌蹌退舞，敢忘舜帝之笙鏞；翯翯歸飛，亦存文王之靈沼。」又《謝致仕表》云：「冥鴻雖遠，正依天宇之高華；微藿雖傾，尚溯日華之明潤。」其意謂萬物不離於天地，雖致仕亦不離君父也。子瞻爲《筆説》，大以此爲妙，云：「古人謝致仕表，未有能到此者。」

元厚之作王介甫再相麻，世以爲工，然未免偏枯。其云「忠氣貫日，雖金石而爲開；讒波稽天，孰斧戕之敢闕」，上句「忠氣貫日」，則可以襯「雖金石而爲開」；是以下句「讒波稽天」，則於「斧戕」了無干涉。此四六之病也。元厚之取古今傳記佳語作四六，「雖金石而爲自開」，《西京雜記》載揚雄全語也。「日華明潤」，李德裕《唐武宗畫像贊》也。四六尤欲取古人妙語以見工耳。

元厚之久作藩郡，後聞儂智高餘黨寇二廣，移知廣州，而所傳乃妄改知越州。厚之《謝上表》云：「忽聞羽檄之馳，謂有龍編之警。橫水明光之甲，得自虛聲；雲中赤白之囊，倡爲危事。」用李德裕《獻替記》，伐劉稹，李石令中人石元貫奏：「橫水明光之甲曳地，何由取他？」德裕曰：「從伊十五里精兵，明光甲曳地，必須破却此賊。」後所傳果妄，遂誅劉稹焉。

神宗友愛嘉、岐二王，不許出閤，固辭者數十，其後改封。先召翰林學士元厚之，謂曰：「卿可於麻辭中道殺，〔一〕勿令更辭也。」略云：「列第環宮，彌聳開元之盛；側門

〔一〕卿，原作「鄉」，據《四六話》卷上改。

通禁，共承長樂之顔。」

四六有伐山語，有伐材語。伐材語者，如已成之柱桷，略加繩削而已。伐山語者，則搜搜山，一作披山。山開荒，自我取之。伐材謂熟事也，伐山謂生事也。生事必對熟事，熟事必對生事。若兩聯皆生事，則傷於奥澀。若兩聯皆熟事，則無工。蓋生事必用熟事對出也。如夏英公《辭奉使表》略云：「頃歲先人没於行陳，春初母氏始棄孤遺。義不戴天，難下單于之拜；哀深《陟岵》，忍聞禁休之音？」不拜單于，用鄭衆事；而《公羊》謂夷樂曰「禁休」，此生事對熟事格也。後永叔作《歸田録》，改云：「義不戴天，難下穹廬之拜；情深《陟岵》，忍聞夷樂之聲？」夏英公《免起復奉使表》，世以爲工，然其間一聯云：「王姬築館，接仇之禮既嫌；曾子回車，勝母之遊遂輟。」此聯亦不減前一聯也。

先公言本朝自楊、劉，四六彌盛，然尚有五代衰陋氣。至英公表章，始盡洗去。四六之深厚廣大，無古無今，皆可施用者，英公一人而已，所謂四六集大成者。至王岐公、元厚之四六，皆出於英公。王荆公雖高妙，亦出英公，但化之以義理而已。

表章有宰相氣骨，如范堯夫《謝自臺官言濮王事責安州通判表》云：「内外皆君父之至慈，出處蓋臣子之常節。」又青州劉丞相《罷省官謝起知滑州表》云：「視人郡章，或猶驚畏；論上恩旨，罔不歡欣。」又云：「詔令明具，止於奉行；德澤汪洋，易於宣究。」愛其語整暇，有大臣氣象。劉丞相《守鄆謝表》云：「雖進退必由其道，所願學者古人；顧功烈如此其卑，終難收於士論。」此真罷相表也。

沈存中緣永樂陷没謫官，久之元祐中復官分司，以表謝曰：「洪造與物，難回霜霰之餘，聖恩及臣，更過天地之力。」又曰：「雖奮竭之心，難伸於已廢之日；惟忠孝之志，敢忘於未死之前？」皆新語也。

錢易希白子彦遠字子高，明逸字子飛，俱以賢良登科。族人藻醇老既應説書、進士，俱中第，又應，中大科。熊伯通以啓賀藻知制誥曰：「七年三第，閲賢良文學之科；一門四人，襲潤色討論之職。」四人謂易、惟演、明逸及藻也。

蘇子瞻作翰林，林子中方以言者去國在外，以啓賀曰：「父子以文章名世，盡淵雲司馬之才；兄弟以方正決科，邁晁董公孫之學。」與其後爲中書舍人，謫二蘇告詞之語異矣。

子瞻幼年見歐陽公《謝對衣金帶表》而誦之，老蘇曰：「汝可擬作一聯。」曰：「匪伊垂之而帶有餘，非敢後也而馬不進。」至爲潁川，因有此賜，用爲表，謝云：「枯羸之質，匪伊垂之而帶有餘；斂退之心，非敢後也而馬不進。」後爲兵部尚書，又作《謝對衣帶表》，略曰：「物生有待，天地無窮。草木何知，冒慶雲之渥采；魚虾至陋，借滄海之榮光。雖若可觀，終非其有。」四六至此，涵造化妙旨矣。

文章有彼此相資之事，有彼此相須之對，有彼此相須而曾不及當時事，此所以助發意思也。唐人方有此格，謂之互換格，然語猶拙。至後人襲用講論而意益妙，如楊汝士《陪裴晉公東雒夜宴詩》曰：「昔日蘭亭無艷質，此時金谷有高人。」止於此而已。至永叔《和杜歧公詩》曰：「元劉事業時無取，姚宋篇章世不知。二美惟公所兼有，後生何者欲攀追？」其後蘇明允《代人賀永叔作樞密啓》曰：「在漢之賈誼，談論俊美，止於諸侯相，而陳平之屬，實爲三公；唐之韓愈，意氣磊落，終於京兆尹，而裴度之倫，實在相府。然陳平、裴度未免謂之不文，而韓愈、賈生亦嘗悲於不遇。蓋人之於世，美惡必自有倫；而天之於人，賦予亦莫能備。」此又何啻出藍更青、研朱益丹也。後至荆公《賀韓魏公罷相啓》，略云：「國無危疑，人以静一。周勃霍光之於漢，能定策而終以致疑；姚崇宋璟之於唐，善致理而未嘗遭變。記在舊史，號爲元功。固未有獨運廟堂，再安社稷，弼亮三世，敉寧四方，崛然在諸公之先，焕乎如今日之懿。若夫進退之當於義，出入之適其時，以彼相方，又爲特美。」此又妙矣。

譚昉曲江人，荆公少年仕官韶州之友也。特善牋表，荆公在金陵，稱其一對云：

「車斜韻險，競病聲難。」「競病」二字，曹景宗故事也。白樂天《與元微之書》曰「何處春深好」，詩以「斜」「車」二字爲韻，往來幾百篇。

王荆公父名益，以都官員外郎通守金陵，而元厚之作金陵幕官，其契分久矣。荆公既相，神宗欲慎選翰林學士。時厚之久在外，老於從官。荆公對曰：「有真翰林學士，但恐陛下不能用耳。」上固問之，因道姓名。上久之曰：「元絳在外久，不以文稱，且令爲制誥如何？」荆公曰：「陛下果不能用爾。况已作龍圖閣直學士，難下遷知制誥。」遂自外徑除翰林學士，中外大驚。既就列，有稱職之譽。不久，遂參大政。故厚之深德荆公。其後荆公居金陵，厚之以太子少保致仕歸平江，以啓謝荆公曰：「眷林泉之樂，方遂乞骸；望衮綉之歸，徒深引脰。」

丁晋公文字雖老不衰，[一]在朱崖《答胡則侍御書》曰：「夢幻泡影，知既往之本無；地水火風，悟本來之不有。」在海外十四年，及北遷道州，謝表云：「心若傾葵，漸暖長安之日；身同旅雁，乍浮楚澤之春。」又《謝復秘書監表》云：「炎荒萬里，歲律一周。傷禽無振羽之期，病樹絶沾春之望。」人亦哀之。

[一] 衰，原作「變」，據《四六話》卷上改。

唐張籍用裴晋公薦爲國子博士，而東平帥李師道辟爲從事，籍賦《節婦吟》見志以辭之云：「君知妾有夫，贈妾雙明珠。感君纏綿意，繫在紅羅襦。妾家高樓連苑起，良人持戟明光裏。知公用心如日月，事夫誓擬同生死。還君明珠雙淚垂，何不相逢未嫁時。」先子元祐中除知陳留縣，唐君益帥荆南，方董辰沅邊事，〔一〕辟先子通判沅州。先子已得陳留而辭之，以啓謝君益曰：「抱璧懷沽，雖免匹夫之罪；還珠自嘆，空成節婦之吟。」

孫賁公素除河東轉運使，托先子代作謝表，蓋河東堯故都之地，曰：「富歲三登，有唐叔得禾之異；輿情百樂，興堯民擊壤之歌。」末云：「過太行回顧雲下，義感親闈；望長安遠在日邊，心馳帝闕。」公素讀之，笑曰：「公乃末篇寓忠孝之意也。」

先子嘗言：「四六須只當人可用，他處不可使，方爲有工。」邵龢自陝西運使移知鄧州，先子以啓賀之云：「教實自西，浸被南明之國；民將愛父，伫興前古之歌。」乃邵氏自陝移鄧之啓也。

廖友明略作四六最爲高奇，嘗謂僕言須要古人好語，換却陳言。如職名二字，便

〔一〕方，原作「子」，據《四六話》卷上改。

不可入四六。如上表云「初見吏民，已宣條教」之類，真可憎惡爾。明略《賀安厚卿啓》曰：「遠離門墻，遁迹江湖之外；闕望麾葆，榮光河洛之間。」又《賀張丞相啓》云：「中台之光，下飾萬物；前箸之畫，外制四夷。進有德而朝廷尊，用真儒而天下服。」又云：「日月亭午，信無邪陰；山川出雲，亟有時雨。」又《謝厚卿答書之啓》云：「寂寞江濱，若戎車之陷淖；栖遲巖邑，信塞馬之依風。暐然晨光，照此蔀屋。」許安世少張自蜀漕責房州倅，《謝執政啓》云：「賤貧於有道之邦，自知愧耻；負犯於可封之日，無足哀矜。」議者謂引咎歸己，不文過以自矜，得責降之義。

閻令洵仁善四六而一字不肯妄下，必求警策以過人。《謝再除陝西轉運使表》曰：「識道重來，端同老馬；操刀却視，若宰全牛。」《謝復官表》曰：「悲未見於齊羊，笑中分於鄭鹿。」臨死作《發運使表》曰：「轉輸九路，回溯萬艘。過冒職名，出持使旨。夢游帝所，驚晬色之回春；來自日邊，覺容光之照水。漸浮楚澤，回望堯雲。伏念臣少也羈孤，長而疵賤。學宗《論語》《孟子》，粗識指歸；仕遇神考、泰陵，俱蒙獎擢。而臣志未伸於每剉，恩不報而逾深。髀消乘傳之餘，心折號弓之後。侵尋晚景，辜負明時。頃畢通喪，適逢初政。餉軍西塞，賜對中宸。曲荷聖知，徑除宰屬；忽除怨府，升置儒林。未勉螢窗之癉，[一]但愧桑榆之晚。三光倒影，自一壺中；萬里提封，幾半天下。然而承平既久，積弊日深。公私困於盜攘，官政習於涵養。偷安則如抱薪救火，欲速則如以堇療饑。必待更張，庶能漸正。然恐約束未周於郡縣，謗傷已達於闕朝。明月夜光，寧無按劍；高山流水，自有知音。仰恃聖明，俯殫勤拙。[二]矢心論報，没齒爲期。」

天聖中劉子儀《賀五王出閤啓》云：「芝函曉列，星飛降天上之書；棣萼晨趨，嶽立受日中之字。」皆隱用「五」字、「王」字也。

唐鄭準爲荆南節度使成汭從事，汭本姓郭，代爲作《乞歸姓表》云：「居故國以狐疑，望鄰封而鼠竄。名非伯越，浮舟難效於陶朱；志在投秦，出境遂稱於張禄。未遑辨雪，尋涉艱危。」其後范文正公以隨母冒姓朱，以朱説既登第後，《乞還姓表》遂全用之云：「志在投秦，入境遂稱於張禄；名非伯越，乘舟偶效於陶朱。」議者謂文正公雖襲用古人全語，然本實范氏當家故事，非攘竊也。

[一] 癉，原作「塵」，據《四六話》卷上改。
[二] 殫，原作「彈」，據《四六話》卷上改。

元豐末劉誼以論常平不便，罷提舉官勒停，遊金陵，以啓投王荊公，令其再起，稍更新法之不便於民者。荊公答以啓，略曰：「起於不得已，蓋將有行；老而無能爲，云胡不止？」

盧多遜丞相謫海外，國史載其謝表，末云：「流星已遠，拱北極以無由；海日空懸，望長安而不見。」又其孫載作《范陽家誌》，附其臨終自作遺表，略云：「昔日位居黄閣，衆口鑠金；此時身謫朱崖，蔓草縈骨。」雖有五代衰氣，然亦可哀矣。

熙寧中彗星見，是歲交趾李乾德叛，邕州、二廣爲之騷動。朝廷遣郭逵、趙卨討之。荊公作相，草《出師敕榜》，有云「惟天助順，已兆布新之祥」，爲彗星見而出師也。《行年河洛記》：王世充假隋恭帝禪位策文云：「海飛群水，天出長星。除舊之徵克著，布新之祥允集。」荊公用舊意爲新語也。

楊子安侍郎坐黨籍謫官洛陽，其《謝再任宫祠表》云：「地載海涵，莫測包荒之度；春生秋殺，皆成造化之功。」邸報至丹陽，蔡元度在郡，見報驚嘆諷味之。

熊伯通任金陵，爲王荊公幕府官，代公作《立貴妃表》云：「有警戒相承之道，無險詖私謁之心。」荊公取而用之。後人因用此一聯，相承不已。

鄧温伯知成都，謝上表云：「捫參歷井，敢辭蜀道之難；就日望雲，愈覺長安之遠。」自後凡官兩川者，謝表相承用此一聯。

滕元發光禄受知神宗，最在諸公之先。以議政與荆公不合，遂出爲帥。又以妻黨李逢事，謫知池、安二州。既罷安州，許朝見。至國門，將復用之，又中飛語，再謫知筠州。是時尚艤舟國東普照寺也，先子實公之客，是時在京師，托撰《陳情表》自辨。先子爲公草之，盡載於此。曰：「人情不問賢愚，莫不畏天而嚴父。然而疾痛則呼父，窮窘則號天，蓋情發于中，而言無所擇。豈以號呼之故，謂無嚴畏之心？今臣之所患，不止於疾痛；而所憂，有甚於窮窘。若不號呼於君父，更將赴愬於何人？伏望聖慈，少加矜察。臣本無學術，亦無材能。惟有忠義之心，生而自許。昔季文子見有禮於君者，事之如孝子之養父母；見無禮於君者，[一]誅之如鷹鸇之逐鳥雀也。臣雖不肖，允蹈斯言。但信道直行，謂人如己。既恃深知於聖主，肯復借交於衆人？任其疏愚，積成仇怨。一日離去左右十有餘年，攻臣之言何所不有？偶因疑似，直欲中傷。至如臣頃在京東，謬當帥路。材微任重，禄過灾生。驗凶人始造謀之年，乃愚臣未到任之日。其時陛下特遣親信，就以體量；在於臣身，并無詿誤。言事之臣不知本末，或罔臣以

[一]「於」後原本衍一「於」字，據《四六話》卷上删。

失察，或誣臣以黨奸。欲於寬大之朝，爲臣終身之累。幸賴聖君之照鑒，力排衆議以保全。爰自偏州，漸移節鎮。昨因考滿，許赴闕廷。中書既不外除，〔一〕交代又已到任。〔二〕官爲近侍，理合朝參。實欲叙愚臣久蒙含垢之恩，謝陛下稍復善藩之賜。況臣素無黨援，唯祈一望清光。今者纔入國門，復除江郡。戀闕之心徒切，見君之日無期。拜命徬徨，不知所措。尋觀誥意，復領裝錢，方悟此行非緣重譴。臣是以敢陳危懇，上冒天聰。輒希行葦之仁，曲軫遺簪之眷。竊緣筠州闕次尚在來春，鄉里田園素來微薄。家貧累重，四方無歸。臣非敢别有僥覬，更求録用。但患難之後，積憂傷心；風波之間，畏怖成疾。伏望皇帝陛下愍餘生之無幾，究前日之異恩。改授臣潁壽湖潤一郡，稍便醫藥，漸謀歸休。異日復得以枯朽之餘，一瞻天日之表。然後退歸田里，歌咏太平。自述臣子之遭逢，歸詫鄉鄰之父老。區區之願，求畢於斯。」滕公讀至「戀闕之心徒切，見君之日無期」，起執先子手揮涕曰：「此予心欲言而不可得者也。」表入，神宗大悦，以滕公知湖州，湖乃公所乞也。是時林子中作禮部員外郎，與公婿何洵直邦

〔一〕除，原作「際」，據《四六話》卷上改。
〔二〕交代，原作「文伐」，據《四六話》卷上改。

彥同曹。聞滕公得湖州，以詩賀邦彥曰：「清風樓下兩溪春，三十餘年一夢新。欲識玉皇香案吏，水晶宮主謫仙人。」謂公初登第時倅湖州，距是三十年矣。先子爲滕作《陳情表》手簡尚在，今乃誤印在東坡市本文内。

王公四六話下

張洎參政事江南李後主，時爲大臣。國亡，受知太宗，復作輔臣。時王元之禹偁爲翰林學士，洎手書古律詩兩軸與之，元之以啓謝云：「追踪季札，辭吴盡變爲《國風》；接武韓宣，適魯獨明於《易》象。」謂其自他國入中朝也。

元之自黄移蘄州，臨終作遺表曰：「豈期游岱之魂，遂協生桑之夢。」蓋昔人夢生桑，而占者云桑字乃四十八，果以是歲終，元之亦以四十八而歿也。臨歿用事，精當如此，足以見其安於死生之際矣。

顧起敦詩罷臺官，久之得太原倅。與先子同官，素相好也。敦詩作火山軍試官，歸詫得人，且言其解頭作謝啓甚工，云：「夢蕉中之鹿，奚辨其真；探頷下之珠，適遭其睡。」先子戲謂敦詩曰：「主文何太恍惚耶？」

曾丞相子宣三直玉堂，作牋表有氣而備朝廷體。其《賀章子厚復資政啓》曰：「浩若江海，風波莫之動摇；屹如棟梁，蚍蜉無以傾撓。」其自南遷歸丹陽，聞大觀元會，作表以賀，略云：「九賓在列，〔一〕鏘劍佩而肅鴛鸞；五輅在庭，明旂常而載日月。」蓋雖老而文字不衰，亦久在朝居文字職，習性然也。

四六貴出新意，然用景太多而氣格低弱則類俳矣。唯用景而不失朝廷氣象，語劇豪壯而不怒張，得從容中和之道，然後爲工。王岐公作慈聖皇后山陵使，掩壙慰表云：「雁飛銀漢，雖閲景於千齡；龍繞青山，終儲祥於百世。」滕元發《乞致仕表》云：「雲霄鴻去，免罹矰繳之施；野渡舟横，無復風波之懼。」吕太尉《謝賜神宗御集表》云：「鳳生而五色，悵丹穴之已遥；〔二〕龍藏乎九淵，驚驪珠之忽得。」凡此之類，皆以氣勝與語勝也。

子瞻與吉甫同在館中，吉甫既爲介甫腹心進用，而子瞻外補，遂爲仇讎矣。元祐初，子由作右司諫，論吉甫之罪，莫非蠹國殘民，至比之吕布。自資政殿大學士貶節度副使，安置建州。而子瞻作中書舍人，行謫詞，又劇口詆之，號爲元凶。吉甫既至建

〔一〕九，原作「几」，據《四六話》卷下改。
〔二〕悵，原作「帳」，據《四六話》卷下改。

州，謝表末曰：「龍鱗鳳翼，固絶望於攀援；蟲臂鼠肝，一冥心於造化。」以子瞻兄弟與我所争者，蟲臂鼠肝而已。子瞻見此表於邸報，笑曰：「福建子難容，終會作文字。」

劉丞相謫死新州，至元符末，用登極恩追復故官。其子跂以啓謝執政，〔一〕略曰：「晚歲離騷，難招魂於鬼域；平生精爽，或見夢於故人。」用李衛公夢於令狐綯乞歸葬，精爽可畏故事也。一本「晚歲離騷，魂竟招於異域；平生精爽，夢猶托於故人」。

王荆公與吴沖卿丞相同年同歲，又修婚姻之好。熙寧中，越兩制舊人三十餘輩，用爲三司使、樞密使副。又薦代己爲相。已爲相，沖卿遂擺其迹，欲與荆公異。力薦與荆公論事貶斥之人，如吕晦叔、李公擇、程伯淳還朝。又欲稍變新法，及力言荆公家事、荆公兄弟不和事。荆公去而不復召者，沖卿力也。公在金陵熟聞之，因中使傳宣撫問，以表謝曰：「晚由樸學，上誤聖知。智曾昧於保身，忠每懷於許國。讒誣甚巧，竊憂解免之難；危拙更安，特荷眷憐之至。況遠迹久孤之地，實邇言易間之時。而離明昭晰於隱微，解澤頻繁於疏逖。」所謂「邇言易間」，乃謂沖卿也。未幾，沖卿薨於位，公作挽詞，云「氣鍾舊國山川秀」者，譏其鄉里本建州也。

〔一〕跂，原作「政」，據《四六話》卷下改。

陸宣公隨德宗自奉天還闕，興元元年下《悔過制書》曰：「失守宗祧，越在草莽。不念率德，誠莫追於既往；永言思咎，期有復於將來。明徵其義，以示天下。」其後荆公罷相守金陵，《謝上表》末云：「經體贊元，廢任莫追於既往；承流宣化，收功尚冀於將來。」用宣公語意。乃知文章師承，未有無從來者也。

王文恪公陶嘗言：「四六如『蕭條』二字，須對『綽約』。與『據鞍矍鑠』，須對『攬轡澄清』。若不協韻，則不名爲聲律矣。」文恪《謝正字啓》略云：「雕蟲篆刻，童子尚耻於壯夫；血指汗顔，斫者徒羞於巧匠。」又《謝自陳移守許表》一聯云：「有汲黯之直，未死淮陽之郊；無黄霸之才，願老潁川之守。」謂陳州淮陽郡，許州乃潁川郡，黄霸自潁川入爲三公，而我不敢願也。用事親切有工，類如此。

韓子華丞相兄弟將相貴仕，爲潁川甲族。罷相後得帥鄉郡，文恪賀啓曰：「夙推荀氏之龍，重致潁川之鳳。」謂荀氏八龍及黄霸守潁川致鳳凰之瑞也。

國朝故事，作館職則如登科，例有謝啓。王昇除館職，作啓與同舍裴煌如晦，而啓中有云：「伏惟某官天澤育物，〔一〕内恕及人。」其後云：「仰答異恩之賜，次酬洪造之

〔一〕某，原作「其」，據《四六話》卷下改。

私。」謂洪造如大造也。如晦閲之驚起，還异啓曰：「盛文奉還，且告留取頭。」

唐張巡之守濉陽，胡羯方熾，城孤勢蹙，人困食竭，以紙布煮而食之，而意自如。其《謝金吾將軍表》曰：「想峨眉之碧峰，預遊西蜀；追騄駬於玄圃，保壽南山。逆賊禄山殺戮黎獻，腥膻闕廷。臣被圍四十七日，凡一千八百餘戰。主辱臣死，當臣致命之時；〔一〕惡稔罪盈，是賊滅亡之日。」〔二〕其忠勇如此。許遠亦有文，其《祭纛文》爲時所稱，謂：「太一光鋒，蚩尤後殿。蒼龍持弓，白虎捧箭。」又《祭城隍文》云：「智井鳩翔，老堞龍攖。」皆文武雄健，志氣不衰，真忠烈之士。

裴晉公平淮西，憲宗解玉帶賜之。公臨薨却進之，使舊僚作表，皆不如意。遂令子弟執筆占狀云：「上府之珍，先朝所賜。既不敢將歸地下，又不可留在人間。謹却封進。」聞者服其切當。

令狐楚相自河南召入，至閿鄉暴風，有裨將飼馬逆旅，屋毁馬斃。到京，公遂大拜。裨將南還，以馬死，畏帥之責，以狀請一字爲據。公援筆判曰：「厩焚魯國，先師

〔一〕致，原作「殺」，據《四六話》卷下改。
〔二〕賊，原作「賦」，據《四六話》卷下改。

唯恐傷人；屋倒閿鄉，常侍豈宜問馬？」時魏義通以檢校常侍代鎮三城。

孫舫本畫工之子，頗多避就。王澈爲中書舍人，草舫誥詞云：「李陵橋上，不吟取次之詩；顧凱筆頭，豈畫尋常之物？」舫終身恨之。

王元之謫居黄州，至郡，二虎鬥於郡境，死之。郡雞夜鳴，冬雷電。司天奏守土者當之，詔内臣乘馹勞之，即徙蘄州。抵蘄，上謝表曰：「宣室鬼神之問，敢望生還；茂陵封禪之書，止期身後。」上覽之曰：「禹偁其亡乎？」

錢熙，泉南才雄之士，進《四夷來王賦》萬餘言。太宗愛其才，擢館職。嘗撰《三酌酸文》，世稱精絶。略曰：「渭川凝碧，早拋釣月之流；商嶺排青，不逐眠雲之客。」又：「年年落第，春風徒泣於遷鶯；處處羈遊，夜雨空悲於斷雁。」鄉人李慶孫哭之曰：「四夷妙賦無人誦，〔一〕三酌酸文舉世傳。」

曾魯公雖年八十，筆勢尚雄。曾子宣謫守鄱陽，手寫一柬慰之云：「扶摇方遠，六月不得不息；消長以道，七日自當來復。」楊經臣維嘗愛而誦之，〔二〕曰：「此非知其然

〔一〕妙，原作「來」，據《四六話》卷下改。
〔二〕愛，原作「受」，據《四六話》卷下改。

而爲之，神驅於氣使爲之也。」

阮思道子昌齡，醜陋吃訥，聰敏絶人。年十七八，海州試《海不揚波賦》，即席一筆而成，文不加點。其警句云：「收碣石之宿霧，斂蒼梧之夕雲。八月靈槎，泛寒光而静去；三山神闕，湛清影以遥連。」

先子嘗言，王荆公作相，天下士以文字頌其道德勳業者不可以數計也。如祥道啓曰：「六經之書，得孔子而備；六經之理，得先生而明。」王禹玉作除相麻詞曰：「至學窮於聖原，貴名薄於天下。」熊伯通賀啓曰：「燭照數計，洞九變之本原；玉振金聲，破千齡之堙鬱。」又曰：「永惟卓偉之烈，絶出古今之時。」鄧温伯作白麻曰：「道德合符乎古人，學問爲法於海内。〔一〕越升冢宰，大熙衆功。〔二〕力行所學，而朝以不疑；謀合至神，而人莫爲間。」若此者劇多，然不若子瞻《贈太傅誥》曰：「浮雲何有？脱屣如遺。」此兩句乃能真道荆公出處妙處也。世人謂中含譏切，恐大不然。

鄧左轄温伯三入翰林，前後幾二十年。高文大册，每號稱職。其《立哲宗爲皇太

〔一〕問，原作「文」，據《四六話》卷下改。
〔二〕衆，原作「還」，據《四六話》卷下改。

子制》首曰：「父子一體也，惟立長可以圖萬世之安；國家大器也，惟建儲可以係四海之望。」末云：「『離』明『震』長，綿帝祚於億年；『解』吉『渙』亨，灑天人於萬宇。」天下誦之。

神宗自潁王即位，元豐中升潁州爲順昌軍節鎮。時元厚之罷參作潁守，令郡中老儒士胡士彦作謝表。公覽之，以筆抹去。疾書其紙背，一揮而成。略曰：「肈土立社，是開王者之封；乘龍御天，厥應聖人之作。按圖雖舊，錫命惟新。」又曰：「興言駿命之慶基，宜建中軍之望府。」謂文武之德聖而順，唐虞之道明而昌。合爲嘉名，以侈舊服。

元祐六年立皇后孟氏，而梁况之爲翰林學士，其制略曰：「太母以萬世爲心，命虔宗事之重；大臣以兩極陳義，請建坤儀之尊。」謂王道之大所由興，故人倫之始不可緩。末云：「垂光紫庭，襲譽彤管。」一時諸公皆嘆其不可及，前後立后制靡能過焉。

四六格句，須襯者相稱乃有工，〔二〕方爲造微。蓋上四字以喚下六字也，此四六之格也。前輩作謫樞密使張遜誥云：「互置朋黨，交攻是非。貝錦之詞，遂彰於萋菲；挈瓶之智，已極於滿盈。」丁晋公南遷，作《南嶽齋疏文》云：「補仲山之衮，曲盡於巧

〔二〕乃，原作「及」，據《四六話》卷下改。

心；和傳説之羹，難調於衆口。」至曾子宣《謝宰相表》曰：「方傷錦敗材之初，奚堪於補衮；況覆餗折足之際，何取於和羹？」此又妙矣。「傷錦」「敗材」四字，《後漢》傳全語也。

神宗首用富鄭公作上相，以司空侍中爲昭文館大學士也。制乃翰林學士鄭毅夫所草，末云：「上理乎天工，則日月星辰以之順；下遂乎物宜，則山川草木以之蕃。近則諸夏仰德以承流，遠則四夷傾心傾心一作聞風。而待命。」毅夫自負此文敏贍，因爲詩曰：「中使傳宣内翰家，君王令草侍中麻。紫泥金印封題了，紅燭纔燒一寸花。」元祐中司馬温公作相，除左僕射。〔一〕時學士鄧温伯行制，其末曰：「上寅亮於天工，則陰陽風雨以之順；下咸遂乎物理，則山川草木以之靈。内阜安於兆民，外鎮撫於四裔。」此二白麻特相類，人謂非二公不能稱此大訓也。

治平中，英宗患歷代史繁多難見，令司馬温公編進《君臣事迹》。温公請置局辟官，薦劉恕道原、劉攽貢父、趙君錫無愧，而無愧以親老辭。後又辟范淳父在局，遂成一代書。成則進上，神宗賜名《資治通鑑》。元豐末進《五代紀》而書成，遷公資政殿學

〔一〕左，原作「右」，據《四六話》卷下改。

士，除淳父秘書省正字，爲賞典。時道原已前死，貢父方貶官衡州也。元祐初，温公還朝，作門下侍郎。用宰相蔡持正劄子，方下國子監開板，杭州雕造，劇致工也。令温公門下士及館職校讎之，板成遍賜宰執、侍從及校讎官。各以表謝，獨芸叟表能盡著書始終。今載於此，略見《通鑑》本末焉。略曰：「英宗皇帝患學者不能遍窺，况人主何暇周覽？思有所述，頗難其人。疇若臣哉，莫如光者。神宗皇帝揮宸翰以錫名，敕講筵而進讀。目爲《通鑑》，時則弗迷。資彼治原，捨兹安出？」又曰：「上下馳騁於數千載間，出入相隨於十九年内。尚假言官之督責，熟諳里俗之謗嗤。卒成一代之書，仰副兩朝之志。雖古者興亡事迹，固已粲然；而光之筋力精神，於此盡矣。」又曰「旅遊東國，嘗屢嘆於斯文；留滯周南，遂克終於先業。嗟君臣之際遇，已極丹青；何父子之淪亡，忽悲風露」云云。張芸叟又有詩謝范學士淳父云：「《通鑑》初成賜近臣，不遺疏賤帝恩均。我投湘水五千里，君滯周南二十春。東觀汗青身是夢，〔一〕西齋削稿事如新。細思當日修書者，祇有三人今一人。」謂劉貢父、道原、范淳父也。淳父時爲講筵，芸叟爲臺官也。

〔一〕汗，原作「汙」，據《四六話》卷下改。

《資治通鑑》成，温公托范淳父作《進書表》，今刊於《通鑑》後者是也。温公以簡謝淳父云：「真得愚心所欲言而不能發者。」温公書帖，無一字不誠實也。

吴正肅試賢良方正科，殿試策因論古今風俗之變，皆隨上所好惡。有曰：「城中大袖，外有全帛之奢；雨下墊巾，衆爲一角之效。」是時試策猶間用對偶句也。仁宗喜此兩句，對輔臣誦之，有意大用正肅者實肇於此。蓋仁宗聖性節儉，方自家刑之於天下，戒在於變俗，而稱此聯爾。

秦少游觀在元祐諸館職最後，自校對黄本書籍方除正字，以啓謝諸公，當時稱之。用《三國志》蜀秦宓博識，諸葛孔明呼爲學士；爲唐詩人秦系自號東海釣鼇客，張建封始署爲校書郎。少游用此當家二故事作啓，略云：「切觀前史，具見鄙宗。西蜀中郎，孔明呼爲學士；東海釣客，建封任以校書。雖爲將相之品題，且匪朝廷之選用。夫何寡陋，遽爾遭逢？」

豫章潘興嗣家有李後主歸朝後，乞潘慎修記室手表。慎修，李氏之舊臣，而興嗣之祖也。其表略云：「昨因先皇臨御，問臣頗有舊人相伴否。臣即乞徐元楀。元楀方在幼年，於牋表素不諳習。後來因出外，問得劉鋹曾乞得廣南舊人洪侃。今來已蒙遣到徐元楀，其潘慎修更不敢陳乞。所有表章，臣且勉勵躬親。臣亡國殘骸，死亡無日。

豈敢別生僥覬，干撓天聰。只慮章奏之間，有失恭慎。伏望睿慈，察臣素心。」其銜位稱檢校太尉右千牛衛上將軍上柱國隴西郡公食邑千户，後連劄子云：「奉聖旨，光禄寺丞徐元楀、右贊善大夫潘慎修并令往李煜處。」而楊大年作慎修誌文云「喬木不勝，空悲故國。曳裾王府，〔一〕猶見故君」者，謂此也。李後主手表，僕嘗摸得之，愛其筆札清妙不凡。兵火亡失已久，因記其梗概焉。後見大年所作慎修墓誌，乃云：「俾事故君，是爲上介。思喬木於故國，尚見世臣；曳長裾於王門，兼掌記室。」

范淳父爲其叔祖景仁草進樂表云：「法已亡於千載之後，聲欲求於千載之前。事爲至難，理若有待。」又爲吕正獻草遺表云：「才力綿薄，豈期位列於三公；疾疢嬰纏，敢望年逾於七十。」世謂能道二公胸中事也。

司馬温公還作門下侍郎，至大拜，四方賓客賀啓語稍過重者，必以書謝，卻而還之者至多。吴處厚爲太常博士，啓賀公曰：「伏以賢國之基用其賢，所以固國；忠民之望擢其忠，乃以得民。制命一頒，輿情共悦。恭惟某官道高致主，德裕庇民。磨涅而堅白弗渝，用捨而行藏自遂。蓍龜先見，昔已推其至誠；松柏後凋，今乃顯其孤操。

〔一〕裾，原作「裙」，據《四六話》卷下改。

方當倚注之際，勉率奮熙之功。庶令四海風謡，播休聲而不已；千秋史策，傳茂實以無窮。」温公手柬還之曰：「稱譽太過，不敢克當。」處厚復啓納之曰：「處厚前日喜公拜命，無階踵賀，輒貢短啓，叙致悃愊。伏蒙謙損特甚，乃謂『稱譽太過，不敢克當』，即時封還。使處厚既赧且惕，逃罪無地。比欲盡而弗再，然又以前啓凡二十句，止百餘字，字皆摭實，〔一〕而言殆無半語虚飾。故首叙國家輔佐，須以忠賢爲本，而選用必先從民之望，如此則國家安而民悦。若公之進退出處，謂之忠賢耶非耶？今既大用，然則天下之人悦乎？故啓稱『用賢所以固國，擢忠乃以得民』，蓋謂是也。又公在先朝，專以正道輔拂，故啓稱『道高致主』。專欲惠養元元，故啓稱『德裕庇民』。久居散地，未嘗隕穫，故啓稱『磨涅而堅白弗渝』。力辭貴位，略不絆戀，故啓稱『用捨而行藏自遂』。往日之明，則可謂著龜之先見；今日之事，則足見松柏之後凋。然處厚復以大名之下，其實難副，故又愛公而申勸之曰『方當倚注之際，勉率奮熙之功』，則庶幾『四海風謡，播休聲而不已；千秋史策，傳茂實以無窮』。蓋此等事又在卒功終譽之後，當俟他日見之。乃知此啓并無愧辭。今再遣一介，仰塵左右。伏惟台慈，特賜收留。」温

〔一〕 摭，原作「撫」，據《四六話》卷下改。

公乃受焉。因備書此段，以見温公之謙德每如是也。

神宗初即位，王介中父、劉攽貢父同考試進士。中父以舉人卷子用「小畜」字，疑「畜」字與御名同音。貢父争以爲非，中父不從，固以爲御名。貢父曰：「此字非御諱，乃中父家之諱也。」因相詬罵。既出試院，御史以爲言。貢父坐罷同判太常禮院，罰銅歸館。有啓謝執政云：「虚船觸舟，忮心不怨；强弩射市，薄命何逃？」前輩稱其工。又貢父《謝京東漕表》略曰：「不知足而爲屨，是匪難能；懲於羹而吹虀，乃非適變。」亦薄時之奔競功利者非難爾。

表啓中最以短句中四字爲難，[一]以其語少而意多，因舊爲新，涵不盡無窮意故也。前人之語能稱此格者，如劉原父《謝館職啓》「整齊百家，是正六藝」，[二]元厚之謝表云「塤篪萬民，金玉百度」，彭器資《上章子厚啓》「報國丹心，憂時白髮」，舒信道《謝復官表》「九幽路曉，萬蟄户開」。蓋可傳載諷味者尤難也。

劉貢父作國子監直講，英宗即位久而車駕方出。太學生除直日外并迎駕，時有齋

[一] 短，原作「長」，據《宋四六話》卷七改。
[二] 原，原作「厚」，據《四六話》卷下改。

直日，以不得預也，乃潛出看駕。既而衆退，以潛出之罪申直講，直講難其辭。貢父遽判其狀尾曰：「黄屋初出，莫不咸觀；青衿何爲，乃獨塊處？可特免罰。」衆以爲當。

羅大經云：宋嘉定間，加史丞相實封制云：「天欲治舍我誰也，負孟軻濟世之才；民不被若己推之，挺伊尹佐王之略。」用經句而帖妥，然過諛失體。勛德如韓魏公，荆公草加官制，不過曰：「保兹天子，進無浮實之名；正是國人，退有顧言之行。」或謂荆公素不滿於魏公，故無甚褒之詞。非也，王言之體當然耳。

羅大經曰：李公甫謁真西山，丐詞科文字。西山留之小飲書房，指竹夫人爲題，曰：「蘄春縣君祝氏，可封衛國夫人。」公甫援筆立成，末聯云：「於戲！保抱携持，朕不忘兩夜之寢；展轉反側，爾尚刑四方之風。」西山擊節。蓋八字用《詩》《書》全語，皆婦人事，而形四方之風，又見竹夫人玲瓏之意。其中頌德云：「常居大夏之間，多爲凉德之助。剖心析肝，陳數條之風刺；〔一〕自頂至踵，無一節之瑕疵。」

羅大經云：逆亮窺江，劉錡已病，亦同扞禦。未幾亮殲，錡亦殂。特贈太尉，周益公行詞云：「岑彭殞而公孫亡，諸葛死而仲達走。雖成功有命，皆莫究於生前；而遺

〔一〕刺，原作「剌」，據《鶴林玉露》卷十四改。

烈在人，可徐觀於身後。」讀者服其的切。益公常舉似謂楊伯子曰：「起頭兩句，須要下四字議論承貼。四六特拘對耳。其立意措詞貴渾融有味，與散文同。」

羅大經云：黄伯庸代宰相賀雪表云：「招來衆彦，無晝卧洛陽之人；激勵三軍，〔一〕有夜入蔡州之志。」詞意壯切，真宰相事也。李公甫表云：「漢使啗氊，未必得匈奴之要領；楚軍挾纊，惟當堅祈父之爪牙。」〔二〕語雖巧，頗牽彊。〔三〕

〔一〕軍，原作「年」，據《鶴林玉露》卷六改。
〔二〕惟當，原作「恃常」，據《鶴林玉露》卷六改。
〔三〕彊，原作「疆」，據《鶴林玉露》卷六改。

文章達德綱領卷六

辨體雜録

歷代　諸家

歷代

劉夢得云：文章與時高下，三代之文至戰國而病，涉秦漢復起。漢之文至三國而病，唐興復起。夫政龐而土裂，三光五嶽之氣分，大音不全，故必混一而後大振。

後山云：余以古文爲三等，周爲上，七國次之，漢爲下。周之文雅。七國之文壯偉，其失騁。漢之文華贍，其失緩。東漢而下，無取焉。

歷代有風氣之殊。

虞夏　文理縝密，文在一字中。

商人　天性嚴正，文在一字中。

周人　天性篤正，文在章句周折之間。

先秦　風氣英爽，文在辨難中。
西漢　氣質雄健，文在按據經典中。
東漢　學問質實，文在聲音氣相中。
盛唐　氣骨俊健，文在體制意思中。
宋人　見識端正，文在議論中。

龜山楊氏曰：六經，先聖所以明天道、正人倫，致治之成法也。其文自堯舜夏商周之季，興衰治亂成敗之迹、救弊通變因時損益之理，皆焕然可考。〔一〕網羅天地之大，文理象器幽明之故，死生終始之變，莫不詳諭曲譬，〔二〕較然如數一二，宜乎後世高明超卓之士，一撫卷而盡得之也。予竊怪唐虞之世六籍未具，士於斯時非有誦記操筆綴文然後爲學也，而其藴道懷德、優入聖賢之域者，何多耶？其達而位乎上，則昌言嘉謨足以亮天工而成大業；〔三〕雖困窮在下，而潛德隱行猶足以經世勵俗，其芳猷美績又何其

〔一〕考，原作「致」，據《龜山集》卷二十五《送吴子正序》改。
〔二〕諭，原作「論」，據《龜山集》卷二十五《送吴子正序》改。
〔三〕工，原作「子」，據《龜山集》卷二十五《送吴子正序》改。

章章也。自秦焚詩書、坑術士，六藝殘缺。漢儒收拾補綴，至建元、元狩之間，文辭粲如也。若賈誼、董仲舒、司馬遷、相如、揚雄之徒，繼武而出，雄文大筆，馳騁古今，沛然如決江漢，浩無津涯。後雖有作者，未有能涉其波流也。然賈誼明申韓，仲舒陳灾異，馬遷之多愛，相如之浮侈，皆未足與議。惟揚雄爲庶幾於道，然尚恨其有未盡者。積至於唐，文籍之備蓋十百前古。元和之間，韓柳輩出，咸以古文名天下，然其論著不詭於聖人蓋寡矣。自漢迄唐千餘歲，而士之名能文者無過是數人。及考其所至，卒未有能倡明道學、窺聖人閫奥如古人者，然則古之時六籍未具，不害其善學；後世文籍雖多，無益於得也。《性理》

和靖尹氏曰：嘗聞程先生云：「聖人文章載於六經，自左丘明作傳，文章始壞，文勝質也。」《性理》

朱子曰：有治世之文，有衰世之文，有亂世之文。六經，治世之文也。《國語》委靡繁絮，真衰世之文耳。是時語言議論如此，宜乎周之不能振起也。至於亂世之文，則《戰國策》是也。然有英偉氣，非衰世《國語》之文之比也。楚漢間文字真是奇偉，豈易及也？《性理》

朱子曰：歐陽子云：「三代而上，治出於一，而禮樂達於天下。三代而下，治出於二，而禮樂爲虛名。」此古今不易之至論也。然彼知政事禮樂之不可不出於一，而未知道德文章之尤不可使出於二也。夫古之聖賢，其文可謂盛矣，然初豈有意學爲如是之文哉？有是實於中，則必有是文於外。如天有是氣，[一]則必有日月星辰之光曜；地有是形，則必有山川草木之行列。聖賢之心既有是精明純粹之實，以旁薄充塞乎其內，則其著見於外者，亦必自然條理分明，光輝發越，而不可掩蓋，不必托於言語、著於簡册而後謂之文。但自一身接於萬事，凡其語嘿動静，人所可得而見者，無所適而非文也。姑舉其最而言，則《易》之卦畫、《詩》之咏歌、《書》之記言、《春秋》之述事，與夫《禮》之威儀、《樂》之節奏，皆已列爲六經而垂萬世。其文之盛，後世固莫能及。然其所以盛而不可及者，豈無所自來，而世亦莫之識也。故夫子之言曰：「文王既没，文不在兹乎？」蓋雖已決知不得辭其責矣，然猶若逡巡顧望而不能無所疑也。至於推其所以興衰，則又以爲是皆出於天命之所爲，而非人力之所及。此其體之甚重，夫豈世俗所謂文者所能當哉？孟軻氏没，聖學失傳。天下之背本趨末，不求知道養德以充其内，而汲汲乎徒以文章爲事業。然在戰國之時，若申商孫吴之術、蘇張范蔡之辨、列禦

[一] 如，原作「知」，據《性理大全書》卷五十六改。

寇莊周荀况之言、屈平之賦，以至秦漢之間，韓非、李斯、陸生、賈傅、[一]董相、史遷、劉向、班固，下至嚴安、徐樂之流，猶皆先有其實而後托之於言。唯其無本而不能一出於道，是以君子猶或羞之。及至宋玉、相如、王褒、揚雄之徒，則一以浮華爲尚，而無實之可言矣。雄之《太玄》《法言》，蓋亦《長楊》《較獵》之流，而粗變其音節，初非實爲明道講學而作也。東京以降，迄于隋唐，數百年間，愈下愈衰。則其去道益遠，而無實之文亦無足論。韓愈氏出，始覺其陋，慨然號於一世，欲去陳言以追《詩》《書》六藝之作。而其弊精神、靡歲月，又有甚於前世諸人之所爲者。然猶幸其略知不根無實之不足恃，因是頗溯其源而適有會焉。於是《原道》諸篇始作，而其言曰：「根之茂者其實遂，膏之沃者其光煒，仁義之人其言藹如也。」其徒和之，亦曰：「未有不深於道而能文者。」則亦庶幾其賢矣。然今讀其書，則其出於諂諛戲豫、放浪而無實者，自不爲少。若夫所原之道，則亦徒能言其大體，而未見有探討服行之效，使其言之爲文者皆必由是以出也。故其論議古人，則又直以屈原、孟軻、司馬遷、相如、揚雄爲一等，而猶不及於賈、董。其論當世之弊，則但以詞不己出，而遂有神徂聖伏之嘆。至於其徒之論，亦

[一] 傅，原作「傳」，據《性理大全書》卷五十六改。

但以剽掠潛竊爲文之病。大振頽風，教人自爲，爲韓之功。則其師生之間，傳授之際，蓋未免裂道與文以爲兩物，而於其輕重緩急、本末賓主之分，又未免於倒懸而逆置之也。自是以來，又復衰歇。數十百年而後，歐陽以出。其文之妙，蓋已不愧於韓氏。而其曰「治出於一」云者，則自荀、揚以下皆不能及，而韓亦未有聞焉，是則疑若幾於道矣。然考其終身之言，與其行事之實，則恐其亦未免於韓氏之病也。抑又嘗以其徒之說考之，則誦其言者既曰「吾老將休，付子斯文」矣，而又必曰「我所謂文，必與道俱」。其推尊之也，〔一〕既曰「今之韓愈」矣，而又必引夫「文不在兹」者以張其說。由前之說，則道之與文，吾不知其果爲一耶，爲二耶？由後之說，則文王、孔子之文，吾又不知其與歐韓之文，〔二〕果若是其班乎否也？嗚呼！學之不講久矣，習俗之謬，其可勝言也哉？吾讀《唐書》而有感，因書其說以訂之。因言文士之失曰：今曉得義理底人，少間被物欲激搏，猶自一强一弱，一勝一負。如文章之士，下梢頭都靠不得。且如歐陽公初間做《本論》，其說已自大段拙了，然猶是一片好文章，有頭尾。他不過欲封建、井

〔一〕尊，原作「直」，據《性理大全書》卷五十六改。
〔二〕「其」後原本衍一「其」字，據《性理大全書》卷五十六删。

田，與冠昏、喪祭、蒐田、燕饗之禮，使民朝夕從事於此。少間無工夫被佛氏引去，自然可變。其計可謂拙矣，然猶是正當議論也。到得晚年，自做《六一居士傳》。宜其所得如何，却只説有書一千卷、《集古録》一千卷、琴一張、酒一壺、棋一局，與一老人爲六，更不成説話，分明是自納敗缺。如東坡一生讀盡天下書，説無限道理。到得晚年過海，做《昌化峻靈王廟碑》，引唐肅宗時一尼恍惚升天，見上帝以寶玉十三枚賜之，〔一〕云：「中國有大災，以此鎮之。」今此山如此，意其必有寶。更不成議論，似喪心人説話。其他人無知，此説尚不妨。你平日自視爲如何？説盡道理，却説出這般話，是可怪否？觀於海者難爲水，遊於聖人之門者難爲言。分明是如此了，便看他門這般文字不入。《性理》

薛敬軒曰：春秋時尚辭命，而文過其實者多，然亦可以觀世變矣。

又曰：春秋時詞命猶有言禮義者，乃先王之澤未泯也。至戰國縱横之徒，唯言利害而不及禮義，先王之澤盡矣。

又曰：漢詔多引咎責躬恤民之意，最爲近古。

〔一〕玉，原作「五」，據《性理大全書》卷五十六改。

又曰：漢初文章猶是論事，所以至近古。司馬相如輩詞賦專尚華藻，文體變矣。

又曰：漢高帝時臣下無章奏，而聞諫即聽。至元、成、哀帝之間，章奏愈繁而言不見用。此亦可以觀世道矣。

又曰：宋末之文弊如周末，許魯齋嘗言之矣。

又曰：魯齋厭宋末文弊，有從先進之意。

朱子曰：古人文章，大率只是平説而意自長。〔一〕後人文章務意多酸澀。如《離騷》初無奇字，只恁説將去，自是好。後來如魯直恁地着力做，却自是不好。《性理》

朱子曰：問《離騷》《卜居》篇內字。曰：「字義從來曉不得，但以意看可見。如『突梯滑稽』，只是軟熟迎逢隨人倒、隨人起底意思。如這般文字，更無些小窒礙，想只是信口恁地説，皆自成文。林艾軒嘗云：『班固、揚雄以下，皆是做文字；已前如司馬遷、司馬相如等，只是恁地説出。』今看來是如此。古人有取於登高能賦，這也須是敏，須是會説得通暢。如古者或以言揚，説得也是一件事。後世只就紙上做。如就紙上做，則班、揚便不如已前文字。當時如蘇秦、張儀，都是會説，《史記》所載想皆是當時

〔一〕説，原作「淡」，據《性理大全書》卷五十六改。

説出。」

朱子曰：漢初賈誼之文質實；晁錯説利害處好，答制策便亂道；董仲舒之文緩弱，其答賢良策不答所問切處，至無緊要處又累數百言。東漢文章尤更不好，漸漸趨於對偶。如楊震輩皆尚讖緯，張平子非之。然平子之意又却理會風角鳥占，何愈於讖緯？陵夷至於三國兩晋，則文氣日卑矣。《性理》

朱子曰：韓文力量不如漢文，漢文不如先秦、戰國。《性理》

朱子曰：漢末以後，只做屬對文字。直至後來，只管弱。如蘇頲着力要變，變不得。直至韓文公出來，盡掃去了，方做成古文，然亦只做得未屬對合偶以前體格。然當時亦無人信他，故其文亦變不盡。纔有一二大儒略相效，以下并只依舊。到得陸宣公奏議，只是雙關做去。又如柳子厚，亦有雙關之文。向來看道是他初年文字，後將年譜看，乃是晚年文字，蓋是他效世間模樣做則劇耳。文氣衰弱，直至五代，竟無能變。到尹師魯、歐公幾人出來，一向變了，其間亦有欲變而不能者。所以做古文自是古文，四六自是四六，却不滚雜。

朱子曰：孔氏《書序》不類漢文，似李陵《答蘇武書》。《性理》

歐公云：晋無文章，惟陶淵明《歸去來詞》。唐無文章，惟韓愈《送李愿歸盤谷序》。

劉子澄言：本朝只有四篇文字好，《太極圖説》《西銘》《易傳序》《春秋傳序》。

朱子曰：司馬遷文雄健，意思不帖帖，有戰國文氣象。賈誼文亦然。老蘇文亦雄健。似此皆有不帖帖意。仲舒文實，劉向文較實，亦好，無些虚氣象，比之仲舒較滋潤發揮。大抵武帝以前文雄健，武帝以後便實。到杜欽、谷永書又太弱，無收拾了。匡衡多有好處，漢明經中皆不似此。

問：「董仲舒三策文氣亦弱，與晁賈諸人文章殊不同，何也？」朱子曰：「仲舒爲人寬緩，其文亦如其人。大抵漢自武帝後，文字要入細，皆與漢初不同。」《性理》

問：「西漢文章與韓退之諸公文章如何？」朱子曰：「而今難説。便説某人優，某人劣，亦未必信得及。須是自看得，這一人文字某處好，某處有病，識得破了，却看那一人文字，便見優劣如何。若看這一人文字未破，如何定得優劣？便説與公優劣，公亦如何便見其優劣處？但子細自看，自識得破。而今人所以識古人文字不破，只是不曾子細看。又兼是先將自家意思横在胸次，所以見從那偏處去，説出來也都是横説。」

朱子曰：「人做文章，若是子細看得一般文字熟，少間做出文字，意思語脉自是相似。讀韓文熟，便做出韓文底文字；讀得蘇文熟，便做出蘇文底文字。若不曾子細看，少間却不得用。大率古人文字皆是行正路，後來杜撰底皆是行狹隘邪路去了。而今只是依正底路脉做將去，少間文章自會高人。」

問：「吕舍人言古文衰自谷永。」朱子曰：「何止谷永？雛陽獄中書已自皆作對子了。」又問：「司馬相如賦似作之甚易？」朱子曰：「然。」又問：「高適《焚舟决勝賦》甚淺陋？」朱子曰：「《文選》齊梁間江總之徒，賦皆不好了。」《性理》

朱子曰：古賦須熟看屈宋韓柳所作，乃有進步處。《性理》

論漢魏以後之文，莫備於《文選》。論李唐之文，莫備於《文粹》。論聖宋之文，莫備於《文鑑》。噫！文之難評也尚矣！相如《上林》之賦，劉勰稱其繁類成艷，爲辭賦之英特。而李白之序《大獵》，復謂窮壯極麗，何齷齪之甚。其去取之不一如此，則《選》之所録漢賦，果安從哉？韓昌黎《毛穎傳》，舊史鄙其譏戲，不近人情。小宋復謂《送窮文》《毛穎傳》皆古人意思未到，可以名家。其抑揚之不一如此，則《粹》之所編唐集，果安適哉？范文正《岳陽樓記》，後山謂其累世以爲奇。尹師魯復謂傳奇體耳。其品藻之不相入如此，則《鑑》所論本朝之文，又何如哉？雖然，文章美惡自有定論，去取當否要終自見。吾平心論之，則曰《選》曰《粹》曰《鑑》之所集，有不難辨者矣。蕭統盡索自古文士之作，築臺選之，始于楚騷，訖于江左，爲卷三十，名之曰《選》。且曰章、表、記、頌、詩、賦、書、論亦各有體，苟失其體，雖工弗取。其用工多矣。姚鉉盡取唐人之文，〔一〕拔其尤者，先後三變，無不編次，爲卷一百，命之曰《粹》。且曰擷英掇華，正以古雅。侈言蔓辭，率皆不取，其用心勞矣。夫以上下數千年間，騷人墨客雄辭傑筆，有聲翰墨，無毫髮遺。是集也，或如松林竹徑，清陰邃密，下臨清流，瑩然可愛，使人蕭然忘塵埃之意，其清如此；或如園林華發，低紅昂紫，麗服靚妝，雜遊其間，使人熙熙然神怡氣定，其和如此。然其間纂次之不公，品題之未當，不免前輩之議。則以《選》自名者，或有可删之文；以《粹》自命者，多有可疵之體，亦何取於勤且博哉？且王右軍之序《蘭亭》，「絲竹管弦」四言兩意，不免見黜，似矣。然劉向之序《戰國》，有先秦典雅之制；董子之策《賢良》，得伊周格心之學，而例黜之，可乎？屈原之作《離騷》，辭古意烈，有風雅體，特軋卷首，似矣。然子雲之《美新》，名教罪人；潘元茂之《九錫》，君子羞之，而概收之，可乎？不特此也，司馬長卿賦《上林》而引「盧橘夏熟」，班孟堅賦《西都》而言「玉植青葱」，而亦取之耶？蘇李《河梁送别》之詩，在長安而有江漢之語；宋玉《高唐》《神女》之賦，以一篇分而爲序，而亦録之耶？此統之去取不能逃

〔一〕盡，原作「書」，據《源流至論》前集卷二改。

後世之議也。且段文昌《平淮西碑》録之，誠善矣；韓昌黎之所作，果不及乎？李德裕《忠諫論》録之，誠善矣，韓愈《諫臣》之所作，果不及乎？不特此耳。王摩詰《老將行》，指天幸不敗爲衛青；李長吉《雁門行》，以「黑雲壓城」而續以「甲光向日」之句，而俱取之，何也？韓柳之邃古，李杜之風雅，元白之雄深，而反雜以釋子蘭《飲馬長城窟》、道士吴筠《遊仙》《步虚》，而不倫若是，何也？此鉉之編次不能掙天下之公也。嗚呼！不有美玉，安别碔砆？不有先輩之《文鑑》，無以知《選》《粹》之繆。肆我本朝，始有《文海》。孝宗惡其踳駁，且遺逸者衆，乃命儒臣更修其書，斷自中興以前，彙次來上，賜名曰《皇朝文鑑》。如衆星列宿，争芒於層漢也；如象齒犀角，充斥於天府也。自今觀之，經學至國朝而愈明，形於言論，發六經所未盡之藴。程伊川之序《易傳》，無非天理人極之奥；游酢之爲孫莘老序《易傳》，亦皆性命仁義之妙。其與孔安國序《書》、杜元凱之序《左傳》，《選》皆登載者，同乎異乎？詩體至國朝而始正，發於諷咏，有《三百篇》之意。蘇東坡之直節勁氣，傲雪凌霜；黄魯直之風韻灑落，光風霽月，其與樂天之放蕩、愚溪之嘲怨，《粹》皆所采取者，是乎否乎？文章雜體，至我國朝而尤盛。縉紳揚勵之文，如梁周翰《五鳳樓賦》，鋪陳藝祖聖德；進士科舉之文，如王曾之《有物混成》，蓋有古詩風骨；名臣奏議之文，如張方平之諫用兵、東坡之疏買燈、潁濱之言條例，尤其表表愈偉者。彼《選》之雜賦、諫書，《粹》之表頌、銘贊，微夫斯之爲文也，視此不亦恧乎？雖然，國朝之文所以媲墳襲典、超漢軋唐，傑然爲一代之盛者，有由也。「三百年來文不振，直從韓柳到孫丁」，此文之始倡也。「六十年來旺氣消，文章化入山川手」，此文之再變也。「曾子文章衆無有，水之江漢星之斗」，此文之愈盛也。王元之、穆伯長導其源，尹師魯、孫明復疏其流，廬陵、臨川、眉山、南豐助其瀾，鳴律和呂，嚼羽含商，則氣骨安得不古，議論安得不正哉？愚故并論之。《源流至論》

海虞吴訥曰：古文類集今行世者惟梁昭明之《選》六十卷，姚鉉《唐文粹》一百卷，東萊《宋文鑑》一百五十卷，西山前、後《文章正宗》四十四卷，蘇伯修《元文類》七十卷爲備。然《文粹》《文鑑》《文類》惟載一代之作，《文選》編次無序，如第一卷古賦以《兩都》爲首，而《離騷》反置于後，甚至揚雄《美新》、曹操《九錫文》亦皆收載，不足爲法。獨《文章正宗》義例精密。《辨體》

王鴻漸曰：古今集文章者，往往決擇不精，去取欠當。至真西山《文章正宗》，可謂集大成矣。然其間如王斗之對，殆類滑稽；李皋之碑，幾不可讀。且例收其辭，不加訂論，後進之士，何所折衷乎？君子猶不能無遺憾也。《崇古文訣·後序》

山泉慎蒙曰：昔人謂文章有關於氣運，其知言哉！蓋氣有厚薄，〔一〕則文亦隨之以高下，故自漢而唐而宋，有《文選》《文粹》以及《文鑑》，播之當時，傳之後世，均之三代名世之作也。然而體裁各别，法眼具存，文以時遷，信矣！迨入明朝，則有《文衡》之集。集乃出於程公克勤所爲編纂，亦哀然國初之文苑也。惜諸所著作猶未脱元習，如唐之沿六朝、宋之沿五代，要之氣與運會使然，非人力所能與也。迨至孝廟，世際熙洽，稽古右文，時則有關西李子崆峒者出，力追古制，號爲中興。一時徐、何彬彬輩出，馳騁藝苑，悉蕩舊習，駸然幾於古矣。所謂「花發上林、月晃淮水」者，非歟？第《文衡》之選，識者議其未精，而傳之數紀，嗣後作者皆散見諸帙。間有《文選》《文苑》之刻，或以簡而遺，或冗而濫。删其舊之冗者，增其今之未入者，録其文之有爲者，削其文之空言無當者，勒成一書，名曰《皇明文則》。

又曰：明開國有劉、宋、蘇、王首闢文運，領袖藝苑，以潤色絲綸。繼以崆峒爲文之始伯，而遵巖、荆川、念庵、槐野之四子者，則擅其宗。方遜志爲理學開源，而導流者則吴康齋以及一峰、陽明諸君子。觀其形之議論，敷之奏疏，見之裁答，非耿耿不磨之

〔一〕氣，原作「舉」，據慎蒙《皇明文則大成序》改。

見，如方遜志《正統》《深慮》《豫讓》《武王》《啓惑》等論。則濂洛關閩之傳，如陽明《與人論學書》。非達權通變之神，如陽明攻剿洌頭、宸濠諸疏。則綱常忠愛之極也，如一峰《劾李文達疏》、余肅愍《參不當與虜講和疏》、莊定山《培養聖德疏》。是人品也、才也、學也合而一之者也。

諸家 總論

議論不本於孔氏，則厭常喜異，不足以垂後世之訓。文章不祖於六經，則誇多鬥靡，不足以該天下之理。夫自杏壇迹蕪，麟筆絶矣。詞人才子，名溢於縹囊；舒文染翰，卷盈乎緗帙。紛紛籍籍，蓋不知其幾。然論本孔氏，文祖六經，庶可登文章之録。否則累編連牘，特紙上之陳迹耳。蓋《詩》變爲樂府之後，則作《拘幽操》，作《思歸引》，即或愛或思之《詩》也。變爲《離騷》之後，則作《弔湘》，作《畔牢愁》，即或怨或哀之《詩》也。《書》自誥命之不傳，而爲制爲誥爲表者，皆《書》之宗派也。《書》自明良之歌不作，而爲賦爲頌爲箴者，皆《書》之源流也。後之曰紀傳曰志贊，本《春秋》之遺策也。後之曰序曰記，即《易》與《記》之遺體也。然則學必尊師，而後天下無異説；文必尊經，而後天下無異論。此古今之格言也。諸葛孔明《出師》一表，言辭激烈，對越鬼神，讀之令人雍雍然生敬心，故東坡謂其與《伊訓》《説命》相表裏。杜工部平生詩集模寫風景，拳拳愛君，讀之令人灑灑然生愛心，故山谷謂有《三百篇》之旨。夫以文而論人，如晁錯之《賢良策》、賈生之《過秦論》、班彪之《王命論》、揚雄之《美新》、王羲之《蘭亭序》、潘元茂之《九錫》，此皆膾炙人口者，而前輩特取孔明之一表。以詩而論人，如蘇李之高妙、陶阮之沖澹、曹劉之豪逸、謝鮑之峻潔、徐庾之華麗，此蓋有聲於詩壇者，而前輩特稱子美之詩。此無他，不以文論文，以經論文也。夫《商盤》《周誥》，特當時小民登于王庭之言，幽深簡古，如登峻坂，然後之博學君子研窮古意，未易通究。《國風》《雅》《頌》亦不過小夫賤隸之辭，渾厚醞藉，如奏黄鐘大吕，後之騷人墨客老於文墨，練辭剪句，有不能得其一二者。〔一〕噫！作文而不究六經之旨，不愧古之聖賢，寧不愧古之民乎？然嘗觀漢晋而下，惟唐之韓柳，文章機軸，自成一家，當於古人中求之。韓之《南溪始泛》三首，魯直嘆有詩人之句律；韓之《淮西碑》，孫覺喜其叙與銘得《詩》《書》之體；韓之《盤谷序》，坡老謂唐無文章，惟此篇而已。則韓之所筆，非唐之文，古之文也。柳之詩，東坡稱其在韋蘇州之上；柳之序，前輩稱《送僧浩然》一

〔一〕「得」後原本衍一「有」字，據《源流至論》前集卷二删。

篇無六朝風采；柳之碑，東坡稱《曹溪》《南嶽》諸碑妙絶古今。〔一〕則柳之所著，非唐之文，古之文也。嗚呼！蓋亦溯其源流乎？蓋《詩》葩《易》奇，《盤》《誥》詰屈，《春秋》謹嚴，韓之所學者在是，則捕龍蛇，搏虎豹，急與之角而不敢暇者宜矣。上而《詩》《易》《春秋》，下而《左氏》《國語》，柳之所學者在是，則軋漢周而凌晋宋，凛然爲一王之法者宜矣。噫！韓柳遠矣，文氣雕喪。「三百年來文不振，直從韓柳到孫丁」，吾於我朝諸公見之。夫論制誥之文，非駢麗俳優之爲美，而以體制謹嚴之爲高。蘇公行吕惠卿之謫辭，衆口稱快。錢穆父之行章子厚謫辭，切中事情。范純仁之遺表，辭意感切。是文也，非六經簡嚴之體歟？論記述之文，非鋪陳華麗之爲巧，而以規切諷諭之爲工。王元之之記《待漏院》，切切然憂國之心。范文正之記《岳陽樓》，有對景自警之辭。張伯玉之記《六經閣》，得尊六經、黜百氏之意。是文也，非六經紀實之旨歟？〔二〕其奏議也，潁濱之言條例司、東坡之論買燈、張方平之諫用兵、鄭介夫之辭除授，筆勢翩翩，炳然仁義之美談，非得《伊訓》《召誥》之意乎？其詩章也，楊公之賦朝京闕、歐公之咏春

〔一〕今，原作「人」，據《源流至論》前集卷二改。
〔二〕旨，原作「古」，據《源流至論》前集卷二改。

帖、坡公之風水利，中存諷諭，藹然箴美之遺意，非得周《雅》、商《頌》之體乎？進士之文，王曾以賦策勳而爲賢相，張庭堅以經義進而爲名臣，則不可以科舉輕視也。序述之文，程伊川自序《易傳》《春秋傳》，游定夫爲孫莘老序《周易傳》，則不可以序體概論也。嗚呼！宣公奏議，前輩論有七篇仁義之談；劉禹錫三閣四章，識者謂可以配《黍離》。況我朝諸公以六經爲準的，以孔孟爲宗師，以仁義禮樂爲醞藉，以箴規諷諫爲旨要，則含商嚼羽，戛金切玉，豈非周情孔思之遺乎？嘗謂孔子之學歷戰國而病，至孟子則復起；孟子之學歷漢魏而病，至韓柳則復起；[一]韓柳之學歷五代而病，至我朝諸君子則復起。得非聖經之未墜歟？斯文之未喪歟？六經簡嚴，與天地并傳，而無一日之或息歟？不然，何其抑之未久而復伸，晦之未幾而卒明也？「于今便合教修史，二子文章似六經」，必有續王元之之詩，以爲諸公誦。《源流至論》

《華黍》之補亡，欲繼乎《詩》也，君子不之予；而老杜一集，本以五言爲體，山谷謂有《三百篇》之旨。《湯征》之續闕，欲續乎《書》也，君子不之取；而孔明《出師》一表，本以表而自名，東坡嘆其與《伊訓》《説命》相表裏。大抵得聖人之意，則自然暗合於

[一] 韓，據《源流至論》前集卷二補。

道；泥聖人之言，則往往反戾於經。況《國風》《雅》《頌》渾厚醖藉，誦之如奏黄鐘大吕；《商盤》《周誥》幽深簡古，讀之如登九折峻坂。儒生學士無聖人萬分之一，而欲效聖人之所述，噫！亦妄矣！束晳補《詩》，俳優之戲舜耳。居易續《書》，〔一〕尪巫之步禹耳。此愚切嘆夫後之擬經者，皆侮聖人也。且六經何爲而作哉？蓋夫子接三代之後，有典謨訓誥之文，有禮樂法度之善，天地陰陽之藴已露而未顯，三綱五常之道幾墜而未振，於是删《詩》定《書》，制《禮》作《樂》，係《周易》作《春秋》。聖人蓋爲天地立心，爲生民立極也。彼王通何人哉？既續《詩》矣，而又續《書》；既《元經》矣，而又《易讚》；既《禮論》矣，而《樂論》。然曹劉沈謝之句，安能合《鹿鳴》《四牡》《大明》《關雎》之旨？七制詔志策議之文，安能合《堯典》《舜典》《禹謨》《伊訓》之義？達者與幾，守者存義，果《序卦》《雜卦》之藴乎？皇始之帝、晋宋之王，果獎周室、尊中國之筆乎？《禮》之論、《樂》之論，果能推明先王政化之意乎？侈然以王氏六經自名，此特效西子之顰耳。通之意猶未也，《中説》一書酷類《魯論》，以董常比顔子，以公卿大夫比顔曾門弟，而其心則以夫子自尊。通之意，正如歐陽永叔自擬韓昌黎，而以梅聖俞擬孟郊

〔一〕書，原作「詩」，據《源流至論》別集卷六、《白氏長慶集》文集卷二十九《補逸書》改。

也。嗚呼！安得後人不以六經奴婢誚之哉？然僭經之罪不特一王通也，世無君子之論，則蟬噪争鳴，蛙尊自居，皆得侮聖言矣。子雲之《太玄》，蓋準《易》之象數也。《易》有彖，《太玄》則有首。《易》有爻，《玄》則有贊。《易》之爻有象，而《玄》之贊則有測。然《易》以道勝，而《玄》以數勝，是雄蔽於名而作也，此後世所以有吴楚僭王之譏焉。嗚呼！畫前元有《易》，何俟雄之贅哉？雄且不能逃君子之議，則京房之卦氣、元嵩之《元包》、一行之《大衍》，皆謬也。屈平之《騷經》，蓋效《詩》之比興也。以香草比君子，以龍鳳比忠正，美人以喻時君，惡鳥以況小人。然《詩》之體尚忠厚，《騷》之體類迫切。是原蔽於怨而作也，此或者所以有異經典之誚焉。嗚呼！删後更無《詩》，何待原之效哉？原且不能逭後世之譏，則王褒《得賢》之頌、宗元《平淮》之雅，皆妄也。吴越之《春秋》、楚漢之《春秋》，非不求合於《春秋》也，然游夏高弟且不能措一辭，況諸公乎？三國之《尚書》、記注之《尚書》，非不求合於《書》也，然秦魯二篇聖人且不得已，繫於帝王之後，況後世乎？世儒論後之學者僭擬聖經，正如兒曹斂容危坐以效老成，拜伏跪起以效賓主，言氣象大不相類也。雖然，聖經之名固不可擬，而所述之道獨不可學乎？聖經之體固不可襲，而所寓之意獨不可求乎？述性命者存乎《易》，讀《易》而得性命之理，雖未必曰《易》，謂之得於《易》可也。咏性情者存乎《詩》，作詩而得性情之旨，雖未必曰《詩》，謂之得於《詩》可也。示直筆者在《春秋》，紀政事者在乎《書》，作史而能成實録、備故事，雖未必曰《書》曰《春秋》，謂之得於《書》《春秋》亦可也。石介之《宋頌》九篇，衆謂《猗那》《清廟》之詩無以加。嗚呼！劉禹錫《三閣》四章，魯直且以《黍離》配之，《宋頌》之無愧《猗那》也宜矣。尹洙之《皇雅》十篇，人謂《堯典》《舜歌》而下所未聞。嗚呼！韓退之《淮西》之碑，孫覺且嘆其叙如《書》，則《皇雅》之可軋《舜歌》也亦宜矣。康節先天之學，濂溪太極之圖，雖未嘗規規於方州部家之體，而理數暗合於《易》。噫！《孟子》七篇之書不言《易》，而君子謂其深於《易》者，以其所載者性命也。王元之之《太祖實録》，其事直書；曾子固之《兩朝國史》，必主仁義。雖未嘗屑屑於編年之法，而褒貶實得於《春秋》。噫！子長易編年而爲紀傳表書，君子謂其合於《春秋》者，以其所書者實録也。世之議者且曰：「司馬所著《潛虛》之書，毋乃蹈《太玄》之轍乎？」曰：此未必出公之手也。吾觀傳公之行者，不聞一語及於《潛虛》，其意可見矣。世之議者又曰：「朱氏所補《大學》致知格物之章，毋乃效補《詩》之尤乎？」曰：此亦知先王之已説者。吾觀《章句》之序，自謂以程氏之説輯之，以俟後之君子，其意亦不敢自專矣。噫！曾經聖人手，議論安得到？後之學者安爲僭經之舉，盍以是自訟云。《源流至論》

屈原之《離騷》，有長鯨蒼虬不得伸之態，讀之令人激切生忠憤心，奇體也，或者至有露才揚己之譏。靖節之《歸去來》，有閑鷗立海之狀，讀之令人清灑忘名利心，佳製也，或者有以賦爲辭之議。嗚呼！爲文之難如此，而况於論文者乎？夫自六經不作之後，騷人墨客、雄才健筆馳價於翰墨之場者，不知其幾，固難以一二數。姑即《文選》《文粹》之所去取者而評議之，信矣夫論文之難也！且擷華掇英而爲《選》，蕭統之用工多矣，然西漢之文不取仲舒之三策，而取揚雄之《美新》，何見也？去疵取醇而爲《粹》，姚鉉之着意勞矣，然李唐之文不取昌黎之碑，而取段文昌之碑，何識也？噫！《選》《粹》之失豈止於此耶？編司馬長卿賦上林，而不知繆言「盧橘夏熟」；揚子雲賦甘泉，而不知妄用「玉植青葱」；[一]《羽獵》托諷之詞，《子虛》奏雅之篇，而反雜於《長門》褻漫之語，《選》果足信乎？述王摩詰《老將行》，而不辨指天幸不敗爲衛青之誤；述李長吉《雁門行》，而不指「黑雲壓城」續以「甲光向日」之失；道士吴筠之著《游仙》、釋子蘭之作《長城窟》，而亦溷李杜元白之集，《粹》果可取乎？噫！三代之文至漢復起，西漢之文至唐復振。一去一取且無定見，况江左諸子紛紛之筆歟？嗚呼！有

[一] 妄，原作「安」，據《源流至論》後集卷一改，四庫本。

穎士之高識，庶能知李華《弔古戰場文》；無歐陽公之巨眼，而昌黎文集終爲頹壁敝簏之物。信矣夫論文之難也！天開我宋，巨工彬彬，一洗萬古，日月争光，故有爲「三百年來文不振，直從韓柳到孫丁」之詩者，有爲「曾子文章衆無有，水之江漢星之斗」之咏者。山川旺氣化入文章，噫！盛哉！有如王黄州之恪、孫泰山之義、石徂徠之厲、尹河南之簡、歐廬陵之醇、蘇文安之遠、〔一〕李盱江之鋭、宋常山之峻、司馬涑水之端、曾南豐之毅、王臨川之整、蘇東坡之浩、蘇潁濱之通、李淇水之宏、陳後山之濬、黄豫章之理、秦淮海之焕、晁濟北之舒、張譙國之婉、張石室之俊，筆勢駸駸與周漢軋，〔二〕是豈區區模效者之所能及哉？然考其評議，觀其取予，往往有劍佩相笑之見。夫歐陽永叔《醉翁亭記》，平生最得意者，而秦少游以爲用賦體；范文正《岳陽樓記》，世稱曰佳作者，而尹師魯以爲傳奇體；曾子固之記《六經閣》，張伯玉終不愜意；陳鐸之批答，魯仲明謂非詔語；王荆公以東坡《醉白堂記》爲《韓白優劣論》；蘇公以王金陵《虔州學記》爲《學校策》。噫！稱贊之意不足而正救之辭有餘，諸公非相短也，正所以相切磋也。

〔一〕遠，原作「道」，據《源流至論》後集卷一改。
〔二〕駸駸，原脱一「駸」字，據《源流至論》後集卷一補。

不然，柳子厚素稱韓之文若捕龍蛇、搏虎豹，急與之角而不暇；至論韓碑，議其有帽子之習。諸公之見，非韓柳之見歟？樂天之詩，沈存中喜其識趣可尚，章子厚譏其識趣最淺。杜陵之詩，黄魯直稱其靈丹一粒，楊大年薄其爲村夫子。昌黎之文，歐公平日推重，以家藏萬卷，惟韓文爲舊物，萬世所尊，而蘇潁濱乃譏之。愚溪之文，蘇東坡晚年最愛，以碑文絶妙今古，而歐公乃薄之。噫！去取之見不同，而優劣之論亦異，諸公非相反也，正所以相詰難也。不然，老泉嘗稱遷之《史》，其與善隱而彰，其懲惡直而寬。至其子潁濱作《古史》，以糾其失。諸公之見，非蘇氏父子之見歟？雖然，文人相輕，從古固然。然學不達先輩，文不逮先輩，亦效先輩雌黄之口，皆其氣習不渾厚而輕躁者之爲乎？讀詩未有劉長卿一句，已呼阮籍爲老兵；筆語未有駱賓王一字，已駡宋玉爲罪人，則吾豈敢？《源流至論》

諸　家 文評

《老子》善議論。精極無言，不得已而言之，言猶無言也，故妙。老於世故，故高。其神奇變化，莫能測其端倪。

《老子》《孫武子》一句一理，如串八寶珍瑰，間錯而不斷，文字極難學。蘇老泉數篇近之，《心術》《春秋論》是也。

《列子》善議論，性情清真，〔一〕見識峻絶，故平淡言語中皆是驚天動地奇絶意思。

《莊子》善議論，見識高妙，機軸圓活，情性滑稽，故肆口妄言亦妙，緘口不言亦妙，開口正言亦妙。文法極老，儒者皆宗之。

《莊子》文字善用虛，以其虛而虛天下之實；太史公文字善用實，以其實而實天下之虛。

《莊子·祛篋》篇辭理俱到。不讀《莊子·秋水》篇，見識終不宏闊。

薛敬軒曰：老莊之書，切不可深溺。若溺其説而誦習不已，猶居齊齊言，居楚楚語，發於心術文詞有不覺者矣。

又曰：《莊子》好文法，學古文者多觀之。苟取其法，不取其詞，可也。若并取其辭爲己出而用之，所謂鈍賊也。韓文公作《送高閑上人序》，蓋學其法而不用其一詞。此學之善者也。

〔一〕真，原作「直」，據《文筌》改。

又曰：《莊子》曰：「《詩》以道志，《書》以道事，《易》以道陰陽，《春秋》以道名分。」先儒謂莊子是大秀才，觀此可見。

又曰：《莊子》曰：「生物以息相吹。」息是人呼吸之息，九萬里之氣亦是此息。相吹，則人之氣召和召灾可知矣。

又曰：《莊子·人間世》篇揣摩人情世態曲盡而無遺言，當察受否，識微者知之。

薛敬軒曰：《參同契》終是方技之書。

《維摩經》亦有作文法。三十二菩薩各説不二法門，此未得不二法門者也。維摩詰默然不説不二法門，乃真得不二法門者也。柳子厚《晋問》微用此體。〔一〕

佛是掃除事障，禪是掃除理障。熟讀《楞嚴經》自見。

《素問》善議論。理明故枝節詳盡而論辨精審，先秦書皆然。

《九章算經》善序事，意思巧妙，句法字樣别是一家。

《山海經》善序事，實處簡妙，虚處幽玄。名物字樣，皆是文字中珍具。

《考工記》善序事，句法變化，字樣古雅。

〔一〕用，原作「有」，據《文章精義》改。

《考工記》之文摧而論之，蓋有三美：一曰雄健而雅，二曰宛曲而峻，三曰整齊而醇。《文則》

《管子》善議論。辨政事極其覈實，論心術極其精微，序事簡嚴。《左氏》善序事，如老吏具獄，枝節悉備，但斷決處把滑，只論旁枝。至於本宗，則讓於聖人處置，亦是當如此處。

朱子曰：《左氏》有一個大病，是他好以成敗論人。遇他做得來好時，便説他好；做得來不好時，便説他不是。都不折之以理之是非，這是他大病。

吕成公曰：《左氏》有三病。周鄭交質，不明君臣之義，一也；以人事傅會灾祥，二也；記管晏之事則善，説聖人之事則陋，三也。《困學記聞》

薛敬軒曰：《左氏》多有言過其實者，昌黎所謂浮誇是也。

又曰：《左傳》所論是非，一一有吉凶成敗驗於後，豈盡然乎？

又曰：《左氏》極有膚淺者，只是理不明。

又曰：《左氏》論敬處多，亦是先王之教有未泯者。

又曰：《春秋》書楚子入陳，納公孫寧、儀行父。《左氏》曰：「書有禮也。」夫二人皆淫亂之賊，陷君於惡，楚不能討其罪而戮之，復納於陳，謂之有禮，可乎？左氏學識之淺深可見矣。

《左傳》《史記》《西漢書》叙戰陳堪晝。

《國語》不如《左傳》，《左傳》不如《檀弓》。　叙晋獻公驪姬申生一事，繁簡可見。

《國語》善序事，議論比《春秋内傳》失之方。

《左氏》艷而富，其失也誣；《穀梁》清而婉，其失也短；《公羊》辨而裁，其失也俗。若能富而不誣，清而不短，裁而不俗，則深於其道者也。范甯《穀梁傳序》

《穀梁氏》善議論，簡當清潔。《左氏》議論在序事中，《穀梁》議論在議論中。　比看各是一奇也。

《左氏傳》正如洛花隋柳，鬱乎春烟，雖至於飄零以污苑囿，亦不失爲美麗。

《公羊傳》正如暮霞朝雲，藹藹于青空，雖云點綴太虚，亦不失爲昭回。

《穀梁傳》正如八珍之陳、百品之列，雖更華大羹之制，亦不失爲美味。《三場文海》

朱子曰：以三傳言之，《左氏》是史學，《公》《穀》是經學。　史學者記得事却詳，於道理上便差。　經學者於義理上有功，然記事多誤。

《戰國策》善辭令，其法有九：　一曰箝，束縛定他人，使之必聽也；　二曰飛，不可言處借别語飛入，不覺墮其術中；　三曰捭，彼意難測，反語捭開即見之；　四曰闔，既知彼意，塞其兑，閉其門；五曰揣，捭之不得，多方取之；六曰摩，揣之不得，周圍摩之；〔一〕七曰抵巇，抵入險中，使人不恐；八曰鈎，誘入利中，使之喜慕；九曰決，彼意若從，爲之勇決。故令人至今讀之亦忘倦。

姚三才曰：《國策》衰世之文乎？右權游俠而左道德，其于忠臣義士斸名爲尚迹者，猶能闡而揚之，則「剥」之上九所謂「碩果不食」者也。然雄辨變幻，自是宇宙間一種好文字。以故太史公多祖之。而回視《左》《國》，亦諒淺矣。《合併文宗》

張一鯤曰：讀《戰國策》者，譬如求魚海溟，伐材山林。至于鱗介之修短、〔二〕柯條之巨細，在漁人、匠者審擇之耳。審擇之，則子長文之爲《史記》，袁悦齋名之爲天下要書，李文叔名之爲天下至寶。不審擇之，則如曾子固所云「禁之、戒之、放絶之」而已。嗟乎！楚之《檮杌》、魯之《春秋》，一也。申韓之語不必仁義，而諸葛武侯有味乎其説。《七法》《五輔》《八觀》諸篇，不必純乎王道，而房僕射手註爲之究心。故夫書不必盡出于六經者，然後可無棄也。《合併文宗》

〔一〕圍，原作「違」，據《文筌》改。
〔二〕介，原作「人」，據張一鯤《刻戰國策序》改。

田藝蘅曰：今之人動輒以功利唇舌誚戰國之士，大不知量也。今之士莫不以震世豪傑自命，求其一言而即取相位者誰與？因一言而即讓相位者誰與？能因一言而即退一相、進一相者又誰與？竊慮今之詞章論策累千萬言，欲求如當時足以排難解紛、却敵存國于呼吸間者，或不能不爲之縮舌、遠讓之百舍矣。知此者，然後可與譚是《策》也。《合併文宗》

馮叔吉曰：論者以是書逞捭闔之雄，明其説于天下者在所當權。噫，亦甚矣！彼《國策》者，時則然耳。余謂知其説者，天下可運諸掌也。如以其文，《史記》猶摭之，況今學士哉？至若蔡氏論處功名之際，蘇子談兵樽俎之間，魯連抗義于帝秦之時，共工擇言于中酣之頃，皆不詭于儒家指略。彼以縱横長短而黜之，非儒之通者。《合併文宗》

劉勰曰：戰代任武，〔一〕而文士不絶。諸子以道術取資，屈、宋以楚詞發采。樂毅報書辨以義，范雎上書密而至，蘇秦歷説壯而中，李斯自奏麗而動。〔二〕若在文世，則

〔一〕代，原作「伐」，據《文心雕龍·才略》改。

〔二〕奏，原作「秦」，據《文心雕龍·才略》改。

揚、班儔矣。《合併文宗》

呂相《絶秦書》雖誣秦，[一]然文字自佳。

《呂覽》善議論，序事平易詳明，絶無古怪險澀之僻。先秦古書中最通今者也，似差弱耳。

《越絶書》善序事議論。序事古拙，却好。議論精到，文殊可觀。《孫武子》善議論，算計精詳，密處盛得水住，無絲毫罅縫。妙處勝算如神明，只從省力處用心，幾於無爲之爲。有此心計，方有此文章。《荀子》善議論。辨博富麗，失之太方，轉折少力。

薛敬軒曰：《荀子》性惡之論，先儒固已辨其非。然「粹而王，駁而霸」之語，則甚當。其他猶知尊二帝三王之法，屢舉以爲言，以聖學律之固極偏駁，在戰國時言之，視縱横之徒爲近醇。韓子所以取之者，其以是歟？

又曰：荀子爲人，意必剛愎咈戾。觀其書，其氣象可見。果爲時用，未必不貽害於生人。

又曰：荀子以人性爲惡，則是誣天下萬世之人皆爲惡也。其味於理如是之甚。

[一] 誣，據《文章精義》補。

《韓非子》善議論，亦善序事。精覈嚴厲，出於《荀子》，而非方冗之病。《韓非子》文極妙。

李斯上秦始皇書論逐客，起句即見實事，最妙。中間論物産不出於秦而秦用之，獨人才不出於秦而秦不用，〔一〕反覆議論，痛快！深得作文法，未易以人廢言也。

屈原善辭賦，其法有七：一曰抒情，直陳哀樂；二曰況物，借物名説人事，是指狗詈人之意；三曰設事，假説詭怪虚無之事，以寄胸中之趣；四曰序事，直序事實；五曰論理，切論情理；六曰論事，就事理論；七曰用事，引用古事，情真理精，事詭意激。

姜南曰：屈原與楚同姓，其愛君憂國之忠至死不變。〔二〕千載之下，猶能使人讀其書，傷其志，而敬其人也。而賈誼弔之，則曰「歷九州而相君，何必懷此故都」，而太史公因之以立論。此非原之志也，蘇潁濱之言似得之矣。〔三〕《合併文宗》

〔一〕才，原作「者」，據《文式》卷下改。
〔二〕忠，原作「患」，據《蓉塘詩話》卷十一改。
〔三〕似，原作「以」，據《蓉塘詩話》卷十一改。

揚雄曰：或問屈原、相如之賦孰愈。曰：「屈也過以浮，如也過以虛。浮者蹈雲天，虛者華無根。然原上援稽古，下引鳥獸，其着意于虛，長卿亮不可及。」《合併文宗》

魏文帝曰：優游按衍，屈原尚之。窮侈極妙，相如之長也。《合併文宗》

朱子曰：《楚辭》不甚怨君，今被諸家解得都成怨君，不成模樣。《九歌》是托神以爲君，言人間隔不可企及，如己不得親近於君之意。以此觀之，他便不是怨君。至《山鬼》篇，不可以君爲山鬼，又倒説山鬼欲親人而不可得之意。今人解文字不看大意，只逐句解，意却不貫。《性理》

朱子曰：《楚詞》平易，後人學做者反艱深了，都不可曉。《性理》

薛敬軒曰：屈原《遠遊》篇神仙度世之言，皆假設耳。人將謂神仙真可學，誤矣。

又曰：《楚辭》「載營魄」之「載」，與漢史「從與載」之「載」、揚子「載魄」之「載」、韓子《畫記》「以孺子載」之「載」，皆加載之意，朱子論之詳矣。

又曰：東坡以《騷》爲《風》《雅》再變，而讀者謂得體；温公不以《騷》編入《通鑑》，而論者謂未純。夫坡公所學有得於《騷》，固也；而温公所以不録者，以其例不取詩賦，或者烏可執是而輕譏哉？讀《鴟鴞》之詩，不可不知周公憂周之情；讀《灾異》之疏，不可不知劉向傷漢之意；讀《離騷》之賦，不知原之拳拳爲楚，亦未爲知原者。夫楚，宗國也。原不能止懷王之西，而知羋氏之將亡；不能輔襄王以復不戴天之仇，〔一〕而反受子蘭之譖。故其情切，其辭悲。昔許穆夫人以既嫁之女，尚憂宗國而賦《載馳》之詩，原也得無言乎？後之不知《騷》者，則曰《九歌》之作近於舛，昆侖之述近於非經，《遠遊》之作近於放，《卜居》之作近於詭，《太一》之歌繼之以《湘君》則近於靡，《惜誦》之章繼之以《懷沙》則近於矯。故賈誼以鳳凰千仞而譏平矣，揚雄以湛身而笑平矣，班固以露才揚己而譏平矣。不思誼之《鵩賦》，不若平之以鴻鵠、虬龍而喻君子；雄之投閣，不若平之抱石江濱而馨風千古；固之賦《燕然》以媚悖逆之臣，〔二〕不若平之獨醒而不啜其醨也。不特此耳。《九歌》之辨，取其禹之平水土而牧養群生，即骨雖朽而目不瞑於湘水矣。噫！安得東坡、山谷與之讀《騷經》哉？《源流至論》

《淮南子》明天道神奇之妙，善於屬文，其辭變化莫測。

朱子曰：仲舒文大概好，然也無精彩。《性理》

薛敬軒曰：孟子之後，知王伯之分，董子。

〔一〕輔，原作「轉」；戴，原作「載」，據《源流至論》前集卷二改。

〔二〕媚，原作「嬪」，據《源流至論》前集卷二改。

又曰：董子曰：「尊孔氏者黜百家。」若尊孔氏，又信百家，必不能真尊孔氏矣。又曰：君子有所爲，有所不爲。如爲聖人之學，則不爲異端之學。苟無所不爲，則其學雜矣。漢四百年識正學者董子，唐三百年識正學者韓子。

劉向善序事，議論質直平淡而不弱。此是不可及處。

揚雄善議論，不善制作，而工於摹擬。唯其思索深至，學問精博，故往往有妙處。止可零碎取之，無大段妙處。

揚子雲之文好奇而卒不能奇，故思苦而詞艱。善爲文者因事以出奇，江河之行順下而已。至於觸山赴谷，風搏物激，然後盡天下之變。子雲唯好奇，故不能奇也。《後山詩話》

薛敬軒曰：揚子《法言》意實淺，而飾以短澀奇古之詞，何邪？

又曰：《法言》澀而晦，《中説》暢而淺。

又曰：《中説》勝《法言》。

司馬相如善辭賦，長於體物。一曰實體，羽毛花實是也。二曰虚體，聲色高下飛步是也。三曰比體，借物相與是也。四曰相體，連綿纍雙體狀是也。五曰量體，數目方隅歲日變態是也。六曰連體，衣服宫室器用天地萬物是也。相如尤長於相體。

朱子曰：林艾軒云：「司馬相如賦之聖者，揚子雲、班孟堅只填得他腔子，如何得似他自在流出？左太沖、張平子竭盡氣力，又更不及。」《性理》

相如雖多虛辭濫説，然究其歸，引之於節儉，此《詩》之風諫何以異？揚雄以爲靡麗之賦，勸百而諷一，猶馳騁鄭衛之音，曲終而奏雅。《本贊》

枚乘善辭賦。體物皆精於物理，有入神之妙，非相如所及。

賈誼善議論。材氣雄俊，見識明決，政事通達，有蓋世之英資，故胸中流出，俊偉跌蕩，不可羈束。三代以後一人而已，但稍粗耳。《古文矜式》

薛敬軒曰：賈誼疏中教太子法，宜爲後世法。

賈誼政事書，是論天下事有間架底；賈誼河渠書，是論一事有間架底。

司馬遷善叙事，只陳最大事爲主。主者，從者，以次而略，小者不書。《古文矜式》

王維楨曰：遷《史》之文，或由本以之末，或操末以續顛，或繁條而約言，或一傳而數事，或從中變，或自旁入。意到筆隨，思餘語止。若此類不可毛舉，竟不得其要領。《合併文宗》

遷《史》項籍傳最妙。立義帝以後一日氣魄一日，殺義帝以後一日衰颯一日，是一篇大綱領主意。至其開闔馳驟處，真有喑嗚叱咤之風。

司馬子長一二百句作一句下，更點不斷。韓退之三五十句作一句下，蘇子瞻亦然。初不難，但長句中轉得高去，便是好文字。若一二百句、三五十句只説得一句事，則冗矣。司馬子長之文拙於《春秋》内外傳，而力量過之。葉正則之文巧於韓柳歐蘇，而力量不及。

太史公行天下，周覽名山大川，與燕趙間豪俊交遊，故其文疏宕，頗有奇氣。蘇子由文

薛敬軒曰：太史公作《屈平傳》，有感而然也。

又曰：太史公作《賈誼傳》，不載《治安疏》，載《弔屈原》《鵩鳥賦》，亦有感而然。

班固善序事，據經按典勝於司馬遷，提要鈎玄不及也。

班孟堅序霍光奏廢昌邑王，讀至一半，太后曰：「止！爲人臣子，當悖亂如是耶？」再讀畢，一時君臣堪畫。

西漢制度散見諸傳中，此是班孟堅筆力。

薛敬軒曰：班彪《王命論》，真西山《文章正宗》取之。

朱子曰：司馬遷《史記》用字也有下得不是處，賈誼亦然。如《治安策》説教太子處云：「太子少長知妃色，則入于學。」這下面承接，便用解説此義；忽然掉了，却

說上學去云：「學者所學之官也。」又說「帝入東學，上親而貴仁」一段了，却方說上太子事，云「及太子既冠成人，免於保傅之嚴」，都不成文義，更無段落。他只是乘才快胡亂寫去，這般文字也不可學。董仲舒文字却平正，只是又困。董仲舒、匡衡、劉向諸人文字，皆善弱無氣焰。司馬遷、賈生文字雄豪可愛，只是逞快，下字時有不穩處，段落不分明。匡衡文字却細密，他看得經書極子細，能向裏做工夫。只是做人不好，無氣節。仲舒讀書不如衡子細，疏略甚多，然其人純正開闊，衡不及也。《性理》

子瞻曰：諸葛孔明《出師表》簡而盡，直而不肆。大哉言乎！與《伊訓》《說命》相爲表裏，非秦漢而下以事君爲容悦者所能至也。

學文切不可學人言語。文中子所以不及諸子，爲要學夫子之言語故也。

薛敬軒曰：文中子心在天下爲甚公，但明德之功未至，遽欲新民，失本末先後之序。如朱子所論，是也。

又曰：程子曰：「有是心則有是迹。王通言『心迹之判』，便是亂道。」以此而觀，心迹既不可判，則人爲善之迹固出於心，而爲惡之迹亦出於心也明矣。

韓退之序事議論，辭令無不善者。出入百家，變化古今，無不備矣。文中之聖者也。

程子曰：韓退之之文不可漫觀，晚年所見尤高。《性理》

程子曰：退之晚年爲文，所得處甚多。學本是修德，有德然後有言。退之却倒學了，因學文日求所未至，遂有所得。如曰「軻之死，不得其傳」，似此言語，非是蹈襲前人，又非鑿空撰得出，必有所見。若無所見，不知言不傳者何事？《性理》

程子曰：韓退之作《琴操》，有曰「臣罪當誅兮，天王聖明」，此善道文王意中事者，前後文人道不到也。《性理》

或誦退之《聖德頌》，至「婉婉弱子，赤立傴僂。牽頭曳足，先斷腰膂」處，梁世榮舉子由之説曰：「『此李斯誦秦所不忍言，而退之自謂無愧於《風》《雅》，何其陋也？』此説如何？」南軒張氏曰：「退之筆力高，得斬截處即斬截。他豈不知此，所以爲此言者，必有説。蓋欲使藩鎮聞之畏罪懼禍，不敢叛耳。今人讀之至此，猶且寒心，況當時藩鎮乎？此正是合於《風》《雅》處。只如《墻有茨》《桑中》諸詩，或以爲不必載，而龜山乃曰『此衛爲夷狄所滅之因』。退之之言，亦此意也。退之之意，過於子由遠矣。大抵前輩不可輕議。」《性理》

薛敬軒曰：韓文所以高於諸子者，以約六經之旨而爲之也。先儒猶謂其先學文，失進爲之序。況爲文不本於六經義理，徒取文士之辭華，綴集而敷衍之者乎？

又曰：唐之韓子，乃孟子以後絶無僅有之大儒。《原道》《原性》篇，雖博愛、三品之語有未瑩者，然大體明白純正，程子所深許。朱子又爲考正其書，誠非淺末者可得而窺也。後學因見朱子兼論其得失，而不知此乃責備賢者之意，遂妄論前賢若不屑爲者，其所謂不知量也甚矣！

又曰：自孔孟後皆不識性，荀子謂性惡，揚子謂善惡混，先儒固已辨其非矣。唐韓子《原性》篇以仁、義、禮、智、信論性，以喜、怒、哀、懼、愛、惡、欲論情，獨於性情爲有見而不差。三品之説，即孔子「唯上智與下愚不移」之意，蓋兼氣質而言也。是雖不曾明指出一「氣」字，而意已在其中矣。竊謂自孟子後，論性惟韓子爲精粹，又豈荀、揚偏駁者可得同年而語哉？

又曰：當韓子之時，異端顯行，百家并倡，孰知堯、舜、禹、湯、文、武、周公、孔子、孟軻爲相傳之正統？又孰知孟軻氏没而不得其傳？又孰知仁、義、道、德合而言之？又孰知「人性有五，而情有七」？又孰知尊孟氏之功不在禹下？又孰敢排斥釋氏，濱於死而不顧？若此之類大綱大節，皆韓子得之遺經，發之身心，見諸事業，而伊洛真儒之所稱許而推重者也。後學因見先儒有責備之言，遂剿拾其説，妄議韓子若不足學者。

設使此輩生韓子之時，無先覺以啓其迷，無定論以一其志，吾見其淪於流俗、惑於異端之不暇，又安敢窺韓子之門墻哉？故論韓子之得失，在周、程、張、朱數君子則可，苟未及數君子，皆當自責自求，殆未可輕加詆議，以取僭妄之罪也。

又曰：性理之學，經周、程、張、朱諸君子發揮，如此明白。當時親炙者尚失其意，而韓子生於道術壞爛之餘，無所從遊質正，乃能卓然有見，排斥異端，扶翼正道，遂有立於天下後世，真可謂豪傑之才矣！

又曰：韓子氣質明敏剛正，樂易寬厚，皆過於人。但生於學絶道散之時，無所講明切磋，以底大就。使生宋時，得與道學諸君子游，則其所立當不止是矣。

又曰：韓子言堯、舜、禹、湯、文、武、周公、孔子、孟氏之傳，又曰「軻之死，〔一〕不得其傳焉」，又曰「孟氏醇乎醇者也」，又曰「惟孟軻師子思，而子思之學出於曾子，自孔子没，獨孟軻氏之傳獨得其宗」。愚謂自秦漢以來，諸儒未有論道統相傳之詳且正如韓子者。至程朱論道統之傳，亦主其説。若韓子所見，誠所謂豪傑之士矣！

退之《張中丞傳後序》云：「翰以文章自名，此頗詳密，然尚恨有缺者。不爲許遠

〔一〕「死」後原本衍一「一」字，據《昌黎先生文集》卷十一《原道》、《讀書録》卷十一删。

立傳，又不載雷萬春事首尾。」「雷萬春」三字，斷是「南霽雲」，但俗本誤耳。此序前半篇是説巡、遠，後半篇是説南霽雲。即不及雷萬春事，三字誤無疑。

退之誌樊宗師墓，謂其不蹈襲前人一言一句，與「惟陳言之務去，戛戛乎其難哉」意適相似，所以喜之。然「文從字順各識職」，則宗師文文不從字不順者多矣，亦微有不滿意。

昔歐公之跋昌黎文集也，曰：「予少得韓文於頽壁敝簏間，閲之可愛。方舉進士，未暇盡力。後官洛陽，與尹師魯出所藏而補綴之，而韓文遂行于世。」噫！歐公用力也久矣，故《革華傳》舊所不傳而歐公録之，《召大顛書》舊所不載而歐公辨之。作詩得寬韻則波瀾横溢，泛入傍韻；得窄韻則不復旁出，因難見巧。舊所未論，而歐公始評之。故作文者非韓不學，學韓者非歐不師。蘇公謂歐陽今之韓愈，信夫！嗚呼！昌黎之文，龍翔鳳躍，日光玉潔，出入周孔，凌駕卿雲，〔一〕千態萬狀。道德仁義之言，炳如也。然《毛穎》一傳，舊史譏之，則公之文在唐而未著。伯長所鬻經年不售，則公之文在國初而未顯。不有歐陽氏，其孰爲古文之唱歟？其孰繼昌黎之躅歟？自是而後，如蘇如

〔一〕卿，原作「鄉」，據《源流至論》後集卷一改。

曾如王如宋，諸君子繼唱迭和，追逐前修，〔一〕盛矣哉！愚嘗觀公之文矣，讀《聖德詩》而知其文辭雅正，與周《雅》争先；讀《城南聯句》而知其辭氣豪放，雖累十百千而不困。故東坡謂《寄盤谷子》二章不減杜子美，魯直謂《南溪始泛》三首有詩人句律之深意，則公之詩可知也。讀《平淮西碑》，氣象宏富，得相如體；讀《曹成王碑》，語句簡古，得子雲體。故孫覺謂《淮西碑》其叙如《書》，銘如《詩》；臨川謂退之善爲銘，如《王適》《張徹》二銘尤奇，則公之碑若銘可見也。《原道》一篇扶持名教，〔二〕與軻書相表裏；《進學解》《師説》等作，精粹入道理，不下劉向。〔三〕及質之前輩，伊川謂「如『軻之後，不得其傳』之語，〔四〕非蹈襲空虛而得之」；小宋謂《送窮文》《進學解》「皆古人意思未到」，則公之雜文皆周情孔思也。至若序若傳，愈出愈奇。《送李愿歸盤谷序》，東坡以「唐無文章，惟此一篇而已」。《毛穎》等傳，前輩以其説出於莊周寓言。嗚呼！斯文也振八代之衰，濟天下之溺，回狂瀾以挽異端之趨，吹死灰以彰六經之學。蓋名教中一砥

〔一〕逐，原作「遂」，據《源流至論》後集卷一改。
〔二〕名教，據《源流至論》後集卷一補，四庫本。
〔三〕向，原作「尚」，據《源流至論》後集卷一改。
〔四〕語，原作「謂」，據《源流至論》後集卷一改。

柱，固非後學測其涯涘。姑即先正之所評論、之所嘉嘆，以叙其一二焉耳。然孔孟經學不行於春秋戰國，而行於後世；昌黎文集不顯於李唐，而顯於我朝。噫！有以夫！然嘗論之：韓公得歐公而唱，得諸公而和，固爲斯文之幸。然淺學者見卑識陋，輕議妄改；好事者托名亂真，求售其文，斯文又何不幸耶？《聽穎師彈琴》一詩蓋奇作也，或者妄托文忠公，以此爲聽琵琶之詩。〔一〕既議韓公，又誣歐陽。《祭柳子厚文》蓋精語也，或者妄以「表表愈偉」之句，改爲「表奏」。嗟夫！胸中無國子監，不可讀杜甫詩。况公之文，淺學者其可輕議乎？《直諫表》《論顧威狀》言不成文，事非指實，已不免前輩之論。《詩》之序議、《三器論》命意措辭，絶無長處，又别出一人之手。凡此數篇，皆編外集。嗟夫！李華《弔古戰場文》且不逃穎士之所識，况公之文，好事者其可托名乎？雖然，外集所録固雜矣。至《明水賦》《送俱文珍》《僧令縱》《答劉秀才論史》，與夫《上賈滑州書》《薦薛公達書》《通解》《擇言》《鄠人對》等篇，深粹典麗，非他人所能及。而李漢公之門人最厚者，收拾遺文，無所失墜，而此作反不在四十卷之列，何耶？我知之矣。蓋論史之作，「人禍天刑」數語，特出於有激而云。《明水賦》雖工，乃舉子

〔一〕琵，原作「瑟」，據《源流至論》後集卷一改。

聲律之語。文珍閹寺，識者羞稱。令縱浮屠，名教所斥。乃公意自不欲存於世者，故漢集中不收之。至其他所作，又有可言者。蓋少年識見，一昌黎也；潮州貶還，又一昌黎也。黄山谷嘗曰：「公之文自潮州還，有不待繩削而自合者。」則公之老作爲自然也。伊川亦曰：「退之晚年爲文，所得甚多。」則以公之晚作爲有所見也。彼《上賈滑州書》方年二十二，而《薦薛公達書》殆又始冠之歲。《通解》《擇言解》《鄠人對》三篇，亦皆少時所作。齒少氣弱，〔一〕誠非足以垂永久者也。噫！張燕公謫岳州而詩益悽惋，〔二〕人以爲江山之助；杜工部自夔州後，所著篇什皆不待斧斤而自合；柳子厚南遷後，作《曹溪》《南嶽》諸碑，妙絶古今，東坡稱嘆不能自已者。然則論韓公之文，〔三〕安敢以少年所作爲公之累耶？《源流至論》

柳子厚序事議論無不善者，取古人之精華，中當時之體制。酌古準今，自是一家，比退之微方耳。柳子厚文不如退之，退之詩不如子厚。

〔一〕齒，原作「齡」，據《源流至論》後集卷一改。
〔二〕岳，原作「兵」，據《源流至論》後集卷一改。
〔三〕公，原作「文」，據《源流至論》後集卷一改。

薛敬軒曰：柳子《晋文公問守原議》胡不讀？

又曰：程子取柳宗元《封建論》，其必有説矣。

朱子曰：因論韓文公，謂：「如何用功了，方能辨古書之真僞？」曰：「《鶡冠子》亦不曾辨得。柳子厚謂其書乃寫賈誼《鵩賦》之類，故只有此處好，其他皆不好。柳子厚看得文字精，以其人刻深，故如此。韓較有些王道意思，每事較含洪，便不能如此。」《性理》

朱子曰：某方修《韓文考異》，而學者至。因曰：「韓退之議論醇正，規模闊大，然不如柳子厚較精密。如《辨鶡冠子》及説《列子》在《莊子》前，及《非國語》之類，辨得皆是。」黄達才言：「柳文較古。」曰：「柳文是較古，但却易學，學便似他。不似韓文規模闊。學柳文也得，但會衰了人文字。」《性理》

朱子曰：柳學人處便絶似。〔一〕《平淮西雅》之類甚似《詩》，學陶者便似陶。韓亦不必如此，〔二〕自有好處。

〔一〕人，據《朱子語類》卷一百三十九補，明成化九年（1473）刻本。

〔二〕不，據《朱子語類》卷一百三十九補。

朱子曰：嘗與後生説，若會將《漢書》及韓柳文熟讀，[一]不到不會做文章。舊見某人作《馬政策》云：「觀戰，奇也；觀戰勝，又奇也；觀騎戰勝，又大奇也。」這雖是粗，中間却有好意思。如今時文一兩行便做萬千屈曲，若一句題也要立兩脚，三句題也要立兩脚，這是多少衰氣。《性理》

羅大經云：韓柳文多相似。韓有《平淮碑》，柳有《平淮雅》；韓有《進學解》，柳有《起廢答》；韓有《送窮文》，柳有《與韋中立論文》；韓有《張中丞傳叙》，柳有《段太尉逸事》。至若韓之《原道》《佛骨疏》《毛穎傳》，則柳有所不能爲。柳之《封建論》《梓人傳》《晉問》，則韓有所不能作。韓如美玉，柳如精金；韓如静女，柳如名姝；韓如德驥，柳如天馬。歐似韓，蘇似柳。歐公在漢東，東坡雖遷海外，亦惟以韓柳二集自隨。各有所悟入，各有所酷嗜也。然韓柳猶用奇重字，歐蘇唯用平常輕虚字，而妙麗古雅，[二]自不可及。

朱子曰：「東萊教人作文，當看《獲麟解》，也是其間多曲折。」又曰：「某舊最愛看

[一] 文，原作「去」，據《朱子語類》卷一百三十九改。
[二] 麗，原作「廉」，據《鶴林玉露》卷十五改。

陳無已文，他文字也多曲折。」謂諸生曰：「韓柳文好者不可不看。」《性理》

韓退之闢佛，是説吾道有來歷，浮屠無來歷，不過辨邪正而已。〔一〕歐陽永叔闢佛，乃謂修其本以勝之，〔二〕吾道既勝，浮屠自息，意高於退之百倍。

朱子曰：韓文高，歐文可學，曾文一字挨一字，謹嚴然太迫。

朱子曰：文章到歐曾蘇，道理到二程，方是暢。荆公文暗。《性理》

羅大經云：楊東山常謂余曰：「文章各有體。歐陽公所以爲一代文章冠冕者，固以其温純雅正，藹然爲仁人之言，粹然爲治世之音，然亦以其事事合體故也。如作詩便幾及李杜；作碑銘記序便不減韓退之；作《五代史記》便與司馬子長并駕；作四六便一洗昆體，圓活有理致；作《詩本義》便能發明毛、鄭之所未到；〔三〕作奏議便庶幾陸宣公；雖游戲作小詞，亦無愧唐人《花間集》。蓋得文章之全者也。其次莫如東坡，然其詩如武庫矛戟，已亦不無利鈍，且未嘗作史。藉令作史，其淵然之光，蒼然之色，亦

〔一〕辨，據《文章精義》補。

〔二〕修，原作「條」，據《居士集》卷十七《本論上》、《文章精義》改。

〔三〕鄭，原作「政」，據《鶴林玉露》卷二改。

未必能及歐公也。曾子固之古雅、蘇老泉之雄健，固亦文章之傑，然皆不能作詩。山谷詩騷妙天下，而散文頗覺瑣碎局促。渡江以來，汪、孫、洪、周四六皆工，然皆不能作詩。其碑銘等文，亦只是詞科程文手段，終乏古意。近時真景元亦然，但長於作奏疏。魏華甫奏疏亦佳，至作碑記，雖雄麗典實，大概似一篇好策耳。」又云：「歐公文非特事事合體，且是和平深厚，得文章正氣。蓋讀他人好文章如喫八珍，雖美而易厭。至於飯，一日不可無，一生喫不厭。蓋八珍乃奇味，飯乃正味也。」

朱子曰：六一之文一唱三嘆，今人是如何作文？《性理》

朱子曰：歐公文字鋒刃利，文字好，〔一〕議論亦好。嘗有詩云「玉顏自古爲身累，肉食何人爲國謀」，以詩言之是第一等好詩，以議論言之是第一等議論。《性理》

問：「歐公文字愈改愈好？」朱子曰：「亦有改不盡處。如《五代史·宦者傳》末句云『然不可不戒』，當時必是載張承業等事在此，〔二〕故曰『然不可不戒』。後既不欲載之於此，而移之於後，則此句當改，偶忘削去故也。」《性理》

〔一〕字，據《朱子語類》卷一百三十九補。
〔二〕業，原作「葉」，據《朱子語類》卷一百三十九改。

朱子曰：歐公爲蔣潁叔輩所誣，既得辨明，謝表中自叙一段，只是自胸中流出，更無些窒礙，此文章之妙也。

朱子曰：歐公文亦多是修改到妙處。

歐公文字大綱好處多，晚年筆力亦衰。曾南豐議論平正，耐點檢。李太伯文亦明白好看。〔一〕錢木之問：「老蘇文議論不正當？」曰：「議論雖不是，然文字亦自明白洞達。」《性理》

朱子曰：人老氣衰，文益衰。歐陽公作古文，力變舊習。老來照管不到，爲某詩序又四六對偶，依舊是五代文習。《性理》

昔蘇子序歐陽之文曰：「宋興七十餘年，斯文終有愧於古。自歐陽子出，天下爭自洗磨，故嘉祐以來文章始盛者，歐陽子之功也。」李廌記蘇子之言曰：「方今太平，文士輩出。要使文有宗主，昔歐陽以是任與某，故元祐以來文章愈盛者，蘇子之功也。」蓋嘗考其所自來矣。國初襲五季之陋，氣習卑淺，體制浮靡，衲被之譏，君子所羞。太昆之嘲，爲天下笑。劉筠倡之於前，楊億和之於後。雖柳仲塗、穆伯長始尚古文，而猶

〔一〕伯，原作「白」，據《朱子語類》卷一百三十改。

未變也。歐陽子祖韓昌黎之謹嚴，習尹師魯之簡古。讀公之文，如游帝舜之庭，聽簫韶之樂，戛擊雜陳，而節奏雍容。人以爲是文也，精純典雅之文也。故一時化之，鉤棘之句變而渾厚，險怪之詞革而平易。嘉祐文章所以一變者，非歐陽子之功而誰功？故曾南豐之毅、蘇東坡之浩、蘇潁濱之通，數君子皆出公之門，而其文亦鏗然名家也。國朝自熙寧之間，黄茅白葦幾遍天下。牽合虛無，名曰時學；荒唐誕怪，名曰時文。王氏作之於前，吕氏述之於後。雖當時能文之士，亦靡然丕變也。蘇子尚古學源流，排新經之破碎。讀公之文，如駕千里之駒，而御以王良造父之手，豪縱奮逸而疾徐中節。人以爲是文也，雄渾瓌偉之文也。而一時化之，穿鑿之説謹守注疏，好異之學變爲正論。元祐文章所以一新者，非蘇子之功而誰功？故山谷之文奇而工，淮海之文直而婉，文潛之文深而静，無咎之文潔而騷，無己之文簡而肅，數君子皆履公之庭，而其文亦粹然出正也。世之好訶詆人物者，謂歐陽子《醉翁亭記》未免有賦體之累，不知公之此記特戲筆耳，蓋不自以爲奇也。又謂蘇子新詩麗句，未免有嘲咏之過，不知公之諷特陶情爾，初不害其爲文也。要之論二公者，當以救時行道爲高，立節著名爲尚。而平居游戲之筆，適意賦咏之詞，蓋不足爲公累。吾觀歐公方其司文衡也，痛革「天地軌，「萬物茁」之病；其爲翰苑也，托諷於祓除祈祝之辭，〔一〕其有裨於風教也不少。蘇公買燈等疏，力論當時之弊，隱然有一唱三嘆之音。書温公神道碑，首言西方之兵寡而黄河之流以復，識者知其胸中有天下大體，可以超宇宙、排海岱，其自立氣節也爲如何？噫！此歐蘇之學所以絶唱古今也。讀詩未有劉長卿一句，已呼阮籍爲老兵；筆語未有駱賓王一字，已罵宋玉爲罪人，則吾豈敢？《源流至論》

朱子曰：前輩文字有氣骨，故其文壯浪。〔二〕歐公、東坡亦皆於經術本領上用功，今人只是於枝葉上粉澤爾。如舞訝鼓然，其間男子、婦人、僧道、雜色無所不有，但都是假底。《性理》

子瞻《灧澦堆賦》辭到，《天慶觀乳泉賦》理到。

賦設問答最弱，如西都主人責東都主人者之類。至子瞻《後杞菊賦》起云「吁嗟先生，誰使汝坐此堂上稱太守」，〔三〕便自風采百倍。

〔一〕祓，原作「秡」，據《源流至論》前集卷四改。
〔二〕壯，原作「莊」，據《朱子語類》卷一百三十九改。
〔三〕「杞菊」後原本衍一「堂」字，據《東坡集》卷十九《後杞菊賦》、《鶴林玉露》卷三刪。

羅大經曰：《莊子》之文以無爲有，《戰國策》之文以曲作直。東坡平生熟此二書，故其爲文横説竪説，惟意所到，俊辨痛快，〔一〕無復滯礙。其論刑賞也，曰：「當堯之時，臯陶爲士，將殺人。臯陶曰『殺之』三，堯曰『宥之』三。故天下畏臯陶執法之堅，而樂堯用刑之寬。」其論武王也，曰：「使當時有良史如董狐者，則南巢之事必以叛書，牧野之事以弑書。〔二〕而湯武仁人也，必將爲法受惡。周公作《無逸》，曰：『殷王中宗，及高宗，及祖甲，及我周文王。兹四人，迪哲。』上不及湯，下不及武王，其以是哉？」其論范增也，曰：「增始勸項梁立義帝，諸侯以此服從。中道而弑之，〔三〕非增意也。夫豈獨非其意，必力争而不聽也。不用其言而殺其所立，羽之疑增自此始矣。」其論戰國任俠也，曰：「楚漢之禍，生民盡矣，豪傑宜無幾。而代相陳豨從車千乘，蕭曹爲政，莫之禁，〔四〕使得或出於此也耶？」凡此類，皆以無爲有者也。其論厲法禁也，曰：「商鞅、韓

〔一〕辨，據《鶴林玉露》卷三補。
〔二〕弑，原作「殺」，據《鶴林玉露》卷三改。
〔三〕弑，原作「殺」，據《鶴林玉露》卷三改。
〔四〕禁，據《鶴林玉露》卷三補。

非之刑，非舜之刑。而所以用刑者，則舜之術也。」其論唐太宗征遼東也，曰：「唐太宗既平天下，而又歲歲出師，以從事於夷狄。蓋晚而不倦，暴露於千里之外，親擊高麗者再焉。凡此者，皆所以争先而處强也。」其論從衆也，曰：「宋襄公雖行仁義，失衆而亡。田常雖不義，得衆而强。是以君子未論行事之是非，先觀衆心之向背。謝安之用諸桓未必是，而衆之所樂，則國以乂安；〔二〕庾亮之召蘇峻未必非，而勢有不可，則反成危辱。」凡此類，皆以曲作直者也。葉水心云：「蘇文架虚行危，縱横倏忽數百千言，讀者皆如其所欲出，推者莫知其所自來，古今議論之傑也。」

問：東坡文不可以道理并全篇看，但當看其大者。《性理》

朱子曰：東坡文字明快，老蘇文雄渾，儘有好處。如歐公、曾南豐、韓昌黎之文，豈可不看？柳文雖不全好，亦當擇。合數家之文，擇之無二百篇，下此則不須看，恐低了人手段。但采他好處，以爲議論足矣。若班、馬、孟子，則是大底文字。《性理》

道夫問：「看老蘇文似勝坡公，黄門之文又不及東坡？」朱子曰：「黄門之文衰，遠不及也。只有《黄樓賦》一篇爾。」道夫因言歐陽公文平淡。曰：「雖平淡，其中却自

〔二〕乂，原作「人」，據《鶴林玉露》卷三改。

美麗。有好處，有不可及處，却不是闒茸無意思。」又曰：「歐文如賓主相見，〔一〕平心定氣説好話相似。坡公文如説不辨後，對人鬧相似，都無恁地安詳。」童蜚卿問范太史文。曰：「他只是據見定説將去也，無甚做作。如《唐鑑》雖是好文字，然多照管不及，評論總意不盡。只是文字本體好，然無精神，所以有照管不到處，無氣力，到後面多脱了。」道夫因問黄門《古史》一書。曰：「此書儘有好處。」道夫曰：「如他論西門豹投巫事，以爲他本循良之吏，馬遷列之於《滑稽》不當，似此議論甚合人情。」曰：「然。《古史》中多有好處。如論《莊子》三四篇議論夫子處，以爲決非莊子之書，乃是後人截斷莊子本文攙入，〔二〕此其考據甚精密。由今觀之，〔三〕《莊子》此數篇亦甚鄙俚。」《性理》

朱子曰：看子由《古史序》説聖人，「其爲善也，如冰之必寒，火之必熱；其不爲不善也，如騶虞之不殺，竊脂之不穀」。此等議論極好。程、張以後，文人無有及之者。《性理》

朱子曰：范淳夫文字純粹，下一個字便是合當下一個字，東坡所以伏他。東坡輕

〔一〕如，原作「必」，據《朱子語類》卷一百三十九、《性理大全書》卷五十六改。
〔二〕攙，原作「纔」，據《朱子語類》卷一百三十九、《性理大全書》卷五十六改。
〔三〕由，原作「但」，據《朱子語類》卷一百三十九、《性理大全書》卷五十六改。

文字，不將爲事。若做文字時，只是胡亂寫去，如後面恰似少後添。《性理》

朱子曰：南豐擬制内有數篇，雖雜之三代誥命中亦無愧。《性理》

朱子曰：南豐《范貫之奏議序》氣脉渾厚，説得仁宗好。東坡《趙清獻神道碑》説仁宗處，其文氣象不好。「第一流人物」等句，南豐必不説。子由挽南豐詩，甚服之。《性理》

朱子曰：南豐作筠州、宜黄二學學記好，説得古人教學意出。《性理》

朱子曰：南豐《列女傳序》説《二南》處好。《性理》

朱子因謂張定夫言，南豐秘閣諸序好。曰：那文字正是好。《性理》

問：「嘗聞南豐令後山一年看《伯夷傳》，後悟文法。如何？」朱子曰：「只是令他看一年，則自然有自得處。」《性理》

朱子曰：「陳後山之文有法度，如《黄樓銘》，當時諸公都斂衽。」因論時人物有以文章記問爲能，而好點檢他人、不自點檢者，曰：「所以聖人説益者三樂：樂節禮樂，樂道人之善，樂多賢友。」《性理》

朱子曰：陳後山之文有法度，如《黄樓銘》，便是今人都無它抑揚頓挫。如《仁宗皇帝飛白書記》大段好，曲折甚多，過得好。墓誌亦好，有典有則方是文章。其它文亦

有太局促不好者。《事文類聚》《性理》

朱子嘗讀宋景文《張巡贊》，曰：其文自成一家。景文亦服人，嘗見其寫六一《瀧岡阡表》二句云：「求其生而不得，則死者與我皆無恨也。」《性理》

諸　家 詩評

程子曰：既學詩，須是用功方合詩人格。既用功，甚妨事。古人詩云「吟成五個字，用破一生心」，又謂「可惜一生心，用在五字上」，此言甚當。某素不作詩，亦非是禁止不作，但不欲爲此閑言語。《性理》

又曰：邵堯夫詩云：「梧桐月向懷中照，楊柳風來面上吹。」真風流人豪也。《性理》

又曰：石曼卿詩云：「樂意相關禽對語，生香不斷樹交花。」此詩形容得浩然之氣。《性理》

龜山楊氏曰：作詩不知《風》《雅》之意，不可以作詩。詩尚譎諫，唯言之者無罪，聞之者足以戒，乃有補。若諫而涉於毁謗，聞者怒之，何補之有？觀蘇東坡詩，只是譏誚朝廷，殊無温柔敦厚之氣，以此故人得而罪之。若是伯淳詩，則聞者自然感動矣。

因舉伯淳《和温公諸人禊飲詩》云「未須愁日暮，天際是輕陰」，又《泛舟詩》云「只恐風花一片飛」，何其温柔敦厚也！《性理》

又曰：君子之所養，要令暴慢邪僻之氣不設於身體。陶淵明詩所不可及者，冲淡深粹出於自然。若曾用力學詩，然後知淵明詩非着力之所能成。私意去盡，然後可以應世。《性理》

朱子曰：詩者，志之所之。在心爲志，發言爲詩。然則詩者，豈復有工拙哉？亦視其志之所向者高下如何耳。是以古之君子，德足以求其志，必出於高明純一之地。其於詩，固不學而能之。至於格律之精粗，用韻屬對、比事遣辭之善否，今以魏晋以前諸賢之作考之，蓋未有用意於其間者，而况於古詩之流乎？近世作者乃始留情於此，故詩有工拙之論，而葩藻之詞勝，言志之功隱矣。《性理》

又曰：或言今人作詩多要有出處。曰：「關關雎鳩」，出在何處？《性理》

又曰：古樂府只是詩中間却添許多泛聲，後來人怕失了那泛聲，逐一聲添個實字，遂成長短句，今曲子便是。《性理》

又曰：作詩間以數句適懷亦不妨，但不用多作，蓋便是陷溺爾。當其不應事時，平淡自攝，豈不勝如思量詩句？至其真味發溢，又却與尋常好吟者不同。《性理》

又曰：古詩雖看西晋以前，如樂府諸作皆佳。杜甫夔州以前詩佳，夔州以後自出規模，不可學。蘇黄只是今人詩，蘇才豪，然一衮説盡無餘意，黄費安排。《性理》

又曰：《選》中劉琨詩高。東晋詩已不逮前人，齊梁益浮薄。鮑明遠才健，其詩乃《選》之變體，李太白專學之。如「腰鐮苅葵藿，荷杖牧雞豚」，分明説出個倔强不肯甘心之意。〔一〕如「疾風衝塞起，沙礫自飄揚。馬毛縮如猬，角弓不可張」，分明説出邊塞之狀，語又峻健。《性理》

又曰：陶淵明詩平淡出於自然，後人學他平淡，便相去遠矣。某後生見人做得詩好，鋭意要學，遂將淵明詩平側用字一一依他做，到一月後便解自做。不要他本子，方得作詩之法。《性理》

又曰：蘇子由愛《選》詩「亭皋木葉下，隴首秋雲飛」，此正是子由慢底句法。某却愛「寒城一以眺，平楚正蒼然」十字，〔二〕却有力。《性理》

又曰：齊梁間人詩，讀之使人四肢皆懶慢不收拾。《性理》

〔一〕説，原作「脱」，據《朱子語類》卷一百四十、《性理大全書》卷五十六改。

〔二〕正，原作「平」，據《朱子語類》卷一百四十、《性理大全書》卷五十六改。

又曰：晉人詩，惟謝靈運用古韻，如「祐」字協「燭」字之類。唐人惟韓退之、柳子厚、白居易用古韻，如《毛穎傳》「牙」字、「資」字、「毛」字皆協「魚」字韻是也。《性理》

又曰：唐明皇資禀英邁，只看他做詩出來是什麽氣魄。今《唐百家詩》首載明皇一篇《早度蒲津關》，多少飄逸氣概，便有帝王底氣焰。越州有石勒唐朝臣送賀知章詩，亦只有明皇一首好。有曰「豈不惜賢達，其如高尚何」。《性理》

又曰：李太白詩不專是豪放，亦有雍容和緩底。如首篇「大雅久不作」，多少和緩。陶淵明詩，人皆説是平淡。據某看，他自豪放，但豪放得來不覺耳。其露出本相者，是《咏荆軻》一篇。平淡底人，如何説得這樣言語出來？《性理》

又曰：杜詩初年甚精細，晚年横逆不可當。只意到處，便押一個韻。如自秦州入蜀諸詩，分明如畫，乃其少作也。李太白詩非無法度，乃從容於法度之中，蓋聖於詩者也。《古風》兩卷多效陳子昂，亦有全用其句處。太白去子昂不遠，其尊慕之如此。然多爲人所亂，有一篇分爲三篇者，有二篇合爲一篇者。《性理》

又曰：李太白終始學《選》詩，所以好。杜子美詩好者亦多是效《選》詩，漸放手。夔州諸詩，則不然也。《性理》

又曰：問：「李太白『清水出芙蓉，天然去雕飾』，前輩多稱此語，如何？」曰：「自

然之好。又不如『芙蓉露下落，楊柳月中疏』，〔一〕則尤佳。」《性理》

又曰：人多説杜子美夔州詩好，此不可曉。魯直一時固自有所見，今人只見魯直説好，便却説好，如矮人看場耳。問：「韓退之潮州詩、東坡海外詩如何？」曰：「却好。東坡晚年詩固好，只文字也多是信筆胡説，全不看道理。」《性理》

又曰：文字好用經語，亦一病。老杜詩「致遠思恐泥」，東坡寫此詩到此句，云：「此詩不足爲法。」《性理》

又曰：杜子美「暗飛螢自照」，語只是巧。韋蘇州云「寒雨暗深更，流螢度高閣」，此景色可想，〔二〕但則是自在説了。〔三〕因言《國史補》稱韋爲人高潔，鮮食寡欲，所至之地掃室焚香，閉閣而坐。其詩無一字做作，直是自在。其氣象近道，意常愛之。問：「比陶如何？」曰：「陶却是有力，但語健而意閑。隱者多是帶性負氣之人爲之，陶欲有爲而不能者也，又好名。韋則自在，其詩則有做不着處，便倒塌了底。晉宋間詩多

〔一〕月，原作「日」，據《朱子語類》卷一百四十、《性理大全書》卷五十六改。

〔二〕此，原作「自」，據《朱子語類》卷一百四十、《性理大全書》卷五十六改。

〔三〕「則」後原本衍一「得」字，據《朱子語類》卷一百四十、《性理大全書》卷五十六删。

閑淡，杜工部等詩常忙了。陶云『身有餘勞，心有常閑』，乃《禮記》『身勞而心閑，則爲之也』。」《性理》

又曰：韋蘇州詩高於王維、孟浩然諸人，以其無聲色臭味也。《性理》

又曰：韓詩平易。孟郊喫了飽飯，思量到人不到處。聯句中被他牽得，亦着如此做。《性理》

又曰：人不可無戒謹恐懼底心。《莊子》説庖丁解牛神妙，然纔到那族，必心怵然爲之一動，然後解去。心動便是懼處。韓文公《鬥雞聯句》云：「一噴一醒然，再接再礪乃。」謂雖困了，一以水噴之便醒。「一噴一醒」，即所謂懼也。此是孟郊語也，説得好。又曰：「爭觀雲填道，助叫波翻海」，此乃退之之豪；〔一〕「一噴一醒然，再接再礪乃」，此是東野之工。《性理》

又曰：李賀較怪得些子，不如太白自在。又曰：賀詩巧。《性理》

又曰：詩須是平易不費力，句法渾成。如唐人玉川子輩，句語雖險怪，意思亦自有渾成氣象。因舉陸務觀詩「春寒催喚客嘗酒，夜靜卧聽兒讀書」，不費力，好。《性理》

〔一〕豪，據《朱子語類》卷一百四十、《性理大全書》卷五十六補。

又曰：白樂天《琵琶行》云：「嘈嘈切切錯雜彈，大珠小珠落玉盤。」是和而淫。至「凄凄不似向前聲，滿坐重聞皆掩泣」，這是淡而傷。《性理》

又曰：「行年三十九，歲暮日斜時。孟子心不動，吾今其庶幾」，此樂天以文滑稽也，然猶雅馴，非若今之作者，村裏雜劇也。《性理》

又曰：唐文人皆不可曉，如劉禹錫作詩，説張曲江無後；及武元衡被刺，亦作詩快之。白樂天亦有一詩，暢快李德裕。樂天人多説其清高，其實愛官職。詩中凡及富貴處，皆説得口津津底涎出。杜子美以稷契自許，未知做得與否？然子美却高，其救房琯亦正。《性理》

又曰：偶誦寒山數詩，其一云：「城中娥眉女，珠佩何珊珊。〔一〕鸚鵡花間弄，琵琶月下彈。長歌三日響，短舞萬人看。未必長如此，芙蓉不耐寒。」云：「如此類煞有好處，詩人未易到此。」《性理》

又曰：石曼卿詩極有好處，如「仁者雖無敵，王師固有征」「無私乃時雨，不殺是天聲」。《性理》

〔一〕何，原作「珂」，據《朱子語類》卷一百四十、《性理大全書》卷五十六改。

又曰：曼卿詩極雄豪，而縝密方嚴，極好。如《籌筆驛》詩「意中流水遠，愁外舊山青」之句極佳。可惜不見其全集，多於小説、詩話中略見一二爾。曼卿胸次極高，非諸公所及。其爲人豪放，而詩詞乃方嚴縝密，此便是他好處，可惜不曾得用。《性理》

又曰：山谷詩精絶，知他是用多少工夫。今人卒乍如何及得？可謂巧好無餘，自成一家矣。但只是古詩較自在，山谷則刻意爲之。又曰：山谷詩忒巧了。《性理》

又曰：陳後山初見東坡時，詩不甚好。到得爲正字時，筆力高妙。如《題趙大年所畫高軒過圖》云：「晚知書畫真有益，却悔歲月來無多。」極有筆力。《性理》

又曰：張文潛詩有好底多，但頗率爾。多重用字，如《梁甫吟》一篇筆力極健，如云「永安受命堪垂涕，〔一〕手挈庸兒是天意」等處，説得好，但結末差弱耳。又曰：張文潛大詩好，崔德符小詩好。《性理》

又曰：古人詩中有句，今人詩更無句，只是一直説將去，這般詩一日作百首也得。如陳簡齋詩「亂雲交翠壁，細雨濕青林」「暖日薰楊柳，濃陰醉海棠」，他是甚麽句法。

〔一〕永，原作「未」，據《朱子語類》卷一百四十、《性理大全書》卷五十六改。

《性理》

又曰：今時婦人能文，只有李易安與魏夫人。李有詩，大略云：「兩漢本繼紹，新室如贅疣。所以嵇中散，至死薄殷周。」中散非湯武得國，引之以比王莽。如此等語，豈女子所能？《性理》

又曰：近世諸公作詩費工夫，要何用？元祐時有無限事合理會，諸公却盡日唱和而已。今言詩不必作，且道恐分了爲學工夫。然到極處，當自知作詩果無益。《性理》

又曰：今人所以事事做得不好者，緣不識之故。只如個詩，舉世之人盡命奔去做，只是無一個人做得成詩。他是不識，好底將做不好底，不好底將做好底。這個只是心裏鬧、不虛静之故。不虛不静，故不明。不明，故不識。若虛静而明，便識好物事。雖百工技藝做得精者，也是他心虛理明，所以做得來精。心裏鬧，如何見得？《性理》

又曰：詩社中人言詩，皆原於《賡歌》。今觀其詩，如何有此意？《性理》

又曰：作詩先用看李杜，如士人治本經。本既立，次第方可看蘇黄，以次諸家詩。《性理》

又曰：今人不去講義理，只去學詩文，已落第二義。況又不去學好底，[一]却只去學做那不好底。作詩不學六朝，又不學李杜，只學那嶢崎底。今便學得十分好後，把作甚麽用？莫道更不好。如近時人學山谷詩，然又不學山谷好底，只學得那山谷不好處。林擇之云：「後山詩恁地深，他資質儘高，不知如何肯去學山谷？」曰：「後山雅健强似山谷，然氣力不似山谷較大，但却無山谷許多輕浮底意思。然若論序事，又却不及山谷。山谷善叙事情，叙得盡。後山叙得較有疏處。若散文，則山谷大不及後山。」《性理》

又曰：或謂梅聖俞長於詩。[二]曰：「詩亦不得謂之好。」或曰：「其詩亦平淡。」曰：「他不是平淡，乃是枯槁。」《性理》

又曰：江西之詩自山谷一變，至楊廷秀又再變。楊大年雖巧，然巧之中又有混成底意思，便巧得來不覺。及至歐公，早漸漸要説出來。然歐公詩自好，所以他喜梅聖俞詩，蓋枯淡中有意思。歐公最喜一人送别詩兩句云「曉日都門道，微涼草樹秋」，又

[一] 況，原作「却」，據《朱子語類》卷一百四十、《性理大全書》卷五十六改。
[二] 俞，原作「愈」，據《朱子語類》卷一百三十九、《性理大全書》卷五十六改。

喜王建詩「曲徑通幽處，禪房花木深」。歐公自言，平生要道此語不得。今人都不識這意思，只要嵌事使難字便云好。《性理》

又曰：明道詩「旁人不識予心樂，將謂偷閑學少年」，此是後生時氣象，眩露無含蓄。《性理》

南軒張氏曰：作詩不可直説破，須如詩人婉而成章。《楚辭》最得詩人之意，如言「沅有芷兮澧有蘭，思公子兮未敢言」，思是人也而不言，則思之之意深，而不可以言語形容也。若説破如何思如何思，則意味淺矣。《性理》

象山陸氏曰：詩之學尚矣，原於《賡歌》，委於《風》《雅》。《風》《雅》之變，壅而溢焉者也。湘纍之《騷》，又其流也。《子虛》《長楊》之賦作，而《騷》幾亡矣。黄初而降，日以斯薄。惟彭澤一源來自天稷，與衆殊趣。而淡薄平夷，玩嗜者少。隋唐之間，否亦極矣。杜陵之出，愛君悼時，追躡《騷》《雅》，而才力宏厚，偉然足以鎮浮靡，詩家爲之中興。

西山真氏曰：古者《雅》《頌》陳於閑燕，《二南》用之房中，所以閑邪僻而養中正也。衛武公作《抑》戒以自警，卒爲時賢相。以楚靈王之無道，一聞「祁招愔愔」之語，凜焉爲之弗寧。詩之感人也如此！於後斯義寖亡，凡日接其君之耳者，樂府之新聲、

梨園之法曲而已。其不蕩心而溺志者幾希。《性理》

又曰：古今詩人吟風弔古多矣，斷烟平蕪、淒風淡月、荒寒蕭瑟之狀，讀者往往慨然以悲。工則工矣，而於世道未有云補也。惟杜牧之、王介甫高才遠韻，超邁絶出。其賦息嬀、留侯等作，足以訂千古是非。《性理》

臨川吴氏曰：詩之變不一也，虞廷之歌邈矣，弗論。余觀《三百五篇》，《南》自《南》，《雅》自《雅》，《頌》自《頌》，變《風》自變《風》，以至於變《雅》亦然，各不同也。《詩》亡而楚《騷》作，《騷》亡而漢五言作，迄于魏晋。顔謝以下，雖曰五言，而魏晋之體已變。變而極于陳隋，漢五言至是幾亡。唐陳子昂變顔謝以下，上復晋魏漢，而沈宋之體别出。李杜繼之，因子昂而變，柳韓因李杜又變，變之中有古體，有近體；體之中有五言，有七言，有雜言。詩之體不一，人之才亦不一，各以其體，各以其才，各成一家言。如造化生物，洪纖曲直、青黄赤白，均爲大巧之一巧。自《三百五篇》已不可一概齊，而况後之作者乎？宋時王、〔一〕蘇、黄三家各得杜之一體，涪翁於蘇迥不相同，蘇門諸人其初略不之許。坡翁獨深器重，以爲絶倫。眼高一世，而

〔一〕時，原作「氏」，據《性理大全書》卷五十六改。

不必人之同乎己者如此。近年乃或清圓倜儻之爲尚，而極詆涪翁。噫！群兒之愚爾。[一]不會詩之全而該夫不一之變，偏守一是而悉非其餘，不合不公，何以異漢世專門之經師也哉？《性理》

又曰：詩《雅》《頌》《風》《騷》尚矣，漢魏晋五言迄于陶，其適也。顔謝而下弗論，浸微浸滅，至唐陳子昂而中興。李韋柳因而因，杜韓因而革。律雖始於唐，然深遠蕭散，不離於古爲得，非但句工、語工、字工而可。《性理》

又曰：詩以道情性之真，十五《國風》有田夫閨婦之辭，而後世文士不能及者，何也？發乎自然而非造作也。漢魏迨今，詩凡幾變。其間宏才實學之士，縱横放肆，千彙萬狀，字以煉而精，句以琢而巧，用事而取其切，[二]模擬取其似，功力極矣。而識者乃或舍旃而尚陶韋，則亦以其不煉字、不琢句、不用事，而性情之真近乎古也。今之詩人隨其能而有所尚，各是其是，孰有能知真是之歸者哉？《性理》

宋濂曰：《三百篇》勿論已，姑以漢言之。蘇子卿、李少卿非作者之首乎？觀二子

[一] 愚，原作「思」，據《性理大全書》卷五十六改。

[二] 切，原作「功」，據《性理大全書》卷五十六改。

之所著，紆曲淒惋，實宗《國風》與楚人之辭。二子既没，繼者絶少。下逮建安、黄初，曹子建父子起而振之。劉公幹、王仲宣力從而輔翼之。正始之間，嵇、阮又疊作，詩道於是乎大盛，然皆師少卿而馳騁於《風》《雅》者也。自是厥後，正音衰微。至太康復中興。陸士衡兄弟則仿子建，潘安仁、張茂先、張景陽則學仲宣，左太沖、張季鷹則法公幹。獨陶元亮天分之高，其先雖出於太沖、景陽，究其所自得，直超建安而上之。高情遠韻，殆猶大羹充鉶，不假鹽醯而至味自存者也。元嘉以還，三謝、顔、鮑爲之首。三謝亦本子建，而雜參於郭景純。延之則祖士衡，明遠則效景陽，而氣骨淵然，駸駸有西漢風。餘或傷於刻鏤而乏雄渾之氣，較之太康則有間矣。永明而下，抑又甚焉。沈休文拘於聲韻，王元長局於褊迫，江文通過於摹擬，陰子堅涉於淺易，何仲言流於瑣碎。至於徐孝穆、庾子山，一以婉麗爲宗，詩之變極矣。然而諸人雖或遠式子建、越石，近宗靈運、玄暉，方之元嘉，則又有不逮者焉。唐初承陳隋之弊，多尊徐庾，遂致頽靡不振。張子壽、蘇廷碩、張道濟相繼而興，各以《風》《雅》爲師。而盧昇之、王子安務欲凌跨三謝，劉希夷、王昌齡、沈雲卿、宋少連亦欲蹴駕江薛，固無不可者。奈何溺於久習，終不能改其舊。甚至以律法相高，益有四聲八病之嫌矣。唯陳伯玉痛懲其弊，專師漢魏而友景純、淵明，可謂挺然不群之士。復古之功，於是爲大。開元、天寶中，杜子美復繼出。上薄《風》《雅》，下該沈宋；才奪蘇李，氣吞曹劉；掩顔謝之孤高，雜徐庾之流麗，真所謂集大成者，而諸作皆廢矣。并時而作有李太白，宗《風》《騷》及建安七子。其格極高，其變化若神龍之不可羈。有王摩詰，依仿淵明，雖運詞清雅而萎弱少風骨。有韋應物，祖襲靈運，能一寄穠鮮於簡淡之中，淵明以來蓋一人而已。他如岑參、高達夫、劉長卿、孟浩然、元次山之屬，咸以興寄相高，〔一〕取法建安。至於大曆之際，錢、郎遠師沈宋，而苗、崔、盧、耿、吉、李諸家，亦皆本伯玉而宗黄初，詩道於是爲最盛。韓柳起於元和之間。韓初效建安，晚自成家。勢若掀雷抉電，撑决於天地之垠。柳斟酌陶謝之中，而措辭俊逸清妍。應物而下，亦一人而已。元白近於輕俗，王張過於浮麗。要皆同師於古樂府。賈浪仙獨變入僻，以矯艶於元白。劉夢得步驟少陵，而氣韻不足。杜牧之沉涵靈運，而句意尚奇。孟東野陰祖沈謝，而流於蹇澀。盧仝則又自出新意，而涉於怪詭。至於李長吉、温飛卿、李商隱、段成式，專誇靡蔓。雖人人各有所師，而詩之變又極矣。比之大曆，尚有所不逮，况厠之開元哉？過此以往，若朱慶餘、項子遷、李文山、鄭守愚、杜彦之、吴子華輩，則又駁乎不足議也。宋初，襲

〔一〕咸，原作「或」，據《宋學士全集》卷二十八《答章秀才論詩書》改。

晚唐五季之弊。天聖以來，晏同叔、錢希聖、劉子儀、楊大年數人，亦思有以革之。第皆師於義山，全乖古雅之風。迨王元之以邁世之豪，俯就繩尺，以樂天爲法。歐陽永叔痛矯西昆，以退之爲宗。蘇子美、梅聖俞介乎其間，梅之覃思精微學孟東野，蘇之筆力横絶宗杜子美，亦頗號爲詩道中興。至若王禹玉之踵微之，盛公量之祖應物，石延年之效牧之，王介甫之原三謝，雖不絶似，皆嘗得其仿佛者。元祐之間，蘇黄挺出。雖曰共師李杜，而競以己意相高，而諸作又廢矣。自此以後，詩人迭起。或波瀾富而句律疏，或鍛煉精而情性遠，大抵不出於二家。觀於蘇門四學士及江西宗派諸詩，蓋可見矣。陳去非雖晚出，乃能因崔德符而歸宿於少陵，有不爲流俗之所移易。馴至隆興、乾道之時，尤延之之清婉，楊廷秀之深刻，范至能之宏麗，陸務觀之敷腴，亦皆有可觀者。然終不離天聖、元祐之故步，去盛唐爲益遠。下至蕭趙二氏，氣局荒頽而音節促迫，則其變又極矣。由此觀之，詩之格力崇卑固若隨世而變遷，然謂其皆不相師，可乎？第所謂相師者，或有異焉。其上焉者，師其意，辭固不似，而氣象無不同。其下焉者，師其辭，辭則似矣，求其精神之所寓，固未嘗近也。然唯深於比興者，乃能察知之爾。雖然，爲詩當自名家，然後可傳於不朽。若體規畫圓，準方作矩，終爲人之臣僕，尚烏得謂之詩哉？何者？詩乃吟咏性情之具。而所謂《風》《雅》《頌》者，皆出於吾之一心，特因事感觸而成，非智力之所能增損也。古之人，其初雖有所沿襲，末復自成一家言，又豈規規然必於相師者哉？嗚呼！此未易爲初學道也。近來學者類多自高，操觚未能成章，輒闊視前古爲無物，且揚言曰：曹劉李杜蘇黄諸作，雖佳不必師，吾即師吾心耳。故其所作往往猖狂無倫，以揚沙走石爲豪，而不復知有純和沖粹之音，可勝嘆哉！此篇論詩之源流，祖述時代之格調變遷，毫髮不遺，非宏才博學、達詩之本者，不足以語此。

黄至道曰：范德機得杜工部之骨，楊仲弘得杜工部之皮，虞伯生得杜工部之肉，揭曼碩非李非杜，自成一家。《文式》

薛敬軒曰：少陵詩「寂寂春將晚，欣欣物自私」，可以形容物各付物之氣象。又曰：少陵詩曰「水流心不競，雲在意俱遲」，從容自在，可以形容有道者之氣象。又曰：「江山如有待，花柳自無私」，唐詩皆不及此氣象。又曰：「人實不易知，更須慎其儀」，杜詩之近理者也。

羅大經曰：作詩必以巧進，以拙成。故作字惟拙筆最難，作詩惟拙句最難。至於拙，則渾然天全，工巧不足言矣。古人拙句曾經拈出，如「池塘生春草」「楓落吴江冷」「澄江净如練」「空梁落燕泥」「清暉能娱人，遊子澹忘皈」「大江流日夜，客心悲未央」

「明月入高樓，流光正徘徊」「采菊東籬下，悠然見南山」，〔一〕如此等類固已多矣。以杜陵言之，如「兩邊山木合，終日子規啼」「野人時獨往，雲水曉相參」「喜無多屋宇，幸不礙雲山」「在家長早起，憂國願年豐」「若無青嶂月，愁殺白頭人」「百年渾得醉，一月不梳頭」「一徑野花落，孤村春水生」，此五言之拙者也。「春水船如天上坐，老年花似霧中看」「遷轉五州防禦使，起居八座太夫人」「竹葉於人既無分，菊花從此不須開」「莫思身外無窮事，且盡生前有限杯」「雷聲忽送千峰雨，花氣渾如百和香」「秋水纔添四五尺，野航恰受兩三人」「酒債尋常行處有，人生七十古來稀」，〔二〕此七言之拙者也。他難殫舉，可以類推。杜陵云：「用拙存吾道。」夫拙之所在，道之所存也，詩文獨外是乎？

〔一〕月，原作「日」，據《鶴林玉露》卷三改。

〔二〕既，原作「已」；添，原作「高」；行處有，原作「行處在」，據《鶴林玉露》卷三改。

国家出版基金項目
NATIONAL PUBLICATION FOUNDATION

域外文話彙刊

王水照 主編

日本漢文話叢編

二

慈波 王汝娟 編訂

復旦大學出版社

第二册目録

四六文章圖五卷

大顛梵千　撰

《四六文章圖》五卷

大顛梵千　撰

大顛梵千（1629—1685），法名又作梵通，號大顛，美濃（今岐阜縣）人。江户前期臨濟宗僧人，繼法於甘棠院之岫雲玄端，歷伊豆（今静岡縣）浄因寺、長勝寺、國清寺諸寺住持，後主鎌倉圓覺寺法席。精於漢詩，亦習俳句，俳號幻吁。

《四六文章圖》是五山四六之學的集成性著述，對禪僧四六文章理論進行了總會融貫。全書共分爲五卷。卷一爲句製與文體，主要討論句法與文章結構。梵千將句式分爲三種：獨句，即非偶對的單句，根據其在文章中的位置，又可細分爲發句、傍句、漫句與送句；短對，即不含分句的偶對句式，根據字數多少，可分爲壯句、緊句與長句；隔對，即包括上下分句的偶對句式，根據上下分句字數的多少與對比，又可分爲輕隔句、重隔句、疏隔句、密隔句、平隔句與雜隔句。文體方面，多依據陳繹曾《文筌》，條列文體名稱，區劃文章體段，撮述體物之法。卷二論列儒家四六文體之法，以唐人名篇示意，對序、啓札、説、記、解、辨、表、原、論等文體進行句法分析。卷三爲格體總論，結合賦、頌、銘、讚、文、誄、箴諸體，通過選文與句圖，歸納短句與長句的具體寫法；同時以句總篇，關注篇法，借鑒《文筌》的觀點，討論篇章的起端、中間與結尾之法。卷四内容較爲特殊，以「詩辨」爲題，總論詩法，辨析詩體，勾勒詩史，細言詩病，而落實於句法。卷五專論禪家四六，條列疏、祭文、碑銘與頌等文體規範。重視四六的應用場景，結合佛教儀軌，從開堂與祭供兩事入手，析論入院、秉拂、入寺、拈香、普説以及鎖龕、挂真、起龕、奠湯、奠茶、下炬、念誦、取骨、安骨等所謂九佛事的四六體式。

《四六文章圖》臚陳繁富，圖文并舉，格法清晰，是較爲完善的四六話。五山文學對四六文體的關注，較早而集中的當推虎關師煉（1278—1346）編選、成書於康永三年（1344）的《禪儀外文集》，主要以選録南宋禪僧所作疏、榜與祭文的形式，來示例四六軌範。嗣後仲芳圓伊（1354—1413）有《四六之方》，四六楷則轉趨元人。其書首論疏文結構與句法要求，次選元僧笑隱大訢疏作，詳加注釋評析，便於入手。天隱龍澤（1422—1500）之《天隱和尚四六圖》更爲細緻，圖樣格法與四六選文并重。尤爲難得的是，書中還彙録了常庵、梅庵、虎關、江西、策彦諸僧的四六見解，約略可見禪門研習四六的宗門特色。但上述各書皆偏主禪林文字，或有文無格，或陷於釋義，或統系少倫，《四六文章圖》則後出轉精，宏纖并舉，體系嚴整，呈現出明顯的集成特質。

梵千有鑒於「禪家四六之文法」與「儒家文法之編」的繁多，深悉論文之不易，於是「采簡册所載，參以平昔見聞，訓釋成圖經」，以期望「博觀約取，科別其條」，從而使讀者「依小編圖經，格律之品可準而式，圖説之明可研而覈」，這表明了此書的示範寫作意圖。書中亹亹於四六的不同句法，特別是隨文以圖標示句式與平仄規制，也不無初學門徑之用。梵千自述的「圖經」一語恰當地揭示了《四六文章圖》的定位，它偏重於把握四六文體的形式特徵，强調規摹「格律」，重於展示句法，從而爲異域人士提供作文指南。

《四六文章圖》除了對句法形式的講求，還關注虚詞的用法，這也與日人推尊四六文體，努力摒除和習、和樣的追求有關。卷一後部專門論述「助語法」，對虚詞的作用、意義、用法進行了逐一討論，意在區分實詞與虚詞，且關注虚詞的語義與語法作用。考慮到語言的區隔，這種細緻析論尤其具有可操作性，實際上虚詞的使用一直是日人學習漢文的難點。「助語法」部分未標出處，可考知引自元人盧允武《助語辭》。一般以爲天和三年(1683)刊刻的《鰲頭助語辭》是盧著的最早和刻本，而《四六文章圖》則比之要早近二十年。

《四六文章圖》帶有明顯的禪林文學色彩，主要示法對象也是禪僧，但此書取材并不拘限於禪四六，甚至還專列「儒家四六」一類，體現出視野之通脱。其跋語稱，「凡文章書數編，就中《緯文瑣語》《文章精義》《文則》《文筌》《麗澤文説》《唐子西語録》《蒲氏漫齋語録》等；或佛家者，《蒲室》《禪儀外文》；日本書者，絶海集、夢巖《旱霖集》等」，即已坦陳取擇範圍。雖然儒家四六未必適合宗門，但是四六本來就强調淵博之學，正像仲芳圓伊所説「禪四六之文，才力優贍，從事於此者取三教文字，包括涉獵，以助筆力可也」（《四六之方》），可謂逗發於先。

《四六文章圖》對詩體的辨析也值得關注。詩體以五七言居多，而四六句式則以四字句、六字句爲主。常庵龍崇以爲四六之得名，正在於「言詩，六言少矣，四言稀也，全嫌似詩而已」（《常庵和尚四六轉語》，見《天隱和尚四六圖》），可見四六文體的獨特性正在與詩體制之異。但五言詩削去一字、七言詩去其下三字，則往往可用於四六，「如此句法，唐朝之文人多有此類。自元至明，好而用此法」（《常庵和尚四六轉語》）。故而熟悉詩語與句法，實則有裨於四六，《四六文章圖》卷四「詩辨」之立，即職此之故。卷二中曾指出：「五言七言，禪句之外不用之。禪句之四六啓札，往往用五七言也。」詩語與禪四六的關聯，於此可見。

《四六文章圖》的最明顯特徵，在於以圖樣詮釋四六格法，細緻析分句法，同時針對啓札和疏也形成了蒙頭、八字稱、過句、襲句與結句這樣的章法模式。它在承襲前人的基礎上，完成了四六文體的結構定型，有利於體察四六文體脉絡，便於擬習仿作，但也不可避免帶來格套程式之弊。四六一體，强調麗藻、隸事、偶對與聲韻，而《四六文章圖》所論明顯偏主句式與章法，難免畸重之嫌。特别是四六因表達内容需要，未必應當句句字字泥於格套，此書高舉格法而導致的局限性，也是毋庸諱言的。

《四六文章圖》有寬文六年（1666）江户中野孫三郎刊本，又有安政五年（1858）京都柳枝軒再版本。今據寬文本録入。

四六文章圖序

文之有道，猶醫之有方也。道不精，何益於文？方不靈，何益於醫？然惟善醫者能審其方之靈，善文者能識其道之精，豈易言也哉？文者，貫道之器也，不深於斯道有至焉者，不也。道者，根諸心，著諸事意，而托文以相示也，與道相離不得。道無形，文有迹，故曰：文者，貫道之器。是故綴乎事者存乎文，命乎文者存乎律，主乎律者存乎道，體乎道者存乎人。古之君子，和以性情，養以問學，經以動作，紀以百物，道存於己。魏文帝曰：「文以意爲主，以氣爲輔，以辭爲衛。」然則意者，道之動作也。在心爲志，發言爲詩。又曰：「情發於聲，聲成文謂之音。」頗積詩爲文，辟命猶志也，性猶詩，道猶文也。詩也，文也，皆流出志，發言其言者一也，今古有道之士或吾門耆宿不外之。就中四六之文法，江西、惟肖兩和尚此時節者，本韓柳之文法。惟肖和尚以來，專原于宋朝之坡、谷等文法。唐宋兩朝之文雖有等差，圓融流通，異代同轍。雖然，有少差。唐之啓册等多好對語，宋之啓册多無平對。唐以李杜韓柳爲最，宋以歐梅黃陳爲第一。王黄州學白樂天，楊文公、劉中山學李商隱，盛文肅學韋蘇州，歐陽公學韓退之古詩，梅聖俞學唐人平澹處。至東坡、山谷始自出己法以爲詩，唐人之風變矣。山谷用工尤深刻，其後江湖宗之，文法盛行海内。江西石門、橘州寶曇禪師以降，禪家四六之文法，漢魏晋以來唐宋元三朝之儒家文法之編多矣，尤割三寸蚌求明月之珠，探枳棘之巢求鳳凰之雛，難獲也。後世論文不容易矣，然博觀約取，科别其條，欲得句法者，譬如望洋向若，不測津涯。或披砂揀金，觀者不能終卷。故依小編圖經，格律之品可準而式，圖説之明可研而覈。捨此而他求，不可乎。因采簡册所載，參以平昔見聞，訓釋成圖經。余尚雖懼疏昧，未免朱文公之《楚辭》疑、李侍讀之《文選》謬，况其如余者？庶幾待博洽君子而已。寛文丙午長至日大顛序。

目録

卷之一

句製

卷之二

儒家四六并文之類

卷之三

文類

格體總論

短文法并長文

《文選・南都賦》圖

王泠然《新潭賦》并圖

喬琮《日中有王字賦》并圖〔一〕

《漲昆明池賦》

王起《履霜堅冰至賦》并圖

《文苑英華・日賦》圖

頌法

《酒德頌》

《睿宗德頌》并圖

賦法

《南都賦》

《日賦》

《古文・酒德頌》圖

《高祖元頌》并圖

銘法

〔一〕王，原作「玉」，據《全唐文》卷四百五十喬琮《日中有王字賦》等改。

四六文章圖五卷

疏八法

秉拂法語次第

禪客法式并出陳四六圖

入寺法語次第并圖

七佛事并圖

鎖龕三法

挂真式并圖

又同

起龕式

起龕三法

奠茶式

下炬圖

又同

下炬異格

安骨式

疏式

入寺法式

鎖龕二用

鎖龕圖

略圖

又同

起龕二用

奠湯式

下炬式

又同

下炬五要

取骨式

拈香式并圖

四六文章圖卷一

大凡作文句法，雖戰國、兩漢、三國、西晋、唐宋之文人，孟軻、莊周、屈原、賈誼、司馬遷、孔明、淵明、李令伯、王逸少、韓柳歐蘇等之氣象格律不同，作言句趣旨同也。言有盡、意無窮者，天下之至言也。句中有餘味，篇中有餘意，善之善者也。倒言而不失其言者，言之妙也。欲知其善妙言者，今賴古人之格律之存，尤體規畫圓、準方作矩，終雖爲人之臣僕，必由是而學焉，則庶乎其知妙矣。

句製　文句大體十三法

獨句四製

一曰發句，二曰傍句，三曰漫句，四曰送句。發句大抵無對，獨句也。自然用對有之。自一字至四字，皆獨句也，是發句法也。

夫以　原夫　於是　方今　竊以　伏以　蓋聞　于時　伏觀　歸去來兮

汝當知　大方

是等之句法多矣，未必限如是句。或短對隔對之類，有用之。

傍句，句中用之。此句獨句也，不用對，不用韻，自一字至五字也。

斯迺　然而　是猶　將又　誠是　何必　可謂　就中　於越　於兹乎　于

粤　抑

是等之字，句中用之，皆傍句也，未必限此字。

漫句，句中用之。或又施頭，或施尾。自六字至十餘字，獨句也。不用對，不用韻，不調平仄也。若幸而相逢其韻者，亦不妨。

送句施尾，自一字至三字，不用對，不用匀。〔一〕若幸而相逢其匀者，亦無妨也。

而已　哉也　孰甚焉　爲之記　之有　何也　何哉

是等之字施尾，送句也。

〔一〕匀，據文意，當作「韻」，兩字可通。下句同。

短對三製

一曰壯句，二曰緊句，三曰長句。

壯句　限三字也，調平仄，用對也。

微霰零　密雪下　文有流　學有海

是等之句，皆壯句也。

壯句　◓◓○平　後句用前不妨，文者此通也。詩者忌三連也，文忌三連不妨也，〔一〕
　　　◓◓●仄　文者用同字不妨也。

壯句　◓○●仄
　　　◓●○平

是前後轉反而用之，不妨平仄，何忌三連句也。長篇類用平仄仄平也，轉反不妨。

緊句限四字也，調平仄，用對也。

三陽交泰　萬彙敷榮

〔一〕據文意，「忌」字或衍。

吉無不利　危可使安

是等之句，皆緊句也。

緊句　◓○◓●仄

　　　◓●◓○平

大抵文詩此通也，然文者不用上三字之平仄無妨。

緊句　◓●●○平

　　　◓○◓●仄

長篇類用仄平平仄也，轉反不妨。

長句自五字至十餘字，直對句也。自五言長句至十二言長句也，尤難至十六十七字。十二言以上，容易不可書也。

長句　◓○◓○●仄　詩句者不用，文四六類用之。總而文者上之字之平仄不用

　　　◓●◓●○平　之無妨。

上方之三應

東序之兩雄

長句

◓○○●●仄

◓●●○○平　轉反用之不妨。

湖聲蓮葉雨

野色稻花風

長句

◓●◓○●仄

◓○◓●○平　轉反用之不妨。

浥露收新稼

迎寒葺舊廬

長句

◓●◓●○○平　文者不用上之平仄無妨。

◓○◓○●●仄

逢法歲之新時

修山門之舊例　是四六之句也。

長句

◓○◓●●●仄　文四六類者不用上平仄。

◓●◓○○○平

雲無心以出岫

鳥倦飛而知還　是文之句也。

長句

◓●◓○●●仄

◓○◓●○○平　今用此句也，詩者皆此句製也，轉反無妨。

長句

◓○◓●◓○●仄

◓●◓○◓●○平　轉反不妨。

旌旗日暖龍蛇動

宮殿風微燕雀高　此句詩句也，文不用上平仄。

又

已知居世而無用

何堪守務而有神　此句四六也。文四六類總而不用上字平仄也。〔二〕

長句

◓○◓●◓○●●仄

◓●◓○◓●◓○平　轉反用之。

〔二〕據文意，「字」字或衍。

携牌於午磬之已息〔一〕
秉拂於昏鐘之薦鳴　四六句也。

又

漁歌烟浦咸稱富貴
樵唱雲樹共樂昇平

此類之句皆文句，而不用上平仄。總而八言以上不用上平仄也。

長句

◐◐◐◐◐◐◐○平
◐◐◐◐◐◐◐●仄

雖對聖賢於黃卷之中
焉厠龍象於緇衣之列

此類皆四六之句也，不用上平仄。轉反而後句連前無妨也。何句後句連前，前句連後用之尤無妨也。

〔一〕携牌，於意不通，「牌」疑當作「錫」。

長句

◐◐◐◐◐◐◐◐◐●仄

◐◐◐◐◐◐◐◐◐○平

北斗周天送玄冥之故節

東風拂地出青陽之飛蟲

此句之類，文四六用之，不用上平仄，前後之句轉反而用之無妨也。

十一言長句、十二言長句，何此通也。說有三，說一曰長句者限九言，二曰限十二言，三曰可限十七言。尤可用十二言之說也。

隔對六體

一曰輕隔句，二曰重隔句，三曰疏隔句，四曰密隔句，五曰平隔句，六曰雜隔句。

輕隔句，上四字下六字，上品句製也。

◐◐◐●仄　◐◐◐◐◐○平

◐◐◐○平　◐◐◐◐◐●仄

惠日之光　至七葉而增色

法燈之照　騰百代而彌明

肩第二字平，則下之一字仄也。又第二字仄，則下之一字平也。然今代者肩第二字不調其平仄，下之一字之外者曾不調平仄。上皆兩韻也，後五句效之。故左邊之五句者，不謂其巨細也。又肩平有下仄説。

重隔句，上六字下四字，上品句製也。

◐◐◐◐◐●仄　◐◐◐○平
◐◐◐◐◐○平　◐◐◐●仄
嬋娟窈窕無類　西子之手
光彩焕發照人　太真之媚

又

積夢窗三餘暇　猶諳漢篇
欠葱嶺万里遊　還執梵筴

此句上皆不調平仄，同輕隔句也。

疏隔句，上三字下不限多少，五六七八九亦不妨也，中品句製也。

◐◐●仄　◐◐◐◐◐◐○平
◐◐○平　◐◐◐◐◐◐●仄

水前水　誰染出碧潭之波
山後山　何削成青巖之石
此句同前也，故不記巨細也。
密隔句，上七字或不限多少，下三字，上五六八九亦不妨也，中品句製也。
◐◐◐◐◐◐●仄　◐◐○平
◐◐◐◐◐◐○平　◐◐●仄
念遊樂之尊一夜　山月圓
催勾曲之會三春　野花落
此句同前也。
平隔句，上四字下四字，上六字下六字，上多少不定下多少不定，上句與下句字數齊也。
◐◐◐◐◐●仄　◐◐◐◐◐○平
◐◐◐◐◐○平　◐◐◐◐◐●仄
聞雞聲於茅店　緬想人迹履霜
見漁火於楓橋　徒諳客船泊月

此句同前也。

雜隔句，有二説。一説曰：上四字，下五字七字八字九字十字十一字十二字。又上五字七字八九十一二字，下四字。大抵下品句製也。一説曰：上自四字至十二字，下自四字至十二字，除四六六四之句，除平分之句，上多少不定，下多少不定，此乃謂雜隔句也。

◓◓◓◓◓◓◓●仄　◓◓◓○平

◓◓◓◓◓◓◓○平　◓◓◓●仄

太祖停車定江南之策　雪晴連霄

小杜題詩憶水西之遊　花期三日

直對、隔對用仄平平仄，又用平仄仄平，轉反而用平仄無妨也。

句製十三法之外，獨句法有過句，自十餘字至二十三十字，引經史本文成其義類歟？蓋可謂漫句者乎？又一説：啓札之句法，蒙肇順序等之名也，結句名歟？

十二法

凡文流有二十四流，法有十二樣三品。三品者，獨句、短對、長對也。獨句法三：發句，傍句，送句也。短對法三：壯句，緊句，長句。長對法六：輕隔句，重隔句，疏隔句，密隔句，平隔句，雜隔句也。除十三法漫句，乃是十二法。

文體

二十四名

元稹集曰：《詩》訖于周，《離騷》訖于楚。是後詩人流爲二十四名：賦、頌、銘、贊、文、誄、箴、詩、行、咏、吟、題、怨、嘆、篇、章、操、引、謡、謳、歌、曲、詞、調。自操而下八名，皆是起於郊祭軍賓吉凶等樂。由詩而下九名，皆屬事而作。雖題號不同，而悉謂之詩。

文六節

《文筌》文章體段

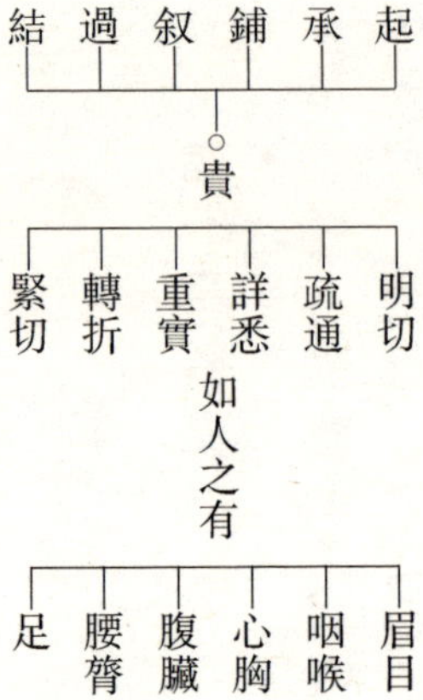

右六節，大小諸文體中皆用之。然或用其二，或用其三四以至於五六。皆可隨宜增減，有則用之，無則已之。若强擺布，即入時文境界矣。其間起結二字，則所必不可無者也。起結二法，在作文家最爲難事。須將韓柳二家諸體文字摘出起結，觀其變化手段，當自得之，非可言傳也。

體物七法

體物七法　一曰實體，二曰虛體，三曰象體，四曰比體，[一]五曰量體，六曰連體，七曰影體。以此七法通賦、比、興三緯者也。

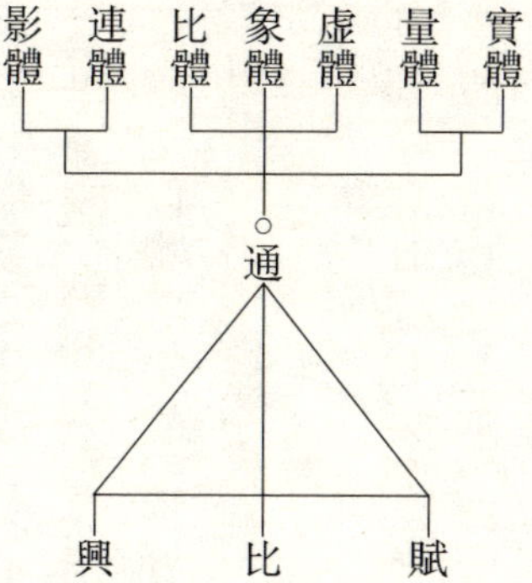

[一] 比，原作「化」，據《文筌》改。下同。

《文筌》體物七法

實體　惟天文題以聲色字爲實體，體物之實形，如人之眉目手足，木之花葉根實，鳥獸之羽毛骨角，宫室之門墻棟柱是也。

虚體　體物之虚象，如心意聲色、長短動静之類是也。心意聲色爲死虚體，長短高下爲半虚體，動静飛走爲活虚體。

象體　以物之象貌，形容其精微而難狀者。縹爛熳乎、浩然、皇矣、赫兮、巍哉、翼如也、申申如也、峨峨、巍巍、崔嵬之類，〔一〕皆是也。有碎象體、扇象體、排象體，變化而用之。

比體　設比是以體物，如賦雲言羽旗，賦雪言璧玉是也。

量體　量物之上下、四方、遠近、久暫、大小、長短、多寡之則而體之。其體有量本，有量枝、量形、量態、量時、量方，其法有數量、排量、總量。〔二〕

連體　體物之相連及者。有近連，如賦人言衣冠宫室，賦馬言鞍轡廐輿之類是

〔一〕崔，原作「雀」，據《文筌》改。
〔二〕總，原作「脱」，據《文筌》改。

也。有遠連，如賦人言風雲，賦馬言舟海之類是也。

影體　不着本物，泛覽旁觀，而本物宛見於言外。

三經三緯　詩傳大全略圖

風雅頌，聲樂部分之名；賦比興，則所以製作風雅頌之體也。大師教國子，必使之教是六者三經三緯之。則凡詩節奏指歸，皆將不待講説而直可吟咏以得之矣。〔一〕《語録》曰：「風雅頌乃是樂中腔調也，如言仲吕調、大石調、一越調之類。大抵風是庶民所作，雅是朝廷之詩，頌是宗廟詩。三經是風雅頌也，是做詩底骨子。賦比興却是裏面横串底，〔二〕故謂之三緯。」比興之中，《螽斯》專於比，而《緑衣》兼於興，《兔罝》專於興，而《關雎》兼於比。此其例中又自有不同者，學者亦不可以不考。

〔一〕皆，原作「此也」，據《詩集傳·詩傳綱領》改。
〔二〕横串，原作「摸患」，據《朱子語類》卷八十改。

六儀圖

三經

- 風—十五《國風》。風者，如物因風之動以有聲，而其聲又足以動物也。《周禮》大師教六詩，曰風曰賦曰比曰興曰雅曰頌。〔一〕其聲又足以動物也。
- 雅—大小二《雅》。雅者，正也。正樂之歌也。本有大小之殊，而先儒説又各有正變之别。〔二〕
- 頌—周魯商三《頌》。頌者，美盛德之形容，〔三〕以其成功告於神明者也。

三緯圖

三緯

- 賦—賦者，直陳其事。如《葛覃》《卷耳》之類。《朱子語録》曰：直指其名、直叙其事者，賦也。
- 比—比者，以彼狀此。如《螽斯》《緑衣》之類。《朱子語録》曰：引物爲説者，比也。
- 興—興者，托物興詞。如《關雎》《兔罝》之類。《朱子語録》曰：本要言其事，〔四〕而虚用兩句釣起，而接續去者，興也。

〔一〕曰興，據《周禮·大師》補。
〔二〕「説」後原衍一「文」字，據《詩集傳》卷九删。
〔三〕形，原作「成」，據《詩序》改。
〔四〕要，原作「專」，據《朱子語類》卷八十改。

三緯製三經圖

三經三緯注解云：賦比興，則所以製作風雅頌之體也。此圖本其儀也。

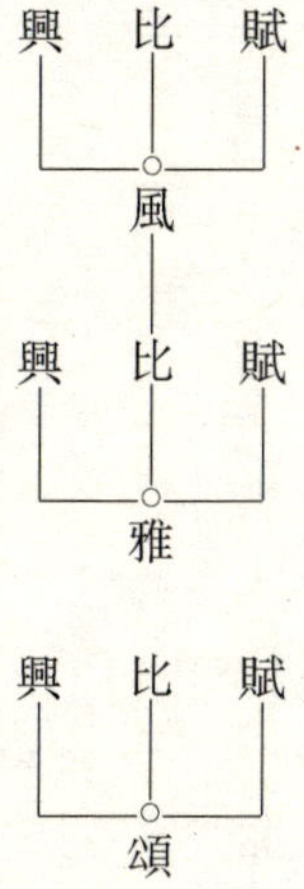

賦比興，製作風雅頌之體者，言作風之體詩，亦以賦比興而製作；作雅及頌之體詩，亦以賦比興製作也。抑亦《周南》始《關雎》篇，風始而正風也，古註新註共以爲興之體也。

此卷載六節七法六儀之三圖，作文者先不若賦句賦詩三圖，故圖格載初卷者也。

助語法

助字之在文也，猶道之有崎嶇也。助字多固不可，少固不可。崎嶇多固勞難，崎嶇少固屈平。當熟審不多不少之間矣。

也　矣　焉

《韻會》曰：《説文》：「也，女陰也。象形，乀聲。」[一]徐曰：「語之餘也。凡言也，則氣出口下而盡。」《廣韻》：「語助辭之終也。」柳宗元曰：「決辭也。《説文》或作乜。」矣，《説文》：「矣，語已詞也。从矢，以聲。」[二]徐曰：「矣者，直疾。今試言矣，則出氣直而疾，會意。」柳宗元曰：「決辭也。」焉，《韻會》曰：「語助之焉，假借爲焉有之焉，因借而借也。」《集韻》：「何也。」《論語》：「焉能爲有，焉能爲無。」《孟子》：「焉有仁人在位。」《助語辭》曰：「是句意結絶處。也意平，矣意直，焉意揚，發聲不同，意亦自别。」

乎　歟　邪

徐曰：「凡名乎，皆上句之餘聲也。」《廣韻》：「極辭也。一曰疑辭也，舒辭也。」[三]

[一] 乀，原作「八」，據《説文解字》小徐本改。
[二] 矢，原作「失」，據《説文解字》卷五改。
[三] 辭，據《古今韻會舉要》卷三等補。

歟，俗以爲語末之辭。《增韻》：「疑辭也。又嘆辭。」邪，《韻會》：「語未定之辭。《史記》有渾邪，是渾邪匈奴號。」乎字多疑而未定之辭，或爲問語，只是俗語麼乎字之意。歟字、邪字爲句絶之餘聲，亦類乎字之意。此三字有如對人説話而質之者。邪字間有帶疑怪之意。句中央著乎字，如「浴乎沂」之類，此乎字與於字、夫字相近，却有咏意。「攻乎異端」，意微激作，非若於字之詳安也。

之　諸

之，指也。「大成之殿」，指此殿爲大成殿也。「聖人之言」，指此言爲聖人言也。凡之字，多有底平字意。諸、之二字，《釋文》同義。却又云「『有諸？』曰『有之』」，則諸字乃審問而未的然之意，如「聞斯行諸」「盍去諸」。《韻會》：「疑辭有諸，又語助。《詩》曰：『日居月諸。』孔曰：居、諸者，語助也。毛曰：日乎、月乎也。」

而

句首有而字，亦是承上文轉説下意。句末有而字，却是咏歌之助聲，與兮字相類。「偏其反而」「俟我於著乎而」。

哉

句絶而有嗟嘆之意。又有如《尚書》：「禹曰：俞哉。」《左氏傳》：「公曰：諾哉。」

却是口以爲然，心不以爲然之意。在句中，如「賢哉回也」「君子哉若人」，直是嘆其人之果賢、果君子。更有「矣哉」「也哉」「乎哉」「者哉」之類，文各有旨，宜隨所指而味之。《說文》：「哉，言之間也。」又柳宗元曰：「疑辭也。」《論語》：「有是哉？」《增韻》：「又嘆辭也。『大哉堯之爲君也』『洋洋乎盈耳哉』。一曰始也。」

故

有所因而然。《檀弓》言「何居」音姬，居亦故也。或有在句末者，其意亦謂因由爲此。

是故

發語更端之辭，亦是其說有所因而發，謂因此故。

亦

是俗語「也」字之意。「不亦説乎」，謂「莫不也有喜悦處麽乎？」但「也」意緩，「亦」意頗切。

于

是指那事物或地名之類而言，故著一于字以指定之。與於字相類，微有輕重之别，于比於意略重。

然

訓如是。曰然、以爲然、然之，皆是許其是如此。若云儼然、睟然、盻盻然、嘐嘐然，却是形容之語助，實有恁地之意。「嘑爾」之「爾」字，「翕如」之「如」字，「沃若」之「若」字，義皆類此。

雖然

承上文意，固是如此，又別發一段議論。

然則　然而　不然

此皆是承上文也。

粤

發語之辭。文語之始發，句端或有此字爲語助。

蓋

發語之端用一蓋字，即是大凡之意，欲作語之時，將道理一平普看，却議論此事。文中有「大抵」爲起句者亦同。蓋者，同在於所覆之中。《韻會》：「蓋，居太切。」《廣韻》：「覆也，掩也。一曰疑辭。又發語端也。」《增韻》：「又大凡也。又車蓋也。」疑而後决辭。蓋則也見《大學》矣。

夫

夫字在句首者，爲發語之端。雖與蓋字頗相近，但此夫字是爲將指此事物，而發語爲不同。有在句中者，如「學夫《詩》」之類，與乎字似相近，但夫字意婉而聲衍。在句末者爲句絶之餘聲，亦意婉而聲衍。

必

斷然決定不易之意。

頗

頗，《説文》：「頭偏也。」又偏頗不正也。《漢・紀》：「地不頗載。」《大學》頗有錯簡。私云：凡之字相近之，又與只之字相類。者乎略與頗，因前後之句得意者也，就中意輕也。

寧

《説文》：「寧，願詞也。」徐曰：「人言寧可如此，是願如此也。古曰『寧飲建業水』『寧食五斗艾』是也。」《論語》「與其奢也，寧儉」，是皆有願之意。又有必意。

或

有帶疑辭者；有帶未定之意者；有不指名其事，但以或字代之者；有未有此事，預度其事物，設若如此者；有言其事之多端，連稱幾或字以指陳之者。

抑

有還是意。如診脉以指按抑，究其所以然。文公又有云：「反語之辭，略反上文之旨。」《論語》「抑與之與」註：「抑，反語辭。」

豈

反説以見意。有如俗語「那(上)裏是」之意，或有如莫字之意。韻書云：「安也。」

今夫　且夫　原夫　故夫　蓋夫　嗟夫

今夫者，即今之所論事意而言。且夫者，從寬遠説來。原夫者，推究其本因而言。故夫者，有所因而言。蓋夫者，以大凡而言。嗟夫者，咨嗟慨嘆而言。嗟乎亦相類，意頗切至。

惟夫　惟其　夫以　竊以　蓋惟

承上文之辭，就題起下文之辭，伸上意也。大抵發語起端之辭。

逮夫　及夫　及乎　至於　施及

逮即及也，俗語「到得此時」之意。及乎、至於，意略同。但夫、乎、於微有别耳。施及是迤邐到此。若單及字，又有并字之意。

兹焉　于兹　於是　是以　是用

承上文，既已如此，故今如此。云爰立而後，大凡類皆相近之。

正是　最是

復語之語也。

況夫　況於

此更將別人物、別事理，來與前所説相形比。況夫則句更端，況於則就句轉。夫字意悠揚，於字意切近。作語仍有分別。矧亦訓況，「矧茲有苗」。

若夫　乃若　至若

此皆欲指別事、別意、別名件入此文中，故以此轉喚起。

甚矣　甚哉

甚字猶吴人俗語曷字。凡此二字在句首者，欲揚言下文事物大煞（去）之意，故先以此發語。

嘗謂　未嘗

俗語。不特而今説，也曾每每説道。未嘗，俗語未曾之意。嘗即是曾。喻如曾經口食之而知其味也。

今也　今焉　今則　今而　今乃　自今　方今

或説古事，或説前事，或説道理，又著此等今字，轉説上而今。

嗚呼　於戲　噫嘻

嗚呼，嗟嘆之辭，其意重而切。於戲，制誥中用此二字，戲作嘻音讀，按，《大學》

註：「徐范：一音嘻。」韻書云：「有吉凶美惡之別。」《大學》：「於戲！前王不忘。」噫嘻二字連下，則咨嗟傷嘆之辭。欲發語而先一噫字，則傷其在下所言之事。或有篇終而著一噫字者，乃因在前之言，而寓傷恨不盡之意。或有一吁字在篇終者，亦同。但噫意重，吁意輕。其外更有悲夫、悲哉，在句前句後，皆悲傷哀痛而有不盡之意。

或曰　借曰　諉曰

文中假作他人之言，而答以己意。借曰，俗語「假如說道」。諉曰，俗語「縱然說道」。是皆假言也。

何則　何者　何也　是何　何哉　何以　何如

此皆文中自問之辭，所以引其下文來。何則、何者，俗語「如何譚」之意。則聲微緊於「者」字。[一]何也亦是「如何譚」，其意安。或云：是何其下著語峻急，如水落高灘，後語應之，勢來得緊，跳珠噴雪矣。何哉言何故如此，且咨嗟之。句中凡何以二字，有何用意。何如只是禪家所謂作麽生也，其辭直。

[一] 緊，原作「緊」，據《助語辭》改。

曷奚　胡爲　何爲　胡奚

是皆疑辭，起下文之發語也，發難起下文也。

抑將

疑辭。抑將，發難反問起辭也。

《文則》云：「文有助辭，猶禮之有儐，樂之有相也。禮無儐則不行，樂無相則不諧，文無助則不順。《檀弓》曰：『勿之有悔焉耳矣。』《孟子》曰：『寡人盡心焉耳矣。』《檀弓》曰：『我弔也歟哉？』《左氏傳》曰：『獨吾君也乎哉？』〔一〕凡此一句而三字連助，不嫌其多也。《左氏傳》曰：『其有以知之矣。』又曰：『其無乃是也乎？』此二者六字成句，而四字爲助，亦不嫌其多也。《禮記》曰：『言則大矣美矣盛矣。』此不嫌用『矣』爲多。《檀弓》曰：『美哉奂焉。』此四字成句，而助辭半之，不嫌其多也。」

〔一〕乎，據《文則》卷上補。

四六文章圖卷二

儒家四六并文類

格體

序法

序　《文選》昭明太子序之註：「序，舒也。舒其物理也。」盧氏曰：「夫序者，次第之語也。前之説勿施於後，後之説勿施於前，其語次第不可顛倒。故序者，次第其語曰序。」《正義》曰：「舉其綱要，若繭之抽緒。」〔一〕《詩序》首言六義之始，次言變風變雅

〔一〕緒，原作「絲」，據《春秋左傳正義》卷一改。

之作，又次言二南王化之自。〔一〕孔子爲《書》作序，文遂有序。孔子之序總爲一篇，孔安國各分繫之篇首。《説文》：「東西墻也。从广，予聲。」徐曰：「按《書》傳，所以序别内外也。」《增韻》：「堂廡也。」《禮記·明堂位》「夏后氏之序」注：〔二〕「序者，次序王事也。」《尚書序》首言書卦書契之始，次言皇墳帝典三代之書及夫子定《書》之由，又次言秦亡漢興求《書》之事。《詩序》《書序》皆謂其書之次第也。《三體詩序》以唐爲法，而謂所以作三體詩也。《詩法源流序》謂詩法單傳之由也。是皆由來序也。《詩人玉屑序》以醫爲譬，〔三〕此類之序皆譬喻序也。或有問答序，或有次第序，不一格。又有壯句緊句長句等序，有短對長對等序，或有散文等序。

序法四體

一曰書序，二曰文序，三曰詩序，四曰自序。

〔一〕自，原作「目」，據《文章宗旨》改。
〔二〕序，原作「學」，據《禮記·明堂位》改。
〔三〕醫，原作「鑒」，據黄昇《詩人玉屑序》改。

序法四用

一曰分段，二曰科段，三曰回照段，四曰讚嘆段。〔一〕

四體四用圖

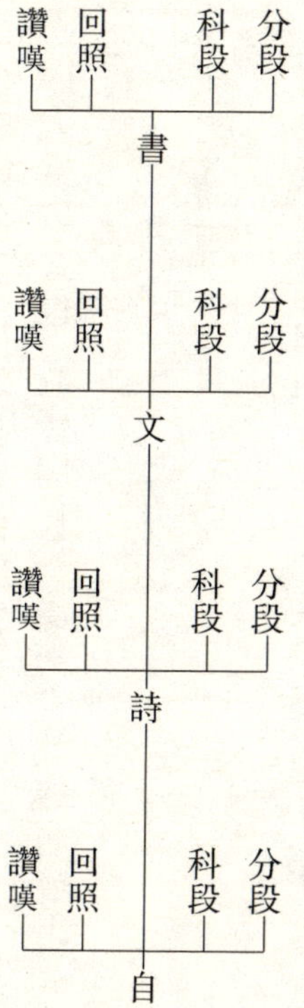

〔一〕讚嘆段，原作「讚歡嘆」，據下文改。

書序五法

一曰根源，二曰次第，三曰由來，四曰譬喻，五曰問答。根源謂書中之事物根源，次第謂書中之首尾次第，由來謂其書出處題目之由來，譬喻謂以譬喻發語，問答謂設問答發語也。

書序大抵散文也，故皆用長句漫句。然或有好壯句、緊句、輕重等之隔對段，可隨作者之意矣。

馬蹄體

此格限緊句，每句四言也。禪家《臨濟録・序》馬蹄體，延康殿學士金紫光禄大夫馬防之編撰，筆力體勢絶出奇妙也。

文序皆短也，就中四六之序殊短也，何則？文類與四六者未皆短長等之句也，故序必短也。或三十字，或五十字，又漫句一句可也。雖然，有筆力者使之，長書亦可也。漢武帝《秋風辭》，司馬遷之序以三十一字書之。其序曰：

上行幸河東，祠后土，顧視帝京，欣然中流，與群臣飲燕。上歡甚，乃自作《秋風辭》曰。

玄暢賦序

魏　曹植

夫富者非財也，貴者非寶也。或有輕爵禄而重榮聲者，或有反性命而徇功名者。是以孔老異情，楊墨殊義。聊作賦，名曰玄暢。

啓札序，大抵格一樣也。

與善人居，如入芝蘭之室；與惡人居，如入鮑魚之肆。兼通交於門下，恰如伯氏吹塤，仲氏吹篪。故逢佳節，綴四六文，願同志擊節。厥詞云。

又

公與予結交，寔蒼蠅附驥之類乎？故以四六文見寄。破第吟味，[一]甘如醍醐，頗欲以瓮嗄之，[二]小器貯之。[三]其謝啓曰。

[一] 破，疑當作「次」。
[二] 嗄，疑當作「盛」。
[三] 小，疑當作「以」。

啓札之序法凡皆如此，不過五十字六十字者乎？

詩序有二法，一曰大序，二曰小序。大序法，述詩意於悉序，是乃大序法也。縱雖短少，夫以維時。或又述人姓名，書某人類，皆大序也。小序法，不述詩意於序文，述寄詩和韻意旨一樣，是乃小序法也。或雖長文，不謂人姓名，而書于兹有人來類，皆小序也。

大序法

美人老來向舊知述懷等之序。

讃呈上

——雅丈之玉床下

——合爪

伏希一笑

——老人，與余結膠漆之交，其情親於兄弟，頗抱偕老之志有年矣。雖然，頃爰有美少年，老人移心於少年，潛通之。故與余有他腸，肝膽楚越者乎？嗚呼！古人曰：「無不有始，鮮克有終。」老人之謂也。空閨之中，獨泣前魚耳。故綴怨詞，以爲小詩，蓋效文君《白頭吟》矣。

寄美人序

惟時——，春見十室之邑。有孌彼好逑，鬢髮如雲，清揚，〔一〕揚且之晳也。細腰如柳絲亂風，是乃吴王之所好；朱唇似橺顔含露，是乃詩人所賦。展如之人兮，天下之媛也。欲聊與之語，瞻望弗及。兹之永嘆，故求鸞鳳之交，希偕老之好。以七言寄我，思擬于祐。

賦紅葉媒者乎，

密寄　——美伯之玉帳下，　　　　　　　　——拱手。

策爾紅渦。

此二序法大序也。書名處不一樣，或書序前；或書序與詩之間；或又書某人於序前，書我名於序後也。文啓札等皆此通也，一一品記左者也。

——佳丈作短歌以見寄，詩友妍唱，曲高就而和皆難矣，實是過雲陽春之餘音

〔一〕「清揚」前疑脱「子之」二字。

也。〔一〕余押其韻，効淫哇之兩部者歟？公之詩爲妙，論其律之温和，樂有絲竹，歌有白雪；用其法之簡要，如車之軸，似衣之襟；較格之壯確，鱗甲之龍龜，毛羽之麟鳳；比詞之華麗，蜀江曬錦，越溪浣紗；察其韻之險，瞿塘之波，灩澦之石；窺其意玄，高於天，深於海。然則公獨入杜陵室耳，我輩坐廊廡之間者也。因塵其韻，寔蒼蠅附驥之比乎？

是等之序，皆大序法也。記名同前也。

小序法

謹奉和

——堂頭和尚之妙伽陀尊韻，以録呈

侍衣閣下，　伏乞

慈悲斤削。　——九拜

長老之外者，庵號院號道號任意而可書。和上巳尊韻、端午尊韻、重陽尊韻皆如

〔一〕過，疑當作「遏」。

是可書，餘節可準之。門末九拜，凡名諱尊宿者，可書諱也；等輩者表德號道號又諱，任意而可。書名書初末，不定也。或書序與詩之間，或書序前，又書詩尾，則隔透一行可書也。

堂上老師示提耳之慈訓以妙偈，
謹奉和
尊韻而以致師資之禮者乎？　伏乞
慈悲改正。　——九拜

九拜字大字，諱字小字。九拜文、四六、詩，皆下二字，與九字等。下一字與拜字等，書之也。提耳，教訓弟子爲提耳。

謹奉次
——尊老嚴韻，叨冒太愚，援下情于上云爾。
伏乞　慈斤。　——頓首

大愚，上官之人述愚懷意也。柳文之詞也。

野偈一章，謹奉呈上
上方三應，兼而求慈悲之斤正。　伏乞

侍者獻納。　　——拜上
等輩者，末有記年號月日。尊宿上官者，不記年號月日也。
野詩一章，謹奉呈上
上方三應之硯石，以求其和，謀在衒石而賈玉者乎？枉以昆玉擊雀兒，和如玉韻。
所望願。　　伏乞
慈悲斤削。　　——拜上
詩比石，和比玉，擊雀兒。「擲昆山之玉，擊千尋之雀」之語也。
此右五者，尊宿上官之和韻也。
奉和　——上人之玉韻，却恐醜言淫聲，不足以當金石。　　附冀
同詞。　　——和南
以樂音爲喻，是柳文之詞也。
奉依　——侍史之芳韻，可謂蓬於麻、葭於玉之類矣。
莞爾惟幸。　　——扒
兼葭玉樹，晋毛曾與夏侯之事也。
奉同　——高友之韻，末而述爾汝之交懷云。

囅然。　——扒

爾汝，禰衡與孔融之事也。囅然，笑皃也。

——尊丈以高詩見示，褒寵之賜，金絲于魯門之鳥類歟？不獲已，緪柏相以和其韻云爾。

臧文仲祭魯門鶢鳲，〔一〕以金石等樂也。

怨詞一緘，奉寄　——美人玉帳下，以述胸次萬上之丹誠云。非是鄭國之淫人，戲謔而以贈《芍藥》之風。其情見于左矣。

微渦。　——扒

《毛詩·鄭國之風》故事也。

自序有二法，一曰散文，二曰對句。或賦人畜雪月等，是皆自序也。譬未書詩，自序也。《滕王閣序》此類爲詩非作序，〔二〕序成而後爲序作詩者也。《送孟東野》《送李愿歸盤谷》《送薛存義》，是皆序法也。

〔一〕鶢鳲，據《國語·魯語上》，當作「鶢鶋」。

〔二〕爲詩非作序，疑當作「非爲詩作序」。

競渡序

唐　駱賓王

夏日江干，駕言臨眺。
于時
桂舟始泛，蘭棹初游。
鼓吹咽江山，綺羅蔽雲月。
嬋娟舞袖，向緑水以頻低；
飄颻歌聲，得清風而更遠。
是以
臨波笑臉，艷出浦之輕蓮；
映渚蛾眉，麗穿波之半月。
靚妝舊飾，此日增奇；
弦管相催，兹辰特妙。
能使

洛川迴雪，猶賦陳思；[一]
巫嶺行雲，專稱宋玉。
凡諸好事，請各賦詩。
或短對、長對、平隔句，可任作者意也。銘等序載銘篇，故不載之。

春夜宴桃李園序

李太白

夫
天地者，萬物之逆旅；
光陰者，百代之過客。
而
浮生若夢，爲歡幾何？
古人
秉燭夜游，良有以也。

[一] 猶，原作「樽」，據《駱賓王集》卷八《揚州看競渡序》改。

況

陽春召我以烟景，　　大塊假我以文章。

會桃李之芳園，　　序天倫之樂事。

群季俊秀，〔一〕　　皆爲惠連；

吾人咏歌，　　獨慚康樂。

幽賞未已，　　高談轉清。

開瓊筵以坐花，　　飛羽觴而醉月。

不有佳作，　　何伸雅懷？

如詩不成，罰　　依金谷酒數。

大抵序如此，或散文不妨也。上所謂分段、科段、回照段、讚嘆段用之，可書也。分段，分桃杏柏楊梅竹松杉等。科段，謂其用也。回照段，重述上二段事。讚嘆段，歡心也，順流書也。

〔一〕秀，原作「季」，據《李太白集》卷二十七《春夜宴桃李園序》改。

序用

上頭字

奉呈上　奉獻呈　叨賡　呈上　拜投　謹奉呈　奉拜呈　奉依　謹呈　獻上

欽奉蓙　謹奉次　漫步　奉攀　漫投

人名之下字

尊丈　尊君　佳丈　仙丈　尊契　雅丈　美丈　友丈　俊少　美伯　仙君

仙郎　詞伯　緇郎　美少　雅契　年少　英丈　雅伯　雅藏　禪伯　老翁　乃翁

師翁　老衲　禪衲　衲子　禪德　大德　老儒

表德號下字

百拜　九拜　三拜　再拜　稽首　稽顙　頓首　拜首　某拜　拱手　合爪

載拜　三秉　某臣　再乙　拜顙

節用

立春

迎春臺下　臨春閣下　迎春殿下　望春閣下

春

春帳下　玉梅帳下　碧紗窗下

元宵

燈窗下　合歡燈下　梅華燈下

上巳

蘭臺下　綫窗下

夏

月樓下　南樓下　清凉殿下

端午

吟床下　緑陰窗下　薰風殿下　南薰殿　菖蒲檐下

賜冰

暑官下　暑樓下　消暑樓下

立秋

吟梧下　蕉窗下

秋

芙蓉帳下　紅葉樓下

七夕

乞巧樓下　長生殿下　涵星硯石下　星房下　吟梧下　芸窗下

中元

芙蓉殿下

中秋

對月樓下　待月軒下　得月樓下　南樓下　月帳下

白露

玉臺下　柏梁臺下

重陽

菊軒下　東蘺園下

冬

守歲樓下

冬至

書雲臺下

除夜

守歲樓下

雨

聽雨窗下

雪

雪樓下　雪案下

常用

玉案下　書窗下　書案下　何閣下　玉床下　吟案下　几案下　吟窗下

玉帳下　吟几下　書軒下　書幌下　書燈下　吟樓下　芸窗下　書樓下　讀書窗下

鴛鴦帳下　九華帳下　翡翠帳下　吟研石下　讀書軒下　鳳凰樓下　麒麟殿下　玉研硯石下

序例

唾啷惟需　慈悲斤銷　伏乞慈斤　伏乞照鑑　伏乞一笑　伏乞目斤　伏乞紅渦

伏希微笑　伏希一笑　伏希紅渦　電眸爲幸　采納萬幸　啓齒惟索　一粲惟需

青顧惟需　一哂惟幸　一覽惟幸　采覽惟幸　一笑萬幸　一哂萬幸　一渦萬幸

啓札法

四六有八體，其中五者禪家之四六者不用之。啓札隔對直對、隔對直對，如此用。隔對四連五連，可書也。三連用之，書無不妨。八字稱以後，過九對者無法度也。隔對交輕重等之句，可書也。直對交緊長等之句，可書也。同句三對，無法度也。就中八字長句不可過二對，序短可書也。八字稱與自序，肩第二字與下足一字，平仄用不同也。肩平則足仄，肩仄則足平，其外不用肩聲。

平仄二樣

平仄仄平平仄仄平平，如此自初至末，是乃平起也。
仄平平仄仄平平仄仄，如此自初至末，是乃仄起也。

體制二樣

一曰蒙肇、結句、八字稱、機緣、過句、實録、自序、決句、祝言，是乃四六九法也。
二曰蒙頭、貼句、八字稱、機緣、跨句、實録、亂對、自序、決句、祝言，是乃四六十製也。
其外法多矣，大抵出圖者也。

四六九法

第一，此句隔對也。大抵輕隔句也，或重隔句，或雜隔句，亦不妨，不用疏隔句、密隔句。上句四字，則下句六字、八字或十字。上句六字、八字，則下句四字。此句名一曰蒙頭，二曰冒頭，三曰蒙肇。第二肩字平則足字仄，肩字仄則足字平。此句有三式。一述時節，二述總論，三述相應其人事。凡隔句謂上句於本則，謂下句於著語。今時啓札不用五言七言，蓋似詩句故也。蒙頭用集句也，用新語亦不妨。禪家四六用五言七言不妨，必此句用當氣也。

第二，此句直對也。前句謂之順序，後句謂之倒序，決前稱後之句也。結蒙肇一對句也，故謂結句，又謂貼句也。上句結蒙頭前句，下句結蒙頭後句也。此句下夫以可書此二字，緊句長句可任作者心。

第三，此句八字稱也。可限緊句。第二肩字平，則足字仄；肩字仄，則足字平。必用集句，古人對句直勿用之。前句用《蒙求》句，後句譬可《史》《漢》《論》《孟》等之句。或用別書句也，同書句勿用之。褒美其人句也，雖然可用相應其人事，勿用過其人事，是于要也。四六中八字稱，眼也。

第四，此句謂機緣句。述其人德師承屋裏機緣等，隔對句也。蒙肇輕句，則此句重句也。蒙肇重句，則此句輕句也。其外四八八六八四不同，蒙頭句用之不妨。前句挂師翁，後句挂

其人。又一説，二句皆挂其人也。二説皆不妨也。此句謂八字稱，眼也。〔一〕

第五，此句直對也。是褒美其人句也。一名過句，二名跨句，是有決前生後意。緊句長句可任作者意，何句其分也。

第六，此句隔對也。述其人實事，故謂實録也。是輕重雜句可隨作者意，蓋挂心於風花雪月者歟？此句次有直對，是一格也。尚有欲謂又添隔對直對，謂之亂對也。此格好，不可用之。餘言語則用可也。

第七，此句自序也。可限緊句。第二肩字平，則足字仄；肩字仄，則足字平。必用集句，古人對句直勿用之。又勿用同書句、卑下自身句也。八字稱與自序，啓札兩眼也，故勿用容易句。

第八，此句隔對也，名決句。有四様。一曰總論，二曰時節，三曰褒其人才德，四曰卑下自身。第二肩字平，則足字仄；肩字仄，則足字平。可用集句。啓札之中，蒙頭、八字稱、自序、決句，是必用集句也。若略，則八字稱、自序，此二句用集句也。自始至終皆用集句亦不妨。今也筆力乏，故用新句者也，尤不本意也。輕重雜等句，可

〔一〕「此句謂八字稱，眼也」句疑衍。

任作者意矣。

第九，此句直對也，名祝言句，尤限述祝語也。雖然，悼之啓札等各分也，〔一〕還述愁腸也。格多，此句有除之格，細密論則有三十以上品。

正變六格圖

正格三樣，大抵隨此格也。

蒙肇　○○平○●仄　○○○○○平　輕隔句。

隔對　○●仄○○平　○○○○○●仄

結句　○○○○○○○●　順序

八言長句。

直對　○○○○○○○○　倒序

八字　○●仄○○　緊句。此句上夫以某人名有之。

稱　○○平○●

〔一〕之，疑當作「文」。

機縁○○○○○●　○○○○○○○○　雜隔句。

隔對○○○○○○　○○○○○○○●

過句○○○●　緊句。

直對○○○○

實録○○○○○○○○　○○○●　雜隔句。

隔對○○○○○○○●　○○○○

直對○○○○○○○○○○

○○○○○○○○○●　十言長句。

自序○○平○●　緊句。此句上某名有之。

○●仄○○

決句○●仄○○○○　○○○●　重隔句。

隔對○○平○○○●　○○○○

祝言○○○○○○

直對○○○○○●

此格變而有八體，八字稱、自序，正體。餘皆反體。此格大抵往往用之也。

右格中除實録直對，是一格也。

蒙頭 ○●仄○○平　○○○○○●仄　輕隔句。

隔句 ○○平○●仄　○○○○○○平

結句 ○○○○○○　順序

六言長句。

直對 ○○○○○●　倒序

八字 ○○平○●　緊句。此句上夫以其人名有之。

稱 ○●仄○○

機緣 ○○○○○○○○　○○○●　雜隔句。

隔對 ○○○○○○○●　○○○○

跨句 ○○○○○○○○○○

直對 ○○○○○○○○○●　十言長句。

實録 ○○○○○●　○○○○○○○○　雜隔句。

隔對 ○○○○○○　○○○○○○○●

直對○○○● 緊句。
○○○○
亂對○○○○○○○○○○
○○○● 雜隔句。
隔對○○○○○○○○○●
○○○○
直對○○○○○○○○○
○○○○○○○○● 九言長句。
自序○○平○● 緊句。此句上某名有之。
○●仄○○
決句○●仄○○○○
○○○● 重隔句。
隔對○○平○○○●
○○○○
祝言○○○○○○○○ 八言長句。
直對○○○○○○○●

右此三格，是乃正格三樣也。雖然，此亂對格好不用之，言有餘則用之可也。此格變而有十體。

變格三樣

蒙頭 ○○平○○○● ○○○○ 重隔句。

隔對 ○●○○○○ ○○○●

結句 ○○○○○●

直對 ○○○○○○ 六言長句。

八字 ○●仄○○ 緊句。此句上夫以某人名有之。

稱 ○○平○●

機緣 ○○○○○○○● ○○○○ 雜隔句。

隔對 ○○○○○○○○ ○○○●

過句 ○○○○○○○●

直對 ○○○○○○○○ 八言長句。

實録 ○○○○ ○○○○○● 輕隔句。

隔對 ○○○● ○○○○○○

直對○○○○緊句。
○○○●

自序○○平○●緊句。此句上某名有之。
○●仄○○

決句○○○○○○○○○ ○○○●雜隔句。
隔對○○○○○○○○● ○○○○

祝言○○○○○○○○○○
直對○○○○○○○○○●十言長。[一]

祝言○○○●緊句。
直對○○○○

此格添祝言直對，是一格也。

又決句隔對之外，不用祝言直對，是又一格也。

[一]「長」後疑脱「句」字。

又不用祝言直對，而蒙筆之前用直對，是一格也。其直對用當季也。

右此三格，是乃變格三樣也。此格好不可用也。六格之外，變格類有數十，推類可知之。

五言七言，禪句之外不用之。禪句之四六啓札，往往用五七言也。

同字，蒙頭、八字稱、自序、決句之字，別句不用之。助字等各別也。自始至終不用同字，亦猶可也。

近代啓札十字以上不可書，八字九字以上不用之，亦可也。

疏密平隔不用此三對，序者不過二三四十字。

決句、祝語有用之，尤可者也。決句之脚有用之，是可也。

重陽啓札

東籬黃菊，　　隱逸淵明化身；
秋日海棠，　　美麗貴妃睡體。
　　諳周茂叔，
感唐玄宗。　　夫以

某佳丈

鬒髮如雲，姿容輝世。其先深藏若虛，鄉里富貴，國中家珍；成童温和尽善，天下少年，風塵外物。雖求名利，難忘自性；有專仁愛，不私施恩。光彩煥發照人，太真之媚；嬋娟窈窕無類，西子之□。吴天雪肌，牛渚月質。如魯勞身焦思，迷影求形。野荻芳蘭，蕣顔疑李節推之古；詞花言葉，吟口有文仲子之風。

多年結忘年交，
今日逢終日奥。

清書法

清書作白卦暦，總句之字數，以可書四角。末書年號，名亦可者也。書年號而名前之一處而不書末，是一法也。前三指，後不定，上二指半，下二指，是乃紙面之寸方也。清書如此可書也。

歲在癸丑，三元令辰。謹製作四六，奉呈上——雅丈閣下，以致皐趨之賀。——爪合厥詞曰：

天文鳳暦，緐千二百，乾元大哉；正月牡丹，着十三紅，春王來也。聖朝無棄，吾道其興。夫以——閣下，膺上風流，兒中師表。乃翁老而益壯，見北碉文字於晚年；令子仰之彌高，景東坡翰墨於四海。今日看書，雪纂露抄；他時學禪，暮請朝參。探崇福杏花，選佛第一；愛揚州芍藥，佳名無雙。僕者如狐聽冰，似鷺立雪。于今于古，吕望贋嚴子真；以祝以規，釋迦奇老耼瑞。指三生石，固一諾金。

説法

説，盧云：〔一〕「自出己意，横説竪説，其文詳贍抑揚，無所不可，如韓文《師説》是也。」陸機《文賦》「説煒燁而譎誑」，注：「施汭反。」善曰：「説以感物爲先，故煒燁譎誑。」翰曰：「説者，辯詞也。辯口之詞，明曉前事。詭譎虚誑，務感人心。煒燁，明曉也。」《韻會》：「説，輸芮切，〔二〕誘也。」《增韻》：「説，誘。謂以言語諭人，使从己也。」黄氏曰：「《師説》前起後收，中排三節，皆以輕重相形。初以聖與愚相形，聖且從師，況愚乎？次以子與身相似，子且擇師，況身乎？末以巫醫、樂師、百工且從師，況士大夫乎？」《古文集成》云：「《師説》全篇，東萊批點説之句法是。長短多少不定，長對短對平對漫句傍句交之，可隨作者之意。或以一句法，自始至終，是一格也。長句以長句終，緊句以緊句終。用韻譬前句壯句緊句，後句長句隔句，雖交有之，蹈韻用前中後之句於一韻無妨，别用韻亦可者也。平韻仄韻可任作者之意。雜用平韻仄韻亦不妨。文類皆無定法，

〔一〕云，原作「六」，據吴訥《文章辨體序題》改。
〔二〕輸，原作「輪」，據《古今韻會舉要》卷十九改。

如此隨意可用之，散文不妨也。大抵説散文多矣。《師説》《雜説》《稼説》《愛蓮説》是皆漫句，散文多也。」

名二子説

蘇老泉

輪輻蓋軫，皆有職乎車，而軾獨若無所爲者。雖然，去軾則吾未見其爲完車也。軾乎，吾懼汝之不外飾也。天下之車莫不由轍，而言車之功，轍不與焉。雖然，車仆馬斃而患不及轍。是轍者，禍福之間。轍乎，吾知免矣。

記法

記，居吏切，去聲。《説文》：「疏也。疏謂一一分別記之。」紀，苟起切，上聲。《史記本紀索隱》曰：「本其事而記之。」又十二年曰一紀，取歲星一周；至獲麟二百七十六萬歲，分爲十紀，二十七萬六千年爲一紀云云。〔一〕記，對物而記其理也。句法是短對長對漫句，散文不一樣，用韻皆同前也。句法可隨作者之意，譬五言長句

〔一〕千，原作「十」，據《尚書序》孔穎達疏改。

之中有六言，又八言之中可用七言，或又八言之中用九言不妨。八言不限，何之句如此。

○○○○○○　漫句也。

○○○○　緊句也。不此句。

○○○○○　長句也。

○○○○○○○　長句也。

○○○○　緊句。不此句。

○○○○　緊句也。

○○○○○○○○○○○○○○

○○○○　緊句。同前。

○○○○　或用對，或不用

○○○○　對，皆可隨作者

○○○○　之意，何之句如

○○○○　對或無對。

○○○○○　同前。

○○○○○○○　同前。

○○○○　或對無對。〔一〕

○○○○　同前。

漫句。不此句。

○○○○

○○○○　緊句。

○○○○　同。

○○○○　同。

〔一〕或對無對，疑當作「對或無對」。

○○○○此。　○○○○同。

○○○○　○○○○同。

○○○○　○○○○同。

○○○壯句也。不限壯句。　○○○

○○○○○○○○○○○○○○○○○○○○○○漫句，是不限此句也。

此圖格必不限，千變万變，隨時皆可用也。故《任城縣廳壁記》《中書政事堂記》《女媧陵記》《蘭亭記》《醉翁亭記》《喜雨亭記》《岳陽樓記》《嚴先生祠堂記》《待漏院記》《袁州州學記》《董氏武陵集記》《君陽遁叟山居記》《曲江池記》《草堂記》《太湖石記》《吴郡詩石記》，是皆不一格。或用對句，或不用對句，任意用之也。

獨樂園記

司馬温公

迂叟平日讀書，　下友群賢。

上師聖人，

窺仁義之原，　探禮樂之緒。

自未始有形之前，　暨四達無窮之外。

事物之理，舉集目前。
所病者學之未至，[一]夫又何求於人，[二]何待於外哉？志倦體疲，則
投竿取魚，執衽采藥；
決渠灌花，操斧剖竹；
濯熱盥手，[三]臨高縱目；
逍遥徜徉，惟意所適。
明月時至，清風自來。
行無所牽，止無所柅。
耳目肺腸，悉爲己有。[四]
踽踽焉，洋洋焉。

[一] 所病，原作「可」，據《温國文正公集》卷六十六《獨樂園記》改。
[二] 又，原作「可」，據《温國文正公集》卷六十六《獨樂園記》改。
[三] 手，原作「水」，據《温國文正公集》卷六十六《獨樂園記》改。
[四] 悉，原作「卷」，據《温國文正公集》卷六十六《獨樂園記》改。

不知天壤之間復有何樂可以代此也，因合而命之曰「獨樂」。

解法

解，《韻會・上聲・蟹駭韻》：「舉蟹切。《説文》：『判也。』《廣韻》：『講也，説也，脱也，散也。』」解句法格體皆與記同也。

○○○○○○○○○○○○○○○○　漫句也。

○○○○　密隔句也。脚用韻，或不用不妨，上平仄不用之。　○○○　韻

○○○○　○○○　韻

○○　傍句也。此句之處必不限傍句也。

○○○○　緊句也。或用直對，或不用對。是二句直對。　○○○○　韻

○○○○　○○○○　韻

○○○○○○○　七言長句也。

○○○○○○○　韻

○○○○○　緊句。或直對，或無對。　○○○○　韻

○○○○○○　六言長句。　○○○○○○　韻

○○○○○○○　七言長句。或下句用韻，或上下用韻。是二句用韻也。

○○○○○○○

○○○○○○○○○○○○○○○○○○○○○

○○○○○　漫句。不限此句。

○○○○○　五言長句。　○○○○○　韻

○○　傍句，不限此句。

○○○○○○○○○　九言長句。直對也。

○○○○○○○○○　韻。或兩句有用韻。

○○○○○○○　七言長句。或兩句有用韻。

○○○○○○○　韻

○○○○　緊句。　○○○○　韻

○○○○○○　六言長句。　○○○○○○　韻

○○○○○○○○　漫句。不限此句。

○○○○　緊句。直對。　○○○○　韻

○○○○　緊句。直對。　○○○○　韻

○○○○○○　六言長句。
○○○○○○　六言長句。
○○○○○○○○○　漫句。不限此句。
○○○○　緊句。或直對。
○○○○　同。
○○○○　同。
○○○○　同。
○○○○　同。直對，或不用對。
○○○○　同。直對，或不用對。
○○○○　同。
○○○○　同。
○○○○○○○○○○○○○○○　漫句。
○○○○　緊句。或對。
○○○○　同。
○○○○○○○○○○　漫句。不限此句。

○○○○○○　韻
○○○○○○　韻
○○○○　韻
○○○○　韻
○○○○　韻
○○○○　韻
○○○○　韻
○○○○　韻
○○○○　韻
○○○○　韻

○○○○　韻
○○○○　韻

○○　傍句。不限此句。

○○○○○○　六言長句。　○○○○○○　韻

○○○○　緊句。或對。　○○○○　韻

○○○○　同。直對，或不用對。　○○○○　韻

○○○○　同。　○○○○　韻

○○○○　同。　○○○○　韻

○○○○○○　六言長句。直對。　○○○○○○　韻

○○○○　緊句。或對。　○○○○　韻

○○○○　同。　○○○○　韻

○○○○○○○○　漫句。不限此句。

○○○○　緊句。直對或無對。　○○○○　韻

○○○○　同。　○○○○　韻

○○○○○○○○○○○○○○　傍句。不限此句。

○○○○　緊句。直對或無對。　○○○○　韻

○○○○　同。　○○○○　韻

○○○○○○○○○○○○○　漫句。

○○○○　緊句。或直對。　○○○○　韻

○○○○　緊句。直對或無對。　○○○○　韻

○○○○○○○○○○○○○　漫句。不限此句。

○○　傍句。不限此句。

○○○○　緊句。或對。　○○○○　韻

○○○○　同。　○○○○　韻

○○○○　同。　○○○○　韻

○○○○　同。　○○○○　韻

○○○○　傍句。不限此句。

○○○○　緊句。直對或無對。　○○○○　韻

○○○○　緊句。或對。　○○○○　韻

○○○○○○○　傍句。不限此句。

○○○　傍句。

○○○○　緊句之平隔句。不限此句。　○○○○　韻

○○○○　　○○○○韻
○○○○平隔句。不限此句。　　○○○○韻
○○○○　　○○○○韻
○○傍句。不限此句。
○○○○緊句。直對或無對。　　○○○○韻
○○○○同。　　○○○○韻
○○○○緊句。　　○○○○韻
○○○○○○六言長句。直對。　　○○○○○○韻
○○傍句。不限此句。
○○○○○五言長句。直對。　　○○○○○韻
○○○○○○○○○○○○○○○○○○○○漫句。
○○傍句。不限此句。
○○○○○○六言長句。直對。　　○○○○○○韻
○○○○○○六言長句　　○○○○○○韻
○○○傍句。不限此句。

○○○○○○○○○　九言長句。直對或無韻對。
○○○○○○○○
○○○○○　送句。不限五言也。

進學解

國子先生晨入太學，招諸生立館下，誨之曰：
業精于勤　荒于嬉，
行成于思　毀于隨。
方今
聖賢相逢，　治具必張。
拔去兇邪，　登崇俊良。
占小善者率以録，
名一藝者無不庸。
爬羅剔抉，　刮垢磨光。
蓋有幸而獲選，　孰云多而不揚。

諸生業患不能精，
無患有司之不明；
行患不能成，無患有司之不公。言未既，有笑于列者曰：「先生欺予哉！
弟子事先生　于茲有年矣，
先生
口不絶吟於六藝之文，
手不停披於百家之編。
記事者必提其要，
纂言者必鉤其玄。
貪多務得，　細大不捐。
焚膏油以繼晷，　恒兀兀以窮年。
先生之業可謂勤矣！
觝排異端，　攘斥佛老。
補苴罅漏，　張皇幽眇。
尋墜緒之茫茫，　獨旁搜而遠紹。

障百川而東之，　迴狂瀾於既倒。

先生之於儒，可謂勞矣！

沉浸醲郁，　含英咀華。

作爲文章，　其書滿家。

上規姚姒，　渾渾無涯。

周《誥》殷《盤》，　佶屈聱牙。

《春秋》謹嚴，　《左氏》浮誇。

《易》奇而法，　《詩》正而葩。

下逮《莊》《騷》，　太史所録。

子雲相如，　同工異曲。

先生之於文，可謂閎其中而肆其外矣！

少始知學，　勇於敢爲；

長通於方，　左右其宜。

先生之於爲人，可謂成矣！

然而

公不見信於人，私不見助於友。
跋前疐後，[一]動輒得咎。
暫爲御史，遂竄南夷。
三爲博士，冗不見治。
命與仇謀，取敗幾時。
冬暖而兒號寒，年登而妻啼飢。
頭童齒豁，竟死何裨？
不知慮此，反教人爲！」
先生曰：「子來前。夫
大木爲宲，細木爲桷；[二]
欂櫨侏儒，椳闑扂楔，[三]

[一] 疐，原作「慮」，據《昌黎先生文集》卷十二《進學解》改。
[二] 細，原作「紬」，據《昌黎先生文集》卷十二《進學解》改。
[三] 扂，原作「居」，據《昌黎先生文集》卷十二《進學解》改。

各得其宜，以成室屋者，匠氏之功也。
玉札丹砂，　赤箭青芝，
牛溲馬勃，　敗鼓之皮，
俱收并蓄，待用無遺者，醫師之良也。
登明選公，　雜進巧拙，
紆餘爲妍，　卓犖爲傑，
校短量長，惟器是適者，宰相之方也。
昔者
孟軻好辨，　孔道以明。
轍環天下，　卒老于行。
荀卿守正，　大論以興。
逃讒于楚，　廢死蘭陵。
是二儒者，
吐辭爲經，　舉足爲法，
絕類離倫，　優入聖域，

其遇於世何如也？
今先生
學雖勤而　不繇其統，
言雖多而　不要其中，
文雖奇而　不濟於用，
行雖修而　不顯於衆，
猶且
月費俸錢，　歲縻廩粟，
子不知耕，　婦不知織，
乘馬從徒，　安坐而食。
踵常途之役役，　窺陳編以盜竊。
然而
聖主不加誅，　宰臣不見斥。
茲非幸歟？動而得謗，名亦隨之。投閑置散，乃分之宜。
若夫

商財賄之有亡，　計班資之崇庳，
忘己量之所稱，　指前人之瑕疵，〔一〕
是所謂
詰匠氏之不以杙爲楹，
而訾醫師以昌陽引年，
欲進其豨苓。」

辨法

辨，《韻會・上聲・銑》：「辨，邦免切。《説文》作辯，辠人相與訟也，〔二〕故从言，在辡之間。徐曰：『察言以治之，會意。』《廣韻》：『理也，慧也。』《左傳》：『君必辯焉。』」私曰：辨，察其事物之體。辨用，察其事物之用。辨體，察品物辨其理，故辨也。韓文《諱辯》、柳文《桐葉封弟辯》，是皆察物辯其理，初學者熟此，必雄於文。辯

〔一〕疵，原作「庇」，據《昌黎先生文集》卷十二《進學解》改。
〔二〕辠，原作「古」，據《古今韻會舉要》卷十四改。

之句法、格體、短長、多少、用韻字，皆如前，可任作者之意，故略圖者也。格體之品，必不一樣也。

表法

表，《文選》三十七《表上》李善注曰：「表者，明也，標也。如物之標表，言標著事序，使之明白，以曉主上，得盡其忠曰表。三王已前謂之敷奏，故《尚書》云『敷奏以言』是也。至秦并天下，改爲表，總有四品。一曰章，謝恩曰章；二曰表，陳事曰表；三曰奏，劾驗政事曰奏；四曰駁，推覆平論，有異事進之曰駁。六國及秦漢兼謂之上書，行此五事。至漢魏已來都曰表。進之天子稱表，進諸侯稱上疏。魏已前，天子亦得上疏。」《釋名》曰：「下言於上曰表。」私云：明顯事物曰表。是句法、格體、短長、多少，皆不一樣，可任作者之意。表今如疏語，用祝語，祝天子之例也。然不一樣。《陳情表》《石曼卿墓表》《絶編生墓表》《河南府司録張君墓表》《胡先生墓表》《杭州謝上表》等，是皆句法格體各别也。就中諸葛孔明《出師表》，皆沛然肺腑中流出，殊不見斧鑿痕。是知文以氣爲主，氣以誠爲主。

原法

原，《易》曰原筮云云。原字與《易》義同。韓文之《原道》注訓「本」，蓋推本之義也。《易程朱説》第三「䷇坤下坎上：比，吉。原筮，元永貞，無咎」註：「比，毗志反。傳曰：比，吉道也。苟非其道，有悔咎。故必推原占決其可比者，而比之。」私云：原，推事物之本而述根源之至理也。又一説：推理之本，以謂比物文也。古文《原人》《原道》之文，是乃原龜鑑也。句法、格體同前，不一樣。

論法

論，《天寶遺事》曰：「李白説論，皆成句讀。如春葩麗藻，燦齒牙，時號燦花之論。」私云：李性學《文式》：「論以論理，貴反覆而盡事情。」〔二〕又曰：「論宜圓折深遠。」〔三〕私云：論因體論理，因理論體，因前論後，因後論前，故謂論也。句法、格體可

〔二〕盡，原作「書」，據《文筌》改。
〔三〕圓，原作「圖」，據《文式》卷上改。

任作者之意，短長、多少不一樣。或有序。牛僧孺《戰論》、沈既濟《詞科論》，先有序，次述論。李德裕《方士論》、劉蛻《太古無爲論》、李德裕《禱祝論》、李德裕《陰德論》、獨孤及《吴季札論》、李華《質文論》、李德裕《伐國論》、牛僧孺《守在四夷論》、劉禹錫《辯迹論》、同《明贄論》、李翱《從道論》、李德裕《貨殖論》、李華《正交論》、劉禹錫《華佗論》、朱敬則《北齊文襄論》、《隋對女樂論》、《不招士論》、《天論》、〔一〕《冥數有報論》、〔二〕《封建論》、《節士論》、《三名臣論》、《魏武帝論》、《宋武帝論》、《晉高祖論》、杜佑《平準論》、皇甫湜《編年紀傳論》、徐彦伯《樞密論》、牛希濟《貢士論》，是皆長論而格不一樣。王勃《忠武論》、羅隱《鄭文終侯論》，是皆短論而用之。或散文亦不妨也。

孝行論

王勃

論曰：昔之列桐珪建茅土者，〔三〕非一君焉。至於孝思可稱，仁風茂著，〔四〕存乎緗

〔一〕天論，原作「天上論」，據《全唐文》卷六百七劉禹錫《天論》等改。

〔二〕冥，原作「宜」，據《全唐文》卷七百十李德裕《冥數有報論》等改。

〔三〕茅，原作「第」，據《王子安集》卷十《平臺秘略論十首·孝行一》改。

〔四〕著，據《王子安集》卷十《平臺秘略論十首·孝行一》補。

牒，十一而已。豈非

生於深宮之中，　長於婦人之手，

膏肓積乎驕慢，　情奔淪乎嗜欲？

嗚呼！有國有家者可不誡乎？[一]

此格乃散文也。此類多矣。說、記、解、辨、表、原、論，皆句法可任作者之意。或散文不妨也。

[一] 誡，原作「誠」，據《王子安集》卷十《平臺秘略論十首・孝行一》改。

四六文章圖卷三

文類

格體總論

短文法并長文

短文或以壯句自始至末，或以緊句自始至末，以長句自始至末，是一格也。用韻或用下句，乃是常法也。或用上下有之，不一樣。或用平一韻，或用平二三韻。又用仄一韻，又用仄二三韻。或又半用平韻，半用仄韻。用韻長文大抵如此。説、記、解、辨、表、原、論、賦、頌、銘、贊、文、誄、箴，皆用韻如此。散文不用韻。助字以一字自始至末。以《論語》爲助字之全體，以韓文、柳文爲助字之羽翼。段多少不定，然長文者大段小段，可分諸段。短文者不用而亦不妨也。

以壯句緊句自始至末，或以壯句長句自始至末，或以緊句長句自始至末。是一格也。

短文句法不過二三法也。

對直對隔對，或無對，可任意，不一樣。

長文以輕重疏密平雜等之隔對，或以壯緊長等之直對，或以發句傍句漫句送句等之獨句，而自始至末皆雜用此句也。長句五六七八九十言之句雜用之也。

用韻或平韻，或仄韻，或五韻七韻，可任作者之意。大抵如前用韻也。隔句用下句，直對用上下亦不妨。直對大抵用下句也。

助字句法不變，中用一字。句法變，則不用前之助字。

段可用大段小段，無前後錯亂于要也。

對隔對直對，或無對，或獨句，或又隔五六句。隔對可任意。

句法無分前後多少，是亦可任意，必不一樣。若用句法一樣，則不可也。

餘字譬壯句之中有四字之句，又重長句等之中一字多用之也。或又一字少用之也。何句法皆如此。欠二字、添二字有之。

一樣之句法中，二三句用韻於上下，餘用韻於下句有之。

用句法或用五六，或用七八，是可任意。輕重壯緊傍漫等之句法也。

賦法

賦，《詩》有六義焉，二曰賦。註：「賦之言鋪陳其事。」陸士衡《文賦》云：「賦體物而瀏亮。」翰曰：「賦象事，故云體物。瀏亮，清明也。」善曰：「賦以陳事，故曰體物。瀏亮，清明之稱也。」盧疏齋云：「賦者，古詩之流也。前極宏侈之規，後歸簡略之制，[一]故班固《二都賦》冠絶古今云云。蓋詩人之賦必麗以則也。」揚雄曰：「如孔子之門用賦也，則賈誼登堂，[二]相如入室矣。如其不用何？」賦，相如之賦，此權輿乎？私云：賦陳事反復而清明。書直現其事，是乃賦也。

說、記、解、辨、表、原、論、賦、頌、銘、贊、文、誄、箴，是皆句法格體短長多少助字段節不別。譬記與賦，說與箴，事者雖别，如用格體者，句法皆一樣也。餘皆如此。

[一] 制，原作「創」，據《文章宗旨》改。
[二] 登，原作「外」，據《漢書·藝文志》改。

《文選·南都賦》圖

○○○○緊句直對。
○○○○同。
○○○○○○六字長句。
○○○○○○同。
○○○○○傍句。
○○○○○五字長句直對。
○○○○○○六言直對。
○○○○○五字長句直對。
○○○○緊句。
○○○○○○漫句。
○○○○緊句直對。
○○○○同。
○○○○同。

○○○○韻
○○○○韻
○○○○○○韻
○○○○○○韻

○○○○○韻
○○○○○○韻
○○○○○韻
○○○○韻

○○○○韻
○○○○韻
○○○○韻

○○○○同。
○○○○緊句。
○○○○○○○○○九字長句直對。
○○○○○○○○○韻
○○○傍句。
○○○○緊句直對。
○○○○同。
○○○○緊句。
○○○○○○六字直對。
○○○○○○六言長句。
○○傍句。
○○○○緊句。
○○○○○○六字長句直對。
○○○○○○○七言長句直對。
○○○○○○○同。

○○○○韻
○○○○韻
○○○○韻
○○○○韻
○○○○韻
○○○○○○韻
○○○○○○韻
○○○○韻
○○○○○○韻
○○○○○○○韻
○○○○○○○韻

○○○○○　五言長句直對。　○○○○○　韻
○○○　傍句。
○○○○　緊句直對。　○○○○　韻
○○○○　緊句。　○○○○　韻
○○○○　緊句直對。　○○○○　韻
○○○○　緊句。　○○○○　韻
○○○○○○　六字長句直對。　○○○○○○　韻
○○○○○○　同。　○○○○○○　韻
○○○○　緊句。　○○○○　韻
○○○○○○○　七言長句也，下六言也，如此句法多也。
○○○○○○　韻
○○○○○○○　七言平隔句也。　○○○○○○○　韻
○○○○○○○　○○○○○○○　韻
○○○　傍句。
○○○○　緊句直對。　○○○○　韻

○○○○緊句。
○○○○同。
○○○○○傍句。
○○○○緊句。
○○○○緊句直對。
○○○○同。
○○○○緊句。
○○○○雜隔句。
○○○○緊句直對。
○○○○緊句。
○○○○隔五句也。
○○○○緊句。
○○○○○○六字長句。
○○○○緊句。
○○○○同。

○○○○韻
○○○○韻

○○○○韻
○○○○韻
○○○○韻
○○○○韻
○○○○○○○○○韻
○○○○韻
○○○○韻
○○○○○○○○○韻
○○○○韻
○○○○○○韻
○○○○韻
○○○○韻

○○○○○○ 六字長句。 ○○○○○○ 韻
○○○○ 緊句。 ○○○○ 韻
○○○○ 同。 ○○○○ 韻
○○○ 傍句。
○○○○ 緊句。 ○○○○ 韻
○○○○ 緊句直對。 ○○○○ 韻
○○○○○ 緊句。 ○○○○ 韻
○○○○ 同。 ○○○○ 韻
○○○○ 同。 ○○○○ 韻
○○○○ 雜隔句。 ○○○○○○○○○ 韻
○○○○ 緊句。 ○○○○ 韻
○○○○○ 隔句歟。 ○○○○○ 韻
○○○○ 緊句直對。 ○○○○ 韻
○ 傍句。
○○○○○ 緊句。 ○○○○ 韻

○○○○緊句。　○○○○韻
○○○○隔十句餘。　○○○○○○○○○韻
○○○○緊句。　○○○○韻
○○○○○隔句歟。　○○○○○○○○○韻
○○○○○○○○○○○○漫句。
○○○○緊句。　○○○○韻
○○○○緊句直對。　○○○○韻
○○○○緊句。　○○○○韻
○○傍句。
○○○○緊句直對。　○○○○韻
○○○○同。　○○○○韻
○○○○同。　○○○○韻
○○傍句。
○○○○緊句。　○○○○韻
○○○○同。　○○○○韻

○○○○同。
○○○○同。
○○○○同。
○○○○同。
○○○○同。
○○○○緊句之平隔句。
○○○○
○○○○緊句。
○○○○同。
○○○○○○五字長句直對。
○○○○○○六言直對。
○○傍句。
○○○○緊句。
○○○○緊句。
○○○○緊句。

○○○○韻
○○○○韻
○○○○韻
○○○○韻
○○○○韻
○○○○韻
○○○○韻
○○○○韻
○○○○韻
○○○○○韻
○○○○○○韻

○○○○韻
○○○○韻
○○○○韻

○○○○緊句。
○○○○緊句。
○○○○同。
○○傍句。
○○○○助字壯句。隔句則密隔句。
○○○○同。
○○○○同。
○○○○○○○七言長句。
○○○○○○六字長句。
○○○○緊句直對。
○○○○○○六字長句。
○○○○緊句。
○○○○緊句直對。
○○○○緊句。
○○傍句。

○○○○韻
○○○○韻
○○○○韻

○○○韻
○○○韻
○○○韻
○○○○○○○韻
○○○○○○韻
○○○○韻
○○○○○○韻
○○○○韻
○○○○韻
○○○○韻

○○○○緊句。
○○○○同。
○○○○緊句直對。
○○○○緊句直對。
○○○○同。
○○傍句。
○○○○助字壯句。直對或密句。
○○○○同。同前。
○○○○同。壯句。
○○○○同。同前。
○○○○同。同前。
○○傍句。
○○○○緊句直對。
○○○○緊句。
○○○○○○六言直對。

○○○○韻
○○○○韻
○○○○韻
○○○○韻
○○○○韻

○○○韻
○○○韻
○○○韻
○○○韻
○○○韻

○○○○韻
○○○○韻
○○○○○○韻

○○○○　緊句。
○○　傍句。
○○○○　緊句。
○○○○○　五字長句。
下句之脚字有見此字於傍句矣。
○○○○○○　六言長句。
○○○　傍句。
○○○○○○　六字長句。
○○○○○○　同。
○○○○○○　同。
○○○○○○　同。
○○　傍句。
○○○○　緊句。
○○○○○○　六字長句。

○○○○　韻
○○○○　韻
○○○○○　韻
○○○○○　韻
○○○○○○　韻
○○○○○○　韻
○○○○○○　韻
○○○○○○　韻
○○○○　韻
○○○○○○　韻

○○○○○○　平隔句。
○○○○○○
○○○○○　傍句。
○○○○○　五字長句。
○○○○○○　六字長句。
○○○○○○　六字直對。
○○○○○○　六字長句。
○○○○○○　同。
○○○○○○　同。
○○○○　傍句。
○○○○　緊句直對。
○○○○　緊句。
○○○○　同。
○○○○○○○○○○○○○○○
○○○○○○○○○○○○○○○　韻

○○○○○○　韻
○○○○○○　韻
○○○○　韻
○○○○○○　韻
○○○○○○　韻
○○○○○○　韻
○○○○○○　韻
○○○○○○　韻
○○○○　韻
○○○○　韻
○○○○　韻

韓柳之文者，如此句法多矣，今者不用之。有見雜隔句。

○○　傍句。　　○○○○　韻

○○○○　緊句直對。　　○○○○　韻

○○○○　緊句。　　○○○○○　韻

○○○○○　五言長句直對。

○○　傍句。

○○○○　緊句。　　○○○○　韻

○○　傍句。

○○○　緊句。　　○○○○　韻

○○○○○○○○○○○○　十二言長句。

○○○○○○○○○○○○　韻

○○　傍句。

○○○　緊句。　　○○○○○　韻

○○○○○○○○○○○○○○○○○○○○

○○○○　傍句。

○○○○○○　六字直對。　　○○○○○○　韻

○○○○○○同。　○○○○○○韻

○○○○○○同。　○○○○○○韻

○○○○○○○○○○○○○○○漫句。

○○○○緊句直對。　○○○○韻

○○○○緊句。　○○○○韻

○○○○同。　○○○○韻

○○○○同。　○○○○韻

○○○○同。　○○○○韻

南都賦　張平子

於顯樂都，既麗且康。

陪京之南，居漢之陽。

割周楚之豐壤，跨荆豫而爲疆。

體爽塏以閑敞，紛郁郁其難詳。

爾其地勢，則

武闕關其西，桐柏揭其東。
流滄浪而爲隍，廓方城而爲墉。
湯谷涌其後，淯水蕩其胸。
推淮引湍，三方是通。
其寶利珍怪，則
金彩玉璞，隨珠夜光。
銅錫鉛鍇，赭堊流黃。
緑碧紫英，青雘丹粟。
太一餘糧，中黄瑴玉。
松子神陂，赤靈解角。
耕父揚光於清泠之泉，[一]
游女弄珠於漢皋之曲。
其山則

[一] 泠，原作「泛」，據《文選》卷四張衡《南都賦》改。

崆峣嶱嵑，[一]　嵣嵲嶚刺。
岝㟧嶵嵬，　嶔巇屹巆。
幽谷嶜岑，　夏含霜雪。
或嵒嶙而纚聯，　或豁爾而中絕。
鞠巍巍其隱天，　俯而觀乎雲霓。
若夫
天封大狐，　列仙之陬。
上平衍而曠蕩，　下蒙籠而崎嶇。
坂坻巀嶭而成巘，
谿壑錯繆而盤紆。
芝房菌蠢生其隈，
玉膏滵溢流其隅。
昆侖無以侈，　閬風不能逾。

[一] 嵑，原作「嶱」，據《文選》卷四張衡《南都賦》改。

其木則
樫松楔櫻，槾柏杻橿。
楓柙櫨櫪，帝女之桑。
楈枒栟櫚，柍柘檍檀。
結根竦本，垂條嬋媛。
布緑葉之萋萋，敷華蕊之蓑蓑。
玄雲合而重陰，谷風起而增哀。
攢立叢駢，青冥盱瞑。
杳藹蓊鬱於谷底，森蓴蓴而刺天。
虎豹黃熊游其下，豰玃猱挺戲其巔。
鸞鷲鵷鶵翔其上，騰猨飛𤢺棲其間。
其竹則
籦籠篁篾，篠簳箛箠。
緣衍坻坂，澶漫陸離。
阿那蓊茸，風靡雲披。

爾其川瀆，則
滍澧⿰氵藥濜，發源巖穴。
潛⿸虍皿洞出，没滑瀎潏。
布濩漫汗，漭沆洋溢。
總括趣欲，箭馳風疾。
其水蟲，則有蠳龜鳴蛇，潛龍伏螭。
鱏鱣鰅鱅，黿鼉蛟蟜。
巨蚌函珠，駮蝦蜲蛇。
其陂澤，則有鉗盧玉池，赭陽東陂。
貯水渟洿，亘望無涯。
其草則有藨苧薠莞，蔣蒲蒹葭。
藻茆菱芡，芙蓉含華。
從風發榮，菲披芬葩。
其鳥則有鴛鴦鵠鷖，鴻鴇駕鵝。
⿰契鳥鶂鷿鶙，鷫鷞鵾鸕。

嚶嚶和鳴，澹淡隨波。
其水則
開竇灑流，浸彼稻田。
溝澮脉連，堤塍相輑。
朝雲不興而潢潦獨臻。
決渫則暵，爲溉爲陸。
冬稌夏穱，隨時代熟。
其原野則有桑漆麻紵，菽麥稷黍。
百穀蕃廡，翼翼與與。
若其園圃，則有蔘蒟蘘荷，
藷柘薑蕃，菥蓂芋瓜。
乃
有櫻梅山柿，楆桃梨栗。
梬棗若榴，穰橙鄧橘。
其香草則有薜荔蕙若，薇蕪蓀萇。

晻曖蓊蔚，含芬吐芳。

若其厨膳，則有華薌重秬，滍皋香秔。

歸雁鳴鶵，黄稻鮮魚，以爲芍藥。

酸甜滋味，百種千名。

春卵夏筍，秋韭冬菁。

蘇蔱紫薑，拂徹羶腥。

酒則

九醖甘醴，十旬兼清。

醪敷徑寸，浮蟻若萍。

其甘不爽，醉而不醒。

乃其

糾宗綏族，禴祠蒸嘗。

以速遠朋，〔一〕嘉賓是將。

〔一〕朋，原作「明」，據《文選》卷四張衡《南都賦》改。

揖讓而升，宴於蘭堂。
珍羞琅玕，充溢圓方。
雕琢狎獵，金銀琳琅。
侍者蠱媚，巾幬鮮明。
被服雜錯，履躡華英。
儇才齊敏，授爵傳觴。
獻酬既交，率禮無違。
彈琴擫籥，流風徘徊。
清角發徵，聽者增哀。
客賦醉言歸，主稱露未晞。
接歡宴於日夜，終愷樂之令儀。
於是
暮春之禊，元巳之辰。
方軌齊軫，祓于陽濱。
朱帷連綱，曜野映雲。

男女姣服，駱驛繽紛。
致飾程蠱，偠絽便娟。
微眺流睇，蛾眉連婘。
於是
齊僮唱兮列趙女，
坐南歌兮起鄭舞，
白鶴飛兮薾曳緒。
修袖繚繞而滿庭，羅襪躡蹀而容與。
翩緜緜其若絕，眩將墜而復舉。
翹遥遷延，蹩躠蹁蹮。
結九秋之增傷，怨西荆之折盤。
彈箏吹笙，更爲新聲。
寡婦悲吟，鵾雞哀鳴。
坐者悽欷，蕩魂傷情。
於是

群士放逐，馳于沙場。
驥騄齊鑣，黃間機張。
足逸驚飈，鏃析毫芒。
府貫魴鱮，仰落雙鶬。
魚不及竄，鳥不暇翔。
爾乃
撫輕舟兮浮青池，
亂北渚兮揭南涯，
汰瀺灂兮船容裔，
陽侯澆兮掩鳧鷖，
追水豹兮鞭蝄蜽。
於是
日既逮昏，樂者未荒。
收歡命駕，分背迴塘。
車雷震而風厲，馬鹿超而龍驤。

夕暮而歸，其樂難忘。
斯乃
游觀之好，耳目之娛。
未睹其美者，焉足稱歟？夫
南陽者，真所謂漢之舊都也。
遠代則
劉后甘厥龍醢，視魯縣而來遷。
奉先帝而追孝，立唐祀於堯山。
固靈根於夏葉，終三代而始蕃。
非純德之宏圖，孰能揆而處旃？
近則
考侯思故，匪居匪寧。
穢長沙之無樂，歷江湘而北征。
曜朱光於白水，會九世之飛榮。
察茲都之神偉，啓天心而寤靈。

於是宮室則
有園廬舊宅，隆崇崔嵬。
御房穆以華麗，連閣焕其相徽。
聖皇之所逍遥，靈祇之所保綏。
章陵鬱以青葱，清廟肅以微微。
皇祖歆而降福，彌萬祀而無衰。
帝王臧其擅美，咏南音以顧懷。
且其君子
弘懿睿哲，允恭温良。
容止可則，出言有章。
進退屈伸，與時抑揚。
方今天地之雎剌，帝亂其政，豺狼肆虐，
真人革命之秋也。〔一〕爾其則有謀臣武將，

〔一〕人，原作「入」，據《文選》卷四張衡《南都賦》改。

皆能
攫戾執猛， 破堅摧剛。
排揵陷扃， 蹴蹈咸陽。
高祖階其塗， 光武覽其英。
是以
關門反距， 漢德久長。
及其
去危乘安， 視人用遷。
周召之儔，據鼎足焉，以庀王職。
搢紳之倫，經論訓典，賦納以言。
是以
朝無闕政， 風烈昭宣也。
於是乎兒齒眉壽，鮐背之叟，皤皤焉被黃髮者，喟然相與歌曰：
望翠華之葳蕤， 建太常兮褘褘。
駟飛龍兮騤騤， 振和鑾兮京師。

總萬乘兮徘徊，按平路兮來歸。

豈不思天子南巡之辭者哉？遂作頌曰：

皇祖止焉，光武起焉。

據彼河洛，統四海焉。

本枝百代，位天子焉。

永代克孝，懷桑梓焉。

真人南巡，睹舊里焉。

賦皆不一樣，韻字句法各别也。或長賦短賦，可任作者之意。《春思賦》《華山賦》《大孤山賦》，此類先有序而述賦。康僚《日中烏賦》、《野人獻日賦》、《秋霜賦》、《明賦》、《北斗賦》、王勃《七夕賦》、王延齡《秋宵讀書賦》、唐太宗《小山賦》、楊烱《浮漚賦》，是皆長賦也。王泠然《初月賦》、侯喜《秋雲似羅賦》、白行簡《五色露賦》、吕令問《金莖賦》、楊夔《溺賦》、陳廷章《冰泉賦》，[一]是皆短賦也。

[一] 廷，原作「延」；冰，原作「水」，據《文苑英華》卷三十八陳廷章《冰泉賦》改。

王泠然《新潭賦》并圖

奔狹口以雷聲，積中心而黛色。

○○○○○○ 六字直對。 ○○○○○○

此句有見壯句。

喬琮《日中有王字賦》并圖〔一〕

烏爲烏矣，無慚蒼頡之能；

日匪扇焉，寧假右軍之手。〔二〕

○○○○ 輕隔句。 ○○○○○○

○○○○ ○○○○○○

〔一〕王，原作「玉」，據《文苑英華》卷二喬琮《日中有王字賦》改。

〔二〕右，原作「石」，據《文苑英華》卷二喬琮《日中有王字賦》改。

《張昆明池賦》并圖　同前　張仲素〔一〕

將飛有翼，　時栖太一之雲；
欲濟無梁，　幾滯璧池之客。

王起《履霜堅冰至賦》并圖

始落金波之上，　有助其明；
終藏陰室之中，　不欺於闇。
〇〇〇〇〇　重隔句。　〇〇〇〇
〇〇〇〇〇　〇〇〇〇

〔一〕按，據《文苑英華》卷三十五、《全唐文》卷九百五十七等，此賦作者爲宋俊，非張仲素。

《文苑英華·日賦》圖

○○○○○○ 六言直對。 ○○○○○○
○○○○○○ 同。 ○○○○○○
○○○○○○ 同。 ○○○○○○
○○○○ 平隔句。 ○○○○
○○○○ ○○○○
○○○○ 緊句直對。 ○○○○
○○○○○○○ 七言長句，隔對，中隔傍句。
○ 傍句也。或又加下句，説有之。
○○○○○○○

日賦

王捧珪

煦百川以冰開， 暖千林而花發。

煎緑潭而水沸，爛青雲而火生。〔一〕
曜凝霜而輕白，帶飛霞而淡紅。〔二〕
赫然作色，無物不憚；
温然爲容，有情皆玩。
終而復始，既明且焕。
自非造化之至精，
焉
能作群生之壯觀？

頌　法

頌，似用切，〔三〕六義之中其一也。告成功之詩也。《詩》：「吉甫作頌，穆如清

〔一〕爛，原作「瀾」，據《文苑英華》卷二王捧珪《日賦》改。
〔二〕淡，原作「炎」，據《文苑英華》卷二王捧珪《日賦》改。
〔三〕似，原作「以」，據《廣韻》卷一等改。

風。」〔一〕《廣韻》：「又歌也。」《周禮・大師》註：「頌，誦也。誦今之德，廣以美之。」古本《毛詩》雅頌字多作訟。又《詩・大序》：「頌者，美盛德之形容，以其成功告于神明者也。」句法、體格、短長、多少、隔對、直對，或散文，不一樣，皆可任作者之意。故王勃《九成宮頌》、許善心《神雀頌》、簡文帝《馬寶頌》、李華《丹陽復練塘頌》、王子淵《聖主得賢臣頌》、元次山《大唐中興頌》、《太宗烈頌》、《玄宗文頌》、《肅宗孝頌》、《高宗康頌》、《大唐封東嶽廟覲頌》、《大唐封禪頌》，皆句法格體不一樣。

《古文・酒德頌》圖

○○○○○　發句。

○　傍句也，加下句有見之。

○○○○○　平隔句。　○○○○○　韻

○○○○○　○○○○○　韻

○○○○　緊句直對。　○○○○　韻

〔一〕「如」前原衍一「若」字，據《詩經・大雅・烝民》刪。

○○○○　緊句。　○○○○　韻
○○○○○○　六字直對。　○○○○○○　韻
○○○○　緊句。　○○○○　韻
○　傍句也，或有加下句。
○○○○　緊句直對。　○○○○　韻
○○○○　同。　○○○○　韻
○　傍句。
○○○○　緊句直對。　○○○○　韻
○○○○　緊句。　○○○○　韻
○○○○○　傍句。
○○○○　緊句直對。　○○○○　韻
○○○○　緊句。　○○○○　韻
○○○○　同。　○○○○　韻
○○○○　緊句直對。　○○○○　韻
○○○○○○○○　八言長句直對。

○○○○○○○○　韻
○○　傍句，有加下句。
○○○○○　五字長句。　○○○○○
○○○○○○　六言長句。　○○○○○○
○○○○○　同此格多也。　○○○○○○○

酒德頌　劉伯倫

有大人先生，
以有以點，然異説也。
天地爲一朝，萬期爲須臾。
日月爲扃牖，八荒爲庭衢。
行無轍迹，居無室廬。
幕天席地，縱意所如。
止則操卮執觚，動則挈榼提壺。
唯酒是務，焉知其餘？

有
貴介公子，[一]　搢紳處士。
聞吾風聲，　議其所以。
乃
奮袂攘衿，　怒目切齒。
陳說禮法，　是非鋒起。
先生於是方
捧罌承槽，[二]　銜杯漱醪。
奮髯踑踞，　枕麴藉糟。
無思無慮，　其樂陶陶。
兀然而醉，　怳爾而醒。
靜聽不聞雷霆之聲，

[一] 介，原作「人」，據《文選》卷四十七劉伶《酒德頌》改。
[二] 槽，原作「糟」，據《文選》卷四十七劉伶《酒德頌》改。

熟視不見泰山之形。
不覺寒暑之切肌，嗜欲之感情。
俯觀萬物擾擾焉，如江漢之浮萍；
二豪侍側焉，如蜾蠃之與螟蛉。

《高祖元頌》并圖

昊昊旻天，
監于下，興有德。
維隋之杪，時黷陰凝。
陽潛未登，人思照矣。
雷行龍興，蕩濯雰慝。
文明乎萬國，
垂仁蒸人，載親天監。
保我子孫，巍巍皇皇。

後之皇，　丕承之。
○○○○　傍句也，或見上句有之。
○○○　壯句直對。　○○○
○○○○　緊句。　○○○○
○○○○　同。　○○○○
○○○○　同。　○○○○
○○○○○　傍句，或見下句有之。
○○○○　緊句。　○○○○
○○○○　同。　○○○○
○○○　○○○

《睿宗德頌》并圖

后戚之禍再興，有危兢兢。
廟祧震怒，陰命聖子。
翼登聖父，奮其神旅。

宵杖金斧，
大聖照臨，
歸祚于有功有德，
○○○○○○　緊句。此格多也。
○○○○　同。
○○○○　同。
○○○○　同。
○○○○　同。
○○○○○○○　同。此格多也。

殄殲逆亂。
元元宅心。
於戲盛德。
○○○○
○○○○
○○○○
○○○○
○○○○
○○○○

銘法

《事文類聚·別集》第八《文章部》云：「《説文》云：『銘，志也。』又《湯盤銘》注：『刻戒於盤。』鄭康成註云：『銘之爲言銘也。』揚子《修身》云：『或問銘，曰：銘哉銘哉！有意於謹。』」《文選》陸機《文賦》曰：「銘博約而温潤。」銑曰：「博謂意深，約謂文省。」句法格體短長同前。

《古文·陋室銘》圖

○○○○　平隔句。　○○○○　韻
○○○○　○○○○　韻
○○○○　○○○○　韻
○○○○○　五言長句直對。　○○○○○　韻
○○○○○　同。　○○○○○　韻
○○○○○○○○　傍句。
○○○○○○　六言直對。　○○○○○○　韻
○○○○○　五言長句直對。　○○○○○　韻
○○○○○○○　送句也。

陋室銘

山不在高，有仙則名。
水不在深，有龍則靈。

斯是陋室，惟吾德馨。
苔痕上階緑，草色入簾青。
談笑有鴻儒，往來無白丁。
可以調素琴，閱金經。
無絲竹之亂耳，無案牘之勞形。
南陽諸葛廬，西蜀子雲亭。
孔子云：何陋之有？

《文苑英華·盤石銘》圖

○○○○ 緊句。 ○○○○ 韻
○○○○ 同。 ○○○○ 韻
○○○○ 韻 緊句直對。 ○○○○ 韻
○○○○ 同。 ○○○○ 韻
○○○○ 緊句。 ○○○○ 韻
○○○○ 緊句直對。 ○○○○ 韻

○○○○緊句。○○○○韻
○○○○同。○○○○韻

盤石銘并序　白居易

太和九年夏，有山客贈余盤石，轉寘於履道里第。時屬炎暑，坐卧其上，愛而銘之云耳。

客從山來，遺我盤石。
圓平膩滑，廣袤六尺。
質凝白雲，文拆烟碧。
莓苔有班，麋鹿無迹。
置之竹下，風掃露滴。
坐待禪僧，眠留醉客。〔一〕
清冷可愛，支體甚適。

〔一〕眠，原作「晚」，據《文苑英華》卷七百八十九白居易《盤石銘》改。

便是白家，　夏天床席。

《文苑英華》盧仝《櫛銘》并圖

而有髮，　旦旦思理。
有心焉，　有身焉，
胡不如是？
○○○　壯句。　○○○○
○○○　同。　○○○
○○○○　送句。或皆有見漫句。

湯之盤銘并圖

苟日新，　日日新，
又日新。
○○○　壯句。　○○○
○○○　送句。或有見漫句。

《克己銘》《西銘》《東銘》《古硯銘》《吹臺山銘》《望美人山銘》《至仁山銘》《思舊銘》《明月山銘》《棧道銘》《泗州開元寺鐘銘》，是皆不一樣。

讚 法

讚，解也，明也。《廣韻》：「稱人之美。」或作嚌。《荀子》「問一而告二，謂之嚌」，注：「楊倞曰：嚌，即讚字。謂以言强贊助之，義與讚同。」句法格體不一樣，同前，故略圖者也。《黄帝見廣成子讚》《堯登壇受圖讚》《漢武帝聚書讚》，是等之讚，皆以緊句八句終也。

禹渡江讚

庾 信

三江初鑿，九谷新成。
風飛鷁涌，水起龍驚。
樂天知命，無待憂生。
危舟遂静，亂楫還平。〔一〕

〔一〕 楫，原作「機」，據《庾子山集》卷十二《禹渡江讚》改。

此格多也。《二孝讚》《續羊叔子傳讚》，此類長讚也。《貘屏讚》、《畫雕讚》、陸龜蒙《怪松圖讚》、庾信《鶴讚》、柳宗元《霹靂琴讚》，是乃先有序後述讚，必不一格也。

文法

文，蒼頡始作書，依類象形，故謂之文。《廣韻》：「文章也。又美也，善也，兆也。」《增韻》：「華也，玟也，法也。」《易》「文言」注：「文飾卦下之言。」《孟子》「不以文害辭」注：「文，謂一字；辭，謂一句也。」私云：文有二。一曰文章也，故謂一切之文類。一曰文飾辭美之，此類皆文也。《弔莊周文》《弔魏武帝文》《瓜步山揭文》《北山移文》《檄告西楚霸王文》《釋愁文》，皆句法格體不一樣，同前，故略圖者也。

《古文奇賞·弔孟嘗君文》

晉　潘岳

人罔貴賤，士無真僞。
延人如歸，望賓若企。
出握秦機，入專齊政。
右眄而嬴强，左顧而田競。

且以

造化爲水，天地爲舟。

樂則齊喜，哀則同憂。

豈

區區之國，而大邦是謀；

瑣瑣之身，而名利是求。

畏首畏尾，東奔西囚。

志撓於木偶，命縣於狐裘。

誄法

誄，《説文》：「謚也。从言，耒聲。」《廣韻》：「誄，壘也。壘述前人之功德。《周禮》：小史掌卿大夫之喪，讀誄。」《詩·定之方中》注：「喪紀能誄。」《增韻》：「舊注與謚同，誤。今仍別出。」句法格體不一樣，皆同前。故宋顏延之《陽給事誄》《陶徵士誄》、〔二〕

〔二〕給，原作「結」，據《文選》卷五十七顏延之《陽給事誄》改。

《光禄大夫荀侯誄》格不齊。《馬汧督誄》先有序，後述誄，尤可任作者之意。故略圖者也。

庾尚書誄

寬而能懷，威而不猛。
化行如形，民應如影。
噎噎虚坐，翩翩玄幕。
几席生塵，空館寥廓。

箴法

箴，音斟，誡也。醫者以礛石刺病，故有諷刺而救其失者謂之箴。古者以石爲鑯。〔一〕《説文》與鍼同，諸韻別出箴。揚雄作《酒箴》戒成帝，皮日休亦作《酒箴》自警。陸機《文賦》曰：「箴頓挫而清壯。」註：「銑曰：箴，所以刺前事之失者，故須抑折前

〔一〕古，原作「右」，據《增修互注禮部韻略》卷二等改。

人之心，使文清理壯。」私云：箴所攻疾也，格不一樣。《大寶箴》《知名箴》，句法不齊。

《古文·聽箴》圖

○○○○緊句。○○○○韻
○○○○同。○○○○韻
○○○○同。○○○○韻
○○○○同。○○○○韻

聽箴

程正叔

人有秉彝，本乎天性。
知誘物化，遂亡其正。
卓彼先覺，知止有定。
閑邪存誠，非禮勿聽。

《視箴》圖

○○○○緊句。　○○○○韻
○○○○緊句。　○○○○韻
○○○○同。　○○○○韻
○○○○同。　○○○○韻
○○○○同。　○○○○韻

視箴

心兮本虛，應物無迹。
操之有要，[一]視爲之則。
蔽交於前，其中則遷。
制之於外，以安其内。

〔一〕要，原作「安」，據《二程文集》卷九程頤《視箴》改。

克己復禮，久而誠矣。

《文筌》起端八法

問答　設爲問答以發端。

頌聖　頌美聖德以發端。

叙事　次序事實以發端。

原本　或原理之本，或原事之本，或原古之始。

冒頭　或就題立説，或題外生意。〔一〕

破題　或見題字，或切題意。

設事　本無實事，假設次序。

抒情　抒其真情，以發事端。

歐陽起鳴云：大概初入須是要寬緩。

《唐子西語録》云：凡爲文，上句重，下句輕，則或爲上句壓倒。《晝錦堂記》云：

〔一〕或題外生意，據《文筌》補。

「仕宦而至將相，富貴而歸故鄉。」下云：「此人情之所榮，而今昔之所同也。」非此兩句，莫能承上句。

起端句法，獨句二樣，短句十樣，長句三十八樣，可任作者之意。

中間四用[一]

叙事　有十一法。正叙、總叙、間叙、引叙、鋪叙、略叙、列叙、[二]直叙、婉叙、意叙、平叙。徵細者見《文筌》。

議論　有七法。正論、切論、廣論、玄論、比論、難論、譬論。巨細者見《文筌》。

引用　《捫虱新話》云：「文章不使事最難，使事多亦最難。不使事，難於立意；使事多，難於遣辭。能立意者未必能造語，能遣辭者未必得免俗。大抵爲文者多，知難者少。」《麗澤文説》云：「不必用事，只用意便得。」

譬喻　《文則》云：《易》之有象以盡其意，《詩》之有比以達其情。文之作也，可無

〔一〕間，原作「門」，據《四六文章圖》目録改。

〔二〕列，原作「别」，據《文筌》改。

喻乎？博采經傳，約而論之。

《文筌》結尾九法

問答　問答起伏，[一]折而終之。[二]

張大　題之約者，[三]張而大之。

收斂　題之多者，收而斂之。

會理　規步矩行，確然正理。

叙事　叙事起，叙事終之。

設事　設事起，設事終之。

抒情　抒其至情，以終不盡之意。

要終　要事之終，以結篇意。

[一] 伏，據《文筌》補。

[二] 而，原作「伏」，據《文筌》改。

[三] 約，原作「大」，據《文筌》改。

歌誦 或爲亂辭，或爲歌詩。

獨句正體二，變體二。短句正體三，正變合二十。長句正體六，正變合三十八。獨句四樣，正變合二樣也。三句合六十樣也。故文格全體有三千六百體，隨時應意而可，書之必不一樣。

四六文章圖卷四

詩辨

夫學詩者以識爲主，入門須正，立志須高。以漢魏盛唐爲師，不作開元天寶以下人物。若自生退屈，即有下劣詩魔入其肺腑之間，由立志之不高也。

大凡詩，自有氣象、體面、血脉、韻度。氣象欲其渾厚，其失也俗。體面欲其宏大，其失也狂。血脉欲其貫穿，其失也露。韻度欲其飄逸，其失也輕。

作大篇尤當布置，首尾停匀，腰腹肥滿。多見人前面有餘，後面不足；前面極工，後面草草。不可不知也。

詩之不工，只是不精思耳。不思而作，雖多亦奚以爲？

人所易言，我寡言之。人所難言，我易言之。自不俗。

小詩精深，短章醖藉，大篇有開闔，乃妙。

意出於格，先得格也；格出於意，先得意也。吟咏情性，如印印泥，止乎禮義，貴涵養也。

語貴含蓄。東坡云：「言有盡而意無窮者，天下之至言也。」

意格欲高，句法欲響。只求工於句字，亦末矣。故始於意格，成於句字。句意欲深欲遠，句調欲清欲古欲和，是爲作者。

初學作詩，寧失之野，不可失之靡麗。失之野不害氣質，失之靡麗不可復整頓。

詩文不可鑿空强作，待境而生便自工耳。每作一篇，先立大意。長篇須曲折三致意，乃可成章。

大概作詩，要從首至尾，語脉聯屬，如有理詞狀。

凡作詩，使人讀第一句知有第二句，讀第二句知有第三句，次第終篇，方爲至妙。

詩道如佛法，當分大乘、〔一〕邪魔、外道。惟知者可以語此。

東坡曰：「善畫者畫意不畫形，善詩者道意不道名。」

〔一〕按，《詩人玉屑》卷五引《室中語》「大乘」後有「小乘」。

詩六根圖

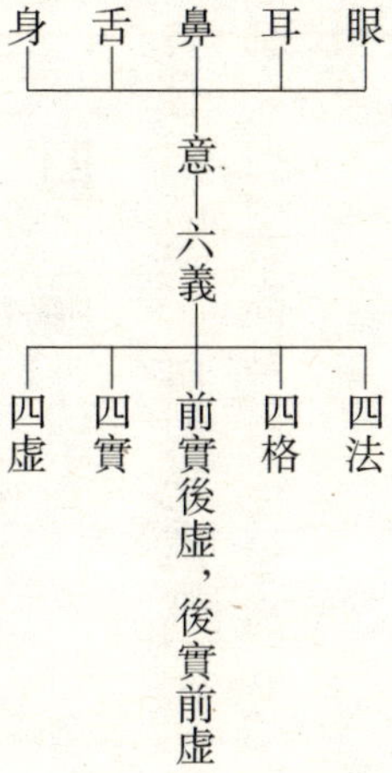

四法：一曰起，二曰承，三曰轉，四曰合。起要氣意高遠而悠悠，可作時景時體也。承要從容，不離其題寄意。轉要變化，轉而可作之。合總題之意合一處，味不盡也。

四格：一曰題目，二曰破題，三曰譬喻，四曰述懷。題目題心，其儘可作也。破題破其題意趣，以我意可作也。譬喻寄其題，以喻可作也。述懷寄其題，述情思。

六義：一曰風，二曰賦，三曰比，四曰興，五曰雅，六曰頌。此一條乃《三百篇》之綱領管轄。風雅頌者，聲樂部分之名也。風則十五國風，雅則大小雅，頌則三頌也。

賦比興則所以製作風雅頌之體也。賦者，直陳其事，如《葛覃》《卷耳》之類是也。比者，以彼狀此，如《螽斯》《緑衣》之類是也。〔一〕興者，托物興詞，如《關雎》《兔罝》之類是也。蓋衆作雖多，而其聲音之節、製作之體，不外乎此。故大師之教國子，必使之以是六者三經而三緯之。則凡《詩》節奏指歸，皆將不待講説，而直可吟咏以得之矣。前實後虚，八句詩中四句也，前二句作時之景氣也，後二句作時之景氣也。前四實，中四句皆作時之景氣也。四虚，中四句皆作我情思也。達者以虚不虚，以實不實，虚中作實，實中作虚。只一向虚，則詩心弱。一向實，則詩心卑俚也。

四品

詩有四品：一曰四種高妙，〔二〕二曰四不，三曰四深，四曰四離。四種高妙：〔三〕一曰理高妙，二曰意高妙，三曰想高妙，四曰自然高妙。礙而實通曰理高妙。出事意外曰

〔一〕緑，原作「緣」，據《詩集傳・詩傳綱領》改。
〔二〕高妙，據《詩人玉屑》卷一補。
〔三〕高妙，據《詩人玉屑》卷一補。

意高妙。寫出幽微，如清潭見底，曰想高妙。非奇非怪，剥落文采，知其妙而不知其所以妙，曰自然高妙。

四不：氣高而不怒，力勁而不犯，情多而不暗，才贍而不疏。

四深：氣象氛氲，由深於體勢；意度盤薄，由深於作用；用律不滯，由深於聲對；用事不直，由深於義類。

四離：欲道情而離深僻，欲經史而離書生，欲高逸而離闊遠，欲飛動而離輕浮。

十五法

一曰三不可，二曰二要，三曰二廢，四曰六迷，五曰七至，六曰七德，七曰三多，八曰三偷，九曰十難，十曰十易，十一曰十戒，十二曰十貴，十三曰五俗，十四曰五法，十五曰九品。

三不可：危稹逢吉曰：「詩不可强作，不可徒作，不可苟作。强作則無意，徒作則無益，苟作則無功。」

二要：要力全而不苦澀，要氣足而不怒張。

二廢：雖欲廢巧尚直，而神思不得直；雖欲廢言尚意，而典麗不得遺。

六迷：以虛大爲高古，以緩慢爲淡佇，以詭差爲新奇，以錯用意爲獨善，以爛熟爲穩約，以氣劣弱爲容易。

七至：至險而不僻，至奇而不差，至苦而無迹，〔一〕至近而意遠，至放而不迂，至難而狀易，至麗而自然。

七德：識理、高古、典麗、風流、精神、質幹、體裁。

三多：歐公謂爲文有三多，看多、做多、商量多。僕於詩亦云。

三偷：詩有三偷，偷語最是鈍賊，如傅長虞「日月光太清」、陳後主「日月光天德」是也；偷意事雖可罔，情不可原，如柳渾「太液微波起，長楊高樹秋」、沈佺期「小池殘暑退，高樹早涼歸」是也；偷勢才巧意精，各無朕迹，蓋詩人偷狐白裘手也，如嵇康「目送歸鴻，手揮五弦」、王昌齡「手携雙鯉魚，目送千里雁」是也。

十難：一曰識理難，二曰精神難，三曰高古難，四曰風流難，五曰典麗難，六曰質幹難，七曰體裁難，八曰勁健難，九曰耿介難，十曰悽切難。

十易：氣高而易怒，力勁而易露，情多而易暗，才贍而易疏，道情而易僻，思深而

〔一〕苦，原作「若」，據《詩人玉屑》卷五改。

易澀，放逸而易迂，飛動而易浮，新奇而易怪，容易而易弱。

十戒：一戒乎生硬，二戒乎爛熟，三戒乎差錯，四戒乎直置，五戒乎妄誕，六戒乎綺靡，七戒乎蹈襲，八戒乎濁穢，九戒乎砌合，十戒乎俳諧。

十貴：一貴乎典重，二貴乎抛擲，三貴乎出塵，四貴乎瀏亮，五貴乎縝密，六貴乎雅淵，七貴乎温蔚，八貴乎宏麗，九貴乎純粹，十貴乎瑩净。

五俗：一曰俗體，二曰俗意，三曰俗句，四曰俗字，五曰俗韻。

五法：一曰體制，二曰格力，三曰氣象，四曰興趣，五曰音節。

九品：一曰高，二曰古，三曰深，四曰遠，五曰長，六曰雄渾，七曰飄逸，八曰悲壯，九曰淒婉。

詩體并圖

風雅頌既亡，一變而爲《離騷》，再變而爲西漢五言，三變而爲歌行雜體，四變而爲沈宋律詩。五言起於李陵、蘇武，或人云枚乘。七言起於漢武柏梁。四言起於漢楚王傅韋孟。六言起於漢司農谷永。三言起於晋夏侯湛。九言起高貴鄉公。以時而論，則有：

建安體　漢末年號。曹子建父子及鄴中七子之詩。

黄初體　魏年號。與建安相接，其體一也。
正始體　魏年號。嵇、阮諸公之詩。
太康體　晋年號。左思、潘岳、二張、二陸諸公之詩。
元嘉體　宋年號。顔、鮑、謝諸公之詩。
永明體　齊年號。齊諸公之詩。
齊梁體　通兩朝而言之。
唐初體　唐初猶襲陳隋之體。
盛唐體　景雲以後，開元天寶諸公之詩。
大曆體　大曆十才子之詩。
元和體　元、白諸公。
晚唐體　本朝體　通前後而言之。
元祐體　蘇、黄、陳諸公。
江西宗派體　山谷爲之宗。
南北朝體　通魏周而言之。與前所謂齊梁體一也。
以人而論，則有：

蘇李體　李陵、蘇武也。

曹劉體　子建、公幹也。

陶體　淵明也。

謝體　靈運也。

徐庾體　徐陵、庾信也。

沈宋體　佺期、之問也。

陳拾遺體　陳子昂也。

王楊盧駱體　王勃、楊炯、盧照鄰、駱賓王也。

張曲江體　始興文獻公九齡也。[一]

少陵體　太白體　高達夫體　高常侍適也。

孟浩然體　岑嘉州體　岑參也。

王右丞體　王維也。

韋蘇州體　韋應物也。

〔一〕興，原作「典」，據《詩人玉屑》卷二改。

韓昌黎體　柳子厚體　韋柳體　蘇州與儀曹合言之。

李長吉體　李商隱體　即西昆體也。

盧仝體　白樂天體　元白體　微之、樂天，其體一也。

杜牧之體　張籍王建體　謂樂府之體，同也。

賈浪仙體　孟東野體　杜荀鶴體　東坡體　山谷體　後山體　後山本學杜，其語之似者但數篇，他或似而不全，又其他則本其自體耳。

王荆公體　公絶句最高，其詩得意處高出蘇、黄、陳之上，而與唐人尚隔一關。

邵康節體　陳簡齋體　陳去非與義也。亦江西之派而小異。

楊誠齋體　其初學半山、後山，最後亦學絶句於唐人，已而盡棄諸家之作而别出機杼。蓋其自序如此。

又有所謂《選》體　《選》詩時代不同，體制隨異。今人例用五言古詩爲《選》體。

柏梁體　漢武帝與群臣共賦七言，每句韻。後人謂此體爲柏梁。

玉臺體　《玉臺集》乃徐陵所序，漢魏六朝之詩皆有之。或者但謂纖艷者爲玉臺體，其實不然。

西昆體　即李商隱體。然兼温庭筠及本朝楊、劉諸公而名之也。

香奩體　韓渥之詩有裙裾脂粉之語，有《香奩集》。

宫體　梁簡文傷於輕靡，時號宫體。

又有古詩，有近體　即律詩也。

有絶句，有雜言，有三五七言　自三言而終以七言，隋鄭世翼有此詩。圖出左邊。

有半五六言　晋傅休奕「鴻雁生塞北」之篇是。

有一字至七字　唐張南史雪月花草等篇也。又隋人應詔有三十字詩，凡三句七言，一句九言，不足爲法，故不列於此也。

江左體　引韻便失粘，既失粘，則若不拘聲律。然其對偶特精到，謂之骨含蘇李體。「浣花流水水西頭，主人爲卜林塘幽。已知出郭少塵事，更有澄江銷客愁。無數蜻蜓齊上下，一雙鸂鶒對沉浮。東行萬里堪乘興，須向山陰上小舟。」

蜂腰體　頷聯亦無對偶，是十字叙一事，而意貫上二句。及頸聯方對偶分明。謂之蜂腰格，言若已斷而復續也。「下第唯空囊，如何住帝鄉。杏園啼百舌，誰醉在花傍。淚落故山遠，病來春草長。知音逢豈易，孤棹負三湘。」

隔句體　破題與頷聯便作隔句對。若施之於賦，則曰「幾思静話，對夜雨之禪牀；未得重逢，照秋燈於影室」也。「幾思聞静話，夜兩對禪牀。未得重相見，秋燈照影堂。孤雲終負約，薄宦轉堪傷。夢繞長松榻，遥焚一炷香。」

偷春體　其法頷聯雖不拘對偶，疑非聲律，然破題已的對矣。謂之偷春格，言如梅花偷春色而先開也。「無家對寒食，有淚如金波。斫却月中桂，清光應更多。仳離放紅蕊，想像嚬青娥。牛女漫愁思，秋期猶渡河。」

折腰體　謂中失粘而意不斷。「渭城朝雨浥輕塵，客舍青青柳色新。勸君更盡一杯酒，西出陽關無故人。」

絶弦體　其語似斷弦而意存，如弦絶而其意終在也。「燕鴻去後湖天遠，〔一〕欲寄知音問水居。七歲弄竿今八十，錦鱗吞釣不吞書。」

五仄體〔二〕　晏元獻守汝陰，梅聖俞往見之。將行，公置酒潁河上，因言古人章句中全用平聲，製字穩帖，如「枯桑知天風」是也，恨未見側字詩。聖俞既引舟，遂作五側體寄公云：〔三〕「月出斷岸口，影照别舸背。且獨與婦飲，頗勝俗客對。月漸上我席，暝

〔一〕鴻，原作「鳴」，據《詩人玉屑》卷二改。
〔二〕仄，原作「友」，據《詩人玉屑》卷二改。
〔三〕側，原作「測」，據《詩人玉屑》卷二改。

色亦稍退。豈必在秉燭，此景已可愛。」見《西清詩話》。

五仄圖

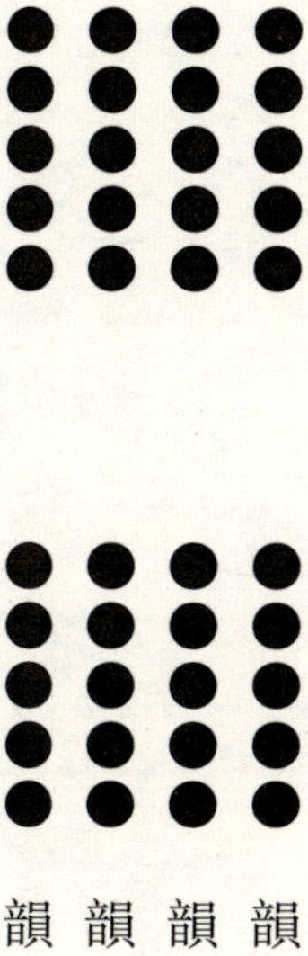

回文體　謂倒讀亦成詩也。東坡《題金山寺》詩：

潮隨暗浪雪山傾，遠浦漁舟釣月明。
橋對寺門松徑小，巷當泉眼石波清。
迢迢遠樹江天曉，藹藹紅霞晚日晴。
遙望四山雲接水，碧峰千點數鷗輕。

回文順書并圖

君承皇詔安邊戍，送君遠別河橋路。含悲掩淚贈君言，莫忘恩情便長去。何期一去音信斷，遣妾屏幃春不暖。瓊瑤階下碧苔生，珊瑚帳裏紅塵滿。此時道別每驚魂，將心何托更逢君。一心願作滄海月，一心願作嶺頭雲。嶺雲歲歲逢夫面，海月年年照得遍。飛來飛去到吾傍，千里萬里遥相見。迢迢路遠關山隔，恨君塞外長爲客。去時送别蘆葉黄，誰悟已經柳花白。百花散亂逢春早，春意催人向誰道。垂楊滿砌爲君攀，落花滿地無人掃。庭前春草正芬芳，抱得秦箏向晝堂。爲君彈得江南曲，附寄情深寄朔方。朔方迢遞山難越，万里音書長斷絶。銀裝枕上淚沾衣，金縷羅裳縫皆裂。三春鴻雁渡江聲，此時離人斷腸情。箏弦未斷腸先斷，怨結先成曲未成。君今憶妾重如山，[一]妾亦思君不暫閑。織將一本獻天子，願放兒夫及早還。

《事林廣記》後集十二《織錦璇璣圖》注云：「竇滔字連波，扶風人也。妻蘇蕙，字若蘭。年十六歸于竇。會苻堅……」又《事文》後十四：「晋竇滔妻蘇氏名蕙，字若蘭。滔苻堅時爲秦州刺史，[二]被徙流沙。」云云。

[一] 今，原作「令」，據《永樂大典》卷二千四百五改。
[二] 時，據《事文類聚》後集卷十四補。

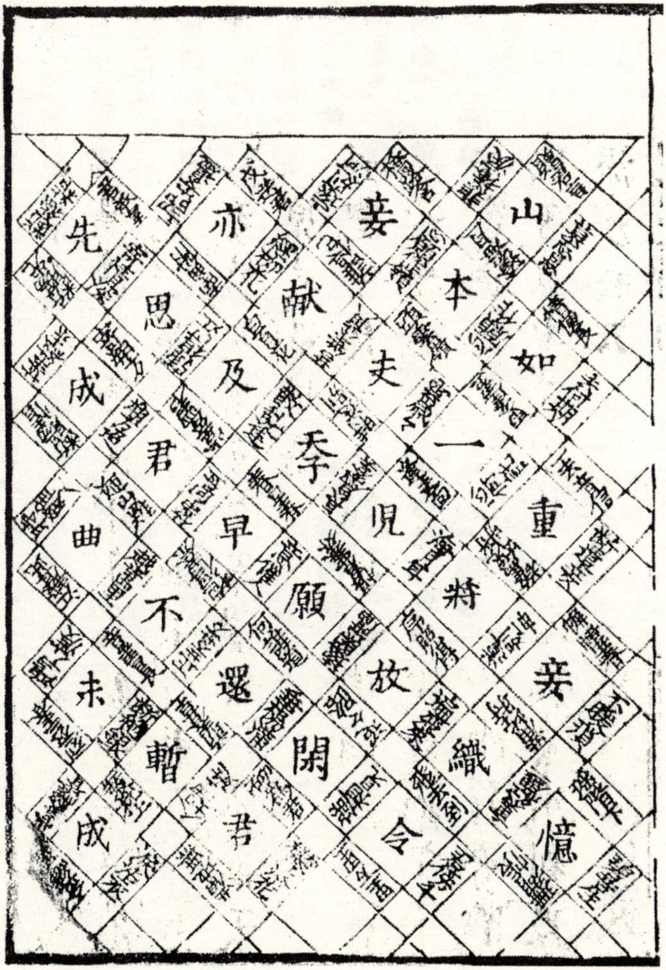

七言變體　律詩之作，用字平側世固有定體，衆共守之。然不若時用變體，如兵之出奇，變化無窮，以驚世駭目。如老杜詩云：

竹裏行厨洗玉盤，　花邊立馬簇金鞍。
非關使者徵求急，　自識將軍禮數寬。
百年地闢柴門迥，　五月江深草閣寒。
看弄漁舟移白日，　老農何有罄交歡。〔一〕

此七言律詩之變體也。見《漁隱》。

絶句變體

〔一〕罄，原作「聲」，據《詩人玉屑》卷二改。

韋蘇州詩

南望青山滿禁闈，曉陪鴛鷺正差池。
共愛朝來何處雪，蓬萊宮裏拂松枝。

老杜詩

山瓶乳酒下青雲，氣味濃香幸見分。
鳴鞭走送憐漁父，洗盞開嘗對馬軍。
此絕句、律詩之變體也。

◓●◓○◓●○ ◓○◓●●○○
◓●◓○○●● ◓○◓●●○○

又

◓○◓●●○○ ◓●◓○◓●○
◓○◓●◓○● ◓●◓○◓●○

離合體　藥名詩起自陳亞，非也。東漢已有離合體，至唐始著藥名之號。如張籍《答鄱陽客詩》云「江皋歲暮相逢地，黄葉霜前半夏枝。子夜吟詩向松桂，心中萬事豈君知」是也。見《西清詩話》。字相拆合成文，孔融「漁父屈節」之詩是也。

詩句法并圖

五句法　此格即事遣興可作，如題物贈送之類則不可用。

杜子美

曲江蕭條秋氣高，芰荷枯折隨風濤，
遊子空嗟垂二毛。白石素沙亦相蕩，
哀鴻獨叫求其曹。

又　同

即事非今亦非古，長歌激烈梢林莽，
比屋豪華固難數。吾人甘作心似灰，

弟侄何傷淚如雨。

◓○◓●●○○　◓○◓●●○○
◓●◓○◓●○　◓●◓○◓●○
◓○◓●●○○

又

◓●◓○●○●　◓○◓●◓○●
◓●◓○◓○●　◓○◓●○●●
◓●◓○●○●

六句法　此法但可放言遣興，不可寄贈。

杜子美詩

烈士惡多門，　小人自同調。
名利苟可取，　殺身傍權要。
何當官曹清，　爾輩堪一笑。

山谷詩

三公未白首，　十輩擁朱輪。
只有人看好，　何益百年身。
但願身無事，　清樽對故人。
○○○○●　○○○○○韻
○○○○●　○○○○○韻
○○○○●　○○○○○韻

或平韻，或仄韻，不一樣。四字皆兩韻，或如常句法亦不妨也。

促句法　止於兩疊，三句一換韻，或平聲，〔一〕或側聲，皆可。

江南秋色推煩暑，　夜來一枕芭蕉雨，
家在江南白鷗浦。　一生未歸鬢如織，
傷心日暮楓葉赤，　偶然得句應題壁。

〔一〕或平聲，據《詩人玉屑》卷二補。

又

蘆花如雪灑扁舟，　正是滄江蘭杜秋，
忽然驚起散沙鷗。　平生生計如轉蓬，
一身長在百憂中，　鱸魚正美負秋風。
○○○○○○○韻　○○○○○○○同
○○○○○○○同　○○○○○○○韻
○○○○○○○同　○○○○○○○同

或平韻，或側韻。前三字一韻，後三字一韻。上六字或不用平仄，或又如常句法，亦不妨也。

平頭換韻法　東坡作《太白贊》云：

天人幾何同一漚，　謫仙非謫乃其遊。
揮斥八極隘九州，　化爲兩鳥鳴相酬。
一鳴一止三千秋，　開元有道爲少留。
縻之不得矧肯求。　東望太白橫峨岷，

眼高四海空無人。大兒汾陽中令君，
小兒天台坐忘身。平生不識高將軍，
手涴吾足矧敢嗔？作詩一笑君應聞。

一韻七句，方换韻，又是平聲，其法不得雙殺。雙殺者不得此法也。〔一〕

促句换韻法　魯直《觀伯時畫馬詩》云：

儀鸞供帳饕虱行，翰林濕薪爆竹聲，
風簾官燭淚縱横。木穿石槃未渠透，
坐窗不遨令人瘦，貧馬百䝉逢一豆。
眼明見此玉花驄，徑思着鞭隨詩翁，
城西野桃尋小紅。

此格《禁臠》謂之促句换韻。其法三句一换韻，三叠而止。此格甚新，人少用之。

私云：促句三韻换韻，或二叠，或三叠。

扇對法　律詩有扇對格。第一與第三句對，第二與第四句對。如杜少陵《哭台州

〔一〕雙，原作「殺」，據《詩人玉屑》卷二改。

司户蘇少監》詩云：

得罪台州去，　時危棄碩儒。

移官蓬閣後，　穀貴歿潛夫。

扇對謂隔對也。

◐●◐○●　◐○◐●○韻

◐○○●●　◐●●○○韻

蹉對法　僧惠洪《冷齋夜話》載介甫詩云：

春殘葉密花枝少，　睡起茶多酒盞疏。

「多」字當作「親」，世俗傳寫之誤。洪之意，蓋欲以少對密、以疏對親。予作荊南教官，與江朝宗匯者同僚。偶論及此，江云：「惠洪多妄誕，殊不曉古人詩格。此一聯以密字對疏、以多字對少，正交股用之，所謂蹉對法也。」見《詩人玉屑》。

借對法　孟浩然詩

廚人具雞黍，　稚子摘楊梅。

太白詩：

水春雲母碓，　風掃石楠花。

就對法　又曰當句有對。少陵詩：

小院迴廊春寂寂，　浴鳧飛鷺晚悠悠。〔一〕

李嘉祐詩：

孤雲獨鳥川光暮，　萬井千山海氣秋。

詩　格

轆轤韻格　雙出雙入。私云：譬二句平，二句仄；又二句平，又二句仄。

葫蘆韻格　先二後四。私云：譬二句仄，四句平；或二句平，四句仄。

進退韻格　一進一退。私云：第二句與第四句同一韻，或第一句與第三句不用韻也。八句長篇等皆如此。

接項格　《秋興八首》之詩第一題是也。

交股格　第二是也。

纖腰格　第三是也。

〔一〕鳧，原作「鳥」，據《詩人玉屑》卷二改。

雙蹄格　第四是也。

續腰格　第五是也。

首尾互换格　第六是也。

首尾相同格　第七是也。

單蹄格　第八是也。見《詩法源流》。

開合格　《送韓十四歸江東省親》詩類是也。

開合變格　《燕子來舟中作》是也。〔一〕

中聯牙鎖格〔二〕　《咏懷古迹》之詩是也。

歸題格　《諸將四首》之詩第一是也。

歇續意格　第二是也。

前多後少格　第三是也。

前開後合格　第四是也。

〔一〕來，原作「求」，據《詩法正論》改。
〔二〕牙，原作「互」，據《詩法正論》改。

藏頭格　《宣政院退朝晚出左掖》詩是也。私云：《長恨歌》白居易指唐謂漢之類，又是也。

先體後用格　此格前四句言造物之景氣體，後四句言景氣之興味用。《題張氏隱居》詩：

春山無伴獨相求，伐木丁丁山更幽。
澗道餘寒歷冰雪，石門斜日到林丘。
不貪夜識金銀氣，遠害朝看麋鹿遊。
乘興杳然迷出處，對君疑是泛虛舟。

詩九名并圖

一曰詩，二曰行，三曰咏，四曰吟，五曰題，六曰怨，七曰嘆，八曰篇，九曰章。

詩　夫詩權輿於《擊壤》《康衢》之謡，演迤於《卿雲》《南風》之歌，制作於《國風》《雅》《頌》三百篇之體。此詩道之大原也。又姜堯章云：「守法度曰詩。」又詩者，原於德性，發於才情。心聲不同，有如其面。故法度可學，而神氣不可學。是以太白自有太白之詩，子美自有子美之詩，昌黎、陳子昂、李長吉等皆自爲一體。

五言　首尾胸腰謂之四韻。上句末字必用仄聲，但連韻之時用平聲。

○●◓○●　　◓○◓●○　發句

◓○○●●　　◓●●○○　胸句

◓●◓○●　　◓○◓●○　腰句

◓○○●●　　◓●●○○　落句

同　或謂之絶句，或謂之一絶。

◓●●○●　或平　　◓○◓●○　發句

◓○○●●　　◓●●○○　落句

七言　有三要：一曰二四不同，二曰二六對，三曰避下三連。二四不同，每句第二字與第四字不用同聲字。

二六對，每句第二字與第六字可用同聲字。每句末三字不連同聲字也。

◓○◓●●○○　發句　　◓●◓○●●○　題目

◓●◓○○●●　胸句　　◓○◓●●○○　破題

◓○◓●●○●　腰句　　◓●◓○◓●○　譬喻

◓●◓○○●●　述懷　　◓○◓●●○○　落句

絶句

◐●◐○◐●○　起　　◐○◐●●○○　承

◐○◐●◐○●　轉　　◐●◐○◐●○　合

詩病　有八：一曰平頭，二曰上尾，三曰蜂腰，四曰鶴膝，五曰大韻，六曰小韻，七曰旁紐，八曰正紐。平頭，第一第二字不得與第六第七字同聲。如「今日良宴會，歡樂莫具陳」，「今」「歡」皆平聲。上尾，第五字不得與第十字同聲。如「青青河畔草，鬱鬱園中柳」，「草」「柳」皆上聲。蜂腰，第二字不得與第五字同聲。如「聞君愛我甘，竊欲自修飾」，「君」「甘」皆平聲，「欲」「飾」皆入聲。鶴膝，第五字不得與第十五字同聲。如「客從遠方來，遺我一書札。上言長相思，下言久離别」，「來」「思」皆平聲。大韻，如「聲」「鳴」爲韻，上九字不得用「驚」「神」「平」「榮」字。小韻，除本一字外，九字中不得有兩字同韻，如「遥」「條」不同。旁紐、正紐，十字内兩字雙聲爲正紐，〔一〕若不共一紐而有雙聲爲旁紐。如「流」「久」爲正紐，「流」「柳」爲旁紐。八種惟上尾、鶴膝最忌，餘

〔一〕正，原作「平」，據《詩人玉屑》卷十一改。

病亦皆通。

行　《詩法源流》：體如行書曰行。《琵琶行》《麗人行》《古柏行》《兵車行》《入秦行》《高都護驄馬行》《醉歌行》《洗兵馬行》也。

苦熱行并圖

祝融南來鞭火龍，火旗焰焰燒天紅。
日輪當午凝不去，萬國如在紅爐中。
五嶽翠乾雲彩滅，陽侯海底愁波竭。
何當一夕金風發，爲我掃除天下熱。

○○○○○○○韻——○○○○○○○韻
○○○○○○●　　○○○○○○○韻
○○○○○○●韻——○○○○○○●韻
○○○○○○●韻——○○○○○○●韻

去矣行并圖

君不見韝上鷹，一飽則飛掣。
焉能作堂上燕，銜泥附炎熱。
野人曠蕩無靦顏，豈可久在王侯間？
未試囊中餐玉法，明朝且入藍田山。

○○○○○○　○○○○●韻
○○○○○○　○○○○●韻
○○○○○○○韻——○○○○○○○韻
○○○○○○○　○○○○○○○韻

《貧交行》圖并詩

○○○○○○●韻　○○○○○○●韻
○○○○○○○○　○○○○○○●韻

翻手作雲覆手雨，紛紛輕薄何須數。

君不見管鮑貧時交，　　此道今人棄如土。

行格不同。或有長篇，或有短文，韻字句法不一樣。

咏　咏之爲言永也。嗟嘆之不足，故永言之。《選》有《五君咏》，[一]唐儲光羲有《群鴟咏》。

吟　吁嗟感慨，如蛩螿之吟，謂之吟。古詞有《隴頭吟》，樂府有《梁父吟》，相如有《白頭吟》，是皆吟也。《古長城吟》《百舌吟》，是類格不一樣。

金陵城西樓月下吟 并圖

金陵夜寂涼風發，　　獨上高樓望吳越。
白雲映水搖空城，　　白露垂珠滴秋月。[二]
月下長吟久不歸，　　古今相接眼中稀。
解道澄江靜如練，　　令人却憶謝玄暉。

[一] 五，原作「吾」，據《文選》卷二十一《五君咏五首》改。

[二] 露，原作「雲」，據《李太白集》卷七《金陵城西樓月下吟》改。

○○○○○○●韻　○○○○○○●韻
○○○○○○○　○○○○○○●韻
○○○○○○○韻　○○○○○○○韻
○○○○○○●　○○○○○○○韻

題　《禮記》「木題湊」注疏云：「題，〔一〕頭；湊，鄉。謂以木頭相湊向内。」一曰署也，書題也。《孟子題辭》，所以題號《孟子》之書。又題目也，杜詩「天老書題目」。〔二〕又題品也。私云：題，以景物之品題詩是也。

怨　恚恨也。憤而不怒曰怨。《閨怨》《長門怨》之類也。或以怨名者，《文選》有《四怨》，樂府有《獨處怨》。

嘆　沉吟深思，發乎太息，謂之嘆。有以嘆名者，古詞有《楚妃嘆》《明君嘆》。

篇　篇者，徧也。寫情鋪事，明而徧也。《文選》有《名都篇》《京洛篇》《白馬篇》。〔三〕

〔一〕題，據《古今韻會舉要》卷四補。
〔二〕書，原作「有」，據《杜工部集》卷九《奉留贈集賢院崔于二學士》改。
〔三〕按，今見《文選》諸本中未收録《京洛篇》。

《定惠院海棠》《陶淵明寫真圖》，是皆長篇也。

有所思并圖

宋之問

洛陽城東桃李花，飛來飛去落誰家。
幽閨兒女惜顔色，坐見落花長嘆息。
今年花落顔色改，明年花開復誰在。
已見松柏摧爲薪，更聞桑田變成海。
古人無復洛城東，今人還對落花風。
年年歲歲花相似，歲歲年年人不同。
寄言全盛紅顔子，須憐半死白頭翁。
此翁白頭真可憐，伊昔紅顔美少年。
公子王孫芳樹下，清歌妙舞落花前。
光禄池臺文錦綉，將軍樓閣畫神仙。
一朝卧病無相識，三春行樂在誰邊。
婉轉蛾眉能幾時，須臾鶴髮亂如絲。

但看古來歌舞地，

○○○○○○○ 韻
○○○○○○● 韻
○○○○○○● 韻
○○○○○○○
○○○○○○○ 韻
○○○○○○●
○○○○○○●
○○○○○○○ 韻
○○○○○○●
○○○○○○●
○○○○○○●
○○○○○○○ 韻
○○○○○○●

惟有黃昏鳥雀飛。

○○○○○○○ 韻
○○○○○○● 韻
○○○○○○● 韻
○○○○○○● 韻
○○○○○○○ 韻
○○○○○○○ 韻
○○○○○○○ 韻
○○○○○○○ 韻
○○○○○○○ 韻
○○○○○○○ 韻
○○○○○○○ 韻
○○○○○○○ 韻
○○○○○○○ 韻

長篇法不一樣，任作者之意也。或五言七言，或四言，皆不一樣。長篇有起承轉合成法。

章　章同長篇也。《毛詩》三百篇之詩，皆章也。是有起承轉合，如《周南·關雎》則以第一章爲起承，第二章爲轉，第三章爲合。《葛覃》則以第一章爲起，第二章爲承，第三章爲轉，第四章爲合。

卷耳之章并圖

采采卷耳，　不盈頃筐。
嗟我懷人，　寘彼周行。
陟彼崔嵬，　我馬虺隤。
我姑酌彼金罍，　維以不永懷。
陟彼高冈，　我馬玄黃。
我姑酌彼兕觥，　維以不永傷。
陟彼砠矣，　我馬瘏矣。
我僕痡矣，　云何吁矣。
○○○○　起　○○○○　韻

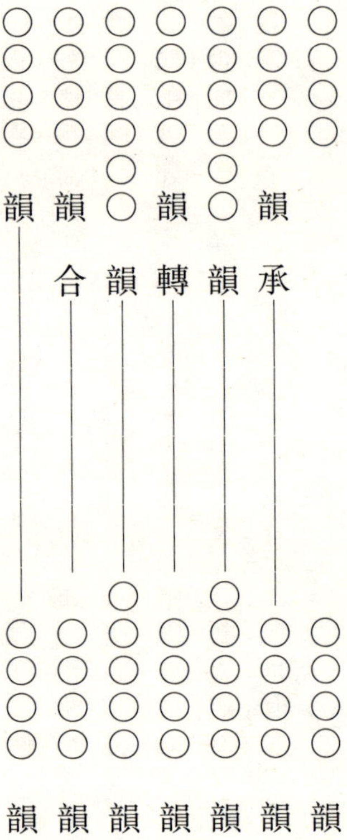

長短詩并圖

問春桂，桃李正芳華。
年光隨處滿，何事獨無花？
春桂答，春華詎能久？〔一〕
風霜摇落時，獨秀君知不？

〔一〕能，原作「幾」，據《全唐詩》卷三十七王勣《春桂問答二首》改。

○○○　○○○○○韻
○○○○○　○○○○○韻
○○○　○○○○●韻
○○○○○　○○○○●韻

三五七圖

○○●韻　○○●韻
○○○○○韻　○○○○○韻
○○○○○○●韻　○○○○○○●韻

同圖

○○○韻　○○○韻
○○○○●韻　○○○○●韻
○○○○○○○韻　○○○○○○○韻

此法有四樣。二樣如此，二樣或六字皆平，或六字皆仄。其時可用一韻，前二樣用三韻也。

六言圖

◓●◓○●○韻
◓○◓●○●

◓○◓●○○韻
◓●○◓●○韻

作句六法

一曰意到，二曰句到，三曰句到意到，四曰意到句不到，五曰句到意不到，六曰句不到意不到。意到上詩，句到中上詩，句到意到大上詩，意到句不到下詩，句到意不到中下詩，句不到意不到大下詩。

一句中十體

一曰一句問答體，二曰一句當對體，[一]三曰上三下四體，[二]四曰上應下呼體，五曰

[一] 當，據《文式》卷上等補。
[二] 四，原作「三」，據《文式》卷上等改。

上四下三體，六曰上呼下應體，七曰行雲流水體，八曰錯綜體，九曰理順言倒體，十曰直書體。

奪胎換骨

不易其意，而造其語，謂之換骨法。規摹其意而形容之，謂之奪胎法。私云：用古人句律而不用其句意，謂之换骨。不用古人句律，用其句意，謂之奪胎。

四六文章圖卷五

禪家四六并偈頌類

疏法

疏語無落句，啓札有落句。疏語如當時表，亦有祝天子之例，〔一〕古法多四六之發端而已，以結句書畢，此類有之。江湖者以江湖書，道舊者以道舊書，同門者以同門書，法眷者以兄弟之事書，山門以山門之事爲發端，祝以天子書也。疏語格體不一樣，法多也。著語對四聯，平對二聯歟？三聯也但可依聲。大抵啓札法别無異法，唯除自叙落句之二連而已。

〔一〕有，原作「句」，據《天隱和尚四六圖》序改。

《禪儀外文》曰：山門者請，諸山者慶，江湖者勸，至同門友社等疏命。〔一〕雖相慶不同，諸山、江湖之文理，凡入院疏，有四六、八六之式。又有雜疏之式。先就四六、八六言，則先四而後六，則四六也；先八而後六，則八六之文章也。雖然，句之長短者，不必限四六、八六者也。

山門　境致　師承　權舉　唱法　祝語

諸山　師承　權舉　唱法　鄰好　祝語

凡疏體，驀頭用隔句一聯，不用二聯也。凡蒙頭、八字稱、過句、襲句、結句也，蓋一篇中有之。蒙頭者，發句是也。八字稱，「某人」下一對是也。過句，隔句之下用之也。私云：凡疏體多古體，一一出，故別別也。今代疏多隔句，自四句二連，多不可有之。名氏之前有一聯，名氏之後有一連，合而二連也。若前一對，則名後不可有隔句。大略如此耳。

江湖、雜疏，皆大方如此也。

〔一〕友，原作「交」，據《天隱和尚四六圖》改。

疏圖并疏語

蒙頭○○○○　境地　○○○○○○●
○○○●　本則　著語○○○○○○○
平對○○○○○○○　師承　或下隔句，有謂師承句。
○○○○○○●
八字○○○○○○●　譬其人之德也。八字句尤常法也。
稱○○○○○○○
過句○○○○　權舉　○○○○○●
○○○●　本則　著語○○○○○○
襲句○○○○○○○○　唱法
平對○○○○○○○●
平對○○○●　○○○○
結句○○○○○○　祝語　○○○○○●

圓悟住雲居　洪覺範

地號雲居，非石梁隔分凡境；
世傳天上，有山神常護法幢。
須求魁壘之耆年，來轄英靈之衲子。
其人　具豎亞頂門之眼，
行全提祖令之權。
舌覆大千，入語言之三昧；
身分刹海，爲遊戲之神通。
豈暇奪人境於笑中，
何止分賓主於句內？
願垂巧便，俯徇時機。
大震海潮之音，用祝後天之算。
蒙頭○○○○　境地　○○○○○○●
○○○●　本則　著語○○○○○○○

平對○○○○○○　○○○○○●
平對○○○●　師承　○○○○
八字○○○○○　或八字之句猶可。
稱○○○○●
過句○○○●　權舉　○○○○
襲句○○○○　唱法　○○○○○●
○○○●　本則　著語○○○○○○
結句○○○○　祝語　○○○●

德和尚住象田　曇橘州

象耕鳥耘，有虞氏之田無故；
雷勵風發，古臨濟之機宛然。
雖物是與人非，尚神游而夢想。
顧玆妙選，宜有異人。
某人　得少林一枝，

分諸方半座。莫嫌歲晚，深辨來端。蓋一把茅，果勝屋檐幾許；奮三尺喙，〔一〕掃空魔説無餘。幸即主盟，無勞固避。

蒙頭○○○○○　○○○○○○●

○○○○●本則　著語○○○○○○○

平對○○○○○○○　○○○○○○●

八字○○○●

稱○○○○

過句○○○○　○○○○○●

○○○●本則　著語○○○○○○

平對○○○○○○○　○○○○○○●

〔一〕喙，原作「啄」，據《橘州文集》卷八《請德和尚住象田諸山疏山門疏茶湯榜》改。

襲句○○○●

○○○○　本則

結句○○○●

劍門住能仁

三百六十巖，

八萬四千偈，

把茅在南山之陽，

某人　自少行脚，

如新發硎。

蹈折斷橋，

踢翻介石，

眼明廬阜之諸峰，

○○○○○

著語○○○○●

○○○○

粲無文

受天地至清之氣；

發口耳不到之機。

主人來西湖之上。

喪却赤窮性命；〔一〕

悟得向上機輪。

面帶延平之秋色。

〔一〕赤，原作「亦」，據《無文印》卷十一《道劍門出世南康能仁疏》改。

吸乾左蠡，盡收透網金鱗；

竪起劍門，且驗過關衲子。

如此祝聖，無慚開堂。

格體句法不一樣。山門疏與諸山、江湖、雜疏格體不別，書法規式別也。此三格之中，璨無文之此一格殊世多也，當世此格多也。隔對、平對、八字稱、隔對、平對、隔對、平對，此格也，謂之疏七法也。

諸山疏

蒙頭○○○● 師承 ○○○○○○

○○○○ 本則 著語 ○○○○○●

平對○○○● ○○○○

八字○○○○

稱○○○●

過句○○○● 權舉 ○○○○○○

○○○○ 本則 著語 ○○○○○●

平對○○○●　唱法
襲句○○○○○　鄰好
　○○○○●　本則
結句○○○○○○○　祝語

明晦翁住净慈

禪教并作，
劍佩相識，
小低高韻，
某人　志在《聯燈》，
　　氣吞列祖。
語無遺恨，
道不虛行，

○○○○
○○○●
著語○○○○
○○○○○○○●

簡北磵

魚鳶自樂天淵；
肝膽徒分楚越。
　以慰同盟。
知我罪我惟《春秋》；
以指喻指齊天地。

鉗鎚妙密，[一]鐘鼓鏗鍧。
老圃澹秋容，更持晚節；
鄰燭分餘照，佇望强宗。
試眼親手辨之機，免唇亡齒寒之嘆。

日本疏并圖

竹雲西堂住東福山門

照春[二]

南陽産真鳳凰兒，羽翼已就；
西川得者烏頭子，風烈猶存。
積善家貽孫謀，正價印幹父蠱。
某人　游仁據藝，

[一] 密，原作「蜜」，據《北磵文集》卷八《净慈請明晦翁山門諸山兩疏》改。
[二] 照春，疑當作「熙春」，即熙春龍喜。

接物應機。

乃祖才德俱高，
斯郎禪詩以熟，
師子弦絶衆音，
説時默默時説，
玄中妙妙中玄，
雖慕永嘉一宿，
一滴之水能興雲，
太平之雨必以夜，
近代之疏大抵此格多，尤不一樣也。

蒙頭○○○○○○　著語
○○○○●
平對○○○○○○

丹霞、石頭出孔孟後；
雪竇、天童登李杜壇。
優量鉢發海暮。〔一〕
茂林修竹終日提綱；
清風明月昨夜法遊。
願借本公三年。
宜蘇群渴；
普沐皇恩。

本則○○○●
○○○○
○○○○○●

〔一〕量，疑當作「曇」。

八字 ○○○●
稱 ○○○○
過句 ○○○○○○
○○○○○● 本則
平對 ○○○○○○
襲句 ○○○○○●
○○○○○○ 本則
平對 ○○○○○●
結句 ○○○○○○○
○○○○○○● 本則

○○○○○○○●
○○○○○○○○
○○○○○●
○○○○○○○○
○○○○○○○●
○○○○○○
○○○●
著語 ○○○○

或謂平對於過句、襲句，或又謂隔句之下句也。說多，雖然，大抵此格之圖說宜也。

疏八法

一曰蒙頭，隔對或平對二連。二曰貼句，平對或二連。三曰八字稱。四曰肩對，隔對。

五曰過句，平對。六曰腰對，隔對。七曰正法句，平對。八曰祝語，隔對或平對。

疏式

山門，宣政院請也。諸山，道舊、法眷、江湖、舊山門請也，[一]諸山勸之，江湖賀之。其餘皆然。「茲審」「茲等」語，獨山門不用之。不二曰：「義堂和尚曰：外題或最初題目，或署曰『山門』二字，所以四六用偶字，不用奇。故或曰『山門疏』三字，譬如不言『傳燈』『普燈』，而言『傳燈録』，蓋表出是疏耳，餘疏類是。或二字、或三字皆通。」又云：「汝霖和尚曰：初書某州某山某寺山門疏，是題目也。自『欽奉』以序語，當曰本寺某和尚。」又曰：「山門當言今月日也。蒙頭之首置『右宓以』三字，則結語下必可置『謹疏』二字也。『欽奉』恭敬過承，故曰欽奉首一謹。一篇中凡七八對，皆當對之。體異不可一樣。[二]或譬喻，或實録，或緩或急，或舒或縮。長者短者，[三]古之今之，花樸

[一] 請，原作「諸」，據《文林良材》卷二改。
[二] 樣，原作「摸」，據《文林良材》卷二改。
[三] 短者，據《裁文作法》補。

巧拙，如織錦然矣。八字稱下有實録句，則八字或以物而譬。不然，則八字必當實録。八字及次對共實録爲好，隔句對不可連屬，短對或許連綴，此亦不可過二對也。作句不用詩話聯句語也，一字安句頭，此大體法也。凡對句用字，方字以數字色字配之，白四之對者，白作百故也。〔一〕用古語法，集句貴典重。詩語以詩對之，本經文當以本經文而對之。集句用古人語勢，則對句當增損字。語貴熟語。比之鋪貨，古人疏中語或可用，〔二〕或不用，非定規。佛經、禪録、隱書、醫書悉用之，不可避其陋，貴用得而緊也。閉門春盡、靈芝無根、海棠無香，〔三〕可忌之語也。」

秉拂法語次第

一曰索話，他山下禪床呼侍者，惠日上禪床呼侍者也。索話四言五言也，中有釣語。又四言句中有三言釣語，不一樣。大抵字數不過五六十餘。二曰問答。或三問

〔一〕作，原作「乍」，據《裁文作法》改。
〔二〕或可用，據《裁文作法》補。
〔三〕棠，原作「堂」，據《裁文作法》改。

三答，或三問二答，及四五六七，不一樣。迎句相見，教化直示，本分現成，把住放行。禪話賊意，大悟自由，機用知音，不知音勘辨。釣語頓機，賓主互換，師家學者。師承抑下，并掃蕩機語奇意，分上祝聖，并且那境致，伽藍雨露，轉位擬議，再來不禮。送句是等，著語隨宜，可發言句。三曰提綱。主中主，是可書理，知機關向上。自主投機關語也，没踪迹之句也。向上月日風清等句，時節因緣現成之句也。或一咄一唱，或卓主丈。有下座發端，必出題，又或用經文等語。有無題不一樣，用四六、八六，隔句對用著語韻直對用後句韻。大抵如拈香相似。又秉拂、提綱不必押韻。所貴只宗眼正，手段高。臨濟德山趙州雲門可爲法，若能如是，古風可復。古來但云説禪，不言做禪也。四曰自叙，或如啓札等之自序。四言也，或五言，或四言而書下意趣也。不過二三十字。五曰讚説，是如提綱，四六而用隔對直對。有長之，或四言等之句而有短之。大抵如提綱也。先長老之讚説，次西堂，次大衆。六曰拈提，是用韻有之。用屋裏祖師記録，舉古德名以批判我祖也。七曰下座，他山謝上堂，廿日以後惠日習日也。秉拂法式，諸家往往記之，故不能微細也。

禪客法式并出陳四六圖

禪客出陳用送聲，[一]不用韻書，四六也。主中賓用著語，韻用直對，後句韻也。

輕隔句○○○○　○○○○●

○○○●　○○○○○○

六言○○○○○●　六言必不限，可書五七八九也。與前隔句同韻。

長句○○○○○○

此以下前代者一問一答，或又十問十答不過之。然而入陳時咨問和尚後，以四言對稱譽也。模樣可證前輩語也。

入寺法語次第并圖

一曰山門，四五六七等之直對。次落句也。

直對○○○●　不限四言，此句平則後句仄。

[一] 陳，原作「陣」，據《天隱和尚四六圖》改。

○○○○　韻

○○○○○○○　韻　與前韻同。

山門，祝語也。法語燒香，如是爲次第也。二曰佛殿，是燒香法語，如是爲次第也。或四六，或如前也。五言七言不一樣。落句皆著語也，用下韻也。前句與落句之間，或驟步或速退，或點胸，或打云等之模樣有之。三曰土地，是同前也。或四言五六七直對，落句一句。或又四六等之，隔句對有之，不一樣。四曰祖師，同前。五曰據室。六曰拈衣。七曰登座。八曰祝聖。九曰陛下恭願。十曰將軍。十一曰敕使。十二曰檀那。十三曰嗣香。皆同前也。

入寺法式

山門，祝語也。法語次燒香，佛殿燒香，次法語，行者打磬三聲，其時禮拜。土地堂述守護佛法，祖師堂述達磨之事，僧堂禮樂，挂接住持牌。住持引侍者入僧堂，維那引住持，有禮樂。室中住持據禪床，拈竹篦，有法語垂示。都寺進，卓前具筆硯，進寺

家之卷子等也。第一座，東福寺，雲門；建仁寺，達磨；相國寺，黄檗也。〔一〕

七佛事并圖

一曰鎖龕。二曰挂真。三曰起龕。四曰奠湯。五曰奠茶。六曰下炬。七曰念誦。或維那也，減鎖龕、挂真，謂五佛事。減鎖龕、挂真、起龕、念誦，謂三佛事。加取骨、安骨，謂九佛事也。鎖龕有二用三法，起龕亦有二用三法。〔二〕

鎖龕二用

一曰放行，二曰把住。分全體於二段，而先放行後把住。

鎖龕三法

一曰仁，二曰死，三曰活。此外加静意也。

〔一〕 檗，原作「壁」，據《天隱和尚四六圖》改。
〔二〕 三，原作「五」，據下文「起龕三法」改。

作四六用隔對直對，蹈韻也。韻與頌同。韻先有頌，次用四六句，呈諸老式如此。

謹奉鎖呈　諸大和尚法座下　　伏乞

慈斤　　某名九拜

如是書也。又有一樣。

鎖龕拙語　　先如此書也。

謹奉鎖呈

諸大和尚　法座下

伏乞

慈斤

鎖龕圖

頌 ◓●◓○◓●○ 韻　◓○◓●●○○ 韻

◓○◓●◓○●　◓●◓○◓●○ 韻

◓○◓● 八字稱

夫以某名 ◓●◓○ 同

重隔○○○○○○○○　不限此句。　○○○●

句○○○○○○○●　○○○○　同

直對○○○●　不限緊句。　○○○○　同

直對○○○○○○○○○○○●　不限此句。

○○○○○○○○○○○○　同

直對○○○○○○●　○○○○○○○　同

到這裏○○○○●　○○○○○　同

散文——或二十字，或三四十字，不一樣。用脚韻也。

揚鎖子云○○○○○○○○同　是落句也，必古德之語。皆著語類也。○一字關

此鎖龕隔句對一連，八字稱直對四連也。或又隔句對二連，直對三連，或隔句對三連，直對四連，格不一樣。拄真、起龕、奠湯、奠茶、下炬、拈香，格皆一樣也。先頌，次八字稱，又次隔對。或一連或二連、三連、四連。直對三連、四連、五連，可任意也。拈香獨格别也。

挂真式并圖

先頌。次八字稱。又次隔對一連，直對一連或二連。又隔對一連，直對一連或二連。次「正與麽時」，如此書。而又直對一連，或隔對。次隔對一連，或直對。次散文，或二十三四十字，用脚韻。次落句。是古語著語類也。次一字關，或指空，或段段横樣，不一樣。

略則先頌，次八字稱，又次隔對一連，直對一連，或散文，次落句，一字關。

又曰：先頌，次八字稱，次散文，次落句，次一字關。

又曰：先頌，次散文，次落句，次一字關。

鎖龕、起龕、奠湯、奠茶、下炬、拈香，略則有三法，皆如此。

頌 ◓○◓●●○○ 韻　◓●◓○◓●○ 韻

◓●◓○○●●　◓○◓●●○○ 韻

夫惟某名 ◓○◓● 八字稱

◓●○○ 同

重隔○○○○○○ 不限重隔句。　○○○●

句○○○○○●　○○○○　同
直對○○○○○●　○○○○○○　同
輕隔○○○○　不限輕隔句。　○○○○○○●
句○○○●　○○○○○○○　同
直對○○○○○●　○○○○○○　同
正與麼時　○○○●　○○○○　同
重隔○○○○○○　不限重隔句。　○○○●
句○○○○○●　○○○○　同
散文——或二十三四十字，用脚韻。
指空云○○○○○○○○○○　同。落句也。
○　是則一字關也。

略圖

頌◓○◓●●○○　韻　◓●◓○○●○　韻
◓●◓○○●●　◓○◓●●○○　韻

夫惟某名◓○◓● 八字稱
◓●◓○ 同
重隔○○○○○○ 不限重隔句。——○○○●
句○○○○○● ○○○○ 同
直對○○○○○● ○○○○○○ 同
散文——或二十三四十字，用脚韻。
落句○○○○○○○○同。是古語也。
○ 一字關

又同

◓○◓●●○○ 韻 ◓●◓○◓●○ 韻
◓●◓○○●● ◓○◓●●○○ 韻
夫以某名 ○○◓● 八字稱
◓●◓○ 同
散文——字數多少不定，用脚韻。

落句○○○○○○○○○○　同。古語也。

○　一字關

又同

頌　◐●◐○◐●○　◐○◐●●○○　韻

　　◐○◐●●○●　◐●◐○◐●○　韻

散文——或二十三四十字，用脚韻。

○　一字關

起龕式

端頭先頌，次八字稱，次隔對，次直對，次又隔句對、直對，「到這裏」，如此書。而又直對，次散文，次落句，次一字關。鎖龕、挂真之格同前也，曾不别，長短可任意。

起龕二用

一曰把住，二曰放行。分全體於二段，而先把住後放行。

起龕三法

一曰仁，二曰死，三曰活。此外加動意也。

奠湯式

用隔對直對等之句蹈韻，述湯之緣語，尤先端頭用頌也，與掛真格不别，同前也。

奠茶式

是如奠湯，然長短等可任意，同前也。

下炬式

先頌，次八字稱，次隔對，次直對，或二連，次隔對，次直對，「到這裏」，如此書。而次直對一連，次隔對一連，或又次直對，尤可任意長短，不一樣。次散文，用脚韻。次落句，用韻，次「喝一喝」。

下炬圖

頌◓○◓●●○○　韻
◓●◓○○●●
夫以某名◓○◓●　八字稱
◓●◓○　同
輕隔○○○○　不限輕隔句。
句○○○●
直對○○○○○●
雜隔○○○○○○○○　不限此句。
句○○○○○○○●
直對○○○○○○○●　八言長句，不限此句。
○○○○○○○○　同。有此句除之格。
到這裏○○○○○○●　不限七言長句。
○○○○○○○　同

◓●◓○◓●○　韻
◓○◓●●○○　韻
○○○○○●
○○○○○○　同
○○○○○○　同
○○○●
○○○○　同

重隔○○○○○○　不限此句。　○○○●
句○○○○○●　○○○○
散文——或二十三四十字，用脚韻。
落句○○○○○○○○　同。字數多少不定，必古語也。
喝一喝　此格大抵多也。

又同

頌◓○◓●●○○　韻　◓●◓○◓●○　韻
◓●◓○○●●　韻　◓○◓●●○○　韻
夫惟某名◓○◓●　八字稱
◓●◓○　同
重隔○○○○○○　不限此句。　○○○●
句○○○○○●　○○○○　同
直對○○○○○○○○○●　不限此句。
○○○○○○○○○○　同

輕隔○○○○　不限此句。　○○○○○●

句○○○●　○○○○○○　同

直對○○○○○●　○○○○○○　同

雜隔○○○○○○○○　不限此句。　○○○●

句○○○○○○○●　○○○○　同

到這裏　○○○○○○●　不限此句。

○○○○○○○　同

雜隔○○○○　不限此句。　○○○○○○○●

句○○○●　○○○○○○○○　同

散文——字數多少不定，用脚韻。或此散文之間，又有直對可也，尤不一樣。

落句○○○○○○○　同。古語也。

喝一喝

又或「喝一喝」之後，有謂落句，不一樣。

又同

頌 ◓●◓○◓●○ 韻　　◓○◓●●○○ 韻

◓○◓●◓○●　　◓●◓○○●○ 韻

夫以某名 ◓○◓● 八字稱

◓●◓○ 同

輕隔○○○○ 不限此句。　　○○○○○●

句○○○●　　○○○○○○ 同

直對○○○○○●　　○○○○○○ 同

到這裏 ○○○○○●　　○○○○○ 同

散文——字數多少不定，用脚韻，尤有用直對，不一樣。

落句○○○○○○○同。古語也。

喝一喝

大略則先頌，次八字稱，次散文，次落句，次「一喝」。格不一樣，大抵此圖説之格多也。

下炬五要

一曰德，二曰死，三曰哀，四曰活，五曰奠。此五要必非不用之，是下炬之肝要也。

下炬異格

先不蹈韻，亂句或散文等。自八字稱用韻，「其時」末又有頌，次落句，次「喝一喝」。或又無落句，而有「一喝」，不一樣。全體述火事也。

取骨式

先頌，次八字稱，次隔對，次直對，次隔對，次直對，又隔對，直對，「到這裏」，如此書。而次直對，或隔對，次散文，次落句，次「喝一喝」。

安骨式

格法皆如前也，長短隨意也。

拈香式并圖

拈香先最初舉香，謂「這香」，述香能比亡者之德。自「恭惟」，挂某人也。用八字稱，述某人一生之實録。自八字稱後，述某人德與法道。舉揚落句末句，以香用祝檀那，或又下時節，不一偏。

拈香拙語圖

某人之名——拈香之拙語
謹奉録呈
諸大和尚法座下
慈斤
這香○○○○　不限此句。　○○○○○○○●
○○○●　或用輕重。　○○○○○○○　韻
又先有用直對，不一偏。
直對○○○○○●　○○○○○○　同
伏乞
某名九拜

或二連，次用散文，述供養序，此格有之。

重隔○○○○○○　不限此重隔句。　○○○●

句○○○○○●　○○○○　同

直對○○○○○○○○○●　不限此句。

○○○○○○○○○　同

即今某名，赴此法筵受香供養底之端的子，如何承當矣。看看。

著語○○○○○○○○　同。古語也。

「器世界南贍部州大日本國其國其郡其鄉其小里」，先如此書。而亡者之忌日之事，次諷誦經咒之事，次供養盡世界遍十方諸佛群靈事，次成佛之事。如此次第書畢，夫以名——

八字稱○○◓●

○●○○　同

雜隔○○○○○○○○　不限此句。　○○○●

句○○○○○○○●　○○○○　同

直對○○○○○●　○○○○○○○　同

雜隔○○○○○　　○○○○○○○○○●
句○○○○●　　○○○○○○○○○○　同
直對○○○○○●　　○○○○○○　同
重隔○○○○○○　不限此句。　○○○●
句○○○○○●　　○○○○　同
直對○○○●　不限此句。　○○○○　同
輕隔○○○○　　○○○○○●
句○○○●　　○○○○○○　同
到這裏○○○○○○○○○●　不限此句。
○○○○○○○○○○　同
○○○○○○○●
○○○○○○○○　同
從上草索予名——是散文也。或二十三四十字，用脚韻。
舉香云
頌◓○◓●●○○　同　◓●◓○◓●○　同

○○○○○○●
喝一喝

○○○○○○○ 同

拈香三品

一曰機關，二曰理知，三曰向上。

八字稱以後，隔對四，直對五，是一格也。

八字稱以後，隔對三，直對四，是一格也。

八字稱以後，隔對五，直對六，是一格也。此格筆力弱者不可用之也。

拈香全篇書香之事，有香語、法語之二儀。香語述「這香」，謂其香由來，用隔對直對，短長任意。次用結句，而有散説。又次用四六對，有祝語。法語先頌，次散説，次輕隔句，重隔句相雜可用之，次結句也。

香語對用輕隔句，散説對用重隔句也。

小拈香式

先書序，次可書頌，次又書散文，次用結句也。結句用直對一連，或用著語一句也。

陞座式并圖

陞座，宗門最上事也，故昔從百日前請也。禪客，器用明達之人也，必在家檀那處而有之。構座敷，户口立椅子，從座敷左邊，禪客出也。導師未陞座前，立中央，有法語，名小拈香。先有常大拈香，後有陞座。大檀那、祖師遠忌，有陞座。祖忌時，法堂而有之，無法堂處座敷而有之。

普説式

陞座中長説法也，大惠普説之類也。昔不蹈韻論法理，近代用韻。陞座先小拈香，陞座，索話，問答，普説，自叙，贊説。先大官，次尊宿，次大衆等，又次拈提。如是爲次第也。

祭文式

祭文三品四法

尊位者德、義、哀、奠，　德，平生用事；義，平生行

常位者德、哀、死、奠，　儀；哀，悲哀也；奠，陳

小師者慈、哀、病、奠。　酒食茶湯事也。

近代之祭文作四言，用韻或平韻或仄韻。中間傍句有之，謂長句三連也。其下句用韻。先有序，序必記年月，和漢皆儒佛隨此例也。辭柔和而述言也。序多則文短，序短文長。序終，「其辭曰」，如此書，而用四言句。末「尚享」，或又「尚饗」，或又「續淚以血，永以爲訳」。〔一〕

祭文圖

○○○○　上亂韻，不用平仄。又有上仄下平格。又　○○○○　韻

○○○○　有上平下仄格，不一偏。此格上亂韻也。　○○○○　同

○○○○　長短任意，不一樣。　○○○○　同

○○○○　○○○○　同

○○○○　○○○○　同

〔一〕訳，疑當作「訣」。

○○○○　○○○○同
○○○○　○○○○同
○○○○　○○○○同
○○○○　○○○○同
○○○○　○○○○同
○○○○　○○○○同
○○○○　○○○○同
○○○○　○○○○同
○○○○　○○○○同
○○○○　○○○○同
○○○○　○○○○同
○○○○　○○○○同
○○○○　○○○○同

净慈知事祭北礀

觀物初

峨峨南山，殿于京畿。主此席者，皆大導師。猗歟我師，最加魁奇。僧之鳳麟，法之蓍龜。鈐鎚妙密，波瀾渺瀰。聲價彌天，不羽而飛。奔走象龍，聳動紳緌。不即於人，而人即之。歲在庚子，時方告飢。顣頷水雲，〔一〕見於色辭。師始莅此，從容有爲。

〔一〕頷，原作「領」，據《物初賸語》卷二十一《祭老礀先師》改。

割長助羅，飽均衆緇。
俯接方來，愈老不衰。
我輩質凡，蒿輕鷃微。
職茲東序，叢林是毗。
乃趨乃承，或從或違。
前輩凋泠，月殘星稀。
師又不留，我心孔悲。

同圖

序——字數多少不定，先記年月也。

○○○○　○○○●韻
○○○○　○○○●同
○○○○　○○○●同
○○○○　○○○●同
○○○○　○○○○韻

○○○○　○○○○　同
○○○○　○○○○　同
○○○○　○○○○　同
○○○○　○○○●　韻
○○○○　○○○●　同
○○○○　○○○●　同
○○○○　○○○●　同

祭屈原文

顏延之

維有宋五年月日，湘州刺史吴郡張邵恭承帝命，建旗舊楚，訪懷沙之淵，得捐佩之浦。弭節羅潭，艤舟汨渚，乃遣户曹掾某，敬祭故楚三閭大夫屈君之靈：

蘭薰而摧，玉貞則折。
物忌堅芳，人諱明潔。
曰若先生，逢辰之缺。
温風怠時，飛霜急節。

嬴芈遘紛，　昭懷不端。
謀折儀尚，　貞蔑椒蘭。
身絶郢闕，　迹遍湘干。[一]
比物荃蓀，　連類龍鸞。
聲溢金石，　志華日月。
如彼樹芳，　實穎實發。
望汨心欷，　瞻羅思越。
藉用可塵，　昭忠雖闕。[二]

凡祭文法，用四言，韻用平仄半，或一平一仄任意。故顧况祭陸端公文、柳宗元祭崔使君敏文、韓愈祭李柳州文、祭柳員外文、祭吏部韓侍郎文、賽舜廟文、杜牧祭城隍神祈雨文、沈亞之祠漢武帝祈雨文，是皆短長不一樣。尤祈病、祈雨、祈晴，是皆祭文法式也。佛家者，曇橘州祭彦雪林文、珍藏叟祭偃溪文等，皆不一樣。

[一] 遍，原作「編」，據《文選》卷六十顔延之《祭屈原文》改。
[二] 忠，原作「思」，據《文選》卷六十顔延之《祭屈原文》改。

碑法

碑，竪石紀功德，秦以來製也。七十二家封禪之言，始於管仲，不言碑。《初學記》云「碑，悲也。所以悲往事」云云。《文選》第十七陸士衡《文賦》云：「碑披文以相質。」註云：「碑叙德，故文質相半。」○碑，《説文》：「竪石記功德。」徐曰：「按，古宗廟立碑，以繫牲耳。後人因於其上記功德。此碑字从石。」○《穆天子傳》「乃爲名迹於弇兹石上」，亦不言碑也。○諸侯廟内、大夫士廟内，皆有碑。碑所以識日景，觀碑景邪正，以知早晚。或用大木爲碑，見《喪大記》註。○《釋名》云：「碑，被也。葬時所設。臣子追述君父之功，以書其上。」尤碑説多也。

格體句法不一様。或緊句直用韻，或下用韻。或六七八言，長短等任意。先有序，次述銘，是一格也。直述銘，是一格也。或一韻，或二韻三韻。

招真館碑銘

梁　簡文帝

玉龜二始，金書八會。

道浹地心，功浮天外。

故帝可小，惟貞能大。
德起同塵，善生塞兑。
保物自然，人符交泰。
掩映緑蘿，穹隆紫蓋。
仙治之美，此焉爲最。
雄柱千步，陽臺百丈。
水均下矚，山逾高掌。
野寂雲興，禽繁山響。
升虹夕栖，豐雷朝上。
書藏玉柙，藥蘊銀筒。
燒鉛雜鯉，折桂和葱。〔一〕
斧柯雖朽，〔二〕碎石無窮。

〔一〕桂，原作「柱」，據《藝文類聚》卷七十八簡文帝《招真館碑》改。
〔二〕朽，原作「杇」，據《藝文類聚》卷七十八簡文帝《招真館碑》改。

圖

○○○○ ○○○○ ○○○○ ○○○○ ○○○○ ○○○○ ○○○○ ○○○○ ○○○○ ○○○○ ○○○○ ○○○○ ○○○○

○○○●韻 ○○○●同 ○○○●同 ○○○●同 ○○○●同 ○○○●同 ○○○●同 ○○○●韻 ○○○●同 ○○○●同 ○○○●同 ○○○○韻 ○○○○同

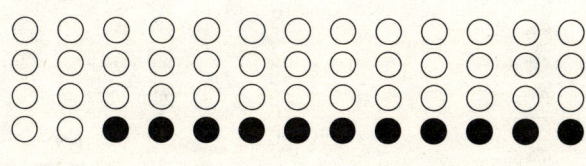

○○○○　○○○○　同

碑格不一樣，可任意，故《相官寺碑銘》《桐柏山金庭館碑銘》《丹陽上庸路碑》《温湯碑》《彭州九隴縣龍懷寺碑》《兖州曲阜縣宣聖廟碑》《嵩山啓母廟碑》《浪迹先生玄真子張志和碑》《公神道碑》《曹成王碑》，〔一〕是皆不一偏，句法格體别也。

塔婆式

先年忌，〔二〕其意趣是等書前。次「伏願」「其詞云」，如此書，而作四六文，以避聲。不可過三對，是一格也。

又先頌，次意趣，次年號等。

又著語，次如前也。尤不一偏。

頌　圖

◐○◐●●○○　或用仄。　◐●◐○◐●○

〔一〕上，原作「土」，據《徐孝穆集》卷九《丹陽上庸路碑》改。母，原作「丹」，據《全唐文》卷二百二十崔融《嵩山啓母廟碑》改。

〔二〕忌，據下文，疑爲「號」之訛。

◓●◓○○●●　　◓○◓●●○○

又同

◓●◓○◓●○　或用仄。　◓○◓●●○○

◓○◓●◓○●　　◓●◓○◓●○

頌，平生諸人用之，故不謂巨細也。

凡文章書數編，就中《緯文瑣語》《文章精義》《文則》《文筌》《麗澤文説》《唐子西語録》《蒲氏漫齋語録》等；或佛家者，《蒲室》《禪儀外文》；日本書者，絶海集、夢巖《旱霖集》等。〔一〕其外作文家書，雖不知品數，童蒙不才者焉足知此？故予以範世千法者，編而貫一矣，誠爲初學作《四六圖》，以著篇端。

寛文丙午秋日，中峰十五世大顛梵通叟編撰焉，而以自跋。

〔一〕旱，原作「早」，據夢巖祖應《旱霖集》改。

文戒一卷

荻生徂徠　撰

《文戒》一卷

荻生徂徠　撰

荻生徂徠（1666—1728），名雙松，字茂卿，號徂徠，又號蘐園。因本姓物部，亦稱物茂卿。江户（今東京）人。早年從林鵝峰與林鳳岡習朱子學，後來對宋儒所闡釋的儒學轉向批判。他否定「道」的先天性存在，認爲「道」由聖人創造，這在日本思想史上具有近代啓蒙意義。荻生徂徠受到李攀龍與王世貞的深刻影響，提倡復古，主張通過對古文辭的研習，達到對經典的透徹把握。與伊藤仁齋開創的古義派强調直接閱讀孔孟經典不同，荻生徂徠重視摹仿，修治古文辭，倡導漢文直讀。其學説影響廣泛，太宰春臺、服部南郭、山縣周南等人皆爲其高弟，形成蘐園學派。荻生徂徠著述宏富，有《徂徠集》三十卷、《鈐録》二十卷、《訓譯示蒙》五卷、《政談》十卷等多種，今人有《荻生徂徠全集》整理本。

荻生徂徠曾傾貲而獲李攀龍與王世貞二家文集，「研究歷年，始識有古文辭，遂以是訓門人」(南總宇惠《合刻古文矩文變序》)。此後徂徠合李、王二家及韓、柳文,爲《四家雋》;更精選李文六篇,詳加評解注釋,對其章段篇法、轉提照應等關鍵細加揭示,而成《古文矩》一書;又爲示範文章作法,遂以楊士奇《贈醫序》爲底本,變换作法而擬作八篇,合原文而成《文變》一書,以盡文章運用之妙。其方法則主於對古文辭的悉心揣摩與模擬。

《文戒》爲荻生徂徠訓示學生所作,由弟子吉田有鄰筆録而成。徂徠針對儒者學習中華語言的路徑,明確反對和訓顛倒之讀,認爲「和訓所牽,字非其字;語理錯迕,句非其句」,因而强調擺脱語言干擾,直接研味古文辭,從而獲得真切的理解。《文戒》提出了學習漢文所必須戒除的三種舊習,於此尤多領會之後,「始謂之中華人語言」。其一戒和字,即避免以日文訓解誤讀漢字涵義;其二戒和句,避免日式表達方法,涉及中日語言的語法結構差異問題;其三戒和習,則注意到語氣聲勢之不同,强調漢文學於字句之外,仍需在語體風格上着力,以求「純乎中華」。《文戒》以舉例形式將三種文弊一一坐實,在指出弊端的同時,提出自己的修改方案。所舉例證,多出自伊藤仁齋《語孟字義》,可見兩派雖然同爲復古,其主張却截然不同。如同中井積善《非徵》所述,徂徠「乃積數年之功,著《蘐園隨筆》一書,護宋儒以攻古學,附以《文戒》,極力瑕疵仁齋之文」，可知《文戒》之作，實有其思想淵源在。

《文戒》附刻於《蘐園隨筆》之後，有正德四年(1714)京師書林刻本。日本内閣文庫有題爲「物茂卿撰」之《文罫》上下二卷。核其内容，實即《文戒》。唯内閣寫本前小引稱「其法已載於《文變》及《譯筌》中」，而正德本作「其法已載於《文罫》及《譯筌》中」。徂徠《與江若水》稱《文罫》《文變》「二書失稿」。據徂徠門人南總宇惠之《合刻古文矩文變序》，「先生所著有《文罫》《文變》，既而毁于火矣」。但《文變》因其甫問世而即爲人傳抄，故得以幸存；「《文罫》遂湮没而不傳矣。……狡兒乘之，抄《蘐園隨筆》末所附《文戒》，題以《文罫》紿世矣」，則内閣本《文罫》殆爲僞撰。

日本國會圖書館復藏有《文戒》寫本一册，内容與正德本同。唯卷末有識語云：「大氐和習最難蕩滌。予嘗戲删潤二先輩文，是皆莫有和字、和句二病者，故附載在此，以使學者識夫和字、和句之外，別有所謂和習者存也。」所附爲安東守約《增尾春榮傳》與鵜飼敬順《静傳》。内閣寫本同。今即據正德刻本録文。

文戒

徂來先生口語

吉有鄰　録

予業已爲諸生來吾社中者立三戒，以簡夫學華而不純乎華者。則言曰：文章非它也，中華人語言也。中華語言與此方不同也，先修有作爲和訓顛倒之讀以通之者，是蓋當時一切苟且之制，要非其至者，而世儒箕裘守爲典常。今諸生求諸方策之不能面承古人，挨諸辭藻之不能傳後世不朽，究其弊源，均之是物已。故和訓所牽，字非其字；語理錯迕，句非其句。二者之病，或若無可指摘。篇章之間，實受其弊者，往往乎有之，則我設戒之所以必三也。諸生苟能於是三者莫有所罹累之，〔一〕始謂之中華人語言，而其工拙不與焉。其法已載於《文罫》及《譯筌》中，而其戒具是矣。

〔一〕罹，原作「羅」，據内閣文庫寫本、國會圖書館寫本改。

第一戒和字

和字者，謂以和訓誤字義者也。如いろは爲中華文所不須，扨迚倩抔爲稍讀書者所不惑；而魚名之鯛鰹鰯、人姓之辻塙，又爲務實録者所不必避。則今之所戒，在此不在彼也。若平等、一面、工夫、自然者，雖非和訓，久爲和語。而講師、經生、別有家言者，均之皆訛用中華語，實非其義，最堪惑人，則并攝此。假如仁齋先生《語孟字義》曰：「孔孟之意味血脉。」自序

「孔孟之意味血脉」，吾不知何謂？亦其家言。

又曰：若妄意遷就，以己之私見解聖賢之語，則所謂方枘圓鑿、北轅適越者，固不虛矣。同上

又《童子問》曰：固如尊喻。第二章

又曰：吾於宋明諸儒及禪莊諸書，議論高遠難遽通者，固疑其爲至言妙道。

又曰：予也，固有與漢宋舊説異者。第六十章

又曰：若夫山林隱士、遺世無營之徒，聊咏懷抒情，發其幽鬱無聊之心，固可矣。

「固」字皆當作「誠」，緣和訓誤。

《語孟字義》曰：陰陽固非道。一陰一陽、往來不已者，便是道。天道第一條

「便」字當作「乃」，亦緣和訓誤。「便」字卒看若無害者，語氣終是不相接。

又曰：老莊所謂沖漠無朕、芥子納須彌等説，實出於世俗陋見，飾以硬語耳。

「硬語」當作「莊語」，亦緣和訓誤。

又曰：蓋非不能訓之，本以不可訓也。何者？學者之所常識焉，而非字訓之所能盡也。德第二條

「可」當作「須」。且非字訓之所能盡，豈非不能訓之乎？

又曰：王者之行政也，非惟外由仁義而行，實根柢於中心，而無往而不在仁義禮智。仁義禮智第三條

「不在」當作「非」。

又曰：自今以往，學者只當按《孟子》及《易》《中庸》之旨爲之準則，見之可。上第五條

「見」當作「觀」。

又曰：故聖人曰仁則有義在，曰義則有仁在。上第六條

兩「曰」字皆當作「言」，此緣同訓誤。

又曰：按，《語》《孟》《中庸》皆不説於意上用功夫，故孔子説主忠信，《中庸》説誠身，而《孟子》專説存心養性，皆未嘗有誠意之説，何者？學脉自有照應，言此則不須言彼，言彼則不須言此。意第二條

《童子問》又曰：學脉自有照應。中第四十四章

「學脉自有照應」，不知何語？亦其家言。

《語孟字義》曰：然祭如在，祭神如神在。鄉人儺，朝服而立於阼階，則又觀其於所當敬，則未嘗不盡敬焉。鬼神第二條

「觀」當作「見」。

又《送荒川景元序》曰：久積累爲其有大成也，遇良師友爲其得命脉也。載于《名賢》卷二

「命脉」是其家言，故爲和字。

又曰：就正有道，商議朋友，必得其肯綮而後止。同上

「肯綮」以語其一事則可，此亦以其平生對徒講説所習言而誤，故爲和字。

又《詩説》曰：《詩》之一經，聖人游戲三昧書也。載于《名賢》卷四

「游戲三昧」不成語，亦其家言。

又《儒醫辨》曰：世俗有儒醫之稱，蓋醫而窺儒者，自耻其爲小道，且與巫覡賤工伍，而竊欲列于儒而表見其名也。其事固卑陋蕞小，莫足深辨者矣。然世之貪污卑屈、懷欲無厭、屢試不第、抑鬱迷昧、不能以自立者，逃儒而歸之，則固不可不爲世道之害也。載于《名賢》卷四

下「固」當作「誠」。

又曰：昔者齊之野有賣石之似玉者，欲增其價，怯人之不求。同上

「怯」是勇之反，故其泛用者亦有畏憚之意，此緣訓同而誤。

又曰：然而爾後。同上

「然」「爾」去一而可，此以「爾」字和訓與「其」字同，故誤。

又《童子問》曰：若夫美味，雖姑可於口，然嗜之不止，則必害於人。上第三章

「姑」當作「暫」。〔一〕

又曰：蓋顔子至聰明，其始見道甚高，徒見其恍惚變幻、不可爲象，而未見其實處。故曰彌高彌堅、在前在後。是可觀其無所摸擬，而欛柄未入手。第二十六章

〔一〕此則據内閣文庫寫本、國會圖書館寫本補。

「觀」當作「見」，「擬」當作「捉」。

又曰：專持敬者，特事矜持，外面齊整，故見之則儼然儒者矣。第三十六章

「見」當作「視」或「觀」。

又曰：故孔門諸子以仁爲家常茶飯，而無敢疑其義者。第四十二章

「敢」字和語，可删。

又曰：慈愛之心渾淪通徹，從内及外，無所不至，無所不達，而無一毫殘忍刻薄之心，正謂之仁。第四十三章

又曰：愛全於心，打成一片，正是仁。同上

又曰：慈愛惻怛之心，頃刻不離，無一毫殘忍刻薄之心，正是仁。第四十八章

「正」皆當作「方」。

又曰：皆議論可聞，而非實知王道者也。中第八章

「聞」當作「聽」。

又曰：初學以《梁惠王篇》爲勸時君而發，故見之以爲尋常説話。

「見」當作「視」，此緣讀《孟子序説》中「見以爲」而不得其解也。

又曰：其非爲國爲民而漫興作者，不知所以固邦本也。第二十三章

「漫」當作「妄」。

又曰：儉而好施者，爲誠大德之人。第三十三章

「誠」當作「真」，否則移在「爲」字上可。

又曰：禮固稱矣。第三十五章

「固」當作「實」。

又曰：一旦有朋友之義，則守之如初，始終不變，正謂之朋友有信。

「正」當作「方」。

又曰：然不服鹽與水而欲知其鹹淡，既不可得。

「服」當作「食」。

闇齋先生《贈山休序》曰：唐之賈閬仙初爲浮屠，韓昌黎所勸去之。《名賢》二

上「之」字可删，此緣轉聲而誤。「所」字亦可删，此緣和訓誤。「去之」終是和語，作「教去之」稍通。

又《湯武革命論》曰：《論語》獨謂武未盡善，而《集注》合湯謂之者，何耶？名賢三

「合」當作「并」，下「謂」當作「言」。

又曰：孟子答齊宣問湯武放伐，曰誅紂而不及伐桀。同上

「曰」當作「言」，亦緣和訓誤。

又曰：湯放桀得天下，則雖有放、伐之異，而遂與武王同矣。同上

「遂」當作「終」。

又《世儒剃髮辨》曰：我國自古王公未嘗剃髮。中葉以降，士民之俗圓剃頂髮，束其餘髮於後，而斷其端焉。然則世儒剃髮是其黨之俗，而非天下之俗也。《名賢》卷四

此「天下」指我國，而唯中國得稱「天下」，亦緣平生常言所稱而誤。

玄光上人《溲勃》曰：不慈不孝、忍心害理之説，當汝輩中之。

「中」當作「當」，此以「中」「當」訓同而誤。

第二戒和句

和句者，謂語理錯縱，失位置上下之則者也。亦緣此方顛倒迴環之讀而誤。

假如仁齋先生《語孟字義》曰：予嘗教學者以熟讀精思《語》《孟》二書，使聖人之意思語脉能瞭然于心目間焉。自序

「能」字當在「使」字上，以其「熟讀」「精思」「能」「使」皆屬學者，「意思語脉瞭然」不可斷絶。

又曰：其以兩「一」字着「陰」「陽」字上者，蓋夫所以形容一陰而又一陽，一陽而又一陰，往來消長，運而不已之意。《天道》第一條

「夫」字當在「形容」下，「蓋夫」連用者迺更端辭，不與此同。

又曰：天道有對待、有流行云云，然天道之所以爲天道，本以流行；而言對待者，自在流行之中。本非有流行、對待之二端也。《天道》第二條

「本非有」之「有」字，當在「二端」上。此等儘精微，此方人多不會。蓋此條本謂天道有對待、有流行，而其實對待、流行非爲二端。若以「有」字着「流」字上，則前謂「有待對」「有流行」者，語氣不相應。

又曰：或以爲自天地既闢之後觀之，固一元氣而已。若自天地未闢之前觀之，只是理而已。故曰無極而太極。適聖人未説到一陰一陽、往來不已上面焉耳。上第五條

「適」字當移在「人」字下，而仍改作「偶」字迺可。此緣「會」「適」「偶」三字同和訓，而「會」字多在句頭，故誤。

又曰：苟以不善在於天地之間者，猶以山草植之于水澤之中，以水族留之于山岡之上，則不能得一日遂其性也必矣。上第六條

「得」字當在「日」字下，此若可通，語氣終不順。[一]

又曰：何謂知命？安而已矣。何謂安？不疑而已矣。本非有聲色臭味之可言，蓋無一毫之不盡，處之泰然，蹈之坦然，不貳不惑，當謂之安，當謂之知。《天命》第三條

二「當」皆當作「方」，緣和訓而誤。如下文「此看命字甚淺」，「命」字當作「知」。然此必係刊誤，或寫誤，故不論。

又曰：至於四方八隅遐陬之陋、蠻貊之蠢，莫不自有君臣父子夫婦昆弟朋友之倫，亦莫不有親義別敘信之道。《道》第二條

「自」字當在「莫」字上，不者下文「有親義」上亦加一「自」字乃可。此語氣相應，自然如此。

又曰：夫有斯本則必有斯末，有斯末則不可必無其本。《理》第四條

「不可必無其本」當作「必不無其本」。「必」字屬顛倒，「可」字亦誤認轉聲爲正字。

又曰：後學只亦以爲吾聖人之學真如此。同上

「只亦」當作「亦只」。

[一] 此則據内閣文庫寫本、國會圖書館寫本補。

又曰：天下之善雖多，天下之理雖多，然仁義禮智爲之綱領，而萬善莫不自總括於其中。《仁義禮智》第一條

「自」當在「莫」上。

又曰：蓋觀《孟子》「仁義禮智非由外鑠我也，我固有之也」，及「仁義禮智根於心」之語，以爲仁義禮智是性，而不再推到孟子之意所在。上第三條

「不再」當作「再不」，否則改作「復」字可。此等處，不知者却以「再不」爲顛倒。

又曰：殊不知其所謂固有云者，固與謂之性自不同。同上

下「固」字當在「自」字上，不則删去「自」字乃可。

又曰：凡人皆有手，則皆能可以攬筆書字。《才》字條

「能」當在「以」下。

又曰：且《中庸》曰「忠恕違道不遠」，而其下續之曰「施諸己而不願，亦勿施於人」，則見推己之道非特可施之於恕，亦可施之忠也。獨不可以推己訓「恕」字益明矣。《忠恕》第一條

「獨」字當在「不可」之下。

又曰：可謂固儒者之論也。《鬼神》第一條

「固」當在「可」上。

又《壓書小紫石記》曰：若吾小河君，頽然一翁也。然雅尊經籍，嗜倭歌，尤好聚奇書。遇於凡故家之弊筐，好事之蠹餘，秘記奥牒，殘簡舊牘，所未嘗見之書，蔑不干求乞假，謄寫輯録，以藏之於家。載于《扶桑名賢》第一卷

「凡」字當在「遇」字上，仍删「於」字乃可。「凡」字自有在下者，不與此同。又如此方稱「倭」，本非佳稱，故本邦自以「和」代之。而近歲學者頗識稱「本邦」爲「本朝」者爲非，而不識「和」比諸「倭」反爲雅名。但以其屬造語之不擇，而非和字、和句之所病，故此附言。

又《送荒川景元序》曰：其悦者，私景元者也。褒者，羨景元者也。惜者，知景元而疏遠者也。憂者，愛景元而欲深成之者也。《名賢》二

「深」當在「愛」上。

又曰：今若景元之學，未必及乎古人。而其褒之者，非直以賢良稱之。則愛景元者之憂至深也，豈不宜哉？同上

「非直」當作「直非」。

又《送片岡宗純序》曰：故吾始焉而悦之，晚焉而厭之，而又最後思其或有自屹然

於流俗之中，而潛心聖賢之大業者，在于其間矣。同上

「又」字當在「最後」下。

又曰：嘗我從祖，來自播陽，往而見之。同上

「嘗」字當在「祖」字下。

又曰：此其適所以不識王道也。第十四章

「其適」當作「適其」。

又曰：既看破以理字爲主之弊甚難，而至知以性爲主之非，則實古今之難事。第七十三章

「既」字當在「弊」字下。

玄光上人《洩勃》曰：以雖所已不好，不得不之記，而事核迹明者解汝惑。

「所已」當作「已所」。其「所不好」以已言之，故「已」字當在上。

又曰：此一事，然雖若幻誕。

「然雖」當作「雖然」。如曰「雖然」、曰「雖則」，皆與單用「雖」字意義無殊。又如曰「然雖」、曰「則雖」，則「然」字「則」字皆有意義，不同。

第三戒和習

和習者，謂既無和字，又非和句，而其語氣聲勢不純乎中華者也。此亦受病於其從幼習熟和訓顛倒之讀，而精微之間不自覺其非已。

仁齋先生《語孟字義》曰：夫字義之於學問固小矣，然而一失其義，則爲害不細。

此削去「而」字、「則」字，却與華人酷肖。大氏和語比華語多用轉聲，故和語習氣未悉脱者必多用「而」「則」「者」「也」等字，而謂不如此不明白也。殊不知文章各有體格，故有多用助字者、少用者、全不用者，皆視其聲勢語氣如何耳。其必一一配諸和語，而謂而て也，則れは也，可笑之甚。自序

又曰：則非惟能識孔孟之意味血脉，又能理會其字義，而不至于大謬焉。同上

「又能」改作「又可以」，削去「而」字，迺與華人酷肖。

又曰：若後世儒者，捨理字則無可以言者。《理》第三條

「則」當作「外」，此緣轉聲誤。

又曰：心者，人之所思慮運用，本非貴，亦非賤。《心》第一條

「非貴」「非賤」，終惹和氣。

又曰：萬世學者皆守之，而不可換其訓。《忠信》第二條

改作「皆當守之，不易其訓」，酷肖華人。

又曰：然使恕字有推己之義，則及乎子貢問曰有一言而可以終身行之者，而夫子唯曰其恕乎，而不可復曰己所不欲，勿施於人也。《忠恕》第二條〔一〕

「有」字上加「果」字，「及乎」二字改作「方夫」，「唯」字下加「當」字，删去「可」字，只作「不復」二字，迺華語。

又曰：此吾聖人之所以明其道、曉其義，使人不惑於所從焉，而有與三代之聖人不同也。《鬼神》第二條

改「而」字作「者」字，移「不」字在「與」字上，則肖。

又《青山石銘》曰：頃士人嘗持其石來于京師，見于前右丞相藤公，求其名與詞。公視之，愛玩不置，便賜以倭歌及青山佳名。載于《名賢》卷五

改作「賜名青山及和歌一首」乃可。

〔一〕二，原作「一」，據《語孟字義》卷下《忠恕》改。

《童子問》曰：非温厚和平、從容正大者，必不能通于《論語》之妙。上第四章

「妙」字下字未穩，畢竟和習未脱處。

又曰：然而使人之性頑然無智如雞犬然，則雖有百聖賢，不能使其教而之善。第十三章

「不能使其教而之善」改作「不能教其之善」，或作「不能使其受教而之善」，始肖。

又曰：然則唯盡我性，而非由學問之功，不可得也明矣。第二十一章

改「非」字作「不」字，「功」字下添「其」字，始肖。

又曰：蓋孔子之學，即堯舜文武之道；孟子之説，即孔子之學。皆堯舜文武治天下之道，外此而豈有所謂學問者邪？蓋非以王道爲主而行之。修己治人，萬般功夫皆由王道而出。第十一章

「外此」已下語氣不相蒙，是亦和習所使。

又曰：初學以《梁惠王篇》爲勸時君而發，故見之以爲尋常説話。以《告子》《盡心》二篇爲精藴處。不然，《惠王》一篇反是孟子一生事業備矣。第十五章

「不然」下添「也」字可矣，不則却與下句連不成語。古文辭固有如此者，而體裁爲異。彼但以和訓讀之，故不知此等處。

又曰：王天下則爲天下之天道，君一國則爲一國之天道，爲一家之主則爲一家之天道。中第十八章

三「道」字皆删始肖。

又曰：仁者嫉俗之心少，故知今之不遠于古；不仁者憤世之心勝，故知今之不可復古。第二十一章

二「知」字改作「見」字則肖。

又曰：吾雖未必左袒河汾、永康，竊服其忠厚云。第二十二章

宛然和人聲口。

又曰：非徒爲游觀，敢興作也。第二十三章

同上。

又曰：若夫福慶流於子孫，奕世累葉有隆莫替者，鬼神所不能，人力所不及。唯非得民心而没世不忘，則不得。第三十章

改「若夫」作「是故」，「鬼神」以下改作「非鬼神所能，非人力所及，唯得民心而没世不忘者始得」二十二字，乃肖。

又曰：此鬼神所不能致其靈，唯得民心而能然。同上

「而」字下添「後爲」二字乃肖。

又曰：蓋好人之善每難及，而惡人之惡必易過。第三十二章

「難及」作「不足」始明。

又曰：眞積力久，怡然理順，涣然冰釋，謂之悟門自開，永爲己之有，而終身不失。蓋實德之所到，而非專事智見者之所得而及。第六十章

「所到」二字和習。

又曰：可知理學等目，皆以後世學術而所稱，非稱聖學之實者也。第六十四章

删去「以」字、「而」字始協。

又曰：然聖人善善每長、惡惡每短者，亦豈非愛憎失宜邪？然聖人皆不然者，足見不可依理字以斷天下之事也。第六十五章

「宜」改作「理」，「皆不然」削去「不」字，「不可依理字」作「理之一字不可據」則通。

又曰：斯氣也既無所生，亦無所不生，萬古獨立，攧撲不破。第六十七章

「萬古」以下和語可笑。此原係擇語不精者，然華人稍讀書者所必無，故爲和習。

又曰：聖人之論天至此而極，從此以上更不説一層之理。同上

「更不説一層之理」改作「更説一層不去」乃肖。

又曰：若知天地真活物，許汝即身即伏犧。第六十八章

「即身即伏犧」剿取禪家「即身即佛」來撰此語，畢竟和習。

又曰：此天下之所同然，而根乎人心，存乎風俗，萬世不得磨滅，此之謂本然之德。第七十二章

其於「本然之德」，既不謂之爲性，則終無可安頓處，不得已遂曰「存乎風俗」，此固其難言處，然畢竟是和語。

又曰：故今讀《尚書》者，雖非二典及文武誓誥，凡四代之書孔子所定者，皆當依此意求之。下第五章

和語支離殊甚，改作「故今讀四代之書，凡係孔子所定者，雖非二典及文武誓誥，亦皆當依此意求之」，乃肖。

闇齋先生《近思録序》曰：孟子没而聖學不傳者，其無此階梯也。

「其無此階梯也」，終是和習，削去「其」字稍通。

又曰：夫學之道在致知力行之二，而存養則貫其二者也。

或作「夫學之道在知、行，而存養工夫實貫二者也」，稍可。

又曰：雖何北山著《發揮》，恐微言未析也。

是似懸度語。

又曰：《玉山講義》發揮四子，旁通情也。

剿取古語，嵌以新字，都無變化剪裁手段，靦然面目可醜。師煉《釋書》中《度總論》、《聚分韻略序》中有之，而昧者讚嘆以謂巧妙，沿襲作套，滔滔皆是。

玄光上人《溲勃》曰：魏史不言周何主之家，假令雖東周之末主，至魏蓋千餘歲。「雖」字當删，此以和訓連絡讀之，故不覺其衍。

文淵一卷

荻生徂徠 撰

《文淵》一卷

荻生徂徠　撰

荻生徂徠生平已見前。《文淵》爲荻生徂徠授徒之作，由其口授，吉田有鄰編集而成。吉田有鄰字臣哉，號孤山，通稱孫兵衛，肥前大村藩（今長崎縣）大夫。從學於荻生徂徠，善書法，徂徠常令代書。有《孤山詩稿》一卷。

《文淵》與《詩源》合編，取「詩文淵源」之意。雖以口説筆受而篇帙簡省，但片言啓悟，往往有直入腠理之處。徂徠論「文辭淵源」，首列六經，然亦重視《左傳》《戰國策》以及先秦諸子、馬班范之史書，對於《文選》《世説新語》也不予棄置，而本旨在於突出秦漢文字。徂徠將韓、柳文章稱爲「古文」，將王、李所倡稱爲「古文辭」，因爲七子「用西漢以前古書之文字」，不難看出他推重「古文辭」的命意所在。他編選的《四家雋》雖然將韓、柳、王、李并列，但《文淵》却聲稱「莫自畫爲韓杜之奴」，認爲昌黎也不免大醇小疵之議；近世李攀龍、王世貞的出現，則「覺世之聾盲」，不失爲當時文辭楷則。徂徠聲言以韓、柳、歐、蘇爲代表的唐宋古文「僅成得章法」，《莊子》「得句法」，即使是古義派極爲推重的《論》《孟》，也只是「成得章法」，而他特别强調「家家户户識有古文辭者，實自李、王二先生始」，其論文主旨昭然明著。

《文淵》在標揭古文辭之外，亦重視華和語言之别，提倡華語直讀。通常采用的華文訓讀、變换字序，受到徂徠的抨擊。他提出：「讀書欲速離和訓，此則真正讀書法。」因而學習之始，「教以俗語，誦以華音，譯以此方俚語，絶不作和訓迴環之讀」，此後「乃始得爲中華人，而後稍讀經子史集四部書，勢如破竹，是最上乘也」（《譯文筌蹄·題言》）。因爲重視自身的體驗與努力，徂徠主張多作多寫，而反對講書：「講師多不作文章。夫文字不爲己用，其實由不知文字。譬諸不知人者，不能用人。不知文字，所講皆妄。」（《譯文筌蹄·題言》）

《文淵》的主要觀點，與徂徠其他著述多可互參。如《譯文筌蹄·題言》所揭，他不尚和訓而重翻譯，實因「以今言而求於中華語，其比古愈繁愈細者，稍可與華言相近。且俚俗者平易，而近於人情」。他論文有取於韓柳，而不滿歐蘇，緣於「韓柳求諸古，故振；歐蘇求諸韓柳，故又衰」。以李、王爲主的明七子「一以古爲則」，於是獲得「大豪傑」的讚譽。正像徂徠所自陳：「合華和而一之，是吾譯學；合古今而一之，是吾古文辭學。」此外，《四家雋・雋例六則》與《文理三昧》所論，亦皆可互相映發，足證徂徠文章觀念形成甚早，且貫穿其學術生涯。

《文淵》有文化元年（1804）刊本，與《詩源》合刻。今即據以録入。

題合刻文淵詩源首

是編本物子一時所口説，而吉臣哉筆受之。唯以是編未全備，往往令人遺憾焉。然以余觀之，亦豈蔡中郎《論衡》之比？嗚呼！物子抱命世之資，宏覽卓識，著作撰述無不兼綜，則雖一語片言，其益學者固弘多矣。而如是編所言，議論精確，雋永乎甚有味。亦且舉一隅已，故能讀者反其三隅。而玩索有得，則知淵源所委矣。然則何患是編未備成乎？要之，亦不可以無傳也。

文化改元十月望，大村教授東都本田穀謹識。

文淵

徂徠先生口授　武陵吉有鄰編

作文立志

大凡自局於卑污，而卒於無成焉者，在志之不立。譬諸樹之有根，若其培植不密，則豈得紅白門姸艷陽之天乎哉？故先須立其志。雖人有華桑之別，心奚有二邪？希顔亦顔之徒也。

莫自畫爲韓杜之奴

古今談詩議文者，莫不以昌黎、少陵者其大成。二公者，所謂星中之月，絶無等倫。然試閲其全集，則不能免大醇小疵之評。噫，亦難矣哉！業之得其全也，謂之雕蟲小技可乎？然則操觚摛藻之士，苟非研精覃思，何能得窺藩籬？然而天未喪斯文，白雪、弇州出現於世，以斯一大事因緣，覺世之聾盲。縱澆季之運，豈無豪傑之復興乎無佛世界乎哉？奚甘終身韓、杜之門？

須習華讀

學者解書著文不及華人者，以國讀之爲其祟焉也。將錯就錯，埋没一生。沿襲之久，禍於無窮。是故通曉華音，而後把古人之書瀏亮上口，則得脱舊弊。

偏泥國讀則有剩複之訛

國語素有假華者或否者，故不免以眢爲目之差。如「嚼於父肉」及「縱雖未至」「於其至」是也。「嚼」字失義，「縱雖」剩複，皆爲國讀所誤也。不惟是已，用字顛倒錯雜，不勝其謬。故華音之學，不可不以講焉。

講書有利有害

國語講書，若其幼學不由此路，則不能知孝悌之爲何物。是自孩提習染國語故也，豈云無利？所以有害者，亦爲辭吐所誤，以至畫蛇添足，失其本體也。譬諸和牘「一筆啓上」，或講之曰：「一」字是數之始，「筆」乃蒙恬所製。或曰：漆園篇有「吮

也，往往如是。

毫」之語，非起於恬也。此豈繫於國語「一筆」之義乎？餘當類推焉。今世村學究講書

助字

文有助字，猶木有枝葉。初無有意義，故字書惟謂語助，不下註脚，可見初無有意義。譬如《古今集・序》中所謂よろづのことのはとぞなれりける，此れ之一字，豈有意義乎？文之於助字亦爾。

修飾 辭達

六朝之人，以《魯論》所謂「爲命，裨諶草創之，世叔討論之，行人子羽修飾之，東里子産潤色之」之語，以爲根柢，故其弊至浮艷乏神氣。唐韓、柳二公挺然矯立，大掃萎薾，首倡古文，是本於《論語》「辭達而已矣」之言。善則善矣，奈流入於宋元之醜陋。若微于鱗、元美，何得見秦漢以前日精月華於數千載之後哉？嗚呼！皎皎乎不可以加矣！家家户户識有古文辭者，實自李、王二先生始。

章法句法

如韓、柳、歐、蘇者，僅成得章法。如其得句法者，《莊子》而已。如《論》《孟》，亦惟成得章法已。

文辭淵源

六經　詩　書　周易　春秋　禮記　周禮

謂之六經，古有《樂書》，今乃逸其本者，由秦焰爾。故補以《周禮》。

左氏内外傳　戰國策　屈宋　老莊　列荀　吕覽　鴻烈　班范　昭明文選

右十三家者，操觚之士不可一日無之書。所謂汪道昆畢生閲而不已，讀了一家又讀一家，再期而竣焉。

韓非子　世説新語

右二書亦不可不讀焉。以此二書，則通前十二家，謂之十五家。

爾雅　儀禮　史記

右三家之書，道昆遺之，何哉？

文苑捷徑

文章軌範　文選　明人總別集集諸名公之文謂總集，集一人之文謂別集。以筆法譬之，《軌範》如説其運筆布字之法則也；《文選》如曉了其許多字畫也。明人集，如石刻古法帖也。

三　要

要具擇法眼　要記古人成語　要知法度區别

譬諸冶工，所謂擇法眼者，冶工之良也。記古人成語者，爐鞴中金也。知法度區别者，鉼盤釵釧各有其制也，而其金則一也。

二　策

須自刻苦以搜索故事，是爲第一策。方其搜索之時，不覺有得其他故事，得益許多。

須自寫古人好文字，是爲第二策。乃所謂讀不如寫之爲勝者也。

唐文則議論，宋文則理致。

《莊》《騷》異曲，王、李一脉。

明文則有轉身一路。徠翁《送香州序》、富春山人《與祖珪書》，皆有轉身一路。其頓挫周旋，有警策，有俊拔。《賴政謡》中「月コソ出ズレ朝日山ノコトキ」，爲頓挫文法。

韓、柳所倡者，古文也。

王、李所倡者，古文辭也。用西漢以前古書之文字。

農丈人所創者，似古文辭，蒼勁而異也。余寅字僧杲，鄞人也，號農丈人。萬曆八年進士，歷官至奉常。有《農丈人集》。雲栖辨之。

作文真訣一卷

伊藤東涯　撰

《作文真訣》一卷

伊藤東涯　撰

伊藤東涯(1670—1736),名長胤,字原(元)藏,號東涯,别號慥慥齋,京都人,伊藤仁齋之長子。終身不仕,講學於家,爲古義學集大成者。對中日兩國的儒學、語言、制度等有深入的比較研究,長於文辭,曾擬作策問、策對與制義,著述甚多。有《紹述先生文集》三十卷及《古今學變》《制度通》《操觚字訣》《助辭考》等多種。

《作文真訣》作於元禄戊寅(十一年,1698),是伊藤東涯不滿於「孟浪之徒未會其訣,抗顔揮毫,醜態滿紙」的文壇現狀,而總結的文章法訣。東涯重視寓理之文,反對以文爲技,他以爲:「文雖行之餘,而所以明道解經者非由此則不能,其所關係亦不細焉。」而文訣的歸結仍在於道熟文熟,道是爲文之根本。據此東涯提出了七條文訣,意在强調爲文禁忌:遣詞有失體之誤,結構有失所之弊,句法有不整之失,置字有顛倒之失,造語有無據之陋,用字有錯義之失,助字有失粘之過。這七條以反面辭禁的形式，揭示了爲文要點。其中文章體格之辨析，淵源於真德秀《文章正宗》；文章體段與分間之法，取則於陳繹曾《文筌》。其他諸條，則針對日人在語言習得過程中母語干擾而產生的爲文慣習，「皆漢人之所不言」，頗有現實指導意義。《作文真訣》後有「譯文法式」，是源於東涯家學的日人學習古文的有益門徑。其法先選擇唐宋名家文章作爲原文，再加以日文轉寫，然後據日文回譯爲古文，在比照當中了解文章作法。此後之「讀書題目」「抄書門類」亦是平日習文的準備工夫。整體而言，《作文真訣》帶有爲初學示法的文章指南意味。

此書曾附刊於《刊謬正俗》之末，有寬延元年（1748）刻本，明和九年（1772）、寬政七年（1795）重刻本及抄本。另有單行本，早稻田大學圖書館藏有寫本一册，今即據以録文，并參校寬延本。

伊藤東涯識

文雖行之餘，而所以明道解經者非由此則不能，其所關係亦不細焉。然孟浪之徒未會其訣，抗顔揮毫，醜態滿紙。予嘗厭之，因分科條以矯其失。蓋文之妙在乎人之所不能言者，委曲剴到，平穩詳悉，易見易知，使讀之者無一事之不曉，辨之者無一喙之可置，無毫點飾，無毫造作，而後可以當君子之論矣。若夫争奇乎字句之間，逞妍乎遣詞之中，理本平也而故使之險，事本易也而故使之涉，好使事，好使字，皆以文爲技者，而非寓理之文也。然非道熟文熟者則不能，此文之本也。其必有斯本，而後可語斯訣矣。

元禄戊寅之歲，伊藤長胤原藏甫識。

作文真訣

一曰遣詞有失體之誤

文體之有別久矣，《詩》有風雅頌之異，《書》有典謨訓誥誓命之殊，其可相混乎？譬猶爲筥必圓，爲篚必方，爲簠必外方而内方，其用既異，其狀必别。苟捨其制度率意爲之，妄相混同，其不取嘲于大方者鮮矣。昔真西山輯《文章正宗》，其類目有四，曰辭命、曰議論、曰叙事、曰詩賦。古今文辭其體雖繁，固無出此四類之中者。而序必有序之體，記必有記之體，其體制規模不可相錯。其或以議論爲叙事，以叙事爲議論；序或似賦，賦偶類序者，皆文之變體，不可拘一。今之新進妄意弄筆，不辨其體，冥行適埴，篇題混淆，尤不堪看。須熟讀先輩作文，審辨其體制之異，而後始可與言文矣。

△體格之別見《文章歐冶》

○叙事之文貴簡實

記　序　傳　紀　録　志　碑　表

○議論之文貴精到
議 論 辨 説 解 難 戒 箴 評 贊 題 跋 喻 原 策 奏
○辭令之文貴婉切
詔 誥 表 狀 檄 彈 書 簡 啓
○辭賦之文貴婉麗
辭 賦 頌 雅 風
二曰結構有失所之弊
作文之訣在乎先使結構之得其體。蓋士子之作文，猶匠氏之造室也。持盈尺紙，審局面勢，門墻、堂宇、庖湢、更衣，秩秩井井，各得其所。而後塗以黝堊，輪奐其美。若夫庖湢在外，廳堂在内，間架布置苟失其所，則縱虹梁雲棨、金碧輝煌，曾一小屋之不若也。其華也，秪益其陋耳。故匠氏之良者，欲間架得所，便於居處，而不務斧藻其棨也。蓋文有一篇主意，有一篇綱領。作文者須使一篇主意通篇貫穿，先伏後應，前抑後揚，一瀉千里，脉絡無礙。起承腹尾，言言有叙。綱提乎上，而目張乎下。如是則雖千言萬語變化無方，而讀者易解而自不覺其長也。陳繹曾云：「布置得所則間架明朗。」《麗澤文説》云：「文字一意，貴在段數多。」皆此意也。若夫結構失所，布置不整，徒繪章琢句之尚，則雖書醉五車，學究二酉，亦復何貴？蓋道理熟乎中，則發諸言辭亦自得叙。今人内無其實而强欲文之，此所以不免結構失體之弊也。

△體段之製見《文章歐冶》

起　貴明切，如人之有眉目。

承　貴疏通，如人之有咽喉。

鋪　貴詳悉，如人之有心胸。

叙　貴轉折，如人之有腹臟。

過　貴重實，如人之有腰膂。

結　貴緊快，如人之有手足。

△分間之法見《學範》

○頭　起欲緊而重。大文五分腹，一分頭頷；小文三分腹，一分頭頷。

○腹　中欲滿而曲折多，要欲健而快。

○尾　結欲輕而意足，如駿馬駐坡。三分頭，二分尾。

右二説相類，但《歐冶》舉其詳，《學範》著其略，故共載之。

三曰句法有不整之失

結構既得所，則須整句法焉。魏晋以來及唐中葉，多拘於四六，而句法一定，其體易整。及韓、柳氏作而古文復興，駢儷稍廢。降逮宋明，士子皆從事於此，其文無一定之常法。吾邦先輩之作，亦皆拘於四六，其體皆一。今之爲文者，稍習散文，議論間見。然不知文有句法，漫爾製述。或短或長，句讀難别，尤不堪讀。蓋文有長有短，有整有不整，而貴乎上下接連，脉結不斷。其中間架分别，主意不闇焉。須將四字實句爲骨子，或三字，或五字，隨宜出之。其接連處，以虚字助語點貼斡旋。從頭讀過，無一語剩欠，無一字不帖，則句法自整齊而長短多寡在所不論焉。如《左氏傳》皆爾，其餘雖不必拘拘，而皆不出于此範圍矣。

△句法之異

〇一字句

〇二字句

〇三字句

〇四字句

〇長句

〇短句

右欲隨宜用之，布置得所。〔一〕

四曰置字有顛倒之失

句法既整矣，則用字之間要無錯置。何者？四方之民嗜欲不同，言語各異，唯中原爲得其正。國人語言本是多倒，如曰飲酒，先呼酒而後稱飲；如曰喫茶，先叫茶而後云喫，不如中國之稱飲酒喫茶。故其臨文命字之間，動牽俗言，不免錯置，則難得華人通曉。宋學士《日東曲》曰：「中土圖書盡購刊，一時文物故班班。祇因讀者多顛倒，莫使遺文在不删。」自注曰：「其國購得諸書，悉官刊之。字與此間同，〔二〕但讀之者語言絶異。又必侏離，順文讀下，復逆讀而上始爲句。〔三〕所以文義雖通，〔四〕而其爲文終不能精暢也。」是也不特我邦爲然，〔五〕身毒、斯盧之書亦爾。《圓覺經》曰：「不二隨順。」圭峰疏云：「隨順不二也。」西域語倒譯者，迴文不盡也。《疏鈔》云：「西域語倒

〔一〕「右欲隨宜用之，布置得所」，據寬延本補。
〔二〕字，原作「音」，據《蘿山集》卷四《賦日東曲十首問海上僧僧多不能答時辛丑冬十月也》、寬延本改。
〔三〕上，原作「止」，據《蘿山集》卷四《賦日東曲十首問海上僧僧多不能答時辛丑冬十月也》改。
〔四〕義，原作「武」，據《蘿山集》卷四《賦日東曲十首問海上僧僧多不能答時辛丑冬十月也》改。
〔五〕邦，據寬延本補。

者，鐘打、飯喫、酒飲、經讀之類也。皆先舉所依法體，後始明義用。故此先舉所隨順不二，然後舉能順之心。故譯經者翻出梵語，後迴文令順。此方如云打鐘、喫飯等。」又見朝鮮本四書，別書經文于上，各加諺文。如《請學稼》章，先書「稼」字，次「學」字，次「請」字，下各加諺文。是知二國之言亦如我方之習也。夫理雖至，詞雖巧，其語苟倒，則非文也。欲救斯失，須審上下照應，而辨字之首從、辭之接斷、意之先後、句之修短，則貼用無失。如不敢、敢不，遽欲、欲遽，雖或、或雖，所深、深所之類，其別尤多，不可不詳審焉。

△用字之別四

○事之首從

○辭之接斷

○意之先後

○句之修短

此餘因世變之古今、作者之好尚、文字之異體，而其義不異者多矣。作者亦當加意考究。

五曰造語有無據之陋

既會置字之訣，則須辨造語之異。何者？文之有語，猶匠之有材、醫之有方，用各有其義。今人多不記古人成語，臨文自造杜撰之甚。雖或置成語，用不得其所。不免以杙爲楹、以豨苓引年之譏，不亦疏乎？作者須多蓄古人成語，臨文擇其穩者貼之，使字字有來歷焉。然文之有成語，豈振古自有乎？皆是古人自造也。唯其得理，故貴古人成語；不得理，故不貴今人造語。蓋有散語，有偶語，有用語，有熟語。用者須辨其用處如何，此是文章通用之語。又有柬帖之語，有表啓之語，有賦頌之語。今時晚出之輩混而用之，墓碑下柬帖之語，古文置語録之字，疏脱殊甚。又有語録之語，有釋老之語，有時俗之語，爲古文者須避此等語而不用。[一]柬帖筆記本要曉人，或可稍用焉。作者宜辨此等之異，使造語有本源，免杜撰之陋；押貼得其宜，罔牴牾之嫌，則其可矣乎。

△造語之别

○散語　○偶語

○用語　○熟語

[一] 此等，原本殘損，據寬延本補。

右文章通用之語，要點化用之。

〇柬帖之語

〇表啓之語

〇賦頌之語

右在辨體用之，不相混同。

〇語録之語

〇佛氏之語

〇時俗之語

右古文之所忌，須避用之。

六曰用字有錯義之失

既諳造語之訣，而後要使用字之間無錯置之失。何者？中原讀書者，訓同而字異。蓋肇、俶、載、創皆初也，而義則各異；咨、詢、謀、略皆計也，而意皆不同。吾國讀書者徒認訓之或同，而不察義之各殊，此用字之所以爲難也。蓋字有辨之之别五：正字、通字、别字、古字、俗字是也。有用之之别五：異施、仍習、體别、世變、好尚是也。既有辨之之别，而知用之之别，則用字之間押貼不錯矣。欲救其失，須釘一册子，將平上去入，或以吕波字號爲目，表首字一字，凡訓同者皆收載之，剪出古書中所使用字樣附于其下以照例，則義之異皆可辨知矣。孫鑛謂今之士子多不熟字義，華人尚爾，況吾黨之士平素胡亂用字，不可不最講焉。

△用字之别

○正字

○通字

○别字

○古字

○俗字

右須預辨本字之異義。

○異施

○仍習

○體别

○世變

○好尚

右須就古文所用而會其義。

七曰助字有失粘之過

用字不錯，則不可不會助字之義。文章之有助辭也，言語斡運之具，而如車之有軸、舂之有臍，東西左右皆由乎此，決之在玆，疑之在玆，可不慎乎？然時有趨變之異，人有好尚之殊，體有緩急之別，故助字亦不一定。二典、周誥，助字甚罕；而至《左氏》、《戴記》、《國策》、莊周之書，多用虛字，是時有趨變之異也。記事之文寡用助字，議論之體多用助字，是體有緩急之異也。宋文遒美，多使助字；明文鈎棘，少用助字，是人有好尚之別也。且決也一，而或「也」或「矣」；疑也同，而或「乎」或「耶」。「爾」與「耳」、「於」與「乎」，皆有異義，不可不悉辨之也。柳子厚《答杜温夫》：「所謂乎、歟、耶、[一]哉、夫者，疑辭也；矣、耳、焉、也者，決辭也。今生則一之，宜考前聞人所使用。」據此則雖古人亦難用助字，况後之人可不審考耶？「也者乎歟矣焉哉，用得來的好秀才」，豈不信乎？

△助字之別

[一] 耶，原作「也」，據《河東先生集》卷三十四《復杜温夫書》改。

○異施
○仍習
○體别
○世變
○好尚

右七訣既通，而後讀書多、作文多、商量多，則任意操毫，縱横左右，自無不如意矣。且予之所述者非古有此目，吾人平生國音讀過，致多差誤，欲救此失，創意造製。故置字用字之訣，皆漢人之所不言，覽者其致思焉。〔二〕

譯文法式

今人雖稍知弄筆而梶于國習，字多錯置，語或妄填。家君有憂乎此，嘗倡導士子定譯文式，克日演習，譯歐陽文及范《唐鑑》。然或勤或惰，不能卒業。因恐其法之或隳也，録如左。凡吾邦之學者，不可不知焉，冀司膠庠者之或見采用也。

〔二〕 寛延本此後有「元禄戊寅之歳九月十七日京兆伊藤某識」。

○其式有三

原文　先將唐宋以來諸名家文辭理精鬯者，一二百字至五六百字，長者節之，短者全之，定爲原文。凡貴融粹，不取佶屈，譯人臨時旋定。

譯文　仍就原文，以國字换寫。凡原字平易易知、不勞思索者，直楷書本字，不必一一换寫。有助辭，隨數加圈子。國訓多不讀助字，故如「矣」「也」「焉」「耳」等字者加圈。如「之」「乎」「於」「而」等嵌在句中者，不必加圈。該量原字若干，注其數于左。每月三次或六次，隨時定。

復文　復者就譯文以漢字復寫，照數銷注訖，以原本一一查對，朱書于旁，驗其中否。

○其科有四

錯置顛倒　復者就譯文隨國言復寫，不熟字法者，或與華語倒置，謂之錯置。如「不復」作「復不」、「誰欺」作「欺誰」是也。〔一〕

妄填謬字　復者不諳成語練字義，或以訓同音似誤填寫他字，謂之妄填。如「臨」

〔一〕欺誰，原脱「誰」字，據寬延本補。

作「望」、〔一〕「易」作「安」是也。或原文奇僻難復者，聽復者空其字以朱追補。〔二〕或音義并同者，雖非原字，不入數。如「於」作「于」、「耶」作「邪」是也。

剩添衍字　本文無助字處，隨國言口訣漫添入他字者，謂之剩添。如「明明德」作「明於明德」是也。

漏逸脱字　原文有助語者，失不填入，謂之漏逸。如「止於至善」作「止至善」是也。

右列書四科于後，照對訖，計其數，注各科下。

○其益有三

熟古文　先賢傑作，用意復之，則不待習誦而自諳其文勢語脉矣。其益一。

識字法　吾人平時國語讀過，不知字法。將復文對原文，則本有成式，不待考而知矣。其益二。

諳用語　平生漫爾讀書，不熟用語，及弄筆茫然失措。復之精熟，則材料積于胸中，用之不竭。其益三。

〔一〕臨，據寬延本補。

〔二〕朱，原作「來」，據寬延本改。

○譯文式例

送何堅序

韓退之

原文百九十一言

元禄庚辰蜡月十日　　橘古直譯

復限以十二日

送何堅序

韓退之

何於韓同姓爲近。堅以進士舉，於爲同業。其在太學也，吾爲博士，堅爲生，生、博士爲同道。其知堅也十年，爲故人。同姓而近也，同業也，同道也，故人也，其於不得願而歸，其可以無事乎？堅，道州人，道守陽公城賢也。道於湖南爲屬州，湖南楊公憑又賢也。堅爲民，堅又賢也。湖南得道而爲屬，道得堅而爲民，堅歸而唱其州父老子弟服陽公之令，道亦唱其縣與其比州服楊公之令。吾聞鳥有鳳者，常出於有道之國。方漢時，爲黄霸潁川，此鳥實集鳴焉。若史可信，堅歸，我正賀見其鳳而聞其鳴而已。

右原文百九十一言

錯置

妄填

剩添

遺漏

某甲謹復

送董邵南序

韓退之

原文百五十一言

元禄庚辰季冬十三日

復以十五日爲限

某甲譯

送董邵南序

韓退之

燕朝古昔稱憾慨鄙下士多。董生舉於進士，頻不得志於有司。懷抱理氣，鬱鬱之於茲土。吾知其有必遇焉。董生務也哉！夫顧子之不遇於時，苟慕義務仁者皆哀慼矣，况燕朝之士，出於其性者乎？然吾嘗聞風俗化移變，吾焉知其今古昔所言不異耶？聊吾以子之行卜之也。董生務也哉！予因子有所感矣。爲我弔望諸君之墓，見於其市，又昔時有屠狗者歟？爲我謝言：「明天子在上，以出可仕矣。」

某甲復

原文百五十一言

錯置

妄填

剩添

遺漏

讀書題目

今青衿之士雖稍知佔畢，而多不得要領。或愛看稗官雜家，而多不用力於古書。故文字浮淺，無所根據。故今仿唐四庫書目，特取其切要者列乎左，庶乎學者簡而能博，約而能該，推之於議論文字之間，觸類引伸，左右逢其源矣。

〇經

左氏傳　公羊傳　穀梁傳　禮記　周禮　儀禮

《論》《孟》不敢論，《周易》《詩》《書》，文之祖也，皆學者之不可一日闕焉者。以其本經，皆不列焉。三傳三禮，其是非得失雖不能無謬於聖人，而文字古奧，作文家不可不熟讀焉。《東萊博議》、西山《衍義》，亦可并覽焉。

〇史

史記　漢書　後漢書　國語　國策　資治通鑑　通鑑綱目

凡覽史，須觀其事之得失，仿其文之體裁，不可徒記故事，誦浮文。若范氏《唐鑒》、胡氏《管見》等，尤不可不見焉。

〇子

老子　莊子　列子　荀子　淮南鴻烈解　揚子法言　文中子

諸子雖異于聖人之道，而其人皆周漢間人，且其文字奇古變化，取其文而略其道可矣。韓、管、孫吳亦可見。

〇集

文選　韓文　柳文　歐陽文　王文　曾文　三蘇文

此外，《唐文粹》《宋文鑑》《宣公奏議》不可不見焉。紫陽、新建之文雖其餘事，而其嚴整通暢，議論之間尤可法則。

右書既通習，而後旁通類推，博涉諸書，則發諸文辭，字字有來歷，無孟浪杜撰之失，顧自己才力器識如何耳。陳繹曾曰：「一一家數，各知其所不同，各知其所以不同，而知其所同。取其所長，棄其所短，融化自成一家。各似其似而不摹擬，各變其本而不相錯雜。」

△用之之法四

雖讀古今書，而自己無眼力，而徒襲古人之意，用古人之語，則文雖可見而沓本耳，故具四訣。

立言欲正大　立言欲正而大。建之于天地之常經，質之于聖賢之遺訓，而不可巧而鑿，不可强而涉。要自己有一定見識，而不隨人生活也。

翻意欲精新　雖諸子百家之語，而襲其語而翻其意。换骨奪胎，化腐爲新。若夫生吞活剥，徒肖其字句，則庸工之所爲耳。

鎔鑄欲無迹　用古人之字句而補以己意，欲無罅漏綴緝之迹。苟貂續狗尾，痕迹宛然，則小兒之文也。

用語欲穩帖　用古人之語而説自己之意，則字字穩帖，無斧鑿之痕。徒取造語之相似，而不辨其當否，則字佶屈而意齟齬矣。

抄書門類

今之讀書者雖涉獵稍博，而竟欠關鍵。故屬文罔用材之資，論事少引證之實。予常困乎此，曾設小册子，分類建門，讀書遇可抄者則逐款寫上。今列其門類于左，庶乎臨文命字之間，造語事寔有所資益矣。昔東坡之讀書，如治道、人物、地里、官制、兵法、貨財之類，每一過專求一事，不待數過而事事精覈矣。參伍錯綜，八面受敵，沛然應之而莫禦焉。山谷亦云：「以我觀書，則處處得益；以書博我，則釋卷而茫然。」皆名言也。

確言類　凡古書中所載聖賢遺言，有裨于教化心術、便於議論引證者，皆入此部。

事實類　凡賢人君子、孝子烈婦及奸慝邪僻，其事可爲勸懲者，皆入此部。

譬喻類　凡經史百家多用譬喻，讀者隨看采收，擇其精切者寫入。

俊語類　凡古文中文字俊麗者，或一二字，或四五字，或連全段，隨宜采寫。

訓詁類　凡經史熟用字樣，注家解釋不可不記者，摘取寫入。

虚字類　凡古文所使用虚字助語可法者，及句法變體，皆收之。

辨正類　凡近時小説雜文中糾繆繩愆，有益于學者者，及經史發明處，截冗采寫。

雜事類　凡事實言語須記而不屬何部，及事罕而不及置門者，一切采入。

右各門損益，抄者可任意斟酌。若事實文字雖可抄者，而傳播膾炙、人人記誦者，不必載也。蓋欲備遺忘，而非編成一書也。

文論一卷

太宰春臺 撰

《文論》一卷

太宰春臺 撰

太宰春臺(1680—1747),名純,字德夫,通稱彌右衛門,號春臺,亦號紫芝主人。信濃(今長野縣)人。江户時代中期古文辭派儒學者、經世家。15歲出仕。17歲時師事儒學者中野撝謙,習朱子學。21歲辭官,十年間廣泛學習漢詩、天文、地理等學問。正德三年(1713)入荻生徂徠門下,轉向古文辭學,繼承并發展了徂徠的經世論,與以詩文見長的服部南郭并稱徂徠門下雙璧。36歲後不再出仕,在江户小石川開塾講學,門人衆多。太宰春臺否定宋學,重視禮的外部規範作用。長於唐話,以此爲基礎,用意於漢字音形的辨正。亦用力於古籍校勘,所整理校刻的《古文孝經》曾被翻刻收入《知不足齋叢書》。著有《經濟録》《經濟録拾遺》《紫芝園稿》《聖學問答》《辨道書》《論語古訓》《三王外紀》等多種。

《文論》是太宰春臺探討文章根本與軌轍的專書,共分爲七篇。太宰春臺紬繹古文辭首重道德，他主張：「先王之道之謂文。文也者，非他也，六藝之謂也。」由於他以道爲文，於是文之重要就得到極大凸顯：「小可以修身，大可以治天下國家。」以辭章爲文受到了他的貶斥，屈原、宋玉因爲「無賢人烈士之行」，也只能被視爲「文人之祖」。他所重視的是學有所本，以道爲先，然後見諸文辭。對於明乎先王之道、施諸事業的君子而言，著述文辭只能算是「緒餘」。

依循這樣的評價準則，明代前後七子之作遂爲太宰春臺所詆斥。他批評這類「爲文乃抄古人成語而聯綴之而已。文理不屬，意義不通」的剽襲作法，鮮明主張爲文當自出機杼：「作文辭者，取法於古人，而發諸己心，出諸其口，然後命諸筆，著諸篇。苟得古人之體與法以修辭，雖今言猶古言也，是謂自我作古。」善於古文辭者，皆自鑄偉詞而自成一家，七子則襲用陳語，流於歇後、套語，於是雖曰上法秦漢，實則流於六朝之下。其弊根源在於，文辭當講求篇法、章法、句法、字法，而七子綴緝古辭，非出一家，「專務擇古辭而不擇行辭之法」，於篇章血脉不能一意貫之。即使是李、王也不免「以是取敗」，末派中人更不待言。正確的路徑，當是「先辨體，其次明法，其次擇言」，七子「徒知古其辭而忘古其法」，自然不足稱道。

《文論》之後附有《後世修辭文病》三十一則，主要指摘李攀龍與王世貞的文章弊病，偶及李夢陽與汪道昆。譏刺其濫用套語、變用古語而不切今事，「辭雖古而法不出於古人」。根據太宰春臺元文己未（四年，1739）所作跋語，這是他看到僧人大潮元皓所編纂、刊行于前此一年的《明四大家文抄》，「因就《抄》中舉其病大者而論之，以告同志，他可例推」。其論文主旨，則是對七子模擬之習予以根本否定：「今時文章之士，好古而學四家，譬猶却步以求及前人，其不可得也必矣。」

不難發現，太宰春臺雖然重視古文辭，但并非執着于字句剽襲，而是强調由修辭而明六經之文、達先王之道，從而興復古學。這自然源於荻生徂徠的古文辭思想，但在具體家數上却頗能見出太宰春臺的獨到之處。徂徠極爲推重李王之文，曾將之與韓柳文合纂，編選《四家雋》以授徒。此書太宰春臺曾參與校勘，而正式刊版則是他去世多年之後的寶曆辛巳（十一年，1761）。餘承裕在《四家雋序》中指出，後世學者「有爲韓柳左袒者，有爲李王扼腕者，而各以其黨傾奪，甚則至引繩排根，不附己者以不相容云」。但韓柳與李王文辭之變實有内部相通之處：「蓋韓柳懲六朝靡麗之弊，欲以矯之也，則其勢不得不趨於達意矣；李王厭宋元鄙俚之失，欲以正之也，其風不得不反於修辭矣。」韓柳專於法，李王主於辭，「法非辭不達，辭非法不立」。徂徠雖然聲稱「唐唯韓柳，明唯王李。自此以外，雖歐蘇諸名家亦所不屑爲」（《與松霞沼》），但着力更在七子，所謂「不佞嘗作爲《四大家雋》以誨門人，而其尤推李王者，尚辭也」（《答屈景山》）。他曾稱讀李王二家書始識古文辭，借此而始明六經，而此序之説頗有彌縫重唐宋與主先秦兩派之意。太宰春臺高唱古人之法，排斥一味主辭，正好可與此説互參。實際上在《詩論》中太宰春臺就已經對李攀龍絶句甚爲不滿，「絶句如此，律詩亦可知也」，「于鱗之詩既如此，他諸子之詩從可知也」。於是他不禁感慨：「向使徂來先生不死，十年必見明詩之可厭，不復好之。」與其論文主張合觀，這正好是他不盲從師説而别出手眼的表現。

《文論》成書於元文四年，與《詩論》合刻，有寬延元年（1748）刊本，又有安永二年（1773）新刻本。今據寬延本録入，并參校安永本。

合刻文論詩論序

文辭者君子所爲，而使君子照照乎與日月不滅息者，亦文辭所爲也。立言之道，與德也功也并不朽矣。何則？去而思，操則存。存者何？凡所爲之事皆是也。故索諸言得諸事，而君子之道炳焉。三代之文於是乎不滅息，今猶可觀，而後始可與言君子也。蓋古言難知，非身自能修古文辭，而徒欲窮其章句，是其所學者，真土梗耳。徂來先生唱復古學於東都，其徒二三子屬而和之，始於修辭，終以明六經之文，先王之道歷數千載而復明。時則有若我春臺先生，使徂來先生數有助我之嘆。論六經以下凡古言照照乎今猶可觀者，焕若發蒙，亦惟其功有不讓云。今其書具存，若其於文辭也，未始不以夫喜王李之能聯綴古語以成己辭，而以其文爲古文，猶且潤色之。而其徒往往因以爲家者，爲非古文也，乃其所見異乎夫二三子之撰。嘗作《文論》以言其志，蓋自許古人見與也。先生蓋嘗曰：「雕蟲末技，非君子所尚也。以辭相鎮，其謂鬥技何？」此篇不出帳中，其以此乎？最後吾黨數請，始得見。遂請上木，則得命直也題於卷首。會先生没，哀哉！此篇也，若使好古之士幸得讀之，其必有勃然興之者，如流人聞昆弟親戚之謦欬於鼪鼬之徑也。先生之立言與其德功，照照乎與日月不滅息，今猶可觀。去而思，操則存，吾黨於先生，不亦去其人滋久，思之滋深乎？學者由是修辭，索諸言，得諸事，明六經之文，以達先王之道，可與言君子，亦尚行先生之志乎哉？《詩論》一篇合刻。

寬延戊辰冬十月，東都植村正直序。

文論

第一篇

夫天有日月星辰，是謂天文。人有禮樂典章，是謂人文。《易》曰：「觀乎天文以察時變，觀乎人文以化成天下。」文之時用大矣哉！《尚書》贊堯曰「欽明文思」，贊舜曰「濬哲文明」，贊禹曰「文命敷于四海」。至于文王之爲文也，《詩》《書》所稱不一而足。周公之相成王而治天下也，制禮作樂，以成七百年之王業。郁郁之文，周公實爲之，故周公亦謚曰「文」。是知帝王之莅天下也，非文德不可。若夫湯武皆以征伐取天下，所尚在武，不遑修文，是以《詩》《書》不稱其文爾。仲尼論定六藝，明乎先王之道，垂教於世，而文章之稱益著焉。其稱堯則曰「焕乎其有文章」，其稱文王則曰「文王既没，文不在兹乎」，其言周道則曰「郁郁乎文哉」，其語弟子之職則曰「行有餘力，則以學文」。其以四教，則文最爲先。其語君子之道，則曰「博學於文」；其言服遠人，則曰

「修文德以來之」。至於弟子顏淵、子貢之屬，亦其稱夫子也，則曰「博我以文」，又曰「夫子之文章可得而聞也」。凡此其尤著明者也。由是觀之，夫子之於文章，其奚若哉？然夫子所謂文者何也？曰：先王之道之謂文。文也者，非他也，六藝之謂也。孔子以文爲道，且以爲教，此其所以聲名洋溢乎中國，施及蠻貊，而萬世與日月合其明也。雖堯之光被四表，格于上下，何以尚焉哉？周季諸子，雖竭其才，極其辯，終弗能及者，不達於此也。夫君子之道以文爲至，學而時習之，小可以修身，大可以治天下國家。故古之君子，動作有文，言語有章。曾子曰：「動容貌，斯遠暴慢；出辭氣，斯遠鄙倍。」此君子之所貴於道者也。夫所以能遠暴慢者，文在其容貌也。所以能遠鄙倍者，文在其辭氣也。豈惟言動爲然哉？凡君子之居處奉養，無有不文。是故黼黻玄黃，雕琢刻鏤，文其目也；鐘鼓管磬、琴瑟竽笙，文其耳也；茝若椒蘭，文其鼻也；鹽梅五味調和，文其口也；芻豢稻粱酒醴，文其腹也；三冠冕旒，文其首也；衣裳裼裘佩玉，文其身也；赤舄黑屨、黄繶青絇，文其足也；長廊廣廡、棼橑欞檻、青瑣丹墀，文其居也；乘輿鳴鑾，文其行也；旌旗節旄，文其道路也；百官有司鵷列雁行，文其朝廷也；揖讓拜趨恭敬，文其升降進退也；玉帛筐篚，文其問遺也；俎豆樂縣，文其燕享也；聲詩歌咏，文其情性也；弓矢戈矛、貝胄朱綅，文其威也；重棺柳翣墳壠，文其死也；謚號，文其名也。《禮》曰「至哀無文」，然衰麻、經帶、辟踊、哭泣、倚廬、寢苫、枕塊，是亦文其哀也。君子之用文若斯，文固君子之表也。自周之衰而文失其本，迺以辭章爲文。於是乎有文人焉，屈、宋其文人之祖乎？夫仲虺相湯而作誥，伊尹相太甲而作訓，周、召師保於周而皆作書數篇。夫四公之書，蔚乎其文，炳乎其如日星，而後世不敢目之以文人。夫唐虞之際，《康衢》《擊壤》之歌作于民間；舜作《元首》之歌，而皋陶賡載之；《南風》之詩，亦舜之所作；《景雲》之歌，朝士所作也。《詩》其權輿於斯乎？夏有《五子之歌》，周則自周、召以下，凡伯、芮伯、吉甫、仍叔、家父、蘇公之屬，皆以公卿而作詩。其餘列國君大夫士，至於閭里小民，皆能有作。夫詩雖發源於唐虞，而夏殷其流尚微，周其盛矣乎？周人之於詩也，可謂能矣，然而後世亦不敢以詩人目之。大氐古人之於詩也，不學而後能之，天性也已。且夫荆軻一刺客也，項羽一猛將也，而易水之别、垓下之敗，設使後世詩人爲之，豈能及二人所作歌者哉？至若漢高素不好文，而《大風之歌》非千古絶唱乎？如此者皆所謂情動於中而形於言，非所以粥技也，非所以干譽也，譬之猶造物不用巧而工者也。是以焄蒿悽愴，悠揚發越，千載之下徒誦其辭而猶能令人慷慨激烈，哀嘆弗已，況於其時親聞其聲乎？由是觀之，言豈在多哉？所以謂屈、宋文人者。二子之時，楚國無人，懷王昏愚，兩爲張儀所欺，其卒也客死于秦。原也事之，上不能爲龍逢、比干，下不能爲甯武、家羈。及其見放也，憂愁幽思而作《離騷》，反復諄諄，累數萬言。《史》稱原嫺于辭令，余讀《離騷》，知史氏不我欺也。原之文辭雖則與日月争光，然無補于時，而無垂于後。特如棄妻逐子，怨慕至死，則是徒足取憐於世而已。雖多，亦奚以爲？玉之事頃襄也，亦以文辭而頃襄之於玉也，非俳優畜之乎？文辭之取辱，自玉始也。原也其意猶可憫也，玉則以文辭爲容悦者也，何足道哉？何足道哉？原也雖清矣，要無賢人烈士之行，余故曰是文人也已。自玉而下，則從容辭令之流，辭愈巧，人愈污。悲夫！在漢則司馬相如，實文人之雄也。然相如之文，唯《諫獵》一書爲典實爾雅，不啻匡正時君，亦可以誡後世也。人主省之，足以補其過焉。其他賦頌書檄，瓊敷玉藻，積章累篇，無非所以啓時君樂遊畋、希神仙、拓邊斥境、禱祠求福、驕奢淫佚之心。文辭雖工，抑何用哉？是乃雕蟲篆刻，壯夫不爲。小人苟合取容之事，非君子所行也。昔者鄭之爲國，小國也，而間於晋楚。子産、太叔相繼爲政，而晋楚莫敢侮之。二子之相鄭而周旋于兩大國也，力則弗勝，非文辭而能諸？二子則以智勇行其文辭，所以爲賢也。屈、宋、司馬之徒，何能及之？降自漢季，文人雲興，而輕薄無行者十八九。處則無以檢其身，出則無以行其道。辭雖可悦，才雖可愛，而不可以列於君子之林。如此者，真所謂國之蠹也，不可不察也。甚矣！文辭之末失也。非惟學士大夫有此弊，雖人君亦有之。嘗試論之。自秦漢而下，人主有文辭而不失其英烈者，唯漢世祖、唐太宗爲然。如孝武文而不德，梁高祖及簡文、元帝、陳後主、唐玄宗、文宗，下至宋徽宗，此數君者皆多文藝，富著述，一時才士或不能及。觀其爲君也，荒淫無度，柔懦不振，以馴致危亡，如出一塗。論而至斯，文辭之弊極矣。此何以然？蓋由學無其本，從事華辭，逞技矜能故也。孔子曰：「志於道，據於德，依於仁，游於藝。」此君子之學之序也。故君子之所學者，先王之道也；所行者，先王之道也；所以成德者，先王之道也。夫然後見諸文辭，施諸事業。是故生可以坐廟堂而出政令，死可以血食百世，此之謂不朽。然則著述文辭，特君子之緒餘也、土苴也。今之學者不志於道，不據於德，唯文藝是執，務麗其辭，不修其行。所希則左氏、司馬，所要則名譽。日弄文墨，孳孳汲汲，唯恐技之不售，名之不聞。輕薄之徒見而悦之，聞而慕之，於是同欲相趨，同情相成，爲羽爲翼，更相稱譽，朋黨比周，横行一世，拔茅連茹，不可奈何。夫左氏、司馬固皆一時之俊也，丘明傳《春秋》，子長作《史記》，皆有功於斯文，而千載無異論者也。雖然，二人皆史臣也，刀筆之吏也，巫祝醫卜之與爲伍，而人主之倡優所畜也。丘明之於魯也，孰與臧辰、行父之爲公家之柱石？子長之於漢也，孰與蕭、曹、韓、張之爲開國之元勳？古稱太上立德，其次立功，其次立言，是謂三不朽。故立言不若立功，立功不若立德，此班仲升之所以投筆，其有見於斯夫？故古之人有所著述者，彼皆失其志而不得施行于時故也。若仲尼之修六經，是其最大者也。後世學者不能著述則已，其苟取筆，則宜效仲尼修六經以輔翼先王之道也，何以區區文曲爲？凡人志于學而不學孔子，非君子儒也。雖今之學者莫不自稱仲尼之徒，乃不爲君子儒，而爲文人者流。所争不出乎章句，以淫靡柔懦爲風流，以無禮無度爲任達。謂之才子則喜而促膝，語之忠信禮讓之事則蹙頞掩耳。若然者，處則不爲鄉黨所齒，出則爲王侯之弄臣，與百工偕奏技於杯酒之間，是其爲辱也不亦大乎？士而爲是，亦顔之厚也。文人而受此辱，豈文之罪哉？學文者之罪也。不可不慎也。是故學者將明乎先王之道，而施諸事業者也。道既明矣，固宜起而從政。故當其得志也，自伊、傅以下，至於管仲、百里、子産、太叔，皆可爲也。然而有命焉。故不得志則守環堵之室，衣襤褸，食藜藿，弦歌諷誦，以樂堯舜之道，而文在其中矣。此之謂好學，此之謂君子人。若徒從事華辭以鈎名譽而已，則是一曲之士，不足貴也。客難之曰：「如子之論，則屈原、相如其人其言皆不足取，而太史公乃特爲二子立傳，何也？」對曰：「亦愛其文辭耳。然太史直筆，其於屈子之從容辭令，莫敢直諫；長卿之窮而淫行無耻，達而阿諛逢迎以蘄利澤，則皆具其事而不護其短，所以見意也。不然，《史記》國典，苟阿其所好，襃貶失措，何以示勸戒於後？吾知子長必無之矣，此其所以爲良史也。」

第二篇

自古文辭之學作也，屬辭家一句一字必取諸古人，汪伯玉實長焉。今吾黨學者纔知弄筆即言古文辭，觀其爲文乃抄古人成語而聯綴之而已。文理不屬，意義不通，譬如衆坐之中，東西南北，賓客雜遝，士女群居，言此言彼，或笑或泣，剿説雷同，紛紛擾擾，不可適聽者狀。噫！亦可厭哉！夫斯弊也，豈唯後生輩有之哉？齒長學成而自謂能文者，亦不免焉。若此之類，吾嘗戲目之爲糞雜衣。客曰：「何謂也？」曰：予聞諸浮屠氏身毒之國，其俗好潔。凡病人、死人、産婦之衣衾及火燒之餘，苟有污蔑不潔者，皆收而棄諸糞壤。浮屠則不織而衣，故取人所棄衣衾於糞壤，割去其污，洗以皂角水，令極清潔，然後依法裁割綴緝以爲衣，命之曰糞雜衣，一名衲衣。釋氏法服，此爲第一。其爲衣也，數十百片布帛斷合成，故一衣而有錦者、有綉者、有繢者、有綺者、有羅者、有綾者、有繻者、繒者、縞者、絹者、布者。忽見若斑爛可悦，就而視之則非特文理不屬，而精粗美惡駁雜不一，令人厭惡，釋氏取其爲人所厭惡耳。今夫取蜀錦斷數百片而聯綴之，采色之美使觀者悦。然以文理不屬，與其聯綴界縫，不可泯滅也。比之一匹錦，未始裁割，則其高下寧同日之論哉？人亦誰捨一匹錦而取聯綴者哉？夫六經尚矣，自《檀弓》《考工記》《禮運》《樂記》諸篇，左氏、公羊之釋經叙事，孟軻、荀卿、莊周、列禦寇之論道立言，屈平、相如之騷賦，戰國諸策，吕氏、淮南之蒐羅宇宙，司馬遷、班固之紀傳，凡此雖其體與法各殊，而均之皆古文之奇者也。譬之如數十匹錦，文采各殊，而要皆出於機杼者也。夫錦之美惡在精粗，其同異在文采，而織之有法。今有美錦於此，使工人擬織之，但得其法，而精粗同等。文采相若，則黼黻易處。更玄爲黄，何不可之有？此以其機杼由己，文章位置得所而條理不紊故也。故織文錦者，有所則效而機杼由己。作文辭者，取法於古人，而發諸己心，出諸其口，然後命諸筆，著諸篇。苟得古人之體與法以修辭，雖今言猶古言也，是謂自我作古。故善屬辭者，取諸古人而出諸己口，令讀者不覺其爲古辭。此以其文理條貫，有倫有要故也。夫文之有理，猶人身之有血脉也。人苟或血脉不屬，則手足不用，謂之廢疾，謂之不成人。文辭而無理屬，其爲不成文亦明矣。《書》曰：「辭尚體要。」余亦曰：文在理屬。故善屬辭者，猶織工也，取法於古而機杼由己也。不善屬辭者，猶縫人也，以聯綴爲務也。今試使縫人聯綴數百斷錦以成一匹錦，雖極其裁縫之工，何及新織下機之一匹錦哉？此何以然？無理屬也。夫以一匹錦，則縫之工尚不若織，況縫之不工乎？又況聯綴羅綺雜帛，精粗美惡斑駁不一乎？此豈吾所謂糞雜衣者非邪？夫古今者，時也。逝者固不可追也。惟人萬物之靈，今而可以及古者，其惟學乎？學有二焉：德行也，文辭也。然德行難，文辭易。故學而可以及古者，莫近於文辭。今雖善學者，其所以不能及古者，患在要譽與貪多也。苟去此二患，而唯古是好，何不及之患哉？彼爲文辭而成糞雜衣者，又何足與言文哉？

第三篇

夫修辭之道，務擇其辭。且如爲詩，自風雅而下，歷漢魏六朝，以至於唐詩，各有其辭，不可相亂；相亂則失體，不成家數。然詩辭又有二焉：有獨用之辭，有通用之辭。如風雅之辭，不可以入漢魏以後詩；六朝辭，不可以入唐詩。是獨用之辭也。如風雅之辭，而可以入漢魏六朝詩，亦可以入唐詩，是通用之辭也。爲詩者不可不知也。惟文亦然。自六經以下，至於戰國秦漢作者，各有一家之辭。後之綴文者必知擇之，然後可以言文也。然古人之辭有一家所專者焉，有與衆共者焉，後之作者唯取其與衆共者而用之可也。若古人所專者，後人取之，謂之剽竊。唯效其體者得用之，否則不得泛用。爲其失倫，上下難接也。若不得已而用之，亦不可過三數字，多則累矣。至於《詩》《書》之辭，尤不可輕用，以其皆非平常文辭也。夫自漢魏而下，爲五七言詩者，猶不敢妄用《三百篇》之辭，況敢用諸文中乎？唯於文中作韻語者，時用之可矣。《書》有六體：曰典也，謨也，訓也，誥也，誓也，命也。六者辭各有當，故不可泛用也。古人文辭有用《詩》《書》之辭者，皆所以徵己義也。故必稱「《詩》曰」「《書》曰」，未有取《詩》《書》之成語以爲己語者也，以其辭異於常故也。唯《孟子》述舜事一節，其文乃似典謨。所以似者，用其辭耳。未始偷典謨一語也，所以爲奇也。予觀今之爲古文辭者，務剽竊古人之成語。雖云擇之，特捨東漢以後，而取西漢以上耳。苟語出先秦西漢者，不問所出之家，不審其所專與其所與衆共，而隨得混用。甚至於取《詩》《書》之文以爲己語，何其妄也！夫鳥有反舌，善作百鳥之聲，而不能自鳴，故亦名爲百舌。今之爲古文辭者，何以異於是？沉思有省，寧不醜乎？夫先秦之世，諸子蜂起，人自立言。當斯之時，固有所稱古人者焉。今觀其所著，皆自成一家而已，未見取人之成語以爲己語者也。雖西京作者亦然，不然者一劉安耳。故予嘗以《鴻烈》爲諸子優孟者，爲此也。逮乎六朝人，有作歇後詩者，屬辭家亦有之，如謂人主遺屬曰貽厥、稱大臣勳勞曰微管之類，後儒嗤之。蓋詩之歇後，實戲謔也。文而歇後，謂之何哉？然六朝人好作儷句，故造歇後語者實爲句法所拘也。夫歇後固近於俳矣，後之作書牘者迺有套語，如謂主人曰東道、原物還人曰完璧、親近賢者曰御李、初相識曰識韓之類，是謂套語。套語者，唯俗間書牘用之以達其意而已，古文豈有是法哉？然今之爲古文辭者，取經傳子史之成語而用之，則借本語之意以明己意，不遑顧其義之無因。如謂匹敵曰秦晉、謂事之雁行曰魯衛之政、謂物不中用曰匏瓜、謂病之重者曰膏肓、擇所從則曰吾從周、有所許與則曰吾與點也、有以小不是笑大不是者則曰以五十步笑百步之類，此其本語，皆學者所記誦，故不待註解而得其旨焉。若不然，豈不惑人乎？夫如此者，何異於用套語哉？尤非屬辭家所宜行也。《詩》云：「維號斯言，有倫有脊。」今之所謂古文辭者，謂之有倫有脊不可也。予嘗取先秦古書而反覆檢閱之，未見有如所謂套語者也。而今爲古文辭者比比皆然，豈不鄙哉？嗟夫！今人生于千載之下，屬文而擇古辭，爲法固善，先儒之教可仰，然至其末流迺用套語，則亦爲法之弊迺爾。由是觀之，韓文公之去陳言而用新言，蓋有見於此也。予故著論以告好古之士云。

第四篇

夫文有四法：一曰篇法，二曰章法，三曰句法，四曰字法。作文者積字成句，積句成章，積章成篇，四者皆有法焉。一失其法，則不成文矣。自先秦古文以至韓柳二家，森然法度，歷歷可考矣。近世古文辭家作務擇古辭，於是輯古人成語而綴之以爲己辭。其辭有唐虞，有三代，有秦有漢，自六經傳記旁及諸子百家。苟可以達己意者，莫不取用。今觀其文，非不工也，惟其字與句俱有法，而其章與篇或失法，此其故何也？字句皆出於古人，而綴之在今人故也。夫積句成章，章有短長，必須一意貫之，無閑語，無剩字，首尾若出己口，斯之謂章法。積章成篇，其要在過接，尤當謹之。雖多轉折，而條理不紊，一意貫之，無有間斷。譬如人之一身，雖有關節曲折，而血脉不亂，一氣貫之，無有壅塞，斯之謂篇法。古人之文皆然。今爲古文辭者，一字一句必取諸古，則其字與句無非宛然古人之辭。然其所輯非出一家，則其所成章未必無楚夏異調之累，且其辭或不切今之事情，是以其意雖達，比之自其口出者，如童子將命。雖有工者，則如優師之辭，喜怒哀樂各得其情，而辭乏典實。雖肖其所效，比之真者，不待明者而見其異焉。此無他，言不出其口，辭不類其情也。汪伯玉、李于鱗皆善古文辭者也，今觀其爲文也，猶且不免類俳，况他人哉？凡古文之工者，叙事則令後之讀者如親見之，持論則令後之讀者如親聞之，狀物則如畫，語喜則令人展眉拊髀，語怒則令人切齒攘臂，語哀則令人歔欷於邑，語樂則令人歡欣抃舞，此文辭之妙也。自先秦古文以至韓柳二家，其孰不然？唯爲古文辭者則不然，豈非以其辭有不切事情者故乎？故爲文者要在了古法，法在字句篇章。故今之作者立言行辭苟取法於古人，而步趨不失矩矱，則雖言古人所未始言可矣，雖構新辭可矣，何用古人成語爲？近世爲古文辭者如明諸子，孰謂不工？然其病在用古人成語。至其所爲擬古之文，莫不酷肖古人，猶且坐用成語，不免破綻。如于鱗《擬秦昭王書》，雖人所稱，予不悦之也。至若王元美《左逸》《短長》，雖巧思出于鱗擬書之右，亦自一二成語破綻，惜哉！余故曰：古文辭之患，在用古人成語，不其然乎？李、王尚以是取敗，况其他乎？大抵古文中有奇辭奇語難讀，後儒不得其解者，彼豈必有所本哉？恐亦多出其自撰耳。韓文公蓋窺此秘，故務去陳言而擇新言，豈不可哉？要在不失法耳。後之學韓者，用法不及退之而去陳言過之，此文之所以再敗也。及明人倡古文辭，務綴緝古辭以爲文，其弊至用套語，套語之弊至爲歇後語，古文辭至是降爲六朝，不能爲東漢，又安望西京哉？此所謂矯枉過正者，明人有焉。文學之士，不可不察也。

第五篇

夫文有三要，一曰體，二曰法，三曰辭。體者何也？曰：體者，裁也，制也。經傳子史，體之大分也。誓誥訓命序記銘誄之等，體之細分也。然斯數體者，文之經也，猶《詩》有《國風》《雅》《頌》也。又有二體：曰叙事也，議論也。斯二體者，文之緯也，猶《詩》有賦比興也。法者何也？曰：字法也，句法也，章法也，篇法也。斯四法者，諸家皆有，此法之細也。如言法之大者，則左氏有左氏之法，司馬有司馬之法，諸子各有其法，決不可混用也。辭者何也？曰：辭者，言之文也。辭有今古，有短長。短者一字，長者十餘字。今古者，時世也。修辭家必取西漢以上，欲其文似古人也。然修辭家專務擇古辭而不擇行辭之法，故得於辭而不得於法。行古辭以今法者有之矣，其病在好用古人成語。夫古人之語必有所以出之，今修辭家但用古人成語而不問其所以，故辭雖典雅而文理不屬。且古辭而行之以今法。高者而入六朝，下者俳矣。且六朝人有歇後語，後人遂以爲套語。今修辭家用古人成語，或舉首而匿尾，或舉尾而匿首，此不亦歇後之類乎？又所用古人成語，有其首有用於今而其尾無用者，有其尾有用於今而其首無用者。修辭家必用其全句以達己意，不亦套語之屬乎？夫古文辭家，開口言左氏、司馬。左氏高矣尚矣，初無所效仿。司馬則有取於前世，彼其百有三十篇文，寧有用古人成語如今修辭家者乎哉？善讀《史記》者知之。此韓退之所以務去陳言也。後之修辭家見韓氏之末弊而欲改之，於是務擇古辭。李獻吉首倡此道，汪伯玉、李于鱗、王元美繼作，然後大行于世。夫四子者，豪傑也。于鱗之奇崛，元美之宏博，皆一世之俊也。今觀四子之文，無非古辭。然其行文，獻吉、伯玉尚遵古人之法，于鱗、元美則用今法。獻吉時去陳言，猶退之也。元美好變用古辭以見其巧，于鱗、伯玉即用古辭不敢裁割，于鱗又好險其語，以爲古文辭當如是。嗚呼！古文固難讀，不亦有易讀者哉？左氏、司馬之文，豈盡難讀哉？雖《尚書》之尚，其尤難讀者，唯商盤周誥爲然，其餘不必佶屈聱牙。他諸古文，何獨不然？故余以爲于鱗之文亦未全古，况其行文以今法乎？吾友次公嘗與余論文，曰：「于鱗之文似俳。」可謂知言哉！夫修辭家學左氏、司馬而其文乃不能超六朝，此無他，徒擇古辭而不取法於古人耳。夫退之不屑陳言而去之，後之修辭家非之。唯宗子相在修辭家數，而特立獨行。元美序其集曰：「當其所極意而尤不已，則理不必天地有，而語不必千古道者，亦間離得之。」此則子相之卓見，所以度越同時諸子也，豈不偉哉？余嘗與人論文，以爲文辭當先辨體，其次明法，其次擇言。若徒擇言而不明古人行文之法，未有能成古文者也。先賢且尚坐是，况今學者乎？近因覽于鱗等文，指摘其中一二失古法處，以示小子，庶幾幼學知古文辭之病。嗚呼！古文之難成如此，吾不能不欽慕昌黎。

第六篇

近時爲古文辭者必以左氏、司馬爲口實，吾謂左氏、司馬文不同辭。左氏之辭，周人之語也；司馬之辭，戰國秦漢人之語也。且舉其所異曰：左氏記戎事曰某師，司馬則曰某軍；左氏曰某帥師，司馬則曰某將兵；左氏曰伐，司馬則曰擊；左氏曰圍，司馬則曰攻；左氏曰致師，司馬則曰挑戰；左氏曰使某云云，司馬則多用遣字；左氏曰將云云，司馬則多用且字。至若司馬之誠，如左氏之苟；司馬之即，如左氏之若。及諸言語禮辭稱呼，司馬時所行而左氏時未有者頗多，不可枚舉，校之可知矣。且其行辭也，左氏多短句，司馬多長句。左氏之文簡而整齊，必添數字然後其義纔通。司馬之文詳而變化，不可拘以一定之法。要之百三十篇文，百三十法矣。此二家之大體也。左氏之文自一法，前無古人。司馬之文亦自一法，其紀漢興以來乃其自撰。其紀五帝以降至秦楚之際，則采摭經傳及諸家遺文，以爲本紀、世家、列傳之言。雖采摭經傳及諸家遺文，然於其中頗檃栝原文，而行之以其家法。此子長所以能成一家也。夫子長之所以能成一家而高於百世者，以其能變化也。後子長而能變化者，千載唯有一韓退之而已。夫六經無「真」字，《尚書》無「也」字。《尚書》之辭，朕、台，皆我也；攸，所也；若，順也；乂，[一]治也；克，能也；肆，故也；届，至也；俞，然也；允，信也；誕，大也；厎，致也；逆，迎也；罔，無也；俾，使也；作，爲也；邁，行也；紹，繼也；亶，誠也；曷，何也；矧，况也；敉，撫也；畀，予也；越，於也；厥，其也。諸如此類，《尚書》所用，《詩》《易》亦用之，而他書所罕用也。《莊子》好用「真」字，《爾雅》必用「也」字以成訓詁。夫文辭固有今古。六經高矣尚矣，左氏監於《尚書》，則《尚書》爲古，而左氏爲今。周季諸子監於左氏，則左氏爲古，而周季諸子爲今。司馬監於周季諸子，則周季諸子爲古，而司馬爲今。如果貴古賤今，則除六經外，自《論語》《孝經》，其文辭且不足貴也已，况下焉者哉？古文辭家乃概謂西漢以上爲古，而務摹擬之。摹擬則可，吾惡其務摭古人成語，而緝之以今法。是徒知古其辭而忘古其法也，豈全其古者哉？吾謂後子長而能行古法者，其唯退之乎？其去陳言，不必古也。其爲新辭而行之以古法，能古也。此則蒙莊家法，而子長所行也。斯法也，唯退之爲能行之，豈不尚哉？夫徒以左氏、司馬爲口實，而不知二家文辭不同如是者，何足與言古文辭哉？由此觀之，退之其達矣乎！

[一] 乂，原作「人」，據安永本改。

第七篇

自有文辭而有詩。詩者，出於人情之不能已者也。人心不能無思，思而弗已則形於言，發於聲，詩乃心聲也，故《釋名》曰：「詩，之也，志之所之也。」《莊子》曰：「詩以道志。」夫自虞廷賡載、擊壤、卿雲之歌以下，至於後世閭里童謡，無非心聲，無非道志。至若《三百篇詩》，太史所采陳，仲尼所删定，無以尚焉。是以古者用之鄉黨邦國，以風化天下。君子燕饗賦之，以言其志。此《詩》之所以首於四術，列於六經，而與《書》并爲義之府也。周衰，楚人始作騷賦。漢興，司馬相如以賦得幸於武帝。成帝時，揚雄又以工賦見稱。自是之後，文人競作賦。夫《詩》有六義，其二曰賦。賦者，《詩》之一體也。《三百篇》中自有賦，如《碩人》篇謂之美人賦亦可，《大叔于田》篇謂之田獵賦亦可，《小戎》篇謂之戎車賦亦可，《七月》篇謂之農業賦亦可，《六月》篇謂之出師賦亦可，《斯干》篇謂之新宫賦亦可，《楚茨》篇謂之禋祀賦亦可，《賓之初筵》篇謂之飲酒賦亦可，《雲漢》篇謂之旱賦亦可，《烝民》篇謂之良臣賦亦可，《駉》篇謂之牧馬賦亦可，《泮水》篇謂之頖宫賦亦可，《閟宫》篇謂之新廟賦亦可，他亦有類此者。是則《詩》中之賦也，何更有所謂賦者乎？觀夫騷賦以下，效《詩》中之賦而敷衍其事者也。

嘗試論之：屈原《離騷》，愁訴自白，辭多重複；宋玉爲襄王弄臣，其賦滑稽戲謔，誨人淫佚，實名教之罪人也；荀卿賦體未具，不足道也；賈誼《弔屈》《鵩鳥》鬱邑紆軫，猶類《離騷》；相如《子虛》《大人》飾辭淫靡，華而不實，徒爲武帝煽其侈心；揚雄《甘泉》《羽獵》《長楊》聱牙怪僻，辭多誇詡，要歸阿諛；至若班固賦兩都，張衡賦二京，皆長卿、子雲之流，務綴淫靡無實之辭，疊積成篇，讀之使人厭倦。夫賦不可歌，則不如《詩》之用之邦國鄉黨以風化天下也。爲篇冗長，不可諷咏，則不如《詩》之可以興、可以觀、可以群、可以怨，邇之事父，遠之事君也。爲辭淫靡無實，不可引以言志，則不如《詩》之爲義之府也。誦之不可以從政，爲之不可以佐經術，則不如《詩》之經夫婦、成孝敬、厚人倫、美教化、移風俗也。夫賦之無用於天下如此。或問於揚雄曰：「吾子少而好賦？」曰：「然。童子雕蟲篆刻。」俄而曰：「壯夫不爲也。」《傳》曰：「雄以爲賦者，將以風也。必推類而言，極麗靡之辭，閎侈巨衍，競於使人不能加也。既乃歸之於正，然覽者已過矣。往時武帝好神仙，相如上《大人賦》，欲以風，帝反縹縹有陵雲之志。由是言之，賦勸而不止，明矣。又頗似俳優淳于髡、優孟之徒，非法度所存，賢人君子詩賦之正也，於是輟不復爲。」蓋子雲晚亦有悟焉，遂以垂戒如此。後人不省，猶競爲之。自東漢以來，作者與世降，雖多亦奚以爲？此之謂矣。昔人有言曰：「文之有賦，猶草木之有竹也。」可謂善喻也。然竹實有用，而賦無用，則亦非其比也。夫《詩三百》定於孔氏，君子必學之。騷賦則滑稽優辭，不學可矣。不啻不學可，亦不讀可矣。唯詩乎，《三百篇》尚矣。雖後世之詩，苟本人情而不違風雅之道，則可以繼《三百篇》，何用作賦爲？予嘗謂後世學者所以多事，文辭爲之累也。文辭之累，賦居其一。不知誰以爲然者？吾將與之尚論古之道。

文論附録後世修辭文病凡三十一則

不佞

按，《論語》曰：「雍也，仁而不佞。」邢叔明《正義》曰：「佞，口才也。」《左氏傳·僖十五年》，晉惠公曰：「寡人不佞，能合其衆，而不能離也。」又《襄十四年》，太叔儀曰：「群臣不佞，得罪於寡君。」又《襄二十三年》，臧武仲曰：「紇不佞，失守宗祧。」又《昭二十年》，奮揚曰：「臣不佞，不能苟貳。」杜元凱註曰：「佞，才也。」又衛靈公曰：「亡人不佞，失守社稷。」又《昭二十二年》，宋元公曰：「孤不佞，不能媚於父兄。」又《昭二十五年》，子家羈曰：「羈也不佞，不能與二三子同心。」又《昭二十五年》，[一]宋元公曰：「寡人不佞，不能事父兄。」「不佞」字見

[一] 五，原作「六」，據《左傳·昭公二十五年》改。

《左傳》者如此，皆謙辭也，非自稱也。曰「臣」曰「亡人」曰「孤」曰「寡人」，乃自稱也。紇，臧孫之名也。羈，子家之名也。古人先自稱其所稱，而後言「不佞」，是「不佞」云者，謙辭也，非自稱也明矣。《顔氏家訓》曰：「昔者王侯自稱孤、寡、不穀，自茲以降，雖孔子聖師，與門人言，皆稱名也。後雖有臣僕之稱，行者蓋亦寡焉。江南輕重各有謂號，具諸《書儀》。北人多稱名者，乃古之遺風，吾善其稱名焉。」由此觀之，古人所行可知矣。明人好自稱曰「不佞」，以余所見，自漢魏已降至明初，文人書辭未有是稱。蓋自李于鱗、王元美始也。夫自稱曰「不佞」，比諸稱名者似倨。且古人謙辭，更有「不敏」「不才」「不德」「不天」「無似」「不肖」，皆「不佞」之屬也，亦以爲自稱可乎？要之，辭雖古而法不出於古人，不可行已。李于鱗《送靳子魯出守潁州序》曰：「南陽、豫章諸卿大夫若父老，各以其經學治行翕然重之，想見丰采。而顧愈益畏子魯，自惟難兄。」

後漢陳太丘評其二子曰：「元方難爲兄，季方難爲弟。」言無優劣也。今于鱗謂人之難出其上曰「難兄」，則是誤用套語也。凡用套語，非古也，况誤用之乎？又《送泉州袁推官序》曰：「發容慚恧，薄言妻子。」

《詩》言「薄言」者多矣，「言」訓我。《毛傳》云：「薄，辭也。」《鄭箋》云：「薄言，我薄也。」凡云「薄言」云云，意在下二字。今于鱗云「薄言妻子」，不成語也，古文無之。

又《送蒲城宋簿宇序》曰：「不知季次、原憲，用行舍藏。」「用之則行，舍之則藏，惟我與爾有是夫」，此孔子與顔淵言也。夫子語顔淵，明言「惟我與爾」，未聞他人有是。且約孔子本語二句八字爲一句四字而用之，亦非古法也。

又《太華山記》曰：「并厓南行，耳如屬垣者二里。」《小弁》云：「君子無易由言，耳屬于垣。」鄭箋云：「由，用也。王無輕用讒人之言，人將有屬耳于壁而聽之者。」于鱗借《詩》語以言并厓之狀如是，言厓側觸人耳，如《詩》所謂「耳屬于垣」者也。然變《詩》語以喻山路艱險，語意迂矣，且非古法也。予竊改之曰：「并厓南行，厓與肩相摩者二里。」恐漢文當如此。

又《内丘縣學田記》曰：「虆梩不掩，則其顙泚。」此事見《孟子》，顙泚者，上世委親尸於壑而蟲獸食之時事，後世豈有然者哉？徒取古辭以造語，而不切今事，恐秦漢以前無有此法。

又曰：「匍匐有喪。」

《衛詩》云：「凡民有喪，匍匐救之。」于鱗取而約之云「匍匐有喪」，此法秦漢以前所無也。大氐古人引《詩》《書》以成己義，必稱「《詩》曰」「《書》曰」，罕有取《詩》《書》之辭以爲己言者。古人不惟於《詩》《書》，凡於先聖賢之言亦然。

又曰：「則虞芮所棄，而西伯以善養老者也。」

虞芮爭田，事見《家語》及毛公《詩・傳》。西伯養老，事見《孟子》。今于鱗云「虞芮所棄」，謂閑田也；「西伯以善養老」，謂供學宫養老之用也。不曰「閑田」而曰「虞芮所棄」，不曰「供學宫養老之用」而曰「西伯以善養老」，雖巧於綴古辭，而非古法也，秦漢以前寧有是乎？

又《張氏瑞芝堂記》曰：「綺夏之徒，有伯夷之餓于商山之下，與薇自療。思唐虞，不蒙甚大之憂，則碩人之薖矣。」

古人固有避世而餓者，何啻一伯夷？必言「伯夷之餓」，非古法也。「碩人之薖」，《衛詩・考槃》之辭也。引《詩》以成己義則可，取其全句以爲己言則不可。秦漢以前，何有此法？古人文有雜引《詩》《書》至於數四者，如《中庸》《大學》諸篇可見矣。雖西漢人文亦然。明人文罕有引《詩》《書》者，直以《詩》《書》辭爲己言也已。此亦可以觀古今文之變矣。

又《武母太恭人傳》曰：[一]「五年而王用三錫，蓋殊遇也。」《易·師》九二：「王三錫命。」今云「王用三錫」，言三遷官也。于鱗當云「五年而天子三遷其官」。何謂天子曰王？秦漢以來，王非天子之稱也。此坐以古人成語爲己言，而不出其口之故也。

又《賀大中丞孟公生子序》曰：「何以得此聲於梁楚間哉？」此漢曹丘生之語，見《季布傳》曹丘生爲季布言之。「此聲」者，謂百金不如一諾之稱也。此語於季布則固爲親切，今于鱗言諸孟公，意切其事而語則不實，所以文無生色也。

王元美《贈李于鱗序》曰：[二]「若爰居之駭鐘鼓。」此故事出《莊子·至樂》及《達生》篇。元美取以爲喻，必待讀《莊子》者而知之，否則難曉。凡古人説譬喻，必虛設泛説，欲使人易曉也。若引實事以爲喻，則必詳其事於下，如《孟子》龍斷、馮婦之喻是也。略舉故事以爲喻者，後世之文也。

[一] 恭，原作「孺」，據《滄溟集》卷二十《武母太恭人傳》改。
[二] 贈李于鱗序，原作「送少宰汶上吴公遷南宗伯序」，據《弇州山人四部稿》卷五十七《贈李于鱗序》改。

韓退之云：「若越人視秦人之肥瘠，忽焉不加喜戚於其心。」此雖以實事爲喻，非有所出，猶爾虚設泛説也。故覽者不必問其出處而能曉其旨，可謂得古之法也。

又《壽太宰楊公序》曰：「所以寅亮統均，寧有既哉？」

《尚書·周官》曰：「寅亮天地。」又曰：「冢宰掌邦治，統百官，均四海。」今元美摭《周官》篇中四字以爲一句，古人未有此法，蓋自六朝以來也。

又曰：「至敗革屑木溲勃之細無所漏。」〔一〕

退之《進學解》曰：「玉札丹沙，赤箭青芝，牛溲馬勃，敗鼓之皮，俱收并蓄，待用無遺者，醫師之良也。登明選公，雜進巧拙，紆餘爲妍，卓犖爲傑，校短量長，唯器是適者，宰相之方也。」今元美摭韓文中數字以爲文，然捨韓所稱宰相之事，而取醫事以爲太宰職事。退之言醫事者，譬喻也。取古人譬喻以爲今實事，且必待讀韓文者而知之，皆非古法也。

又曰：「長旬宣。」

《江漢》曰：「王命召虎，來旬來宣。」六朝以來，言三公宰相職事者多稱「旬

〔一〕屑木，原作「木屑」，據《弇州山人四部稿》卷六十二《壽太宰楊公序》改。

宣」，與上所稱「寅亮」俱爲套語。文用套語，非古也。

又《贈張聽泉七十序》曰：「濡首於課最程息之間。」

《易·未濟》上九曰：「有孚于飲酒，无咎。濡其首。」象曰：「飲酒濡首，亦不知節也。」《易》之言乃象也，《未濟》上九有是象，故其辭云爾。豈宜泛然謂不知節爲「濡首」哉？雖是《易》辭，如此用之，亦套語之屬耳。

又《大司寇景山錢公七十序》曰：「旦改稱而月貴其評。」

後漢汝南俗有月旦評，見《世説》。明人好用之，至於謂評爲「月旦」，亦套語之屬也。

又《壽李于鱗母太夫人序》曰：「蓋母子更命，并日食也。」

李令伯《陳情表》曰：「母孫二人，更相爲命。」「更命」謂更相爲命也，然不曰「更相爲命」而曰「更命」，則「更」字爲易義矣，不殆於不成語乎？且必待讀《陳情表》者而知之，亦非古法也。

又曰：「太夫人偲子之沃而忘瘠也，佚易思也，故戚。」

《國語》公父文伯之母曰：「沃土之民不材，佚也；瘠土之民莫不向義，思也。」〔二〕今元美特摭「沃」「瘠」「佚」「思」四字以爲文，必待讀《國語》者而知之，否則不成語矣。古人無此法。元美好變用古語，皆此之類，所以難讀也。

又《青州兵備道題名記》曰：「大盜彦名等，以數萬騎臨濟上，三周華不注焉。」《左氏傳》曰：「齊師敗績，逐之，三周華不注。」此言齊師敗走而晋人逐之不止，故三周華不注之山也。「三周」二字有氣力，其實山豈可三周哉？特以見走者逐者皆急疾耳。然左氏之文乃實語也，今元美用其語爲文，則「三周」二字無氣力，吾不知其所以三周者何也？是謂語不得其實，古人無此法，昌黎所弗爲也。明人作文往往有此病，惟詩亦有之。唐岑參詩曰：「雪裏題詩淚滿衣。」又曰：「雙袖龍鍾淚不乾。」于鱗詩云：「雪裏題詩淚不乾。」岑所云「淚不乾」者，言雙袖不乾也。于鱗但云「淚不乾」，不云某物不乾，則此三字不成語矣。

又《求志園記》曰：「王子有間曰：『命之矣。』」《孟子》記墨者夷之事曰：「夷子憮然爲間曰：『命之矣。』」之，夷子之名也。

〔二〕按，「思也」，《國語》諸本作「勞也」。

「命之」者，言孟軻教命已也。若後世用此語爲文，則當换「之」字以其人名。今元美不云「命世貞矣」，而云「命之矣」，則爲俳優之語矣。且上文但云「有間」而遺「憮然」二字，則不可知「有間」作何狀？亦不如《孟子》之文有生色。大氐古人之文必有生色，言自其口出故也。明人之文則不然，用古人成語故也。

又《李于鱗先生傳》曰：「大兒孔文舉，小兒楊德祖，吾其季孟間哉？」

此述于鱗之言也。大兒謂元美，小兒謂敬美。齊景公待孔子曰：「若季氏則吾不能，以季孟之間待之。」于鱗以爲己才在元美之下、敬美之上，故云「季孟間」，此戲言類俳。假古人成語以達己意，秦漢以前未之有也。

又曰：「無何而太恭人捐館。」

此言于鱗母死也。自周季以來，謂國君死曰「捐館舍」，然此臣下對君上及群下相謂之嘉辭，非傳記所稱也。傳記之文，當用《禮》辭。《禮》：「天子曰崩，諸侯曰薨，大夫曰卒，士曰不祿，〔二〕庶人曰死。」今李母封爲恭人，則當從大夫之禮，其死曰卒。元美此文非與于鱗言，而曰「太恭人捐館」，失傳記之體矣。

〔二〕曰不祿，據《禮記·曲禮下》補。

又《蕭何諸葛亮優劣辯》曰：「執斤錘而求售其巧者，皆攞指退矣。」

《莊子·胠篋》篇：「毁絶鉤繩而棄規矩，攞工倕之指，而天下始人有其巧矣。」攞，折也。上云「絶聖棄智，大盗乃止」，此云「攞工倕之指」，乃所謂絶聖棄智也。元美所云「攞指」者，言工人自攞其指也。莊周之意在棄末世智巧，故欲攞工倕之指，憤激之辭也。元美乃云工人自攞其指。夫工人慚其技不及人，釋其器而走者有之矣，安有自攞其指者哉？此用古辭而不得其實者也，古人無之。

又曰：「不得已而拾其長，以充牛溲馬勃之用。」

牛溲馬勃，醫師所用，退之以喻人才。今元美直以爲人才，此以譬喻爲實事，古無此法，且「牛溲馬勃」亦已爲套語矣。

又《戚將軍紀效新書序》曰：「余嘗怪漢武帝時，下朝鮮，掃滇笮甌，閩南、三越不旋踵而若承蜩然。」

《莊子·達生》篇稱痀僂者承蜩，猶拾之。彼特痀僂丈人技術之妙，學習所成耳。其實黏竿承蜩，本非易事也。元美乃以承蜩喻取之易，何也？如元美此文，當云「若痀僂承蜩然」，尚成義矣。然古人譬喻，必取凡人所知。如喻事之易，曰「如反手」，曰「在反掌之間」。喻取之易，曰「如俯拾地芥」，曰「如探囊中物」之類。此皆臨時設喻，乃愚夫愚婦所知也。未有用故事爲喻者也，恐其難曉人也。如承蜩之喻，必待讀《莊子》者而知之，否則不通，古人無此法。

又《奉贈憲使河中馮公遷治延鄜序》曰：「宵旰之地，忽改慮而東南其顧。」宵旰者，宵衣旰食，謂天子之勤，見《唐·劉蕡傳》。宵旰之地，謂天子之位也。謂天子之位曰「宵旰之地」，亦套語之屬，似六朝人語，秦漢以前無此法。

汪伯玉《送方民部還留都序》曰：「叔子入羿之彀中，其得免者天幸耳。」《莊子·德充符》曰：「遊於羿之彀中。中央者，中地也。然而不中者，命也。」《莊子》設喻，言處必死之地而不死者，命也。今伯玉取《莊子》譬喻之語入諸己文中，則叔子如實入羿之彀中者然。不然，此亦用套語也，古人無此法。若使秦漢以前人爲此文，則必云「叔子處必死之地」，此可以知古今文之異矣。

又《江山人傳》曰：「享其敝帚，將爲遼東豕邪？」《東觀漢記》曰：「家有敝帚，享之千金。」後漢朱叔元與彭寵書曰：「往時遼東有豕，生子白頭，異而獻之。行至河東，見群豕皆白，懷慙而還。若以子之功論於朝廷，則遼東豕也。」今伯玉用二故事達己意，亦套語之類也，古人無此法。

又曰：「及爲古詩，且不能超乘而上，則任耳之過也。」

《左傳·僖三十三年》：「春，秦師過周北門，左右免胄而下。超乘者三百乘。」今伯玉用故事達己意，亦套語之類也，古人無此法。

李獻吉《論史答王監察書》曰：「管豹井天，私蓄素矣。」《晉書·王獻之》曰：「管中窺豹，時見一斑。」韓退之《原道》曰：「坐井而觀天。」此二語皆喻人所見小也。今獻吉則撫其字以爲套語矣，此是六朝以來法也。

間者客有持釋大潮師所纂《明四大家文抄》來示余者，余時方論古文辭，而有譏於四家者，因就《抄》中舉其病大者而論之，以告同志，他可例推。夫修辭家不屑東漢以降，而其所擇辭則未始不下六朝唐宋。雖其溯西漢以上者，則得於辭而病於法。尚未及東京之高者，況於先秦乎？今時文章之士，好古而學四家，譬猶却步以求及前人，其不可得也必矣。

元文己未六月七日，紫芝主人太宰純識。

文筌小言一卷

服部南郭　撰

《文筌小言》一卷

服部南郭　撰

服部南郭（1683—1759），名元喬，字子遷，號南郭，别號芙蕖館，通稱小右衛門。京都人，江户中期儒學者、詩人。初習和歌，18歲左右以歌人入仕。後入荻生徂徠門下，轉學漢詩文，亦長於繪畫。與徂徠關注政治不同，服部南郭享保三年（1718）後不再出仕，終生以漢詩文爲業，遊於文藝，是享保至寶曆時期漢詩壇之執牛耳者。他自文學角度將詩文從儒學附庸解放出來，通過文學與藝術，追求自我個性的發抒。服部南郭與祇園南海、柳澤淇園等一起，被認爲是文人意識産生的代表人物。他推重盛唐詩歌，以李攀龍編選爲基礎，校訂出版之《唐詩選國字解》名重一時。著作有《南郭先生文集》四十卷及《大東世語》《儀禮抄圖》等。

《文筌小言》所論主要集中於「助語之法」，即虚詞的用法。因中日語言表達差異，虚詞對於日人而言尤爲難點，這自盧以緯《助語辭》在東土之盛行即不難窺見。服部南郭因弟子請益不已，遂旁及《助語辭》所論，而著成此書。

服部南郭將語言分爲雅言與俗言。前者爲學士大夫所修，爲辭之精者。俗言則用於簡札，取便通行。而助語則屬於雅言，難以不學而能，需要充分加以重視。歷代文章名家，皆通過讀書學習而精通文義，「刻苦古辭，假以潤色，乃標爲文章」。這自然是蘐園學派的古文辭見解。他又以爲，助辭當以意悟爲主，即使中國人也難以明晰助辭具體涵義，因爲它們「意本泛焉，乃從所誦各爲輕重，而能讀書者義自通也」。而日人拘囿於本國文法，方言顛倒，往往「曰某字當在上、某辭當在下」，紛然不免。此又頗有針對古義派論文之意。

服部南郭重視助語，但并不誇大其作用。「末學膚受，不學文章，徒謂苟爲熟助語，乃著作之巧亦自可得」，受到了他的批評。他强調助語所使用的場合，析分語氣，區别位置，重視其語法作用，認爲「各從其所用而足矣」。助語使用得當，則古文「乃因此愈見其精彩」。其方法則重於涵泳，「誦古書，修古文，與之朝夕，待其化也」。此雖仍着荻生徂徠論古文辭之痕迹，但不主張「故爲艱澀」，也不上攀六經，而多談文辭，體現出新的動向。

《文筌小言》有享保甲寅（十九年，1734）刊本、寬政己未（十一年，1799）重刻本，又有抄本。此書刊行之後，或有異論。有近藤惟言者，殆亦蘐園學派中人，爲服部南郭子仲英（1714—1767）好友，遂對此書加以注解，并就文中可疑之處，加以商考，成《文筌小言解》。釋泰運於此書亦有考訂。於是在安永戊戌（七年，1778）刻行注解本之際，將其《通考》附於書末。又有越地僧人五華，對《文筌小言》加以附注，於安永九年（1780）刊行。此次整理，即據享保刊本録入，并參考注解諸本。同時將《文筌小言解》之序、《東園先生通考》以及《文筌小言附注》之序跋，附録於後。

文筌小言

文有雅，書有俗。凡學士大夫所修，其辭之精者爲雅。蓋潤色爲文，故能載其道以傳古今，六經子史以至後世諸名家是已。俗言而在於簡札者，質而俚已，故亦能便時行以通貴賤，自律令、録語以至傳奇、小説、口解諸書之類是已。的、了、囉、哩、這個、那裏，「也」爲「亦」，「要」爲「欲」，「將」爲「以」，「做」爲「爲」者，固是彼國之人方一開喙即能言之。雖目不知一丁，無須學而知是爲何字。若夫雅言，雖其不侏離，亦不學則固，柳柳州非杜温夫可知也。「焉」「哉」「乎」「也」猶勞佔畢，況其所著巧拙天壤，所以載道之具，人爲不易也。此方學者往往漠焉不爲辨之，遂至擊節咄喝，謬謂之奇。甚者以爲玉版韋編，壹是彼方常言也。故此方後進能辨此二端，始可與言文已矣。

文章辭句不學則固，故學而後得之。豈惟後世，雖韓柳諸名家亦然。豈惟韓柳，雖班馬亦然。夫鳥迹尚矣，椎輪而已。至于典謨已下，蓋亦皆君子潤色而行之，若大輅然。夫惟潤色，是以其言精矣，可以傳後世。故班馬、韓柳、後世諸家，亦皆讀書而後得通其義。方其所自行，亦唯刻苦古辭，假以潤色，乃標爲文章。其他訓詁諸雅，津梁後世也，亦皆讀書而後視其文義前後所在，從而釋之。距古千載，非親受古人，蓋學而後得之，昭然可睹也。唯是學而後得之，故我亦可學而得焉。古人有心，予忖度之，其何所不爲？

予嘗謂俗語方言隨代而變。蓋魏晋已來姑置焉，雖秦漢三代，有君子焉、有小人焉，豈無一種時行，若後世「的」「了」「囉」「哩」者哉？唯是兔園卑俚，不可傳誦；小説九百，既乃忽諸。著令行法，後死猶費數訓。寧馨、阿堵，先達已眩突語。皆足以證與代變移也。唐已下一二語録、稗官，傳以至今，亦幸而然耳，安能保其不朽百世哉？故文章之道，潤色爲貴。無方不行，無世不傳，千載旦暮，千里比肩，唯此道爲爾。

此方學者間或國字所拘，一誦詩書，方言顛倒，未始問句讀脉絡如何。所謂「焉」「哉」「乎」「也」助以爲章者，頑然爲長物，則雖頗通其義，亦既隔靴。讀書之不痛快，豈復遑乎操觚自施哉？我國語言之簡，即附譯而讀書也。旨異言同，每每相亂，而人猶恃焉。此已惑矣，然尚可言也。至于助辭可意悟者，雖彼之釋者間難其言，往往亦唯云某語助也，不則亦唯云反語也、發語也。何則？意本泛焉，乃從所誦各爲輕重，而能讀書者義自通也。而此方猶有欲依譯言而悉其趣者，徒盡心力而求之也，其趣終不可見也，可謂大惑矣。

曰某字當在上、某辭當在下，竊竊乎論其所措，唯恐倒置之不免也。精則勤矣，然要亦因國讀而立此法，則簡髮數米，亦一惑已。文辭汗牛，可勝既乎？且學文者畏難怯疑之間，必將紛然不免，反致錯謬。則非徒亡益，其害隨有，孰與一洗譯言而披雲霧睹白日之爲快哉？

末學膚受，不學文章，徒謂苟爲熟助語，乃著作之巧亦自可得焉。譬猶學造室，目未嘗督繩，手未嘗削墨，而坐欲詳悉棟如何爲上，宇如何爲下，楹如何建之，椽如何架之，未可知曲面方勢，匠心如何處置。輪人小伎也，猶且得之手而應於心，況文章乎？則助語已且不可熟，文將奚時而得焉哉？

世有盧氏《助語辭》，蓋授之鄉里小兒以便吾伊耳。而世猶視語助不啻江海，則亦皆云：文章津筏，莫此若也。膚淺之書，見以爲金科玉條。今且指點一二，以引其惑。筌蹄既忘，其解乃得。

文以足言，故古人助字之用，就之上下而緩其語者，蓋亦多矣。乃因緩焉，而轉之、反之、承之、送之、決之、絶之，因爲咏嘆，因爲形勢，故有爲婉句而徒用者，有爲軟句而連用者，有爲倒句用之者，有欲語之勁峭之宜用不用者，或不必作意，爲句絶不帖，借以藉之者，或不必作意以隔於上下者。文章不齊，用亦泛焉。不可以言而盡也，爲是故也。《詩》之「維」、《書》之「惟」、《春秋》「于」字，其體已。《左氏》廣博，疑辭未借「邪」也，蓋各從其所用而足矣。戰國諸家，事多相襲而辭不必一。及于漢時，亡論《鴻烈》，重出於韓嬰、劉向諸子者，事同古籍，而行文用字大有徑庭，是不唯巧拙，亦各從其所體而已。故其助辭，有有於彼而無於此者、多於此而少於彼者。太史公書間有同時同辭而字有詳略者，可見古人用法非若後世殆爲膠柱。

助字創見於秦漢以後者固有之。六朝則有一種風流文字，其所由蓋亦俚言已。唯是清言爲韻，瓦石化爲金玉。藝文多端，其道日弘，不可不知也。

「焉」「也」「矣」之在句終也，固是指掌。然國言所習，遽見難於其別。略舉其輕重相應尤易視者，則可推矣。《論語》：「子曰：『民之於仁也，甚於水火。水火吾見蹈而死者矣，未見蹈仁而死者也。』」又：「見善如不及，見不善如探湯，吾見其人矣，吾聞其語矣。隱居以求其志，行義以達其道，吾聞其語矣，未見其人也。」《孟子》曰：「爲巨室則必使工師求大木，工師得大木則王喜，以爲能勝其任也。匠人斫而小之，則王怒，以爲不勝其任矣。」又：「所以爲蚳鼃，則善矣。所以自爲，則吾不知也。」《左傳》：「公曰：『爲其少故也，吾將授之矣。使營菟裘，吾將老焉。』」又：「夫莒僕，則其孝敬，則弑君父矣；則其忠信，則竊寶玉矣。其人則盜賊也，其器則姦兆也。保而利之，則主藏也。以訓則昏，民無則焉。」又焉陵之役，載楚王與伯犁望晉軍，問則用「矣」，答則用「也」，亦易視者。

「也」「矣」「焉」在句中者，若《詩》云「俾也可忘」「匪直也人」。也，近「之」字。「也已」「也哉」，連爲緩聲。《論語》「鮮矣仁」，新注蓋爲決意，然近乎「於」，其説别見，今不必論。《左傳》「晉鄭焉依」，《外傳》「焉」作「是」，可以相證。

「於是乎」「於我乎」「惡乎」，皆爲助聲，其在句尾。「及可數乎」，與「也」送辭同。《左》《國》有「其與能幾何」「何辭之與有」之句。「與」亦婉句耳，并非疑意。

「其或」「其唯」「其不終乎」之類，概爲發聲，少帶疑意，不指事物。「不其然」「亦其於然」爲緩已。「於」字助聲，無意義者。《孟子》有「以予觀於夫子」，古文此類多矣。

「也」「者」連用，後句解之，固也。然《檀弓》「一日二日而可爲也者，君子弗爲也」，與單用「者」者奚别？

「之」「諸」同義者，一端爾。《禮記》「反哭升堂，反諸其所作也」，《莊子》「資章甫而適諸越」，其與「於」「于」同。《左氏》「忽諸」，與「焉」同。又「之」字奇者，《檀弓》「公曰：未之卜也」，《左傳》「淺之爲丈夫也」。

「不其餒而」，非咏歌之聲。又「王室而既卑矣」「天而既厭周德矣」，「而今」與「乃今」同例。則爲緩聲者多。

「則」與「即」「乃」通用者，多在句中，非因上發下。

「哉」在句中者，《史記》贊曰「及其素，異哉所聞」。在句尾者，《袁盎傳》贊「説雖行哉」，共與「乎」同意，非必嗟嘆，亦非疑意。

《禮記》「國人稱願然，曰」，又「召縣子而問然」，《論語》「不得其死然」，此類「然」字，皆與「焉」例。《莊》《列》中，有「然則」同於「然而」者。

「足以」「可以」之「以」、「莫之」「未之」之「之」，言之助已。他諸書所用，「焉」則有「上焉」「下焉」之類，「之」則有「上之」「下之」「久之」。以上數字，多爲緩聲，且輕者奇者。然古文斐然，每乃因此愈見其精彩，豈得視如弁髦哉？偶爾所記，舉一例百。惟盧氏亦西序生耳，其取意也，亦唯一二宋注而已。則其之所言，不過爲舉業發之，何必責其不備哉？大抵後世科舉之文盛矣，士之所習，無見非其物，乃顧見修古者，則謂故爲艱澀，此不可讀宜矣。吾黨進取之士，嘐嘐然稱復古業，則固不待余言。亦且多言數窮，不如退而誦古書，修古文，與之朝夕，待其化也，是置之莊嶽之術也。

皇和享保甲寅春二月，平安服元喬著。

松下烏石識

南郭先生之門，時時有問助語之法者。先生乃謂苟非染指文章，其味亦不可知也。雖則無隱，頗煩其對，遂筆數條以代誨言。且以世有盧氏《助語辭》，并及其辨。君嶽從帳前得之，乃刊藏焉，庶幾亦爲同志省謄寫之勞已。

門人烏石源君嶽謹識。

文筌小言解叙

古有之文者，所以足言也。筌者，所以在魚也。筌乎筌乎，獲魚則忘。文云文云，辭達而已。雖然文也斐然，苟非知所以裁之而不啻若自其口出，則何由得居今交臂乎古，以爲尚友焉？雖復論世，而六經邈焉，班馬逝焉，東京六朝偏駁骫骳。乃至於唐韓柳出焉，亦唯捨故取新，是或一道也。雖然文也斐然，達者其猶病諸。况及至於末敗，世喪文，文喪世，世與文交相喪也，亦何由得居今交臂乎古，以爲尚友焉？匪今斯今誰昔然，則病邪非邪？説者曰：「世有古往焉，有來今焉，何必温故然後爲文？」此言也，毋乃歐蘇諸家偏得韓柳之道，遂至於澆漓斷斷然者乎？方今文運興於大東，海内五尺之童厭薄彼輩，而或爲我願尸祝之乎？夫大鈎巨索，以數十犧犗爲餌，一舉脯腊滄溟，非任公子之釣乎？世之羡魚者，則剖粒爲餌，芒刺爲鈎，枲絲爲綸，尺累爲竿，旦旦趣瀆，窮年獲鮒而歸。則細則勤，而顧見謂僅勝於緣木而求焉者已歟？故魚有小大，辭有古今。文者，所以足言。而六經、班馬，古辭之具也。筌者，所以在魚。而鈎索犧犗，大魚之具也。苟各依其具以盡其道，則其何不得不達之與有？方今文運興於大東，世與文交相得也，亦匪今斯今誰昔之所無也。唯其所無之所有，而六經不必邈焉，班馬不必逝焉，迺得居今交臂乎古，以爲尚友焉，斯誰之力哉？徂來物翁既從化而出，則四教之所陶鑄，區以别焉。文學服遷數子其會若林，不亦無脆殖，唯服子英乎？斯編雖其材餘，而大匠所繩，庶乎可以津筏於文海矣，奚翅乘輿濟溱之遺愛而已哉？古和村生大通，其爲人高邁，世衛生之業，而所好者道也。夙適京，與服子之徒遊。既反，重就余謀。則偶會此《解》成，村生輒欲刊而藏，以應吾黨之需，且乞余言錯諸其端。不佞弱年嘗以畜乎樊中，不敢開一喙辭苑。而今也則汗漫江湖，其叙平日從漁叟所與聞者，姑以塞責耳，豈敢《文筌》之叙云乎哉？

安永戊戌之春，東都近藤惟言題。

東園先生通考

河内　釋泰運　參訂
釋正圓　纂輯

爲文固難，校亦不易。蓋自彼古作者，一是一非，不互無短長，況今乎？此方乎？世之讀《文筌》書者，曾一妒口所舉，殆至於廢百焉，何其寃也！余不敏，夙與服仲英驩。臭味苟如貫云，則其家先生乃我丈人行也。雖今也則契闊，安敢若秦越人，相視肥瘠獨恝然？乃私自謂：與其得罪鄉黨州閭，〔一〕寧孰諫？兹不自量，遂摘一二可疑者質諸同志。則有運師者，亦善好斯文。既了其匠心，嘗從度外更引繩墨，若削若督，若至於任斫乎他手，悉皆自筆録藏。久之偶聞此舉，輒抽其藏遠寄以佐。余受讀焉，頗有異同。雖然，師者固方外之愛吾方内人也，豈前所謂妒忌之爲哉？是以參備於討論

〔一〕其得，原作「得其」，據《禮記·内則》改。

也。時或不免鬩墻之聞，則抑庶乎其謂余不敏，不肯違仲氏之故。爲欲施及彼迺公，以外禦其務也，率皆有由焉矣。是歲戊戌之冬，近藤惟言再識。

○書有俗考「書」宜改作「言」。○目不知一丁考「知」字當作「識」字。《左傳》「見子産如舊相識」，又「識見不穀而趨」，及《論語》「多識」，《漢書》「半面識」，皆別識見識之義，不必混知覺也。且蘇子瞻《蓮華漏記》「目識多寡，手知輕重」，〔一〕又張弘靖「爾輩挽兩石弓，不如識一丁字」等語，并足以證焉。訂宋歐陽修《上范司諫書》「洛之士大夫相與語曰：『我識范君，知其材也』」，亦言相見而心知其賢也。○無須學而知是爲何字訂「是」字當在「爲」字下。按，王行甫《耳談》記異病狀云云，「不省是何病」，又陳仁錫《逸品》載姚馥傳云云，「未知是何祥草」。故覺「是爲」當作「爲是」，不爾亦侏離耳。考「是爲」「爲是」隨用皆可，要之辭有緩急，句有承接。如所謂「是何」，則皆承上詳悉而辭亦緩也。若夫曰超乘而出，是爲難耳，則接上疏通而辭更急已，何蠻語之有？但此

〔一〕按，據《蘇軾文集》卷十九《徐州蓮華漏銘》，「記」當作「銘」。

句恐當作「無須學而謂爲何字」更穩。○方其所自行訂「所」字衍。「行」宜改作「運」。「自行」不成義。考作「自運」，亦「其所」而後，須衍「所」字。然上文已曰「潤色而行之若大輅然」，則其意蓋以文載道之具也，所謂潤色而行之，亦猶「其何以行之哉」之「行」，故承「亦以所自行」。既曰「自行」，「所」字不必爲衍，猶「親喪固所自盡也」之「所」，且「自行」自有出處。○昭然可睹也訂此五字屬衍冗。○魏晋已來姑置焉訂宜改作「亡論已」。○亦幸而然耳考改作「亦其幸耳」爲穩。○而此方學者考此「而」字衍，可削。○可謂大惑矣訂「矣」當改作「已」。○未嘗削墨云云未可知云云輪人云云訂或曰：「削墨」當改易「畫墨削去」，「未可知」更作「安知」。且「輪」字上補入「夫」字。考繩墨，木工所用以彈畫者，是自字書文面，故或云爾。又聞古以竹簡，筆誤則以刀削之，因名其刀曰削。《春秋》「筆則筆，削則削」，則「削墨」亦何妨？若隨或言改作「畫墨」，則「督繩」何不曰宜改易「彈繩」？苟然，可謂造語庸常矣。故須仍舊貫，何必改作？督削、彈畫，各自偶語。○得之手而應於心訂「得」下當置「於」字。考《莊子》則有。有有於彼而無於此者，古文猶然，不必數。○以引其惑訂「引」當改「解」。考不改爲佳。○有欲語之勁峭之宜用不用者訂予聞諸一老生，生謂此十二字當塗抹，更改作「有語之欲勁峭宜用而不用者」。曰：「言欲文」及「言之不文」，皆不曰「欲言文」「不言之文」，「欲語之勁峭」爲倒置，可以見已。又曰：未熟助字而欲引初學之惑，瞽者之論文彩，聾者之寄音聲，誠非虛語矣。不就護老斧，玆露此醜。考果妒已，不爾何婆子之罵美子也？所謂常例人人知之，然時或變例。則近之如《藝圃擷餘》曰「風人之體善刺，欲言之無罪耳」，遠之《隋・紀》曰「帝嘗乘怒，欲六月殺人」，〔一〕率有此類爾。如今遺渠劇見，則將曰一者當作「六月欲殺人」，一者作「言之欲無罪」歟？則二文「欲」字皆違其所屬焉。或失語意，或錯語路，并以索莫矣。故特曰「欲言之」「欲六月」，以各見於其意之所寓焉者爾，是例也亦人人知之。唯至此間，單曰「有欲語之勁峭」，則「欲」字獨若無所屬者，而翻倒裝以曰「之宜用不用」者也，此倒句法也，亦復人人知之。惟人心如面，而曰姑捨汝所學而從我，則所謂瞽者奚別焉？恐腪肫其不甚遠。〇以隔於上下訂「於」字恐衍。考有不妨。〇然國言所習遽見訂「見」下宜補入「而」字。予聞諸龍洲先生曰：「而」字助辭之最要者。人惟論「焉」「哉」「乎」「也」，而「而」字不省。故得「而」字用法者，於此方吾未見其人，惟蘐翁一人而已。

〔一〕按，此見於《隋書・刑法志》，「紀」當作「志」。

文筌小言附注序

南郭服氏嘗著《文筌小言》以示作文之要，欲使初學文者解其惑也。夫輪扁斫輪，雖不能以喻其子，未始不由繩墨而後心手相應矣。今也學者取體裁之正，辨辭句之要，及優遊窮日之力，其動於内、發於言者，轉之於筆，與古作者旦莫遇之，是而已。服氏此書意亦爲然，若其妙用不必在于此，蓋在於自得耳。越一梁師其徒因有就正焉者，附注其所出，以代口舌。嗚呼！師小物不遺，可謂勉矣，爲題其首爾。

安永庚子秋八月，四溟岡正懋撰。

文筌小言附注跋

古曰：言之不文，雖行不遠。夫欲言之文，則非深古者而孰得焉哉？載道之具，嗚呼！亦難矣。欲從而無由也，猶涉海之無舟楫乎？是我南郭先生所以有《筌言》也。大方之作，有造於髦士，人得以爲津筏也。源君嶽嘗刻而公之，爲厚乎世不淺。梓行兹年矣，不無刓缺。書肆重鐫之，請校于越僧梁公。公因掇事由之大者一二而附之章末，以便蒙學，可謂己欲達而達人也。興起斯文者，其有所依乎？

庚子之秋，倉光賢謹題。

文瑕説一卷

中井竹山　撰

《文瑕説》一卷

中井竹山　撰

中井竹山（1730—1804），名積善，字子慶，號竹山、同關子、渫翁、雪翁等，大阪人，江户中期儒學者。中井竹山爲大阪設立的官許學問所懷德堂第二代學主中井甃庵長子，弟履軒亦爲著名學者。竹山兄弟幼時從學於精通和漢之學的五井蘭洲，經史諸學靡不涉獵。寶曆八年（1758）接掌懷德堂，負責全盤校務。天明二年（1782）就任爲第四代學主。天明八年（1788）六月老中松平定信巡視大阪，引見竹山，諮問政經學術，此後竹山遂撰《草茅危言》進呈。經過竹山的努力，懷德堂成爲關西最重要的學校，幾與東京的昌平坂學問所并駕齊驅。寬政四年（1792）五月懷德堂遭大火而燒毁，竹山欲借重建之機將之官學化，但未能成功。寬政九年（1797）退隱。寬政十一年（1799）撰德川家康傳記《逸史》成并以獻納，開幕府官修史書之先，對後世影響很大。竹山信奉朱子學，在寬政異學之禁中堅定支持幕府立場。但懷德堂内亦授陸王心學，竹山本人與伊藤東涯頗有往來，對古義學并不排斥，因而自學術思想而言屬於折衷派。竹山亦善詩文，與片山北海主持的詩文組織混沌社成員聯繫密切。門下弟子衆多，脇愚山、佐藤一齋、帆足萬里、長野豐山等皆其高足。著有《非徵》《四書斷》《經濟要語》《公田説》《社倉私議》《西岡集》《竹山文集》《奠陰集》《詩律兆》等百餘種。

《文瑕説》是竹山對韓愈《送孟東野序》所作的質疑文字，他還根據自家理解對此文進行了改寫。竹山文重八家，「常好讀唐宋之集，不甚愛明人文字。至世所謂明體者，大有不屑者焉」（《呈蜕巖先生書》）。《送孟東野序》被他稱許爲「韓文之尤妙絶者」，但對此文「深怪而大惑」之處，仍不免提出疑問。關於此篇，古人亦有質疑者，如謝枋得就曾因文中「臧孫辰、孟軻、荀卿以道鳴者也」一句，提出：「以荀卿儕孟子，非其倫。臧孫辰何人？未見其有道義與孟子并立，安可謂之以道鳴？此文公學問偏駁處。」（《文章軌範》卷七）清人王元啓《讀韓記疑》則提出臧孫辰時代在孔子前，却出現在莊周、屈原之後，爲據誤本添入所致，故將之移與管、晏并列。

竹山注意到這一罅漏，他斷荀卿之學爲「偏駁」，也注意到韓愈對於荀子的論述，有「荀卿守正」「絶類離倫」之説，故并未將之貶斥至管、晏等「以其術鳴」之列，而以荀卿承接於莊周之下。對孟子，則特筆表彰其「以道鳴，其聲不在禹下」。韓愈稱許孟郊詩歌，與之并列者僅爲蘇源明、元結諸人，王、孟、高、岑全未提及，竹山以爲這未能反映詩壇實況。至此文前部以天地聖賢立論，末尾却只是歸結於孟郊之詩，不免有龍首蛇尾之譏。竹山主張此文論道宏大，非孟郊所能承當，僅是韓愈借此而發抒個人懷抱。於是他將文題改爲《送韓愈序》，稱揚韓愈爲「善鳴」者。《文瑕説》雖是竹山讀書得間的文章指瑕之作，其中對於孟子、荀卿以及韓愈的態度，却反映出他的程朱思想淵源。他曾經自述：「積善少長於庠黌之下，誦虞夏商周之文，繹魯鄒洛閩之緒，旁講詞學，心醉於西漢洎昌黎、河東、廬陵、眉山之業。」（《答鎮曹伊丹君書》）《文瑕説》推尊韓愈而不固執膠泥，也是他學術上折衷調和的表現。

《文瑕説》曾以寫本單行，亦收入《奠陰集》。今據大阪大學圖書館藏寫本録入。

文瑕説

文章瑕疵，後人所譏彈，雖大家名流有不免焉者。蓋左氏之失也則誣，司馬氏之失也則疏，揚子雲之失於奇，柳河東氏之失於怨懟刺毁。曹子建之「聖體輕浮」，招「類蝶」之誚；王逸少之「絲竹管弦」，負重複之累。《岳陽樓記》之爲傳奇體，《醉白堂記》之爲《韓白優劣論》。皆是物已，雖瑕瑜不相掩之可也。所謂迷乎當局而得乎旁觀者，非邪？若夫《送孟東野序》，韓文之尤妙絶者。然其臧孫辰、孟軻、荀卿之不倫，前輩業已議之。以予觀之，是不翅不倫。夫韓昌黎氏之於孟子也，似宜特揭之，更炤上文「孔子之徒鳴之」之節，别置一語以示推尊之意矣，不則與其生平之言未相符焉。臧孫辰固當在所削，若荀卿學既偏駁，斷斷乎當斥之於下文管、晏、申、韓、田、鄒之列。然推昌黎所稱「荀卿守正」「絶類離倫」及「大醇小疵」之意，蓋不欲伍諸「術鳴」也。按，荀卿適楚，家蘭陵，嫉濁世政亂，信機祥，鄙儒如莊周等又猾稽亂俗，於是著數萬言而卒。乃據此，於上文楚國節承莊周，以發其一鳴，恐爲可也。是篇之奇已在疊用「鳴」字，故若減一「嗚」字，則文理借得至當，亦不免乎寶樹伐一柯矣。今加一「嗚」字而不失其句法，奚必爲貝錦雜寸褐哉？其他可疑者，李杜輩所能匪他，即詩也。乃於下文「東野始以其詩嗚」者，恐有窒礙矣。但東野詩喜古體，其係今體者甚鮮，故昌黎之意，豈於李杜輩，言其所能者指今體；於東野，言其詩者指古體，因承以「其高出魏晋」歟？然體分今古，而均之詩也。則上文所能云者，恐似故意迴避以爲東野地矣。且也初盛唐詩家之所長，非獨今體，其古體亦自出魏晋，乃「詩嗚」固不始於東野。又概當時諸家，舉蘇源明、元結、李觀，而錯沈、宋、王、孟、高、岑諸人，似不善擇焉者，豈一時公論有未定者而然邪？抑是篇以天地聖賢起之，塵塵乎歸宿於東野之詩，竊恐龍首而蛇尾。或人云昌黎《送李愿叙》胸中本有其結構，特假李愿以發焉，而愿實非其人也。由是而談，其於東野亦或然矣。蓋是篇題目既巨，予嘗竊求諸當時，唯有昌黎之文可以副稱之爾，非尋常諸家所能承當也。妙絶之撰，而末梢衰颯若兹，豈不惜乎哉？又按，「高出魏晋，不懈及古，浸淫漢氏」云者，本非許與之盛，祇在東野本分當然耳，昌黎固不輕假人也。乃予所謂蛇尾之實，蓋在于此。夫「從吾游者，李翺、張籍其尤」之謂，在是篇原無干涉，突然出之，似落旁徑。蓋昌黎雖稱東野之鳴，而病於其未足獨步，乃摟二子以張其軍，演一鳴爲三鳴，筆力斡旋之偉則有矣，然其要出乎不得已爾。凡此皆予之所深怪而大惑也。夫以末學一管，闚大家豹文之蔚，其爲妄疑頑蔽也的矣。若親見昌黎質正，以承其誨乎，其必有豁爾發蒙者。而予之於文辭，亦或加寸長焉。吁嗟！瀛海萬里之弗可航，而其人與骨已朽，已矣夫已矣夫！我疑惑之痼，終於不瘳也。今試謄寫全篇，更其題，假設爲《送昌黎序》，其疑惑處所轉换字句，一取諸昌黎之文，不敢以自己一字攙入其間，原文中朱書以別之，勒成一本者如左。狂易僭率之罪，固不待言矣。姑傳之於友朋善文辭者，以需鍼砭於衆議云。

送孟東野序　韓退之〔一〕

大凡物不得其平則鳴。草木之無聲，風撓之鳴。水之無聲，風蕩之鳴。其躍也，或激之；其趨也，或梗之；其沸也，或炙之。金石之無聲，或擊之鳴。人之於言也亦然，有不得已而後言。其歌也有思，其哭也有懷。凡出乎口而爲聲者，其皆有弗平者乎？樂也者，鬱於中而泄於外者也，擇其善鳴者而假之鳴。金、石、絲、竹、匏、土、革、木八者，物之善鳴者也。維天之於時也亦然，擇其善鳴者而假之鳴。是故以鳥鳴春，

〔一〕按，「韓退之」原本朱字，今録爲楷體以示區分。下同。

以雷鳴夏，以蟲鳴秋，以風鳴冬。四時之相推奪，其必有不得其平者乎？其於人也亦然。人聲之精者爲言，文辭之於言，又其精者也，尤擇其善鳴者而假之以鳴。其在唐、虞，臯陶、禹，其善鳴者也，而假之以鳴。夔弗能以文辭鳴，又自假於《韶》以鳴。夏之時，五子以其歌鳴。伊尹鳴殷，周公鳴周。凡載於《詩》《書》六藝，皆鳴之善者也。周之衰，孔子之徒鳴之，其聲大而遠。傳曰：「天將以夫子爲木鐸。」其弗信矣乎！其末也，莊周以其荒唐之辭鳴。

按，蔣之翹本《集注》云：「下或有『於楚』二字，非是。莊子蒙人。蒙，梁地。且辭楚王之聘，未嘗仕楚。」蔣註得之。史註一説爲宋之蒙人，未知孰是。其非楚人則明矣。他書載是篇，率有「於楚」二字，若《文章軌範》《古文覺斯》等。至於註曰「莊周楚人」，其謬甚矣。今改從本集。然姑捨事實，唯論文理，則有此二字者反似優矣。不則下文「楚，大國也」句，微覺唐突，是可異已。

荀卿守正鳴於楚。

荀卿居楚著書，係於嫉莊周等，故據他書有「於楚」二字者以補此句，説詳于前。

楚，大國也。其亡也，以屈原鳴。臧孫辰、孟軻、荀卿以道鳴者也。楊朱、墨翟、管夷吾、晏嬰、老聃、申不害、韓非、慎到、田駢、鄒衍、尸佼、孫武、張儀、蘇秦之屬，皆以其術鳴。獨孟軻以道鳴，其聲不在禹下。

此節既去臧孫辰，荀卿則移置于此，以收結周季之鳴，在文理似長。據「獨孟軻氏之傳得其宗」之語，加「獨」字以承上文。又增一句於下，則原文「者也」二字可削。是文法當然者。上文既云禹「善鳴者」，《孟子》又有「禹之聲尚文王之聲」之文，今因聲引禹，恐非泛矣。知者請并詳之。

秦之興，李斯鳴之。漢之時，司馬遷、相如、揚雄最善鳴者也。其下魏晋氏，鳴者不及於古，然亦未嘗絶也。就其善鳴者，其聲清以浮，其節數以急，其辭淫以哀，其志弛以肆，其爲言也亂雜而無章。將天醜其德莫之顧邪？何爲乎不鳴其善鳴者也？唐之有天下，陳子昂、蘇源明、元結、宋之問、王維、李白、杜甫、李觀、岑參，皆以其所能詩鳴。其存而在下者，孟郊東野、韓愈退之，始以其詩文鳴。

按，東野年五十始第進士，韓子作是序係貞元十八九年間，東野壯歲爲布衣，故本文以爲在下。韓子螽登第，非東野之比。然久不見進用，又數黜官下遷，故以在下稱之亦無不可。且事係假設，苟得仿佛，不必根究其實而可。

其高出魏晋，不懈而及於古，其他浸淫乎漢氏矣。從吾游者，李翺、張籍其尤也。

三子者上規姚姒，下逮《莊》《騷》，含英咀華，閎其中而肆其外，排異端，尋墜緒，迴狂瀾於既倒，退之之鳴，信善鳴矣。

所删三十三字，故所補亦止於三十三字。蓋文意既異，因取其同於字數矣。抑不知天將和其聲，而使鳴國家之盛邪？抑將窮餓其身，思愁其心腸，而使自鳴其不幸也？三子者退之之命，則懸乎天矣。其在上也奚以喜，其在下也奚以悲？

東野退之之役竄於江南夷也。

按，貞元十九年韓子爲監察御史，其冬以言事貶陽山令。其所謂「暫爲御史，遂竄南夷」是也。與東野之役，時事近似矣。若夫潮州之貶，迹雖顯著，而事體不同，故以陽山代之云。

有若不釋然者，故吾道其命於天者以解之。

天明紀元辛丑孟冬，大阪竹山居士中井積善書于懷德堂後薜荔窩。